三　綫性方程組解法（方程術）總部

方程術部……三
方程分部……三
題解……三
藝文……五
損益術分部……五
算法……五
直除與代入分部……一三
題解……一三
算法……一三
正負術分部……一六
題解……一六
算法……一六
正負術入方程術分部……一七
題解……一七
綜論……一七
算法……二〇
互乘相消法部……七三
題解……七三
算法……七三
藝文……一一五
方程新術部……一一七
算法……一一七
方程術之拓展部……一二三
題解……一二三
算法……一二七

方程方法（天元術）與多元高次方程組解法（四元術）總部

天元術部……一五九
天元術概論分部……一五九
題解……一五九
紀事……一六一
綜論……一六五
算法……一六七
高冪居上分部……一七五
一元一次方程……一七五
算法……一七五
一元二次方程……一八五
算法……一八五
一元三次方程……二三〇
算法……二三〇
一元高次方程……二三五
算法……二三五
高冪居下分部……二四七
一元一次方程……二四七
算法……二四七
一元二次方程……二七二
算法……二七二
一元三次方程……四〇八
算法……四〇八
一元四次方程……四五八

算法……四五八
一元五次方程……五二六
算法……五二六
一元六次方程……五四五
算法……五四五
一元七次方程……五六〇
算法……五六〇
一元八次方程……五六三
算法……五六三
一元九次方程……五七六
算法……五七六
一元十次及以上方程……五七七
算法……五七七
四元術部……五八〇
四元術概論分部……五八〇
題解……五八〇
綜論……五八〇
二元術分部……六〇二
二元一次方程組……六〇二
算法……六〇二
二元二次方程組……六〇七
算法……六〇七
二元三次方程組……六三二
算法……六三二
二元高次方程組……六五四
算法……六五四
三元術分部……六六五
三元一次方程組……六六五
算法……六六五
三元二次方程組……六六六
算法……六六六
三元三次方程組……六八四
算法……六八四
三元高次方程組……六八九
算法……六八九
四元術分部……七一五
四元二次方程組……七一五
算法……七一五
四元三次方程組……七四五
算法……七四五
四元高次方程組……七四八
算法……七四八

三

綫性方程組解法（方程術）總部

主編 姚 芳

方程術部

方程分部

題解

《九章筭術》卷八《方程》　方程　**三國魏・劉徽注**　以御錯糅正負。

三國魏・劉徽《九章筭術注》　程，課程也。羣物總雜，各列有數，總言其實。令每行爲率，二物者再程，三物者三程，皆如物數程之，竝列爲行，故謂之方程。行之左右無所同存，且爲有所據而言耳。

唐・李籍《九章筭術音義》　方程：直成切。方者，左右也。程者，課率也。左右課率，總統羣物，故曰方程。錯糅：女救切，雜也。

宋・賈憲《黄帝九章筭經細草》　數方者，謂之形也。程者，量度之總名，亦權衡丈尺斛斗之平法也，尤課分明多寡之義。

明・吴敬《九章筭法比類大全》卷八《方程》　以諸物總併爲問，其法以減損，求源爲主，去一存一，以考其數。

明・柯尚遷《數學通軌・九章釋例》　八曰方程。本註以御錯雜正負。古註曰：方爲科数之形也。程者，量度總名，亦權衡丈尺斛斗之平法也。尤課分明多寡之義。

唐氏曰：未知兩物之孰貴孰賤，而但知兩物相參伍之總價。若使此三而彼五，則價共增若干，此五而彼三，則價共減若干。是兩價混雜而物数固相形也，於是以物權價，則因物之參伍而推出價之貴賤，謂之方程。方程者，物價相檢括，有定式而不可亂也。

除濴例：程者，物價與銀数各有定式而不可亂。今以除法例，乘法例列之，便見方程之法之實。

凡遇前爲銀之實數，後爲銀之價。或遇前爲物之實数，後爲物之價，應用除濴。

如銀一兩五錢買稻，價銀二錢四分買稻一石。此銀数銀價俱是銀也。如麻一百斤，麻價六斤半賣銀一兩，此麻数麻價俱是物也。又如棉花八百七十斤，花價十二斤。又如「秋粮四石五斗，每田一畒科粮四升七合，該田若干」之類。此俱是物也，應用除濴。凡前後俱是銀，或前後俱是物，悉如此例，謂之方程。

又或遇總物總銀俱置盤内，如總物内，欲求一石或一畒或一人之類，要見銀若干，就以總銀爲實，以總物爲濴，除之。如總銀，欲求一兩或一錢，要見物若干，就以總物爲實，以總銀爲濴，除之。此一爲銀数，一爲物数。雖類乘濴，然是分數，故用除濴。

乘濴例

凡遇前爲銀之實數，後爲物之價。或遇前爲物之實数，後爲銀之價，應用乘濴。如銀一兩五錢買稻，稻價四石五斗，此一爲銀数，一爲物價。又如八兩七錢買花，花價九十五斤，此一爲銀数，一爲物價，故並用乘濴。凡一爲銀数，一爲物價，悉如此例。

明・周述學《曆宗筭會》卷一一《各分》　衆物衆價諸數混和，正負錯雜，互隱其實。若云散亂，難以紀哲。然即各数之多，寡而參，互考究實，有一定之程度，而不容紊也。故其分實之法，謂之方程。此權度量之平法，因諸物總併法，以減損求源爲主，去一存一。以考其數，猶課分明，多寡之義也。

明・程大位《筭法統宗》卷一一《方程》　方，正也，程，数也。以諸物總併爲問，去繁就簡爲主。乃諸物繁冗，諸價錯雜，必須布置行列。或損益加減，同異正負。遞互遍乘，求其有等。以少減多，餘物爲法，餘價爲实，法实相除得一價，以推其餘。若繁雜甚者次第求之。正者正数，負者欠数。

清・李長茂《算海説詳》卷九《匿覆》　匿價方程法：方，正也，程，數也。諸價錯褋法求正數，必須布置行列，同異虚實，遞互遍乘，求其有等。法實相除，得一價，以推其餘。繁褋多倍者，次第求之。

清・方中通《數度衍》卷二一《方程》　方程雜和較乘法

通曰：數之不齊者，以乘齊之。數之不齊者，以較齊之。偏用者，方程也。

清・梅文鼎《方程論》卷一　正名：名不正，則言不順。諸本方程，皆以二色三色四色等分欵立法，而不分和較。宜其端緒糾紛而説之滋謬也，故先正其名。

正名有四，一和數，二較數，三和較雜，四和較交變。和者無正負，如只云某物如干，某物如干，共價如干，以問每物各價者是也。較者有正負，如云以某物如干，與某物如干相較，多價如干，或少價如干，或相當適足者是也。雜者半有正負，半無正負。如一行云某物，某物各如干，共價如干。而其一行則又云以某物如干較某物如干，差價如干。或價相當適足者是也。變者或先無正負而變爲有正負。或先有正負變而無正負。三色以往，重列減餘，兼用兩行者是也。

又　算之用至於勾股方程，至矣盡矣。窮高致遠，探賾窮幽，無所不備。然其用不出於和較，且以方程言之，凡方程列位，皆以下位爲之端。如所列下一位爲上中兩位之總價，則和也。若下一位爲上中兩位相差之價，則較也。較故分正負，和故不分正負。雖不立正負，然必以兩和互乘對減以得其差，然後其數可得而知矣。故三色以往，先無正負者，有時而正負立焉，故方程之法以和求較而已矣。較者易知，和者難知，和之中有較，較之中又有較，此萬數之所由生，萬法之所由起。

清・陳世明《數學舉要》卷一一《方程名義》　方程之數，不外於和較求之之術，先遍乘之，以發其隱。復加減之，以顯其微，則爲和爲較無不得之。今悉和較之目，如左其有不盡者，觸類引伸可也。

一曰：和數乃以各物之數相併，而欲求所以外之者，術爲以乘得之數，中末俱相減。

二曰：以多爲較，乃以物易物，多價若干。

三曰：以少爲較，乃以物易物，少價若干，二術並同和數。

四曰：一多一少較，乃以物易物，一爲多價若干，一爲少價若干，術則中減而末加。

五曰：和適足，乃一爲各物之數相併，爲共數，一爲以物易則，其價相若，術以中加而末仍之。

六曰：多較適足，乃一爲以物易物，多價若干，一爲以物易物，其價相若。

七曰：少較適足，乃一爲以物易物，少價若干，一爲以物易物，其價相若，二術俱中減而末仍之。

八曰：和較相雜，以多爲較者，乃一爲各物相併之共數，一爲以物易多，多價若干，術則中減而末加。

九曰：和較相雜，以少爲較者，乃一爲各物相併共數，一爲以物易物，少價若干，術以中末俱相加，此二色方程之大畧也。至若三色以上，以至四五六七色，要亦不外於是，但有所謂正負同異者，而加減之術又自不同。正與正爲同名，負與負亦爲同名，正與負爲異名。術若同名相加，則異名者相減。其同名相減，則異名者相加。設有應加者遇無可加，則反減之。應減者遇無可減，則加之。此則方程之變化者也。

清・屈曾發《九數通考》卷九《方程》　方程說，方者，比也，程者，式也。設問中諸物繁冗，諸價錯雜，無可置算。必須布置行列，定爲一成之式。然後遞互遍乘，同異加減，求其有等。作爲比例，故曰方程。蓋用互乘者，所以齊其分，使其首數皆同，減盡而餘。一法一實，以得一數，以推其餘也。雖有三色四色，以至多色，不過累乘累減，亦歸於一法一實而已。其二色者設二行，三色者設三行，有幾色者必設幾行。若三色設二行，即不可算。二色設三行，則一行又無所用。故解方程者，又謂設數必成方而後可算也。然其要總在於分和較，和數相比者，則互乘而相減。較數相比者，古人定爲正負之名，以辨異同加減之號。

又　說方程列位，皆以下位爲之端。如下位爲上中兩位之總價，則和也。如下位爲上中兩位相差之價，則較也。較故分正負，和故不分正負。雖不立正負，然必以兩和互乘，對減而得其差，然後其數可得而知，故三色以往。先無正負者，有時而正負立焉。蓋較者易知，和者難知。和之中有較，較之中又有較，故方程之法以和求較而已矣。

方程設例一省算，凡行有空位，則省算也。三色無空位者，必須乘減得數，變爲二色以求之，此常法也。若內有一行空位，則以所空之位列於首，而以兩行不空者，如法乘減，得數即重列之。與此原有空位者相對，如二色求之，則省一算。四色五色以至多色，無空位者，亦必如法乘減，五色變四色，四色變三色，三色變二色，漸次求之，此常法也。若一行有空位，或幾行有空位，總將所空之位，列爲首次。先以無空之行，如法互乘減去此所空之位，則減餘之行，恰與有空之行相對，另列求之，可省幾算。

如四色中，有一行空兩位，則將此兩位列爲首次，而以無空之三行，如法乘減變爲三色者兩行。又以此兩行，如法乘減，變爲二色者一行，恰與空兩位之行相對，作二色求之是也。

又如五色中有兩行空首位，一行空首次三之三位，則將無空之兩行，如法乘減變爲四色者一行，恰與空首位之兩行相對，三行並列，如法乘減變爲三色者兩行。又相乘減變爲二色者一行，又恰與空三位之行相對，作二色求之是也。

諸例不能悉具，要在學者以一反三耳。一省乘，凡首位數有偶同，則省乘也。假如和數方程，首位同，則徑減矣。若較數，又須論其正負之名，同數而又同名，亦徑減矣。若同數而不同名，則更其一行之正負以相從，而後減併焉。否則首位雖減去，而其下之同異淆，則加減皆誤也。若和較兼用者，首位之數同，亦必以較數首位之名，名其和數之一行。而後減併之，所謂變從首位乘法之號也，然其爲省乘則一也。又有首位數雖不同，而可以分數相命者，則以其分數，改其一行之數。以從一行，則首位齊同，而可以對減，亦省其互乘矣。如兩首位爲五與十，是倍數也，則以十半之爲五。而其下諸數，皆半之以相減併，則五之行可無乘，而數亦簡明。又如兩首位爲二十與二，是十之一也。則以退位之法乘之，而其下諸數，皆取十之一，以相減併。則二之行可無乘而數亦易曉，若此類者，不可枚舉，得其意者酌而用之可耳。尤要在首位之必同名。一上下之位，可以互更。方程立法，務須首位齊同，以便減去。蓋減一色，則少一色。遞乘遞減，但留一法一實，方能得一數以推其餘。若行中有空位，則不待乘減，而其一色已先減去。故列位時，覆視横列中有空位多者，取作首位，則能省算。若横列中有兩數偶同，或數皆爲一者，取作首位，亦可省乘。一前後之行，可以互更，凡首位多空而其不空者隔遠，則更而聯之。以便乘減若各行首位，數偶相同，而爲他行所隔，亦可更置。使之聯並，若多色方程各行俱有空位，而又不等者，一時不必並列，先取首位俱實之行乘減。但以與減餘相對者，次第添入，並列而乘減之。總之上下可以互求，前後亦可易位，惟變所適，而不失其常，斯方程之法也。

清・徐鳳誥《筭學啓蒙通釋》卷上《方程正負門》 誥按：方者，法也，程者，式也。如三色者必消爲二色，二色者必消爲一色，只留一法一實，以法除實，先得其一色之數，而後乘除，得各色也。

藝文

明・王文素《筭學寶鑑》卷二六《方程》

方程錢物列排齊，首互乘來對減奇。
除物用他爲下法，餘錢爲寔法除之。
除知此價乘排物，減総餘錢作寔施。
餘物歸除知彼價，位繁次第以求推。

損益術分部

算法

《九章筭術》卷八《方程》 今有上禾七秉，損實一斗，益之下禾二秉，而實一十斗。下禾八秉，益實一斗，與上禾二秉，而實一十斗。問上下禾實一秉各幾何。

荅曰：上禾一秉實一斗五十二分斗之一十八，

下禾一秉實五十二分斗之四十一。

術曰：如方程。損之曰益，益之曰損。**三國魏・劉徽注** 問者之辭雖？今按：實云上禾七秉，下禾二秉，實一十一斗。上禾二秉、下禾八秉，實九斗也。「損之曰益」，言損一斗，餘當一十斗。今欲全其實，當加所損也。「益之曰損」，言益實以一斗，乃滿一十斗。今欲(加)〔知〕本實，當減所加，即得也。損實一斗者，其實過一十斗也。益實一斗者，其實不滿一十斗也。**劉徽注** 重論損益數者，各以損益之數損益之也。

宋・賈憲《黄帝九章筭經細草》《永樂大典》卷一六三四四 上禾七秉，下禾二秉，共十一斗。上禾二秉，下禾八秉，共實九斗。

草曰：上禾二位互乘兩行，以少減多，簡位求之。合問。

明・吴敬《九章筭法比類大全》卷八《方程》 法曰：列所問數。

上七　下二　十一斗

上二　下八　九斗

以甲行上七爲法，遍乘乙行，上二得一十四，下八得五十六，九斗得六十三斗。復以乙行上二爲法，遍乘甲行，上七得一十四，與乙行上一十四對減盡。下二得四，減乙行下五十六，餘得下五十二。十一斗得二十二斗，減乙行六十三斗，餘得四十一斗。求出下禾五十二，米四十一斗，爲下禾一秉得五十二分斗之四十一。乙行十一斗，以分母五一通之，得五百七十二。減下二得八十二，餘四百九十。以上七除得七十，減五十二爲一斗，餘十八，上禾數。合問。

《九章筭術》卷八《方程》　今有上禾五秉，損實一斗一升，當下禾七秉。上禾七秉，損實二斗五升，當下禾五秉。問上下禾實一秉各幾何。

荅曰：上禾一秉五升，下禾一秉二升。

術曰：如方程。置上禾五(禾)[秉]正，下禾七秉負，損實一斗一升正。三國魏・劉徽注　言上禾五秉之實多，減其一斗一升，餘是與下禾七秉相當數也。故互其(算)[筭]，令相折除，以一斗一升爲差。爲差者，上禾之餘實也。次置上禾七秉正，下禾五秉負，損實二斗五升正。以正負術入之。劉徽注　按：正負之術本設列行，物程之數不限多少，必令與實上下相次，而以每行各自爲率(多少)。然而或減或益，同行異位殊爲二品，各自并減之差見於下也。

宋・賈憲《黄帝九章筭經細草》《永樂大典》卷一六三四四　草曰：列置所問：

五正　七負　一斗一升正

七正　五負　二斗五升正

上禾互乘兩行，以少行同名相減，右上禾空，以法除實，得下禾一秉二升。以減左行下禾，即見上和之實矣。

明・吴敬《九章筭法比類大全》卷八《方程》　法曰：此問與前法同，列所問數，以甲行上正五爲法，遍乘乙行得數。

上正五爲法　下負七　正一斗一升

上正七得正三十五　下負五得負二十五　正二斗五升得正一石二斗五升

却以乙行上正七爲法，復遍乘甲行上正五，得正三十五，與乙行上正三十五同名對減盡。下負七，得負四十九，同減乙行下負二十五，餘得下負二十四爲法。正一斗一升得正一斗七升，同減乙行正一石二斗五升，餘得負四斗八升爲實。以法除，得二升爲下禾一秉之數。甲行下負七，以二升乘得一斗四升，加入正一斗一升，共得二斗五升。以上禾五束除，得五升爲上禾一秉之數。合問。

明・周述學《曆宗筭會》卷一一《各分》　二項二物和價盈不足求各價。損積爲正，當禾爲負。損上正以求下負，則上正爲盈。益下正以求上負，則上負亦盈，是謂兩盈。列：

右上正五　下負七　盈一斗一升

左上負七　下正五　盈二斗五升

以上正五互乘下正五，上負七互乘下負七，相減，淂二十四爲法。上正五互乘盈二十五升，淂一百二十五，上負七互乘盈一斗，淂七一升十七，相減，淂四十八升，爲下禾之實。下負七互乘盈二斗五升，淂一百七十五，下正五互乘盈一斗一升，淂五十五，相減，淂一百二十，爲上禾之實。各以法除之，淂上禾每束五升，下禾每束二升。

《九章筭術》卷八《方程》　今有上禾六秉，損實一斗八升，當下禾一十秉。下禾一十五秉，損實五升，當上禾五秉。問上下禾實一秉各幾何。

荅曰：上禾一秉實八升，下禾一秉實三升。

術曰：如方程。置上禾六秉正，下禾一十秉負，損實一斗八升正。次，上禾五秉負，下禾一十五秉正，損實五升正。以正負術入之。三國魏・劉徽注　言上禾六秉之實多，減損其一斗八升，餘，是與下禾十秉相當之數。故亦互其(算)[筭]，而以一斗八升爲差實。差實者，(下)[上]禾之餘實。

宋・賈憲《黄帝九章筭經細草》《永樂大典》卷一六三四四　草曰：列置所問：

上六秉正　下十秉負　下一斗八升正

上五秉負　十五秉正　實五升正

右上六秉，左上原五互乘兩行，皆十，約之。以少減多，異名，減右上空中，餘四爲法。同名，加實除，得一秉三升，以減右行下禾，求上禾得八升。合問。

明・吴敬《九章筭法比類大全》卷八《方程》　法曰：此問損積爲正，當禾爲負，求同前法。列所問數，以甲行上正六爲法，遍乘乙行。

上正六爲法　下負十　正一斗八升

上負五得負三十　下正十五得正九十　正五升得正三斗

却以乙行上負五爲法，複遍乘甲行上正六，得正三十，與乙行上負三十，異名對減盡。下負十，得負五十，異減乙行下正九十，餘得下正四十，爲法。正一斗八升，得正八斗，同加乙行三斗，得正一十二斗，爲實。以法除得，下一秉得三升。甲行下負十，以三升乘，得三斗，加入正一斗八升，共得四斗八升。以上正六除，得上禾一秉得八升。合問。

再求，**楊輝詳解** 欲去下禾，以下禾互乘兩行。減損，**楊輝詳解** 以少減多，右負。異名減左正，同名加右斗得後數。

上空　七十五負　二百二十五

三十負　下禾空　二百四十

斗爲實，禾爲法，實如法而一。

明・吳敬《九章算法比類大全》卷八《方程》 法曰：此問添積爲正，當禾爲負，求同前法。列所問數，以甲行上二爲法，遍乘乙行得數。

上正三爲法　下負十　添正六斗

上負二得負六　下正五得正一十五　添正一斗得正三斗

却以乙行上負二爲法，復遍乘甲行上正三，得正六，與乙行負六異對減，盡。下負十得負二十異，減第二行下正十五，餘，得下正五，爲法。正六斗得正十二斗，同加乙行正三斗，得正一十五斗，爲實。以法除得下禾一秉三斗。甲行下負十，以三斗乘，得三石。以減添正六斗，餘，得二石四斗。以上禾三秉除，得八斗，爲上禾一秉之數。合問。

清・劳乃宣《古籌算考釋》卷四《方程》 此以差實爲問，梅氏所謂較數也。原術曰：置上禾三秉正，下禾十秉負，益實六斗正。是以上禾三秉，益實六斗，與下禾十秉相當也。又曰：次置上禾二秉負，下禾五秉正，益實一斗正。是以下禾五秉，益實一斗，與上禾二秉相當也。其列益實爲正，正合正負相當之理。

李氏乃謂正皆當作負，謬矣。《九章》方程諸術，所列下實正負，多與相當之理相反，惟此相合。蓋方程中之正負，特以之別異同耳。雖不用相當式，算亦可通，故《九章》兩載之，以廣異術。然以算理而論，終以相當者爲正，且與天元相通。後人不察，沿爲下實與多數同名之説，昧其本矣，今辯正之。此題以直除法演草。

置位式

|||　—〇　⊤

||　|||||　|

右上乘左行式

|||　—〇　⊤

明・周述學《曆宗筭會》卷一一《各分》 二項二物和價兩盈求各價。損積爲正，當禾爲負。損上正以求下負，則上正爲盈。損下正以求上負，則上負不足，是爲一盈一不足。列：

右上正六　下負十　盈十八升

左上負五　下正十五　不足五升

以上正六互乘下正十五，得九十五，上負五互乘下負十，得五十，相減，餘四十爲法。以上正六互乘不足五升，得三斗，上負五互乘盈十八升，得九斗，相併，得一十二斗，爲下禾之實。以下負十互乘不足五升，得五十升，下正十五互乘一十八升，得二十七斗，相併，得三十二斗，爲上禾之實。各以法除之，得上禾一束八升，下禾一束三升。

《九章筭術》卷八《方程》 今有上禾三秉，益實六斗，當下禾一十秉。下禾五秉，益實一斗，當上禾二秉。問上下禾實一秉各幾何。

答曰：上禾一秉實八斗，下禾一秉實三斗。

術曰：如方程。置上禾三秉正，下禾一十秉負，益實六斗(正)[負]。次置上禾二秉負，下禾五秉正，益實一斗(正)[負]。以正負術入之。**三國魏・劉徽注** 言上禾三秉之實少，益其六斗，然後於下禾十秉相當也。故亦互其(算)[筭]，而以六斗爲差實。差實者，下禾之餘實。

宋・賈憲《黄帝九章筭經細草》《永樂大典》卷一六三四四　宋・楊輝詳解 解題：牛馬問價者可以損益，此題不可損益，以本身並。添積爲正，當禾爲負求之。術曰：以所求率互乘鄰行，齊所求之率，以少減多。**楊輝詳解** 去其求率。再求減損。**楊輝詳解** 位繁者再求即上文之意，不過欲其位簡。錢爲實，物爲法，實如法而一。

草曰：**楊輝詳解** 前問未足以發明正負，以此問再敘法草講明。列置所問：

上三正　下十負　添六斗正

上二負　下五正　添一斗正

以所求率上禾互乘諸行，**楊輝詳解** 右三乘左行，左二乘右行。以少減多，**楊輝詳解** 左行減右。異名相減，**楊輝詳解** 六負減六正，十五正減二十負。同名相加，**楊輝詳解** 二斗加十二斗。

上空　五負　十五斗正

六負　十五正　三斗正

丅 —𝍣 Ⅲ
移右行下禾秉數於實下乘得數式
Ⅲ 丅
Ⅲ ≡〇 —〇
消右行下實式
Ⅲ =𝍣
Ⅲ
移置右行法實式
=𝍣 Ⅲ
Ⅲ
除得上禾實數式
Ⅲ
Ⅲ

置上禾三秉正，下禾十秉負，實六斗正，於右行。置上禾二秉負，下禾五秉正，實一斗正，於左行。以右上上禾三秉正偏乘左行，得上禾六負，下禾十五正，實三正。首位左右異名，當用異名相減，同名相加法，乃以加爲消也。以右行二度消左行，首位二三如六，得六正，與左消盡。中位一二如二，得二十負，與左相消，得五負。下位二六一十二得一十二正，與左相消，得一十五正。凡云幾度消之者仿此。左行下爲實，上爲法，除之。得三斗，爲下禾一秉實。乃求上禾，移右行下禾十秉負，置下禾實三斗正下，乘之，得三十斗負。以消右行實六斗正，異名相減，得二十四斗負，餘上禾三秉正，實二十四斗負。下爲實，上爲法，除之。得八斗，爲上禾一秉實。

《九章筭術》卷八《方程》　今有賣牛二、羊五，以買一十三豕，有餘錢一千。賣牛三、豕三，以買九羊，錢適足。賣六羊、八豕，以買五牛，錢不足六百。問牛、羊、豕價各幾何。

答曰：牛價一千二百，羊價五百，豕價三百。

術曰：如方程。置牛二、羊五正，豕一十三負，餘錢數正。次，牛三正，羊九負，豕三正。次，五牛負，六羊正，八豕正，不足錢負。以正負(求)術入之。**三國魏·劉徽注**　此中行買賣相折，錢適足，故但互買賣(算)［筭］而已。故下無錢直也。設欲以此行如方程法，先令二牛偏乘(左)［中］行，而以右行直除之。是故終於下實虛缺矣，故注曰正無實負，負無實正，方爲類也。方將以別實加(不)［適］足之數與實物作實。

《盈不足章》黄金白銀與此相當。「假令黄金九、白銀一十一，稱之重適等。交易其一，金輕十三兩。問金銀一枚各重幾何？」與此同。

宋·賈憲《黄帝九章筭經細草》《永樂大典》卷一六三四四　賣二牛五羊，買十三豕，剩錢一貫。賣一牛一豕，買三羊，適足。賣六羊八豕，買五牛，少錢六百，與前題同。**宋·楊輝詳解**　解題：賣爲正數，買爲負數。題中借賣買爲正負，又加少、剩、適足爲問，此意不亦遠乎。正負，**楊輝詳解**　正者正數也，負者欠數也，方(相)［程］　以鄰行相乘，求等，對位爲除，而簡其位。**楊輝詳解**　求源，如正負名不同者數不相入，可副置位傍。正負折除，古人謂非其法，故立成術。謂異名相減，同名相(減)［加］，二法使學者參題取用，以代副置折除之愚也。

一法，異名相減，**楊輝詳解**　正見負爲異名，以正減負者非減也，是正折其去負矣。負見正亦異名，以負減正者誠減也，正多負而折去矣。同名相加，**楊輝詳解**　正見正或負見負，皆爲同名。上文異名爲減，下即同名補還。正無人正之，負無人負之。**楊輝詳解**　本是同名相加，因鄰位無算可入，故云。正無入者仍爲正，負無入者仍爲負，古本誤刻「無人」者非。以問中草段爲解，就明作法也。

賣爲正	買爲負	適足數停	
多爲正	少爲負		
二正	五正	十三負	一貫正
一正	三負	一正	空
五負	六正	八正	六百負

先去羊，**楊輝詳解**　乘少羊之行與多羊，等而對減。二乘中行減左。

二正	五正	十三負	一貫正	
二正	六負	二正	空	
減數	二正	六負	二正	空
原數	五負	六正	八正	六百負

楊輝詳解

正負折除此數，	三負異号相減，	空異名相減，	十正同名相加。	六百負無加不動。

二法，同名相減，**楊輝詳解** 正見正，負見負，謂之同名相減。異名相加，**楊輝詳解** 上以正減正，下以負還正或以正還負。上以負減負，下以負還正或以正還負，猶前去相補之意。正無人正之，負無人負。**楊輝詳解** 亦是異名相加，補還之理，原其鄰位無算可入，故云，是反前術。更摘草段爲解。

二正	五正	十三負	一貫正
二正	六負	二正	空
三負	無	十正	六百貫

去中牛，以右行減之，**楊輝詳解** 右二牛等也。

	二正	五正	十三負	一貫正
減數	二正	五正	十三負	一貫正
原數	二正	六負	二正	無入

楊輝詳解 折半此數，牛空同名相減，十一負異名相加。十五正異名相加，一貫負正無入負。

三負	羊空	十五正	六百貫

楊輝詳解 以後竝用成法更不重説。

更去左牛，以右牛乘左行，用左行兩度，異名相減，**楊輝詳解** 左三牛負減右六牛正，左十豕正減二十豕負，左六百負減一貫二百正。

牛空	十五正	十九負	一貫八百正
牛空	十一負	十五正	一貫負
三負	羊空	一十正	六百負

去其羊，以右中羊互乘，以右減中。

牛空	百六十五正	二百九負	十九貫八百正
牛空	羊空	十六正	四貫八百**楊輝詳解** 同名相減，無入正之。
三負	羊空	一十正	六百負

錢爲實，物爲法，先求豕價。以減左右之豕，求牛之價。

明・吴敬《九章筭法比類大全》卷八《方程》 賣二牛五羊，買十三豕，剩錢一貫。賣一牛一豕，買三羊，適足。賣六羊八豕，買五牛，少錢六百。問牛羊豕價各幾何。

答曰：牛一貫二百，羊五百，豕三百。

法曰：賣爲正數，買爲負數。題中借買賣爲負正，又加□剩□足，爲問此意，不亦遠乎。列所問數，賣爲正數，買爲負數。以右行牛正二爲法，遍乘中左二行得數。

	牛	羊	豕	價
右	正二爲法	正五	負十三	正一貫
中	正一得正二	負三得負六	正一得正二	空
左	負五得負十	正六得正十二	正八得正十六	負六百得負一貫二百

却以中行牛正一爲法，復遍乘右行。牛正二得二斗，与中行牛正二對減，盡。羊正五得正五，異加中行羊負六得羊負十一。豕負十三得負十三，異加中行豕正二得豕正十五。正一貫得正一貫，中行價空无減得正一貫。再以左行牛負五爲法，復遍乘右行。牛正二得正十，與左行牛負十異名對減，盡。羊正五得羊正二十五，同加左行羊正十二得羊正三十七。豕負十三得豕負六十五，異減左行豕正十六，餘得豕負四十九。正一貫得正五貫，異減左行負一貫二百，餘得負三貫八百。

再相乘，以中行羊負十一爲法，遍乘左行。羊正三十七得羊正四百七，豕負四十九得豕負五百三十九，價負三貫八百得價負四十一貫八百。却以左行羊正三十七爲法，復遍乘中行。羊負十一得羊負四百七，與左行羊正四百七，異名對減，盡。豕正十五得豕正五百五十五，異減左行豕負五百三十九，餘得豕正一十六爲法。正一貫得正三十七貫，異減左行負四十一貫八百，餘得正四貫八百爲實。以法除得豕價一百。

中行豕正十五，以價二百乘得四貫五百，加正一貫共得五貫五百。以羊十一除得羊價五百。右行豕負十三，以價三百乘得三貫九百。加入正一貫，共得四貫九百。減羊五，價得二貫五百，餘得二貫四百。以牛二除得牛價一貫二百。合問。

明・王文素《筭學寶鑒》卷二六《述古佳題》 解題曰：賣物爲正，買物爲負。題中借買賣爲負正，又加少剩適足，爲問此意不亦遠乎。

正負方程初圖

甲	正二牛	正五羊	負十三豕	正錢一貫
乙	正一牛	負三羊	正一豕	空錢
丙	負五牛	正六羊	正八豕	負錢六百

法曰：甲正二牛乘乙負三羊得六，以乙正一牛乘甲正五羊得五，此系三正一負異加，得乙負羊十一。又以甲正二牛乘乙正一豕得二。却以乙正一牛乘甲負十三得十三，此三正一負異加，得乙正豕十五。又以甲正二牛乘乙錢空，不必乘之，却以乙正牛一乘甲正錢一千，得一千。乙錢空無，減就爲乙正錢一千文。又以甲正二牛乘丙正六羊，加得丙正羊三十七。又以甲正二牛乘丙正八豕，得十六。以丙負五牛乘甲負十三豕，得六十五豕，此系二正二負異減，得丙行負豕四十九。

又以甲正二牛，乘丙負錢六百，得一千二百。以丙負正牛乘甲正錢一千，得五千，此系二正二負，異減，餘得丙負錢三千八百文，又列于位。

第二列圖

乙　負羊十一　正豕十五　正錢一千

丙　正羊三十七　負豕四十九　負錢三千八百

以乙夏羊十一乘丙負豕四十九，得五百三十九。以丙羊三十七乘乙正豕十五，得五百五十五，此二正二負，異減餘豕一十六爲法。又以乙負羊一十一乘丙負錢三千八百，得四萬一千八百。却以丙正羊三十七乘乙正錢一千，得三萬七千，此係二正二負，異減，餘四千八百爲寔。以法除之，得豕價三百文。就以第二圖乙正豕十五乘之，得四千五百，加乙正錢乙千，共得五千五百爲寔。以乙負羊一十一除之，得一羊價五百文。以初圖甲負豕十三乘價三百，得三千九百，加入甲正錢一千共四千九百，內減五羊價二千五百，餘二千四百爲寔。以甲正二牛爲法，除之，得一牛價一千二百文。合問。

明・周述學《曆宗筭會》卷一一《各分》　三物和價盈不足適足求各價。

賣二牛五羊，買十三豕，盈錢一貫。賣一牛一豕，買[三]三羊，適足。賣六羊八豕，買五牛，不足六百文。求各價幾何。

賣爲正，買爲負。盈爲正，不足爲負。列

右　牛正二　羊正二　豕負一十三　價正一貫

中　牛正一　羊負三　豕正一　空

左　牛負五　羊正六　豕正八　價負六百文

以右行牛正二爲法，遍乘中行。羊負三負淂負六，豕正一淂正二，價無乘。遍乘左行，羊正六淂正十二，豕正八淂正十六，價六百淂一貫二百文。次以中行牛正一互乘右行，羊正五仍淂，與羊負六異名相併，淂羊負十一。豕負十三與豕正一異名相併，淂豕正十五。價正一貫，無加減次。以左行牛負五互乘右行羊正，淂正二十五。與正十二相加，淂羊正三十七。豕負淂六十五，與豕正十六相減，餘豕負四十九。價淂正五貫，與一貫二百文相減，餘價負三貫八百文。次列

羊負十一　豕正十五　價正一　正豕價二十一貫

羊正三十七　豕負四十九　價負三貫八百文　正羊價多三貫八百文

以羊負互乘豕負，淂五百三十九。羊正互乘豕正，淂五百五十一，相減淂一十六爲法。羊負互乘價負，淂四十一貫八百文，羊正互乘價正，淂三十七貫，相減淂四貫八百文，爲豕價之實。豕正互乘價負淂五十七貫，豕負互乘價正淂四十九貫，相減淂八貫，爲羊價之實。各以法除之，淂豕三百文，羊五百文。以右行豕負十三，以價三百乘之，加入正一貫，淂四貫九百文，減五羊之價，餘二貫四百文，半之淂牛價一貫二百文。

又法：先去羊，乘少羊之行，與多羊等而對減。以右牛二爲法，遍乘中行，減左。第一法，異名相減，正見負爲異名。以正減負者非減也，是正折去其負矣。負見正亦異名，以負減正者誠減也，正多負而折去矣。同名相加，正見正或負見負，皆爲同名。上既異名爲減，下即同名補還。正無入正之，負無入負之。本是同名相加，因鄰行無筭可入，故正無入者仍爲正，負無入者仍爲負。

右　牛正二爲法　羊正五豕負十三　價正一貫

中　牛正一　羊負三　豕正一　價適足空

乘出數　正二　負六　正二　空

左　牛負五　羊正六　正豕　價負六百貫

折併數　負三異減空異減　正十同加　負六百無加不動

去中牛，以右行減中行乘出之數。

第二法，同名相減，正見正，負見負，謂之同名相減。異名相加，上以正減正，下以負還正，或以正還負。上以負減負，下以負還正，或以正還負。猶前法相補之意也。正無人負之，負無人正之，亦是異名相加，補還之理。原其鄰位無筭可入，故前術。

右　牛正二　羊正五　豕負十三　價正一貫

右行乘出中行數　正二　負六　正二　無入

右行加減中行數　牛空同減　負十一異加　正十五異加　價負一貫正無人負

左　牛負三　羊空　豕正十　價負六百

更去左牛，以右牛乘左行，用左行兩度異名相減，左三牛負減右六牛正，左十豕正減二十豕負，左六百負減一貫二百正。

右左三乘　牛二正六正　羊五正十五正　豕十三負三十九　價一貫正三貫

左行兩度加減餘數　牛空異減　十五正不動　十九負異減　價一貫八百正異減

去其羊，以右中羊互乘，以右減中。

中　牛空　羊十一負　豕十五正　價一貫負

左　牛三負　羊空　豕一十正　價六百負

牛空　羊一百六十五正右中羊互乘，　豕二百九負中羊乘豕十九負，　價十九貫八百正中羊乘一貫八百正。

牛空　羊空右中羊互乘對減盡，　豕十六正右羊乘豕十五減餘，　價四貫八百[正]右羊乘一貫同減無人，正之。

牛三負　羊空　豕一十正　六百負

以價四貫八百爲實，以物一十六爲法除之，得豕價三百文。求羊價，以豕價乘右行豕二百九得六十二貫七百文。加右行價十九貫八百，共得八十二貫五百文，爲右羊價之實。以右羊一百六十五爲法，除之，得羊價五百文。求牛價，以豕價乘左下豕一十得三貫，加左下價六百文，共得三貫六百文，爲左牛之實。以左上三牛爲法，除之得牛價一貫二百文。

明・程大位《算法統宗》卷一一《三色方程》　今有賣二牛五羊，買十三豬，剩銀五兩。賣一牛一豬，買三羊，適足。賣六羊八豬，買五牛少銀三兩。問牛羊豬各價若干。

答曰：牛價六兩，羊價二兩五錢，豬價一兩五錢。

法曰：以賣牛爲正，以買豬爲負。以多爲正，以少爲負，列所問數。先以右行牛正二，爲法，遍乘中左二行，得數。

右　牛正二爲法　羊正五　豬負十三　正五兩

中　牛正一　羊負三得負六　豬正一得正二　空適足

左　牛負五　羊正六得正十二　豬正八得正十六　負三兩得六兩

却以中行牛正一爲法，復遍乘右行。羊正五得正五，異加中行羊負六，共得羊負十一。豬負十三得負十三，異加中行豬正二，共得豬正十五。價正五兩得正五兩，因中行價空無減，得正五兩。再以左行牛負五爲法，復遍乘右行，羊正五得羊正二十五。同名加左羊正十二，共得三十七。豬負十三得豬負六十五。異減左行豬正十六，餘得豬負四十九。價正五兩得正二十五兩，異減左行負六兩，餘得負一十九兩。

再以中行羊負十一爲法，遍乘左行羊正三十七，得羊正四百零七。豬負四十九得豬負五百三十九，價負一十九兩得價負二十兩令九錢。

却以左行羊正三十七爲法，復遍乘中行羊負十一，得羊負四百令七。與左行羊正四百令七，異名對減盡。豬正十五得豬正五百五十五，異減左行豬負五百三十九，餘得豬正一十六爲法。價正五兩得正一十八兩五錢，異減左行價二十兩令九錢，餘得正二兩四錢爲實。以法除之，得豬價一兩五錢。中行豬正十五，以價一兩五錢乘，得二十二兩五錢。加正五兩，共二十七兩五錢。以羊十一除之，得羊價二兩五錢。右行豬負十三以價一兩五錢乘，得一十九兩五錢，加入正五兩，共得二十四兩五錢，減五羊價共一十二兩五錢，餘得一十二兩，以牛二除之，得牛價六兩。合問。

《九章算術》卷八《方程》　今有甲乙二人持錢不知其數。甲得乙半而錢五十，乙得甲太半而亦錢五十。問甲乙持錢各幾何。

答曰：甲持三十七錢半，乙持二十五錢。

術曰：如方程。損益之。**三國魏・劉徽注**　此問者言一甲半乙而五十，太半甲一乙亦五十也。各以分母乘其全，内子行定。二甲一乙而錢一百。二甲三乙而錢一百五十。於是乃如方程。諸物有分者放此。

明・吴敬《九章算法比類大全》卷八《方程》　法曰：甲欲乙中半，乙母二分子之一，乙欲甲之太半，甲母是三分子乃之二，以甲母三分乘乙錢五十得一百五十。復以乙母二分乘甲錢五十得一百。以少減多，乙錢餘五十，半之得乙錢二十五文。復以乙錢二十五文，甲錢一百文，以少減多，甲錢餘七十五文，半之得甲錢三十七文半。合問。

明・周述學《曆宗算會》卷一一《各分》　甲欲乙中半，乙分母二分子之一。乙欲甲太半，甲分母三分子之二。以甲分母三乘乙錢，得一百五十。乙分母二乘甲錢，得一百。相減餘五十。半之得乙二十五文二，而三之得甲三十七文半。又甲得四分之三，乙得二分之一。以之三互乘五十，分母四除之，湼甲。以之一，互乘五十，分母二除之，湼乙。

《九章算術》卷八《方程》 今有二馬一牛價過一萬，如半馬之價。一馬二牛價不滿一萬，如半牛之價。問牛馬價各幾何。

答曰：馬價五千四百五十四錢一十一分錢之六，

牛價一千八百一十八錢一十一分錢之二。

術曰：如方程。損益之。**三國魏・劉徽注** 此一馬半與一牛價直一萬也，二牛半與一馬亦直一萬也。一馬半與一牛[直錢一萬]，通分内子，右行爲三馬二牛，直錢二萬。二牛半與一馬直錢一萬，通分内子，左行爲二馬五牛，直錢二萬也。

明・吴敬《九章算法比類大全》卷八《方程》 法曰：未知牛馬半價者當損益，求齊二馬一牛，價過十貫外多半馬之價，當損半馬爲一馬半，一牛直十貫文。一馬二牛價不滿十貫，内少半牛之價，當益半牛爲一馬，二牛半直十貫。

排列問數，半者倍之。

三馬　二牛　二十貫拎右

二馬　五牛　二十貫拎左

先以右行三馬爲法，徧乘左行。二馬得六，五牛得十五，價二十貫得六十貫。却以左行二馬復徧乘右行，三馬得六馬，與左行六馬對減尽。二牛得四牛，減左行十五牛，餘得十一牛爲法。價二十貫得四十貫，減左行六十貫，餘得二十貫爲實。以法十一除得一貫八百一十八文十一分錢之二。却以牛十一乘馬六得六十六爲法。又以牛十一乘鈔四十貫得四百四十貫。却以牛四乘鈔二十貫得八十貫。以減餘得鈔三百六十貫爲實。以法除得馬價五貫四百五十四文，餘實三十六，以六約得一十一分錢之六。以合問。

直除與代入分部

題解

三國魏・劉徽《九章筭術注》卷八《方程》　此都術也，以空言難曉，故特繫之禾以決之。

明・王文素《筭學寶鑒》卷二六《方程》　通證觧曰：方程一術寔爲深遠，正負二名最爲難定。古載題問列多物扵甲首，乙中，丙下，雁翅斜排者，欲便扵相減故也。或物數乱列者，則有加有減，古籍註釋未詳，初學無門而（人）［入］，誠爲可憾。盖嘗論之方程列位固繁，然互乘對減之際，秖用四位而已。初度既乘無不相減，須看所減之餘，是孰除之也。假令甲乙二行互乘對減，餘甲者皆爲負，餘乙者皆爲正，甲與丙丁戊巳互乘相減皆然，既得正負列位，再乘便觀四字，其二正二負及四正四負者，俱相減之，或三正一負，或三負一正者皆相併之。古云同減異加，異減同加，正謂是耳。又云正無正入之，負無負入之，其旨幽遠，未易求通。愚慮及此，正猶管中窺豹，特見一班而已，以俟明算君子变而通之，改正辛甚。

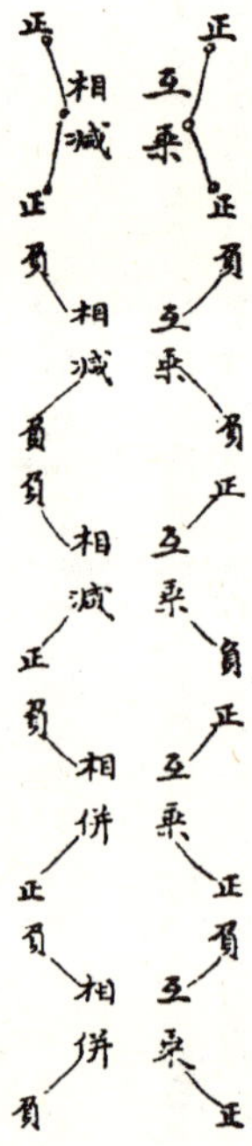

觧曰：圖四正四負固無相易，若二正二負不拘處所皆相減，三正三負亦不拘所，皆相併。

清・吴嘉善《白芙堂算書廿一種・九章翼・方程》　術曰：列各相當式在位，凡二色者有二相當式，三色者有三相當式。每加一色，則多一式，然後可求。所以天元術只取一同數相消，二元術則必取二同數相消也。取兩式齊其一色，法當齊其所不求之色，得式相減。遇有異名者，則反相加。爲第二次相當式，二色者第二次相當式即爲末式。三色者取第二次相當之兩式，又齊其一色，注同上。得式相消，注同上，爲末式。以下每多一色即多一次相齊，乃得末式，既淂末式，上法下實，實如法而一淂所求也。

清・徐鳳誥《筭學啓蒙通釋》卷上《方程正負門》　誥按：直減即直除也，凡減必以一行爲主設，以爲主之右行直減左行。如左行首位減之，未盡，其所餘者又不足右行首位之數，則必以右行之首位遍乘左行，再直減之一次，不盡，二次減之。二次不盡，三次減之，均以首位減盡爲止，或亦以左行餘數遍乘右行，而後以右行減之，可省數次減之。煩凡立爲主之行，不論左右，求其便者，用之而已。

算法

《九章筭術》卷八《方程》　今有上禾三秉，中禾二秉，下禾一秉，實三十九斗。上禾二秉，中禾三秉，下禾一秉，實三十四斗。上禾一秉，中禾二秉，下禾三秉，實二十六斗。問上中下禾實一秉各幾何。

荅曰：上禾一秉九斗四分斗之一，中禾一秉四斗四分斗之一，

下禾一秉二斗四分斗之（一）［三］。

術曰：置上禾三秉，中禾二秉，下禾一秉，實三十九斗於右方。中、左禾列如右方。以右行上禾偏乘中行，而以直除。**三國魏・劉徽注**　爲術之意，令少行減多行，（反）［返］覆相減，則頭位必先盡。上無一位，則此行亦闕一物矣。然而舉率以相減，不害餘數之課也。若消去頭位，則下去一物之實。如是（叠）［疊］令左右行相減，審其正負，則可得而知。先令右行上禾乘中行，爲齊同之意。爲齊同者，謂中行直減右行也。從簡易雖不言齊同，以齊同之意觀之，其義然矣。又乘其次，亦以直除。**劉徽注**　復去左行首。然以中行中禾不盡者偏乘左行，而以直除。**劉徽注**　亦令兩行相（乘）去行之中禾也。左方（上）［下］禾不盡者，上爲法，下爲實。實即下禾之實。**劉徽注**　上、中禾皆去，故餘數是下禾實，非但一秉。欲約衆秉之實，當以禾秉數爲法。列此，以下禾之秉（實）［數］乘兩行，以直除，則下禾之位（自）［皆］决矣。各以其餘一位之秉除其下實。即計數矣，用（算）［筭］繁而不省。所以别爲法，約也。然猶不如自用其舊，廣異法也。求中禾，以法乘中行下實，而除下禾之實。**劉徽注**　此謂中兩禾實，下禾一秉實數

先見，將中秉求中禾，其列實以減下實。而左方下禾雖去一秉，以法爲母，於率不通。故先以法乘，其通而同之。俱令法爲母，而除下禾實。以下禾先見之實令乘下禾秉數，即得下禾一位之列實。[減]於下實，則其數是中禾之實也。餘，如中禾秉數而一，即中禾之實。**劉徽注** 餘，中禾一位之實也。故以一位秉數約之，乃得一秉之實也。求上禾，亦以法乘右行下實，而除下禾、中禾之實。**劉徽注** 此右行三禾共實，(令)[合]三位之實，故以(一)[二]位秉數約之，乃得一秉之實。(此右行三禾共實)，(合)[今]中下禾之實，其數並見，[令乘]右行之禾秉以減之，故亦如前，各求列實，以減下實也。餘，如上禾秉數而一，即上禾之實。實皆如法，各得一斗。**劉徽注** 三實同用。不滿法者，以法命之。母、實皆當(除)[約]之。

宋・賈憲《黄帝九章筭經細草》卷八《方程》《永樂大典》卷一六三四四　術曰：**宋・楊輝詳解** 本倍折減損之問，初無活法，今述此意。排列逐項問數。**楊輝詳解** 某物某物共直幾錢爲一行，某物某物共直幾錢爲一行。命首位物多者爲主，**楊輝詳解** 彼七此五，以七爲多。以鄰行數增乘求等。**楊輝詳解** 數等可以減損。餘物與價，**楊輝詳解** 即總數也。亦例乘之。**楊輝詳解** 一物既增，餘物與價亦各陞爲一體。以原多物，**楊輝詳解** 行内數目，對減。**楊輝詳解** 謂物減物，錢減錢，求輕一位。其餘次第增減，**楊輝詳解** 增少數與多數爲停，如求對除，以求位簡。價可爲實，物可爲法而止。**楊輝詳解** 法實皆一位也。以法除之。**楊輝詳解** 商除。

上三　中二　下一　三十九斗
上二　中三　下一　三十四斗
上一　中二　下三　二十六斗

以首位物多者爲主，**楊輝詳解** 右三。以物少者，**楊輝詳解** 左中二行。增乘求等，餘物與價亦例乘之。**楊輝詳解** 右三乘左中行。

上三　中二　下一　三十九斗
上六　中九　下三　一百二斗
上三　中六　下九　七十八斗

以原乘多行，**楊輝詳解** 右行四位。對減，**楊輝詳解** 中左二行。上禾盡而止。

上三　中二　下一　三十九斗
　　　中五　下一　二十四斗
　　　中四　下八　三十九斗

其餘次第增減。令存中禾者，以多數，**楊輝詳解** 中五。徧乘少行，**楊輝詳解** 左行。以原乘多行，**楊輝詳解** 中行。對減之，中禾盡而止。**楊輝詳解** 四度減盡。

上三　中二　下一　三十九斗
　　　中五　下一　二十四斗
　　　　　　三十六　九十九斗

價可爲實，物可爲法。**楊輝詳解** 下禾爲法，斗數爲實，除之。每秉得二斗餘九，約之得四分之三。中行内減下禾一秉二斗四分斗之三，餘二十一斗四分斗之一，爲中禾五秉之實。除之，一秉得四斗四分斗之一。右行内減中禾二秉，下禾一秉，實十一斗四分斗之一，餘二十七斗四分斗之三，爲上禾三秉之實。除之得九斗四分斗之一，合前問。解題：衆物總價，隱互其實。上問以三禾之數。欲分其實，當求其上中下禾，禾各見一位如商除之。

明・吴敬《九章算法比類大全》卷八《方程》 法曰：此問衆物「秘價」隱互其實。問三禾之數，欲分其實，當求出上中下禾各見一位之數，如商除之法。排列逐項問數，以右行首位上數爲法，遍乘中右二行禾米。却以中左二行上數爲法，復遍乘右行禾米得數，仍與中左二行禾米對減，爲中左二行數。仍行排列，再以中行中數爲法，遍乘左行禾米得數。却以左行中數爲法，復遍乘中行禾米，仍與左行禾米對減。價可爲實，物可爲法而止。法實皆一位也。以法除之。

排列逐項問數，以右行上三爲法，遍乘中左二行禾米。

右　上三爲法　中二　下一　三十九斗
中　上二得六　中三得九　下一得三　三十四斗得一百二斗
左　上一得三　中二得六　下三得九　二十六斗得七十八斗

復以中行上二爲法，遍乘右行上三，二乘得六，與中行上六對減盡。中二二乘得四，減中行中九，餘得中五。下一二乘得二，減中行下三，餘得下一。三十九斗二乘得七十八斗，減中行一百二斗，餘得二十四斗。又以左行上一爲法，復遍乘右行上三，一乘得三，與左行上三對減盡。中二一乘得二，減左行中六，餘得中四。下一一乘得一，減左行下九，餘得下八。三十九斗一乘得三十九斗，減左行七十八斗，餘得三十九斗。再以中行中五爲法，遍乘左行中四得二十，下八得四十，三十九斗得一百九十五斗。復以左行中四爲法，遍乘中行中五得二十，與左行中二十對減盡。下一得四，減左行下四十，餘得三十六爲法，二十四斗得九十六斗，減左行一百九十五斗，餘得九十九斗爲實。以法除，每下禾一束得米二斗爲實二十七，法實皆九約之，得四分斗之三。中行二十四斗，減下禾一束，得二斗四分斗之三。餘二十一斗四分斗之一，爲中行五束之實。除之，一束得四斗四分斗之一。右行三十九斗，減中禾二束，下禾一束，共實一十一斗四分斗之一，餘二十七斗四分斗之三，爲上禾三束之實。除之，每一束得九斗四分斗之一。合問。

晉・佚名《孫子筭經》卷下　今有甲乙二人，持錢各不知數。甲得乙中半，可滿四十八。乙得甲太半，亦滿四十八。問甲乙二人元持錢各幾何。

荅曰：甲持錢三十六，乙持錢二十四。

術曰：如方程求之。置二甲一乙錢九十六於右方，置二甲三錢一百四十四於左方。以右方二乘左方，上得四，中得六，下得二百八十八錢。以右行再減左行，左上空，中餘四乙爲法。下餘九十六錢爲實。上法下實，得二十四錢爲乙錢。以減右下九十六，餘七十二爲實。以右上二甲爲法，上法下實，得三十六，爲甲錢也。

北魏・張丘建《張丘建筭經》卷下　今有上錦三疋，中錦二疋，下錦一疋，直絹四十五疋。上錦二疋，中錦三疋，下錦一疋，直絹四十三疋。上錦一疋，中錦二疋，下錦三疋，直絹三十五疋。問上中下錦各直絹幾何。

荅曰：上錦一疋直絹九疋，中錦一疋直絹七疋，下錦一疋直絹四疋。

術曰：如方程。**隋・劉孝孫細草**　草曰：置上錦三疋於右上，中錦二疋於右中，下錦一疋於右下，直絹四十五疋於下。又置上錦二疋於中上，中錦三疋於中中，下錦一疋於中下，直絹四十三疋於下。又置上錦一疋於左上，中錦二疋於左中，下錦三疋於左下，直絹三十五疋於下。然以右上錦三疋遍乘中行，上得六，中得九，下得三，直絹一百二十九。又以右上錦三遍乘左行，得上三中六下九，直絹一百五。乃以右上中下並直絹再減中行，一減左行。餘有中行中五下一絹三十九。左行中四下八直絹六十。又以中行中五遍乘左行，中得二十，下得四十，直絹三百。以中行四度遍減左行，餘只有下錦三十六，直絹一百四十四。以下錦爲法，除絹一百四十四得四疋，是下錦一疋之直。求中錦，以下錦絹乘中行下錦一疋得四，以減下絹三十九餘三十五。以中錦五疋除之得七疋，是中錦之直。求上錦，以中錦價乘右行中錦得一十四，以下錦直乘下錦得四，共一十八。以減下直四十五餘二十七。以上錦三除之，得九疋。合前問。**唐・李淳風等注釋**　謹按：此術宜云。以右行上錦偏乘中行，而以直除之。又乘其左，亦以直除。以中行中錦不盡者偏乘左行，又以直除。左行下錦不盡者，上爲法，下爲實，實如法得下錦直絹。求中錦直絹者，以下錦直絹乘中行下錦，而減下實。餘如中錦而一，即得中錦直絹。求上錦直絹者，亦以中下錦直絹各乘右行錦數，而減下實。餘如上錦而一，即得上錦之數。列而別之，價直匹數雜而難分。價直匹數者一行之下實。今以右行上錦偏乘中行者，欲爲同齊而去中行上錦。同齊者，謂同行首，齊諸下，而以直減中行。術從簡易，雖不爲同齊，以同齊之意觀之，其宜然矣。又轉去上錦中錦，則其求者下錦一位及實存焉。故以上爲法，下爲實，實如法得下錦一匹直絹。其中行兩錦實，今下錦一匹直數先見，乘中行下錦匹數，得一位別實，減此別實一於下實，則其餘專中錦一位價直匹數。故以中錦數而一，其右行三錦實，今中下錦直匹數並見。故亦如前，右行求別實以減中下實一，餘如上錦數而一，即得。

又　今有孟仲季兄弟三人，各持絹不知疋數。大兄謂二弟曰：我得汝等絹各半，得滿七十九疋。中弟曰：我得兄弟絹各半，得滿六十八疋。小弟曰：我得二兄絹各半，得滿五十七疋』。問兄弟本持絹各幾何。

荅曰：孟五十六疋，仲三十四疋，季一十二疋。

術曰：大兄二，中弟一，小弟一，合一百五十八疋。大兄一，中弟二，小弟一，合一百三十六疋。大兄一，中弟一，小弟二，合一百一十四疋。如方程而求，即得。**劉孝孫細草**　草曰：置大兄二於右上，中弟一於右中，小弟一於右下，絹一百五十八疋於下。又置大兄一於中上，中弟二於中中，小弟一於中下，絹一百三十六疋於下。又置大兄一於左上，中弟一於左中，小弟二於左下，絹一百一十四疋於下。以方程求之。以右行上二遍因左行，孟得二，仲得二，季得四，合得二百二十八。以右行直減之，仲餘一，季餘三，合餘七十。又以右行上二遍因中行，孟得二，仲得四，季得二，合得二百七十二。以右行直減之，仲得三，季得一，合餘一百一十四。又以中行仲三遍因左行，仲得三，季得九，合得二百一十。以中行直減之，季餘得八，外餘得九十六，爲實。以季餘八爲法，除之，得季一十二疋。又中行合一百一十四，減一十二，餘一百二，以仲三除之，得仲三十四疋。外餘一百一十二，以孟二除之，得孟五十六疋。合前問。

又　今有甲乙丙三人持錢不知多少。甲言：我得乙太半，得丙少半，可滿一百。乙言：我得甲太半，得丙半，可滿一百。丙言：我得甲乙各太半，可滿一百。問甲乙丙持錢各幾何。

荅曰：甲六十，乙四十五，丙三十。

術曰：三甲二乙一丙錢三百，四甲六乙三丙錢六百，二甲二乙三丙錢三百，如方程，即得。　**隋·劉孝孫細草**　草曰：置三甲於右上，二乙於右中，一丙於右下，錢三百於下。又置四甲於中上，六乙於中中，三丙於中下，錢六百於下。又置二甲於左上，二乙於左中，三丙於左下，錢三百於下。以右行上三遍因左行，甲得六，乙得六，丙得九，錢得九百。以右行再減之，餘乙二，丙七，錢三百。又以右行上三遍因中行，得甲一十二，乙一十八，丙九，錢一貫八百，以右行四遍減之，餘乙一十，丙五，錢六百。左行進一位，得乙二十，丙七十，錢三貫。以中行再減之，餘得丙六十，錢一貫八百。以六十除之，得丙三十。又中行錢六百，減一百五十，餘四百五十，以乙一十除之，得乙四十五。又去右行錢，減一百二十，餘一百八十，以甲三除之，得甲六十。合前問。

正負術分部

題解

三國魏·劉徽《九章筭術注》卷八《方程》　正負術曰：今兩(算)[筭]得失相反，要令正負以名之。正(算)[筭]赤，負(算)[筭]黑。否則以邪正爲異。

唐·李籍《九章筭術音義》　正負，上之盛切，下房久切。本數爲正，非本數爲負。

明·周述學《曆宗筭會》卷九《各分》　然数有正負之殊，正者正数也，負者欠数也，或以賣爲正，買爲負，或以盈爲正，不足爲負，或以有餘，不足俱謂之負。正負名不同者，数難相入。以両損両益而正両負爲同名，一損一益一正一負爲異名。令正負維乗損益率，同名相消，異名相併，爲實。正負維乗相減爲法，除之，古術一。以異名相減，同名相加。正無人正之，負無人負之。又以同名相減，異名相加，正無人負之，負無人正之。酌名之同異，而迭用加減，互爲正負。神而明之，存乎人焉。若各物総数總價與各物價，求各物数者，其位雖繁，亦惟效例以求之。

清·徐鳳誥《筭學啓蒙通釋》卷上《方程正負門》　誥按：夫所謂正負者，多少也，亦有初無正負而加減後得正負也。其例以二行之兩首位，無論同異，皆相減也。故有同名相減，亦有異名相減。如兩首位同名相減，其下有異名者，即相加。所謂正無人負之，負無人正之者，設如所減之一位。無數即空位也，或有數同名不足減，即以所多之數，反其正負以加之。如兩首位異名相減，其下有同名者即相加。所謂正無人正之，負無人負之者，設如所減之一位。無數或有數，異名不足減，即以所多之數，如其正負，以加之，此正負之大略也。

算法

《九章筭術》卷八《方程》　正負術曰：同名相除，**三國魏·劉徽注**　此(爲)[謂]以赤除赤，以黑除黑。行求相減者，爲(法)[去]頭位也。然則頭位同名者當用此條，頭位異名者當用下條。異名相益，**劉徽注**　益行減行，當各以其類矣。其異名者，非其類也。非其類者，猶無對也，非所得減也。故赤用黑對則除，黑，[無對則除，黑，黑用赤對則除，赤，]無對則除，赤，赤黑并於本數。此爲相益之，皆所以爲消奪。消奪之與減益成一實也。術本取要，必除行首，至於他位，不嫌多少，故或令相減，或令相并，理無同異而一也。正無人負之，負無人正之。**劉徽注**　無人，爲無對也。無所得減，則使消奪者居位也。其當以列實或減下實，而行中正、負雜者亦用此條。此條者，同名減實，異名益實，其正無人以負之，負無人以正之也。其異名相除，同名相益，正無人正之，負無人負之。**劉徽注**　此條異名相除爲例，故亦與上條互取。凡正負所以記其同異，使二品互相取而已矣。言負者未必負於少，言正者未必正於多。故每一行之中雖復赤黑異(算)[筭]無傷，然則可得使頭位常相與異名。此條之實兼通矣，遂以二條(反)[返]覆一率。觀其每與上下互相取位，則隨(算)[筭]而言耳，猶一術也。又本設諸行，欲因成數以相去耳，故其多少無限，令上下相命而已。若以正負相減，如數有舊增法者，每行可均之，不但數物左右之也。

唐·李籍《九章筭術音義》　正與正同名，負與負同名。同名相除，則異名者相益。異名相除，則同名者相益。一正一負相反而相爲，用術之至也。

清·方中通《數度衍》卷二一《方程》　立正負法　立正負以別同異，初以同名減，其下同減而異并。初以異名減，其下異減而同并。

清·屈曾發《九數通考》卷九《方程》　正負異號則相加，正負同號則相減。其理與盈朒同，蓋正者爲主之數，負者虛比之數，其始也。

正負術入方程術分部

題解

三國魏・劉徽《九章筭術注》卷八《方程》　正負術曰：方程自有赤黑相取，法實數相推求之術，而其并減之勢不得廣通故使赤黑相消奪之。於筭或減或益，同行異位殊爲二品，各有并減之差見於下焉。著此二條，特繫之禾以成此二條之意。故赤黑相雜足以定上下之程，減益雖殊足以通左右之數，差實雖分足以應同異之率。然則，其正無人以負之，「負無人以正之」，其率不妄也。

清・徐鳳誥《筭學啓蒙通釋》卷上《方程正負門》　梅氏用對乘對減，只用同名相減已耳。其於異名者，則變其一行正負，以相從其法，非不足重也。然以古法推衍，方可與天元四元通爲一氣，所以前此天元四元之不傳者，其因古法之未出與審是而古法豈不重哉。

綜論

明・王文素《筭學寶鑒》卷二六《正負方程》

正負方程識者稀，互乘相減看餘誰。
若餘乙丙皆爲正，餘甲皆呼負字奇。
正負均停俱對減，三同一異併無疑。
或加或減隨題变，此是方程妙用機。

通證解曰，方程一術寔爲深遠，(止)[正]負二名最爲難。定古載題問列，多物於甲首，乙中，丙下。雁翅斜排者，欲便於相減故也。或物數乱列者，則有加有減，古籍註釋未詳，初學無門而(人)[入]，誠爲可憾。

又　蓋嘗論之方程，列位固繁，然互乘對減之際，秖用四位而已。初度既乘，無不相減，須看所減之餘是孰除之也。假令甲乙二行互乘對減，餘甲者皆爲負，餘乙者皆爲正。甲與丙丁戊巳互乘，相減皆然。既得正負列位，再乘便觀四字，其二正二負及四正四負者，俱相減之，或三正一負，或三負一正者，皆相併之。

古云，同減異加，異減同加，正謂是耳。又云，正無正入之，負無負入之，其旨幽遠，未易求通。愚慮及此，正猶管中窺豹，特見一斑而已。以俟明算君子变而通之改正，辛甚。有解曰，圖四正四負固無相易，若二正二負不拘處所皆相減，三正三負亦不拘所皆相併。

清・梅文鼎《方程論》卷一　較數方程例

凡較數方程分正負之價，與盈朒畧同。但盈朒章有盈朒，又有出率，方程則但有總物與盈朒，而無每出之率，又兼數色，所以不同。又盈朒者是有每率而不知總，所言盈朒適足，是總計所出以與原立總價相較之數也，方程正負則是兩總物自相較之數。

若不立正負，則下價之與上物不知其孰爲同異矣。此正負之法異於盈朒也。負與正對，所以分別同異，蓋對數之所餘，即正數之所次，故謂之負，與負責之負略相似。老子言萬物負陰而抱陽，蓋正即正面，負即反面也。開方法有負隅，言隅之空隙也。郭太史歷經三差法，有負減，言反減也。本於平差內減去立差，今立差反多於平差，故於立差内反減平差，是爲負減兼此數端，而正負之義可見矣。

法曰：任以一色爲正，則以相當之一色爲負。此據二色者言之，三色以上，或以一色與多色相當，或以多色與多色相當，其法皆同二色。正物之價多爲正價，負物之價多爲負價。正與負爲異名，異名相併。正與正負與負爲同名，同名相減。

首位同名者，仍其正負不變。首位同數同名，既可減去，此正法也。首位異名者，變其一以相從。首位亦同數但不同名，故變而同之，則亦同數同名而可減盡矣。首位既變，則其行内皆從而變，此通法也，蓋必如是。則同減異加，始歸畫一。而於和較交變之用尤便也。其法皆於互乘時，以得數變之，蓋減併只用得數也。只變一行，其相對之行不必再變，二色三色以至多色並同。何也？三色以上行數雖多，而乘併之用皆以各相對之一行論同異，既同二色之理。

論曰：和數方程有減無併，皆同名故也。較數方程有減有併，或同名，或異名也。減併者方程之綱要，正負淆，則同異之名混，而減併皆失矣。今諸本所言正負同異，謬離舛錯，雖加減得數，皆偶合耳。西人論勾股三角八綫割圓幾何原本可謂詳密矣。至方程增立諸率，亦復草草，未窮其故也。

用法曰：以一色列於上，以相當之一色列於中，任以一色爲主而分正負。此亦以二色爲例，三色以上皆以兩相當者主其一以分正負，皆與二色法同。以兩色相較之價列於下，以正負爲主而分同異，或正物所多之價命之爲正，或(正物所少)正物所少之價命之爲負。正物之所少，即負物之所多。或正物負物之價兩相若，命之適足，則空位列之。亦以列上位者爲乘法，左右互乘，遍乘中下，以首位爲主而變正負，得數對減，其上一色必數相若，且又同名而減盡。中一色與下價，或同名，或異名。異名者併之，同名者對減，取其減併之數以爲用。一爲法，一爲實，以法除實，得中一色每價。以原列中物乘之，得中物總價，以與原列下價同名相減，異名相併，得數以原列上物除之，得上一色每價。其上中亦可互求。

此下較同減例也。

總論曰：凡較數方程原列較數，是本行中正與負之較也。其乘後得數同減異加而得者，則是兩行中正與正之較，或負與負之較也。故本行中以異名相較，而兩行對減或加是以兩行之同名相較。

假如原列較數與正物同名，是正多於負之較也。若列較與負同名，是負多於正之較也。故曰本行中異名相較也。

假如乘後得數，而兩行之較數皆與正物同名，則兩較亦自同名。乃以之對減而餘在一行，則知此一行正物，必多於對行之正物。而其所多之數，即如此所餘之較數矣。

假如兩行較數，皆與負物同名，則兩較亦自同名，以之對減而餘在一行，則知此一行負物，必多於對行之負物，而其所多之數。正是此所餘之較數矣，此同名相減之理也。

假如右行較數與正同名，而左行較數與負同名，則一是正多於負之數，而一是負多於正之數也，夫正與負原相待。負多於正之數，即正少於負之數也。於是用異名相加法，以左行負多於正之數，變爲正少於負之數以相併，則知右行之正數，必多於左行之正物，而其所多幾何？正是此兩較之併數矣。此異名相加之理也。合同減異併而觀之，總是兩行中同名相較也。

又論曰：較數方程，以兩相較而爲用，雖有三色四色乃至多色，其相較也必兩，此正負所由立也。立正負以別同異，猶彼我也。夫彼我者，豈有一定之稱哉。以此爲正，則以彼爲負。若以彼爲正，則此反爲負矣。正負之相呼，猶彼我之相視也。故曰無定。雖然，無定者正負有定者同異，其無定者在未立正負之先，其有定者在既立正負之後，既以一爲主，則同乎此者皆同名，異乎此者皆異名矣。是故無定而實有定也。今試以所列方程最下位觀之，其言正負者必上物之較數也。不言正負者必上物之和數也。較數有盈有朒有適足，和則否。

假如下價盈，則爲正，正與正同名。試於正物價之中，減去下同名正價之盈，則所餘之價，必與負物之價相當矣。正與負異名，試又取上負物之價以加下異名正價，則又必與正物之價相當矣。

假如下價朒則爲負，正物之朒，負物之盈也，負與負同名，試於負物價之中，減去下同名負價，則所餘之價必與正物之價相當矣。負與正異名，試又取上正物之價以加下異名負價又必與負物之價相當矣。

假如下價適足空位無盈朒，則其上正負物價必自相當。

又論曰：正負之術，分別同異，全在有交變之法，以通其窮。要其爲用，惟在使兩行之首位同名而已，何也。方程以互乘遞減立法，每乘一次，即減去一色，然惟和數，則一乘之後即可對減。若較數則有同數而不同名之時，若不減首位，即不成方程。若徑以異名而減勢必以同名而併，法不畫一。而於後條和較交變之時，益混淆而難用，故以法變之，使首位之同數者無不同名，而仍爲同名相減焉。首位既以同名減，則凡減者皆同名，凡併者皆異名，而其法畫一矣。故首位既變，則行內之正負皆變，何也，從首位也，行內之正負既皆從首位而變，由是而原與首位同名者，皆與隔行之首位同名也。原與首位異名者，即與隔行之首位異名也。如此，則隔行之同減異併亦清矣。正負猶陰陽也，各行中各有正負，猶兩儀之生四象也。乘而交變，猶剛柔相推而生變化也。隔行之正，本行以爲負。隔行之負，本行以爲正。真陰真陽，互居其宅也。同名相減者，陰陽之偏，不得其配也。異名相併者，陰陽得類，雌雄相食也，是皆有自然之理焉，可以思古人立法之原矣。以上亦以二色者舉例，三色以上乃至多色，正負之用，尤顯，詳具諸卷中，滋不贅例，然其理著矣。

又　和較相雜方程例

方程之用以御隱雜，妙在雜與變，知其雜，則雜而不亂矣。知其變，則變而不失其常矣。諸書所論，胥未及此，故求之甚詳，去之愈遠也。

用法曰：凡方程和較雜者，和數從和法列之，不立正負。較數從較法列之，明立正負。其偏乘得數後，在較數行中者仍其正負之名。在和數行中者，皆變從乘法之名。和數原無正負，則無可變。但乘後得數取其與較數之首位同名而已，首位既同名，下不得不同名矣。凡兩較者，下價或有減有併，而中物只同減，若一和一較者，下價亦有減有併，而中物皆異併。此以兩色言之，三色以上，隨數通變，皆以同異名御之。

又　和較交變方程例

凡方程三色以上，以減餘重列，則有和變較。較變和者，不可不察也。若非和較之雜，則二色方程之中物有減無併矣。若非和較之變，則三色四色方程和數者有減無併矣。夫和數較數，非自我命之名也。其下價之爲和爲較，不可誣也。

用法曰，和變較者，但和數減餘有分在兩行者，兼而用之，即變較數也。和既變較，即以較數法列之。其法以一行之餘數命爲正，以一行之餘數命爲負。其下餘價，以與中位餘物同在一行者即爲同名，從其正負而命之。若下價減盡無餘者，命爲適足。若減餘只在一行者無變也。只用和數法。

較變和者，但視較數減餘，或有一行内皆正，或皆負者，即變和數也。即如和數法列之，不立正負。其較數異併者以一行爲主，而以隔行之異名從本行爲同名。

若減餘行内有正負者無變也，只用較數法。

若有兩異併而一位左正右負，一位右正左負，亦仍爲較數不變。雖減餘分在兩行，而一行餘正物，一行餘負物，亦和數也，何也。隔行之異名，乃同名也。

若減餘同名而分餘於兩行，即仍爲較數不變，何也。隔行之同名，乃異名也。

若兩異併皆左正右負，或皆左負右正，亦和數也。

和數重列，有俱變爲較者，有只變一行爲較，而餘行如故者。較數重列，有俱變爲和者，有只變一行爲和，而其餘如故者。

皆如上法以和較雜列之。

若四色以上，有和變較，較復變和者，有較變和，和復變較者，皆以前法御之。

清·屠文漪《九章錄要》卷一〇《方程法》　法：此以兩正及兩負，同名者相減，一正一負，異名者相并。自互乘得數及已得一物之價，而以其物數乘價，與原正負價并減，求第二物之價皆然。

又　二色正負反用并減例：凡互乘所得數，固以兩正兩負同名相減，一正一負異名相并，爲常法，而亦有反用之者。

又　自三色正負以上，凡互乘所得數，則兩法並用。若已得一物之價，而以其物數乘價，與原正負價相并減。求第二物之價者，只依常法不在變通之例。按右所論，同減異并，異減同并，明其所以然之故，益見法之當，然而不可易矣。乃既經并減後，所得之數，謂之正乎，謂之負乎，此在二色方程。但取其數爲法實，以相除，猶不必深辨也。若三色以上，而不分正負，後更與他數相并減，其道何由，故特剖而論之。

曰：凡并減，雖兩行相對，要以一行爲主。如以正并者爲主之行，繫正也，得數仍爲正。以負并者，得數仍爲負也。以正減者，減而有餘，爲主之行有餘也，則爲正。減而不足，則爲負。以負減者，減而有餘，則爲負。減而不足，則爲正也。此一定之理，斷不容混耳。更有爲主之行，無數而借，相對之行，所有數虚立於本行。以爲數者，或遇應借而不知借，或借而槩稱爲負，則非矣。夫數豈可借，盖實非借也。試思兩正相減，而此少彼多，猶謂之負，則此無彼有，得不謂之負乎。兩負相減亦然。

又　試思，以正并負，而此有正數，猶取彼負以益之，則此無正數，得不取彼負以實之乎。以負并正亦然。故借正爲負，借負爲正。凡以同名互乘相減者，固宜如是也。若以異名互乘，則亦當借正爲正，借負爲負，此皆自然之理。施之於算，無往不合者。其要則曰：同減異借，異減同借，兩言而已。每見算家之書，於已經并減之數，及應借之數，處之茫然，莫能致辨。於是誤在毫釐，失之千里，縱復强爲牽合，究且於率難通。則方程之法，或幾乎廢矣，兹因論并減異同，而並暢其説，然後以三色四色方程著例於左，覽者當如觀火，而自五色以上直可推之至於無窮也。

又　按自三色方程以上，凡前諸行所有之物爲末行，所無者互乘，後即借其乘得之數。下層之價亦然。如末行無價與第一行互乘，而借其數。或第一行亦無價，則待至二三行互乘，後有數而借之也。若有數而減盡，即彼此俱無數，當於次行互乘，後借之，其末行所有之物爲前諸行所無者，無可并減，末行只用互乘所得之數，下層之價亦然。

清·屈曾發《九數通考》卷九《方程》　任以首色爲正，互乘衆色，與首色同類者，皆正也。與首色異類者，皆負也，其繼也。以互乘所得之數，視正負之同異而加減之。然加減之餘，又有正變爲負，負變爲正者，則因首色必同名，而後可減盡。以下加減方不淆也。任以一行爲主，凡異號相加者，悉依本行，其號皆不變也。若同號相減者，本行多，其號亦不變。本行少反減者，則正變爲負，負變爲正。蓋此多則彼少，彼少則此多也。至於首色減盡，則第二色即爲首色。故加減之後，首色爲負者，亦悉變以便互乘加減，始不淆也。

今定爲例，和數者不用正負之號，較數者則用正負之號。和較兼用者，和仍不用正負之號，而較則用之。和較交變者，則隨其法而辨別之，以定其號焉。或有非方程之本法而可以方程算者，亦附於後。古人所謂以衡錯糅正負者，庶乎盡於此矣。

清・王鑒《筭學啟蒙述義》卷下《方程正負門》　鑒案：方程一術，其妙即在直減，各行中有各色物數，有共錢或各色加減所餘之錢。其物數或二色三色推而至於多色，求法皆同其術，或以左減右，或以右減左，必使物數減成一色，則所餘之錢即爲此物數之共錢，上法下實即得物價矣。其正負則以無斜畫有斜畫別之。

其以此行減彼行者，本欲減盡首位，但首位既減，則以下必須俱減。其首位或不足減，或減而不能盡，則以此行之首位通之。通之者，使彼行各加若干倍，於是首位足減矣。一次減不盡，以二次三次任何次減之，以減盡爲率。夫首位一次減盡者，無論矣。若以多次減者，以下各位不必皆足減也。故有同名相減，異名相減之例。其例見總括「明正負術」，均以首位爲主，兩首位係同名則用同名相減例，其異名則用異名相減例。其首位爲同名相減者，以下各位遇同名亦相減，遇異名則相加。其同名相減，若不足減，則反減之，其餘數變其正負記之，所謂正無人負之，負無人正之也。

至正負既變之，後則彼此變爲異名，則又變減而爲加矣。其首位爲異名相減者，以下各位遇異名亦相減，遇同名則相加。其異名相減，若不足減，則反減之，其餘數仍其正負記之，所謂正無人正之，負無人負之也。仍其正負，則彼此變爲同名，則又變減而爲加矣。其同名相減不足減，反減之，其餘數變其正負，以記之。何也？夫正者本有之數也，負者所少之數也。以正減正，而減數大於本數，則反減。非眞反減也，乃於本數内盡其所有而減之也。盡其所有而減之仍不足，此不足之數是所少之數也，故正無人負之。

以負減負，彼此皆係所少之數，至不足，則減數所少之數甚於本數所少之數也，其餘數是減數之所少，實本數之所當增也。移居本位，不得仍爲負也，故負無人正之。其異名相減，不足減反減之，其餘數仍其正負以記之。何也？夫正負既異本，不可以相減，正負異而相減是反用之也。以正減負，是以彼數之正抵消此數之負，抵消之後仍有正數。即是此數所少之數，但此數之本數原是負，則移其餘數於此。自當正仍爲正，以別之也，故正無人正之。

以負減正是以彼數之負，抵消此數之正。抵消之後，仍有負數，亦是此數所少之數。但此數之本數原是正，則移其餘數於此。自當負仍爲負，以別之也，故負無人負之，此正負加減之理也。

原術所言得數皆舉減成之後而言。但其中除首位以減盡爲率不計外，以下或有不足減，而反減，或有始相減，而繼相加，學者不明其例，每至束手，今於各問之下細列，其式庶幾粲然在目焉。

算法

《九章筭術》卷八《方程》　今有上禾二秉，中禾三秉，下禾四秉，實皆不滿斗。上取中，中取下，下取上各一秉而實滿斗。問上中下禾實一秉各幾何。

答曰：上禾一秉實二十五分斗之九，中禾一秉實二十五分斗之七，

下禾一秉實二十五分斗之四。

術曰：如方程。各置所取。**三國魏・劉徽注**　置上禾二秉爲右行之上，中禾三秉爲中行之中，下禾四秉爲左行之下。所取一秉及實一斗各從其位。諸行相借取之物，皆依此例。以正負術入之。

宋・賈憲《黄帝九章筭經細草》卷八《方程》《永樂大典》卷一六三四四　此問以上中下禾數各不滿斗，乃借上中下禾，輳數而方及斗。爲說文，其實上禾二中禾一滿斗，中禾三下禾一滿斗，下禾四上禾一滿斗。本與第一問同。

草曰：列所求數。

上二　中一　　　實一斗

　　　中三　下一　實一斗

上一　　　下四　實一斗

存上禾者，當以右上二乘左行加中行數，以右行減之。

上二　中一　　　一斗

　　　中三　下一　一斗

　　　中二　下九　二斗

存中禾者，中三乘左行，今以中行二度對減之。

上二　中一　一斗
中三　下一　一斗
下二十五　四斗

下禾既見三位，俱可取如前草求之。合問。

明・吳敬《九章筭法比類大全》卷八《方程》　法曰：此問乃借上中下禾，揍數而方滿斗。爲說文，其實上禾二，中禾一滿斗。中禾三，下禾一滿斗。下禾四，上禾一滿斗。本與第一問同意。排列逐項問數，先以右行上二爲法，遍乘左行。

右　上二爲法　中一　空一斗
中　空　中三　下一　一斗
左　上一得二　空　下四得八　一斗得二

復以左行上一爲法，遍乘右行。上二得二，與右行二對減，尽。中一得一，左行中空，無減，加一得中負一。下空，左行原下八，無加減得下正八。一斗一乘得正一斗，減右行二斗，餘得正一斗。再以中行中正三爲法，遍乘左行中，負一得負三。下正八得正二十四，正一斗得正三斗。却以左行中負一爲法，復遍乘中行禾米，仍與左行禾米同減異加中。正三一乘，得正三，與左行中正三對減，尽。下正一，一負乘得負一，加左行下正二十四，得下正二十五爲法。正一斗一負乘得負一斗，加左行正三斗，得四斗爲實。不滿法，以法命之，每下禾一束得二十五分斗之四。中行一斗，以分母通爲二十五，減下禾二十五分斗之四，餘二十五分斗之二十一。以中禾三束除之，一束得二十五分斗之七。右行一斗以分母通爲二十五，減中禾，一束二十五分斗之七，餘二十五分斗之十八。以上禾二束除之，一束得二十五分斗之九。合問。

明・周述學《曆宗筭會》卷一一《各分》

列置：

右　上禾二　中禾一　下禾空　米一斗
中　中禾三　下禾一　米一斗
左　上禾一　下禾四　米二斗

先以右上二爲法，互乘左下四淂八，米淂二斗。左上一爲法，互乘右中一淂一，米得一斗。二數相對，淂中負一，下正八，米相減，淂負一斗。却以中行中三互乘下正八，淂二十四。中負一互乘中行下正一淂一，同名相併，淂二十五爲法。中三互乘米負淂三斗，中負一互乘中米淂一斗，相併淂四斗，爲下禾之實。中下一互乘米負淂一斗，下正八互乘中米淂八斗，相減，餘七斗爲中禾之實。各如法而一，淂中下二禾米數。以左行米一斗二十五因，減下禾四束數，除爲上禾一束米數。上禾一束米二十五分斗之九，中禾一束米二十五分斗之七，下禾一束米二十五分斗之四。

清・勞乃宣《古籌算考釋》卷四《方程》　此上禾二秉，中禾一秉，共實一斗。中禾三秉，下禾一秉，共實一斗。上禾一秉，下禾四秉，共實一斗也。三行皆有空位，又謂之斷續方程，求得數皆帶分。

置上禾二正，中禾一正，共實一斗負，於右行。置中禾三正，下禾一正，共實一斗負，於中行。置上禾一正，下禾四正，共實一斗負，於左行。乃以右上二，偏乘左行，得上禾二正，下禾八正，共實二負。以右行直減之，上禾空，餘中禾一負，下禾八正，實一負。中行無首位，故不須乘減也。

置位式

右上乘左行式

右行減左行式

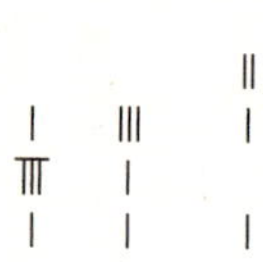

左行母乘中行實子乘中行下禾式

中行下禾消實式

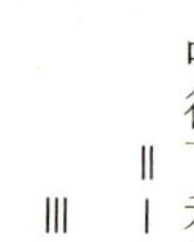

中行移置法實式

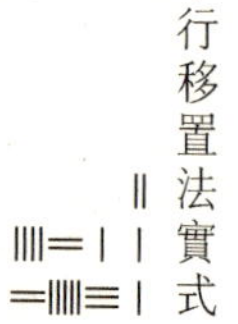

中中乘左行式

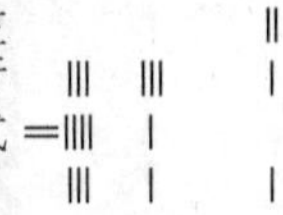

中行除得分子置分母式

中乘左行式

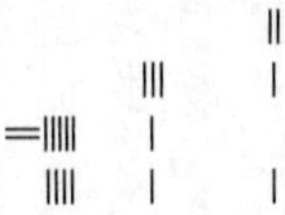

中行母乘右行實子乘右行中禾式

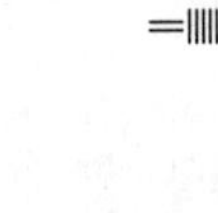

移置左行法實命分式

右行中禾消實式

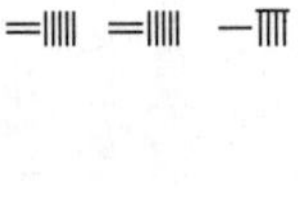

右行移置法實式

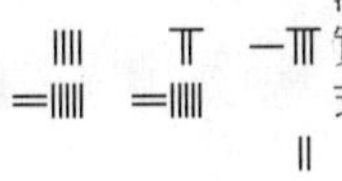

右行除得分子命分式

又以中中三徧乘左行，得中禾三負，下禾二十四正，實三負。以中行直減之，用異名相減，同名相加法，所謂加而消之也。中禾空，餘下禾二十五正，實四負。下爲實，上爲法，移實四負於上，法二十五正於下。實不滿法，以法命之。本應除得正商，今不除，便命爲母子，亦當爲正，乃易實四負爲四正，得二十五分斗之四正，是爲下禾每乘實。既得下禾實，乃以下禾實分母二十五正，通中行實一負爲二十五負。仍寄二十五爲分母，又以下禾實分子四正，乘中行下禾一正，得四正。以消下實，異名相減，得二十一負。下爲實，上爲法，移實二十一負於上，移法三正於下，除之。得七正，爲分子，下置分母二十五正，得二十五分斗之七正，是爲中禾每乘實。既得中禾實，乃以中禾實分母二十五正，通右行實一負，爲二十五負，仍寄二十五爲分母。又以中禾實分子七正，乘右行中禾一正，得七正。以消下實，異名相減，得一十八負。下爲實，上爲法，移實一十八負於上，移法二正於下，除之。得九正，爲分子。下置分母二十五正，得二十五分斗之九正，是爲上禾每乘實。

《九章算術》卷八《方程》　今有武馬一匹，中馬二匹，下馬三匹，皆載四十石至阪，皆不能上。武馬借中馬一匹，中馬借下馬一匹，下馬借武馬一匹，乃皆上。問武中下馬一匹各力引幾何。

荅曰：武馬一匹力引二十二石七分石之六，

中馬一匹力引一十七石七分石之一，

下馬一匹力引五石七分石之五。

術曰：如方程，各置所借，以正負術入之。

明・吴敬《九章算法比類大全》卷八《方程》　法曰：此問借馬亦同前借禾之意也。列所問數，以右行武一爲法，遍乘左行得數。

右　武一爲法　中一　空　四十石

中　空　中二　下一　四十石

左　武一得一　空　下三得三　四十石得四十石

復以左行武一爲法，遍乘右行。武一得一，與左行武一對減，盡。中一得一，左行中空加入得中正一。下空無數，乘左三亦得下正三，四十石得四十石，減左行四十石得空。再以中行中正二爲法，遍乘左行，中正一得正二，下正三得正六。却以左行中正一爲法，復遍乘中行，中正二得正二，與左行中正二對減，盡。下正一得正一，加左行下正六，得正七爲法。正四十石得四十石，左行原空，加入得正四十石爲實。以法除之，每下馬一匹得五石七分石之五。中行四十石内除下馬，一匹得五石七分石之五，余重三十四石七分石之二，以中馬二除之得一十七石七分石之一。右行四十石内除中馬，一匹力一十七石七分石之一。餘重二十二石七分石之六，爲武馬一匹力。合問。

明・周述學《曆宗算會》一一《各分》　列：

右　武一　中一　下空　四十石

中　武空　中二　下一　四十石

左　武一　中空　下三　四十石

以右行武一互乘左，下三得三，力得四十石。以左行武一互乘右行，中一仍得一，力得四十石，二數相對。中無減即爲左中一，下無減仍得左下三，力相減，得空。却以中行中二互乘下三得六，以中一互乘中行下一得一，同名相併，得七爲法。中二乘左力已空無乘，中一互乘中力，得四十石，爲下馬之實。下一互乘左力已空，下三互乘中力，得一百二十石，爲中馬之實。各以法除之，得下馬力五石七分石之五，中馬力一十七石七分石之一。以左行四十石減下馬力四，餘得武馬力二十二石七分石之六。

《九章算術》卷八《方程》 今有白禾二步青禾三步黄禾四步黑禾五步，實各不滿斗。白取青黄，青取黄黑，黄取黑白，黑取白青，各一步，而實滿斗。問白青黄黑禾實一步各幾何。

荅曰：白禾一步實一百一十一分斗之三十三，
青禾一步實一百一十一分斗之二十八，
黄禾一步實一百一十一分斗之一十七，
黑禾一步實一百一十一分斗之一十。

術曰：如方程。各置所取。以正負術入之。

宋・賈憲《黄帝九章算經細草》《永樂大典》卷一六三四四

草曰：列所問數，同前體求。

白二	青一	黄一		一斗
	青三	黄一	黑一	一斗
白一		黄四	黑一	一斗
白一	青一		黑五	一斗

此問以借禾爲説，實用禾也。

明・吴敬《九章算法比類大全》卷八《方程》 法曰：此問與借米之意同。排列問數，以第一行白二爲法，遍乘第三四行得數。

一白二爲法	青一	黄一空		一斗
二空	青三	黄一	黑一得	一斗
三白一得二空		黄四得八	黑一得二	一斗得二斗
四白一得二	青一得二空		黑五得十	一斗得二斗

復以第三行白一爲法，遍乘第一行白二得二，與第三行白二對減，尽。青一得一，第三行青空，合加一爲青負一。黄一得一，減第三行黄八，得黄正七。黑空加第三行黑正二。一斗得一斗減第三行二斗得正一斗。再以第四行白一爲法，遍乘第一行。白二得二，與第四行白二對減，尽。青一得一減第四行青二，餘得青正一。黄一得一第四行黄空無減，合加，得黄負一。黑空无減，第四行亦得黑正十。一斗得一斗減第四行二斗，餘得正一斗。

再相乘，以第二行青三爲法，遍乘第三四行得數。

二青三爲法	黄一	黑一	一斗
三青負一得負一	黄正七得正二十一	黑正二得正六	正一斗得正二斗
四青正一得正三	黄負一得負三	黑正十得正三十	正一斗得正三斗

復以第三行青負一爲法，遍乘第二行，仍與三行同減，異加得數。青三，得青負三，與第三行青負三同名對減，尽。黄一得黄負一，異加入第三行黄正二十一，得黄正二十二。黑一得黑負一，異加第三行黑正六得黑正七。一斗得負一斗，異加第三行正三斗，得正四斗。再以第四行青正一爲法。遍乘第二行，仍與第三行同減，異加得數。青三得青正三，與第四行青正三同名對減，尽。黄一得黄正一，異加第四行黄負三得黄負四。黑一得正一，同減第四行黑正三十，得黑正二十九。一斗得正一斗，同減第四行正三斗，餘得正二斗。再列相乘，以第三行黄正二十二爲法，遍乘第四行得數。

三	黄正二十二爲法	黑正七	正四斗
四	黄負四得負八十八	黑正二十九得正六百三十八	正二斗得正四十四斗

復以第四行黄負四爲法，通乘第三行，仍與第四行同減，異加得黑禾，可爲實斗，可爲法而止。黄正二十二得負八十八，與第四行黄負八十八同名對減，尽。黑正七得黑負二十八，異名加入第四行黑正六百三十八，得黑正六百六十六爲法。正四斗得負一十六斗，異加第四行正四十四斗，得正六十斗爲實。不滿法，皆以十約之，每黑禾一步得一百一十一分斗之十。第三行内四斗，以分母一百一十一通之，得四百四十四。減黑禾七束分子七十，余得三百七十四。以黄禾二十二步除之，每步得一百一十一分斗之十七。第二行内一斗，以分母通爲一百一十一，減黑禾一分子一十。黄禾一分子十七，餘得八十四。以青禾三除之，每步得一百一十一分斗之二十八。第一行一斗，以分母通爲一百一十一，減黄禾一得分子十七。青禾一得分子二十八，餘得六十六。以白禾二除之，每步得一百一十一分斗之三十三。合問。

明・周述學《曆宗算會》卷一一《各分》 四物各不足遞取二物適足求各

價。白禾二束，青禾三束，黄禾四束，黑禾五束，各不滿斗。白取青一，黄一，青取黄一，黑一，黄取黑一，白一，黑取白一，青一，實即滿斗。求各實幾何。

列數四行：

一　白二　青一　黄一　黑空　一斗
二　白空　青三　黄一　黑一　一斗
三　白一　青空　黄四　黑一　一斗
四　白一　青一　黄空　黑五　一斗

先以第一行白二爲法，遍乘三行。青空，黄四得八，黑一得二，米一斗得二斗。乘第四行，青一得二，黄空，黑五得十，米得一斗。次以第三行白一互乘第一行，青一對青空，加入爲青負一。黄一以減黄八，得黄正七。黑空以加黑二爲黑正二。米一斗以減米二，得正一斗。次以第四行白一互乘第一行，青一以減青二，得青正一。黄一加入黄空，爲黄負一。黑空以加黑十，爲黑正十。米一斗以減二斗，得一斗。

次列三行：

二　青三　黄一　黑一　一斗
三　青負一　黄正七　黑正二　正一斗
四　青正一　黄負一　黑正十　正一斗

以二行青三遍乘三行，黄正七得正二十一，黑正二得正六，正一斗得正三。遍乘四行，黄負一得負三，黑正十得正三十，正一斗得正三斗。次以第三行青負一互乘二行，同減異加，黄一得一，以加黄正二十一，得黄正二十二。黑一得一，以加黑正六，得黑正七。一斗以加正三斗，得正四斗。次以第四行青正一互乘二行，同減異加。黄一以加黄負三，得黄負四。黑一以減黑正三十，得黑正二十九。一斗以減正三斗，得正二斗。

次列二行：

三　黄正二十二　黑正七　正四斗
四　黄負四　黑正二十九　正二斗

以三行黄正二十二互乘四行，黑(得)[正]二十九得正六百三十八。正二斗得正四十四斗。以四行黄負四互乘三行，黑正七得黑負二十八，以加黑正六百三十八得六百六十六，用爲法。正四斗得負一十六斗，以加四十四斗得正六十斗，爲黑禾之實。實不滿法，以六約之，黑禾每束得一百一十一分斗之十。以第三行正四斗，以分母一百一十一通之，得四百四十四。減黑禾七，得分子七十，餘三百七十四。以黄禾正二十二除之，每束得一百一十一分斗之十七。以第二行一斗，以分母通之，得一百一十一，減黑禾分子十，黄禾一十七，餘八十四，以青禾三除之，得每束一百一十一分斗之二十八。以第一行一斗，以分母通之，得一百一十一，減黄禾分子一十七，青禾分子二十八，餘六十六。以白禾二除之，得每束一百一十一分斗之三十三。

《九章算術》卷八《方程》　今有令一人，吏五人，從者一十人，食雞一十。令一十人，吏一人，從者五人，食雞八。令五人，吏一十人，從者一人，食雞六。問令吏從者食雞各幾何。

荅曰：令一人食一百二十二分雞之四十五，
吏一人食一百二十二分雞之四十一，
從者一人食一百二十二分雞之九十七。

術曰：如方程。以正負術入之。

宋・賈憲《黄帝九章算經細草》卷八《方程》《永樂大典》卷一六三四四

草曰：列所問數，同前體求。

令一　吏五　從十　雞十
令十　吏一　從五　雞八
令五　吏十　從一　雞六

明・吴敬《九章算法比類大全》卷八《方程》　法曰：此問與前題法相同。排列問數，以右行令一爲法，遍乘中左二行得數。

右　令一爲法　吏五　從十　雞十
中　令十得十　吏一得一　從五得五　雞八得八
左　令五得五　吏十得十　從一得一　雞六得六

復以中行令十爲法，遍乘右行。令一得十與中行令十對減，尽。吏五得五十減中行吏一，餘得四十九。從十得一百減中行五，餘得九十五。雞十得一百減中行雞八，餘得九十二。又以左行令五爲法，遍乘右行。令一得五，與左行令五對減，尽。吏五得二十五，減左行吏十，餘得一十五。從十得五十，減左行從一，餘得四十九。雞十得五十，減左行雞六得四十四。

再以中行吏四十九爲法，遍乘左行。吏一十五得七百三十五，從四十九得二千四百一，雞四十四得二千一百五十六。復以左行吏十五爲法，遍乘中行。吏四十九得七百三十五，与左行吏七百三十五對減，尽。從九十五得一千四百二十五，減左行從二千四百一，餘得九百七十六爲法。雞九十二得一千三百八十，減左行雞二千一百五十六，餘得七百七十六爲實。不滿法，皆以約法，八約之得一百二十二分雞之九十七，爲從所食之數。中行内雞九十二，以分母一百二十二通之得一萬一千二百二十四。從九十五以分子九十七通之得九千二百一十五，以減分母，餘二千九。以吏四十九除之得吏食一百二十二分雞之四十一。右行内雞十，以分母一百二十二通之得一千二百二十，減從十分得［得］九百七十。吏五子得二百五，餘得四十五，爲令一所食一百二十二分雞之四十五。合問。

《九章筭術》卷八《方程》　今有五羊四犬三雞二兔直錢一千四百九十六，四羊二犬六雞三兔直錢一千一百七十五，三羊一犬七雞五兔直錢九百五十八，二羊三犬五雞一兔直錢八百六十一。問羊犬雞兔價各幾何。

答曰：羊價一百七十七，犬價一百二十一，雞價二十三，兔價二十九。

術曰：如方程。以正負術入之。

宋・賈憲《黄帝九章筭經細草》《永樂大典》卷一六三四四

草曰：列所問數，同前體求。

羊	犬	雞	兔	價直
二	三	五	一	八百六十一
三	一	七	五	九百五十八
四	二	六	三	一千一百七十五
五	四	三	二	一千四百九十六

明・吴敬《九章筭法比類大全》卷八《方程》　法曰：此題與第一問同，秖增多一位。排列各項問數，以第一行羊二爲法，遍乘各行。

	羊	犬	雞	兔	價
一	二爲法	三	五	一	八百六十一得一千九百一十六
二	三得六	一得二	七得一十四	五得一十	九百五十八得二千三百五十
三	四得八	二得四	六得一十二	三得六	一千一百七十五得二千九百九十二
四	五得十	四得八	三得六	二得四	一千四百九十六

復以第二行羊三爲法，遍乘第一行。羊二得六，与第二行羊六對減，尽。犬三得九減第二行犬二，餘得犬負七。雞五得一十五，減第二行雞一十四，餘得雞負一。兔一得三，減第二行兔一十，餘得兔正七。價八百六十一得二千五百八十三，減第二行價一千九百十六，餘得價負六百六十七。

又以第三行羊四爲法，遍乘第一行。羊二得八与第三行羊八對減，尽。犬三得一十二，減第三行犬四，餘得犬負八。雞五得二十，減第三行雞一十二，餘得雞負八。兔一得四，減第三行兔六，餘得兔正二。價八百六十一得三千四百四十四，減第三行價二千三百五十，餘得價負一千九十四。

再以第四行羊五爲法，遍乘第一行。羊二得一十，與第四行羊一十對減，尽。犬三得一十五，減第四行犬八，餘得犬負七。雞五得二十五，減第四行雞六，餘得雞負一千九。兔一得五，減第四行兔四，餘得兔負一。價八百六十一得四千三百五，減第四行價二千九百九十二，餘得價直一千三百一十三。

再列相乘，以第二行犬負七爲法，遍乘第三四行得數。

	犬	雞	兔	價
二	負七爲法	負一	正七	負六百六十七得負七千六百五十八
三	負八得負五十六	負八得負五十六	正二得正一十四	負一千九十四得負九千一百九十一
四	負七得負四十九	負十九得負一百三十三	負一得負七	負一千三百一十三

復以第三行犬負八爲法，遍乘第二行。犬負七得負五十六，与第一行犬負五十六對減，尽。雞負一得負八，同減第三行雞負五十六得雞負四十八。兔正七得正五十六，同減第三行兔正一十四，餘得兔負四十二。價負六百六十七得負五千三百三十六，同減第三行價負七千六百五十八，餘得價負二千三百二十二。又以第四行犬負七爲法，遍乘第二行。犬負七得負四十九，与第二行犬負四十九對減，尽。雞負一得負七，同減第四行雞負一百三十三，餘得雞負一百二十六。兔正七得正四十九，異加第四行兔負七得兔負五十六。價負六百六十七得負四千六百六十九，同減第四行價負九千一百九十一，餘得價負四千五百二十二。再以第三行雞負四十八爲法，遍乘第四行。雞負一百二十六得六千四十八，兔負五十六得二千六百八十八，價負四千五百二十二得二十一万七千五十六。復以第四行雞負一百二十六爲法，遍乘第三行。雞負四十八得負六千四十八，同減第四行雞負六千四十八，對減，尽。兔負四十二得五千二百九十二，同

減第四行兎負二千六百八十八，餘得兎負二千六百四爲法。價負二千三百二十二得負二十九万二千五百七十一，同減第四行價負二十一万七千五十六，餘得價負七万五千五百一十六爲實。以法除之，得兎價二十九。第三行兎負四十二以價二十九乘得價負一千二百一十八。以減價負二千三百二十二，餘得價負一千一百四。以雞負四十八，除得雞價二十三。第二行兎正七以價二十九乘得價正二百三，異加價負六百六十七，共得價負八百七十。減負一價二十三，餘得價負八百四十七。以犬負七除，得犬價一百二十一。

第一行價八百六十一，内減兎一價二十九。雞五價一百一十五，犬三價三百六十三，餘得價三百五十四。以羊二除得羊價一百七十七。合問。

清・劳乃宣《古籌算考釋》卷四《方程》　此四色方程也。置羊五正，犬四正，雞三正，兎二正，錢一千四百九十六負，於右行。置羊四正，犬二正，雞六正，兎三正，錢一千一百七十五負，於第二行。置羊三正，犬一正，雞七正，兎五正，錢九百五十八負，於第三行。置羊二正，犬三正，雞五正，兎一正，錢八百六十一負，於左行。

此四色方程也

置位式

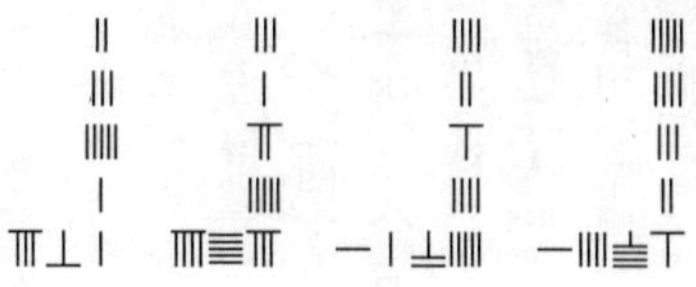

右上偏乘各行式

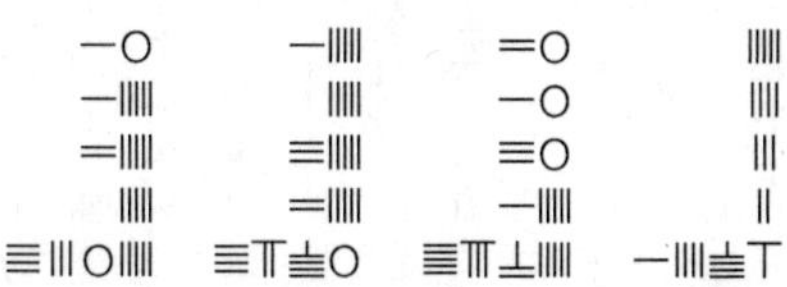

以右上五，偏乘第二行，得羊二十正，犬一十正，雞三十正，兎一十五正，錢五千八百七十五負。偏乘第三行，得羊一十五正，犬五正，雞三十五正，兎二十五正，錢四千七百九十負。偏乘左行，得羊一十正，犬一十五正，雞二十五正，兎五正，錢四千三百〇五負。

右行直減各行式

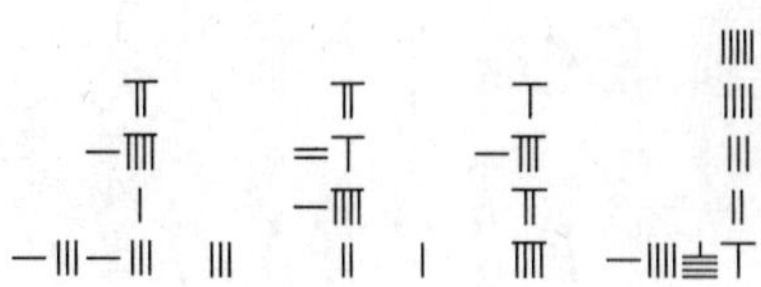

以右行四度直減第二行，羊空，餘犬六負，雞一十八正，兎七正，錢一百〇九正。以右行三度直減第三行，羊空，餘犬七負，雞二十六正，兎一十九正，錢三百〇二負。以右行二度直減左行，羊空，餘犬七正，雞一十九正，兎一正，錢一千三百一十三負。又以第三行直加左行，犬空，餘雞四十五正，兎二十正，錢一千六百一十五負。又以第二行直減第三行，得犬一負，雞八正，兎一十二正，錢四百一十一負。又以第二行所餘上位犬六，偏乘第三行，得犬六負，雞四十八正，兎七十二正，錢二千四百六十六負。

以第三行直加左行第二行直減第三行式

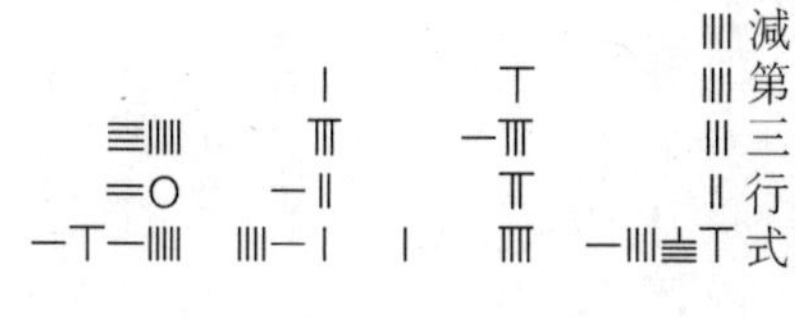

以第二行上位乘第三行式

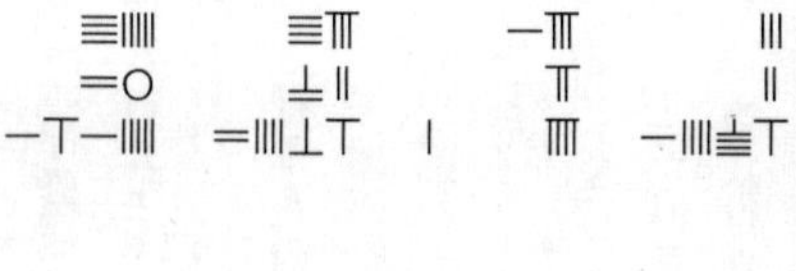

以第二行直減第三行式

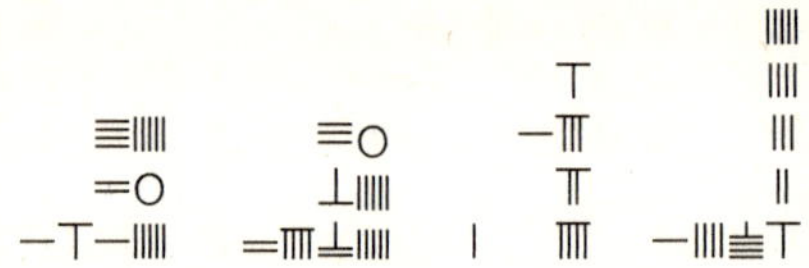

倍左行式

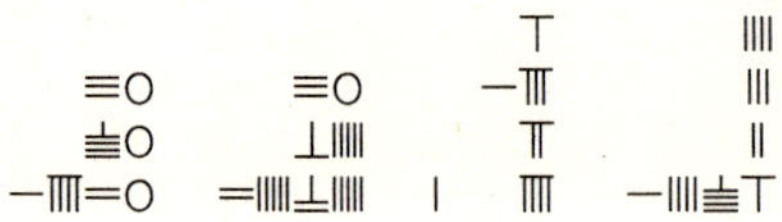

以第三行直減左行式

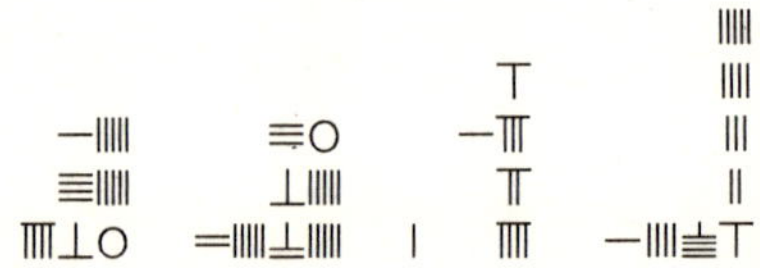

以第三行直減左行式

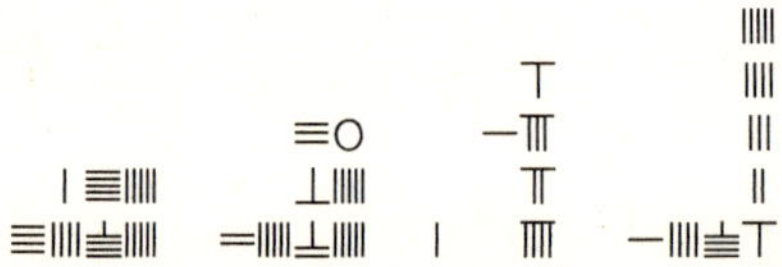

移置左行法實式

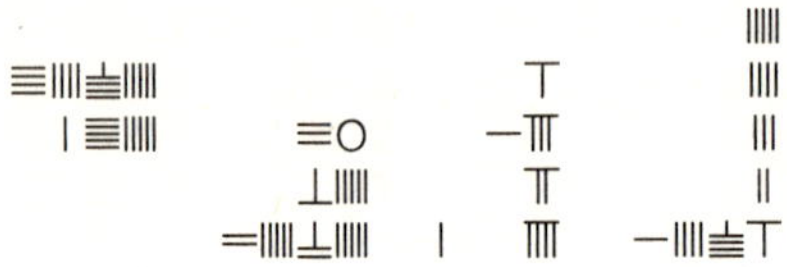

以第二行直減第三行，犬空，餘雞三十正，兔六十五正，錢二千五百七十五負。又以第三行直減左行，得雞一十五正，兔四十五負，錢九百六十正，倍之得雞三十正，兔九十負，錢一千九百二十正。乃以第三行直減之，雞空，餘兔一百五十五負，錢四千四百九十五正。下爲實，上爲法，移置實四千四百九十五正於上，置法一百五十五負於下，除之。得二十九，爲兔價。

除得兔價式

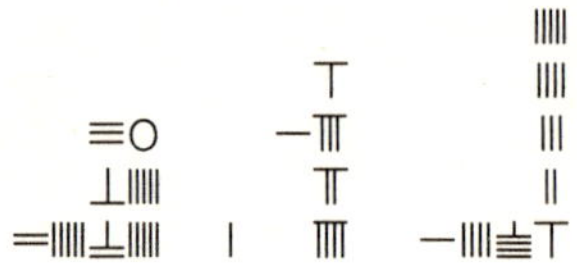

既得兔價，次求雞價。乃移第三行兔六十五正於左行，求出之兔價二

十九正下乘之，得一千八百八十五正，以消第三行錢數二千五百七十五負，異名相減，得六百九十負。乃收去移置左下之兔六十五正，及乘出之一千八百八十五正。而以第三行所餘雞三十正，錢六百九十負，下爲實，上爲法，移實六百九十負於上，法三十正於下，除之。得二十三正，爲雞價。

移第三行兔價於左乘得數式

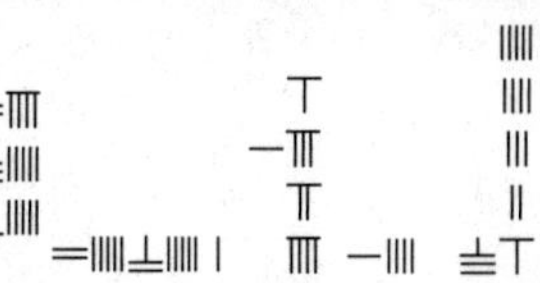

消第三行下實移置法實式

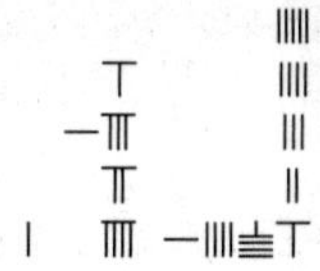

除得雞價式

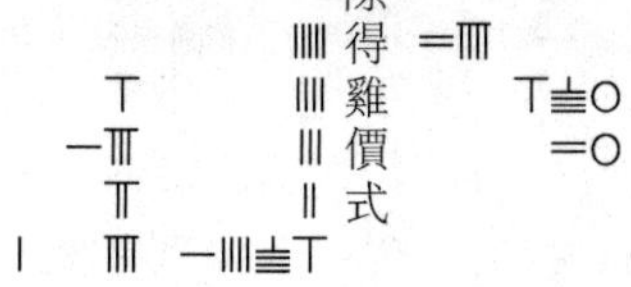

移第二行兔數雞數乘得數式

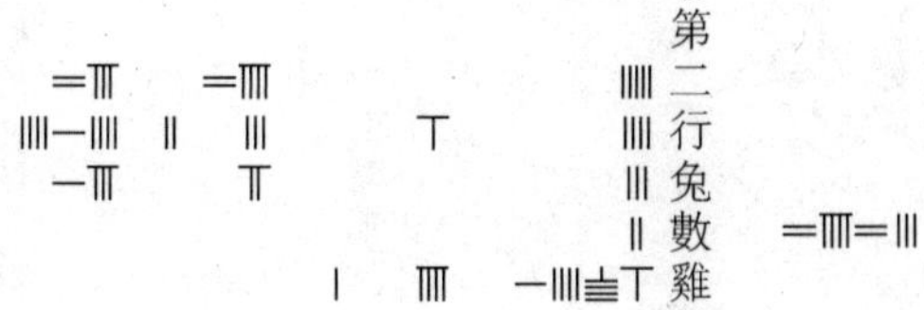

消第二行下實移置法實式

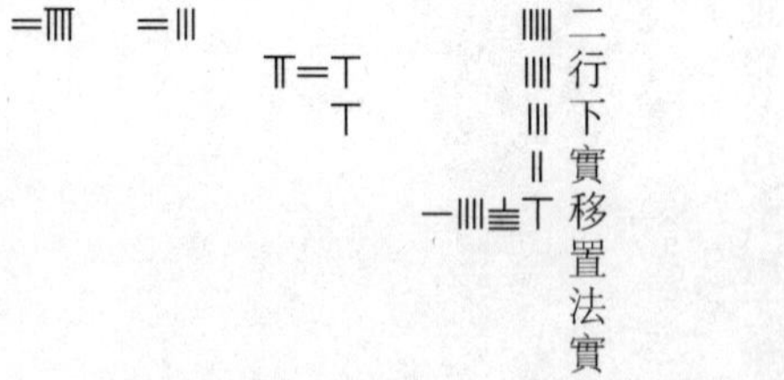

既得雞價次求犬價，乃移第二行兔七正於左行，求出之兔價二十九正下乘之，得二百〇三正。又移第二行雞一十八正於第三行，求出之雞價二十三正下乘之，得四百一十四正。以乘出之兔價二百〇三正，雞價四百一十四正，消第三行下實，同名相加，得七百二十六正。乃收去移置左行下之兔數，及乘出之兔價。移置第三行下之雞數，及乘出之雞價，而以第二行所餘犬六負，錢七百二十六正，下爲實，上爲法，移實七百二十六正於上，實六負於下，除之。得一百二十一正，爲犬價。

移右行兔數雞數犬數乘得數式

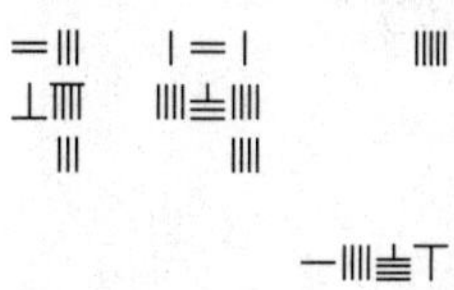

除得犬價式

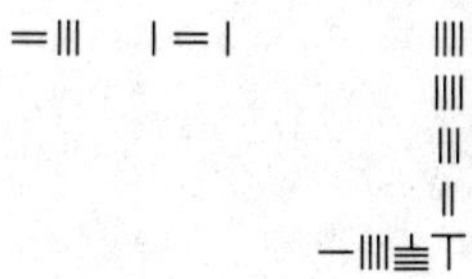

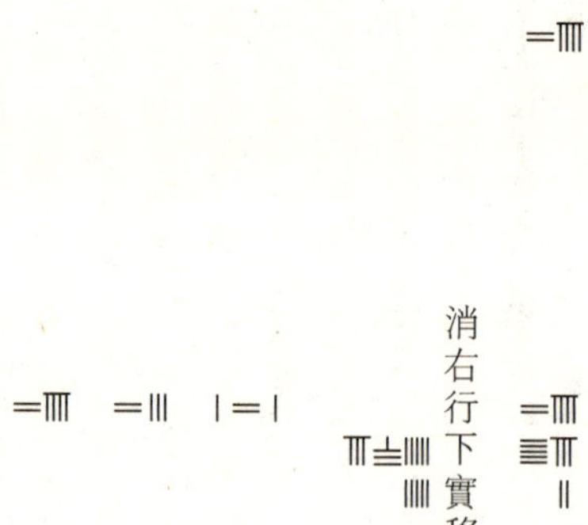

消右行下實移置法實式

既得犬價，次求羊價，乃移右行兔二正於左行，兔價下乘之，得五十八正。又移右行雞三正於第三行，雞價下乘之，得六十九正。又移右行犬四正於第二行，犬價下乘之，得四百八十四正。以乘出之兔價五十八正，雞價六十九正，犬價四百八十四正，消右行下實，異名相減，得八百八十五負。乃收去移置第二行第三行左行之犬數雞數兔數，及乘出之價。而以右行所餘之羊五正，錢八百八十五負，下爲實，上爲法。移實於上，法於下，除之，得一百七十七正，爲羊價。

除得羊價式

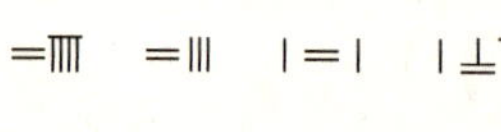

元·朱世傑《筭學啓蒙》卷下《方程正負門》 今有羅四尺，綾五尺，絹六尺，直錢一貫二百一十九文。羅五尺，綾六尺，絹四尺，直錢一貫二百六十八文。羅六尺，綾四尺，絹五尺，直錢一貫二百六十三文。問羅綾絹尺價各幾何。

答曰：羅九十八文，綾八十五文，絹六十七文。

術曰：依圖布筭。

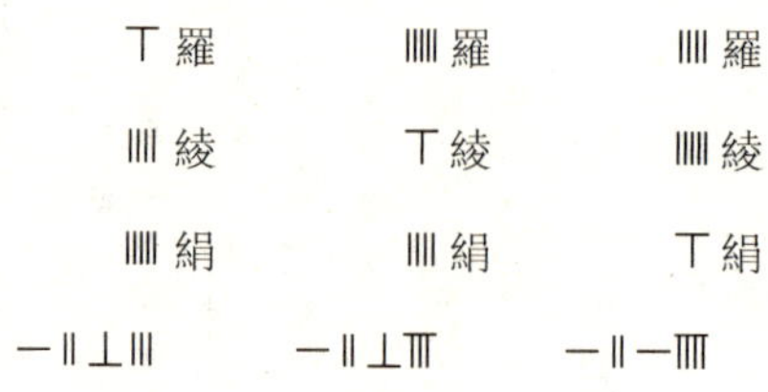

偎以右行直減中左二行，中行羅正一，綾正一，絹負二，錢正四十九。左行羅正二，綾負一，絹負一，錢正四十四。又以右上羅四尺，遍因中左二行。仍用右行同減異加，中行羅空，綾正一，絹正十四，錢正一貫二十三文。又以右行二次同減異加，左行羅空，綾正十四，絹正十六，錢正二貫二百六十二文。又以中行綾十四，次直減左行。羅綾空，餘絹一百八十尺，錢一十二貫六十文。上法下實，而一，得絹尺價。以乘中行絹，就減中行錢，餘即綾尺價，就乘右行綾五尺，得四百二十五。以減右下錢，又以絹尺價乘右行絹六尺，得四百二文。又減右下錢，餘三百九十二文。以四約之，得羅尺價。合問。

清·王鑒《筭學啓蒙述義》卷下《方程正負門》 鑒案：此因右行首位數少於中左二行，故以右行減中左二行，右以右行直減中行，所得式也。絹二爲負者，因右行絹數六，本行絹數四，不足減，故用反減其餘數，正無人負之。

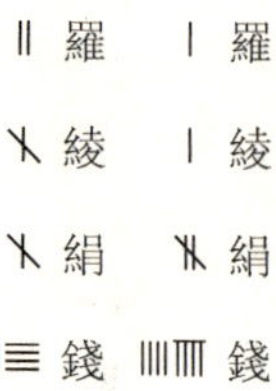

羅	綾	絹	錢
||||	||||	≍	|≦T
〇			|≡	|〇‖≡
≐	𝍮	𝍮	|⊥T
〇	|≡	|T	‖=T=
〇	〇	|≐〇	|=〇T〇=|

右以右行直減左行，所得式也。綾絹負者，右行綾數五，左行綾數四，右行絹數六，左行絹數五，俱用反減，其餘數正無人負之。右直減後中行，首位羅數不及右行首位羅數，是爲不足減，於是以右行首位通之，右以右行首位通中行，後復以右行同減異加之。羅數減盡，綾係反減，餘數當作負。絹係異名相加，其正負當從本位。亦當作負錢數，亦係反減，亦當作負。今俱作正者，蓋正負本可全變，但不可有變有不變耳。右直減後左行，首位羅數不及右行首位羅數，是爲不足減，於是以右行首位通之。右以右行首位通左行，後復以右行二次同減異加之。羅數二次減盡。綾數則以右行數二次加之得十四。絹數以右行數二次加之得十六，俱當從本位。作負錢數，第一次用反減，負一貫四十三，第二次則異名相加，得二貫二百六十二，亦當從本位作負。今俱作正者，亦正負全變也。右中左二行首位羅數盡後，是三色減成二色矣。於是復列，減成二色之中左二行。以中減左，以十四次減之得此式。其減以十四次者，因中行綾數一，左行綾數十四，非十四次不能盡。羅本無數，綾數以十四次減盡。絹數第一次以十四減十六餘二，第二次反減負十二，第三次以後，均用異名相加得一百八十。錢數第一次以一貫二十三減二貫二百六十二，餘一貫二百三十九。又以一貫二十三減之，餘二百一十六。第三次反減負八百七文，第四次以後，均用異名相加，得一十二貫六十文，錢數乃絹數一百八十尺之共價也。故上法下實，得絹尺價。既得絹尺價，以乘減，成二色之中行絹數，就減錢數，所餘者，乃綾一尺之價。既得綾尺價，以乘右行綾數，就減錢數，所餘乃右行羅絹之共錢。以絹尺價乘右行絹數，就減餘錢，餘羅共錢，則以羅數除之，得羅尺價。

元·朱世傑《筭學啓蒙》卷下《方程正負門》 今有二馬三牛四羊，價各不滿一萬。若馬添牛一，牛添羊一，羊添馬一，各滿一萬。問三色各一價錢幾何。

答曰：馬三千六百文，牛二千八百文，羊一千六百文。

術曰：依圖布筭。

馬二 ‖	借牛		〇	錢万	
〇	牛三 |||	借羊		錢万	
借馬		〇	羊四 ||||	錢万	

以右上馬二，遍因左行，以右行直減之，馬空，牛負一，羊正八，錢正一萬。又以中行牛三，遍因左行，以中行異減同加。左行馬牛位空，餘羊二十五，錢四萬。上法下實而一得羊價。中行錢內減一羊價，餘以三約之，得牛價。右行錢內減一牛價，餘半之即馬價。合問。

清·王鑒《筭學啓蒙述義》卷下《方程正負門》

術曰：依圖布筭

羅	綾	絹	
|||	||||	T	一‖一Ⅲ
||||	T	|||	一‖⊥Ⅲ

羅　綾　絹
𝍥　𝍢　𝍣　𝍠𝍡𝍮𝍢

鑒案：此因中行首位無數，故但以右減左也。左之首位不足減，故以右行首位數遍因之也。右以右行首位遍因左行之式也。

馬𝍡　牛〇　羊𝍧　錢万𝍡
馬〇　牛𝍠̸　羊𝍧　錢万𝍠
馬〇　牛𝍢̸　羊𝍪𝍤　錢万𝍢
馬〇　牛〇　羊𝍪𝍤　殘万𝍣

右以右行首位遍因左行，後以右行直減之。馬數減盡，牛本無數，以右行數居之，故負一。右行無羊數，故左行羊數如故。錢數以右行一萬減左行二萬，故仍餘一萬。右以右減左之後，左之首位空，而中行之首位本空。於是以中減左，但左行牛數一，中行牛數三，不足減，故以中行牛數遍因左行。右以中行牛數遍因左行，後以中行異減同加之。馬數本空，牛數以異名相減，恰盡。羊數同名相加，得二十五。錢數亦同名相加，得四萬。此四萬錢乃二十五羊之共價，故上法下實，得羊價也。既得羊價，於中行錢内減一羊價，餘爲三牛價，三除之，得牛價。既得牛價，於右行錢内減一牛價，餘爲二，馬價半之，得馬價。

清・徐鳳誥《筭學啓蒙通釋》卷上《方程正負門》　誥按：先以首位馬二遍因左行者，因左行馬一不足，減也。故先乘之，中行不減不乘者，首位馬空也。以中減左行，正負異名也。

元・朱世傑《筭學啓蒙》卷下《方程正負門》　今有四兔三雞，價過一千多半兔之價。三兔四雞，價不滿一千少半雞之價。問雞兔各一直錢幾何。

答曰：兔二百二十二文二十七分文之六，雞七十四文二十七分文之二。

術曰：依圖布筭。乃七兔六雞，直錢二千，六兔九雞，亦直錢二千。

𝍦　兔　𝍥
𝍥　雞　𝍨
𝍡　錢　𝍡

先以左行直減右行訖，却以左上六，遍因右行。仍以左行同減，異加右行，右下錢位空，正無人負之，右上兔空，餘雞二十七，錢二千。上法下實，而一，得雞價。就通分内子，得二千。以乘左行雞九，得一萬八千，寄位。又分母二十七，通左行，錢得五萬四千，内減寄位，餘三萬六千。以六而一，得六千。以分母二十七約之，得兔價。合問。

清・王鑒《筭學啟蒙述義》卷下《方程正負門》　鑒案：此因左行首位之數小於右，故以左減右也。右以左行直減右行，所得式也。左行兎六減右行兎七，餘一，左行雞九，右行雞六，不足減，反減之，其餘數三，正無人負之，錢數減盡。

兎𝍠　雞𝍢̸　錢〇
兎𝍥　雞𝍠̸𝍯　錢〇
兎〇　雞𝍠̸𝍮　錢𝍡̸

右以左行減右行，後以左行首位六遍因之。右以左行首位六，遍因右行，後仍以左行同減異加之。首位兎數減盡，左行之雞正九，右行之雞負十八，異則相加，得二十七，從本位仍作負。左行錢二千，右行錢空無，可減，正無人負之，故得雞二十七，錢二千。上法下實，得一雞之價。但法除實不能盡，當命分然此。雞價須用之，以乘左行雞，故通分内子，復得二千。内寄二十七爲母，以乘左行雞九，得數減左行錢餘，爲六兎之價，因此九雞價内，帶有二十七之分母，故以分母通左行錢，而後減之也。其所餘六兎之價，仍帶二十七之分母，故六而一，之後以二十七約之也。

清・徐鳳誥《筭學啓蒙通釋》卷上《方程正負門》　誥按：以左減右者，左行首位數少于右行首位數也。六因右行者，以右行首位減餘一，故以六因，而左之首位數遍因之。右以右行首位數通因左行之式也。

直減一次也。

元・朱世傑《筭學啓蒙》卷下《方程正負門》 今有五雞四兔，共重十斤半，兔重雞輕，交換其一，秤之重適等。問雞兔各一重幾何。

答曰：雞一十五兩一十一分兩之三，兔一斤六兩一十一分兩之十。

術曰：依圖布筭。

雞　兔　重

|||| 　|　 ≟||||

雞　兔　重

|　||||　≟||||

乃四雞一兔，重八十四兩。一雞三兔，亦重八十四兩。以右上雞四，遍因左行。仍以右行直減之，左上雞空，餘兔十一，重二百五十二兩。上法下實，而一，得兔重。通分內子，得二百五十二，寄位，以分母十一通右下重，得九百二十四。以減寄位，餘六百七十二，以四而一，得一百六十八。又以分母十一約之，得雞重，不滿法者命之。合問。

清・王鑒《筭學啟蒙述義》卷下《方程正負門》 鑒案：左行首位數原少於右，若以左減右，必須四次方能減盡。故以右行首位通之，則以右減左一次即可減盡也。右以右上雞遍因左行，所得式。

雞　兔　重

||||　|=　|||≡T

雞　兔　重

○　|一　‖≣‖

右以右上遍因左行，後仍以右行直減之。首位雞數減盡，餘兔數一十一，餘重二百五十二兩，乃一十一兔之共重。故上法下實，得一兔之重。既得兔重，於左行內減一兔之重，餘爲四雞重，四除之，得一雞之重。因兔重內帶有一十一之分母，故用通分法也。

清・徐鳳誥《筭學啓蒙通釋》卷上《方程正負門》 誥按：以右上四遍因左行者，以左行不足減，故以右上遍因左行。而一次減之者，以左行首位一也。

元・朱世傑《筭學啓蒙》卷下《方程正負門》 今有甲乙丙持絲不知其數，甲云，得乙絲強半，丙絲弱半，滿一百四十八斤。乙云，得甲絲弱半，丙絲強半，滿一百二十八斤。丙云，得甲絲強半，乙絲弱半，滿一百三十二斤。問甲乙丙各絲幾何。

答曰：甲八十四斤，乙六十八斤，丙五十二斤。

術曰：依圖布筭。

甲分　母強　半弱　半絲

||||　|||　|　|≣𝍧

弱半　乙分　母強　半絲

|　||||　|||　|=𝍧

強半　弱半　丙分　母絲

|||　|　||||　|≣‖

以左行直減右行，餘甲正一，乙正二，丙負三，絲正一十六。又以左上三遍乘中右二行，仍以左行減之，中上甲空，乙正十一，丙正五，絲正二百五十二。右上甲空，乙正五，丙負十三，絲負八十四。又以中行乙十一，遍乘右行，仍以中行五次同減異加，甲乙空，餘丙一百六十八，絲二千一百八十四。上法下實而一得一十三斤。乃一分之率也。四之即丙絲。以十三乘中行丙五，以減中行絲，餘者十一除之，四因得乙絲。又十三乘左行丙四，以減左行絲。又減乙一十七斤，餘以三約之，四因即甲絲。合問。

清・王鑒《筭學啟蒙述義》卷下《方程正負門》 鑒案：此之分之方程也，其各色之全，分俱爲四。右行則甲四分，乙三分，丙一分，共得絲一百四十八斤。中行則甲一分，乙四分，丙三分，共得絲一百二十八斤。左行則甲三分，乙一分，丙四分，共得絲一百三十二斤。

甲　乙　丙　絲

|　‖　≢　|T

甲　乙　丙　絲

|||　T　𝍧　|||≟

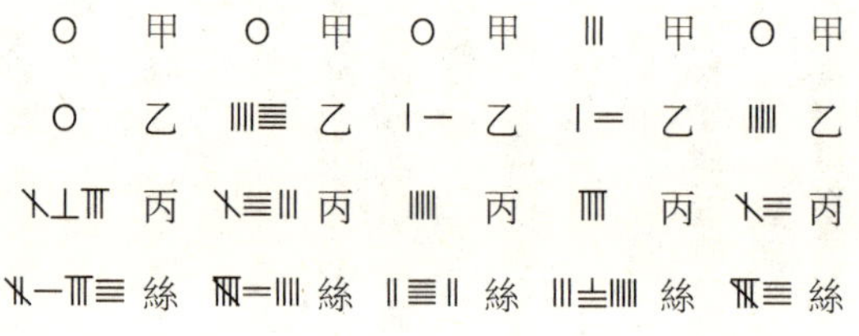

右以左行，直減右行所得式。首位甲數以三減四餘一，乙數以一減三餘二，丙數以四減一，不足減，反減之，其餘數三，正無人負之。絲數以一百三十二減一百四十八，餘一十六。右以左減右，後又以左上三，遍因之。右以左上，遍因右行。後仍以左行減之，甲數減盡，乙餘五，丙數異名相加，得十三，從本位作負。絲數係反減。餘八十四，正無人負之。右以左上，遍因中行所得式。右以左上，遍因中行。後仍以左行減之，甲數空，乙數餘一十一，丙數餘五，絲數餘二百五十二。

右以中行乙數十一，遍乘右行所得式。右以中行乙數，遍乘右行。後仍以中行五次同減異加，甲數本空。乙數以十一減五十五，五次減盡。丙數異名相加，中行丙數五，五次得二十五。以加右行一百四十三，得一百六十八，從本位作負。絲數亦係異名相加，中行絲二百五十二，五次得一千二百六十。以加右行九百二十四，得二千一百八十四，亦從本位作負，上法下實，得一十三斤，乃丙一分之絲數。既得丙一分之絲，四之得丙全分之絲。以丙一分之絲數，乘中行丙五，就減中行絲，餘爲乙絲十一分之數。十一除之，得十七斤爲乙一分之絲，四之得乙全分之絲。以丙一分之數，乘左行丙四，就減左下絲，又減乙一分之數，餘爲甲三分之絲。三約之，得甲一分之絲，四因得甲全分絲。

清・徐鳳誥《筭學啓蒙通釋》卷上《方程正負門》 誥按：以左行直減右行者，因右行首位是四，左行首位是三，左少而右多也。又以三遍因中右二行者，因中右首位皆一也。此皆同加而異加也。

元・朱世傑《筭學啓蒙》卷下《方程正負門》 今有紅錦四尺，青錦五尺，黃錦六尺，價皆過三百文。只云紅錦四尺，價過青錦一尺。青錦五尺，價過黃錦一尺。黃錦六尺，價過紅錦一尺。問三色各一尺錢幾何。

答曰：紅錦九十三文一百一十九分文之三十三，
青錦七十三文一百一十九分文之一十三，
黃錦六十五文一百一十九分文之六十五。

術曰：依圖布算。

以右上紅四遍乘左行，仍用右行，異減同加。負母人負。左上空，青負一，黃正二十四，錢正一千五百。又以中行五遍乘左行，亦以中行直減之，餘黃錦一百一十九尺，錢七千八百文。上法下實而一，得黃錦尺價。通分內子得七千八百，寄左。又以一百一十九通中行錢，得三萬五千七百，加入寄左，共得四萬三千五百。以五而一，得八千七百，以分母約之，得青錦尺價。又以分母通右行錢，又加入八千七百，共得四萬四千四百。以四而一，得一萬一千一百，以分母約之，得紅錦尺價也。合問。

清・王鑒《筭學啓蒙述義》卷下《方程正負門》 鑒案：此係紅錦四尺價，內減青錦一尺價，餘三百文。青錦五尺價，內減黃錦一尺價，餘三百文。黃錦六尺價，內減紅錦一尺價，餘三百文也。

依圖布算：

右以右上紅四，遍乘左行所得式。右以右上，遍乘左行，後仍用右行，異減同加，紅數空，左行本無青數。即以右行之青數居之，負無人負。右行本無黃數，無所用減，仍得二十四。錢數因首位異名相減，此則同名當相加，得一千五百。右以右減左，之後又以中行青五，遍乘之。右以中行青五因左行，後亦以中行直減之。紅數本空，青數異名相減，適盡。黃數亦異名，以中行之一減左行之一百二十，餘一百一十九。錢數同名相加，得七千八百。上法下實，得黃錦一尺之價。既得黃錦一尺之價，如入中行錢，則得青錦五尺之價，五而一，得青錦一尺之價。加右行錢，則得紅錦四尺之價，四而一，得紅錦一尺之價。因實不滿法，同以一百一十九爲分母。

清・徐鳳誥《算學啓蒙通釋》卷上《方程正負門》　誥按：以右上遍因左行者，因左行首位一，中行上位空也。用異減者，以右行上位紅四，正左行首位紅一負也。

元・朱世傑《算學啓蒙》卷下《方程正負門》　今有人賣綾三羅五，以買十二絹，餘錢一萬。賣綾四絹四，以買七羅，適足。賣羅二絹四，以買六綾，少錢一萬。問綾羅絹價各幾何。

答曰：綾二千八百，羅二千，絹七百。

術曰：依圖布算。

以右行直減中行。同減異加，依正負術入之。却三之，又以右行減之，綾空，餘羅正四十一，絹負六十，錢正四萬。又以右行二度，直減左行，綾空。又以中行羅四十一，遍乘左行，仍以中行十二度減之，綾羅空，餘絹一百，錢七萬。上法下實而一得絹價。以乘中行絹六十，得數加入四萬，共得八萬二千，以四十一除之，得羅價。以絹價乘右行絹十二，得數加入一萬，共得一萬八千四百。內減五羅價一萬，餘以三約之，得綾價。合問。

清・王鑒《算學啓蒙述義》卷下《方程正負門》　依圖布算：

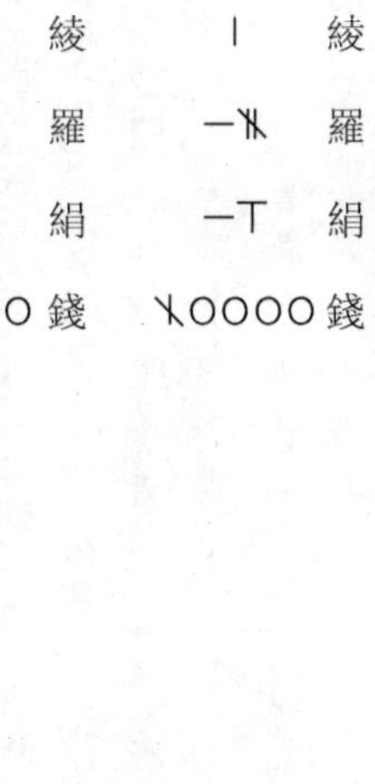

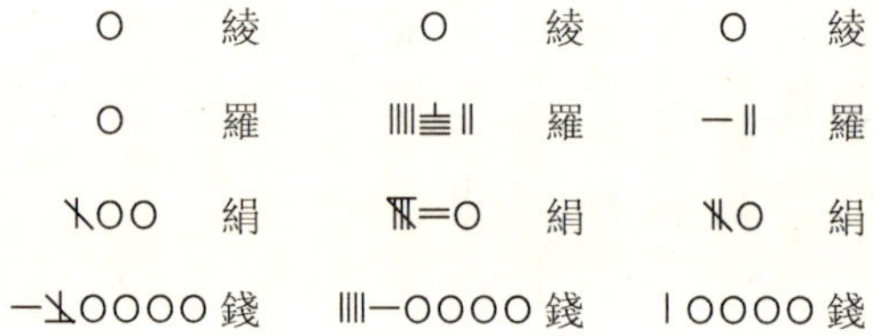

鑒案：此係綾三羅五錢，内減十二絹之價，餘錢一萬。綾四絹四與七羅價等，羅二絹四錢數不及六綾一萬。右以右行直減中行綾數，餘一羅數，異名相加，得十二，從本位作負。絹亦異加得十六，亦從本位作正，中行無錢數。即以右行錢數居之，正無人負。

右以右減中，後以右行綾數三遍因之，右以右行綾數三遍因中行，後又以右行減之，綾數減盡，羅數異名相加，以右行之五加中行之三十六，得四十一，當從本位作負。絹亦異加，以右行之十二，加中行之四十八得六十，當從本位作正。錢亦異加，以右之一萬加中之三萬得四萬，亦當從本位作負。原術係反其正負列之，其理一也，今從原術，右以右行二度直減左行，綾數異名相減，以三減六，二次減盡。羅數同名相加，右行數五，二次得十，以加左行得十二，仍爲正。右行絹負十二，以減左行絹正四，不足減，反減之，其餘數八，負無人負之。已變爲同名，第二次則相加，以右之十二，加左之八得二十。負錢數異名，一次減盡，第二次左行無數。即以右行錢數一萬居之，正無人正之。右以右行二度直減左行，後又以中行羅數四十一遍乘之。右以中行羅數四十一，遍乘左行。後仍以中行十二度減之，綾數本空，羅數同名相減十，二次減盡。絹亦同減，中行絹數負六十，十二次得七百二十。以減左行絹負八百二十，仍餘一百負錢數，亦係同名。中行數四萬正，左行數四十一萬正，以中減左十次，餘一萬，不足減，十一次反減，餘三萬，正無人負之。已變爲異名，十二次則相加，得七萬，從本位作負。上法下實，得絹價。既得絹價，以乘中行絹六十，就減中行錢，餘爲四十一。羅價四十一除之，得羅價。以絹價乘右行絹十二，加入右行錢，爲三綾五羅之共價。内減五羅價，餘三綾價，三約之，得綾價。

清·徐鳳誥《筭學啓蒙通釋》卷上《方程正負門》 誥按：右行減中行，用同名相減。右行減左行，用異名相減。中行減左行，亦同名相減。

元·朱世傑《筭學啓蒙》卷下《方程正負門》 今有直田，句弦和取二分之一，股弦和取九分之二，共得五十四步。又句弦和取六分之一，減股弦和三分之二，餘有四十二步。問句股弦各幾何。

答曰：句二十七步，股三十六步，弦四十五步。

術曰：前分母十八乘共步，得九百七十二。乃是九箇句弦和，四箇股弦和。又後分母乘餘數，得七百五十六。是三句弦和，減十二股弦和數。如方程正負入之。

依圖布筭：

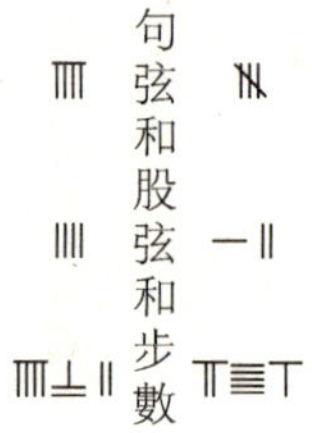

以右行三次異減同加左行。左中得股弦和四十箇，左下得三千二百四十步。上法下實，而一，得股弦和八十一步，就以十二乘之，得數，以減右下七百五十六，餘二百一十六。以三約之，得句弦和七十二步。也以股弦和乘而倍之，得一萬一千六百六十四，爲實。乃弦和和冪也。以一爲廉，平方開之，得一百八步。即弦和和。副置上位，減股弦和，即句，下位減句弦和即股。又句弦和内減句，餘即弦。合問。

清·王鑒《筭學啓蒙述義》卷下《方程正負門》 依圖布筭：

	左	中	右
句弦和	〇	Ⅲ	‖ (負)
股弦和	ⅢⅠ〇	Ⅲ	一‖
步數	Ⅲ═Ⅲ〇	Ⅲ⊥‖	T≡T

弦和和自乘之冪

	句	股	弦	
句	句冪	句股相乘之積	句弦相乘之積	句
股	句股相乘之積	股冪	股弦相乘之積	股
弦	句弦相乘之積	股弦相乘之積	弦冪	弦
	句	股	弦	

句弦和乘股弦和之積

句	句股相乘之積	句弦相乘之積	句
弦	股弦相乘之積	弦冪	弦
	股	弦	

鑒案：前分母十八，乃二九相乘之總母也。乘共步，爲九箇句弦和，四箇股弦和者。二分之一與九分之二互乘，則句弦和十八分之九，股弦和十八分之四相併，得五十四步。以全分十八乘之，則其數必爲九箇句弦和，與四箇股弦和之共數也。後分母乃三六相乘之，總母也。乘餘數爲三句弦和，減十二股弦和之數者六分之一，與三分之二互乘，則句弦和十八分之三，股弦和十八分之十二，相減得四十二步，以全分十八乘之，則其數必爲三句弦和，減十二股弦和之餘數也。此化奇零爲整數之法也，於是以方程術求之。右以右行三次異減同加，左行句弦和異名相減，三次減盡。股弦和同名相加，右行之數十二，三次得三十六。以加左行之四，得四十正。步數亦同名，右行之數七百五十六，三次得二千二百六十八。以加左行九百七十二，得三千二百四十正。上法下實，得股弦和八十一步。既得股弦和數，以乘右行十二股弦和數，內減右下七百五十六，餘二百一十六，乃三句弦和數，三約之，得句弦和。句弦和股弦和乘，而倍之，爲弦和和冪，開平方得弦和和。與句弦和股弦和相減，而得句股弦，開方法見開方釋鎖門。弦和和者，弦與句股和相併也。案弦和和，冪內有一段句冪，一段股冪，一段弦冪，兩段句股相乘積，兩段句弦相乘積，兩段股弦相乘積。而句弦和乘股弦和數，有一段弦冪，一段句股相乘積，一股句弦相乘積，一段股弦相乘積。倍之爲兩段弦冪，兩段句股相乘積，兩段句弦相乘積，兩段股弦相乘積。其兩段弦冪即係一段弦冪，一段句冪，一段股冪。故弦和和冪與句弦和乘股弦和之倍數等。

清·徐鳳誥《筭學啓蒙通釋》卷上《方程正負門》　今有之分式

今有之分式
句弦和　二分　之一　Ⅲ
分母相乘得　Ⅰ≝
股弦和　六分　之二　Ⅲ

又之分式
句弦和　六分　之一　‖
分母相乘得　Ⅰ≝
股弦和　三分　之二　Ⅰ═

元·朱世傑《筭學啓蒙》卷下《方程正負門》　今有直田，句弦和取七分之四，股弦和取七分之六，二數相減，餘二十二步。又股弦和取三分之一，不及句弦和八分之五一十四步。問句股弦各幾何。

答曰：句二十一步，股二十八步，弦三十五步。

術曰：以前分母四十九，乘餘數，得一千七十八。乃是四十二箇股弦和，內減二十八箇句弦和，餘數。又以後分母二十四，乘不及步數，得三百三十六。乃是八箇股弦和，減一十五箇句弦和，餘數也。如方程正負術入之。依圖布筭。

	左	右
句弦和	═𝍫	一ⅢⅠ
股弦和	≣‖	𝍫
步數	一〇⊥Ⅲ	Ⅲ≡T

以右上遍乘左行，仍以右行異減，同加左行。左中餘四百六，左下二萬五千五百七十八，上法下實而一，得六十三步。乃股弦和。八之，加入右下得數。以十五約之，得五十六步，即句弦和。立天元一爲弦〇Ⅰ，以減股弦和，餘爲股，以減句弦和，餘

爲句〡〢ㄨ，自之，爲句冪〡〢ㄨ〡〇〢〡〡〢。又列股自乘，爲股冪〡〣〢〡〡〢〡。冪相消，得開方式：

〣〇〡〡丄	
〡〢〣〨	〡

併入句冪，與弦，平方開之，得弦。減股弦和，即股。減勾弦和，即勾。合問。

清・王鑒《筭學啟蒙述義》卷下《方程正負門》 依圖布筭：

句弦和	股弦和	步數
〇〡〢〣	〇〣〢〡	〇〣〡〢
〡〢〣〤	〇〣〢〡	〢〣〡〢〡
〇	〣〇〡	〢〣〣〡〢

鑒案：前分母乃七七相乘之，總母也。七分之四與七分之六本同母，可無庸互乘，此則暢明通分之理，故仍用互乘也。以七分之四與七分之六互通，股弦和四十九分之四，十二句弦和四十九分之二十八相減，得二十二步。以全分四十九通二十二步，其數必爲四十二箇股弦和，內減二十八箇句弦和之餘數也。後分母乃三八相乘之，總母也。以三分之一與八分之五互乘，則股弦和二十四分之八，句弦和二十四分之一，十五相減餘一十四。以全分二十四乘，不及一十四，其數必爲八箇股弦和，減一十五箇句弦和之餘數也。於是以方程術入之。右以右上句弦和數十五遍乘左行所得式。右以右上乘左行，後仍以右行異減同加句弦和數，異名相減，二十八次減盡。股弦和亦係異減，以右之八二十八次減左行之六百三十，餘四百六，步數係同名。以右行之三百三十六二十八次，得九千四百八加左行之一萬六千一百七十，得二萬五千五百七十八，上法下實，得股弦和六十三步。既得股弦和，八之，加入右下，爲一十五箇句弦和之共步。以一十五約之，得句弦和。此題得句弦和，股弦和。後可仍用第八問乘而倍之，開平方得弦和和之術求之，而乃以天元一術御之者，此下即列開方釋鎖門，暢明天元之術，故於此，使學者略見一斑，所謂步步引人入勝也。

清・徐鳳誥《筭學啓蒙通釋》卷上《方程正負門》 誥按：以右上遍乘左行，亦以左上遍乘右行，異減同加。或以右行直減左行，餘，以右上遍乘左行，亦以，以左上餘，乘右行，直減之，亦得今有之分式，又有之分式。

今有之分式
句弦和七分 之四
分母相乘得
股弦和七分 之六

又有之分式
句弦和八分 之五
分母相乘得
股弦和三分 之一

元・朱世傑《四元玉鑑》卷下《方程正負》 今有絲二百七十三兩，織錦七匹，織綾一匹。又絲二百四十七兩，織綾八匹，織綢一匹。又絲二百四十二兩，織綢九匹，織錦一匹。其錦匹長自棄，內減綾匹長，餘又自棄，內加綢匹長，共得三十五萬八千八百二十九尺。綾匹長不及綢匹長二尺，卻多錦匹長一尺。問三色用絲及匹法各長幾何。

荅曰：錦二丈五尺，絲三十五兩。綾二丈六尺，絲二十八兩。綢二丈八尺，絲二十三兩。

錦	綾	綢	絲
〧	〡	〇	〢丄〣
〇	〨	〡	〢〣〧
〡	〇	〨	〢〣〢

術曰：如方程正負術入之，得三色每匹用絲之數，立天元一爲錦匹長，如積求之，得三十五萬八千八百二十五，爲益實。三爲從方，一爲益上廉，一爲益下廉，一爲正隅。三乘方開之，得錦匹長。又立天元一爲綾匹長，如積求之，得三十五萬八千八百二十六，爲益實。五爲益方，一十一爲從上廉，六爲益下廉，一爲正隅。三乘方開之，得綾匹長。又立天元一爲綢匹長，如積求之，得三十五萬八千七百八，爲益實。一百五十三爲益方，七十一爲從上廉，一十四爲益下廉，一爲正隅。三乘方開之，得綢匹長。合問。

清・羅士琳《四元玉鑑細草》 艸曰：如方程正負術入之。置錦〧 綾〡

綢〇　絲〔算籌〕於右方。錦〇　綾〔算籌〕　綢〔算籌〕　絲〔算籌〕於中央。錦〔算籌〕　綾〇　綢〔算籌〕　絲〔算籌〕於左方。

以右行上錦偏乘左行，得錦〔算籌〕　綾〇　綢〔算籌〕　絲〔算籌〕而以直除右行。不盡，綾〔算籌〕　綢〔算籌〕　絲〔算籌〕仍於右。然以中行中綾偏乘右行，得綾〔算籌〕　綢〔算籌〕　絲〔算籌〕亦以直除中行。不盡，綢〔算籌〕　絲〔算籌〕上爲法，下爲實，實如法而一，得二十三兩，爲綢絲。以減中絲〔算籌〕餘〔算籌〕爲實，以中綾〔算籌〕爲法，除之得二十八兩，爲綾絲。以減右絲〔算籌〕餘〔算籌〕爲實，以右錦〔算籌〕爲法，除之得三十五兩，爲錦絲。立天元一爲錦匹長，加多一尺，得〔算籌〕爲綾匹長。又加不及二尺得〔算籌〕爲綢匹長。副以天元自之得太〇〔算籌〕減綾匹長得〔算籌〕又自之得〔算籌〕加綢匹長得〔算籌〕與共數三十五萬八千八百二十九尺相消得〔算籌〕開三乘方，得二十五尺，爲錦匹長。又立天元一爲綾匹長，加不及二尺得〔算籌〕爲綢匹長。副以多一尺減綾匹長得〔算籌〕爲錦匹長，自之得〔算籌〕減綾匹長得〔算籌〕又自之得〔算籌〕加綢匹長得〔算籌〕與共數三十五萬八千八百二十九尺相消得〔算籌〕開三乘方得二十六尺，爲綾匹長。又立天元一爲綢匹長，減不及二尺得〔算籌〕爲綾匹長。又減多一尺得〔算籌〕爲錦匹長，自之得〔算籌〕減綾匹長得〔算籌〕又自之得〔算籌〕加綢匹長得〔算籌〕與共數三十五萬八千八百二十九尺相消得〔算籌〕開三乘方得二十八尺，爲綢匹長。合問。

元·朱世傑《四元玉鑑》卷下《方程正負》　今有米麥豆共糶，得錢三貫四百八文。只云，米取弱半，麥取大半，豆取中半，共得二十八斗。又米取中半，麥取少半，豆取(弱)[强]半，共得三十二斗。又米取(大)[强]半，麥取中半，豆取大半，共得三十七斗。其米斗價取三分之一，麥斗價取八分之五，豆斗價取二分之一，共得八十七文。又豆麥斗價和，得一百一十文，麥斗價少如米斗價八文。問三色及斗價各幾何。

答曰：米一碩六斗，斗價七十二文，麥一碩八斗，斗價六十四文。

豆(一)[二]碩四斗，斗價四十六文。

米	麥	豆	共
〔算籌〕	〔算籌〕	〔算籌〕	〔算籌〕

麥	豆	共
〔算籌〕	〔算籌〕	〔算籌〕

米	麥	豆	共
〔算籌〕	〔算籌〕	〔算籌〕	〔算籌〕

米	麥	共
〔算籌〕	〔算籌〕	〔算籌〕

術曰：先以合分法求之，次如方程正負術入之。左行得米，中行得麥。右行得豆，又三色斗價，如前術求之，得二貫八十八文，即三色共價。立天元一爲米斗價。如積求之，得八百六十四爲正實，一十二爲益方，上實下法而一，得米斗價七十二文。又立天元一爲麥斗價，如積求之，得七百六十八爲正實，一十二爲益方，開無隅平方而一，得麥斗價六十四文。又立天元一爲豆斗價，如積求之，得五百五十二，爲益實，一十二爲從方。上實下法而一，得豆斗價「四十六文」四字。合問。

清・羅士琳《四元玉鑑細草》 艸曰：先以合分法求總母十二。通米弱半爲 ‖ 麥大半爲 ‖‖ 豆中半爲 ⊤ 共二十八斗爲 ‖=⊤ 列於右方。又通米中半爲一，麥少半爲 ||| 豆强半爲 ‖‖ 共三十二斗爲 ‖≡‖‖ 列於中央。又通米强半爲 ‖‖ 麥中半爲 ⊤ 豆大半爲 ‖‖ 共三十七斗爲 ‖‖≡‖‖ 列於左方。次如方程正負術入之。倍右行得 米 ⊤ 麥 |⊥ 豆 |= 共 ⊤⊥‖ 而以直除中行，不盡，麥 |= 豆 ‖ 共 ‖≐‖‖ 三之得麥 ‖⊥ 豆 ‖‖ 共 ‖⊥‖‖ 仍於右。又三右行得 米 ‖‖ 麥 ‖≡ 豆 |≐ 共 |○○‖‖ 亦以直除左行，不盡，麥 |≐ 豆 |○ 共 ‖‖⊥‖‖ 倍之得麥 ‖⊥ 豆 ‖○ 共 |—‖≐ 亦以直除右行，不盡，豆 |— 共 ‖⊥‖‖ 上爲法下爲實，實如法而一，得二碩四斗爲豆。乃以二碩四斗乘中豆，不盡 ‖ 得 ⊥‖ 以減中共不盡 ‖≐‖‖ 餘 ‖—⊤ 爲實。以中麥不盡 |= 爲法，除之得一碩八斗，爲麥。又以二碩四斗乘左豆 ‖‖ 得 |≐‖ 以一碩八斗乘左麥 ⊤ 得 |○‖‖ 相併得 ‖○○ 以減左共 ‖‖≡‖‖ 餘 |≡‖‖ 爲實。以左米 ‖‖ 爲法。除之得一碩六斗爲米。又如前術合分法，以米分母三，麥分母八，豆分母二三，母連乘得四十八爲總母。通米三分之一爲 |⊥ 麥八分之五爲 ‖○ 豆二分之一爲 ‖≡ 共八十七文爲 ‖‖—⊤⊥ 半之得二貫八十八文，即三色共價。立天元一爲米斗價，以少八文減之得 ‖‖— 爲麥斗價。乘麥一碩八斗得 |≡‖‖ |≐ 以減共三貫四百八文得 ‖≡‖‖= ⊀≐ 爲米豆共價，寄左。乃置麥 ‖○ 通麥斗價得 ‖≡○ ‖○ 以減四貫一百七十六文得 ‖≡|⊥ ‖○ 爲同數。消左得 ‖⊥‖‖ ⊀= 上實下法而一，得七十二文，爲米斗價。又立天元一爲麥斗價，乘麥一碩八斗得 太 |≐ 以減共三貫四百八文得 ‖≡○‖‖ ⊀≐ 爲米豆共價，寄左。乃置麥 ‖○ 通麥斗價得 太 ‖○ 以減四貫一百七十六文得 ‖‖—⊤⊥ ‖○ 爲同數，消左得 ⊤⊥‖‖ ⊀= 開無隅平方而一，得六十四文，爲麥斗價。又立天元一爲豆斗價，以減和一百十文得 |—○ ⊀ 爲麥斗價。乘麥一碩八斗得 |≐‖‖○ ⊀≐ 以減共三貫四百八文得 |≡‖≐ |≐ 爲米豆共價，寄左。乃置麥 ‖○ 通麥斗價得 ‖≡○○ ‖○ 以減四貫一百七十六文得 ≐⊤⊥ ‖○ 爲同數，消左得 ‖‖≡⊀ |= 上實下法而一，得四十六文，爲豆斗價。合問。

元・朱世傑《四元玉鉴》卷下《方程正負》 今有圭田梯田各一段，共八畝一十五分畝之八。只云，梯取大闊六分之五，小闊取三分之二，爲共減長八分之三，餘二十二步。又大闊取三分之一，長取四分之三，爲共減小闊六分之五，餘四十步。又小闊取三分之一，長取八分之五，爲共減大闊四分之三，餘二十一步，又倍圭長與圭闊冪等。問圭田長闊各幾何。

答曰：圭田長三十二步，闊八步。

大闊	小闊	梯長	餘步
‖○	|⊥	‖‖	‖‖=‖‖

□ □ □
□ □ □
□ □ □

術曰：先以合分法求之，後如方程正負術入之。左行得長，中行得小闊，右行(求)[得]大闊。又梯積減共積，餘爲圭積。立天元一爲圭長，如積求之，得三萬(三)[二]千七百六十八爲益實，一爲正隅。立方開之，得圭長三十二步。又立天元一爲圭闊，如積求之，得五百一十二爲益實，一爲從(方)[隅]立方開之，得圭闊[八步]二字。合問。

清・羅士琳《四元玉鑒細草》 艸曰：先以合分法，取三八兩分母相乘，得總母二十四，通大闊六分之五爲□ 小闊三分之二爲□ 長八分之三爲□ 餘二十二步爲□ 列於右方。又通大闊三分之一爲□ 小闊六分之五爲□ 長四分之三爲□ 餘四十步爲□ 可半則半之，得大闊□ 小闊□ 長□ 餘步□ 列於中央。又通大闊四分之三爲□ 小闊三分之一爲□ 長八分之五爲□ 餘二十一步爲□ 列於左方，後如方程正負術入之。置所減爲負，同名相除，異名相益，正無(入)[人]負之，負無(入)[人]正之。其異名相除，同名相益，正無(入)[人]正之，負無(入)[人]負之。故右長中小闊左大闊皆爲負，各以斜畫綴之。乃倍左行，得大闊□ 小闊□ 長□ 餘步□ 九中行，得大闊□ 小闊□ 長□ 餘步□ 而以直除左行，不盡，小闊□ 長□ 餘步□ 仍於左。又五中行得大闊□ 小闊□ 長□ 餘步□ 亦以直除右行，不盡，小闊□ 長□ 餘步□ 六約之，得小闊□ 長□ 餘步□ 仍於右，然以左行中小闊，偏乘右行，不盡，得小闊□ 長□ 餘步□ 又以右行中小闊偏乘左行，不盡，得小闊□ 長□ 餘步□ 亦以直除右行，不盡，長□ 餘步□ 上爲法下爲實，實如法而一，得六十四步爲長，乃以六十四步乘右長，不盡□ 得□ 與右步不盡□ 相減，餘□ 爲實。以右小闊不盡□ 爲法，除之得二十四步爲小闊。又以六十四步乘左長□ 得□ 以二十四步乘左小闊□ 得□ 相併得□ 與左步□ 相減，餘□ 爲實。以左大闊□ 爲法，除之得三十六步爲大闊。於是併大小兩闊，得六十步，半之得三十步，用與梯長六十四步相乘，得一千九百二十步，爲梯田積於上，置共積通分內子，得一百二十八。又以畝法二百四十步，如分母十五而一，得十六通之，得共積二千四百四十八步，以上位減之，餘一百二十八步，爲圭田積。立天元一爲圭長，倍之，得 太□ 爲圭闊冪。副以天元自之得 太□ 爲圭長冪，用與圭闊冪相乘，得 太□ 半之得 太□ 爲兩段圭田積自乘之冪，寄左。乃以圭田積一百二十八步自之，復倍之得三萬二千七百六十八步，爲同數，消左得□ 開立方得三十二步爲圭長。又立天元一爲圭闊，自之得 太□ 爲倍圭長。用乘天元，得 太□ 爲四段圭田積，寄左，乃四圭田積，得五百十二步，爲同數，消左得□ 開立方得八步爲圭闊。合問。

元・朱世傑《四元玉鉴》卷下《方程正負》 今有甲乙丙買絲，各不知數。甲云，得乙絲三分之二，丙絲三分之一，滿二斤半。乙云，得甲絲三分之二，丙絲二分之一，亦滿二斤半。丙云，得甲乙絲各三分之二，亦滿二斤半，其絲(丙)[此]價取少半，自乘，內減大半兩價，餘又自乘，內加大半兩價，共得二千八百二十二貫四百八十四文。問絲及觔價各幾何。

答曰：甲一觔半，乙一觔二兩，丙一十二兩，觔價二貫一十六文。

甲	|||	‖	‖
乙	‖	|||	‖
丙	丨	丨≣	|||
絲	丨=〇	丨=〇	丨=〇

術曰：置絲通兩，各以分母乘之，如方程正負術入之。左行得丙絲，中行得乙絲，右行得甲絲。立天元一爲少半兩價，如積求之，得二百八十二萬二千四百八十四，爲益實。二爲從方，四爲從上廉，四爲益下廉，一爲正隅。三乘方開之，得四十二文，以四十八乘之，即觔價。合問。

清・羅士琳《四元玉鑒細草》 艸曰：置絲通兩，得四十兩爲滿二觔半。各以分母三通，得甲全絲爲 ||| 乙絲三分之二爲 ‖ 丙絲三分之一爲 丨 滿四十兩爲 丨=〇 列於右方。又通乙，得甲絲三分之二爲 ‖ 乙全絲爲 ||| 丙絲二分之一爲 丨≣ 滿四十兩爲 丨=〇 列於中央。又通丙，得甲絲三分之二爲 ‖ 乙絲亦三分之二爲 ‖ 丙全絲爲 ||| 滿四十兩爲 丨=〇 列於左方，乃如方程正負術入之。以中行上甲偏乘右行，得甲 ⊤ 乙 ||| 丙 ‖ 絲 ‖≡〇 又以右行上甲偏乘中行，得甲 ⊤ 乙 |||| 丙 ||||≣ 絲 ⊥〇 而以直除右行，不盡，乙 |||| 丙 ‖≣ 絲 丨=〇 五約之得乙 丨 丙 |||| 絲 ‖≡ 仍於右。又以中行直除左行，不盡乙 丨 丙 ≠ 絲 〇 亦以直除右行，不盡，丙 ‖ 絲 ‖≡ 上爲法下爲實，實如法而一，得十二兩爲丙絲。乃以十二兩乘中丙，不盡 ≠≣ 得 ≠≟ 爲實。以中乙不盡 丨 爲法，除之得十八兩，收作一觔二兩爲乙絲。又以十二兩乘右丙 丨 得 丨= 以十八兩乘右乙 ‖ 得 |||⊥ 相併得 |||≟ 與右絲 丨=〇 相減餘 ⊥‖ 爲實，以右甲 ‖ 爲法，除之得二十四兩，收作一觔，半爲甲絲。立天元一爲少半兩價，自之得 太〇丨 於上。副倍天元 太‖ 爲大半兩價，以減上位，得太≠丨 又自之得 太〇|||≢丨 復加大半兩價得 太=|||≢丨 用消共得二百八十二萬二千四百八十四，得 ‖≟‖=||||≟≢ ‖|||≢丨 開三乘方，得四十二文，以四十八乘之，得二貫十六文爲觔價。合問。

元・朱世傑《四元玉鑒》卷下《方程正負》 今有三斜田一段，只云，併大斜一中斜二，減小斜四，餘一十五步。又併大斜二小斜三，減中斜五，少一十五步。又併中斜二小斜一，減大斜二，餘一十五步。問中股幾何。

荅曰：中股三十六步。

大斜	中斜	小斜	步
丨	‖	≢	丨≣
‖	≢	|||	≢
≠	‖	丨	丨≣

術曰：如方程正負術入之。左行得小斜，中行得中斜，右行（求）[得]大斜。立天元一爲中股，如積求之，得一千二百九十六爲益實，一爲正隅，平方開之，得中股。合問。

清・羅士琳《四元玉鑒細草》 艸曰：如方程正負術入之。置大斜 丨 中斜 ‖ 小斜 ≢ 步 丨≣ 列於右方，又大斜 ‖ 中斜 ≢ 小斜 ||| 步 丨≢ 列於中央，又大斜 ≠ 中斜 ‖ 小斜 丨 步 丨≣ 列於左方。乃倍右行得大斜 ‖ 中斜 |||| 小斜 ≣ 步 |||〇 而以直除中行，不盡，中斜 ≣ 小斜 丨丨 步 ≣ 仍於右。又以中行直除左行，不盡，中斜 ≠ 小斜 ||| 步 〇 三之得中斜 ≣ 小斜 丨= 步 〇 亦以直除右行，不盡，小斜 丨 步 |||≣ 上爲法下爲實，實如法而一，得四十五步爲小斜。乃以四十五步乘中小斜，不盡 ||| 得 丨≟〇 爲實。以中中斜不盡 ≠ 爲法，除之得六十步爲中斜。又以四十五步乘右小斜 ≢ 得 ≟〇 以六十步乘右中斜 ‖ 得 丨=〇 相減餘 ⊥〇 加右步 丨≣ 得 ⊥|||| 爲實。以右大斜 丨 爲法，除之得七十五步，爲大斜。立天元一

爲中股，自之得 太〇丨 爲股冪，又小斜自之，得二千二十五步。減股冪得 ≣‖〇‖ 〇‖̸ 爲小句冪。中斜自之，得三千六百步，減股冪得 〇〇丄Ⅲ 〇‖̸ 爲大句冪。兩句冪相乘得 〇〇〇〇≣‖丅 〇 𝍤̸=丅≣ 〇丨 寄左。乃以大斜自之，得五千六百二十五步。副併兩句冪，得 ≣‖丄𝍣 〇‖̸ 以減之得 太〇‖ 半之得 太〇丨 爲兩句相乘。又自之得 太〇〇〇丨 爲同數，消左得 Ø〇〇〇≣‖丅 〇 ≣‖丄𝍣 約爲 丄𝍤=丨 〇丨 開平方得三十六步。合問。

元·朱世傑《四元玉鉴》卷下《方程正負門》 今有直田環田各一段，共一十三畝四分畝之一。只云，併環田外周一，中周二，實徑三。與六箇直田斜相較之，少二步。又併外周二，中周一，直斜二。與六十三箇實徑相較之，少二步。又併外周二，實徑五，直斜一。與四箇中周相較之，多四步。又併中周二，實徑四，直斜一。與二箇外周相較之，少六步。問直田長平各幾何。

荅曰：直田長七十步，闊二十四步。

外周	中周	實徑	直斜	步
丨	‖	Ⅲ	丅̸	丅
‖	丨	丄𝍤̸	‖	‖̸
‖	𝍤̸	𝍣	丨	𝍣
‖̸	‖	𝍣	丨	丅̸

術曰：如方程正負術入之，左行得直田斜，次行得實徑，次行得中周。右行(求)[得]外周。又環積減共積，餘爲直積。立天元一爲闊，如積求之，得二百八十二萬二千四百，爲正實。五千四百七十六爲益上廉，一爲正隅，三乘方開之得闊。又立天元一爲長，如積求之，得二百八十二萬二千四百，爲益實，五千四百七十六爲從上廉，一爲益隅，三乘方開之得長。又立天元一爲和，如積求之，得八千八百三十六，爲益實，一爲正隅，平方開之得和。又立天元一爲較，如積求之，得二千一百一十六，爲益實，一爲正隅，平方開之得較。合問。

清·羅士琳《四元玉鑑細草》 艸曰：如方程正負術入之。置外周丨 中周‖ 實徑Ⅲ 直斜丅̸ 步丅 列於右方。又外周‖ 中周丨 實徑丄𝍤̸ 直斜‖ 步‖̸ 列於次。又外周‖ 中周𝍤̸ 實徑𝍣 直斜丨 步𝍣 列於再次。又外周‖̸ 中周‖ 實徑𝍣 直斜丨 步丅̸ 列於左方。乃倍右行，得外周‖ 中周Ⅲ 實徑丅 直斜丨̸= 步丨= 而以直除左行，不盡，中周丅 實徑丨〇 直斜丨̸一 步丅 仍於右。又以中兩次行直除，不盡，中周Ⅲ 實徑丄𝍤 直斜丨 步丅̸ 倍之得中周丨〇 實徑丨𝍤̸≡ 直斜‖ 步丨̸= 列於中。又以再次行直除左行，不盡，中周‖̸ 實徑Ⅲ 直斜‖ 步‖̸ 仍於左。然以三左行，得中周丅̸ 實徑‖丄 直斜丅 步丅̸ 亦以直除右行，不盡，實徑Ⅲ丄 直斜𝍤 步〇 仍於右。復五左行，得中周丨Ø 實徑≡𝍣 直斜丨〇 步丨Ø 亦以直除中行，不盡，實徑𝍤一 直斜丨= 步‖̸= 仍於左。再以左行中實徑偏乘右行，不盡，得實徑Ⅲ≡丅丄 直斜Ⅲ≡𝍤 步〇 又以右行中實徑偏乘左行，不盡，得實徑Ⅲ≡丅̸丄 直斜Ⅲ≡Ⅲ 步Ⅲ一𝍤̸ 亦以直除右行，不盡，直斜丨̸一 步Ⅲ一𝍤 上爲法下爲實，實如法而一，得七十四步爲直田斜。乃以七十四步乘又次直斜，不盡𝍤 得Ⅲ丄〇 爲實。以又次實徑不盡Ⅲ丄 爲法，除之得十步爲實徑。又以七十四步乘次直斜，不盡‖ 得丨≡Ⅲ 以十步乘次實徑不盡Ⅲ 得Ⅲ〇 相併得‖≡Ⅲ 加次步不盡‖̸ 得‖≡〇 爲實。以次中周不盡‖̸ 爲法，除之得一百二十步，爲中周。三而一得四十步，爲環田虛徑。用乘中周得四千八百步四而一，得一千二百步爲虛積。又以七十四步乘右直斜 𝍭 得 [illegible] 以十步乘右實徑 ‖ 得 ‖〇 以一百二十步乘右中周 ‖ 得 [illegible] 併正減負餘 [illegible] 加右步 ⊤ 得 [illegible] 爲實。以右外周 丨 爲法，除之得一百八十步爲外周，三而一得六十步，爲環田外徑，用乘外周得一萬（八千）［八百］步，四而一得二千七百步。以虛積減之，餘一千五百步爲環積。置共積通分內子，得五十三。又以畝法二百四十步，如分母四而一得六十，通之得三千一百八十步。以環積減之，餘一千六百八十步爲直積。立天元一爲闊，自之得 太〇丨 爲闊冪。副以斜自之，得五千四百七十六，爲斜冪。以闊冪減之得 [illegible] 爲長冪，用乘闊冪得 太〇 [illegible] 爲直積自乘之冪，寄左。乃以直積自之，得二百八十二萬二千四百，爲同數。消左得 [illegible] 開三乘方，得二十四步爲闊。又立天元一爲長，自之得 太〇丨 爲長冪，以減斜冪得 [illegible] 爲闊冪。用乘長冪得 太〇 [illegible] 爲直積。自乘冪，消同數得 [illegible] 開三乘方得七十步爲長。又立天元一爲和，自之得 太〇丨 爲和冪。以斜冪減之得 [illegible] 爲倍積，寄左。乃倍直積，得三千三百六十爲同數，消左得 [illegible] 開平方，得九十四步爲和。又立天元一爲較，自之得 太〇丨 爲較冪。以減斜冪得 [illegible] 爲倍積，消同數得 [illegible] 開平方得四十六步。合問。

元・朱世傑《四元玉鉴》卷下《方程正負門》 今有句股田一段取句弦和一，股弦和二，句弦較三，爲共內減弦較四，餘二百六十步。又句弦和二，股弦和一，股弦較三，爲共內減句弦較四，餘七十六步。又句弦和三，句弦較二，股弦較一，爲共內減股弦和二，餘五十五步。又股弦和二，句弦較一，股弦較三，爲共內減句弦和三，餘二十八步。問句股弦各幾何。

荅曰：句一十二步，股三十五步，弦三十七步。

句弦和	股弦和	句弦較	股弦較	步
丨	‖	‖‖	𝍣	‖⊥〇
‖	丨	𝍣	‖‖	⊥⊤
‖‖	𝍡	‖	丨	≣‖‖‖
𝍢	‖	丨	‖‖	‖≐

術曰：如方程正負術入之。左行得股弦較，次行得句弦較。次行得股弦和，右行得句弦和。立天元一爲句，如積求之，得一百四十四爲益實，一爲正隅，平方開之，得句。立天元一爲股，如積求之，得一千二百二十五爲益實，一爲正隅，平方開之，得股。立天元一爲弦，如積求之，得一千三百六十九，爲益實，一爲正隅，平方開之，即弦。合問。

清・羅士琳《四元玉鑑細草》 艸曰：如方程正負術入之。置句弦和 丨 股弦和 ‖ 句弦較 ‖‖ 股弦較 𝍣 步 ‖⊥〇 列於右方。又句弦和 ‖ 股弦和 丨 句弦較 𝍣 股弦較 ‖‖ 步 ⊤⊥ 列於次。又句弦和 ‖‖ 股弦和 𝍡 句弦較 ‖ 股弦較 丨 步 ‖‖‖≣ 列於再次。又句弦和 𝍢 股弦和 ‖ 句弦較 丨 股弦較 ‖‖ 步 ‖≐ 列於左方。乃倍右行，得句弦和 ‖ 股弦和 ‖‖‖ 句弦較 ⊤ 股弦較 𝍧 步 ‖‖‖=〇 而以直除次行，不盡，股弦和 ‖‖ 句弦較 丨〇 股弦較 𝍣— 步 ‖‖‖≡‖‖‖ 仍於右。又三右行，得句弦和 ‖‖ 股弦和 ⊤ 句弦較 ‖‖‖ 股弦較 𝍣= 步 ≐‖‖‖〇 亦以直除，再次行，不盡，股弦和 ‖‖‖ 句弦較 ⊤‖ 股弦較 𝍣≡ 步

[算籌] 列於中。又以直除左行，不盡，股弦和 [算籌] 句弦較 [算籌] 股弦較 [算籌] 步 [算籌] 即以直除中行，不盡，句弦較 [算籌] 股弦較 [算籌] 步 [算籌] 仍於左。然以中行中股弦和偏棄右行，不盡，得股弦和 [算籌] 句弦較 [算籌] 股弦較 [算籌] 步 [算籌] 又以右行中股弦和偏棄中行，不盡，得股弦和 [算籌] 句弦較 [算籌] 股弦較 [算籌] 步 [算籌] 亦以直除右行，不盡，句弦較 [算籌] 股弦較 [算籌] 步 [算籌] 仍於右。復以左行中句弦較偏[棄]右行，不盡，得句弦較 [算籌] 股弦較 [算籌] 步 [算籌] 又以右行中句弦較偏棄左行，不盡，得句弦較 [算籌] 股弦較 [算籌] 步 [算籌] 亦以直除右行，不盡，股弦較 [算籌] 步 [算籌] 上爲法下爲實，實如法而一，得二步爲股弦較。乃以二步棄次股弦較，不盡 [算籌] 得 [算籌] 以減次步不盡 [算籌] 餘 [算籌] 爲實，以次句弦較不盡 [算籌] 爲法，除之得二十五步爲句弦較。又以二步棄次股弦較不盡 [算籌] 得 [算籌] 與次步不盡 [算籌] 相併，得 [算籌] 於上。以二十五步棄次句弦較不盡 [算籌] 得 [算籌] 以減上位，餘 [算籌] 爲實。以次股弦和不盡 [算籌] 爲法，除之得七十二步爲股弦和。又以二步棄右股弦較 [算籌] 得 [算籌] 以二十五步棄右句弦較 [算籌] 得 [算籌] 以七十二步棄右股弦和 [算籌] 得 [算籌] 併正減負餘 [算籌] 以減右步 [算籌] 餘 [算籌] 爲實。以右句弦和 [算籌] 爲法，除之得四十九步，爲句弦和。立天元一爲句，自之得 [算籌] 爲句冪，寄左。乃以股弦較與股弦和相棄，得一百四十四爲同數，消左得 [算籌] 開平方得十二步爲句。立天元一爲股，自之得 [算籌] 爲股冪，寄左。乃以句弦較與句弦和相棄，得一千二百二十五，爲同數，消左得 [算籌] 開平方得三十五步爲股。立天元一爲弦，自之得 [算籌] 爲弦冪，寄左。乃以句弦和自之，得二千四百一。股弦和自之，得五千一百八十四。句弦較自之，得六百二十五，股弦較自之，得四，相併得八千二百十四，爲六段弦冪。六而一得一千三百六十九，爲同數，消左得 [算籌] 開平方得三十七步爲弦。合問。

此問既先求得和較四事矣，則和較互相加減，即可得所求。似立天元一可從省。茲蓋欲明冪積之故耳。爰復引而申之，又得四事。其一立天元一爲弦和和，自之得 [算籌] 爲弦和和冪，寄左。乃以股弦和與句弦和相棄，倍之得七千五十六，爲同數，消左得 [算籌] 開平方得八十四步，爲弦和和。其一立天元一爲弦較和，自之得 [算籌] 爲弦較和冪，寄左。乃以股弦和與句弦較相棄，倍之得三千六百，爲同數。消左得 [算籌] 開平方得六十步，爲弦較和。其三立天元一爲弦和較，自之得 [算籌] 爲弦和較冪，寄左。乃以股弦較與句弦較相棄，倍之得一百，爲同數。消左得 [算籌] 開平方得十步，爲弦和較。其四立天元一爲弦較較，自之得 [算籌] 爲弦較較冪，寄左。乃以股弦較與句弦和相棄，倍之得一百九十六，爲同數。消左得 [算籌] 開平方得十四步爲弦較較。坿記於此。

元・朱世傑《四元玉鑑》卷下《方程正負門》 今有平圓立圓平方立方各一所，只云，平圓積（求）「取」九分之二，立圓積取九分之二，平方積取五分之三，減立方積九分之八，盈二尺。又平圓積取九分之二，立方積取九分之二，立圓積取四分之一，減於平方積五分之四，不足二尺。又立圓積取四分之一，立方積取九分之二，平方積取五分之一，減平圓積三分之二，盈二尺。又平方積取五分之一，立方積取九分之四，平圓積取三分之一，減於立圓積九分之七，不足二尺。其立圓徑不及平方面一尺，卻多立方面一尺，如平圓徑三分之二。問四事各幾何。

答曰：平圓徑六尺，立圓徑四尺。平方面五尺，立方面三尺。

平圖	立圖	平方	立方	共
|||	|〇	‖⊥	|||〇	||||〇
‖〇	|||≡	|≡‖	|||〇	≡⊤〇
|=〇	|||≡	‖⊥	|||〇	≡⊤〇
|≡	≡‖	|||	‖〇	||||〇

術曰：先以合分法求之，次如方程正負術入之。左行得立方積，次行得平方積，次行得立圓積，右行(求)[得]平圓積，併之，爲共積。立天元一爲平圓徑，如積求之，得二千四百八十四爲益實，七十二爲從方，三爲益廉，十爲從隅。立方開之，得平圓徑。又立天元一爲立圓徑，如積求之，得三百六十八爲益實，一十六爲從方，一爲益廉，五爲三隅。立方開之，得立圓徑。又立天元一爲平方面，如積求之，得三百九十爲益實，三十(二)[三]爲從方，一十六爲益廉，五爲從隅，立方開之，得平方面。又立天元一爲立方面，如積求之，得三百四十八爲益實，二十九爲從方，一十四爲從廉，五爲從隅。立方開之，得立方面。合問。

清・羅士琳《四元玉鑑細草》 艸曰：先以合分法，求總母一百八十，四五九三母，連乘之數也。通平圓積九分之一爲‖〇 立圓積九分之二爲|||〇 平方積五分之三爲|〇||| 立方積九分之八爲|⊥〇 盈二尺爲|||⊥〇 四約之得平圓積||| 立圓積|〇 平方積‖⊥ 立方積|||〇 共|||〇 列於右方。又通平圓積九分之一爲‖〇 立圓積四分之一爲||||≡ 平方積五分之四爲|≡‖ 立方積九分之二爲|||〇 不足二尺爲|||⊥〇 列於次。又通平圓積三分之二爲|=〇 立圓積四分之一爲||||≡ 平方積五分之一爲|||⊥ 立方積九分之二爲|||〇 盈二尺爲|||⊥〇 列於再次。又通平圓積三分之一爲⊥〇 立圓積九分之七爲|≡〇 平方積五分之一爲|||⊥ 立方積九分之四爲||||〇 不足二尺爲|||⊥〇 四約之，得平圓積|≡ 立圓積≡‖ 平方積||| 立方積‖〇 共||||〇 列於左方次，如方程正負術入之。乃三右行，得平圓積|≡ 立圓積|||〇 平方積|||— 立方積|=〇 共‖⊥〇 而以直除左行，不盡，立圓積⊥||| 平方積⊥‖ 立方積|≡〇 共|||⊥〇 仍於左。又二十四右行得平圓積|=〇 立圓積‖≡〇 平方積⊥|||≡ 立方積|||⊥〇 共‖—⊤—〇 亦以直除再次行，不盡，立圓積‖⊥||| 平方積⊥|||≡ 立方積|||=〇 共‖≡‖〇 列於中。又四右行，得平圓積‖〇 立圓積|||〇 平方積|〇||| 立方積|⊥〇 共|||⊥〇 亦以直除次行，不盡，立圓積||| 平方積‖≡〆 立方積‖〇〇 共⊥‖〇 仍於右。復十三右行，不盡，得立圓積⊥|||| 平方積‖=⊤⊥ 立方積‖⊥〇〇 共|||≡⊤〇 亦以直除左行，不盡，平方積‖≡|||⊥ 立方積‖⊥|||〇 共|||⊥‖〇 四約之，得平方積|||≡⊤ 立方積⊥||||≡ 共‖≡|||〇 仍於左。又五十七右行，不盡，得立圓積‖⊥||| 平方積|≡|||⊥≡ 立方積|—|||〇〇 共|||—〇|||× 亦以直除中行，不盡，平方積|≡〇|||⊥ 立方積|=|||=〇 共|||≡|||⊥〇 八十八約之，得平方積|⊥| 立方積|≡〇 共|||⊥||| 仍於右。然以十九左行，不盡，得平方積|≡|||〇||| 立方積|≡〇〆〇≡ 共|||⊥|〇⊥ 又九十三右行，不盡，得平方積|≡|||〇||| 立方積|≡〇‖〇 共|||⊥〇|||≡ 亦以直除左行，不盡，立方積|||| 共|≡|||| 上

爲法，下爲實，實如法而一，得二十七尺爲立方積。乃以二十七尺乘次立方積不盡 [rod numeral] 得 [rod numeral] 與次共不盡 [rod numeral] 相併，得 [rod numeral] 爲實。以次平方積不盡 [rod numeral] 爲法，除之得二十五尺爲平方積。又以二十七尺乘次立方積不盡 [rod numeral] 得 [rod numeral] 與次共不盡 [rod numeral] 相併，得 [rod numeral] 於上。以二十五尺乘次平方積不盡 [rod numeral] 得 [rod numeral] 以上位減之，餘 [rod numeral] 爲實。以次立圓積不盡 [rod numeral] 爲法，除之得三十六尺，爲立圓積。又以二十七尺乘右立方積 [rod numeral] 得 [rod numeral] 以二十五尺乘右平方積 [rod numeral] 得 [rod numeral] 以三十六尺乘右立圓積 [rod numeral] 得 [rod numeral] 併正減負，餘 [rod numeral] 與右共 [rod numeral] 相併，得 [rod numeral] 爲實。以右平圓積 [rod numeral] 爲法，除之得二十七尺爲平圓積。於是以四積併之，得一百十五尺，爲共積。立天元一爲平圓徑，自之得 太[rod numeral] 三之得 太[rod numeral] 合四，除之爲平圓積。今不除，轉二十七通之，得 太[rod numeral] 爲一百八段平圓積。副倍天元 太[rod numeral] 爲三段立圓徑，再之得 太[rod numeral] 合十六，除之爲三段立圓積。今八除之得 太[rod numeral] 爲六段立圓積，十八通之得 太[rod numeral] 爲一百八段立圓積。又以不及三尺加三段立圓徑，得 [rod numeral] 爲三段平方面，自之得 [rod numeral] 爲九段平方積。十二通之，得 [rod numeral] 爲一百八段平方積。又以多三尺減三段立圓徑，得 [rod numeral] 爲三段立方面，再之得 [rod numeral] 爲二十七段立方積，四通之得 [rod numeral] 爲一百八段立方積。併之得 太[rod numeral] 爲一百八段共積，寄左。乃以一百八通共積得一萬二千四百二十，爲同數，消左得 [rod numeral] 約爲 [rod numeral] 開立方得六尺，爲平圓徑。又立天元一爲立圓徑，再之得 太[rod numeral] 九之得 太[rod numeral] 合十六除之爲立圓積。今不除，便爲十六段立圓積，副三天元 太[rod numeral] 爲兩段平圓徑，自之得 太[rod numeral] 三之得 太[rod numeral] 合十六除之爲平圓積。今亦不除，便爲十六段平圓積。乃併平立二圓積，得 太[rod numeral] 於上。又以不及一尺加立圓徑得 [rod numeral] 爲平方面，自之得 [rod numeral] 爲平方積。又以多一尺減立圓徑得 [rod numeral] 爲立方面，再之得 [rod numeral] 爲立方積。乃併平立二方積得 太[rod numeral] 十六通之得 太[rod numeral] 用加上位得 太[rod numeral] 爲十六段共積。寄左。

乃以十六通共積，得一千八百四十，爲同數。消左，得 [rod numeral] 約爲 [rod numeral] 開立方，得四尺爲立圓徑。又立天元一爲平方面，以不及一尺減之得 [rod numeral] 爲立圓徑，再之得 [rod numeral] 九之得 [rod numeral] 爲十六段立圓積。副以立圓徑三之得 [rod numeral] 爲兩段平圓徑，自之得 [rod numeral] 三之得 [rod numeral] 爲十六段平圓積。乃併二圓積得 [rod numeral] 於上。又以多一尺減立圓徑得 [rod numeral] 爲立方面，再之得 [rod numeral] 爲立方積。又天元自之得 太[rod numeral] 爲平方積。復併二方積得 [rod numeral] 十六通之得 [rod numeral] 用加上位得 [rod numeral] 與十六段共積相消得 [rod numeral] 約爲 [rod numeral] 開立方得五尺，爲平方面。又立天元一爲立方面，以不及一尺加之得 [rod numeral] 爲立圓徑，再之得 [rod numeral] 九之得 [rod numeral] 爲十六段立圓積。副以立圓徑三之得 [rod numeral] 爲平圓徑，自之得 [rod numeral] 又三之得 [rod numeral] 爲十六段平圓積。乃併二圓積得 [rod numeral] 於上。又以不及一尺加立圓徑得 [rod numeral] 爲平方面。自之得 [rod numeral] 爲平方積。又天元再之得 太[rod numeral] 爲立方積。復併二方積得 [rod numeral] 十六通之得 [rod numeral] 用加上位得 [rod numeral] 與十六段共積相消得 [rod numeral] 約爲 [rod numeral] 開立方得三尺，爲立方面。合問。

明・吴敬《九章算法比類大全》卷八《方程》 今有銀朱六兩價，買漆一十兩多，鈔一十八貫。又銀朱五兩價，買漆一十五兩欠鈔五貫。問朱漆每兩價幾何。

荅曰：銀朱八貫，漆三貫。

法曰：此問賣欠爲正，買爲負。列所問數，以甲行上正六爲法，遍乘乙行淂數。

上正六爲法　下負十　正一十八貫

上負五得負三十　下負十五得正九十　正五貫得正三十

却以乙行上負五爲法，複遍乘甲行。上正六得正三十，異名與乙行負三十對減，尽。下負十得負五十，異減乙行正九十，餘得正四十爲法。正一十八貫得正九十貫，同加乙行正三十貫，得正一百二十貫爲實。以法除得漆價三貫。

甲行下負十，以三乘得三十貫，加入正一十八貫共得四十八貫，以上正六除得硃價八貫。合問。

又 今有賣紗七疋，買紵絲五疋，欠鈔一百一十貫。又賣紗五疋，買紵絲七疋，欠鈔二百五十貫。問二價每疋幾何。

荅曰：紵絲五十貫，紗二十貫。

法曰：此問買爲正，賣爲負。列所問数，以甲行上正五爲法，遍乘乙行得數。

上正五爲法　下負七　正一百一十貫

上正七得正三十五　下負五得負二十五　正二百五十得正一千二百五十

却以乙行上正七爲法，複遍乘甲行。上正五得正一十五，與乙行上正三十五同名對減，尽。下負七得負四十九，同減乙行下負二十五，餘得下負二十四爲法。正一百一十得正七百七十，同減乙行正一千二百五十，餘得負四百八十爲實。以法除得二十貫，爲紗一疋之價。甲行下負七以二十貫乘得一百四十貫，加入正一百一十貫共得二百五十貫。以上正五除之，得五十貫爲紵絲價。合問。

又 今有羊三個豕二箇，價鈔一百五十五貫。又有羊四個豕五箇，價鈔二百六十五貫。問羊豕每箇價鈔各幾何。

荅曰：羊三十五貫，豕二十五貫。

法曰：列各項問數。

羊三箇　豕二箇　價一百五十五

羊四箇　豕五箇　價二百六十五

先以甲行羊三爲法，遍乘乙行。羊四得一十二，豕五得一十五，價二百六十五得七百九十五。

却以乙行羊四爲法，複遍乘甲行。羊三得一十二，與乙行羊一十二對減，盡。豕二得八，減乙行豕一十五，餘得豕七爲法。價一百五十五得六百二十，減乙行價七百九十五，餘得價一百七十五爲實。以法除，得豕價二十五貫。甲行豕二價得五十貫。以減一百五十五貫，餘得價一百五貫。以羊三除得羊價三十五貫。合問。

又 詞詩　甲借乙家七硯，還他三管毛錐，貼錢四百整八十，恰好齊同了畢。丙却借乙九筆，還他三個端溪，一百八十貼乙齊，二色價該各幾。　西江月

荅曰：筆價五十文，硯價九十文。

法曰：列所問數。

硯正七　筆負三　價正四百八十

硯正三　筆負九　價負一百八十

先以右行硯正七爲法，遍乘左行。硯正三得正二十一，筆負九得負六十三，價一百八十得負一千二百六十。却以左行硯正三爲法，複遍乘右行。硯正七得正二十一，與左行硯正二十一同名對減，尽。筆負三得負九，同減左行筆負六十三，餘得筆負五十四爲法。價正四百八十得正一千四百四十，異加左行價負一千一百六十，共得二千七百爲實。以法除得筆價五十。右行價正四百八十，異加筆負二價一百五十，共得一百三十。以硯七除得硯價九十。合問。

又 賣却四雞三兎訴，三兎價中趕却雙雞去。雞尤減之斯一兎，雞錢兎價無差處。各一千文適足數，二價分明亦有誰人悮。加減乘除循軌度，賢家不會空思慕。　鳳棲梧

荅曰：雞價四百文，兎價六百文。

法曰：列所問數。

雞正四　兎負二　價正一千

雞負二　兎正三　價正一千

先以甲行雞正四爲法，遍乘乙。雞負二得負八，兎正三得正十二，價正一千得正四千。却以乙行雞負二爲法，複遍乘甲行。雞正四得正八，與乙行雞負八異名對減，尽。兎負二得負二，異減乙行兎正十二，除得兎正一十爲法。價正一千得正二千，同加乙行正四千，共得六千爲實。以法除得兎價六百文。甲行價正一千，加兎負價六百，共一千六百。以雞四除得雞四百文。合問。

明·王文素《筭學寶鑒》卷二六《正負方程》 甲買四甌七碗二盤，共用錢

五十文。乙買五甌三碗八盤，共用錢六十七文。丙買九甌一碗六盤，共用錢六十一文。問三物每件各值幾何。

荅曰：一盤值五文，一碗值四文，一甌值三文。

初度列位之圖

甲	四甌	七碗	二盤	共錢五十文
乙	五甌	三碗	八盤	共錢六十七文
丙	九甌	一碗	六盤	共錢六十一文

法曰：以甲四甌乘乙三碗得一十二碗，卻以乙五甌乘甲七碗得三十五碗，以少減多，甲餘二十三碗爲負。另以甲四甌乘乙八盤得三十二，卻以乙甌五乘甲二盤得一十，以少減多，乙餘二十二盤爲正。又以甲四甌互乘乙錢六十七得二百六十八文，卻以乙五甌互乘甲錢五十得二百五十，以少減多，乙餘一十八文爲正。另以甲四甌乘丙一碗得四碗。卻以丙九甌乘甲七碗得六十三碗，以少減多，甲餘五十九碗爲負。又以甲四甌乘丙六盤得二十四，卻以丙甌九乘甲二盤得一十八，以少減多，丙餘六盤爲正。又以甲四甌互乘丙錢六十一得二百四十四文，以丙九甌互乘甲錢五十得四百五十文。以少減多，甲餘二百零六文爲負。

如二物方程布之，加正負之名。

第二位圖

乙	負碗二十三	正盤二十二	正錢一十八文
丙	負碗五十九	正盤六	負錢二百六文

以乙行負碗二十三，互乘丙正六盤，得三十八。卻以丙行負碗五十九，互乘乙行正盤二十二，得一千二百九十八，此系二正二負，相減餘一千一百六十盤，爲法。又以乙碗二十三，互乘丙行負錢二百六文，得四千七百三十八。以丙負碗五十九，互乘乙正錢一十八，得一千六十二文，此系三負一正，相併五千八百文爲寔。以法除之，得五文爲一盤之價。以丙行六盤乘之得三十，併入丙錢二百六文，共二百三十六文爲寔。以丙行五十九碗除之得四文，爲一碗之價。另置初圖，甲錢五十文，內減二盤價十文，又減七碗價二十八文，餘一十二文爲寔。以甲四甌除之，得三文爲一甌之價。合問。

又 數犯相同題訣：甲買四瓜八梨五桃，共用錢五十文。乙買瓜五梨六桃七，共用錢五十二文。丙買二瓜四梨六桃，共用錢三十二文。問三物每個值幾文。

荅曰：一瓜值四文，一梨值三文，一桃值二文。

初度布位之圖

甲	四瓜	八梨	五桃	共用錢五十文
乙	五瓜	六梨	七梂	共錢五十二文
丙	二瓜	四梨	六桃	共錢三十二文

法曰：先以甲四瓜乘乙六梨，得二十四。卻以乙五瓜乘甲八梨，得四十。以少減多，甲餘梨十六。又以甲四瓜乘乙七梂，得二十八。卻以乙五瓜乘甲五桃，得二十五。以少減多，乙餘三梂。又以甲四瓜乘乙錢五十二，得二百八文。卻以乙五瓜乘甲錢五十，得二百五十。以少減多，餘甲錢四十二文。又以甲四瓜乘丙四梨，得一十六。卻以丙二瓜乘甲八梨，得一十六。犯數相同，對減皆空。又以甲四瓜互乘丙六桃，得二十四。卻以丙瓜二乘甲五桃，得一十。以少減多，丙餘十四桃。

又以甲瓜四互乘丙錢三十二，得一百二十八文。卻以丙二瓜乘甲錢五十，得一百文。以少減多，丙餘錢二十八文。各認正負仍列于位。凡認正負，從錢而爲正，不與錢同名者爲負。對空

位圖

乙	正梨十六	負桃三	正錢四十二文
丙	梨空	正桃十四	正錢二十八文

丙行梨空，不必互乘。就以丙正錢十四爲法，以丙正錢二十八文爲寔。以法除之，得二文爲一桃之價。以乙負桃三乘之，得六文。併入乙正錢四十二文，共四十八文爲實。以乙正梨十六爲法，除之得三文爲一梨之價。另置初圖，甲錢五十文內減八梨價二十四文，又減五桃價十文，餘瓜錢一十六文。以甲原瓜四枚爲法，除之得每一瓜值四文。合問。

又 四物題：甲四盤五碗五碟七盞，共錢一百一十七文。乙五盤七碗六碟八盞，共錢一百四十八文。丙七盤九碗九碟十盞，共錢二百一文。丁四盤四碗七楪九盞，共錢一百二十六文。問四物每件各值幾文。

荅曰：一盤九文，一碗七文，一碟五文，一盞三文。

初列位圖

甲	四盤	五碗	五碟	七盞	共錢一百一十七文
乙	五盤	七碗	六碟	八盞	共錢一百四十八文

丙　七盤　九碗　九碟　十盞　共錢一百一文

丁　四盤　四碗　七碟　九盞　共錢一百二十六文

法曰：以甲四盤乘乙七碗，得二十八。以乙五盤乘甲五碗，得二十五。以少減多，乙餘三碗。另以甲四盤乘乙六碟，得二十四。以乙五盤乘甲五碟，得二十五。以五減多，甲餘一碟。又以甲四盤乘乙八盞，得三十二。卻以乙五盤乘甲七盞，得三十五。以少減多，甲餘三盞。又以甲四盤乘乙錢一百四十八文，得五百九十二，以乙五盤乘甲錢一百一十七文，得五百八十五。以少減多，乙餘錢七文。另以甲四盤乘丙九碗，得三十六。以丙七盤乘甲五碗，得三十五。以少減多，丙餘一碗。

又以甲四盤乘丙九碟，得三十六。以丙七盤乘甲五碟，得三十五。以少減多，丙餘一碟。又以甲四盤乘丙十盞，得四十。卻以丙七盤乘甲七盞，得四十九。以少減多，甲餘九盞。又以甲四盤乘丙錢二百一文，得八百四文。以丙七盤乘甲錢一百一十七文，得八百一十九文。以少減多，餘甲錢十五文。

另再以甲四盤乘丁四碗，得一十六。卻以丁四盤乘甲五碗，得二十。以少減多，甲餘四碗。又以甲四盤乘丁七碟，得二十八。卻以丁四碟乘甲五碟，得一十八。以少減多，丁餘八碟。又以甲四盤乘丁九盞，得三十六盞。卻以丁四盤乘甲七盞，得二十八盞。以少減多，丁餘八盞。以甲四盤乘丁錢一百二十六，得五百四文。以丁四盤乘甲錢一百一十七，得四百六十八文。以少減多，丁餘錢三十六文。認正負列位。

變列正負之圖

乙　正三碗　負一碟　負三盞　正錢七文

丙　負一碗　負一碟　正瓦盞　正十五文

丁　負四碗　正八碟　正八盞　正三十六文

以乙正三碗乘丙負一碟得三碟，以丙負一碗乘乙負一碟得一碟，此係三負一正，相併爲丙負四碟。又以乙正三碟乘丙正九盞得二十七，卻以丙負一碗乘乙負三盞，得三盞，此係二正二負，相減餘丙正盞二十四。又以乙正碗三乘丙正錢十五，得四十五。以丙負一碗乘甲正錢七文，得七文，此三正一負，相併得丙正錢五十二文。又以乙正三碗乘丁正八碟，得二十四。以丁負四碗乘乙一碟，得四，此系二正二負，相減得丁正二十碟。

又以乙正三碗乘丁正八盞，得二十四。卻以丁負四碗乘乙負三盞，得十二，此係二正二負，相減，餘丁正盞十二。又以乙正三碗乘丁正錢三十六，得一百八文。卻丁負四碗乘乙正錢七文，得二十八文，此係三正一負，相併得丁正錢一百三十六文，仍列于位。

再列位圖

丙　負四碟　正二十四盞　正錢五十二文

丁　正二十碟　正一十二盞　正一百三十六文

以丙負四碟乘丁正十二盞，得四十八。卻以丁正二十碟乘丙正二十四盞，得四百八十，此係三正一負，相併得正盞五百二十八爲法。另以丙負碟四乘丁正錢一百三十六，得五百四十四六。以丁正二十碟乘丙正錢五十二文，得一千四十文，此三正一負，相併得丁正錢一千五百八十四文爲寔。以法五百二十八除之，得一盞價三文。以丁正十二盞乘之，得三十六文。以減丁錢一百三十六，餘一百爲實。以丁正二十碟除之，得一碟價五文。另置第二圖，乙正錢七文，內加三盞價九文，又加一碟價五文，共二十一文爲寔。以乙三碗除之，得一碗價七文。

另置初圖，甲錢一百一十七文，內減七盞價二十一文。又減五碟價二十五文，再減五碗價三十五文，餘三十六文爲實。以甲四盤除之，得一盤價九文。合問。

又　卷二七《互借求原》　問井求繩　甲繩二條，乙繩三條，丙繩四條，皆不及井深。甲借乙一條，乙借丙一條，丙借甲一條，皆及井深，且云井深三丈。問三家繩長各幾何。

荅曰：甲一丈八寸，乙八尺四寸，丙四尺八寸。

解曰：此題以本繩爲正，借繩爲正，如方入之。

列位圖

甲行　甲正繩二　乙正繩一　丙空　正深三丈

乙行　甲空　乙正繩三　丙正一　正深三丈

丙行　甲正繩一　乙空　丙正四　正深三丈

法曰：以甲行甲二互乘丙行丙四得八，以丙甲一互乘甲行丙空，無減得丙行丙正八。以甲行甲二乘丙深三十尺得六十尺，以丙行甲一乘甲深三十尺得三十尺，以少減多，餘丙深正三十尺。又以丙行甲一乘甲行乙一得一。丙行乙空，無減得丙負一。
第二位圖
乙行　乙正三　丙正一　正深三十尺
丙行　乙負一　丙正八　正深三十尺
以乙行乙正三互乘丙行丙正八得二十四，卻以丙行乙負一互乘乙行丙正一得一，此系三正一負。同加得丙行丙正二十五爲法。又以乙行乙正三互乘丙行正深三十尺得九十尺，以丙行乙負一互乘乙行正深三十尺得三十尺，此係三正一負。同加得丙行正深一百二十尺爲寔。以法除之，得丙繩長四尺八寸。以丙正八乘之得三十八尺四寸，內減丙行正深三十尺，餘八尺四寸，爲丙行負乙一繩之長。以減初圖，甲深三十尺，餘二十一尺六寸，以甲正繩二條除之，得甲繩長一丈八寸。合問。

又　分母求積　井不知深，三家用繩不等。甲繩七條，乙繩八條，丙繩九條，皆不及井深。甲借乙一條，乙借丙二條，丙借甲三條，各及井深。問井深及三户繩各長幾何。
荅曰：甲繩長六尺五寸，乙繩長五尺五寸，丙繩長三尺五寸。
井深五丈一尺。
求深積術曰：本繩爲分母，借繩爲分子，各相乘併之。
本繩爲母　甲七　乙八　丙九　相乘得五百四
借繩爲子　借一　借二　借三　相乘得六，併爲深
解曰：以母子各相乘，而併之。之數或倍或折或因或約，皆可以爲深積。
今且以五丈一尺爲井深，言之亦如方程正負入之，只可丙行求取諸繩。
列位圖
甲行　甲原七　借乙一　丙空　井深五十一尺
乙行　甲空　乙原八　借丙三　井深五十一尺
丙行　借甲三　乙空　丙原九　井深五十一尺
法曰：先以丙行借甲三互乘甲行借乙一得三，丙行乙空，無減得丙行乙負三。以甲行甲原七互乘丙行丙九得六十三，甲行丙空，無減得丙行丙正六十三。又以甲行甲七乘丙行井深五十一尺得三百五十七。以丙行甲三互乘甲深五十一尺得一百五十三。以少減多餘丙行正深二百四尺，列位與乙相求。
再列位圖
乙行　乙正八　丙正二　正深五十一尺
丙行　乙負三　丙正六十三　正深二百四尺
以乙行乙正八互乘丙行丙正六十三得五百零四，以丙行乙負三互乘乙行丙正二得六，比三正一負，同加得五百一十爲法。另以乙行乙正八互乘丙行正深二百四尺得一千六百三十二，以丙行乙負三互乘甲行井深五十一尺，此亦三正一負，同加得深一千七百八十五尺爲寔，以法除之得丙繩長三尺五寸。以九繩乘之得三十一尺五寸。以減井深五十一尺，餘一十九尺五寸。以丙借甲三繩除之，得甲繩長六尺五寸。以甲七繩乘之得四十五尺五寸。以減井深五十一尺，餘五尺五寸爲乙繩之長。合問。

又　卷二八《方程入勾股》　勾弦和取七分之四，股弦和取七分之六，相餘二十二尺。又股弦和取三分之一，不及勾八分之五，欠十四尺。問勾股弦各幾何。
荅曰：勾二十一尺，股二十八尺，弦三十五尺。
右上七分之四　右中七分之六　右下餘二十二尺
左上八分之五　左中三分之一　左下不及十四尺
法曰：右上之四乘右中七分，得二千八訨勾弦和。以右中之六乘右士七分，得四十二訨股弦和。以右行二母相乘，得四十九，乘右下餘二十二尺，得一千七十八尺。另以左上之五乘右中三分，得一十五訨勾弦和。以左中之一乘左上三分，得三箇股弦和。以左行二母相乘，行二十四乘左下，不及十四尺。得三百三十六尺。如方程正負入之。
負右上二十八訨勾弦和　正中四十二亇勾弦和　正右下一千七十八尺
正左上十五訨勾弦和　負左中八股弦和　正左下三百三十六尺
以負右上乘負左中，得二百二十四。以正左上乘正右中，得六百三十。相減，餘四百六爲法。又以負右上乘正左下，得九千四百八尺。以正左上乘上右下，得一萬六千一百七十，相並，得二萬五千五百七十八尺爲寔。以法除之，得股弦和六十三尺，就以右中八亇股弦和乘之，得五百四尺，併入左下三百三十六內，共八百四十尺爲寔。以左上十五亇勾股弦除之，得勾弦和五十四尺。以此勾弦和與股弦和相乘，倍之，得七千五十六尺爲寔。開平方法除之，得勾股弦共和八十四尺。內減股弦和六十三尺，餘二十一尺爲勾。又於勾股弦和內減出勾弦和五十四尺，餘二十八尺爲股。於股弦和內減出股二十八尺，餘三十五尺爲弦。合問。

明・周述學《曆宗算會》卷一一《各分》　絹三疋添鈔六貫，買布一十疋。布

六疋減鈔二貫，買絹二疋。求絹布疋價各幾。

如法求之，得絹疋價八貫，布疋價三貫。

又 二馬一驢價過十貫，多半馬之價。二驢一馬價不及十貫，少半驢之價。求各價幾何。此損半馬，益半驢，各得價十貫。凡半者法當倍之。

列置：

右	三馬	二驢	二十貫
左	二馬	五驢	二十貫

如法求之，得馬價五貫四百五十四文十一分文之六。驢價一貫八百一十八文十一分文之二。

又 筆三管换硯七箇，貼錢四百八十。筆九管换硯三箇，貼回錢一百八十。求筆硯價各幾。

如法求之，得筆價五十文，硯價九十文。

又 雞四減一兎之價，直錢千文。兎三減二雞之價，亦直錢千文。求雞兎各幾。

此損物以求價，取有爲正，取損爲負。以四雞較一兎，盈一千文。二雞較三兎，不足千文。實與前法相同。

列：

右雞	正四兎	負一	盈一千文
左雞	負二兎	正三	不足一千文

如前法求之，得雞價四百文，兎價六百文。

又 二項二物和價求各價：上貳户中一户出米二十五石。中三户下一户出米二十五石。下四户上一户出米二十五石。求上中下户各幾。

列置：

右	上二	中一	下空	米二十五石
中	上空	中三	下一	米二十五石
左	上一	中空	下四八	米二十五石五十

以右行上二互乘左行，下四得八，米得五十石。左行上一互乘右行，中一得一，米得二十五石。二數相減，中下無減，得中負一，下正八，米二十五石。却以中行中正三互乘下正八得二十四，負一互乘中行下正一得一。相併得二十五爲法。中負一互乘中米，乃得二十五石。中正三互乘米二十五石得七十五石，相併得一百石，爲下户之實。下正八互乘中米得二百石，下正一互乘米二十五石，仍得二十五石，相減餘一百七十五石，爲中户之實。各如法而一，得中下户取出之數。以左行米二十五石減下户四，餘爲上户取出之數，上户九石，中户七石，下户四石。

又法：以中行中三互乘右上二得上負六石，行中一互乘中下一得下正一，中中三互乘右米得七十五石。右中一互乘中米得二十五石，相減餘五十石。以左行上一互乘下正一得一。上負六互乘左行下四得二十四，相並得二十五爲法。左上一互乘米負得五十，上負六互乘左米正得二百，相併得二百二十五石，爲上户之實，各如法而一，得上下二户取出之數。

又法：以中行下一互乘左行上一得上負一，左行下四互乘中行中三得中正十二。中下一互乘左米左下四互乘中米，相減得米負七十五石。卻以右行上二互乘中正十二得二十四。中行上負一互乘右中一得一，相併得二十五爲法。上二互乘七十五石得一百五十，上負一互乘右米得二十五石，相併得一百七十五石，爲中户之實。中一互乘米負七十五得七十五石，中正十二互乘右米，得三百石，相減餘二百五十五石，爲上户之實。各如法而一，得上中二户取出米數。

又 總旗一小旗二軍三食米六石九斗，總旗二小旗三軍一食米七石六斗，總旗三小旗一軍二食米七石七斗。求各幾何。

列置：

右總一	小二	軍三	米六石九斗
中總二	小三	軍一	米七石六斗
左總三	小一	軍二	米七石七斗

以右行總一互乘中行，小得三，軍得一，米得七石六斗。互乘左行，小得一，軍得二，米得七石七斗。次以中行總二互乘右行，小得二，相減得小負一。軍得六，相減得軍負五。米得一百三十八，相減米負六十二。

以左行總三互乘右行小得六，相減得小負五。軍得九，相減得軍負七。米得二百〇七，相減得米負一百三十。却以小負一互乘軍負七，小負五互乘軍負五得二十五，同名相減得一十八爲法，小負一互乘米負一百三十，小負五互乘米負六十二，相減餘一百八十斗爲軍實。軍負五互乘米負一百三十得六百〇十斗，軍負七互乘米負六十二得四百三十四斗，相減餘二百一十六斗爲小旗之實。各以法除之得軍一石，小旗一石一斗，總旗一石五斗。

又 三物不足遞取二物適足求各價：甲乙丙持絲，不知其數。甲借乙絲強半，丙絲弱半，滿一百四十八斤。乙借丙絲強半，甲絲弱半，滿一百二十八斤。丙借甲絲強半，乙絲弱半，滿一百三十二斤。求各幾何。

全數爲四，強半得四分之三，弱半得四分之一。

列置各位：

右　甲四　乙三　丙一　一百四十八
中　甲一　乙四　丙三　一百二十八
左　甲三　乙一　丙四　一百三十二

先以右行甲四，遍乘中行乙四得一十六，丙三得一十二，絲得五百一十二。遍乘五行乙一得四，丙四得一十六，絲得五百二十八。次以中行甲一互乘右行，相減乙三以減一十六得乙正十三，丙一以減丙十二得丙正十一。絲一百四十八以減五百一十二得正三百六十四。次以左行甲三互乘右行，相減乙三得九，減乙四得乙負五，丙一得三以減丙十六，得丙正十三，絲得四百四十四，以減去五百二十八得正八十四。

次列：

乙正十三　丙正十一　正三百六十四
[乙](左)負五　丙正十三　正八十四

以乙正十三互乘丙正十三得一百六十九，乙負五互乘丙正十一得五十五，異名相加得二百二十四爲法。乙正十三互乘正八十四得一千○九十二，乙負五互乘正三百六十四得一千八百二十。異名相併得二千九百一十二爲丙，實如法而一得一十三，爲丙絲一停之率，以四因之得丙絲五十二斤。丙正十一互乘八十四得九百二十四，丙正十三互乘三百六十四得四千七百三十二。同名相減得三千三百○八爲乙，實如法而一得一十七，爲乙絲一停之率。以四因之得乙絲六十八斤，以右行一百四十八，減去三箇十七一箇十三，餘得甲絲八十四斤。

又法：以中正三百六十四，減丙正十一，每停一十三共一百四十三，餘二百二十一。以乙正十三除之得一十七爲乙一停之率，四因爲乙絲。以右行一百四十八減去丙一得十三，乙三得五十一，餘八十四爲甲絲。

又　三物皆盈逓取一物盈數求各價：甲禾二束，乙禾三束，丙禾四束，重皆過一石。甲二重多乙一，乙三重多丙一，丙四重多甲一。求各幾何。

此以本重爲正，多爲負。

列置：

右　甲正二　乙負一　丙空　正一石
中　甲空　乙正三　丙負一　正一石
左　甲負一　乙空　丙正四　正一石

先以右行甲正二互乘左行，甲負一得乙，乙無乘丙正四得正八，正一石得正二石。左行甲負一互乘右行，甲正二得二，乙負一得一，丙無乘正一石得一石。二數相對，甲異名相減盡，乙無減得乙負一，丙無減得丙正八，重同名相併得三石。却以中行乙正三互乘丙正八得二十四，乙負一互乘中行丙負一得一，異名相減得二十三爲法。乙正三互乘三石得九石，乙負一互乘一石得一石，相併得十石爲丙重之實。丙負一互乘三石得三，丙正八互乘一石得八，相併得一十一石，爲乙併之實，如法而一，得丙禾一束二十三分石之十，乙禾一束三十三分石之十一。以丙數四十減分母二十三，餘得甲禾一束二十三分石之十七。

又　紅錦四尺，青錦五尺，緑錦六尺，價皆過三百文。紅錦四尺，價過青錦一尺。青錦五尺，價過緑錦一尺。緑錦六尺，價過紅錦一尺。求各尺價幾何。

本價爲正，過價爲負。

列：

右　紅正四　青負一　錢正三百
中　青正五　緑負一　錢正三百
左　紅負一　緑正六　錢正三百

以右行紅正四互乘左，緑正六得正二十四，錢正三百得正一千二百。左紅負一互乘右，青負一得一，錢正三百得三百。二數相對，青負一緑正二十四俱無減，錢正同名相併得一千五百文。却以中行青正五互乘緑正二十四得一百二十，青負一互乘中行緑負一得一，異名相減得一百一十九爲法。却以青正五互乘錢正一千五百得七千五百文，青負一互乘錢正三百得三百，同名相併得七千八百文，爲緑錦之實。青負一互乘錢正一千五百得一千五百，緑正二十四互乘錢正三百得七千二百，同名相併得八千七百，爲青錦之實。各以法除之得緑錦尺價六十五文一百一十九分文之六十五。青錦尺價七十三文一百一十九分文之一十三。又以法一百一十九乘右行錢三百得三萬五千七百，加青錦實八千七百共四萬四千四百，以紅錦四尺除之得一萬一千一百。又以法除之得紅錦尺價九十三文一百一十九分文之三十三。

又　三豬減一兎之價，直錢一千六。犬減二豬之價，直錢一千八。兎減二犬之價，直錢一千。求各價幾何。

此换物以求價，其實三豬較一兎盈一千文，六犬較二豬盈一千文，八兎較二犬盈一千文。以取有爲正，取減爲負。

列：

右 豬正三 犬空 兎負一 錢正一千

中 豬負二 犬正六 兎空 錢正一千

左 豬空 犬負二 兎正八 錢正一千

先以右行豬正三爲法，互乘中行，犬正六得犬正一十八，錢正一千得正三千。以中行豬負二互乘右行，兎負一得負二，錢正一千得正二千，二數相對，犬正十八兎負二無減。錢正同名相併得正五千文。却以左行犬負二互乘兎負二得四，犬正十八互乘左行兎正八得正一百四十四，異名相減得一百四十四爲法。犬負二互乘錢正五千得一萬，犬正十八互乘左行錢正一千得一萬八千，同名相併得二萬八千文爲兎價之實。兎正八互乘錢正五千得四萬，兎負二互乘錢正一千得二千，同名相併得四萬二千爲犬價之實。各如法而一，得兎價二百文，犬價三百文，以錢一千文加一兎價三，除之得豬價四百文。

又 二羊三犬五雞一兎價八百六十一文，三羊一犬七雞五兎價九百五十八文，四羊二犬六雞三兎價一千一百七十五文，五羊四犬三雞二兎價一千四百九十六文。求各價幾何。

列數四行：

一 羊二 犬三 雞五 兎一 價八百六十一文

二 羊三 犬一 雞七 兎五 價九百五十八文

三 羊四 犬二 雞六 兎三 價一千一百七十五文

四 羊五 犬四 雞三 兎二 價一千四百九十六文

先以第一行羊二爲法，遍乘第二行，犬一得二，雞七得十四，兎五得十，價得一千九百一十六。遍乘第三行，犬二得四，雞六得十二，兎三得六，價得二千三百五十。遍乘第四行，犬四得八，雞三得六，兎二得四，價得二千九百九十二文。次以第二行羊三互乘第一行，犬雞兎價對減，犬得九減犬二餘犬負七，雞得一十五減雞十四餘雞負一，兎得三以減兎十得兎正七，價得二千五百八十三減一千九百一十六餘價負六百六十七文。次以第三行羊四互乘第一行，犬雞兎價對減，犬得十二減犬四餘犬負八，雞得二十減雞一十二餘雞負八，兎得四以減兎六得兎正二，價得三千四百四十四減二千三百五十餘價負一千〇九十四。次以第四行羊五互乘第一行，犬雞兎價對減，犬得十五減犬八餘犬負七，雞得二十五減雞六餘雞負十九，兎得五減兎四餘兎負一，價得四千三百〇五減二千九百九十二餘價負一千三百一十三。

次列三行：

二犬負七 雞負一 兎正七 價負六百六十七

三犬負八 雞負八 兎正二 價負一千〇九十四

四犬負七 雞負十九 兎負一 價負一千三百一十三

以二行犬負七遍乘三行，雞負八得負五十六，兎正二得正一十四，價負得七千六百五十八。遍乘四行，雞十九得負一百三十三，兎負一得負七，價負得九千一百九十一。次以三行犬負八互乘二行，同減異加雞負得八，以減五十六得雞負四十八，兎正得五十六減兎正一十四餘兎負四十二，價負五千三百三十六以減七千六百五十八餘價二千三百二十二。次以第四行犬負四互乘第二行，同減異加雞負得七以減雞負一百三十三餘，雞負一百二十六，兎正得四十九以加兎負七得兎負五十六，價負得四千六百六十九減九千一百九十一餘價負四千五百二十二。

次列二行：

三雞負四十八 兎負四十二 價負二千三百二十二

四雞一百二十六 兎負五十六 價負四千五百二十二文

雞四十八互乘兎五十六得二千六百八十八，雞一百二十六互乘兎四十二得五千二百九十二，相減餘二千六百〇四爲法。雞互乘，價相減得五萬九千八百九十二，爲雞價之實。兎互乘，價相減得七萬五千五百一十六，爲兎價之實。各如法而一，得兎價二十九，雞價二十三。

以第三行價負三千三百二十二減去兎四十二價，餘以雞負四十八除之，亦得雞價。以第二行兎正七以價二十九因之得兎正價二百〇三，加價負六百六十七減雞負一價二十三，餘八百四十七，以犬負七除之得犬價一百二十一。以第一行價八百六十一減去一兎五雞三犬之價，餘以羊二除之得羊價一百七十七。

又 五物和價求各價：稻九斗黍斗稷三斗麥二斗菽五斗直一百四十，稻七斗黍六斗稷四斗麥五斗菽三斗直一百二十八，稻三斗黍五斗稷七斗麥六斗菽四斗直一百一十六，稻二斗黍五斗稷三斗麥九斗菽四斗直一百一十二，稻一斗黍三斗稷二斗麥八斗菽五斗直九十五。求各斗價幾何。

列數五行：

一　稻九　黍七　稷三　麥二　菽五　價一百四十
二　稻七　黍六　稷四　麥五　菽三　價一百二十八
三　稻三　黍五　稷七　麥六　菽四　價一百一十六
四　稻二　黍五　稷三　麥九　菽四　價一百一十二
五　稻一　黍三　稷二　麥八　菽五　價九十五

先以第一行稻九爲法，遍乘二行，黍得五十四，稷得三十六，麥得四十五，菽得二十七，價得一千一百五十二。稻九遍乘九行，黍得四十五，稷得六十三，麥得五十四，菽得三十六，價得一千○四十四。稻九遍乘四行，黍得四十五，稷得二十七，麥得八十一，菽得三十六，價得一千○○八。稻九遍乘五行，黍得二十七，稷得一十八，麥得七十二，菽得四十五，價得八百五十五。次以第二行稻七互乘初行，與初行乘出之數對減，黍得四十九相減得黍正五，稷二十一相減得稷正一十五，麥得一十四相減得麥正三十一，菽得三十五相減得菽負八，價得九百八十相減得價正一百七十二。次以第三行稻三互乘初行，與前乘出之數相減。黍得二十一相減得黍正二十四，稷得九相減稷正五十四，麥得六相減得麥正四十八，菽得一十五相減得菽正二十一，價得四百二十相減得價正六百二十四。次以第四行稻二互乘初行，與前乘出之數相減。黍得一十四相減得黍正三十一，稷得六相減得稷正二十一，麥得四相減得麥正七十七，菽得十相減得菽正二十六，價得二百八十相減得價正七百二十八。次以第五行稻一互乘初行，與前乘出之數對減。黍得七相減得黍正二十，稷得三相減得稷正一十五，麥得二相減得麥正七十，菽五相減得菽正四十，價一百四十相減得價正七百一十五。以上對減，以有餘爲正，反餘爲負。

次列：

二　黍正五　稷正一十五　麥正三十一　菽負八　價正一百七十二
三　黍正二十四　稷正五十四　麥正四十八　菽正二十一　價正六百四十四
四　黍正三十一　稷正二十一　麥正七十七　菽正二十六　價正七百二十八
五　黍正二十　稷正一十五　麥正七十　菽正四十　價正七百一十五

以二行黍正五爲法，遍乘第三行。稷正得二百七十，麥正得二百四十，菽正得一百○五。價正得三千一百二十。遍乘第四行，稷正得一百○五，麥正得三百八十五，菽正得一百三十，價正得三千六百四十。遍乘第五行，稷正得七十五，麥正得三百五十，菽正得二百，價正得三千五百七十五。次以第三行黍正二十四互乘第二行，與乘出之數相對。同減異加，稷正得三百六十相減得稷負九十，麥正得七百四十四相減得麥負五百○四，菽正得一百九十二異加得菽正二百九十七，價正得四千一百二十八，同減得價一千○○八。次以第四行黍正三十一互乘第二行，與乘出之數相對，同減異加，稷正得四百六十五相減餘稷負三百六十，麥正九百六十一相減餘麥負五百七十六，菽負得三百四十八異加得菽正三百七十八，價正得五千三百三十二，同減得價負一千六百九十二。次以第五行黍正二十互乘第二行，與乘出之數相對。同減異加，稷正得三百同減餘稷負二百二十五，麥正得六百二十同減餘麥負二百七十，菽負得一百六十異加得菽正三百六十，價正得三千四百四十同減得價正一百三十五。

次列：

三　稷負九十　麥負五百○四　菽正二百九十七　價負一千○○八
四　稷負三百六十　麥負五百七十六　菽正三百七十八　價負一千六百九十二
五　稷負二百二十五　麥負二百七十　菽正三百六十　價正一百三十五

先以第三行稷負九十爲法，乘第四行，麥負得五萬一千八百四十，菽正得三萬四千○二十，價負得一十五萬二千二百八十。乘第五行，麥負得二萬四千三百，菽正得三萬二千四百，價正得一萬二千一百五十。次以第四行稷負三百六十互乘第三行，與取乘之數同減異加，麥負得一十八萬一千四百四十同減得麥正一十二萬九千六百，菽正得一十○萬六千九百二十同減餘菽負七萬二千九百，價負得三十六萬二千八百八十同減得價正二十一萬○六百。次以第五行稷負二百二十五互乘第三行，與乘出之數相對。同減異加，麥負得一十一萬三千四百同減得麥正八萬九千一百，菽正得六萬六千八百二十五同減餘菽負三萬四千四百二十五，價負得二十二萬六千八百異加得價正二十三萬八千九百五十。

次列：

四　麥正一十二萬九千六百　菽負七萬二千九百　價正二十一萬○六百文
五　麥正八萬九千一百　菽負三萬四千四百二十五　價正二十三萬八千九百五十

以四行麥正互乘五行，菽負淂四十四億六千一百四十八萬，價正淂三百〇九億六千七百九十二萬。以五行麥正互乘第四行，菽負淂六十四億九千五百三十九萬，相對同減淂正二十〇億三千三百九十一萬，爲法。互乘價正淂一百八十七億六千四百四十六萬，相對同減淂負一百二十二億〇三百四十六萬，爲菽價之實，如法而一淂菽斗價六文。以四行菽負互乘五行，價正淂一百七十四億一千九百四十五萬五千。以五行菽負互乘四行，價正淂七十二億四千九百九十〇萬五千，同減淂負一百〇一億六千九百五十五萬，爲麥價之實，如法而一淂麥斗價五文。

又法：以第四行菽負以斗價六文乘之淂四十三萬七千四百，加入正價淂六十四萬八千，以麥正一十二萬九千六百除之淂麥斗價。以第三行菽正以菽斗價乘之，加入價負淂二千七百九十，減去麥價五百〇四，以價五文乘該價二千五百二十，餘二百七十爲稷價。以稷負九十除之淂稷斗價三文，以第二行菽負八以斗價六文乘之，加入價正一百七十二共淂價正二百二十，減去麥正三十一該價一百五十五，稷正十五該價四十五餘價正二十，以黍正五除之淂黍斗價四文。以第一行償正一百四十減菽五價三十，麥二價十，稷三價九，黍七價二十八，餘六十三。以稻九除之淂稻斗價七文。

明・程大位《算法統宗》卷一一《三色方程》 此三色方程，已後内中或有正負同異加減者。

今有馬一匹，騾二匹，驢三匹，皆載四石二斗，至坡皆不能上。馬借騾一匹，騾借驢一匹，驢借馬一匹，方過其坡。問三等力各若干。

荅曰：馬二石四斗，騾一石八斗，驢六斗。

法曰：列所問數。先以右行正馬一爲法，遍乘左行中下得數。

右	正馬一爲法先乘左中	借騾一	下空	四石二斗
中	空	正騾二	借驢一	四石二斗
左	借馬一	空負一	正驢三得三	四石二斗得四石二斗

却以左行借馬一爲遍乘右行中下得數中得一，因左行中空，無減加（八）［入］負騾一下空無數，轉乘本行下正驢三得三，四石二斗得四石二斗與左行減盡。又以中行正騾二遍乘左行中下得數中加一得二，下三得六，四石二得八石四。再以左行中一爲法，遍乘中行中下得數，中中正二得二，與左中二減盡，下一得一加左行下六得七爲法，四石二斗得四石二斗，與左行八石四斗對減，餘四石二斗爲實，以法除之得驢匹力六斗。中行四石二斗内減借驢一匹，除六斗仍三石六斗。作騾二匹除之得騾力一石八斗。右行四石二斗内減借中行騾一匹除一石八斗餘二石四斗，爲馬一匹力。合問。

又 今有硃二斤粉三斤價二兩零四分，又粉五斤丹六斤價六錢四分，又硃三斤丹七斤價二兩九錢八分。問三色各價若干。

荅曰：硃每斤九錢，粉每斤八分，丹每斤四分。

法曰：列所問數，先以右行硃二爲法，遍乘左行得數，列于左位。

右	硃二爲法先乘左行	粉三得九	空	價二兩零四分
中	空	粉五	丹六	價六錢四分
左	硃三	空負九	丹七得一十四	價二兩九錢八分 得五兩九錢六分

却以左行硃三爲法，遍乘右行粉三得九，左空亦立負九，價二兩令四得六兩一錢二分與左行得數五兩九錢六分對減，餘一錢六分。又以中行粉五爲法，遍乘左行，粉負九得負四十五，丹十四得七十，餘價一錢六分得八錢。再以左行負粉九爲法，遍乘中行粉五得四十五與左行負粉對減盡。丹六得五十四，異加左丹七十共一百二十四爲法。以中原價六錢四分亦以負粉九乘得五兩七錢六分，減左餘價八錢餘四兩九錢六分爲實，以法除之得丹每斤價四分。於中行價六錢四分内減原丹六共價二錢四分，餘價四錢爲實，以粉五爲法除之得粉每斤價八分。又于右行價二兩令四内除粉三斤共減價二錢四分，餘價一兩八錢爲實，以硃二斤爲法除之得硃每斤價九錢。合問。

又 今有鵝四隻鴨三隻共價七錢五分，又鵝三隻雞四隻共價六錢，又鴨五隻雞六隻共價八錢一分。問三色各價若干。

荅曰：鵝每隻價一錢二分，鴨每隻價九分，雞每隻價六分。

法曰：列所問數。

右	鵝四爲法先乘中行	鴨三中法乘得九	空	七錢五分
中	鵝三爲法次乘右行	空照左負九	雞四右法乘得十六左法乘得八十	六錢
左	空	鴨五中法負九乘得四十五	雞六中法負九乘得五十四	八錢一分

七錢五分	中法乘得一兩二錢五分
[接右]　六錢	右法乘得二兩四錢減右餘一錢五分 左法乘得七錢五分
八錢一分	中法負九乘得七兩二錢九分

先以右行鵝四爲法，遍乘中行得數，雞一十六價一兩四錢列中位。又以中行鵝三爲法，遍乘右行得數，鴨九價二兩二錢五分列右位。以中右對減，餘雞一十六價一錢五分，又列中位爲用。再以左行鴨五爲法，複遍乘中行得數，鴨照右設立負九得四十五，雞十六得八十，價一錢五分得七錢五分，列中位。又以中行負九爲法，遍乘左行得數鴨四十五，雞五十四，價七兩二錢九，分列左位。以中左對減鴨，尽。雞中行八十，如左行五十四，共一百三十四爲法，以價中七錢五分加左七兩二錢九分共八兩令四分爲實，以法除之得六分，爲雞一隻之價。另以左行原價八錢一分減雞六隻，共價三錢六分，餘四錢五分，以鴨五隻爲法除之，得鴨價每隻九分。

再以右行原價七錢五分減鴨三隻共價二錢七分，餘四錢八分，以鵝四爲法除之，得鵝每隻價一錢二分。合問。

又 今有絹三疋，添價六錢，買布十疋。又布五疋，添價一錢，買絹二疋。問絹布價各若干。

答曰：絹疋價八錢，布疋價三錢。

法曰：如前正負術之，此問可作盈不足筭。

右	絹三正爲法	布十疋負	價六錢正
左	絹二負	布五疋得正十五	價一錢正得三錢

先以右行絹正三爲法，遍乘左行，布正五得正一十五，價正一錢得正三錢。却以左行絹負二爲法，遍乘右行，布負十疋得正二十疋，減左行布正十五餘五爲法，價正六錢得一兩二錢，加左行三錢共一兩五錢爲實，以法除實，得三錢爲布疋價。却以左行布五疋以每疋三錢乘之，得一兩五錢加添價一錢共一兩六錢，以絹二疋除之，得絹疋價八錢。合問。

又《四色方程》 今有瓜二箇梨四箇共價四分，梨二箇桃七箇共價四分，桃四箇榴七箇共價三分，瓜一箇榴八箇共價二分四厘。問各該價若干。

答曰：瓜八厘，梨六厘，桃四厘，榴二厘。

法曰：列所問數。以一行三行爲奇，二行四行爲偶。

一	瓜二	梨四	空	空	價四分
二	空	梨二	桃七	空	價四分
三	空	空	桃四	榴七	價三分
四	瓜一	空負四	空	榴八得一十六	價二分四厘得四分八厘

先以一行瓜二爲法，遍乘四行，梨空負四，桃空，榴八得一十六，價二分四厘得四分八厘。却以四行瓜一遍乘一行，梨四得四，第四行梨空無減，桃空，價四分得四分與四行四分八厘對減，餘八厘。次以二行梨二遍乘四行，梨負四得八，桃空，榴十六得三十二，價八厘得一分六厘。却以四行梨負四遍乘二行，梨二得八與二行梨八對減，盡，桃七得二十八，榴空，價四分得一錢六分加四行一分六厘共一錢七分六厘。又以三行桃四遍乘四行，桃負二十八得一百一十二，榴三十二得一百二十八，價一錢七分六厘得七錢令四厘。却以四行桃負二十八遍乘三行，桃四得一百一十二，與四行桃減，盡，榴七得一百九十六，減四行榴一百二十八，餘六十八爲法，價三分得八錢四分，減四行價七錢令四厘，餘一錢三分六厘爲實，以法除之得二厘爲榴價。於三行價三分內減榴七共價一分四厘，餘一分六厘。以桃四除之得四厘爲桃價。於二行價四分內減七桃價共二分八厘，餘一分二厘，以二梨除之得六厘爲梨價。于一行價四分內減四梨共價二分四厘，餘一分六厘，以二瓜除之得八厘爲瓜價。合問。

清・梅文鼎《方程論》卷一 假如以研七枚換筆三矢，研多價四百八十文。若以筆九矢換研三枚，筆多價一百八十文。問筆研價各如干。

答曰：筆每矢價五十文，研每枚價九十文。

法：各列位：

	上	中	下
右	研正七得負二十一	筆負三得正九	價正四百八十得負一千四百四十
	減盡	減餘五十四	併得二千七百
左	研負三得負二十一	筆正九得正六十三	價正一百八十得正一千二百六十

先以左行研負三遍乘右行得數，首位異名須變一行以相從，故研正變爲負，筆負變爲正，價正變爲負，皆於得數變之。次以右行研正七，遍乘左行得數，右行既變，則左行不必再變，故研負筆正價正皆仍舊。

於是以上研各負二十一，同名相減，盡。次以中筆兩正同名相減，餘五十四爲法。再以下價左正右負異名相併，得兩千七百爲實。以法除實得五十文爲筆價，以左行筆正九乘筆價，得四百五十，內減同名價正百八十，餘二百七十。以左研負三除之，得九十爲研價。或以右筆負三共價一百五十加異名價正四百八十，共六百三十。以右研七除之，亦得研價九十。

論曰：左行原是九筆多於三研一百八十文，乘後得數，則是六十三筆多於二十一研共一千二百六十文也。右行原是七研多於三筆四百八十文，乘後得數，則是九筆少於二十一研一千四百四十文也。於是以兩行得數較之，上位研負二十一，兩行盡同，研之數同，則其價亦同。惟中位筆數左行多五十四枝，則是左行筆多價一千二百六十文者，以多此五十四筆。而右行筆少價一千四百四十文者，以少此五十四筆也。

夫右行筆價原少於二十一研者一千四百四十文，以左行多五十四筆而反多於二十一研者一千二百六十文。是此五十四筆，既補却右行之所少，而仍多此數也，故併右行之所少，與左行之所多，共此二千七百以爲五十四筆之價，知筆價，知研價矣。

若先求研價者，以研列中爲除法，以筆列上爲乘法，如後圖。

問者或云，筆三矢換研七枚，少價四百八十文。又有研三枚以換筆九矢，少價一百八十文。則其下價爲兩負，四百八十是筆少於研之價，一百八十是研少於筆之價。

右筆正三得負二十七　　研負七得正六十三　　價負四百八十得正四千三百二十

減盡　　餘五十四　　併四千八百六十

左筆負九得負二十七　　研正三得正九　　價負一百八十得負五百四十

先以左行筆負九，偏乘右行得數，首位異名，宜變一行，故其正負皆更之。次以右行筆正三，偏乘左行得數，右變則左不變，故正負皆仍之。於是以得數較其同異而爲之減併。筆各負二十七，同名減盡，研正同名相減，餘五十四爲法。價正負異名，併得四千八百六十爲實。實如法而一得九十爲研價。以研價乘左正研三得二百七十，異加價負一百八十，共四百五十。以左負筆九除之，得五十爲筆價。或以右研七價六百三十，與價四百八十同減，餘一百五十。以筆三除之，亦得筆價五十。

論曰：左行原是研三少於筆九者一百八十文，乘後得數，則是九研少於二十七筆者五百四十文也。右行原是三筆少於七研者四百八十文，乘後得數，則是六十三研多於二十七筆者四千三百二十文也。

夫兩行筆皆二十七，則其價同也。而右行研價多於筆四千三百二十文，左行研價反少於筆五百四十文，是兩行研價相差者，共四千八百六十文也。推求其説，則只是兩行中相差五十四研之故也。故減去相同之筆，用此相差之研以除此相差之研價，而每研之價可知矣。

若如難題所列，以研爲正，筆爲負，問者當云以七研換三筆，研多價四百八十。以三研換九筆，研少價一百八十文，則價右正左負，難題係書名。

右研正七共正二十一　　筆負三負九　　價正四百八十正一千四百四十

減盡　　餘負五十四　　併得二千七百

左研正三共正二十一　　筆負九負六十三　　價負一百八十負一千二百六十

左右研正遍乘得數，首位本同名，故其正負皆不變。研減盡，筆餘五十四爲法。價異併二千七百爲實，法除實得筆價，以次得研價如前。若以筆爲正，研爲負，則其價右負左正。

右筆正三正二十七　　研負七負六十三　　價負四百八十負四千三百二十

減盡　　減餘五十四　　併得四千八百六十

左筆正九正二十七　　研負三負九　　價正一百八十正五百四十

依法先得研價如第一圖。

以前四圖，或以筆爲正，或以筆爲負，或以研爲正，或以研爲負。或以價爲兩正，或以價爲兩負，或以價爲一正一負，其所呼正負之名無一同者，要其爲同異加減之用則一也。試以一行中同異言之，其左行之價必與筆同名何也。左行之價乃筆多於研之數也，故與筆同名，而與研異名也。其右行之價必與研同名何也。右行之價乃研多於筆之數也，故與研同名而與筆異名也。

試以兩行中同異言之，其上位皆減盡，其中位皆相減爲法，其下價皆相併爲實，其減也皆以同名，其併也皆以異名，此下價異併例也。

又　假如有大小餘勾不知數，但云倍小餘勾以當三大餘勾，則不及一丈五尺三寸。若倍大餘勾，則如七小餘勾。

答曰：大餘勾六尺三寸，小餘勾一尺八寸。

法：以正負列位：

右小餘勾二正負一十四　大餘勾負三正二十一　負一丈五尺三寸正十丈〇七尺一寸

減盡　減餘一十七

左小餘勾七負負一十四　大餘勾正二正四　適足

先以左小餘勾負七偏乘右得數，首位異名宜變以相從，故小勾變負，大勾下負數皆變正。次以右小餘勾正二偏乘左得數，右行既變，則此行不變，下適足無乘，亦無正負。乘訖乃較之。小餘勾各十四同減盡，大餘勾同減餘一十七爲法。下正數十丈零七尺一寸無對不減，就爲實。以法除實，得六尺三寸爲大餘勾。乃置左行二大句該一丈二尺六寸，以左行相當適足之七小句除之，得一尺八寸爲小餘勾。或用右行三大句該一丈八尺九寸，以同名負一丈五尺三寸減之，餘三尺六寸，以右行二小勾除之，亦得一尺八寸。合問。

論曰：以左小句偏乘右，是各七之也。爲小句二大句三者七，其相較之數亦七也。以右小句偏乘左，是各二之也。爲小句七大句二者二，其相當適足者亦二也。但以首位必同名，然後可減，故以右小句正變而爲負，以從左名也，小句變爲負，則所與相較之大句不得不變而正矣。於是小句同減盡。大句同名減去四，餘右行正十七。下較數無減，仍餘十丈〇七尺一寸。然則此所餘者，正是減餘大句之數矣，何也。小句十四左右皆同，名只如左行四大句，則與小句相當適足矣。而今右行獨餘此較數者，非以右多十七大句之故乎。

試以大句列於上，則先得小句如後圖。

右大句正三負六　小句負二正四　正一丈五尺三寸負三丈〇六寸

減盡　餘左十七

左大句負二負六　小句正七正廿一　適足無乘

如法，左乘右，更其正負。右乘左，仍其正負。大句同減盡，小句同減，餘正一十七，在左行爲法。下較數負三丈〇六寸在右行，無對不減，就用爲實。以法除實，得一尺八寸爲小句。就以左行小句七該一丈二尺六寸，以左相當適足之大句二除之得六尺三寸爲大句。或於右行正一丈五尺三寸，加異。句負二，該三尺六寸，共一丈八尺九寸。以右大句三除之，亦得六尺三寸。

論曰：左行原是小句七，以當大句二適足。今以右大句乘而各三之，則是小句二十一，以當大句六，而亦適足也。右行原是大句三，以當小句二，而大句多一丈五尺三寸。今以左大句乘而各二之，則是大句六，以當小句四，而多三丈〇六寸也。以兩行之得數較之，大句既減盡，惟左行之小句餘一十七，則是左行得數所以相當適足者，以多此十七小句之故。而右行小句得數小於大句三丈〇六寸者，以少此十七小句之故也。然則此三丈〇六寸者正是十七小句之數也。依此輪，可見左行之所多，即右行之所少，故左行名正者，用於右行即爲負，而隔行之異名即爲同名。

又　此下較無減例也假如有大小方積不知數，但云一大方積以當二小方積，多數八十九。若以三大方積當七小方積仍多二百五十一。

答曰：大方積一百二十一，小方積一十六。

法：以正負列位：

右大積正一得正三　小積負二負六　正八十九正二百六十七

減盡　餘一　餘一十六

左大積正三　小積負七　正二百五十一

先以右大積一，偏乘左行，皆如原數。次以左大積三，偏乘右行得數，首位同名，故兩行正負皆不變。大積同減盡，小積同減，餘一爲法。較數同減，餘一十六爲實。法除實，仍得一十六爲小積。以右行小積負二該三十二，加異名正八十九，共一百二十一爲大積，或以左行小積負七該一百一十二，加異名正二百五十一，共三百六十三。以左大積三除之，亦得一百二十一爲大積。

論曰：左行原是大積三多於七小積者二百五十一，乘後得數亦同。右行原是大積一多於二小積者八十九，乘後得數，則是大積三多於六小積者二百六十七也。於是以兩行之得數對勘，其大積既減盡，惟小積左行餘負一。其下較數則右行餘正十六，夫此十六數者與大積同名，是右行大積之數也。右行少一小積而大積之盈數多十六，左行多一小積而大積之盈數少十六。然則此十六數者，正是此一小積之數矣。若以小方積爲正，則其下較數爲兩負，皆小積所少之數也，故皆爲負。

右小方積正二正一十四　大積負一負七　負八十九負六百二十三
減盡　減餘一　減餘一百廿一
左小方積正七正一十四　大積負三負六　負二百五十一負五百

依法偏乘對減，餘大積一爲法，餘負一百二十一爲實。法除實不動，就以一百二十一爲大積。右大積一該一百二十一，同名減負八十九，餘三十二。以小積二除之，得一十六爲小積。此是右行多一大方積，故多一同名之數一百二十一，同在一行易知，不須重論。

以上二圖正負所呼迥異，然所同者兩行之較數，皆與大方積同名，何也。皆大方積多於小方積之數，故與大方積同名，而與小方積異名也。

又　假如有大小句不知數，但云三其大句，倍其小句，共三丈三尺。若倍大句，則如六小句，問若干。

答曰：大句九尺，小句三尺。

法：以一和一較列位，適足者以相較而得名，即同較義。

右大句三得正六　小句二得正四　共三丈三尺得正六丈六尺
減盡　併得二十二
左大句正二得正六　小句負六得負一十八　適足空

右行和數也，不立正負。左行較數也，明立正負。右乘左而三之，和乘較也，故其正負皆如故。左乘右而二之，較乘和也。故得數皆爲正，從乘法之名也。如法遍乘訖，以兩行對勘。大句同名相減盡，小句異名相併得二十二爲法。正數六丈六尺無減，就爲實。法除實，得三尺爲小句。以左行小句六，共一丈八尺爲實，以大句二爲法除之，得九尺爲大句。或於右行共三丈三尺內，同減小句二，共六尺，餘二丈七尺，以大句三除之，亦得九尺。

論曰：右行大句三小句二，共三丈三尺，乘後得數，則是六大句四小句，共六丈六尺也。左行大句二小句六，其數相當，乘後得數，則是六大句十八小句，亦相當適足也。於以對減，而兩大句同減盡則其數同也。而右行正數猶有六丈六尺，左則無有，其故何也。右行正數中有小句四而左則無，且不惟無之而已。其相對之負數，反有十八小句焉，是左行正數又自除却十八小句之數也。右行正數多四小句，左行正數又自除却十八小句，則是右行正數之多於左行正數者，二十二小句也。故併此二十二小句爲右行所多之正物，其六丈六尺則右行之正數也。以正物除正數而小句可知，知小句知大句矣。

又細考之，六大句合四小句，共六丈六尺，則以與六大句相當之十八小句合四小句，亦必六丈六尺也。此亦西儒比例之理。而以同異名盡之，可見古人用法之簡快。

試更列之，以小句居上，則先得大句亦同。

右小句二得負十二　大句三得負十八　共三丈三尺得負十九丈八尺
減盡　併二十二
左小句負六得負十二　大句正二得正四　適足

先以右小句二，偏乘左行得數。和乘較也，故仍其正負。次以左小句六，偏乘右行得數。較乘和也，故皆命爲負，與乘法同名。兩小句同減盡，兩大句異併二十二爲法，負數十九丈八尺無減，就爲實。法除實，得大句九尺，以右行大句三，該二丈七尺，減共三丈三尺，餘六尺。以小二句除之，得小句三尺。

論曰：小句互乘之後，則其數同也。小句數同，則負數亦同。而右行之負數獨有，十九丈八尺，左則無有者，以右之負數中有大句十八，而左則無。不惟無也，其所對之正數中，反有大句四。是左行負數中又原少四大句也，右負數多十八大句，左負數少四大句。是右之負數多於左之負數之者共廿二大句也。然則右之負數獨有此，十九丈八尺者，正是此二十二大句之數也。此和數與適足偕也。

又　假如有江湖兩色船，載物不知數，但云江船五以較湖船一，則江船多二千八百石。江船三湖船五，則共載二千八百石，問船力若干。

答曰：江船六百石，湖船二百石。

法：以一和一較列位。

右江船正五得正一十五　湖船負一得負三　正二千八百得正八千四百
減盡　併二十八　減餘五千六百
左江船三得正一十五　湖船五得正二十五　共二千八百得正一萬四千

如法左右偏乘得數。江船同減盡，湖船異併二十八爲法。載物同減，餘五千六百石爲實。法除實，得二百石爲湖船數。以湖船數加右行異名正二千八百，共三千石。以右江船五除之，得江船數六百石。或以湖船五共一千石，同減左行二千八百石，餘一千八百石。以左江船三除之，亦得六百石。

論曰：偏乘後江船數同，則其載數亦同。今以兩正數相減，而左多五千六百者，以左正數中有湖船二十五，而右則無。不惟無也，其所對之負數中反有湖船三，是右行正數中又自少三湖船也。左多二十五右少三，是左正數多於右數者共二十八湖船也。然則左之正數獨多五千六百者，正此二十八湖船之數也。

此和數偕一正也，負亦同。

清・劳乃宣《古籌算考釋》卷四《方程》　此以二差實一共實爲問，梅氏所謂和較兼用也，以互乘對減法演之。置江船五正，湖船一負，多二千八百石負，於右行。置江船三正，湖船五正，共二千八百石負，於左行。以右上五正，偏乘左行。得上一十五正，中二十五正，下一萬四千負。以左上三正，偏乘右行。得上一十五正，中三負，下八千四百負。以右行減左行，得上空，中二十八正，下五千六百負。下爲實，上爲法，除之，得二百石，爲湖船數。副置右行，以湖船數乘右行湖船一負，得二百負。以消右下，得三千負。收去右中湖船一負，餘上五正。下爲實上爲法除之，得六百石爲江船數。

互乘對減法演之。

置位式　互乘式　相減式　置法實式　除得數式　乘消右行式　置法實式　除得數式

清・梅文鼎《方程論》卷一　假如以衡較弓弩之力，但云大神臂弓二弩九小弓二共重七百一十斤，又有神臂弓三弩二小弓八共五百二十五斤，又有神臂弓五弩三小弓二共五百一十五斤。問各力。

答曰：大神臂弓力五十五斤，弩力六十斤，小弓力三十斤。

法先以和數列位，凡三色者，可任以一行爲主，與餘二行數相乘而減併之，故前後之行可互更也。詳見第三卷。

右神臂三中乘得六　弩二中乘得四　小弓八中乘得十六　力五百廿五得一千〇五十
中神臂二右乘得六　弩九右乘得二十七　小弓二右乘得六　力七百一十右乘二千一百三十
減盡　減餘中二十三　減餘右十　減餘中一千〇八十

中神臂二左乘得十　弩九左乘得四十五　小弓二左乘得十　力七百一十左乘三千五百五十
左神臂五中乘得十　弩三中乘得六　小弓二中乘得四　力五百十五中乘一千〇三十
減盡　減餘中三十九　減餘中六　減餘中二千五百二十

先以中行神臂弓二爲法，偏乘左右得數。此以中行爲主，與左右互乘，取其行間易爲減併之用也。次以右行神臂三偏乘中行得數，與中行對減。神臂弓中右各六對減盡。中弩二十七內減去右弩四，餘二十三，中行餘也。中小弓六去減右小弓十六，餘十，右行餘也。中力二千一百三十，內減去右一千〇五十，餘一千〇八十斤，中行餘也。

以上減餘分在兩行，已變較數矣，即用較數之法分正負列之，而以弩與力命爲同名，弩與力同在中行故也。

次以左行神臂五，偏乘中行得數，而以中左兩行對減。神臂弓各十減而盡。中弩得四十五，內減去左行弩六，餘三十九。

中行小弓得十，內減去左小弓四餘六。中力得三千五百五十，內減去左一千〇三十，餘二千五百二十斤。

以上減餘俱在中行，仍爲和數也，不分正負。

論曰，此和數方程，變爲一和一較也。中右得數兩大弓減盡，則其力相若也，弩數相減而餘在中行，是中行之弩力多於右行也。小弓相減而餘在右行，是右行小弓之力多於中行也。弩力中多於右小弓力右多於中，而今共力相減，惟中多一千〇八十斤，則是此一千〇八十斤者，非餘弩餘弓之共數，而餘弩所多於餘弓之較數也。雖欲不分正負，不可得矣。

如中左對減，而餘弩餘小弓俱在中行，則中行之餘力二千五百二十斤者，仍爲餘弩餘小弓共數，無正負之可分也。故以此兩減餘者依和較雜法，重列而求之。

如前對減，既於共力中清出首一色大神臂弓，不與弩小弓雜矣。然所餘之力尚爲弩小弓共數與其較數，而未能分别此二色之每數也，故必重測。

較數餘弩正二十三得八百九十七　小弓負十得負三百九十　力正一千〇八十得正四萬二千一百二十

減盡　併五百二十八　減餘一萬五千八百四十

和數餘弩三十九得正八百九十七　小弓六得正一百三十八　力共二千五百二十得正五萬七千九百六十

依和較雜法，以左右餘弩互徧乘得數。左乘右和乘較也，故仍其正負。右乘左較乘和也，故變從乘法之名皆曰正。

弩同減盡，小弓異併五百廿八爲法，力同減餘一萬五千八百四十爲實。法除實，得三十斤爲小弓力。以小弓力乘右行餘小弓十，得三百斤，異加力正一千〇八十斤，共一千三百八十斤。以餘弩廿三除之，得六十斤爲弩力。或於左行共力二千五百二十斤内，同減小弓六，該一百八十斤，餘二千三百四十斤，以餘弩三十九除之，得六十斤，亦同。即此可見兩減餘之爲一和一較。乃於原列任取右行八小弓力二百四十斤，二弩力一百二十斤，以減共力五百二十五斤，餘一百六十五斤。以大神臂弓三除之，得五十五斤，爲大神臂弓力。

論曰：兩弩正同數，而其力不同者，小弓之故也。左行和數也，是弩偕小弓之力也。右行較數也，是弩力中減去小弓之力而餘者也。合而觀之，則是左行之弩力有小弓一百三十八以爲之益，而右行之弩力反減去小弓三百九十，然則左行正數之多於右行者，凡共差小弓五百二十八，而左行正數所以多於右行一萬五千八百四十斤者，正是此小弓五百二十八之力也。

凡此減餘之數，亦可互求，若更置之，以小弓列上，則先得弩力，如後圖。

小弓負十得負六十　弩正二十三得正一步三十八　力正一千〇八十得正六千四百八十

減盡　併五百二十八　併得三萬一千六百八十

小弓六得負六十　弩三十九得負三百九十　力共二千五百二十得負二萬五千二百

以法右左偏乘得數，左乘右，和乘較也，故仍其正負。右乘左，較乘和也，故變從乘法之名，皆名之目負。

小弓同減盡。弩異併得五百二十八爲法，力異併得三萬一千六百八十爲實。法除實，得六十斤爲弩力。以弩力乘右行弩二十三，得一千三百八十斤，同減正一千〇八十斤，餘三百斤。以小弓十除之，得小弓力。

論曰：兩小弓同名負，其數既同，而左行負數之力有若干，右則無之。而且反少於正數之力若干者，何也。以左行負數中有弩三百九十，右則無之。而其所對之正數反有弩一百三十八以爲之除算，則是左負數之多於右者共五百二十八弩也。右負數少此五百二十八弩，而正數力遂多六千四百八十斤。左負數多此五百二十八弩，則不但補却右行之所少，而又自有力二萬五千二百斤。然則左行共多於右三萬一千六百八十斤者，正是此五百二十八弩之力也。

此三色和變較例也，四色以上，雜見諸卷中。

清・劳乃宣《古籌算考釋》卷四《方程》　此以共實爲問，而互乘對減之後，變爲差實，梅氏所謂和較交變也。以互乘對減法演之。

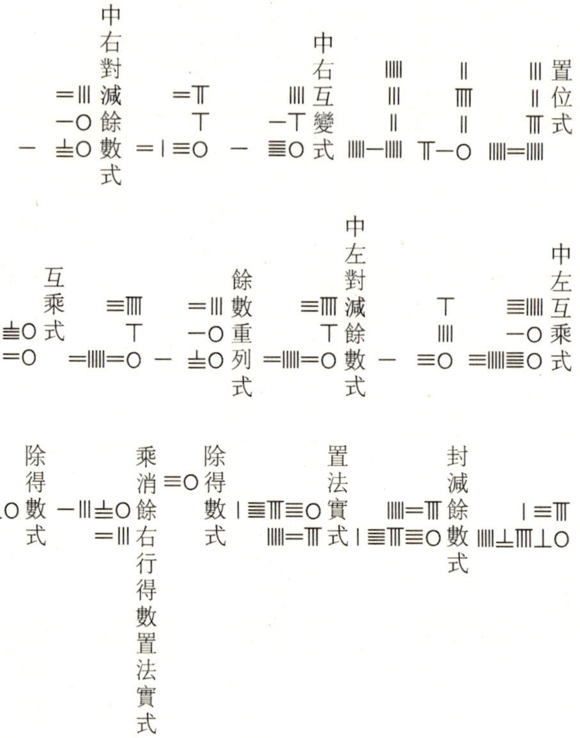

乘消原右行得數置法實式

𝍤𝍢
𝍮
𝍠

除得數式

𝍢𝍤

置神臂弓三正，弩二正，小弓八正，共力五百二十五負，於右行。置神臂弓二正，弩九正，小弓二正，共力七百一十負，於中行。置神臂弓五正，弩三正，小弓二正，共力五百一十五負，於左行。先以中右兩行互乘，以右行首位神臂三正，偏乘中行。下三位，首位彼此互乘必同，相減必盡，故可省乘而徑減之，得弩二十七正，小弓六正，力二千一百三十負。以中行首位神臂二正，偏乘右行下三位，得弩四正，小弓十六正，力一千〇五十負。以右行減中行，神臂減盡，餘弩二十三正，小弓十負，力一千〇八十負。次以中左兩行互乘，以中行首位神臂二正，偏乘左行下三位，得弩六正，小弓四正，力一千〇三十負。以左行首位神臂五正，偏乘中行下三位，得弩四十五正，小弓十正，力三千五百五十負。以左行減中行，神臂減盡，餘弩三十九正，小弓六正，力二千五百二十負。以減餘兩行，復對列之。以右行首位弩二十三正，偏乘左行下二位，得小弓一百三十八正，力五萬七千九百六十負。以左行首位弩三十九正，偏乘右行下二位，得小弓三百九十負，力四萬二千一百二十負。以右行減左行，弩減盡，餘小弓五百二十八正，力一萬五千八百四十負。下爲實，上爲法，除之，得三十斤，爲小弓力。以小弓力三十正，乘右行餘小弓十負，得三百負。以消右行下力一千〇八十負，得一千三百八十負。以右行餘弩二十三正除之，得六十斤爲弩力。乃於原列任取右行小弓八正，以小弓力三十正乘之，得二百四十正。又弩二正，以弩力六十正乘之，得一百二十正。并以消右行下共力五百二十五負，得一百六十五負。以右上神臂三正除之，得五十五斤，爲神臂弓力。

清·梅文鼎《方程論》卷一　問有甲乙丙三數，甲加七十三得爲乙丙數者倍，乙加七十三得爲甲丙數者三，丙加七十三得爲甲乙數者四，其本數各幾何。

答曰：甲七，乙十七，丙廿三。

法先以較數列位：

右甲負三　　乙正一　減餘正五　丙負三　併得正九負七十三　併得正二百九十二

減盡

中甲正二 右乘負三 左乘負四　乙負二 右乘正六 左乘正八　丙負二 右乘正六 左乘正八　負七十三 右乘正二百一十九 左乘正二百九十二

減盡

左甲負四　　乙負四　併得正十二丙正一　減餘正七負七十三　併得正三百六十五

先以中行甲正一遍乘右左，得數皆如故。只變中行，故兩行之正負俱不變又是一數爲乘法，故數亦不變。

次以右行甲負三偏乘中行，次以左行甲負四偏乘中行，各得數，左右既省不變，故變中行以從之，首位變負，下三位俱變正。次以中右得數相減併，甲同減盡。中乙得正六同減右得正一，餘正五。中丙得正六異併右得負三，共得正九。中較數得正二百一十九異併右負七十三，共得正二百九十二。

次以中左得數相減併，甲同減盡。中乙得正八異併左得負四，共得正十二。中丙得正八同減左得正一，餘正七。中較數得正二百九十二異併左負七十三，共得正三百六十五。以上減併之數皆同名，又皆在一行，知已變爲和數矣。即用和數重列之，不分正負，依此顯得雖同名，而或乙正在中，丙正在左，即不得變和數也，何也。左行之正，中行之負也。

論曰：此較數變爲和數也，以中右之得數言之。中行六个乙，六个丙，共多於三个甲者二百一十九。右行一个乙，少於三个甲。三个丙者七十三，于是以兩相對較，則兩行之甲皆三个，其數本同。而中行之乙丙多於甲二百一十九者，因中行之乙多於右行之乙者五个，又有同名之丙六个以益之。而中行之甲，又非若右行之甲與三个丙同名，是又少三个丙也。夫甲股內少，則乙丙股內多。合而觀之，則是中行之乙丙股內共多五个乙，九个丙。而右行之乙股內共少此五个乙，九个丙也。夫中行之乙丙股內多五个乙，九个丙，便多於三个甲者二百一十九。右行之乙股內少五个乙，九个丙，則不惟不多，而反少於三个甲者七十三。然則併此多二百一十九少七十三，共二百九十二者，正是此五个乙，九个丙之共數，而非其較數也，故不分正負。

又以中左之得數言之。中行正數是八个乙，八个丙，負數是四个甲，而正數多者二百九十二。左行正數是一个丙，負數是四个甲，四个乙，而正數少者七十三。于是兩相對勘，則兩行負數之甲皆四个，其數本同。惟中行之正數內比左正數多七个，丙又加八个乙，而中行之負數又比左負數少四个乙。合而觀之，是中行之正數比左行共多十二个乙，與七个丙。而左行之正數比中行共少十二个乙，七个丙也。然則中行正數之多於負數二百九十二者，以多此十二个乙，七个丙。而左行正數之反少於負數七十三者，以少此十二个乙，七个丙也。則是併此多二百九十二少七十三之數，共三百六十五者，正是此十二个乙，七个丙之共數，而非其較數也，故亦不分正負。

右　乙餘五六十　丙併九一百〇八　共二百九十二三千五百〇四

減盡　餘七十三　餘一千六百七十九

左　乙併十二六十　丙餘七三十五　共三百六十五一千八百二十五

如法以乙數左右互遍乘，得數相減，無正負，故有減無併。乙減盡。丙減餘七十三爲法，下位餘一千六百七十九爲實。法除實，得二十三爲丙數。以丙數乘左行丙七，得一百六十一，以減共三百六十五，餘二百〇四。以左乙十二除之，得一十七爲乙數。又以乙數異加原列右行負七十三，共九十。內減原右行丙三該六十九，餘二十一。以原右行甲三除之，得七爲甲數。

論曰：此同文算指所立疊借互徵設問之一也。原法繁重，今改用方程，簡易如此。此所設問三色方程耳，以西術求之，已不勝其難，況四色以往乃至多色乎，亦此足見方程之不可廢。而古人別立一章之誠有實用也。此三色較變和例也。四色以往至於多色，則其變益多，要不出於和較，例具後諸卷中，茲不詳列。

又　**卷二**　今有甲乙二數不知總，但云取乙五之三，又取乙四之一以益甲，則甲之數倍。取甲三之二，又取甲七之二，以與乙較，則乙多數二百四十。問甲乙本數各幾何。

答曰：甲本數一千〇七十一，乙本數一千二百六十。

法以較數帶分取之，本二色也，却有三位，以分母通之仍二位也。先以乙分母五四相乘，得二十，以當乙之全數。又以分母五互乘分子一得五，以分母四互乘分子三得十二，併之得十七。以當乙所益甲之分，是爲乙二十分之十七以益甲也。

次以甲分母三七相乘得二十一，以當甲之全數。又以分母三互乘分子二得六，以分母七互乘分子二得十四，併之共二十，以當甲所與乙較之分。是爲甲二十一分之二十以與乙較也。於是分正負列位：

甲二十一正四百二十　乙之十七負三百四十　適足以乙之分益甲而甲倍，是共分與甲相當也

減盡　餘八十分

甲之二十正四百四十　乙二十負四百二十　負二百四十五千〇四十

依較數法乘減，乙餘八十分爲法，負數無減，就以五千〇四十爲實。法除實，得六十三爲乙之一分，以乙全分二十乘之，得一千二百六十爲乙本數。乙本數同減負二百四十餘一千〇廿，即甲與乙較之分也。以左行甲之二十分除之，得五十一爲甲之一分，以甲全分廿一乘之，得一千〇七十一爲甲本數。

乃細攷之，置乙本數三因五除之，得七百五十六，爲五之三。又置乙本數四除之，得三百一十五，爲四之一。併兩數共一千〇七十一，則與甲數同。故此益甲而甲倍也。

置甲本數二因三除之，得七百一十四爲三之二。又置甲本數二因七除之得三百〇六，爲七之二。併兩數共一千〇二十，以此較乙，則不及二百四十。

此只是以乙之分與甲較，又以甲之分與乙較也。末卷所列諸率，則是以乙之分益甲而轉與乙所存之分相較，又以甲之分益乙而轉與甲所存之數相較，故自不同。合而觀之則見。

又　今有寶泉寶源二局鑄錢不知總，但云取寶源五之四又四之三以益寶泉，則寶泉之數倍。若取寶泉三之二以與寶源較，則多於寶源四十二貫。

答曰：寶泉原數一千九百五十三貫，寶源原數一千二百六十貫。

法先以寶源分母五四相乘，得二十分爲全數。又以分母五互乘分子三，得十五。分母四互乘分子四，得十六。併之共三十一分，爲寶源所以益寶泉之分。全數二十分，所用以益寶泉者反有三十一分，是爲以寶源全數又二十分之十一以益寶泉也。其寶泉只一分母，故不用乘併。

乃列位：

右　寶泉三分正六分　寶源之三十一分負六十二分　適足

減盡　餘二分

左　寶泉之二分正六分　寶源二十分負六十分　正四十二貫得一百二十六貫

如法乘減。中位餘二分爲法，下位餘一百廿六貫爲實。法除實得六十三貫爲寶源局廿分之一分。以分母廿乘之，得一千二百六十貫爲寶源數。以寶源數異加正四十二貫，共一千三百〇二貫，即寶泉局三分之二也。於是以分子之二除，以分母三乘，得一千九百五十三貫爲寶泉數。置寶源數，四因五除之，得一千〇八爲五分之四。又置寶源數，三因四除之，得九百四十五爲四之三。併兩數，亦恰得一千九百五十三貫。如寶泉數，以加寶泉，是爲寶泉者倍也。

論曰：乘得數後，寶泉分數同，惟右行之寶源多於左行者二分，而遂能與寶泉等。若左行之寶源少此二分，而其少於寶泉者遂一百二十六貫。然則此一百二十六貫者，正是寶源之二分矣。知分數，即知全數，知寶源，即知寶泉。

此二者皆化整爲零，而分母不同也。

清・劳乃宣《古籌算考釋》卷四《方程》 此兩行皆帶分者，以變零爲整直除法演之。先取寶源五之四與四之三，用合分法齊同而合之，得二十分之三十一。置寶泉一負，寶源二十分之三十一正，下實空，於右行。置寶泉三之二正，寶源一負，多錢四十二貫負，於左行。各以分母通本行，去分母，右行得寶泉二十負，寶源三十一正，左行得寶泉二正，寶源三負，錢一百二十六貫負。以常法入之，以左行一十度加消右行，得寶泉空，寶源一正，錢一千二百六十貫負。以下爲實，上爲法，除之，得一千二百六十貫正，爲寶源原數。乃以左行寶源數移寶源原數，下乘得三千七百八十貫負，以消左行下實。同名相加，得三千九百〇六貫負。下爲實，上爲法，除之，得一千九百五十三貫正，爲寶泉原數。

置位式　左行一十度消右行式

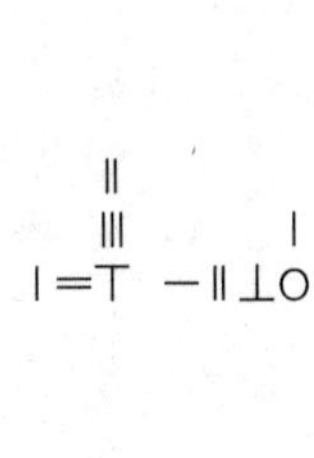

各以分母通本行去分母式　除得實源原數式

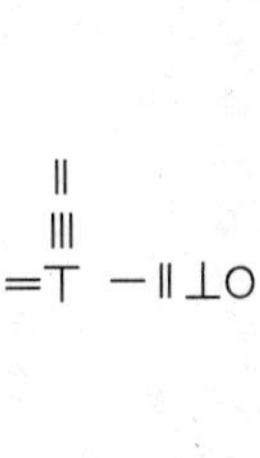

移左行實源數乘原數相消式

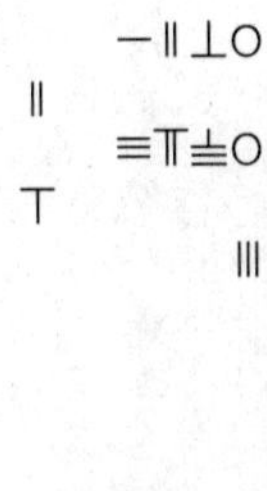

列所得各數式

除得實泉原數式

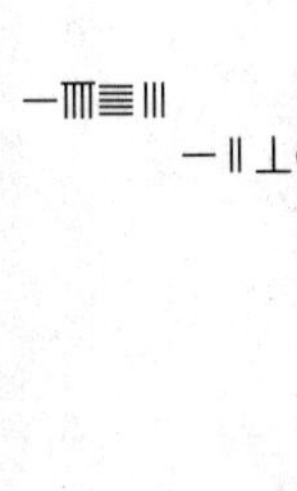

清・梅文鼎《方程論》卷二 今有貨泉刀貝四種之幣，各不知數。但云泉八之一，兼刀布七之二，則如貨數也。若刀布七之三，兼貝六之四，則其數如泉也。若貝六之五，又外加數八千九百七十，則如刀布也。若貨數自加九之一，則共數如貝也。問本數各幾何。

答曰：貨五千一百三十，泉九千六百八十，

刀布一萬三千七百二十，貝五千七百。

法以各分母通其原數，然後以正負列之。貨分母九，泉分母八，刀布分母七，貝分母六。丁行貨全數一，又九分之一，共十。是爲九分之十，凡全數帶分者準此。

甲貨正九得正九十分	泉負之一得負十分	刀布負之三得負廿分	〇無乘	適足
乙〇	泉正八	刀布負之三	貝負之四	適足
丙〇		刀布正七	貝負之五	正八千九百七十
丁貨負之十得正九十分	〇無乘	〇無乘	貝正六得負五十四分	適足

減盡

此二行首位貨空，故先不用乘，存與減餘相對。

先以甲行貨正九分爲法，徧乘丁行得數。又以丁行貨負十分爲法，徧乘甲行得數。因首位異名，故變一行以相從，而以丁從甲。乃以甲丁兩行得數相減，貨同減盡。甲行泉負十分，刀布負二十分，皆無對不減。丁行貝負五十四分亦無對不減。下適足無乘無減，仍爲適足。

乃以泉刀同名在甲行者爲一類，貝同名在丁行者爲一類，分正負重列而求之。丁行之負，甲行之正也。

因餘行已無貨位，當以泉爲乘法，尋乙行中有泉，徑用與減餘相對。

右減餘　泉負十分正八十分　刀布負二十分正一百六十分　貝正五十四分負四百三十二分　適足

減盡　併一百九十　減餘三百九十二

左乙行　泉正八分正八十分　刀布負三分負三十分　貝負四分負四十分　適足

如法偏乘得數，乃相減併，泉同減盡，刀布異併得正一百九十分。貝同減，餘負三百九十二分。

以減餘爲主，命其正負而重列之。

因餘行已無泉，當以刀布爲乘法，尋丙行有刀布，徑用與減餘相對。

右減餘刀布正一百九十分正一千三百三十分　貝負三百九十二分負兩千七百四十四分　適足

減盡　餘一千七百九十四分

左丙行刀布正七分正一千三百三十分　貝負五分負九百五十分　正八千九百七十正一百七十萬四千三百

如法偏乘得數，刀布同減盡，貝同減餘一千七百九十四分爲法，正一百七十萬四千三百無減就爲實。法除實得九百五十爲貝之一分。以丙行貝之五分，該四千七百五十，異加正八千九百七十，共一萬三千七百二十爲刀布原數。以刀布分母七除原數，得一千九百六十爲刀布之一分。以刀布之三分，該五千八百八十，貝之四分，該三千八百，併之得九千六百八十爲泉數，用乙行也。以泉分母八除泉數得一千二百一十爲泉之一分，以泉之一分加刀布之二分三千九百二十，共五千一百三十爲貨數，用甲行也。以貨分母九除貨數，得五百七十爲貨之一分，以貨數加一分，共五千七百爲貝數，用丁行也。

甲丁兩行乘減論曰，既互乘，則甲丁之貨等。而甲行之泉若刀布，及丁行之貝，又各與其首位之貨等，則甲之泉若刀布必與丁之貝等也。故對減去貨，而徑以甲之泉若刀布與丁之貝分正負而命之適足也。此即西學中比例之理，然方程中自有之，且簡快如此。

乙行減併論曰，左右兩行之正負皆適足。若於右正數内減左正，右負數内減左負，其所餘者亦必適足也。今右正内既減去同名之泉，右負内又減去同名之貝，而左負内有刀布不與右同名，不能相減。故反用以加，加則正數多。正數多，則負數少，而其數亦必適足矣。

又論曰，隔行之異名，乃同名也。今兩行之正與負既皆適足，若以左之正泉益右之負貝而共爲負，以左之負刀布貝益右之正泉刀布而共爲正，則亦適足也。於是以兩者右泉刀布左刀布貝爲一類，左泉右貝爲一類，對減其相同之物泉各減八十分，貝各減四十分，則其所餘之物必亦適足也。左右刀布爲正，右貝減餘爲負。

又論曰：右行刀布正數也，正多於負之數也。左行刀布負數也，正少於負之數也。合此二數，則是右正之多於左正者，此兩行之刀布也。然刀布之數，右正雖多於左正，而貝之數，右負亦多於左負，故兩行皆適足也。然則右正之所多與右負之所多亦必相當適足矣。

丙行乘減論曰，刀布本同，惟右之貝多於左。右之貝多，則左之貝少矣。左之貝少，則刀布多矣。然則左之刀布獨有盈數者，正是此相差之貝也。

此亦化整爲零，而又有整帶零，四色有空之例也。

又 問品官月俸，六品爲五品八之五，七品爲六品四之三，八品爲七品十五之十三，九品爲七品十五之十一。倍九品，加八品六品七品各一，則如五品之倍數，而多三石，各若干。

法以分母各通其原數而正負列之，五品通爲八，六品通爲四，七品通爲十五，八品九品以全數，原無分母故也，五品倍則爲十六。

甲五品正之十六分正八十分　六品負四分負二十分　七品負十五分負七十五分

減盡　餘四十四分

乙五品正之五分正八十分　六品負四分負六十四分　○

丙○　六品正之三分　七品負十五分

丁○　○　七品正之十三分

戊○　○　七品正之十一分

八品負一負五　九品負二負十　負三石負十五石
○　○　適足　丙丁戊三行無
○　○　○　適足　可減，存之，與
八品負一　○　適足　減餘相對。
○　九品負一　適足

先以甲行五品十六分，遍乘乙行五品六品得數，餘空位無乘。次以乙行五品五分，遍乘甲行得數，乃對減，五品各八十分，同名對減盡。六品同名對減，餘四十四分，乙行之負物也，爲一類。七品八品九品併祿米較數皆無對，不減，皆甲行之負物負數也，爲一類。分正負列之，與丙行相對。

右減餘六品正四十四分正一百二十二分　七品負　七十五分負二百二十五分
減盡　左餘四百三十五分
左丁行六品正三分正一百二十二分　七品負　十五分負六百六十分
八品負　五負八十五　九品負十負卌　負十五石負四十五石
○　○　適足

如法，以減餘六品分遍乘丙行六品七品分得數，餘空無乘。

又以丙行六品分遍乘減餘得數，乃以對減，六品得數各一百三十二分，同名減盡，七品同名減餘四百三十五分，丙行之負物也，自爲一類。其餘三位無減，皆減餘之負恂負數也共爲一類。分正負列之，與丁行相對，又因丁戊兩行皆有七品，是多一算也。乃更置之，以八品列首位：

右減餘八品負十五負十五　七品正四百三十五分　九品負三十　負四十五石
減盡　餘正二百四十分
左丁行八品負一　負十五　七品正十三分正一百九十五分　○　適足

如法以丁行八品負一偏乘減餘皆如故。首行同名，故兩行之正負亦皆不變。

又以減餘八品負十五分遍乘丁行八品七品得數，乃對減，八品同減盡，七品同減，餘二百八十分，右行之正物也，爲一類。九品三十無減，祿米四十五石亦無減，皆右行之負物負數也。同名共爲一數，乃分正負重列之，與戊行相對。

右減餘　七品正二百四十分正二千六百四十分　九品負三十負二百三十　負四十五石負四百九十五石
減盡　餘九十
左戊行　七品正十一分正二千六百四十分　九品負一負二百四十　適足

如法，以左右七品分互遍乘得數，首行同名，故兩行之正負皆不變。七品通減盡，九品同減，餘九十爲法，祿米四百九十五石無減，就爲實。法除實，得五石五斗爲九品月俸。置九品俸以相當之七品之十一分除之，得五斗，爲七品月俸十五分之一。而以與八品相當之十三乘之，得六石五斗爲八品月俸。又以七品之分母十五乘其一分得七石五斗爲七品月俸，又置七品俸，以相當之六品之三分除之，得二石五斗爲六品四之一，而以其分母四乘之，得十石爲六品月俸。

置六品俸，以相當之五品之五分除之，得二石爲五品八之一，而以其分母八乘之，得十六石爲五品月俸。

計開，五品每月十六石，六品每月十石，七品每月七石五斗，八品每月六石五斗，九品每月五石五斗。

論曰：此所列有兩種，六品通爲四分者，問原云四之三，是可以四分者也，七品通爲十五分者，原云十五之十三之十一，是可以十五分者也。五品通爲十六分者，原云八之五，是可以八分者也。又倍之而十六，則爲八分者二矣。此皆以分立算，化整從零之法也。八品則只是原數，九品亦是原數，而又有倍數，然只是原數之倍，非如五品倍其分也，此兩者皆不用分，只用整。合而言之，乃零整雜用之法也。零與整雜，似不倫矣，然乘除得數則同。但用分者所得數亦爲一分之數，故必以分母乘之。乃合原數，而其原不用分者，得即原數。更不須乘，能知此理，則用分無誤矣。

甲乙兩行論曰：兩行正數內，五品本同，而甲有負多於正之較，乙則無有，是此較數乃甲負多於乙負之較也。於是以兩負相減，以去其同之分，而觀其所不同之處，則甲有諸品，而乙惟六品之減餘。然則甲負之獨多此較者，乃甲諸品多於乙六品減餘之較矣。

丙行乘減論曰：兩得數對減，而六品減盡，是其數同也。其與六品爲正負者，又減去相同之七品分，而左仍餘七品之餘分。右仍餘諸品之全分，則是兩行諸數皆同，而惟此二者有差也。然則右之獨有盈於六品之較者，正此二者之差數也。

丁行論曰：兩行對減，而於負數内減去相同之八品，惟餘九品。於正數内減去相同之七品分，惟餘七品之餘分。然則右行負數獨有盈於正數者，正是右行九品與其七品餘分之較也。何也，與之對減者，乃左行適足之數。故於較數無關也。

戊行論曰：右行内減去左行適足數，惟餘九品數，則其下盈數，必所餘九品之數也。此條遞減歸一，其理較明，學者翫之。

此零整雜列也，亦五色方程有空例也有減無併，可悟偶加奇減之非。

又 問有物一百七十四，以三人分之，乙所分如甲七之三，仍不足單六。丙所分如乙七之三，而多二數，各幾何。

答曰：甲數一百一十二，乙數四十二，丙數二十。

甲數三因七除之得四十八多於乙數六。乙數三因七除之，得十八少於丙數二。

法列位。以甲乙分母七化整爲零，丙無分，仍用整。

和　甲七分正二十一分　乙七分正二十一分　丙一正三　共一百七十四正五百廿二

減盡　併得七十分　減餘四百八十

較　中之三分正二十一分　乙七分負四十九分　○　丙一負　負二此行無甲數存與減餘重列。　正六正四十二

乙之三分正

○

此三色有空，先以和較雜法，用兩行甲互遍乘之。和數甲全分七，乘較行得數，依其正負。以較數甲正三分，乘和行得數，從乘法皆命爲正。甲各二十一分同減盡，乙異併七十分正，丙三無減正，下數同減，餘四百八十正，皆同名，不分正負。以和數重列，與第三行較數求之。

和　減餘乙七十分正二百一十分　丙三正九　共四百八十正

併七十九　併一千五百八十

較　第三行乙之三分正二百一十分　丙一負負七十　負二負一百四十

如法互乘減併，乙同減盡，丙異併七十九爲法，下數異併一千五百八十爲實。法除實，得二十爲丙數，丙數同減負二，得一十八爲乙七之三，乃以三分除之得六，爲乙七之一。以分母七乘之，得四十二爲乙數。乙數異加正六，共四十八，當甲七之三，乃以三分除之，得十六爲甲七之一。以甲分母七乘之得一百一十二爲甲數。此亦零整雜用之法也。

若依變零從整法，則以分子母倒位列之，其正負以分母乘之，乃與和數列而求之。

論曰：倒位何也？非倒位也，分母遍乘則然也。以分母七乘子三而皆七之，則爲三分者七。爲三分者七，是爲全數者三矣。而其所當者全數也，七之則爲全數者七矣。是乙以全數當甲七之三者，七乘之，則七乙當三甲也。故如倒位，然皆全數也，非分也，故非倒位。正負亦用分母乘何也，乙一當甲七之三而少六，則七乙當三甲而共少七个六，爲四十二也。丙一當乙七之三而多二，則七丙當三乙而共多七个二，爲十四也。

甲一正三　乙一正三　丙一正三　共一百七十四正五百廿二

減盡　併十　減餘四百八十

甲正三正三　乙負七負七　○　正四十二正四十二

乙正三正卅　丙負七負七十　負十四負一百四十

減盡　併七十九　併一千五百八十

重列減餘乙十正卅　丙三正九　共四百八十正一千四百四十

如法，以前兩行遍乘減併，又重列之，與第三行遍乘減併。乙減盡，併異併七十九爲法。下數異併一千五百八十爲實。法除實得二十爲丙數。七因丙數，得一百四十，同減負十四，餘一百二十六，以乙三除之，得四十二爲乙數。七因乙數，得二百九十四，異加正四十二，共三百三十六。以甲三除之，得一百一十二爲甲數。

此變零從整而分母同者也，亦有分母不同，但取其本一行中所用之分母，遍乘本行以爲用，不必齊同如後條。

又 問有數不知總，以三人分之，亦不知各所分之數，但云甲如乙丙共數二之一，乙如甲丙三之二，丙如甲乙四之三，而不足四，又四分之一，總數分數各幾何。

答曰：總數十五，甲五，乙六，丙四。

乙丙共十，其二之一則五如甲。甲丙共九，其三之二則六如乙。甲乙共十一，其四之三則八，又四之一，以丙相較不足四，又四之一也。

法曰：此各行分母不同，如甲有三之二，又有四之三。乙有二之一，又有四之三。

丙有二之一，又有三之二，皆有兩分母，宜用變零從整之法，以不同同之，用分則不同，變而用整，則不同而同矣。以分母各遍乘其本行而列之。

右甲正二中乘正四　乙負一中乘負二　丙負一中乘負二　適足
減盡　減餘四　併得六
中甲正三左乘正四　乙負三右乘負六　丙正二右乘正四

中甲正三右乘正六　乙負三左乘負九　丙正二左乘正六　適足
減盡　併十五　併十四
左甲正三中乘正六　乙正三左乘正六　丙負四中乘負八　正十七中乘正三十四

如法互乘減併，以三色較數變爲二色而重列之。雖減併不同，皆仍爲較數不變，宜翫。

右餘乙正四正六十　丙負六負九十　適足
減盡　減餘三十四
左餘乙正十五正六十　丙負十四負五十六　正三十四正一百三十六

如法互乘，乙同減盡，丙同減，餘負三十四爲法，正一百三十六無減，就爲實。法除實，得四爲丙數。以六乘丙數，得二十四。以相當適足之四乙除之，得六爲乙數。以原列右行乙丙各一共十，以相當適足之甲二除之，得五爲甲數也。

論曰：甲爲乙丙二之一，則是二甲當一乙一丙也，皆二因之也。乙爲甲丙三之二，則是三乙當二甲二丙也，皆三因之也。丙爲甲乙四之三而不足四又四之一，則是四丙以當三甲三乙而不足十七也，皆四因之也，甲乙丙各有兩分母，若化整爲零當以分母相乘爲原數，母互乘子爲所用之分殊多事矣。

二因甲得二，二因乙丙二之一，得乙丙各一。

三因乙得三，三因甲丙三之二，得甲丙各二。

四因丙得四，四因甲乙四之三得甲乙各三。四因正四又四之一，得正十七。以一丙與甲乙四之三較，不足四又四之一，若以四丙與四个甲乙四之三較，亦不足四个四又四个四之一，是爲十七。

又 問有數九百六十，以四人差等分之，乙與甲如二與八，丙與乙如三與七，丁與丙如四與六，各幾何。

答曰：甲六百七十二，乙一百六十八，丙七十二，丁四十八。

法以共數命爲和，相當數命爲較，依和較雜法列之。

乙二而甲八，是乙得甲八之二，故八乙可當二甲也。丙三而乙七，是丙得乙七之三，故七丙可當三乙也，丁四而丙六，是丁得丙六之四，故六丁可當四丙也，推此知二八三七四六各種差分皆可以方程御之。

和一甲一正二　乙一正二　丙一正三　丁一正二　共九百六十正一千九百二十
併得十
二甲正二　乙負八　〇　〇　適足
較三　乙正三　丙負七　〇　適足
四　〇　丙正四　丁負六　適足

首次兩行如法互乘減併訖，重列之，取出第三行與之爲耦。

和減餘　乙十正三十　丙二正六　丁二正六　共一千九百二十正五千七百六十
減盡　併得七十六
較第三行乙正三正三十　丙負七負七十　〇　適足

如法減併訖，又重列之，兩次減餘皆和數，可見立負之非。

又取末行與之爲耦而列之：

和　減餘丙七十六正三百〇四　丁六正二十四　共五千七百六十正二萬三千〇四十
減盡　併得四百八十
較　末行丙正四正三百〇四　丁負六負四百五十六　適足

如法乘減，丙減盡，丁併得四百八十爲法，正二萬三千〇四十無減，就爲實。法除實，得四十八爲丁數，六因丁數，得二百八十八，以相當之四丙除之，得七十二爲丙。

七因丙數，得五百〇四，以相當之三乙除之，得一百六十八爲乙數，八因乙數，得一千三百四十四，以相當之二甲除之，得六百七十二爲甲數。

試以甲併乙共八百四十，以八因之，得甲數。若二因亦得乙數，是乙與甲二八差分也。試以丙併乙共二百四十，以七因之得乙數，若三因亦得丙數，是丙與乙三七差分也。併丙丁共一百二十，以六因之得丙數，若四因亦得丁數，是丁與丙四六差分也。

又試以八除甲數得八十四，以二除乙數亦得八十四，若以八十四除甲數必得八，以八十四除乙數必得二也。又試以七除乙數，以三除丙數，皆得二十四。若以二十四除乙數必得七，除丙數必得三也。以六除丙數，以四除丁數，皆得十二。若以十二除丙數必得六，除丁數必得四也。

又 問有數七百四十一，以四人分之，乙於甲爲三之二，丙於乙爲五之三，丁於丙爲七之五，各幾何。

答曰：甲三百一十五，乙二百一十，丙一百二十六，丁九十。

法曰：乙得甲三之二，是三乙當二甲也，丙得乙五之三，是五丙當三乙也。丁得丙七之五，是七丁當五丙也。故皆命以適足而列之。

和孟甲一正二 乙一正二 丙一正三 丁一正二 共七百四十一正一千四百八十二

仲甲正三 乙負三 ○ ○ 適足 （減盡，併得五）

較叔○ 乙正三 丙負五 ○ 適足（適足叔季兩行無甲位數，存與減餘列之。）

季○ ○ 丙正五 丁負七 適足

先以孟仲兩行如法互乘減併訖，次列餘數，取出叔行相對。

和減餘乙五正十五 丙二正六 丁二正六 共一千四百八十二正四千四百四十六

較叔行乙正三正十五 丙負五負二十五 ○ 適足 （減盡，併三十一）

如法減併，又列其餘，與季行相較。

和減餘丙三十一正一百五十五 丁六正三十 共四千四百四十六正二萬二千二百三十

較季行丙正五正一百五十五 丁負七負二百一十七 適足 （減盡，併得二百四十七）

如法減併，丁二百四十七爲法，正二萬二千二百三十爲實，法除實，得九十爲丁數。七因丁數五除之，得一百二十六爲丙數。五因丙數三除之，得二百一十爲乙數。三因乙數二除之，得三百一十五爲甲數。

又 問有數七百四十一，以四人分之，乙如甲三之二，丙如甲五之二，丁如甲七之二，各幾何。

因前問中有疊數，故作此問以互明之。

乙三當甲二，而丙五又當乙三，是丙五亦當甲二也。丙五當甲二，而丁七又當丙五，是丁七亦當甲二也，（又丁七亦當乙三，今云爾者，以甲爲主也。）在西法謂之連比例。

和甲一正二 乙一正二 丙一正三 丁一正二 共七百四十一正一千四百八十二

甲二正 乙三負 ○ ○ 適足 （減盡，併五）

較甲二正 ○ 丙五負 ○ 適足 （減盡）

甲二正 ○ ○ 丁七負 適足 （減盡）

首行互乘次行如故，次行乘首行皆二之，甲減盡，乙異併得五正，丙二正，丁二正，正一千四百八十二，（皆無減，皆仍爲和，同名在一行故也。）

次行乘三行，因兩首位同，不用乘，竟以對減，甲減盡，乙三，（次行負也，）丙五，（三行負也，）皆無減，命爲正負適足，（同名在兩行，故爲較數。）

三行末行首位亦同，亦徑減，甲減盡，乙空，丙五，（三行負也，）丁七，（末行負也，）亦皆無減，命爲正負適足，（亦同名在兩行。）

乃以減餘重列之，如三色有空之法。

和乙五正十五 丙二正六 丁 二正六 共一千四百八十二正四千四百四十六

較乙正三正十五 丙負五負二十五 ○ 適足 （減盡，併三十一）

較○ 丙正五正二百五十五 丁負七負二百一十七 適足

和重列減餘 丙三十一 丁六正三十 共四千四百四十六正二萬二千二百三十 （減盡，併二百四十七）

如法減併得二百四十七爲法，二萬二千二百三十爲實。法除實，得丁數以次求得甲乙丙數，皆如前問之數。

又 問有米三百八十五石五斗二升，令二等人户以四六差分出之。甲上等二十六户，乙下等四十户，下户出率，則如上户六之四。

答曰：上户各七石三斗二升，廿六户共一百九十石〇三斗二升，

下户各四石八斗八升，四十户共一百九十五石二斗。

法以和較列位：

和甲廿六户正二百〇四　乙四十户正一百六十　共三百八十五石五斗二升正一千五百四十二石〇八升

減盡　併三百一十六

較甲正四户正二百〇四　乙負六户負一百五十六　適足

如法互乘得數，甲同減盡，乙異併三百一十六户爲法，米一千五百四十二石〇八升無減，就爲實。法除實，得四石八斗八升爲下等户則例。以下等六户乘其則例，得二十九石二斗八升。以相當之上等四户除之，得七石三斗二升爲上等户則例。

又　問有米三百一十七石，給與四色人户，甲二十户，乙三十户，丙四十户，丁五十户。丁每户如丙户七之三，丙每户如乙户六之四，乙每户如甲户八之二，各幾何。

答曰：甲每户八石四斗，廿户共一百六十八石。乙每户二石一斗，三十户共六十三石。丙每户一十四斗，四十户共五十六石。丁每户六斗，五十户共三十石。

法列位：

和　甲廿户正二　乙三十户正三　丙四十户正四　丁五十户正五　共三百七十石正三十一石七斗

減盡　併得十二

較　甲正二　乙負八　〇　〇　適足

〇　乙正四　丙負六　〇　適足

〇　〇　丙正三　丁負七　適足（兩行無甲故存之爲用）

首行甲廿户十倍於次行甲正二，但以首行甲退一位作二，則齊同矣。甲退十爲單，其下各位皆退十爲單，即如互遍乘而可以對減矣。

乃以減併之餘，重與第三行列之。

和　餘數乙十一正四十四　丙四正一十六　丁五正三十　共三十二石七斗正一百二十六石八斗

減盡　併八十二

較　原數乙正四正四十四　丙負六負六十六　〇　適足

又以減併之餘，重與第四行列之。

和　餘數丙八十二正二百四十六　丁二十正六十　共一百二十六石八斗正三百八十石〇四斗

減盡　併六百三十四

較　原數丙正三正二百四十六　丁負七負五百七十四　適足

依法求得六百三十四爲法，三百八十石〇四斗爲實。法除實，得六斗爲丁户則例。七因丁則，得四石二斗。丙三除之，得一石四斗爲丙則。六因丙則，四除之，得二石一斗爲乙則。四因乙則，得八石四斗爲甲則，此條有省算法説，見後卷。

此上數條，皆變零從整法也。

有兩數相較，而爲十之八，十之七者，即非二八三七差分也。

有二例見末卷。

又　假如有南運船二隻，以比北船三隻，則南船運米不及北船四百二十石，其南船帶耗米反多於北船一十二石。若以南船三當北船五，則南船運米不及北船八百三十石，其耗米亦不及北船三十二石，問各幾何。

法以正負列位：

南正二正六　北負三負九　負運米四百二十石負一千二百六十石　正帶耗十二石正三十六石

減盡　減餘一隻　減餘四百石　併得一百石

南正三正六　北負五負十　負運米八百三十石負一千六百六十石　負帶耗三十二石負六十四石

如法乘減，餘北船一隻爲總法。運米同減，餘四百石爲運米實，即爲北船每隻運數，總法一故不除，下同。耗米異併，得一百石爲耗米實，即爲北船每隻耗數。

以右行北船三乘其運數，得一千二百石，同減負四百二十石，餘七百八十石。以南船二除之，得三百九十石爲南船運數。

以右行北船三乘其耗數，得三百石。異加正十二石，共三百一十二石。以

南船二除之，得一百五十六石爲南船耗數。

若問每米一萬石須幾船運者，則以減餘北船一，以一萬石乘之爲船實。以減餘四百石爲運米法，法除實，得二十五隻，爲北船每運一萬石之數。又以一萬石任乘右行北船三，以二十五隻除之，得一千二百石，同減負四百二十石，餘七百八十石，又爲法。以一萬石乘南船二爲實，法除實，得二十五隻又三十九分船之二十五，爲南船每運一萬石之數。

若問耗米五千石該給幾船者，則亦以五千石乘減餘北船一隻爲船實。以減餘一百石爲耗米法，法除實，得五十隻爲北船耗米五千石之船數。又以五千石乘右行北船三，以五十隻除之，得三百石。異加正十二石，共三百一十二石，又爲法，以五千石乘南船二爲實，實如法而一，得三十二隻又三十九分船之二，爲南船耗米五千石之船數。

此因耗米與正運不同故也。若耗米亦以一萬石爲問，則北船之實皆同。

清・屠文漪《九章録要》卷一〇《方程法》 二色方程兼正負例

假如賣米七石，買麥三石，米家得銀九兩六錢。又賣米三石，買麥九石，米家出銀三兩六錢。問米麥每石價各幾何。

法以米爲正，麥爲負，米家所得之價爲正，米家所出之價爲負，列左右兩行如前。若以米互乘麥及價者，麥負九得六十三，價負得二十五兩二錢，麥負三得九，價正得二十八兩八錢。兩麥數減餘五十四爲法，兩價數相并五十四爲實。以法除實，得麥每石價一兩。乃以麥負九石乘價，減負價，餘以米三石除之，或以麥負三石乘價，并正價以米七石除之，得米每石價一兩八錢。

按負有背負之義，謂正之反也，亦有負欠之義。此例從米家賣米言之，故賣米爲正，買麥爲負。米家所得之價爲正，所出之價爲負。若從麥家言者，反是其并減之。

清・吴嘉善《白芙堂算書廿一種・九章翼・方程》 假如買筆三枝墨二錠去錢一百九十文，又買筆四枝墨一錠去錢一百七十文。問筆墨每件價若干及筆墨相當之率。

答曰：筆每枝價三十文，墨每錠價五十文，筆五當墨三。

草曰：如法列位。

右　筆三　墨二　錢一九〇

左　筆四　墨一　錢一七〇

釋曰：前之左右二行所謂相當式也，命錢爲負者，錢爲用出之數，與筆墨之收入相反。故以正負別之也，此爲二色方程也。求筆價。

草曰：

[以]左墨數一乘右、右墨數二乘左通行得：

筆三　墨二　錢一九〇

筆八　墨二　錢三四〇

相減，得筆五錢一五〇爲末式。上法下實，得三十文爲筆價。合問。

釋曰：此求筆價，故以墨數互乘取齊，令墨數齊而消去也。既得筆價，或三乘之得九〇、或四乘之得一二〇，以減右、左相當式之錢，餘一〇〇、五〇，以右墨數二、左墨數一爲法，除之，均得五十文，爲墨價。若欲先求墨價者，則如下草。

求墨價草曰：

以右筆數四乘左、左筆數三乘右通行得：

筆十二　墨八　錢七丄〇

筆十二　墨三　錢五十〇

相減，得墨五錢二五〇爲末式。上法下實，得五十文爲墨價。合問。

釋曰：此求墨價，故以筆數互乘取齊，令筆數同而消去也，餘術準此。又案，以兩同位數互乘取齊者，其兩同位數可省，互乘減時亦可無計。及此色以互乘，則數未有不同，而減時亦未有不消去。此色者，特如是則術意隱矣，故詳述之，至於術意既明則又以省算爲便也。

求筆墨相當草曰：

以左錢數乘右、右錢數乘左通行得：

筆五十〇　墨三四〇　錢三二三〇

筆七丄〇　墨十九〇　錢三二三〇

相減得筆二五〇墨一五〇，以等數五〇約之得筆五墨三。合問。

清・勞乃宣《古籌算考釋》卷四《方程》 此以共實爲問，梅氏所謂和數也。舊不立正負，然筆與墨，買入之數也，錢用出之數也，出入相反，相反則當立正負矣。故不曰直錢若干，而曰去錢若干。明其爲用去之數，而當立爲負也。立錢爲負，則正數與負數相當，所謂相當式也。齊其一色而減去之，餘兩色正負仍相當，故下爲實，上爲法，實如法而得所求數也。如齊其下實而消去之，則上兩色爲相當之率矣。以互乘對減法演先求墨價，先求筆價，求筆墨相當率。三草於左。

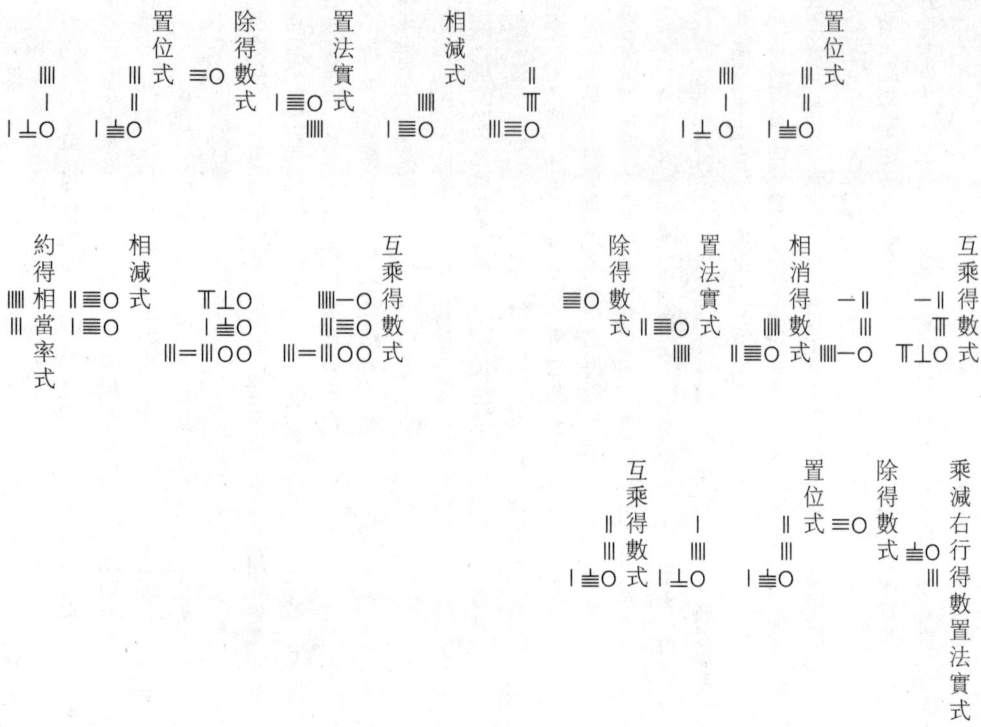

先求墨價，草曰：置筆三正墨二正錢一百九十負於右行，置筆四正墨一正錢一百七十負於左行。以右上筆三正偏乘左行，得筆一十二正，墨三正，錢五百一十負。以左上筆四正偏乘右行，得筆一十二正，墨八正，錢七百六十負。以左行減右行，得筆空，墨五正，錢二百五十負。下爲實上爲法除之得五十文，爲墨價。既得墨價，以墨價五十正乘右行墨二正得一百正，於右行。下錢内消除之餘九十。以筆三除之得三十爲筆價。

先求筆價，草曰：置墨二正筆三正錢一百九十負於右行，置墨一正筆四正錢一百七十負於左行。以右上墨二正偏乘左行，得墨二正，筆八正，錢三百四十負。當以左上筆一正偏乘右行，因一乘不變，故省乘。乃以右行減左行，餘筆五正，錢一百五十負。下爲實上爲法除之得三十文，爲筆價。既得筆價，再求墨價，與前同。

求筆墨相當率，草曰：置位如前，以右下錢一百九十負偏乘左行，得筆七百六十負，墨一百九十負，錢三萬二千三百正。以左下錢一百七十負偏乘右行，得筆五百一十負，墨三百四十負，錢三萬二千三百正。以左行減右行，得筆二百五十正，墨一百五十負，用約分法求得等數五十，約之得筆五正，墨三負，是爲筆五當墨三也。

互乘相消法部

題解

明・吴敬《九章筭法比類大全》卷八《方程》 如甲乙行列諸物與價，先以甲行首位遍乘其乙，復以乙行首位遍乘其甲，求其有等。用少減多，以簡其位。是去其物減其錢，價爲實，物爲法，一法一實，得數。並以商除之。行位繁者，次第求之，同減異加異減同加，正無正入之，負無負入之。所謂正者正數也，負者欠數也。使學者參題取用，依法布筭。

明・周述學《曆宗筭會》卷一一《各分》 列甲乙等行，置諸物與價。先以甲行首位，（命首位物多者爲主，）遍乘其乙。復以乙行首法遍乘其甲，相乘求等，以元多物對位減之，其餘，次苐增減，以簡其位，（是去其物，減其錢也。）互價可爲實物，可爲法而止，以商除之，則得所分之價矣。如行位繁者，次苐求之。凡数半者，倍之。然数有正負之殊，正者正数也，負者欠数也。（或以賣爲正，買爲負，或以盈爲正，不足爲負，或以有餘，不足俱謂之負。）正負名不同者，数難相入。以兩損兩益兩正兩負爲同名，一損一益一正一負爲異名。令正負維乘損益率，同名相消，異名相併，爲實。正負維乘相減爲法，除之，古術一。以異名相減，同名相加。正無入正之，負無入負之。又以同名相減，異名相加，正無(入)[人]負之，負無(入)[人]正之。酌名之同異，而迭用加減，互爲正負。神而明之，存乎人焉。若各物總数總價與各物價，求各物数者，其位雖繁，亦惟效例以求之。

清・梅文鼎《方程論》卷一 和數方程例

方程用互乘對減，與差分章貴賤相和法同。但貴賤相和有總物總價，又有每物每價，不過以帶分之故，難用匿價分身，而變爲换影之術耳。方程則有總物總價，而無每數。又有三色四色以至多色，頭緒紛然，自非遞減，何以取之，此古人别立一章之意也。

用法曰：二色者任以一色列於上，以一色列於上中，以總價列於下。於是以列上者爲乘法，左右互乘，又互遍乘中下，得數左右對減，其上一色必兩相若而減盡。其中一色對減，必有相差之數，下價對減，亦必有相差之數。數相差，則減不能盡，於是取其餘數以爲用。一爲法，一爲實，以法除實而得中一色每價。乃以中價乘原列中物，得中物總價。以中物總價減原列兩色之總價，得上物總價。以原列上物除之，得上一色每價，（若更以中一色列於上，依法求之，亦先得上一色價矣。故上中之位可以互更也，詳見後。）

又 卷二 瓔珞方程例

瓔珞者，言其聯綴而垂，象瓔珞也，謂之疊脚。凡算方程，皆以多色遞減，至一法一實。以先知一色之數，然此所先求之一色，却原帶有不同之數，則法一而實非一，故以一總法而除多實，非疊脚之法不可也，（亦有以下爲法，上爲實者則實一，而法有多名在合問者之所求而定之，詳刊誤條。）

又 重審方程例

凡算方程，皆以有總數，無各數，故遞減以求之。然有并其總數亦隱者，此當用兩次求之，故曰重審。

清・劳乃宣《古籌算考釋》卷四《方程》 詳解九章算法纂類方程法曰：所求率互乘鄰行，以少減多，再求減損。錢爲實，物爲法，實如法而一。

置位草曰：依所問排列，逐物與價而鄰行相對如之。

分母子術曰：方程有分母子者，齊而求之。

方程古法，以一行爲主，偏乘諸行而徑減之。減不盡者，作幾度減之，以頭位減盡爲度。不用左右行互乘對減，謂之直除。互乘對減法，見九章注，乃後世之法，非本術也。纂類所謂互乘鄰行，以少減多，直除法也。九章翼所謂齊一色，得式相減，對減法也。直除對減，各有所宜。今兩列其法，以備相題爲之。又古法下爲共實者，不立正負。下爲差實者，立正負。梅氏因之有和數較數、和較兼用、和較交變之别，設例甚繁。吴氏皆以相當式列之，於共實者置負筭，和較通爲一術。簡易之至，今悉從之。

算法

《九章筭術》卷八《方程》 今有牛五羊二直金十兩，牛二羊五直金八兩。問牛羊各直金幾何。

答曰：牛一直金一兩二十一分兩之一十三，

羊一直金二十一分兩之二十。

術曰：如方程。三國魏·劉徽注　假令爲同齊，頭位爲牛，當相乘。右行定，更置牛十羊四直金二十兩。左行牛十羊二十五直金四十兩。牛數等同，金多二十兩者，羊差二十一使之然也。以少行減多行，則牛數盡，惟羊與直金之數見，可得而知也。以小推大，雖四五行不異也。

宋·贾宪《黄帝九章算經細草》《永樂大典》卷一六三四四　草曰：列所求數。

牛五　羊二　金十兩

牛二　羊五　金八兩

先求存牛，以多數五牛遍乘左行，訖，以右行兩度對減

牛五　羊二　金十兩

羊二十一　金二十兩

求出二十一羊，直金二十兩。以金爲實，羊爲法，除之，羊得二十一分兩之二十。卻以分母乘右行，金十兩爲二百一十，減二羊之價四十，餘一百七十。以分母二十一乘五牛除之，得價一兩，餘分約爲二十一之一十三。

明·吴敬《九章算法比類大全》卷八《方程》

法曰：置列。

牛五，羊二，銀十兩於右行。

牛二，羊五，銀八兩於左行。

先以左行牛五爲法，遍乘右行牛得一十，羊得二十五，銀得四十兩。卻以左行牛二爲法，復遍乘右行牛得一十。對減，盡，羊得四減二十五餘二十一爲法。銀得二十減右行四十餘二十爲實，以法除之，羊得二十一分兩之二十。卻以分母二十一乘右行銀十兩得二百一十，減二羊價四十餘一百七十爲實。以分母二十一乘牛五得一百五爲法，除之，得牛價一兩。餘實六十五。法實皆五約之得二十一分兩之十三。合問。

明·王文素《算學寶鑑》卷二六《二物不盡題》

列位法圖

甲行　五牛　二羊　共銀十両

乙行　二牛　五羊　共銀八両

法曰：以甲行五牛互乘乙行五羊得二十五。卻以乙行二牛互乘甲行二羊得四。以少減多，餘二十一爲法。另以甲上五牛互乘乙銀八両，得四十両。復以乙上二牛互乘甲銀一十両，得二十両。以少減多，餘二十両爲寔，不滿法以法命之，得二十一分両之二十，爲一羊之價。以分母二十一通甲銀十両，得二百一十両，内減甲行羊二隻價四十両，餘一百七十両爲寔。亦以分母通甲五牛，得一百五隻爲法，除寔，得牛價一両，餘六十五両，法寔皆以五約之，得二十一分両之十三。合問。

明·周述學《曆宗算會》卷一一《各分》　二項二物和價求各價。二正俱減。

列置：

右　牛五　羊二　銀十両

左　牛二　羊五　銀八両

以牛五互乘羊五得二十五，牛二互乘羊二得四，相減餘二十一爲法。牛五互乘銀八両得四十，牛二互乘銀十両得二十，相減餘二十，爲羊價之實。羊二互乘銀八両得一十六，羊五互乘銀十両得五十。相減餘三十四，爲牛價之實。各以法除之，不滿法者命之，得牛一直銀一両二十一分両之十三，羊一直銀二十一分両之二十。

宋·秦九韶《數書九章·天時類》卷三　綴術推星

問歲星合伏，經一十六日九十分，行三度九十分，去日一十三度乃見。後順行一百一十三日，行一十七度八十三分乃留。欲知合伏段，晨疾初段，常度，初行率，末行率，平行率各幾何。

答曰：合伏一十六日九十分，常度三度九十分，初行率二十三分九十七秒，平行率二十三分二秒，末行率二十二分七秒，晨疾初三十日，常度六度一十三分，初行率二十一分九十六秒，平行率二十分三十三秒，末行率一十八分六十九秒。

術曰：以方程法求之。置見日，減一，餘半之爲見率。以伏日併見日爲初行法。以法半之，加見率，共爲伏率。以伏日乘伏率，爲伏差。以見日乘見率爲見差。以伏日乘見差於上，以見日乘伏差減上餘，爲法。以見日乘伏度爲泛。以伏日乘見度，減泛餘爲實。滿法而一爲度，不滿退除爲分秒，即得日差。

求初行率，置初行法，減一，餘乘日差爲寄。以半初行法乘寄，得數又加伏見度，共爲初行實。以法退除之，得合伏日初行率。

求末行率，以段日乘日差，減初行率，餘爲末行率。求平行率，以初行率併末行率，而半之爲平行率。求交段差，以各段常日下分數減全日一百分，餘乘末日行率，爲交段差。累減前段積度，以益後段積度，各爲常度。

草曰：兼具算圖。以伏日隨伏度爲右行，以見日隨見度爲左行，以度對度，日對日，其度於上，日於中，空其下，列之。

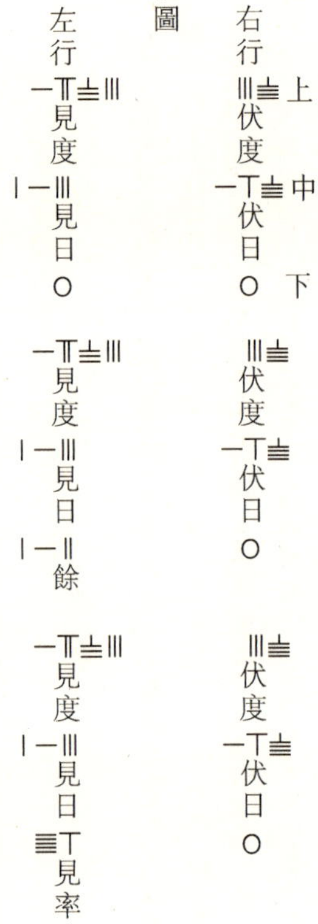

初圖

置見日一百一十三，減一，餘一百一十二，以半之，得五十六，爲見率。以伏日一十六日九十分併見日一百一十三，得一百二十九日九十分，爲初行法。

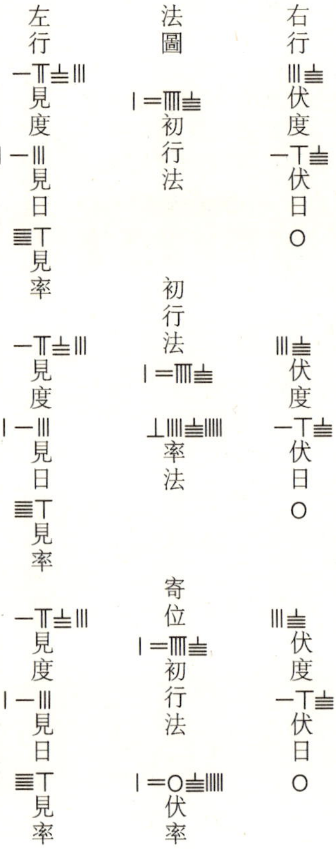

法圖

以初行法半之，得六十四日九十五分，併見率五十六日，得一百二十日九十五分，爲伏率。以初行法寄之，以伏率歸右下，以對見率，仍分左右兩行爲首圖。

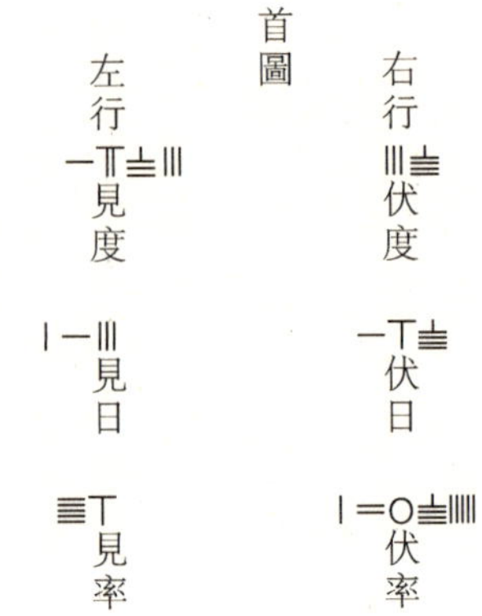

首圖

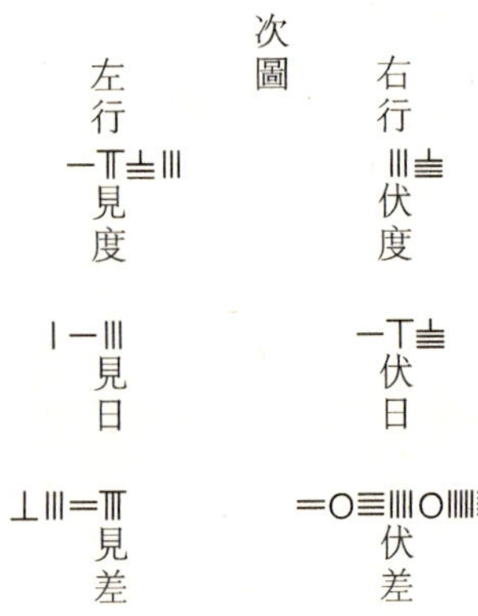

次圖

以首圖伏日一十六日九十分乘伏率一百二十日九十五分，得二千四十四日五分五十秒，爲伏差於右下。以首圖見日一百一十三乘見率五十六日，得六千三百二十八日，爲見差於左下，乃成次圖。凡方程之術，先欲得者存之。以未欲得者，互偏乘兩行諸數。今驗次圖，先欲得日差，故存其左右之上下。以左右之中伏見日數互偏乘兩行。乃以次圖右中伏日一十六日九十分，先偏乘左行畢，左上得三百一度三十二分七十秒，左中得一千九百九日七十分。左下得一十萬六千九百四十三日二十分。又以次圖左中見日一百一十三偏乘右行畢，右上得四百四十度七十分，右中亦得一千九百九日七十分，右下得二十三萬九百七十八日二十一分五十秒。

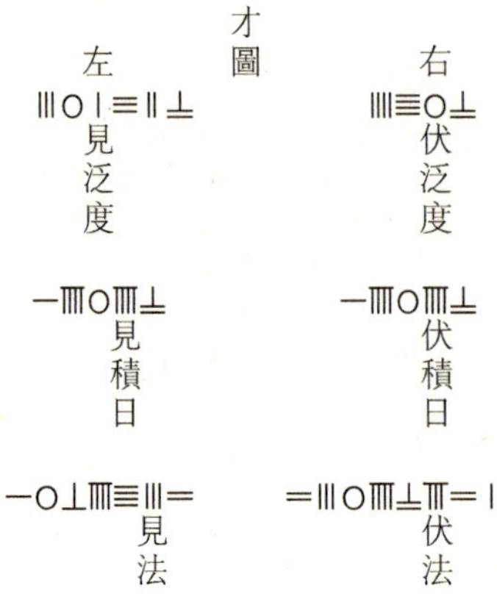

才圖

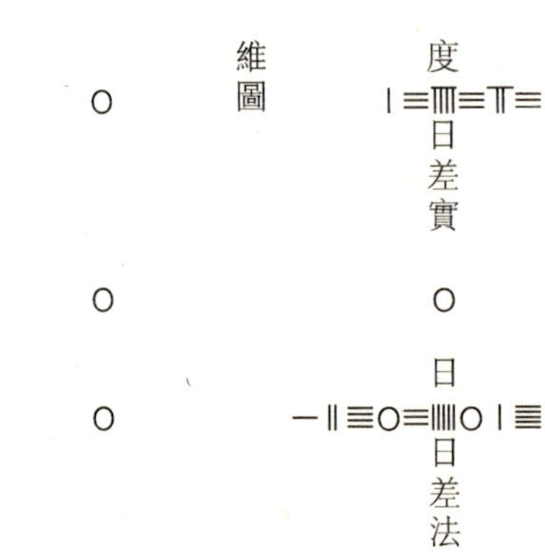

維圖

故以兩行所得，變名泛積法而成。才圖乃驗才圖，左上下皆少用減右行畢，右上餘一百三十九度三十七分三十秒，爲日差實。右中空，右下得一十二萬四千三十五日一分五十秒，爲日差法。今維圖，法多實少，除得空度空分十一秒二十三小分六十五小秒，不盡十秒五十五小分三十九小秒五十二微分五十微秒收爲一小秒爲日定差一十一秒二十三小分六十六小秒。

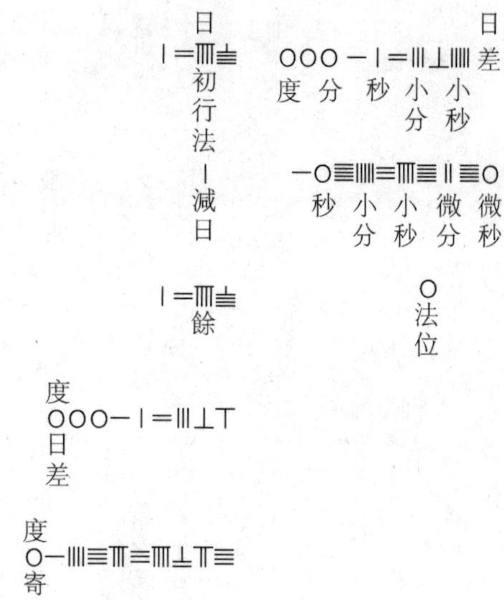

既得日差，乃求初行率。置法圖内初行法一百二十九日九十分，内減去一日，餘一百二十八日九十分，乘日差一十一秒二十三小分六十六小秒，得空度一十四分四十八秒三十九小分七十七小秒四十微分，爲寄。次置初行法一百二十九日九十分，半之得六十四日九十五分，乘寄得九度四十分七十三秒四十三小分三十二小秒一十三微分，爲得數。

以得數加伏度三度九十分，見度一十七度八十三分，共得三十一度一十三分七十三秒四十三小分三十二小秒一十三微分，爲初行實。如初行法一百二十九日九十分而一。

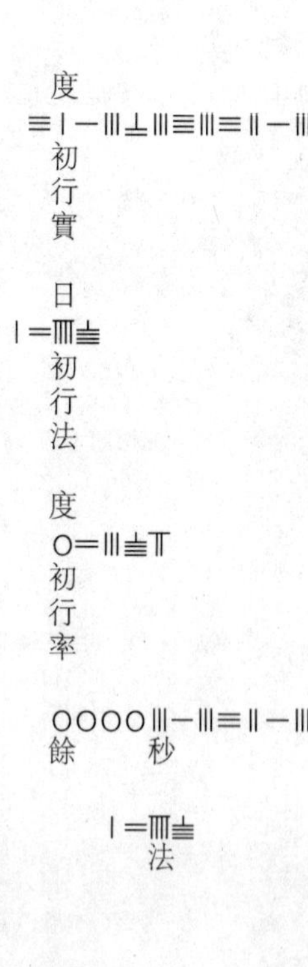

乃得空度二十三分九十七秒，爲伏合初日行率，餘三秒一十三小分三十二小秒一十三微分，弃之。求末行率，置合伏段日數一十六日九十分，乘日差一十一秒二十三小分六十六小秒，得一分八十九秒八十九小分八十五小秒四十微分，爲得數。

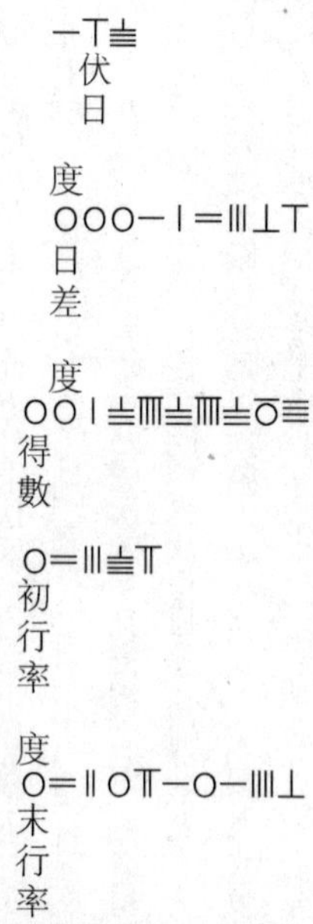

乃以得數減初行率二十三分九十七秒，餘二十二分七秒一十小分一十四小秒六十微分，爲合伏末日行率，但注歷收弃小分。以下數餘爲定，求平行率。置初行率二十三分九十七秒併末行率二十二分七秒，得四十六分四秒，以半之，得二十三分二秒，爲平行率。

求交段差，置合伏日下減全日一百分，餘一十分，乘末行率二十二分七秒，得二分二十秒七十小分，爲交段差。

日〇𝍤差　日丨　日〇一

度〇=‖〇𝍮 末行率　度〇〇‖=〇⊥ 交段差

求晨疾初段常度，置合伏日一十六日九十分，乃收九十分作一日，通爲一十七日，併舊歷所注晨疾初段常日三十，得四十七，爲共日。乘合伏初行率二十三分九十七秒，得一十一度二十六分五十九秒，爲寄上。

日 一𝍮𝍤 合伏日　〇一 收分　一𝍮 日　≡〇 常平　≡𝍮 共日　=Ⅲ𝍤𝍮　度 一丨=𝍮≣𝍨 寄上

乃副置共日四十七減一，餘四十六，以半之，得二十三。以乘副四十七得一千八十一。乘日差一十一秒二十三小分六十六小秒，得一度二十一分四十六秒七十六小分四十六小秒。以減上寄一十一度二十六分五十九秒，餘一十度五分一十二秒二十三小分五十四小秒，爲合伏晨疾初兩段共積度。

共日≣𝍮共日（副位）　以一日減 ≣𝍮（正位）　日丨　以副≣𝍮 以二除 餘≣𝍮　‖　以副≣𝍮 以得乘副 =Ⅲ得　一〇𝍤丨得數

〇〇〇一丨=Ⅲ⊥𝍮 日差　一〇𝍤丨 日得數　丨=丨≣𝍮⊥𝍮≣𝍮 得度　一丨=𝍮≣𝍨 寄　一〇〇𝍣一‖=Ⅲ〇𝍣 共積度　Ⅲ𝍤 合伏度　𝍮一𝍣一‖=Ⅲ≣𝍣 泛度

置共積內減合伏三度九十分，餘六度一十五分一十二秒二十三小分五十四小秒，併爲泛次。以交段差二分二十秒七十小分，減泛餘六度一十二分九十一秒五十三小分五十四小秒，爲晨疾初段常度。注歷乃收八秒五十六小分四十六小秒，爲全分常定度。

𝍮一𝍣一‖=Ⅲ≣𝍣 泛度　〇〇‖=〇⊥ 交段差　𝍮一‖𝍤丨≣Ⅲ≣𝍣 常泛度　〇〇〇〇𝍨≣𝍮≣𝍮 收數　𝍮一Ⅲ 常定度最晨疾初

求晨疾初段初行率，以日差一十一秒二十三小分六十六小秒，減合伏末行率二十二分七秒餘二十一分九十六秒，爲晨疾初段初行率，得泛收之，爲定者也。

度〇〇〇一丨=Ⅲ⊥𝍮 日差　度〇=‖〇𝍮 合伏末行率　度〇=丨𝍤𝍣⊥𝍮≡𝍣 晨疾初行泛　〇〇〇〇〇=Ⅲ⊥𝍮 收數（小秒 小分）　度〇=丨𝍤𝍮 晨疾初行率定數

求晨疾初末行率，置晨疾初常日三十，減一，餘二十九日，乘日差一十一秒二十三小分六十六小秒，得三分二十五秒八十六小分一十四小秒。以減晨疾初段初行率泛二十一分九十五秒七十六小分三十四小秒，餘一十八分六十九秒九十小分二十小秒，爲晨疾初末行率。

晨疾初 ≡〇常日　丨減日　=𝍨餘　〇〇〇一丨=Ⅲ⊥一　度〇〇Ⅲ=𝍣𝍤𝍮一‖ 得數　〇=丨𝍤𝍣⊥𝍮≡‖ 晨疾初行泛　〇一𝍨⊥𝍨𝍤〇= 晨疾末行率泛

求平行率，以晨疾初初行泛二十一分九十五秒七十六小分三十四小秒，併晨疾初末行泛一十八分六十九秒九十小分二十小秒，得四十分六十五秒六十六小分五十四小秒。以半之，得二十分三十二秒八十三小分二十七小秒，爲晨疾初平行泛，乃以三泛收弃之，爲定。

度

上 〇=丨≐Ⅲ⊥T≡Ⅲ 晨疾初初行泛　〇一Ⅲ⊥Ⅲ≐〇= 晨疾初末行泛

中 〇≡〇⊥Ⅲ⊥T≡Ⅲ 得　‖ 半法

下 〇=〇≡‖≐Ⅲ=Ⅲ 晨疾初平行泛

上併得　中半之　下得泛

〇=丨≐Ⅲ⊥T≡Ⅲ 初行泛　〇〇〇〇〇=Ⅲ⊥T 收數　〇一Ⅲ⊥Ⅲ≐〇= 末行泛　〇〇〇〇〇≐〇‖ 弃數　〇=〇≡‖≐Ⅲ=Ⅲ 平行泛　〇〇〇〇〇一T⊥Ⅲ 收數

上下各併之　中間相減之

晨度 〇=丨≐T 疾初初行率

晨度 〇一Ⅲ⊥Ⅲ 疾初末行率

晨度 〇=〇≡Ⅲ 疾初平行率

又《市物類》卷一七　推求物價

問(推)[權]貨務三次，支物準錢各一百四十七萬貫文。先撥沈香三千五百裹，瑇瑁二千二百斤，乳香三百七十五套。次撥沈香二千九百七十裹，瑇瑁二千一百三十斤，乳香三千五十六套四分套之一。後撥沈香三千二百裹，瑇瑁一千五百斤，乳香三千七百五十套。欲求沈乳瑇瑁裹斤套各價幾何。

荅曰：沈香每裹三百貫文，乳香每套六十四貫文，瑇瑁每斤一百八十貫文。

術曰：以方程求之，正負入之。列積及物數於下，布行數，各對本色。有分者通之，可約者約之，爲定率積。列數每以下項互徧乘之，每視其積以少減多，其下物數，各隨積正負之類。如同名相減，異名相加，正無人負之，負無人正之。其如同名相加，異名相減，正無人正之，負無人負之。使其下項物數得一數者爲法，其積爲實，實如法而一，所得不計遍損或益諸積，各得法實，除之，餘倣此。

草曰：置準錢一百四十七萬貫，爲三次撥錢，爲三行積數。次置先撥沈香三千五百裹，瑇瑁二千二百斤，乳香三百七十五套，爲右行物數。又列次撥沈香二千九百七十裹，瑇瑁二千一百三十斤，乳香三千五十六套四分套之一，爲中行物。次列沉香三千二百裹，瑇瑁一千五百斤，乳香三千七百五十套，爲左行之物。各以本色相對列之。其中行乳香有四分套之一，便以母四通，中行諸數只內子一入乳香段內，積得五百八十八萬貫，沈得一萬一千八百八十裹，瑇得八千五百二十斤，乳得一萬二千二百二十五套。以右行求等得二十五，俱約之，積得五萬八千八百貫，沈得一百四十裹，瑇得八十八斤，乳得一十五套。以中行求等，[得]十五，約之，積得三十九萬二千貫，沈得七百九十二裹，瑇得五百六十八斤，乳得八百一十五套。以左行求等，得五十，約之，積得二萬九千四百貫，沈得六十四裹，瑇得三十斤，乳得七十五套，列爲定率圖三行。

一Ⅲ⊥〇〇〇十貫　沈≡‖〇〇　瑇一Ⅲ〇〇　乳≡T≡〇
一Ⅲ⊥〇〇〇十貫　沈≡‖〇〇　瑇一Ⅲ〇〇　乳≡T≡〇
=Ⅲ≡〇十貫　沈⊥Ⅲ　瑇≡〇　乳⊥Ⅲ

一Ⅲ⊥〇〇〇十貫　沈=Ⅲ⊥〇　瑇‖一Ⅲ〇　乳≡〇ⅢT 子丨 母Ⅲ
≡T≐〇〇〇十貫　沈丨一Ⅲ≐〇　瑇≐Ⅲ=〇　乳丨=‖=Ⅲ
Ⅲ≐‖〇〇十貫　沈T≐‖　瑇Ⅲ⊥Ⅲ　乳Ⅲ一Ⅲ

一Ⅲ⊥〇〇〇十貫　沈≡Ⅲ〇〇　瑇=‖〇〇　乳Ⅲ⊥Ⅲ
一Ⅲ⊥〇〇〇十貫　沈≡Ⅲ〇〇　瑇=‖〇〇　乳Ⅲ⊥Ⅲ
≡T≐〇十貫　沈丨≡〇　瑇≐Ⅲ　乳一Ⅲ

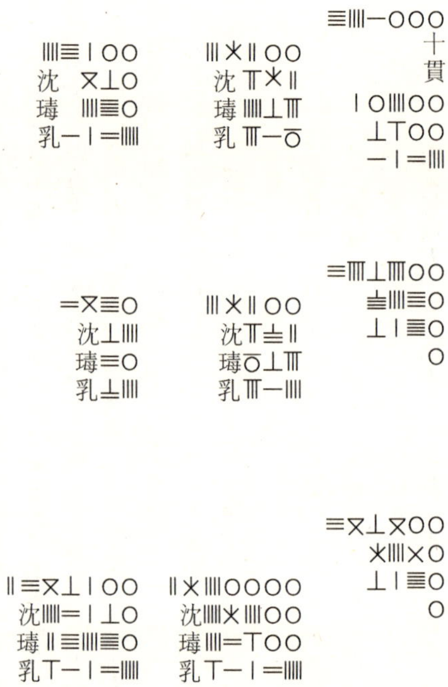

右積得三百九十六萬九千貫，沈得九千五百四十，瑇得六千一百五十次。驗中左兩行，各有下位段。又以左下七十五互乘中行，乃以中行下八百一十五互乘左行畢。中積得二千九百四十萬貫，沈得五萬九千四百，瑇得四萬二千六百，乳得六萬一千一百二十五。左積得二千三百九十六萬一千貫，沈得五萬二千一百六十，瑇得二萬四千四百五十，乳得六萬一千一百二十五。驗左積少，中積多。以左行同名直減中行畢，仍置定圖左行數。

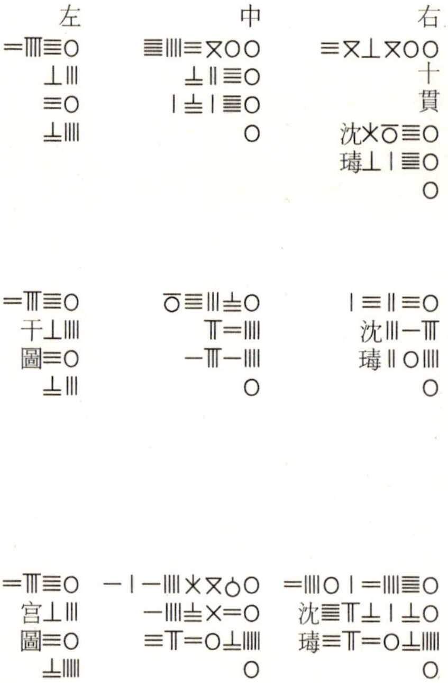

中積得五百四十三萬九千貫，沈得七千二百四十，瑇得一萬八千一百五十。

今驗右中，兩行數多，又求等，約之。其右行求，得三十，約之，右積得一十三萬二千三百貫，沈得三百一十八，瑇得二百五斤。中行求得一十，約之，中積得五十四萬三千九百貫，沈得七百二十四，瑇得一千八百一十五。今又欲去中左行之瑇瑁，乃以中行一千八百一十五互乘右行，右積得二億四千一十二萬四千五百貫，右沈得五十七萬七千一百七十，右瑇得三十七萬二千七十五。次以干圖右瑇二百五互乘中行，中積得一億一千一百四十九萬九千五百貫，中沈得一十四萬八千四百二十，中瑇得三十七萬二千七十五。

今驗宮圖，右積多中積少，乃以中行直減右行畢，仍置干圖中行數。

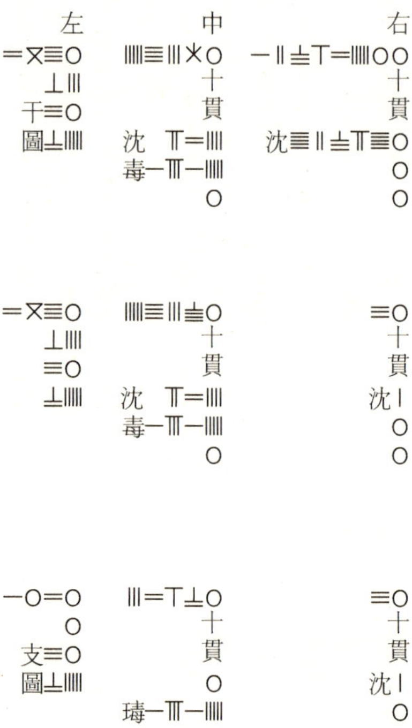

今驗干圖，右行段數只有沈香四十二萬八千七百五十裹，以爲法。以右上積一億二千八百六十二萬五千貫爲實，實如法而一。得三百貫，爲沈香一裹價。便以中行沈七百二十四乘三百貫，得二十一萬七千二百貫，減中積五十四萬三千九百貫，餘三十二萬六千七百貫，爲中積，便減去中行沈香段之數。次以左上沈六十四乘三百貫，得一萬九千二百貫，減左積二萬九千四百貫，餘一萬二百貫，爲左積，便減左上沈香裹數，去之。

今驗支圖，中行其下只有瑇瑁一千八百一十五，以爲法。以中積三十二萬六千七百貫爲實，實如法而一，得一百八十貫，爲瑇瑁價。

副置求之，今先欲去定圖下位，乳香套數一十五與左下七十五互乘，左右兩行，右積得四百四十一萬貫，沈得一萬五百，瑇得六千六百，乳得一千一百二十五。左積得四十四萬一千貫，沈得九百六十，瑇得四百五十，乳得一千一百二十五。驗左積少右積多，當以左行直減右行畢。仍置定圖左行數。

閏圖

十貫 ≡〇 沈丨 〇 〇
十貫 一〒 〇 瑇〇 〇
十貫 一〇=〇 〇 瑇≡〇 乳⊥‖‖

十貫 ≡〇 沈丨 〇 〇
十貫 一〒 〇 瑇丨 〇
十貫 ‖‖≟〇 〇 〇 乳⊥‖‖

今驗閏圖，左行有瑇瑁三十斤，以乘價一百八十貫，得五千四百貫。減左積一萬二百貫，餘四千八百貫，爲左積。其下積有乳香七十五套，以爲法。以積四千八百貫爲實，實如法而一，得六十四貫，爲乳香套價。此題竝係俱正鋪草。

又 均貨推本

問有海舶赴務抽畢，除納主家貨物外，有沈香五千八十八兩，胡椒一萬四百三十包，包四十斤，象牙二百一十二合，大小爲合，斤兩俱等，係甲乙丙丁四人合本博到。緣昨來湊本，互有假借。甲分到官供稱，甲本金二百兩，鹽四袋，鈔一十道。乙本銀八百兩，鹽三袋，鈔八十八道。丙本銀一千六百七十兩，度牒一十五道。丁本度牒五十二道，金五十八兩八銖，已上共估直四十二萬四千貫。甲借乙鈔，乙借丙銀，丙借丁度牒，丁借甲金。今合撥各借物歸元主名下爲率，均分上件貨物，欲知金銀袋鹽度牒元價及四人各合得香椒牙幾何。

荅曰：甲金每兩四百八十貫文，本一十二萬四千貫文，合得沈香一千四百八十八兩，胡椒三千五十包一十一斤五兩五十三分兩之七，象牙六十二合。

乙鹽每袋二百五十貫文，本七萬六千貫文，合得沈香九百一十二兩，胡椒一千八百六十九包二十一斤二兩五十三分兩之六，象牙三十八合。

丙銀每兩五十貫文，本一十二萬三千五百貫文，合得沈香一千四百八十二兩，胡椒三千三十七包三十九斤五兩五十三分兩之二十三，象牙六十一合四分合之三。

丁度牒每道一千五百貫文，本一十萬五百貫文，合得沈香一千二百六兩，胡椒二千四百七十二包八斤三兩五十三分兩之十七，象牙五十合四分合之一。

術曰：以方程求之，衰分入之，正負入之。置共錢以人數約之，得數，列如人數，各爲行積。次置諸色各物數爲段子。對本色，有分者通之，可約者約之，爲定率。以第一行爲右，以第二行爲副，以第三行爲次，第四行爲左。每以下位互遍乘之，每驗其積，以少減多。如同名相減，異名相加，正無人負之，負無人正之。如同名相加，異名相減，正無人正之，負無人負之。得一段爲法，以餘積爲實，除之，各得諸價。以諸價列右行，以各物數列左行，以兩行對乘，得各本率。以諸色求等，約之，得列衰。併諸衰爲總法，以列衰遍乘各物諸數，各爲實。諸實竝如總法而一，各得其物，除不盡者，以斤兩通而除之，或又分母命之。

草曰：置估直四十二萬四千貫，以四人約之，得一十萬六千貫，爲各積。以人數列四位，次置甲金二百兩於右上，以四袋乘，鈔一十道得四十袋，於右副爲右行。次置乙鈔八十八道，以三袋乘之，得鹽二百六十四袋，及銀八百兩爲副行。次置丙銀一千六百七十兩，度牒一十五道爲次行，次置丁度牒五十二道，金五十八兩八銖爲左行。驗得首圖，左行上段金帶八銖，是三分兩之一，乃以分母通乘左行諸數。只以分子一內入左上金內，其左積得三十一萬八千貫，左金得一百七十五兩，左度牒得一百五十六道，爲次圖。驗次圖，四行皆可求等，右行求得四十，約之。副行求得八，約之。次行求得五，約之。左行求得一，約之，各得數，爲定率圖。

首圖

右行 丨〇丅〇〇十貫 金‖〇〇 鹽≣〇 〇 〇

副行 丨〇丅〇〇十貫 〇 鹽‖⊥‖‖ 銀〒〇〇 〇

次圖

丨〇丅〇〇十貫 金‖〇〇 ≣〇 〇 〇

丨〇丅〇〇十貫 〇 鹽‖⊥‖‖ 銀〒〇〇 〇

首圖

次圖

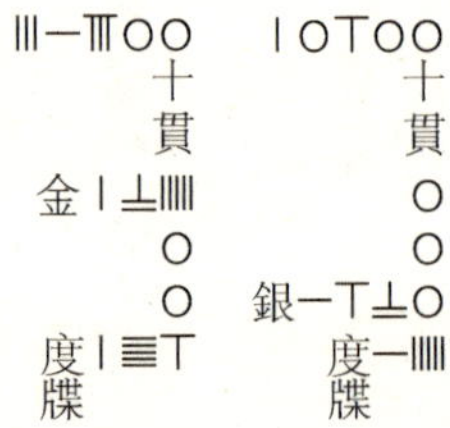

定率圖，右積得二千六百五十貫，金五兩，鹽一袋。副積得一萬三千二百五十貫，鹽三十三袋，銀一百兩。次積得二萬一千二百貫，銀三百三十四兩，度牒三道。左積得三十一萬八千貫，金一百七十五兩，度牒一百五十六道。乃以定圖次行之度牒三，因左行，左積得九十五萬四千貫，金五百二十五兩，度牒四百六十八道。次以定圖左下度牒一百五十六道，乘次行，積得三百三十萬七千二百貫，銀五萬二千一百四兩。

定率圖

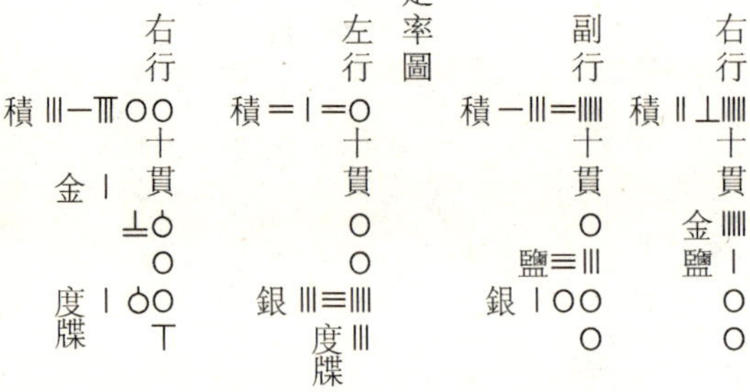

維圖

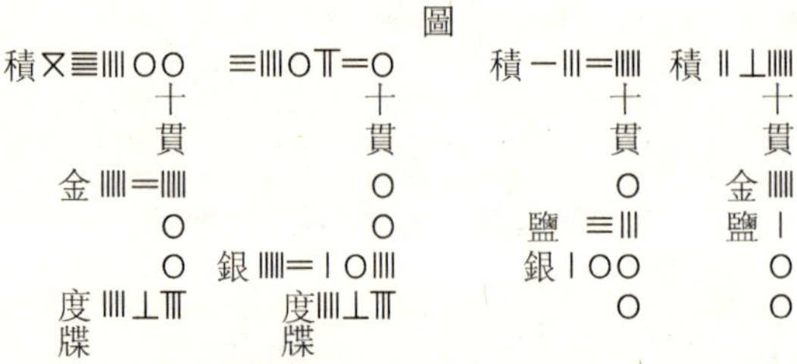

後圖屢變每取定率圖數用之。

乃驗維圖左及次行之下度牒等，當相減之，以積爲端，當以左之少積來減次之多積。按術曰：同名相減，其次行之金空，而左行之金五百二十五兩，有爲正。次空爲無。按術曰：正無人負之，即以左行之金，正加入次行，金位爲負，乃成音圖，仍置定圖左行諸數。乃驗音圖，次行積得二百三十五萬三千二百貫正，金五百二十五兩負，銀五萬二千一百四兩正，餘三行皆正。

音圖

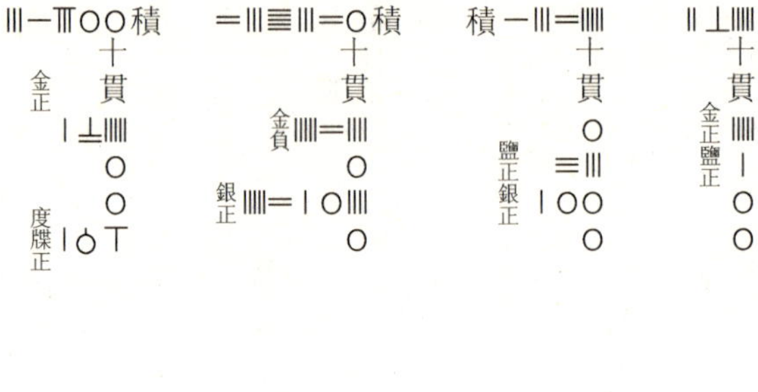

爻圖

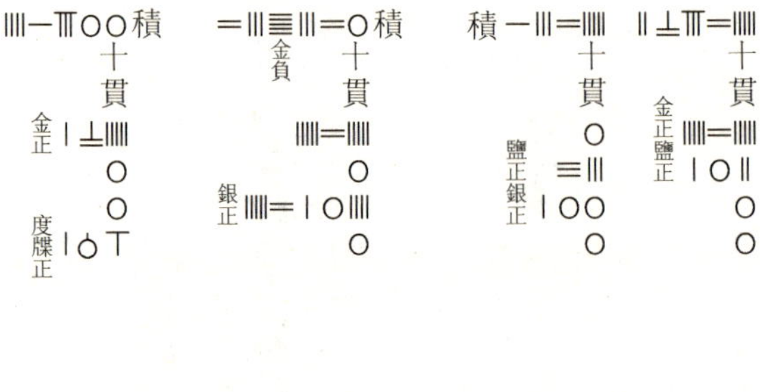

今驗音[圖]，次行之負金，當以右行之正金補之，而其數不等。先以右金五約，次金五百二十五得一百五，以乘音圖右行畢。其右積得二十七萬八千二百五十貫，金五百二十五兩正，鹽一百五袋正，其副次左三行如音圖故，乃成爻圖。今視爻圖右行之金正，與次行之金負適等。即用右行直加次行，按術以同名相加，乃以右之金正減其次之金負，爲空。按術以異名相減之，其次鹽空爲無人。按術以正無人正之，乃以爻圖右積二十七萬八千二百五十貫，加次積二百三十五萬三千二百貫，内得二百六十三萬一千四百五十貫。其次金空，次鹽一百五袋正，次銀五萬二千一百四兩正，仍置定圖右行數，而成(正)[政]圖。

積‖⊥Ⅲ十貫Ⅲ一○○（金　鹽）
積一‖=Ⅲ十貫○鹽≡‖|○○○

政圖

‖T≡|≡Ⅲ十貫○鹽|○Ⅲ銀Ⅲ=|○Ⅲ○
積Ⅲ一Ⅲ○○十貫金|⊥Ⅲ○○度|○T牒

‖⊥Ⅲ十貫Ⅲ一○○（金　鹽）
Ⅲ⊥Ⅲ⊥Ⅲ十貫○鹽一|○Ⅲ銀≡Ⅲ○○○

卜圖

‖≐ⅢX○XⅢ十貫○鹽一|≡Ⅲ銀≡T≡|≡Ⅲ○
積Ⅲ一Ⅲ○○十貫金|⊥Ⅲ○○度|○T牒

今視政圖，從省，乃擇其諸行本色，可求等。首金可，鹽亦可。蓋金多鹽少，乃以政圖副次兩行鹽數三十三，與一百五求等，得三，故以三約三十三，得一十一，以乘次行。又以三約一百五，得三十五，以乘副行畢。其副積得四十六萬三千七百五十貫，鹽一千一百五十五袋，銀三千五百兩。次積二千八百九十四萬五千九百五十，鹽一千一百五十五袋，銀五十七萬三千一百四十四兩，皆正，列成卜圖。

宮圖

右行　積‖⊥Ⅲ十貫　金Ⅲ|○○
副行　積一‖=Ⅲ十貫○　鹽≡‖　銀|○○○

始以定圖爲祖，終用宮圖求數。

宮圖

次行　積‖≐Ⅲ≐‖=○十貫○○　銀≡T≐⊥≡Ⅲ
左行　積Ⅲ一Ⅲ○○十貫　金|⊥Ⅲ○○　度⊥≡T衆

乃視卜圖，副行積少，次行積多。即以副行求減，次行皆是同名相減之，既畢。仍置定圖副行數，其次行乃得積二千八百四十八萬二千二百貫，銀得五十六萬九千六百四十四兩，列爲宮圖。驗宮圖，次行下只有銀五十六萬九千六百四十四兩，獨一數以爲法。以次積二千八百四十八萬二千二百貫，爲實，實如法而一，得五十貫，爲銀一兩價，而成干圖。

干圖

右行　積‖⊥Ⅲ十貫Ⅲ　金　鹽|○○
副行　積一‖=Ⅲ十貫○　鹽≡‖　銀|○○○
次行　積Ⅲ十貫○○　銀|○
左行　積Ⅲ一Ⅲ○○十貫　金|⊥Ⅲ○○　度|○T牒

乃以干圖副行銀一百兩，乘兩價五十貫，得五千貫。以減干圖副行之積一萬三千二百五十貫，訖。副積餘八千二百五十貫，其下鹽得三十三袋，銀空，而成曜圖。乃以曜圖副行之積八千二百五十貫，爲鹽實。以其下鹽三十三袋爲法，除之，得二百五十貫，爲鹽一袋價，而成支圖曜圖。

曜圖

‖⊥𝍣十貫𝍣|○○　金鹽

𝍧═𝍣十貫○≡○○　鹽

積𝍣十貫○○|○　銀

‖|一𝍧○○十貫|⊥𝍣○○|ㅇ⊤　金　度牒

支圖

‖⊥𝍣十貫𝍣|○○　金鹽

═𝍣十貫○|○○　鹽

積𝍣十貫○○|○　銀

‖|一𝍧○○十貫|⊥𝍣○○|≡⊤　金　度牒

乃以支圖右行鹽一袋，徧乘副行，畢。其副積只得二百五十貫，次以副行直減右行，畢，右積餘二千四百貫，金五兩，鹽空，而成閏圖。乃以閏圖右積二千四百貫爲實，金五兩爲法，除之，得四百八十貫，爲金一兩價，成定圖。次以閏圖左金一百七十五兩，徧乘右行，直減左行訖，左積得二十三萬四千貫，度牒一百五十六道，左金空，而成定圖。

閏圖

實‖≣○十貫≡○○○

價═𝍣　○|○○　鹽

積𝍣　○○|○　銀

積‖|一𝍧○○十貫|⊥𝍣○○|ㅇ⊤　金　度牒

定圖

價≣𝍧十貫|○○○　金

價═𝍣　○|○○　鹽

價𝍣十貫○○|○　銀

實‖≣𝍣○○　○○○|ㅇ⊤　度牒

今驗定圖，左積二十三萬四千貫爲實。以左下度牒一百五十六道爲法，除之得一千五百貫，爲度牒一道價。以成終圖，既得金銀每兩，鈔鹽每袋，度牒每道各色之價。次列甲乙丙丁四人乘之。

終圖

≣𝍧○○○○價　支　|兩金　○　○　○

副

═ō○○○○═價　支　○　|袋鹽　○　○

次

𝍣○○○○價　支　○　○　|銀　○

左

|≣○○○○○價　支　○　○　○　|道度牒

復以首圖右金二百兩，併左金五十八兩八銖，得二百五十八兩。以八銖爲三分兩之一，通分内子得七百七十五，於左甲。其右價四百八十貫，乃以左甲母三約之，爲一百六十貫，於右甲。次以右鹽四十袋，併副鹽二百六十四袋，得三百四袋，於左乙。次以副銀八百兩，併次銀一千六百七十兩，得二千四百七十兩，爲左丙。又以次行度牒一十五道，併左度牒五十二道，得六十七道，爲左丁。以兩行對乘之。

本列四人各得元本，求得等五百貫。皆以五百貫爲法除之，甲得二百四十八，乙得一百五十二，丙得二百四十七，丁得二百一，各爲列衰於右行，併右行列衰，得八百四十八，爲總法。次置博到沈香五千八十八，兩遍乘列衰，各爲沈香實。次置胡椒一萬四百三十包，亦遍乘列衰，爲椒實。次置象牙四百二十四條，以大小爲合，半之，得二百一十二合，亦遍乘列衰，爲牙實。

右行　甲 一丅十貫金價　乙 =||||鹽價　丙 ||||銀價　丁 丅|≡○度牒價

左行　金|||兩 ‖⊥　鹽|||袋 |||○　銀⊥○兩 =|||　牒丅道 ⊥

以右甲一百六十乘左甲七百七十五兩，得一十二萬四千貫，爲甲元本。以右乙二百五十貫乘左乙三百四袋，得七萬六千貫，爲乙元本。以右丙五十貫乘左丙二千四百七十兩，得一十二萬三千五百貫，爲丙元本。以右丁一千五百貫乘左丁六十七道，得一十萬五百貫，爲丁元。

甲衰 ‖≡╥　乙衰 |≡‖　丙衰 ‖≡╥　丁衰 ‖○|　≡○≐╥沈香　╥≡╥總法

沈香偏乘四衰

沈香偏乘四衰，甲得一百二十六萬一千八百二十四，乙得七十七萬三千三百七十六，丙得一百二十五萬六千七百三十六，丁得一百二萬二千六百八十八，各爲沈香實。以總法八百四十八除之，甲得沈香一千四百八十八兩，乙得沈香九百一十二兩，丙得沈香一千四百八十二兩，丁得沈香一千二百六兩。

甲衰 ‖≡╥　乙衰 |○‖　丙衰 ‖≡╥　丁衰 ‖○|　|○|||≡○胡椒　╥≡╥總法

胡椒偏乘四衰

胡椒偏乘四衰，甲得二百五十八萬六千六百四十，乙得一百五十八萬五千三百六十，丙得二百五十七萬六千二百一十，丁得二百九萬六千四百三十，各爲椒實。以總法八百四十八除之，甲得三千五十包，不盡二百四十包，以包率四十斤乘之，得九千六百斤，又以法除之，得一十一斤，不盡二百七十二斤，以十六兩通之，得四千三百五十二兩，又以法除之，得五兩，不盡一百一十二，求等得一十六，約之得五十三分兩之七，約甲得椒三千五十包一十一斤五兩五十三分兩之七。乙得一千八百六十九包，不盡四百四十八包，以四十斤乘之得一萬七千九百二十，又以法除之，得二十一斤，不盡一百一十二斤，以十六兩通之，得一千七百九十二兩，又以法除之，得二兩，不盡九十六兩，求等得十六，約之得五十三分兩之六，爲乙合，得椒一千八百六十九包二十一斤二兩五十三分兩之六。丙得三千三十七包，不盡八百三十四，以四十斤通之，得三萬三千三百六十斤，又以法除之，得三十九斤，不盡二百八十八，以十六兩通之，得四千六百八兩，又以法除之，得五兩，不盡三百六十八兩，求等得十六，約之得五十三分兩之二十三，爲丙合，得椒三千三十七包三十九斤五兩五十三分兩之二十三。丁得二千四百七十二包，不盡一百七十四，以四十斤通之，得六千九百六十斤，又以法除之，得八斤，不盡一百七十六，以十六兩通之，得二千八百一十六，又以法除之，得三兩，不盡二百七十二，求等得十六，約之得五十三分兩之一十七，爲丁合，得椒二千四百七十二包八斤三兩五十三分兩之一十七。

甲衰 ‖≡╥　乙衰 |○‖　丙衰 ‖≡╥　丁衰 ‖○|　‖一‖象牙合　╥≡╥總法

象牙合偏乘四衰

象牙合數偏乘四衰，甲得五萬二千五百七十六合，乙得三萬二千二百二十四合，丙得五萬二千三百六十四合，丁得四萬二千六百一十二合。各爲牙實，皆以總法八百四十八除之，甲合得牙六十二合，乙合得牙三十八合，丙合得牙六十一合，不盡六百三十六，求等得二百一十二，約之得四分合之三。丁合得牙五十合，不盡二百一十二，求等得二百一十二，約之得四分合之一。

明·吳敬《九章算法比類大全》卷八《方程》　五雀六燕，共重一斤。雀重燕輕，交易一枚，其重適等。問雀燕各重幾何。

荅曰：雀一兩十九分兩之十三，燕一兩十九分兩之五。

法曰：此問五雀六燕共重一斤，交易其一，適等實。四雀一燕重半斤，一雀五燕重半斤。實法並同列問。

列所問數，以右行四雀爲法，遍乘左行物兩得數。

右　四雀爲法　一燕　重八兩

左　一雀得四雀　五燕得二十燕　重八兩得三十二兩

復以左行一雀爲法，遍乘右行四雀得四雀，与左行四雀對減，盡。一燕得一燕，減左行二十燕，餘得一十九燕爲法，八兩得八兩減左行三十二兩，餘得二十四兩爲實。以法除之，每一燕得一兩十九分兩之五。

右行八兩減一燕之重，餘六兩十九分兩之十四，以分母十九通兩得一百一十四，加入分子十四共一百二十八爲雀實，以四雀爲法，除之得三十二。以分母十九約之，得一兩十九分兩之十三，一雀之重。合問。

又　麻九斗麥七斗菽三斗荅二斗黍五斗直一百四十，麻七斗麥六斗菽四斗荅五斗黍三斗直一百二十八，麻三斗麥五斗菽七斗荅六斗黍四斗直一百一十六，麻二斗麥五斗菽三斗荅九斗黍四斗直一百一十二，麻一斗麥三斗菽二斗荅八斗黍五斗直九十五。問麻麥菽荅黍各斗直錢幾何。

荅曰：麻七錢，麥四錢，菽三錢，荅五錢，黍六錢。

法曰：此問与第一問相同，相增二位，次第求之。排列問數，以第一麻九爲法，遍乘二三四五行。

	麻	麥	菽	荅	黍	價
一	九爲法	七	三	二	五	一百四十
二	七得六十三	六得五十四	四得三十六	五得四十五	三得二十七	一百二十八 得一千一百五十二
三	三得二十七	五得四十五	七得六十三	六得五十四	四得三十六	一百一十六 得一千四十四
四	二得一十八	五得四十五	三得二十七	九得八十一	四得三十六	一百一十二 得一千八
五	一得九	三得二十七	二得一十八	八得七十二	五得四十五	九十五得八百五十五

復以第二行麻七爲法，遍乘第一行麻九得六十三，与第二行麻六十三對減，盡。麥七得四十九減第二行麥五十四，餘得麥正五。菽三得二十一減第二行菽三十六，餘得菽正一十五。荅二得一十四減第二行荅四十五，餘得荅正三十一。黍五得三十五減第二行黍二十七，餘得黍負八。價一百四十得九百八十減第二行價一千一百五十二，餘得價正一百七十二。又以第三行麻三爲法，遍乘第一行麻九得二十七，与第三行麻二十七對減，盡。麥七得二十一減第三行麥四十五，餘得麥正二十四。菽三得九減第三行菽六十三，餘得菽正五十四。荅二得六減第三行荅五十四，餘得荅正四十八。黍五得一十五減第三行黍三十六，餘得黍正二十一。價一百四十得四百二十減第三行價一千四十四，餘得價正六百二十四。

再以第四行麻二爲法，遍乘第一行麻九，得一十八，与第四行麻一十八對減，盡。麥七得一十四減第四行麥四十五，餘得麥正三十一。菽三得六減第四行菽二十七，餘得菽正二十一。荅二得四減第四行荅八十一，餘得荅正七十七。黍五得一十減第四行黍三十六，餘得黍正二十六。價一百四十得二百八十減第四行價一千〇八，餘得價正七百二十八。再以第五行麻一爲法，遍乘第一行。麻九得九与第五行麻九對減，盡。麥七得七減第五行麥二十七，餘得麥正二十。菽三得三減第五行菽一十八，餘得菽正一十五。荅二得二減第五行荅七十二，餘得荅正七十。黍五得五減第五行黍四十五，餘得黍正四十。價一百四十得一百四十減第五行價八百五十五，餘得價正七百一十五。再相乘，以第二行麥正五爲法，遍乘三四五行物價得數。第三行麥正二十四得正一百二十，菽正五十四得正二百七十，荅正四十八得二百四十，黍正二十一得正一百五，價正六百二十四得正三千一百二十。第四行麥正三十一得正一百五十五。菽正二十一得正一百五，荅正七十七得正三百八十五，黍正二十六得正一百三十，價正七百二十八得正三千六百四十。第五行麥正二十得正一百。菽正一十五得正七十五，荅正七十得正三百五十，黍正四十得正二百，價正七百一十五得正三千五百七十五。

復以第三行麥正二十四爲法，遍乘第二行。麥正五得正一百二十，与第二行麥正一百二十對減盡。菽正一十五得正三百六十，同減第三得菽正二百七十，餘得菽負九十。荅正三十一得正七百四十四，同減第二行荅正二百四十，餘得荅負五百四。黍負八得負一百九十二，異加第三行黍正一百五得黍正二百九十七。價正一百七十二得正四千一百二十八，同減第三行價正三千一百二十，餘得價負一千〇八。

又以第四行麥正三十一爲法，遍乘第二行麥正五，得正一百五十五，与第四行麥正一百五十五對減盡。菽正一十五得正四百六十五，同減第四行菽正一百五得菽負三百六十。荅正三十一得正九百六十一，同減第四行荅正三百八十五得荅負五百七十六。黍負八得負二百四十八，異加第四行黍正一百三十得黍正三百七十八。價正一百七十二得正五千三百三十二，同減第四行價正三千六百四十，餘得價負二千六百九十二。

再以第五行麥正二十爲法，遍乘第二行。麥正五得正一百，与第五行麥正一百對減，尽。菽正一十五得正三百，同減第五行菽正七十五得菽負二百二十五。荅正三十一得正六百二十，同減第五行麥正三百五十得荅負二百七十。黍負八得負一百六十，異加第五行黍正二百得黍正三百六十。價正一百七十二得正三千四百四十，同減第五行價正三千五百七十五得價正一百三十五。再相乘，以第三行菽負九十，遍乘四五行物價得數。第四行菽負三百六十得負三万二千四百，荅負五百七十六得負五万一千八百四十，黍正三百七十八得正三万四千二十，價負二千六百九十二得負一十五万二千二百八十。第五行菽負二百二十五得負二万二百五十，荅負二百七十得負二万四千三百，黍正三百六十得正三万二千四百，價正一百三十五得正一万二千一百五十。

却以第四行菽負三百六十爲法，遍乘第三行。菽負九十得負三万二千四百，与第四行菽負三万二千四百對減，尽。荅負五百四得負一十八万一千四百四十，同減第四行荅負五万一千八百四十得荅正一十二万九千六百。黍正二百九十七得正一十万六千九百二十，同減第四行黍正三万四千二十得黍負七万二千九百。價負一千八得負三十六万二千八百八十，同減第四行價負一十五万二千二百八十得價正二十一万六百。

再以第五行菽負二百二十五爲法，復遍乘第三行。菽負九十得負二万二百五十，与第五行菽負二万二百五十對減，尽。荅負五百四得負一十一万三千四百兩，減第五行荅負二万四千三百得荅正八万九千一百。黍正二百九十七得正六万六千八百二十五，同減第五行黍正三万二千四百得黍負三万四千四百二十五。價負一千八得價負二十二万六千八百，異加第五行價正一万二千一百五十得價正二十三万八千九百五十。再相乘，以第四行荅正一十二萬九千六百爲法，遍乘第五行。荅正八萬九千一百得正一百一十五億四千七百三十六万。黍負三萬四千四百二十五得負六十四億六千一百四十八万。價正二十三萬八千九百五十得正三百九億六千一百四十八万。

復以第五行荅正八萬九千一百爲法，遍乘第四行。荅正一十二萬九千六百得正一百一十五億四千七百三十六万，与第四行荅正一百一十五億四千七百三十六萬對減，尽。黍負七萬二千九百得負六十四億九千五百三十九万，同減第四行黍負四十四億六千一百四十八万得黍負二十億三千三百九十一万爲法。價正二十一萬六百得正一百八十七億六千四百四十六万，同減第四行價正三百九億六千七百九十二万，餘得價負一百二十二億三百四十六万爲實。以法除得黍價六錢。

第四行黍負七万二千九百，以價六錢乘得四十三万七千四百。加入價正二十一万六百，共得價正六十四万八千。以荅正一十二万九千六百除得荅價五錢。

第三行黍正二百九十七，以六錢乘得一千七百八十二。加入價負一千八得價負二千七百九十。減荅負五百四，以價五錢乘得二千五百二十，以減價負二千七百九十，餘得價負二百七十。以菽負九十除得菽價三錢。

第二行黍負八，以價六錢乘得四十八，加入價正一百七十二，共得價正二百二十。以減荅正三十一價一百五十五。菽正十五價得四十五，餘價正二十。以麥正五，除得麥價四錢。

第一行價正一百四十，內減黍五斗得三十，荅二價得十，菽三價得九，麥七價得二十八，餘得價六十三。以麻九除之，得麻價七錢。合問。

又 今有羅四尺綾五尺絹六尺直錢一貫二百一十九文，羅五尺綾六尺絹四尺直錢一貫二百六十八文，羅六尺綾四尺絹五尺直錢一貫二百六十三文。問各尺價幾何。

荅曰：羅九十八文，綾八十五文，絹六十七文。

法曰：此問与前法相同。排列逐項問数，以右行羅四尺爲法，遍乘中左行数。

羅四爲法　綾五　絹六　一貫二百一十九文

羅五得二十　綾六得三十四　絹四得一十六　一貫二百六十八文得五貫七十二文

羅六得二十四　綾四得一十六　絹五得二十　一貫二百六十三文得五貫五十二文

却以中行羅五爲法，復遍乘右行。羅四得二十，與中行羅二十對減，尽。綾五得二十五，減中行綾二十四，餘得綾一。絹六得三十，減中行絹十六，餘得絹一十四。錢一貫二百一十九文得六貫九十五文，減中行五貫七十二文，餘得一貫二十三文。又以左行羅六爲法，復遍乘右行。羅四得二十四，與左行羅二十四對減，尽。綾五得三十，減左行綾十六，餘得綾十四。絹六得三十六，減左行絹二十，餘得絹一十六。鈔一貫二百一十九文得七貫三百一十四文，減左行鈔五貫五十二文，餘得鈔二貫二百六十二文。再以中行綾一爲法，遍乘左行。綾十四得十四，絹十六得十六。鈔二貫二百六十二文得二貫二百六十二文。

復以左行綾十四爲法，遍乘中行。綾一得十四與左行綾十四對減，尽。絹十四得一百九十六。減左行絹十六，餘得絹一百八十爲法。錢一貫二十三文得一十四貫三百二十二文，減左行鈔二貫二百六十二文，餘得鈔一十二貫六十文爲實。以法除得絹尺價六十七文。中行以絹尺價六十七文乘中行，絹一十四尺得九百三十八文，以減中行錢一貫二十三文，餘得綾尺價八十五文，就乘右行綾五尺得四百二十五文。絹六尺得四百二文，通減右行錢一貫二百一十九文，餘得三百九十二文。以羅四尺除之，得羅尺價九十八文。合問。

清・劳乃宣《古籌算考釋》卷四《方程》 三色以上，直除較對減爲便，並可將首位算多之行。先減爲簡數，而後乘之，尤能省算，如此題是也。以後至五色方程，皆用直除法演之。

置位式

直減式

直減中行左行式

中行七度減左行式

四乘中行倍左行式

移置左行法實式

除得絹價式

移右行絹數綾數於中左乘得數式

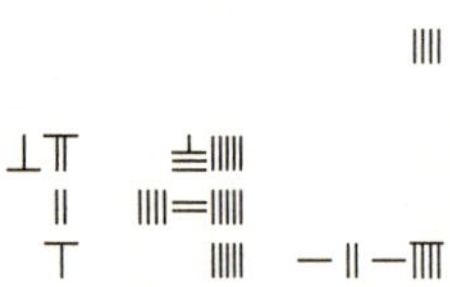

移中行絹數於左行乘得數式

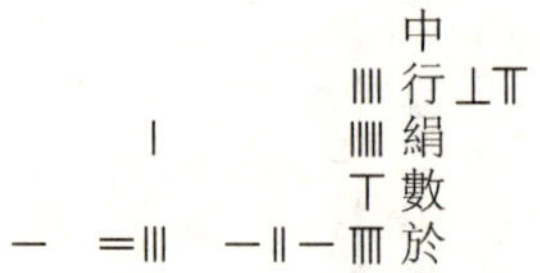

消右行下價移置法實式

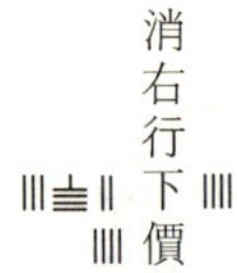

消中行下價移置法實式

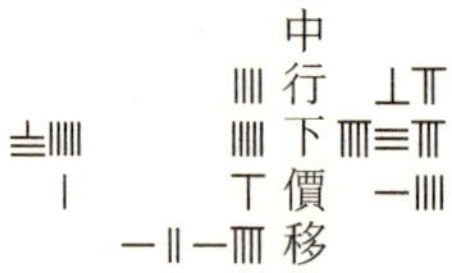

除得羅價式

除得綾價式

置羅四尺正，綾五尺正，絹六尺正，價一貫二百一十九負，於右行。置羅五尺正，綾六尺正，絹四尺正，價一貫二百六十八負，於中行。置羅六尺正，綾四尺正，絹五尺正，價一貫二百六十三負，於左行。便以右行直減中行，餘羅一正，綾一正，絹二負，價四十九負。又以右行直減左行，餘羅二正，綾一負，絹一負，價四十四負。又以右上羅四尺徧乘中行，得羅四正，綾四正，絹八負，價一百九十六負。又倍左行，左上二倍之得四，與右上等。可以減盡。故無須四乘，此省法也。得羅四正，綾二負，絹二負，價八十八負。

以右行減中行，羅空，餘綾一負，絹一十四負，價一貫〇二十三正。以右行減左行，羅空，餘綾七負，絹八負，價一貫一百三十一正。又以中行七度減左行，綾空，餘絹九十正，價六貫〇三十負。下爲實，上爲法，移實六貫〇三十負於上。以法九十正除之，得六十七正，爲絹每尺價。

既得絹價，次求綾價。乃移中行絹一十四負於左行，求出絹每尺價六十七正之下乘之，得九百三十八負，爲中行絹價。以消中行下價，異名相減，得八十五正，乃收去移置左下之絹一十四負，與左中乘出之絹價九百三十八負。而以中行所餘綾一負，價八十五正。下爲實，上爲法。移實八十五正於上，法一負於下，除之得八十五正，爲綾每尺之價。

既得絹每尺綾每尺之價，次求羅價。乃移右行絹六正於左行，求出絹每尺價六十七正之下乘之，得四百〇二正，爲右行絹價。又移右行綾五正於中行求出綾每尺價八十五正之下乘之，得四百二十五正，爲右行綾價。以右行絹價四百〇二正，右行綾價四百二十五正，消右行下價，異名相減，得三百九十二負。乃收去移置左下之絹六正，移置中下之綾五正，與左中乘出之絹價，中中乘出之綾價，而以右行所餘羅四正，價三百九十二負，下爲實，上爲法，移三百九十二負於上，四正於下，除之得九十八正，爲羅每尺價。

明・吴敬《九章算法比類大全》卷八《方程》 今有紅錦四尺，青錦五尺，緑錦六尺，價皆過三百文。只云紅錦四尺，價過青錦一尺。青錦五尺，價過緑錦一尺，緑錦六尺價過紅錦一尺。問三色各尺價幾何。

答曰：紅錦九十三文一百一十九分文之三十三，
青錦七十三文一百一十九分文之一十三，
緑錦六十五文一百一十九分文之六十五。

法曰：列所問數，以右行紅正四爲法，遍乘左行得數。

紅正四爲法	青負一	空	錢正三百
空	青正五	緑負一	錢正三百
紅負一得負四	空	緑正六得正二十四	錢正三百

却以左行紅負一爲法，復遍乘右行紅正四得正四，与左行紅負四異名對減，盡。青負一得負一，左行青空，无減，合加青負一。緑空无減，左行亦得緑正二十四。正三百得正三百，同加左行正一千二百得正一千五百。

再相乘，以中行青正五爲法，遍乘左行青負一得負五，緑正二十四得正一百二十，錢正一千五百得正七千五百。却以左行青負一，復遍乘中行青正五得正五，与左行青負五異名對減盡。緑負一得負一，異減左行緑正一百二十，餘得緑正一百一十九爲法。正三百得正三百，同加左行七千五百得正七千八百爲實。以法除，得緑錦尺價六十五文一百一十九分文之六十五，仍將七千八百寄左。又以一百一十九，乘中行錢三百得三万五千七百。加寄左七千八百，共得四万三千五百。以青錦五尺除得八千七百。

却以一百一十九，除得青錦尺價七十三文一百一十九分文之一十三。仍將八千七百寄左，又以一百一十九，乘右行錢三百得三万五千七百。加寄左八千七百，共四万四千四百。以紅錦四尺，除之得一万一千一百。

却以一百一十九除得九十三文一百一十九分文之三十三，爲紅錦尺價。合問。

又 今有甲乙丙持絲，不知其数。甲云，得乙絲強半，丙絲弱半，滿一百四十八斤。乙云，得甲絲弱半，丙絲強半，滿一百二十八斤。丙云，得甲絲強半，乙絲弱半，得一百三十二斤。問甲乙丙各絲幾何。

答曰：甲八十四斤，乙六十八斤，丙五十二斤。

法曰：此問正作四強，作三弱作二。列所問數：

右	甲四	乙三	丙一	一百四十八
中	甲一	乙四	丙三	一百二十八
左	甲三	乙一	丙四	一百三十二

先以左行甲三爲法，遍乘中行。甲一對減尽，乙四得正十一，減左行乙正一，餘得乙正十一。丙三得正九，減左行丙正四，餘得丙正五。一百二十八斤得正三百八十四斤，減左行正一百三十二斤，餘得正二百五十二。

再以中行甲一爲法，遍乘右行。甲四對減，尽，乙三得正三，減左行乙一，餘得乙正二。丙一得正一，減左行丙正四，餘丙負二。一百四十八斤得正一百四十八斤，減左行正一百三十二斤得正一十六斤。

復以左行甲三爲法，遍乘右行。乙正二得正六，同減左行乙正一，餘得正五。丙負三得負九，異加左行丙正四得丙負十三。正一十六斤得正四十八斤，同減左行一百三十二斤得負十四斤。

再相乘，以右行乙正五爲法，遍乘中行。乙正十一對減，尽，丙正五得正二十五，正二百五十二斤得正一千二百六十斤。復以中行乙正十一爲法，遍乘左行。丙負十三得負一百四十三，異加中行丙正二十五得正一百六十八爲法。負八十四斤得負九百二十四斤，異加中行正一千二百六十斤，共得二千一百八十四斤爲實。以法除得一十三斤，乃一停率，以四乘得丙絲五十二斤。又以十三斤乘中行，丙五得六十五，以減中行絲二百五十二斤，餘一百八十七。以乙十一除得一十七斤，以四乘得乙絲六十八斤。又以十三斤乘左行。丙四得五十二，以減左行絲一百三十二斤，餘八十斤。又減乙一十七斤，餘六十三斤。以三約之，得二十一斤。却以四乘得甲絲八十四斤。合問。

又 今有官輸米，每七十五石，着上户三户，中户四户，下户五户，共人户一十二户。辦納只云，上户二户，中户一户，納二十五石。中户三户，下户一户，納二十五石。下户四户，上户一户，納二十五石。問上中下户各幾何。

荅曰：上户九石，中户七石，下户四石。

法曰：排列問數。

上二	中一	空	二十五石
空	中三	下一	二十五石
上一	空	下四	二十五石

先以右行上二爲法乘左行，下四得八，二十五石得五十石。中行負一減二十五石，餘得二十五石。又以中行中三爲法乘左行，下八得二十四添一，共得二十五爲法。二十五石得七十五石，添中行正一得二十五石，共得一百石爲實。以法除得四石，爲下户所出之数。中行二十五石以減下户一得四石，餘得二十一石。以中户三除得七石，爲中户數。右行二十五石，以減中户一得七石，餘一十八石。以上户二除得九石，上户数。合問。

又 今有人齋僧，初日大僧一十八，小僧一十二，支襯錢九貫三百文。次日，大僧二十四，小僧三十支，襯錢一十五貫九百文。問大小每僧各幾何。

荅曰：大僧三百五十文，小僧二百五十文。

法曰：列所問數。

大一十八	小十二	九貫三百文
大二十四	小三十	一十五貫九百文

先以右行大十八爲法，遍乘左行，小三十得五百四十，一十五貫九百得二百八十六貫二百文。却以左行大二十四爲法，復遍乘右行，小十二得二百八十八，以減左行五百四十，餘得二百五十二爲法。九貫三百得二百二十三貫二百，以減左行二百八十六貫二百，餘得六十三貫爲實。以法除之，得小僧二百五十文。右行九貫三百以減小僧一十二得三貫，餘六貫三百。以大僧一十八除之，得三百五十文爲大僧數。合問。

又 今有絹三疋，添鈔六貫，買布一十疋。又布五疋，添鈔一貫，買絹二疋。問布絹每疋各價幾何。

荅曰：絹八貫，布三貫。

法曰：此問添爲，正買爲負。列所問數。

上正三	下負十	正六貫
上負二	下正五	正一貫

先以乙行上負二爲法，遍乘甲行。上正三得正六，下負十得負二十，正六貫得正一十二貫。却以甲行上正三爲法，復遍乘乙行。上負二得負六，与乙行上正六異名對減，尽。下正五得正十五，異減乙行下負二十，餘得下五爲法。正一貫得正三貫，同加甲行正十二貫，得正一十五貫爲實。以法除，得布價三貫。乙行下正五，以三貫乘得一十五貫。加正一貫得一十六貫，以絹二疋除得絹價八貫。合問。

又 今有綾三尺，絹四尺，直鈔二貫八百文。又綾七尺，絹二尺，直鈔四貫二百六十文。問綾絹尺價各幾何。

荅曰：綾五百二十文，絹三百一十文。

法曰：列所問数，先以甲行綾三爲法，遍乘乙行得數。

綾三爲法　絹四　價二貫八百文

綾七得二十一　絹二得六　價四貫二百六十得十二貫七百八十

却以乙行綾七爲法，遍乘甲行。綾三得二十一，与乙行二十一對減，尽。絹四得二十八，減乙行絹六，餘得絹二十二爲法。價二貫八百文得一十九貫八百文，減乙行價一十二貫七百八十文，餘得六貫八百二十文爲實，以法除，得絹價三百一十文。甲行絹四，以三百一十文乘得一貫二百四十文，以減價二貫八百文，餘得一貫五百六十。以綾三除，得綾價五百二十文。合問。

又 今有硃二兩，粉一兩，價鈔二貫五百文。又粉三兩，丹一兩，價鈔二貫五百文。又硃一兩，丹四兩，價鈔二貫五百文。問三色各價幾何。

荅曰：硃九百文，粉七百文，丹四百文。

法曰：此問亦同借禾之意。列所問数，先以右行硃二爲法，遍乘左行得数。

右　硃二爲法　粉一　空　二貫五百文

中　空　粉三　丹一　二貫五百文

左　硃一得二　空　丹四得八　二貫五百得五百

却以左行硃一爲法，復遍乘右。硃二得二，与左行硃二對減，尽。粉一得一，左行中空，无減加入，得粉負一。丹空，左行原丹八，无加減得丹正八。價二貫五百文得正二貫五百文，減左行價正五貫，餘得正二貫五百文。再以中行粉三爲法，遍乘左行。粉負一得負三，丹正八得正二十四，正二貫五百得正七貫五百文。

却以左行粉負一爲法，復遍乘中行。粉三得負三，与左行粉負三同名對減，尽。丹一得負一，異加左行丹正二十四得正二十三爲法。二貫五百文得負二貫五百文，異加左行正七貫五百文，共得一十貫爲實。以法除，得丹價四百文。中行價二貫五百文，以減丹一兩價四百文，餘得二貫一百文。以粉三兩除，得粉價七百文。右行價二貫五百文，以減粉一兩價七百文，餘得一貫八百文。以硃二兩除得硃價九百文。合問。

又 今有總旗三名，小旗二名，軍人一名，支米七石九斗。又總旗二名，小旗三名，軍人一名，支米七石六斗。又總旗一名，小旗二名，軍人三名，支米六石九斗。問每名各該支幾何。

荅曰：總旗一石五斗，小旗一石二斗，軍人一石。

法曰：此問与第一問相同。列所問数，先以右行總三爲法，遍乘左中二行得数。

右　總三爲法　小二　軍一　七石九斗

中　總二得六　小三得九　軍一得三　七石六斗得二十二石八斗

左　總一得三　小二得六　軍三得九　六石九斗得二十石七斗

却以中行總二爲法，復遍乘右行。總三得六，与中行捻六對減，尽。小二得四，減中行小九，餘得小五。軍一得二，減中行軍三，餘得一。七石九斗得一十五石八斗，減中行二十二石八斗，餘得七石。又以左行總一爲法，復遍乘右行。總三得三，与左行捻三對減尽。小二得二，減左行小六，餘得小四。軍一得一，減左行軍九，餘得八。七石九斗得七石九斗，減左行二十石七斗，餘得一十二石八斗。

再相乘，以中行小五爲法，遍乘左行。小四得二十，軍八得四十，一十二石八斗得六十四石。却以左行小四爲法，復遍乘中行。小五得二十，与左行小二十對減，尽。軍一得四，減左行軍四十，餘得軍三十六爲法。七石得二十八石，減左行六十四石，餘得三十六石爲實，以法除得軍該一石。中行七石減軍一得一石，餘得六石。以小五除得一石二斗，爲小旗支數。右行七石九斗減小二得二石四斗，軍一得一石，餘得四石五斗。以總三除得一石五斗，爲總旗支数。合問。

又 今有壯軍一，弱軍二，老軍三，俱駕船一隻，載米八十石，至灘皆不能過。若壯軍借弱軍一，弱軍借老軍一，老軍借壯軍一，俱過其灘。問各引力幾何。

荅曰：壯軍一名力引四十五石七分石之五，

弱軍一名力引三十四石七分石之二，

老軍一名力引二十一石七分石之三。

法曰：列所問数，以右行。

右　壯一爲法　弱一　空　八十石

中　空　弱二　老一　八十石

左　壯一得一　空　老三得三　八十石得八十石

復以左行壯一爲法，遍乘右行。壯一得一，与左行壯一對減，尽。弱一得一，左行中空加入，得弱正一。老空无数乘左三亦得老正三。八十石得八十石，減左行八十石空。再以中行弱正二爲法，遍乘左行。弱正一得正二。老正三得正六。却以左行弱正一爲法，復遍乘中行。弱軍二得二，与左行弱正二對減，尽。老正一得正一，加左行老正六得正七爲法。正八十石得正八十石，右行原空加入得正八十石爲實，以法七除之得老軍一名力引一十一石七分石之三。中行八十石内除老軍一名，力引一十一石七分石之三，餘重六十八石七分石之四。以弱軍二除之，每名得力引三十四石七分石之二。右行八十石，内除弱軍一力引三十四石七分石之二，餘得壯軍，一名力引四十五石七分石之五。合問。

又　詞詩：六犬共二豬，八兎數無餘，各該兩貫價錢虛。兎欠著一豬，犬欠數恰買一箇兎，豬欠四犬無差悞，犬豬兎價怎生呼。續縱横認取，右《醉太平》。

答曰：兎價二百，犬價三百，豬價四百。

法曰：排列問數，先以右行六犬爲法，遍乘中行得數。

右　六犬爲法　空　一兎　二千

中　四犬得二十四　二豬得一十二　空　二千得一萬二千

左　空　一豬　八兎　二千

却以中行犬四爲法，復遍乘右行。犬六得二十四，與右行犬二十四對減，尽。豬空，中行豬只得豬正十二，兎一得四，中行兔空无減，只得兎負四。二千得八千，減中行一萬二千，餘正四千。

再相乘，以中行豬正十二爲法，遍乘左行。豬正一得正十二，兎正八得正九十六。正二千得正二萬四千。却以左行豬正一爲法，復遍乘中行。豬正十二得正十二，與左行豬正十二同名對減，尽。兎負一得兎負四，異加左行兎正九十六得一百爲法，正四千得正四千，同減左行正二萬四千，餘得正二萬爲實。以法除，得兎價二百。右行正二千以減兎一得二百，餘一千八百。以犬六除，得犬價三百。中行正二千以減犬四價一千二百，餘八百。以豬二除，得豬價四百。合問。

又　六犬共三豬，八兎數無虛，各該一貫價錢餘。犬餘外二豬，豬餘外，却買一箇，兎餘二犬無差悞，犬豬兎價怎生呼。演縱横認取，右《醉太平》。

答曰：兎價二百，犬價三百，豬價四百。

法曰：見數並錢爲正，外餘數爲負。列所問數，以右行犬正六爲法，遍乘中行得數。

右　犬正六爲法　豬負二　兎空　正一千

中　犬負二得負十二　豬空　兎正八得正四十八　正一千得六千

左　犬空　豬正三　兎負一　正一千

却以中行犬負二爲法，復遍乘右行。犬正六得正十二，與中行犬負十二異名對減，尽。豬負二得負四，中行豬空，无減加入，得豬負四。兎空无減，亦得兎正四十八。正一千得正二千，同加中行正六千得正八千。

再相乘以中行豬負四爲法，遍乘左行。豬正三得正十二，兎負一得負四，正一千得正四千。却以左行豬正三爲法，復遍乘中行。豬負四得負十二，與左行豬正十二同名對減，尽。兎正四十八得正一百四十四，異減左行兎負四，餘正一百四十爲法。正八千得正二萬四千，同加左行正四千，共得正二萬八千爲實。以法除，得兎價二百。

中行兎正四十八以價二百乘得九千六百，以減正八千，餘得負一千六百。以豬負四除，得豬價四百。右行正一千加豬負二，價八百共得一千八百。以犬六除，得犬價三百。合問。

又　五兎四豬二羊，言各價不及四千錢。兎增二豬羊一隻，豬增二兎一羊然，羊添二豬三箇兎，各得增添滿四千。有人筭得無差錯，堪把芳名到處傳。

答曰：兎價四百，犬價六百，豬價八百。

法曰：排列問數，以右行五兎爲法，遍乘中左二行得數。

右　兎五爲法　豬二　羊一　價四千

中　兎二得一十　豬四得二十　羊一得五　價四千得二萬

左　兎三得一十五　豬二得一十　羊二得一十　價四千得二萬

却以中行兎二爲法，復遍乘右行。兎五得一十與中行兎一十對減，尽。豬二得四減中行豬二十，餘得豬一十六。羊一得二減中行羊五，餘得羊三。四千得八千減中行二萬，餘得一萬二千。又以左行兎三爲法，復遍乘右行。兎五得一十五與左行兎一十五對減，尽。豬二得六減左行豬一十，餘得豬四。羊一得三減左行羊一十，餘得羊七。價四千得一萬二千減左行二萬，餘得八千。

再相乘，以中行豬十六爲法，遍乘左行。豬四得六十四，羊七得一百一十二，價八千得一十二萬八千。却以左行豬四爲法，復遍乘中行。豬一十六得六十四，與左行豬六十四對減，尽。羊三得一十二減左行羊一百一十二，餘得羊一百爲法。價一萬二千得四萬八千減左行一十二萬八千，餘得八萬爲實。以法除，得羊價八百文。中行價一萬二千減羊三價得二千四百，餘得九千六百，以豬一十六除，得豬價六百文。右行價四千減羊一價八百豬二價一千二百，餘得價二千。以兎五除得兎價四百。合問。

又　七兎四豬二羊，言各價一千有剩錢。兎減一豬無少剩，豬減一羊也一般，羊除一兎却得就，減説餘錢整一千。有人筭得無差錯，堪把佳名四海傳。

荅曰：兎價二百，豬價三百，羊價六百。

法曰：見有數，並錢爲正，減除數爲負。列所問數，以右行兎正七爲法，遍乘左行得數。

右　兎正七爲法　豬負一　羊空　正一千

中　兎空　豬正四　羊負一　正一千

左　兎負一得負七　豬空　羊正二得　正十四正一千得正七千

以左行兎負一爲法，復遍乘右行。兎正七得負七，與左行兎負七異名對減，盡。豬負一得負一，左行豬空无減加，得豬負一。羊空无加減亦得羊正十四。正一千得正一千，同加左行正七千，共得正八千。再相乘，以中行豬正四爲法，遍乘左行。豬負一得負四，羊正十四得正五十六，正八千得正三萬二千。却以左行豬負一爲法，復遍乘中行。豬正四得正四，與左行豬負四異名對減，盡。羊負一得負一，異減左行羊正五十六，餘得羊正五十五爲法。正一千得正一千，同加左行正三萬二千，共得正三萬三千爲實。以法除，得羊價六百。中行正一千加羊負一價六百，共得一千六百。以豬正四除，得豬價四百。右行正一千加豬負一價四百，共得一千四百。以兎七除，得兔價二百。合問。

又　今有布絹三十疋，共賣價鈔五百七，四疋絹值九十貫，三疋布價該五十。欲問絹布各幾何。價鈔共該分端的。若人筭得無差訛，堪把芳名題郡邑。

荅曰：絹一十二疋，該鈔二百七十貫。布一十八疋，該鈔三百貫。

法曰：排列問數，先以左行價九十貫爲法，遍乘右行得數。

右　絹四疋得三百六十　布三疋得一百七十　共三十疋得二千七百

左　價九十貫爲法　五十貫　五百七十貫

却以右行絹四疋爲法，復遍乘左行。價九十得三百六十，與左行三百六十對減，尽。價五十得二百減左行二百七十，餘七十爲法。價五百七十貫得二千二百八十減右行二千七百，餘四百二十爲實。以法除之得六，爲錯綜之數，以布三疋乘之得布一十八疋。以布價五十貫乘之得九百貫。却以布三疋除之得該三百貫，以減總布絹三十疋，餘得絹一十二疋，共鈔五百七十貫，餘得該鈔二百七十貫。合問。

明·王文素《筭學寶鑒》卷二六《方程》　二物題：假有墨六錠，筆四管，共錢一百文。又有墨三錠，筆十二管，共值錢一百二十文。問墨筆價各值幾何。

荅曰：墨一錠值錢十二文，筆一管值錢七文。

列位圖式：

甲行　墨六錠　筆四管　共錢一百文

乙行　墨三錠　筆十二管　共錢一百廿文

法曰：以甲行墨六互乘乙行筆十二，得七十二。却以乙行墨三互乘甲行筆四，得一十二。以少減多，餘筆六十爲法。再以甲行墨六互乘乙錢一百二十，得七百二十文〇。復以乙行墨三乘甲錢一百，得三百文。以少減多，餘四百二十文爲寔。以法除之，得筆價每管七文。以甲筆四管乘之，得二十八文，以減甲錢一百，餘七十二文爲實。以甲行墨六錠除之，得墨價每錠十二文。合問。

又　三物題：假有猪三口，羊二隻，兔一隻，共銀三兩九錢。又有猪二口，羊三隻，兔一隻，共價銀三兩四錢。又有猪一口，羊二隻，兔三隻，共價銀二兩六錢。問猪羊兔每隻價直幾何。

荅曰：猪一口值九錢二分五厘，羊一隻值四錢二分五厘，

兔一隻值二錢七分五厘。

三物題：列位之圖：

甲行　猪三　羊二　兔一　共銀三兩九錢

乙行　猪二　羊三　兔一　共銀三兩四錢

丙行　猪一　羊二　兔三　共銀二兩六錢

法曰：以甲猪三互乘乙羊三得九，却以乙猪二互乘甲羊二得四。以少減多餘五羊。另以甲猪三互乘乙兎一得三，却以乙猪二互乘甲兎一得二，亦以少減多餘一兎。又以甲猪三互乘乙銀三兩四錢得一十兩二錢。却以乙猪二互乘甲銀三兩九錢得七兩八錢，亦以少減多餘二兩四錢。另以甲猪三互乘丙羊二得六，却以丙猪一互乘甲羊二得二，以少減多餘四羊。又以甲猪三互乘丙兎三得九，却以丙猪一互乘甲兎一得一，亦以少減多餘八兎。又另以甲猪三互乘丙銀二兩六錢得七兩八錢，却以丙猪一互乘甲銀三兩九錢得三兩九錢，以少減多餘

三兩九錢。

仍列於位如二物方程入之：

餘數位圖

乙行	羊五	兎一	共銀二兩四錢
丙行	羊四	兎八	共銀三兩九錢

以乙羊五互乘丙兎得四十，却以丙羊四互乘之，兔一得四，以少減多餘三十六兔爲法。另以乙羊五互乘丙銀三兩九錢得一十九兩五錢，却以丙羊四互乘甲銀二兩四錢得九兩六錢，以少減多餘九兩九錢爲寔。以法三十六兔除之，得一兔價二錢七分五厘。以乙行一兔乘之仍得二錢七分五厘，以減乙錢二兩四錢餘二兩一錢二分五厘。以乙行五羊除之，得一羊值四錢二分五厘。要見猪價，置甲銀三兩九錢，内減二羊價八錢五分，再減一兔價二錢七分五厘，餘二兩七錢七分五厘。以甲上三猪除之，得一猪價九錢二分五厘。

又 論數題訣甲買米五石九斗四升，買麦五石二斗二升，共用銀四兩。乙買米三石五斗一升，買麦四石九斗三升，用銀三兩。問每兩原買米麦幾何。

荅曰：米每兩買二石七斗，麦每兩買二石九斗。

列位圖訣：

甲	米五石九斗四升	麦五石二斗二升	共銀四兩
乙	米三石五斗一升	麦四石九斗三升	共銀三兩

法曰：以甲米五石九斗四升互乘乙麦四石九斗三升，得二十九石二斗八升四合二勺，却以乙米三石五斗一升互乘甲麦五石二斗二升，得一十八石三斗二升二合二勺，以少減多，餘乙麦一十石九斗六升二合爲寔。另以甲米互乘乙銀三兩，得一十七兩八錢二分，却以乙米互乘甲銀四兩，得一十四兩四分，以少減多，餘三兩七錢八分爲法。以法除寔，得每兩買麦二石九斗，就以爲法，除甲麦五石二斗二升得甲買麦銀一兩八錢，以減甲銀四兩餘二兩二錢，爲甲買米銀。除甲米五石九斗四升，得每兩買米二石七斗。要見乙買米麦銀數，以二石七斗除乙米三石五斗一升，得米銀一兩三錢，以二石九斗除乙麦四石九斗三升，得麦銀一兩七錢。合問。

又 四物題：甲買硯四箇，墨三錠，筆二管，紙一張，共用錢七十文。乙買硯三個，墨四錠，筆二管，紙一張，共用錢六十八文。丙買硯二個，墨三錠，筆四管，紙一張，共用錢六十二文。丁買硯一個，墨二錠，筆三管，紙四張，共用錢五十文。問硯墨筆紙每件值幾何。

荅曰：硯一個值九文，墨一錠值七文，筆一管值五文，紙一張值三文。

初列位圖

甲	硯四	墨三	筆二	紙一	共七十文
乙	硯三	墨四	筆二	紙一	共六十八文
丙	硯二	墨三	筆四	紙一	共六十二文
丁	硯一	墨二	筆三	紙四	共五十文

法曰：先以甲硯四互乘乙墨四得一十六，却以乙硯三互乘甲墨三得九，以少減多餘乙墨七。又以甲硯四互乘乙筆二得八，却以乙硯三互乘甲筆二得六，亦以少減多餘乙筆二。又以甲硯四互乘乙一得四，却以乙硯三互乘甲紙一得三，亦以少減多餘乙紙一。又以甲硯四互乘乙錢六十八得二百七十二，却以乙硯三互乘甲錢七十得二百一十，以少減多餘乙錢六十二文。又以甲硯四互乘丙墨三得一十二，却以丙硯二互乘甲墨三得六，以少減多餘丙墨六。又以甲硯四互乘丙筆四得一十六，却以丙硯二互乘甲筆二得四，以少減多餘丙筆十二。又以甲硯四互乘丙紙一得四，却以丙硯二互乘甲紙一得二，亦以少減多餘丙紙二。又以甲硯四互乘丙錢六十二得二百四十八，却以丙硯二互乘甲錢七十得一百四十，以少減多餘一百八文。又以甲硯四互乘丁墨二得八，却以丁硯一互乘甲墨三得三，以少減多餘丁墨五。又以甲硯四互乘丁筆三得一十二，却以丁硯一互乘甲筆二得二，以少減多餘丁筆一十。又以甲硯四乘丁紙四得一十六，却以丁硯一互乘甲紙一得一，亦以少減多餘丁紙一十五。又以甲硯四互乘丁錢五十得二百，却以丁硯一互乘甲錢七十得七十，以少減多餘丁錢一百三十文。

仍列於位：

第二次列位圖

乙	墨七	筆二	紙一	錢六十二文
丙	墨六	筆十二	紙二	錢一百八文
丁	墨五	筆一十	紙五	錢一百三十文

以乙墨七互乘丙筆十二得八十四，却以丙墨六互乘乙筆二得一十二，以少減多餘丙筆七十二。又以乙墨七互乘丙紙二得一十四，却以丙墨六互乘乙紙一

得六，以少減多餘丙八。又以乙墨七互乘丙錢一百八文得七百五十六，却以丙墨六互乘乙錢六十二得三百七十二，以少減多餘丙錢三百八十四。又以乙墨七互乘丁筆一十得七十，却以丁墨五互乘甲筆二得一十，以少減多餘丁筆六十。又以乙墨七互乘丁十五得一百五張，却以丁墨五互乘甲紙一得五，以少減多餘丁紙一百。又以乙墨七互乘丁錢一百三十得九百一十，却以丁墨五互乘乙錢六十二得三百一十，以少減多餘丁錢六百文。

又列於位：

第三次圖

丙　筆七十二　紙八　錢三百八十四文

丁　筆六十　紙一百　錢六百文

以丙筆七十二互乘丁紙一百得七千二百，却以丁筆六十，互乘丙紙八十，以少減多餘丁紙六千七百二十爲法。另以丙筆七十二互乘丁錢六百得四萬三千二百，却以丁筆六十互乘丙錢三百八十四得二萬三千四十，以少減多餘丁錢二萬一百六十文爲寔，以法除之得紙一張值錢三文。

就以第三圖丁紙一百乘價三文得三百文，以丁錢六百餘三百文爲筆錢，以丁筆六十除之，得筆一管值錢五文。另置第二圖乙錢六十二文，內減一紙價十三文餘四十九文爲墨錢。以乙墨七除之得一墨價七文。

另置初圖，甲錢七十文內減一紙價三文，又減二筆價十文，再減三墨價二十一文，餘三十六文，以四硯除之得硯價九文。合問。

又《互借求原》　甲乙二人沽酒，不知誰少誰多。乙錢少半，甲相和，二百無零皆可。乙得甲錢中半，亦然二百無。那英賢筭得的無訛，甚法推求方可。

答曰：甲一百六十文，乙一百二十文。

解題曰：乙錢少半甲相和者，是甲借乙三分之一也。乙得甲錢中半者，是乙借甲二分之一也。九章法曰，列所問數，甲二分之一錢二百，乙三分之一錢二百，互乘，三分之一得四百，三分之一得六百。以少減多，餘二百爲實，以甲二分相併，得五分爲法除之，得四十。以乙三分乘之得一百二十文爲乙錢，以減原錢二百，餘錢八十。以甲二分乘之得甲錢一百六十。合問。

證曰：此巧逢之數，非通理也。幸遇甲母是一，乙母是三，甲乙二子俱一和錢，俱二百者可用九章之法，或分母是四五以上，分子是二三以上者，不可用之。況又此題即是方程愚，今改用方程之法入之列位，布筭並同：

方程列位：

甲行　甲原二　借乙一　甲錢共二百

乙行　借甲一　乙原三　乙錢共二百

改用方程法曰：以甲行甲原二互乘乙行乙原三得六，却以乙行借甲一互乘甲行借乙一得一，以少減多餘乙五爲法。另以甲行甲原二互乘乙錢二百得四百，却以乙行借甲一互乘甲錢二百得二百，亦以少減多餘二百爲寔。以法除之得四十。以乙行原三乘之得乙錢一百二十文，以減共錢二百餘八十。以甲原二分乘之得甲錢一百六十文。合問。爲正，又巧逢捷徑。術曰：凡遇二分之一，三分之一共錢相等者，只以共錢損二爲甲錢，損四爲乙錢即是。

明·程大位《筭法统宗》卷一六《難題》　歌西江月　甲乙二人沽酒，不知誰少誰多。乙鈔少半甲相和，二百無零堪可。乙得甲錢中半，亦然二百無那。英賢筭得的無訛，將甚法兒方可。

答曰：甲錢一百六十文，乙錢一百二十文。

法曰：解所問數：甲二八一百六十，乙三四一百二十，故甲二分之一，乙三分之一。

湊錢二百于乙，錢二百于甲。先以二分互乘二百得四百，次以三分互乘二百得六百，以少減多，餘二百爲實。以甲二分乙三分併之得五分爲法，除之得四十，以乙三乘之得乙該錢一百二十文。以減原錢二百餘八十，以甲二分乘之得甲該錢一百六十文。合問。

又解曰：甲借一半湊乙，乃八十併之爲二百也。乙借四十湊甲，亦是二百数也。

明·王文素《筭學寶鑑》卷二六《互借求原》　比證母子不等新題。甲乙有銀各不知數，且云借乙銀七分之二，併甲原銀共和九兩。乙借甲銀八分之三，并乙原銀共和八兩。問二人原各有銀幾何。

答曰：甲銀七兩五錢二分，乙銀五兩一錢八分。

列位之圖

右行　甲母八　乙子二　甲共銀九兩

左行　甲子三　乙母七　乙共銀八兩

通理法曰：以右行甲母八互乘左行乙母七得五十六，却以左行甲子三互乘右行乙子二得六，以少減多餘五十爲法。另以甲母八互乘乙銀八兩得六十四兩，以左行甲子三互乘右行甲銀九兩得二十七兩，以少減多餘三十兩爲寔。以法五十除之得七錢四分。以乙母七乘之得乙銀五兩一錢八分。別置七錢四分，以右行乙子二乘之得一兩四錢八分，以減甲共銀九兩餘七兩五錢二分爲甲銀。合問。

又 互借求原仔細評，論來亦可用方程。九章巧遇非通理，布位如前等級同。

又 卷二八《方程入勾股》 勾取四分之三，股取三分之二，共六十四尺；又勾取二分之一，股取五分之三，共五十二步。問股弦各幾何。

荅曰：勾三十二尺，股六十尺，弦六十八尺。

解曰：此題最難，先以課分之法，求出幾勾幾股之共，数次以方程之法，方繞求出一勾一股之数。

此圖課分之法

法圖

四分 ╳ 三分　共六十四尺　　二分 ╳ 五分　共五十二尺

之三　　之二　　　　　　　　之一　　之三

法曰：之三乘股三得九勾，之二乘四分得八股，另以二母三四相乘得十二，又乘共六十四尺得七百六十八尺，爲九勾八股之共数。另以之一乘股五得五勾，以之三乘勾二得六股。另以二母相乘得一十，乘共五十二尺得五百二十尺，爲五勾六股之共数，如方程法入之。

方程之圖

九勾　八股　共七百六十八步

五勾　六股　共五百二十步

法曰：以九勾乘六股得五十四，以五勾乘八股得四十，餘十四股。以九勾乘五百二十，得四千六百八十步，以五勾乘七百六十八，得三千八百四十步。相減餘八百四十步爲實，以十四股爲法，除之得股六十步。以六股乘之得三百六十步，以減左共五百二十步餘一百六十步，以五勾除之得三十二步。以勾股各自乘，併而開方得弦六十八步。合問。

又 勾取四分之三，股取三分之二，弦取二分之一，共九十八尺。又勾取二分之一，股取五分之三，弦取四分之一，共六十九尺。又勾取八分之三，股取六分之一，弦取四分之三，共七十三尺。問股弦各幾何。

荅曰：勾三十二尺，股六十尺，弦六十八尺。

右圖

四分　三分　二分

之三　之二　之一　共九十八尺

中圖

二分　五分　四分

之一　之三　之一　共六十九尺

左圖

八分　六分　四分

之三　之一　之三　共七十三尺

法曰：先求右圖。以之三乘三分二分得一十八勾，以之二乘四分二分得一十六股，以之一乘四分三分得一十二弦。另以三母連乘得二十四，以乘共九十八尺得二千三百五十二尺爲共数。

求中圖法曰：以之一乘五分四分得二十勾，以之三乘二分四分得二十四股。以之一乘二分五分得一十弦，以三母連乘得四十，乘共六十九尺得二千七百六十尺爲共数。

求左啚法曰：以之三乘六分四分得七十二勾，以之一乘八分四分得三十二股，以之三乘八分六分得一百四十四弦。另以三母連乘得一百九十二，乘共七十三尺得一萬四千一十六爲共数，以方程之法入之。

方程列位之圖

甲行　勾十八　股十六　弦十二　共二千三百五十二尺

乙行　勾二十　股二十四　弦一十　共二千七百六十尺

丙行　勾七十二　股三十二　弦一百四十四　共一萬四千一十六尺

以甲勾乘乙股得四百三十二，以乙勾乘甲股得三百二十，以少減多餘正股一百一十二。以甲勾乘乙弦得一百八十，以乙勾乘甲弦得二百四十，以少減多餘負弦六十。以甲勾乘乙共得四萬九千六百八十尺，以乙勾乘甲共得四萬七千四十尺，以少減多餘正共二千六百四十尺。以甲勾乘丙股得五百七十六，以丙勾乘甲股得一千一百五十二，以少減多餘負股五百七十六。以甲勾乘丙弦得二千五百九十二，以丙勾乘甲弦得八百六十四，以少減多餘正弦一千七百二十八。

以甲勾乘丙共得二十五萬二千二百八十八，以丙勾乘甲共得一十六萬九千三百四十四尺，以少減多，餘正共八萬二千九百四十四。又列於後：

乙行　正股一百一十二　負弦六十　正共二千六百四十尺

丙行　負股五百七十六　正弦一千七百二十八　正共八萬二千九百四十四尺

以乙勾乘丙弦得一十九萬三千五百三十六，以丙股乘乙弦得三萬四千五百六十，以少減多餘一十五萬八千九百七十六弦爲法。以乙股乘丙共得九百二十八萬九千七百二十八尺，以丙股乘乙共得一百五十二萬六千四百四十尺，相併得一千八十一萬三百六十八尺爲寔，以法除之得弦六十八尺。以負弦六十乘之得四千八十尺，併乙正共二千六百四十，共得六千七百二十尺爲寔。以正股一百一十二爲法，除之得股六十尺。以甲股十二乘之得九百六十，以減甲共二千三百五十二尺，餘一千三百九十二尺。另以十二弦乘弦六十八尺得八百一十六尺，又減之餘五百七十六尺爲寔，以甲勾十八除之，得勾三十二尺。合問。

又　勾取四分之三，股取三分之二，弦取二分之一，和取五分之四，共二百二十六尺。又勾取二分之一，股取五分之三，弦取四分之一，和取四分之一，共一百九尺。又勾取八分之三，股取六分之一，弦取四分之三，和取八分之五，共一百七十三尺。

荅曰：勾三十二尺，股六十尺，弦六十八尺。問勾股弦幾何。

甲圖

勾四分之三　股三分之二　弦二分之一　和五分之四　共二百二十六尺

乙圖

勾二分之一　股五分之三　弦四分之一　和四分之一　共一百九尺

丙圖

勾八分之三　股六分之一　弦四分之三　和八分之五　共一百七十三尺

法曰：先求甲圖，以勾之三乘股弦和三得九十勾，以股之二乘勾弦和三母得八十股。以弦之一乘勾股和三母，得六十弦。以和之四勾股弦三母得九十六和，將此九十六和各入勾股弦內。勾得一百八十六，股得一百七十六，弦得一百五十六。三率皆可以二約之，勾得九十三，股得八十八，弦得七十八。另以四母連乘得一百二十，乘共数二百二十六尺得二萬七千一百二十。亦以二約之，得一萬三千五百六十。

求乙圖法曰：以勾之一乘股弦和三母，得八十勾。以股之三乘勾弦和三母，得九十六股。以弦之三乘勾股和三母，得四十弦。以和之一乘勾股弦三母，得四十和。另以四母連乘，得一百六十。乘共一百九尺得一萬七千四百四十尺。以和四十各入勾股弦。勾得一百二十，股得一百三十六，弦得八十。各以八約之，勾得十五，股得十七，弦得一十，共二千一百八十尺。

求丙圖法曰：以勾之三乘股弦和三母得五百七十六，以股之一乘勾弦和三母得二百五十六股。以弦之三乘勾股和三母得一千一百五十二弦，以和之五乘勾股弦三母得九百六十和。另以四母連乘得一千五百三十六，乘共和一百七十三尺得二十六萬五千七百二十八尺。以和九百六十各入勾股弦，勾得一千五百三十六，股得一千二百一十六，弦得二千一百一十二。數繁皆以六十四約之，勾得二十四，股得一十九，弦得三十三，共和得四千一百五十二。以方程入之。

甲行勾九十三　股八十八　弦七十八　共一萬三千五百六十尺

乙行勾十五　股十七　弦一十　共二千一百八十尺

丙行勾二十四　股十九　弦三十三　共四千一百五十二尺

以甲勾乘乙股得一千五百八十一，却以乙勾乘甲股得一千三百二十，以少減多，餘正股二百六十一。另以甲勾乘乙弦得九百三十，却以乙勾乘甲弦得一千一百七十。以少減多，餘負弦二百四十。另以甲勾乘乙共得二十萬二千七百四十，却以乙勾乘甲共得二十萬三千四百，以少減多，餘負共六百六十尺。又另以甲勾乘丙股得一千七百六十七，却以丙勾乘甲股得二千一百一十二，以少減多，餘負股三百四十五。另以甲勾乘丙弦得三千六十九，却以丙勾乘甲弦得一千八百七十二，以少減多，餘正弦一千一百九十七。另以甲勾乘丙共得三十八萬六千一百三十六，却以丙勾乘甲共得三十二萬五千四百四十，以少減多，餘正共六萬六百九十六尺。

仍又列位：

乙行　正股二百六十一　負弦二百四十　負共六百六十尺

丙行　負股三百四十五　正弦一千一百九十七　正共六萬六百九十六尺

以乙股乘丙弦得三十一萬二千四百一十七，却以丙股乘乙弦得八萬二千八百，相減餘正弦二十二萬九千六百一十七爲法。另以乙股乘丙共得一千五百八十四萬一千六百五十六尺，却以丙股乘乙共得二十二萬七千七百，以少減多，餘正積一千五百六十一萬三千九百五十六尺爲寔，以法除之得弦六十八尺。以乙負弦二百四十乘弦六十八尺得一萬六千三百二十尺，內減乙負共六百六十尺，余一萬五千六百六十尺。以乙股二百六十一除之得股六十尺。另置前圖乙共二千一百八十尺，內減十弦六百八十尺，再減十七股一千二十尺，餘四百八十尺，以十五除之得勾三十二尺。合問。

又 勾弦和取二分之一，股弦和取九分之，共五十四尺。又以勾弦和六分之一，減股弦和三分之一，餘四十二步。問勾股弦各幾何。

荅曰：勾二十七尺，股三十六尺，弦四十五尺。

互乘圖式

右上 勾弦和二分之一	右中 股弦和九分之二	右下 共五十四尺
左上 勾弦和六分之一	左中 股弦和三分之二	左下 餘四十二尺

法曰：以右上之一乘左中三分得三，以右中之二乘左上六分得十二。以左上之一乘右中九分得九，以左中之二乘右上二分得四。以右二母二九相乘得一十八，乘右下共五十四尺得九百七十二尺。另以左二母三六相乘得一十八，乘左下餘四十二得七百五十六尺。

如方和入之。

右上勾弦和九	右中股弦和四	右下共得九百七十二尺
左上勾弦和三	左中股弦和十二	左下共七百五十六尺

以右上乘左中得一百八，以左乘右下得一十二，併之得一百二十爲法。另以右上乘左下得六千八百四尺，以左上乘右下得二千九百一十六尺，併之共得九千七百二十尺爲寔。以法除實，得股弦和八十一尺，以右中四乘之得三百二十四，以減右下共九百七十二，餘六百四十八，以右上九除之，得勾弦和七十二尺。以勾弦和得五千八百三十，倍之得一萬一千六百六十四尺爲寔。開平方法除之，得勾股和共一百八尺，內減股弦和八十一尺，餘二十七尺爲勾。以勾減勾弦和七十二尺，餘四十五尺爲弦。以弦股弦和八十一尺，餘三十六尺爲股。合問。

證曰：九章術法寔俱以三歸之，稍繁。

明·周述學《曆宗算會》卷一一《各分》 二物和総各不平互取一物適平求各數。五雀六燕共重一斤，雀重燕輕，交易一枚，其重適等。求燕雀各重幾何。

雀借一燕，燕借一雀，各重半斤。

列置右雀四燕一重八兩，左雀一燕五重八兩，互乘，雀四乘燕五得二十，雀一乘燕一得一，相減得一十九爲法。雀互乘，重相減得二十四，爲燕重之實。燕互乘，重相減得三十二，爲雀重之實。實如法而一得雀重一兩十九分兩之一十三，燕重一兩十九分兩之五。

又 賣紗七疋，買紵絲五疋，欠鈔一百一十貫。賣紗五疋，買紵絲七疋，欠鈔二百五十貫。求疋價各幾。

列數：

甲上紵	正五爲中紗法	負七鈔	正一百一十貫
乙	正七	負五得負二十五	正二百五十貫得正一千二百五十

買爲正，賣爲負。甲行上正五爲法，互乘乙行中下得數。以乙行上正七爲法，互乘甲行中下紗負七得負四十九，同減乙行紗負二十五，餘得紗負二十四爲法。鈔正一百一十得正七百七十，同減乙行正一千二百五十，餘得負四百八十爲實，以法除之得紗疋價二十貫。甲行紗負七，以二十貫乘得一百四十貫，加入正一百一十貫，共得二百五十貫，以紵正五除之得紵絲疋價五十貫，以七疋紗價加欠鈔得五疋紵絲價也。

又 三項三物和價求各價。上禾二束，中禾二束，下禾一束，共米二十九斗。上禾二束，中禾三束，下禾一束，共米三十四斗。上禾一束，中禾二束，下禾三束，共米二十六斗。求上中下禾每束米各幾。

列置：

右上禾三	中禾二	下禾一	米三十九斗
中上禾二	中禾三	下禾一	米三十四斗
左上禾一	中禾二	下禾三	米二十六斗

先以右行上禾三爲法，遍乘中行中禾三得九，下禾一得三，米得一百零三斗。乘左行，中禾二得六，下禾三得九，米得七十八斗半。次以中行上禾二互乘右行，與乘出之数相對，中禾得四，相減得中禾五。下禾得二，相減得下禾一。米得七十八斗，相減得米二十四斗。次以左行上禾一互乘右行，與乘出之数相對，中禾二相減得中禾四，下禾一相減得下禾八，米三十九斗相減得三十九斗。

次列：

中禾五	下禾一	米二十四斗
中禾四	下禾八	米三十九斗

以中禾五互乘下禾八得四十，中禾四互乘下禾一得四，相減餘三十六爲法。中禾五互乘米三十九斗得一百九十五斗，中禾四互乘米二十四斗得九十六斗，相減得九十九斗爲下禾之實。下禾一互乘三十九斗，下禾八互乘二十四斗得一百九十二斗，相減得一百五十三斗爲中禾之實。各如法而一，得下禾一束米二斗四分斗之三，中禾一束米四斗四分斗之一。復以初列左行共米二十六斗，内減去二箇四斗四分斗之一，三箇二斗四分斗之三，餘得上禾一束米九斗四分斗之一。

又法：求中禾一束米数，以次列中下禾和米減去下禾束数總米，餘爲中禾之實。以中禾束数爲法，除之得中禾每束米数。求上禾一束米数，以元列上中禾和米減去中下禾束数總米，餘爲上禾之實。以上禾束数爲法，除之得上禾一束米数。不拘何行几列和米，皆可以求之也。

又法：先以右行中禾二遍乘中行，上禾得四，下禾得二，米得六十八斗。乘左行上禾得二，下禾得六，米得五十二斗。次以中行中三互乘右行上下禾，并米相減得上負五，下負一，米負四十九。次以左行中二互乘右行上下禾，并米相減得上負四，下正四，米負二十六。

次列：

上負五　下負一　米負四十九

上負四　下正四　米負二十六

以上負五互乘下正四得二十，上負四互乘下負一得四，異名相併得二十四爲法。以上負五互乘米負二十六得一百三十，上負四互乘米負四十九得一百九十六，同名相減得六十六爲下禾之實。下負一互乘米負二十六得原数，下正四互乘米負四十九得一百九十六，異名相併得二百二十二爲上禾之實。各如法而一，得下禾上禾各一束米数。

又法：先以右行下禾一遍乘中行上禾下禾米，皆如原数。以中行下一互乘右上三，相減得上負一。中二減得中正一，米相減得米負五。以左行下三乘右上三，相減得上負八。中二相減得中負四，米相減得米負九十一。

次列：

上負一　中正一　米負五

上負八　中負四　米負九十一

以上負一互乘中負四得四，上負一互乘中正一得八，異名相加得一十二爲法。以上負一互乘米九十一，上負八互乘米五得四十，同名相消得五十一爲中禾之實。中正一互乘米九十一仍得，中負四互乘米負五得二十，異名相併得一百一十一，爲上禾之實，各以法除之。

又　五兎四猪三羊，各價不及錢四千文。兎增二猪一羊，猪增二兎一羊，羊添二猪三兎，各得價滿四千。求各價幾何。

列：

右兎五爲法　猪二　羊一　價四千

中兎二得一十　猪四得二十羊一得五　價四千得二萬

左兎三得一十五　猪二得一十羊二得一十　價四千得二萬

以右行五兎爲法，乘中左二行得数。以中行兎二爲法，復遍乘右行。兎五得一十，與中行兎一十對減盡。猪二得四，減中行猪二十，餘得猪一十六。羊一得二減中行羊五，餘得羊三。四千得八千減中行二萬，餘得一萬二(萬)[千]。又以左行兎三爲法，復遍乘右行，兎五得一十五，與左行兎一十五對減盡。猪二得六，大減左行猪一十，餘得猪四。羊一得三減左行羊一十，餘得羊七。價四千得一萬二千，減左行二萬，餘得八千。再相乘，以中行猪十六爲法，遍乘左行，猪四得六十四，羊七得一百一十二，價八千得一十二萬八千。却以左行猪四爲法，復遍乘中行，猪一十六得六十四，與左行猪六十四對減盡。羊三得一十二減左行羊一百一十二，餘得羊一百爲法。價一萬二千得四萬八千，減左行一十二萬八千，餘得八萬爲實。以法除得羊價八百文，中行價一萬二千減羊三價得二千四百，餘得九千六百，以猪一十六除，得猪價六百文〇。右行價四千減羊一價八百，猪二價一千二百，餘得價二千。以兎五除得兎價四百文。

又　四物和價求各價。桃二箇李四箇價四分，李二箇梨七箇價四分，梨四箇粟七箇價三分，粟八箇桃一箇價二分四厘。求各價幾何。

列数四行：

一　桃二　李四　〇　〇　四分

二　〇　李二　梨七　〇　四分

三　〇　〇　梨四　粟七　三分

四　桃一　〇　〇　粟八　二分四厘

一行三行爲奇，二行四行爲耦。以末行爲基，其價奇減耦，加之。先以一行桃二與四行桃一互乘，四行桃減空。以一副李四移居四行粟得一十六。二價相減，餘八厘。

四　桃〇　［李〇］　栗十六　價八厘

次以二行李二與四行李四互乘，對減四行李空。二副梨二十八，移居四行栗淂三十二，兩價相加淂一錢七分六厘。

四　桃〇　李〇　梨二十八　栗三十二　價一錢七分六厘

次以三行梨四與四行二十八互乘對減，四行梨空，栗相減餘六十四箇。價相減，餘一錢三分六厘。

四　桃〇　李〇　栗六十八　價一錢三分六厘

上法下實除之，淂栗價二厘。以求桃李梨之價，淂梨四厘，李六厘，桃八厘。

又　二物総数總價與各物價求各物價。布絹三十疋，價鈔五百七十文。四疋絹，值九十貫，三疋布，價該五十。求絹布價鈔各幾。

列置各数，先以左行價九十貫爲法，遍乘右行淂数。右絹四疋淂三百六十，布三疋淂一百七十，共三十疋淂二千七百，左價九十貫爲法。　五十貫　　五百七十貫

却以右行絹四疋爲法，復遍乘左行，價九十淂三百六十，與左行三百六十對減盡。價五十淂二百，減左行二百七十，餘七十爲法。價五百七十貫淂二千二百八十，減右行二千七百，餘四百二十爲實，以法除之淂六，爲錯綜之数。以布三疋乘之淂布一十八疋，以布價五十貫乘之淂九百貫。却以布三疋除之淂該三百貫，以減總布絹三十疋，餘淂絹一十二疋。共鈔五百七十貫，餘淂該鈔二百七十貫。

又　三物総数價與各物價求各物数。上中下田共二十六畆五分，該秋粮米六石三升五合，每畆科米上田二斗五升，中田二斗三升五，合下田二斗。求三色田并米各幾。

列置各數，先以右行米二斗五升爲法，遍乘左行淂数。

右　一斗五升　　二斗三升五合二斗　　六石三升五合

左　一畆淂二斗五升　　一畆淂二斗五(斗)[升]　一畆淂二斗五升二十六畆五分　淂六石六斗二升五合

却以左行上田米對減盡，中田餘米一升五合，下田餘米五升，總餘米五斗九升爲實。以中下田共餘六升五合爲法，除之淂二色田各九畆，餘米五合。約淂商田九畆二分二厘，以餘米五合乘之，淂米四斗六升二合五勺，以減總餘米五斗九升，餘米一斗二升七合五勺。却以中田餘米一升五合，除之淂田八畆五分。以每畆科米二斗三升五合，乘之淂米一石九斗九升七合五勺。下田九畆二分五厘，每畆科米二斗乘之淂米一石八斗五升。將二項田米以減原科米六石三升五合，餘米二石一斗八升七合五勺爲實。以上田每畆科米二斗五升爲法，除之淂田八畆七分五厘，淂上田八畆七分五厘，該米二石一斗八升七合五勺。中田八畆五分，該米一石九斗九升七合五勺。下田九畆二分五厘，該米一石八斗五升。

又　四物総数総價與各物價求各物数。綾羅絹布共二百四十一疋，共價鈔四百九十九貫二百文。只云綾疋價二貫四百文，羅疋價二貫一百文，絹疋價一貫八百文，布疋價一貫六百文。求四色各幾疋價幾何。

列数以右行首位遍乘左行淂數。

綾　　羅　　絹

右　實四百爲法　二貫一百　一貫八百　一貫六百　四百九十九貫二百

左　疋淂二貫四百　一疋淂二貫四百　一疋淂二貫四百　一疋淂二貫四百　二百四十一疋淂五百七十八貫四百

却以左行對減上盡，次餘三百爲上法。又次餘六百爲中法，次三餘八百爲下法。下餘七十九貫二百爲實，以上法商除之，淂羅七十二疋，減實二十一貫六百，餘殘實五十七貫六百。又以中法商除之，淂絹四十八疋，減實二十八貫八百，餘殘實二十八貫八百。再以下法商除之，淂布三十六疋，以羅七十二疋以價二貫一百文乘之淂一百五十一貫二百文。絹四十八疋以價一貫八百文乘之淂八十六貫四百文，布三十六疋以價一貫六百文乘之淂五十七貫六百文。併三数淂二百九十五貫二百，以減總價餘二百四貫爲實。以綾疋價二貫四百文爲法，除之淂綾八十五疋。

明·程大位《筭法统宗》卷一一《方程》　二色方程

今有馬三匹，牛二頭，共價銀一百一十四両。又馬四匹，牛五頭，共價一百六十二両五錢。問馬牛價各若干。

荅曰：馬每匹價三十五両，牛每匹價四両五錢。

法曰：列所問数

右　上馬三匹爲法先乘左中牛二乘得八　下價一百一十四両　得四百五十六両

左　上馬四匹爲法次乘右中牛五乘得一十五　下價一百六十二両五錢　得四百八十七両五錢

先以右行馬三爲法遍乘左行中，牛五得一十五。又以法乘左行下價一百六十二兩五錢得四百八十七兩五錢，却以左行馬四爲法，復遍乘右行中牛二得八，減左行乘得牛十五餘七爲法。又以左上馬四乘右下價一百一十四兩得四百五十六兩，減左行乘價四百八十七兩五錢，餘三十一兩五錢爲實，以法七除之得牛匹價四兩五錢。却以右行中牛二乘之得九兩，以減右行下價一百一十四兩，餘一百令五兩爲實。以右行馬三爲法，除之得馬一匹價三十五兩。合問。

又　今有綾三尺，絹四尺，共價四錢八分。又綾七尺，絹二尺，共價六錢八分。問綾絹各價若干。

荅曰：綾每尺價八分，絹每尺價六分。

法曰：列所問數，先以右行綾三爲法，遍乘左中下得數。

右　綾三尺爲法先乘左　絹四尺得二十八　價四錢八分得三兩三錢六分

左　綾七尺爲法次乘右　絹二尺乘得六　價六錢八分乘得二兩令四分

却以左行綾七爲法，復遍乘右行中絹四得二十八，減左行中得絹六，餘二十二爲法。又以左綾七乘右價四錢八分得三兩三錢六分，減左行乘得價二兩令四分，餘一兩三錢二分爲實。以法二十二除之得絹每尺價六分，就以右行絹四尺乘之，共得絹價二錢四分。以減右行價四錢八分，餘二錢四分，以綾三尺爲法除之，得綾每尺價八分。合問。

又　三色方程

今有硯三箇，墨五匣，筆九枝，共價八錢一分。又硯四箇，墨六匣，筆七枝，共價八錢九分。又硯五箇，墨七匣，筆八枝，共價一兩零六分。問硯墨筆各若干。

荅曰：硯每箇八分，墨每匣六分，筆每枝三分。

法曰：列所問數。

先以右行硯三爲法，遍乘左中二行得數。

右　硯三爲法先乘左中　墨五得二十　筆九得三十六　價八錢一分得三兩二錢四分

中　硯四得一十二　墨六得一十八　筆七得二十一　價八錢九分得二兩六錢七分

左　硯五得一十五　墨七得二十一　筆八得二十四　價一兩令六分得三兩一錢八分

却以中行硯四遍乘右行墨筆得數，墨得二十，筆得三十六，價得三兩二錢四分，與中行對減，餘墨二筆十五價五錢七分。另列右位，又以左行硯五爲法，遍乘右行墨筆得數，墨二十五，筆四十五，價四兩令五分，與左行對減，餘墨四筆二十一，價八錢七分。另列左位。

再列減餘以分左右位數，以右行墨二爲法遍乘左行筆價，得數列左位。

右　墨二　筆十五得六十　價五錢七分得二兩二錢八分

左　墨四　筆二十一得四十二　價八錢七分得一兩七錢四分

復以左行墨四爲法，遍乘右行筆價得數列右位，却以左右對減墨尽，餘得筆一十八枝爲法。又以餘價得数相減，餘五錢四分爲實。以法除實，得筆價每枝三分，就以筆價乘後右，餘筆十五得四錢五分。以減右行，餘價五錢七分，餘一錢二分。以右行餘墨二爲法，除之得墨價每匣六分，于前右行原價八錢一分，内減原筆九價二錢七分。原墨五價三錢，餘二錢四分爲實。以前右原硯三爲法，除之得硯價每箇八分。

又　**卷一六《難題・方程》**歌

今有布絹三十疋，共賣價鈔五百七。四疋絹價九十貫，三疋布價該五十。欲問絹布各幾何，價鈔各該分端的。若人筭得無差訛，堪把芳名題郡邑。

荅曰：絹一十二疋，該鈔二百七十貫。布一十八疋，該鈔三百貫。

法曰：列所問數。

右　價九十爲法　中價五十　下共五百七十

左　絹四疋　中布三疋得二百七十　下共三十疋得二千七百

先以右行價九十貫爲法，遍乘左行中下得數。却以左行絹四爲法，復遍乘右行中價五十得二百，減左行二百七十，餘七十爲法。又以左四遍乘右行下共價五百七十，得二千二百八十，減左行二千七百，餘四百二十爲實，以法除之得六，爲錯宗之數。以布三疋乘之得布一十八疋。以減總絹布三十疋，餘得絹一十二疋。布十八以價五十乘之，得九百貫，以三疋除之得三百貫。絹十二以絹四疋除之得三，以價九十貫乘之得二百七十貫。合問。

又　西江月　七釧九釵成器，釧子分兩重多。九兩四錢是相和，仔細與公説過。二物相交一隻，秤之適等無那。不能筭得是喽囉，二人却來問我。

荅曰：釧一隻重七錢，釵一隻重五錢。

法曰：此問七釧九釵共金九兩四錢，交易其一秤之適等。乃六釧一釵重四兩七錢，八釵一釧重四兩七錢。

排列：

六釧一釵　重四両七錢

一釵八釧　重四両七錢

先以右行六釧爲法，遍乘左行中下得数釧四十八重二十八両二錢，次以左行一釵爲法，遍乘右行中一釵得一，減左行四十八，餘四十七爲法。下重四両七錢得四両七錢，減左行二十八両二錢，餘二十三両五錢爲實，以法除之得釵重五錢。右行重四両七錢減一釵，重五錢餘四両二錢，以釧六隻除之得釧重七錢。合問。

清・李長茂《筭海説詳》卷九《匿覆章》　今有馬三匹，牛二頭，共價銀一百一十四両。又馬四匹，牛五頭，共價一百六十二両五錢。問馬牛價各若干。

舊法：將二等各物数各價分位置列。

右　上馬三匹　互中牛二頭得八　下價一百一十四両得四百五十六両

左　上馬四　互中牛五頭得十五　下價一百六十二両五錢得四百八十七両五錢

先以右上馬三爲法，遍乘左行，中牛五頭得一十五，乘左下價一百六十二両五錢得四百八十七両五錢。却以左行馬四匹爲法，遍乘右行中牛二得八，減左行乘得牛十五餘七爲法。又以馬四乘右下價一百一十四両得四百五十六両，減左行乘價四百八十七両五錢餘三十一両五錢爲實。以法七除得牛每隻價四両五錢。

却以右行中牛二乘之得九両，以減右行下價一百一十四両餘一百零五両爲實，以右行馬三匹除之得馬每匹價三十五両。

解義：左右互乘者，徹平之法也。以馬数爲法互乘，則馬数馬價徹平，牛数牛價便有多寡不平，即將多寡对減，餘出之数爲法爲实得牛價。若以牛爲法互乘，則牛数牛價徹平，馬数馬價有多寡不平，对減餘出之数爲法爲实得馬價一也。如右下價一百一十四両是三匹馬二隻牛價，以左行馬四遍乘右行，則馬得四三十二，牛得四二八隻。價得四百五十六両，乃十二匹馬八隻牛之價。左下價一百六十二両五錢，是四匹馬五隻牛價。以右行馬三遍乘左行，則馬得三四十二匹，牛得三五一十五隻，價得四百八十七両五錢，乃十二匹馬十五隻牛之價。両下对減，馬□是一十二隻牛，对減餘七隻，價对減余三十一両五錢，即七隻牛之價。故以七爲法，除之得每隻牛價。以牛爲法，互乘亦然。

又　今有硯七個，換筆九枝，餘錢一百八十文。硯四個，換筆三枝，餘錢二百一十文。問硯價筆價各若干。

增法置列：

右　硯七　互中筆九得三十六　下一百八十文得七百二十文

左　硯四　互中筆三得二十一　下二百一十文得一千四百七十文

先以右行硯七爲法，遍乘左筆三得二十一，餘錢二百一十得一千四百七十文。又以左行硯四遍乘右行，筆九得三十六與左行二十一對減，餘一十五爲法。又乘餘錢一百八十得七百二十文，與左行一千四百七十文對減，餘七百五十文爲實，以法十五除之得筆每枝錢五十文。

將右行原餘錢一百八十文加原筆九枝，以筆價五十文乘之得四百五十文，併二数共六百三十文爲實，以硯七除之得硯每個錢九十文。

解義：此即上法也，上以硯換筆，是一边少價一边多價，故両边乘出之價合併爲实。此両边都是多，故両價相減，餘存爲寔。

又　今有硯三個，墨五錠，筆九枝，共價八錢一分。又硯四個，墨六錠，筆七枝，共價八錢九分。又硯五個，墨七錠，筆八枝，共價一両零六分。問硯墨筆價各若干。

右　硯三　中　乘墨五得墨二十　筆九得三十六　價八錢一分得三両二錢四分

左　墨二十五　四十五　四両零五分

中　硯四右乘墨六得墨一十八　筆七得二十一　價八錢九分得二両六錢七分

左　硯五右乘墨七得墨二十一　筆八得二十四　價一両六分得三両一錢八分

舊法：先以右上硯三爲法，遍乘中行，墨六得十八，筆七得二十一，價八錢九分得二両六錢七分。即以中上硯四遍乘右行，墨五得二十，筆九得三十六，價八錢一分得三両二錢四分。對減，右墨餘二，筆餘十五，價餘五錢七分。次復以右上硯三爲法，遍乘左行墨七得二十一，筆八得二十四，價一両零六分得三両一錢八分。即以左上硯五遍乘右行，墨五得二十五，筆九得四十五，價八錢一分得四両零五分，對減，右墨餘四，筆餘二十一，價餘八錢七分。

另將減過餘数分置：

右　墨二　十五　價五錢七分。

左　四　二十一　八錢七分

先以右行墨二，遍乘左行，筆二十一得四十二，價八錢七分得一両七錢四分。次以左行墨四爲法，遍乘右行，筆十五得六十，價五錢七分得二両二錢八分。又對減右行，筆餘一十八枝爲法，價餘五錢四分爲實，以法除實得筆每枝價銀三分。就將筆價三分以右餘筆十五乘之得四錢五分，以減右行餘價五錢七分餘一錢二分。以右行餘二爲法，除之得墨每錠價銀六分。

却於原右行價八錢一分内減原墨五錠價三錢，原筆九枝價二錢七分共減去五錢七分，餘價二錢四分，以原硯三爲法除之，得硯每箇價銀八分。

解義：法用叠乘叠除者，因硯墨筆係三等，一次乘減止減除一等，故叠乘叠減求之。先以右硯與中左二行各互乘对減，將硯價都減尽。重分左右二行，右行所餘價五錢七分乃所餘墨二錠筆十五枝之價。左行所餘價八錢七分乃所餘墨四錠筆二十一枝之價。又以墨爲法互乘对減，將墨價都減尽止，餘價五錢四分，即所餘筆一十八枝之價。故以十八爲法，除之得筆價也。然須三行，各有參差不齊，如硯三四五，墨五六七，筆則九七八。與上顛倒錯落，互乘中問有不齊之数，乃可叠次对減，餘出一宗之数。

若將筆亦落右行，挨次順作七八九，則右行硯三墨五筆七，共價七錢五分。中行硯四墨六筆八，共價九錢二分。左行硯五墨七筆九，共價二両零九分。以左與中互乘对減。右行墨餘二，筆餘四，價餘二錢四分。以右與左互乘对減。右行墨餘四，筆餘八，價餘四錢八分。再將餘数分右左二行，以右餘墨二互乘左餘筆八得一十六，以左餘墨四互乘右餘筆四亦得一十六。以右墨二乘左餘價四錢八分得九錢六分。以左墨四乘右餘價二錢四分，亦得九錢六分，將乘墨價值終無可分析矣，另將墨先爲法或筆先爲法皆然，此又不可不知。

清·方中通《數度衍》卷二二《方程》　二色方程

式　鼎三彝二，共重一百四十五兩。又鼎四彝五，共重二百七十五兩。問二色各重若干。

曰：鼎二十五兩，彝三十五兩。

術：分三段：

	上　減盡	中　減餘七	下　減餘二百四十五	
右	鼎三左上乘得十二	彝二左上乘得八	共重一百四十五兩	左上乘得五百八十
左	鼎四右上乘得十二	彝五右上乘得十五	共重二百七十五兩	右上乘得八百二十五

偏乘之，鼎四列左上，彝五列左中，共重二百七十五列左下。鼎三列右上，彝二列右中，共重一百四十五列右下。以右上鼎三，乘左上得十二，乘左中得十五，乘左下得八百二十五，註左。以左上鼎四，乘右上得十二，乘右中得八，乘右下得五百八十，註右。

又以乘數各相对減，兩鼎減盡不用，兩彝減餘七，兩共重減餘二百四十五。乃以少除多，當以二百四十五爲實，以七爲法，除得三十五兩，爲一彝之重。以右中易彝二乘得七十，以減右下共重一百四十五，餘七十五。以右上鼎三除得二十五兩，爲一鼎之重。若以彝偏乘，以七爲法亦同，所得減餘之實，乃一百七十五，以法除得每鼎二十五兩。以左上鼎四乘得一百，以減左下共重，餘一百七十五兩，爲五彝重數。蓋鼎乘反得彝，彝乘反得鼎也。

通曰：既得每彝或每鼎之後，左右皆可求也。

式二　紗三疋絹四疋，共價四兩八錢。又紗七疋絹二疋，共價六兩八錢。問二色各價若干。

曰：紗每疋價八錢，絹每疋價六錢。

術：與右同。

式三　七釧九釵，共重九兩四錢。釧重釵輕，於中互换其一，輕重適等。問各重若干。

曰：每釧重七錢，每釵重五錢。

術：此依互换者。

	上	中減餘四十七	下減餘二十三兩五錢
右	釧六	釵一	重四兩七錢四兩七錢
左	釧一	釵八四十八	重四兩七錢二十八兩二錢

列位：一係六釧一釵，一係一釧八釵而中分，其共重之数左右列下。以右釧六偏乘左行，釵得四十八，重得二十八兩二錢。以左釧一偏乘右行，釵得一，重得四兩七錢。對減，中段減餘四十七爲法，下段減餘二十三兩五錢爲實，作二百三十五，以法除得五錢，爲一釵數。以減右重，餘四兩二錢，爲六釧共數。以六除得每釧七錢。若以釵偏乘者，得減餘之實三十二兩九錢，以法四十七除得七錢，爲一釧數。

通曰：上段互乘，相減必盡，可以不乘矣。

式四　錢一萬文，買二馬一牛，則不足半馬之價。買一馬二牛，則餘半牛之價。牛馬價各若干。

曰：牛價一千八百一十八文又十一之二，

馬價五千四百五十四文又十一之六。

上　中　減餘二頭又四之三　下減餘五千

右　馬一匹又二之一　牛一頭一頭　價一萬文一萬

左　馬一匹　牛二頭又二之一三頭又四之三　價一萬文一萬五千

術：此當以不足半馬者，損爲一馬又二分馬之一及一牛也，以餘半牛者，益爲一馬及二牛又二分牛之一也。依法列段用整帶零乘除之，見奇零。

以右馬偏乘左行，左中得三頭四之三，左下得一萬五千。以左馬偏乘右行，右中得一頭，右下得一萬。對減，中段減餘二頭又四之三爲法，下段減餘五千文爲實，以法除得牛價。以減右總價，餘八千一百八十一文又十一之，九以右上馬一匹又二之一除之，得馬價。

式五　甲乙二窖積粟，云取乙三之一與甲，及取甲二之一與乙，各满二千石。其各原窖幾何。

曰：甲一千六百石，乙一千二百石。

甲二之一　二千石六千

并五　減餘二千

乙三之一　二千石四千

術：此零法，列位互乘，甲得六千，乙得四千。減餘二千爲實，兩母并五爲法，除得四百。以乙母三乘得乙，以減二千，餘八百，以甲母二乘得甲。其各以母乘者，蓋前所除爲子數，必歸母見整故也。

式六　每工種麥三畦、菽四畦，共種三百〇一畦。其菽麥畦及工各若干。

曰：麥一百二十九畦，菽一百七十二畦，工四十三。

術：此爲雙頭單脚互乘，取三四左右列之，并七爲法。下列總畦若求麥數者。

右　菽四畦　　　　　　乘得一千二百〇四

并七　總畦三百〇一

左　麥三畦　　　　　　乘得九百〇三

左三乘總畦得九百〇三，以法除得麥畦。又以四乘得五百一十六，以左三除得菽畦。若求菽數者，右四乘總畦得一千二百〇四，以法除得菽畦。又以三乘得五百一十六，以右四除得麥畦。

又術通曰：以三四并七爲法，除總畦得四十三爲工數，以麥三乘工數得麥畦。以菽四乘工數得菽畦。

式七　銀二百六十四兩。買牛羊共百牽，每牛三頭，價二十兩。每羊四羫，價一兩五錢。牛羊及價各若干。

曰：牛三十六頭，價二百四十兩。羊六十四羫，價二十四兩。

術左右列定：

右　牛三二十兩八十兩　總牽一百　二十　總價二百六十四兩七百九十二

左　羊四一兩五錢四兩五錢　總牽一百　一百五十　總價二百六十四兩一千〇五十六

牛乘羊價，羊乘牛價，得數減餘七十五兩五錢爲法。總牽總價列下，如求牛數者，以羊四乘總價，得一千〇五十六。以羊價一兩五錢乘總牽，得一百五十，相減餘九百〇六爲實。以法除得十二爲牛哀，以牛三乘得三十六頭，以二十兩乘牛哀，得牛共價，總内減牛餘羊。如求羊數者，以牛三乘總價，得七百九十二。以牛價二十兩乘總牽，得二千，相減餘一千二百〇八爲實。以法除得十六爲羊哀，以羊四乘得六十四羫，以一兩五錢乘羊哀，得羊共價，總内減羊餘牛。

式八　用匠五千名，包磚板二隄，共四千九百九十五方。限每日匠九名，包板隄十一方。匠七名，包磚隄四方。問隄匠各若干。

曰：板隄四千〇一十五方，匠三千二百八十五名，磚隄九百八十方，匠一千七百一十五名。

術通曰：與右同，總匠即總價，共方即總牽，磚板即牛羊也。

右　九名　板十一　七十七　五萬五千　四萬四千九百五十五

五千　四千九百九十五

左　七名　磚四三十六　二萬　三萬四千九百六十五

減餘四十一爲法，右減餘一萬〇四十五除得磚哀二百四十五，左減餘一萬四千九百六十五除得板哀三百六十五。

式九　百餅飯大小百僧，一大僧食三餅，三小僧食一餅。其大小僧各若干。

曰：大僧二十五，食餅七十五，小僧七十五，食餅二十五。

術通曰：此兩總同數，其哀必同也。左右列定：

右　小三　食一　總　一百　總　三百

一百一百

左　大一　食三九　僧　三百　餅　一百

互乘相減，餘八爲法。總僧總餅列下。如求大僧者，以小三乘總餅，得三百。小食一乘總僧，得一百。相減，餘二百爲實。以法除得二十五爲裒，大一乘裒，得大僧數，以食三乘裒得餅。如求小僧者，以小三乘裒，得小僧數，以食一乘裒得餅。

又術通曰：兩總相同，即以一百爲實，大小僧并大小食并又同，即以四爲法。除得大僧數，推知各數。

又 三色方程

式 四雀六燕七鴿共重八錢九分，又三雀五燕九鴿共重八錢一分，又五雀七燕八鴿共重一兩〇六分。三色各重若干。

曰：每雀重八分，每燕重六分，每鴿重三分。

術：置左右中三行，作四段列之：

右　五雀中十五　七燕中廿一　八鴿中廿四　重一兩〇六分中三兩一錢八分
　　左二十　左廿八　左卅二　左四兩二錢四分
中　三雀十五　五燕二十五　九鴿四十五　重八錢一分四兩〇五分
左　四雀二十　六燕三十　七鴿三十五　重八錢九分四兩四錢五分

以右五雀偏乘中行，雀得十五，燕得二十五，鴿得四十五，重得四兩〇五分，註中。以中三雀偏乘右行，雀得十五，燕得二十一，鴿得二十四，重得三兩一錢八分，註右。中右對減，雀無餘，燕餘四，鴿餘二十一，重餘八錢七分，另列後圖之右。以右五雀偏乘左行，雀得二十。燕得三十。鴿得三十五，重得四兩四錢五分，註左。以左四雀偏乘右行，雀得二十，燕得二十八，鴿得三十二，重得四兩二錢四分，註右。左右對減，雀無餘，燕餘二，鴿餘三，重餘二錢一分，另列後圖之左。除雀無餘不用，後圖止三段。以右行燕四偏乘左行，燕得八，鴿得十二，重得八錢四分，註左。以左行燕二偏乘右行，燕得八，鴿得四十二，重得一兩七錢四分，註右。

右　四燕八　二十一鴿四十二　重八錢七分一兩錢四分
　　減餘三十　減餘九錢
左　二燕八　三鴿十二　重二錢一分八錢四分

對減，燕無餘，鴿餘三十爲法，重餘九錢爲實。以法除得三分，爲一鴿之重。乃於前圖乘左三鴿得九分，以減左重，餘一錢二分，爲左二燕之重，每燕六分。乃於前圖左重八錢九分內，去原鴿七重二錢一分，原燕六重三錢六分，尚存三錢二分爲原四雀之重，每雀八分。或於前圖右行中行原數內，推之皆得。

式二 犒夫，二人共飯一分，三人共酒一分，四人共肉一分，總用飯酒肉六十五分。計夫若干。

曰：夫六十飯三十分，酒二十分，肉十五分。

術：以二人乘三人得六，三人乘四人得十二，四人乘二人得八，并得二十六爲法。以二乘三得六，乘四得二十四，乘總分六十五，得一千五百六十爲實，以法除得夫數。推知各數。

又 三色方程　附式　七人醵金，甲乙共二十三兩七錢，戊巳庚共二十六兩一錢，丙丁不知。問各若干。

曰：甲十二兩二錢，乙十一兩五錢，丙十兩〇八錢，
丁十兩〇一錢，戊九兩四錢，巳八兩七錢，庚八兩。

術：先求隔母，左列甲乙二，右列戊巳庚三。取右三增一爲四，又乘三得十二，減半得六，又減三，餘三爲右中率。取左二乘七人，得十四，減右三，餘十一爲左中率。下列各共銀，乃以左二偏乘右行，中得六，下得五十二兩二錢。以右三偏乘左行，中得三十三，下得七十一兩一錢。

右三　三六　二十六兩一錢五十二兩二錢
左二　十一三十三　二十三兩七錢七十一兩一錢

對減，中餘二十七爲法，下餘十八兩九錢爲實。以法除得隔母七錢，再取甲乙共數并入七錢。減半，得甲十二兩二錢。遞減七錢，得各數。

通曰：隔母即遞減數也，用帶分子母差分法亦可。

附式 竹筩九節，下三節共乘粟三升九合，上四節共盛粟三升，中二節不知。問各節盛若干。

曰：一節六合，二節七合，三節八合，四節九合，五節一升，
六節一升一合，七節一升二合，八節一升三合，九節一升四合。

術：左列下三，右列上四，用右法求得右中率六，左中率二十一。下列各共盛，乃以左三偏乘右行，中得十八，下得九分。以右四偏乘左行，中得八十四，下得十五分六釐。對減，中餘六十六爲法，下餘六分六釐爲隔母率。

右四　六十八　三升九分
左三　二十一八十四　三升九合一十五分六釐

却以法乘左三升九合，得二百五十七分四釐。以左三除得八十五分八釐，

爲第八節數，加母率，得九節九十二分四釐。若遞減母率，七節得七十九分二釐，六節得七十二分六釐，五節得六十六分，四節得五十九分四釐，三節得五十二分八釐，二節得四十六分二釐，一節得三十九分六釐。各以法六十六除得各粟數。

又術：以中餘六十六爲法，下餘六十六爲實，以法除得一合爲隔母率。以左三除左三升九合，得一升三合爲八節。

通曰：前式甲乙二人共數，故加隔母，折半而得甲，此式下三節共數。故所求即第八節，乃下三節之中節也。

清・梅文鼎《方程論》卷一　假如有山田三畝，場地六畝，共折輸糧實田四畝七分。又有山田五畝，場地三畝，共折實田五畝五分。問田地每畝折實科則各如干。

答曰：每山田一畝，折實田九分，每地一畝折實田三分畝之一。

法各列位：

上　　中　　下

右　上田三畝得十五畝　地六畝得三十畝　折實田共四畝七分得廿三畝五分

減盡　　餘廿一畝　　餘七畝

左　上田五畝得十五畝　地三畝得九畝　折實田共五畝五分得十六畝五分

先以右上田三畝爲法，遍乘左行得數，次以左上田五畝爲法，遍乘右行得數。上位各得田十五畝，對減盡。中位左得地九畝，去減右行卅畝，餘地廿一畝爲法。下位左折田得十六畝五分，去減右行廿三畝五分，餘折田七畝爲實。以法除實，不滿法，約爲三之一，爲地每畝折實田之數地一畝折田三分三釐三毫不盡，即地三畝折田一畝也。就以右行折實田共四畝七分，內減原地六畝折實田二畝，餘二畝七分。以右上田三畝除之，得九分，爲田每畝折實之數或以左行折田內，減左原地三畝，該折實田一畝，餘四畝五分，以左上田五畝除之，亦得九分，爲田每畝折實之數。

論曰：以右上田三畝遍乘左行得數，是各三之也，爲五畝田者三，爲三畝地者三，則爲田地共折實五畝五分者亦三也。以左上田五畝遍乘右行得數，是各五之也。爲三畝田者五，爲六畝地者五，則爲田地折實共四畝七分者亦五也。於以對減，而上位田各十五畝減而盡，則其數同也。惟中位地餘二十一畝在右行，則是右行之地多於左行之地二十一畝也。

而下位折實數亦餘七畝在右行，則是右行折實之數亦多於左行折實之數七畝也。

合而觀之，此所餘折實七畝者，正是餘地二十一畝之所折也。

此以田地問折數，故以地二十一畝爲法，折七畝爲實也。若以折數問原田地，則以折七畝爲法，地二十一畝爲實，法除實，得每折一畝原地三畝。於是以右地六畝折二畝，減折四畝七分，餘二畝七分爲法，除右田三畝，得每折一畝，原田一畝。又九分畝之一，即一分一釐一毫一一不盡也。

若更置以地列於上，則先得田折數，如后圖：

上　　中　　下

右　地六畝得十八畝　田三畝得九畝　折實田共四畝七分得十四畝一分

減盡　　餘廿一畝　　餘一十八畝九分

左　地三畝得十八畝　田五畝得三十畝　折實田共五畝五分得三十三畝

先以左上地三畝，遍乘右行得數。次以右上地六畝，遍乘左行得數。上位各得地十八畝，對減盡。中位左得田三十畝，內減去右得九畝，餘二十一畝爲法。下位折田左得三十三畝，內減去右得十四畝一分，餘十八畝九分爲實。以法除實，得九分，爲田每畝折畝數。就以右田三畝折一畝七分，減右折實共四畝七分，餘二畝。以右上地六畝除之，不滿法，命爲三分畝之一，爲地每畝折實數或於左行折實五畝五分內，減去左田五畝，該折四畝五分，餘一畝，以左地三畝除之，亦得地折實每畝三之一。

論曰：以右上地六畝遍乘左行，是各六之也。爲三畝地者六，爲五畝田者六，爲地三畝田五畝之折實田共五畝五分者亦六也。以左上地三畝遍乘右行，是各三之也。爲地六畝者三，爲田三畝者三，爲地六畝田三畝之折實共四畝七分者亦三也。以之對減，而地在上位者各十八畝，既對減而盡，則其各十八畝之折實在折實共數中者，亦必對減而盡也。田在中位者，既對減去九畝，而僅餘左行之二十一畝，則其各九畝之折實在共數中者，亦必對減而盡也。由是以觀，則其所餘之左下折田十八畝九分，正是左中餘田二十一畝之所折也。故以餘田二十一畝爲法，而以餘折田十八畝九分爲實，即田之折數可知。知田數，知地數矣。

若以折問田地，則一十八畝九分折爲法，二十一畝田爲實。實如法而一，得每折一畝，原田一畝又九分之一。於是以分母九通右行田三畝，得二十七分。

而以一畝又九分之一共一十分爲法除之，得二畝七分，以減共折四畝七分，餘折二畝。以除右地六畝，得每折一畝原地三畝以上二色例也，三色四色以至多色凡和數者皆同，但需重列減餘以求之，今不悉具，於後諸條中詳之。

又 今有甲字庫貯金，丁字庫貯銀，各不知總。但云取甲四之三加丁五之二則一百一十萬。若以甲加丁之倍數，則四百四十萬。問各若干。

答曰：甲庫金四十萬，丁庫銀二百萬。

法：以分子甲之三分丁之二分列右，以分母四通甲整一得四分，以分母五通丁整二得十分，列左：

甲四之三十二分　丁五之二八分　共一百一十萬四百四十萬
減盡　餘二十二分　餘八百八十萬
甲四之四十二分　丁五之十三十分　共四百四十萬一千三百廿萬

依和數法，互乘對減，餘丁之分二十二爲法，餘八百八十萬爲實。法除實，得四十萬爲丁之一分。以丁之分母五，乘丁之一分，得二百萬爲丁庫銀數。乃以丁庫數倍之，得四百萬，減四百四十萬，餘四十萬爲甲庫金數。此化整從零法也。原列零分，故得亦零分之數。

又法，以丁分母五互甲之三，得十五。以甲分母四互丁之二，得八，列右。又以兩分母五四相乘，得二十爲甲丁共母。以乘一甲得二十，乘倍丁得四十，列左。乃以甲丁共母乘一百一十萬，得二千二百萬列右，乘四百四十萬得八千八百萬列左。分母相乘爲母，母互乘子，只是通分之法。妙在以分共母乘其和數，而零數皆爲整用矣。此用法之妙。

甲十五三百　丁八一百六十　共二千二百萬四億四千萬
減盡　餘四百四十　餘八億八千萬
甲二十三百　丁四十六百　共八千八百萬十三億二千萬

依法乘減，餘丁四百四十爲法，八億八千萬爲實。以法除實，得二百萬爲丁數。以丁四十計之，得八千萬。減八千八百萬，餘八百萬。以甲二十除之，得四十萬爲甲數。此變零爲整法也。原列整數，故所得即爲整數。

又法，以甲分母四除之三得七分五秒。以丁分母五除之二，得四分列之。則其餘數皆不變。

甲〇七五　丁〇四　共一百一十萬
減盡　減餘二　減餘二百二十萬
甲一得〇七五　丁二得十五　共四百四十萬得三百三十萬

左甲一乘右行，皆如原數。右甲〇七分五秒乘左行，各得四分之三，甲各〇七分五秒，減盡。丁餘一一。上一整數，下一是分數，乃十分之一爲法，共數減餘二百二十萬爲實。法除實，得二百萬爲丁數。以丁數倍之，減共數，餘四十萬即爲甲數。此除零附整法也。零分既除爲分秒，則乘除之際，皆以整數爲主，故所得亦即爲整數。

清・劳乃宣《古籌算考釋》卷四《方程》 此帶分方程也，有化整從零，變零爲整兩法。化整從零便於互乘對減，變零爲整便於直除。今兩演之。

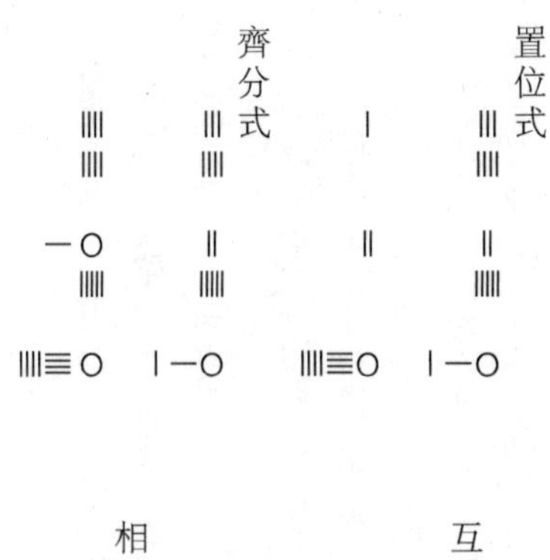

化整從零互乘對減草曰：置甲四之三正，丁五之二正，共一百一十萬負，於右行。置甲一正，丁二正，共四百四十萬負，於左行。右甲與左甲齊其分，右丁與左丁齊其分，右行如故。左行得甲四之四正，丁五之一十正，共四百四十萬負。乃以右行甲分子三，偏乘左行，得甲四之一十二正，丁五之三十正，共一千三百二十萬負。

以左甲分子四偏乘右行，得甲四之一十二正，丁五之八正，共四百四十萬負。以右行減左行，甲空，餘丁五之二十二正，共八百八十萬負，下爲實上爲法，用經分法除之，得二百萬，爲丁庫銀數。倍之得四百萬，以減四百四十萬，餘四十萬，爲甲庫金數。

變零爲整直除法草曰：置位如前，以右行甲丁兩分數齊其分，甲爲二十分之一十五正，丁爲二十分之八正。又以分母二十通，共數一百一十萬負，得二千二百萬負。全行皆通爲一母，即去分母，以常法入之。

置位式　右行通分去分母式　左行一十五度減右行式　除得丁銀數式　移左行丁數乘銀數消下實式

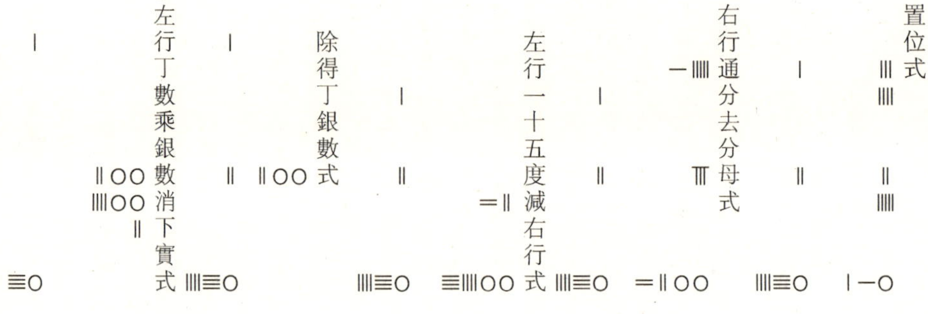

除得甲金數式

列所得各數式

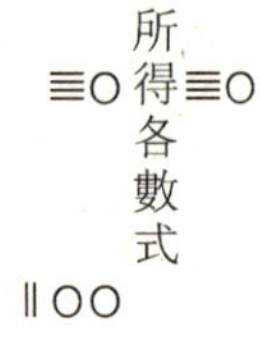

以左行一十五度減右行，得甲空，丁二十二負，共四千四百萬正。下爲實，上爲法，除之得二百萬正，爲丁庫銀數。移左行丁二正於丁庫數下乘之，得四百萬正。以消左行下實，異名相減，得四十萬負。左行共餘甲一正，共四十萬負。下爲實，上爲法，除之得四十萬，爲甲庫金數。

清·梅文鼎《方程論》卷二　今有大江南北兩處糧艘，載米不同，因水程遠近，給耗米亦不等。但云南船三隻，北船兩隻，共運米一千九百七十石，外給耗米共六百六十八石。又南船一隻，北船四隻，共運米一千九百九十石，外給耗米五百五十六石。問各船正耗米數，以便稽核。

答曰：北船每隻正運米四百石，給耗米一百石，共正米耗米五百石，每正米一石，耗米二斗五升。南船每隻正運米三百九十石，給耗米一百五十六石，共正米耗米五百四十六石，每正米一石，給耗米四斗。

法列各位：

	南船	北	共正米	共耗
右	三	二	一千九百七十石	六百六十八石
	減盡	減餘十	減餘四千石	減餘一千石
左	一 三	四 十二	一千九百九十石 五千九百七十石	五百五十六石 一千六百六十八石

先以左行南船一，遍乘右行各得原數。次以右行南船三，遍乘左行得數。南船三與右減盡，北船十二減去右二，餘十隻爲總法。

正運米五千九百七十石，減去右一千九百七十石，餘四千石爲運米實。耗米一千六百六十八石，減去六百六十八石，餘一千石爲耗米實。以總法除正運米實，得四百石，爲北船每隻運數。以總法除耗米實，得一百石，爲北船每隻耗米數，總計正耗得北船每隻米五百石。

任於左行總運米一千九百九十石內，減北船四隻，該運米一千六百石，餘三百九十石爲南船一隻運數，一故不除，或於右行運一千九百七十石內，減北船二隻運八百石，餘一千一百七十石，以南船三隻除之，亦得三百九十石。於左行總耗米五百五十六石內，減北船四隻，該耗四百石，餘一百五十六石爲南船一隻耗米數，或於右行耗米六百六十八石內，減北船二隻耗二百石，餘四百六十八石，以南船三隻除之，亦得一百五十六石。總計正耗得南船每隻米五百四十六石。

以北船四百石，除其耗米一百石，得每石給耗米二斗五升，以南船三百九十石，除其耗米一百五十六石，得每石給耗四斗。

此問每船米數，故以船爲法，米爲實。若問每米一萬石，改用幾船。則以減餘船十隻，用異乘同除，以一萬乘得十萬爲總船實。以運米減餘四千石爲法，法除實，得二十五爲每運米一萬石用北船之數。於是任以右行北船二隻，亦用異乘同除，以一萬石乘之，二十五船除之，得八百石，以減共米一千九百七十石，餘一千一百七十石。又用爲法，以右行原列南船三乘一萬石，得三萬石爲實。法除實，得二十五隻，又三十九分之二十五，爲每米一萬石用南船之數。

若問耗米給過五千石，該得幾船者，則亦用異乘同除，以五千石乘減餘十隻爲北船實，以減餘耗米一千石爲法除實。得五十隻爲每耗米五千石給北船之數，任以右行北船二隻，五千石乘之，五十隻除之，得二百石，以減共耗六百六十八石，餘四百六十八石。又用爲法，以原列南船三乘五千石爲實。法除實，得三十二隻，又三十九分之二，爲每耗米五千石給南船之數。

又　今有墨一百二十七錠，研六十六枚，給與修史局六十六人，校書局六十三人。又有墨五十八錠，研三十二枚，給與修史局二十四人，校書局四十二人。問各幾何。

答曰：史局每人墨一錠，又六分之四六人十錠也，研四分之三四人共三研。

校書局每人墨七分之三七人共三錠，研三分之一三人共一研。

法各列位：

史局六十人	校書六十三人	墨一百二十七	研六十六
一千四百四十	一千五百一十二	三千〇四十八	一千五百八十四
減盡	餘一千〇〇八	餘四百三十二	餘三百三十六
一千四百四十	二千五百二十	三千四百八十	一千九百二十
史局二十四人	校書四十二人	墨五十八	研三十二

如法乘減，餘校書一千〇〇八人爲總法，墨餘四百三十二爲墨實，研餘三百三十六爲研實。以總法除墨實，得七分之三，爲校書局給墨數，七人得墨三錠。就以七人除右行校書六十三人，以墨三錠乘之，得二十七錠。以減總給一百二十七錠，餘一百錠，以史局六十人除之，得一錠又六分之四，六人得四錠，并整數爲六人十錠，爲史局給墨數。

又以總法除研實，得三分之一爲校書局給研數，三人共一。就以三除校書六十三人，得二十一研，以減總給研六十六，餘四十五研，以史局六十人除之，得四分之三，四人三研，爲史局給研數。

又　問修艌船隻，內有舊船二隻，新船一隻，共用桐油二百六十斤，麻一百三十斤，釘十七斤，石灰二百一十斤，計工兩月有半。又舊船一隻，新船三隻，共用桐油二百八十斤，麻一百四十斤，釘十六斤，灰二百三十斤，工兩月有半。其新舊船各幾何。

答曰：每新船一隻，用桐油六十斤，麻三十斤，釘三斤，灰五十斤，每工一月修兩隻。

每舊船一隻，用桐油一百斤，麻五十斤，釘七斤，灰八十斤，每工一月修一隻。

法各列位：

舊船二	新一	油二百六十	麻一百三十	釘十七	灰二百一十	工兩月半
減盡	餘五	餘三百	餘一百五十	餘十五	餘二百五十	餘兩月半
舊船一	新三	油二百八十	麻一百四十	釘十六	灰二百一十	工兩月半
得二	得六	五百六十	二百八十	三十二	四百六十	五月

先以左舊船一遍乘右行如故。次以右舊船二遍乘左行得數，乃相減。上位舊船對減盡，中位新船減餘五爲總法。

下位油相減，餘三百斤爲新船油實，以總法除之，得六十斤爲新船油數。麻相減，餘一百五十斤爲新船麻實，以總法除之，得三十斤爲新船麻數。釘相減，餘一十五斤爲新船釘實，以總法除之，得三斤爲新船釘數。灰相減，餘二百五十斤爲新船灰實，以總法除之，得五十斤爲新船灰數。

任以左行新船三隻乘其油數，得一百八十斤，以減總油二百八十斤，餘一百斤爲舊船一隻油數。以新船三隻乘其麻數，得九十斤，以減總麻一百四十斤，餘五十斤爲舊船一隻麻數。以新船三隻乘其釘數，得九斤，以減總釘一十六斤，餘七斤爲舊船一隻釘數。以新船三隻乘灰數，得一百五十斤，以減總灰二百三十斤，餘八十斤爲舊船一隻灰數。

此爲以船求油麻等，故以船爲法，以麻油等爲實。乃以減餘新船五隻爲總實。以減餘工兩月半爲法，法除實，得兩隻爲每工一月修新船之數。就以二隻除左行新船三隻，得一月有半以減總工兩月半，餘一月，以除舊船一隻如故。得每工一月修舊船一隻。

此以工求船，故以工爲法，船爲實，與前相反。

又　假如品官祿米不知數，但云甲支三品俸四个月，又帶支四品俸五个月，乙支三品俸六个月，又帶支四品俸五个月。不知甲乙各得數。但云以甲十三分之一益乙，則三百五十石。若以乙十一分之三益甲，亦三百五十石。問兩品祿米各幾何。

答曰：三品俸每月三十五石，四品每月俸二十四石。

法曰：此當先求出甲乙兩家支過祿米，再求各品月俸，謂之重審。先以帶分法列位。

甲十三分　乙之三分　共三百五十石

減盡　餘一百四十分　餘四千二百石

甲之一分得一十三分　乙十一分一百四十三分　共三百五十石四千五百五十石

左右如法遍乘，甲減盡，乙減餘一百四十分爲法，餘俸四千二百石爲實。法除實，得三十石爲乙之一分。以乙分母十一乘其一分，得三百三十石爲乙支過米數。以乙支過米數減總三百五十石，餘二十石爲甲之一分。以甲分母十三乘其一分，得二百六十石爲甲支過米數。

既得兩家支過米數，乃重列之，以求品俸。

甲三品四月二十四月　四品五月三十月　共支二百六十石一千五百六十石

減盡　餘十月　餘二百四十石

乙三品六月二十四月　四品五月二十月　共支三百二十石一千三百二十石

如法左右乘減，餘四品十月爲法，餘俸米二百四十石爲實，法除實，得二十四石爲四品每月俸。以四品五月計一百二十石，減甲支二百六十石，餘一百四十石，以甲支三品四月除之，得三十五石，爲三品每月俸。

又　假如品官支俸，本折兼支不知數。但云甲支一品俸四个月，又帶支二品俸五个月。乙支一品俸六个月，又帶支二品俸十个月。不知甲乙支過數，但云取乙本色三分之一以益甲，共五百六十石。若取甲本色三分之二以益乙，則八百六十五石。取乙折色五分之二以益甲，共四百九十八石。若取甲四分之一以益乙，則五百七十九石，問各幾何。

答曰：一品月俸八十七石，內實支本色一半，四十三石五斗，折色鈔一半數同。二品月俸六十一石，內實支本色六分，三十六石六斗，折色鈔四分二十四石四斗。

法：當重審。先求本色，依帶分法列位：

甲三分六分　乙之一分二分　共本色五百六十六石一千一百三十二石

減盡　餘七分　餘一千四百六十三石

甲之二分六分　乙三分九分　共本色八百六十五石二千五百九十五石

如法減乘，餘乙之七分爲法，餘本色一千四百六十三石爲實。實如法而一，得二百〇九石，爲乙本色之一分。以減右行共本色五百六十六石，餘三百五十七石爲甲支過本色數。又以乙分母三乘其一分，得六百二十七石爲乙支過本色數。

計開，甲支過本色三百五十七石，內一品俸四个月，二品俸五个月，乙支過本色六百二十七石，內一品俸六个月，二品俸十个月。

次求折色，亦依帶分法列位：

甲四分　乙之二分　共折色四百九十八石

減盡　餘十八分　餘一千八百一十八石

甲之一分四分　乙五分二十分　共折色五百七十九石二千三百一十六石

如法左右乘減，乙餘十八分爲法，餘折色一千八百一十八石爲實。法除實，得一百〇一石爲乙折色之一分。以乙分母五乘之，得五百〇五石爲乙支過折色數。以乙之二分乘其一分，得二百〇二石，以減共折色四百九十八石，餘二百九十六石爲甲支過折色數。

計開，甲支過折色二百九十六石，內亦一品俸四个月，二品俸五个月，乙支過折色五百〇五石，內亦一品俸六个月，二品俸十个月。

既得甲乙兩家支過本折，然後乃求各品月俸。

依疊腳法，列其所得本折而重測之。

甲一品四月二十四月　二品五月三十月　共本色三百五十七石二千一百四十二石

減盡　餘十月　餘三百六十六石

乙一品六月二十四月　二品十月四十月　共本色六百二十七石二千五百〇八石

折二百九十六石一千七百七十六石　餘二百四十四石

折五百〇五石二千〇二十石

如法遍乘得數，上位一品減盡，中位二品餘十個月爲總法，下位本色餘三百六十六石爲本色實，折色餘二百四十四石爲折色實。

乃以總法除本色實，得三十六石六斗爲二品每月俸本色數。以乙二品十個月計三百六十六石，減乙共本色六百二十七石，餘二百六十一石以乙一品六個月除之，得四十三石五斗爲一品月俸本色。

又以總法除折色實，得二十四石四斗爲二品月俸折色，以乙二品十個月計二百四十四石，減乙共折色五百〇五石，餘二百六十一石，以乙一品六個月除之，亦得四十三石五斗爲一品月俸折色，其右行亦可互求，則先得甲數也。

於是一品本色折色併之得每月俸八十七石，本折各半支。以二品本折併之，得每月俸六十一石，四六支，本色六分，折色四分。

清・屠文漪《九章錄要》卷一〇《方程法》　二色方程例

假如綾五匹，紗八匹，共價銀二十四兩。又綾七匹，紗四匹，共價二十二兩八錢。問綾紗每匹價各幾何。

法：依所問，列左右二行，以綾五互乘綾七，紗四及價所得數各注於其下，綾得三十五，紗得二十，價得一百一十四。亦以綾七互乘綾五，紗八及價注所得數如前，綾得三十五，紗得五十六，價得一百六十八。兩綾數相對減盡，兩紗數減餘三十六，爲法，兩價數減餘五十四爲實。以法除實，得紗每匹價一兩五錢。乃就一行中以紗匹數乘價，減共價餘，以綾匹數除之，得綾每匹價二兩四錢。

按右例，若以紗互乘，即先得綾價，於法皆通，以後各例倣此。

又按例，以綾互乘，則兩綾所得數必相對減盡矣。立法之意正欲使兩綾數等，而後價數之不齊，由於紗數之不齊顯然可推也。然既知此義，則以後凡同物相乘，如綾之比者，直可省之，故概不贅書，惟於右一條具文見義云。

又如七釵九鈿，共重九兩四錢，釵重鈿輕。於中互換其一，則輕重適等。問釵鈿各重幾何。

法依所問，釵鈿互換，其一以六釵一鈿，一釵八鈿，左右對列而中分其總重之數，繫之兩行如前，求之得一釵之重七錢，一鈿之重五錢。

又二色方程兼正負例　假如賣米七石，買麥三石，米家得銀九兩六錢。又賣米三石，買麥九石，米家出銀三兩六錢。問米麥每石價各幾何。

法：以米爲正，麥爲負，米家所得之價爲正，米家所出之價爲負，列左右兩行如前。若以米互乘麥及價者，麥負九得六十三，價負得二十五兩二錢，麥負三得九價正得二十八兩八錢。而麥數減餘五十四爲法，兩價數相并五十四爲實。以法除實，得麥每石價一兩。乃以麥負九石乘價，減負價，餘以米三石除之，或以麥負三石乘價，并正價以米七石除之，得米每石價一兩八錢。按負有背負之義，謂正之反也，亦有負欠之義。此例從米家賣米言之，故賣米爲正，買麥爲負。米家所得之價爲正，所出之價爲負。若從麥家言者，反是其并減之。

二色正負反用并減例

假如賣米五石，麥五石，得銀一十四兩。賣米四石，買麥七石，出銀二兩。問米麥每石價各幾何。

此若以米互乘，麥與價米係兩正同名，則兩米相乘所得數自必相對減盡，不待乘而可知矣。兩麥兩價俱係正負異名，其乘得數固宜相并，如常法也，麥正得二十，麥負得三十五，并得五十五。價正得五十六，價負得一十，并得六十六。若以麥互乘，米與價，麥係正負異名，則兩麥相乘所得數乃須相并。殊非立法之意，故變通其法，反以兩麥相減，而兩米俱正，同名反相并。米五得三十五，米四得二十，并得五十五。兩價正負異名，亦反相減，價正得九十八，價負得一十，減得八十八。

此其義何也？賣米買麥而出銀猶之，買米賣麥而得銀。然則正可變爲負，負可變爲正，今不變其正負之名，但變其并減之法，此法之變生乎常而。常變不殊其用者也，且非特此也。同名相減，取其數之齊者，以相比例而其餘之不齊可得而推故。同減而異必并，異名相減，取其數之齊者，以相償補，而其餘之不齊，亦可得而推。故異減而同，必并此法之變反乎常而。常變各成其用者也，依法求之，得米每石價一兩六錢，麥每石價一兩二錢。

三色方程例

假如綾五匹，紗三匹，紬五匹，共價二十二兩五錢。又綾四匹，紗二匹，紬七匹，共價二十一兩。又綾八匹，紗六匹，紬九匹，共價三十九兩。問三物每匹價各幾何。

法：依所問，列左右中三行，乃以左行中行綾互乘紗紬及價，所得數各注於其下。次以中行左行相減，且如左行爲主，或以中行爲主亦可。減得紗正八，紬負二十，價負一十二，注左行之旁。又以中行右行相減，且如右行爲主，減得紗正二，紬負一十五，價負一十五，注右行之旁。圖式具後，其左右中三行，上中三層俱可互换耳。

右	紗正二	紬負一十五	價負一十五
五	三 一十二	五 二十	二十二兩五錢 九十
綾四	紗二 一十／一十六	紬七 三十五／五十六	價二十一兩 一百零五／一百六十八
八	六 二十四	九 三十六	三十九兩 一百五十六
左	紗正八	紬負二十	價負一十二

兩旁所注數，即是二色方程，再依二色法求之得，紬每匹價一兩二錢，紗每匹一兩五錢。二價既得，綾價易見，每匹二兩四錢。按右例原數無正負，因相減而有正負也。若左例原數已兼正負，則别爲一條。又按方程章，惟右一例不可用借徵法，餘並可以借徵求之，而條縷多者方程爲便。

三色方程兼正負例

假如綾五匹，换紗三匹，綾家得銀七兩五錢。又綾四匹，换紗二匹，紬七匹，綾家出銀一兩八錢。又綾八匹，换紬九匹，綾家得銀八兩四錢。問三物每匹價各幾何。

法：如前列，左右中三行，其一物而三行俱有者，用以互乘，餘物及價各注所得，數空者闕之。依後圖，以上乘下爲便，故第一層三行俱實而空位，則在下諸層也。

次以中行，左行相并減，且如左行爲主，借得紗正一十六，減得紬正二十，并得價正四十八。又以中行右行相并減，且如右行爲主，減得紗負二，借得紬正三十五，并得價正三十九，注於兩旁。

右	紗負二	紬正三十五	價正三十九
正五	負三		正七兩五錢
綾正四	紗負二 一十／一十六	紬負七 三十五／五十六	價負一兩八錢 九／一十四兩四錢
正八		負九 三十六	正八兩四錢 三十三兩六錢
左	紗正一十六	紬正二十	價正四十八

再以二色方程法求之，物價同前例，右一條新增。

又 三色方程兼正負又例 前法止於三色，而已此法，則四色五色所從出也。

假如依前例，綾正五，紗負三，價正七兩五錢。綾正四，紗負二，紬負七，價負一兩八錢。綾正八，紬負九，價正八兩四錢。求各物價。

法：列三行如後圖式：惟第一行第三層，第三行第二層可虚可實，餘必如圖。專以第三行爲主，先以第三行紗互乘第一行綾紬及價，以第一行紗互乘第三行綾及價。各注所得數，乃以第三行與第一行相并減，借得紬正二十一，減得綾負二，并得價正二十兩零四錢。次以第三行借紬互乘第二行綾及價，以第二行紬互乘第三行綾及價。就第一行互乘相并減之數而乘之，非乘原數也。各注所得數，乃以第三行與第二行相并減，減得綾正一百五十爲法，并得價正三百六十兩爲實，以法除實，得綾每匹價，以次求各價。

紗負二 紬負七 二十一	綾正四 一十二	價負一兩八錢 五兩四錢
紬負九	綾正八 一百六十八	價正八兩四錢 一百七十六兩四錢
紗負三 借正二十一	綾正五 一十 減負二	價正七兩五錢 一十五兩并正廿兩四錢
	一十八 減正一百五十	一百八十三兩六錢 并正三百六十兩

右一條新增。

又如行程顧騾一匹，馬一匹，共價錢七百。又顧馬二匹，驢一匹，共價八百四十。又顧騾一匹，驢三匹，共價七百。問三物每匹顧值各幾何。

法：列三行如前，以第三行與第一行互乘乃相并減。借得馬負一，驢無，并減只用乘得之數，價減盡不存。次與第二行互乘第三行，價已盡無乘闕之，乃相并減，并得驢正七爲法，借得價正八百四十爲實。以法除實，得驢每匹價一百二十。以次求各價，(驢)[騾]每匹三百四十，馬每匹三百六十。

騾正一	馬正一 一		價正七百 七百
	馬正二 二	驢正一	價正八百四十 八百四十
騾正一	借負一	驢正三	價正七百 七百 減盡
		六 并正七	無乘 借正 八百四十

按此例三物及價俱正而云，正負者三物中缺其一，是乃所謂負也。算家就物强分正負，則謬之甚者。

又如依前所問，更置其位，先求一騾之力。

驢正一	馬正二 六		價正八百四十 二千五百二十
	馬正一	騾正一 六	價正七百 四千二百
驢正三	借負六	騾正一 一	價正七百 七百 減負一千八百二十
		一 并正七	一千八百二十 減正二千三百八十

又更置其位先求一馬之力，此例算家誤甚，故反覆以明之。

驢正三	騾正一 一		價正七百 七百
驢正一	騾正一	馬正一 一	價正七百 七百
驢正一	借負一	馬正二 六	價正八百四十 二千五百二十 減正一千八百二十
		六 并正七	一千八百二十 并正二千五百二十

四色方程兼正負例　四色五色以上皆與三色一法，聊著此以見例云。

假如綾二匹，紗七匹，共價一十五兩三錢。又紗四匹，絹三匹，共價九兩。又絹五匹，紬五匹，共價一十一兩。又紬四匹，綾三匹，共價一十二兩。問四物每匹價各幾何。

法：列四行，如後圖式。乃依前法，以第四行爲主，先與第一行互乘，而并減之。次第二行次第三行最後減，得紬負一百五十五爲法，價負一百八十六爲實。以法除實，得紬每匹價一兩二錢。餘價次第求之，綾每匹二兩四錢，紗每匹一兩五錢，絹每匹一兩。

綾正二	紗正七 二十一			價正十五兩三錢 四十五兩九錢
	紗正四	絹正三 六十三		正九兩 一百八十九兩
		絹正五	紬正五 三兩 十五	正十一兩 六百九十三兩
綾正三 一	借負二十	借正六十三	紬正四 八	正十二兩 二十四兩減負 二十一兩九錢
			三十二	八十七兩六錢減正一百零一兩四錢

按：自三色方程以上，凡前諸行所有之物爲末行，所無者互乘，後即借其乘得之數。下層之價亦然如末行，無價與第一行互乘，而借其數。或第一行亦無價，則待至二三行互乘，後有數而借之也。若有數而減盡，即彼此俱無數。當於次行互乘，後借之，其末行所有之物爲前諸行所無者，無可并減，末行只用互乘，所得之數，下層之價亦然。右一條新訂。

清・吳嘉善《白芙堂算書廿一種・九章翼・方程》 今有五雀六燕，集稱之衡，雀俱重燕俱輕。一雀一燕交而處衡適平，并燕雀重一觔。問燕雀一枚各重幾何。

答曰：雀重一兩又十九分兩之十三，燕重一兩又十九分兩之五。

釋曰：交處而衡平，是四雀一燕與五燕一雀之重相當也。同者去之，左右各去一雀一燕，其數同也，得三雀四燕其重相當。

草曰：如法列位。

右　雀三　燕四

左　雀五　燕六　重十觔

又釋曰：列燕四爲負者，以雀三燕四所集有彼此之別故必令之異名，或列爲雀𠦃燕四，亦無不可左式，則燕雀共處，與一觔之重相當。故令燕雀同名，而與一觔異名也，餘準此。

求雀重術：以左右燕數六四，乘右左通行得

雀一八　燕二四　○

雀𠦃〇　燕二四　重四觔

相減得雀三八，重四觔化作六十四兩，爲末式。上法下實得一兩又三十八分兩之二十六子母，各以二約之。合問。

燕重草曰：以左右雀數五三，乘右左通行得：

雀十五　燕𠦃〇　○

雀十五　燕十八　重𠦃觔

相減得燕三八，重𠦃觔，化作四十八兩，爲末式。上法下實得一兩又三十八分兩之一〇，子母各以二約之。合問。

又草曰：位列於下：

右　雀一　燕五　重八兩

左　雀四　燕一　重八兩

釋曰：此因交處而平，是燕五雀一與雀四燕一之重相當，并之共重一觔，是分之必各重八兩也，求法倣前法入之亦得，各重未演草。

又　今有上禾三秉，中禾二秉，下禾一秉，實三十九斗。上禾二秉，中禾三秉，下禾一秉，實三十四斗。上禾一秉，中禾二秉，下禾三秉，實二十六斗。問各禾一秉實各幾何。

答曰：上禾一秉實九斗又四分斗之一，中禾一秉實四斗又四分斗之一，下禾一秉實二斗又四分斗之三。

草曰：如法列位爲原式：

右　上禾三　中禾二　下禾一　實三九

中　上禾二　中禾三　下禾一　實三四

左　上禾一　中禾二　下禾三　實二亠

求上禾草曰：以中右中禾數三二乘右中通行得：

上九　中六　下三　實一一七

上四　中六　下二　實六八

相減得：上五　下一　實四九　爲第二次相當式一。又以左中中禾數二三乘中左通行得：

上四　中六　下二　實六八

上三　中六　下九實七八

相減得：上十　以右減左者正負仍之，以左減右者正負更之。下七　實十〇，爲第二次相當式二。又列之：

次右　上五　下一　實四九

次左　上十　下七　實十〇

以左右下禾數七一乘右左得：

上三五　下七　實三四𠦃

上〇十　下七　實〇十〇

相減得：上三六　實三三𠦃　爲末式，上法下實，得九又三六之九，子母各以四約之。合問。

求中禾草曰：置原式以中右上禾二三乘右中通行得：

上六　中四　下二　實〇七八

上六　中九　下三　實一〇𠦃

相減得：中五　下一　實二四　爲第二次相當式一。又以中左上禾一二乘左中通行得：

上二　中三　下一　實三四

上二　中四　下六　實五𠦃

相減得：中一　下五　實一八　爲第二次相當式二。又列之：

次右　中五　下一　實二四

次左　中一　下五　實一八

以左下禾數五乘右，右一乘左通行得：

中二五　下五　實一廿〇

中〇一　下五　實〇十八

相減得：中二四　實一廿〇　爲末式，上法下實得四又二四之六，子母各以六約之。合問。

求下禾草曰：如求上禾術，求得第二次兩式相當列之：

次右　上五　下一　實四九

次左　上十　下七　實十〇

以左上禾数十五乘右，右五乘左通行得：

上五　下〇十　實四九

上五　下三五　實五〇

相減得：下三六　實九九　爲末式，上法下實得二又三六之二七，子母各以九約之。合問。

又求下禾草曰：如求中禾術，求得第二次相當兩式列之：

次右　中五　下一　實二四

次左　中一　下五　實一八

以左中禾數一乘右，右五乘左通行得：

中五　下〇一　實二四

中五　下二五　實九〇

相減得：下二四　實六六　爲末式，上法下實得二又二四之一八，子母各以六約之。合問。

又　今有武馬一匹引一車，中馬二匹引一車，下馬三匹引一車。每車載四十石，至坂不能上。以中馬一助武馬車，以下馬一助中馬車，以武馬一助下馬車，乃皆上。問上坂時三馬力引各幾何。

答曰：武馬一匹力引二十二石又七分石之六，

中馬一匹力引一十七石又七分石之一，

下馬一匹力引五石又七分石之五。

草曰：如法列位：

右　武一　中一　〇〇　引四十石

中　〇〇　中二　下一　引四十石

左　武一　〇〇　下三　引四十石

釋曰：此爲三色斷續方程也。

求武馬力引草曰：以左中馬數二乘右，右一乘中通行得：

武二　中二下一　引八〇

〇〇　中二　〇〇　引四〇

相減得：武二　下十　引四〇　爲第二次相當式一，其左行即爲第二次相當式二。又列之：

次右　武二　下十　引四十石

次左　武一　下三　引四十石

以左下馬數三乘右，右十乘左通行得：

武六　下卅　引一廿〇

武十　下卅　引〇四〇

相減得：武七　引一六〇　爲末式，上法下實，得二二又七之六。合問。

求中馬力引草曰：以左武馬數一乘右，右一乘左通行得：

武一　中一　〇〇　引四〇

武一　〇〇　下三　引四〇

相減得：中一　下丰　爲第二次相當式一，其中行即爲第二次相當式二。

又列之：

次右　中一　下丰　〇

次左　中二　下一　引四〇石

以左下馬數一乘右，右丰乘左通行得：

中一　下丰　〇
中朩　下丰　引一二〇
相減得：中七　引一二〇　爲末式，上法下實得一十七又七之一。合問。
求下馬力引草曰：如求武馬力引術，求得第二次相當式一，其左行即爲第二次相當式二。又列之：
次右　武二　下十　引四〇石
次左　武一　下三　引四十石
以左武馬數一乘右，二乘左，通行得：
武二　下十　引四Φ
武二　下六　引八〇
相減得：下七　引四Φ　爲末式，上法下實得五又七之五。合問。
又求下馬力引草曰：如求中馬力引術求得第二次相當式一，其中行即爲第二次相當式二，又列之：
次右　中一　下丰　〇
次左　中二　下一　引四十石
以左中馬數二乘右，一乘右左通行得：
中二　下朩　〇
中二　下一　引四Φ
相減得：下七　引四Φ　爲末式，上法下實，得五又七之五。合問。

藝文

明・王文素《算學寶鑒》卷二六《互借求原》

互借求原仔細評，論來亦可用方程。
九章巧遇非通理，布位如前等級同。

又　卷二七《衆率分身》

衆率分身法立新，物銀並列兩邊存。
頭乘對減餘諸價，都要商除減剩銀。
除得錯綜各樣數，各乘銀物俱明真。
都教減總餘銀物，便是當頭貴賤身。

又

犯同方程

價物皆逢左右同，蓋因合數犯相衝。
就將同價爲其寔，同物除乘上價稱。
上物相乘減總價，餘錢下物以除攻。
便知下物該銀價，荅数尤多仔細評。

又　卷二八《方程入勾股》

方程勾股最難明，母子排行互換乘。
衆母連乘乘共数，另排各数用方程。
求知勾股并和較，再另隨題用法行。
此訣幽玄知者少，尢宜潛玩始精通。

明・程大位《算法統宗》卷一一《方程》　二色方程歌：

世人欲要識方程，物價俱將左右陳。
右上法乘左中下，次將左上右行乘。
中間相減餘爲法，下位相減餘實情。
法除實爲右中價，得價須將右中乘。
右下價内減去積，餘爲實数甚分明。
右上爲法除下實，便爲上價細推尋。

三色方程歌：

三色方程法更奇，物價三行左作基。
左右互乘須減盡，中下價餘左位宜。
又列二行仍乘減，中中左中減無餘。
下餘爲法價餘實，法實相除下價知。
此三色方程，巳後内中，或有正負，同異加減者。

四色方程歌：附五六色倣此。

四色方程法可誇，須存末位作根牙。
諸行乘減同前例，偶與奇行認莫差。
若遇奇行須減價，偶行之價要相加。
加減作實須加法，減法亦須減法佳。

隨問幾多繁雜色，憑斯推廣更無他。

清・佚名《蒙學課本》方程章第八 三色方程訣：

三色方程法更奇，物價三行次第垂。
右乘中兮中乘右，得數相減餘另推。
中左互乘得數減，減來餘數亦另施。
二色互乘相減訖，物餘爲法價餘實。
法實相除下價得，以乘餘物共價知。
餘價内除此價數，存來中價共無疑。
中餘物除每價得，次第除原上價知。

清・李長茂《算海説詳》卷九《匿覆章》 匿價方程法

二色方程歌：

二色方程羙法真，各物共價左右分。
上物爲法互乘完，對減得数法實全。
中餘爲法除下實，中物價值了無疑。
先求上物中爲法，依法求之上可察。

三色方程歌：

三色方程各不同，物價三行右左中。
右與中左各乘徧，對減再分左右乘。
又減餘物即爲法，餘價爲實法可通。

方程新術部

算法

《九章筭術》卷八《方程》　今有五雀六燕，集稱之衡，雀俱重，燕俱輕。一雀一燕交而處，衡適平。并雀、燕重一斤。問雀燕一枚各重幾何。

答曰：雀重一兩一十九分兩之一十三，燕重一兩一十九分兩之五。

術曰：如方程。交易質之，各重八兩。**三國魏・劉徽注**　此四雀一燕與一雀五燕衡適平，并重一斤，故各八兩。列兩行程數，左行頭位其數有一者，(今)[令]右行偏除，亦可令於左行而取其法、實於左。左行數多，以右行取其數。左頭位減盡，中下(行)[位](算)[筭]當燕與實。右行不動，左上空。中法下實，即每枚當重宜可知也。按：此四雀一燕與一雀五燕其重等，是三雀(一)[四]燕重相當，雀率重四，燕率重三也。諸再程之率皆可異術求也，即其數也。

又　今有麻九斗，麥七斗，菽三斗，荅二斗，黍五斗，直錢一百四十。麻七斗，麥六斗，菽四斗，荅五斗，黍三斗，直錢一百二十八。麻三斗，麥五斗，菽七斗，荅六斗，黍四斗，直錢一百一十六。麻二斗，麥五斗，菽三斗，荅九斗，黍四斗，直錢一百一十二。麻一斗，麥三斗，菽二斗，荅八斗，黍五斗，直錢九十五。問一斗直幾何。

答曰：麻一斗七錢，麥一斗四錢，菽一斗三錢，荅一斗五錢，黍一斗六錢。

術曰：如方程，以正負術入之。**劉徽注**　此麻麥與均輸少廣之章重衰，積分皆爲大事。其拙於精理(從)[徒]按本術者，或用(算)[筭]而布氈，方好煩而喜誤，曾不知其非，反欲以多爲貴。故其(算)[筭]也，莫不(同)[闇]於設通而專於一端。至於此類，苟務其成，然或失之，不可謂要約。更有異術者，庖丁解牛，游刃理間，故能歷久其刃如新。夫數，猶刃也，易簡用之則動中庖丁之理。故能和神愛刃，速而寡尤。凡九章爲大事，按法皆不盡一百(算)[筭]也。雖布(算)[筭]不多，然足以(算)[筭]多。世人多以方程爲難，或盡布(算)[筭]之象在綴正負而已，未暇以論其設動無方。斯膠柱調瑟之類。聊復恢演，爲作新術，著之於此，將亦啓導疑意。網羅道精，豈傳之空言？記其施用之例，著策之數，每舉一隅焉。

三國魏・劉徽《九章筭術注》卷八《方程》　方程新術曰：以正負術入之。令左右相減，先去下實，又轉去物位，則其求一行二物正負相借者，(易)[是]其相當之率。又令二物與他行互相去取，轉其二物相借之數，即皆相當之率也。各據二物相當之率，對易其數，即各當之率也。更置成行及其下實，各以其物本率今有之，求其所同，并以爲法。其當相并而行中正負雜者，同名相從，異名相消，餘以爲法。以下置爲實。實如法，即合所問也。一物各以本率今有之，即皆合所問也。率不通者，齊之。

其一術曰：置羣物通率爲列衰。更置成行羣物之數，各以其(數)[率]乘之，并以爲法。其當相并而行中正負雜者，同名相從，異名相消，餘爲法。以成行下實乘列衰，各自爲實。實如法而一，即得。

以舊術爲之。凡應置五行。今欲要約，先置第三行，(以)減[以]第四行(及)[又]減第(三)[五]行。次置第二行，以第二行減第(三)[一]行[又減第四行]，去其頭位。[餘可半]。次置右行[及第二行]，去其頭位。次以(第四)[右]行(減左)[去第四]行頭位。次以左行去(第四行及)第二行頭位。次以第五行(減)[去]第(二)[一]行頭位。(餘可半)次以第二行去第四行頭位。[餘可半，以右行去第二行頭位，以第二行去第四行頭位]。餘約之爲法[實]。實如法而一，得(空)[六]即有黍價。以法治第二行，得荅價[右行得菽價]，左行得麥價，第三行麻價。(右行得菽價)如此凡用七十七(算)[筭]。

以新術爲此。先以第四行減第三行，次以第三行去右行及第二行第四行下位。又以減(右)[左]行下位，不足減乃止。次以左行減第三行下位，次以第三行去左行下位。訖，廢去第三行。次以第四行去左行下位，(右行當左)[又以減右]行下位。次以右行去第二行及第四行下位。次以第二行減第四行及左行頭位。次以第四行減(右)[左]行菽位，不足減乃止。次以左行減第二行頭位，餘可再半。次以第四行去(右)[左]行及第二行頭位。次以第二行去(右)[左]行頭位。餘約之，上得五，下得三，是菽五當荅三。次以左行去第(三)[二]行菽位，又以減第四行及右行菽位，不足減乃止。次以右行減第二行頭位，不足減乃止。次以第(三)[二]行去(左)[右]行頭位。次以左行去右行頭位。餘上得六，下得五。是爲荅六當黍五。次以(右)[左]行去(左)[右]行荅位。餘約之，上爲二，下爲(三)[一]。次以(左)[右]行去第二行下位，以第二行去第四行下位，又以減左行下位。次(右)[左]行去第二行下位，餘上得三，下得四。是爲麥三當菽四。次以第二行減第四行下位，次以第四行去第二行下位，餘上得四，下得七，是爲麻四當麥七，是爲相當之率舉矣。據麻四當麥七，即麻價率[七而麥價率四]。又麥三當菽四，即爲麥價率四而菽價率三。[又菽五當荅三，即爲菽價率三]而荅價率五。又荅六當黍五，即爲荅價率五而黍價率六,(荅價率五又荅六當黍五即荅價率五也)而率通矣。更置第三行,以第四行減之,餘有麻一斗,菽四斗[正],荅三斗負,(黍四斗)[下實四]正。求其同爲麻之數,以菽率三(黍率四)[荅率五各乘其斗數],如麻率七而一,[菽得一斗七分斗之五正,荅]得(一)[二]斗七分斗之一負。則菽荅化爲麻,以并之,令同名相從,異名相消,餘得定麻七分斗之四,以爲法。置四爲實,而分母乘之,(荅)實得二十八,而分子化爲(荅)法矣。以法除得七,即(麥)[麻]一斗之價。置麥率四,菽率三,荅率五,黍率六,皆以麻乘之,各自爲實。以(實)[麻]率七爲法,所得即各爲(實)[價]。

亦可使置本行實與物同通之,各以本率今有之,求其本率所得,并以爲法。如此,即無正負之異矣,擇異同而已。

又可以一術爲之:置五行通率,爲麻七麥四菽三荅五黍六以爲列衰。(減)[成]行麻一斗,菽四斗正,荅三斗負,各以其率乘之,訖,令同名相從,異名相消,餘爲(減)[法]。(或置餘)[又置下實]乘列衰(爲實),所得各爲實。此可以置約法,則不復乘列衰,各以列衰爲(實)[價]。如此則凡用一百二十四(算)[筭]也。

宋·賈憲《皇帝九章算經細草》《永樂大典》卷一六三四四

草曰:列所問數,同前體求。

麻	麥	菽	荅	黍	價直
九	七	三	二	五	一百四十
七	六	四	五	三	一百二十八
三	五	七	六	四	一百一十六
二	五	三	九	四	一百一十二
一	三	二	八	五	九十五

清·劳乃宣《古籌算考釋》卷四《方程》 此五色方程也,依次乘消,其數煩重。九章注中有約法,甚簡要,戴氏演有細草,今本之而演以正負相當之式。

置麻九斗正,麥七斗正,菽三斗正,荅二斗正,黍五斗正,錢一百四十負,於右行。置麻七斗正,麥六斗正,菽四斗正,荅五斗正,黍三斗正,錢一百二十八負,於第二行。置麻三斗正,麥五斗正,菽七斗正,荅六斗正,黍四斗正,錢一百一十六負,於第三行。置麻二斗正,麥五斗正,菽三斗正,荅九斗正,黍四斗正,錢一百一十二負,於第四行。置麻一斗正,麥三斗正,菽二斗正,荅八斗正,黍五斗正,錢九十五負,於左行。

置位式

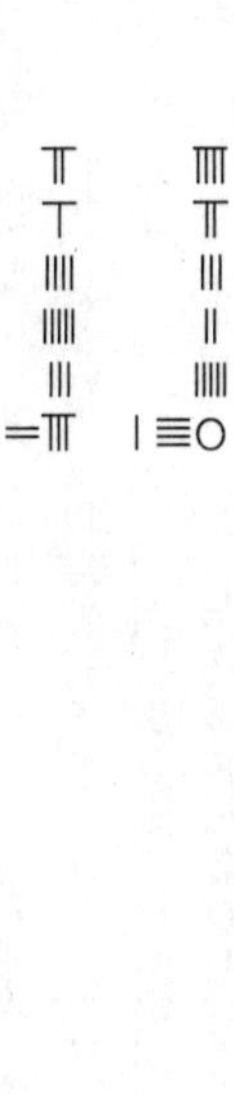

以第四行減第三行,餘麻一正,麥空,菽四正,荅三負,黍空,錢四負。以第三行九度減右行,餘麥七正,菽三十三負,荅二十九正,黍五正,錢一百〇四負。

消盡右二四左行麻位式

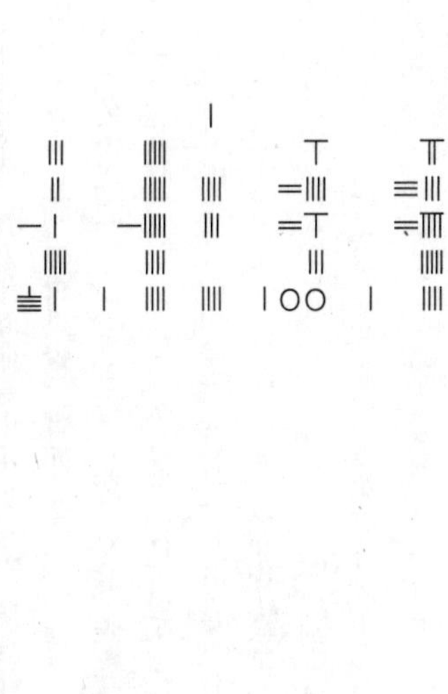

以第三行七度減第二行,餘麥六正,菽二十四負,荅二十六正,黍三正,錢一百負。以第三行二度減第四行,餘麥五正,菽五負,荅一十五正,黍四正,錢一百〇四負。以第三行一度減左行,餘麥三正,菽二負,荅一十一正,黍五正,錢九十一負,惟第三行麻位存,餘皆消盡。

消盡二四左行麥位四行半之式

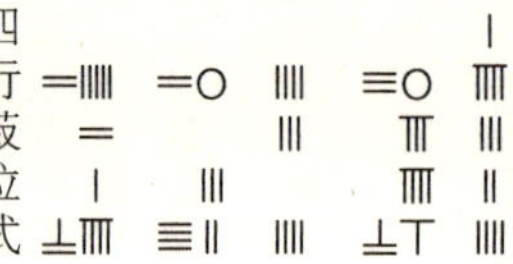

消盡二四行菽位式

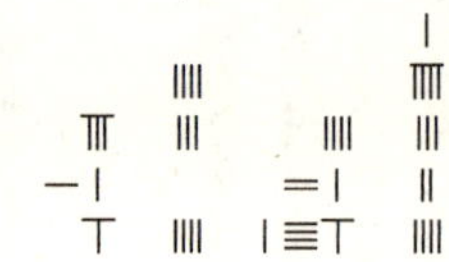

消盡四行荅位式

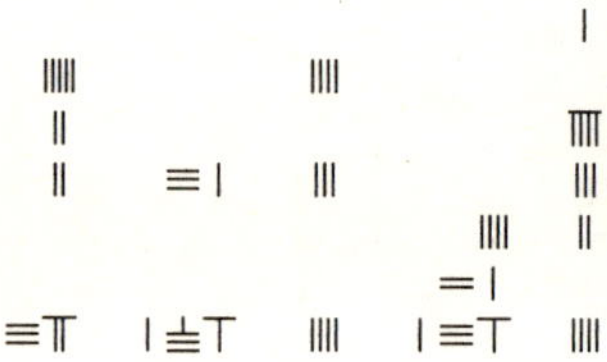

乃以第二行減右行，餘麥一正，菽九負，荅三正，黍二正，錢四負。以右行六度減第二行，餘菽三十正，荅八正，黍九負，錢七十六負。以右行五度減第四行，餘菽四十正，荅空，黍六負，錢八十四負。可半者半之，得菽二十正，黍三負，錢四十二負。以右行三度減左行，餘菽二十五正，荅二正，黍一負，錢七十九負，惟右行麥位存，餘皆消盡。

除得黍價式

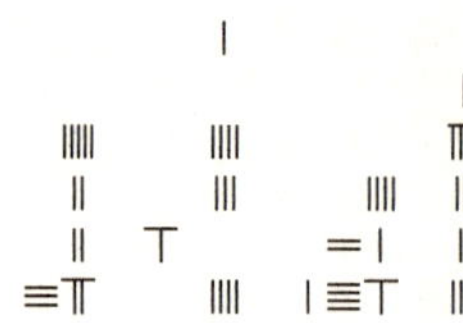

移二行黍數乘黍價消下實式

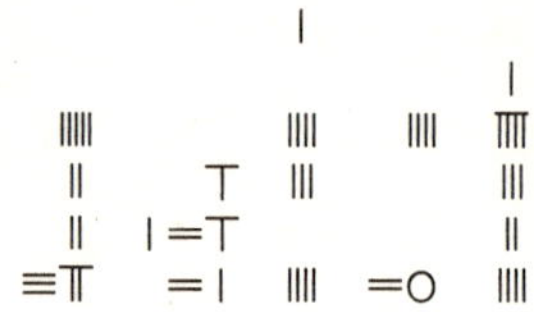

乃以第四行減左行，餘菽五正，荅二正，黍二正，錢三十七負。以左行六度減第二行，餘荅四負，黍二十一負錢一百四十六正。以左行四度減第四行，餘荅八負，黍一十一負，錢一百〇六正，惟右行菽位存，餘皆消盡。乃以第二行二度減第四行，餘黍三十一正，錢一百八十六負，惟第二行荅位存，第四行消盡。以第四行下爲實，上爲法，除之，得六正，爲黍價。置黍位，移第二行黍二十一負於黍價下，乘之，得一百二十六負，以消第二行下實。異名相減，餘二十正，第二行共餘荅四負，錢二十正，下爲實，上爲法，除之得五正，爲荅價。

除得荅價式

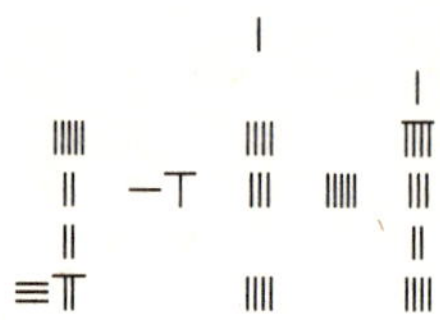

置荅位，移左行黍二正於黍價下，乘之得一十二正，以消左行下實，異名相減，餘二十五負。移左行荅二正於荅價下，乘之得一十正。以消左行下實，異名相減，餘一十五負。左行共餘菽五正，錢一十五負，下爲實，上爲法，除之得三正，爲菽價。

移左行黍數荅數乘消下實式

除得菽價式

置菽位，移右行黍二正於黍價下，乘之，得一十二正。以消右行下實，異名相減，餘八正，移右行荅三正於荅價下，乘之，得一十五正。以消右行下實，同名相加，得二十三正，移右行菽九負於菽價下，乘之得二十七負。以消右行下實，異名相減，餘四負，右行共餘麥一正，錢四負。下爲實，上爲法，除之得四正，爲麥價。

移右行黍數荅數菽數乘價消下實式

除得麥價式

置麥位，移第三行荅三負於荅價下，乘之得一十五負。以消第三行下實，同名相加，得一十九負，移第三行菽四正。於菽價下，乘之得一十二正。以消第三行下實，異名相減，餘七負。第三行共餘麻一正，錢七負，下爲實，上爲法，除之得七正，爲麻價。

置麻位，以各價依次列之，是爲得麻價七，麥價四，菽價三，荅價五，黍價六也。

移第三行荅數菽數乘價消下實式

除得麻價式

列所得各數式

宋·楊輝《詳解九章算法》卷一〇《方程》 比類　綾七尺，絹二尺，共價四百二十六。綾三尺，絹四尺，共價二百八十。問綾絹尺價幾何。

荅曰：綾五十二，絹三十一。

此問出應用總説，方程以諸物總併爲問，其法以減損求源爲主，去一存一，以考其數。如甲乙行，列諸物與價，術以甲行首位，偏乘其乙。復以乙行首位，偏乘其甲，求其有等，以少行減多行，是去其物，減其錢，見一法一實，如商除之。行位繁者，次第求之。

明・吴敬《九章算法比類大全》卷八《方程》 今有上中下田一十四畝五分，共納夏税絲一兩五錢三分二厘五毫。只云每畝科絲，上田一錢二分五厘，中田一錢一分，下田八分五厘。問三色田并絲各幾何。

荅曰：上田二畝五分，該絲三錢一分二厘五毫。

中田八畝，該絲八錢八分。下田四畝，該絲三錢四分。

法曰：排列問數，以右行上田絲爲法，遍乘左行得數。

右 一錢二分五厘爲法 一錢一分 八分五厘 一兩五錢三分二厘五毫

左 上一畝得一錢二分五厘 中一畝得一錢二分五厘 下一畝得一錢二分五厘 一十四畝五分得一兩八錢一分二厘五毫

以左行上田對減，尽。中田餘絲一分五厘，下田餘絲四分，總餘絲二錢八分爲實。以中下田餘絲共五分五厘爲法，除實得田中下各五畝。以餘絲乘之，中田絲七分五厘，下田絲二錢，餘欠絲五厘，約商。將下田減一畝，餘得四畝，該餘絲一錢六分，減絲四分，加餘欠絲五厘，共四分五厘。却增入中田絲七分五厘共一錢二分，該田八畝，每畝絲一錢一分，共八錢八分。下田該四畝，每畝絲八分五厘，共三錢四分。俱減總絲，餘得三錢一分二厘五毫。以上田每畝絲一錢二分五厘，除之得二畝五分。合問。

又 今有舊有雲宗站田共二十六畝五分，該秋粮米六石三升五合，只云每畝科米站田二斗五升，雲宗田二斗三升五合，舊有田二斗。問三色田并米各幾何。

荅曰：站田八畝七分五厘，該米二石一斗八升七合五勺。

雲宗田八畝五分，該米一石九斗九升七合五勺。

舊有田九畝二分五厘，該米一石八斗，五升。

法曰：排列問數，先以右行米二斗五升爲法，遍乘左行得數。

右 二斗五升 二斗三升五合 二斗 六石三升五合

左 一畝得二斗五升 一畝得二斗五升 一畝得二斗五升 二十六畝五分得六石六斗二升五合

却以左行站田米對減，尽。雲宗田餘米一升五合，舊有田餘米五升，總餘米五斗九升爲實。以雲宗舊有田共餘六升五合爲法，除之得二色田各九畝，餘米五合，約商得舊有田九畝二分五厘。以餘米五升乘之得米四斗六升二合五勺。以減總餘米五斗九升，餘米一斗二升七合五勺。却以雲宗田餘米一升五合除之，得田八畝五分。以每畝科米二斗三升五合乘之，得米一石九斗九升七合五勺。舊有田九畝二分五厘，每畝科米二斗乘之，得米一石八斗五升。將二項田米以減原科米六石三升五合，餘米二石一斗八升七合五勺爲實，以站田每畝科米二斗五升爲法除之，得田八畝七分五厘。合問。

又 今有綾羅絹布共二百四十一疋，共價鈔四百九十九貫二百文，只云綾疋價二貫四百文，羅疋價二貫一百文，絹疋價一貫八百文，布疋價一貫六百文。問四色各幾疋價幾何。

荅曰：綾八十五疋，該鈔二百四貫。

羅七十二疋，該鈔一百五十一貫二百文。

絹四十八疋，該鈔八十六貫四百文。

布三十六疋，該鈔五十七貫六百文。

法曰：排列問數，以右行首位遍乘左行得數。

右 二貫四百爲法 二貫一百 一貫八百 一貫六百 四百九十九貫二百

左 一得一貫疋四百 一得二貫疋四百 一得二貫疋四百 一得二貫疋四百 二百四得五百七十疋八貫四百

却以左行對減，尽。次餘三百爲上法，又次餘六百爲中法，次三餘八百爲下法，下餘七十九貫二百爲實。以上法商除之，得羅七十二疋，減實二十一貫六百，餘殘實五十七貫六百。又以中法商除之，得絹四十八疋，減實二十八貫八百，餘殘實二十八貫八百。再以下法商除之，得布三十六疋，以羅七十二疋，以價二貫一百文乘之，得一百五十一貫二百文。絹四十八疋，以價一貫八百文乘之得八十六貫四百文。布三十六疋，以價一貫六百文乘之得五十七貫六百文。併三數，得二百九十五貫二百，以減總價餘二百四貫爲實，以綾疋價二貫四百文爲法，除之，得綾八十五疋。合問。

又　詞詩　七釧九釵成噐，釧子分兩重多，九兩四錢是相和。仔細與公説過，二物相交一隻，秤和得等與那，有人筭得是嘍囉。不會却来問我。　西江月

荅曰：釧一隻重七錢，釵一隻重五錢。

法曰：此問七釧九釵，共重九兩四錢。交易其一，適等者乃六釧一釵，重四兩七錢。八釵一釧重四兩七錢。

排列問数，

六釧　一釵　四兩七錢

一釧　八釵　四兩七錢

先以右行六釧爲法，遍乘左行八釵得四十八，四兩七錢得二十八兩二錢。却以左行一釧爲法，復右行一釵得一，減左行四十八餘得四十七釵，爲法。四兩七錢得四兩七錢，減左行二十八兩二錢，餘得二十三兩五錢爲實，以法除得釵重五錢。

右行重四兩七錢，減一釵重五錢，餘得四兩二錢。以釵六隻除之，得釧重七錢。合問。

又　甲乙二人沽酒，不知孰少孰多。乙錢少半甲相和，二百無零堪□。乙得甲錢中半，亦然二百無那。英賢筭得的無訛，甚麽法兒方可。　西江月

荅曰：甲錢一百六十文，乙錢一百二十文。

法曰：列所問數，

甲二分之一　錢二百

乙三分之一　錢二百

互乘，二分得四百，三分得六百。以少減多，餘二百爲實。以甲二分，乙三分相併得五分，爲法。除之得四十。以乙三分乘之，得一百二十，爲乙錢。以減原錢二百，餘錢八十。以甲二分乘之，得甲錢一百六十文。合問。

方程術之拓展部

題解

清・梅文鼎《方程論》卷二　極數：吾論方程，至和較之雜只變盡矣。雖然，不知帶分疊脚重審之法無以窮其致，故極數次之。

極數有三，一帶分，二疊脚，三重審，皆不離乎和較之四術。

帶分方程例

法曰：視原問中有云幾分之幾者，則以分母通其全數而列之全數矣。

或云有物幾數又幾分之幾者，以分母通其全數而納其子如法列位。偏乘減併，以求一法一實。既得法以除實，而得者即所求物之一分也。以所得一分之數分母乘之，則爲物之全數矣。或云幾分之幾又幾分之幾者，以兩分母相乘爲全數而列之。又以兩分母互乘其子爲所用之分而列之，所用之分同在一行者併而列之，分用於兩行者不併也。併之而用所用之分，反大於全數者，以全數除之命爲幾全數。又幾分之幾，其人算乘除，仍用所併之分。得數後，則只以全數之分乘之爲全數以上兩法，皆化整爲零。乘除竟用零分，故先得一分之數。

又法：凡較數有以此之全數，當彼之幾分之幾者，則通其一行之內，皆以分母乘之而後列焉。則其所得即爲全數，而非其一分也，如云乙得甲三分之二，則以分母三乘乙全數，得全乙者三，乘甲之二分得六分，是爲全甲者二，則以三乙當二甲而列之。驟視之如倒列其子母，其實皆全數耳。若有正負之數，亦以分母乘而列之，亦全數非零分也，是爲以零變整，與化整爲零之法不同，故徑得其全數。所用乘除，皆整數，非分故也。得即爲整，其所用分母，只在本一行中。如一物有兩分母，又分用於各行，則各以其行中分母爲用。凡和數中有一位帶分，而餘只全數者，亦可以分母通乘而列之，其所得亦爲全數而非分，如甲三，乙二又三分之一，共十六。則以分母三乘甲得九，乘乙二得六，乘乙之一得三，亦整一也。併得整七，乘共十六，得四十八，是爲甲九乙七共四十八。變零爲整，徑以整數乘除，所得即爲整數。

又法：凡帶分之法，或化整爲零，或變零爲整，取其畫一也。此外又有雜用零整之法，亦所當之，知行中有幾位，或原帶有零分者，以化整爲零法列之。其原未帶分者，只以整數列之。但乘除得數後，整列者所得即爲整數，零分列者所得只爲零分之數，仍需以分母乘之爲全數。

又法：視所帶之分，有可以分母除之而盡者，則以所除分秒附於整數而列之。則其乘除後，得數亦爲所求之全數，若分母除其子不能盡者，則不用此法。

又　卷三　致用笇之用惟捷，其説惟詳，詳説之斯能捷用，省笇列位諸法，由是以生也，故致用次之。

致用有二，一者省笇，一者列位，例雜見諸卷中，故不具列，而備論其理。

剩算法亦有二，一者行有空則省算，一者數偶同則剩乘。

凡方程之法，去繁就簡同者去之，異者存之歸於一法一實而已矣，故三色以上有空位，則可徑求。

若三色方程無空位者，必須乘減得數，變爲二色以求之，此常法也。若丙有一行中空一位，則以所空之位列於首，而先以其餘兩行不空者如法乘減得數，即重列之，與原有空位者相對，如二色方程也，以兩行無空者相乘對減，則減去一色，惟餘二色，其有空者原只二色，故可相對如二色也。則省一笇，原法乘減三次，今只兩次，故曰省一笇。

凡三色方程，不論一行有空，或兩行各有空，或三行各有空，皆只省一笇，何也。其各行中雖有空位而不相對故也，何以知其不相對。若兩行有空而又相對，則徑可以二色算之矣，即不成三色方程。三色有空例襍見前卷。

凡四色五色以致多色，有幾行空位者，如上省算徑求，最爲簡捷。若中行無空，則必如法乘減，以五色變四色，四色變三色，三色又變二色，漸次求之，不可徑求而省算也。今諸書所載皆共各位之有空者耳，非通法也，而欲以此盡方程，可乎。

凡四色方程有減六次者常也。若有一位空，則省一算，一行中空兩位，或兩行各空一位而對減，則省二算。若一行空兩位又一行空一位，則省三算止矣。或有四行中各空一位而不相對，亦只省一算而已。何也，惟首位空乃能省算，若首位不空而空在下數位，則乘減之後自然補實不能省矣。亦有兩行各空兩位而只省二算者，亦以空位相左，乘後補實耳。故雖四行中各空兩位，亦只省三算也。

假如四色中有一行空兩位，則將此無空之三行如法乘減，變爲兩行，又將此兩行如法乘併變爲一行，此減餘一行却有二位，恰與空兩位之行相對矣，便以重列如二色方程取之。此最方程中要法而諸書未及也，故詳論之。

若四色方程，有兩行各空一位而又相對，則將其無空之兩行如法互乘，而減去此不空之位，變爲一行，與空位之兩行同列。如三色法取之，尤爲易見。其四色各行空兩位而省三算，即今諸書中所載是也，可無更贅，然但欲知其爲省算方程而非常法耳。

其四色無空乘減六次者，竟無其式，故誤以省算爲常。然既明其理亦不必一一爲式矣。

凡五色方程無空，則有乘減十次者常法也，五色變四色則有四算，四色又變三色則有三算，三色又變二色則有二算，二色又一算，乃得法實，合之爲十算。故五色而爲四圖者亦常法也，原列一圖，以減餘重列爲四色，而三色，而二色，又各一圖，合之爲四圖。若有空一位則省一算，或空兩位而省二算，須兩位空在一行，或兩位俱空首位乃可。空三位而省三算，須空在一行，或三行同空首位，或一行首位空，一行首次兩空則可。空四位而省四算，須一行空三位，而一行又空一位，恰與空三位者同，或二行俱空首位而一行又空首次兩位乃可，或兩行俱空首次亦可。空五位而省五算，須兩行空首位，而一行空首次三位或兩行空首次，而一行空首位，或一行空首次，而一行空首次三之位，乃可。空六位亦省六算，須一行空首位，一行空首次，一行空首次三之位乃可。

省至六算止矣，六算以上，雖多空位，無關省算也。

今諸書有載五色方程者，皆其各行空三位者耳，總計之，有空十五位，而其爲法亦必用四算，然後得數，則所省者亦只六算，而竟不知其爲省算之法，則習而不察也。

假如五色方程，内只一行空三位，法當以有空之三色列於上。而先以其無空之四行，如法乘減，變爲四色者三行，又以乘減變爲三色者二行，又以乘減變爲二色者一行，則恰與空位之行相對矣。再乘減一次，得所求矣，故曰省三算也，變四色時省一算，變三色時省一算，變二色時省一算，共省三算。

假如五色方程内，有兩行各空二位而相對，法當以有空之二色列於首次，而先以其無空之三行如法乘減，變爲四色者二行。又以乘減變爲三色者一行，則恰與空位之兩行相對矣。於是以三色法取之，得所求矣，故曰省四算也，變四色時省二算，變三色時亦省二算。

假如五色方程内，有兩行空首位，又一行空首次三之三位，法當以無空之兩行如法乘減，變爲四色者一行，則恰與空首位之兩行相對矣。乃以原數兩行，減餘一行，相並列之，用相乘減，變爲三色者兩行，又相乘減，變爲二色者一行，則又恰與空三位者相對矣。乃以原空三位者與減餘列而求之，即得之矣。故曰省五算也，變四色時省三算，變三色與二色又各省一算。

若五色方程内，有兩行各空三位者，即如一行空兩位，一行空三位也。法以無空之三行先用乘減，變爲四色者兩行，又以乘減變爲三色者一行，則恰與空首位次位者對矣。取出原空兩位者與減餘列而求之，變爲二色者一行，又恰與空三位者相對矣。又取出與減餘列而求之，即得所問，故亦省五算也，變四色三色時各省二算，變二色時又省一算，共五。其兩行雖各空三位，而不相對故也，若各空三位而相對，即成二色方程矣。

若五色方程，各行俱有空位不等，要之省六算止矣。省六算者必一行空首位而省一算，一行空首次而省二算，一行空首次三之位而省三算，其餘空位必不相對，不能省算，與無空同也。

其法先以不空之兩行乘減得數，變爲四色，與空首位者相對。又乘減變爲三色，與空首次者相對，又乘減變爲二色，與空三位者相對，再乘減，即得所求。

諸例不能悉俱，智者反隅可也。

論曰：常與變相待而成，吾論方程省算，而特詳其不省之算者，欲窮其變，先得其常也。

以上所論，雖止五色，引而伸之，若六色七色八色九色乃至多色，其理一也。

以常言之，二色者一算，三色者三算，四色者六算，五色者十算，六色者十五算，七色者二十一算，八色者二十八算，九色者三十六算，十色者四十五算，十一色者五十五算，十二色者六十算。

以空位言之，三色者有省一算，四色者有省一算至三算，五色者有省至六算，六色者有省至十算，七色有省十五算，八色有省二十一算，九色有省二十八算，十色有省三十六算，十一色有省四十五算，十二色有省五十五算。

以省算所用而言之，三色者有只用二算，四色者有只用三算，五色有只用四算，六色有只五算，七色有只六算，八色有只七算，九色有只八算，十色有只就算，十一色有只十算，十二色有只十一算。

總而言之，二色則只一算，三色則有二算或三算，四色則有三算以至六算，五色則有四算以至於十算，六色則自五算以至十五算，七色則自六算至二十一算，八色則自七算至二十八算，九色則自八算至三十六算，十色則自九算至四十五算，十一色則自十算至五十五算，十二色則自十一算至六十算。

擴而充之，猶舉一隅耳。然其法不外於和較，與和較之襍與變，愚故不欲以四色五色等分爲之目也。必如此，則方程之法乃爲通法。若諸書所列四色者必各行空二位，五色必各空三位，非通法也。方程者所以御襍糅正負也，而必逓空相等。乃可用算，是法有所不及而窮於問也，豈古人立法之意哉。

此以上論空位省算，省算者乘減併俱省之也，非若省乘者，但省互乘而不省減併。

凡方程互遍乘者，取其首位齊同耳。故乘減一次則少一色，以首位之齊同，必減而盡也。然亦有其首位之數偶爾相同者，法當徑以對減而省其互乘。此雖省共乘而不省其減併，故與前論省算同而微異也。

假如和數方程，首位同則徑減矣。若較數者又須論其正負之名，同數矣而又同名，徑對減矣。同數而不同名，則更其一行之正負以相從，而後減併焉。此要訣也不則首位雖減去，而其下之同異淆，則加減皆誤矣。若和較雜者，首位之數同，亦必以較數首位之名，名其和數之行，而後減併之，但省其互乘可也。

以上論同數省乘。

亦有首位數雖不同，而可以分數相命者，則以其分數改其一行之數，以從一行，則首位齊同，竟以對減，可省互乘。

若較數，或和較襍，皆如前法齊同其首位之名，斯減併無誤耳（較數首位同名，則仍之，異名者改一行以相從，和較雜者以較數首位之名，名其和數之一行）。

假如兩首位爲五與十，是倍數也，則半之。蓋五與十互乘各得五十，而其下諸數從之而溢矣。今但以首位十半之爲五，而其下諸數皆半之以相減併，則五之行可無乘，而數亦簡明，殊散人懷也。

若兩首位爲二十與二，是十之一也，則以退位之法乘之，使二十之一行皆爲十之一。若爲八爲四，亦倍數也。若爲八與二，是四之一也，四除其八之行則得矣。若九與三，則三之一也，以三除九則亦三，而其一行皆三除之，則可減併矣。然三除多有不盡，不如只以三因其三之行也。此活法也。若爲五與三，則六因其五之行而退位。五與二，則四因退位。五與四，則八因退位，皆同。若六十四與八，則八之一也。八除其六十四之行，猶互乘也。若此類者不可枚舉，得其意者酌而用之可也，尤要在首位之必同名。

亦有不可強齊者，如七與二，九與四之類，只用互乘爲舞弊也，省乘者爲省事而設也，強齊之，反多事矣。

此以上論分數省乘。

此外又有不拘首位者，但數同則徑以對減，施之二色爲宜，蓋二色方程，只須減去一色，其所餘即一法一實矣。然亦須同名方可減去，若異名者，改而齊之可也。

假如較數方程，其中一色同名，而又同數，徑減去矣，若但同數而不同名，則更其一行之正負，乃減去之。

假如和較雜，其中一色同數，則以之爲主，使和數一行皆與此一色同名，乃減去之。

若和數則不須爾，但同數者即減去之，此二色捷法。

合此三者省算之理備矣。

又 **卷五** 以方程御襍法算術之有方程，猶量法之有句股。必深知諸算術而後能言方程，猶之必深知諸量法而後能治句股也。

諸方田少廣凡屬量法者往往有可以句股立算，而諸法不能治句股，方程之于粟布衰分也亦然，故襍法不能御方程而方程能御襍法。例如後。

又 **卷六** 測量

測量非方程事也，方程者算術。算術恃計，測量恃目，實惟兩途，測量之不能兼算術。猶算術之不能兼測量，雖曰能兼，非其粹矣。今畧具其所兼，其不能兼者，有句股諸法在。

一曰陰云測量，陰云者不見宿度，而云影微薄之處，猶能見五緯。若見二星，則有其相距之度，而可以方程取之矣。

一曰宿度測量。宿度者雖無陰翳，而無儀器。故借宿距一定之度以取之，必有二星同見，或星與太陰同見，則成方程之算矣。

又 凡測量之法，有測器，又有水漏，則雖陰云可以所見者得其度。若但有測器，而無水漏，可以所見兩星之距度取之，如前所列陰云不知宿度之法是也。乃又無測器，而但據目見，則當以宿度取之。蓋宿有一定之度，借以爲兩星之和度較度。因所知以求不知，此則方程之法，可爲測量者助也。至于諸星行率，古今曆術不同。學者通其意，無拘其數焉其可。

若一星單行，非儀器比量，莫知其遲疾之度。然晴雨難期，則亦有因所見，以測所不見之時，故算術不可廢也。

五星錯行，多有相遇，則和度較度可施。若太陰每月經行廿八宿一次，與五星相遇，亦每月有之。精于推步者，雖非假此定星，然用與曆術相參，有不藉儀器而知遲疾，使學者引驗見效，亦算家之樂也。其五星各有遲疾留逆，故測量比例，當于相近日數内求之，則所差亦不多也。其遲疾變行，須查七政曆以約其日，則一星單行，亦自可考其進退之數。

假如兩宿原有定距，如房距心，若千度，有一緯星在其間，如金在房心間，以旁星記之。越若千日，緯星行至東宿，如心。又別一緯星，如火星。在西宿，如房。越若千日，行至先所記旁星之處。此因無儀細測，故借宿度用之。如土所舉，乃以宿距爲二星和度也。一緯星若千日，如金，一緯星若千日，如火。共行天若千度，如房度。故曰和度。

又如以一宿爲主，如心，有緯星在其西，如木，以旁星記之。越若千日，緯星行過宿東至後一宿，如尾。又或異日別一緯星，如土。亦在前記緯星處所，越若千日行至所借爲主之宿，如心，此則以宿距爲二星較度也。一緯星若千日，如木，一緯星若千日，如土，相差若千度也，如心度，故曰較度。

凡此皆可以方程御之。若得兩較度，或兩和度，或一和一較，即二色方程術也。若三星四星以上，各得三兩宗測數，以三色四色等方程求之，無不可見。

如木星在一宿之西，如井鬼間，越若千日行至其宿，如鬼。火星原在木星西，越若千日行至木星原處，金星又在火星西而恰當西宿，如井。越若千日行至火星原處，又若千日亦至木星原處。此亦借宿度爲用，而中有二和一較，如云金星若千日，火星若干日，木星若干日，共行若千度也，如井度。又金星若千日木星若千日，火星若干日，而其行適等。用火星至木星原處之日，及金星自火星原處至木星元處之日，此則較度也，適足即較數也。度無較。其日則有較。

又如火星在房宿之西，越若千日行過房抵心宿，而木星自火星元處，越若千日至房宿。又有金星或先或後亦自火星元處，越若千日行至房，又若干日逐及木星于房心之間。此以宿距爲較度者三，如云以火星若千日，較木星若千日，而火星之行多一房度也。以火星若千日，較金星若千日，而火星亦多一房度。以金星若千日，較木星若千日，而行度相等。用兩星逐及于房心之間日數。

此上二則，以三色取之。凡所測不必兩星同在一度，但欲有傍星可記。異日有他星復至所記旁星之處，即成同度之算。

又如一星順行自房行幾日，一星逆行自心行幾日，相遇同度於房心間，自此分行。又幾日，其逆行星至氐，此用一較度，一和度也。順行星幾日，逆行星幾日，共行房宿度，此爲和度。順行星幾日，而逆行星多一氐宿度，此爲較度。用逆行星相遇後至氐宿之日數。

又如一星自建星順行，至幾日遇逆行星，又幾日至牛宿，其逆行星。自相遇處行幾日至建星，又幾日至斗宿距星，此亦一和一較。順行星幾日，逆行星幾日，而行度相當，用二星兩相遇處至建星之日數，此較度也。順行星幾日，逆行星幾日，而共行斗宿度。用兩相遇後順行星至牛。逆行星至斗之日數，此和度也。

行至木星原處，金星又在火星西而恰當西宿，如井。越若千日行至火星原處，又若千日亦至木星原處。此亦借宿度爲用，而中有二和一較，如云金星若千日，火星若干日，木星若干日，共行若千度也，如井度。又金星若千日木星若千日，火星若干日，而其行適等。用火星至木星原處之日，及金星自火星原處至木星元處之日，此則較度也，適足即較數也。度無較。其日則有較。

又如火星在房宿之西，越若千日行過房抵心宿，而木星自火星元處，越若千日至房宿。又有金星或先或後亦自火星元處，越若千日行至房，又若干日逐及木星于房心之間。此以宿距爲較度者三，如云以火星若千日，較木星若千日，而火星之行多一房度也。以火星若千日，較金星若千日，而火星亦多一房度。以金星若千日，較木星若千日，而行度相等。用兩星逐及于房心之間日數。

此上二則，以三色取之。凡所測不必兩星同在一度，但欲有傍星可記。異日有他星復至所記旁星之處，即成同度之算。

又如一星順行自房行幾日，一星逆行自心行幾日，相遇同度於房心間，自此分行。又幾日，其逆行星至氐，此用一較度，一和度也。順行星幾日，逆行星幾日，共行房宿度，此爲和度。順行星幾日，而逆行星多一氐宿度，此爲較度。用逆行星相遇後至氐宿之日數。

又如一星自建星順行，至幾日遇逆行星，又幾日至牛宿，其逆行星。自相遇處行幾日至建星，又幾日至斗宿距星，此亦一和一較。順行星幾日，逆行星幾日，而行度相當，用二星兩相遇處至建星之日數，此較度也。順行星幾日，逆行星幾日，而共行斗宿度。用兩相遇後順行星至牛，逆行星至斗之日數，此和度也。

算法

明・王文素《算學寶鑒》卷二六《互借求原》 比數新題：甲借乙三分之一共銀七兩，乙借甲二分之一亦共七兩。問二人原各有銀幾何。

荅曰：甲銀五两六錢，乙銀四两二錢。

新立捷徑法曰：置共銀七両，損二即八因，得甲銀五両六錢。另置共銀七両，損四即六因，得乙銀四両二錢。即合所問。

或用《九章》之法，亦可或用方程入之，亦可皆合問。

又

二和相減剩差錢，破母相乘作寔玄。
子減母餘爲下法，除来便见破之原。
破錢去減全和數，所剩称爲全者錢。
此系求原真妙法，万無一失理当傳。

又 金破求原：甲錢以五分之二并乙，共二十三文。乙以全錢并甲，共三十八文。問二人原有錢幾何。

荅曰：甲二十五文，乙十三文。

法曰：置共和錢三十八文，内減乙和錢二十三文，餘一十五文。以甲母五乘得七十五文为寔，以子二減母餘三为法，除之得甲錢二十五文。以甲和三十八文，餘一十三文，为乙錢。合問。

又 二人共梨一百，甲以七分之三併乙，共六十八枚。問二人梨數幾何。

荅曰：甲五十六枚，乙四十四枚。

法曰：置共梨一百，内減乙和六十八，餘三十二为寔。以子三減母七餘四为法，除之得八。以母七乘之得甲梨五十六，以減共梨一百餘四十四，即乙之梨也。合問。

又 減半相和求原口訣：

相和減半較差錢，少内除差多内添。
人數折乘添半個，法除各位俱知原。

解術曰：且以三人言之。甲是最多者，以乙丙之差，俱添入甲和之内。是最少者，以甲乙之差，俱減丙和乙。是少甲者，以甲減之，以内差添之。故術訣曰「少内除差，多内添是」，謂此耳。

又 二人題：甲錢一半，併乙，共和二十七文。乙錢一半，併甲共和三十文。問二人原各有錢幾何。

荅曰：甲二十二文，乙十六文。

法曰：甲和錢三十内減乙和錢二十七，餘三爲和差。置甲和錢三十，添入和差三文，共三十三爲甲寔。另置乙和錢二十七内減和差，餘二十四爲乙寔。另以二人折半，作一人加入半個，得一個半为法。以法除甲寔，得甲錢二十二文。以法除乙寔，得乙錢十六文，併。合問。

又法：即如前，求出甲錢二十二文，折得一十一文。以減乙和錢二十七文，餘十六文，爲乙錢，亦同。

又 三人題：甲乙將錢各分一半，与丙共和三十三文。甲丙各分一半，与甲共和三十六文，問三人原各有錢幾何。

荅曰：甲二十文，乙十八文，丙十四文。

法曰：置甲和錢三十六文添多乙二文，又添多丙三文，共四十文爲甲寔。另置乙和錢三十五文内減少甲一文，却添多内二文，得三十六文爲乙寔。另置丙和錢三十三文内減少甲三文，又減少乙二文，餘二十八文爲丙寔。將三人折半得一個半，添半個得二個为法。各除三人之寔，除甲寔四十得甲錢二十文，除乙寔三十六得乙錢十八文，除丙寔二十八得丙錢十四文。合問。

又 母子相同求源口訣：

相同母子要求原，以子乘差且寄安。
子減母餘除見數，与和添減亦如之。
相乘分母为其實，衆子之中去一堪。
一母与同餘子併，法除各寔俱知原。

又 三人有錢不知其數，俱各均分五堆。(二)[乙]丙各以二堆併，甲共三百七十文。甲丙各以二堆并，乙共三百四十文。甲乙各以二堆併，丙共二百八十文。問三人原有錢幾何。

荅曰：甲二百五十文，乙二百文，丙一百文。

法曰：置甲多乙三十文，並多丙九十文，共一百二十。以子二堆乘之得二百四十文。另以二堆減母五堆，餘三堆爲法，除之得八十文。併入甲和三百七十，共四百五十爲甲寔。另置乙多丙六十內減少甲三十餘三十。亦以二因三歸得二十，併入乙錢三百四十，共三百六十爲乙寔。

另置丙少甲九十並少乙六十共一百五十，亦以二因三歸得一百，以減丙錢二百八十餘一百八十爲丙寔。另並一母五堆，二子四堆，共九堆爲法。皆以五堆乘前三實，以九堆除之。甲得二百五十文，乙得二百文，丙得一百文。合問。

解曰：此方程之巧逢如方程入之亦可。

又 配銷荒金：今有官，追八色不等，零金一百五十兩。有九七五色金四十兩，九五色金二十兩，九色金十兩，八五色金二十兩，八色金十六兩，七五色金十兩，七色金二十二兩，六五色金十二兩。欲配銷作三色，八成八五九成每色一錠五十兩。問各色零金內取用分兩若干。

《指明》荅曰：九成金一錠五十兩折赤四十兩「內用」，本色金五兩折赤四兩五錢，九七五金二十五兩折赤二十四三錢七分五厘，九五［金］八兩折赤七兩六錢，七五金二兩五錢折赤一兩八錢七分五厘，七成金九兩五錢折赤六兩六錢五分；

八五色金一錠五十兩折赤四十二兩五錢「內用」，本色金二十兩折赤十七兩，九七五金十五兩折赤十四兩六錢二分五厘，七五金七兩五錢折赤五兩六錢二分五厘，七成金七兩五錢折赤五兩二錢五分；

八成金一錠五十兩折赤四十兩「內用」，本色金十六兩折赤十二兩八錢，九五金十二兩折赤十一兩四錢，九成金五兩折赤四兩五錢，七成金五兩折赤三兩五錢，六五色金十二兩折赤七兩八錢。

證曰：切照此題，任意約配，所荅甚多不及歷舉，令特將尤簡者一荅繼之於左。

九成金一錠五十兩折赤四十五丙「內用」。

九五色金二十兩折赤十九兩。

九色金十兩折赤九兩。

八五色二十兩折赤十七兩。

八五色金一錠折赤四十二兩五錢「內用」。

九七五色金二十兩折赤十九兩五錢。

八成金十六兩折赤十二兩八錢。

七五金八兩折赤六兩。

七成金六兩折赤四兩二錢。

八成金一錠五十兩折赤四十丙「內用」。

九五色金二十兩折赤十九兩五錢。

七五色金二兩折赤一兩五錢。

七成金十六兩折赤十一兩二錢。

六五色金十二兩折赤七兩八錢。

《指明》原立法曰：置八色不等金分兩，各以成色折之，共併赤一百二十七兩五錢。另置今作三色，每色五十兩，各以成色折之。併數，與前相同。各列其位，各將高低成色荒金約之，先之中等荒金分兩，各以折赤數俱於五十兩，內荒赤兩減，餘赤計位。餘荒光以高色折見赤數，於內減去餘赤，剩爲寔。別將高色內減去低色，剩爲法。以法除寔，光得低色荒金分兩，各以成色折之，併赤相同，合前所問。

證曰：此亦術耳又非細草，觀其術，意亦與買四色果同。約減求之，未是成術，此題錐云八色零金，寔三率分身之法也。

新立術圖

荒金一兩　荒金一兩　荒金一兩　共荒五十兩

折赤九錢五分　折赤九錢　折赤八錢半　共赤四十五兩

新立論價草曰：置共荒金一錠五十兩，以九五色乘之，得四十七兩五錢。內減共折赤四十五兩，餘二兩五錢，爲九成八五二色之實。以九成減九五，餘五分爲九成金法。另以八五減九五，餘一錢爲八五法。先以一錢除寔二兩，得八五金二十兩。餘寔五錢。以五分除之得九成金十兩。共三十兩，以減共荒金五十兩餘二十兩爲九五色金。合問。

求八五色金法曰：置一錠五十兩，以九七五色乘之得四十八兩七錢五分。內減折赤四十二兩五錢，餘六兩二錢五分爲八五色七五色七成三等之寔。各以低色減高色金八五，餘一錢二分五厘爲法。七五餘二錢一分五厘，先商除八五色二十兩。以一錢二分五厘除塞二兩五錢，餘塞三兩五錢，併餘二法共五錢，除之得七成七五金各七兩五錢。共三色三十五兩。以成五十兩，餘十五兩爲九七五金。合問。

求八成金法曰：以前二錠所用荒金分兩，減之餘者即得，不待如前算之。

清・梅文鼎《方程論》卷二　今有寶泉寶源二局鑄錢不知總，但云取寶源五之四又四之三以益寶泉，則寶泉之數倍。若取寶泉三之二以與寶源較，則多於寶源四十二貫。

答曰：寶泉原數一千九百五十三貫，寶源原數一千二百六十貫。

法：先以寶源分母五四相乘，得二十分爲全數。又以分母五互乘分子三，得十五。分母四互乘分子四，得十六。併之共三十一分，爲寶源所以益寶泉之分。全數二十分，所用以益寶泉者反有三十一分，是爲以寶源全數又二十分之十一以益寶泉也。其寶泉只一分母，故不用乘併。

乃列位：

右　寶泉三分正六分　　寶源之三十一分負六十二分　　適足

減盡　　餘二分

左　寶泉之二分正六分　　寶源二十分負六十分　　止四十二貫得一百二十六貫

如法乘減。中位餘二分爲法，下位餘一百廿六貫爲實。法除實得六十三貫爲寶源局廿分之一分。以分母廿乘之，得一千二百六十貫爲寶源數。以寶源數異加正四十二貫，共一千三百〇二貫，即寶泉局三分之二也。於是以分子之二除，以分母三乘，得一千九百五十三貫爲寶泉數。置寶源數，四因五除之，得一千〇八爲五分之四。又置寶源數，三因四除之，得九百四十五爲四之三。併兩數，亦恰得一千九百五十三貫。如寶泉數，以加寶泉，是爲寶泉者倍也。

論曰：乘得數後，寶泉分數同，惟右行之寶源多於左行者二分，而遂能與寶泉等。若左行之寶源少此二分，而其少於寶泉者遂一百二十六貫。然則此一百二十六貫者，正是寶源之二分矣。知分數，即知全數，知寶源，即知寶泉。

此二者皆化整爲零，而分母不同也。

又　今有貨泉刀貝四種之幣，各不知數。但云泉八之一，兼刀布七之二，則如貨數也。若刀布七之三，兼貝六之四，則其數如泉也。若貝六之五，又外加數八千九百七十，則如刀布也。若貨數自加九之一，則共數如貝也。問本數各幾何。

答曰：貨五千一百三十，泉九千六百八十，刀布一萬三千七百二十，貝五千七百。

法：以各分母通其原數，然後以正負列之。貨分母九，泉分母八，刀布分母七，貝分母六。丁行貨全數一，又九分之一，共十。是爲九分之十，凡全數帶分者準此。

甲貨正九得正九十分　泉負之一得負十分　刀布負之二得負廿分　〇無乘　　適足

乙〇　泉正八　刀布負之三　貝負之四　　適足

丙〇　〇　刀布正七　貝負之五　　正八千九百七十

丁貨負之十得正九十分　〇無乘　〇無乘　貝正六得負五十四分　　適足

減盡

此二行首位貨空，故先不用用乘，存與減餘相對。

先以甲行貨正九分爲法，偏乘丁行得數。又以丁行貨負十分爲法，偏乘甲行得數。因首位異名，故變一行以相從，而以丁從甲。乃以甲丁兩行得數相減，貨同減盡。甲行泉負十分，刀布負二十分，皆無對不減。丁行貝負五十四分亦無對不減。下適足無乘無減，仍爲適足。

乃以泉刀同名在甲行者爲一類，貝同名在丁行者爲一類，分正負重列而求之。丁行之負，甲行之正也。

因餘行已無貨位，當以泉爲乘法，尋乙行中有泉，徑用與減餘相對。

右減餘泉負十分正八十分　刀布負二十分正一百六十分　貝正五十四分負四百三十二分　　適足

左乙行泉正八分正八十分　刀布負三分負三十分　貝負四分負四十分　　適足

減盡　併一百九十　減餘三百九十二

如法偏乘得數，乃相減併。泉同減盡，刀布異併得正一百九十分。貝同減，餘負三百九十二分。

以減餘爲主命其正負而重列之。

因餘行已無泉，當以刀布爲乘法，尋丙行有刀布，徑用與減餘相對。

右減餘刀布正一百九十分正一千三百三十分　貝負三百九十二分負兩千七百四十四分

減盡　餘一千七百九十四分

左丙行刀布正七分正一千三百三十分　貝負五分負九百五十分　正八千九百七十正一百七十萬四千三百

適足

如法徧乘得數，刀布同減盡，貝同減餘一千七百九十四分爲法，正一百七十萬四千三百無減就爲實。法除實得九百五十爲貝之一分。以丙行貝之五分，該四千七百五十，異加正八千九百七十，共一萬三千七百二十爲刀布原數。以刀布分母七除原數，得一千九百六十爲刀布之一分。以刀布之三分，該五千八百八十，貝之四分，該三千八百，併之得九千六百八十爲泉數，用乙行也。以泉分母八除泉數得一千二百一十爲泉之一分，以泉之一分加刀布之二分三千九百二十，共五千一百三十爲貨數，用甲行也。以貨分母九除貨數，得五百七十爲貨之一分，以貨數加一分，共五千七百爲貝數，用丁行也。

甲丁兩行乘減論曰，即互乘，則甲丁之貨等。而甲行之泉若刀布，及丁行之貝，又各與其首位之貨等，則甲之泉若刀布必與丁之貝等也。故對減去貨，而徑以甲之泉若刀布與丁之貝分正負而命之適足也。此即西學中比例之理，然方程中自有之，且簡快如此。

乙行減併論曰，左右兩行之正負皆適足。若於右正數内減左正，右負數内減左負，其所餘者亦必適足也。今右正内即減去同名之泉，右負内又減去同名之貝，而左負内有刀布不與右同名，不能相減。故反用以加，加則正數多。正數多，則負數少，而其數亦必適足矣。

又論曰，隔行之異名，乃同名也。今兩行之正與負即皆適足，若以左之正泉益右之負貝而共爲負，以左之負刀布貝益右之正泉刀布而共爲正，則亦適足也。於是以兩者右泉刀布左刀布貝爲一類，左泉右貝爲一類，對減其相同之物泉各減八十分，貝各減四十分，則其所餘之物必亦適足也。左右刀布爲正，右貝減餘爲負。

又論曰：右行刀布正數也，正多於負之數也。左行刀布負數也，正少於負之數也。合此二數，則是右正之多於左正者，此兩行之刀布也。然刀布之數，右正雖多於左正，而貝之數，右負亦多於左負，故兩行皆適足也。然則右正之所多與右負之所多亦必相當適足矣。

丙行乘減論曰，刀布本同，惟右之貝多於左。右之貝多，則左之貝少矣。左之貝少，則刀布多矣。然則左之刀布獨有盈數者，正是此相差之貝也。

此亦化整爲零，而又有整帶零，四色有空之例也。

又 問品官月俸，六品爲五品八之五，七品爲六品四之三，八品爲七品十五之十三，九品爲七品十五之十一。倍九品，加八品六品七品各一，則如五品之倍數，而多三石，各若干。

法：以分母各通其原數而正負列之，五品通爲八，六品通爲四，七品通爲十五，八品九品以全數，原無分母故也。五品倍則爲十六。

甲五品正之十六分　正八十分　六品負四分負二十分　七品負十五分負七十五分　八品負一負五　九品負二負十　負三石負十五石

減盡

乙五品正之五分　正八十分　六品負四分餘四十四分　○　○　○　適足

丙○　六品正之三分負六十四分　七品負十五分　○　○　適足　丙丁戊三行無可減，存之，與減餘相對。

丁○　○　七品正之十三分　八品負一　○　適足

戊○　○　七品正之十一分　○　九品負一　適足

先以甲行五品十六分，遍乘乙行五品六品得數，餘空位無乘。次以乙行五品五分，遍乘甲行得數，乃對減，五品各八十分，同名對減盡。六品同名對減，餘四十四分，乙行之負物也，爲一類。七品八品九品併祿米較數皆無對，不減，皆甲行之負物負數也，爲一類。分正負列之，與丙行相對。

右減餘　六品　正四十四分　正一百二十二分　七品負七十五分負二百二十五分

減盡　左餘四百三十五分

左丙行　六品　正三分　正一百二十二分　七品負十五分負六百六十分

八品　負五　負十五　九品負十負卅　負十五石負四十五石

○　○　適足

如法以減餘六品分遍乘丙行六品七品分得數，餘空無乘。

又以丙行六品分遍乘減餘得數，乃以對減，六品得數各一百三十二分同名減盡，七品同名減餘四百三十五分，丙行之負物也，自爲一類。其餘三位無減，皆減餘之負恂負數也共爲一類。分正負列之，與丁行相對，又因丁戊兩行皆有七品，是多一算也。乃更置之，以八品列首位。

正一百九十五分

右減餘八品負十五負十五　七品正四百三十五分　九品負三十負四十五石

減盡　餘正二百四十分

左丁行八品負一　負十五　七品正十三分正一百九十五分○　適足

如法以丁行八品負一偏乘減餘皆如故。首行同名，故兩行之正負亦皆不變。

又以減餘八品負十五分遍乘丁行八品七品得數，乃對減，八品同減盡，七品同減，餘二百四十分，右行之正物也，爲一類。九品三十無減，祿米四十五石亦無減，皆右行之負物負數也。同名共爲一數，乃分正負重列之，與戊行相對。

右減餘七品正二百四十分正二千六百四十分　九品負三十負三百三十　負四十五石負四百九十五石

減盡　餘九十

左戊行七品正十一分正二千六百四十分　九品負一負二百四十　適足

如法，以左右七品分互遍乘得數，首行同名，故兩行之正負皆不變。七品通減盡，九品同減，餘九十爲法，祿米四百九十五石無減，就爲實。法除實，得五石五斗爲九品月俸。置九品俸以相當之七品之十一分除之，得五斗，爲七品月俸十五分之一。而以與八品相當之十三乘之，得六石五斗爲八品月俸。又以七品之分母十五乘其一分得七石五斗爲七品月俸，又置七品俸，以相當之六品之三分除之，得二石五斗爲六品四之一，而以其分母四乘之，得十石爲六品月俸。

置六品俸，以相當之五品之五分除之，得二石爲五品八之一，而以其分母八乘之，得十六石爲五品月俸。

計開：五品每月十六石，六品每月十石，七品每月七石五斗，八品每月六石五斗，九品每月五石五斗。

論曰：此多列有兩種，六品通爲四分者，問原云四之三，是可以四分者也，七品通爲十五分者，原云十五之十三之十一，是可以十五分者也。五品通爲十六分者，原云八之五，是可以八分者也。又倍之而十六，則爲八分者二矣。此皆以分立算，化整從零之法也。八品則只是原數，九品亦是原數，而又有倍數，然只是原數之倍，非如五品倍其分也，此兩者皆不用分，只用整。合而言之，乃零整雜用之法也。零與整雜，似不倫矣，然乘除得數則同。但用分者所得數亦爲一分之數，故必以分母乘之。乃合原數，而其原不用分者，得即原數。更不須乘，能知此理，則用分無誤矣。

甲乙兩行論曰，兩行正數内，五品本同，而甲有負多於正之較，乙則無有，是此較數乃甲負多於乙負之較也。於是以兩負相減，以去其同之分，而觀其所不同之處，則甲有諸品，而乙惟六品之減餘。然則甲負之獨多此較者，乃甲諸品多於乙六品減餘之較矣。

丙行乘減論曰：兩得數對減，而六品減盡，是其數同也。其與六品爲正負者，又減去相同之七品分，而左仍餘七品之餘分。右仍餘諸品之全分，則是兩行諸數皆同，而惟此二者有差也。然則右之獨有盈於六品之較者，正此二者之差數也。

丁行論曰：兩行對減，而於負數内減去相同之八品，惟餘九品。於正數内減去相同之七品分，惟餘七品之餘分。然則右行負數獨有盈於正數者，正是右行九品與其七品餘分之較也。何也，與之對減者，乃左行適足之數。故於較數無關也。

戊行論曰：右行内減去左行適足數，惟餘九品數，則其下盈數，必所餘九品之數也。此條通減歸一，其理較明，學者翫之。

此零整雜列也，亦五色方程有空例也有減無併，可悟偶加奇減之非。

又 問有物一百七十四，以三人分之，乙所分如甲七之三，仍不足單六。丙所分如乙七之三，而多二數，各幾何。

答曰：甲數一百一十二，乙數四十二，丙數二十。

甲數三因七除之，得四十八多於乙數六。乙數三因七除之，得十八少於丙數二。

法：列位：以甲乙分母七化整爲零，丙無分，仍用整。

和甲七分正二十一分　乙七分正二十一分　丙一正三　共一百七十四正五百廿二
減盡　併得七十分
較中之三分正二十一分　乙七分負四十九分　○　正六　正四十二　減餘四百八十
○　乙之三分正　丙一負　負二　此行無甲數存與減餘重列

此三色有空，先以和較雜法，用兩行甲互遍乘之。和數甲全分七，乘較行得數，依其正負。以較數甲正三分，乘和行得數，從乘法皆命爲正。甲各二十一分同減盡，乙異併七十分正，丙三無減正，下數同減，餘四百八十正，皆同名，不分正負。以和數重列，與第三行較數求之。

和　減餘乙七十分　正二百一十分　丙三正九　共四百八十正
併七十九　併一千五百八十
較　第三行乙之三分　正二百一十分　丙一負負七十　負二負一百四十

如法互乘減併，乙同減盡，丙異併七十九爲法，下數異併一千五百八十爲實。法除實，得二十爲丙數，丙數同減負二，得一十八爲乙七之三，乃以三分除之得六，爲乙七之一。以分母七乘之，得四十二爲乙數。乙數異加正六，共四十八，當甲七之三，乃以三分除之，得十六爲甲七之一。以甲分母七乘之得一百一十二爲甲數。此亦零整雜用之法也。

若依變零從整法，則以分子母倒位列之，其正負以分母乘之，乃與和數列而求之。

論曰：倒位何也？非倒位也，分母遍乘則然也。以分母七乘子三而皆七之，則爲三分者七。爲三分者七，是爲全數者三矣。而其所當者全數也，七之則爲全數者七矣。是乙以全數當甲七之三者，七乘之，則七乙當三甲也。故如倒位，然皆全數也，非分也，故非倒位。正負亦用分母乘何也，乙一當甲七之三而少六，則七乙當三甲而共少七個六，爲四十二也。丙一當乙七之三而多二，則七丙當三乙而共多七個二，爲十四也。

甲一正三　乙一正三　丙一正三　共一百七十四正五百二十二
減盡　併十
甲正三正三　乙負七負七　○　正四十二正四十二　減餘四百八十

乙正三　正卅　丙負七負七十　負十四負一百四十
減盡　併七十九　併一千五百八十
重列減餘乙十正卅　丙三正九　共四百八十正一千四百四十

如法以前兩行遍乘減併，又重列之，與第三行遍乘減併。乙減盡，丙異併七十九爲法。下數異併一千五百八十爲實。法除實得二十爲丙數。七因丙數，得一百四十，同減負十四，餘一百二十六，以乙三除之，得四十二爲乙數。

七因乙數，得二百九十四，異加正四十二，共三百三十六。以甲三除之，得一百一十二爲甲數。

此變零從整而分母同者也，亦有分母不同，但取其本一行中所用之分母，遍乘本行以爲用，不必齊同如後條。

又 問有數不知總，以三人分之，亦不知各所分之數，但云甲如乙丙共數二之一，乙如甲丙三之二，丙如甲乙四之三，而不足四，又四分之一，總數分數各幾何。

答曰：總數十五，甲五，乙六，丙四。

乙丙共十，其二之一則五如甲。甲丙共九，其三之二則六如乙。甲乙共十一，其四之三則八，又四之一，以丙相較不足四，又四之一也。

法曰：此各行分母不同，如甲有三之二，又有四之三。乙有二之一，又有四之三。丙有二之一，又有三之二，皆有兩分母，宜用變零從整之法，以不同同之，用分則不同，變而用整，則不同而同矣。以分母各遍乘其本行而列之。

右甲正二中乘正四　乙負一中乘負二　丙負一中乘負二　適足

減盡　減餘四　併得六

右乘正四　右乘負六　右乘正四

中甲正二左乘正六　乙負三左乘負九　丙正二左乘正六　適足

減盡　併十五　併十四

左甲正三中乘正六　乙正三中乘正六　丙負四中乘負八　正十七中乘正三十四

如法互乘減併，以三色較數變爲二色而重列之。雖減併不同，皆仍爲較數不變，宜翫。

右餘乙正四正六十　丙負六負九十　適足

減盡　減餘三十四

左餘乙正十五正六十　丙負十四負五十六　正三十四正一百三十六

如法互乘，乙同減盡，丙同減餘負三十四爲法，正一百三十六無減就爲實。法除實得四爲丙數，以六乘丙數得二十四，以相當適足之四乙除之，得六爲乙數。以原列右行乙丙各一共十，以相當適足之甲二除之，得五爲甲數也。

論曰：甲爲乙丙二之一，則是二甲當一乙一丙也，皆二因之也。乙爲甲丙三之二，則是三乙當二甲一丙也，皆三因之也。丙爲甲乙四之三而不足四又四之一，則是四丙以當三甲三乙而不足十七也，皆四因之也。甲乙丙各有兩分母，若化整爲零，當以分母相乘爲原數，母互乘子爲所用之分，殊多事矣。

二因甲得二，二因乙丙二之一，得乙丙各一。

三因乙得三，三因甲丙三之二，得甲丙各二。

四因丙得四，四因甲乙四之三得甲乙各三，四因正四又四之一得正十七。以一丙與甲乙四之三較，不足四又四之一，若以四丙與四个甲乙四之三較，亦不足四个四又四个四之一，是爲十七。

又　問有數九百六十，以四人差等分之，乙與甲如二與八，丙與乙如三與七，丁與丙如四與六，各幾何。

答曰：甲六百七十二，乙一百六十八，丙七十二，丁四十八。

法：以共數命爲和，相當數命爲較，依和較雜法列之。

乙二而甲八，是乙得甲八之二，故八乙可當二甲也。丙三而乙七，是丙得乙七之三，故七丙可當三乙也。丁四而丙六，是丁得丙六之四，故六丁可當四丙也。推此知二八三七四六各種差分皆可以方程御之。

和一　甲一正二　乙一正二　丙一正二　丁一正二　共九百六十正一千九百二十

二　甲正二　乙負八　併得十　○　○　適足

較三　乙正三　丙負七　○　適足　二行無甲，存與減餘列之

四　○　丙正四　丁負六　適足

首次兩行如法互乘減併訖，重列之，取出第三行與之爲耦。

和　減餘乙十正三十　丙二正六　丁二正六　共一千九百二十正五千七百六十

減盡　併得七十六

較　第三行乙正三正三十　丙負七負七十　○　適足

如法減併訖，又重列之，兩次減餘皆和數，可見立負之非。

又取末行與之爲耦而列之。

和　減餘丙七十六正三百〇四　丁六正二十四　共五千七百六十正二萬三千〇四十

減盡　併得四百八十

較　末行丙正四正三百〇四　丁負六負四百五十六　適足

如法乘減，丙減盡，丁併得四百八十爲法，正二萬三千〇四十無減，就爲實。法除實得四十八爲丁數，六因丁數得二百八十八，以相當之四丙除之，得七十二爲丙。

七因丙數，得五百〇四，以相當之三乙除之，得一百六十八爲乙數，八因乙數得一千三百四十四，以相當之二甲除之，得六百七十二爲甲數。

試以甲併乙共八百四十，以八因之得甲數。若二因亦得乙數，是乙與甲二八差分也。試以丙併乙共二百四十，以七因之得乙數，若三因亦得丙數，是丙與乙三七差分也。併丙丁共一百二十，以六因之得丙數，若四因亦得丁數，是丁與丙四六差分也。

又試以八除甲數得八十四，以二除乙數亦得八十四，若以八十四除甲數必得八，以八十四除乙數必得二也。又試以七除乙數，以三除丙數，皆得二十四。若以二十四除乙數必得七，除丙數必得三也。以六除丙數，以四除丁數，皆得十二。若以十二除丙數必得六，除丁數必得四也。

又 問有數七百四十一，以四人分之，乙於甲爲三之二，丙於乙爲五之三，丁於丙爲七之五，各幾何。

答曰：甲三百一十五，乙二百一十，丙一百二十六，丁九十。

法曰：乙得甲三之二是三乙當二甲也，丙得乙五之三，是五丙當三乙也。丁得丙七之五，是七丁當五丙也。故皆命以適足而列之。

和　孟甲一正二　乙一正二　丙一正二　丁一正二　共七百四十一正一千四百八十二
　　減盡併得五
　　仲甲正二　乙負三　○　○　適足
較　叔○　乙正三　丙負五　○　適足　叔季兩行無甲位數，存與減餘列之。
　　季○　○　丙正五　丁負七　適足

先以孟仲兩行如法互乘減併訖，次列餘數，取出叔行相對。

和　減餘乙五正十五　丙二正六　丁二正六　共一千四百八十二正四千四百四十六
　　減盡併三十一　減盡併三十一
較　叔行乙正三正十五　丙負五負二十五　○　適足

如法減併，又列其餘，與季行相較。

和　減餘丙三十一正一百五十五　丁六正三十　共四千四百四十六正二萬二千二百三十
　　減盡　併得二百四十七
較　季行丙正五正一百五十五　丁負七負二百一十七　適足

如法減併，丁二百四十七爲法，正二萬二千二百三十爲實，法除實得九十爲丁數。七因丁數五除之，得一百二十六爲丙數。五因丙數三除之，得二百一十爲乙數。三因乙數二除之，得三百一十五爲甲數。

又 問有數七百四十一以四人分之。乙如甲三之二，丙如甲五之二，丁如甲七之二，各幾何。

因前問中有疊數，故作此問以互明之。

乙三當甲二，而丙五又當乙三，是丙五亦當甲二也。丙五當甲二，而丁七又當丙五，是丁七亦當甲二也，又丁七亦當乙三，今云爾者，以甲爲主也。

在西法謂之連比例。

和　甲一正二　乙一正二　丙一正二　丁一正二　共七百四十一正一千四百八十二
　　減盡併五
　　甲二正　乙三負　○　○　適足
較　甲二正　減盡　○　丙五負　○　適足
　　甲二正　減盡　○　○　丁七負　適足

首行互乘次行如故，次行乘首行皆二之，甲減盡，乙異併得五正，丙二正，丁二正，正一千四百八十二，皆無減，皆仍爲和，同名在一行故也。

次行乘三行，因兩首位同，不用乘，竟以對減，甲減盡，乙三，次行負也，丙五，三行負也，皆無減，命爲正負適足，同名在兩行，故爲較數。

三行末行首位亦同，亦徑減，甲減盡，乙空，丙五，三行負也，丁七，末行負也，皆亦無減，命爲正負適足，亦同名在兩行。

乃以減餘重列之，如三色有空之法。

和　乙五正十五　丙二正六　丁二正六　共一千四百八十二正四千四百四十六
　　減盡併三十一
較　乙正三正十五　丙負五負二十五　○　○　適足
較　○　丙正五正二百五十五　丁負七負二百一十七　適足
　　減盡　併二百四十七
和　重列減餘　丙三十一正二百五十五　丁六正三十　共四千四百四十六正二萬二千二百三十

如法減併得二百四十七爲法，二萬二千二百三十爲實。法除實得丁數以次求得甲乙丙數，皆如前問之數。

又 問有米三百八十五石五斗二升，令二等人户以四六差分出之。甲上等二十六户，乙下等四十户，下户出率，則如上户六之四。

答曰：上户各七石三斗二升，廿六户共一百九十石〇三斗二升，

下户各四石八斗八升，四十户共一百九十五石二斗。

法：以和較列位：

和　甲廿六户正二百〇四　乙四十户正一百六十　共二百八十五石五斗二升

減盡　併三百一十六

較　甲正四户正二百〇四　乙負六户負一百五十六　適足　正一千五百四十二石〇八升

如法互乘得數，甲同減盡，乙異併三百一十六户爲法，米一千五百四十二石〇八升無減就爲實。法除實，得四石八斗八升爲下等户則例。以下等六户乘其則例，得二十九石二斗八升。以相當之上等四户除之，得七石三斗二升爲上等户則例。

又　問有米三百一十七石給與四色人户，甲二十户，乙三十户，丙四十户，丁五十户。丁每户如丙户七之三，丙每户如乙户六之四，乙每户如甲户八之二，各幾何。

答曰：甲每户八石四斗，廿户共一百六十八石，

乙每户二石一斗，三十户共六十三石，

丙每户一石四斗，四十户共五十六石，

丁每户六斗，五十户共三十石。

法：列位：

和　甲廿户正二　乙三十户正三　丙四十户正四　丁五十户正五　共三百七十石正三十一石七斗

減盡　併得十一

較　甲正二　乙負八　○　○　適足

○　乙正四　丙負六　○　適足

○　○　丙正三　丁負七　適足兩行無甲故存之爲用

首行甲廿户十倍於次行甲正二，但以首行甲退一位作二，則齊同矣。甲退十爲單，其下各位皆退十爲單，即如互遍乘而可以對減矣。

乃以減併之餘，重與第三行列之。

和　餘數乙十一正四十四　丙四正一十六　丁五正二十　共三十一石七斗正一百二十六石八斗

減盡　併八十二

較　原數乙正四正四十四　丙負六負六十六　○　適足

又以減併之餘，重與第四行列之。

和　餘數丙八十二正二百四十六　丁二十正六十　共一百二十六石八斗正三百八十石〇四斗

減盡　併六百三十四

較　原數丙正三正二百四十六　丁負七負五百七十四　適足

依法求得六百三十四爲法，三百八十石〇四斗爲實。法除實，得六斗爲丁户則例。七因丁則得四石二斗，丙三除之得一石四斗爲丙則，六因丙則，四除之得二石一斗爲乙則。四因乙則，得八石四斗爲甲則。此條有省算法説，見後卷。

此上數條，皆變零從整法也。

有兩數相較，而爲十之八，十之七者，即非二八三七差分也。

有二例見末卷。

又　假如有南運船二隻，以比北船三隻，則南船運米不及北船四百二十石，其南船帶耗米反多於北船一十二石。若以南船三當北船五，則南船運米不及北船八百三十石其耗米亦不及北船三十二石，問各幾何。

法：以正負列位：

南正二正六　北負三負九　負運米四百二十石負一千二百六十石　正帶耗十二石正三十六石

減盡　減餘一隻　減餘四百石　併得一百石

南正三正六　北負五負十　負運米八百三十石負一千六百六十石　負帶耗三十二石負六十四石

如法乘減，餘北船一隻爲總法。運米同減，餘四百石爲運米實，即爲北船每隻運數，總法一故不除，下同。耗米異併，得一百石爲耗米實，即爲北船每隻耗數。任以右行北船三乘其運數，得一千二百石，同減負四百二十石，餘七百八十

石。以南船二除之，得三百九十石爲南船運數。

以右行北船三乘其耗數，得三百石。異加正十二石，共三百一十二石。以南船二除之，得一百五十六石爲南船耗數。若問每米一萬石須幾船運者，則以減餘北船一，以一萬石乘之爲船實。以減餘四百石爲運米法，法除實，得二十五隻，爲北船每運一萬石之數。又以一萬石任乘右行北船三，以二十五隻除之，得一千二百石，同減負四百二十石，餘七百八十石，又爲法。以一萬石乘南船二爲實，法除實，得二十五隻又三十九分船之二十五，爲南船每運一萬石之數。

若問耗米五千石該給幾船者，則亦以五千石乘減餘北船一隻爲船實。以減餘一百石爲耗米法，法除實，得五十隻爲北船耗米五千石之船數。又以五千石乘右行北船三，以五十隻除之，得三百石。異加正十二石，共三百一十二石，又爲法，以五千石乘南船二爲實，實如法而一，得三十二隻又三十九分船之二，爲南船耗米五千石之船數。

此因耗米與正運不同故也。若耗米亦以一萬石爲問，則北船之實皆同。

又 卷三 問田糧七則起科。甲有上田一畝，上次田一畝，輸糧七斗。乙有上田一畝，上次田四畝，上中一畝，糧一石八斗。丙有上次上中田各一畝，糧五斗，丁有上中田中田各兩畝，糧五斗。戊有中田三畝，中次五畝，中下五畝。已有中下八畝，下田十三畝，庚有中下田下田各十畝，皆糧五斗。問各則若何。

法曰：此方程斷續法也。以甲乙丙借作三色，已庚借作二色，各如法求得田則，其中兩色自知。

	上	上次	上中	中	中次	中下	下	糧
甲	上一	上次一	○	○	○		○	七斗
乙	上一	上次四	上中一	○	○	○	○	一石八斗
丙	○	上次三	上中三	○	○	○	○	五斗　一石五斗
丁	○	○	上中二	中二	○	○	○	五斗
戊	○	○	○	中三	中次五	中下五	○	五斗
己	○	○	○	○	○	中下八	下十三	五斗
庚	○	○	○	○	○	中下十八	下十八	五斗　四斗

（甲乙：上減盡，上次餘三；乙丙：上次減盡，上中餘二；甲乙糧餘一石一斗；乙丙糧餘四斗；己庚：中下減盡，下餘五，糧餘一斗。）

先以甲乙兩行遍互乘上田，餘上次田三畝，上中田一畝，糧一石一斗，用與丙行乘減。上次田減盡，餘上中田二畝爲法，糧四斗爲實。法除實，得二斗爲上中田則例。

就以上中田則減丙糧五斗，餘三斗，爲上次田則例。以上次田則減甲糧七斗，餘四斗爲上田則例，以上三色法也。

又以上中田則例乘丁田二畝得四斗，以減丁糧五斗，餘一斗。以二畝除之，得五升爲中田則例。

又以戊中田三畝乘其則例，得一斗五升，以減戊糧五斗，餘三斗五升，爲戊中次中下各五畝之共數。

因此處斷而不屬，故又先求末兩行。

再以二色法，用已庚兩行如法遍乘，減去中下田，餘下田五畝爲法，糧一斗爲實。法除實，得二升爲下田則例，以八因庚行而退位，省乘法也。以庚下田十畝乘其則例，得二斗，以減庚糧五斗，餘三斗。以中下田十畝除之，得三升爲中下田則例，以上二色法也。

乃以戊中下田五畝乘其則例，得一斗五升，以減戊中下中次共三斗五升，餘二斗，以戊中次五畝除之，得四升爲中次田則例。

計開：上田每畝糧四斗，上次田每畝糧三斗，上中田每畝糧二斗，中田每畝糧五升，中次田每畝糧四升，中下田每畝糧三升，下田每畝糧二升。

論曰：此雖七色，因行中斷續，即非七色，借三色二色之法知其首尾，而中行亦見焉。所省良多。然非省乘，其勢則然也。以其疑於省算也，故附之其末。

又有數偶相同，不論二色四色，但一減之後，即得一法一實者，非省算也。然亦省算之類，故亦附錄一條以見其例。

又 假如緞紗絹不知價，但云，以緞一疋，紗五疋，易絹九疋，餘價二兩六錢。又以緞二疋，絹八疋，易紗四疋，餘價六兩八錢。又以緞三疋，易紗六疋，絹七疋，少價一兩二錢。

答曰：緞每疋價銀三兩，紗每疋一兩，絹每疋六錢。

法：列位：

緞正一正二　紗正五正十　絹負九負十八　正二兩六錢正五兩二錢
減盡　併十四　併二十六　餘一兩六錢
緞正二　紗負四　絹正八　正六兩八錢
正三　負六　正十二　正十兩〇二錢
減盡　減盡　併十九　併十二兩四錢
緞正三　紗負六　絹負七　負一兩二錢

因中左紗減盡，只餘一色，即以絹十九爲法。除十一兩四錢，得絹價每疋六錢。以絹餘二十六疋乘價，得十五兩六錢，同減負一兩六錢，餘十四兩，紗價也。以紗餘十四疋除之，得紗價每匹一兩，用中右減餘得之。以原左行紗六疋，價六兩，絹七疋，價四兩二錢，共價十兩二錢，同減負一兩二錢，餘九兩，緞三疋價也。三除之，得緞價每疋三兩。

論曰：此方程之變例也，一減之後即得其數。若多色方程，除首位外有減盡者，先雖無空，而減餘重列，即成有空方程矣，例見本卷齊單列陳條。

若三色俱減盡，則不能成算。或三色方程中，左三色俱減盡，中右只減一色，則所餘者二色。而無相較，乘減無因，不能別其二色，亦不能成算也。

又 假有問水銀三斤，硃砂二斤，共價四兩四錢。又水銀九斤，硃砂六斤，共價十三兩二錢，問各價若干。

答曰：此不可以方程算，何也，彼雖兩宗，而其後一宗之物價皆三倍於先一宗，互乘之後，必須減盡故也。

凡左行之物，俱倍於右行，或俱半俱四之一等，互乘之後，得數齊同，不能分核具如前論，方程立法，正以諸物襍糅，多寡錯居，同異參伍而得其端倪也。

又或三色方程而問只二宗，則減餘仍有二色，不能分別，故問三色必有三宗。問四色必有四宗，五色，六色以上悉同，何也。方程立法乘減一次，始能分去一色，若少一行，則少一次乘減，而不能得其一法一實矣。故行中可有空位而不可有空行。行中有空者，分一行言之也。若總列爲圖，則位皆無空，凡此皆治方程者所當知。知其有不可算，斯無疑於算，知其有必不可省，斯善爲省矣。

列位之法亦有二。一者更其上下之位以互求也，或爲省算之計。凡方程立法，務須首位齊同以便減去，故每遍乘一次，則減去一色。遞減之，則一法一實矣。今行中有空，則是不待遍乘而其一色已先減去也。故取而列之於上位，則能省算。不則上位不空，而下反空，則對位無減，補成不空，而不能省算矣。其法於列位時覆視之，有橫列中空位多者，取作首位，首位空一行，則省一算矣。

若首位原有空位，而欲更定次位者不必改列，但於重列減餘時，檢點更定之可也。

又橫列中有數偶相同，或可以分相命者，取作首位，亦省遍乘。或橫列中有單一數多者，取作首位省乘，單一數則不須乘故也。

以上論上下之位。

一者更其前後之行也。

凡首位多空，而其不空者隔遠，則更而聯之便乘減也。其各行空位不等者不必更列，但以與減餘相對者，取出對列而乘減之，例見前諸卷。

若各行首位有可以分相命，或數偶相同，而爲他行所隔，亦可更置，使之相接。

又多色方程，有各行中對位總空者，取出另列，而先乘其他行之不空者，乃於重列之時，漸次添入，可免細書踞蹐，例見後卷。

以上論前後之行。

法曰：凡多色方程，先任意列位，竟乃覆視之。若首位有空而下則無之，此不必更置也。或首位多空而下則少，亦不必更置也。

惟首位不空而下反有，或首位空少而下反多，則更而置之。故上下可以互居，前後亦可易位，或云以末行爲主者非也。

問古今曆術屢更，其所用日法無一同者，如以漢太初曆日法十有一，外加四十九則如殷曆日法也。若以太初日法三，殷曆日法三，再加五十八，則如唐大衍曆日法也。若太初日法十有四，大衍日法二相並，以比宋紀元曆日法，仍少七十六。若太初日法九十倍之，即紀元日法，其各數若干。

法以正負列位。

甲太初十一 正　殷歷一 負　○　○　負四十九

乙太初二 正　殷歷三 正　大衍一負　○　負五十八

丙太初十四 正　○　大衍二正　紀元一 負　負七十六

丁太初九十 正　○　○　紀元一 負　適足

如右圖太初曆橫列皆滿，須用遍乘對減者三，而後能減去太初之一色，其餘雖多空位，自然有無減之對位相補，不能省算。

如法改列，以最多不空之太初列下爲第四位，則殷曆居上，而成有空位之方程矣。

甲殷曆正一正三　○　○　太初負十一負卅三　正四十九正一百四十七

減盡　　併卅五　　併二百○五

乙殷曆正三　大衍負一　○　太初正二　負五十八

丙○　大衍正二　紀元負一　太初正十四　負七十六 兩位首一色空存之

丁○　○　紀元負一　太初正九十　適足

先如法以甲乙兩行互乘減併，殷曆各正三對減盡。大衍負一無減，太初異併負三十五，下數異併正二百○五，因異併，故併從甲行之名，而大衍在乙行，與下數同名，亦改負爲正。

乃重列之，取出丙行與減餘相對。

減餘大衍正一正二　○ 無減　太初負三十五得負七十　正二百○五得正四百一十

減盡　　併得正八十四　　併得負四百八十六

丙行大衍正二　紀元一負　太初正一十四　負七十六

如法互乘減併。大衍各正二對減盡，紀元負一無減，太初異併得正八十四，下數異併得負四百八十六。

又重列之，以減餘與丁行相對。

減餘　紀元負一　太初正八十四　負四百八十六

減盡　　餘六

丁行　紀元負一　太初正九十　適足

首位同名同數，省其互乘。紀元各負一對減盡，太初同減餘六爲法。負四百八十六無減，就用爲實。法除實，得八十一分爲太初日法。以丁行太初九十乘其日法，八十一分，得七千二百九十分爲紀元日法。以甲行太初十一乘日法，八十一，得八百九十一。異加負四十九，得九百四十分爲殷曆日法。

以乙行殷曆三乘日法，九百四十，得二千八百二十。又太初二乘日法，得百六十二。又異加負五十八，共得三千○四十分，爲大衍日法。

計開：殷曆日法九百四十分，漢太初曆日法八十一分，唐大衍曆日法三千○四十分，宋紀元曆日法七千二百九十分。

又按列位之法，原與省乘省算之法相生，故共爲一卷，合觀之可也。今以六色無空者爲例如後。

又 問齊軍千乘，其陳有先驅申驅爲前軍，有啟與胠爲兩翼，有戎車貳廣爲中軍，有大殿爲後軍，各不知數。但以前軍居餘陳七之三，合兩翼貳廣與殿，多餘陳四十乘。合前軍兩翼與中後較，則多二十乘。前軍合殿與翼中軍較，則少二十乘，先驅大殿居餘陳二之一而少五乘。各若干。

答曰：前軍共三百乘，內先驅一百四十乘，申驅一百六十乘，兩翼共二百一十乘，內啟與胠各一百○五乘。中軍共三百乘，內戎車一百八十乘，貳廣一百二十乘。後軍一百九十乘，是爲大殿。

法：以和較雜列位：有七之三，二之一，依變零爲整，以分母各乘而后列之。

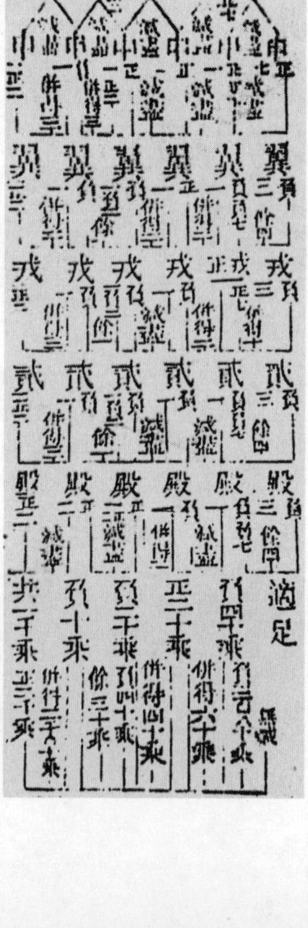

如法互乘減併，變爲五色有空而重列之：空者偶也，若不空亦儼然變爲五

色矣。

○　翼正四　戊負十　貳正四
○　翼正二　戊負二　○
○　翼正二　○○
申正三　減盡　翼負一　併得四　戊負一　併得四　貳負一　併得四
申三正　翼三正　戊三正　貳三正
殿正四　正二百八十乘　此五色省三算法，因三行皆空，首位故也。
○　正六十乘
殿負二　正四十乘　若以翼列於首位即同無空。
○　負三十乘　併得二千〇四十乘
○　共二千〇一十乘正

前三行減餘，首位申驅皆空，故不須乘減。但以末二行乘而減之，減去申驅，即變四色矣。又以申驅數本同，故不須乘而竟以對減，乃以四色法重列之。

此四色無空法也，雖有空而非首位，不能省算，即與無空同也。

翼正四正三　減盡　戊負十負五　餘三　貳正四正三　殿正四正三　正二百八十乘正一百四十乘　餘八十乘
翼正二　減盡　戊負二　○　○　正六十乘　餘二十乘
翼正二　減盡　○　○　殿負二　正四十乘　餘九百八十乘
翼四正二　戊四正二　貳四正二　○　共二千〇四十乘正一千〇二十乘

因首末兩行之翼數，皆倍於中兩行，故省互乘，但以首末兩行皆半之，使其翼數齊同，乃原數對減而變爲三色，又重列之。

戊正三　減盡　貳負二　殿負二　餘一　負八十乘　餘五十乘
戊正二正三　減盡　○　殿負二負三　負二十乘負三十乘　併得一千
戊二正　貳二　殿二正　併得四　共九百八十乘正

因次行末行戊車同，但首行多於次行二之一，故省互乘。但以次行二分加一與首行對減，其次行與末行竟以原數對減，變爲二色而重列之。

貳正二　減盡　殿負一　併得五　正五十乘　餘九百五十乘
貳二正　殿四正　共一千乘正

貳廣同，故省互乘，竟以對減盡。大殿異名，併得五爲法。車同名，減餘九百五十乘爲實。法除實，得一百九十乘爲大殿車數。以大殿車數異加正五十乘，共二百四十乘。以貳廣二除之，得一百二十乘爲貳廣車數，用末次右行數。倍大殿車數，同減負二十乘，戊車二除之，得一百八十乘爲戊車公卒數，用第四次三色中行數也。倍戊車，異加正六十乘，兩翼二除之，得二百一十乘爲兩翼共數，用第三次所列四色之次行。又半之，即啟與胠數。合計兩翼二百一十，戊車一百八十，貳廣一百二十，共數五百一十。同減負三十乘，餘四百八十，以申驅三除之，得一百六十乘爲申驅數，用第二次所列五色之第四行。合計申驅一百六十，兩翼二百一十，戊車一百八十，貳廣一百二十，共六百七十。同減負十乘，餘六百六十。又減去大殿二，計三百八十，餘二百八十。以先驅二除之，得一百四十乘爲先驅之數，用原列六色之第五行數。

試細攷之，合計兩翼二百一十，戊路一百八十，貳廣一百二十，大殿一百九十，共七百乘。合計先驅一百四十，申驅一百六十，共三百乘。三七差分也。故曰前軍爲餘陣七之三。

合計兩翼二百一十，貳廣一百二十，大殿一百九十，共五百二十乘。其餘前軍三百，戊路一百八十，共四百八十乘。故曰翼廣殿多餘陣四十乘，合計前軍共三百，兩翼二百一十，共五百一十乘，以較中軍共三百。後殿一百九十，共四百九十乘，則多二十乘，故正二十乘與前軍翼同名。

合計前軍三百，大殿一百九十，共四百九十乘。以較兩翼二百一十，中軍三百，共五百一十乘，則少二十乘，故負二十乘，與前軍殿異名。合計先驅一百四十，後殿一百九十，共三百三十乘。又合計申驅二百六十，中軍三百，兩翼二百一十，共六百七十乘。其二之一爲三百三十五乘，故曰先驅大殿居餘陣二之一，而少五乘，以全當其半而少五乘，則以倍當其全而少十乘矣。此與第一行皆變零爲整，詳見帶分條。總計之，則千乘矣，故以和數參焉。

論曰：此一例中能兼數法，皆省算之捷訣。

其第二圖，五色變四色，當有互乘減併者四次。今以申驅空位，省其三次，此空位徑求省，算之法也。

其申驅偶爾數同，徑以對減，與第五圖二色之貳廣數同，徑以對減，皆省乘之法也。但皆和較之雜，故雖不乘，必以較行首位之正負補於和數之行。不然，則減併誤矣，此要訣也。

其第三圖，四色之首位偶有倍數，故半其倍者以相從，此亦省乘法也。

其第四圖，三色之首位爲三與二，故加二爲三，是二加一也。故其下皆二分加一，則如遍乘矣。然亦首位正負偶同也，若不同者須更其一行以同之。首位雖同，又必同名，然後可減而去之，尤省乘之要訣。

又論曰：方程無空者常法也。如第一圖六色是也，若不減併五次何以求之？亦偶而多有首位相同者，故亦能省乘。然雖省乘，不能省減併矣，其有空位者偶然也。如第二圖五色有空是也，空位多，若更置列之，所省尤多。雖不更置，而減併之餘自然能補其空，亦可見方程之有常法矣。

若更置之，則自五色起如後圖，因五色始有空也，如此圖則省六算，戊翼不空，故更之下位，後行不空者更之前行以先乘。

甲申正三　貳負一〇　戊負一　翼負一　負三十乘
減盡　併得四　併得四　併得二千〇四十乘
乙申正三　貳三正〇　戊三正　正翼三　正共二千〇十乘正
丙〇貳正四　殿正四　戊負十　翼正四　正二百八十乘
丁〇　〇　殿負二　〇　翼正二　正四十乘
戊〇　〇　〇　戊負二　翼正二　正六十乘

丙行空一位，存與第一次減餘對
丁行空兩位，存與第二次減餘對
戊行空三位，存與第三次減餘對

甲乙行如法減去申驅，以其餘四位重列之，與丙行相對，一和一較也。

減餘貳四　正〇　戊四正　翼四正　共數二千〇四十乘正
減盡　併十四　減盡　餘一千七百六十乘
丙行貳正四　殿正四　戊負十　翼正四　正二百八十乘

如法減去貳廣，右重列之，與丁行相對，皆較數也如後。

減餘殿正四負二　戊負十四正七　〇　負一千七百六十乘正八百八十乘
減盡　餘八百四十乘
丁行殿負二　〇　翼正二正四十乘

如法半減餘數以從丁行，乃對減而重列之，與戊行相對，又以異同故更置之。

減餘翼正二　戊負七　負八百四十乘
減盡　餘五　併得九百乘
戊行翼正二　戊負二　正六十乘

如法徑以對減，餘戊路五爲法，併得正負九百乘爲實。法除實，得戊路數。

既得戊路數，以次得餘軍之數。

又術：以一圖而爲減併如後所列。

原申三正　貳二正　〇　戊三正　翼三正　減共二千〇十乘正　併二千〇四十乘正
減盡　併四正　併四正
列申三正　貳負一　〇　戊負一　翼一負　負三十乘　餘千七百六十乘負
減盡　併十四負　減盡
減〇　貳四正　殿四正　戊十負　翼四正　正二百八十乘　得正八百八十乘
得四負　減盡　無減
餘〇　〇　殿二負　〇　戊十負併正七　翼二正　正四十乘　餘八百四十乘
五〇　〇　〇　戊二負　翼二正　正六十乘　異併九百乘
同減餘五　同減盡
色　減餘重列　戊七負　翼二正　負八百四十乘

依法，先得戊路亦同，但其間和較交變，錯然雜陳，非深知猝不能了，不如前術之爲安穩明白也。

又　卷五　以方程御褓法

假如有糧一萬九千石，派與甲乙丙三縣。各以其人户多少。

米價贵賤，僦值遠近。舟車險易，而均輸之。甲縣户三萬，米價每石一兩四錢。遠輸二百里，用車載二十石，行一里僦值一錢三分。乙縣户二萬，米價一兩二錢，遠輸五百里。用舟載二十五石，行一里僦值三分。丙縣户一萬，米價一兩二錢。遠輸二百里，用負擔，每負六斗。行五十里，顧值一錢八分。

法曰：各以其縣米價併僦值之數命其户，以方程較數列之。以甲縣車載二十石除其僦值一錢三分，得六釐五毫，每載一石行一里數也。以乘二百里，得一兩三錢併米價一兩四錢，共二兩七錢。以乙縣舟運二十五石除其僦值三分得一釐二毫，以乘五百里，得六錢。併米價一兩二錢，共一兩八錢。以丙縣負擔六斗除其顧值一錢八分，以乘一石，得三錢。又以五十里除之二百里乘之，得一兩二錢，併米價共二兩四錢。原法以各縣米價并僦值之數以除其户爲衰，列而併之，併衰爲法。各衰乘總米爲實，法除實得各縣米。

今用方程，則不須爾竟。以二兩七錢命甲縣之衰爲二十七户，以一兩八錢命乙縣之衰爲一十八户，以二兩四錢命丙縣之衰爲二十四户。以三縣衰命爲適足而列之。

和	甲三萬户 正三	乙二萬户 正二	丙一萬户 正一	共一萬九千石 正一百九斗 用省算以右行萬之一中行九之一相減
較	甲正廿七户 正三 減盡	乙負十八户 併四	○	適足
較		乙正十八户 負六	丙負廿四户 負九十六	適足
和重列減餘		乙四户 減盡	丙一萬户 正十八 併一百四 減盡	共一石九斗 正三十四石二斗 ○

如三色有空，法乘減餘，丙縣異併一百一十四户爲法。正三十四石二斗爲實，法除實得丙縣每户糧三斗。以丙一户三斗，減共一石九斗，餘一石六斗。乙縣四户除之，得每户糧四斗。以乙二户八斗，甲縣三户除之，得每户二斗又三分斗之二。各以每户率乘共縣之户總，得各縣糧。

計開：甲縣三萬户，共糧八千石，共僦值一萬〇四百兩。每户糧二斗六升六合又三之二，每三户糧八斗，每户僦值三錢四分又三之二，每三户僦值一兩〇四分。總計米價與其僦值每户共銀七錢二分。乙縣二萬户，共糧八千石，共僦值四千八百兩。每户糧四斗，僦值二錢四分。總計之，每户亦七錢二分。丙縣一萬户，共糧三千石，共顧擔夫銀三千六百兩。每户糧三斗，僦值三錢六分。總

計之，每户亦七錢二分。

以米言之，甲縣二十七户，乙縣一十八户，丙縣二十四户，皆七石二斗。故命之適足。

論曰：此因米價不等，加以僦值不同，故以法均之。糧雖不均，而每户所出之銀數則均。若但均其米，乃不均矣，是故均之以不均，斯謂能均。

又 問官米二百六十五石，令三等人户出之。甲上等二十户，每户多中等七斗。乙中等五十户，每户多下等五斗。丙下等一百一十户，其則例各若干。

法以和較列位，依省算以加數十之一列之。

和	甲二户 正二	乙五户 正五 併七	丙十一户 正十一	共二十六石五斗 正二十六石五斗 餘二十五石一斗
較	甲正一户 正二 減盡	乙負一户 負二	○	正七斗 正一石四斗
較	○	乙正一户 正七	丙負一户 負七	正五斗 正三石五斗
和重列減餘	○	乙七户 正七 減盡	丙十一户 正十一 併十八	共二十五石一斗 正二十五石一斗 餘一十一石六斗

如法乘減，得丙户十八爲法，二十一石六斗爲實。法除實，得一石二斗爲下等則，加五斗爲中等則，又加七斗爲上等則。

計開：甲上等每户二石四斗，二十户共四十八石。乙中等每户一石七斗，五十户共八十五石。丙下等每户一石二斗，一百一十户共一百三十二石。合計之，共二百六十五石。

又 問有米六百七十四石，以四等里甲輸納。乙爲甲十之八，丙爲乙十之七，丁爲丙十之六。其甲乙各八十户，丙丁各七十户。問各若干。

解曰：十之八即非二八差分。十之七，十之六，即非三七四六差分，故與帶分條不同。合觀自見，以和較列之。

和一	甲 正八	乙一 正八 併十八	丙一 正八	丁一 正八	共六百七十四石 正五千三百九十二石
較二	甲正八 減盡	乙負十	○	○	適足
較三	○	乙正七	丙負十	○	適足
四	○	○	丙正六	丁負十	適足

如法乘減，而重列其餘，與三行對。

和減餘乙十八 正一百廿六 丙八正五十六 丁八正五十六 共五千三百九十二石正

減盡 併二百三十六 三萬七千七百四十四

較三行乙正七 正一百廿二十六 丙負十負一百八十 〇 適足

減餘數益多，四除減餘。然後與四行列之。

和減餘丙五十九正三百五十四 丁十四正八十四 九千四百三十六石

減盡 併六百七十四 正三萬七千七百四十四石

較末行丙正六 正三百五十四 丁負十負五百九十 適足

如法乘減，餘丁六百七十四爲法，五萬六千六百一十六石爲實。法除實，得八十四石爲丁共數。十因丁數六除之，爲丙共數。十因丙數七除之，爲乙共數。十因乙數八除之，爲甲共數。

計開：甲八十户共數二百五十石，其每户三石一斗二升五合。乙八十户共數二百石，爲甲十之八，其每户二石五斗。丙七十户共數一百四十石，爲乙十之七，其每户二石。丁七十户共數八十四石，爲丙十之六，其每户一石二斗。總計之，共六百七十四石。

論曰：此所問是總數相差，非每户相差也。故原列者總户，而得亦總户之米。若問每户之差，則當以每户列之，而所得者亦每户米也。

又 問有均分兩銀，庚以其五之二與甲，則甲之數多于庚一百六十八兩。若以甲二十一之九與庚，則庚之數多于甲一百八十兩。原數幾何。

法：以所用益彼之分，與此所存之餘分，相減而列之。

庚與甲五之二，庚自存五之三，相減，餘五之一，是爲以庚五之一較甲全分而甲多一百六十八兩也。甲與庚廿一之九，甲自存廿一之十二，相減餘廿一之三是爲以甲二十一之三較庚全分而庚多一百八十兩也。庚雖自存五之三，而甲股內有庚所與之二，故以相減而以所餘之一分與甲相較。甲雖自存二十一之一十二，而庚股內有甲所與之九，故以相減，而以所餘之三分與庚相較。

庚正一分 正五分 甲負二十一分 負一百〇五分 負一百六十八兩 負八百四十兩

減盡 餘二百〇二分 併一千〇二十兩

庚正五分 甲負三分 正一百八十兩

甲一百〇二分爲法，除實一千〇二十兩，得十兩爲甲之一分，二十一分共二百一十兩。減負一百六十八兩，餘四十二兩爲庚之一分，五分亦共二百一十兩。

計開：庚甲各原銀二百一十兩，庚五之二計八十四兩，其五之三乃一百二十六兩。甲二十一之九計九十兩，共二十一之十二乃一百二十兩。庚以八十四與甲，甲共有二百九十四，庚仍餘一百二十六，相較甲多一百六十八也。甲以九十與庚，庚共有三百，甲仍餘一百二十。相較庚多一百八十也，此設問之意也。

以庚之一分四十二與甲全分二百一十相較，甲亦多一百六十八。以甲之三分計三十與庚全分二百一十相較，庚亦多一百八十，此列位之理也。

論曰：右例以此之分益彼，而轉與此之餘分相較。與帶分條所設不同，帶分條此之分較彼全分，其全分即是原數。今則一損一增以相較非原數也，故曰不同，及其相減而列爲較數也。則亦是此之分較彼原數矣，是之謂尾同而首異。

又 問有兩銀，庚以其五之三與甲，則甲之數多于庚二百五十二兩。若以甲廿一之十三與庚，則庚之數多于甲二百六十兩。

法：亦以所與彼之分與其餘分相減列之，庚與甲五之三，自存五之二相減，餘五之一，此爲所用之分多于存分是變和數也。庚五之一借甲全分，共二百五十二兩也。

甲與庚二十一之十三，自存二十一之八相減，餘二十一之五。此亦用分多，存分少，是變和數也。甲二十一之五借庚全分，共二百六十兩也。

甲所以多如許者，不惟其全數之故。其所得于庚之分又多於庚之餘分者一也，故甲所多之數，乃是甲全數借庚之一分所共也。庚所以如許者，亦不惟其全數之故，其所得甲之分又多于甲之存分者五也。故庚所多數，亦是庚全數借甲之五分所共也。

庚一分 五分 甲二十一分一百〇五分 共二百五十二兩一千二百六十兩

減盡 餘一百分 餘一千兩

庚五分 甲五分 共二百六十兩

甲一百分爲法，除實一千，而得十兩爲一分。以甲五分計五十兩，減共二百六十兩，餘二百一十兩爲庚原數。五除之，得四十二兩爲一分，以減共二百五十二兩，亦得二百一十兩，爲甲原數。庚五之三計一百二十六兩，以加甲共三百三十六兩，內減庚自存五之二計八十四兩，仍多二百五十二兩，即是甲全數借庚一分之數也。

甲二十一之十三計一百三十兩，以加庚銀共三百四十兩。內減甲自存二十一之八計八十兩，仍多二百六十兩，即是庚全數借甲五分之數也。

論曰：右例以此之分借彼全分而爲和數，亦與帶分和數同，然以相減而得之。亦是尾同首異，帶分條和數較數據問而分。今則設問只是較數，相減列位，乃有和較之分。依例淮之，亦有變爲一和一較者，皆以所用之分與所存分相減而得之。列位時已變，不待其重列減餘也，故又與尋常較變和者異。

又 問金九錠銀一十錠，其重適等。若交易其一，則銀多十三兩。其原重若干。

法：以相差十三兩半之，得六兩五錢爲一錠之較。

解曰：交易一錠而差，是一多一少，故半之爲一錠之較。銀得較而增重，故與金同名。

金正一 正九　銀負一 負九　正六兩五錢 正五十八兩五錢
減盡　餘二錠
金正九　銀負十一　適足

銀二錠除實，得銀每錠重二十九兩二錢半，加正六兩五錢，得金每錠三十五兩七錢半。

計開：金每錠三十五兩七錢五分，金九錠得三百二十一兩七錢五分。銀每錠二十九兩二錢五分，銀十一錠亦得三百二十一兩七錢五分。

論曰：此條舊列差分，同文算指改立借衰互徵之法，皆不知宜入方程也。凡以兩家之數相交易而差若干，皆半其所差而列之，爲所交易之較，何也。一增一減而差若干。則原所差者其半也。

又 問甲有硃砂銀七錠，壬有鑛銀九錠，相較甲原多十五兩。今以甲二錠易壬三錠，則甲多二十七兩。

法：以甲原多十五兩與今多二十七兩相減，餘十二兩，半之得六兩，爲甲二錠與壬三錠之較。甲得較而增重，故與壬同名。

甲正七　壬負九 負十八　正十五兩 正三十兩
各正十四　減盡　餘三錠　併七十二兩
甲正二　壬負三 負二十一　負六兩 負四十二兩

壬三錠除七十二兩，得壬每錠二十四兩。以九錠乘，得二百一十六兩，加正一十五兩，共二百三十一兩。甲七錠除之，得每錠三十三兩。

計開：甲每錠三十三兩七錠，共二百三十一兩。壬每錠二十四兩，九錠共二百一十六兩。相較甲多十五兩。甲以二錠與壬，餘五錠一百六十五兩，加易得壬三錠七十二兩，共二百三十七兩。壬以三錠與甲，餘六錠一百四十四兩，加易得甲二錠六十六兩，共二百一十兩。相較，甲多二十七兩，此問意也。

甲二錠六十六兩，壬三錠七十二兩，相較壬多六兩。此列位之理也。

問甲銀七錠，壬九錠相較，壬原少十五兩。今以一錠相交易，而壬多三兩。

法：以原少十五兩，今多三兩，併得十八兩。而半之，得九兩爲一錠之較。壬得之而變輕爲重，故與甲同名。

甲正七　壬負九　正十五兩
減盡　負二錠　餘四十八兩
甲正一　正七　壬負一 負七　正九兩 正六十三兩

壬二錠除四十八兩，得每錠二十四兩，加九兩得甲每錠三十三兩。

計開：甲六錠一百九十八兩，加壬一錠二十四兩，共二百二十二兩。壬八錠一百九十二兩加甲一錠三十三兩，共二百二十五兩，相較壬多三兩，此交易一定之數，餘同前問。

論曰：此三問皆同法。第一問盈借適足，故即用原數。第二問兩盈，故相減。第三問盈借不足，故相併。其半之爲較則同也。又按于七錠中取一，即七之一，同帶分之理，故又作問明之。

又 問有金不知總，任意分爲二而較之，則庚多八兩，須令辛以金還庚。如庚存數三之二，庚亦以金還辛。如辛存數四之三，則其數適均。

法：以庚自存三分，今添二分，共五。以辛自存四分，今添三分，共七。通爲兩家適足數之分。又以多八兩半之四兩，命爲庚所添二分與辛所添三分之較，辛失之而減重故與辛同名。

解曰：合而觀之，庚以五之二，辛以七之三相交易，則庚多八兩。若還其原數，庚仍爲五分，辛仍爲七分，則適足也。

庚正五　　辛負七負十四
　　各正十減盡　　餘一分爲法
庚正二　　辛負三負十五負　　四兩負二十兩
　　適足　　無減即爲實

法除實得二十兩，爲辛之一分，七分共一百四十兩。五除之，得庚之一分二十八兩。

計開：庚原自存三分八十四兩，加未還辛三分六十兩，共一百四十四兩。辛自存四分八十兩，加未還庚二分五十六兩，共一百三十六兩，此任分數庚多八兩。庚得所還二分五十六兩，湊原存四分八十四兩，共一百四十兩。辛得所還三分六十兩，湊原存三分八十兩，共一百四十兩，其數適均。

總論曰：此皆兩相交易也，又與庚甲損一益一者不同。凡損一益一者，損庚之幾分與甲，則甲有增數。而轉以甲之即增者與庚之餘數相較也，損庚益甲以相較是明有增損。今兩相交易，則損庚之分與辛，亦損辛之分與庚，然後以既損且增之庚，與亦損亦增之辛相較也。兩相交易，則未嘗明有增損。但以相易之數不同，而增損隱寓于其中，以上四條，皆同此論。

又　問兩數不知總，但云取甲之九加乙，則乙與甲等。若取乙之九加甲，則甲倍于乙。其原數若干。

答曰：甲六十三，乙四十五。

解曰：此云取甲之九加乙，是損甲之九而益乙以九也。取乙之九加甲，是損乙之九而益甲以九也。與刊誤條所舉甲乙二倉法不同，彼是取甲倉幾何以益乙，而共得幾何。不言與甲倉較。取乙倉幾何以益甲而共得幾何，亦不言與。

乙倉較，是所益者有增數，而所取者無損數。如云，以此之全數借彼之幾分而共得幾何，乃和數也。今所列者乃較數也，益此損彼，則相較幾何，故不同也。然又與帶分條較數不同，彼是取彼幾分與此全數較。今所列者是取彼幾數，加此而轉與彼之餘數較，當細辨之。又此是以數，相增損而得其相較之分。前數條則是以分相增損，而得其相較之數。二者大異，不但與帶分條別也。

法：以所加之九數，命甲乙所相當之數乘之，爲較數列位。甲倍乙是甲二乙一，合之則三。以乘九，得二十七爲較。甲得此而當倍一，故與乙同名。甲乙等，是各一也。合之則二，以乘九，得十八爲較。乙得此而與甲等，故與甲同名。

甲正一　　乙負二　　負二十七
　　減盡　　餘一併四十五
甲正一　　乙負一　　正一十八

餘乙一爲法，併四十五爲實。法一即以四十五命爲乙數，異加十八，得六十三爲甲數。試更列之。

乙正二　　甲負一　　正二十七
　　減盡　　餘一　　併六十三
乙正一正二　　甲負一負一　　負一十八負三十六

甲減餘一爲法，異併六十三爲實。法一即以六十三爲甲原數，異加正二十七共九十。乙二除之，得四十五爲乙原數。

論曰：此難題設問也，算法統宗收入均輸，另有求法。算海説詳，推論借銀相當加半倍者，不可通用。因別立術，然復未確，不如用方程之爲無弊。

又論曰：甲與乙九而等，是甲多于乙者二九也。甲得乙九而倍於乙，是倍乙多於甲者三九也。何也，甲得乙九數而後當倍乙，則倍乙中各除九數共二九，而甲又添九數，豈非三九乎。

又　問甲乙銀不知數，但云甲借乙六錢五分，則比乙一有半，乙借甲六錢五分，則乙與甲等。各原銀若干。

法：以甲一乙一有半併之共二半，以乘六錢五分，得一兩六錢二分半，爲乙一有半多于甲之較。以甲乙相等各一併之共二，以乘六錢五分，得一兩三錢爲甲多于乙之較，乃列之。

甲正一　　乙負一半　　負一兩六錢二分半
　　減盡　　餘半　　併二兩九錢二分半
甲正一　　乙負一　　正一兩三錢

同減餘半乙爲法，異併二兩九錢二分半爲實。法除實，得五兩八錢五分爲乙銀。異加正一兩三錢，共七兩一錢五分爲甲銀。

計開：甲原銀七兩一錢五分，乙原銀五兩八錢五分，相差一兩三錢。若損甲之六錢五分以加乙，則各得六兩五錢，是相等也。若損乙六錢五分，餘五兩二錢，益甲六錢五分，得七兩八錢，是甲之數加乙一有半也。若以乙原銀加半，得八兩七錢七分半。以與甲原銀相較，則多一兩六錢二分半。

論曰：甲以銀六錢五分借與乙而相等，是甲銀原比乙多兩个六錢五分也。乙以銀六錢五分借與甲而甲如乙一有半，是一个半乙原多于甲，兩个半六錢五分也。何也，甲取乙銀六錢五分而後能當乙有半，則此一个半乙共減去一个半六錢五分，甲又加一个六錢五分，豈非共差兩个半六錢五分乎。

又論曰：此即算海説詳，所設之問以駁統宗者，彼自立術以爲當矣，不知其宜用方程也。試更設問以明之。

又 今有二數不知總，但丙與丁二數則相等。若丁與丙二數，則丙如三丁。問原數各若干。

依前術列位。合丙丁各一共二，以乘二得四，爲丙多于丁之較。合丙一丁三共四，以乘二得八，爲三丁多于一丙之較。

丁正一正三　　丙負一負三　　負四負十二

減盡　　餘二　　併二十

丁正三　　丙負一　　正八

同減餘丙二爲法，異併二十爲實。法除實，得一十爲丙數。同減負四，餘六爲丁數。

計開：丙原數十，多于丁者四。丁原數六，三之則十八，多于丙者八。若損丙之二以益丁，則各得八，故相等。若損丁之二以益丙，則丙得十二，丁得四，故丙如三丁。

論曰：丙以二與丁而等，是丙多于丁者兩个二也。丁以二與丙而丙如三丁，是三丁之數共多于丙者四个二也。何也，丙增一个二，其三个丁各少一个二，共四个二也。

又論曰：因算海説詳，立術未確，故復設此以相啟，用方程能合彼問。而彼所立術，殊不能通之此問。

又 問香爐二座不知重，有一蓋重百兩，以加甲爐則甲多于乙兩倍。以加乙爐，則乙多于甲一倍。其爐各重若干。

解曰：多乙兩倍，是三倍也，甲得蓋如三乙也。多甲一倍，是兩倍也，乙得蓋如兩甲也，法以蓋重爲較而列之。甲得蓋如三乙，是三乙之重于甲者如蓋也，故與乙同名。乙得蓋如倍甲，是兩甲之重于乙者如蓋也，故與甲同名。

甲正一正二　　乙負三負六　　負一百兩　負二百兩

減盡　　餘五　　併三百兩

甲正二　　乙負一　　正一百兩

爐同減餘乙爐五爲法，較異併三百兩爲實。法除實，得六十兩爲乙爐重。異加一百兩，共一百六十兩。甲二除之，得八十兩爲甲爐重。

計開：甲爐八十兩，加蓋共一百八十兩，則如乙爐重者三。乙爐六十兩，加蓋共一百六十兩，則如甲爐重者倍。

論曰：或言此如戊己銀數，以五十兩損戊益己而己倍于戊。以五十兩損己益戊而戊如二己，今用法不同。何也，曰以五十兩損彼益此。雖亦相差一百兩，然非眞有一百兩之益，乃因彼之所損而合成其數耳。此之加蓋，則實增一百兩矣。而於彼又無所損，因爐蓋乃兩家公物。非若戊己之銀，必取諸彼以與此也，故其法不同。若改問各鑄爐而均鑄蓋，則必于爐重各加半蓋，乃合原金得數，與戊己銀同矣。

又 問調兵征倭，内有南北西三處兵馬，南兵已知四萬，其北兵爲南兵與西兵二之一，西兵爲南兵與北兵三之一。各若干。

法：以南兵爲西北之較而列之，西兵得南兵而數倍于北，是倍北數而多于西兵者數如南兵也。北兵得南兵而數如三西兵，是三其西，兵而多于北者亦如南兵也。

西兵正一正三　　北兵負二負六　　負四萬負十二萬

減盡　　餘五　　併十六萬

西兵正三　　北兵負一　　正四万

餘北兵五爲法，併十六萬爲實，法除實，得三萬二千爲北兵數。異加正四萬，共七萬二千，西兵三除之，得二萬四千爲西兵數。

計開：南兵四萬。西兵二萬四千，借南兵則六萬四千，其二之一，則如北兵也。北兵三萬二千，借南兵則七萬二千，其三之一，則如西兵也。

論曰：此與香爐借盡爲較同，其所用較，乃是南兵，而非取于西北兵，故得之有增，而不得者無損，與借物于彼而轉與其所借之餘物相較者不同。

又 問二人攜銀不知數，但減乙六兩與甲，則甲倍於乙。減甲三兩與乙，則相等。其原數若干。

解曰：此所損益又是不同之數，然其理則一，故亦依前術乘其較數而列之。合甲一乙二共三，以乘六兩，得十八兩，爲倍乙多于一甲之較。合甲乙各一共二，以乘三兩得六兩，爲甲多于乙之較。

甲正一　乙負二　負十八兩
減盡　餘一　併二十四兩
甲正一　乙負一　正六兩

同減餘乙一爲法，異併二十四兩爲實，法一即以實爲乙數，異加六兩，得三十兩爲甲數。甲三十兩原多于乙六兩，倍乙二十四兩得四十八兩，多于甲一十八兩。若損乙六兩得十八兩，加甲六兩得三十六兩，是甲如乙之倍。若損甲三兩加乙三兩，各得二十七兩，則相等。

又 問有兩數不知總，但損甲六數與己，則甲如己四之三而多二數。若以己之二十損與甲，則己如甲四之三而少五數，其原數各幾何。

法：以四甲三己共七乘六得四十二，又以四甲乘多二數得八而益之，共五十，爲四甲多于三己之較。損甲六益己，故較與甲同名，其二數甲所多也，故以之益較。以四己三甲共七乘二十，得一百四十。又以四己乘少五數，得二十以相減，餘一百二十，爲四己多于三甲之較。損己二十益甲，故較與己同名，其五數己所少也，故以之減較。

甲正四　正十二　己負三　負九　正五十　正一百五十
減盡　餘七　併二十四兩
甲正三　正十二　己負四　負十六　負一百二十　負四百八十

己同減餘七爲法，異併六百三十爲實，法除實，得九十爲己原數。四因己數，同減一百二十，餘二百四十，甲三除之，得八十爲甲原數。

甲四共三百二十，己三共二百七十，是甲多五十。甲三共二百四十，己四共三百六十，是己多一百二十，此列位之理也。

甲損六數餘七十四，己加六數共九十六，以九十六四分之而取其三，得七十二，是爲甲如己四之三而多二數。己損二十餘七十，甲加二十共一百，以一百四分之而取其三，得七十五，是爲己如甲四之三而少五數，此設問之意也。

論曰：以甲當己四之三，是四甲當三己也。然必以六數減甲增己而成，則是四甲中各減六。而三己中各增六，共四十二也。以甲當己四之三而多二數，則以四甲當三己而共多八數也。合而觀之，此四十二者，四甲多于三己之數也。此八數者亦四甲多于三己之數也，故皆與甲同名而列其較爲五十也。以己當甲四之三，是四己可當三甲也，然必以二十減以增甲而成，則是四己中各減二十，而三甲中各增二十，共一百四十也。以己當甲四之三而少五數，則以四己當三甲而共少二十也。合而觀之，此一百四十者四己多于三甲之數也，而其二十者則四己少于三甲之數也，故以相減而餘者列爲己同名之較也。

損甲六數與己，而甲如己四之三仍多二數。若原數，則以四甲當三己而共多五十矣。損乙二十與甲，而己如甲四之三却少五數。若原數，則以四己當三甲而共多一百二十矣。

又 問有三數，損甲一百益乙，則甲如乙六之二。若損乙五十益丙，則乙如丙十五之九。若損丙三十益甲，則甲如丙二之一而少五數。各若干。

法：以甲六乙二共八以乘一百，共八百爲六甲當二乙之較。甲損益乙，故與甲同名。以乙十五丙九共二十四而乘五十，得一千二百爲十五乙當九丙之較。損乙益丙，故與乙同名。以丙一甲二共三乘三十，得九十。又以甲二乘少五數共十而加之，共一百爲一丙當二甲之較。損丙益甲，故與丙同名。其甲所少五數，即丙所多也，故亦與丙同名。

甲正六　正十二　乙負二　負四　正八百　正一千六百
減盡　併二千二百
甲正二　正十二　〇　丙負一　負六　負一百　負六百

乙正十五　正六十　丙負九　負三十六　正一千二百　正四千八百
減盡　餘五十四　併三萬七千八百
重列減餘
乙正四　正六十　丙負六　負九千　負二千二百　負三萬三

如法乘減，餘丙五十四爲法。異併三萬七千八百爲實，法除實，得七百爲丙數。丙數同減一百，餘六百，甲二除之，得三百爲甲數。六因甲數一千八百，同減八百，餘一千，乙二除之，得五百爲乙數。十五乘乙數，得七千五百，同減一千二百，餘六千三百，丙九除之，仍得七百。反覆相求，列位之理著矣。

甲損一百餘二百，乙增一百得六百，是甲爲乙六之二。乙損五十餘四百五十，丙增五十得七百五十，是乙爲丙十五之九。丙損三十餘六百七十，其二之一則三百三十五。甲增三十得三百三十，是甲爲丙二之一而少五數。

又　問二人共數一百，原所得之數不均。今以甲三之一與乙五之一相易，則適均。其原所得若干。

法：以三分通甲數，損一與乙而存其二分。又以五分通乙數，損一與甲而存其四分。

甲三之二　　乙五之一　　共五十
減盡　　餘七　　餘五十
甲三之一得二　　乙五之四得八　　共五十得一百

乙七爲法，餘五十爲實，法除實得七又七之一，爲乙之一分。以乙分母五乘之得三十五又七之五爲乙數，以減一百得六十四又七之二爲甲數。甲六十四又七之二，其三之一爲二十一又七之三，其三之二爲四十二又七之六。乙三十五又七之五，其五之四爲二十八又七之四，其五之一爲七又七之一。以甲三之一加乙五之四，五十也。以乙五之一加甲三之二，亦五十也。

論曰：此以分相增損而爲和數，亦與刊誤條甲乙二分異。彼是以其全數偕彼幾分，此則以所存之餘數偕彼幾分，也既云相易，則實有增損。非如甲乙倉虛借增率而無損也。

又　問二人物數不均，若干甲取三之一，于乙取四之一，以和合而平分之，以湊原存數，則各五十而適均。其原數各若干。

法：以三分通甲數而倍之爲六分，損其一與乙餘五分。以四分通乙數而倍之爲八分，損其一與甲餘七分。

解曰：以四之一與三之一和合而平分之，是各取其數之率也。於三之一取其半，是六之一以與乙而甲餘其五也。於四之一取其半，是八之一以與甲而乙餘其七也。

甲六之五　　乙八之一　　共五十
減盡餘三十四　　餘二百
甲六之一五　　乙八之七三十五　　共五十二百五十

偏乘對減以得法實，法除實，得五又十七分之十五爲乙八之一。以乙分母八乘之，得四十七又十七分之一爲乙原數。以兩五十共一百，減乙原數餘五十二又十七分之一十六爲甲原數。

甲原數五十二又十七分之十六，三除之得十七又十七分之十一，爲甲三之一。以三之一轉減甲，餘三十五又十七分之五，爲甲所存三之二。乙原數四十七又十七分之一，四除之得十一又十七分之十三，爲乙四之一。以四之一轉減乙餘三十五又十七分之五，爲乙所存四之三。以甲三之一乙四之一和合之，共二十九又十七分之七，半之得十四又十七分之十二，爲和合平分之數。以加甲乙存數，各得五十。

論曰：甲去三之一，乙去四之一，所存之數已均矣，故以平分之數加之而適均。又法以甲母三通甲爲三分，以乙母四通乙爲四分，又總計各得五十共一百爲和數。以甲取三之一餘甲三之二，乙取四之一餘四之三，命爲適足。甲三之一，乙四之一，和合平分而等，則所存者亦等也。

甲三分正六分　　乙四分正八分　　共一百正二百
減盡　　併一十七分
甲正之二分正六分　　乙負之三分負九分　　適足

如法乘減，甲同減盡，乙異併一十七分爲法。正二百無減就爲實。法除實得一十一又十七分之十三，爲乙之一分。以分母四乘之得四十七又十七分之一，爲乙原數。以乙原數減共數一百，餘五十二又十七分之十六。按此所得與前無異而較捷，故並存之。

又　問甲乙丙三人共博，甲贏乙金二之一，乙贏丙金三之一，丙又贏甲金四之一。事畢各剩金七百。其原攜金若干。

法：以各分母通其原數，又各減其贏去之一，而列之，以七百爲和數。

甲四之三　乙二之一　○　共七百兩
減盡　餘一千四百
甲四之一三　○　丙三之二六　共七百兩一千一百
○　乙二之一正　丙三之一正　共七百兩正
減盡　併七　併二千一百
重列減餘　乙正二之一　丙負三之六　負一千四百兩

如法減併，丙七分爲法，二千一百爲實，法除實得三百，爲丙之一分。以丙分母三乘之得九百，爲丙原金。以丙之一分減乙剩七百，餘四百爲乙所餘二之一，二因之得八百，爲乙原金。以乙二之一減甲剩金七百，餘三百爲甲自剩四之三，三除之得一百，爲甲三之一，四乘之得四百，爲甲原金。

甲原金四百，加嬴乙四百，二之一也，共八百。除丙又嬴去甲一百，四之一也，仍餘七百，乙原金八百，加嬴丙三百，三之一也，共一千一百。甲嬴去四百，乙二之一也，仍餘七百，丙原金九百。嬴甲一百，四之一也，共一千。乙嬴去三百，丙三之一也。亦仍餘七百。

論曰：此與刊誤條騾馬遞借一匹同，但馬一騾二驢三，即是原物，借所借之一而爲和數。今乙一丙二甲三，却是各所存之餘分，借所嬴之一分而爲和數也。得數大異者。馬騾即是全數，今則用分，故丙之全數轉多于乙。若以一分計，則乙之分自多于丙，如馬力之於騾矣。

又論曰：此三條皆是兩相交易，而又是和數與前數條金銀交易幾錠不同。

難題歌曰：一條竿子一條索，索比竿子長一托。雙折索子去量竿，却比竿子短一托。一托者五尺也。

法以零整褫列位，因雙折是二之一，故以二通索。

竿正一　繩負一分　正五尺
減盡　餘一分　併一丈
竿正一　繩負二分　負五尺

法一即以實一丈命爲繩之一分，分母二因之，得繩長二丈。減負五尺，餘得竿長一丈五尺。

又 假如有繩不知長，但云比竿長六尺。若三折，則短于竿八尺。

繩正三分　竿負一　正六尺
減盡　餘二　併三丈
繩正一分正三分　竿負一負三　負八尺負二丈四尺

法：二除實三丈，得竿長一丈五尺。加正六尺，得繩長二丈一尺。

論曰：原法則有求法，然不知如方程穩捷，故作此問以明之。若用難題法，不能通矣故方程能御雜法，而雜法不能御方程。此條統宗原入均輸，今改正。

又 問井不知深，先將繩折作三條，入井汲水。繩長四尺，復將繩折作四條入井，亦長一尺。其井深繩長各若干。三折即三之一。四折即四之一。

法以三四折相乘，得十二分爲總母。又以三四互乘之一得四分三分，是爲以繩十二分之四汲水而長四尺，以繩十二分之三汲水而長一尺也，爲較數而列之。

井正一　繩負之四分　負四尺
減盡　餘一分　餘三尺
井正一　繩負之三分　負一尺

餘一分爲法，即以實三尺命爲繩十二分之一。以十二分乘一分，得三十六尺爲繩長。以繩之三分計九尺，同減負一尺，得八尺爲井深。三折繩長，得十二尺，比井多四尺，四折之，得九尺，比井多一尺。

論曰：此條原屬盈朒，今以方程御之，尤簡易。

又 今有絹一疋欲作帳幅，摺成六幅，比舊帳長六寸。折作七幅，又短四寸。其絹并舊帳幅各長若干。折作六幅。即六之一。七幅即七之一。

法：如前以六七幅相乘，得四十二分爲總母。以六七互乘其子之一，得七分六分，爲所用之分而列之。以絹四十二之七，則長于帳六寸。以絹四十二之六，則短于帳四寸，爲較數而列之。

舊帳幅正一　絹負之七分　負六寸
減盡　餘一分　併一尺
舊帳幅正一　絹負之六分　正四寸

法一：實一尺，即爲絹之一分，以分母四十二乘之，得絹長四丈二尺。以絹之七分計七尺，減負六寸，餘六尺四寸，爲舊帳之長。均作六幅得七尺，比帳長六寸。均作七幅，得六尺，比帳短四寸。

論曰：此與井不知深，皆是以一物之細分，與一整物較，皆零整雜用之法也。

又以上三條，盈朒章舊有求法，然皆因所較之井深與舊帳幅，皆爲一數而不變，故可用盈朒之法。若有分數不同，則非盈朒所能御，此方程能包盈朒諸法，而諸法不能御方程也。

又 今有臺不知高，從上以繩縋而度之，及臺三之二而餘六尺。雙折其繩度之，及臺之半而不足三尺。問臺之高及繩之長若何。

法：以臺三之二，用母相乘爲母之法。通臺爲六分，又用母互乘子爲子之法。變臺三之二爲六之四，臺之半爲六之三。又以雙折通繩爲二，皆以化整爲零而列之。

臺正四分　正十二分　繩負二分負六分　負六尺負十八尺
減盡　餘二分　併三十尺
臺正三分　正十二分　繩負一分負四分　正三尺正十二尺

餘繩二分爲法，併三十尺爲實，因二爲分母與法同，省除與乘。徑以實三十尺爲繩長，減負六尺餘二十四尺。以臺之四分除之，母六乘之，得三十六尺爲臺高。臺三之二高二十四尺，以繩度之餘六尺。臺之半高一十八尺，以半繩一十五尺比之短三尺。

又 今有井不知深，以乙繩汲之，餘繩二尺。以庚繩汲之，亦餘四尺。雙折庚繩，三折乙繩，以相續而汲之，適足。問井深及繩長各若干。

法：以乙繩通爲三，庚繩通爲二，井整數，乙庚用分。

井正一　乙負三　○　負二尺
減盡　餘負二尺
井正一　○　庚負二　負四尺
減盡　餘一
井正一　乙負一　庚負一　適足

以隔行之同名，仍爲較數列之，餘較皆與庚同名。

乙正三　庚負二　負二尺
減盡　餘一分　餘一丈
乙正一　正三　庚負一　負三　負四尺負一丈二尺

餘庚一分爲法，即以實一丈命爲庚二之一，倍之得庚繩二丈，減負二尺，得乙繩一丈八尺。用減餘之右行，蓋乙正三即全數也。又減負二尺，得井深一丈六尺。用原列之右行，亦以乙負三即全數故。

乙繩一丈八尺，比井多二尺。庚繩二丈比井多四丈。三折乙繩六尺，加雙折庚繩一丈六尺，即同井深。

論曰：此二條與前井深絹帳同理，然即非盈朒所能御。

又按田之橫直，亦可以繩折比量，水面亦然。

又 今有直田欲截一段之積，只云截長六步，不足積七步。截長八步，又多積九步。問所截之積及原濶。其原濶即截長每一步之積。

截積正一　截長負六步　正七步
減盡　餘二步爲法　併十六步爲實
截積正一　截長負八步　負九步

長二步除積十六步，得原濶八步。以截長六步乘濶，得四十八步，加不足七步，得截積五十五步。

論曰：此盈朒中方田也，不知宜入方程。

又 今有方田欲截積，但云截濶五步，則不足十二步。截濶九步，則如所截之積一有半。問所截直田積并原田之方。

答曰：原田方十二步，積一百四十四步。宜截濶六步，積七十二步。

直截正一　正半　截闊負五步負七步半　正積十二步　正十八步
減盡　餘正少半
直截正半　截闊負九步　積適足

濶一步半爲法，積十八步爲實，法除實，得原方一十二步，以濶五步乘之，得六十步。加不足十二步，得截直田積七十二步。若此條，則盈朒不能御。

又　今有米換布七疋，多四斗換九疋適足。問原米若干及布價。

米正一　布負七疋　正四斗
減盡餘　二疋
米正一　布負九疋　適足

布二疋爲法，四斗爲實，法除實，得布價每疋二斗。以九疋適足乘布價，得原米一石八斗，此盈朒中粟布法也。

又　今有穀換絹十疋，餘三石。以穀之半換絹六疋，不足五斗。問原穀若干及絹價。

穀正一正半　絹負十疋負五疋　正三石正一石五斗
減盡　餘一疋　併二石
穀正半　絹負六疋　負五斗

法一免除，得絹每疋價二石。以十疋乘價，加餘三石，得原穀二十三石。此條亦非盈朒所能御。

論曰：直田截積及米換布，盈朒本法也。愚所設方田截積及穀換絹，非盈朒本法也。乃帶分盈朒之變例也。如舊法芝麻糴銀是其例也。雖盈朒亦有求法，頗多轉折，非其質矣，不如用方程之省約。

又　今有芝麻不知總，但云取麻八分之三，糴銀十兩，不足二石。取麻三分之一，糴銀八兩，適足。問原麻總數及每銀一兩之麻。

法：先以麻八之三，三之一，用母相乘，得二十四爲母，母五乘之得之九，之八，爲所用之分而列之。依省算，左加九之一而徑減。

麻正九分　銀負十兩　負二石
減盡　餘一兩
麻正八分正九分　銀負八兩負九兩　適足

法一兩省除，即以麻二石命爲銀每兩之麻。以銀八兩麻八分適足。省乘除，徑以二石爲麻之一分。以二十四分乘，得原麻四十八石。其八之三計一十八石，銀十兩該二十石，故不足二石。其三之一計十六石，銀八兩恰該一十六石，故適足。

若問麻每石之銀，則以二石爲法，轉除一兩，得每石價五錢。按此條宜入方程。舊列帶分盈朒之末。

問者若云有銀買麻，以麻八之三與之，則餘二石。以麻三之一與之，適足。問原麻及銀所買。

如前以通分齊其分。

總母二十四　八　之三互得九分
三　之一互得八分

然後列之。

銀正一　麻負九分　負二石
減盡　餘一分
銀正一　麻負八分　適足

依法求得二石，爲麻之一分。以總母二十四分乘之，得原麻四十八石。以九分乘二石，減負二石，得銀所買麻一十六石。

論曰：此所設問，則盈朒帶分本法也。然不能知每價，以方程法求之亦同，觀此益見前條之宜入方程也。

又　今有黃連木香不知數，但云取連三之一換木香七之二，則連多二斤。取連四之三換木香五之四，則連少一斤。若于五之四內減去木香三斤，則連多一斤。

法：先以通分齊其分而後列之。

黃連十二分　三之一　互四分
四之三　互九分
木香三十五分　七　之二　互十
五　之四　互二十八

連正四分正二十六　香負十分負九十　正二斤正十八斤
減盡　餘二十二分　併二十二斤
連正九分正二十六　香負二十八分負一百十二分　負一斤負四斤

如法乘減，餘木香二十二分爲法。異併黃連二十二斤爲實，法除實得每木香一分，即三十五分之一。換黃連一斤，以木香十分換黃連十斤，異加正二斤，共十二斤。以黃連正四分除之，得黃連每三斤爲一分。以分母十二乘之，得總黃連三十六斤。另併黃連多一斤少一斤共二斤爲法，除減木香三斤，得每黃連一斤。換木香一斤半，原少連一斤，減木香三斤而轉多連一斤，故知其數。

此連所換之木香一斤半，即其三十五分之一分也。以三十五分乘之，得木香五十二斤半。三分三十六斤而取其一，得一十二斤爲黄連三之一。七分五十二斤半而取其二，得十五斤，爲木香七之二，該換連十斤。今連有十二斤，是連多二斤也。四分三十六斤而取其三，得二十七斤，爲黄連四之三。五分五十二斤半而取其四，得四十二斤，爲木香五之四，該換連二十八斤。今連只二十七斤，是連少一斤也。若于木香五之四減三斤，餘三十九斤，該換連二十六斤。今連有二十七斤，是連多一斤也。

論曰：凡較數方程，有若干物，共幾色。又有其數較之價銀若錢之類。今較數即其物之斤兩，而無銀若錢。微有不同，乃古者貿遷交易之術也。專用銀若錢以權物價，後世事耳。

又 問綾每尺多羅價三十六文，今買綾六尺，羅八尺，其共價綾比羅少三十六文。

綾正一尺正六尺　羅負一尺負六尺　正三十六文正二百十六文
減盡
綾正六尺　餘二尺　羅負八尺　負三十六文　併二百五十二文

羅二尺除二百五十二文，得羅價每尺一百二十六文。加多三十六文，得綾價每尺一百六十二文。

又 問銀二千九百二十八兩，買綾一百五十疋。羅三百疋，絹四百五十疋，只云綾每疋比羅多四錢七分。每疋多絹一兩二錢五分。

綾一百五十正　羅三百正　絹四百五十正　共二千九百二十八兩正
減盡　併四百五十　餘二千八百五十七兩半
綾正一正一百五十　羅負一負一百五十　○　正四錢七分正七十兩〇五錢
○　羅正一正四百五十　絹負一負四百五十　正一兩三錢半　正六百〇期兩半
重列減餘　羅四百五十　絹四百五十正　共二千八百五十七兩半正減盡併九百餘二千二百九十兩

絹九百疋爲法，除實二千二百五十兩，得絹價二兩五錢。加多一兩三錢半，得羅價三兩八錢半。又加多四錢七分，得綾價四兩三錢二分。

又 今有兄弟三人不知年，小弟謂長兄曰，我年比兄四之三。次兄比兄六之五，比我多八歲。

法：以帶分列之，皆變零從整。

佰正五正十五　仲負六　負六　○　適足　無減無乘仍爲適足
減盡
佰正三正十五　○　季負四負二十　適足
○　仲正一　正十八　季負一負十八　正八歲　正一百四十四歲
減盡
重列減餘　仲正十八　餘二　季負二千　適足

季弟二除一百四十四歲，得年七十二歲。加八歲，得仲兄年八十。六因仲年，五除之，得伯年九十六歲。

又 今有四人分錢，但云乙得甲六之五，丙得甲四之三，丁得甲二十四之十七。其丁與丙差四文。

甲正五　乙負六　○　○　適足　此行不用，乙無對故也。
甲正三正五十一　○　丙負四負六十八　○　適足
減盡
甲正十七正五十一　○　○　丁負廿四負七十二　適足
○　○　丙正一正六十八　丁負一負六十八　正四文正二百七十二文
減盡
重列減餘　丙正六十八　餘四　丁負七十二　適足

丁四除二百七十二，得丁錢六十八文。加四文，得丙錢七十二文。四乘丙錢，三除之得甲錢九十六文。五乘甲錢，六除之得乙錢八十文。

甲六之一得一十六，以五因得八十文，爲六之五，乙數也。甲四之一得二十四，以三因得七十二，爲四之三，丙數也。甲二十四之一，得四，以一十七因得六十八，爲二十四之一十七，丁數也。此雖四色，實三色也，故徑以三色取之。

又 今有七人遞差分錢，但知首二人共七十七文，次二人共六十五文。不知各數，亦不知餘人數。

法：以遞差故，知倍乙當甲丙，倍丙當乙丁而列之。

甲一正　乙一正　○　○　共七十七文正

甲正一　減盡　併三　乙負二　丙正一　○　適足

○　乙正一　丙負二　丁正一　適足

○　○　丙一　丁一　共六十五文二行無甲存對減餘

重列減餘　乙正三　減盡餘五　丙負一　○　正七十七文

重列三行　乙正一正三　丙負二負六　丁正一正三　適足

重列減餘　丙正五　丁負三　正七十七文

重列末行　丙一正五　減盡　併八　丁一正五　餘二百四十八文　共六十五文正三百二十五文

丁八爲法，除實二百四十八文，得三十一文爲丁數。倍丁數與六十五文相減，得遞差三文。以差遞加，得甲乙丙數。以差遞減，得戊己庚數，皆減丁數得之。

計開：甲四十文，乙三十七文，丙三十四文，丁三十一文，戊二十八文，己二十五文，庚二十二文。

又　今有米二百四十石，五人遞差分之，其甲乙二人與戊丁丙三人共數等。如前法列位，依省算例，甲位自下而上。

戊一正　丁一正　丙一正　○　○　共一百廿石

戊正一　減盡　併三　丁負二　丙正一　○　○　適足

○　丁正一　丙負二　乙正一　○　適足

○　○　丙正一　乙負二　甲正一　適足

○　○　○　乙一　甲一　共一百廿石　正

重列減餘　丁三正　○　○　正七十七文

重列三行　丁正一正三　減盡　丙負二負六　乙正一正三　適足

重列減餘　丙正六　乙負三　○　共一百廿石

減盡餘九

重列四行　丙正一正六　減盡　餘九　乙負二負十二　甲正一正六　適足

重列減餘　乙正九　減盡　甲負六　正一百廿石

重列末行　乙一正九　甲一正九　併十五餘九百六十石　共一百廿石正一千〇八十石

甲十五，除九百六十，得甲數六十四石。倍甲數，減一百廿石，餘得遞差八石。以差遞減各數，得乙丙丁戊數。

計開：甲六十四石，乙五十六石，丙四十八石，丁四十石，戊三十二石。

又　卷六　測量

假如陰雲不見宿次，但於雲隙測得辰星在太白後一度。又二日，熒惑與二星同在一度。又三日，太白在熒惑前三度而辰星云翳。又一日辰星在房初度，餘不可見。又十二日熒惑始至房初。問各行率若干。

答曰：辰星每日行二度，太白每日行一度有半，熒惑每日行半度。

解曰：此辰星行二日，太白亦二日而辰星多一度。熒惑與太白同行三日，而太白多三度。辰星行四日，熒惑十六日而行度相當也。

法：以較數列位：

辰星正二日　太白負二日　○　正一度

○　減盡太白正三日　熒惑負三日　正三度　無減

辰星正四日正二日　○　熒惑負一十六日　負八日　適足

依法以左行半之，與右對減，辰星減盡，太白二日，右負。熒惑八日，左負，皆無減，分正負。同名在隔行，即異名也。正一度亦無減，與熒惑同名。

重列減餘與中行對。

減餘太白正二日　減盡　熒惑負八日　負一度

餘六百　併三度

中行太白正三日正二日　熒惑負三日正二日　正三度正二度

依法以左行減三之一，乃對減，太白減盡。熒惑同減，餘六日爲法。行度異併三度爲實，法除實，得半度爲熒惑每日行率。以右減餘八日乘之，得四度。同減負一度，餘三度，以太白二日除之，得一度半，爲太白日行率。以右行太白二日行三度，異加正一度共四度。以辰星二日除之，得二度爲辰星每日行率。

又　假如甲子日金星夕見，乙丑日水星夕見，至丁卯日水星行及金星，但不及半度。至戊辰日二星同度，皆以陰晦不能細知宿次。問各率若干。

答曰：金星日行一度半，水星日行二度。

解曰：此金星行四日，水星三日相當。金星行三日，水星二日，則水星不及半度。

法：以較數列位：

水正三日　　　　金負四日　　　　適足
　　　　減盡　　　　餘半日
水正二日正三日　金負三日負四日半　負半度負空度七分半

依法左行二分加一，水同減盡。金同減，餘半日爲法。空度七分半爲實，法除實，得金星日行一度半。金三日行四度半，同減負半度，餘四度。以水星二日除之，得日行二度。

又　假如甲乙二船哨海，同泊一山。同用正卯酉字風東行，但甲船先發。解纜七日，乙船後行，解纜五日追及于一島。又自此島用正子午字風南行，但甲又先發。解纜九日，泊于南洋，乙後發。解纜七日，亦泊于南洋，兩洋相距二百里。問道里各數。

法：以較數列位：

甲船正七日　正六十三日　　乙船負五日負四十五日　　適足
　　　　　　減盡　　　　餘四日
甲船正九日　正六十三日　　乙船負七日負四十九日　　負二百里負一千四百里

甲船減盡，乙船餘四日爲法，負一千四百里爲實，法除實，得三百五十里爲乙船率。以甲船七日除乙船五日所行一千七百五十里，得二百五十里，爲甲船率。其一千七百五十里，即山島相去之程。以甲船九日行二千二百五十里，爲島去南洋之程。又加二百里，爲又南洋之程。合問。

又　問金火二星在房宿之西同度，越九日金星行過房東至一處，有星可記。又一日金星行至心宿，又八日火星始至房，又九日火星始至前所記金星之處。其二星行度各若干。

解曰：此金星行九日，火星廿七日而行度相等。金星行十日，火星十八日，而金星多六度。房宿六度故也。

法：以較數列位：

金正九日正日　　火負廿七日負三十日　　適足
　　　減盡　　　　餘十二日
金正十日　　　　火負十八日　　　　　正六度

依省算，以右行加九之一，乃對減，餘火星一十二日爲法。六度無減爲實，法除實，得半度爲火星率。以金九日除火廿七日行十三度半，得一度有半，爲金星率。

又　假如太陰，自尾宿初度行三日，遇木星于斗牛間。又三十日木星行至牛，此太陰三日。木星三十日共行四十五度，借尾至牛之度，約畧其數，後倣此。木星自牛初行三十日，與羅睺遇，于牛女間。又一百二十日，羅睺退至牛，此木星行三十日，羅睺一百二十日而度等。羅睺計都月孛，有數無形，借顯逆行之用。

羅睺自牛初退行一百日，遇土星于箕斗間。又五十日土星行至牛，此羅睺一百日，土星五十日行度等。

土星自牛初行三十日，火星逐及，遇于牛女間。又三十日，火星行至虛。此土星三十日，火星三十日，而共行十八度。

火星自虛初行五十日，水星逐及，遇于危室間。又十日，水星行至奎，此火星行五十日，水星十日，共行四十五度。

水星自奎初行十五日，逐及金星，遇于昴畢間。又十七日，金星行至畢。此水星十五日，金星十七日，共行五十五度半。

金星自畢初行二十日，遇計都于井鬼間。又四十日，計都退至井。此金星二十日，計都四十日，而金星多二十八度，借畢至井之距爲兩星之較。

計都自井初，逆行二十日，遇月孛于參井間，又十日月孛行至井。此計都二十日，月孛十日而行度等。

月孛自井初行八十日，太陰逐及，遇于井鬼間。又二日，太陰行至柳。此月孛八十日，太陰二日，共行三十四度。問各行率若干。

凡此所設，不必其同日在一度謂之相遇，但與宿值，或有星可記，即如同度之理。

如法列位：九色和較之雜。

甲太陰三日木三十日〇　〇　〇　〇　〇　〇　共四十五度
乙〇　木正卅日羅負一百二十　〇　〇　〇　〇　〇　〇　適足
丙〇　〇　羅正一百日　土負五千日　〇　〇　〇　〇　〇　適足
丁〇　〇　〇　土卅日　火卅日　〇　〇　〇　〇　共十八度
戊〇　〇　〇　〇　火五十日　水十日　〇　〇　〇　共四十五度
巳〇　〇　〇　〇　〇　水十五日　金十七日　〇　〇　共五十五度半
庚〇　〇　〇　〇　〇　〇　金正廿日　計負四百　〇　正二十八度
辛〇　〇　〇　〇　〇　〇　〇　計正廿日　孛負十日　適足
壬太陰二百〇　〇　〇　〇　〇　〇　〇　孛八十日　共三十四度

因九色行中擠迫，既多空位。取出其行次相對者，列而先乘，此捷法也。

先以甲壬太陰對減，兩行相對，只三色。餘俱兩空，省不書俟，重列時，以次添入。

甲太陰一日　減盡　木事日　〇　共十五度
壬太陰一日　〇　孛四十日　共十七度
餘二度

用省算法，以甲行三之一，壬行二之一列之。因甲行可三除，壬行可二除。而除之，則太陰皆一日，故除而列之。徑對減，太陰盡，餘木星十日，右月孛四十日。左減餘二度，左分正負，太陰減去。尋原列乙行有木星。徑與減餘對列：

減餘木正十日　減盡　〇　孛負四十日　負二度
乙行木正正十日　羅負四十日　〇　適足

用前法，以左乙行三之一，與減餘列之。木星徑同減，羅四十日，左負。孛四十日，右負，負二度，右負，皆無減。以各行同名，仍分正負。

木星減盡，尋丙行有羅睺徑與減餘重列。

減餘羅正廿日　減盡　〇　孛負廿日　負一度
丙行羅正廿日　土負十日　〇　適足

用前法，以減餘二之一，丙行五之一列之。羅睺同名徑減，餘土負十，左孛負廿。右負二度。右三位無減，以隔行皆負。分正負，而孛與較同名。

羅睺減盡，尋丁行有土星，徑對餘數。

減餘土正十日　減盡　〇孛負廿日　負一度
丁行土十日正　火十日正〇　共六度

用前法，以丁行三之一列之，而命之爲正。土同減盡，餘無減，度異併七度，皆左正右負。復變和數。土星減去，尋戊行有火星，徑對餘數。

減餘火十日　減盡　〇　孛二十日　共七度
戊行火十日　水二　〇　共九度

用前法，以戊行五之一列之。火徑減，水左孛右無減，分正負復爲較。餘二度，左與水星同名。

火星減盡，尋巳行有水星，以對餘數。又因巳行不便省算，改用辛行月孛相對。

減餘月孛正十日　減盡　水負一日　負一度　負一度
辛行月孛正十日　〇　計負廿日　適足

如前半減餘列之，孛同減，餘無減。隔行同名仍爲較，月孛減盡。尋庚行有計都以減餘數。水與較度皆右行負，同名。

減餘計正廿日　減盡　水負一日　〇　負一度　餘負十三度
庚行計正廿日　〇　金負十日　負十四度

用前法，以庚行半而列之。計同減，水右負，金左負，無減，仍爲較。餘十三度，左負與金同名。

計都減盡，尋巳行恰皆二色，以相對。

減餘水正一日 正十五日　減盡　金負十日 負一百五十日　負十三度 負一百九十五度
併一百六十七日　併二百五十度〇半
巳行水十五日正　金十七日正　共五十五度半正

如法乘減，水同減盡。金餘異併一百六十七日爲法，度異併二百五十度半爲實，法除實，得每日一度半，爲金星率。

以巳行金星十七日行二十五度半，減共五十五度半，餘三十度。以水星十五日除之，得每日二度爲水星率。

以戊行水星十日行二十度，減共四十五度，餘二十五度，以火星五十日除之，得每日半度爲火星率。

以丁行火星三十日行十五度，減共十八度，餘三度。以土星三十日除之，得每日十分度之一爲土星率。

以丙行土星五十日行五度，以羅睺一百日除之，得每日二十分度之一爲羅睺率。

以乙行羅睺一百二十日行六度，以木星三十日除之，得每日五分度之一，爲木星率。

以甲行木星三十日行六度，以減共四十五度，餘三十九度。以太陰三日除之，得每日十三度为太陰率。

再以庚行金星二十日行三十度，同減去正二十八度，餘二度。以計都四十日除之，得每日二十分度之一爲計都率。與羅睺同。

以辛行計都二十日行一度，以月孛十日除之，得每日十分度之一爲月孛率。

以壬行月孛八十日行八度，減共三十四度，餘二十六度。太陰二日除之，仍得每日十三度爲太陰率。

論曰：各星遲疾留逆，每段不同。然其各段中行率大約相等，故可以方程立算，亦須稍查時曆以和其變。

若太近留段，其行率甚微難見。其在合伏之左右，則行又甚疾。每日不同，難與他星相較。則以一星遲疾之較取之，其例如後。

一星遲疾相較例。

凡木火土三星，雖有遲疾之行，大約皆在一度以下。而土木之變尤緩，其數十日中行率僅差秒忽。兩星相較之法，頗可施用。惟金水二星遲疾之差懸遠，其疾也有在一度以上。而水星有二度，其遲也不及一度。遲之甚則留，故可以其遲疾而自相較也。

又　假如金星晨疾，測得甲日之寅，距地平一度。至丙日之卯，距地平三十度〇七十五分。至巳日之卯，距地平三十度。問：各日行率？

解曰：此是甲乙兩日共行二度二十五分，丙丁戊三日共行三度七十五分也。

法：以丙日距三十度〇七十五分，減寅之卯，差三十度餘〇度七十五分。與甲日距一度相減，餘〇度二十五分，爲金星疾行過平行一度之數。加甲乙兩日太陽行二度，是爲兩日内金星行二度二十五分。

又以巳日距三十度，與兩日距度相減，餘〇度七十五分，爲金星疾于平行之度。加丙丁戊三日太陽行三度，是爲三日金星行三度七十五分。

論曰：此因陰雲，不能細測其每日之行度。故五日之中，僅能有此三測也。或雖無陰雲而　儀器不具，惟此三日有所當宿次。可借以爲行度之據，則所得者皆爲前兩日後三日之和度也。

如法以兩和三較列位：因遲差補作三適足而列之。

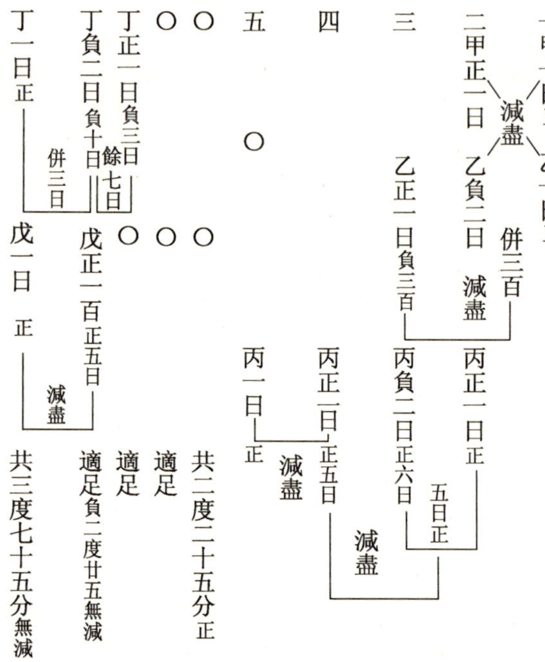

如法乘減，得丁三日爲法。共三度七十五分爲實，法除實，得一度二十五分爲丁日行率。此因未兩行減餘三色，減去二色，只一法一實，故徑用以求也。以丁減餘七日行八度七十五分，同減負二度二十五分，餘六度五十分。以戊減餘五日除之，得一度三十分，爲戊日行率。此用三四兩行減餘。

以丁率兩日行相減，餘〇度〇五分爲日差。以日差減丁日行率，得丙日行率。累減之，得甲乙日行率。

計開：甲日行一度十分，乙日行一度十五分，兩日共行二度二十五分，丙日行一度二十分，丁日行一度二十五分，戊日行一度三十分。

三日共行三度七十五分，合計之，五日共行六度。此六度者，乃金星行于黄道之度。實數也，實數者以宿度徵之。如甲日之晨在某宿某度，至巳日之晨巳進六度也。

其距太陽之數，則五日共差一度，此一度者乃金星漸近太陽之距，亦即漸近于地平之距也。目所見也，謂之視差，則以儀器度而知之。如甲日之卯距地平三十一度，至巳日之卯刻，則距地平三十度，爲較前相近一度也。

今所測爲甲日之寅，寅與卯相差三十度，故寅之星距地平一度者，至卯則距三十一度也，其時刻以水漏或中星得之。若寅正與卯初，則只差十五度，每刻則差三度太。此以儀測星者所當知。

論曰：凡加減日差，須明進退之理。如戊日之行率多于丁日，則其疾爲進也。而先得末日，則以日差累減之，而得初日。若先得初日，則當以日差累加之，而得末日，如前一例。庚日之率少于巳日，則其疾爲退也。而先得庚日，則以日差累加之，而得初日。若先得甲日，則當以日差減之，而得末日，其遲叚則皆反之。如末日多于初日，其遲爲退也，則減末加初。若初日多于末日，其遲爲進也，則減初加末。

論曰：凡七政盈縮，古今歷術綦詳，所設立差平差之術尤密。至于太陰遲疾，時刻迥異。授時立法以三百三十六限，更非遁加挨減所能定。惟五星既得叚日定星，其日差可循次加減而方程測量之法可施也。

又方程測量爲草澤不能具儀器而偶有所見，設此御之，使獨見者可以共曉。若從事推步則有歷學諸書，幸勿以管窺爲誚。

列方程方法（天元術）與多元高次方程組解法（四元術）總部

主編　鄭振初

天元術部

天元術概論分部

題解

清・焦循《天元一釋》卷上　天元一者，以言乎其矩也。太極者，以言乎其積也。天元冪者，以言乎其方也。

《周髀算經》云：方出於矩，矩出於九九八十一。矩即直線也，八十一爲積數，九九則矩矣。合之成一方，三者相爲表裏，異而同者也。實有此積數八十一，即實有此矩數之九，亦即實有此方數之一。故有方數，有矩數，即知積數。有積數、有方數，即知矩數。以天元爲虚數者，非也。天元一，一即實數也，由一而二之，而十之，而百之，而千萬之，皆天元之實數。即天元之母數，有天元之母數幾何，而後得天元之子數幾何，此天元一之概也。《測圓海鏡》算式自下而上，《益古演段》則自上而下，今依《海鏡》作圖於左方。

三者互相例，以成盈朒和較。

《九章算術》于盈不足、粟米、方程、均輸，皆以比例齊同之法得之。循于《加減乘除釋》既詳言之矣。夫其爲例也，子與子例，母與母例，故亦子與子爲齊同，母與母爲齊同，然子母可各爲齊同，亦可互爲齊同，子母可自爲比例，亦可互爲比例。天元一之術，不過以子母互爲齊同比例而已矣。凡數有分，即有互，子母自相乘，因亦維乘，則自相例，又奚不可以互例，《九章》中雖未及此術，實自具此理也。

等而上之，疊爲乘方。等而下之，遞爲太極。

下積、中矩、上方以三層言之也，相乘而有矩，自乘而有方，再自乘而有立方，三乘而有三乘方，五乘而有五乘方，多一乘則多一乘方也。太極之下，《海鏡》本無名，今仍以太極名之，便文焉爾。

太極可以爲天元，天元可以爲太極，使太極之上，恒爲天元，天元之下，恒爲太極，齊其下，以統其上也。

太極之下，雖皆太極，然止以最下者爲太極，其上之太極，用爲天元，又上之太極，爲天元冪。設最下無太極，則以天元爲太極，天元冪爲天元，即令最下爲三乘方，亦以三乘方爲太極也。《測圓海鏡》邊股第七問草，以後止舉篇名，不舉大名。得

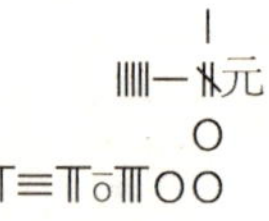 爲半徑冪。寄左。以天元冪與左相消得下式  以平方開之，按此寄左四層，弟二層爲天元，消去弟一層，則存一天元兩太極。今仍以平方開之，是以四百一十二天元，爲四百一十二天元冪也。弟九問草云：得

 爲圓徑冪。寄左。然後以 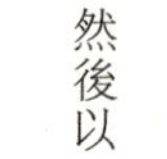 爲同數，相消得 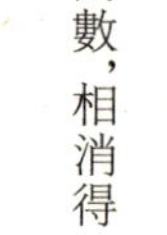 以平方開之，此寄左三層，最下爲天元。最下爲天元，則最上爲立方，乃仍以平方開之，是以二萬八千八百天元，爲二萬八千八百太極也。大股弟十四問草云：得

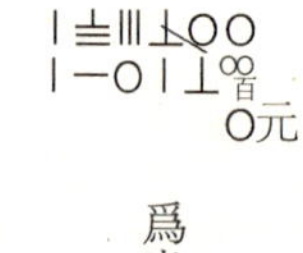 爲半徑冪。寄左。然後得  爲同數，相消得 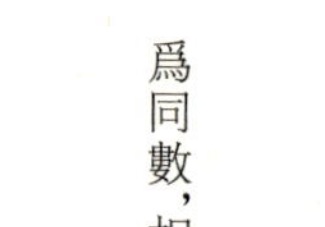 開立方即半城徑。寄數三層，下爲天元空位，又數五層，亦下爲天元空位，消去空位，所得四層。下平方、次立方、次三乘方、上四乘方、立方開之，是以一億口五百八十四萬平方，爲一億口五百八十四萬太極也。明吏前弟二問云：得下

式

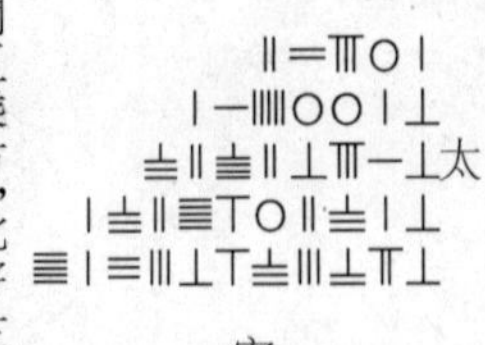

寄左。以

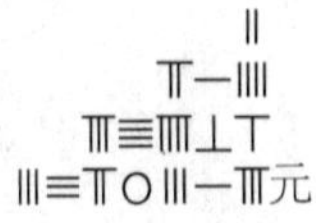

爲同數，相消得

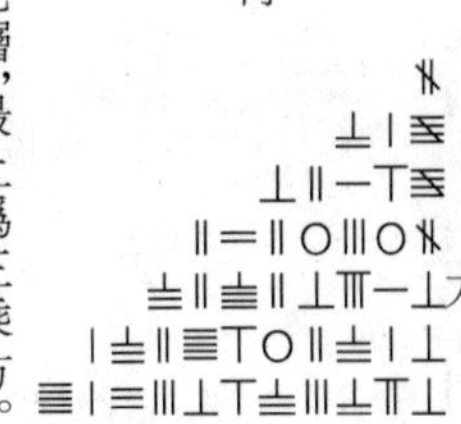

開五乘方，此寄左數五層，弟三層以下皆太極，相消爲七層，最上爲三乘方。今以五乘方開之，是以一十七萬二千五百六十萬口二千八百一十六天元也。由此推之，既消之後，無論其層之多寡，必以最下者爲太極，太極之上，必爲天元。三層則必開平方，四層則必開立方，五層則必開三乘方，以至十一層必開九乘方，三十二層必開三十乘方也。其故何也。所求者天元之子數，天元之子數，則太極矣。是太極必不可無，亦必不可疊也，天元冪者，無母數之天元也，均爲求天元中之太極而設。則烏得不以太極天元爲齊同之主乎。冪可元，元可太者，何也。乘方之理也。太極，積數也。爲單數之積，猶之爲矩數之積，且猶之爲方數之積，爲立方數之積。譬如層有三，下爲單數之積，則單積八十一，矩九，平方一。層有三，下爲矩數之積，則矩之積八十一，平方九，立方一。層有三，下爲方數之積，則方之積八十一，立方九，三乘方一。蓋方、矩、積、理實相通，可升可降，可下可上也。然則未消以前，必注天元太極者，何也。齊其等，不容紊也。寄數之天元在上層，同數之天元在下層，必以下層當上層。故四層消而七，三層消而五，職此故也，是記天元，記太極，明注于層之間者，爲相消地也。既相消矣，太極之位，必定於最下，可不更記，故不記也。

又　卷下　欲求所不知，則以所求者爲矩，是爲立天元一。

《測圓海鏡》立天元一爲圓徑者三十一，爲半徑者六十六爲大差者六，爲大句者四，爲平句者五，爲叀句者二，爲叀股者七，爲叀弦者二，爲明句者六，爲明股者二，爲句圓差者二，爲太虛黄方面者三，爲小差者七，爲虛句者三，爲虛弦者四，爲皇極弦者二，爲中差者二，爲乙南行者二，爲乙東行甲南行。柳至城心步，槐樹至城心步，小句，叀小句，皇極弦上股弦差，皇極句，虛較，小差股，大弦，通弦，半大弦，平弦，黄極黄方面，各一，其之分則立爲一分之數，或立爲此，則兼彼。如邊股弟九問，立爲半徑，就以爲小句。明叀前弟一問，立爲圓徑，便以爲三事和，是也。有兼而爲三者。明叀後十六問，立爲半虛黄，便爲明小差，又爲叀大差，是也，或不立於寄數，而立於又數者，如雜糅弟五問，本如大小差數，相乘爲圓冪，寄左。然後立天元爲圓徑，以自之，與左相消是也。若明叀前弟三問，前既立天元一爲半圓徑，寄左。後又再立天元一爲半徑。半徑即半圓徑，文偶累耳，斷無前立一天元，後别立一天元之理也。《益古演段》弟三問云：立天元爲内池，又云：立天元爲池徑，其説亦同。

清·李鋭《天元一釋·序》　立天元者，算氏至精之術也。爲算之道，皆據所已知之數，求所未知之數。然而所謂數者，自一而累之，而十百千萬，自一而析之，而分釐秒忽等數也。所未知之數，雖未知幾何，而必爲一數，則可知此天元一之所由立也。已知之數，見數也。未知之數，雖知其必爲一數，究借算也，見數與借算不同類，故必别太極於天元外也。以不同類者，相加減則生正負，何也？減所不可減，非負不能通其變也。以天元乘則層累而上，以天元除則層遞而下。層累而上者，譬天元爲方面，以乘方面，爲平冪，以乘平冪，爲立積也。層遞而下者，譬以方面除立積，則得平冪，除平冪，則得方面也。設一術於此，以求其積數，又設一術於彼，以求其積數，此之積數與彼之積數。其天元太極之等不同，而其爲積數則同。故曰如積也，彼此之積數同，則以彼消此，或以此消彼，相消之後，必減盡而空，更無積數矣。然而猶有天元太極之等者，以有正負故也。計正之積，與負之積適等，正之盈，以負之不足消之而盡。負之不足，以正之盈消之而亦盡。正負相消則無正亦無負，無正無負是無積數也。惟無積數，故除之、開方之而得所立天元一幾何之實數。假尚有數不得爾也。此立天元術之大略也。

清·羅士琳《續疇人傳》卷五二　張敦仁　天元一術，雖肇自宋元時，究其原實古《九章》少廣借一步之遺。

清·吴嘉善《白芙堂算學廿一種·天元問答》　問：何以謂之天元一術也？答曰：此設立之名，質言之猶曰此算也。立天元一者，猶云借此算也。地元、人元、物元等，皆所借之算，以借算同，而所以借者不同，故以天地人物别之，少廣術曰，借一算步之云云。立天元法，實仿於此，即借根方，亦因是得名也。所求數尚未可知，姑借此算以當之，而用之如其數，蓋立一算在此，而後加減乘除有所憑依，可藉之以求同數也。其求同數相消者，何也。蓋執其兩端，則其數雖藏而不得遯也。説在《天元方程合釋》中。至於虛數，不可與實數相淆，則位以别之，至於加無可加，減無可減者，則命之爲負以存之。假如以八減十餘二。此其常也，若以十減八，則不足二。二之數同，而有餘與不足相反。故命之言其爲負，與正數相反也。至於除之，有不受除者，不受除，無可除之理也，除有法有實，實可二法不可二，若法有二類，不能均分不齊之數，故曰不受除。又凡數有奇零不盡者，亦曰不受除。則有寄分法以通之。寄分者，寄其應除之數也。俟求得兩數相當，而此數内尚少一除，今不除，此而轉乘彼，則兩數仍相當，猶之受除也。如有數應以三除，今不除，即命其數爲三倍之某數，俟求得相當數，乃以三乘之，則兩數亦可相等，猶之已除也。而原數必寄其分法，故謂之寄分也。至於相消後，得式有不盡二層者，凡二層者爲除式，上實下法，除之即得。則有開各乘方法以御之，而投之所向，無不如志矣。

紀事

元·李冶《敬齋古今黈》卷一　予至東平，得一算經，大概多明如積之術。以十九字志其上下層數。曰：仙、明、霄、漢、壘、層、高、上、天、人、地、下、低、減、落、逝、泉、暗、鬼。此蓋以人爲太極，而以天、地各自爲元而陟降之。其説雖若膚淺，而其理頗爲易曉。予遍觀諸家如積圖式，皆以天元在上，乘則升之，除則降之。獨太原彭澤彦材法，立天元在下。凡今之印本《復軌》等書，俱下置天元者，悉踵習彦材法耳。彦材在數學中亦入域之賢也。而立法與古相反者，其意以爲天本在上，動則不可復上。而必置於下，動則徐上，亦猶易卦乾在下，坤在上，二氣相交而爲太也。故以乘則降之，除則升之。求地元則反是。

元·祖頤《四元玉鑒後序》　《黄帝九章》以降，算經多矣，不可枚舉。唐宋設明算科，立法取士，不出《九章》《周髀》《海島》《孫子》《張(邱)[丘]建》《夏侯陽》《五曹》《五經算》《緝古》《綴術》數家而已。然天、地、人、物四元罔有云及一者。厥後平陽蔣周撰《益古》，博陸李文一撰《照膽》，鹿泉石通道撰《鈐經》，平水劉汝諧撰《如積釋鎖》，絳人元裕細草之，後人始知有天元也。

明·顧應祥《測圓海鏡分類釋術·自序》　余自幼好習數學，晚得荆川唐太史所録《測圓海鏡》一書，乃元翰林學士欒城李公冶所著，雖專主於求容圓求方一術，然其中間如平方、立方、三乘方、帶縱、減縱、益廉、減廉、正隅、負隅諸法，凡所謂以積求形者，皆盡之矣。但其每條下細草，雖徑立天元一，反覆合之，而無下手之術，使後學之士茫然無門路之可入。輒不自揆，每章去其細草，立一算術，又以其所立通句邊股之屬，各以類分之，語義稍繁者，略加芟損，名曰《測圓海鏡分類釋術》。

又顧應祥《測圓算術·敘》　句股求容圓之徑，古有其法，未有若元翰林學士欒城李先生之精且密者也。其所著《測圓海鏡》，設爲天地日月山川、東西南北、乾坤艮巽名號，而以通句股、邊句股、底句股等錯綜而求之，極爲明備。但每條細草，止以天元一互筭，而漫無下手之處。

清·梅瑴成《赤水遺珍》附録一《天元一即借根方解》　嘗讀《授時曆草》求弦矢之法，先立天元一爲矢。而元學士李冶所著《測圓海鏡》亦用天元一立算。傳寫魯魚，算式訛舛，殊不易讀。前明唐荆川、顧箬溪兩公互相推重，自謂得此中三昧荆川之説曰：「藝士著書，往往以秘其機爲奇，所謂立天元一云爾，如積求之云爾，漫不省其爲何語。」而箬溪則言：「細考《測圓海鏡》，如求城徑即以二百四十爲天元半徑，即以一百二十爲天元，既知其數何用算爲？似不必立可也。」二公之言如此。余於顧説頗不謂然而無以解也。後供奉内廷，蒙聖祖仁皇帝授以借根方法，且諭曰：「西洋人名此書爲阿爾熱八達，譯言東來法也。」敬受而讀之，其法神妙，誠算法之指南。而竊疑天元一之術頗與相似。復取《授時曆草》觀之乃涣如冰釋，殆名異而實同，非徒曰似之已也。夫元時學士著書，臺官治歷，莫非此物，不知何故，遂失其傳。猶幸遠人慕化，復得故物。東來之名，彼尚不能忘所自，而明人獨視爲贅疣而欲棄之。噫！好學深思如唐、顧二公，猶不能知其意而淺見寡聞者又何足道哉，何足道哉！

又按：《測圓海鏡》一書前立圖解，條分縷晰。觀其自序，不計人之憫笑，而惟求自得于心，似非有意秘惜者。但其細草不將加減乘除之數寫出，而惟以號式代之，在當下非不明顯，無如傳寫失真，竟至不可思議。然著書時初未計及於此也。荆川乃等諸《四元玉鑑》之秘其機緘，與藝士同譏，過矣。

清·阮元《疇人傳》卷二四　李冶　論曰：立天元術，算氏至精之詣也。明季數學名家，乃不省爲何語，而其術幾亡矣。梅文穆公瑴成供奉内廷，我聖祖仁皇帝授以西洋借根方法，始知西洋借根方即古之立天元術，于是其學復明於世。冶所撰《測圓海鏡》《益古演段》並著録《欽定四庫全書》。

又　卷三〇　唐順之　論曰：順之習回回法而不知最高，讀《測圓海鏡》而不知立天元術。凡所論述，亦祇得其淺焉者耳。然明季士大夫，率以空疏相尚，順之以句股、弧矢表率後賢，一線之傳，終于不墜，其功固有足多者矣。

又 顧應祥 論曰：略涉九九者，遇三乘方，便望洋驚歎。應祥於廉隅加減之故，反覆推之，而無不合，其用功亦勤矣。然不解立天元術，故於正負開方論說，都不明曉。明代算學陵替，習之者鮮，雖好學深思如應祥，其所造終未能深入奧室。刪去《海鏡細草》一節，遂貽千古不知而作之譏，惜哉！

又 卷三九 梅文鼎 孫瑴成 明代算家不解立天元術，瑴成謂天元一即西法之借根方。【略】論曰：文穆藉徵君章明步算之後，能不墜其家聲，又得親受聖天子之指示，故其學愈益精微。以借根方解立天元術，闡揚聖祖之言，使洞淵遺法，有明三百年來所不能知者，一旦復顯于世，其有功算學，爲甚鉅矣。

清・談泰《疇人傳序》 利瑪竇與徐、李諸公同譯西書，而不明《測員海鏡》。光啟謂欲說其義而未遑。是借根方必在天元一之後，東來之名，彼亦不能忘本，且借根方頗爲紆曲，遠遜仁卿之簡捷。

又談泰《天元一釋序》 焦子里堂治經之暇，著《天元一釋》二卷，使人知古法之簡妙，其於正負相消、盈朒和較之理，實能抉其所以。然復辨別秦氏之立天元一，與李氏迥殊，且細攷生卒時代，知鏡齋不後於道古，分綱列目，剖析微塵，可與同門李尚之所校《測員海鏡》《益古演段》二書相輔而行。此真古學之絶，而復續幽而復明者。泰於天元算例，亦從西人入手，近始知其立法之不善，遠遜古人，讀焦君此編，益煥然冰釋矣。夫西人存心叵測，恨不盡滅古籍，俾得獨行其教，以自衒所長，吾儕托生中土，不能表章中土之書，使之淹没而不著，而數百年來，但知西人之借根方，不知古法之天元一，此豈善尊先民者哉。泰聞焦君名久矣，比來武林，始得識其人，讀其書，并綴數言於簡末。昔文穆自言，荆川復生，定當擊碎唾壺，愚謂文穆尚在，亦有積薪之歎矣。

又 治經之士，多不治算數。治算數者，又不甚讀古書，以謂西法密于中法，後人勝于前人，此大惑也。天元一術，顯於元代，終明之世，無人能知。本朝梅文穆公知爲借根方法之所自出，可謂卓識冠時，而篇中步算，仍用西人號式，於李學士遺書，未能爲之闡明，古籍雖存，不絶若綫矣。

清・焦循《天元一釋・自序》 天元一之名，不著于古籍，金元之間，李仁卿學士，作《測圓海鏡》《益古演段》兩書，以暢發其旨趣。宋末秦道古《數學九章》，亦有立天元一法，而術與李異。蓋各有所授也。元世祖并宋之後，郭邢臺用李氏之法，造授時術，其學頗顯著於世。明顧箬溪不知所謂，毅然刪去細草，終明之世，此學遂微。國朝梅文穆公，悟其爲歐邏巴借根法之所本，于是世始知天元一之說，然李氏書雖嘗板刻，而海内不多有，故學者習學借根方法，而於天元一之藴，或有未窺者也。吾友元和李尚之鋭，精思妙悟，究核李氏全書，復辨別天元之相消，異乎借根之加減，重爲校注，奧秘益彰，信足以紹仁卿之傳，而補文穆所不逮也。循習是術，因以教授子弟。或謂仁卿之書，端緒叢繁，鮮能知要，因會通其理，舉而明之，而所論相消相減，間與尚之之說差者，蓋尚之主辨天元借根之殊，故指其大槩之所近，循主述盈朒和較之理，故析其微芒之所分，閱者勿疑有異義也。

又 卷下 秦道古《數學九章》卷一大衍，術有立天元一法，其名同，其用異，未可强爲合也。其一爲求衍數法云：以定相乘爲衍母，以各定約衍母，得各衍數。或列各定數于右方，各立天元一爲子于左行，以母互乘子。亦得衍數。又云：以右行互乘左行異子一。弗乘對位本子，各得對數。按：此即《張邱建》蕩杯之法，衍母者，右行三母相乘之數也，衍數者，右行二母，與左行一子維乘之數也。左行本無子數，借一爲子，是爲立天元一，一乘不長，其實仍右行二母相乘耳，衍母爲三母相乘，衍數爲二母相乘，以一母除衍母，猶之二母相乘，故或立天元一以乘二母之所乘，或不立天元一而以各定約衍母，其理可通也。

李氏之立天元一，蓋不知真數。立一數爲比例之根，其究不必一也。秦氏之立天元一，乃欲得一數，立一數以爲齊同之準，其究必是一也。李氏立天元一之相消，此元殊于彼元，以不齊而得其齊也。秦氏立天元一之相約，此一即合彼一，以齊而齊不齊也，李氏之寄左，乃同類之一率。寄之以待類之合也。秦氏之寄左，則未齊之衍數，寄之以俟奇之齊也。李氏之所立，可以馭一切之算，秦氏之所立，止以定歸奇之用，二者藐不相同，各有秘奥。

又 或謂李冶之說天元一，爲演秦九韶之法，蓋以秦爲宋人，李爲元人，元宜在宋後也。循按：《元史》，冶以至元二年卒於家，年八十八，是爲宋度宗咸淳元年。上溯生年，爲金世宗大定十九年。當宋孝宗淳熙六年冶卒後十六年。元世祖始并宋。又按：秦九韶之名，不著《宋史》，惟周密《癸辛雜識續集》，言九韶字道古。【略】考賈鎮淮揚時，在理宗淳祐十年，當元憲宗時，履齋之謫。在景定初年，其殂梅之時，與冶之卒相先後，年齒未必大于李。況李居河北，秦處浙西，同時異國，不得謂李演秦說也。【略】九韶《數學九章・敘》標淳祐七年，是年歲次丁未，比戊申止前一年。冶書之不本於秦，明矣。

清・張敦仁《開方補記・後序》 蓋聞開方元始載於少廣，其在句股，用以爲法。嗣是相承，踵事推衍。稍變能精，《緝古》有焉。逮於季宋之世，入諸天元之術，爰因平立以增諸乘，乃洎正負，而兼帶從。誠非其法有異，良由所御不同，作述之旨如是焉耳。入明以後，厥術寖微，疇人子弟，罕洞前故，根柢云昧，枝葉競興。箬溪分《測圓》之類，宣城拾《西鏡》之遺，轉轉遷移，重重隔礙，以致沿流愈遠，趨路彌歧。臨初商而回泬，值幾數而眩眃，持小學之一端，等天高而難上，其可閔也，不已甚乎！

清・易之瀚《天元釋例》 秦氏《數學九章》，亦有立天元一術，而與李氏之立天元一少異，蓋秦氏祇爲大衍求一而設，李氏則用以馭他術所不能馭，元郭邢臺撰授時術，求周天弧度，開三乘方，取矢亦用李法，則其爲用之廣可知矣。原其術頗有似於《九章》差分篇借衰之術，然借衰乃所問之實數，天元爲所求之虛數，數之虛實不同，則算之難易有間，苟淆例義，不幾豪釐千里之失乎。

又易之瀚《四元玉鑑補草・序》 算學自宋元而大備。秦氏《數書九章》言正負開方。李氏《測圓海鏡》言天元如積，與是書之言四元和會，洵自古算家之絶詣也。自明顧箬溪謂《海鏡》無下手處，删去細草，別著《分類釋術》等書，天元已寖失其傳，矧四元乎。梅文穆公《赤水遺珍》「天元一即借根方解」發三百年算家之蒙，可謂有功矣。獨其釋「或問歌彖」二則疑爲術士秘其機緘。【略】《海鏡》一書得元和李尚之秀才校勘加案，申明例義，由是立天元一術晦而復顯。是書但云如積求之，祇具開方諸數，而不載細草，以是讀者愈無下手處。

清・羅士琳《續疇人傳》卷四七 元好問　夫自有天元，而後知《授時》弧矢相求之妙，亦自有《大衍》而後知演撰積年日法之故。然則天元與大衍，洵治秝者所必不可少也。昔梅文穆公供奉内廷，蒙聖祖仁皇帝授以借根方法，且諭曰：「洋人名此書爲阿爾熱八達，譯言東來法。」是立天元一術，幸得聖天子指示，始得復彰。而《大衍》則載在秦書，不絶如綫，獨《如積釋鎖》失傳，藉非祖序，又安知遺山之有此絶學乎？

又　卷五〇　李鋭　古無天元一術，其始見於元李冶《測圓海鏡》《益古演段》二書。元郭守敬用之以造《授時曆草》，而明學士顧應祥不解其旨，妄删細草，遂致是法失傳。自梅文穆悟其即西法之借根方，於是李書乃得鄭重於世。長塘鮑廷博因欲刻於《知不足齋叢書》，囑鋭校注。鋭詳細釐定，凡傳寫舛誤，及祕奥難知者，計加案百餘條。其有原術不通，別設新術數則。更於梅説外，辨得天元之相消，有減無加，與借根方之兩邊加減法少有不同。

又　爰取弧矢十三術，入以天元，著《弧矢算術細草》，并倣《演段》例，括句股和較六十餘術，著《勾股算術細草》，以導習天元者之先路。

又從同里顧千里處得秦九韶《數學九章》，見其亦有天元一之名，而其術則置奇於右上，定於右下，立天元一於左上。先以右上除右下，所得商數與左上相生，入於左下，依次上下相生，至右上末後奇一而止，乃驗左上所得以爲乘率。與李書立天元一於太極上，如積求之，得寄左數，與同數相消之法不同。因知秦書乃大衍求一中之又一天元。秦與李雖同時，而宋與元則南北隔絶，兩家之術，無緣流通，蓋各有所授也。

又　卷五〇　汪萊　元李冶傳洞淵九容術，撰《測圓海鏡》《益古演段》，以明天元如積相消，其究必用正負開方，互詳於宋秦九韶《數學九章》。梅文穆公雖指天元一爲西人借根方所由來，而正負開方則未有闡明者。元和李秀才鋭，特爲譬校，謂少廣一章，得此始貫於一。好古之士，翕然相從。

又　元李冶傳洞淵九容術，撰《測圓海鏡》《益古演段》，以明天元如積相消，其究必用正負開方，互詳於宋秦九韶《數學九章》。梅文穆公雖指天元一爲西人借根方所由來，而正負開方則未有闡明者。元和李秀才鋭，特爲譬校，謂少廣一章，得此始貫於一。好古之士，翕然相從。

又　卷五一　焦循　循又嘗與吴中李尚之鋭、歙汪孝嬰萊討論宋秦九韶《數學九章》及元李冶《測圓海鏡》《益古演段》諸書，因知立天元一爲算家至精之術。秦書雖亦有立天元一名，而術與李殊。尚之所校《海鏡》《演段》二書，專主辯天元借根之殊，故但指其大概之所近，其於盈朒和較之理，究未析其微芒之所分。乃復貫通其理，舉而明之，撰《天元一釋》二卷、《開方通釋》一卷，以述兩家之學。

又　至於天元之妙，妙在寄母。尚之謂減所不可減，非負不能通其變。余竊以爲除所不受除，非寄母不能通其變。寄母者，通分之謂也。不除此而乘彼，在常法多一除，立天元恒多一乘。故凡兩次除者，天元則變爲平方；三次除者，天元則變爲立方。是欲究天元之術，必先明正負開方之理。而天元之爲用甚廣，昔郭太史《授時術》尚用之以求弧矢，是不獨可賅《九章》，尤治秝者之所必不可少也。里堂《天元》《開方》二釋，闡明其法，使人人通曉，較梅文穆之僅辨天元爲借根方所本，其功不更鉅哉？且里堂以通儒而兼精天學，其喆嗣虎玉又能克紹門業，可謂不媿古人，有光梓里矣。

又　卷五二　張敦仁　立天元術見于元李敬齋冶《益古演段》《測圜海鏡》者，唐荆川、顧箬溪諸君已不解爲何物，及宣城梅文穆公以西洋借根方釋之，其術復大顯。

清·阮元《續疇人傳序》　自西人尚巧算，屢經實測修改，精務求精，又值中法湮替之時，遂使乘間居奇，世人好異喜新，同聲附和，不知九重本諸《天問》，借根昉自天元，西人亦未始不暗襲我中土之成説成法，而改易其名色耳。

清·管嗣《天元一術圖説序》　自聖祖仁皇帝覃精天算，承學之士專門名家者接踵，或昌明中法，或綜貫西學。宣城梅氏集中西之大成，有發明而無掊擊識者韙焉。夫中法以一理包萬術，布算或病迂滯而所操甚約。西法則隨題立術，術繁而得數較捷。康雍之際西學甚盛，有志復古者亦第合中西，以觀會通，未能舍西法别立一幟也。乾隆中朝庭開四庫館，中土古書盡出，自是天元、四元、大衍求一諸術盛行，而西學浸微，是雖人情厭故喜新抑亦時會使然歟？蓋西法神明於句股，而於少廣、方程等章罕所發揮，天元一術則融會少廣、方程、衰分諸法，以濟算術之窮，實唐宋以後中土最精之法，非西學所能企及。嗣始讀張公古愚《開方補記》，尋繹無所得，繼聞羅君茗香近世天元最著家也，求所演《四元玉鑑細草》讀之，益茫無畔岸。鄭君元輔、陳君子進各取開方釋鎖一條，爲演細草見餉。歲癸卯汪君梅村與嗣同遊宋魯，又爲數道，其源流始獲，略識梗概，然仍明昧參半。甲辰春客桐城，以語葉君翰池，知翰池亦頗與嗣同病。今年翰池來金陵，謂嗣曰：余覃思十年之久，一旦豁然有悟，成《天元一術圖説》一卷，不可秘不示子也。嗣急攜歸卒讀，其書首列帶縱負隅開方諸圖，次列借衰互徵方程正負諸法，以探天元之原，次取天元數題詳細推衍，於正負相減相加相棄諸法，多列算式，復繪圖以明和較相求之理，口講手畫，不詳於此。嗣讀未俄傾，亦遂涣然冰釋。

清·張文虎《致熊其光書》　天元如積之術，至明失傳，梅文穆始以借根方發其覆。爾時推闡未至，容有之。李四香校《測圜海鏡》而大明其説，不可謂無功。借根方之多少即天元之正負，其兩邊加減即天元正負相消之理。論其法，借根方固不如天元之簡，然天元實方廉隅稠疊之位，皆賴借根方之幾真數、幾根、幾平方、幾乘方而益著。駱氏必欲翻梅、李之案，而直詆爲不知天元。噫！過矣。

清·吴嘉善《白芙堂算學廿一種·天元問答》　問：其理雖爲精妙，而甚難入手，可以譬喻而得解否？答曰：此無難也，譬如閒壁有人談算，但云有句弦較數若干，及句股較數若干，此數加句弦較則爲弦，此數加句股較則爲股。凡弦自乘得數，内減股自乘數，即此數之自乘方云云。及細考之，所謂此數者，必指句也。而未聞其數，乃如其言推之，以 太｜ 爲此數。以句弦較加此數，得 句弦較 ｜ 爲弦。以句股較加此數，得 句股較 ｜ 爲股。二較既云若干，則實數也。天元則尚爲虚數，以虚數與實數相加，勢不得混而爲一。故分列上下兩層。乃以弦自之，得 句弦較冪 二句弦較 ｜ 爲弦冪。又以股自之，得 句股較冪 二句股較 ｜ 爲股冪。上層爲二較，自乘中層，則兩較乘天元。又天元乘兩較，故得二數。其下層則天元自乘也。

如圖，以實綫爲太數，以虚綫爲天元，甲乙綫爲天元加太數，甲丙綫同。自之，則得太數自乘冪一。金積是也。太數乘天元冪二，兩石方是一。天元自乘冪一，絲方是也。令之各以類從，則得 金 二石 絲 各爲一層是也。

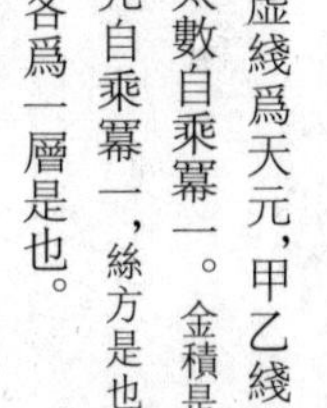

以股冪減弦冪，得 句股較冪負 句弦較冪正 二股弦較正 爲此數之自乘方，寄左。兩較冪相減數無可名，故兩存之。但别正負，即如相減也。至以句股較減句弦較，得數，即股弦較。故易其名爲二股弦較。其兩天元平方。則減去無存，故三層者變爲二層也。乃以此數自乘之，得 太 ○ ｜ 亦爲此數自乘方，而與左爲同數。所謂求兩同數者，義如此。相消，不言減而言消者，以消字更爲賅備也。然此云相消，意主於相減也。所以必相消者，何也。此用方程法也。凡方程兩行必消爲一行，故天元兩式，亦必消爲一式，即方程之行也。説詳《天元方程合釋》中。得 句股較冪負 句弦較冪正 二股弦較正 〤 此以右數減寄左數，除上兩層，無所減外，其下層無數可減，故亦相加而翻其名，若以寄左數減右數，則得式同。唯正負互變耳。爲開方式，假如句弦較數二，句股較數一，則股弦較之數必爲一，如式取之，得 ||| = 〤 爲開方式。句弦較二，自乘得四，句股較一，自乘得一，相減得三，即上層數也。二句弦較其數爲四，二句股較其數爲二，相減得二。即中層數也。其下層爲天元平方一負，與原式同。如法開平方，得三爲句。假如句弦較數八，句股較數七，則得股弦較之數爲一。如式取之，得 |≡ ‖ 〤 爲開方式。如法開平方，得五爲句。假如句弦較數九，句股較數七，則得股弦較之數爲二。如式取之，得 ≡ ||| 〤 爲開方式。如法開平方，得八爲句，更設數取之，無不合

者。至於何由知此式之爲開方式，而以開方求之，則以其式中，正負之數必相當而知之。凡方之所以可開者，以實積廉積隅積，正負數必相等故也。此以平方言之，若立方以上，雖累多一積。其相當則同也。實積即實也。廉積者，商數乘廉之積也。隅積者，商數自乘之積也。唯其相當，故所商合此數者，減積恰盡，不合者不能也。今相消所得之式，爲句股較冪負 句弦較冪正 二股弦較正 ⊁ 此各積數正負，亦必相當。除上層爲兩太數自乘冪相減之數，與天元句無關外，中層則句乘股弦較之冪二正，下層則句自乘冪一負，試取已知之數，如法取式考之，用第一假如數，則得 Ⅲ⊥⊥≡ 用第二假如數，則得 ≣〇≡ 丨丨‖ 用第三假如數，則得 ‖=≡ ‖‖丨 ⊥ 正負各數，無不相當者，非開方式而何。故凡遇三層者，則以平方法入之，四層者，則以立方法入之。如是累多，雖至無數億層，求之皆有法也。

又 問：天元一法，出於宋元之際，是古所未有也。古人無此術，而算術亦得精妙，豈必用此繁重之法。答曰：天元術非繁重也，乃算學至易至簡之法也。何則古人殫精極慮，乃得一綫，後人踵而增之，其事較易，而其術更神。昔唐王孝通撰緝古算經，於表中誇詡甚至，誠以創術之難也。若得天元一術用之，則欲創爲新術，如王孝通所撰者，俯取皆是，不必有思索之勞。則何易如之，又何繁重之足疑。

清・陳崧《數學九章後記》 或曰：此書中立天元一法，爲天元術之權輿。厥後邢臺之弧矢，欒城之《海鏡》，漢卿之《玉鑑》，歐洲之借根，其源實開於此。余以爲此説尚未深究其書者也。《四庫提要》曰：大衍術中所載立天元一法，郭守敬用之於弧矢，李冶用之於句股方圓，歐羅巴新法易其名曰借根，用之於九章八綫，其源實開於九韶云云。按：此蓋纂書儒臣，徒知其名而未究其實者之所言也。其説皆誤。夫大衍類中之所謂天元者，不過以奇零求總數之術耳，與李氏《海鏡》，朱氏《玉鑑》書中所謂天元者迥别。此名同而實異者也。然觀田域類中正負開方法，或三乘方，或九乘方，並分實方廉隅，亦分益從，其術皆如朱李書所言，又觀峻積驗雪，尖田求積，古池推元，推知羅數諸問，其法之用，天元者尤顯特道，古未明言耳。夫道古所謂天元者，實非天元。道古不謂天元者，又實爲天元。名實互隱，殆其不肯曉然示人歟。統而觀之，天元之術，道古實通其畧，但不如朱李諸人之詳耳。至謂其大衍術中之天元一爲天元之源，則非也。

清・諸可寶《疇人傳三編》卷三 陳傑 論曰：南豐吴編修嘉善曰：「至謂西人竊取乘除而爲比例，竊取句股而爲八線，良非虛語。愚又謂西人竊取四元而爲代數，竊取招差堆垜而爲微分積分，則其書後出，惜乎助教之不及平議矣。」

綜論

清・阮元《疇人傳》卷一三 王孝通 太史造仰觀臺以下十九術問數奇殘，入算繁賾，學之未易通曉，惟以立天元術御之，則其中條理秩然，無可疑惑。尚之于立天元術，用心甚專，著有《緝古算經衍》。蓋算數之理，愈推愈密。孝通《緝古》，實後來立天元術之所本也。

清・黎應南《開方説跋》 宋元諸家，入以天元之術，有天元斯有正負，因有帶從諸乘方。其式如階級重重，迤邐遞進，或以正步負，或以負步正，有翻積，有益積，皆一定之理。李氏《測圓海鏡》、秦氏《數學九章》均通其法，誠算家絶詣也。

清・董祐誠《堆垜求積術序》 堆垜求積三乘方以上，舊無其術。汪氏《衡齋算學》始創諸乘方三角堆求積術，以爲古所未發。予釋《割圓捷法》，更得求諸乘方所成之方錐堆術，繼復以縱方堆推之，而得諸乘方所成之縱方堆術，亦謂此兩術又汪氏所未發也。近讀《四元玉鑑》茭草形段、果垜疊藏諸問，求其天元如積之原，則與諸術皆一一符合。

清・張敦仁《求一算術序》 算數之學，自《九章》而後，述作滋多。其最善者，則有二術：一曰立天元一，一曰求一。盡方圓之變，莫善於立天元一；窮奇偶之情，莫善於求一。

又張敦仁《開方補記序》 正負開諸乘方者，天元一術之除法也。天元一術，凡應除者多不受除，不除此而乘彼，則不得不合累乘所得之數而并除之，於是開諸乘方之法生焉。

清・易之瀚《四元玉鑑補草・序》 天元一術，既不受除，自不得不合累乘之數而併除之。所以極通分之妙，故不除此而乘彼。

清・羅士琳《續疇人傳》卷四七 朱世傑 蓋當時競言天元之學，推其源實出於衰分，雖同爲假借之算，而衰分所借者爲今有之見數，天元所借者爲所求之問數，見數實而問數虛，故衰分較易。若天元者，既爲問數，祇可互爲隱伏，不容交相雜廁，故必立之於太極見數下，使其有所區别，以求同數之兩式，尤必使兩式之正負各異，庶於錯綜參伍中消成一段，俾隱伏之問數立見。所謂如積求之者，凡數之相乘或自乘，皆謂之積。凡題必有兩見數，或如題用定率得積，或如題用加減乘除得積，以兩見數各演一式，其正負自必不同。譬之題有三四兩數，以八乘三，同於以六乘四，均得二十四是已。故同一弦冪也，有以和冪內減倍直積爲式，有以較冪內加倍直積爲式，兩式雖同，兩式之爲和較，爲正負則互異其法。又有類於盈不足術，假令令之兩式，惟假令令之兩式消後一行，僅得實法兩層，天元兩式消後一行不盡，爲實法兩層，其階級重重，率由屢乘所得，故又假借爲實方廉隅諸數，而以開諸乘方法御之。

又　卷四八　博啓　復立天元一術爲演得三事和較六十題，兼增立天地兩元爲廣例二十五術，撰《句股容三事拾遺》四卷，更試變通其法，御以八線。取方邊用方斜率，求得容方中之斜線。以垂線爲一率，半徑爲二率，斜線爲三率，求得四率爲正割，檢八線表得度，用與四十五度相加減，得垂線所分之大小兩弧。副以半徑爲一率，垂線爲二率，小弧正割爲三率，求得四率爲句。如以大弧正割爲三率，求得四率爲股。又如以大小兩弧之兩正切爲三率，求得四率，爲大小兩弧之兩分弦，相并得弦。餘二題仿此。其得數雖同，而尾數究有奇零。以八線表所列之數至單位止，單位以下棄其餘分，故不能如句股與天元所得之數密合。或有妄詆天元術不能馭三角和較者，此徒泥西法，不知天元之妙者也。抑知天元創於宋元之間，其時安能逆知西法之有三角形而預爲立法乎？要在學者善爲會通耳。試設平三角形，有一角而角在兩邊之中，有大邊與對邊和，有小邊與對邊和，求三邊及垂線。此西人常法所不能御者。若立天元一術，則任求何邊，或和數，或較數，皆一平方即得。然則天元之與西法，其優劣可由此見矣。

又　卷五一　焦循　又致書與李尚之，謂天元未消之前，有和而較不備，有較而和不備，及既相消合而爲一，其和較始備。和在冪，則天元爲益從；和在天元，則冪爲益隅。

清·阮元《續疇人傳序》　羅氏又因讀《四元玉鑑》，於如像招數一門有所會通，更取明氏捷法，御以天元，知密率亦可招差，其弧與弦矢互求之法，與《授時曆草》之垛積招差一一符合。

又　方今聖世，六藝昌明，佚書大顯，後有疇人思欲復古，將見大衍爲考古之根，天元爲開來之具，綴術爲五星之用，招差爲八線之資，合大衍約分、天元寄(毋)[母]、綴術求等、招差疊積，又爲後學之權衡，斯又宋元來復見之各書所亟宜甄録而表章也。

又　宋元間算法所指，太極、天元、四元、大衍等名，皆用假判真，借虛課實，以爲先後彼此地位之分別耳，非如道學家言確有太極、天地之道貫乎其中，至術數、占候及太乙、壬遁、符讖之流，則尤明秝明算者所不屑言也。

清·張文虎《致熊其光書》　天元左右數正負可互易，此與兩邊加減，法異而理同。李氏以爲異，異其法也。駱氏謂異在正負，不在兩邊加減，此公孫龍之論白馬非馬也。李氏《弧矢算術》弦與殘周求矢、圜徑截積求矢二術，元草竝以天元除太極，得太下一層。少一天元通分，故開方式元在下廉之位。然以元除太，則太下一層，已爲元分。而太下一層自乘，得太下二層，合天元自之爲五層，即三乘方式矣。於是以太下二層爲積，太下一層爲元，太爲方，元爲廉，元自乘爲隅，蓋以降二位爲升二位，不啻以天元通分也。且天元術相消之後，但問得式幾層，爲幾乘方實方廉隅之位，不復論爲元爲太。駱氏以天元通分，故元在本位，然五層之式，與李無異。

清·諸可寶《疇人傳三編》卷三　陳傑　論曰：南豐吴編修嘉善曰：「凡平三角大小弦冪相減，與大小句冪相減相等，故句較與弦較之比，同於弦和與句和之比，爲互視比例。今以天元入之，不必知此識別，而與知識別者等。平三角者，陳靜菴氏所謂有用者也。天元四元者，陳氏所斥爲無用者也。然遇此題，不以元術入之，當如何瘽精竭慮，乃得其法。則無用者果爲無用矣乎？」夫陳助教於天元四元數理，未嘗究其體用，乃至失言，編修之訕宜已。且獨不攷夫陽城太守之以天元演《緝古》乎？固殊塗而同歸者也。然觀助教之書，苦心孤詣，自足名家。若定句股弦三數，皆整法表列股弦較，自一至九萬九千四百五十八遞加數，自二至八百九十二，設爲姑求十萬以內諸不同式形，而皆爲度盡之數，誠自然之妙，未洩之奇。餘如倍弧求通弦，及諸三角邊角互求、易弧爲平，所創新法，亦頗洞見本源。專精比例，當時奉爲大師，豈倖致哉？」

清·夏鸞翔《洞方術圖解·自序》　方積起於正方形，故累次增乘，皆增以正方。三角之較數，增一根則增一較；方積之較數，增一乘則增一較。理正同也。累次相較，較必有盡，惟其有盡，乃可入算。相連諸弦矢，所以愈相較而較愈均者，正此理矣。諸較之理，皆起於天元一，而生於根差遞加。根一，諸乘方根差皆一。一乘之數不變，故可以省乘。若增其根差，則非復單一乘，不能省弦矢表弧背之差。或差一秒，或差十秒，即以一秒或十秒弧線當根差，按根遞求，即可盡得諸乘方之較。即以較加較，而盡得求弦矢各數矣。豈不捷哉？

清·左潛《綴術補草·序》 蓋借根方即天元一之變術，而借根方之不能立式，究不如天元一之巧變莫測也。

又左潛《綴術釋戴·序》 余因思《綴術》乃天元一之變法，用以立式，巧變莫測。

清·曾紀鴻《綴術釋明序》 左君壬叟，於數學一道，尤孜孜不倦，遇有疑難之題，必窮力追索，務洞澈其奧窔而後止。嘗謂方圓之理乃天地自然之數，吾之宗中、宗西，不必分其畛域，直以爲自得新法也可。曾釋徐君青氏《綴術》，又釋戴鄂士《求表捷術》，兹又釋明静菴《弧矢捷術》，而一貫以天元寄分之式，於圓率一道，三致意焉，可謂勇矣。

清·李善蘭《測圓海鏡序》 元李敬齋先生著《測圓海鏡》，每題皆有法有草。法者，本題之法也。草者，用立天元一曲折以求本題之法，乃造法之法，法之源也。且算術大至躔離交食，細至米鹽瑣屑，法甚繁已。以立天元一演之，莫不能得其法，故立天元一者，算學中之一貫也。明顧應祥《海鏡釋術》，但演諸開方法，而去其細草，重櫝輕珠，殊可笑焉。

清·華世芳《近代疇人著述記》 代數者，猶中法之天元、四元也，惟天元、四元之所重者在行列位次，而代數則不論行列位次，一切皆以記號明之，故其理雖同，而爲用尤廣。

清·查燕緒《重刻〈疇人傳〉後跋》 借根方之法出自宋秦九韶、元李冶天元一術。西法雖微，究其原，皆我中土開之。

清·鄒尊顯《元代開方通義·自序》 大《易》有言曰：窮則變，變則通。通之爲用大矣哉。中國算術之有天元，固已巧不可階矣。其後又有《四元玉鑑》之書出，而天元之推廣愈宏。

又 逮至泰西算學家創代數，流傳中土。中人譯之，以天、地、人、物等元代未知之數，以甲、乙、丙、丁等元代已知之數，蓋即中國之《四元玉鑑》也。惟其式俱横列，眉目清楚，較《四元玉鑑》之上下左右分列，易至混淆者，尤爲盡美盡善。獨於開方一術，則自二次雜方外，其三次雜方已覺不勝繁難，雖立有撿表開方一法，亦不甚簡易。至於四次以上，更多滯礙難通，從無名家能創一通術以御之，此其術亦窮矣，而何不思變計耶？夫代數雜方以天代未知之數奚啻天元雜方以一代未知之數也，其立法之初意本同。立法之初意同，則其佈算宜無不可通之理。間嘗取代數三次雜方式，以天元之義通之，按式推演，其得數若合符節，從可知代數四次以上之雜方無不可以天元之義通之也。用是設立方、三乘方、四乘方、五乘方方根和較等題，先演天元如積相消之式而開其方，而後演代數之三次方、四次方、五次方、六次方諸式，各聚其已知之數於左，變通開法與天元得數毫釐不爽。則即七次以上雜方各式，其變通開法亦何以異？是算學家之習代數開方者，其亦三復太中窮則變變則通之言可也。

算法

清·焦循《天元一釋》卷上 太極自乘，仍爲太極，何也？太極相乘，是以太極爲矩也，矩相乘，故得積也。

太極本是積，今用兩積相乘，則積數已進爲邊矣。如積數九，令以九乘九爲八十一，八十一爲積，九進爲邊矣，此亦邊積相通之故。

太極天元相乘，仍爲天元，何也？天元之數不可知，故不能得其積，止得天元也。

天元者統舉一矩也，以數乘之，止得若干矩耳。非自乘不可爲方，不知數不可爲積，有如天元一者三，以二乘之二三如六，得天元一者六耳。若知其數，則設每天元一數九，三之爲二十七，以二乘之積五十四，乃爲實積。今止乘得六，但天元一者六耳。

以天元自除得太極，何也？兩數等，其除得之數法化爲實也。

天元非實數，以天元除之，轉爲實數者，譬如天元九，以天元除天元，即以九除九也，九除九得一，故天元一化爲積數一也。又如天元九，以一天元除三，天元即以九除二十七也，九除二十七得三，故三天元一化爲積數三也。

以天元除太極，得太極下之太極，何也？勢所逐也，天元除冪爲天元，天元除天元爲太極也。

除者乘之，反知乘方累乘之數，即知天元除得之數矣。假如天元數二，以二除之得一，又除之得〇五，以二乘之得四，又乘之得八，以表明之。

天元二乘太極下　天元二乘太極　天元二自乘　天元二乘天元
太極五得太極一　一得天元二　得天元冪四　冪四得立方八

立　天元　天　太　太
八　四　二　一　五
方　冪　元　極　極

天元二除立方　天元二除天元　天元二自除　天元二除太極一
八得天元冪四　冪四得天元二　得太極一　得太極下太極五

以天元除太極，所得必下於太極。以太極乘天元，所得不上於天元，何也？冪爲天元所自乘，太極爲天元所自除，乘其所自除，猶除其所自乘也，除其所自除，猶乘其所自乘也。

天元一爲乘除之樞紐，二乘二得四，上爲冪，二除二得一，下爲太極，二乘四得八，又上爲立方，二除一得口五，又下爲太極下之太極，一乘一除，兩相比例，其理自然脗合，非由彊致矣。義備前表。

以矩例積，則上法下實也。

譬如積數八十一，與九個矩數等，以九爲法，除得九，是九爲天元也。法之九爲九天元一，除得數九，爲每天元一之數九，此正方也，天元一多屬從方，苟舉積數八十一，與二十七天元一等，則每一天元得三，或舉積數八十一，與二天元一等，則每一天元得四十口五。邊股弟十一問草云：得下式 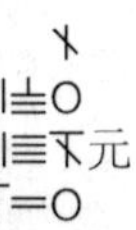 寄左。再得 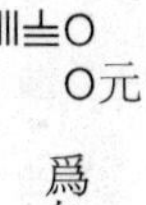 爲如積。相消得 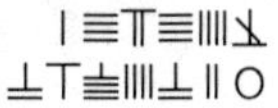 上法下實，得一百二十步。按：此本有四層，消去上兩層，則下兩層爲一積數、一母數。以母除積，則得子耳。凡上法下實者放諸此。

以冪例積，則下實中空，而上開方除也。

積數八十一，天元數九，則平方矣。是爲八十一與一天元冪。比積數一百六十二，天元數十八，則二平方矣。是爲一百六十二與二天元冪比。邊股弟十四問草：寄左 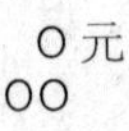 與天元冪相消得 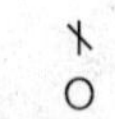 開平方是爲一萬四千四百積。當一天元冪，底句弟四問草：消得下式 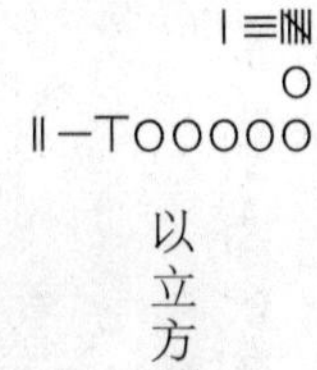 以立方開之，得二百四十步。此亦天元空。而以一立方一百三十五天元冪，當二千一百六十萬，即三百七十五天元冪，而以二百四十爲立方也。邊股弟七問草得下式 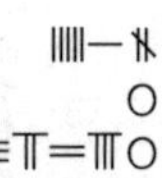 以平方開之，得一百二十步，此積數七百三十七萬二千八百等于五百一十二天元冪，天元爲一百二十，冪爲一萬四千四百，令五百一十二冪，適當七百三十七萬二千八百也，五百一十二冪，已當四立方三十二天元冪，而不升爲立方者，無得升之勢也，錯綜變化，以相比例，以相齊同。此天元一之術，所以妙也。大股弟三問草：消得 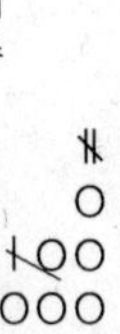 開立方，得一百二十，是有積、有矩、有立方，而無平方，是爲廉空，凡諸廉皆空，則爲不帶從之開方。諸廉中有空、有不空，則爲秦道古之玲瓏開方也。底句弟八問又法草：消得下式 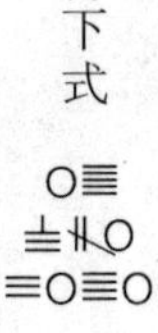 以平方開之，得三百六十，法云：

半步常法，此上層爲平方之半也。大股弟十二問草：消得

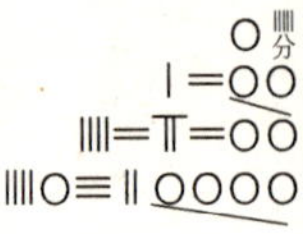

開立方。得三百四十步。法云：五分隅法。此上層爲立方之半也。弟十二問草：消得

開三乘方。得三百六十步，此上層爲三乘方之半也。弟十七問草：如積消得

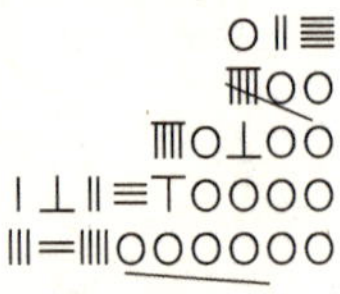

開三乘方，得三百六十步。法云：二分五釐爲三乘方隅。此上層。又爲三乘方半之半也。明叀前弟十七問草：

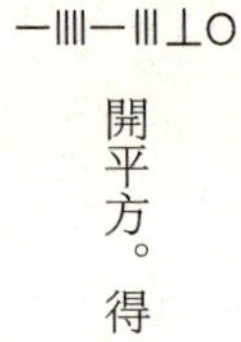

開平方。得二百四十步。法云：七分半常法。此上層爲平方四分之三也。弟十八問草：

開三乘方，得二百四十步。法云：四分三釐七毫五絲爲虚隅。以上層爲三乘方之半不足也。雜糅弟十二問草云：

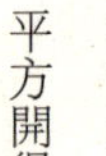

平方開得三十六步，此中空而上得平方之半，夫平方之半，即十八天元也，不爲十八天元，而爲半天元冪者，不知十八天元之數，但知爲冪之半也。

弟十五問草：

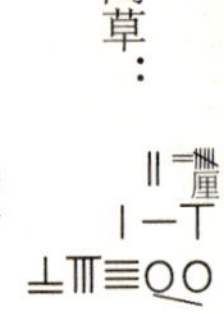

開平方得八十步。法曰：二步二分五釐益隅。明叀前弟七問草：

開平方得三十步。法曰：三步半虚法。凡言步，即方也。凡言分，方之幾分也。言三步半，此每方三三而九，三步爲二百七十，半爲四十五，當一方九十之半也。

又 其等自實而上行者，便於立天元之法也。其等自隅而上行者便於用開方之法也。

《測圓海鏡》上隅、中從、下實。蓋由實而生天元，由天元而生天元冪，自下疊乘而上，是宜實居下，而隅居上也。《益古演段》上實、中從、下隅。蓋以商生隅，由隅而生從，由從而與實相消，亦自下疊乘而上，是宜實居上而隅居下也。然則廉隅未定之前，自實而隅，廉隅既定之後，自隅而實，故兩書各明一義也。秦道古《數學九章》述開方法，至精極簡，足補李氏所未備，其式如《益古演段》之列位。置商於實上，以商生隅，上達於實，遇同名則相加，遇異名則相減，加則正仍爲正，負仍爲負，減則減餘在正爲正，在負爲負。自一乘以至百乘千乘，不假別術，方與實異名相消，而減餘在方，則爲翻積，爲換骨。方與實同名相加，則爲益積，爲投胎。大抵和在隅，而中較大於初商，則益積。和在中，較數小於初商則翻積。其理如是，其實布算時，惟視同名異名，以用加減，而翻積益積，不容預定也。其定位用古開方超位法。商單數不超。十數超一次，百超二次。千超三次。萬超四次。其超也，一乘則方進一，隅進二。二乘則方進一，廉進二，隅進三。三乘則方進一，上廉進二，下廉進三，隅進四。進二即超一位也，進三即超二位也，進四即超三位也，四乘以上可類推。其次商退位視乎此，其生廉不用倍法，三倍法之煩。弟以商上生，同加異減，多一乘則多一變而已。秦氏謂乘爲生，生而上達爲入，入而減爲消。其法李欒城所未詳。此實相爲表裏，精簡貫通，一原於古《九章》。而迥非梅氏《少廣拾遺》所能及，循別有專書論之，而舉其大略於此。

又 **卷下** 太極肭，則天元爲盈。太極盈，則天元爲肭。真數積于下，而盈肭差於上也。

股全數六百,句三百二十,差數二百八十。今舉股四百八十,句二百,既非全數,亦非差數,于是有加減之法。而盈朒生焉。何也。以四百八十爲股,則朒,因以所朒者爲天元一而加之,是爲四百八十步加一天元。在四百八十則朒,在所加天元則盈,朒者,于股全數不止四百八十也。盈者,餘于四百八十之外也。若以四百八十爲差,則盈。因以所盈者爲天元一,而減之是爲四百八十步減一天元,在四百八十則盈,在所減天元則朒,盈者四百八十多于差也,朒者四百八十中當少,去此數也。減爲分數,加爲合數。分者,分于太極之中,合者,合于太極之外。分于太極之中,而合之以所分之餘比例得矣。合于太極之外,而分之以所合之形。比例得矣。

太極可減天元,天元亦可減太極,故如積之數,在太極位也。太極加天元,天元加太極,其義一也。惟減則有不同。如全股六百,容圓半徑一百二十,但知四百八十,則立天元一爲股。而減去四百八十爲半徑,是爲一天元少四百八十步也。是天元一盈于四百八十之實數,而四百八十之實數,轉宜減于天元之中矣。明叀之數,或小於半徑,故《測圓海鏡》于明叀以下,多于天元一之中減太極,明叀前第二問云:立天元一爲半徑,上減明句得 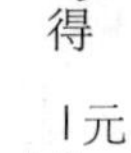 爲虛句,下減叀股,得 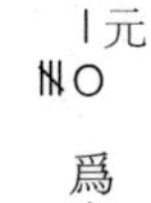 爲虛股。句股相乘,倍之加差冪,得  爲弦冪。寄左。然後並二行步,以自之,得  于太極位爲同數。蓋差在太極位,故必于太極位比例得同數也。

又 其不可除者,爲不受除。不受除者寄之,謂之寄分母。分母之中有不受除者,則分母之中又寄分母。

邊股弟四問云:置東行步爲小句,以中股乘之,得  合以中句除,今不受除,便以爲小股也。下注云:內寄中句分母,舊挍云:不受除者無可除之理也。凡二數,此數與彼數無可除之理,則不受除也。蓋除有法有實,實可二,法不可二。此題以中句爲法,而中句內有一元,又有十六步,其爲數已二矣。又何以均分不一之數乎。故曰不受也。弟九問草云:立天元一爲半徑,即以爲小句率,其二行差即以爲小股率,乃置甲南行步,加入天元一爲股,以小句乘之,合以小股除,今不受除,便以此爲大句,內寄小股分母。舊挍云:此所謂不受除,乃其數奇零不能盡,非無可除之理也。弟五題云:置大股在地,以小句乘之,得下式。合以小股除之,今不受除,便以爲大句,內寄小股分母。又置天元半徑,以分母小股乘之,以減大句。循按:此問欲得底句,因先求大句,大句必從小句比例,乃有小句,而小股不可用以除,因委曲而用寄分之法,徑得大句。然大句較底句,尚多一半徑。而此大句者,既爲寄分徑得之大句,不可與半徑減。故必以分母乘半徑,而後可減也。大句爲分母所乘之大句,則半徑亦必爲分母所乘之半徑。此問蓋李氏示人以相減例也。大股弟十三問草云:立天元一爲半徑,二之減甲南行爲大差,以自之爲大差冪。加于南行冪,半之爲大弦內帶大差分母,別寄。又置乙斜行,爲小弦。以大股乘之,合大弦除。不除,便以此爲小股也。內帶大弦分母,按:此大弦爲小股中所帶之分母,而大弦之分母中,又帶大差分母。蓋欲得小股,先求大弦,欲求大弦,先得大差,轉轉寄帶,不憚委曲緐瑣者,爲同數相消地也。心思之妙,不啻蟻之穿九曲珠,夫所以啓後學之聰明者,可謂至矣。

分母以不除寄之,即以不乘消之,寄左。不可消則又數以分母乘之;分母之中有分母,則寄左。以分母中之分母乘之,分母中之分母,帶分母者無之也。

寄分母之法,其相消之例有數端。邊股弟六問草云:置大股,以小句乘之,合以小股除。今不受除,便以此爲大句內帶小股分母。又倍天元,以小股乘之,以減于大句,爲句圓差。合以股圓差乘之,緣此句圓差內已帶小股分母,小股即股圓差。更不須乘便以此爲半段黄方冪。更無分母也。按:此言相消之法甚明了。句圓差乘股圓差,得城冪之半,即半段黄方冪。是必乘而得冪也。小股爲一率,小句爲二率,大股爲三率,必小股除之乃得大句也。而小股既即爲股圓差,則前之不除,正可以代後之乘,而後之不乘,正可以伐前之除。故前不除而寄分母者,後不乘而更無分母也。弟四問寄左中,寄中句分母,其又數以中句乘之爲同數,弟五問寄左中,寄小股分母。又數以分母小股乘之爲同數。此緣寄左中,不能以一乘一除兩相消抵,故于又數中乘之,以消此不受除之數,同在寄數中,以不乘消之分在寄數,又數中以乘消之,不除則數多而溢于彼,不損此之溢而增彼之坳,則兩相平矣。譬之市儈負我債,我取其貨物,而不留值。此以不乘消之之義也。醫者欲制肝而先强肺，相墓者苦右高而左加隄焉，則乘以消之之謂也。弟十問草云：置乙南行步爲小股，以句率乘之，合以股率除。今不受除，乃便以此爲小句，內寄股率分母，以小句大句相乘爲半徑冪，內帶股率冪爲分母，寄左。然後置天元自乘，又以股率冪乘之，爲同數。按：此兩相比例，大句小句內，皆寄股率分母，小句大句既相乘，則所寄兩股率，亦相乘而爲股冪矣。故寄左中帶股冪，而又數亦以股冪乘也。大股弟十三問草云：大弦帶大差分母，別寄小股，又帶大弦分母，因以邊股乘小股，爲半徑冪。此半徑冪內，有大弦分母，緣別寄大弦，分母元帶大差分母，故又用大差分母，乘上半徑冪，爲帶分半徑冪也。所帶之分，謂止帶大弦分母也，寄左。然後以大弦乘天元冪爲同數。循按：此寄分中，又有寄分之相消法也。帶大差分母之也。又數以大弦乘天元冪，此大弦正別寄之大弦，中有大差分母者也，然則寄左數大弦，既別寄矣，而小股中所帶之大弦分母，乃不帶分之大弦，非別寄帶分之大弦中所帶之分，別無所帶，而又數中所乘之大弦，轉多一大差分母矣。故豫于寄左數中。以大差分母乘之，以爲同數相消地耳。別寄之分母，隨乘而入，不用之以除，則大差分母，無由入小股中。不受除而帶分母，自帶大弦之正數，不帶大弦之假數也。弟十四問草：以股冪加大差冪，半之爲大弦，內帶大差分母。又置股冪減大差冪，半之，爲大弦。內帶大差分母。又置股冪減大差冪，半之，爲大句。亦帶大差分母，大差即句弦較。乃置明弦，以大句乘之，合以大弦除，不除，便以此爲小句，內帶大弦爲母，其大句內元有大差分母，不用，即明句也。以底句乘明句，爲半徑冪。內帶大差及大弦爲母，寄左。然後置天元冪，以大差通之，又以大弦通之，爲同數。此寄數帶兩分母，而又數又以兩分母乘之也。大句中有分母，不用者，又數之大弦。其中有大差分母，依前法，則寄數中之半徑冪，宜豫以大差乘之。今因小句中本帶大差大弦兩母，故以不乘抵之，非不用也。有以消抵之也。蓋寄數小句中，有分母二，底句中有分母一，在小句中者，其一爲不帶分之大弦，其一爲大句中所帶之大差。在底句中者，爲大句中之大差，是帶兩大差一大弦也。又數既以大差通之，又以帶大差分母之大弦通之，是亦兩大差一大弦，適相消抵。因不必復用相抵之法，冥然化其消息之跡，故曰不用也。是明帶兩分母，實暗帶三分母也。又一法草云：股圓差即大差。冪加股冪半之，爲大弦。寄大差分母，減股冪，半之爲大句。寄大差分母，以大句乘明弦，合大弦除，不除，便以爲小句，寄大弦分母，又以股乘明弦，合以大弦除爲小股，不除。而又以同母通分之，爲同分小股也。又置明弦，以大弦通之，得通分小弦也。三位相併爲股圓差，寄左。然後以天元大差，以大弦分母通之，爲同數。此則寄數中，共帶六分母，而以一分母齊之，法至此。精妙極矣。六者何。大差三，大弦三也。其在小句中，有大句所帶之大差，有不帶大差之大弦，是爲一大差，一大弦也。其在小股中，有同母通分之大差，有不帶大差之大弦。是又一大差，一大弦也。其在小弦中，有通分之大弦，有大弦中所帶之大差，是亦一大差，一大弦也。而小句小股小弦併之，即股圓差。則以帶大差之大弦通之，不啻以六分母通句股弦之三位也。原注云：大股乘時，無大差分母，故令通之。以齊大句上所有大差分也。云大股乘時無大差分母者，言大股中無大差分母，非若大句中有之。故前大句乘明句弦爲小句，其中有大差母，其股乘明弦爲小股，則無大差母也。以同母分通之，則均有大差母，故曰通之以齊也。同分，同於大句中之分也。審此用同分以齊大句中之大差分母，則前所謂大差分母不用者，詎真不用乎哉。弟十八問草下注云：其大句中有大差分母，其大股內却無分母，故今乘過，復以大差通之，齊分母也。此注尤彰明較著矣。寄分之法，爲天元一造微之境。比例齊同，全賴此以濟其窮，故李氏詳乎言之，即其一隅，可以知三。因復闡明其故，俾學者易知。故不憚煩云。

又數與寄數相齊，謂之同數，亦謂之如積，如積之例，當其較，則舍所盈，故加於盈而數合也。當其和，則包所朒，故減其朒而數合也。

《測圓海鏡》列加減二法，謂之正率。天元一之術，實無出此二者。其他變化錯綜，皆由此而推之耳。題云：或問出西門南行四百八十步有樹，出北門東行二百步見之，問徑幾里。其減法云，立天元一爲半徑，置南行步在地，內減天元半徑，得 爲股圓差，又置乙東行步在地，內減天元，得下式  爲句圓差。以句圓差乘股圓差，得  爲半段黃方冪。即城徑之半也。寄左。又置天元冪以倍之，得  亦爲半段黃方冪。與左相消，得 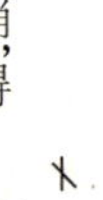 如法開之，得半徑一百二十步。循按：置南行步減天元者，積數四百八十中少天元一也。置東

行步減天元者，積數二百中少天元一也。兩行步，本是一半徑帶一圓差，今減去天元半徑，故爲句圓差股圓差。所減雖在天元，實不啻在積也。及兩積相乘除，去天元所當之積，餘爲半城冪之積。故如積者，但如此半城冪之積，以爲之冪。或爲之天元，以合於除去之天元，則與下積適相當矣。譬之積如粟天元，天元冪如錢，粟一斗值錢二百，先付錢六十，當減去粟三升，今不減，但記曰：已納錢六十，則他日持錢取粟，僅持七升之值百四十錢，而遂當一斗之償矣。粟未減也，亦非妄以七升之值，當一斗之值也。前後之值相合也。此乘得積數九萬六千，如斗粟也，六百八十天元，多一天元冪，如先付三升值也。如積之二天元冪，與一天元冪相減，爲一天元冪，如他日持七升之值也。夫付過三升之值，則我他日之持錢，朒三升之值，而取盈三升之粟矣。後所持合于先所付，自不虧缺。而後之所持，則必舍乎先之所付，此減法之如積也。其加法云：置南行步，加天元一，得 丨元 Ⅲ≐ 爲大股。又置乙東行步，加天元得 丨元 〇〇‖ 爲大句。相乘得 丨元 ⊤≐〇 Ⅲ⊥〇〇〇 爲一個大直積。以天元除之，得下式 丨元 ⊥Ⅲ〇 Ⅲ⊥〇〇〇 爲三事和。寄左。然後併二行步，又併入句股，共得 ‖元 一Ⅲ⊥〇 爲同數。與左相消得 〆 ⊤≐〇 Ⅲ⊥〇〇 以平方開之。循按：加于行步之外，則爲四百八十步多一天元，二百步多一天元也。句股相乘爲句股積，今句股中各朒一半徑，則所乘得之實數，不足一句股積數，不知積數所缺者若干，惟知所缺之天元，及天元冪若干，故爲九萬六千步，多六百八十元，一天元冪。此之所多在實積外。而如積之數，必如句股積以爲之天元，及天元冪而齊之，夫天元既在實積之外，而如積又合天元與實積之形，則于如積中，減去實外之天元及冪，自適當乎積矣。譬之以錢二百，買粟一斗。而此一斗粟中，適欠六十錢之粟，今持錢二百買之，而粟止有七升，則必于所持之錢，除去六十，而後相合也。句股冪如粟一斗值也，九萬六千步，如七升也，六百八十元一天元冪，如所欠六十錢之粟也。一千三百六十步二天元，即句股冪之如積者也。蓋句股冪不可得其同數，故以天元除之，爲三事和。三事和者，句股弦相併也。而句股弦又無實數，故但爲一千三百六十多二天元也。試又譬之，農與市儈交易，農舊負儈錢三十，儈舊負農粟六升，今農持錢八十，向儈買粟八升半，儈曰：于錢減三十，餘五十粟減六升，餘二升半，蓋粟八升半暨錢三十，與粟六升暨錢八十，適相等。九萬六千步多六百八十天元一天元冪，與一千六百步二天元適相等，其義亦猶是也。

清·易之瀚《天元釋例》 凡斜畫者，少之記也。無斜畫者爲正。有斜畫者爲負。

直段求源弟三問艸云：立天元一爲弦，減股弦較一步，得式 〆丨 爲股。是爲一天元少一步。若以正負論之，則上層爲一負，下層爲一正。

又 凡定位右爲單，自右而左爲單十百千萬之類，數至十止，則於右尾爲空圈，以足其位數至百止，則右尾爲兩空圈，若單之右尚有分釐諸小數，則算式下注一字作誌。如步、寸等字。若數起分，釐則左首爲空圈，以定單位仍於算式下注一字作誌。如分、釐等字。

直段求源弟十六問開方式 ⊥Ⅲ〇〇 ‖≡Ⅲ⊘ 一Ⅲ≐⊤ ‖≐〆 最上一層爲七千八百，此數至百止，故右尾兩空圈。其次一層爲二千四百五十，此數至十止。故右尾一空圈。再次一層爲一千，三百八十六此。右爲單，故自右而左爲單。十百千其下三層，併同。凡算式定位悉放此。

或問歌彖弟八問開方式 丨≐寸 ‖丨 ≡⊘丨 最上一層爲十八寸二分四釐，此單之右有分釐小數，故八下注寸字作誌。

撥換截田弟十二問開方式 ⊥〇Ⅲ 〇 〇‖分 最下一層爲二分，此數起分釐，故左首用空圈，定位仍於二，下注分字作誌。

凡逐層布算之法，以虛數爲天元，旁記元字。真數爲太極，旁記太字。元上必太，太下必元。《海鏡》元在太上，《玉鑑》元在太下，其實一也，茲從玉鑑例。故有元字不記太字，有太字不記元字。元下一層則元自乘數，又下一層則元再乘數，每下一層則增一乘，太上一層則元再除太數，又上一層則元再除太數，每上一層則增一除。

直段求源弟一問艸中，兩段句股和式  自之，得 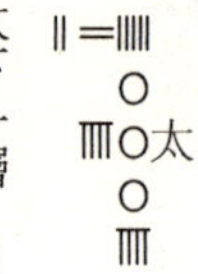

中一層旁記太字者，真數也，太上一層  者，元除太之數也，太下一層  者，天元也，最上一層 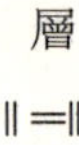 者，元再除太之數也。最下一層  者，元自乘數也。凡式放此。

凡加法，以元加元，以太加太，各齊其等，同名相加，異名相減，相加者正仍爲正，負仍爲負，相減者以負減正，則仍爲正，以正減負，則仍爲負。若一爲空位，則無對，無對則正者正之，負者負之。

混積問元弟十六問艸中，外周式  內周式 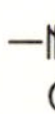 相加得  上一層六負與十五負同名相加，故得二十一負。下一層一正與一正同名相加，故得二正。

混積問元弟十二問艸中，田積式 太  與窊徑强半式  相加得  上一層無對，故即以一萬四千四百仍爲正，其次一層四千八百正內減七百二十負，餘四千八十正，此以負減正故仍爲正。又次一層二百四十負，內減九正，餘二百三十一負。此以正減負故仍爲負。下一層無對，故即以三爲正。

凡減法，亦齊其等，同名相減，異名相加。相減者，本數大則正仍爲正，負仍爲負，減數大則正變爲負，負變爲正。相加者本數正則仍爲正，本數負則仍爲負，若無對，則一爲空位，秪有本數，則正仍爲正，負仍爲負。秪有減數，則正變爲負，負變爲正。

混積問元弟三問艸中，倍弦和和式 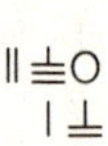 爲本數，倍和式 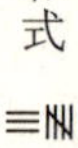 爲減數，相減得 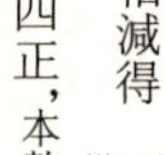 上一層本數二百八十正，與減數三十四負，異名相加得三百十四正，本數正故爲正。中一層本數十七正，與減數四正，同名相減，得十三正，以本數大於減數，而本數爲正，故亦爲正。下一層無對秪，有本數一負，故即以一爲負。餘悉放此。

凡乘法亦齊其等，左右兩行對列互乘，以左行下方一層起，自下而上偏乘右行，爲乘弟一次。又於左行轉上一層，亦偏乘右行，爲乘弟二次。弟二次所得較弟一次所得遞進一層，如是累乘有若干層，則乘若干次。同名相乘爲正，異名相乘爲負，乘訖同名相加，異名相減，以太乘太所得爲太太，乘元所得爲元。

混積問元弟四問艸中，小闊式 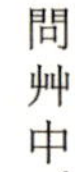 以 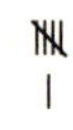 乘之，得如積式

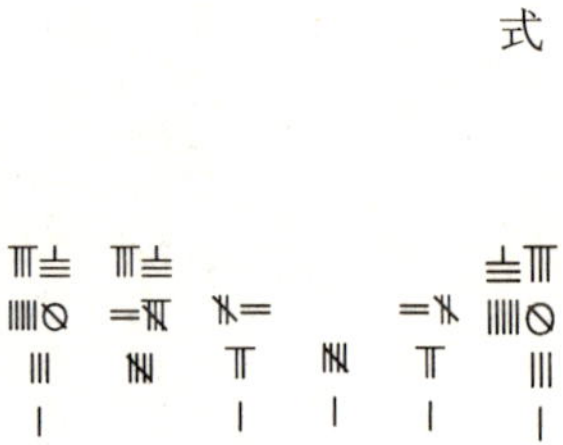

右行

左行

弟一次

弟二次進一層

乘訖相併爲所得數

以左行下層一正，偏乘右行，得 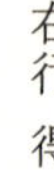 爲弟一次，又以左行轉上一層，四負偏乘右行，得 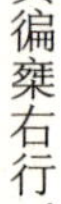 爲弟二次。於是以弟一次與弟二次相併，其最上一層無對，即爲八十八正。次一層二十二負，與二十八負同名相加，得五十負。再次一層七正與四負異名相減，得三正。以七正大於四負，故爲正。下一層無對，即爲一正，故乘得  也。其左上四負，與右上二十二負同爲太，故相乘得 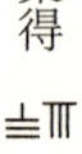 仍爲太，此太乘太之謂也。左上四負太，與右中七正元相乘，是太乘元，故所得 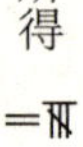 爲元，餘悉倣此。

凡除法，惟以天元爲法者，除元得太，除太得太上一層，同名相除所得爲正，異名相除所得爲負，餘皆不除，不受除則不除，此而轉乘彼，於是以法爲母，而各寄其分。

不受除者，無可除之理也，寄分者姑寄其應除之數，亦即以應除之數爲母，以通分也，不除此而轉乘彼，則兩數皆帶分，猶之受除者也，此即所謂以乘代除。凡相消即相減，方程所謂直除是也。可以又數減寄左數，亦可以寄左數減又數。故曰相消。

寄左數與又數，乃兩如積也。譬猶一以句冪股冪相併爲弦冪，一以弦自乘爲弦冪，兩弦冪之正負及層數雖不同，而其弦冪之積數則無不同。或以此減彼，或以彼減此，其相減後則正與負兩所積之數，又必相等。是謂正負相當。相當則爲無數。故可借爲開方式。混積問元弟十四問，平方開得四步，艸中寄左數[籌式]又數[籌式]相消後開方式[籌式]試以四自乘，得十六。以十六乘[籌式]得一百七十六正。以四乘[籌式]得四十八負。以四十八負與[籌式]相併，得六十四負。以減一百七十六正，餘一百十二正爲寄左之積數。與又數[籌式]相得一百七十六負，與下層[籌式]積數一百七十六正相等。故曰正負相當也。其他倣此。

凡相消後，即不論天元太極等位，但以最上一層爲實，等而下之，則爲從廉隅。故相消所得，算式旁更不記元太等字，若有空圈在最上之一層或兩層，未消之先空圈以別太元，既消之後，則空圈可以不計，即以實從廉隅各升一位，或兩位爲開方式。譬猶用天元一除再除也。中層有空圈者不在此例。

三率究圓弟三問，寄左數爲[籌式]其又數爲[籌式]相消後得[籌式]此未消之先寄左數，上兩層有空圈。所以別太元也。兩儀化元內二行相乘，爲[籌式]外二行相乘，爲[籌式]內外相消，應得[籌式]乃開方式爲[籌式]此既消之後最上一層空圈，所以不計也。

凡立天元求得兩如積同式，則相消適盡，是爲不可算。必須另求一不同式之如積，與寄左數相消，乃可得所求。

撥換截田弟一問，題落一數，如積求之，其寄左數，與又數同式而相消適盡。是知爲不可算。今設句股和七，弦五，求句。立天元爲句，以減和，得[籌式]爲股。句股相乘，得[籌式]倍之得[籌式]爲兩段直積。以減和冪四十九，得[籌式]爲弦冪。寄左。乃以句自之，得[籌式]爲句冪。股自之，得[籌式]爲股冪。併句股二冪，得[籌式]爲同數，是兩如積。同式而相消，適盡也。必須另以弦五自之，得二十五爲同數。消左得[籌式]用開平方，而得所求之句三也。

凡立天元求得一開方式爲平方，試又求一開方式與前所求之平方同式。是知此問數必須平方開之，乃可得所求。若所求之數秖須平方開得，乃紆遠而求至立方，則必有不同式之兩立方在焉。使再紆遠而求至三乘方，則必有不同式之三三乘方在焉。每多一乘方，必每多一不同式。此舉平方爲例，餘放此。

直段求源弟四問，圳案二艸一用倍積爲寄左數，一用和冪爲寄左數。求得兩開方式同爲[籌式]是知此問求黃方二秖，須平方開得原術。用弦冪爲寄左數。求得[籌式]爲立方式。雖亦開得黃方二實，較平方則增一乘方，是知此外當必又有一不同式之立方。今試用三相和冪爲寄左數，演艸曰：立天元爲黃方，以減和，得[籌式]爲弦。副以天元加餘步十，得[籌式]倍之，得[籌式]爲倍積。以黃方除之，得[籌式]爲三相和。自之，得[籌式]爲冪。寄左。乃以三相和加句股和，得[籌式]以弦乘之，得[籌式]與句股和冪四十九相加，得[籌式]爲同數。消左，得立方式[籌式]此立方與原艸不同式，而亦開得黃方二，故曰每增一乘方，則多一不同式。

天元釋例大共十一則，而天元之大旨具矣。

高冪居上分部

一元一次方程

算法

元・李冶《測圓海鏡》卷三《邊股》　或問：甲乙二人同出西門，向南行至西南十字道口分路。乙折東行一百九十二步而立。甲又南行，甲通行四百八十步，望乙與城參相直。問答同前。

法曰：兩行相乘得數。又以乙東行乘之爲實。二行相乘於上位。又置乙東行。以二行相減數乘之，得數加上位爲法。

草曰：立天元一爲半城徑，副之上位，加甲行步，得 丨元 〇≐Ⅲ 爲大股也。下位減於甲行步，得 〤元 〇≐Ⅲ 爲小股也。其乙東行，即小勾也。置大股，以小勾乘之，得 丨≐‖元 〇⊥丨=Ⅲ 內寄小股。 〤元 〇≐Ⅲ 爲母。便以爲大勾也。置天元以母通之，得 〤元 〇≐Ⅲ 減於大勾，得 丨‖≐𝍫元 〇⊥丨=Ⅲ 爲半個矮梯底於上。再置乙東行，內減天元，得下式 〤元 丨≐‖ 爲半個矮梯頭。以乘上位，得下 〤 〇≐Ⅲ 元 丅≡Ⅲ⊥Ⅲ丨— 〇‖⊥Ⅲ≐丅⊥丨 爲半徑冪。寄左。

再置天元，以自之爲冪，又以分母乘之，得 〤 〇≐Ⅲ 〇元 爲如積。與左相消，得 丅≡Ⅲ⊥Ⅲ丨— 〇‖⊥Ⅲ≐丅⊥丨 上法下實，得一百二十步，即城之半徑也。合問。**清・四庫館臣案**　草中相消法，皆得兩邊數。此獨得一邊二數，蓋此條共數，比彼條共數少一數。又多一數爲相等，則多少二數，其必爲相等無疑矣。多少數多者亦倣此。此又相消法中之一變也。**清・李銳案**　得兩邊數者，加減之法也。得一邊數者，相消之法也。校書者，惟知借根方法，故反以得一邊數者爲變法耳。

又法：二行步相乘爲實，倍甲南行內減乙東行爲法。

草曰：立天元一爲半城徑，副之上位，加甲南行，得 丨元 〇≐Ⅲ 爲大股，下位減甲行步，得 〤元 〇≐Ⅲ 爲小股，便是股圓差也。其乙東行，即小勾也。置大股，以小勾乘之，得 丨≐‖元 〇⊥丨=Ⅲ 內寄小股。 〤元 〇≐‖ 爲母。便以爲大勾也。再置天元，以二之，又以分母乘之，得 〤 〇⊥Ⅲ元 爲全徑。以減於大勾，餘 ‖ 丅⊥𝍫元 〇⊥丨=Ⅲ 爲勾圓差也。合以股圓差乘之，緣內已有小股分母，不須更乘，便以此爲兩段之半徑冪

也，更無分母。寄左，然後置天元冪，以二之，得 [算式] 爲如積。與左相消，得

[算式] 上法下實，得一百二十步，即半城徑也。合問。

或問：邊股四百八十步，明股明弦和二百八十八步。問答同前。

法曰：以二之云數相減，餘加邊股，復以減餘乘之，訖。又折半於上，又以減餘自之，減上位爲實，併云數半之爲法，得明勾七十二。

草曰：别得二數相減，餘 [算式] 爲大差勾。立天元一爲明勾，減於大差勾，得 [算式] 即半徑也。又以天元減半徑，得 [算式] 爲虚勾於上。又以半徑加邊股，得 [算式] 爲通股於下。上下相乘，得 [算式] 折半，得 [算式] 爲半徑冪。寄左。然後以半徑冪 [算式] 爲同數。與左相消，得 [算式] 上法下實，得七十二步，即明勾也。合問。

又 **卷四《底勾》** 或問：甲乙二人同出北門，向東行至東北十字道口分路。乙折南行一百五十步而立。甲又向東行，甲前後通行了二百步，迴望乙，恰與城相直。問答同前。

法曰：以二行步相乘於上，又以南行步乘之爲實。二行步相乘於上，又以乙南行減於甲東行，得數。復以乙南行乘之，加上位，共爲法，得半徑。

草曰：立天元一爲半城徑，副之上位。加甲行步，得 [算式] 爲大勾也。下位減於甲行步，餘 [算式] 爲小勾也。其乙折行，即小股也。置大勾，以小股乘之，得下 [算式] 内寄小勾。[算式] 爲母。便以爲大股也。再置天元，以母乘之，得 [算式] 減於大股，餘 [算式] 爲半個矮梯底於上。内寄小勾爲母。再置乙折行步，内減天元，得 [算式] 爲半個矮梯頭。以乘上位，得 [算式] 爲半徑冪。寄左。乃以小勾分母乘天元冪，得下式 [算式] 爲同數。與左相消，得 [算式] 上法下實，如法而一，得一百二十步，即城之半徑也。合問。

又法曰：二行步相乘爲實，倍甲東行内減乙南行爲法。

草曰：立天元一爲半圓徑，副之上位。加甲東行，得 [算式] 爲大勾。下位減甲東行，得 [算式] 爲小勾。此小勾便是勾圓差也。其乙南行，即小股也。置大勾，以小股乘之，得下式 [算式] 内寄小勾。[算式] 爲母。便以爲大股也。再置天元，以二之，又以分母乘之，得 [算式] 爲全徑，以減於大股，餘得 [算式] 爲股圓差也。合以勾圓差乘之，緣内已有小勾分母，故不須更乘，便以此爲兩段之半

徑冪也，更無分母。寄左。再置天元以自之，又二之，得 [illegible] 爲同數。與左相消，得 [illegible] 上法下實，得一百二十步，即半城徑也。合問。

或問：底勾二百步，叀勾叀弦和五十步。問答同前。

法曰：以二云數相減，餘加底勾，復以減餘乘之，半之於上。以減餘自之，減上位爲實。併云數，半之爲法，得叀股三十。

草曰：別得二數相減，餘 [illegible] 爲小差股。立天元一爲叀股，減於小差股，得 [illegible] 即半徑也。又以天元減半徑，得 [illegible] 爲虛股於上。又以半徑加底勾，得下 [illegible] 爲通勾於下。上下相乘，得 [illegible] 折半得 [illegible] 爲半徑冪。寄左。然後以半徑自之，得下式 [illegible] 爲同數。與左相消，得 [illegible] 上法下實，得三十步，即叀股也。合問。

或問：見底勾二百步，明股明弦和二百八十八步。問答同前。

法曰：二數相減，又半之，得數又減於底勾，餘爲泛率。以泛率自之，又倍之於上位。又二數相減而半之，以乘和步，所得減於上位爲實。倍泛率於上位，又半底勾減和步，加上位爲法。得明勾七十二。

草曰：別得和步得明勾，爲大差也。大差得底勾，爲二中差。**清・李鋭案** 此數偶合，於新設四率俱不通。立天元一爲明勾，加和步，得下 [illegible] 爲股圓差也。即大差。內又加底勾，得 [illegible] 折半得 [illegible] 即通勾通股差也。此即中差。置大差減中差，得下 [illegible] 即小差也。大小差相乘，得 [illegible] 爲半段圓徑冪。寄左。乃置底勾，內減小差，得 [illegible] 爲半徑。以自之，得 [illegible] 倍之，得下 [illegible] 爲同數。與左相消得 [illegible] 上法下實，得七十二步，即明勾也。合問。**清・四庫館臣案** 此條法草，與三卷末以小差邊股共爲二中差者同誤。依問另設於後。

法曰：以底勾乘明股弦和冪爲實。倍底勾，以明股弦和乘之，加入明股弦和冪爲從，倍明股弦和，內減底勾爲廉，一爲隅，開帶縱立方，得明勾。

草曰：別得明弦得明勾爲高股，高勾即半徑也。底勾爲平勾弦和，明勾爲平勾弦較，平股即半徑也。立天元一爲明勾。自之得 [illegible] 應以明股弦和除之。不除，便以爲明股弦較。內寄明股弦和分母。明股弦和自之，得 [illegible] 爲股弦和，以加股弦較，得 [illegible] 爲倍明弦。以分母乘倍天元，得 [illegible] 爲倍明勾。與倍明弦相加，得 [illegible] 爲倍高股。置底勾，減天元，得 [illegible] 爲倍平勾。與倍高股相乘，得 [illegible] 爲城徑冪。內寄明股弦和分母，寄左。又倍天元與倍底勾相乘，得 [illegible] 以寄分母乘之，得 [illegible] 爲相同數。與左相消，得 [illegible] 開立方，得明勾。合問。

李鋭案　此法及草，因數偶合而誤。别擬如後。

法曰：和步乘底勾，又以和步乘之爲實。倍底勾加和步，又以和步乘之爲從。倍和步内減底勾爲廉。一常法，開立方，得明勾。

草曰：底股底弦和内減和步，即黄長股弦和也。底勾得明勾，即黄長弦也。黄長股即圓徑。明弦上三事和，即大差。立天元一爲明勾，以和步乘底勾，得 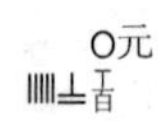 以明勾除之，得 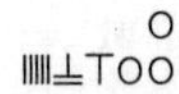 爲底股底弦和也。内減和步，餘 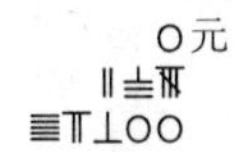 爲黄長股弦和也。以天元加底勾，得 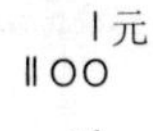 爲黄長弦。以減黄長股弦和，餘  爲圓徑。倍底勾内減圓徑，得下 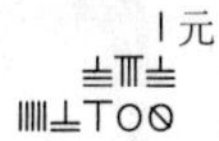 爲兩個小差於上。以和步加天元，得下 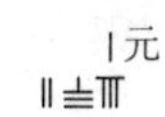 爲一個大差於下。上下相乘，得下式 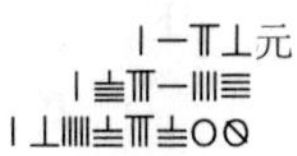 爲圓徑冪。寄左。然後以天元乘底勾，又四之，得 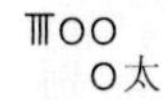 爲同數。與寄左相消，得下式 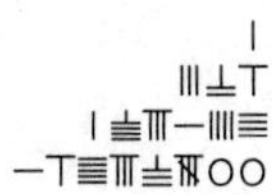 開立方，得七十二步，即明勾也。合問。

又　卷五《大股》　或問：乙從艮隅，南行一百五十步而立。甲從乾隅，南行六百步，望見乙。問答同前。

法曰：二行步相乘爲實，并二行步爲法，得半徑。

草曰：立天元一爲半徑，副置之，上以減於乙南行，得下  爲半梯頭。下以減於甲南行，得 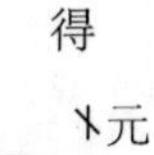 爲半梯底。上下相乘，得 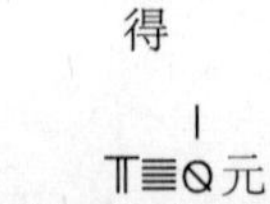 爲半徑冪。寄左，乃以天元冪與左相消，得下式  上法下實。如法而一，得一百二十步。倍之，即城徑也。合問。

又　卷六《大勾》　或問：乙從西南隅，直東行一百九十二步。甲從西北隅，直東行三百二十步望見乙。問答同前。

法曰：二行步相乘爲實，二行相併爲法，得半徑。

草曰：立天元一爲半徑，副置之，上以減於乙東行，得下 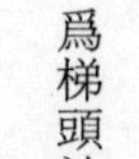 爲梯頭於上，下位減於甲東行，得 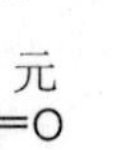 爲梯底。以乘上位，得  爲半徑冪。寄左。然後以天元冪與左相消，得  上法下實，即半徑也。合問。

又　卷七《明叀前》　或問：甲出南門東行，不知步數而立。乙出東門南行，望見甲，復就甲斜行，與甲相會。乙通計行了一百三十二步。其乙南行步不及斜行七十二步。其甲東行却多於乙南行。問答同前。

法曰：倍不及步在地。以不及步減通步以乘之爲實，以四之不及步爲法，得乙南行三十步。

草曰：别得乙南行，即叀股也。以減通步，即虛弦也。以減不及步，即虛較也。其不及步，即甲東行也。立天元一爲乙南行，置不及步，以天元乘之，又四之，得 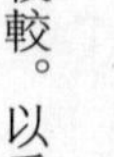 爲二直積。寄左。然後倍不及步減通步，得  爲弦較較。以乘

上以爲弦較和於上。|≡Ⅲ 以不及步位，得 太 ≐T≡〇 爲同數。與左相消，得 Ⅲ≐Ⅲ Ⅲ⊥Ⅲ〇 上法下實，得三十步爲乙南行也。餘各以數求之。

又 卷八《明叀後》 或問：皇極大小差共一百八十七步。明黄叀黄共六十六步。問答同前。

法曰：後數自乘爲實，前後數相減餘爲法，得虛黄方三十六。

草曰：別得一百八十七，即明叀二弦共也。其六十六，即太虛大小差共也。又二數相併，得 Ⅱ≣Ⅱ 即明叀二和共。若以相減，餘 |=| 即明叀四差共也。立天元一爲太虛黄方面。加二黄共，得 |元 ⊥T 即虛弦也。倍虛弦，又加天元，得 Ⅲ元 |≡Ⅱ 即城徑也。又以虛弦加皇極大小差，得 |元 Ⅱ≣Ⅲ 即極弦也。以極弦乘城徑，得 Ⅲ Ⅲ≐|元 Ⅲ≡Ⅲ≐T 爲兩段皇極勾股積。寄左。再以極弦虛弦相併，得 Ⅱ元 Ⅲ—Ⅲ 即皇極勾股共也。自之，得 Ⅲ |=T⊥元 |〇|⊥T— 內減皇極弦冪 | Ⅲ〇T元 T≡〇〇Ⅲ 得 Ⅲ T⊥〇元 Ⅲ≡T≡Ⅱ 爲同數。與寄左相消，得 |=| Ⅲ≡Ⅲ乄 上法下實，如法得三十六步，即太虛黄方面也。合問。

或問：平差高差共一百六十一步。明股叀勾併，多於虛弦四十九步。問答同前。

法曰：二數相減，又半之。以自乘爲實，後數爲法，得平勾六十四。

草曰：立天元一爲平勾。以加前數，得 |元 |⊥| 爲高股也。又以天元加高股，得 Ⅱ元 |⊥| 爲極弦。內減後數，得 T元 |—Ⅱ 又半之，得 |元 Ⅲ⊥ 爲半徑。以自之，得 | |=Ⅱ元 Ⅲ—Ⅲ⊥ 寄左。然後以天元乘高股，得 |元 |⊥ 爲同數。與左相消，得 Ⅲ≐⊥ Ⅲ—Ⅲ| 上法下實，得六十四步，即平勾也。合問。

或問：平勾高股差一百六十一步，明差叀差併七十七步。又云極弦多於城徑四十九步。問答同前。

法曰：併上二位而半之，爲平率。其四十九，即旁率也。副置平率。上加旁率，下減旁率，以相乘爲實。倍旁差爲法，得勾圓差 Ⅲ〇

清・四庫館臣案 求實數有誤。當云併上二位而半之。內減後數於上。又置上前數內減後數。以乘上位爲實。方合。脱脱案 此以法除實，得半徑。不得勾圓差。分類釋術，以四十九爲法，得城徑是也。蓋此問本有又法。一求勾圓差，一求半徑。傳寫脱漏，各逸其半，遂至舛誤不通。今以意改正二法。復補一草如後。

法曰：併上二位而半之爲平率。其四十九，即旁率也。副置旁率。上以減於平率，下以減於前數。以相乘爲實，倍旁差爲法，得勾圓差八十。

又法：求半徑副置平率。上加旁率，下減旁率。以相乘爲實，倍旁差爲法，得半徑。

草曰：立天元一爲半徑。又爲半之股圓差上弦較較。又爲半之勾圓差上弦較和也。內減勾圓差上勾股較 T〇 餘 |元 Ⅱ〇 爲半之勾圓差上弦較較也。置股圓差上勾股較 |⊥Ⅲ 以半之勾圓差上弦較較乘之，得 |⊥Ⅲ元 |—T⊥〇 寄左。然後以半之股圓差上弦較較乘勾圓差上勾股較，得 T〇元 爲同數。與左相消，得下式 Ⅲ≐ |—T⊥〇 上法下實，得一百二十步，即半徑也。合問。

草曰：識別得平勾高股差，名爲角差。副置角差，上加七十七而半之，得 |—Ⅲ 即極差也。下減七十七而半之，得 Ⅲ= 即虛差也。角差加極差，得 〇≐Ⅱ 即通差也。又極弦多於城徑步，名爲旁差。副置角差，上加旁差，得 Ⅱ—〇 爲兩

個高段上勾股較。下減旁差，得 爲兩個平段上勾股較也。又副置極差上加旁差，得 爲股圓差上勾股較。下減旁差 爲勾圓差上勾股較也。立天元一爲勾圓差。依法求得通差。加入天元，得 即大差也。以天元乘之，得 爲半段圓徑冪。寄左。乃置大差 內減股圓差上勾股較 餘有 爲股圓差之勾於上。再置天元，內加勾圓差上勾股較 太 得 爲勾圓差之股。以乘上位，得 爲同數。與左相消，得 上法下實，得八十步，即勾圓差也。

又依前問：見角差一百六十一步，見明差叀差併七十七步，又見太虛弦較較六十步。問答同前。

法曰：前二數相減而半之，得數。加入半之太虛弦較較，爲泛率。以自乘爲平實，置一百六十一，內減二之泛率爲從，一常法，得平勾六十四。

草曰：別得 即二叀股也。立天元一爲平勾。先以前二數相減而半之，得 爲虛差。以虛差加叀股，得 即明勾也。以明勾加天元，得 爲平弦。以自之，得下式 內減天元冪，得 爲半徑冪。寄左。然後以天元加一百六十一，爲高股。以天元乘之，得 爲同數。與左相消，得 開平方，得六十四步，即平勾也。

又法曰：前數內加半之太虛弦較較，以自乘爲實，**四庫館臣案** 此語有誤。當云倍角差，加半太虛較，以半太虛較乘之。**清・李銳案** 當云倍前數內加半之太虛弦較較，又以太虛弦較較乘之爲實。前數內減太虛弦較較爲從，一常法開平方，得平勾六十四。此更不用明差叀差併也。

草曰：依前求平勾，前高股內加叀股，得 爲高弦也。以自之，得 於上位。內減高股冪 餘得下 爲半徑冪。寄左。乃以天元乘高股，得 爲同數。與左相消，得下 開平方，得六十四步，即平勾也。合問。

或問：明叀二勾共八十八步，明叀二股共一百六十五步。問答同前。

法曰：先識別得二大差共，二小差共及四差共。乃以二大差二小差相乘爲實，以四差共爲法，如法得半之虛黃方一十八。

草曰：先置前後云數，以約法約之，得一十一，即疊率也。復各置前後數。如疊率而一，前得八，即勾率也。後得一十五，即股率也。再以勾股率，求得較率七，和率二十三，弦率一十七，黃方率六，大差率九，小差率二，既見諸率。各以疊率乘之，其二和共得 二較共得 二弦共得 二黃共得 二大差共 二小差共 四差共 已上皆爲明叀所得之共數也。乃立天元一爲半虛黃。便爲明小差。又爲叀大差也。以減於大差共，得 即明大差也。又以減於小差共，得 即叀小差也。以二數相增乘，得 寄左。以天元冪與寄左相消，得下式 上法下實，得一十八步，即半之虛黃方也。以倍之，得 又加於二黃共六十六，共得一百二，即明勾叀股共也。又爲極黄方,又爲虚弦也。又以三十六減於一百八十七,餘一百五十一,即明股叀勾共也。此數内減虚弦,餘 49 爲明叀二差較也。此名旁差。以旁差減二弦共一百八十七,餘得 138 即太虚和也。却加入虚弦一百二,併得 240 爲太虚三事和,即圓城徑也。合問。

又或以虚黄方加於二和共二百五十三,得 289 爲極弦也。以旁差減極弦,餘二百四十步。亦同。

又或前後副置勾股較和弦黄六率在地。前以小差率二因之,則勾得 16 股得 30 較得 14 和得 46 弦得 34 黄得 12 即叀段各數也。後以大差率九因之,則勾得 72 股得 135 較得 63 和得 207 弦得 153 黄得 54 即明段各數也。既得明叀各數,餘皆可知。**四庫館臣案** 此因明弦即皇極弦勾弦差,叀弦即皇極弦股弦差,故以小差率乘各率,即得叀弦各數。以大差率乘各率,即得明段各數也。

四庫館臣案 右二卷,明叀前十八問,後十六問,在集中尤爲神妙,惜其中有偶爾思省未至者,亦未暇修飾故耳。

又 卷九下《大和》 或問:甲從乾隅東行,乙從艮隅南行,丙從乾隅南行,丁從坤隅東行。四人遥相望見。既而甲還至艮隅就乙,丙還至坤隅就丁。甲丙直行,共九百二十步。甲還就乙,共二百三十步,丙還就丁,共五百五十二步。問答同前。

法曰:併就數以減直行共。復以所併就數乘之爲實。併就數減直行共,得數。復加入直行共爲法。得虚弦 102

草曰:別得甲丙直行共,爲大和也。甲還就乙步,爲小差勾股共也。丙還就丁步,爲大差勾股共也。以大差勾股共減於大股,餘即虚勾也。以小差勾股共減於大勾,餘即虚股也。二數相併,得 782 爲大弦虚弦共也。二數相減,餘 322 爲通差及太虚勾股差共也。又併二數而半之,得 391 爲皇極弦虚弦共,又爲皇極勾股共也。立天元一爲虚弦。先以二共數減於大和,餘 138 爲虚勾虚股和於上。次以虚弦減於二共數,餘 [−1 元; 782] 爲大弦。以乘上位,得下 [−138 元; 107916] 寄左。然後以天元乘大和,得 [920 元] 爲同數。與左相消,得下 [1058; −107916] 上法下實,得一百二步,即虚弦也。加入虚和,得二百四十步,即城徑也。合問。

又法:併云數減大和。復以云數相減,乘之爲實。併云數減大和,得數復加入大和爲法。如法得虚差四十二。

草曰:立天元一爲虚較。先以併云數減大和,餘 138 爲虚和於上。次以天元減於 322 得 [−1 元; 322] 爲通差以乘之,得下 [−138 元; 44436] 寄左。然後以天元乘大和爲同數。與左相消,得下 [1058; −44436] 上法下實,得四十二步,即虚差也。副置虚和爲二位。上加虚差而半之,得九十,即虚股也。下減虚差而半之,得四十八,即虚勾也。勾冪 2304 股冪得 8100 相併得 10404 開平方,得一百二步,即虚弦也。加入虚和,得二百四十步,即城徑也。合問。

或問:依前見大和。只云黄廣弦五百一十步,黄長弦二百七十二步。問答同前。

法曰:云數相併減大和,復以相併數乘之爲實。云數相併減大和,得數。復以加大和爲法。得虚弦一百二。

草曰:別得黄廣弦,又爲大差弦虚弦共,又爲邊股叀股共也。黄長弦又爲小差弦虚弦共,又爲底勾明勾共也。以黄廣弦減於大股,餘 90 即虚股。以黄長弦減於大勾,餘 48 即虚勾。故併數以減於大和,餘 138 爲虚和也。以虛和減徑，即虛弦也。二云數相併，得[算籌]爲大弦虛弦共也。云數相減，餘[算籌]爲虛弦平弦共。案：此句誤同上。立天元一爲虛弦。以減於七百八十二，得[算籌]元爲大弦也。以小和乘之，得[算籌]元寄左。乃以天元虛弦乘大和，得[算籌]太爲同數。與左相消，得[算籌]上法下實，得一百二步，即虛弦也。合問。

或問：依前見大和。只云邊弦五百四十四步，底弦四百二十五步。問答同前。

法曰：云數相減自之爲實，以大和減併數爲法，得皇極弦二百八十九。

草曰：別得以邊弦減大股，餘[算籌]爲半徑。內減平勾，又爲平弦內減勾圓差也。以大勾減於底弦，餘[算籌]爲高股內少半徑，又爲股圓差內少高弦也。二云數相併，得九百六十九爲大弦皇極弦共也。二云數相減[算籌]爲皇極勾股差也。併數內減通和，餘[算籌]爲皇極弦內減圓徑也。立天元一爲皇極弦。以自之於上。以一百一十九自之，得[算籌]減上位，得[算籌]元爲二皇積。寄左。復置天元內減四十九，得下式[算籌]元爲黄方。復以天元乘之，得[算籌]元與左相消，得[算籌]上法下實，得二百八十九步，即皇極弦也。內減四十九，餘即城徑也。合問。**清·四庫館臣案**：右大和八問，每問於大和外復設二數。然多有大和外設一數即可求者。細考其法草所載，皆三數並用，婉轉求之，蓋意在發明三數取用之理，非不知其可省也。

又　卷一一《雜糅》　或問：出南門東行有槐樹一株，出東門南行有柳樹一株。丙丁二人同立於坤隅，甲乙二人同立於艮隅。丁直東行至槐而止，乙直南行至柳而止。丙直南行，甲直東行。四人遙相望見。只云丙行多於丁行一百六十八步，乙行多於甲行七十步。問答同前。

法曰：云數相乘爲實，二數相減又半之爲法，得城徑。

草曰：別得[算籌]即大差勾股較也。其[算籌]即小差上勾股較也。二數相併，爲大差弦內減小差弦也。二數相較又半之，爲皇極弦與城徑差也。二數相併而半之，即皇極差也。立天元一爲圓徑。二云數相減又半之，加天元，得下[算籌]元爲極弦也。併二數而半之，得[算籌]爲極差也。副置極弦。上位加極差，得[算籌]元爲弦較和也。下位內減極差，得[算籌]元爲弦較較也。上下相乘，得[算籌]元爲二直積。寄左。然後以天元一乘極弦，得下式[算籌]元爲同數。與左相消，得[算籌]上法下實，如法而一，得二百四十步，即城徑也。合問。

或問：甲從城心東行，丙從城心南行，庚從巽隅西行，壬從巽隅北行。四人遙相望見，各不知步數。只云甲丙共行了三百九十一，庚壬共行了一百三十八。問答同前。

法曰：云數相乘爲實，相併爲法，得虛弦一百二步。

草曰：別得甲丙共，爲皇極和也。又爲極弦極黄共，庚壬共爲太虛和也。又爲虛弦虛黄共。立天元一爲皇極黄方面。亦爲虛弦也。減於甲丙共，得[算籌]元即極弦也。又以天元減於庚壬共，得[算籌]元即太虛黄方面也。以太虛黄方面乘極弦，得 □ 寄左。然後以天元冪與左相消，得下 □ 上法下實，如法得一百二，即皇極黃方面也，合問。清·四庫館臣案：此亦係相消後，得一邊之二數者。

或問：小差不及平弦五十六步，高弦不及大差一百五步。問答同前。

法曰：以前數自之爲實，二數相減爲法，得平勾六十四。

草曰：別得云數相併，得 □ 爲平勾不及高股也。此數得極差，則通差也。此數内減虛差，則極差也。云數相減，餘 □ 即城徑不及極弦也。以前數減於半徑，餘即平勾也。以後數加於半徑，即高股也。倍前數加小差，則爲股圓差之勾也。此與前數加平弦同，倍後數減於大差，則爲勾圓差之股也。此與後數減於高弦同。立天元一爲平勾。加相併數，得 □ 即高股也。又加天元，得 □ 即極弦也。内減二云數差，得 □ 爲城徑也。半之，得 □ 以自之，得 □ 爲半徑冪。寄左。然後以天元乘高股，得 □ 爲同數。與左相消，得 □ 上法下實，得六十四步，即平勾也。合問。

又法：云數相得爲實，相減爲法，得半徑 □

草曰：立天元爲半徑。副之上内減五十六，得 □ 爲平勾。下加一百五，得 □ 爲高股。上下相乘，得 □ 爲半徑冪。寄左。乃以天元冪與左相消，得下式： □ 上法下實，得一百二十步即半徑也。合問。

又　卷一二《之分》　或問：甲乙俱在西北隅。甲南行不知步數而立，乙東行，亦不知步數，望見甲，就甲斜行，與之相會。乙云：我東行步少於城周九分之五。甲云：我南行，却多於汝東行二百八十步。問答同前。

法曰：別得周居九分，徑居三分，乙東行居四分。清·四庫館臣案　此法未詳。當加倍較步爲實，徑分數自之，内減二分數爲法。得數三之，即城徑二十四字。清·李鋭案　此文當在草曰之下，其法蓋脱去耳。據草補之，當云倍東行步爲實。徑分自之，内減二分爲法，得一分之數。

草曰：立天元一爲一分之數。以三之，得 □ 爲徑。以四之，得 □ 爲勾。以徑減勾，餘 □ 爲小差。只天元便是小差。再置小差，加入甲多步，得 □ 爲大差。倍大差，以天元乘之，得下 □ 爲一段圓徑冪。寄左。再置城徑。以自之，得下 □ 爲同數。與左相消，得 □ 上法下實，得八十步，即一分之數也。以三之，得二百四十步即城徑也。合問。

或問：甲出西門，南行不知步數而立。乙出北門，東行望見甲，即而乙云：我所行居城徑六分之五。甲云：然則我所行却多於汝二百八十步。問答同前。

法曰：四之却多步爲實。分母自之於上，半分母減子，得數倍之，又以減數乘之，減上位爲法，得一分之數 □

草曰：別得却多步，即勾股差也。乃立天元一爲一分之數。以六之爲城徑。以五之爲乙行。置乙行，内減半城徑，得 □ 爲小差也。又加入却多步，得 □ 又二之得 □ 爲二大差。又以小差乘之，得 □ 爲徑冪。寄左。然後以徑冪 □ 與左相消，得下 □ 上法下實，得四十步，即一分之數也。六之，則爲城徑。五之，則爲乙行。又以却多步，加乙行，即甲行步也。合問。

或問：甲丙二人，俱在西北隅。甲向東行不知步數而立。丙向南行，望見甲，與之相會。丙語甲云：我行既多於汝，又城徑少於我四十分之十六。四庫館臣案　四十爲股，分十六爲徑。當云徑少於我爲四十分之十六。原文脱爲字，似十六爲股圓差分矣。甲云：然則吾二人，共行了九百二十步。問答同前。

法曰：倍子減倍母，以乘共行步爲實。倍子減倍母，以乘子母併數於上。又以子冪加上位爲法。如法得一十五步，即一分之數也。

草曰：別得共行步，即通和也。又別得四十分之十六，或作二十分之八，或作十分之四亦得。但所得之分數不同耳。乃立天元一爲一分之數。以十六之爲城徑。以四十之爲丙行。以丙行減和步，得　爲通勾。勾內減徑，餘得　爲小差於上。以分母分子相減，餘　又倍之，得　爲兩個大差。以乘上位，得　爲圓徑冪。寄左。然後以分子十六分自之，得下　與左相消，得　上法下實，得一十五步，即一分之數也。以十六之，得二百四十步，即城徑也。合問。

或問：股圓差如股五分之三。勾圓差如勾四分之一。又云其大小差相減，餘二百八十步。問答同前。

法曰：二之中差爲實。置股子，以勾母乘之，內減股母爲法，得小差

草曰：別得勾圓差，即小差。股圓差，即大差。云步即中差。乃立天元一爲小差。以四之爲勾。勾上加中差，得　爲股。又三之，得　爲五個大差也。內減五之天元，得　爲五個中差也。寄左。乃以五之相減步　與左相消，得　上法下實，得八十步，即小差也。合問。

或問：股圓差如股五分之三。勾圓差如勾四分之一。又云勾母每分少於股母每分四十步。問答同前。

法曰：二之少步爲實。以股子母相減數減勾，子母相減數爲法。如法得小差

草曰：立天元一爲勾圓差，便爲勾母每分數。以天元加四十步，得　爲股母每分數於上。乃以股子減股母，餘二分，以乘上位，得　爲城徑，寄左。再置天元在地，以勾子減勾母，餘三分。以乘之，得　爲同數。與左相消，得下　上法下實，得八十步即勾圓差也。合問。

或問：甲出南門直行，乙出東門直行，望見甲，斜行與甲相會。甲云：我行不及股圓差二十四分之十五。乙云：我行不及勾圓差五分之四。又云：甲行多於乙行一百一十九，股圓差多於勾圓差二百八十。問答同前。

法曰：以大差母分二十四以乘甲多步一百一十九得數。倍小差母五，得一十。以乘之於上。以小差母五乘二之二差相較數。又九之減上位爲實。倍小差母得一十。却以小差乘之。又九之於上。倍甲分母，以小差母乘之得數。減上位以爲法。得一分之數

草曰：立天元一以爲小差一分之數。此一分之數，便是乙直行也。以五之，得　爲小差。加二百八十，得下　爲大差。又倍之，得　以小差乘之，得下式　**李鋭案**　小差本爲元。此及下文倍小差母。得一十以乘之，並退一位爲太。爲一個圓徑冪。又九之，得　寄左。乃置乙行步，加一百一十九

即甲行步也。以二十四之，得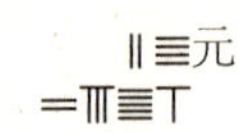爲九個大差也。倍小差母，得一十。以乘之，得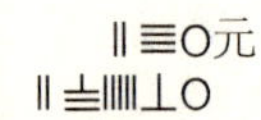爲同數。與左相消，得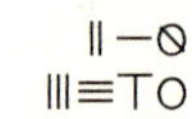上法下實，得一十六步，即小差一分之數也。既得此數，餘各如法求之。合問。

或問：大勾大股大弦三事和一千六百步。以明勾除大股，得八步三分之一。以叀股除大勾，得一十步三分之二。以虛勾明勾相減，餘二十四步。以虛股叀股相減，餘六十步。問答同前。

法曰：倍六十步，加入大三事和，又三之二而一爲實。併二云數分母，分子內減六步爲法。如法得叀股三十。

草曰：別得六十步與二十四步，二數相併而半之，得下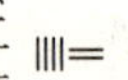即明勾叀股差也，又爲虛勾虛股差也。若以二數直相減，即虛黄方也。其二十四步，得二虛勾，即半徑也。其六十步，得二叀股，亦爲半徑也。立天元一爲叀股。加差步得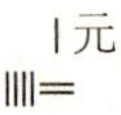爲明勾也，以乘八步三分之一，得爲大股也。以天元乘一十步三分之二，得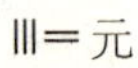爲大勾也。勾股相併，得下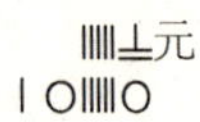爲大和也。寄左。然後四之天元，加入二之六十步，得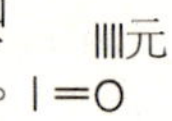爲小三事和。以小三事和加入大三事和，爲二個大和也。合折半爲大和了。又就分三之爲前數。今不折半，三因，但身外加五，得爲同數。與左相消，得上法下實，得三十步，即叀股也。四之叀股，加入二之六十步，得二百四十步，即城徑也。合問。

一元二次方程

算法

元・李冶《測圓海鏡》卷二《正率》 或問：出西門南行四百八十步有樹，出北門東行二百步見之。問答同前。

法曰：以二行步相乘爲實，二行步相併爲從，一步常法，得半徑。

草曰：立天元一爲半徑。置南行步在地，內減天元半徑，得**清・四庫館臣案** 斜畫者少之記也。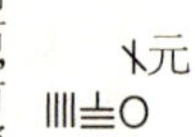是爲四百八十步少一元也。爲股圓差。**清・李銳案** 凡算式萬千百十一，自左而右，有空位，即作一〇。算式下注有步字，及分釐等字者，即以所注之字爲定。其不注者，並以右方尾位爲步。其左方首位爲〇者，則以左方首位爲步。算有正負，以有斜畫者爲負，無者爲正。其逐層布算之法，以虛數爲天元，旁記元字，真數爲太極，旁記太字。元下必太，太上必元，故有元字不記太字，有太字不記元字。元上一層，則元自乘數，又上一層，則元再乘數。凡上一層，則增一乘。太下一層，則元除太數，又下一層，則元再除太數。凡下一層，則增一除。凡加法以元加元，以太加太，各齊其等，同名相加，異名相減。相加者，正者正之，負者負之，相減者，本數大，則本數正者正之，負者負之。減數大，則本數正者負之，負者正之。無對者，正者正之，負者負之。凡減法亦齊其等，同名相減，異名相加，相減者，本數大，則正者正之，負者負之，減數大，則正者負之，負者正之。相加者，本數正者正之，負者負之，無對者，本數正者正之，負者負之。減數正者負之，負者正之。凡乘法，亦齊其等，列左右兩行，以左行下方一層起，自下而上，偏乘右行，爲乘第一次。又於左行轉上一層。亦偏乘右行，爲乘第二次。如是累乘，有若干層，則乘若干次，後一次所得，較前一次所得，遞進一層。同名相乘，所得爲正，異名相乘，所得爲負。乘訖同名相加，異名相減，以太乘太，所得者爲太，元乘太所得者爲元。凡除法多不受除，惟以天元一爲法者，以除元得太，以除太得太下一層。同名相除，所得爲正。異名相除，所得爲負。凡加減所得，算式有誤，並如前法算正。又置乙東行步在地，內減天元，得下式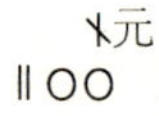爲勾圓差。

以勾圓差增乘股圓差，得下 丨丅亖〇元 Ⅲ⊥〇〇〇 **四庫館臣案** 丨丅亖〇元 Ⅲ⊥〇〇〇 爲一平方少六百八十元，多九萬六千步。爲半段黄方冪，即城冪之半也。寄左。又置天元冪以倍之，得 ‖〇元 亦爲半段黄方冪，與左相消，得 乄丅亖〇 Ⅲ⊥〇〇〇 如法開之，得半徑。合問。**李銳案**　相消即相減，方程所謂直除是也。可以右數減寄左數，亦可以寄左數減又數，故曰相消也。凡相消所得算式有誤，並如法算正。今歐邏巴所傳借根方，出於立天元術，其加減乘除之法，並同。惟此相消法，與借根方兩邊加減則有異，蓋相消止用減，兩邊加減則兼用加。二法相課，雖得數適同，而正負互異。如此問以(又)[右]數減寄左數，得下層。實正，中層從負，上層隅負，而以兩邊加減命之，則步數，根數，平方數，皆爲多號。多即正，少即負，是實數同爲正，而從隅之正負相反。若以寄左數減(又)[右]數，則得實負從正，隅正。是從隅同爲正，而實數之正負相反。總而論之，加減所得之實，必是多號，而相減所得之實，亦有負算相消而得負實者。則從廉隅之正負，與加減所得合。相消而得正實者，則從廉隅之正負，與加減所得，必相反也。又借根方加減之後，遇兩邊俱無真數者，則有降位之法，令一邊爲真數，一邊爲根方數。然後開方，然其位雖降，而其數不殊。古人文簡，不立此法，既相消後，即不論天元太極等位，但以下層爲實，以上爲從廉隅，故相消所得算式旁，更不記元太等字，別卷間有記者，實亦可省也。相消後算式得兩層者，上法下實，除之，即得。得三層者，下層爲實，中層爲從，上層爲隅。以平方除之。得四層者，下層爲實，實上爲從，從上爲廉，廉上爲隅。以立方除之。凡多一層，則增一廉，而開方增一乘。凡開方除，古有帶從法，有減從、減廉、減隅諸法，有翻法，有益積法，略見顧應祥分類釋術。今又有開帶縱諸乘方簡法，通初商次商爲一道，布算最便。寫之如後，法曰：列實於上，以初商乘從，得從積。以初商自之，以乘廉，得廉積。有第二第三廉者，累以初商自增乘，爲各廉乘數。以乘各廉，得各廉積。以初商乘末廉乘數以乘隅，得隅積。求得從廉隅各積於下，同名以加，異名以減上位，即得初商。有不盡者，復列元實於上，并初商次商如前入之。此法據相消所得正負言之，故同名以加，異名以減。若以加減所得多少入算，則當以同名減異名加也。　案：相消者，取上兩相等之數，同加減相等之數，使一爲步數，一爲方元數，仍相等也。如寄數內減一平方，加六百八十元，則得九萬六千步。又數內亦減一平方，加六百八十元，則得一平方。六百八十元，是爲一平方六百八十元，與九萬六千步等，故其式爲 丨丅亖〇元 Ⅲ⊥〇〇 舊稿方元數，皆作斜畫以別之。然遇實方元數，有多少異號者，殊混人目。今不用。**李銳案**　此緣不知相消古法，故以負算斜畫爲別方元之記。又以爲混人目而輒去之。誤甚。

又法：識別得二行併，即大弦也。立天元一爲半徑。置甲南行步，加天元一，得 丨元 Ⅲ亖〇 爲大股。又置乙東行步，加天元，得 丨元 ‖〇〇 爲大勾也。句股相乘，得 丨丅亖〇元 Ⅲ⊥〇〇〇 爲一個大直積。以天元除之，得下式 丨元 丅亖〇 Ⅲ⊥〇〇〇Ⅲ 爲三事和也。寄左。黄方除倍積，得三事和，今以半黄方除直積，亦爲三事和也。然後併二行步，又併入勾股共，得 ‖元 〇⊥Ⅲ一 爲同數，與左相消，得 乄丅亖〇 Ⅲ⊥〇〇〇Ⅲ 以平方開之得一百二十步，倍之得全徑也。合問。

四庫館臣案　是書皆先法後草，草者以立天元一推衍而得其方元積數者也。法者又取推衍中之支節條目，融會而歸於簡約者也。草者法之本，法者草之用。法使人易於推步，而草則存其義。以俟知者，二者相須，不可偏廢，顧應祥僅演其開方乘除之數，而去其細草，蓋亦不得其理矣。

又　卷三《邊股》　或問：甲出西門南行四百八十步而止，乙從艮隅東行八十步望見甲。問答同前。

法曰：倍南行步。以東行步乘之爲實，東行步爲從方，一步常法，得全徑。

草曰：立天元一爲圓徑。以減於二之甲南行步，得 乄元 Ⅲ⊥〇 爲兩個大差也。以乙東行步乘之，得 Ⅲ〇元 丅⊥Ⅲ〇〇 爲圓徑冪。寄左。然後以天元冪與左相消，得 Ⅲ乄元 ⊥丅亖〇〇 以平方開之，得二百四十步即城徑也。合問。

又法：半之乙東行步乘南行步爲實，半乙東行步爲從，一步常法，得半徑。

草曰：立天元一爲半城徑。減甲南行步，得 爲大差也。以半之東行步乘之，得 即半徑冪。寄左。然後以天元冪爲同數，與左相消，得 開平方，得一百二十步。倍之即城徑也。合問。

或問：甲出西門南行四百八十步而止，乙從艮隅亦南行一百五十步望見甲。問答同前。

法曰：兩行步相乘爲實，南行步爲從方，一爲隅，得半徑。

草曰：立天元一爲半城徑。以減乙南行步，得 爲半梯頭。以甲行步爲梯底以乘之，得 爲半徑冪。寄左。然後以天元冪與左相消，得 開平方得一百二十步，倍之即城徑也。合問。

或問：乙出南門，東行不知步數而立。甲出西門，南行四百八十步望見乙，與城參相直。又就乙行四百〇八步，與乙相會。問答同前。

法曰：二行步相減。以乘甲南行步爲實，甲南行步内減相減步爲益方，一步常法，得半徑。

草曰：識別得二行相減，餘七十二步，即是乙出南門東行數也。更不須用弦，遂立天元一爲半城徑。加乙東行，得 爲小勾也。副置南行步，上減天元，得 爲小股，下加天元，得 爲大股。乃置大股以小勾乘之，得下式 合以小股除之，今不受除，便以此爲大勾也。內帶小股分母。又倍天元，以小股乘之，得下式 以減於大勾，得 爲勾圓差也。合以股圓差乘之，緣此勾圓差內已帶小股分母，小股，即股圓差也。更不須乘，便以此爲半段黄方冪。更無分寄左母也。乃以天元自之，又倍之爲同數，與左相消，得 以平方開之得一百二十步。倍之即城徑也。合問。

或問：乙出東門直行，不知步數而止。甲出西門南行四百八十步望見乙。復就乙斜行五百四十四步，與乙相會。問答同前。

法曰：半南行步減半斜行步，以乘南行冪爲實，從方空，半斜行半南行相減，得數加入南行步爲隅法，得半徑。

草曰：識別得二行相減，餘六十四步，即半徑爲股之勾也。立天元爲半徑，就以爲小股。其二行相減，餘六十四步，即小勾也。乃置甲南行步。加天元，得下式 爲大股。以小勾乘之，得 又以小股除之，得 爲大勾。又倍天元一減之，得下式 爲勾圓差也。半之，得 於上。乃以天元減甲南行步，得 爲股圓差。以乘上位，得 爲半徑冪。

寄左。然後以天元冪與左相消，得下式 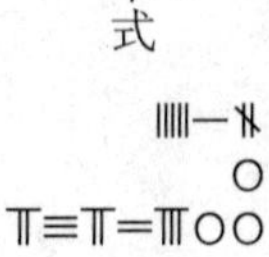 以平方開之，得一百二十步，倍之即城徑也。合問。**清·四庫館臣案** 此問以小股爲除法，蓋因小股只一天元。其數不二，猶有可除之理也。然得數降於實數之下者，皆不可以命名，至開方時，仍須各升一位以計之，是兩邊各加一乘，猶是寄分之理。

又法以二數差乘二數併，開方得邊勾。復以邊股乘之爲實，併二數而半之爲法，實如法得二百四十步，即城徑。此蓋用前勾上容圓法也。

或問：乙從乾地東行，不知幾步而止。甲出西門，南行四百八十步望見乙。復就乙斜行六百八十步，與乙相會。問答同前。

法曰：併二行數，以二行差乘之，內減二行差冪爲實，併二行步及二行差爲從方，二步常法，得半徑。

草曰：識別得二行相減，餘二百步，即半圓徑與小差共數也。立天元一爲半城徑。加於二百步，得 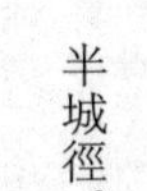 爲大勾也。又以天元加於甲南行四百八十步，得 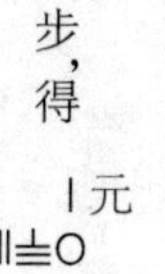 即大股也。乃以大勾自之，得 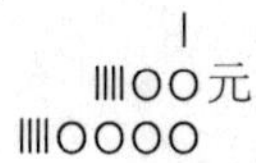 爲勾冪。寄左。乃置乙斜行六百八十步爲大弦，加入大股，共得 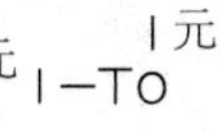 於上。再置二行差內減天元，得 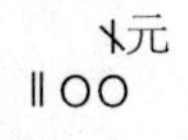 爲小差。以乘上位，得  爲同數。與左相消，得 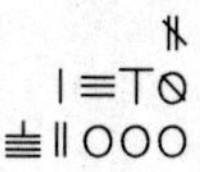 以平方開之，得一百二十步。倍之即城徑也。合問。

又法求小差。二行相減，以自之，又四之爲實，二行相減八之於上。二之南行步內減二之二行相減數。又以加上位爲益方，二步常法。

草曰：立天元一爲小差。減二行差，得 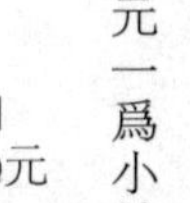 爲半城徑。以自之，得  又四之，得 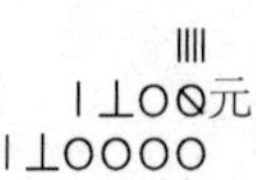 爲圓徑冪。寄左。然後以半城徑減於甲南行，得 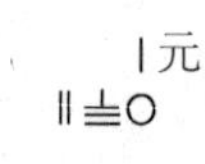 又倍之，得  爲兩個大差也。又以天元乘之，得 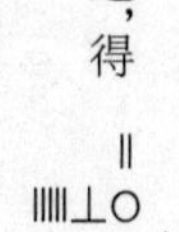 爲同數。與左相消，得下式 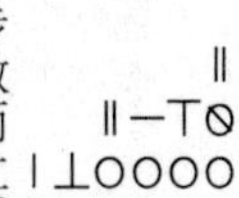 以平方開之，得八十步爲小差也。

或問：乙出南門，不知步數而立。甲出西門，南行四百八十步望乙，與城參相直。復就乙斜行二百五十五步，與乙相會。問答同前。

法曰：甲南行內減二之兩行差，餘以乘甲南行。又倍之爲實，二步爲隅，得半徑。

草曰：別得二行步相減，餘二百二十五步，乃是半徑爲勾之股也。立天元一爲半城徑。就以爲小勾率其二行差二百二十五步，即爲小股率。乃置甲南行步，加入天元，得 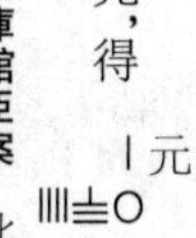 爲大股。以天元小勾乘之，得 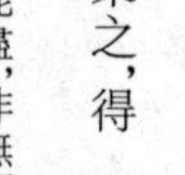 合以小股除。今不受除，**四庫館臣案** 此所謂不受除，乃其數奇零不能盡，非無可除之理也。與前辭同而意異。便以此爲大勾。內寄小股爲母。乃倍天元，以小股乘之，得 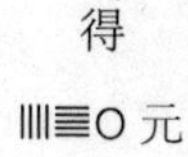 以減大勾，餘 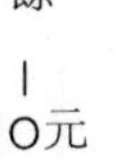 爲一個小差於上。內寄小股分母。乃以天元減甲南行步，得  爲大差也。以乘上位，得 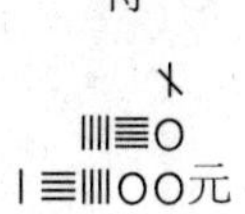 又倍之，得 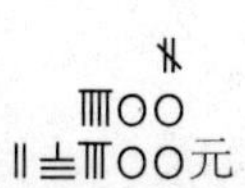 爲圓徑冪。內寄小股分母。寄左。然後倍天元以自之，又以小股乘之，得  爲同數。與

左相消，得 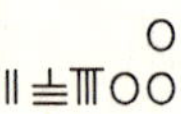 以平方開之，得一百二十步。倍之即城徑也。合問。**四庫館臣案** 此題止用股弦求勾法，即得城半徑，其必展轉數次而後始得者。益見其爲發明立天元一之術，使人易曉也，後多有倣此者。

或問：乙出南門，直行一百三十五步而止。甲出西門，南行四百八十步望乙，與城參相直。問答同前。

法曰：二行步相減，餘以自乘，內減乙行冪爲實，二之甲南行爲益從，一步常法，得半徑。

草曰：立天元一以爲半徑。便以爲勾率，又以天元加乙行步，併以減於甲行步，得  爲股率。乃置乙南行步一百三十五步爲小股，以勾率乘之，得 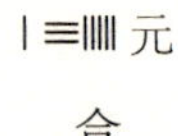 合以股率除之，今不受除，乃便以此爲小勾。內寄股率分母。又置乙南行步，加二天元，得 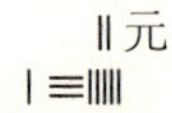 爲大股。以勾率乘之，得  合以股率除之，今不受除，便以此爲大勾。內寄股率分母。以小勾大勾相乘，得 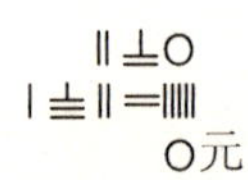 爲半徑冪。內帶股率冪爲分母。寄左。然後置天元以自乘，又以股率冪乘之，得 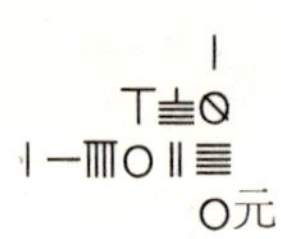 爲同數。與左相消，得  以平方開之，得一百二十步。倍之即城徑也。合問。**四庫館臣案** 此草得數爲九百六十立方，少一三乘方，與十萬零八百平方等，**清・李銳案** 九百六十益從，負也。而此反以爲多，一步常法，正也。而此反以爲少。蓋誤以兩邊加減法命之耳。說見前卷。後凡如此者並同。**四庫館臣案** 皆虛數也。各降二位，即如各以平方除之。乃爲九百六十元少一平方，與十萬零八百步等。兩數等，所降之位又等，則兩數仍相等。而實積步數乃出矣，故可以帶縱平方開之也。此係降位而得實數者，與前升位而得實數者，其理互相發明，草中不言，蓋以爲不待於言也。

或問：見邊股四百八十步，叀弦三十四步。問答同前。

法曰：叀弦乘邊股，半之爲實，半叀弦半邊股相併爲從，半步隅法，平方得叀股三十。

草曰：立天元一爲叀股。加叀弦得  爲平勾也。又以天元減邊股而半之，得 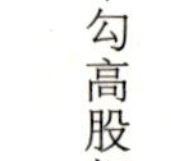 爲高股也。平勾高股相乘，得 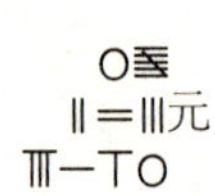 爲半徑冪。寄左。然後以天元乘邊股爲同數，與左相消，得下式  開平方，得叀股三十步。以乘邊股，開平方。倍之即圓徑也。合問。

或問：邊股四百八十步，高弦二百五十五步。問答同前。

法曰：以邊股減於二之高弦，復以邊股乘之，開平方得半徑。

草曰：立天元一爲半徑。先倍高弦內減邊股，餘  復以邊股乘之，得 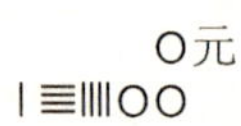 寄左。以天元冪與左相消，得 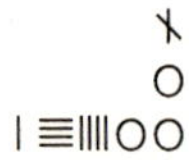 開平方得數。倍之即城徑也。合問。

又 卷四《底勾》 或問：乙從坤隅南行三百六十步，甲出北門，東行二百步見之。問答同前。

法曰：二行步相乘，倍之爲實，乙南行爲從，一步常法。

草曰：立天元一爲城徑。以減於二之甲東行步，得  爲兩個小差。以乙南行步乘之，得 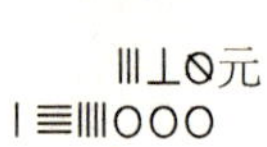 爲城徑冪。寄左。然後以天元冪與左相消，得

⊥〇 ‖⊥〇 |≡‖〇〇〇 以平方開之，得二百四十步，即城徑也。合問。

又法：半之乙南行步，乘甲東行爲實，半乙南行爲從，一步常法，得半徑。

草曰：立天元一爲半城徑，減甲東行，得 元 ‖〇〇 爲小差。乃半乙南行步，以乘小差，得 元|≡〇 ‖⊥〇〇〇 爲半徑冪。寄左。然後以天元冪與左相消，得下式 〇 |≡〇 ‖⊥〇〇〇 以平方開之，得一百二十步。倍之即城徑也。合問。

或問：乙從坤隅東行一百九十二步而止，甲出北門，東行二百步見乙。問答同前。

法曰：兩行步相乘爲實，甲東行爲從，一爲隅，得半徑。

草曰：立天元一爲半徑。減於乙東行，得 元 ‖≡| 以甲行步乘之，得 元‖〇〇 〇〇‖≡‖ 爲半徑冪。寄左。然後以天元冪與左相消，得 〇 ‖〇〇 ‖≡‖〇〇 以平方開之，得一百二十步。倍之即城徑也。合問。

或問：乙出東門南行，不知步數而立。甲出北門，東行二百步望見乙。復就乙斜行一百七十步，與乙相會。問答同前。

法曰：以二行差乘甲東行爲實，甲東行內減二行差爲益方，一步常法，得半徑。

草曰：識別得二行相減，餘三十步，即乙出東門南行步也。更不須用弦。立天元一以爲半城徑。加乙南行，得 元| ‖〇 爲小股。副置甲東行步上位，減天元得下式 元 ‖〇〇 爲小勾。下位加天元，得 元| ‖〇〇 爲大勾也。乃置大勾，以小股乘之，得下式 元|〇 ‖≡〇 丅〇〇〇 合以小勾除，不受除，便以此爲大股。內帶小勾分母。又倍天元，以小勾乘之，得 元‖〇〇 以減於大股，得下 元‖〇 |⊥〇 丅〇〇〇 又倍之，得 元丅 ‖≡〇 |=〇〇〇 爲兩個股圓差。合以勾圓差乘之，緣爲其中已帶小勾分母，更不須乘，便以此爲黄方冪。更無分母。寄左。然後倍天元以自之爲同數，與左相消，得 元‖ ‖≡〇 |=〇〇〇 上下俱半之，俱半之者蓋從簡也。得 | |⊥〇 丅〇〇〇 以平方開之，得一百二十步。倍之即圓徑也，合問。

或問：乙出南門直行，不知步數而止。甲出北門，東行二百步見之。復就乙斜行四百二十五步，與乙相會。問答同前。

法曰：倍兩行差，以乘二之甲東行爲實，從空。四之甲東行於上，倍兩行差，加上位爲隅，得半徑。

草曰：識別得二行差二百二十五步，即半徑，爲勾之股也。立天元一以爲半徑，便是小勾。其二行差，便是小股。乃置甲東行步，加天元，得 元| ‖〇〇 爲大勾。以小股乘之，得下式 元=‖≡ ‖≡〇〇〇 又以小勾除之，得 元〇 ‖=‖ ‖≡〇〇〇 爲大股。又

倍天元以減之，得〔算籌〕爲股元差。又倍之，得〔算籌〕爲兩個股圓差於上。乃以天元減甲東行，得〔算籌〕爲勾圓差。以乘上位，得下式〔算籌〕爲城徑冪。寄左。然後倍天元一以自之。與左相消，得〔算籌〕開平方，得一百二十步。倍之即城徑也。合問。**清・四庫館臣案** 此係得數各升一位，然後開平方。

或問：乙從乾隅南行，不知步數而止。甲出北門，東行二百步望見之。復就乙斜行六百八十步，與乙相會。問答同前。

法曰：併二行，以二行差乘之，內減二行差冪爲實。併二行步及二行相減數。**四庫館臣案** 即倍乙斜行。爲從，二步常法，得半徑。

草曰：識別得斜行六百八十步，即大弦也。其二行相減，餘四百八十步，即半圓徑與大差共數也。立天元一爲半城徑。副置之上位。加二行相減數，得〔算籌〕爲大股也。下位加甲東行步，得〔算籌〕爲大勾也。乃以大股自增乘，得〔算籌〕爲大股冪。寄左。乃併大勾大弦，得〔算籌〕於上。又以大勾減大弦，得〔算籌〕爲大差。以乘上位，得〔算籌〕爲同數。與左相消，得〔算籌〕開平方，得一百二十步。倍之即城徑也。合問。

又法求大差　法曰：二行差自乘爲實。置二之二行差於上。乃以甲東行步減二行差，又半之，以減於上爲益方。**四庫館臣案** 三因斜行步，二因東行步，相減，折半，亦同。半步常法。

草曰：立天元一爲大差。減於二行差，得〔算籌〕爲半城徑。以自之，得〔算籌〕爲半徑冪。寄左。乃以半城徑減於甲東行，得下式〔算籌〕爲小差。又以天元乘之，得〔算籌〕又半之，得〔算籌〕爲同數。與左相消，得下式〔算籌〕以平方開之，得三百六十步即大差也。合問。

或問：乙出東門，不知步數而立。甲出北門，東行二百步望見乙。復就乙斜行一百三十六步與乙相會。問答同前。

法曰：甲東行步內減二之二行差。清・四庫館臣案：倍斜行步，內減東行步，亦同。餘以乘甲東行爲實，一步常法，得半徑。

草曰：別得二行相減，餘六十四步，即半徑爲股之勾。立天元一爲半城徑。就以爲股率，其二行差，即勾率也。乃置甲東行步，加天元得〔算籌〕爲大勾。以天元股率乘之，得〔算籌〕合以勾率除之。不受除，便以此爲大股。內帶勾率分母。乃倍天元，以勾率乘之，得〔算籌〕以減大股，得〔算籌〕爲一個大差於上。

內帶勾率分母。乃以天元減甲東行，得 [算式] 爲小差，以乘上位，得 [算式] 爲半段黄方冪。內寄勾率爲母。寄左。然後以天元自之，又以勾率乘之，又倍之，得 [算式] 爲同數。與左相消，得下式 [算式] 以平方開之，得一百二十步。倍之即城徑也。合問。

或曰：乙出東門，直行一十六步而止。甲出北門，東行二百步望見乙。與城參相直，問答同前。

法曰：二行步相減，餘以自乘，內減乙東行冪爲實，二之甲東行爲益從，一步隅法，得半徑。

草曰：立天元一以爲半城徑。加乙行步，併以減於甲行步，得 [算式] 爲平勾率。其天元半徑，即平股率也。乃置乙東行一十六步爲小勾，以股率乘之得 [算式] 合以勾率除之。今不受除，便以此爲小股。內帶勾率分母。又置乙東行加二天元，得 [算式] 爲大勾。以股率乘之，得 [算式] 合以勾率除之。今不受除。便以此爲大股。內寄勾率爲母。以此小股大股相乘，得 [算式] 爲半徑冪。內寄勾率冪爲母，寄左。然後以勾率冪乘天元冪，得 [算式] 爲同數。與左相消，得 [算式] 開平方，得一百二十步，倍之即城徑也。合問。**四庫館臣案** 此係得數各降二位，然後開平方。

或問：見底勾二百步，明弦一百五十三步。問答同前。

法曰：半底勾乘明弦爲平實，併二云數而半之爲從，五分常法，得明勾七十二。

草曰：立天元一爲明勾。加明弦得 [算式] 爲高股也。又以天元減底勾而半之，得下式 [算式] 爲平勾也。勾股相乘，得 [算式] 爲半徑冪。寄左。然後以天元乘底勾，得下式 [算式] 爲同數。與左相消，得 [算式] 開平方，得七十二步，即明勾也。以明勾乘底勾，爲平方實。如法開之，得一百二十步。倍之即城徑也。合問。

或問：見底勾二百步，平弦一百三十六步。問答同前。

法曰：倍平弦內減底勾，復以底勾乘之，開平方得半徑。

草曰：立天元爲半徑。先倍平弦，內減底勾，餘 [算式] 爲明勾。復以底勾乘之，得 [算式] 爲半徑冪。寄左。然後以天元冪爲同數，與左相消，得 [算式] 開平方，得一百二十步。又倍之即城徑也。合問。

又 卷五《大股》 或問：乙出南門，直行一百三十五步而立。甲從乾隅，南行六百步，望乙，與城參相直。問答同前。

法曰：倍二行差，內減甲南行步。復以乘甲南行步，爲實。倍二徑差，減甲南行步，即是甲南行步內減二之乙南行也。四之甲南行步，內減二之乙南行，爲從方。四益隅，開平方，得半徑。

草曰：立天元一爲半徑。以二之，加乙南行步，得 [算式] 爲中股。以中股又減於甲南行步，得 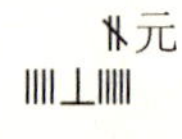 爲股率。其天元半徑，即勾率也。置甲南行爲大股，以勾率乘之，得下  合以股率除之。不受除，便以此爲大勾。内帶股率分母。再置天元，以二之，以股率乘之，得 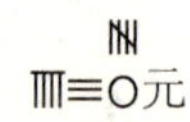 減於大勾，餘  爲勾圓差於上。内有股率分母。又以二之天元，減甲南行，得  爲大差。以乘上位，得  爲半段黄方冪。内寄股率分母。寄左。然後以天元自之，又以股率乘之，又倍之，得 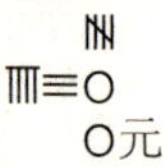 爲同數。與左相消，得下式  開平方，得一百二十步。倍之即城徑也。合問。

或問：乙出南門，東行七十二步而止。甲從乾隅，南行六百步望乙，與城參相直。問答同前。

法曰：云數相乘爲平實，甲南行爲從，二益隅，得半徑。

草曰：別得虚勾乘通股，得半段圓徑冪，此與虚股乘通勾同。立天元一爲半徑。内減乙東行，得 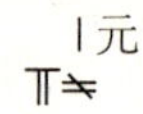 爲虚勾。以乘甲南行，得 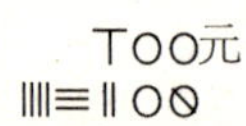 爲半段徑冪。寄左。再以天元爲冪，又倍之，爲同數。與左相消，得 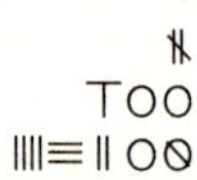 開平方，得一百二十步。倍之即城徑也。合問。

或問：乙出東門，南行三十步而立。甲從乾隅，南行六百步，望見乙。問答同前。

法曰：二行步相乘爲實，以乙南行爲從，一步常法，得半徑。

草曰：立天元一爲半徑。以減於甲南行，得  爲半梯底。以乙南行三十步爲半梯頭，以乘之，得 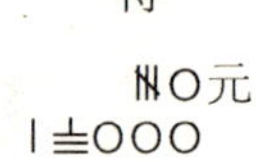 爲半徑冪。寄左。乃以天元冪與左相消，得 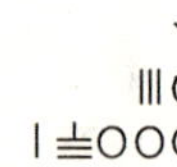 開平方，得一百二十步，即半城徑也。合問。

或問：乙從艮隅。東行八十步而立。甲從乾隅，南行六百步望見乙。問答同前。

法曰：二行步相乘又倍之爲實，二之乙東行爲從，一步常法，得全徑。

草曰：別得乙東行八十步，即小差也。立天元一爲城徑。減於甲南行步，得  爲大差。以乙東行步乘之，得下  又倍之，得  爲城徑冪。寄左。然後以天元冪與左相消，得  開平方，得二百四十步，即城徑也。合問。

或問：南門東不知遠近有樹。甲從乾隅，南行六百步，望樹與城參相直。復就樹斜行四百八步至樹。問答同前。

法曰：兩段南行步冪，内減兩段兩行相乘數爲實，二之南行步爲從，一步益隅。

草曰：別得南行步内減城徑，即小股也。其斜行步即小弦也，又二行相減，即大差爲股之勾也。乃立天元一爲圓徑。以減南行步，得 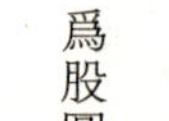 爲股圓差

也。合爲小股。置南行步，以斜行步乘之，得 太 ‖≡Ⅲ≟○○ 合以小股除之。不受除，便以率乘之，得 ○元 / ǀ−Ⅲ=○○ 合股率除。不除，便以此爲大勾。内寄股率分母。再置天元，

此爲大弦。内帶小股分母。再置南行步，以小股乘之，得 T○⊘元 / ‖⊥○○○○ 爲大股。亦帶小股分母。以大股減大弦，得 T○○元 / ǀ−Ⅲ=○⊘ 爲小差也。合以大差乘之，緣於内帶大差分母，更不須乘，便以爲半段黄方冪。更無分母。又二之，得 ǀ=○○元 / ‖≡○≣○⊘ 爲一段黄方冪。寄左。然後以天元冪爲同數。與左相消，得 乄 / ǀ=○○ / ‖≡○≣○⊘ 開平方，得二百四十步即城徑也。合問。

依前問，假令乙出南門，東行不知步數而止。甲從乾南行六百步，望乙與城相直。復就乙斜行四百八步。**清·四庫館臣案** 此即前問，以明又法。

法曰：二行差冪乘甲南行爲實，二之二行差，以乘南行步爲益方，二之二行差爲隅，得半徑。

草曰：識別得二行相減即半城徑，與乙東行共也。得此數更不須用斜。立天元爲半徑。減於二行差一百九十二，得 乄元 / ǀ≟‖ 即半梯頭也。又以二天元減甲南行步，得下 乄元 / T○○ 爲股率。又以一百九十二爲勾率。乃置甲南行，以勾率乘之，得 ○元 / ǀ−Ⅲ=○○ 合股率除。不除，便以此爲大勾。内寄股率分母。再置天元，以股率乘之，得 乄 / T○⊘元 以減於大勾，得下式 ‖ / T○⊘元 / ǀ−Ⅲ=○○ 爲半梯底也。頭底相乘，得下 乄 / Ⅲ≟Ⅲ / ‖≡○≣○⊘元 / ‖=ǀ−Ⅲ≣○○ 爲半城徑冪也。内寄股率分母。寄左。然後以股率乘天元冪爲同數，與左相消，得 Ⅲ≟Ⅲ / =Ⅲ○≋○○ / ‖=ǀ−Ⅲ≣○○ 開平方，得一百二十步即半城徑也。合問。

或問：東門南不知遠近有樹。甲從乾隅，南行六百步見樹。復向樹斜行五百一十步至樹。問答同前。

法曰：二之差步，乘二之甲南行爲實，併二之差步，二之甲行步爲從，二益隅。若欲從簡，上下俱折半。

草曰：別得二行相減數，即虛積之股也。立天元一爲圓徑。内減二之差步，得 ǀ元 / ǀ≟⊘ 爲梯頭於上。又以天元減於二之甲行步，得 乄元 / ǀ=○○ 爲梯底。上下相乘，得 乄 / ǀ≡Ⅲ○元 / ‖−T○○⊘ 爲圓徑冪。寄左。然後以天元冪與左相消，得

開平方，得二百四十步即城徑也。合問。

或問：甲乙二人俱在乾隅。乙東行不知步數而立。甲南行六百步，望見乙，復就乙斜行六百八十步與乙相會。問答同前。

法曰：以二行差乘二行併，開平方得數。內復減二行差，得全徑。

草曰：別得二行相減，即勾圓差也。先求大勾。立天元一爲大勾。以二行相減，餘八十步。以乘二行相併數一千二百八十步，得　　爲勾冪。開平方，得三百二十步即大勾也。大勾內減去勾圓差，餘二百四十步即城徑也。合問。

或問：南門外不知遠近有樹。甲從乾隅，南行六百步望樹與城參相直。復就樹斜行二百五十五步至樹。問答同前。

法曰：倍二行相減數，內減甲南行得數。復以乘甲南行爲實，倍二行相減數爲從，二步益隅，得半徑。

草曰：識別得斜行步，乃是樹至城心之數也。立天元一爲半徑。加斜行步，得　　爲樹至城北門之步也。乃以減於甲南行，得　　爲小股率。其天元半徑，即小勾率。其斜步，即小弦數也。再置甲南行步內減天元，得　　爲梯底於上。又置梯底，內減二之小股率，得　　即梯頭也。復以乘上位，得　　爲半徑冪。寄左。然後以天元冪與左相消，得下式　　開平方，得一百二十步，倍之即城徑也。合問。

又 卷六《大勾》 或問：乙從東門，直行一十六步。甲從乾隅，東行三百二十步，望乙與城參相直。問答同前。

法曰：甲東行內減二之乙南行，復以乘甲東行爲實，甲之甲東行，內減二之乙東行爲從，四益隅，得半徑。

草曰：立天元一爲半徑。以二之，加乙東行，得　　爲中勾。以中勾減於甲東行，得　　爲勾率也。其天元半徑，即股率也。置甲東行爲大勾，以股率乘之，得　　合以勾率除之。不受除，便以此爲大股。內帶勾率分母。再置天元，以二之，以勾率乘之，得　　減於大股，餘　　爲股圓差於上。內有勾率分母。又以二之天元，減甲東行，得　　爲小差。以乘上位，得　　爲半段黃方冪。內有勾率分母。寄左。然後以天元自之，又以勾率乘之，又就分倍之，得　　爲同數。與左相消，得　　開平方，得一百二十步，倍之即城徑也。合問。

或問：乙出東門，南行三十步而立。甲從乾隅，東行三百二十步，望乙與城參相直，問答同前。

法曰：甲乙相乘爲實，甲東行爲從，二虛法，平開得半徑。

草曰：識別具見大股第二問中，立天元爲半徑。內減乙南行，得　　爲虛股。以乘通勾甲東行，得　　爲半段城徑冪。寄左。然後以天元自之，又就分二之，得 ‖〇元 爲同數。與左相消，得 ≁〇 Ⅲ=〇 Ⅲ⊥〇⊘ 開平方得一百二十步，倍之即城徑也。合問。

或問：乙出南門，東行七十二步。甲從西北隅，取直東行三百二十步見乙。問答同前。

法曰：二行相乘爲實，以乙東行爲從，一步常法，得半徑。

草曰：立天元一爲半城徑。以減甲東行步，得 ≁元 Ⅲ=〇 爲梯底。以乙東行七十二步爲梯頭。以乘之，得 Ⅲ≁元 ‖≡〇≡〇 爲半徑冪。寄左，然後以天元冪與左相消，得 ≁ Ⅲ≁ ‖≡〇≡〇 以平方開之，得一百二十步，倍之即城徑也。合問。

或問：乙從坤隅，直南行三百六十步而止。甲從乾隅，直東行三百二十步望見乙。問答同前。

法曰：二行步相乘，倍之爲實，二之甲東行爲從，一步常法，得城徑。

草曰：立天元一以爲城徑。加乙南行得 |元 Ⅲ⊥〇 爲股，二行步相併得六百八十步爲弦，甲東行爲勾。勾股相乘得 Ⅲ=〇元 |—Ⅲ=〇〇 又倍之得 ⊥Ⅲ〇元 ‖≡〇≡〇〇 爲二直積。寄左。然後以勾股弦相併，得 |元 |≡T〇 爲三事和。以天元乘之，得 | |≡T〇元 爲同數。與左相消，得 ≁ T=⊘ ‖≡〇≡〇〇‖ 開平方，得二百四十步即城徑也。合問。

或問：東門南不知遠近有樹。甲從乾隅，東行三百二十步望樹與城參相直。復就樹斜行一百七十步至樹。問答同前。

法曰：兩段東行步冪。內減兩段東行斜行相乘數爲實，**清・四庫館臣案** 或云倍東行步，以二行差乘之亦同。二之東行爲從，一益隅。

草曰：別得東行步，即大勾，斜行步即小弦也。乃立天元一爲城徑。減東行步得 ≁元 Ⅲ=〇 爲勾圓差也。今爲小勾。置東行步，以斜步乘之，得 ≣Ⅲ≡〇〇 合以小勾除之。今不受除，便以此爲大弦。內帶小勾分母。再置東行步，以小勾差之，得 Ⅲ=⊘元 |〇‖≡〇〇 爲大勾。以減大弦，得 Ⅲ=〇元 Ⅲ≐〇〇⊘ 爲大差。合以小差乘之，緣內帶小差分母。更不須乘，便以此爲半段黃方冪。更無分母。又二之，得 ⊥Ⅲ〇元 Ⅲ⊥〇〇⊘ 爲一段黃方冪，寄左。然後以天元冪與左相消，得下式 ≁ ⊥Ⅲ〇 Ⅲ⊥〇〇⊘ 開平方，得二百四十步即城徑也。合問。

依前問：假令乙出東門，南行不知步數而止。甲從乾，東行三百二十步，望乙與城相直。復就乙斜行一百七十步。

法曰：以甲東行，乘二行差冪爲實，以甲東行差，二之二行差爲益方。二之二行差爲隅法。

草曰：識別得二行相減，餘一百五十即半城徑與乙南行共數也。得此數，更不須用斜。立天元一爲半徑。減於二行差，得 ≁元 |≣〇 即半梯頭也。又以二天元減甲東行步，得 ≁元 Ⅲ=〇 爲勾率。又以一百五十爲股率。乃置甲東行，以

股率乘之，得 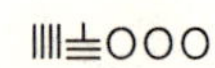 合勾率除。不除，便以此爲大股。內寄勾率分母。再置天元，以勾率乘之，得 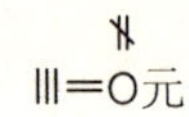 以減於大股，得下式 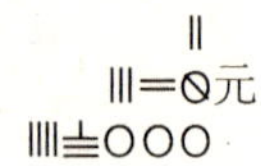 爲半梯底也。頭底相乘，得下 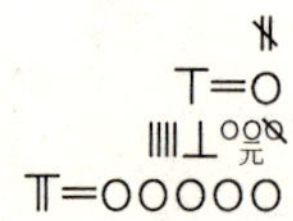 爲半徑冪也。內帶勾率分母。寄左。然後以勾率乘天元冪，得 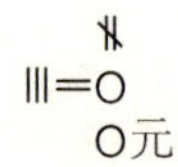 爲同數。與左相消，得 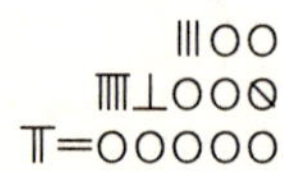 開平方，得一百二十步，倍之即城徑也。合問。

或問：南門東不知遠近有樹。甲從乾隅，東行三百二十步見樹。復向樹斜行二百七十二步至樹。問答同前。

法曰：二之二行差，乘二之甲東行爲實，併二之二行差及二之甲東行爲從，二步益隅。

草曰：別得二行相減，餘四十八步即虛積之勾也。立天元一爲城徑。內減二之二行差，得 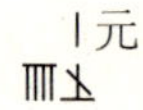 爲梯頭於上，再置甲東行步，以二之，內減天元，得 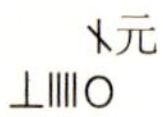 爲梯底。以乘上位，得 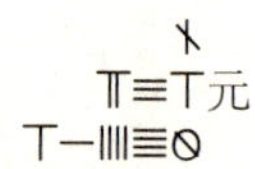 爲城徑冪。寄左。然後以天元冪與左相消，得 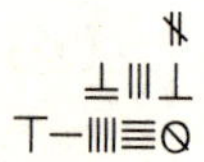 開平方，得二百四十步即城徑也。合問。翻法在記。

或問：甲乙二人，俱在乾隅。乙直南行，不知步數而立。甲直東行三百二十步，望見乙，復就乙。斜行六百八十步與乙相會。問答同前。

法曰：以二行差乘甲東行步，又二之爲實，以二之二行差爲從，一步常法。

草曰：別得二行步相減，餘三百六十步，即股圓差也。乃立天元一爲圓徑。以減於甲東行步，得 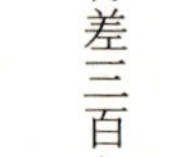 爲小差，以東行斜行差三百六十步乘之，得 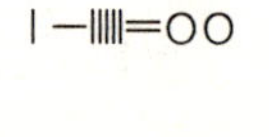 又倍之，得 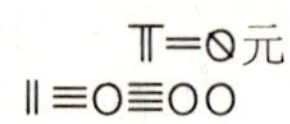 爲一段城徑冪。寄左。乃以天元冪與左相消，得 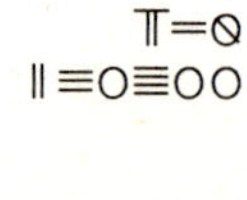 開平方，得二百四十步即城徑也。合問。

或問：東門外不知遠近有樹。甲從乾隅，東行三百二十步望樹與城參相直。復就樹斜行一百三十六步至樹。問答同前。

法曰：倍二行相減數，內減甲東行得數。復以乘甲東行爲實，**四庫館臣案** 或以倍斜步，以減甲東行。餘以甲東行乘之，亦同。倍二行差爲從，二步虛常法，得半徑。

草曰：識別得斜行步，乃樹至城心步也。立天元一爲半徑。加斜行步，得  即樹至城西門之步也。乃以減於甲東行，得下  爲小勾率。其天元半徑即小股率，其斜步即小弦數也。再置甲東行步內減天元，得 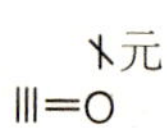 爲梯底於上。又置梯底內減二之小勾率，得  **四庫館臣案** 倍小勾得三百六十八步，少二元。以少二元減梯底之少一元，反爲多一元。以三百六十八步減梯底之三百二十步，反爲少四十八步也。以乘上位，得  爲半徑冪。寄左。乃以天元冪與

左相消,得下式 [算籌] 以平方開之,得一百二十步,倍之即城徑也。合問。

又　卷七《明叀前》 或問:出南門,東行七十二步有樹。出東門,南行三十步見之。問答同前。

法曰:倍南行以乘倍東行爲平實,併二行又倍之爲從,一虛隅得城徑。

草曰:識別得此問名爲弦外容圓,又爲内率求虛積。其二行步相併爲虛弦,若以相減,即虛較也。又倍東行爲弦較和,倍南行即弦較較。此二數相乘,則兩虛積也。若直以二行相乘,則半個虛積也。又倍東行減於城徑,餘即二虛勾也。倍南行減於城徑,則二虛股也。虛積上三事和,即城徑也。乃立天元一爲圓徑。便以爲三事和也。倍二行步減之,得 [算籌] 爲黄方。一天元乘之,得 [算籌] 爲二虛積。寄左。然後倍東行以乘倍南行,得八千六百四十爲同數。與左相消,得 [算籌] 益積開平方,得二百四十步即城徑也。合問。

又法:二行步相乘爲實,二行步相併爲從,一步虛法,得半徑。

草曰:立天元一爲半徑。副置二位,上加東行步,得 [算籌] 爲大差勾。下加叀股得 [算籌] 爲小差股。此二數相乘,得下式 [算籌] 爲半段黄方冪。寄左。然後立天元以自之又二之,與左相消,得 [算籌] 益積開平方,得一百二十步即半城徑也。

又法:二云數相乘倍之於上,加云數差冪權寄。併二云數又自增乘,得數内減上位爲平實。併云數而倍之爲從,二步益隅,得半徑。

草曰:立天元一爲半徑。副之,上減明勾得下 [算籌] 爲虛勾,下減叀股,得 [算籌] 爲虛股,勾股相乘,得 [算籌] 又倍之,得 [算籌] 又加二行差冪 [算籌] 得 [算籌] 爲弦冪。寄左。然後併云步以自之,得 [算籌] 於太極位爲同數。與左相消,得 [算籌] 益積開平方,得一百二十步即半城徑也。

又法:云數相乘又倍之爲平實,云數相減爲從,一常法,得虛勾。

草曰:立天元一爲虛勾。以南行減東行,餘四十二步爲虛較也。以虛較加天元,得 [算籌] 爲虛股。以天元乘之,得下 [算籌] 爲直積。寄左。然後倍南行乘東行,得 [算籌] 與左相消,得 [算籌] 開平方,得四十八步即虛勾也。

以勾除積得九十步即虛股也。併勾股得 [算籌] 爲虛和也。内加入二行併得 [算籌] 即圓徑也。

又法:併兩行步以自乘於上,又倍南行乘倍東行,加上位爲平實。一隅法,得小和。

草曰:立天元一爲小和。併二行步加之,得 [算籌] 爲三事和也。倍二行步而併之,得 [算籌] 以減三事和,餘 [算籌] 爲黄方。却以三事和乘之,得下 [算籌] 爲二虛積也。寄左。乃倍南行以乘倍東行,得 [算籌] 爲同數。與左相消，得開平方，得一百三十八步即虛和也。加入二行步，得二百四十步即城徑也。合問。

或問：出東門一十六步有樹，出南門東行七十二步見之。問答同前。

法曰：二行步相減得數，以自之於上。又以出東門步自之，減上位爲平方實。二之出南門東行步爲益從，一步常法，翻開得半徑。

草曰：别得人到樹，即平弦也。半圓徑即平股也。其東行七十二步，則平勾平弦差也。乃立天元一爲半圓徑。加一十六減七十二，得爲勾也。以自之，得爲勾冪。又加入天元股冪，得爲弦冪。寄左。再立天元一爲半徑。加出東門步，得即弦也。以自之，得下爲同數。與左相消，得翻法開之，得一百二十步即半城徑也。合問。

或問：出南門一百三十五步有樹，出東門南行三十步見之。問答同前。

法曰：樹去城步内減南行步，餘以爲冪於上。又以樹去城步爲冪，内減上位爲平實。倍樹去城步爲從，一虛隅，翻法得半城徑。

草曰：别得人距樹即高弦也。半圓徑即高勾也。其南行三十步即高弦上小差也。乃立天元一爲半徑。加樹去城步爲弦，内減小差得即股也。以自之，得下式爲股冪。内加入天元冪，得爲弦冪。寄左。再置弦以自之，得爲同數。與左相消，得式翻開，得一百二十步即半城徑也。合問。

或問：乙出東門，不知遠近而立。甲出南門，東行七十二步望見乙，就乙斜行一百三十六步與乙相會。問答同前。

法曰：以斜行步自之於上。以二行相減，餘自爲冪。減上位爲平實，從空，一步常法，如法得半徑。

草曰：别得七十二步，即大差也。斜行即弦，半徑即股也。立天元一爲半徑。以自之爲股冪，又以二行差六十四以自之，得爲勾冪。併二冪，得爲弦冪。寄左。然後以斜行步自之，得爲同數。與左相消，得開平方，得一百二十步，倍之即城徑也。合問。

或問：甲出南門，不知遠近而立。乙出東門南行三十步望見甲，却就甲斜行二百五十五步與甲相會。問答同前。

法曰：二行差自之爲冪，以減於斜行冪爲平實，一虛隅，得半徑。

草曰：别得南行步即股弦差也，斜步即弦也，半徑即勾也。乃立天元一爲半城徑。以自之爲冪。以二行相減，餘二百二十五。以自之，得爲股冪。二冪相併，得爲弦冪。寄左。然後以斜行步自之，得爲同數。

與左相消，得下 開平方，得一百二十步即半徑也。合問。

或問：乙出南門東行，甲出東門南行。兩相望見。既而乙云：我東行不及城徑一百六十八步。甲云：我南行不及城徑二百一十步。問答同前。

法曰：半甲不及步，以自之爲冪。半甲不及步，內減差。以自之，爲冪。二冪相併，內却減差冪爲平實。二之，乙不及爲益從。三步半虛法得甲南行。

草曰：別得乙不及爲虛勾半徑共，又爲徑內減明勾也。甲不及爲虛股半徑共，又爲徑內減叀股也。又二云數相併爲虛和圓徑共也。云數相減即虛較也。乃立天元一爲甲南行。以減於甲不及步。又半之，得 爲虛股也。虛股內減虛較，得 爲虛勾。勾自之。得 爲勾冪也。又股自之，得下式 爲股冪也。二冪相併，得 爲弦冪。寄左。然後以天元加虛較，得 爲乙東行。又加入天元甲南行，得 爲虛弦。以自之，得 爲同數。與左相消，得 開平方，得三十步即甲南行也，內加少步即城徑也。合問。

或問：甲出東門直行，丙出南門直行，各不知步數而立。乙望見甲，就甲斜行了二百八十九步與甲相會，其二直行共得一百五十一步。又云甲直行少於乙直行。問答同前。

法曰：斜冪內減共步冪爲平實，倍共步內減斜步爲從，一常法，得徑。

草曰：別得共數城徑併，即皇極和也。立天元一爲圓徑。加共步，得 爲皇極和。以自之，得 於上。以斜行冪 減上位，餘 爲二直積。寄左。然後以天元乘斜步，得 與左相消，得 開平方，得二百四十步即城徑也。合問。

或問：甲出東門直行，乙出東門南行，丙出南門置行，丁出南門東行，各不知步數而立。四人遥相望，悉與城參相直。只云：甲丙共行了一百五十一步，乙丁立處相距一百二步。又云：丙直行步多於甲直行步。問答同前。

法曰：共步距步相減得數，自之於上。以共步爲冪內減上爲平實，二之距步內減共步距步差爲從，二步虛法，得城徑。

草曰：別得共步得城徑，即皇極和也，相距步即虛弦也，皇極和內減虛弦，即皇極弦也。又共步距步差 即皇極弦。內減城徑也。此名旁差。乃立天元一爲城徑。加共步，得 爲皇極和也。以自之，得 於上。以共步距步差 加天元得 爲皇極弦也。以自之，得式 減上位，餘得 爲二直積。寄左。然後以天元徑乘皇極弦，得 爲同數。與左相消，得 開平方，得二百四十步即城徑也。合問。

或問：乙出東門南行，甲出西門南行，甲望見乙，斜行五百一十步相會。乙云：我南行少於城徑二百一十步。問答同前。

法曰：少步冪爲平實，四斜步內減二少步爲益從，五百常法，得乙南行。

草曰：別得少步爲徑內減叀股。立天元一爲乙南行。以二之，減於倍斜行步。得[算式]爲梯底也。以二之天元乘之，得[算式]爲徑冪。寄左。再置天元加少步，得下算式[算式]爲城徑。以自之，得[算式]與左相消，得[算式]開平方，得三十步即乙南行也，加少步即城徑也。合問。

或問：乙出南門東行，甲出北門東行，甲望見乙，斜行二百七十二步與乙相會。乙云：我東行不及城徑一百六十八步。問答同前。

法曰：以不及步冪之爲實，四斜內減二之不及步爲虛從，五常法。平開，得乙東行七十二步。

草曰：別得不及步爲城徑減明勾也。立天元一爲乙東行。以倍之，減於二之斜行步，得下[算式]爲梯底也。倍天元乘之，得[算式]爲徑冪。寄左。再置天元加不及步，得[算式]爲城徑。以自之，得[算式]爲同數。與左相消，得下[算式]開平方，得七十二步即乙東行也，加入少步即城徑也。合問。

或問：乙出南門東行，丁出東門南行。却有甲丙二人共在西北隅，甲向東行，丙向南行。四人遥相望見，俱與城參相直，既而相會。甲云：我多乙二百四十八步。丙云：我多於丁五百七十步。問答同前。

法曰：二多步相乘爲平實，併二多步而半之爲從，七分半常法，得城徑。

草曰：別得甲多步爲大勾，內減明勾也。丙多步，爲大股內少叀股也。又乙東行，得一虛勾爲半徑。丁南行，得一虛股爲半徑。又二多數相併，得[算式]爲大和內少虛弦也。又二多數相減，餘[算式]爲兩個角差。又甲多步內減半徑，即勾方差也。丙多步內減半徑，即股方差也。立天元一爲城徑。以半之，減於甲多步，得[算式]爲勾方差。又以半徑減於丙多步，得[算式]爲股方差。二差相乘，得下式[算式]爲徑冪。寄左。然後以天元冪與左相消，得下式[算式]開平方，得二百四十步即城徑也。合問。

又　卷八《明叀後》　或問：依前見丙丁共二百七步，甲乙共四十六步。又云二樹相去一百二步。問答同前。

法曰：以甲乙共乘樹相去步，得數。又以自之，爲平實，從空。併二共數爲冪於上，內減甲乙共自之數。丙丁共自之數，**清·四庫館臣案**　或云二共數相乘，倍之，亦同。爲益隅，得叀弦三十四。

草曰：識別得兩樹相去步，即虛弦也。餘數具前。立天元一爲叀弦。置明和，以天元乘之，合叀和除。不除，便以[算式]爲明弦也。乃內帶叀和分母。置虛弦，以分母叀和乘之，得[算式]加入明弦，得[算式]爲極股也。內帶叀和分母以自之，得下式 [illegible] 爲極股冪。內寄叀和冪爲分母。又以天元加虛弦，得下 [illegible] 爲極勾。以自之，得 [illegible] 又以叀和冪 [illegible] 乘之，得 [illegible] 爲勾冪也。勾股冪相併，得 [illegible] 爲兩積一較冪也。內有叀和冪分母。寄左。然後置明弦 [illegible] 於上。以叀和乘天元，加上位，得 [illegible] 爲二弦併也。又置虛弦，以叀和乘之，得 [illegible] 併入上位，得下式 [illegible] 爲極弦。以自之，得 [illegible] 爲同數。與左相消，得 [illegible] 開平方，得三十四步即叀弦也。

又法：以樹相去步自之，又以甲乙共乘之爲平實，從空，倍丙丁共爲虛隅，得叀弦 [illegible]

草曰：立天元一爲叀弦。依前術求得明弦 [illegible] 便以爲皇極勾弦差也。內帶叀和分母。以天元叀弦便爲皇極股弦差以乘之。又倍之，得 [illegible] 爲虛弦冪。內有叀和分母。寄左。然後以虛弦自之，又以分母 [illegible] 乘之，得四十七萬八千五百八十四爲同數。與左相消，得 [illegible] 開平方，得三十四步即叀弦也。合問。

或問：東門南有柳一株，南門東有槐一株。甲出東門直行，丙出南門直行。二人遥相望，槐柳與城邊悉相直，既而甲復斜行至柳樹下，丙復斜行至槐樹下。各不知步數，只云丙共行了二百八十八步。甲斜行與柳至東門步共得六十四步。問答同前。

法曰：二云數相乘於上，以六十四步自之。又二之減上位，爲平實。十四之六十四於上，倍丙行減上位爲從。**四庫館臣案** 倍丙行乃數偶合。當云九個半六十四內減丙行爲從。**清・李鋭案** 當云又以四步半乘六十四加丙行，減上位爲從。二十常法。得甲直行步一十六。

草曰：別得丙共步，即明股明弦和也。六十四即平勾也。內甲斜行，即叀弦也。柳至東門步即叀股也。又二云數相併，即明差與極弦共也。二云數相減，即明差與平勾高股差共也。又平勾內減叀勾，即虛勾也。立天元一爲叀勾。置丙共步。以天元乘之，復以六十四除之，得下 [illegible] 爲明勾也。又以天元減於六十四，得 [illegible] 爲虛勾也。併虛明二勾 [illegible] 爲半徑也。以自之，得 [illegible] 倍之，得 [illegible] 爲半段圓城徑冪。寄左。乃以天元加六十四，得 [illegible] 爲勾圓差於上。又以明勾加丙共步，得 [illegible] 爲股圓差於下。

上下相乘，得  爲同數。與左相消，得 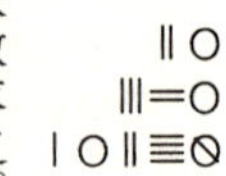 開平方，得一十六步即叀勾也。此叀勾乃甲出東門直行步也。餘皆依數求之。合問。

或問：東門南有柳樹一株，南門東有槐樹一株。甲出東門直行，丙出南門直行。二人遥相望。槐柳與城邊悉相直。既而甲復斜行至柳樹下，丙復斜行至槐樹下。各不知步數。只云甲共行五十步。丙斜行與槐至南門步，共得二百二十五步。問答同前。

法曰：以二百二十五步自之爲冪。又以此冪自爲冪於上置甲共行，以二百二十五步三度乘之，得數復折半。減上位爲平實。置二百二十五步自之數，以二云數相減數乘之，又倍之於上。倍五十步在地，以二百二十五步自之數乘之，復折半加上位爲益從。云數相減，自乘於上，以云數相乘復折半，減上位爲常法。得明股 

草曰：識别得甲共步即叀勾叀弦共也，二百二十五即高股也，内丙斜行即明弦，槐至南門步即明勾也。又二云數相併，即極弦内減一個叀差也。云數相減，即叀差與高股平勾差共也。又高股内減明股，即虚股也。立天元一爲明股，即丙出南門直行步也。置五十步，以天元乘之，得  合高股除。不除，便以此  爲叀股也。内帶高股 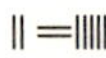 分母。再置高股，内減天元，得 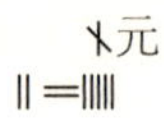 爲虚股。以分母高股乘之，得下式 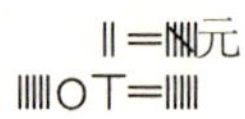 加入叀股，得 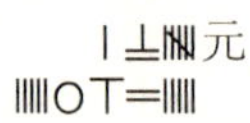 即半徑也。以自增乘，得  爲半徑冪也。内帶高股冪爲分母。寄左。然後置甲共步。以分母高股乘之，得  加入叀股，得  爲勾圓差於上。内帶高股分母。又以天元加高股，得下  爲股圓差於下。上下相乘，得 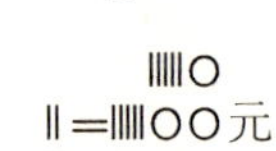 以分母高股乘之，得  復折半，得  爲同數。與左相消，得  開平方，得一百三十五步即明股也。合問。

或問：通勾通弦共一千步，叀勾叀弦共五十步。問答同前。

法曰：置一千減二之五十步爲汎率，以自乘復半之於上。又置泛率，復以五十乘之，加上位爲平實。二十二之泛率於上。**四庫館臣案** 二十二。乃此題叀和除通和所得，通倍叀數加二數之數，易題則數不同矣。當直云通倍叀數加二數乘泛率。以四十二**四庫館臣案**：四十二，乃此題倍通倍叀數，加二數之數，當直云倍通倍叀數，加二數。乘五十，得數。内減泛率加上位爲益從。二百**四庫館臣案** 二百，乃此題通倍叀數加二數，自乘折半於上。又倍通倍叀數。併二數以減上位之數。當同上，不必載數。爲常法。得叀股三十。

草曰：立天元一爲叀股。置一千，以天元乘之，以五十除之，得 爲通股也。又以天元加五十步，得  即小差也。通股加小差，得  即

通弦也。以通弦減一千，得下 [illegible] 即通勾也。以小差減通勾，得 [illegible] 即圓徑也。以圓徑減通股，得 [illegible] 即大差也。置大差，以小差乘之，得下 [illegible] 寄左。然後置圓徑以自之，得 [illegible] 折半，得下 [illegible] 與左相消，得 [illegible] 開平方，得三十步即叀股也。合問。**四庫館臣案** 此題通勾弦和爲叀勾弦和度盡之數，則不用寄分。而用除法，以從省便作者蓋舉一以例其餘也。

或問：通勾通弦共一千步，明勾明弦共二百二十五步。問答同前。

法曰：以後數再自乘，又以前數乘之，爲平實。以後數爲羃，復以前數乘之爲從，以前數羃爲常法，得明股 [illegible]

草曰：別得二百二十五步即高股也。立天元一爲明股。置一千，以天元乘之，合以高股除。不受除，便以此 [illegible] 爲通股。內帶高股爲母。以天元加高股 [illegible] 即大差也。置大差，以高股分母乘之，得 [illegible] 即帶分大差也。以此減於通股，餘 [illegible] 即圓徑也。以自增乘，得 [illegible] 寄左。內帶高股羃分母。然後置一千，以高股分母通之，得 [illegible] 內減帶分大差，得 [illegible] 爲兩個通勾也。內減兩個圓徑，得 [illegible] 爲兩個小差也。以帶分大差乘之，得下式 [illegible] 爲同數。與左相消，得 [illegible] 開平方，得一百三十五步即明股也。合問。

或問：通股通弦共一千二百八十步，叀股叀弦共六十四步。問答同前。

法曰：云數相乘爲平實，前數爲益從。置前數，以後數除之，得二十爲泛率。泛率減一以自乘於上，又倍泛率減一加上位爲常法。倒積開得叀勾一十六。

草曰：別得六十四步即平勾也。立天元一爲叀勾。置前數，以天元乘之，以後數除之，得 [illegible] 即通勾也。又置天元，加後數得 [illegible] 即小差也。以小差減通勾，餘 [illegible] 即圓徑也。以自之，得 [illegible] 寄左。然後以小差減於前數，得 [illegible] 爲二通股。內股兩個圓徑，得 [illegible] 爲二大差也。以小差乘之，得下 [illegible] 與左相消，得 [illegible] 開平方，得一十六步即叀勾也。合問。

或問：通股通弦共一千二百八十步，明股明弦共二百八十八步。問答同前。

法曰：二數相減以後數乘之，内減後數[爲]冪。又半之爲泛率，以自乘爲平實。**四庫館臣案** 或云前數内減二後數，餘以後數乘之，折半自之，亦同。 置前數。加二之後數而半之爲次率。以乘泛率於上。清·李鋭案：泛率下當有倍之二字。 以後數乘泛率，減上位，**四庫館臣案** 或云二數相加。以乘前折半數，亦同。 爲益從。次率自乘於上。以前數加次率。復以後數乘之，減上位。**四庫館臣案** 或云前數折半，内減後數。又以半前數乘之，亦同。 爲隅法，得明勾七十二。

草曰：別得二數相減，餘 𝍨≐‖ 爲通勾通股及明勾共也。立天元一爲明勾。置前數，以天元乘之，合以後數除之。不除，便以此 丨=𝍧〇元 爲通勾也。内寄後數分母。又以二數相減，得數内又減天元，得 ㄨ元 / 𝍨≐‖ 爲通和也。乃以分母二百八十八乘之，得下式 ‖≐𝍧元 / =𝍧≡⊤≐⊤ 内減通勾，餘 丨≡⊤≐元 / =Ⅲ≡丨≐⊤ 爲通股也。又以天元加後數，又以分母即後數也。通之，得 ‖≐𝍧元 / ≐‖≐Ⅲ≡ 爲大差也。以此大差減於通股，得下式 一𝍧≡ㄨ元 / =〇=𝍧≡‖ 爲一個圓徑也。半之，得下 𝍧=𝍧元 / 丨〇丨≡𝍧⊥ 自之，得 𝍧⊥丨一𝍧≡ / 丨≐𝍧一Ⅲ≡𝍧≡ㄨ元 / 丨〇‖⊥𝍧〇丨𝍧≡‖⊥⊤ 爲半徑冪。寄左。然後以半圓徑減通勾，得 ‖=〇≐元 / 丨〇丨≡𝍧⊥ 爲底勾。又以天元乘之，又以分母二百八十八通之，得 ⊥Ⅲ≡𝍧〇Ⅲ / ‖≐丨≐⊤=𝍧ㄨ / 〇太 爲同數。與左相消，得 =‖≡‖≐〇 / 丨≡𝍧≐𝍧丨Ⅲ⊥𝍧 / ⊤⊥𝍧=Ⅲ〇⊥𝍧≡‖⊥丨〇丨 開平方，得七十二步即明勾也。合問。

或問：高差平差併一百六十一步，明差叀差併七十七步。問答同前。

法曰：以前數自乘於上。二數相併而半之，以自乘減上位，得數。復自增乘爲平實。前數自之於上。又以四之前數乘之，寄位。以前數自之於上，併二數而半之，以自乘減上位，得數。又以四之前數乘之，清·四庫館臣案：此下落又倍之三字。 減於寄位爲從。前數自之，又四之於上。又以四之前數爲冪。加上位，權寄。以前數爲冪於上。併二數而半之，以自乘減上位，得數。復入之。加上位。**李鋭案** 當云復八之於上。 又以四之前數爲冪，加入上位，併以減於權寄爲常法。**四庫館臣案** 或云二和併而自之，又半之，以減高平共差冪。又四之爲常法。亦同。 得平勾六十四。

草曰：識別得二位相併而半之，得 丨一𝍧 即極差也。立天元一爲平勾。加一百六十一，得 丨元 / 丨⊥丨 爲高股。高股内又加天元，得 ‖元 / 丨⊥丨 爲極弦。以自之，得 Ⅲ / ⊥Ⅲ≡元 / ‖≡𝍧=丨 於上。内減極差冪一萬四千一百六十一，餘 Ⅲ / ⊥Ⅲ≡元 / 丨一‖⊥〇 爲兩段極積。合以極弦除。不除，寄爲母，便以此爲城徑。以自增乘，得下

[算式] 爲圓徑冪。內有極弦冪分母。寄左。然後以天元乘高股，又四之得 [算式] 又以分母極弦冪 [算式] 通之，得 [算式] 爲同數。與左相消，得 [算式] 開平方，得六十四步即平勾也。合問。

或問：見明和二百七步，叀和四十六步。問答同前。

法曰：二和上下相減，數同則止，名爲泛率。又以二和直相減，餘爲泛實。此則角差也。乃以泛率除泛實，所得爲差率也。以差率加減泛率。若半訖與勾股相應者，其泛率便爲和率，其泛實便爲較率乘和率也。若不相應，則直取差率以消息之，定爲相管和率。其勾股數少，得見弦黃而相爲率者。勾三股四。則其和七，而其較一也。勾五股十二，則其和一十七。而其較七也。勾八股十五，則其和二十三。而其較亦得七也。勾七股二十四，則其和三十一。而其較一十七也。勾九股二十，則其和二十九，而其較一十一也。此消息之大畧也。餘皆倣此。**李鋭案** 此有誤。當作勾九股四十，則其和四十九，而其較三十一也。若勾九股二十，則各自爲冪。開方求弦，尚有奇賸。與上得見弦黃之文不相應矣。乃以和率約二和，其明和所得爲明曇率，其叀和所得爲叀曇率也。又副置和率，上加差率而半之，則爲股率也。下位減差率而半之，則爲勾率也。既見勾股及差三率，各以曇率乘之，即各得勾股及差之真數也。**四庫館臣案** 此用約分，以勾股率數求之甚爲省便。然必兩數度盡而得數最小者方可用。若兩數不能度盡，或既度盡而得數尚大者，轉屬繁難，故又設後法。

又法：二云數相併以自乘於上，二之云數相乘又四之，以減上位爲實。二云數相併，以六步半乘之於上，又二數相併，以四步半乘之又四之，以併入上位爲從方。以七十步〇四分三釐七毫五絲爲常法。得叀小差四步。

草曰：以二和相約，命得叀率一，明率四步半。其兩數大小差率並同。又別得明小差、叀大差，俱爲半虛黃也。

又 卷九上《大斜》 或問：甲丙俱在中心，丙望南門直行。不知步數而止。甲出東門直行不知步數望見丙，斜行與丙相會。二人共行了六百八十步。仍云甲直行少於丙直行一百一十九步。問答同前。

法曰：二數相減，餘以爲冪，內却減差冪爲平實，二數相減又四之於上。又加入二之差步爲益從，二步常法，得皇勾一百三十六。

草曰：別得共步即皇極三事和，少步即勾股差也。立天元一爲皇極勾。加少步，得 [算式] 爲股也。又以天元加股，得 [算式] 爲和也。以和減共步，得 [算式] 爲弦也。弦自之，得 [算式] 爲一段弦冪。寄左。然後置股，以天元乘之又倍之，得 [算式] 爲二直積。加入少步冪 [算式] 共得 [算式] 爲同數。與左相消，得 [算式] 平方而一，得一百三十六，即勾也。勾加差爲股。勾股相乘，倍之爲實，勾股和減共步爲法，得城徑。

又法云：數併與云數差相乘。**清・四庫館臣案** 此句有誤。當云和數與倍差相加相減，二得數相乘。**清・李鋭案** 當云副置共步，上加二之少步，下減二之少步，以相乘爲平實。爲平實。云數併與云數差相併，得數。以減於八之共步爲益從。**四庫館臣案** 此只云六因和步爲益從。亦同。一步常法，得皇極黃方一百二。

草曰：立天元一爲黃方。即虛弦也。副置之。上位加共步得下 [算式] 爲二和也，下位減共步得 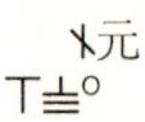 爲二弦也。先以二和自乘，得 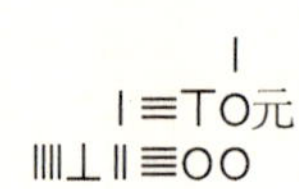 爲四段和冪。又以二弦自乘，得下式 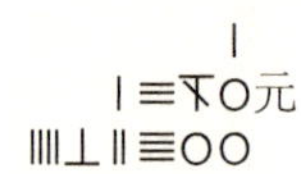 爲四段弦冪。二數相減，餘得  又倍之，得下式 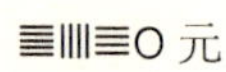 爲十六段直積，於天元位。寄左。然後副置二和，上位加二之少步，得 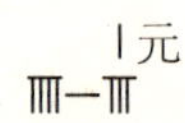 爲四股。下位減二之少步，得 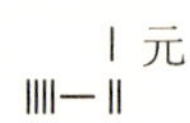 爲四勾。勾股相乘，得 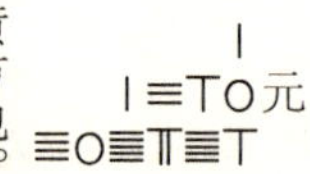 爲同數。與左相消，得下式  平方而一，得一百二步即皇極黃方也。餘各依法求之。合問。

或問：甲丙俱在西北隅起，丙向南行不知步數而立。甲向東行望見丙，就丙斜行六百八十步與丙相會。丙云：我南行步多於甲東行二百八十步。問答同前。

法曰：以云數差乘云數併爲實，倍多步爲從，二爲平隅，得大勾三百二十。

草曰：立天元爲大平。**四庫館臣案** 大平即大勾。加差得 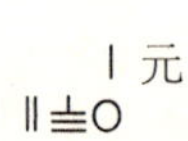 爲股。倍天元乘之，得  爲二積。寄左。然後以斜步多步併  與斜步多步較  相乘，得  爲同數。與左相消，得 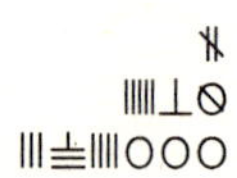 開平方，得三百二十步即大勾也。合問。

或問：甲乙二人共立於艮隅，乙南行過城門而立。甲東行望乙與城參相直而止。丙丁二人共立於坤隅，丁向東行過城門而立。丙向南行望丁及甲乙悉與城俱相直，丙復就甲斜行六百八十步與甲相會。乙丁又云：吾二人直行共得三百四十二步。問答同前。

法曰：二云數相乘，倍之爲實。倍斜行於上。以二云數相減，加上位爲從。一步常法。開平方得城徑。

草曰：別得斜步，即大弦也。其共步則一徑一虛弦共也。其二數相併，爲一大和一虛弦共數也。立天元爲徑。減於共步，得  爲虛弦也。以虛弦復減於天元，得  爲虛和。以斜步乘之，得  寄左。乃以天元加斜步，得  爲大和。以虛弦乘之，得 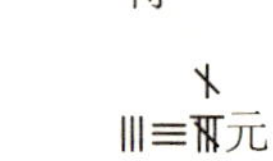 爲同數。與左相消，得 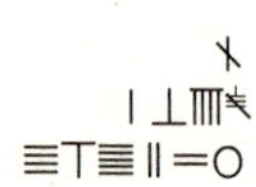 開平方，得二百四十步即城徑也。合問。

或問：甲從北門向東直行，庚從西門穿城東行，丙從西門向南直行，壬從北門穿城南行。四人遙相望，悉與城參相直。只云甲丙相望處六百八十步，庚壬穿城共行了六百三十一步。問答同前。

法曰：共步自之，得數，以共步減斜，餘自乘以減上爲實。二之，斜步加入共步，減斜，餘數爲從。一步常法。得城徑。

草曰：共行步爲一徑與皇和共也。又爲大和皇弦差也。甲丙相望，即大弦也。以共步減大弦，餘  爲皇極弦上減一徑也。立天元一爲圓徑。減於共步，

得 爲皇極和也。以自之，得 於上。弦內減共步，餘 又以天元加之爲皇弦。以自之，得 減上位，餘得 爲兩個皇直積。寄左。乃以天元乘皇弦，得下式 爲同數。與左相消，得 平方而一，得二百四十步即城徑也。合問。

又 卷九下《大和》 或問：庚從西門穿城東行二百五十六步而立。壬從北門穿城南行三百七十五步而立。又有甲丙二人俱在乾隅，甲向東行，丙向南行，各不知步數而立。四人遥相望，只云甲丙共行了九百二十步。問答同前。

法曰：庚東行冪壬南行冪相併於上。併庚壬步而倍之。內減大和，餘復減於庚壬共得數。**清・四庫館臣案** 或云併庚壬步以減大和，亦同。以自乘減上位爲平實，併庚壬步爲益從，半步爲隅法，得城徑。

草曰：立天元一爲圓徑。以半之。副置二位。上以減於庚東行，得下 爲平弦也。下以減於壬南行，得 爲高弦也。二弦相併，得 爲皇弦虛弦共也。倍此數，得 爲大弦虛弦共也。以大弦虛弦共減於大和，餘得 爲虛勾虛股共也。天元內減虛勾虛股共，餘 即虛弦也。復置皇弦虛弦共。內減虛弦，餘 即皇極弦也。以自之，得 寄左。然後以平弦自之，得 爲勾冪也。又以高弦自之，得 爲股冪也。二冪相併，得 爲同數。與左相消，得 平方而一，得二百四十步即城徑也。合問。

或問：甲丙俱在西北隅，甲向東行不知步數而立。丙向南行望見甲，就甲斜行與甲相會。甲直行丙直行共九百二十步。甲步少於丙步。又出東門南行有柳樹一株，出南門東行有槐樹一株。戊己二人同在巽隅，戊就柳樹，己就槐樹，亦與甲乙遥相望。只云己行少於戊行數。與兩樹相距數相併，得一百四十四步。其二數相減，餘六十步。問答同前。

法曰：二云數相併而半之，爲虛弦。以乘大和九百二十步於上。以一百四十四減大和。以虛較乘之，減上位爲平實。以一百四十四減大和，又二之於上。以二之，虛較減上位。**四庫館臣案** 或云倍甲丙直行，共加己戊較，與兩樹距之較。減三之己戊較。與兩樹距之和。亦同。爲從。四虛隅。得太虛勾四十八。

草曰：別得甲丙直行共，即大和也。戊就柳樹步，即虛股也。己就槐樹步，即虛勾也。其一百四十四步，即二明勾。其六十步，即二叀股也。立天元一爲虛勾。加明勾，得下 爲半徑也。倍之，得 即城徑也。又爲虛弦上三事和。二云數相併而半之，得 即小弦也。相減而半之，得 即小較也。以天元加較，得 即小股也。小勾股共得 即小和也。以小三事減大和，得 即大弦也。乃先置小和，以大弦乘之，得下式 寄左。次以小弦乘大和，得 與左相消，得下式 開平方，得四十八步，即虛勾也。加明勾又倍之，得二百四十步即城徑也。合問。

或問：依前見大和。只云高弦平弦共，得三百九十一步。高弦平弦相較，得一百一十九步。問答同前。

法曰：以較數冪減於共數冪，又半之爲實。以共數減大和爲益從。一常法。開平方得圓徑。

草曰：別得高弦減於通股，爲邊股內減明股也。平弦減於通勾，爲邊勾內減明勾也。其共數，即大弦內減皇極弦，又爲皇極勾股共也。其相較步，即皇極差也。二云數相併，得 即皇廣弦也。二云數相減，餘即黃長弦也。以共數減於大和，餘 爲皇極弦圓徑共。立天元一爲圓徑，以減於 爲皇極弦也。以共數自之，得 於上。以相較數自之，得 減上位，餘 又半之，得 爲兩段皇極積。寄左。乃以天元乘皇極弦，得 爲同數。與左相消，得下 開平方，得二百四十步即城徑也。合問。

或問：依前見大和。只云大差弦四百〇八步，小差弦一百七十步。問答同前。

法曰：以併云數減大和，復以乘大和又倍之爲平實。三之通和於上，又以併云數減大和，加上位爲從，二步虛法。得圓徑。

草曰：大差弦減和步，餘 爲大勾大勾差共也。以小差弦減大和，餘 爲大股小差股共也，云數相併 即大弦內減虛弦也。云數相減，得 爲虛弦平弦共也。**四庫館臣案** 此二語。因數偶合而誤，見前。**清・李銳案** 此數偶合於新設四率俱不通。下問草同。以相併數減於大和，餘 爲大差勾小差股共，又爲圓徑虛弦共也。立天元一爲圓徑。減於 得 爲虛弦也。返以減於圓徑，得 爲小和也。以天元減大和，得 爲大弦。以乘小和，得 寄左。乃再置虛弦。以通和乘之，得 與左相消，得 開平方，得二百四十步即城徑也。合問。

又 卷一〇《三事和》 或問：甲乙同立於乾隅。乙向東行不知步數而立。甲向南直行多於乙步望見乙，復就東北斜行與乙相會。二人共行了一千六百步。又云甲南行不及斜行八十步。問答同前。

法曰：共步內減四之小差，復以自之於上。以十八個小差冪減於上爲實。四之共步，內減十六個小差於上。却以十八小差加上爲益從，四步常法，開平方得中差

草曰：別得共步爲三事和也。不及步即小差也。立天元一爲中差。加二之小差，得 爲大小差併。以加入三事和，得 爲三弦也。倍三事得三千二百，內去大小差併，得 爲三和也。內減三弦，餘 爲三個黃方。以自之，得 爲九段黃方冪。寄左。再置天元中差。加小

差，得 一元 𝍣〇 爲大差。以小差 𝍣〇 乘之，得 𝍣〇元 ⊥𝍣〇〇 爲半個黃方冪。就一十八之，得 〡𝍣𝍣〇元 〡一𝍣=〇〇 爲同數。與左相消，得下式 𝍣 ⊥𝍣⊥〇 〡𝍣〡〇〇 開平方，得二百八十步即中差也。其餘各依法求之。合問。

或問：依前三事和，又云大差三百六十步。問答同前。

法曰：倍云數，以云數乘之又九之於上。倍云數，加三事和爲前數。倍云數，減二之三事和爲後數。二數又相減，餘一百六十爲泛率。以自乘減上位爲平實。十八之云數內又加四之泛率爲從四常法，得中差二百八十。

草曰：立天元一爲中差。置云步倍之，內減天元，得 𝍸元 𝍦=〇 爲大小差共數。加於三事，得 𝍸元 〡〡〡〡〇 爲三弦也。倍三事內減大小差共數，得下式：一元 〡𝍣𝍣〇 爲三和也。內又減三弦，得 〡元 ⊥〇〡 爲三個黃方面也。以自之，得 𝍣 ⊥𝍣〇元 〡𝍣⊤〇〇 爲九段黃方冪。寄左。再以天元減大差，得下式 𝍸元 𝍣⊥〇 爲小差。又倍之，得 𝍸元 𝍦=〇 以云數乘之，得下式 𝍦=〇元 〡𝍣𝍣=〇〇 又就分九之，得下式 ⊥𝍣𝍣〇元 〡𝍣〡=𝍣〇〇 與左相消，得下式 𝍣〇 𝍦一〡⊥〇 〡𝍣〇⊥〡𝍣〇〇 開平方，得二百八十步，即中差也。合問。

或問：依前見三事和。又云中差二百八十步。問答同前。

法曰：和步加差步以自乘於上。又和步內減差步以自乘。加上位爲平實，四之和步爲益從。二步益隅，得大弦六百八十。

草曰：立天元一爲大弦。減共步，得 𝍸元 〡⊥〇〇〡 爲和。副置之，上位減差步，得 𝍸元 〡〡〡〇〡 爲二勾。以自之，得 一 〡⊥𝍣元 〡⊥𝍣=𝍣〇〇 爲四段勾冪也。下位加差步，得 𝍸元 〡𝍣𝍣〇 爲二股。以自之，得 一 𝍣⊥⊤〇元 𝍣𝍣〡𝍣𝍣〇〇 爲四段股冪也。二位相併，得 𝍣 ⊥𝍣〇〇元 𝍣〡⊥⊤𝍣〇〇 爲四段弦冪。寄左。然後以天元自之又四之。與左相消，得 𝍸 ⊥𝍣〇〇元 𝍣〡⊥⊤𝍣〇〇 開平方，得六百八十步即大弦也。倍之，以減於三事和，餘即城徑也。合問。

或問：依前見三事和，又云小差、中差、大差共七百二十。問答同前。

法曰：半云數自之。又三之於上。以三事減上位爲平實。倍三事於上。半云數而五之，加上位爲益從。二常法，得小差八十。**清·四庫館臣案** 以三事減上位有誤。此係偶合三事之數耳。當云加半段三事冪。又倍三事和加大差，復以大差乘之。減上位爲平實。**清·李銳案** 此數偶合。當云：半云數加三事，又自之。以三事冪加五減之，餘以減上位爲平實。

草曰：別得三差共爲二大差也。立天元一爲小差。併大差加入三事，得

〔算式〕爲三弦也。以自之，得〔算式〕爲十八積九較冪。寄起。又以共三事步自之，得〔算式〕於上。又以天元小差乘大差，倍之，得〔算式〕加於上，爲十二積四較冪。又加五，**四庫館臣案** 即三因二歸。得〔算式〕爲十八個直積六個較冪，以減寄起，餘得〔算式〕爲三個較冪。寄左。然後以天元小差減大差，得〔算式〕爲中差。以自之，得〔算式〕又三之，得下式〔算式〕與寄左相消，得〔算式〕平方而一，得八十步即小差也。餘各依數求之。合問。

或問：依前見三事和。又云明黄方叀黄方共六十六。問答同前。

法曰：三事内加二之共步，復以二之共步乘之於上位。三事内減二之共步，復以二之共步乘之，得數減上位爲平實。三事内加二之共步，又倍之於上。又三**四庫館臣案** 三當作六。之共步，加上位爲泛寄。三事内減二之共步，又四之於上。又三**四庫館臣案** 三亦當作六。**李銳案** 此二案並非作三。是也。之共步減上位，得數以減泛寄爲從。作十八段虛平方開之，得虛黄方三十六。

草曰：別得共步即虛大小差也。立天元一爲虛黄方。以三之，加入倍之共步，得〔算式〕爲圓徑也。以圓徑加三事，得〔算式〕爲二通和。以圓徑減三事，得〔算式〕爲二通弦。又副置圓徑。上加天元，得〔算式〕爲二虛和。下減天元，得下〔算式〕爲二虛弦。乃置二大和。以二小弦乘之，得〔算式〕寄左。然後置二大弦。以二小和乘之，得下式〔算式〕與左相消，得〔算式〕開平方，得三十六步即虛黄方也。其餘各依法求之。合同。

或問：依前見三事和。又云皇極弦二百八十九步。問答同前。

法曰：二數相乘爲實，從空。一益隅，得大弦〔算式〕

草曰：立天元一爲通弦。内減皇弦，餘〔算式〕爲皇極勾股和。以自之得〔算式〕於上。以皇極弦冪減上位，得〔算式〕爲二直積。合以皇弦除之。不除，寄爲母，便以此爲城徑。寄左。乃以二之天元弦減共步，得〔算式〕爲黄方面。以皇弦通之，得〔算式〕與左相消，得〔算式〕開平方，得六百八十步即大弦也。合問。

或問：依前見三事和。又云見太虚弦一百二步。問答同前。

法曰：半虚弦乘三事爲實。三事爲從，四虚隅。翻開之，得半大弦三百四十。

草曰：識别得以虚弦減大弦，半之爲皇極弦。以虚弦加大弦，半之爲皇極勾股共也。立天元一爲半大弦。以二之，內減虚弦，得 [illegible] 折半，得 [illegible] 爲皇極弦也。又以虚弦加大弦而半之，得 [illegible] 爲皇極和也。和自之，得下式 [illegible] 於上。又以弦自之，得 [illegible] 減上位餘得下式 [illegible] 爲二直積。合以皇極弦除之，不除便爲分母，便以此爲城徑。寄左。然後以四之天元減三事共，餘 [illegible] 又以皇極弦分母通之，得 [illegible] 爲同數。與左相消，得下式 [illegible] 倒積開得三百四十步。倍之即大弦也。合問。

又 卷一一《雜糅》 或問：城南有槐樹一株，城東有柳樹一株。甲出北門東行，丙出西門南行。甲丙槐柳悉與城參相直。既而丙就柳行五百四十四步至柳樹下，甲就槐行四百二十五步至槐樹下。問答同前。

法曰：甲就步自之於上。以二行相減數自之，減上位爲實。二之二行相減數，併入二之甲就步爲從。一步常法。得平弦一百三十六。

草曰：别得丙就步爲邊弦也。甲就步爲底弦也。邊弦即皇弦高弦共也。底弦即皇弦平弦共也。二行相併，即大弦皇弦共也。二行相減，即皇極勾股較也。倍皇弦以減於大弦，餘即虚弦也。倍皇弦內減邊弦，餘即叀弦也。倍皇弦內減底弦，餘即明弦也。皇極弦加一差。**清·四庫館臣案** 一差即皇極勾股較。則大差弦也。內減一差，則小差弦也。立天元一爲平弦。加一皇極勾股差，得 [illegible] 即高弦也。高弦自之，得下 [illegible] 內加天元冪，得 [illegible] 爲皇弦冪。寄左。然後以天元減底弦，得下式 [illegible] 自之，得 [illegible] 爲同數。與左相消，得 [illegible] 開平方，得一百三十六步即平弦也。餘各依法求之。合問。

或問：出南門東行有槐樹一株，甲出北門東行斜望槐樹與城相直。就槐樹行二百七十二步，出東門南行有柳樹一株。丙出西門，南行斜望柳樹與城相直，就柳樹行五百一十步。問答同前。

法曰：云數相併而半之，以自乘於上。半丙斜行以爲冪，半甲斜行以爲冪，併二冪減上位爲實。併云數爲益從，一步平隅，得虚弦一百二步。

草曰：别得丙斜行爲黄廣弦也，亦爲兩個高弦也。此勾則城徑也。甲斜行即黄長弦也，亦爲兩個平弦也。此股則城徑也。二數相併，得 [illegible] 即大弦虚弦共也。二數相減，餘 [illegible] 即兩個皇極差也。二數相併而半之，得 [illegible] 即皇極和也。立天元一爲虚弦。以減於皇極和得 [illegible] 即皇極弦也。以自之，得 [illegible] 爲皇弦冪。寄左。然後以高弦自之得 [illegible] 以平弦自之得 [illegible] 二自乘數相併，得 [illegible] 與左相消，得 [illegible] 開平方，得一百二即虚弦也。合問。

或問：甲從坤隅南行，不知步數而立。乙從艮隅南行一百五十步望見甲，復斜行五百一十步與甲相會。問答同前。

法曰：斜行自之於上，倍南行減斜，餘自之以減上爲實。倍南行減斜，又四之爲從。八步常法。平方得半徑。

草曰：別得南行，即小差股。斜行即黄廣弦也。小差股内減半徑，餘即半個黄廣積上股弦差也。全徑即其勾也。立天元一爲半城徑。減於乙南行，倍之，得 即一個黄廣積上股弦差也。以減於斜行步，餘 即股也。自之，得 爲股冪也。又倍天元以自之，爲大勾冪。加入大股冪，得下 寄左。然後以斜行冪 與寄左相消，得下式 開平方得一百二十步即半徑也。合問。

或問：乙從艮隅東行，不知遠近而止。甲從坤隅東行一百九十二步望見乙，復斜行二百七十二步與乙相會。問答同前。

法曰：倍東行減斜行，得數自爲冪。以減於斜行冪爲平實。倍東行減斜行，又四之爲從，八益隅。翻法開平方得半徑。

草曰：別得甲東行，即大差勾也。斜行則黄長弦也。大差勾内減半徑，餘即半個黄長積上勾弦差也。全徑即其股也。立天元一爲半城徑。減甲東行，倍之得 即一個黄長積上勾弦差也。以減於斜行步，得 即黄長勾也。以自之，得 爲勾冪於上。倍天元以自之，加上位，得下式 爲弦冪。寄左。然後以斜行冪 爲同數，與左相消，得 開方得一百二十步即半城徑也。合問。

或問：甲從坤東行一百九十二步，丙從艮南行一百五十步望見之。問答同前。

法曰：二行相乘，倍之爲平實，如法得圓徑。

草曰：別得甲行即大差勾，丙行即小差股。此二數相乘恰與大小差相乘正同。如法相乘訖，倍之得 爲圓徑冪。寄左。然後立天元爲圓徑。以自之，與左相消，得下 開平方，得二百四十步即城徑也。合問。

又法：以二行相減數，減於二行相併數，餘者半之於上。復以二行相減數加於上，即城徑。

草曰：別得甲東行減於徑爲虚勾也。丙南行減於徑爲虚股也。二行共爲一徑一虚弦共也。二行相減即虚和也。以相併數相減數又相減，即兩個虚弦也。如法求得虚和 虚弦 相併得 即城徑也。合問。**四庫館臣案**：又法未合。蓋以二行相減爲虚較，而草中誤以爲虚和也。其義甚淺，非難知者，是殆偶爾之遺忘，然可以決其爲當日未定之稾矣。

或問：出西門南行二百二十五步有塔，出北門東行六十四步望塔正當城徑之半。問答同前。

法曰：二行相乘爲平實，一步常法，得半徑。

草曰：別得二百二十五步爲高股，此乃半徑爲勾之股也。其六十四步爲平勾，此乃半徑爲股之勾也。二數相併，即皇極弦也。二數相減，即中差内去皇極差也。又別得二行相乘，恰是半徑冪一段。此與平梯頭相乘，其意正同。今且以弦上容圓取之。立天元一爲半徑。副之，上加南行得 爲股也。下加東行步得 爲勾也。勾股相乘，得 爲大直積。以天元半徑除

之,得下式 一元 ‖≐Ⅲ |≡ⅢOO 爲勾股和。寄左。然後併勾股,得 ‖元 ‖≐Ⅲ 與左相消,得

✗OO |≡ⅢOO 開平方,得一百二十步即半徑也。合問。

或問:丙從乾隅南行,丁從艮隅亦南行,甲從乾隅東行,乙從坤隅亦東行,各不知步數,四人悉與城相直。只云丙行内減丁行,餘四百五十步。甲行内減乙行,餘一百二十八步。問答同前。

法曰:二行相乘爲實,一步常法,得城徑。

草曰:別得丙行即大股。丁行即小差之股也。甲行即大勾。乙行即大差之勾也。其 ⅢⅢ≡O 即黄廣股,其 |=Ⅲ 即黄長之勾也。立天元一爲城徑。先置黄廣股 ⅢⅢ≡O 爲股方差。以 |=Ⅲ 爲勾方差以乘之,得 ⅢⅢ⊥TOO 爲城徑冪。寄左。然後以天元冪與左相消,得下式 ✗O ⅢⅢ⊥TOO 開平方,得二百四十步。合問。

或問:甲從坤東行,丙從艮南行,適相見。斜行一百二步,甲丙相會。丙云:我南行不及汝四十二步。問答同前。

法曰:二數相併,以斜行乘於上。二數相併而半之。以乘相併數。減上位爲平實,併二數又倍之爲從。**清·李鋭案** 倍之下有脱文。當云併二數又倍之於上。併二數又加斜行,以減上位爲從。 一步常法,得虚勾 Ⅲ≐

草曰:別得一百二步即虚弦,四十二步即虚較也。又斜行得虚股爲甲東行,此便爲大差勾也。斜行步得虚勾爲丙南行,此便是小差股也。立天元一爲虚勾。加斜行步,得 |元 |O‖ 爲小差股也。以不及步加於小差股,得下式:

|元 |≡Ⅲ 爲大差勾也。勾股相乘,得 |元 ‖≡T |≡T≐Ⅲ 爲半段黄方冪。寄左。然後再置虚勾。加不及步,得 |元 Ⅲ= 爲虚股。又加入天元,得 ‖元 Ⅲ= 爲虚和。又加入虚弦,得 ‖元 |≡Ⅲ 爲圓徑。以自之,得 Ⅲ ≡T⊥元 ‖OT≡T 又半之,與寄左相消,得

| Ⅲ= Ⅲ≡‖⊘ 平方開,得四十八步即虚勾也。合問。

或問:甲從乾隅東行,不知步數而止。丙向南行,亦不知步數望見甲,就甲斜行七百八十步與甲相會。甲云:我行地雖少於汝,以我東行步爲法,除汝南行步,則汝止得二步四分。問答同前。

法曰:斜步自之爲平實,除步自之又加一步爲隅,得甲東行三百。

草曰:此問所求城徑與諸問並同,其勾股則與前後諸率不同。今特爲此草者,欲使後學有以考較諸率當否也。立天元一爲甲東行。即大勾。以乘二步四分,得 Ⅲ元 ‖步 爲長。以自之,得 ⅢⅢ⊥T分O元 爲股冪。又併入天元冪,得 T⊥T分O元 爲弦冪。寄左。乃以斜行自之,得 TOⅢ≡OO 爲同數。與左相消,得 T⊥T分O TOⅢ≡OO 開平方,得三百步即甲東行也。以二步四分乘之,得七百二十步即丙南行也。倍丙南行,以甲東行乘之,得四十三萬二千爲實,以三事和一千八百爲法。除之,得二百四十步即城徑也。合問。

或問:小差黄方面少於大差黄方面八十四步,太虚黄方面少於皇極黄方面六十六步。問答同前。

法曰:半八十四爲中差。以中差減六十六爲二小差。又中小差相併爲大差。乃以小差乘大差爲平實,半步常法,得虚黄三十六。

草曰：別得八十四爲兩個虛積中差，其六十六爲虛積大小差，併半八十四，得 [籌式] 爲虛中差也。以中差減六十六餘二十四。半之，得 [籌式] 即虛小差也。以小差反減六十六，餘 [籌式] 即虛大差也。又別得小差黄方爲兩叀股，大差黄方爲兩明勾也。立天元一爲虛黄方。置三位。上加小差，得 [籌式] 爲虛勾也。中加大差，得下 [籌式] 爲虛股也。下加大小差併，得 [籌式] 爲虛弦也。三位併之，得 [籌式] 即城徑也。倍虛勾減城徑，得 [籌式] 爲大差黄方面也。又倍虛股減城徑，得下 [籌式] 爲小差黄方面也。半小差黄方面，得 [籌式] 以乘大差黄方面，得 [籌式] 爲一個虛直積。寄左。乃以虛勾虛股相乘，得下 [籌式] 爲同數。與左相消，得 [籌式] 平方開，得三十六步，即虛黄方也。其餘依法求之。合問。

據此問。既別得大小差正數，自可以求得黄方面也。諸如此類，實不須草。然今特爲細草者，庶使後學知其來歷也。

或問：大差弦較較，減皇極弦餘四十九步。小差弦較和，減太虛弦餘一百三十八步。又皇極差一百一十九步。問答同前。

法曰：併前二數爲冪，內減極差冪爲平實，從空，二益隅，得虛弦一百二步。

草曰：別得大差弦較較與小差弦較和，皆同爲圓徑也。又二數相併，得 [籌式] 爲明弦叀弦共。又爲極和內少兩個虛弦也。其一百三十八即虛和也，[籌式] 則旁差也。立天元一爲虛弦。加入一百三十八，得 [籌式] 爲圓徑也。又加入 [籌式] 得 [籌式] 爲極弦。以自之，得 [籌式] 又倍之，得 [籌式] 內却減極差冪 [籌式] 得下式 [籌式] 爲和冪。寄左。乃倍天元加併數，得 [籌式] 爲極和。以自增乘，得 [籌式] 爲同數。與左相消，得 [籌式] 開平方，得一百二步即虛弦也。加入一百三十八，得二百四十步爲圓徑。合問。前二數相併，加虛弦便是極弦。

或問：通勾通弦共一千步。大差小差共得四百四十步。問答同前。

法曰：以二差共減於一千，又半之，以自乘爲平實。以二差共減於一千，又半之，加入二之前數爲從。前數爲一千也。**四庫館臣案** 此語有誤。應加入二之後數。後數謂大小差共也。**李鋭案** 當云加入二之後數爲從，後數謂四百四十也。二步二分五釐益隅，得勾圓差八十。

草曰：立天元一爲小差數。加入後數，得 [籌式] 却以減於前數，得 [籌式] 折半，得 [籌式] 爲一個徑圓也。以自之，得下式 [籌式] 寄左。然後以天元減後數，得 [籌式] 爲大差。以天元乘之又倍之，得 [籌式] 與左相消，得 [籌式] 開平方，得八十步即勾圓差也。

或問：皇極三事和六百八十步，太虛弦和較 [籌式] 問答同前。

法曰：二數相得爲實，半之後數爲益從，五分常法，平開得城徑。

草曰：別得皇極三事和即大弦也。立天元一爲圓徑。內減三個後數 [籌式] 而半之，得 [籌式] 爲太虛大小差併也。却加入兩個後數 [籌式] 得下 [籌式]

爲虛和也。又以虛和減天元，得下爲虛弦也。置通弦。即皇極三事和也。內加天元，得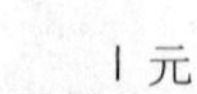即通和也。乃置通和，以虛弦乘之，得下式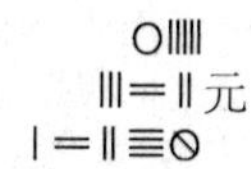寄左。再置虛和以通弦乘之，得下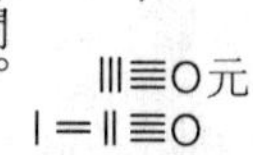爲同數。與左相消，得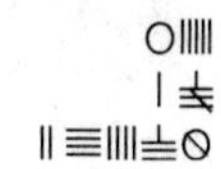開平方，得二百四十步即城徑也。合問。

又 卷一二《之分》 或問：甲乙二人俱在西北隅。乙直向東行，不知步數而止。甲直向南行，望見乙，復向乙斜行。甲告乙云：我直行斜行共一千二百八十步，汝東行步居我南行步十五分之八。問答同前。

法曰：十六之共步冪爲實，二百五十七之共步爲益從，一十六步常法，得勾圓差八十。

草曰：別得共步，即股弦共也。立天元一爲小差。以乘共步爲勾冪，就分以二百二十五通之，得爲二百二十五段勾冪。寄左。然後再置共步。內減小差。得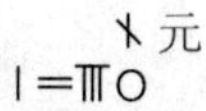爲二股。就分四之，得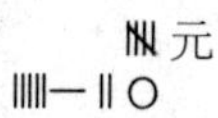爲一十五勾。以自之，得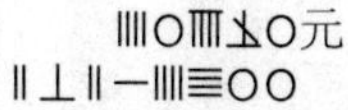爲同數。與左相消，得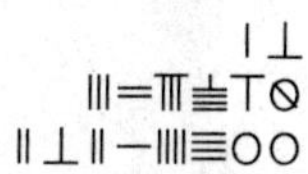平方開之，得八十步即小差也。既得小差。加共步而半之，得六百八十步即弦也。若以減共步而半之，得六百步即股也。以股冪減弦冪，餘一十萬二千四百步。開平方得三百二十步即勾也。勾股相乘，倍之得三十八萬四千步爲實，以弦和和一千六百步爲法，除之得二百四十步，即城徑也。合問。

或問：甲乙二人俱在西北隅。乙直南行不知步數而立。甲直東行望見乙，復向乙斜行與乙相會。甲云：我共行了一千步。又云：我東行步居汝南行步十五分之八。問答同前。

法曰：二百二十五段共步冪爲實，七百六之共步爲益從，二百二十五步常法，得股圓差三百六十。

草曰：別得共步即勾弦共也。立天元一爲大差。以乘共步，得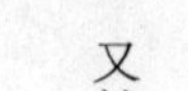又就分以二百五十六通之，得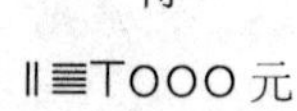爲二百五十六個股冪。寄左。然後再置共步，內減天元大差，得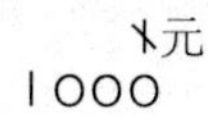爲二勾。就分以一十五之，得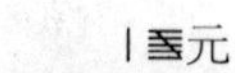爲十五個股也。以自之，得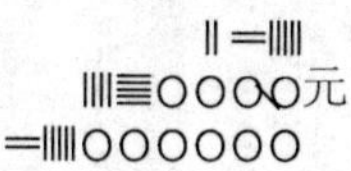爲同數。與左相消，得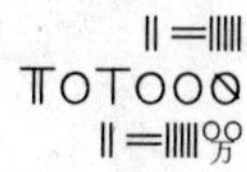開平方，得三百六十步即大差也。副置共步。上位減大差而半之，得三百二十步即勾也。下位加大差而半之，得六百八十步即弦也。餘數各依法求之。合問。

或問：甲乙俱立於城中心，乙出東門直行，不知步數而立。甲出南門直行，亦不知步數。望見乙，向乙斜行與之相會。乙云：我行居汝南行十五分之八。又云：斜行步內若減甲直行，餘三十四步若減乙直行，餘一百五十三步。問答同前。

法曰：以云數二減步爲小差。大差以相乘倍之。開平方。加入大小差併。以自之於上。又以大小差相較數以自之，減上位爲實。甲行分乙行分相乘，又

倍之爲隅法，得一分之數 |丄

草曰：別得云步相併，得一百八十七，是於皇極弦內少一個皇極黃方面也。又別得三十四步，是個小勾圓差。其一百五十三步，是一個小股圓差。此二差又相減，餘一百一十九即中差也。乃立天元一爲一分之數。以八之，得 Ⅲ元 爲乙東行數。以十五之，得 |≣元 爲甲南行數。以二數相乘又倍之，得 ‖≡O O元 爲二直積於上，寄左。然後以云步三十四乘一百五十三，得五千二百二。又倍之，得一萬四百四爲平方實。開之得一百二步，即小黄方也。加入相併數一百八十七，得二百八十九爲小弦也。以自之，得八萬三千五百二十一爲弦冪於上。以中差冪一萬四千一百六十一減上位，餘 ⊥Ⅲ≡TO 與左相消，得 ‖≡O O ⊥Ⅲ≡TO 平方開之，得一十七步即一分之數也。副置一分之數上位。以八之，得一百三十六即乙東行也。下位以十五之，得二百五十五即甲東行也。二位相乘，得三萬四千六百八十又倍之，得六萬九千三百六十爲實，以弦二百八十九爲法，如法得二百四十步，即城徑也。合問。

或問：甲出西門南行，乙出北門東行，各不知遠近，兩相望見，復相向斜行，各行了三百四十步相會。甲云：城徑居我南行二分之一。乙云：我東行居城徑六分之五。問答同前。

法曰：以二之斜行步，自之爲實。以各行分數自之爲冪。**清·四庫館臣案** 此語未詳。當云以城徑六分乘甲南行二分，得十二分。加半城徑三分，得十五分爲大股分。乙東行五分，加半城徑三分，得八分爲大勾分。各自之爲冪。**清·李鋭案** 以各行分數下，當有各加半城徑分六字。又相併爲隅法。開平方，得一分之數 ⅢO

草曰：別得倍斜行爲大弦，又別得乙行五分，城徑六分，甲行十二分。乃立天元一爲一分之數。以六之，爲城徑。以五之，爲乙行分。以十二之，爲甲行分。乃副置半城徑，上位加甲行步，得一十五。以自之，得二百二十五爲甲行冪。下位加乙行步，得八。以自之，得六十四爲乙行冪。二冪又相併，得 ‖≐Ⅲ O元 爲大弦冪。寄左。然後置大弦六百八十步以自之，得 ≣T=ⅢOO太 與左相消，得 ‖≐Ⅲ O ⅢⅢ⊥‖≡OO 平方開之，得四十步即一分之數也。以六之，得二百四十步即城徑也。合問。

或問：甲出西門南行，不知步數而立。乙出北門，東行望見之，既而乙謂甲云。我取汝六分之五，得六百步。甲謂乙云：我取汝五分之三，亦得六百步。問答同前。

法曰：如法求得各行步。**四庫館臣案** 見後草。相併以自之於上。併甲南行冪乙東行冪。以減上爲實，併各行爲從，半步常法，得全徑。

草曰：置 一乙取甲六分一之五一六百步。一甲取乙五分一之三一六百步， 以上六分五分，各自直乘步數，訖得 六分一之五一三千六百步 五分一之三一三千步 別得右行三千六百步，爲六乙行五甲行也。左行三千步。爲五甲行三乙行也。以方程法入之。乃再置下式。

五甲行一六乙行一三千六百步 五甲行一三乙行一三千步

先以左行直減右行，右上空，中餘三乙行，下餘六百步，上法下實，得二百步即乙行也。却以今右行減於元左行，上餘五甲行，中空，下餘二千四百步。上法下實，得四百八十步即甲行也。既得此數。乃立天元一爲城徑。以半之，副置二位。上以加甲行，得 OⅢ元 Ⅲ≐O 爲通股。以自之，得下式 ‖≣ Ⅲ≐O元 ‖≡O≣OO 爲大股冪。下位加乙行，得 Ⅲ元 ‖OO 爲通勾。以自之，得下式

$\begin{matrix}\text{元}\\ 〇〇‖\equiv\text{步}\\ \mathbb{}〇〇〇〇|||| \end{matrix}$ 爲大勾冪。二冪相併，得 $\begin{matrix}\text{元}\\ 〇\text{Ⅲ}\\ 〇〇\equiv〇\text{⊥}‖\end{matrix}$ 爲大弦冪。寄左。乃以甲行乙行 $\begin{matrix}〇\\ \text{⊥}\\ |\equiv‖〇〇〇\end{matrix}$

相併，得 $\text{太}\ |\text{Ⅲ}\text{⊥}$ 又自乘，得下式 $\text{太}\ 〇〇\equiv‖\text{⊥}|||$ 亦爲大弦冪。與左相消，得下

開平方，得二百四十步即城徑也。合問。

元・沙克什《河防通議》卷下《算法門・開河》 假令開渠河一道，正長五百步。東頭上闊一千單四十尺，下闊一千尺，西頭上闊八百九十尺，下闊八百五十尺，同深一丈。總積二千三百六十二萬五千尺一百步。取土以四十尺爲功計，五十九萬單六百二十五功。今欲分一十四萬四千四百五十功，問截長闊多少。

答曰：截長一百二十步，截闊九百單六尺，截上闊九百二十六尺，截下闊八百八十六尺。

法曰：置東頭上下闊相併，折半得一千單二十尺爲停大闊。又置西頭上下闊相併折半爲八百七十尺爲停小闊，以減停大闊，餘一百五十尺爲闊差。以正長五百步除之，得三寸爲每步差。立天元爲截長一。以乘每步差爲截住處闊差三。加停小闊共爲截處闊 $\begin{matrix}三〇\\ 八七〇\end{matrix}$ 加停大闊爲二段停截闊 $\begin{matrix}三〇\\ 一八九〇\end{matrix}$ 以深一丈乘之爲二段，每尺積五因爲二段，每步積 $\begin{matrix}一五〇\\ 九四五〇\end{matrix}$ 以元一截長乘之，爲二段截積 $\begin{matrix}一五〇\\ 九四五〇\end{matrix}$ 〇 寄左。元截功歸積二之，得一千一百五十五萬六千尺，與寄左相消，得一千一百五十五萬六千尺爲實，九萬四千五百尺從，一十五從隅。平方開之，得一百二十步爲截長。置截功歸積，得五百七十七萬八千尺，以截長歸尺除之得九千六百三十尺，以深一丈除之，得九百六十三尺，倍之，內減停大闊一千單二十尺，餘九百單六尺爲停截闊，倍之得一千八百一十二尺，爲上下截闊，併內減上下闊差四十尺，餘半之，得八百八十六尺爲截下闊，復加四十尺，得九百二十六尺爲截上闊。合問。

清・劉嶽雲《測圓海鏡通釋》卷四 通弦原七問，大斜四問，雜糅內一問，之分內二問。

一題 通弦明小較，求圓徑。

釋曰：通弦加全徑即通和。明小較即半虛黃，加半徑即虛和。半徑內減明小較即虛弦。

術曰：通弦明小較相乘爲負實，明小較爲負從，一爲正隅。開平方得半徑。

草曰：立天元一爲半徑。加明小較，得 $\begin{matrix}\text{天}\\ \text{明小較}\end{matrix}$ 爲虛和。以明小較減半徑，得 $\begin{matrix}\text{天}\\ \text{明小較}\end{matrix}$ 爲虛弦。又於通弦加全徑，得 $\begin{matrix}\text{天}\\ 二\\ \text{通弦}\end{matrix}$ 爲通和。以虛弦乘之，得 $\begin{matrix}\text{天}\\ 二\\ \text{明小較 通弦}\\ \text{明小較}\end{matrix}$ 爲如積。寄左。另以通弦乘虛和，得 $\begin{matrix}\text{明小較}\\ \text{通弦}\end{matrix}$ 爲同數。消左得 $\begin{matrix}\text{天}\\ 二\\ \text{明小較}\\ \text{明小較 通弦}\end{matrix}$ 半之得 $\begin{matrix}\text{天}\\ \text{明小較}\\ \text{明小較 通弦}\end{matrix}$ 與術合。

又 三題 通弦虛和，求圓徑。

釋曰：通弦加全徑即通和，再加通弦即通和和。全徑即虛和和，內減虛和即虛弦。

術曰：通弦虛和相乘爲負實，通弦內減虛和爲正從，二爲正隅。開平方得半徑。

草曰：立天元一爲半徑，倍之得 $\begin{matrix}\text{天}\\ 二〇\end{matrix}$ 爲全徑，亦即虛和和以虛和減之，得 $\begin{matrix}\text{天}\\ 二\\ \text{虛和}\end{matrix}$ 爲虛弦於上。又以通弦加全徑，得下式 $\begin{matrix}\text{天}\\ 二\\ \text{通弦}\end{matrix}$ 爲通和。再加通弦，得 $\begin{matrix}\text{天}\\ 二\\ 二\text{通弦}\end{matrix}$ 爲通和和。與上相乘，得下式 $\begin{matrix}\text{天}\\ 四\\ \text{虛和 通弦}\\ 二\text{通弦 虛和}\end{matrix}$ 爲如積。寄左。另以通弦乘虛和和，得 $\begin{matrix}\text{通弦}\\ 二〇\end{matrix}$ 爲同數。消左得 $\begin{matrix}\text{天}\\ 四\\ \text{虛和 通弦}\\ 二\text{通弦 虛和}\end{matrix}$ 半之，

得 〔天 二 虛和 丅 通弦 ； 虛和 通弦 丅〕 與術合。

又 十二題 通弦高平和之和，求圜徑。

釋曰：高平和之和即合和，通弦加全徑，内減高平和之和即合弦。

術曰：通弦冪減倍通弦，乘高平和之和爲負實。倍通弦與倍高平和之和，相減爲正從。四爲正隅。開平方得半徑。

草曰：立天元一爲半徑。倍之，得 〔天 二 ○〕 爲通黄，加通弦，減合和，得 〔天 二 ； 通弦〕 爲通和。與上相乘，得 〔合和 通弦〕 爲同數。〔天 二 合和 通弦〕 爲合弦於上。又以通弦加通黄，得 〔四天 丅 二 合和 通弦 二 ； 合和 通弦 丅 一 通弦二〕 爲如積。寄左。另以通弦乘合和，得下式 〔合和 通弦〕 爲同數。

消左得 〔四天 丅 二 合和 通弦 二 ； 合和 通弦 丅 一 通弦二〕 與術合。

又 十三題 通弦邊股，求圜徑。

釋曰：邊股加半徑即通股，全徑即通黄。以通股減通弦，加通黄即通句。

術曰：通弦邊股相乘内減邊股冪爲負實，通弦爲正廉，一爲正隅。開平方得半徑。

草曰：立天元一爲半徑。加邊股得 〔天 邊股〕 爲通股。自之，得下式 〔天 二 邊股 一 邊股二〕 爲通股冪於上。又以通股減通弦，得 〔丅天 邊股 通弦 丅〕 爲通小較，加通和較，得 〔天 邊股 丅 通弦〕 爲通句。自之，得 〔天 二 邊股 丅 二 通弦 ； 邊股 通弦 丅 ； 邊股二 丅 通弦二〕 爲通句冪。加通股冪，

得下式 〔天 二 通弦 二 ； 邊股 通弦 丅 ； 邊股二 丄 通弦二〕 爲通弦冪爲如積。寄左。另以通弦自之，得 〔通弦二〕

爲同數。消左又半之，得 〔天 通弦 ； 邊股 通弦 丅 ； 邊股二〕 與術合。

又 二十一題 通弦極較，求圜徑。第一問。

釋曰：通弦即極和和。

術曰：倍通弦冪減極較冪爲正實，四通弦爲負從，一爲正隅。開平方得極和，減極較，半之爲極句。加極較爲極股。再與極句相乘倍之爲實，以極和減通弦爲法而一得全徑。

草曰：立天元一爲極和。以減通弦，得 〔丅天 通弦〕 爲極弦。自之，得 〔天 通弦 二 丅 ； 通弦二〕 四之，得 〔四天 八 通弦 丅 ； 四 通弦二〕 爲四極弦冪，爲如積。寄左。另以極較減極和，得 〔天 極較 丅〕 爲倍極句。自之，得 〔天 二 極較 丅 ； 極較二〕 爲四段極句冪於上。

又以極較加極和，得 〔天 極較〕 爲倍極股。自之，得下式 〔天 二 極較 一 極較二〕 爲四段股冪。加上，得 〔天 二 ○ ； 極較二 二〕 亦爲四段極弦冪爲同數。消左得 〔天 二 通弦 丅 八 ； 極較二 丅 二 ； 通弦二 四〕

二約之，得 〔天 通弦 丅 四 ； 極較二 丅 ； 通弦二 二〕 與術合。

本法立元爲極句，又法立元爲極黄。書按：極上十三事，皆可立元求圜徑。

二十二題 通弦通較，求圜徑。第二問。

釋曰：全徑即通黄。

術曰：通弦冪減通較冪爲負實，倍通弦爲正從，一爲正隅。開平方得全徑。

草曰：立天元一爲圓徑。以減通弦，得 天 通弦 ⊤ 爲通大小較之和，以通較減之，得 ⊤天 通較 通弦 ⊤ 爲倍通小較，加倍通較，得 ⊤天 ⊤ 通較 通弦 爲倍通大較，與倍通小較相乘，得 天 ⊤ 通弦 二通較 ⊤ 三通弦 爲半段徑冪。爲如積。寄左。另將天元自乘，倍之，得 二天 〇 〇 爲同數。消左，得下 天 二 通弦 ⊤ 通較 通弦 與術合。

本法立元爲大句。書按：此問逕立元爲圓徑更直捷。

二十三題　通弦全徑虛弦共，求圓徑。第三問。

釋曰：全徑即虛和，加通弦即通和，再加通弦即通和和。倍圓徑，以全徑虛弦共減之即虛和。

術曰：倍通弦，乘全徑虛弦共爲負實，三之通弦減全徑虛弦共爲正從，一爲正隅。開平方得圓徑。

草曰：立天元一爲圓徑，又爲虛和。加通弦，得 天 通弦 爲通和。再加通弦，得 天 通弦 一 爲通和和於上。又以圓徑減全徑虛弦，共得 ⊤天 全徑虛弦共 爲虛弦。以減圓徑，得 二天 全徑虛弦共 ⊤ 爲虛和。與上相乘，得 二天 全徑虛弦共 ⊤ 通弦 四 全徑虛弦共 通弦 ⊤二 爲如積。寄左。另以圓徑乘通和，得下 天 通弦 〇 爲同數。消左得 天 全徑虛弦共 ⊤ 通弦 三 全徑虛弦共 通弦 ⊤二 與術合。

二十四題　通弦邊句底股共，求圓徑。第四問。

釋曰：通弦加圓徑即通和，內減邊句底股共即極弦，以圓徑減邊句底股共即極和。

術曰：倍通弦乘邊句底股共，減通弦冪爲負實。三之通弦減邊句底股共，爲正從。一爲正隅。開平方得圓徑。

草曰：立天元一爲圓徑。加通弦，得 天 通弦 爲通和。減邊句底股共，得 天 邊句底股共 ⊤ 通弦 爲極弦。與通和相乘，得 天 邊句底股共 ⊤ 通弦 二 邊句底股共 通弦 ⊤ 二通弦 爲如積。寄左。另以圓徑減邊句底股共，得 ⊤天 邊句底股共 爲極和。以通弦乘之，得 ⊤ 通弦 邊句底股共 通弦 爲同數。消左得 天 邊句底股共 ⊤ 通弦 二 邊句底股共 通弦 ⊤ 二通弦 與術合。

二十五題　通弦虛和較，求圓徑。雜糅第一十六問。其皇極三事和即通弦。

釋曰：圓徑即通黄，亦即虛和，加倍通弦即通和和。

術曰：倍通弦乘虛黄爲負實，虛黄爲負從，一爲正隅。開平方得圓徑。

草曰：立天元一爲圓徑。加倍通弦，得 天 通弦 二 爲通和和。與虛黄相乘，得 虛黄 虛黄 通弦 二 爲如積。寄左。另將圓徑自乘爲同數。消左得 天 虛黄 ⊤ 虛黄 通弦 ⊤二 ⊤ 與術合。書按：本法亦立元爲圓徑，先求得虛和。虛弦與通和通弦相比例，取逕稍迂。

書按：以上五草，先生原稿所無，書以意補其原。書内之分二題，與先生書旨不同，故未及。

一元三次方程

算法

元・李冶《測圓海鏡》卷三《邊股》　或問：甲出西門，南行四百八十步。乙出東門，直行一十六步，望見甲。問答同前。

法曰：以四之東行步乘南行冪爲實。從空。東行爲廉，一步爲隅法，得全徑。

草曰：立天元一爲圓徑，加乙東行步，得 爲中勾。其甲南行，即中股也。置東行步爲小勾，以中股乘之，得下 合以中勾除，今不受除，便以爲小股也。內寄中勾分母。乃復以中股乘之，得三百六十八萬六千四百。又四之，得一千四百七十四萬五千六百爲一段圓徑冪。寄中勾分母。寄左。然後以天元徑自之。又以中勾乘之，得 爲同數。與左相消，得 以立方開之，得二百四十步，爲城徑也。合問。**清・四庫館臣案** 不受除者，無可除之理也。凡二數，此數與彼數有可除之理，則受除，無可除之理，則不受除也。蓋除有法有實，實可二，法不可二。此題以中勾爲法，而中勾內有一元。又有十六步其爲數已二矣。又何以均分不一之數乎。故曰不受也。寄分者，姑寄其應除之數也。俟求得兩相等數，而此數內尚少一除。不除此而轉乘彼，則兩數仍相等，猶之受除者也。此所謂以乘代除也。

或問：乙出南門，東行七十二步而止。甲出西門，南行四百八十步望乙，與城參相直。問答同前。

法曰：以乙東行冪乘甲南行爲實，乙東行冪爲從方，甲南行步內減二之東行步爲益廉，一步常法，得半徑。

草曰：立天元一爲半城徑。以減南行步，得 爲小股。又以天元加乙東行，得 爲小勾。又以天元加南行步，得 爲大股。乃置大股在地。以小勾乘之，得下式 合以小股除之，今不受除，便以爲大勾。內寄小股分母。又置天元半徑，以分母小股乘之，得 以減大勾，得下 爲半個梯底於上。以乙東行七十二步爲半個梯頭，以乘上位，得 爲半徑冪，內寄小股分母。寄左。然後置天元冪。又以分母小股乘之，得 爲同數，與寄左相消，得 以立方開之，得一百二十步倍之，即城徑也。合問。

又法曰：以云數相乘爲實，相減爲從，一虛法，平方開得半徑。

草曰：別得二數相併爲大股，內少一虛勾，其二數相減爲大差弦也，立天元一爲半徑。副置之上位。減於四百八十，得 爲股圓差。即大差股也。下位加七十二，得 爲大差勾。勾股相乘，得下式 爲一段大差積。寄左。再以大差勾減於大差股，餘 爲較，又加入大差弦四百單八，共得下 爲弦較共也。以天元乘之，得 爲同數。與左相消，得 以平方開之，得一百二十步，即半徑。合問。

前法太煩，故又立此法以就簡也。

或問：邊股四百八十步，平弦一百三十六步。問答同前。

法曰：置平弦，以邊股再乘之爲實。以邊股自之，爲益從。平弦爲益廉，一虚隅，開立方得半徑。

草曰：別得平弦即皇極勾也。立天元一爲半徑，副之上位。加平弦，得下 即邊勾也。下位減於平弦，得下 即叀勾也。置叀勾以邊股乘之，得 合邊勾除。今不受除，寄爲母，便以此爲叀股。乃以此邊股乘之，得 爲半徑冪。内帶邊勾分母。寄左。然後以天元爲冪，以分母邊勾乘之，得 爲同數。與左相消，得 開立方，得一百二十步。倍之，即城徑也。合問。

或問：見邊股四百八十步，叀勾叀弦和五十步。問答同前。

法曰：半邊股半和步相併，得 爲汎率。**清・李鋭案** 此文「相併」下當有「又加和步」四字。《分類釋術》曰：「股和相併，半之，得二百六十五爲汎率。以汎率減邊股，餘二百一十五。自之，得四萬六千二百二十五。和步乘汎率，得一萬三千二百五十。半之，得六千六百二十五。二數相減，餘三萬九千六百爲平實。以汎率減邊股。六之，得一千二百九十爲從方，作帶從開平方法開之，得叀股三十。」案：此求泛率，不加和步然其所得實從隅之數，皆不與細草合，蓋顧氏所見本，已有脱漏，不能是正。乃宛轉傅合，以立此術，非通法也。以汎率減邊股，以自之。又二之於上。以和步乘汎率。減上位爲實。以汎率減邊股。六之於上。内又加半個邊股。三個和步爲益從，三步常法，得叀股三十。

草曰：別得和步得叀股，即小差也。小差邊股共，即二中差。**四庫館臣案** 此句誤。**李鋭案** 此數偶合。於新設四率俱不通。立天元一爲叀股，加和步，得 即小差也。以小差加邊股而半之，得 即中差也。中小差相併，得 即大差也。以小差乘之，得 爲半段徑冪，寄左。然後置邊股内減大差，得 爲半徑。以自之，得 又倍之，得下算式 與左相消，得下式 開平方，得三十步，即叀股也。合問。**四庫館臣案** 草云：「以小差邊股共，即二中差，」有誤。蓋中差即勾股較。小差即股弦較。邊股即勾弦較與容圓半徑和。若設勾二十，股二十一，弦二十九，則勾弦較九，容圓半徑六，併之得十五爲邊股。股弦較八爲小差小差邊股共得二十三勾股較一爲中差倍之僅得二則相差二十一矣。是知細草乃因題數之偶合而誤，非正法也。今依其術，另設法草於後，以補其闕。

法曰：以叀勾弦和自之，邊股再乘爲實，倍邊股加叀勾弦和，再以叀勾弦和乘之爲從，又倍叀勾弦和減邊股，餘爲益廉，一爲隅，帶縱立方開之，得叀股。

草曰：別得邊股即高股弦和，叀股即高股弦差，叀股弦和即平勾也。立天元一爲叀股，自之得 應以叀勾弦和除之，不除便以爲叀勾弦較。内寄叀勾弦和分母。轉以叀勾弦和自之，得 爲叀勾弦和。加叀勾弦較，得 爲倍叀弦。又以叀勾弦和分母乘倍叀股，得 爲倍叀股。與倍叀弦相加，得 爲倍叀股弦和，即倍

平勾。又於邊股内減叀股，得 〆元 Ⅲ≐〇 爲倍高股。倍高股倍平勾相乘，得 〆 ‖≐〇 𝍮≣Ⅲ〇〇元 |=〇〇〇〇〇 爲圓徑冪。寄左。又以邊股叀股相乘，得 Ⅲ≐〇元 爲半徑冪，四因之，得 |≐‖〇元 爲圓徑冪。又以叀股弦和分母乘之，得 ≐T〇〇〇元 爲同數。與左相消，得 | ‖≐⊘ Ⅲ〇Ⅲ〇〇 |=〇〇〇〇〇 開帶縱立方，得叀股三十步。合問。**李鋭案** 此所謂相消實兩邊加減也，卷四末補法同。

李鋭案 此法及草因數偶合而誤，今别擬如後。

法曰：和步乘邊股，又以和步乘之爲實。倍邊股加和步，又以和步乘之爲從，邊股内減二之和步爲益廉，一常法，開立方得叀股。

草曰：别得邊勾邊弦和内減和步，即黄廣勾弦和也。邊股得叀股，即黄廣弦也。黄廣勾即圓徑，叀弦上三事和，即小差。立天元一爲叀股，以和步乘邊股，得 ‖≡太万 以叀股除之，得 〇≡‖太万 爲邊勾邊弦和也。以和步減之，餘得下式 ≣⊘‖≡太万 爲黄廣勾弦和也。以天元加邊股，得下式 |元 Ⅲ≐〇 爲黄廣弦，以減於黄廣勾弦和，餘得下式 〆元 Ⅲ≡⊘ ‖≡万 爲圓徑。倍邊股，得下 Ⅲ⊥〇太 内減圓徑，得下式 |元 −Ⅲ≐百 ‖≦万 爲兩個大差於上。又以和步加天元，得下算式 |元 ≣〇 爲小差，以乘上位，得下算式 | |≣Ⅲ〇 Ⅲ〇Ⅲ太百 |=⊘万 爲徑冪。寄左。然後以天元乘邊股，又四之，得 |≐‖〇元 爲同數。與左相消，得 | Ⅲ≐⊘ Ⅲ〇Ⅲ百 |=⊘万 開立方得三十步，即叀股也。合問。

又 **卷四《底勾》** 或問：乙出南門，直行一百三十五步，甲出北門東行二百步見乙。問答同前。

法曰：以乙南行步乘甲東行冪，又四之爲實，從空。乙南行爲廉，一步常法。

草曰：立天元一爲城徑，加乙南行，得 |元 |≡Ⅲ 爲股率。其甲東行即勾率也。置乙南行 |≡Ⅲ 爲小股。以勾率乘之，得 ‖⊥〇〇〇太 合以股率除。今不受除，便以此爲小勾。寄股率爲母。乃以甲東行步乘之，得 〇元 Ⅲ≡〇〇〇〇〇 又四之，得二千一百六十萬於太極位，爲一段城徑冪。寄股率分母，寄左。然後以天元城徑自之，又以股率分母通之，得 |元 |≡Ⅲ 〇 爲同數。與左相消，得下式 〆 |≣ 〇 ‖−T〇〇〇〇〇 以立方開之，得二百四十步，即城徑也。合問。

又法：二行相乘。又以自乘爲實。以東行冪乘南行冪爲益方，南行冪爲從，八步益隅，**清・李鋭案** 此有誤。當云以二之東行乘南行冪爲益方，南行冪爲從廉，四之東行爲益隅。立方開得小勾七十二。

草曰：立天元一爲小勾，以南行爲小股，以東行二百步爲大勾也。置大勾，内減天元，得 〆元 ‖〇〇 爲中勾也。以小股乘之，得 |≡𝍮元 ‖⊥〇〇〇 以天元小勾除之，得

爲中股，即城徑也。以自之，得 爲城徑冪也，寄左。又立天元小勾，以乘大勾二百步。又四之，得 爲同數。與左相消，得 開立方，得七十二步，即小勾也。以乘大勾二百步爲實，平方開，得一百二十步。倍之，即城徑也。合問。

又法：求半徑以南行步乘東行冪爲實，從空，東行步爲廉，二常法。

草曰：立天元一爲半徑，以二之加南行步，得 爲股率。以東行爲勾率，以南行爲小股也。置小股。以勾率乘之得 以股率除之，不受除，只寄股率分母，便以此爲小勾也。又以勾率乘之，得下式 爲半徑冪。寄左。再立天元半徑以自之，又以分母股率乘之，得下式 爲同數。與左相消，得 開立方，得一百二十步。倍之，即城徑也。合問。

或問：乙出東門南行三十步而止。甲出北門東行二百步望見乙，與城參相直。問答同前。

法曰：以甲東行步乘乙南行冪爲實，以乙南行冪爲從，甲東行內減二之乙南行爲益廉，一步爲隅，得半徑。

草曰：立天元一爲半城徑，減於甲東行步，得 爲小勾。以天元加於乙南行步，得 爲小股，乃以天元加東行步，得 爲大勾。置大勾，以小股乘之，得 合以小勾除之。今不受除，便以此爲大股。內帶小勾分母。又置天元半徑，以分母小勾乘之，得 減於大股，餘得下 以乙南行，乘之得 爲半徑冪。內有小勾分母。寄左。然後以天元爲冪。又以小勾通之，得 爲同數。與左相消，得下式 以立方開之，得一百二十步，倍之，即城徑也。合問。翻法在記。

李銳案 據此知開方除法，當別有一書，今無攷。

又法：乙南行乘甲東行爲平實，二數相減爲從，一益隅。翻開得半徑。

草曰：別得二數相併爲大勾，內少一虛股其二數相減，爲小差弦也。立天元一爲半徑，副置之。上位。減於二百步，得 爲勾圓差。即小差勾也。下位加三十步，得 爲小差股。勾股相乘，得 爲一段小差積。

寄左。再以小差勾減小差股，餘有«‖元 |⊥〇»爲一較也。又以此較減於小差弦«|⊥〇 太»得下式«⊁ ‖≡〇 太»爲一個弦較較。以天元乘之，得下式«⊁ ‖≡〇 元»爲同數。與左相消，得«−|⊥〇 |⊥〇 ⊤〇〇〇»開平方，得一百二十步，即半城徑也。合問。翻法在記。

再立此法者，蓋從簡也。**清·四庫館臣案** 此乃以小差勾爲平弦上弦較較，半徑爲平股，故以小差弦上弦較較，與半徑相乘，等於平弦上弦較較，與小差股相乘，爲一段小差積也。

或問：底勾二百步，高弦二百五十五步。問答同前。

法曰：底勾冪乘高弦爲立實，底勾冪爲從，高弦爲廉，一爲隅，得半徑。

草曰：識別得高弦，即皇極股也。立天元一爲半徑，副之上位，加高弦得«|元 ‖≡||||»即底股也。下位減於高弦，得下«⊁元 ‖≡||||»即明股也。置明股，以底勾乘之，得«‖〇〇元 ≡|〇〇〇»合以底股除，不除，寄爲母，便以此爲明勾。又以底勾乘之，得下式«⊁元方 |〇‖〇万»爲半徑冪。內帶底股分母，寄左。然後以天元冪乘底股，得下式«|元 ‖≡||||»之，得«⊁ ‖≡≡ ||||〇〇〇〇 |〇‖〇〇〇〇〇»與左相消，得«| ‖≡||||〇元»開立方，得一百二十步。倍之，即城徑也。合問。

又 卷五《大股》 或問：乙出東門，直行一十六步。甲從乾隅，南行六百步，望見乙。問答同前。

法曰：以乙東行，乘甲南行冪，爲實。二之乙東行，乘甲南行，爲從方廉空。二步隅法，得半徑。

草曰：立天元一爲半城徑，以二之，加於乙東行，得«‖元 |⊥»爲勾率。又以天元，減甲南行，得«⊁元 ⊤〇〇»爲股率。乃置乙東行，以股率乘之，得«|⊁元 〇⊤〇〇|||»合以勾率除，不除，便以此爲小股。此小股即半梯之頭也。內帶勾率分母。又以股率乘之，此股率，即半梯之底也。乘訖，得«|⊥ |≡‖〇〇元 ≡⊤⊥〇〇〇〇»爲半徑冪。內帶勾率分母。寄左。然後置天元冪，以勾率通之，得«‖ |⊥〇元»爲同數。與左相消，得下«⊁〇 |≡‖〇〇 ≡⊤⊥〇〇〇〇»開立方，得一百二十步。倍之，即城徑也。合問。

或問：乙出東門直行，不知步數而立。甲從乾隅，南行六百步望見乙。復就乙斜行五百四十四步，與乙相會。問答同前。

法曰：以二行步相減，乘甲南行步得數。又半之南行步，以乘之爲實。以二行差乘南行步於上。又以半之南行步，乘南行步，加於上爲從方，二之南行步爲益廉，一步常法，得半徑。

草曰：別得二行相減，即平積上勾股較，此股即半徑也。又別得是大勾圓差不及平弦數。立天元一以爲半城徑，以減南行步，得«⊁元 ⊤〇〇»爲中股。其斜行步，即中弦也。乃立半城徑，以斜行步乘之，得«≡||||≡元»合以中股除，今不受除，便以此爲平弦。內帶中股分母。又以二行步相減，餘五十六步爲勾圓差不及平弦

數。置此數，以中股乘之，得　復以減平弦，餘得　爲小差。內帶中股分母。乃以二天元減甲南行步爲大差，又半之，得　以乘小差，得　爲半徑冪。寄左。然後以天元自乘，又以中股通之，得　爲同數。與左相消，得　開立方，得一百二十步，倍之，即城徑也。合問。

或問：東門外不知步數有槐樹一株。甲從乾隅，南行至柳樹下，望見槐樹。復斜行至槐樹下。甲自云：我共行了一千一百四十四步。乙從艮隅東行，望見槐樹與城相直，復斜行至槐樹下。乙自云：我東行步不及斜行五十六步。問答同前。

法曰：甲斜行減於甲南行，以乘甲南行得數。復以乘二之甲南行爲實。半之甲南行，以乘二之甲南行於上。甲斜行，減於甲南行，餘復以乘甲南行，又倍之，加上位，爲從方。二之甲南行爲益廉，五分隅法。案：五分隅法，即半個方。

草曰：識別得五十六步是小差不及平弦數。此小差即勾圓差也。又爲平弦上勾股差，又爲甲斜行不及大股。乃副置甲共行在地，其上位加五十六步而半之，得六百步，即大股也。其下位減五十六步而半之，得五百四十四步，即今弦也。立天元一爲圓徑，以半之，減於甲南行步，得下　爲中股。其斜行五百四十四步，即中弦也。乃立半天元，以斜步乘之，得　合以中股除之。今不受除，便以此爲平弦。內寄中股分母。又置勾圓差不及平弦數，以中股乘之，得　復以減於平弦　爲小差。內帶中股分母。又以天元減甲南行倍之，得　爲兩個大差。以乘小差，得下　爲圓徑冪。寄左。然後以中股乘天元冪，得下式　爲同數。與左相消，得　開立方，得二百四十步，即城徑也。合問。翻法在記。

或問：甲從乾隅，南行六百步而止。丙從南門，直行。乙出南門，東行。各不知步數而立。甲望乙、丙，悉與城参相直，既而乙就丙斜行一百五十三步相會。問答同前。

法曰：以甲南行步，再自之於上。以斜行步乘甲南行冪，又倍之，減上位爲立方實。南行步自之，又四之，於上。以斜步乘甲南行，又倍之，減上位，爲益從。六之甲行步，爲從廉。四步虛常法，得半徑。

草曰：立天元一爲半徑，以二之，減於甲南行，得　爲大差也。以自之，得　爲大差冪也。乃置甲南行冪，內加大差冪而半之，得　爲大弦也。內帶大差分母。又置甲南行冪，內減大差冪而半之，得　爲大

勾也。亦帶大差分母。乃置斜行步在地，以大勾乘之，得

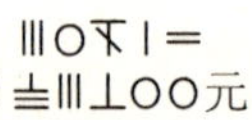

合以大弦除。不除，便以此爲小勾。內帶大弦爲母，其大勾內，元有大差分母，不用。即半梯頭也。寄上位。再置天元半徑，以大差乘之，得

以減於大勾，得

爲半梯底也。以乘上位，得

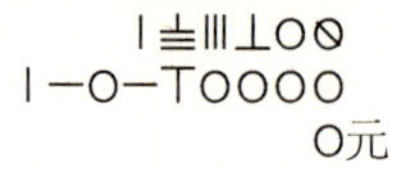

爲半徑冪也。內帶大差及大弦爲母。寄左。然後置天元冪，以大差通之，又以大弦通之，得

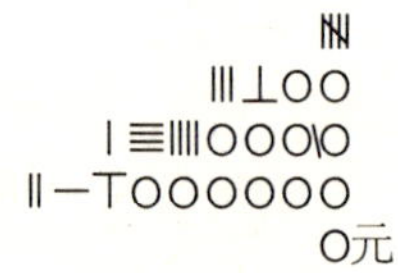

爲同數。與左相消，得

開立方，得一百二十步，即半城徑也。合問。

依前問，假令南門外有樹，乙出南門，東行不知步數而立。只云乙東行步少於樹去城步。甲從乾隅，向南行六百步，望樹與乙。悉與城參相直，乙就樹斜行一百五十三步至樹下。問答同前。

法曰：以斜行步，乘甲行冪，爲立方實。以甲行冪半之於上。以斜行步乘甲行步，減上位爲益從。廉無人，五分虛隅，得大勾大弦差。

草曰：別得斜步，即小弦。小弦即小和，即勾弦差也。立天元一爲股圓差，以自之爲冪。副之上，以加甲南行冪而半之，得

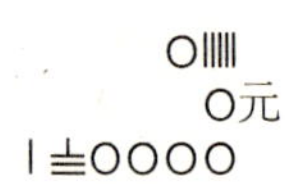

爲大弦也。寄大差分母。下以減於甲南行冪而半之，得下式

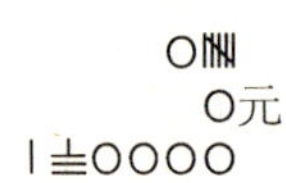

爲大勾也。寄大差分母。乃置斜步，以大勾乘之，得下

合大弦除，不除，便以此爲小勾。寄大弦分母。又置斜步，以甲南行乘之，得合以大弦除，爲小股。不除，而又以同母分通之，得

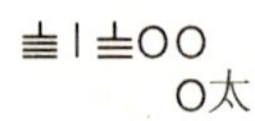

爲同分小股也。只寄大弦分母。注：大股乘時，無大差分母。故今通之，以齊大勾上所有大差分母也。又置斜步，以大弦通之，得

爲通分小弦也。三位相併，得下

爲股圓差也。寄左。然後置天元大差，以大弦

分母通之，得 〇||||　〇元 / 丨≟〇〇〇〇 爲同數。與左相消，得 〇||||　〇 / Ⅲ≟‖〇〇 / ||||≡〇≟〇〇〇〇 開立方，得三百六十步，即股圓差也。以股圓差減於甲南行步，即城徑也，合問。

或問：東門外不知步數有樹。甲從乾南行六百步而止。乙出北門東行，斜望樹及甲，與城參相直，郤就樹斜行一百三十六步。問答同前。

法曰：二行步相乘於上，又半甲南行乘之爲實。二行相乘，於上。又半甲南行，以乘甲南行，加上位爲益從，甲南行爲從廉，一步益隅，開立方，得半徑。

草曰：立天元一爲半徑，便以爲小股。其斜行步，即小弦也。乃以甲南行爲大股，以小弦乘之，復以天元除之，得 〇太 / ≟丨⊥〇〇 即大弦也。又倍天元，減甲南行，餘 ‖元 / T〇〇 爲大差。以減大弦，餘 ‖ / T〇〇太 / ≟丨一丨〇 爲大勾也。又倍天元以減勾，得 T〇〇太 / ≟丨⊥〇〇 爲小差也。郤以半大差 元 / |||〇〇 乘之，得 T〇〇 / ‖⊥丨⊥〇〇太 / ‖≡|||≟〇〇〇〇 爲半徑冪。寄左。乃以天元冪與左相消，得下式 T〇〇 / =T一T〇〇 / ‖≡|||≟〇〇〇〇 開立方，得一百二十步，即半徑也。合問。

或問：甲從乾南，行六百步而立。乙出南門直行，丙出東門直行，三人相望，俱與城相直。而乙丙共行了一百五十一步。問答同前。

法曰：甲南行爲冪，折半，又以自之爲實，倍共步，加甲南行，以乘半段甲行冪爲從方，甲行乘共數爲從廉，一個半甲南行爲第二益廉，二分五釐爲三乘方隅。

草曰：識別得共步加城徑，即皇極和也。又是半徑爲勾之弦，與半徑爲股之弦相和步也。二之，此數內減去大弦，即皇極勾股內黃方面也，亦爲太虛弦。乃立天元一爲大差，以自之，副直二 ‖≡〇〇元 / |||⊥〇〇〇〇 爲大差冪也。置甲南行冪 |||⊥〇〇〇〇太 內加大差冪而半之，得 ‖ / 丨=〇〇元 / |||⊥〇〇〇〇 爲大弦也。內帶大差爲分母。又置甲南行冪，內減大差冪而半之，得 元 / 丨=〇〇元 / |||⊥〇〇〇〇 爲大勾也。帶大差分母。又以大差乘股六百步，得 丨=〇〇元 / |||⊥〇〇〇〇 併入大勾，得 〇元 / |||⊥〇〇〇〇 爲大和也。帶大差分母。乃先以小弦乘大和，得下式 丨〇[illegible] / 〇元 / |||⊥T=〇〇〇〇 寄左。

又以小和 ‖元 / 丨〇[illegible] 乘大弦，得 ||| / ‖⊥〇[illegible] / Ⅲ≡‖≡〇〇元 / |||⊥T=〇〇〇〇 爲同數。與左相消，得下 ||| / ‖≡〇〇 / Ⅲ≡‖≡〇 / T≡|||≡〇〇〇〇 開立方得一百二十步，即半徑也。合問。

依前問：假令乙出東門南行，丙出南門東行，各不知步數而立。只云丙行步，多於乙行步。甲從乾隅，南行六百步，望乙丙與城參相直。乙復斜行，就丙行了一百二步，與丙相會。問答同前。

法曰：以斜步乘甲行冪，又倍之爲立方實。甲行冪内加斜行南行相乘數爲從方，甲南行爲益廉，半步爲隅，得全徑。

草曰：别得相就步，即小弦也。小弦得小和，爲直徑也。立天元一爲城徑，以減於甲南行步，得 爲大差。以自之，得 爲大差冪也。置甲南行步，以自之爲冪。副之上以加大差冪而半之，得 爲大弦也。内寄大差分母。下以減大差冪而半之，得 爲大勾也。内寄大差分母。乃置相就步在地，以大勾乘之，得 合大弦除。不除，寄爲母，便以此爲小勾也。寄大弦母，又置斜步，即相就步也。以甲南行乘之，得 合以大弦除之。不除，寄位上位，減於甲南行冪，以天元除之，又折半，得 爲大勾也。下位加甲南行冪，以天元除之，又折半，得 爲大弦也。其甲南行即大股也。併大勾大股，得下式 即大和也。再立天元，減甲南行，得 即圓徑也。加共步得 即皇極和，又是半徑爲勾之弦及半徑爲股之弦共數也。又倍之，得 即全徑爲勾之弦及全徑爲股之弦共數也。内減大弦，得 即小和内黄方面也。乃置大和，得下 以小黄方面乘之，得 合以小和除之，不除，便以此爲大黄方也。内寄小和爲母，寄左。然後以天元減甲南行，得 爲大黄方。以小和乘之，得 爲同數。與左相消，得 開三乘方，得三百六十步，即股圓差也。以股圓差減於甲南行，餘二百四十步，即城徑也。合問。

或問：丙出南門東行，乙出東門南行，各不知步數而立。甲從乾隅南行六百步，斜望乙、丙，悉與城參相直。乙就丙斜行一百二步相會。問答同前。

法曰：以斜步乘甲南行冪，又倍之爲實。倍甲行冪於上，又以斜步乘二之甲南行，加於上爲從方，四之甲南行爲益廉，四步常法，開立方得半徑。

草曰：別得斜步爲小弦也。以斜步減圓徑，餘爲小和也。乃立天元爲半徑，以二之，減於甲南行，得 〆元 丄〇〇 爲大差也。以自之，得 Ⅲ 爲母，便以此爲小股，而又以元分母大差乘之，得 T一Ⅱ〇〇元 Ⅲ丄𝍫=〇〇〇〇 爲同分小股也。只寄大弦分母，其大勾內，元有大差分母。其大股內，卻無分母。故今乘過，復以大差通之，齊分母也。又置斜行步，以大弦通之，得 Ⅲ一 T一Ⅱ〇〇元 Ⅲ丄𝍫=〇〇〇〇 爲小弦也。上三位相併，得 T一Ⅱ〇〇元 𝍫≡Ⅲ≡〇〇〇〇 爲城徑也。內寄大弦分母。寄左。然後置天元，以大弦通之，得 〇Ⅲ T〇〇 Ⅲ丄〇〇〇〇元 爲同數。與左相消，得下式 〇Ⅲ T〇〇 Ⅲ=丨=〇〇 𝍫≡Ⅲ≡〇〇〇〇 開立方，得二百四十步，即城徑也。合問。

又 **卷六《大勾》** 或問：乙出南門，直行一百三十五步而立。甲從乾隅，東行三百二十步望見乙。問答同前。

法曰：以乙南行，乘甲東行冪爲實，二之乙南行，乘甲東行爲從方，廉空，二步常法，得半徑。

草曰：立天元一爲半城徑，以二之，加於乙南行，得 Ⅱ元 丨≡Ⅲ 爲股率。以天元減甲東行，得 〆元 Ⅲ=〇 爲勾率。乃置乙南行，以勾率乘之得 丨≡Ⅲ元 Ⅲ≡Ⅱ〇〇 合股率除。不除，便以此爲小勾，此即半梯之頭。內帶股率分母。又以勾率乘之，得 丨≡Ⅲ 𝍫丄𝍧〇〇元 丨≡𝍫=Ⅲ〇〇〇 爲半徑冪。內帶股率分母。寄左。乃以股率乘天元冪，得 Ⅱ 丨≡Ⅲ〇元 爲同數。與左相消，得 〆〇 𝍫丄Ⅲ〇〇 丨≡𝍫=Ⅲ〇〇〇 開立方，得一百二十步，倍之，即城徑也。合問。

或問：甲從乾隅，東行三百二十步而止。乙出南門，直行不知步數望見甲，復就甲斜行四百二十五步，與甲相會。問答同前。

法曰：二行步相減，以乘東行步得數。又以半之東行步，乘之爲實。以半之東行步，乘東行步於上。以二行步相減，餘乘東行步，減上位爲從，二之東行步爲益廉，一步常法，得半徑。

草曰：識別得二行相減，是高積上勾股較，此勾，即半徑也。又別得是高弦不及股圓差數。乃立天元爲半城徑，以減東行步，得 〆元 〇=Ⅲ 爲中勾，其斜行步即中弦也。又置半城徑，以斜步乘之，得 ≡Ⅱ≡元 合以中勾除之。不受除，便以此爲高弦。內寄中勾爲母。又以二行步相減，餘一百五步爲高弦不及股圓差數。置此

數，以中勾乘之，得 |〇≣元 |||≡T〇〇 加八高弦，得下 |||=〇元 |||≡T〇〇 爲大差，於上。內帶中勾分母。又倍天元，減東行步，得 〤元 |||=〇 爲小差。又半之，得 〤元 |⊥〇 | 以乘上位，得 ⊘=||| 〇〇T⊥|元 〇〇〇T⊥||||≣ 爲半徑冪。內有中勾分母。寄左。乃以天元自乘，又以中勾乘之，得 〤 |||=〇 〇元 爲同數。與左相消，得 | ⊘|||⊥ |⊥T〇〇 ≣|||⊥T〇〇〇 以立方開得一百二十步，倍之即城徑也。合問。

或問：南門外不知步數，有槐樹一株。甲從乾隅，直東行至柳樹下，望見槐樹，復斜行至槐樹下。甲自云：我共行了七百四十五步。乙從坤隅南行，望見槐柳與城參相直，復斜行至槐樹下。乙自云：我南行步多於斜行步一百五步。

問答同前。

清・四庫館臣案　此問下有草無法，今依細草補之。

法曰：置甲共步內減乙較步，餘數折半。自之，再倍乙較步，乘之，爲立方實。置上減餘折半數，又減二之乙較步，復以減餘折半數，乘之爲從。甲共步內減乙較步爲廉，五分爲負隅，開立方，得城徑。

清・李鋭案　廉當云益廉，負隅，當云隅。蓋加減所得多少，與相消所得正負相反也。此問有草無法，蓋傳寫脱去。案卷第五第十二問，與此相類，惟南行東行爲異耳。今據彼法及下細草補之，當云：甲東行減於甲斜行，以乘甲東行，得數。復以乘二之甲東行爲實，半之甲東行，以乘二之東行於上。甲東行，減於甲斜行，餘復以乘甲東行，又倍之，減上位，爲從方。二之甲東行，爲益廉，五分隅法。

草曰：識别得一百五步，是大差多於高弦數，又爲高弦上勾股差數。又别得是甲斜行多於東行數也。乃副置甲共行七百四十五步在地，其上位加一百五步而半之，得四百二十五步，即甲斜行也。其下位減一百五步而半之，得三百二十步，即甲東行也。乃立天元一爲圓徑，以半之，減於甲東行步，得 〇步≣元 |||=〇 爲中勾。其甲斜行四百二十五步，即中弦也。再置天元，以半之爲小勾。以中弦乘之，得 |一||≣元 步 合以中勾除。不除，便以爲高弦於上。內帶中勾分母。别置乙多步一百五步，以中勾乘之，得 ||||步≣元 |||≡T〇〇 爲大差，多於高弦數也。以加入上位，得下式 |⊥〇元 |||≡T〇〇 爲一個大差也。置甲東行，以天元減之，又倍之，得 〤元 ⊥||||〇 爲兩個小差。以乘大差，得下 |||=⊘ |||≣||〇〇元 ||一||||〇|||〇〇〇 爲一段黄方冪。內帶中勾分母，寄左。然後置天元冪，以中勾通之，得 〇步≣ |||=〇 〇元 與左相消，得下式 〇步|||| ⊥≣〇 |||≣||〇〇 ||一||||〇|||〇〇〇 開立方，得二百四十步，即城徑也。合問。

或問：甲從乾隅，東行三百二十步而止。丙出東門南行，乙出東門直行，各不知步數而立。甲迴望乙、丙，悉與城參相直。既而乙就丙斜行三十四步相會。

問答同前。

法曰：甲東行，再自之於上。以二之斜行步，乘甲東行冪，減上位爲立方實。兩段東行冪內，減兩段東行斜行相乘數爲益從，以甲東行加五案：加五即加半。爲從廉，五分虚隅，得全徑。

草曰：立天元一爲城徑，以減於甲東行步，得〔算式〕爲小差。以自之，得〔算式〕爲小差冪也。乃置甲東行冪，內加小差冪而半之，得〔算式〕爲大弦也。內帶小差分母。又置甲東行冪，內減小差冪而半之，得〔算式〕爲大股也。內帶小差分母。乃置斜行步在地，以大股乘之，得〔算式〕合以大弦除之，不除，而又倍之，得〔算式〕爲梯頭也。即兩個小股內，寄大弦爲母，權寄。乃置天元圓徑，以半之，以小差分母通之，得〔算式〕以減於大股，餘得〔算式〕又倍之，得〔算式〕爲梯底也。即兩個邊股內，亦有小差分母。以乘權寄，得〔算式〕爲城徑冪也。內寄大弦及小差分母。寄左。然後以天元自之爲冪。以大弦通之，又以小差通之，得下算式〔算式〕爲同數。與左相消，得〔算式〕開立方，得二百四十步，即城徑也。合問。

依前問：假令東門外有樹，乙出東門，南行不知步數而立。只云樹去城步，少於乙南行步。甲從乾隅，向東行三百二十步，望乙與樹。悉與城參相直。乙復就樹斜行三十四步，到樹。問答同前。

法曰：甲東行，自之，又以斜步乘之，爲立方實。以斜行，乘甲東行，於上，以半段甲東行冪加李銳案 當云內減。上位，爲從，廉空，半步常法，得勾圓差。

草曰：別得乙斜行，即叀弦也。叀弦得小勾股，即大股弦較也。乃立天元一爲勾圓差，以自之爲冪副之上。以加於甲東行冪，而減於甲東行冪而半之，半之得〔算式〕爲大弦也。寄小差分母。下以得〔算式〕爲大股也。寄小差分母。乃置斜步，以大股乘之，得〔算式〕合大弦除，不除，便以此爲小股。寄大弦分母。又置斜步，以甲東行乘之，得〔算式〕合大弦除，不除，便以此爲小勾，而又以通母分通之，得〔算式〕爲同分小勾也。寄大弦分母。注：大股乘時，有小差分母，今大勾無母，故又以齊同之。又置斜步，以大弦通之，得〔算式〕爲同分小弦也。三位相併，得下〔算式〕爲勾圓差也。寄左。然後置天元，以大弦通之，得下爲同數。與左相消，得 開立方，得八十步，即勾圓差也。

以勾圓差減於甲東行步，餘二百四十，即城徑也。合問。

或問：南門外不知步數有樹。甲從乾東行三百二十步而立。乙出西門便南行，望樹及甲與城參相直，却就樹斜行二百五十五步至樹。問答同前。

法曰：二行相乘於上，以半之甲東行乘之爲實。二行相乘於上，又半之甲東行，以乘甲東行加上位爲益從，甲東行爲從廉，一步虚法，開立方得半徑。

草曰：立天元一爲半徑，便以爲小勾。其斜行，即小弦也。乃以甲東行爲大勾，以小弦乘之，復以天元除之，得下 即大弦也。又倍天元，減東行，餘 爲小差，以減大弦，餘 爲大股也。又倍天元，以減股，餘 爲大差也。却以半小差 乘之，得下式 爲半徑冪。寄左。乃以天元冪與左相消，得下式 開立方得一百二十步，倍之，即城徑也。合問。

或問：丙出南門東行，乙出東門南行，各不知步數而立，甲從乾隅東行三百二十步，望乙、丙悉與城參相直。乙就丙斜行一百二步相會。問答同前。

法曰：甲東行自之於上。倍斜行步，乘之爲立方實。倍斜行步乘甲東行於上，加兩段甲東行冪爲從，四之甲東行，爲益廉，四爲隅法，得半城徑。

草曰：别得斜步，即小虚弦。減於全徑，即小和也。乃立天元一爲半徑，以二之，減於甲東行，得 爲小差也。以自之，得 爲小差冪也。置甲東行冪，内加小差冪而半之，得下 爲大弦。內帶小差分母。置甲東行冪，内減小差冪而半之，得 爲大股也。内亦帶小差爲母，又以小差乘大勾，得 併入大股，得 爲大和也。帶小差母。乃先以小弦乘大和，得下 寄左。次以斜步。減於二天元，得 爲小和。以乘大弦，得下 爲同數。與左相消，得 開立方得一百二十步，即半城徑也。合問。

依前問：假令乙出東門南行，丙出南門東行，各不知步數而立。只云丙行步，多於乙行步。甲從乾隅，東行三百二十步，望乙、丙與城參相直。其乙丙共行了一百二步，問答同前。

法曰：倍共步以乘甲東行冪，爲立方實。共步乘甲東行於上。又以甲東行自之，加上位爲益從，甲東行爲從廉，五分虛常法，得城徑。

草曰：別得共步，便爲小弦，得小勾、小股即與圓徑同。立天元爲城徑，以減甲東行，得 〤元 ‖=○ 爲小差。以自之，得下 太 丨○‖≡○○ 丄Ⅲ⊘ 丨 爲小差冪也。乃置甲東行，以自之爲冪副之，上以加小差冪而半之，得 ○Ⅲ ‖=⊘元 丨○‖≡○○ 爲大弦也。內寄小差分母。下以減小差冪而半之，得下 ○Ⅲ ‖≡○元 ○ 爲大股也。內寄小差分母。乃置共步在地，以大股乘之，得 Ⅲ〤 Ⅲ=T≡○元 合大弦除，不除，便以此爲小股也，寄大弦分母。又置共步，以甲東行乘之，得 ○元 Ⅲ=T≡○ 合以大弦除，不除，便以此爲小勾。而又以元分母小差乘之，得下 Ⅲ=T≡⊘元 丨○Ⅲ≡Ⅲ≟○ 爲同分小勾也。只寄大弦分母。注其大弦內元帶小差分母。其大勾內却無分母，故今乘過。復以小差通之，齊同其分母也。又置共步，以大弦通之，得下 Ⅲ一 Ⅲ=T≡⊘元 丨○○Ⅲ≡Ⅲ≟○○ 同分小弦也。三位相併，得 Ⅲ=T≡⊘元 ‖○Ⅲ≟Ⅲ丄○ 爲城徑也。內有大弦分母。寄左。然後置天元城徑，以大弦分母通之，得下式 ○Ⅲ ‖=⊘ 丨○‖≡○○元 爲同數。與左相消，得 ○Ⅲ ‖=○ 一‖≡○≡⊖ ‖○Ⅲ≟Ⅲ丄○ 開立方得二百四十步，即城徑也。合問。

又 卷九《大和》或問：依前見大和。只云股圓差上勾弦差二百一十六，勾圓差上股弦差二十步。問答同前。

法曰：以云數二十步減通和，復以二十步乘之於上。以云數二百一十六減九百步。**清·四庫館臣案** 即併二差以減大和。而半之，乘上位爲立實。三因二十步以減通和，得八百六十。以二百一十六減通和而半之，**清·李銳案** 此有脱文。當云「以二百一十六及二十，共得二百三十六，減通和而半之。」得三百四十二。二數相乘訖，內減二十之九百步。又以三百四十二及二百一十六，共得五百五十八。又二之，**李銳案** 當作「又二十之」。以減之爲從方。**四庫館臣案** 取「從方」內語有誤。當云「三因小差減大和，併二差減大和半之，相乘於上，三因大和加大差，減三之小差半之，以小差乘之，得數減上位爲從方。」以二百一十六**李銳案**「二」當作「三」。減通和，又以三之二十步減通和，相併於上。以二之五百五十八，內却減二十步，餘以減上位爲益廉。**四庫館臣案** 取「益廉」內語亦有誤。當云「三因大和，減六之小差，爲益廉也」。四步常法，得小差股一百五十。

草曰：別得小差上股弦差 ‖○ 加二股爲大勾也。大差上勾弦差 ‖一T 加二勾爲大股也。立天元一爲小差股，加 ‖○ 得 丨元 ‖○ 爲小差弦也。小差弦上又加天元，得 ‖元 ‖○ 爲通勾。以減於和步，得 〤元 Ⅲ○○ 爲通股也。得股內減 ‖一T 得下 〤元 T≟Ⅲ 半之得下式 〤元 Ⅲ≡‖ 即大差之勾也。大差勾上又加

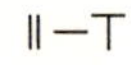得爲大差弦也。再置通股，以小差弦乘之，得下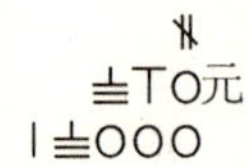以天元除之，得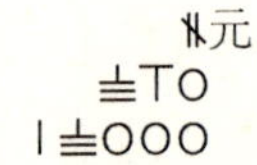爲一個大弦也。泛寄。再置通勾，以大差弦乘之，得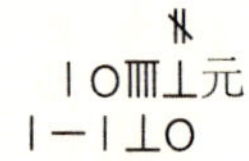合以大差勾除，不除寄爲母，便以爲大弦。寄左。乃以大差勾乘泛寄，得下算式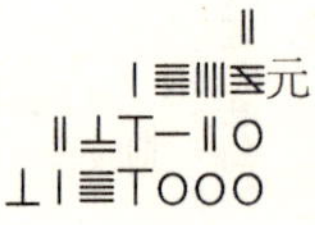爲同數。與左相消，得益積開立方，得一百五十步爲小差股也。合問。

一元高次方程

算法

元·李冶《測圓海鏡》卷三《邊股》 或問：見邊股四百八十，明弦一百五十三。問答同前。

法曰：二云數相減，復倍之，內減邊股，復以邊股乘之於上。又以明弦羃乘上位爲實，以邊股乘明弦羃，又二之爲從，二云數相減，餘以自之，爲第一廉。二云數相減，又倍之，爲第二益廉。一常法，開三乘方，得明勾七十二。

草曰：立天元一爲明勾，加明弦得爲高股也。以高股減邊股，餘減於云數，相減數得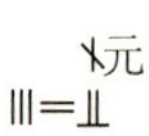即高弦也。以高弦減邊股，得即高股也。

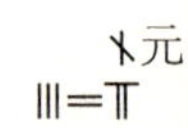爲高弦。以倍之，得爲黄廣弦也。內郤減邊股，得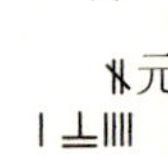爲叀股。復以邊股乘之，得於上。又以明弦自乘，得二萬三千四百〇九爲分母，以乘上位，得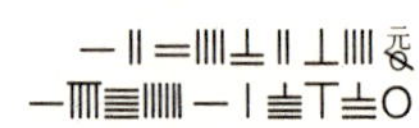爲帶分半徑羃。寄左。然後置黄廣弦，以天元乘之，得下復合以明弦除之，不除，寄爲母，便以此爲全徑。又半之，得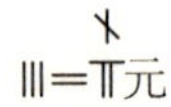爲半徑。自之，得爲同數。與左相消，得下式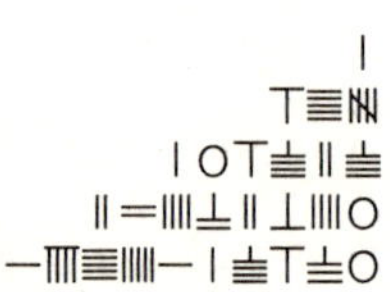開三乘方，得七十二步，即明勾也。餘各依法入之。合問。

又法：邊股內減二明弦，復以邊股乘之，復以明弦羃乘之，爲三乘方，實、廉、從，併與前同。

草曰：識別得二數相減，餘爲高股虛弦共，又爲高弦明勾共。此餘數內又去半徑，即明和也。明和明弦相併，即股圓差。相減則明黄方也。又倍明弦加明黄，亦得股圓差也。邊股內減明勾，餘即大差弦也。立天元一爲明勾，

以高股減於云數，相減數得 [illegible] 即虛弦也。以天元又減虛弦，得 [illegible] 即叀股也。乃置高弦，以天元乘之，得 [illegible] 合明弦除，不受除，便以此爲高勾也。即半徑。高勾自之，得 [illegible] 爲半徑冪。內帶明弦冪分母。寄左。然後置邊股，以叀股乘之，得 [illegible] 爲半徑冪。又以明弦冪二萬三千四百〇九分母通之，得 [illegible] 爲同數。與左相消，得實、從、廉、隅五層。一如前式。

又 卷四《底勾》 或問：見底勾二百步，叀弦三十四步。問答同前。

法曰：底勾叀弦相減，餘倍之，內減去底勾。**清・四庫館臣案** 倍叀弦減底勾亦同。復以底勾乘之於上。又以叀弦冪乘上位，爲三乘方實。倍底勾，以叀弦冪乘之，爲從。二云數相減，餘以自之爲第一廉。二云數相減，餘又倍之，爲第二益廉。一步隅法，得叀股三十。

草曰：立天元一爲叀股，加叀弦，得 [illegible] 爲平勾。以平勾減底勾，餘 [illegible] 爲平弦。以倍之，得 [illegible] 爲黃長弦也。此弦內却減底勾，餘得下式 [illegible] 爲明勾也。復以底勾乘之，得 [illegible] 於上。又叀弦自乘，得一千一百五十六爲分母。以乘上位，得 [illegible] 爲帶分半徑冪。寄左。然後置黃長弦，以天元乘之，得 [illegible] 合以叀弦除之，不除，寄爲母，便以此爲全徑也。以半之，得 [illegible] 爲半徑。內帶叀弦分母。以自之，得 [illegible] 爲同數。與左相消，得 [illegible] 開三乘方，得三十步，即叀股也。餘各依數求之。合問。

又法：底勾內減二叀弦。復以底勾乘之，復以叀弦冪乘之，爲三乘方實。餘廉、從並與前同。

草曰：識別得二數相減，餘一百六十六，爲平勾虛弦共。又爲平弦叀股共。於此餘數內，又去半徑，即叀和也。叀和叀弦相併，即勾圓差也。相減則叀黃方也。又倍叀弦加叀黃，亦得勾圓差也。底勾內減叀股，餘即小差弦也。立天元一爲叀股，減於云數，相減數得 [illegible] 爲平弦。以平弦減底勾，得 [illegible] 即平勾。以平勾減於云數，相減數得 [illegible] 即虛弦。以天元又減虛弦，得 [illegible] 即明勾也。乃置平弦。以天元乘之，得 [illegible] 合叀弦除。不除，寄爲母，便以此爲平股也。即半徑。平股自之，得 [illegible] 爲半徑冪。內帶叀弦

冪分母，寄左。然後置底勾，以明勾乘之，得

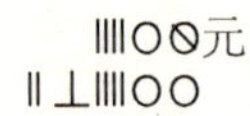

又以叀弦冪一千一百五十六通之，得下式

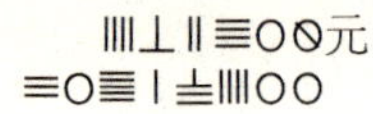

爲同數。與左相消，得

廉、從一一如上。

又　卷五《大股》　或問：出東門，向南行，不知步數有柳樹一株。甲從乾隅，南行六百步，望見柳樹而止。乙出東門，直行不知步數，望見柳樹，與甲相直。卻斜行三十四步，至柳樹下。問答同前。

法曰：斜行乘甲南行數，以乘甲行冪，爲實。斜行乘甲南行冪，又三之，爲從方。甲行冪內減兩段斜行南行相乘數，**清·四庫館臣案**　甲南行內，減二之乙斜行，以甲南行乘之。爲第一廉，二之南行步，爲第二益廉。二步常法，得半徑。

草曰：立天元一爲半徑，以二之，減甲南行，得

爲大差。以自之，得

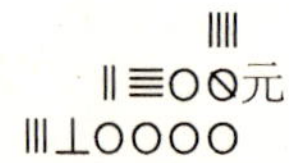

爲大差冪。加於南行冪，得

又半之，得

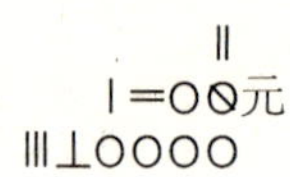

爲大弦也。內帶大差

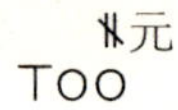

分母，別寄。又置乙斜行，以大股六百步乘之，得

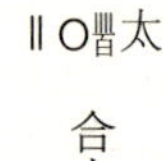

合大弦除，不除，便以此爲小股也。內帶大弦分母。乃以天元減甲南行，得

即半梯底也。以乘小股半梯頭，得

爲半徑冪於上。此半徑冪內，有大弦分母，緣別寄大弦分母，元帶大差分母，故又用大差分母

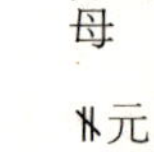

乘上半徑冪，得

爲帶分半徑冪也。所帶之分，謂只帶大弦分母也。寄左。然後以大弦乘天元冪，得

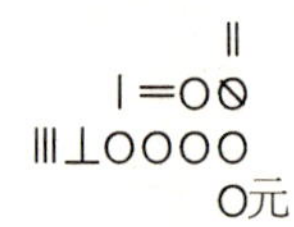

爲同數。與左相消，得

開三乘方，得一百二十步，即半城徑也。合問。**四庫館臣案**　此條寄分內，又帶寄分，則以所帶之分乘本條，仍以寄分乘次條者。蓋寄分爲應除本條之數。而寄分內所帶之分，又爲應除寄分之數。今不除寄分，而乘本條，則猶是寄分乘次條之理也。乘除之變，至斯而極矣。

又法：置甲行冪，於上。又置甲行冪，半之，以乘上位，爲實。以斜行乘甲行冪，倍之，於上位。又以甲行再自乘，加上位，爲益方。置甲行冪於上，以斜行乘甲南行，倍之，以減上位爲第一廉，甲南行步爲第二益廉，半步常法，得股圓差。

草曰：立天元一爲股圓差，即大差。以自之爲冪，以加甲南行冪，得

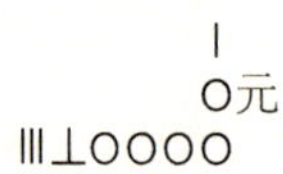

半之，又以天元除之，得

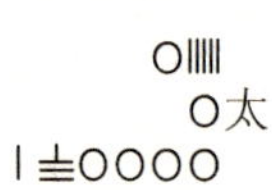

爲大弦。其甲南行即大股也。別置乙斜行三十四步，以大股乘之，得

合大弦除。不除，便以爲小股。內寄

大弦分母，乃以天元加甲南行步，得  爲全梯底也。以乘小股半梯頭，得  又倍之，得 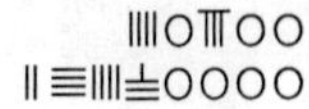 爲城徑冪。內寄大弦爲母。寄左。乃置天元大差，減甲南行，餘爲圓徑。以自之，得 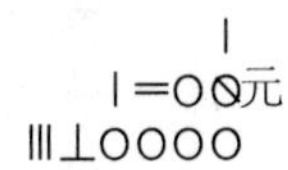 又以大弦分母乘之，得 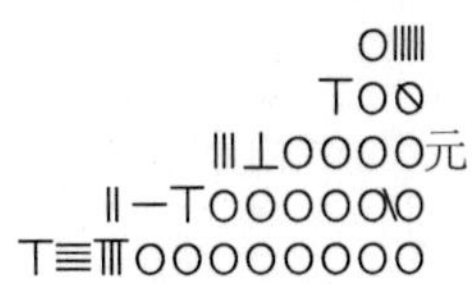 爲同數。與左相消，得下算式 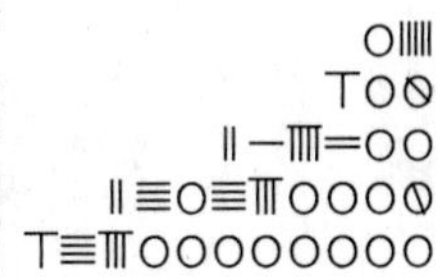 開三乘方，得三百六十步，即股圓差也。以股圓差減甲南行，餘二百四十步，即城徑也。合問。

或問：南門外，不知步數，有槐樹一株。東門外不知步數，有柳樹一株，槐柳二樹相去二百八十九步。有人從乾南行六百步而止，斜望槐柳，與城參相直。問答同前。

法曰：云數相乘得數，又自增乘，爲三乘方實。斜步冪，乘南行步，又二之，爲益從。二云數相乘，又倍之，**四庫館臣案** 此下脱「內減斜步冪」五字。**清·李鋭案** 此案非，蓋正文本不脱也。爲益廉，二之斜步爲第二從廉。二步常法，得槐至城心步。

草曰：別得槐樹至城心步，即人所止至槐樹步也。乃立天元一爲槐樹至城心步。即人至槐處。加於斜步，得  爲邊弦也。以天元乘之，得  合斜步除。不除，便以此爲邊股。寄斜步分母。又以斜步乘南行步，得 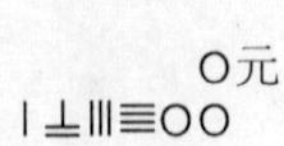 爲大股。以邊股減之，餘 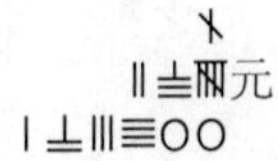 爲半城徑。寄斜步分母。以自之，得下算式 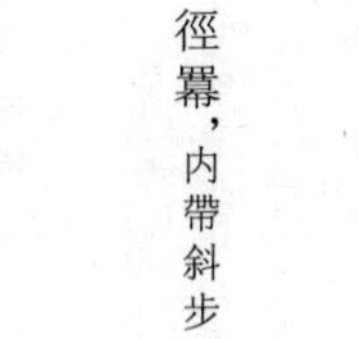 爲半徑冪，內帶斜步冪爲母。寄左。又以天元減斜步，得 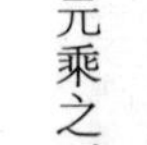 爲叀弦。以天元乘之，得  合斜步除，不除，寄爲母，便以此爲半梯頭。以邊股半梯底乘之，得下 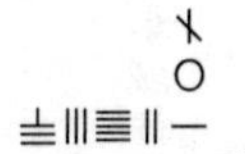 爲同數。與左相消，得 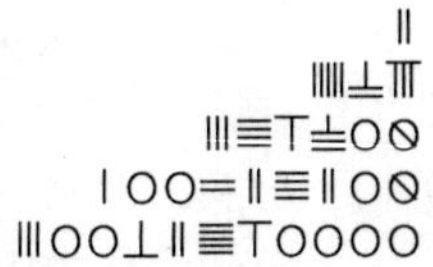 開三乘方，得二百五十五步，即槐樹至城心之步也，亦爲皇極正股。又自之，得數。以減斜冪，餘如平方而一，得城心至柳樹步，又爲皇極正勾也。勾股相乘，倍之爲實，如斜步而一，即城徑也。合問。

又 卷六《大勾》 或問：出東門，直行不知步數，有槐樹一株。出南門，東行不知步數，有柳樹一株，槐柳斜相距一百五十三步。甲從乾東行三百二十步，望槐柳與城參相直。問答同前。

法曰：二行相乘訖，又以乘甲東行冪爲實。斜行乘甲東行冪，又三之，爲從方。甲東行冪內減兩段二行相乘數，爲第一廉。二之甲東行爲益二廉。二步常法，開三乘方，得半徑。

草曰：立天元一爲半徑，以二之，減於甲東行，得 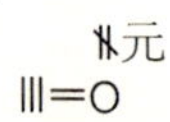 爲小差。以自之，得 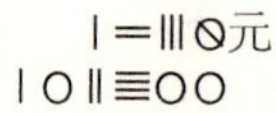 加於甲東行冪。復半之，得下式 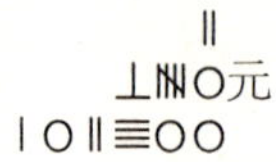 爲大弦。內帶小差分母。又置斜相距步，以大勾乘之，得  合大弦除，不除，便以此爲小勾。內帶大弦分母。乃以天元減甲東行數，得 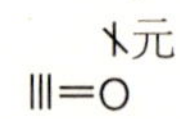 爲半梯底。以乘小勾半梯頭，得 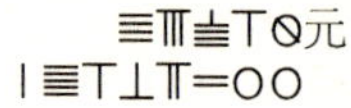 爲半徑冪於上。此半徑冪內有大弦分母，此大弦分母元帶小差分母，故先用小差分母，以乘上半徑冪，得下 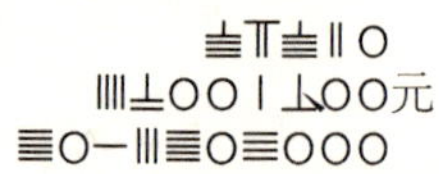 爲半徑冪也。內只帶本大弦分母，寄左。乃以大弦乘天元冪，得 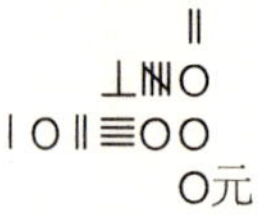 爲同數。消左得 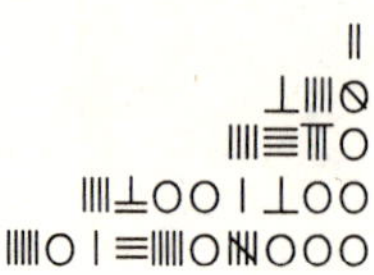

開三乘方，得一百二十步，即半城徑也。合問。

或問：南門外不知步數，有槐樹一株。東門外不知步數，有柳樹一株。槐柳相距二百八十九步。甲從乾東行三百二十步，斜望槐柳與城參相直。問答同前。

法曰：二行相乘，得數又自增乘爲實。斜步冪乘甲東行，又倍之爲益從。兩行相乘，又倍之爲益廉。二之斜步爲第二廉。一步常法，開三乘方，得柳至城心步。

草曰：別得柳至城心步，即甲立處至柳樹步也。立天元一爲柳至城心步，加斜步，得  爲底弦。以天元乘之，得  合斜步除，不除，便以此爲底勾。寄斜步分母。乃再置通勾，以斜步乘之，得  爲帶母通勾。內減底勾，餘式  爲半徑。以自之，得 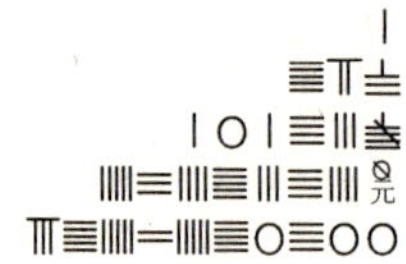 爲半徑冪。內帶斜步分母。寄左。乃以天元減斜步，得 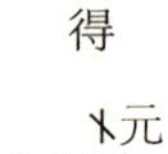 爲明弦。以天元乘之，得 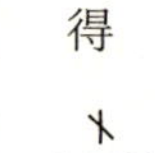 合斜步除。不除，便以此爲半梯頭，寄斜步爲母。復以底勾半梯底乘之，得 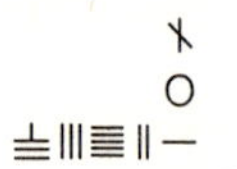 爲同數。與左相消，得 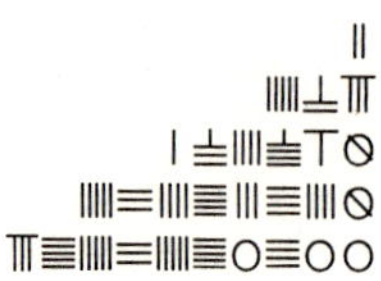 開三乘方得一百三十六步，即柳至城心步也。合問。

或問：甲從乾隅東行三百二十步而立。乙出城東行，丙出城南行。三人相望，俱與城相直。乙丙共行了一百五十一步。問答同前。

法曰：以甲東行爲冪，折半，又以自之，爲三乘方實。倍共步，加甲東行，以乘半段甲行冪，爲從方。甲行乘共數爲從廉。甲東行加五爲第二益廉。二分五釐常法，得小差。

草曰：別得乙丙共行步，即明股叀勾共也。立天元一爲小差，以自之。副置二位。上位減於甲東行冪，以天元除之，又折半，得 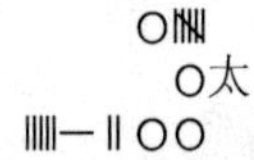 即大股也。下位加甲行冪，以天元除之，又折半，得 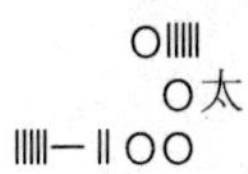 爲大弦也。其甲東行，即大勾也。併大勾大股，得 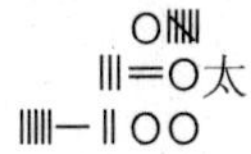 即大和也。再立天元，以減甲東行步，得 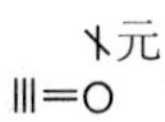 即圓徑也。以圓徑加共步，得 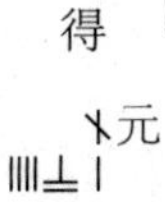 即皇極和也。即小和，又爲高弦平弦共數。又倍之，得 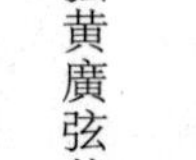 即黄長弦黄廣弦共也。內減大弦，得下式  爲皇極內小黄方也。亦爲虚弦。再置大和 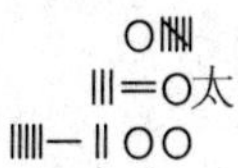 以小黄方乘之，得 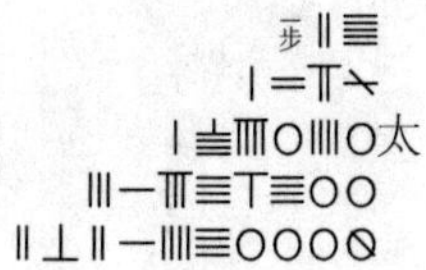 合以小和除之，不除，便以此爲城徑，內寄小和爲母。寄左。然後以天元減甲東行，得 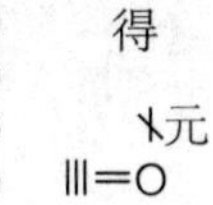 爲大黄方。以小和乘之，得 爲同數。與左相消，得 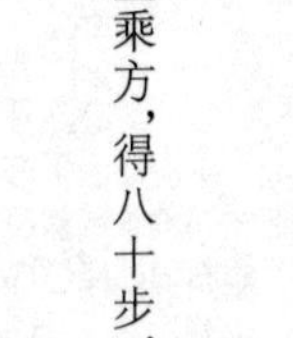 開三乘方，得八十步，即小差也。以小差減甲東行，餘二百四十步，即城徑也。合問。

又 卷七《明叀前》 或問：丙出南門直行一百三十五步而立，甲出東門直行一十六步見之。問答同前。

法曰：以丙行步一百三十五再自之，得二百四十六萬〇三百七十五於上。又以甲行一十六乘丙行冪一萬八千二百二十五，得二十九萬一千六百，以乘上位，得七千一百七十四億四千五百三十五萬爲三乘方實。以二行步相乘。又倍之，得四千三百二十。以乘丙行步，再自之，數得一百六億二千八百八十二萬爲益從。第一廉空。以甲行乘丙行冪，得二十九萬一千六百。又倍之，得五十八萬三千二百於上。四之甲行冪一千〇二十四，以乘丙行步，得一十三萬八千二百四十。減上位，餘四十四萬四千九百六十爲第二廉。二行步相乘，得二千一百六十爲虚常法，得丙行步上勾弦差八十一。**清·四庫館臣案** 法中載數自此始亦擇其數繁者詳之，使人易曉也。

草曰：識別二數相併，得一百五十一。以減於皇極弦，餘一百三十八，即虚勾虚股併也。若以二數相減，餘一百一十九爲高弦內減平弦，又爲皇極弦內少個小差弦，又爲大差弦內減個皇極弦也。立天元一爲丙行大差數，置丙行步一百三十五，自乘得 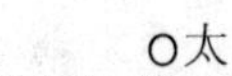 用天元除之，得 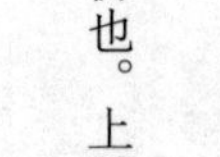 爲勾弦併也。上減天元，得 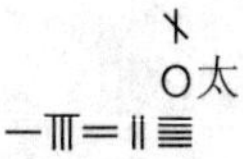 爲二丙勾也。復用丙南行乘之，得 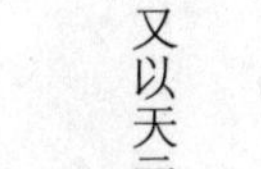 爲二積也。又以天元除

之，得 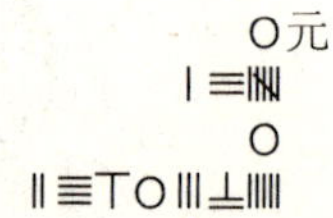 爲丙勾外容圓半。泛寄。別置丙南行，用二甲勾乘之，得 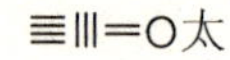 合用二丙勾除之，不受除，便以此爲甲股。內寄二丙勾爲分母，復用二甲勾三十二乘之，得 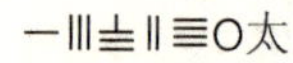 爲二個甲直積也。又置丙南行內減天元，得 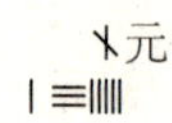 爲黃方。以自乘，得下 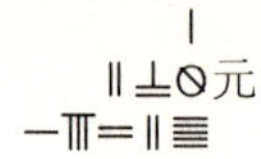 爲丙上勾弦差乘股弦差二段。以天元除之，得 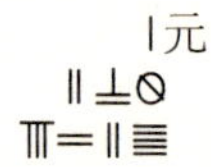 爲兩個丙小差也。乃用甲股乘之，得下  用丙南行除之，得 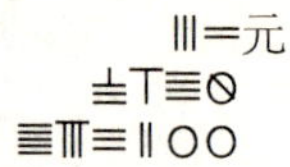 又折半，得下式 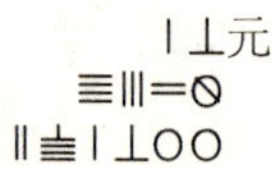 爲一個甲步股弦差也。內亦帶前二丙勾分母。復置二個甲直積。內已寄此甲股弦差分母，便爲甲步股外容圓半。寄左。乃再置先求到泛寄，如下式 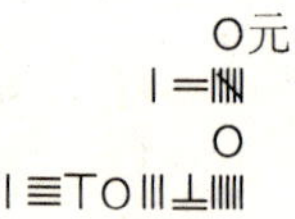 用甲股弦差分母乘之，得 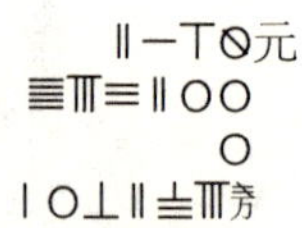 爲同數。與左相消，得下式 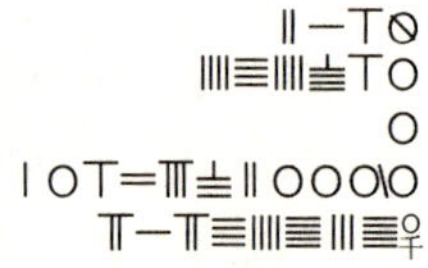 開三乘方，得八十一步，即丙步上勾弦差也。《鈐經》載此法。以勾弦差率冪減丙行差冪，復以丙行乘之爲實。以差率冪爲法。如法得徑。此法只是以勾外求圓半，合以大差除倍積，而今皆以大差冪爲分母也。依法求之，勾弦差八十一自之，得六千五百六十一。以減於丙行冪一萬八千二百二十五，餘一萬一千六百六十四，復以丙行一百三十五乘之，得一百五十七萬四千六百四十爲實，以大差冪六千五百六十一爲法，如法得二百四十步，即城徑也。

又法：二行相乘得數。又自之，爲三乘方實。併二行步，以乘二行相乘數。又倍之爲從。二行相併數，以自乘於上。又二行相減數自乘。減上位爲第一廉，第二廉空。一益隅，益積開之，得半徑。其第一廉只是四段二行相乘數。

草曰：立天元一爲半城徑，副置之，上加南行步，得  爲股。下位加東行步，得  爲勾。勾股相乘，得  爲直積一段。以天元除之，得  爲弦。以自之，得下  爲弦冪。寄左。乃以勾自之，得  又以股自之，得 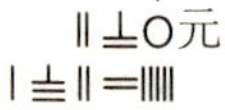 二位相併，得  爲同數。

與左相消，得 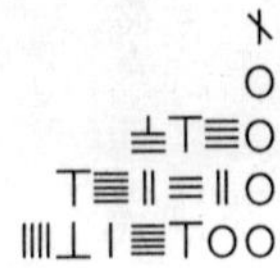 益積開三乘方，得一百二十步，即半城徑也。【略】

草曰：依前求得勾股率。置出南門步爲小股。以勾率乘之，得  合以股率除。不除，寄爲母，便以此爲半梯頭於上。又置南行步，加二天元，得 爲大股。以勾率乘之，得 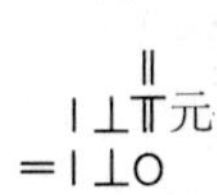 合以股率除。不除，寄爲母，便以此爲梯底。以乘上位，得 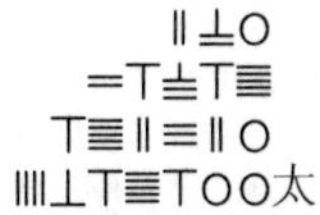 爲半徑自乘數。內帶股率冪爲母。寄左。然後置天元以自之，又以股率冪乘之，得下式 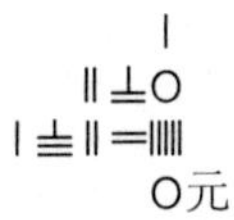 爲同數。與左相消，所得一如前答。

又法：以二行差冪數自乘，又倍之爲實。併二行步，以乘二行差冪。又四之，爲益從四段南行冪。內減二段差冪於上。又二段差冪內減四段東行冪，餘以減上位**四庫館臣案** 併二行冪減二行差冪，四因之，亦同。爲第一廉。四之二行共爲第二廉。二步虛法益積開之，得皇極弦二百八十九。

草曰：立天元一爲皇極弦，以自之爲弦冪於上。以二行步相減，餘 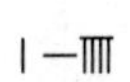 以自之，得 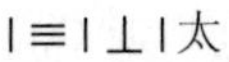 爲較冪。以減上，得  爲二直積。復以天元除之，得  爲一個城徑也。副置之上位，加二之東行步，得 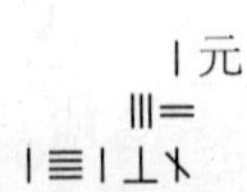 爲二勾也。以自增乘，得 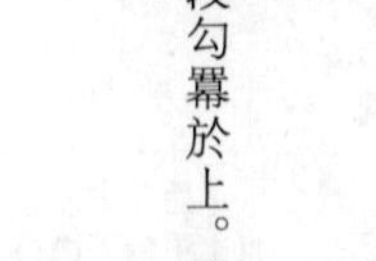 爲四段勾冪於上。下位加二之南行，得 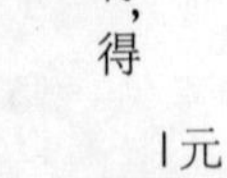 爲二股也。以自增乘，得 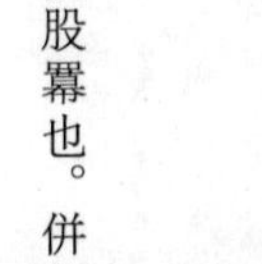 爲四段股冪也。併入上位，得下式 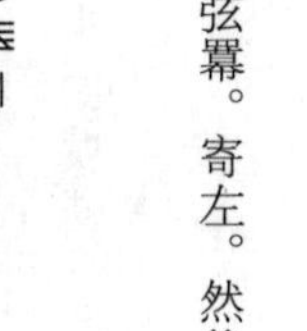 爲四段弦冪。寄左。然後以天元爲冪。就分四之爲同數。與左相消，得下式 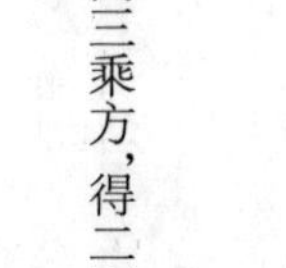 益積開三乘方，得二百八十九步，即皇極弦也。欲見城徑者，別立天元半徑。副之，加東行爲勾，加南行爲股，勾股各爲冪併之，與弦冪相消，開方得城徑也。

又法：以二行差一百一十九自乘，得一萬四千一百六十一爲差冪。以東行步乘之，得二十二萬六千五百七十六爲泛率。又自增乘，得五百一十三億三千六百六十八萬三千七百七十六爲五乘方實。倍東行步，得三十二，以二行差一百一十九乘之，得三千八百八爲小泛。以乘泛率，又倍之，得一十七億二千五百六十〇萬二千八百一十六爲從方。併兩行而倍之，得三百二，以乘泛率，得六千八百四十二萬五千九百五十二於上位。以小泛冪一千四百五十萬〇〇八百六十四加入上位，共得八千二百九十二萬六千八百一十六爲第一廉。併兩行而倍之，得三百二，以乘小泛，得一百一十五萬〇〇一十六爲寄數。倍二行差以乘差冪，得三百三十七萬〇三百一十八。內減寄數，餘二百二十二萬〇三百〇二，爲第二益廉。六段二行差冪八萬四千九百六十六內減二行併數冪二萬二千八百一，餘六萬二千一百六十五爲第三益廉。六之二行差七百一十四爲第四益廉。二步虛法，得叀弦三十四步。

草曰：立天元一爲皇極弦上股弦差。即東行步上斜也，亦謂叀弦。以天元加二行差，得 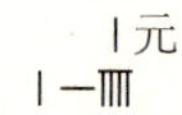 即明弦也。此即皇極弦上勾弦差也。以天元乘之，又倍之，得  即皇極内黄方冪也。泛寄。置皇極弦上勾弦差，以東行步乘之，得 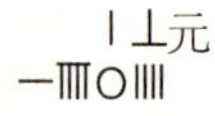 以天元除之，得下  爲明勾也。又置天元，以南行乘之，得  合用明弦除，不除，寄爲母，便以此爲叀股於上。寄明弦母。乃再置明勾，以明弦乘之，得 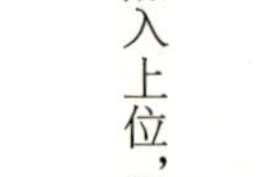 亦爲帶分明勾。加入上位，得 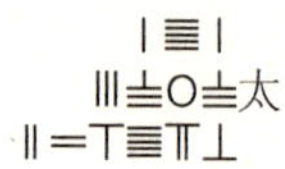 即是一個虛弦也。以自增乘，得下 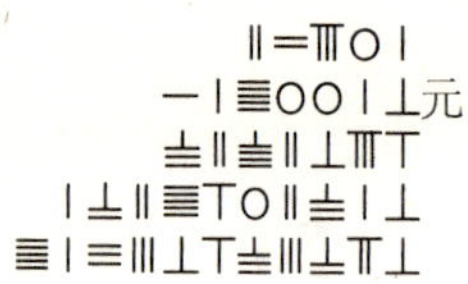 爲一段虛弦冪也。內帶明弦冪分母。寄左。然後置明弦以自之，得下  爲明弦冪。以乘泛寄，得  爲同數。與左相消，得下  開五乘方，得三十四步爲東行步上斜步也。即叀弦。其東行步得  即叀勾也。勾弦各自爲冪以相減，餘九百步。開方，得三十步，即叀股也。既各得此數。乃以股外容圓半法求圓徑，得二百四十步，即城徑也。合問。**四庫館臣案** 此草又法求叀弦至開帶縱五乘方。法愈繁，數愈賾，而天元一之用，愈見其妙。第所得帶縱五乘方，廉隅積數雖具，而未習其法者，不能信其數之必然。今姑取已得之叀弦數。案廉隅數推其積數，以明其數之無可疑焉。置五乘方數二。以叀弦三十四乘之，得六十八。與四乘方數七百一十四相加，得七百八十二。又以叀弦乘之，得二萬六千五百八十八。與三乘方數六萬二千一百六十五相加，得八萬八千七百五十三。又以叀弦乘之，得三百零一萬七千六百零二。與立方數二百二十二萬零三百零二相加，得五百二十三萬七千九百零四。又以叀弦乘之，得一億七千八百零八萬八千七百三十六，內減所少平方數八千二百九十二萬六千八百一十六，餘九千五百一十六萬一千九百二十。又以叀弦乘之，得三十二億三千五百五十萬零五千二百八十。內減所少元數十七億一千五百六十萬零二千八百一十六，餘一十五億零九百九十萬零二千四百六十四。又以叀弦乘之，得五百一十三億三千六百六十八萬三千七百七十六爲積數。與草中積數合。此即無次商帶縱五乘方法。清·李鋭案：此乃通初次商爲一法耳，非無次商也。云無次商，不辭之甚。

或問：丙出南門直行，甲出東門直行，兩相望見。既而丙云：我行少於城徑一百五步。甲云：我行少於城徑二百二十四步。問答同前。

法曰：二少步相乘訖，又自乘爲實。六之共步乘云數，相乘數爲益從。十八之云數相乘數於上。又三之共步自乘。加上位，內復減丙少步冪，甲少步冪爲從廉。四十八之共步爲益二廉，六十二步常法，翻法開三乘方，得一百二十步，即半徑。

草曰：別得云數共減於倍城徑爲甲丙共行數。又云數相減，即皇極差，亦爲甲行不及丙行數。立天元一爲半城徑，以三之，副置二位。上位減丙少步，得 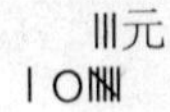 爲皇極股也。下位減甲少步，得 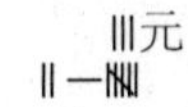 爲皇極勾也。勾股相乘，得 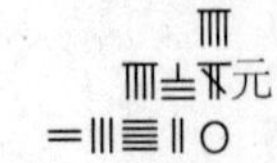 以天元除之，得 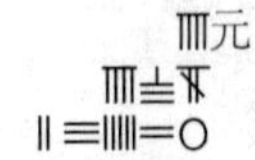 爲弦也。弦自之，得下  爲弦冪。寄左。然後以股自之，得下 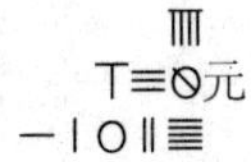 爲股冪於上。又以勾自之，得  爲勾冪。併以加入上位，得 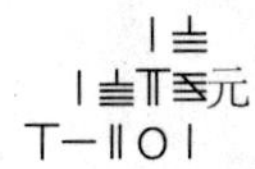 爲同數。與左相消，得 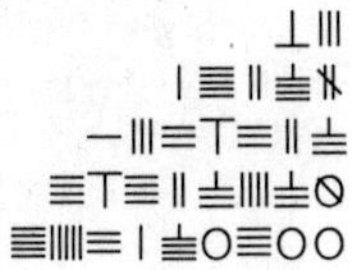 翻法開三乘方，得一百二十步，即半城徑也。合問。

或問：甲丙二人俱在西北隅。甲向東行，丙向南行。又乙出南門東行，丁出東門南行，各不知步數而立。四人遙相望見，悉與城參相直，既而相會。甲云：我與乙共行了三百九十二步。丙云：我與丁共行了六百三十步。問答同前。

法曰：甲乙共自之爲冪，丙丁共自之爲冪，二冪又相乘爲三乘方實。甲乙共自之爲冪。以丙丁共乘之於上。又以丙丁共自之爲冪。以甲乙共乘之。加上位爲益從。甲乙共自之爲冪。丙丁共自之爲冪。併以七分半乘之於上。又以甲乙共乘丙丁共得數。減上位爲第一益廉。併二共數，以七分半乘之，爲第二廉。以七分半自之，得五分六釐二毫五絲於上位。以一步內減上位，餘四分三釐七毫五絲爲虛隅，得城徑。

草曰：別得甲爲大勾，乙爲明勾，丙爲大股，丁爲叀股也。甲乙共內減半徑，即是黃長弦也。丙丁共內減半徑，即黃廣弦也。黃長弦黃廣弦二數相減，餘爲兩個皇極差也。乃立天元爲城徑，半之，副置二位。上以減於甲乙共數，得 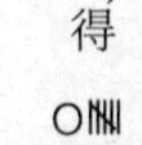 即黃長弦也。以自之，得  爲黃長弦冪也。內減天元一冪，餘得下式  爲勾方差冪也。下位以減於丙丁共，得下式 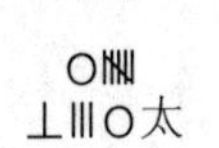 即黃廣弦也。以自之，得 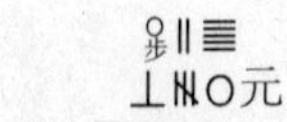 爲黃廣弦冪也。內減天元一冪，餘得 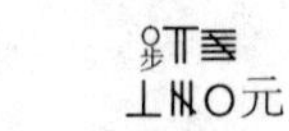 爲股方差冪也。再以勾方差冪股方差冪相乘，得下算式 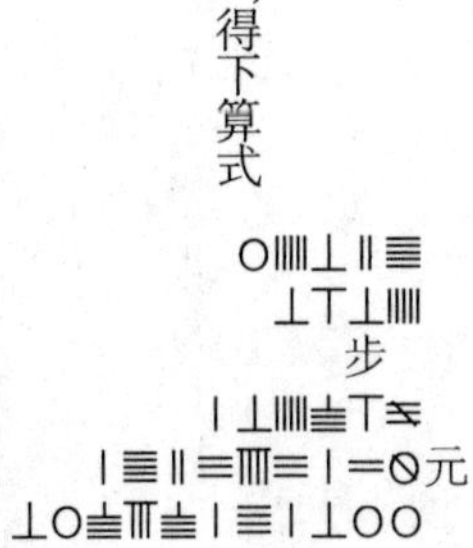 爲徑冪。寄左。然後以天元爲冪，又以冪自之。與左相消，得下式 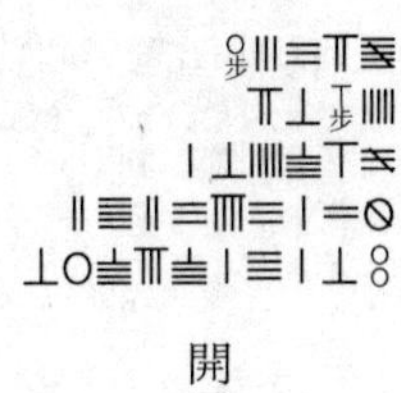 開三乘方，得二百四十步，即城徑也。合問。

又 卷一二《雜糅》 或問：出南門行一百三十五步有樹。出北門行一十五步，折而東行二百八步望見樹。問答同前。

法曰：以東行步乘南行步，得數又自乘爲實。以東行步自乘，乘南行步，又倍之爲從。東行步自乘於上。併南北二行步，以減於東行步，餘數自之爲羃。以減上，再寄位。又併南北二行步。以東行步乘而倍之，内減再寄爲第一益廉。四之東行步於上。又併南北二行步，減於東行步。又四之，減上位爲第二益廉。四步虛隅，開三乘方，得半徑。

草曰：立天元一爲半徑，即高勾也。置南行加天元，得 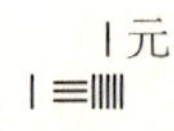 爲高弦也。置大勾 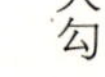 以高弦乘之，得 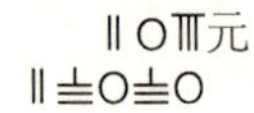 復以高勾除之，得下式 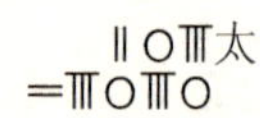 爲大弦也。令之自乘，得  寄位。又置二之天元，加南北行併，得  爲大股。復用大勾二百八減之，得  爲較也。以自乘得 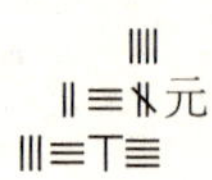 爲較羃。以減寄位，得 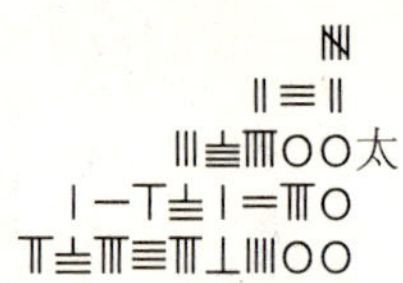 爲二直積。寄左。再置大股  以大勾乘之，得 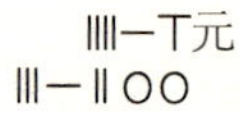 爲直積。又倍之，得 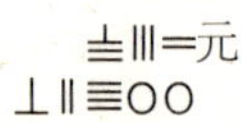 爲同數。與左相消，得

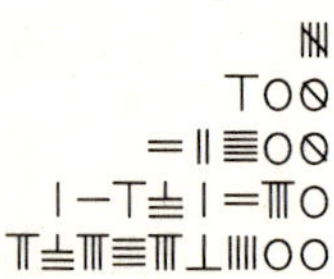

翻法開三乘方，得一百二十步，即城徑之半也。合問。

或問：出北門一十五步，折而東行二百八步有樹。出西門八步，折而南行四百九十五步見之。問答同前。

法曰：先置南行步，内減一東二西併步，餘二百七十一爲前泛率。次併一南二北，内減東行步，餘三百一十七爲中泛率。次併東西步，以南行步乘之於上位。又以西行乘南北併，得數減上位，餘一十萬二千八百四十爲後泛率。乃以後泛率自乘，得一百五億七千六百六萬五千六百爲三乘方實。以前中二泛相減，除四十六，以乘後泛數爲從。前中二泛相乘，得八萬五千九百〇七。加入二之後泛數，共得二十九萬一千五百八十七於上位。又併東西行。清・李鋭案：當云又倍東西併。以乘南北併，得二十二萬三百二十。加上位，通得五十一萬一千九百七爲第一廉。二之前泛數，加入四之東西併，清・李鋭案：當云二之南北併，加入二之東西併。得一千四百五十二於上位。又以前中二泛相減，餘四十六。減上位，餘一千四百六爲第二廉，一步常法，得半徑。**清・四庫館臣案** 此法乃取於又法草中，其求第二廉云，二之前泛數句誤。當云二之四數併。若二之前泛數，加入四之東西併，便得第二廉。一千四百零六，更不得再減，然原文之意，不如是也。

草曰：立天元一爲半城徑，加入東行西行併，得  爲大勾也。又置天元，加入南行北行併，得  爲大股也。置西行八步，以大股乘之，得下式  合以大勾除之。不除，寄爲母，便以此爲股尖也。置南行四百九十五步，減天元得  用分母大勾乘之，乘訖得下式 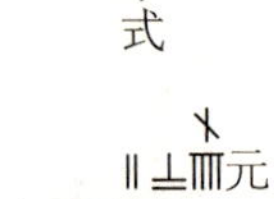 内減了股尖，餘 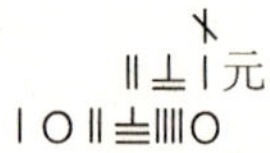 爲小股也。内帶大勾分母。置小股，合以大勾乘了，復以大股除之爲小勾。今爲小股内已有大勾爲母，更不須乘，只以小股  便爲小勾

也。内帶大股爲母。小勾小股相乘，得數爲一個小勾股相乘直積，内帶大勾股相乘直積爲分母也。乃以半城徑即天元也。除之，爲一個弦較和也  此法本取勾外容圓，合以弦較和除二積，爲勾外所容之圓。今用半天元圓徑除一個積，則却得一個弦較和也。内依舊帶大積分母也。寄左。然後再置小股 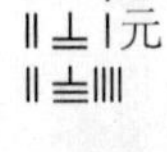 合用大積乘之，緣内已帶大勾分母。今只用大股 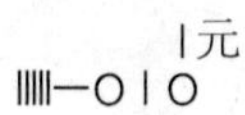 乘之，得 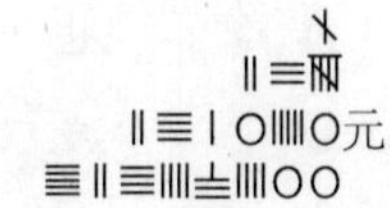 爲大積所乘小股於上。再置小勾，合用大積乘之。緣内已帶大股分母，合只用大勾 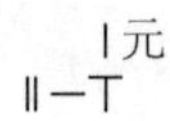 乘之，得 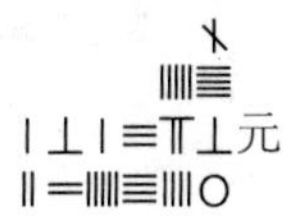 爲大積所乘之小勾也。以此小勾減上小股，得 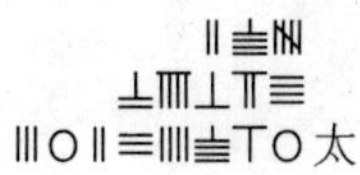 即帶分母較也。又二因小較，得此下式 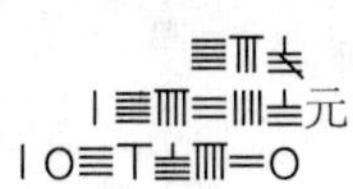 爲帶分二較也。又以大勾股直積 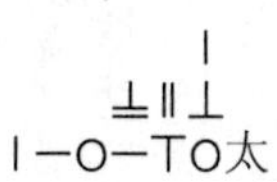 乘二之天元半圓徑，得此下式

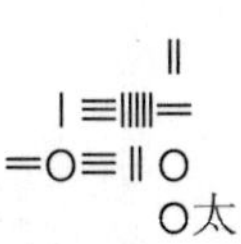 爲一個帶分弦較較也。弦較較乘弦較和，爲二直積，既以圓徑除二直積爲弦較和，則是圓徑爲弦較較也。今又爲半天元圓徑除一積爲弦較和，故倍天元半徑作一個弦較較也。遂將此弦較較加入前二較，得 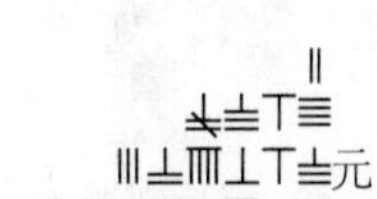 亦爲一個弦較和也。與寄左相消，得下式 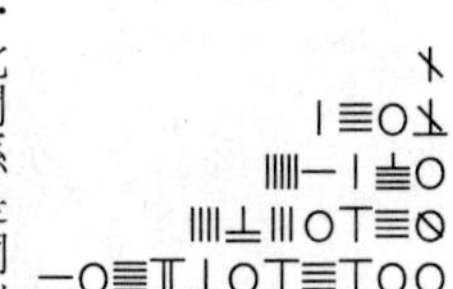 開三乘方，得一百二十步，即半城徑也。合問。

又法：此問係是洞淵測圓門第一十三，前答亦依洞淵細草。用勾外容圓術。以如於弦較和，然其數煩碎，宛轉費力。今別草一法，其廉從與前不殊，而中間段絡，逕捷明白。方之前術，極爲省易，學者當自知也。立天元爲半徑，副之，上併加東西行，得 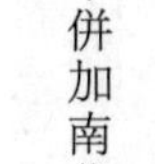 爲通勾率。下併加南北行，得 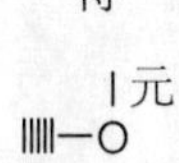 爲通股率。乃置西行八步，以通股乘之，得下  合通勾除，不除，寄爲母，便以此爲南小股也。又置南行四百九十五步内減天元，得  用通勾乘之，得  内減了南小股，餘下式 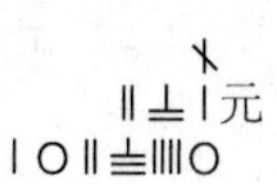 爲股圓差也。内帶通勾分母，又置

北行一十五步。以通勾乘之，得 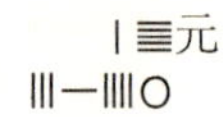 合通股除，不除，寄爲母，便以此爲北小勾也。又置東行二百八步，内減天元，得  用通股乘之，得 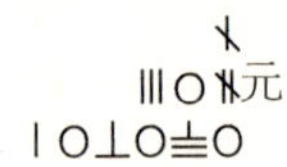

内減了北小勾，餘 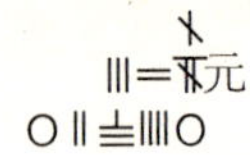 爲勾圓差也。內帶通股分母。乃以二差相乘，得下式

爲半段圓徑冪也。内帶通積爲母。寄左。然後以通勾通股相乘，得 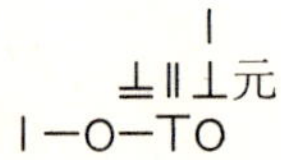 以天元冪乘之，得 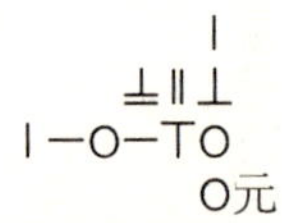 又倍之，得下式

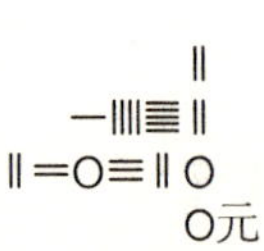

爲同數。與左相消，所得廉從，一與前同。合問。**四庫館臣案** 洞淵疑爲古之精於算者。序中謂老大以來，得洞淵九容之説，而於此問又明其爲《洞淵測圓門》第十三題，前答亦依其細草，大抵是書之作，皆師其意而演之者也。今洞淵之爲人與書雖不可考，而即此一草觀之，其取徑遥深，而惟變所適，亦可見文豹之一班矣。至謂其數煩碎，宛轉費力，特爲初學難易而言。讀者宜善會也。

高冪居下分部

一元一次方程

算法

元・李冶《益古演段》卷中 第三十八問 今有水旱田各一段，共計積二千六百二十五步。只云水田長闊共一百步，其旱田闊，不及長三十五步，而不及水地闊十步。問水旱地長闊各若干。

答曰：水地長七十五步，闊二十五步。旱地長五十步，闊一十五步。

法曰：立天元一爲旱地闊。加旱闊不及水闊一十步，得  爲水地闊。以減水地長闊共一百步，得  爲水田長也。以水田長闊相乘，得下式 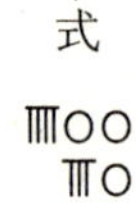 爲水田積於頭。再置天元旱地闊，加不及三十五步，得 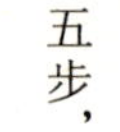 爲旱田長也。以天元乘之，得  爲旱田積也。加入頭位，得 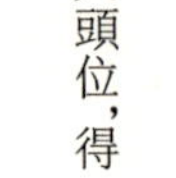 爲一段如積。寄左。然後列真積二千六百二十五步與左相消，得 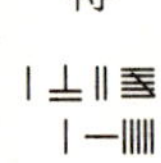 下法上實。如法得一十五步，爲旱田闊也。加闊不及長三十五步，爲旱田長也。又於旱闊内，加不及水地闊一十步，爲水地闊也。以水地闊減於水田長闊共一百步，餘爲水田長也。

依條段求之。以水田共步，乘二闊差於頭位。以二闊差冪減頭位，得數。復以減於田積爲實。列水田共步，加入旱地長闊差内，卻減兩個二闊差爲法。

清·李銳案　右圖舛誤，以意訂正如左，蓋黑者，爲元問水旱田，點者，元減一段即二闊差冪，去減一段，與來減一段等，並是闊差乘旱闊底小直積也。

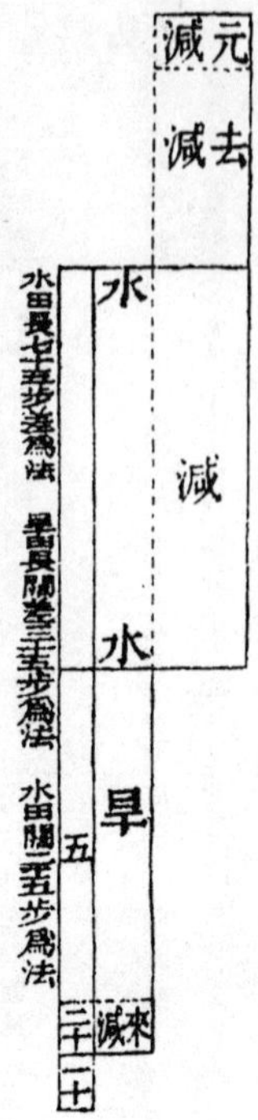

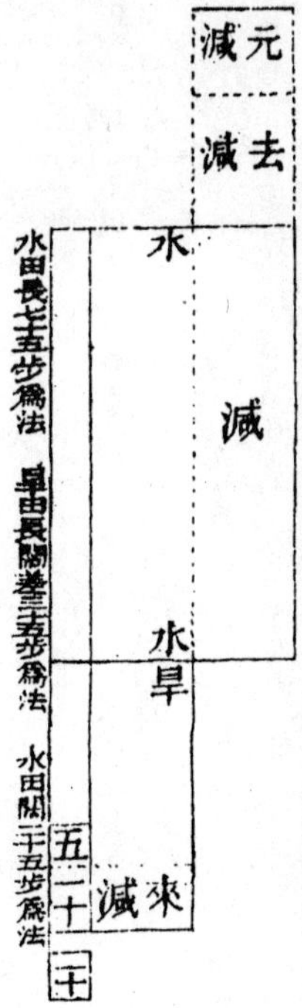

義曰：其水田闊二十五步爲法，內元多一個水旱二闊差數，又積步內減丁一段旱闊爲長，二闊差爲平，底直積是又虛了一個水旱二闊差數，故於法內減去兩個闊差也。

清·四庫館臣案　此條，圖與義不合，蓋傳寫之誤也。今仍存舊式，另擬圖義於後以明之。

義曰：水田長闊共步，乘二闊差，內減差冪，即附水田周一磬折積也。以減共積，餘同旱闊之兩長方共積爲實。其水田長闊，比原數各減一闊差，於此長闊和內加旱田長闊較，即兩長方之共長，故爲法，即得旱田闊也。

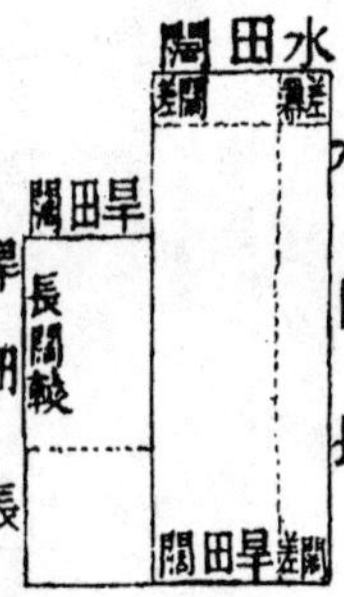

又　卷下　第四十四問　今有梯田一段，長二百四十步，竝不知東西兩闊。只云從東頭截長五十步，計地三畝。從西頭截長三十步，計地五畝。問二闊各多少。

答曰：東頭元闊一十一步二分，西頭元闊四十一步九分二釐。

法曰：此問先須求見兩頭各截之停廣，求東截停廣者置東頭所截三畝之積七百二十步。以截長五十步除之，得一十四步四分爲東截地之停廣也。求西截停廣者，置西頭所截五畝之積一千二百步，以截長三十步除之，得四十步爲西頭所截停廣也。乃立天元一爲每步之差，以東頭截長五十步乘之，折半得 ‖≣元 以減東停廣一十四步四分，得 |≣‖‖分 ‖≣元 爲東頭元小闊於上。再置天元差步，以西頭截長三十步乘之，得 |||〇元 折半得 |≣元 加入西頭停廣四十步，得 ||||〇太 |≣ 爲西頭大闊也。內減東頭小闊，餘 ═||||⊥步 ≣〇 爲二闊總差也。寄左。再立天元，每步差以正長二百四十步乘之，得 ‖≣〇元 亦爲二闊總差。與左相消，得

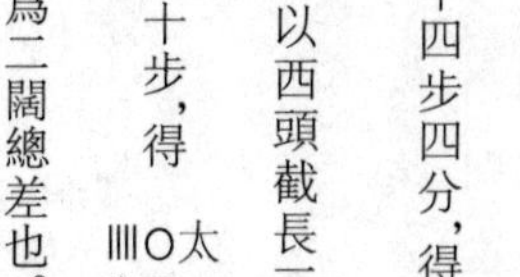

═||||⊥步 ‖〇〇 下法上實，如法而一，得一分二釐八毫，爲每步之差也。置每步之差，以西頭截長三十步乘之，得三步八分四釐。折半得一步九分二釐，加入西頭停廣四十步得四十一步九分二釐，爲西頭元大闊也。又置每步之差，以東頭截長五十步乘之，得六步四分折半得三步二分。以減於東頭停廣一十四步四分，餘一十一步二分爲東頭元小闊也。此問止求每步之差，更不須以條段明之。舊術：依法求得東停廣與西停廣數，乃以二停廣相減，餘以二百而一，謂東截長五十步，其停廣當二十五步，餘去了二十五步也。西截長三十步，其停廣當一十五步，餘去了一十五步也。兩頭計去了四十步。以減於正長二百四十步，餘二百步。所得爲每步之差。乃副置半步之差，左以東截長乘之，以減東停廣，餘爲東元闊也。右以西截長乘之，以加西停廣，併爲西元闊也。又法置一步之差。以正長二百四十乘之，所得爲都闊差也。以都闊差加於小頭闊，則爲大頭闊也。

又　第四十八問　今有方田一段，內有直池水占之，外有地三百四十步。只云其池廣不及長四步。又云從田楞通池長一十五步。問三事各多少。

答曰：田方二十步，內池長一十步，廣六步。

法曰：立天元一爲池長。減於倍通步，得 |||〇太 ⊥

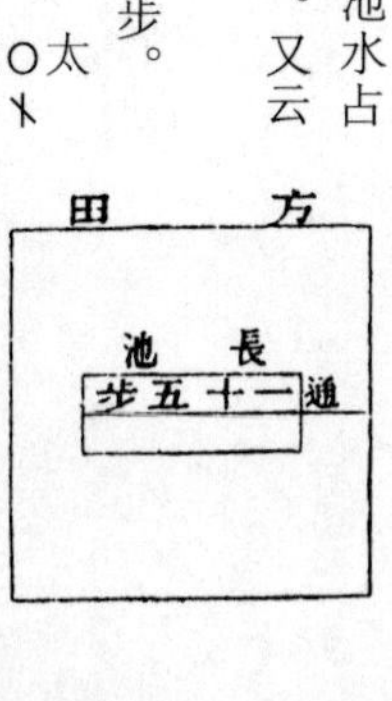

爲田方面。以自之，得 $\begin{matrix}\text{〇〇}|\!|\!|\\ \text{〇}\top\text{〇}|\end{matrix}$ 爲田方積於頭。再置天元池長，内減較四步，得 太 𝍫| 爲池闊。以天元乘之，得 元 𝍫| 爲直池積。以減頭位，得 ⅢＯＯ𝍩Ｏ 爲如積一段。寄左。然後列真積三百四十步與左相消，得 Ｏ𝍦 Ⅲ⊥𝍫 下法上實。如法而一，得一十步，即池長也。以長減於倍通步，即方田面也。

依條段求之。四段通步冪内，減田積爲實。四之通步，内減池較爲法。如法得池長。

義曰：四之通步爲法，内欠一個池長冪，卻用所漏之池補之，猶差一池較爲法合除之數也。既於實積内虚了此數，故作法時，於四之通步内，減去一數也。

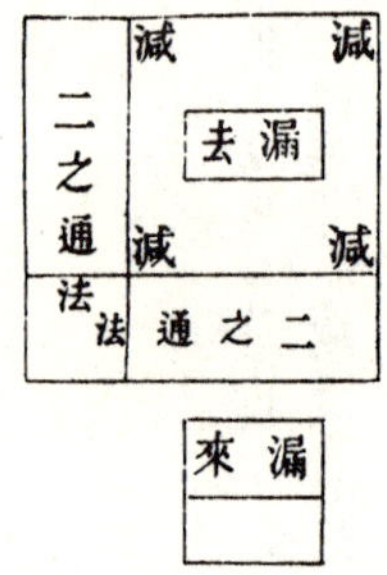

又 第五十六問 今有圓田一段，内有圓池水占之，外計地二十三畝一分。只云從外田通内池徑六十三步。問同前。

答同前。

法曰：立天元一爲實徑。加通步六十三，得 太 ⊥Ⅲ| 爲外田徑。以自之，得下 [算式] 爲外圓徑冪。又十一之，得下式 [算式] 爲十四段外圓積於頭。再置天元實徑。以減通步，得 太 ⊥Ⅲ𝍩 爲内圓徑。以自之，得 [算式] 爲内圓徑冪。又十一之，得下式 [算式] 爲十四段内圓積也。以減頭位，得 元步 [算式] 爲十四段如積。寄左。然後列真積二十三畝一分，法通得五千五百四十四。又就分一十四之，得七萬七千六百一十六。與左相消，得 [算式] 下法上實。如法而一，得二十八步爲實徑也。以實徑加通步，即外徑。若減通步，即内池徑也。

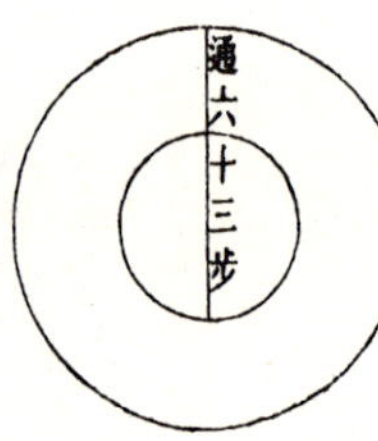

依條段求之。十四之積爲實，四十四之通步爲法，求得實徑。

此十四個真積便是實徑爲平。
七個内外周爲長，一段直田也。

此問難以爲式，强立此式，以推之每積之長，乃三個通步。今十四之積，合以四十二個通步除之。今用四十四之通步爲法者，緣密率之周，稍多於古率之周也。假令古率七個積，即合用二十一個通步爲法。若依密率七個積，即合用二十二個通步爲法。此問乃併十四之積爲實，是合用四十四個通步爲法也。

舊術曰：二十二之通步。如七而一爲法。除田積，見徑。又法，併通步。自之，又十一之於上。以十四之積減上，餘爲實。四十四之通步爲法。見池徑。

案：條段皆於立天元一内取出，而於方圓變積之義，或未暇深思，故謂難以爲式。若以方環圓環解之，固易易耳。今增一圖義於後，而舊術又法先求池徑，更可互相發明因並附焉。

條段圖

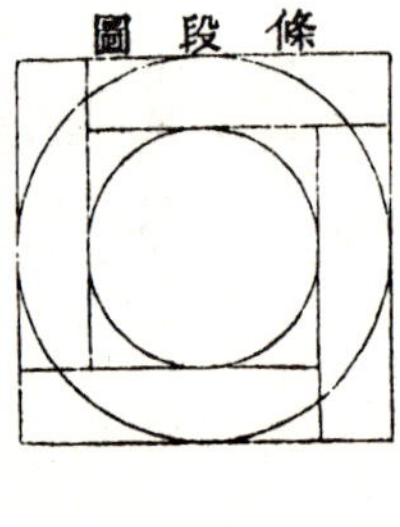

義曰：圓冪率十一，方冪率十四，以十四乘圓環積，便爲十一方環積。每環爲實徑乘通步之直方四，故以十一方環積爲實。四十四通步爲法，即得實徑也。

舊術又法圖

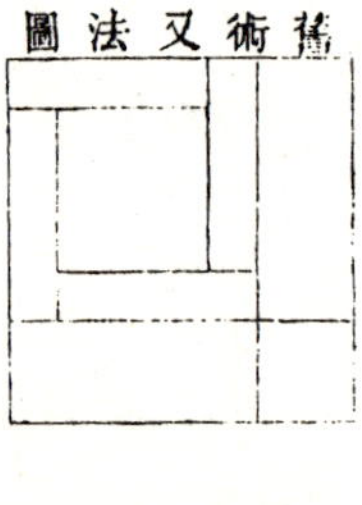

義曰：倍通步即大小徑，併其冪，内有大小徑冪各一，大小徑相乘，直方二内減圓環積所變之方環積，餘小徑冪二。大小徑相乘之直方二。又爲小徑乘大小徑併之直方二。又爲小徑乘通步之直方四，故以十一倍之積較爲實，四十四之通步爲法，即得小徑也。

又 第五十九問 今有二方夾一圓，失卻圓水占外，有田積一十一畝五分五釐，其方圓相去重重徑等。問方圓各多少。

答曰：內方面一十二步，圓徑三十六步，外方面六十步。

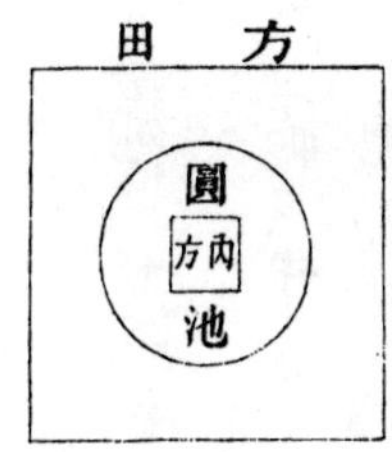

法曰：立天元一爲等數。五之，得 Ⅲ元 爲外方面。自之，得 〇元‖≡ 爲外方積於頭。次立天元一爲等數。三之，得 Ⅲ元 爲中圓徑。以自之，得 〇元Ⅲ 爲圓徑冪。又三之四而一，得 〇元⊥T≡ 爲池積。以減頭位，得下 〇元‖≡|≐ 爲外田積。內減了中圓積之數於次位。再立天元等數，便爲內方面。以自之，得 〇元| 爲內方積，卻加入次位，得 〇元‖≡|≐ 步 爲一段如積。寄左。然後列真積一十一畝五分五釐。以畝法通得二千七百七十二步。與左相消，得 ‖⊥T= |≐‖≡ 步 下法上實，如法而一，得一百四十四步。再開平方，得一十二步爲等數也。**清·李銳案** 此下法乃天元自乘冪之積數，故除實所得，須再開方，若以此下法爲常法，無從開平方，則徑得等數矣，下問放此。

便是內方面也，三之爲中圓徑，五之爲外方面。

此問更無條段，舊法以十九步二分半。除積步，得內方冪。只是以一步推之也。假令內方一步，則圓徑三步，外方面五步也。於外方積二十五步之內，減了中圓積六步七分半，卻加入內方積一步，計得十九步二分半也。

第六十問　今有二圓夾一方，失卻中方水占外，有田積一十四畝一分七釐半，其方圓相去重重徑等。問方圓各幾何。

答曰：內圓徑一十八步，方面五十四步，外圓徑九十步。

法曰：立天元一爲等數。以五之爲外圓徑。以自之，得 〇元‖≡ 爲外徑冪。又三之四而一，得 |≐T≡ 步 爲外田積於頭。再立天元等數。以三之爲中方面。又自之得 〇元Ⅲ 爲中方冪。以減頭位，得 〇元≐T≡ 爲外圓積。內減了中方冪之數於次位，又置天元等數，便爲內圓徑。以自之，得 〇元| 爲內徑冪。又三之四而一，得 〇元〇T≡ 爲內圓積也，卻加入次位，得 〇元|〇Ⅲ 爲如積一段，寄左。然後列真積一十四畝一分七釐半，以畝法通得三千四百二步。與左相消，得 Ⅲ≡〇‖ | 下法上實。如法而一得三百二十四步。再開平方，得一十八步爲等數，便是內圓徑也。副置之，三因爲中方面，五因爲外圓徑也。

此問與前問意同，更無條段。舊法以十步半除積步，得內徑冪，亦只是以一步推之，假令內圓徑一步，則是中方面三步，外圓徑五步。先置外圓積一十八步七分半。內減了中方積九步，卻加內圓積七分半，共得一十步半也。

元·朱世傑《四元玉鑑》卷上《廩粟迴求》　今有圓囤高一丈二尺，周四丈八尺，盛粟滿中而適盡。只云今已運出三百八十四斛。問餘粟殘深幾何。

答曰：殘深七尺。

術曰：立天元一爲殘深。如積求之，得一千八爲益實，一百四十四爲從方。開無隅平方而一，得殘深。合問。

清·沈欽裴《四元玉鑑細草》卷上　欽裴按：此非通率難以立草，改術於後。

新術曰：立天元一爲淺深。如積求之，得一千三百四十爲益實，一百九十二爲從方，開無隅平方而一，得殘深。合問。

草曰：立天元一 太| 爲殘深，減高一丈二尺得 ‖〆 | 爲餘高。以周四丈八尺，自乘，得二千三百四，十二而一，得一百九十二尺爲平圜冪。餘高乘之得 ‖Ⅲ〇Ⅲ |≐〆 爲運出粟積尺。寄左。乃置運出粟三百八十四斛，以斛法

二尺五寸乘之，得九百六十尺，與左相消，得〔算式〕上實下法，得七尺，即殘深也。合問。

清・羅士琳《四元玉鑑細草》卷上　艸曰：立天元一爲殘深。以減高，得〔算式〕爲運出高，副以四除周，得一丈二尺，自之，得一百四十四。乘運出高，得〔算式〕爲四分之三運出積。寄左。乃以運出積四而三，得二百八十八斛，又以斛法通之，得七百二十，爲同數，消左得〔算式〕開無隅平方而一，得七尺。合問。

清・戴煦《四元玉鑑細草》卷上　草曰：立天元一爲殘深。以四分圍周之一〔算式〕自之，得〔算式〕七分五厘而一，得平圓積〔算式〕又以天元乘之，得殘積〔算式〕寄左。次列平圓積，以高乘之，得〔算式〕於上。又以斛法乘運出斛數得〔算式〕又七分五釐通之，得〔算式〕減上，得〔算式〕與左相消，得開方式〔算式〕無隅平方開之，得殘深。

元・朱世傑《四元玉鑑》卷中《三率究圓》　今有平方面一十六尺一十一分尺之三。問爲平冪幾何。

答曰：二百六十五尺。

術曰：立天元一爲平冪。如積求之，得三萬二千六十五爲益實，一百二十一爲從方，上實下法。

清・沈欽裴《四元玉鑑細草》卷中　草曰：置平方面一十六尺，自乘得二百五十六。以未約之分子九加之，得二百六十五尺。即平冪也。合問。

欽裴按：草與術不相應者，爲此平方面。加借算而命分法。失之於微。多若如術意，以平方面通分内子，自稱爲實。分母相乘爲法，則實失之微少。少廣章云：若開之不盡者，爲不可開，當以面命之。立草之意原乎此也。

清・羅士琳《四元玉鑑細草》卷中　艸曰：立天元一爲平冪。副以分母十一自之，得一百二十一。用乘天元得〔算式〕爲一百二十一段平冪。寄左。乃置平方面十六尺，以分母十一通之，得一百七十六。又自之，得三萬九百七十六於上。又置十六尺倍之，得三十二尺。加一得三十三爲元分母，以分母十一除之，得三爲等數。用乘分子三得九，爲元分子，復以一百二十一通之，得一千八十九。加上位，得三萬二千六十五爲同數。消左，得〔算式〕上實下法而一，得二百六十五尺。合問。

清・戴煦《四元玉鑑細草》卷中　草曰：立天元一爲平冪。以方面分母自乘，得〔算式〕乘之得〔算式〕寄左。次列方面分母乘整數〔算式〕加分子得〔算式〕自之，得〔算式〕於上。以分母子相減，得〔算式〕以分子乘之得〔算式〕加上得〔算式〕與左相消，得開方式〔算式〕上實下法而一，得平冪。

元・朱世傑《四元玉鑑》卷中《三率究圓》　今有立方面八尺七分尺之二。問爲立冪幾何。

答曰：五百七十四尺。

術曰：立天元一爲立冪。如積求之，得一十九萬六千八百八十二爲正實，三百四十三爲益方，無隅平方開之。合問。

清・沈欽裴《四元玉鑑細草》卷中　草曰：置立方面八尺，再自乘，得五百一十二，加原分子六十二，得五百七十四尺，即立冪也。合問。

欽裴按：此草與術亦不相應。

清・羅士琳《四元玉鑑細草》卷中　艸曰：立天元一爲立冪。副以分母七再之，得三百四十三。用乘天元，得〔算式〕爲三百四十三段立冪。寄左。乃置立方面八尺，以分母七通之，得五十六。再之，得十七萬五千六百十六於上。又置八尺三之，得二十四尺爲廉法。以八尺乘之，得一百九十二尺爲方法。方廉相併，得二百十六尺，加一得二百十七爲元分母。以分母七除之，得三十一爲等數。用衆分子二，得六十二爲元分子，復以三百四十三通之，得二萬一千二百六十六。加上位得十九萬六千八百八十二爲同數。消左，得

‖≡Ⅲ ‖≟Ⅲ⊥≟丅| 開無隅平方，得五百七十四尺。合問。

清·戴煦《四元玉鑑細草》卷中 草曰：立天元一爲立冪。先以方面分母乘整數 ≡丅 加分子得 ≡Ⅲ 自乘 ≡Ⅲ⊥Ⅲ 再乘得 −Ⅲ≡|−‖ 於上。以方面整數三之 =Ⅲ 加一得 =Ⅲ 以分母分子相乘 −Ⅲ 乘之得 Ⅲ≡〇 內加分子冪 Ⅲ 得 Ⅲ≡Ⅲ 又以分母分子相減 Ⅲ 乘之得 −丅⊥〇 加上得 −Ⅲ⊥Ⅲ≟‖ 寄左。次以分母 丅 自乘，再乘，得 Ⅲ≡Ⅲ 以天元乘之，得 太 Ⅲ≡Ⅲ 與左相消，得開方式 ‖≡Ⅲ −Ⅲ⊥Ⅲ≟‖ Ⅲ≡≡ 無隅平方開之，得立冪。

元·朱世傑《四元玉鑑》卷中《句股測望》 今有圓城不知高遠，立兩表各高一丈二尺，表間相去八十尺，今前表與後表參相直。於前表退行六十尺，人目薄地遥望乳頭與前表末參合。又從後表退行一百尺，人目薄地遥望乳頭與後表末參合。問城高及前表去城各幾何。

答曰：城高三丈六尺，表去城一百二十尺。

術曰：立天元一爲城高。如積求之，得一千四百四十爲正實，四十爲益方，上實下法而一。得城高。求表去城者，以前表退行乘表間爲實，兩表退行差爲法，實如法而一。合問。

清·沈欽裴《四元玉鑑細草》卷中 草曰：立天元一爲城高，亦爲大句，置上。以前表退行六十尺，減後表退行一百尺，餘四十尺爲兩表退行差，亦爲小股差。乘上得 太 ≡〇 爲小股差乘大勾冪。寄左。乃置表間八十尺，加兩表退行差四十尺，得一百二十尺，爲大股差，置上。以表高一丈二尺爲小勾，乘上得一千四百四十尺爲大股差乘小勾冪。與左相消，得 −Ⅲ≡〇 ≡〇 上實下法而一，得三丈六尺，即城高也。合問。又置表間八十尺，以前表退行六十尺，乘之得四千八百尺爲實，以兩表退行差四十尺爲法，實如法而一，得一百二十尺，即表去城也。合問。

欽裴按：兩表退行差爲股差率，前表退行爲分股率，表間爲見股差，而今有之，得表去城爲見分股。

清·羅士琳《四元玉鑑細草》卷中 艸曰：立天元一爲城高，又爲大句。以兩表退行相減，餘四十尺爲兩表退行差，又爲小股用衆大句。得 太 Ⅲ〇 寄左。乃以兩表退行差加表間，得一百二十尺爲大股。以表高爲小句衆之，得一千四百四十爲同數。消左，得 |≡Ⅲ〇 ≡〇 上實下法而一，得三丈六尺爲城高。求表去城者，以表間用衆前表退行，得四千八百尺爲實，四十尺爲法，實如法而一，得一百二十尺。合問。

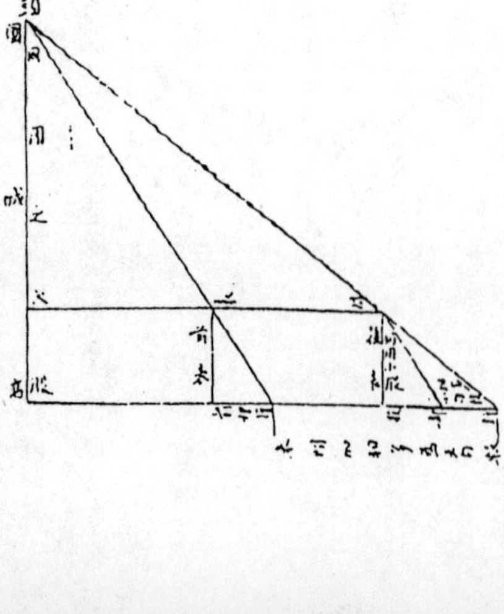

清·戴煦《四元玉鑑細草》卷中 草曰：立天元一爲城高。以前表退行減後表退行。餘名相多爲同。用表高小股之句小較 ≡〇 加入表間爲同用城高。大股之大句較 |=〇 以乘表高小股，得 −Ⅲ≡〇 寄左。次列天元大股乘相多小句較，得 太 ≡〇 與左相消，得開方式 −Ⅲ≡〇 ≡〇 上實下法而一，得城高。

清・陳棠《四元消法易簡草》 法曰：立天元 太丨 爲城高。如積求之，得兩股較乘句式 太〇 〣〇 消同數，得 〇〇 〣〥〣 丨 上實下法，得城高。用比例求之，得城遠。

艸曰：立天元 太丨 爲城高，即爲大句。以兩退行步相減，得 〣〇 爲兩小股較。用乘大句，得 太〇 〣 寄左。乃以小較加表間爲兩大股較，以表高爲小句，乘之，得 〣〇 〡〣 丨 爲同數。消左，得 〇〇 〣〥〣 丨 上實下法，得城高三丈六尺。又以兩退行較爲一率，前退行爲二率，表間爲三率。二率三率相乘，一率除之，得四率，一百二十尺爲前表去城遠。合問。

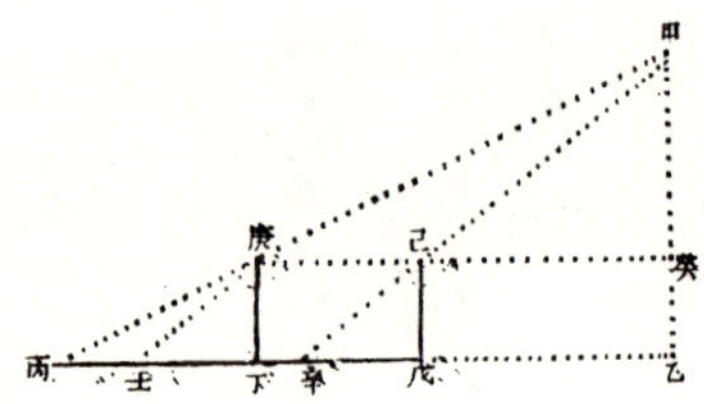

解曰：如圖，甲乙爲城高，乙戊爲城去表遠與己癸等，己戊、庚丁爲兩表，戊丁爲兩表相去，等於己庚。戊辛爲前退行，丁丙爲後退行。甲巳辛甲庚丙爲兩叁合線，試自庚點作線，與己辛平行，截丁丙於壬。則庚丁丙與甲乙丙，庚丁壬與甲乙辛，皆成同式形。以兩小股之較，壬丙比小句庚丁，若兩大股之較，辛丙比大句甲乙。而辛壬原與己庚兩表距平行相等，故以兩表距加兩退行較丙壬，得辛丙兩大股較。立天元爲甲乙大句，用比例得同數也。若求遠者，則以丙壬比壬丁，若庚己與己癸。故以前退行乘表間兩退行較，除之，得城距前表之遠。

元・朱世傑《四元玉鑑》卷中《句股測望》 今有方城上有戌樓不知高遠，立兩表齊高一丈五尺，間表相去八十步，今前表與後表參相直，人目高四尺。於前表退行三十步，遥望樓岑與前表末參合。復望樓足，入表五尺六寸。又從後表退行五十步，遥望樓岑與後表末參合。問城樓高各幾何。

答曰：樓高二丈八尺，城高三丈一尺。

術曰：立天元一爲樓高。如積求之，得二千八百爲益實，一百爲從方，開無隅平方而一，得樓高。求城高者，置表高減人目及入表。餘乘表間爲實，以兩表退行相多爲法，實如法而一。［合問。］

清・沈欽裴《四元玉鑑細草》卷中 草曰：立天元一爲樓高，即爲見句差，於上。置後表退行五十步，展爲二百五十尺。以前表退行三十步，展爲一百五十尺，減之，餘一百尺，爲兩表退行相多，亦爲股差率。乘上，得 太 丨〇〇 爲股差率。乘見勾差冪。寄左。乃置表間八十步，展爲四百尺，加相多一百尺，得五百尺爲見股差，於上。以入表五尺六寸爲勾差率，乘上，得二千八百尺，爲勾差率。乘見股差冪，與左相消，得 〇〇〢〣 丨〇〇 上實下法而一，得二丈八尺，即樓高也。合問。又置表高一丈五尺，減人目高四尺及入表五尺六寸，餘五尺四寸。次置表間四百尺加相多一百尺，得五百尺，乘餘得二千七百爲實。相多一百尺爲法。實如法而一，得二丈七尺，加人目高四尺，得三丈一尺，即城高也。合問。

欽裴按：表間并相多爲見股差，表高減人目及入表爲分勾率，相多爲股差率。而今有之，得見分勾。加人目，爲城高。

清・羅士琳《四元玉鑑細草》卷中 艸曰：立天元一爲樓高，又爲見句差。副以前表退行展作一百五十尺，後表退行展作二百五十尺。相減餘一百尺，爲兩表退行相多，又爲股差率。用與見句差相乘，得 太 丨〇〇 寄左。乃以表間展作四百尺，加股差率，得五百尺爲見股差。以入表爲句差率乘之，得二千八百爲同數。消左，得 〇〇〢〣 丨〇〇 開無隅平方而一，得二丈八尺爲樓高。求城高者，置表高減人目，餘一丈一尺，又減入表，餘五尺四寸於上。以表間加兩表退行相多，得五百尺，乘之，得二千七百尺爲實，一百爲法。除之，得二丈七尺，加人目高，得三丈一尺。合問。

清・戴煦《四元玉鑑細草》卷中 草曰：立天元一爲樓高，爲同用前表退行距。城大句之大股較，以兩退行相減，得相多。以尺步法通之，得 丨〇〇 爲同用表高，減人目小股之小句較，入表爲

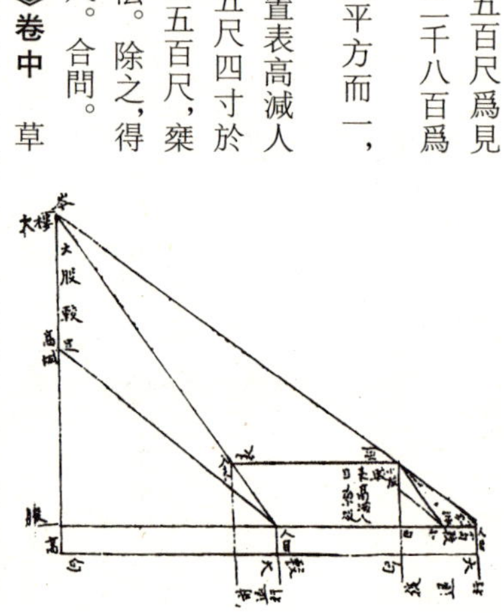

同用前表退行小句之小股較。以尺步法通表間，加相多得 ⅢⅢ〇〇 爲同用城樓共高。減人目大股之大句較。於是以天元大股句較乘相多小句較，得 太 / I〇〇 寄左。次以入表小股較乘表間加相多大句較，得 =Ⅲ〇〇 與左相消，得開方式 =Ⅲ〇〇 / I〇〇 上實下法而一，得樓高。

清·陳棠《四元消法易簡草》卷四　第五問　法曰：立天元 太I 爲樓高。如積求之，得句較與股較相乘之式 太 / I〇〇 消同數，得 ‖≚I 爲除式。上實下法，得樓高。以比例求之，得城高。

艸曰：立天元 太I 爲樓高，即爲大句較。置兩退行，以步法五尺通之，相減得 I〇〇 爲小股較。乘天元得 太 / I〇〇 寄左。乃以步法通表間，加小股較，得 ⅢⅢ〇〇 爲大股較。以入表度分乘之，得 ‖≡〇〇 爲同數。與左相消，得 ‖≡〇〇 / I〇〇 百約之，得 ‖≚I 上實下法，得樓高二十八尺。又以小股較一百爲一率，表減人目高及入表度得五尺四寸爲二率，大股較五百爲三率。二率三率相乘，得二千七百尺。一率除之，得二十七尺爲兩大句股形下句也。加人目，高四尺，共得三丈一尺，爲城高。合問。

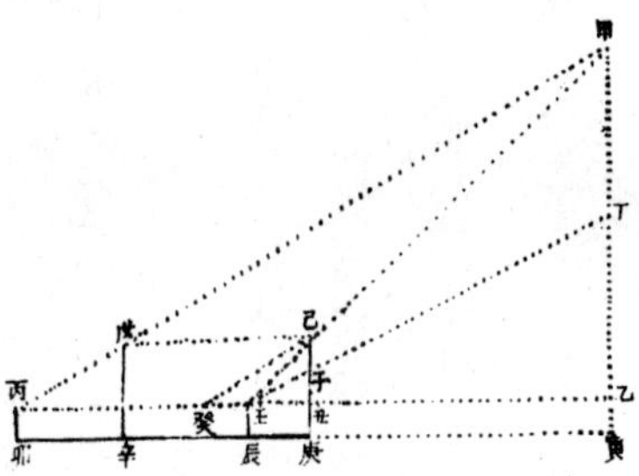

解曰：如圖，甲丁爲樓高，丁寅爲城高，己庚、戊辛爲兩表。庚辛爲表間與戊己等，壬辰、丙卯俱爲人目高等於乙寅，庚辰爲前退行，辛卯爲後退行。丁子壬爲入表線，己子爲入表度，分甲己壬甲戊丙俱爲參合。試自己點作線，與戊丙平行，截丙壬於癸，則己丑癸與甲乙丙，己壬癸與甲壬丙，遂各成大小兩同式形，以兩小股之較癸壬比兩小句之較己子，若兩大股之較丙壬與兩大句之較甲丁，而癸丙原等於戊己，故加小股較癸壬，得丙壬爲大股較。立天元爲大句較。以比例得同數也。又以癸壬比子丑，若壬丙與丁乙，故以全表減人目及入表度，得子丑。用比例得丁乙，加人目乙寅爲城高。

元·朱世傑《四元玉鑑》卷中《句股測望》　今有方城不知大小，立兩表東西相去四十三步二分，齊人目以索連之，令東表與城東南隅及東北隅參相直，於東表退行一十四步八分，遥望城西北隅，入索東端一十步。又却北行去表六十四步八分，遥望城西北隅，適與西表末相參合。問城方去表各幾何。

答曰：城方六里三百四十步，去表一十里八十五步五分步之一。

術曰：立天元一爲城方。如積求之，得五千爲正實，二爲益方，上實下法而一，得城方。求表去城者，入索乘北行去表，以兩表相去除之，得數爲景差，內減東去表，餘以爲法。又北行去表內減景差，餘乘東表退行爲實。實如法而一，即表去城之遠。合問。

清·沈欽裴《四元玉鑑細草》卷中　草曰：立天元一爲城方，即爲見勾。直上以入索一十步乘北行去表六十四步八分，得六百四十八步，以兩表相去四十三步二分除之，得一十五步爲景差。以東表退行一十四步八分減之，餘二分爲股差率。乘上得 太‖ 爲股差率乘見勾冪。寄左。乃置北行去表六十四步八分，減東表退行一十四步八分，餘五十步爲見股差於上。以入索一十步，展作一百分爲勾率。乘上得五千步爲勾率乘見股差冪。與左相消，得 ≡〇〇〇 / ‖ 上實下法而一，得二千五百步，以里法三百六十步除之，得六里三百四十步，即城方也。合問。又如前草，求到服差率二分以爲法。次置北行去表六十四步八分，減景差一十五步，餘四十九步八分，乘東表退行一十四步八分，得七萬三千七百四分爲實。實如法而一，得三萬六千八百五十二分，約爲一十里八十五步五分步之一，即表去城也。合問。

欽裴按：景差減北行去表，爲見股差，東表退行爲分股率，東表退行減景差，餘爲股差率。而今有之得表去城之遠，若以東表退行減北行去表，餘爲所有數，而今有之。所得減東表退行，亦表去城也。

清・羅士琳《四元玉鑑細草》 艸曰：立天元一爲城方，又爲見句。以入索乘北行去表步，得六百四十八步，爲實，以兩表相去爲法，除之，得十五步，爲景差。以東表退行步減之，餘二分爲股差率，用乘見句，得 太‖ 寄左。乃以東表退行步減北行去表，餘五十步爲見股差。以入索展作一百分，爲句率。乘之，得五千分爲同數，消左，得 [算式] 上實下法而一，得二千五百步爲城方。求表去城者，置北行去表減景差，餘四十九步八分，乘東表退行，得七萬三千七百四分爲實。股差率爲法。實如法而一，得三萬六千八百五十二分，爲表去城之遠。合問。

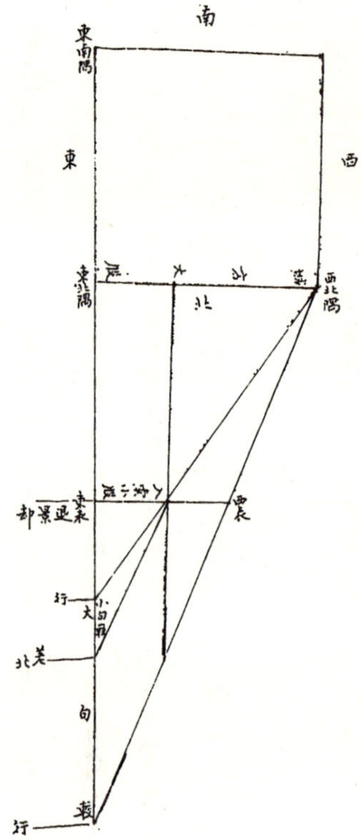

清・戴煦《四元玉鑑細草》卷中 草曰：立天元一 [算式] 句 爲城方，爲大股。以入索乘行北去表 [算式] 步 兩表相 [算式] 步 去除之，得景差 [算式] 分 內減東表退行，得 ‖ 爲同用入索小股之小句較。以東表退行減北行去表，餘爲同用城方大股之大句較 [算式] 以入索化爲一百分乘之，得 [算式] 寄左。次列景差，減退行，以天元乘之，得 太‖ 與左相消，得開方式 [算式] 上實下法而一，得城方。

清・陳棠《四元消法易簡草》卷四 弟六問 法曰：立天元 太| 爲城方。如積求之，得表去城式 [算式] 消同數，得開方式 [算式] 開無隅平方，得城方。又置表去城遠式 [算式] 用真數如式求之，得表去城遠。

艸曰：立天元 太| 爲城方，即爲大句。乘北去表，得 太 [算式] 以表間除之，得 [算式] 爲大股。以母通北去表，得 [算式] 減之得 [算式] 爲表去城遠式。寄左。乃以東退行乘天元，得 太 [算式] 以入索除之，得 [算式] 爲同數。[算式] 爲小股。以母通東退行步，得 [算式] 減之，得 [算式] 以母通左子，得 [算式] 以左母通右子，得 [算式] 相消自之，得 [算式] 上實下法，得二千五百步。里法收之，得六里三百四十步爲城方。又置表去城式 [算式] 以真數二千五百乘元數，得 [算式] 以太數減之，得 [算式] 約之，得三千六百八十五步二分，收爲十里八十五步五分步之一。合問。

解曰：如圖，甲爲城東南隅，乙爲西北隅，甲乙爲城方，甲丙爲城去表遠，丙戊爲二表相去，丙己爲東退行，乙辛己爲入表線，丁丙爲北去表。丙戊丁甲乙丁爲大小同式句股形，丙辛己甲乙己亦爲同式形。以丙戊比丙丁，若以甲乙比甲丁，內減丙丁，得丙甲。以丙辛比丙

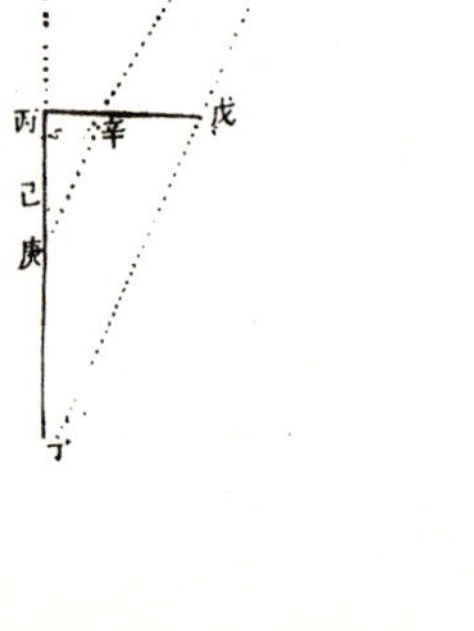

己，若以甲乙比甲己，内減丙己，亦得丙甲。而甲乙爲未知數，故立天元爲甲乙。用比例得同數。又按：此題亦可不立天元，用三比例可以得數。蓋以丙戊比丙丁，若以丙辛比丙庚，減去丙己，得己庚爲兩小形之股較。而辛庚與戊丁平行，故己庚兩小股較，與己丁兩大股較同式。以己庚比丙辛，若以己丁比甲乙，得城方。又以己庚比丙己，若以己丁比甲己，内減丙己，即得表去城遠。

元・朱世傑《四元玉鑑》卷中《句股測望》　今有營居山頂，巖底有泉，欲汲而不知其深。偃矩山上。令句高四尺，從句端望泉入下股六尺。又設重矩於上，其矩間相去一丈六尺，更從句端望泉入上股五尺六寸。問巖深幾何。

答曰：巖深二十二丈。

術曰：立天元一爲巖深。如積求之，得二十二尺爲正實，一寸爲從方，上實下法而一。即巖深。合問。

清・沈欽裴《四元玉鑑細草》卷中　草曰：立天元一爲巖深。加勾高四尺，得 [算籌] 爲分勾於上。以上股五尺六寸減下股六尺，餘四寸爲股差率。乘上，得 [算籌] 爲股差率乘分勾冪。寄左。乃以矩間一丈六尺爲見勾差於上。以上股五尺六寸爲分股率。乘上，得八千九百六十寸，爲分股率乘見勾差冪。與左相消，得 [算籌] 四約之，得 [算籌] 上實下法而一，得二十二丈，即巖深也。合問。

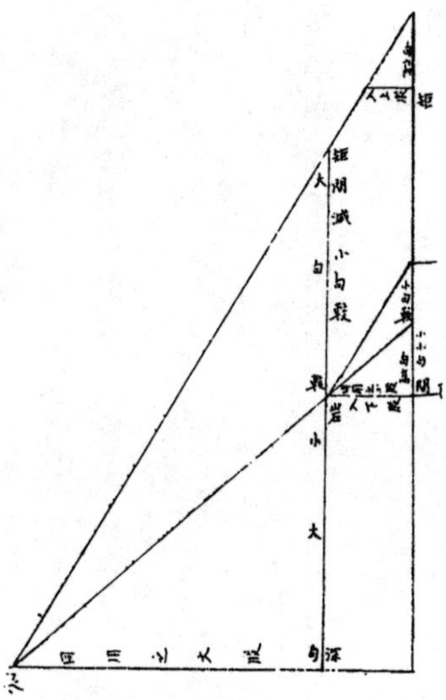

清・羅士琳《四元玉鑑細草》卷中　艸曰：立天元一爲岩深。加句高得 [算籌] 寄左。乃以矩間乘上股，得八千九百六十尺，

清・沈善蒸案　當作「八千九百六十寸於上」。於上。以上下股相減，餘四寸爲法，除上得二千二百四十爲同數。消左得 [算籌] 上實下法而一，得二十二丈。合問。

清・戴煦《四元玉鑑細草》卷中　草曰：立天元一爲岩深，爲以泉距入下股，爲大股之小大句。以句高乘入下股 [算籌] 入上股除之，不盡。約之得景差四尺二寸三半分寸之三。按：約分無至半者，蓋約得七分之六，此用分母之半耳。内減句高，餘通分内子，得 [算籌] 爲同。用入下股爲小股之小句較。以分母 [算籌] 通矩間，得 [算籌] 内減小句較，得 [算籌] 爲同。用泉距入下股爲大股之大句較。以句高爲小小句，乘之得 [算籌] 寄左。次以天元乘小句較，得 [算籌] 與左相消，得 [算籌] 約之凡上實下法之式，不必用約。此云十約者，退位也。得開方式 [算籌] 上實下法而一，得岩深。

清・陳棠《四元消法易簡草》卷四　法曰：立天元一爲巖深。如積求之，得除式 [算籌] 除之，得巖深。

艸曰：立天元 太 [算籌] 爲巖深。寄左。乃以上股乘表閒，得 [算籌] 以上下股較四寸約之，得 [算籌] 減句高，得 [算籌] 爲同數。消左，得 [算籌] 上實下法，除之，得二十二丈。合問。

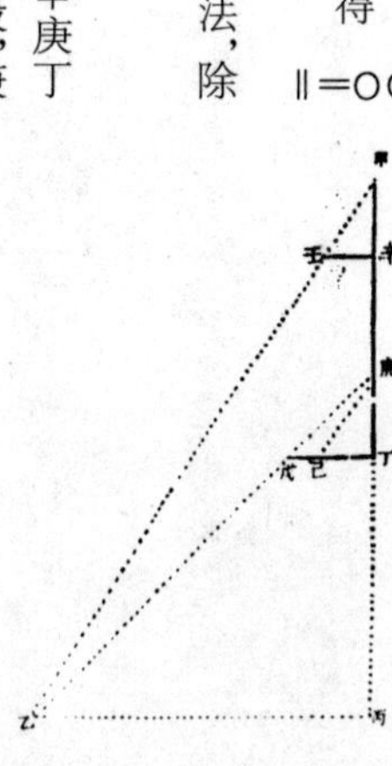

解曰：如圖，丁丙爲巖深，甲辛庚丁均爲句高，辛壬爲上股，戊丁爲下股，庚

戊、乙甲、壬乙俱爲望綫。試自庚起點作綫，與壬乙平行，截戊丁於己。則庚戊丁、甲乙丙遂成兩顛倒同式形。以戊己比己丁，若甲庚與庚丙，而己丁原等於壬辛，故立天元爲丁丙，用矩間乘上股，兩小股較除之，內減庚丁，得同數也。

元・朱世傑《四元玉鑑》卷中《句股測望》 今有登山臨邑，不知門高。偃矩山上，令句高二尺，斜望門額入下股四尺八寸，復望門閫入下股二尺八寸八分。又復立重矩於上。其間相去五尺，更從句端斜望門額入上股三尺六寸，又望門閫入上股二尺四寸。問城門高幾何。

答曰：門高一丈。

術曰：立天元一爲門高。如積求之，得五十寸爲正實，五分爲益方，開無隅平方而一。得門高。合問。

清・沈欽裴《四元玉鑑細草》卷中 草曰：立天元一爲門高。以望額上股三尺六寸，以減望額下股四尺八寸，餘一尺二寸爲望額股差。又以望閫上股二尺四寸，減望閫下股二尺八寸八分，餘四寸八分爲望閫，股差。二差相乘得五十七寸六十分，乘天元得 太 ≣𝍮⊥○ 寄左。乃以望額股差一尺二寸，乘望閫上股二尺四寸，得二百八十八寸於上。又以望閫股差四寸八分，乘望額上股三尺六寸，得一百七十二寸八十分，減上餘一百一十五寸二十分，乘矩間五尺，得五萬七千六百寸。與左相消，得 𝍫⊥𝍮○○○○ ≣𝍮⊥○ 約之，得 一○○○ ╳ 上實下法而一，得一丈，即城門高也。合問。

清・羅士琳《四元玉鑑細草》卷中 艸曰：立天元一爲門高。以額上下兩股相減，餘一尺二寸爲兩額差。閫上下兩股相減，餘四寸八分爲兩閫差。二差相乘，得五十七寸六十分於上。副以兩額差乘閫上股，得二百八十八寸爲額句差。兩閫差乘額上股，得一百七十二寸八十分爲閫句差。二句差相減，餘一百一十五寸二十分爲法，除上得五分。用乘天元得 太 ○𝍤分 寄左。乃以表間展作五十寸，爲同數。消左得 𝍤○○ ○𝍤分 開無隅平方而一，得一丈。合問。

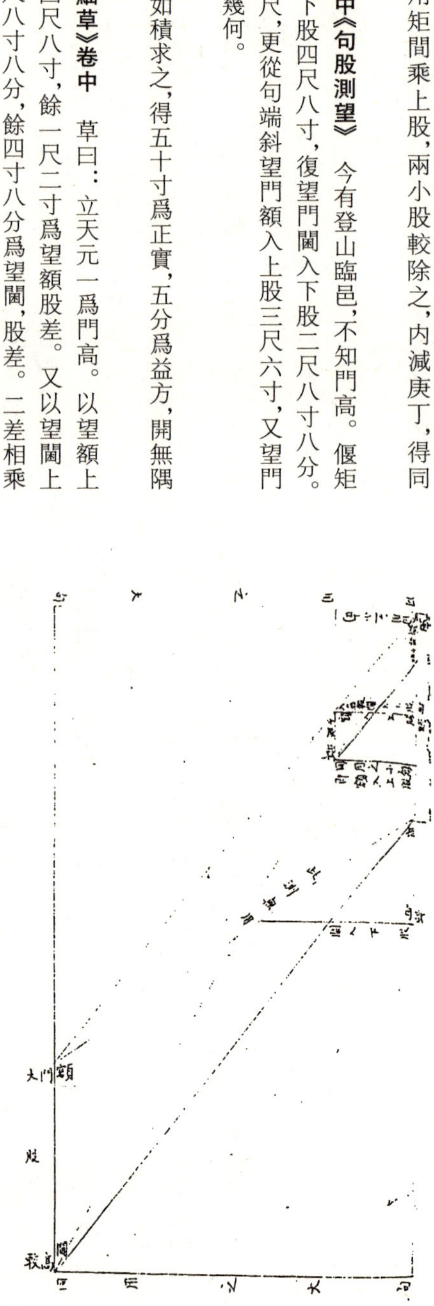

清・戴煦《四元玉鑑細草》卷中 草曰：立天元一爲門高，爲同。以矩句距門爲大句之大股較。以句高乘入上股較 一=○分 得 ‖≣○○○分 閫入上股除之，得 一○○分 爲同。以額入上股爲小句之小股較。又以句高乘額入上股，得 𝍮=○○○分 閫入下股除之，得 ‖≣○分 於上。以小股較加句高，得 𝍫○○ 內減上，得 ≣○分 爲同。以額入上股爲小句之另小股較。矩間爲同，以矩句距門爲大句之另大股較。以乘小股較，得 𝍫○○○○分 寄左。次以天元乘另小股較，得 太 ≣○ 與左相消，得 𝍫○○○○分 ≣○分 十約之，得開方式 ≣○○○寸 ≣分 上實下法而一，得門高。

清・陳棠《四元消法易簡草》卷四 法曰：立天元 太一 爲門高。如積

求之，得除式 |〇‖| 上實下法，除之得一丈。

艸曰：立天元 太| 爲門高。寄左。乃以額上下兩股相減，得 |＝ 爲額差。以矩間乘額上股，得 |≡〇〇 額差除之，得 |≡〇 爲小股。以闑上下兩股相減，得 ‖‖≡ 爲闑差。以矩間乘闑上股，得 |＝〇〇 闑差除之，得 ‖≡〇 爲大股，內減小股得 |〇〇 爲同數。消左，得

|〇〇‖| 上實下法，得一丈。合問。

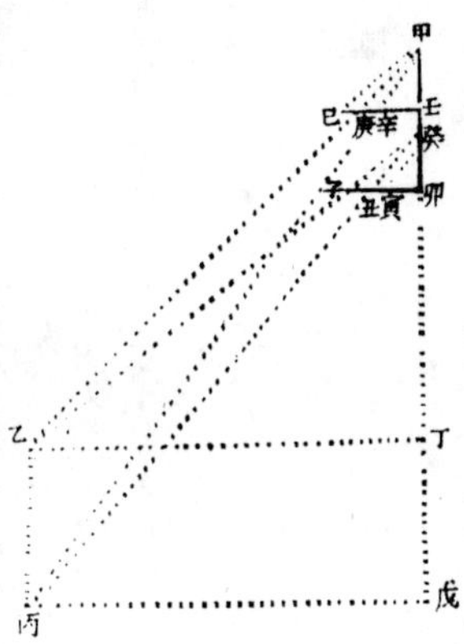

解曰：如圖，乙丙爲門高，等於丁戊。甲壬、癸卯均爲句高，甲癸爲矩間。庚壬爲額上股，辛壬爲闑上股。子卯爲額下股。丑卯爲闑下股，甲乙、甲丙、癸乙、癸丙均爲望線。試自甲點作線，與癸乙平行，引長庚壬遇於已，自癸點作線，與甲丙平行，截丑卯於寅。則甲已庚壬與乙丁癸甲爲同式，以已庚比庚壬，如甲癸與癸丁。又癸丑寅卯與丙戊癸甲爲同式，以丑寅比寅卯，如甲癸與癸戊。而寅卯原等於辛壬，故立天元爲丁戊，用兩比例，得癸丁，與癸戊相減，得同數也。

元・朱世傑《四元玉鑑》卷中《或問歌彖》 或問：務前聽得語云云，新熟醇醨共一盆。醇酒一升醉三客，醨酒三升醉一人。都來共飲十二，座中醉倒五十人。借問四方能算者，幾多醨酒幾多醇。

答曰：醇酒三升七合半，醉一十一人四分人之一。醨酒一石一斗六升二合半，醉三十八人四分人之三。

術曰：立天元一爲醇酒數。如積求之，得三十爲益實，八爲從方，上實下法而一。得醇酒數。又立天元一爲醨酒數。如積求之，得九百三十爲正實，八爲益方，開無隅平方而一，得醨酒。又立天元一爲飲醇酒人數。如積求之，得九十爲正實，八爲益方，上實下法而一，得醇酒人數。又立天元一爲飲醨酒人數。如積求之，得三百一十爲益實，八爲從方，開無隅平方而一，得醨酒人數。不盡者約之。合問。

清・沈欽裴《四元玉鑑細草》卷中 草曰：立天元一爲醇酒數。三之得太||| 爲飲醇酒人數。以減五十人，餘 ≡〇≠ 爲飲醨酒人數。三之得 |≡〇𝍫 爲醨酒數。并醇酒數得 |≡〇𝍫 寄左。乃置十二斗，與左相消，得 ≡⊘||| 上實下法而一，得三升七合半，即醇酒數也。合問。 又立天元一爲醨酒數。合三而一爲飲醨酒人數。今不受除，即以 太| 爲飲醨酒人數。置五十人，三因之，得一百五十人。減飲醨酒人數，餘 |≡〇≠ 爲飲醇酒人數。合三而一爲醇酒，今不受除，即以 |≡〇≠ 爲醇酒。九因天元加之，得 |≡〇||| 寄左。乃置共酒十二斗，以分母九乘之，得一百八斗。與左相消，得 ||||≡〇𝍫 開無隅平方而一，得一石一斗六升二合半，即醨酒數也。合問。 又立天元一爲飲醇酒人數。合三而一爲醇酒，今不受除，即以 太| 爲醇酒數。亦三因十二斗爲三十六斗，減醇酒數，餘 |||⊥〇≠ 爲醨酒數。合三而一爲飲醨酒人數。今不受除，即以 |||⊥〇≠ 爲飲醨酒人數。九因天元加之，得 |||⊥〇||| 寄左。乃置醉倒五十人，以分母九乘之，得四百五十人。與左相消，得 ≡〇𝍫 上實下法而一，得一十一人八分人之二，約爲四分人之一，即飲醇酒人數也。合問。 又立天元一爲飲醨酒人數。三之，得 太||| 爲醨酒數。以減十二斗，餘 |＝〇≠ 爲醇酒數。三之，得 |||⊥〇𝍫 爲飲醇酒人數。以天元加之，得 |||⊥〇𝍫 寄左。乃置醉倒五十人，與左相消，得 |||—⊘||| 開無隅平方而一，得三十八人八分人之六，約爲四分人之三，即飲醨酒人數也。合問。

清・戴煦《四元玉鑑細草》卷中 草曰：立天元一爲醇酒數。以減十二斗，得醨酒人數 ＝〇≠ 以三除之，得飲醨人數 |||⊥〇≠ 於上。又三乘天元，得飲醇人數 太||| 又以三通之，得 |||⊥太𝍫 加上得共人數

寄左。次列五十人，以左母通之 與左相消，得開方式 上實下法而一，得醇酒數。又立天元一爲醨酒數。以減十二㪷，得醇酒數 以天元三而一，得飲醨人數 於上。又三乘醇酒數，得飲醇人數 又以三通之 加上，得共人 寄左。次列五十人，以左母通之，得 與左相消，得開方共人式 上實下法而一，得醨酒數。又立天元一爲飲醨人數。以減五十人，得飲醨人數 以三除天元，得醇醇酒數 於上。以三乘飲醨人數，得醨酒數 又以三通之，得 加上得共酒 次列十二㪷，以左母通之，得 與左相消，得開方式 上實下法而一，不盡約之，得飲醇人數。又立天元一爲飲醨人數。以減五十人，得飲醨人數 以三除之得醇酒數 於上。以三乘天元，得醨酒數 太 又以三通之，得 加上得共酒 寄左。次列十二㪷，以左母通之，［得］ 與左相消，得開方式 上實下法而一，得不盡約之，得飲醨人數。

元・朱世傑《四元玉鑑》卷中《或問歌象》 或問：我有一壺酒，携着遊春走。遇務添一倍，逢店飲斗九。店務經四處，没了壺中酒。借問此壺中，當元多少酒。

答曰：一斗七升八合一勺二抄五撮。

術曰：立天元一爲當元壺中酒。如積求之，得二百八十五爲益實，一十六爲從方。上實下法而一。合問。

清・沈欽裴《四元玉鑑細草》卷中 草曰：立天元一爲當元壺中酒。遇務倍之，得 太 逢店飲斗九，餘 遇務又倍之，得 逢店又飲斗九，餘 遇務又倍之，得 逢店又飲斗九，餘 遇務又倍之，得 逢店又飲斗九，餘 上實下法而一，得一斗七升八合一勺二抄五撮，即當元壺中酒也。合問。

清・羅士琳《四元玉鑑細草》卷中 艸曰：立天元一爲當元壺中酒。倍之得 太 爲遇弟一務。以十九升減之，得 爲逢弟一店。又倍之得 爲遇弟二務。以十九減之，得 爲逢弟二店。又倍之，得 爲遇弟三務。以十九減之，得 爲逢弟三店。又倍之得 爲遇弟四務。以十九減之，得 爲逢弟四店。緣已無酒，即爲得數。上實下法而一，得一㪷七升八合一勺二抄五撮。合問。

清・戴煦《四元玉鑑細草》卷中 草曰：立天元一爲原中壺酒。倍之［得］ 太 減㪷九得 再倍之 減㪷九得 再倍之 減㪷九得 再倍之，得 寄左。次列㪷九與左相消，得開方式 上實下法而一，得原壺中酒。

元・朱世傑《四元玉鑑》卷中《或問歌象》 或問：九百九十九文錢，及時梨果買一千。一十一文梨九箇，七枚果子四文錢。

答曰：梨六百五十七箇，價八百三文。果三百四十三枚，價一百九十六文。

術曰：立天元一爲梨數。如積求之，得二萬六千九百三十七爲益實，四十一爲從方。開無隅平方而一。得梨。又立天元一爲果數。如積求之，得一萬四千六十三爲正實，四十一爲益方。上實下法而一得果。又立天元一爲梨價。如積求之，得三萬二千九百二十三爲正實，四十一爲益方。開無隅平方除之，得梨價。又立天元一爲果價。如積求之，得八千三十六爲正實，四十一爲益方。上實下法而一。合問。

清・沈欽裴《四元玉鑑細草》卷中 草曰：立天元一爲梨。十一乘之，得 太 合九而一爲梨價，今除不盡，轉以七乘之，得 太 爲帶分梨價。以天元減梨果一千，餘 [算籌] 爲果，以四乘之，得 [算籌] 合七而一爲果價。今除不盡，轉以九乘之，得 [算籌] 爲帶分果價。并之得 [算籌] 寄左。乃置錢九百九十九文，以分母六十三乘之，得六萬二千九百三十七。與左相消，得 [算籌] 開無隅平方而一，得六百五十七箇，即梨也。合問。又立天元一爲果。以四乘之，得 太 [算籌] 合七而一爲果價，今除不盡，轉以九乘之，得 太 [算籌] 爲帶分果價。以天元減梨果一千，餘 [算籌] 爲梨。以十一乘之，得 [算籌] 合九而一，今除不盡，轉以七乘之，得 [算籌] 爲帶分梨價。并二價得 [算籌] 寄左。乃置錢九百九十九，以分母六十三乘之，得六萬二千九百三十九。與左相消，得 [算籌] 上實下法而一，得三百四十三枚，即枚也。合問。又立天元一爲梨價。九之，得 太 [算籌] 合十一而一爲梨數，今不受除，轉以四乘之，得 太 [算籌] 爲帶分梨數。以天元減錢九百九十九，餘 [算籌] 爲果價。七因之得 [算籌] 合四而一爲果數。今不受除，轉以十一乘之，得 [算籌] 爲帶分果數。并之得 [算籌] 寄左。乃置梨果一千，以分母四十四乘之，得四萬四千。與左相消，得 [算籌] 開無隅平方，除之得八百三文，即梨價也。合問。又立天元一爲果價。七之得 太 [算籌] 合四而一爲果數，今省不除，轉以十一乘之，得 太 [算籌] 爲帶分果數。以天元減錢九百九十九，餘 [算籌] 爲梨價。九因之，得 [算籌] 爲帶分梨數。并之得 [算籌] 寄左。乃置梨果一千，以分母四十四乘之，得四萬四千。與左相消，得 [算籌] 上實下法而一，得一百九十六文，即果價也。合問。

清·羅士琳《四元玉鑑細草》卷中 艸曰：立天元一爲梨數。用棄十一文，得 太 [算籌] 合以九除之，爲梨價。今不除，轉以七通之，得 太 [算籌] 爲六十三倍梨價。副以天元減共數一千，得 [算籌] 爲果數。用棄四文，得 [算籌] 合以七除之爲果價。今不除，轉以九通之，得 [算籌] 爲六十三倍果價。并二價，得 [算籌] 爲六十三倍共價。寄左。乃以六十三通共錢，得六萬二千九百三十七爲同數。消左，得 [算籌] 開無隅平方而一，得六百五十七箇爲梨。又立天元一爲果數，用棄四文，得 太 [算籌] 合以七除之，今不除，轉以九通，得 太 [算籌] 爲六十三倍果價。副以天元減共數，得 [算籌] 爲梨數。用棄十一文，得 [算籌] 合以九除之，今不除，轉以七通，得 [算籌] 爲六十三倍梨價。併二價，得 [算籌] 爲六十三倍共價。消六萬二千九百三十七，

得 上實下法而一，得三百四十三枚爲果。又立天元一爲梨價。用窠九箇，得 合以十一除之，爲梨數，今不除，轉以四通之，得 爲四十四倍梨數。副以天元減共價九百九十九，得 爲果價。用窠七枚得 合以四除之爲果數，今不除，轉以十一通之，得 爲四十四倍果數。併二數，得 爲四十四倍共數。寄左。乃以四十四通共數，得四萬四千爲同數。消左得 開無隅平方除之，得八百三文爲梨價。又立天元一爲果價。用窠七枚，得 合以四除之，今不除，轉以十一通，得 爲四十四倍果數。副以天元減共價，得 爲梨價。用窠九箇，得 合以十一除之，今不除，轉以四通，得 爲四十四倍梨數。併二數，得 爲四十四倍共數。消四萬四千，得 上實下法而一。得子一百九十六文爲果價。合問。

清・戴煦《四元玉鑑細草》卷中 草曰：立天元一爲梨數。以減一千得果數 四之， 七而一，得果價 又元天元十一之 九而一，得梨價 與果價合分互乘，果價乘得 梨價乘，得 相併得共價 寄左。次列九百九十九文，以左母通之，得 與左相消得開方式 上實下法而一，得梨數。又立天元一爲果數。以減一千，得梨數 十一之， 九而一，得梨價 又天元四之 七而一，得果價 兩價合分互乘，梨價乘得 果價乘得 相併得 爲共價。寄左。次列九百九十九文，以左母通之，得 與左相消，得開方式 上實下法而一，得果價數。又立天元一爲梨價。以減共價，得果價 七之， 四而一，得果數 又天元九之， 十一而一，得梨數 兩數合分互乘，果數乘得 梨數乘得 相併得 寄左。次列一千，以左母通之，得 與左相消，得開方式 上實下法而一，得梨價。又立天元一爲果價。以減共價，得減梨價 九之 十一而一，得梨數 丨𝍫丨𝍮 以梨數母通一千 丨𝍫〇〇〇 內減梨數得果數 丨𝍫丨〇〇〇 寄左。次以天元七之 太Ⅲ 四而一，得 Ⅲ𝍫太Ⅲ 與左合分互乘，左乘得 Ⅲ𝍫Ⅲ 右乘得 Ⅲ𝍫太Ⅲ 相消，得開方式 Ⅲ𝍫𝍮 上實下法而一，得果價。

元·朱世傑《四元玉鑑》卷中　或問：院內鞦韆蹴起，杆索未審高低。脚登畫板女嬌嬉，離地板高一尺。只見送行兩步，板高三尺無奇。杆索長短怎生知，除演天元如積。

答曰：杆長二丈七尺，索長二丈六尺。

術曰：立天元一爲杆長。如積求之，得一百八爲正實，四爲益方，開無隅平方除之。得杆長。又立天元一爲索長。如積求之，得一百四爲正實，四爲益方，上實下法而一，合問。

清·沈欽裴《四元玉鑑細草》卷中　草曰：立天元一爲杆長。減離地一尺，餘 〡丨 副之。以離地一尺減板高三尺，餘二尺。減上餘 〡丨 并副，得 〣〢 以二尺乘之，得 〥〣 寄左。乃置送行兩步，通爲一十尺。自之得一百尺。與左相消，得 丨〇〥〣 開無隅平方除之，得二十七尺，即杆長也。合問。　又立天元一爲索長，副之。以二尺減長，餘 〢丨 并副，得 〢〢 以二尺乘之，得 〣〣 寄左。乃置送行兩步，通爲一十尺，自之得一百尺。與左相消，得 丨〇〣〣 上實下法而一，得二十六尺，即索長也。合問。

清·羅士琳《四元玉鑑細草》卷中　艸曰：立天元一爲杆長。以三尺減之，得 〣丨 爲股。自之，得 Ⅲ〦丨 爲股冪。副以兩步通作十尺爲句，自之，得一百尺爲句冪。併二冪，得 丨〇Ⅲ〦丨 爲弦冪。寄左。乃以一尺減天元得 〡丨 爲索長，又爲弦。自之，得 丨〡丨 爲同數。消左，得 [illegible]

丨〇Ⅲ〣 開無隅平方而一，得二丈七尺爲杆之長。　又立天元一爲索長，又爲弦。自之，得 太〇丨 爲弦冪。寄左。乃以天元加一尺得 丨丨 爲杆長。以三尺減之得 〢丨 爲股。自之，得 Ⅲ〣丨 爲股冪。加句冪一百尺，得 丨〇Ⅲ〣丨 爲同數。消左，得 丨〇Ⅲ〣 上實下法而一，得二丈六尺爲索之長。合問。

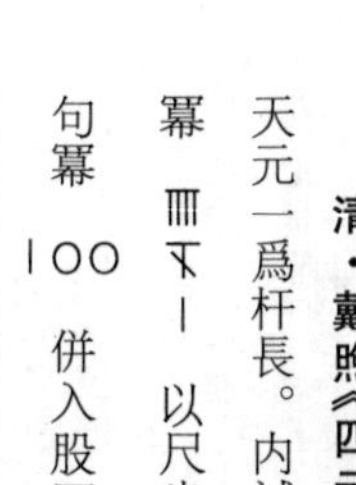

清·戴煦《四元玉鑑細草》卷中　草曰：立天元一爲杆長。內減板高三尺 〣丨 自之爲股冪 Ⅲ〦丨 以尺步法通送行，得 丨〇 自之，爲句冪 丨〇〇 併入股冪，得 丨〇Ⅲ〦丨 寄左。次以天元內減板高一尺 〡丨 自之，爲弦冪 丨〡丨 與左相消，得開方式 丨〇Ⅲ〣 上實下法而一，開無隅平方，得杆長。

又立天元一爲索長。內減兩板高較二尺，得 〢丨 自之得股冪 Ⅲ〣丨 以送行 丨〇 自之，爲句冪 丨〇〇 併入股冪，得 丨〇Ⅲ〣丨 寄左。次以天元自之爲弦冪 太〇丨 與左相消，得開方式 丨〇Ⅲ〣 上實下法而一，得索長。

元·朱世傑《四元玉鑑》卷中　鎖套吞容

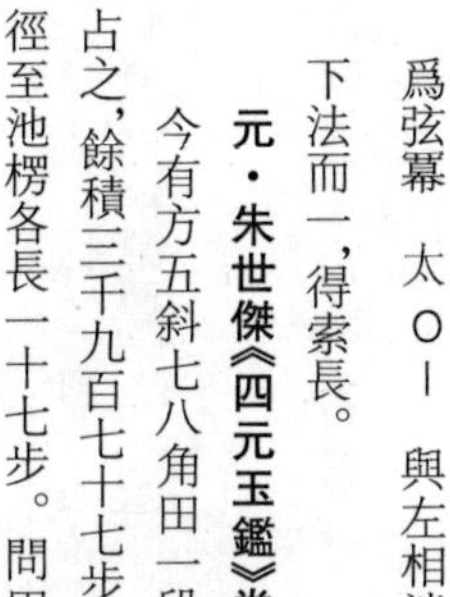

今有方五斜七八角田一段，內復有方五斜七八角池占之，餘積三千九百七十七步四十九分步之七。只云面徑至池楞各長一十七步。問田面闊幾何。

答曰：田闊三十六步，池闊二十二步。

術曰：立天元一爲池面闊。如積求之，得三十六萬二千二百八爲益實，一萬六千四百六十四爲從方，開無隅平方而一，得池闊。加差一十四，即外田面闊。合問。

清·沈欽裴《四元玉鑑細草》卷中　草曰：立天元一爲池面闊。五之，得 太Ⅲ 合七而一，今不除，倍之，得 太〇 又七因天元，加之，得 太Ⅲ

自之,得　太[算籌]　于上。置池面闊　太[算籌]　七之,得　太[算籌]　又自之,得
太[算籌]　減上,餘　太[算籌]　爲帶分池積。又置池面闊　太[算籌]　加差一十
四步,得　[算籌]　爲田闊。五之,得　[算籌]　合七而一,今不除,倍之,得
[算籌]　又七因田闊,加之得　[算籌]　自之,得　[算籌]　于上。以帶分田闊
[算籌]　自之,得　[算籌]　減上餘　[算籌]　爲帶分田積。以池積減之,餘
[算籌]　以四十九乘之,得　[算籌]　寄左。乃置餘積三千九百七十七步四十九
分步之七,通分內子,得一十九萬四千八百八十又以四十九,乘之得九百五十
四萬九千一百二十。與左相消,得　[算籌]　以二十約之,得　[算籌]　開無隅
平方而一,得二十二步,即池闊。加差一十四,得三十六步,即外田面闊也。
合問。

欽裴按：此術可從簡省,別立術草於後。新術曰：立天元一爲池面闊。
如積求之,得一萬四千七百八十四,爲益實,六百七十二爲從方。開無隅平方
而一,得池闊。合問。

草曰：如前草求得　[算籌]　寄左。置餘積三千九百七十七步四十九分
步之七,通分內子,得一十九萬四千八百八十。與左相消,實方各退一位,得
[算籌]　開無隅平方而一,得二十二步。合問。

清・羅士琳《四元玉鑑細草》卷中　艸曰：立天元一爲池面闊,又爲池斜。以方率五乘之,得　太[算籌]　合以斜率七除之爲池方,今不除,便爲帶分池方。內寄斜率爲母。以斜率通天元池斜,得　太[算籌]　爲帶分池斜。內寄斜率爲母。以角八乘之,得　太[算籌]　爲池周率。副倍帶分池方　太[算籌]　加帶分池斜,得　太[算籌]　爲池徑率。又置面徑至池楞十七步,倍之得三十四步,爲田池中徑差。以池周率乘之,得　太[算籌]　以池徑率除之,得　太[算籌]　爲田池周差。以角八除之,得　太[算籌]　爲田池面差。加天元,得　[算籌]　爲田面闊。六之得　[算籌]　合如二箇四分半而一爲田面徑,今不除,轉以分母四十九通之,得　[算籌]　爲帶二分田面徑。內寄二箇四分半與分母相乘爲母。副倍田面闊　[算籌]　乘之,得　[算籌]　爲帶二分田積於上。內寄二箇四分半,與分母相乘爲母。又六天元得　太[算籌]　亦以分母四十九通之,得　太[算籌]　爲帶二分池面徑。內寄二箇四分半,與分母相乘爲母。副倍天元乘之,得　太[算籌]　爲帶二分池積。內寄二箇四分半,與分母相乘爲母。以減上位,得　[算籌]　爲帶二分餘積。內寄二箇四分半,與分母相乘爲母。寄左。乃以餘積三千九百七十七步四十九分步之七,通分內子,得十九萬四千八百八十。又以二箇四分半通得四十七萬七千四百五十六爲同數。消左,得　[算籌]　開無隅平方,得二十二步爲池面闊。加田池面差一十四步,得三十六步爲田面闊。合問。

士琳案：方五斜七八角田者，斜爲每面之闊，而徑爲一斜二方，故其周爲八斜，其積爲兩段斜乘徑冪，亦即兩段斜冪、四段斜乘方冪之共積。此六段共積，皆由斜闊所乘得之數，然斜七則方五不足，方五則斜七有餘，其盈朒二差，爲七分之一消息，於斜率冪二十分之一，斜率七自之，得冪四十九，取其二十分之一，得二箇四分半。試六倍斜率七，得四十二。如二箇四分半而一，得十七又七分之一，適合一斜二方，爲八角形田之面徑。既得面徑，復倍面闊乘之，自得田積。法見朱氏《算學啓蒙》艸，即據以推演，因《啓蒙》有術無解，故坿記於此。

清・戴煦《四元玉鑑細草》卷中　草曰：立天元一爲池面闊。十之，得 太 一‖ 七而一，得以池面闊爲斜之倍方 ╥𝍰太 一〇 又天元十二之 太〇 一‖ 七而一，得以池面闊爲斜之方斜和 ╥𝍰太 一‖ 相乘得半池積 ≡Ⅲ𝍰太 〇 一‖〇 又以面徑至池楞倍之，得 ≡Ⅲ 七之 ‖≡╥ 十七而一，得田池兩闊差 一Ⅲ 加天元得田面闊 太 一Ⅲ〡 十之 太〇 一≡〇 七而一，得以田面闊爲斜之倍方 ╥𝍰〇 一≡〇 又以田面闊爲十二之 〡┴╥ 一‖ 七而一，得以田面闊爲斜之方斜和 ╥𝍰╥ 一┴一‖ 相乘得半田積 ≡Ⅲ𝍰 ‖≡Ⅲ=〇〇 ≡Ⅲ┴〇〇 〡= 內減半池積，得半餘積 ≡Ⅲ𝍰 〡≡Ⅲ=〇 ≡Ⅲ┴〇 倍之，半其母。得積餘 =Ⅲ≡ 步 ‖≡Ⅲ=〇 ≡Ⅲ┴〇 寄左。次列原餘積步，通分內子得 ≡Ⅲ𝍰 一Ⅲ≡╥≡〇 與左合分互乘，左乘得 一‖ 步≡𝍰 〡一Ⅲ=Ⅲ≡〇 一T≡T≡〇 右乘得 一‖ 步≡𝍰 Ⅲ┴T≡Ⅲ┴〇 相消得 ≡〇 Ⅲ┴‖=〇 一T≡T≡〇 十約之，得開方式 ≡T=‖〇╥ 〡┴Ⅲ┴ 上實下法而一，得池方面闊二十二步。加兩闊差十四步，得田面闊三十。倍方乘方斜和，即半段八角田積也。試剖八角田之中方，以補四角，則成四段方乘方斜和，是倍方乘方斜和即半段八角田積也。

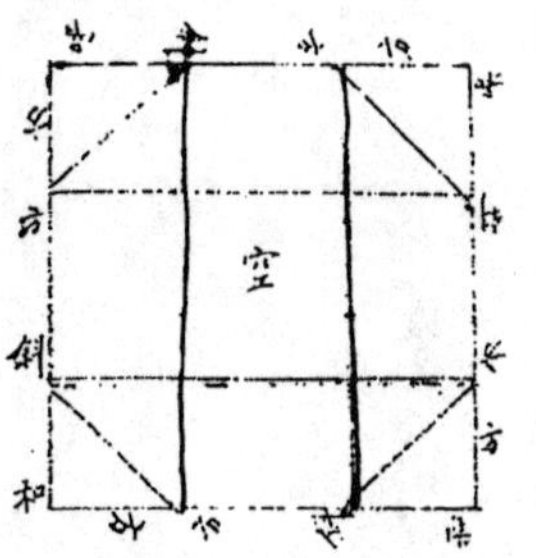

元・朱世傑《四元玉鑑》卷中　鎖套吞容

今有勾股田一段，勾闊六步，股長一十二步，今欲從勾容方池一所。問容方面幾何。

答曰：四步。

術曰：立天元一爲容方面。如積求之，得七十二爲益實，一十八爲從方，開無隅平方而一。合問。

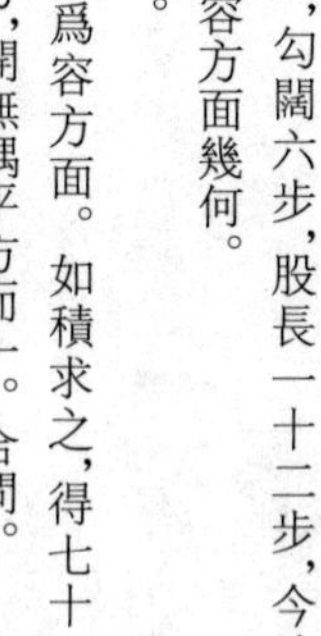

清・沈欽裴《四元玉鑑細草》卷中　草曰：立天元一 太〡 爲容方面。并勾股乘之，得 太╥ 寄左。乃以勾六步、股一十二步相乘，得七十二步。與左相消，得 ┴‖╥ 一┴ 開無隅平方而一，得四步。合問。

清・羅士琳《四元玉鑑細草》卷中　艸曰：立天元一爲容方面。併句股得一十八步，乘之，得 太╧ 一 爲直積。寄左。乃以句股相乘，得七十二步爲同數。消左得 ≠╧ ╧一 開無隅平方，得四步。合問。

清・戴煦《四元玉鑑細草》卷中　草曰：立天元一爲容方面。自之，得 太〇〡 寄左。次以勾內減天元，得 T≠ 又以股內減天元，得 一‖≠ 相乘得 ‖╥〡 ╧一 與左相消，得開方式 ╧≠╥ 上實下法而一，得容方面。

元・朱世傑《四元玉鑑》卷中　雜範類會

今有木圓毬一隻，徑一尺八寸。欲令漆之先用布，布闊二尺。問用布長幾何。

答曰：三尺六寸二十分寸之九。

術曰：立天元一爲布長。如積求之，得七尺二尺九分爲益實，二尺爲從方，上實下法而一，即長。

清・沈欽裴《四元玉鑑細草》卷中　草曰：立天元一爲布長。以闊二尺乘之，得 太‖ 寄左。乃置圓徑一尺八寸，三之，得五尺四寸，爲圓周。四

而一，得一尺三寸五分。以周乘之，得七尺二寸九分。與左相消，得 丅=〣‖

上實下法而一，得三尺六寸二十分寸之九。合問。

清・羅士琳《四元玉鑑細草》卷中 艸曰：立天元一爲布長。用與闊二尺相乘，得 太 ‖ 爲毬周。寄左。乃以徑三之，得五十四寸爲圓周。乘徑，得九百七十二寸爲囷周。四而三，得七尺二寸九分爲同數。消左，得 丅寸〣‖

上實下法而一，得三尺六寸二十分寸之九。合問。**清・沈善蒸案**《幾何理》考得毬皮積，却與囷皮積相等，當用九百七十二寸爲同數，得布長四十八寸二十分之十二。原術差。

清・戴煦《四元玉鑑細草》卷中 術曰：立天元一爲布長。如積求之，得七尺二寸九分爲益實，二尺爲從方。上實下法而一，即長。

草曰：立天元一爲布長。以二尺乘之，得用布 太 ‖尺 寄左。次以圓徑三之，得圓周 〣≡尺 四而一，分四分圓周之一 |〣尺 以乘圓周，得立圓面積 丅=〣尺 與左相消，得開方式 丅=〣‖尺 上實下法而一，得布長。

清・葉棠《天元一術圖說》卷一 設如甲乙二長方田，共積三百步。甲闊八步，乙長十四步，甲長比乙濶多一倍。求甲長乙闊及積。

答曰：甲長二十步，積一百六十步。乙闊一十步，積一百四十步。

術曰：立天元一爲乙闊 ○| 元 倍之，得 ○‖ 元 爲甲長。以天元乘乙長，得 ○≡| 元 爲乙冪。以甲長乘甲闊，得 ○‖ 元 爲甲冪。二冪相加，得 ○○ 元 ≡| 爲二田共冪。寄左。然後列共積 ≡○○ 太 爲同數。與左相消，得 ○○≡ ○○

上爲實，下爲法。實如法一十步，即乙闊。以乙長乘之，得一百四十步爲乙積。倍乙闊，得二十步爲甲長，以甲闊乘之，得一百六十步爲甲積。并之，恰得三百步。

或問：不知乙闊，故借天元爲乙闊，何以爲天元爲甲長。曰：設例本云甲長比乙爲多一倍，故倍天元爲甲長。

問：相消之後而數不減，何也。曰：凡相消即相減，相減必太減太，元減元，方減方。今無方，只有元與太，而元太又各無對，皆無可減。各仍之。故相消後而數如故。

問：不用開方而用除，何也。曰：此得除式也。何以知爲除式。曰：於層數見之。凡相消後，得兩層者，一法一實。用除三層者，一實一從一隅用平方。今只兩層，故用除。

問：天元一法，多用自乘，互乘而茲不用自乘，何也。曰：自乘者太乘太，元乘元，互乘者，元乘太也。今太與元皆無自乘數，只元與太相乘數，故只用互乘，凡天元乘太極，所得爲天元，故天元乘乙長，甲長乘甲闊，得數皆旁書元字。

問：天元一法，多用正負，茲不用，何也。曰：此皆正也，故不書記。何以知之。曰：有加無減也。

問：何以用天元一法，而真數乃出。曰：難言之矣。試以圖明之。

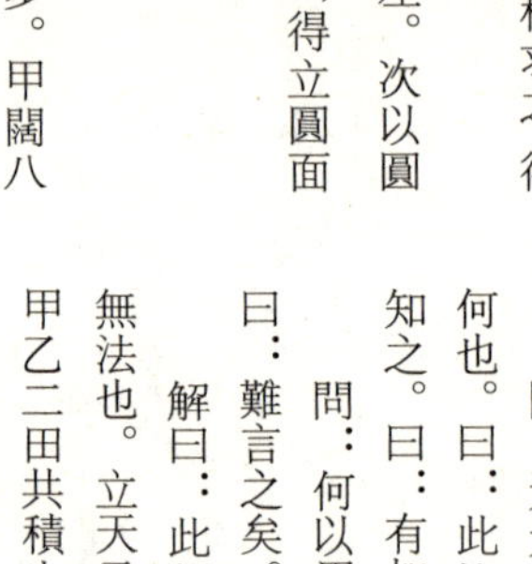

解曰：此例有實無法，雖有法而仍無法也。立天元一者，求法也。如上圖，甲乙二田共積也，丙丁戊己直長方，甲積也。壬巳庚辛橫長方，乙積也。戊壬甲長多乙闊之一倍也，丙丁甲長也，丙戊甲闊也，庚壬乙長也，庚辛乙闊也。丙卯戊午，倍天元乘甲闊之冪也，壬酉庚戌天元乘乙長之冪也。今于甲積內截丙癸戊壬，移于癸丁壬巳之旁，成子丑庚辛長方，如下圖。再以甲冪二段，一置子丑癸丁之上，成子未癸申。一置癸丁壬巳之上，成癸申壬酉，與乙冪相連，共成子未庚戌之長方。即以此爲法，以除共積，得庚辛之闊，闊即乙闊也。既得乙闊，倍爲甲長。

設如句五股弦較一，求股弦。

答曰：股十二，弦十三。

術曰：立天元一爲股 元太 |○ 自之，得 元太 |○○ 爲股冪。天元加較，得 太 || 爲弦。自之得 太 |=| 爲弦冪。二冪相減，餘 =| 爲句冪。寄左。然後以句自之，得 =〣 爲同數。與左相消，得 =≡ ‖ 上法下實，得股加

較，即弦。

或問：天元一術，元上必太，太下必元，茲元列上太，列下何也。曰：元與太上下原可互置，其理一也。

解：立天元得股弦之理。

論曰：欲解天元，先明本術。

術曰：句自乘，較自乘，兩乘數相減，餘爲實。倍較爲法，除之得股。加較得弦。蓋句冪內有股弦較積一，有股弦較與股相乘積二，故減較積，餘用倍較爲法，除得股也。

天元解曰：寄左之下層，較積也。上層倍較也。同數與左相消，減較積也。所餘者，倍較與股相乘之積，故上法下實，得股。再以圖顯之。

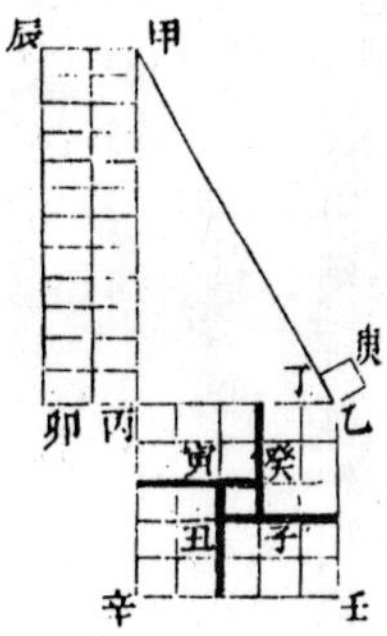

如圖，甲乙丙句股形，乙丙句五也，甲丙股十二也，甲乙弦十三也，丁乙股弦較一也。今所知者，乙丙句，丁乙較。所求者，甲丙股與甲乙弦。先以乙丙句五自乘，得二十五，成乙壬丙辛方。次以丁乙股弦較一自乘，成丁庚方，與癸子丑寅方等。於句方內減之，餘乙子壬丑，辛寅丙癸等積長方四。縱橫交置，令橫者易爲縱，四縱相連成甲丙卯辰。置長方丙卯闊，即倍數二也。即以爲法，除得甲丙長十二爲股，加較得弦十三。

清·陳維祺《重校中西算學大成》卷四二《句股容圓》 或問：乙從艮隅，南行一百五十步而立。甲從乾隅，南行六百步見之。問城徑若干。

答曰：二百四十步。

法曰：二行步相乘爲實，并二行步爲法，得半徑。

草曰：立天元一爲半徑。副置之，上以減於乙南行，得 丨≡〇 元 爲半梯頭。下以減於甲南行，得 丅〇〇 元 爲半梯底。上下相乘，得 Ⅲ〇〇〇〇 元 丅≡〇 丨 爲半徑冪。寄左。乃以天元冪與左相消，得 Ⅲ万 丅≡〇 上實下法，如法而一，得一百二十步。倍之即城徑也。

或問：乙從坤隅東行一百九十二步而立，甲從乾隅東行三百二十步見之。問答同前。

法曰：二行步相乘爲實，二行相併爲法，得半徑。

草曰：立天元一爲半徑。副置之，上以減於乙東行，得 丨≡Ⅱ 元 爲梯頭於上。下位減於甲東行，得 Ⅲ=〇 元 爲梯底。以乘上位，得 丅一Ⅲ≡〇 元 ≡丨 丨 爲半徑冪。寄左。然後以天元冪與左相消，得 丄丨≡Ⅲ〇 ≡丨 上實下法，即半徑也。

或問：乙從坤隅東行一百九十二步而立，甲出西門南行四百八十步見之。問答同前。

法曰：二行步相乘爲實，倍甲行步，內減乙行步爲法，得半徑。

草曰：立天元一爲半徑，副之。上位加甲行步，得 Ⅲ≡〇 丨 元 爲大股。下位減於甲行步，得 Ⅲ≡〇 元 爲小股。此小股便是股圓差也。其乙東行，即小句也。

置大股，以小句乘之，得 ≡Ⅱ一丅〇 丨≡Ⅱ 元 內寄小股 Ⅲ≡〇 元 爲母。便以爲大句也。再置天元，以二之，又以分母乘之，得 ≡丅〇 元 爲全徑。以減於大句，餘得 ≡Ⅱ一丅〇 丅丄Ⅲ 元 Ⅱ 爲句圓差也。合以股圓差乘之，緣內已有小股分母，不須更乘，便以此

爲兩段之半徑冪也，更無分母。寄左。再置天元，以自之，又二之，得 〇元 ‖

爲同數。與左相消，得 𝍢‖一丅〇 丅丄𝍧 上實下法，即半徑也。

或問：乙從艮隅南行一百五十步而立。甲出北門東行二百步見之。問答同前。

法曰：二行步相乘爲實，倍甲東行，内減乙南行爲法，得半徑。

草曰：立天元一爲半徑，副之。上以加甲東行，得 ‖〇〇 丨元 爲大句。下位減於甲東行，得 ‖〇〇 ㄨ元 爲小句，此小句便是句圓差也。其乙南行，即小股也。

置大句，以小股乘之，得 |||〇〇〇〇 丨𝍤〇元 内寄小句 ‖〇〇 ㄨ元 爲母。便以爲大股也。再置天元，以二之，又以分母乘之，得 |||〇〇元 ㄨ 爲全徑。以減於大股，餘得 |||〇〇〇〇 ‖𝍤〇元 ‖ 爲股圓差也。合以句圓差乘之，緣内已有小句分母，不須更乘，便以此爲兩段之半徑冪也，更無分母。寄左。再置天元，以自之，又二之，得 〇元 ‖

爲同數。與左相消，得 |||〇〇〇〇 ‖𝍤〇 上實下法，即半徑也。

或問：邊股四百八十步，明股明弦和二百八十八步。問答同前。

法曰：二數相減，和步乘之，又半之爲實。併云數半之爲法，得明句七十二。

草曰：別得二數相減，餘 丨𝍤‖ 爲大差句。立天元一爲明句，減於大差句，得 丨𝍤‖ ㄨ元 即半徑也。又以天元減半徑，得 丨𝍤‖ ㄨ元 爲虚句於上。又以半徑加邊股，得 丄丅= ㄨ元 爲通股。於下。上下相乘，得 丨=𝍧〇‖𝍤 丨𝍤‖ㄨ元 ‖ 折半，得 丄|||𝍤丨= 丅丄𝍧元 丨

爲半徑冪。寄左。然後以半徑冪 𝍤丅𝍤丅𝍤 |||𝍤𝍧元 爲同數。與左相消得 ‖丄丅𝍤𝍧 |||𝍤𝍧 上實下法，得七十二步。即明句也。

或問：底句二百步，叀句叀弦和五十步。問答同前。

法曰：二數相減，和步乘之，又半之爲實，併云數半之爲法，得叀股三十。

草曰：別得二數相減，餘 丨𝍤〇 爲小差股。立天元一爲叀股，減於小差股，得 丨𝍤〇 ㄨ元 即半徑也。又以天元減半徑，得 丨𝍤〇 ㄨ元 爲虚股。於上。又以半徑加底句，得 |||𝍤〇 ㄨ元 爲通句於下。上下相乘，得 𝍤‖𝍤〇〇 𝍧𝍤〇元 ‖ 折半，得 ‖丄‖𝍤〇 𝍤‖𝍧元 丨

爲半徑冪。寄左。然後以半徑冪 =‖𝍤〇〇 |||〇〇元 丨 爲同數。與左相消，得 𝍤丅𝍤〇 丨=𝍧 上實下法，得三十步。即叀股也。

或問：大差差一百六十八步，小差差七十步。問答同前。

法曰：云數相乘爲實，二數相減又半之爲法，得城徑。

草曰：別得二數相較，又半之，爲皇極弦與城徑差也。二數相併而半之，即皇極差也。立天元一爲圓徑。二云數相減，又半之，加天元，得下 |||𝍤丨 元 爲極弦也。併二數而半之，得 丨一𝍧 爲極差也。副置極弦，上位加極差，得 丨丄𝍧 丨元

爲弦較和也。下位内減極差，得 丅〇丨元 爲弦較較也。上下相乘，得 丨丅⊥〇 ≐丌元 丨 爲二直積。寄左。然後以天元一乘極弦，得 Ⅲ≐元 丨 爲同數。與左相消，得 丨一丅⊥〇 丨 上法下實，得二百四十步。即城徑也。

按：大差差即斷弦較和，小差差即斷弦較較，此兩事同在一形，本可用約法求其疊率以轉求之。因原書類此之題甚多，仍述一問以見例。餘概割愛。

或問：皇極大小差共一百八十七步，太虚大小差共六十六步。問答同前。

法曰：後數自乘爲實，前後數相減餘爲法，得虚黄方三十六。

草曰：立天元一爲太虚黄方面。加虚雙差，得 ⊥丅丨元 即虚弦也。倍虚弦又加天元，得 丨≡‖Ⅲ元 即城徑也。又以虚弦加極雙差，得 ‖≡‖Ⅲ丨元 即極弦也。以極弦乘城徑，得 Ⅲ≡Ⅲ≐丅 丌≐丨元 Ⅲ 爲兩段皇極句股積。寄左。再以極弦虚弦相併，得 Ⅲ一Ⅲ‖元 即皇極句股共也。自之，得 丨〇〇丨⊥丅一 丨=丌⊥元 Ⅲ 内減皇極弦冪 丅≡〇〇Ⅲ ≡〇丅元 丨 得 Ⅲ⊥丌≡‖ 丌⊥〇元 Ⅲ 爲同數。與左相消，得 ≡Ⅲ≡𝍸 丨=丨 上實下法，得三十六步。即太虚黄方面也。

或問：明叀二句共八十八步，明叀二股共一百六十五步。問答同前。

法曰：先識別得二大差共，二小差共及四差共，乃以二大差二小差相乘爲實，以四差共爲法，如法得半之虚黄方一十八。

草曰：先置前後云數，以約法約之，得一十一。即疊率也，復各置前後數，如疊率而一，前得八，即句率也。後得一十五，即股率也。再以句股率求得較率七，和率二十三，弦率一十七，黄方率六，大差率九，小差率二，既見諸率。各以疊率乘之，其二和共得 ‖≡Ⅲ 二較共得 丅⊥ 二弦共得 丨≐丅 二黄共得 ⊥丅 二大差共 Ⅲ≐ 二小差共 ‖= 四差共 丨=丨 已上皆爲明叀所得之共數也。乃立天元一爲半虚黄，便爲明小差，又爲叀大差也。以減於大差共，得 Ⅲ≐𝍸元 即明大差也。又以減於小差，共得 ‖=𝍸元 即叀小差也。以二數相增乘，得 Ⅲ一丅≐ 丨=𝍸元 丨 寄左。以天元冪與寄左相消，得 Ⅲ一丅≐ 丨=𝍸 上法下實，得一十八步，即半之虚黄方也。以倍之，得 Ⅲ⊥ 又加於二黄共六十六，共得一百二，即明句叀股其也。又爲極黄方，又爲虚弦也。又以三十六，減於一百八十七，餘一百五十一，即明股叀句共也。此數内減虚弦，餘 Ⅲ≐ 爲明叀二差較也，此名旁差。以旁差減二弦共一百八十七，餘得 丨≡丌 即太虚和也。却加入虚弦一百二，併得 ‖≡〇 爲太虚三事和。即圓城徑也。

清・蕭履安《天元草》卷一 今有句五尺，只云股弦較一尺。問股、弦各若干。

草曰：立天元丨爲股。以加云率，得丨丨爲弦。乃以句五尺自之，得 ‖≡ 爲句冪股。自之得〇〇丨爲股冪。二冪相加得 ‖≡〇丨 爲弦冪。寄左。副以弦自之，得 丨‖丨 爲同數。消左，得 ‖≡𝍸 爲除式。上實下法而一，得十二尺爲股，照式得十三尺爲弦。

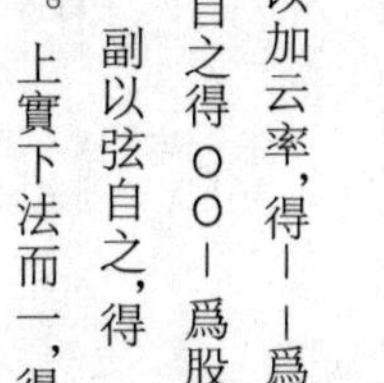

如圖，甲乙爲句五尺，自之得甲乙丙丁正方面形。内函小方面形二十五顆，戊己爲股，即所立之天元，自之得虚空無數之戊己庚辛一平方形。二冪相加，則成子丑寅卯正方形，是爲寄左之弦冪。蓋寄左之弦冪，其子丑巳辰午寅磬折形即太位之數，辰巳午卯空心無數之平方形，即元下之數。又以申酉弦自之，則成申酉戌亥弦冪，仍與子丑寅卯之弦冪等，故爲同數，但子丑寅卯弦冪太位，係句冪之數，元位無數，元位下係天元自乘之平方，而申酉戌亥弦冪太位，則僅有艮坎戌震之一小方面，元位則有申乾艮坎與坎巽震亥二長方，元位下仍有天元自乘之平方，用以相消則寄左。一邊太位上只餘未丑辰巳，與壬辰寅午二長方面形同數，一邊元位上亦只餘申乾艮坎與坎巽震亥二長方面形，此四長方面形各爲相當之式，故上下各半之得一元之數，爲十二尺即股長之數也。

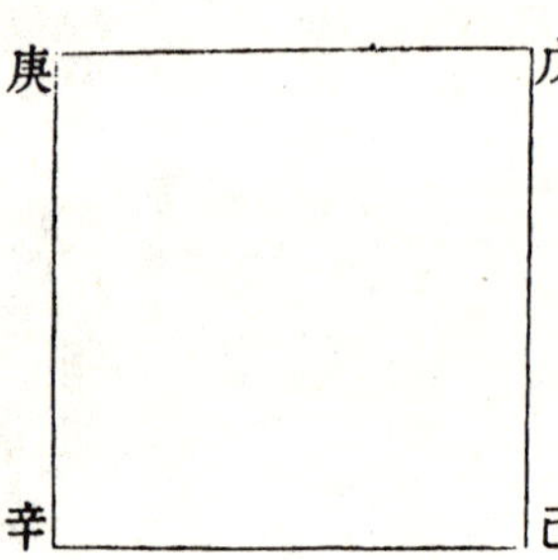

又草曰：立天元一爲弦。以減云率，得 [illegible] 爲股。乃以句自之，得 [illegible] 爲句冪。股自之得 [illegible] 爲股冪。二冪相加，得 [illegible] 爲弦冪。寄左。副以天元自之，得 [illegible] 爲同數。消左得 [illegible] 爲除式。上實下法而一，得十三尺爲弦，照式得十二尺爲股。

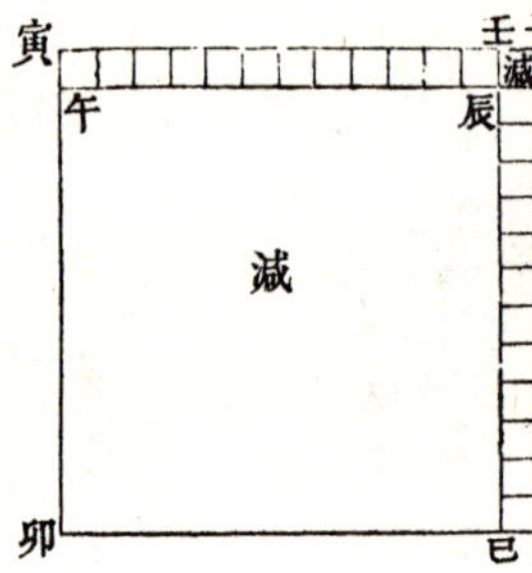

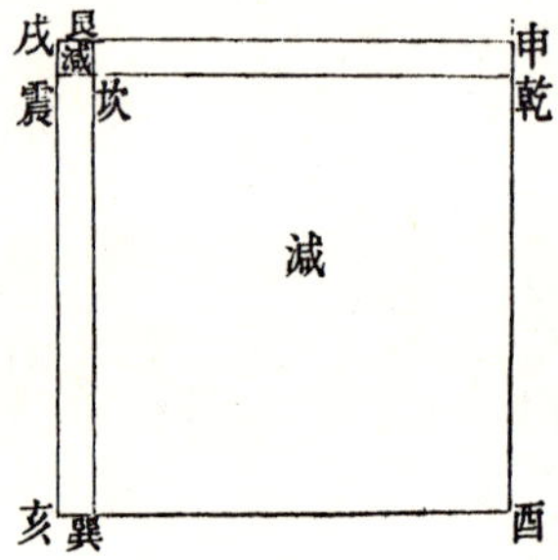

今有句十二尺，只云股弦和七十二尺。問股、弦各若干。

草曰：立天元一爲股。以減云率，得 [illegible] 爲弦。乃以句自之，得 [illegible] 爲句冪。股自之，得 [illegible] 爲股冪。二冪相加，得 [illegible] 爲弦冪。寄左。副以弦自之，得 [illegible] 爲同數。消左得 [illegible] 爲除式。上實下法而一，得三十五尺爲股，照式得三十七尺爲弦。

如圖，甲乙爲股三十五尺，乙丙爲弦三十七尺，甲丙爲股弦和七十二尺。今立天元一爲股。故於股弦和甲丙內減去甲乙股而得乙丙爲弦長之數也。

又草曰：立天元一爲弦。以減云率，得 [illegible] 爲股。乃以句自之，得 [illegible] 爲句冪。股自之得 [illegible] 爲股冪。二冪相加得 [illegible] 爲弦冪。寄左。副以天元自之，得 [illegible] 爲同數。消左得 [illegible] 爲除式。上實下法而一，得三十七尺爲弦，照式得三十五尺爲股。

如圖，甲乙爲股，乙丙爲弦，甲丙爲股弦和。今立天元爲弦。故於甲丙內減去乙丙外餘，甲乙爲股長。

今有句弦和二百二十五尺，只云股一百三十五尺。問句、弦各若干。

草曰：立天元一爲句。以減今率，得 [illegible] 爲弦。乃以句自之，得 [illegible] 爲句冪。股自之，得 [illegible] 爲股冪。二冪相加，得 [illegible] 爲弦冪。寄左。副以弦自之得 [illegible] 爲同數。消左得 [illegible] 爲除式。上實下法而一，得七十二尺爲句，一百五十三尺爲弦。

如圖，甲乙爲句，乙丙爲弦，甲丙爲句弦和。今立天元爲句。故於甲丙內減去甲乙外餘乙丙爲弦長之數。

又草曰：立天元一爲弦。以減今率，得 [illegible] 爲句。乃以句自之，得 [illegible] 爲句冪。股自之，得 [illegible] 爲股冪。二冪相加得 [illegible] 爲弦冪。

寄左。副以弦自之，得[rod numeral]爲同數。消左得[rod numeral]爲除式。上實下法而一，得一百五十三尺爲弦，照式得七十二尺爲句。

今有三句一股和三百一十二尺，只云六股與八句等。問句、股各若干。

草曰：立天元一爲句。三之得[rod numeral]爲三句。以減今率得[rod numeral]爲一股。六之得[rod numeral]爲六股。寄左。副以天元八之得[rod numeral]爲同數。消左得[rod numeral]爲除式。上實下法而一，得七十二尺爲句，照式得九十六尺爲股。

又草曰：立天元一爲股。以減今率，得[rod numeral]爲三句。合以三除，今不除，便以爲一個帶分句，八之得[rod numeral]爲八個帶分句。寄左。副以天元三之，得[rod numeral]爲帶分股。六之得[rod numeral]爲同數。消左得[rod numeral]爲開方式。開無隅平方而一，得九十六尺爲股，照式得七十二尺爲句。

如圖，甲戊爲三句一股和，甲乙股也，乙丙、丙丁、丁戊皆句也，又己庚辛壬癸子丑六股也，寅卯辰巳午未申酉戌八句也。此六股之所以等於八句也。

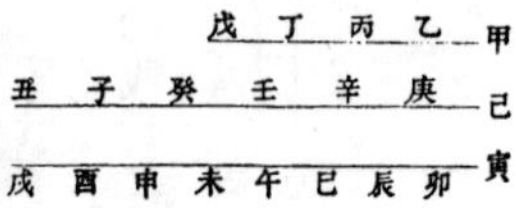

今有股較較十八尺，只云句較和三十尺。問句、股、弦各若干。

草曰：立天元一爲句。減去今率，得[rod numeral]爲股弦較。寄左。副以天元，減云率，得[rod numeral]爲同數。以其仍得股弦較，故爲同數。消左得[rod numeral]爲除式。上實下法而一，得二十四尺爲句。

又草曰：立天元一爲股。減去今率，得[rod numeral]爲句弦較。又以天元加云率，得[rod numeral]爲句弦和。以加句弦較，得[rod numeral]半之，得[rod numeral]爲弦。又以句弦和減去句弦較，得[rod numeral]半之得[rod numeral]爲句。乃以句自之，得[rod numeral]爲句冪。股自之得[rod numeral]爲股冪，二冪相加，得[rod numeral]爲弦冪。寄左。副以弦自之，得[rod numeral]爲同數。消左得[rod numeral]爲除式。上實下法而一，得四十五尺爲股，照式得二十四尺爲句，五十一尺爲弦。

又草曰：立天元一爲弦。以加今率，得[rod numeral]爲句股和。又以天元減云率，得[rod numeral]爲句股較。以減句股和，得[rod numeral]半之得[rod numeral]爲句。又以句股和加句股較，得[rod numeral]半之得[rod numeral]爲股。乃以句自之，得[rod numeral]爲句冪。股自之得[rod numeral]爲股冪。二冪相加，得[rod numeral]爲弦冪。寄左。副以天元自之，得[rod numeral]爲同數。消左得[rod numeral]爲除式。上實下法而一，得五十一尺爲弦，照式得二十四尺爲句，四十五尺爲弦。

如圖，甲乙爲句，丙丁爲弦，戊己爲股，庚丁爲句弦較，與戊辛等。今於戊己股内減去戊辛句弦較外餘辛巳，故爲股較較。

如圖，甲乙爲句，丙丁爲股，戊己爲弦，辛巳爲股弦較，以加甲乙句，而得甲巳，故爲句較和。

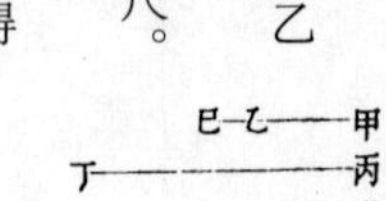

今有三句七股，共二百九十七尺，只云九句減六股少八十一尺。問句、股各若干。

草曰：立天元一爲股。七之得[rod numeral]爲七股。以減今率得[rod numeral]爲三句。合以三除，今不除，便以爲帶分句。記之。轉以三通天元，得[rod numeral]爲帶分股。六之得[rod numeral]爲六股。以減三因云率，得[rod numeral]爲九句。合以九除，今不除，便以爲兩帶分句。寄左。副以九通前記，得[rod numeral]爲同數。消左得[rod numeral]爲除式。上實下法而一，得三十六尺爲股，照式得一十五尺爲句。

如圖，甲乙爲三句，乙壬爲七股，甲壬爲三句七股和，癸申爲九句，酉巽爲六股，是酉巽比癸申多離巽一段，則九句比六股必少離巽一段。

又草曰：立天元一爲句。三之得 爲三句。以減今率，得 爲七股。合以七除，今不除，便以爲一個帶分股。記之。轉以七通天元，得 爲一個帶分句。九之，得 爲九個帶分句。以加七因云率，得 爲六個帶分股。合以六除，今不除，便以爲一個兩帶分股。寄左。副以六通前記，得 爲同數。消左得 爲除式。上實下法而一，得一十五尺爲句，照式得三十六尺爲股。

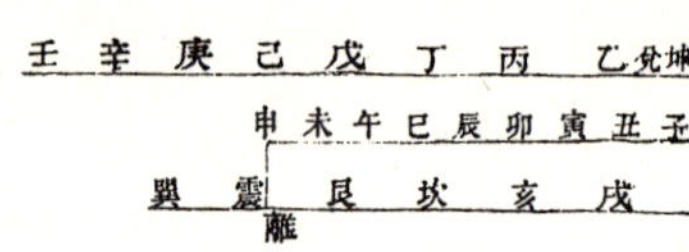

又 卷二 今有句弦和冪減股冪餘積一萬四千五百八十，只云句四十五。問股、弦。

草曰：立天元一爲股。自之得 爲股冪。以加餘積得 爲句弦和冪。寄左。副以餘積一萬四千五百八十半之，得七千二百九十，以句四十五除之，得一百六十二爲句弦和。自之得 爲同數。消左得 爲開方式。開平方得一百〇八爲股，以句減句弦和一百六十二，得一百一十七爲弦。

如圖，甲庚爲句，庚乙爲弦，辛乙爲股。甲乙丙丁正方面形爲句弦和冪。內函庚乙丑己一弦冪，戊丑丙癸一句冪，又函甲庚戊丑與丑己癸丁二長方形，其長爲弦，其闊即句。今於甲乙丙丁句弦和大正方冪內減去辛乙子壬股冪，則弦冪內減股冪所餘之庚辛子壬己丑罄折形，必與丙癸寅卯句冪等。是題之今有一段必爲甲庚辰巳長方形，其闊爲句，其長爲二弦二句，故半之，以句除得句弦和。

又草曰：立天元一爲弦。自之得 爲弦冪。句自之得 爲句冪。以減弦冪，得 爲股冪。以加今率得 爲句弦和冪。寄左。副以句四十五除今率，半之得一百六十二爲句弦和。自之得 爲同數。消左得 爲開方式。開平方得一百一十七爲弦。

今有句股和冪減弦冪，得一百二十尺，只云句較和六尺。問句、股、弦各若干。

草曰：立天元一爲句。以除今率，半之，今率係兩段句股直積，半之，則爲一段句股直積。凡有直積者，以句除之得股，以股除之得句。試以真數明之，設句五股十二則直積當爲六十。以句五除六十，得十二爲股，或以股十二除六十，亦得五，爲句，故當以天元除也。得 爲股。此所謂以元除者升其位，蓋元之真數尚未知，故以原數升上一層爲股。蓋太位爲真數，係一數算一數，而太下一層則一數即包函若干之數，太上一層，即當以若干數爲一數。今既未知元之真數爲幾何，故只以元數升上一層爲除得數也。再以天元減云率，得 爲股弦較。以加股得 爲弦。乃以句自之，得 爲句冪。股自之得 爲股冪。二冪相加，得 爲弦冪。寄左。副以弦自之，得 爲同數。消左得 爲開方。開平方得五尺爲句，照式得十二尺爲股，十三尺爲弦。

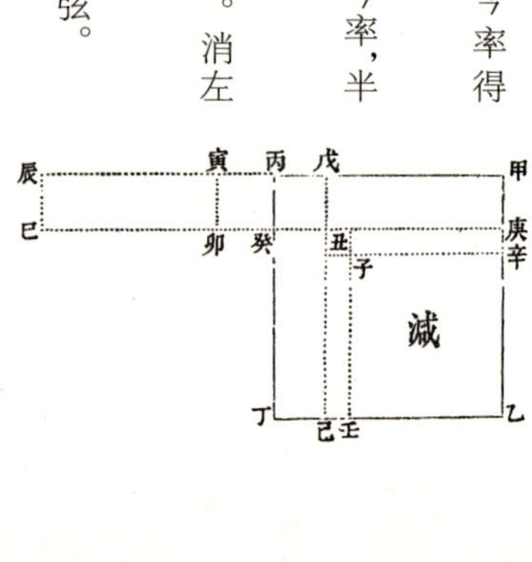

如圖，甲乙丙丁爲句股和冪，內函一句冪、一股冪，又函句股相乘之二直積。凡句冪加股冪，即成弦冪。今既減去弦冪，是僅餘句股相乘之兩段直積，故半之，以句除得股，以股除得句。

又草曰：立天元一爲股。以除今率，半之得 TO O太 爲句。再以云率句較和易爲股和較，以加天元得 T| 爲句弦和。內減去句，得 TO T| 太 爲弦。乃以句自之，得 |||TOO O O太 爲句冪。股自之得 OO| 爲股冪。二冪相加得 |||TOO OOO| 太 爲弦冪。寄左。副以弦自之，得 |||TOO ⊤=〇 ≡ | 太 爲同數。消左得 ⊤=〇 ≡ | 爲開方式。開平方得十二尺爲股，照式得十三尺爲弦，五尺爲句。

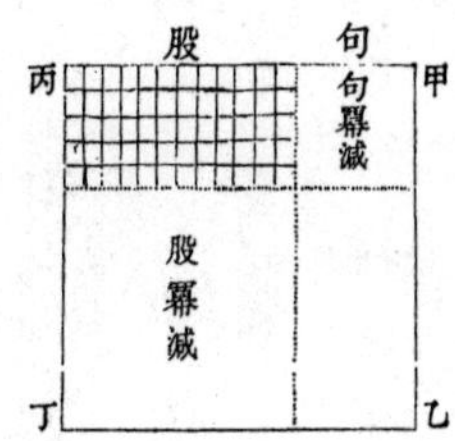

又草曰：立天元一爲弦。以減云率，得 ⊤| 爲句股較。自之得 |≡T≠| 爲句股較冪。以加今率，得 |||T≠| 爲弦冪。寄左。副以天元自之，得 OO| 爲同數。消左得 |≡T≠| 爲除式。上實下法而一，得一十三尺爲弦，照式得十二尺爲股，五尺爲句。

又 卷五 今有長方倉一座，高二丈七尺，長二丈八尺，闊一丈九尺，盛粟令滿，今運出粟八百五十一石二斗，問運深及餘粟深各若干。

草曰：立天元一爲運深。乃以長闊相乘得 ||||≡||OO 以天元乘之，得 O ||||≡||OO 爲如積。寄左。副以石率二千五百寸乘運出粟八百五十一石二斗，得 ||−||≡OOO 爲同數。消左得 ||−||≡OOO ||||≡||OO 爲除式。上實下法而一，得四尺爲運深，二丈三尺爲餘粟深。

一元二次方程

算法

元·李冶《益古演段》卷上 第一問 今有方田一段，內有圓池水占之，外計地一十三畝七分半，並不記內圓外方，只云從外田楞至內池楞四邊各二十步。問內圓外方各多少。

答曰：外田方六十步，內池徑二十步。

法曰：立天元一爲內池徑。加倍至步，得 ≡O太 O| **清·四庫館臣案** 太即真數，此即四十步併一池徑。**清·李銳案** 凡算式，真積曰太極，旁記太字，虛數曰天元，旁記元字。太之下一層爲元，元之下一層爲元自乘冪。記太字則不記元字，記元字則不記太字。其太、元俱不記者，則以上方一層爲太也。上中下三層從戴而列，每層步位皆上下相當。步之左，爲十百千萬。步之右，爲分釐毫絲。式下注有步字者，便以所注之位爲步。其上下層與此步字相當之位，亦爲步也。其不注者，則以右方尾位爲步。若上下層尾位不正相當，則以偏在左方一層之尾位爲步。其上下層與此尾位相當之位，亦爲步也。凡算式有誤，並依法算定改正。爲田方面。**四庫館臣案** 方面即每邊。以自增乘，得 −TOO太 ⅢO| **四庫館臣案** 此即一千六百步八十池徑一平方併。爲方積於頭。再立天元一爲內池徑。以自之，又三因四而一，得 O太 O OT≡ **四庫館臣案** 此即百分平方之七十五，上二〇，存步與池徑之位。爲池積。以減頭位，得 −TOO太 ≡O O||≡ **四庫館臣案** 此即一千六

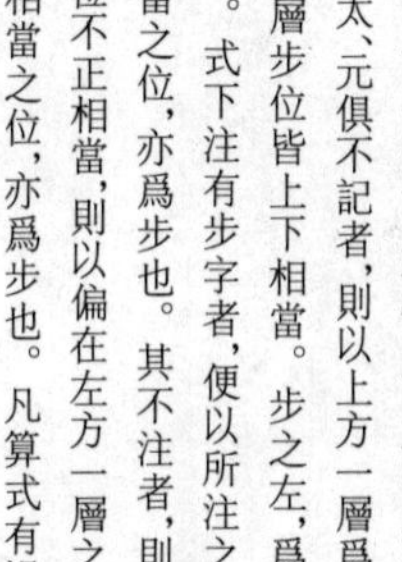

百步八十池徑，二分半平方。爲一段如積。寄左。然後列真積，以畝法**四庫館臣案**畝法二百四十步。通之，得三千三百步。與左相消，**四庫館臣案** 相消者，兩邊同減一千六百步，後凡言相消者，皆兩邊加減一數也〇。**李銳案** 此案非也，蓋西人借根方，即古立天元一，而借根方兩邊加減，與立天元一相消，其法迥殊。加減法如案所云，若相消法，則但以寄左數減後數，或以後數減寄左數，故曰相消也。説詳見余所校《測圓海鏡》中。得

〇〇⊥
⊘≟〇
☰‖〇
Ⅰ

李銳案 元本算式，正負無別。攷沈存中《夢溪筆談》稱算法用赤籌、黑籌，以別正負之數。又秦道古《數學九章》卷四上開方圖。負數畫黑，正算畫朱，竝與劉徽《九章注》正算赤負算黑之説合。知當時算式亦必畫紅黑爲別。而傳寫者，改去也。今依《海鏡》例，凡負算，以斜畫記之，庶算位易辨〇。**四庫館臣案** 此即一千七百步與八十池徑二分半平方等。**李銳案** 兩邊加減法既加減後仍分兩邊，故案云步與池徑平方等。若相消之後，則止有減餘，更不得云彼與此等矣。又借根方諸數用多少爲記，其不言多少者亦爲多。多即正，少即負。案不言多少。是步與池徑平方竝爲多也。若相消法，以寄左數減後數，則得此實正從負隅負，或以後數減寄左數，則正負與此互相易，所得爲實負從正隅正，或實或從隅與加減所得多少每相反也。開平方，得二十步爲圓池徑也。倍至步加池徑，即外方面也。**四庫館臣案** 今借根方法，即立天元一法。詳見《御製數理精蘊》，兹不盡釋。

依條段求之，真積內減四段至步冪爲實，四之至步爲從，二分半常法。

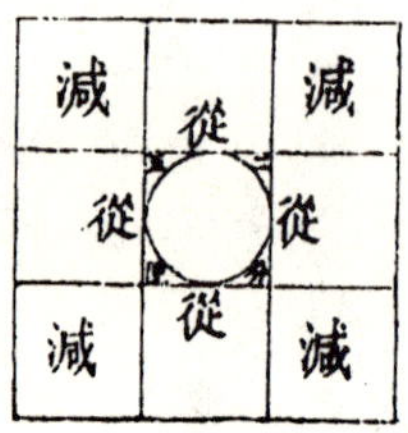

義曰：真積內減四段至步冪者，是減去四隅也。以二分半爲常法者，是於一步之內占卻七分半外，有二分半也。

第二問　今有方田一段，內有圓池水占之。外計地一十三畝七分半，竝不記徑面。只云從外田南楞通內池北楞四十步。問內圓外方各多少。

答曰：同前。

法曰：立天元一爲池徑。減倍通步，得

≟〇太
Ⅹ

四庫館臣案 此即八十步少一圓徑。爲田方面。以自增乘，得

T☰〇〇太
Ⅰ⊥⊘Ⅰ

四庫館臣案 此即六千四百步少一百六十徑多一平方。爲方田積於頭。又以天元池徑自之，三因四而一，得

〇太
〇
〇Ⅲ☰

四庫館臣案 此即百分平方之七十五。爲池積。以減頭位，得

T☰〇〇太
Ⅰ⊥⊘
Ⅰ〇‖☰

四庫館臣案 此即六千四百步少一百六十，徑多二分半平方。爲一段如積。寄左。然後列真積三千三百步，與左相消，得

⊘〇Ⅰ
〇⊥Ⅰ
☰‖〇Ⅱ

四庫館臣案 此即三千一百步。與一百六十徑少二分半平方等。**李銳案** 此案亦誤。以兩邊加減法命之。説見上。開平方，得二十步，即內池徑也。倍通步，內減池徑爲方面也。

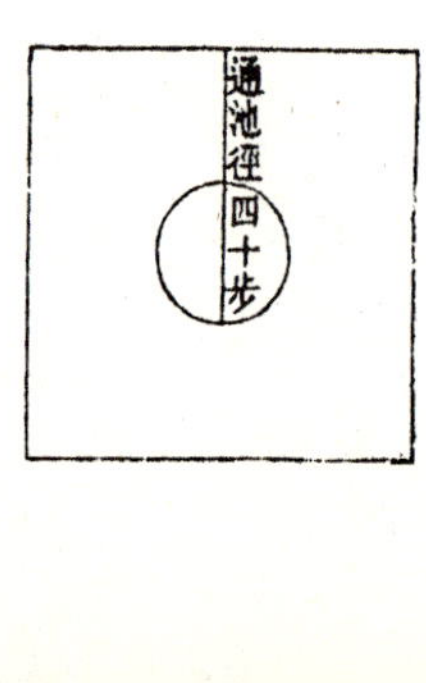

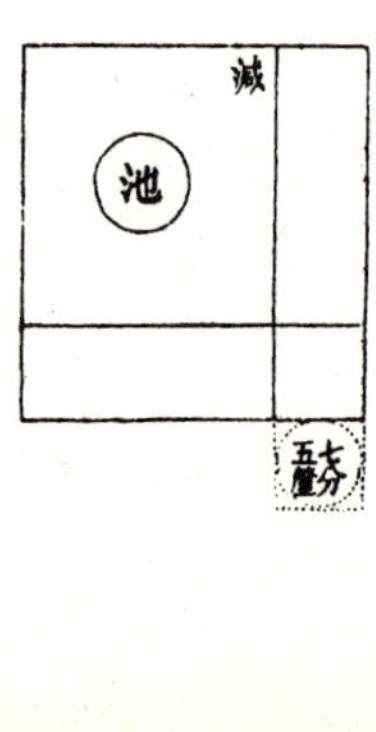

依條段求之。倍通步自乘於頭位，以田積減頭位，餘爲實，四之通步爲從，二分半虛常法。

義曰：倍通步者，是於方面之外引出一圓也。用二分半虛常法者，是一個虛方內卻有減餘圓池。補了七分半外，欠二分半，故以之爲虛隅也。

第三問　今有方田一段，內有圓池水占之，外計地一萬一千三百二十八步。只云從外田角斜至內池楞各五十二步。問內徑外方各多少。

答曰：外田方一百二十步，內池徑六十四步。

法曰：立天元一爲內池徑。加倍至步，得

Ⅰ〇Ⅲ太
Ⅰ

爲方斜。以自增乘，得

Ⅰ〇Ⅲ一T太
‖〇Ⅲ
Ⅰ

爲方斜冪於頭。其方斜上，本合身外減四。今不及減，便是寄一步四分爲分母也。今此方斜冪，乃是變斜爲方面以自乘之數，又別得是展起之數也。又立天元爲池徑。自之，又三因，四而一爲池

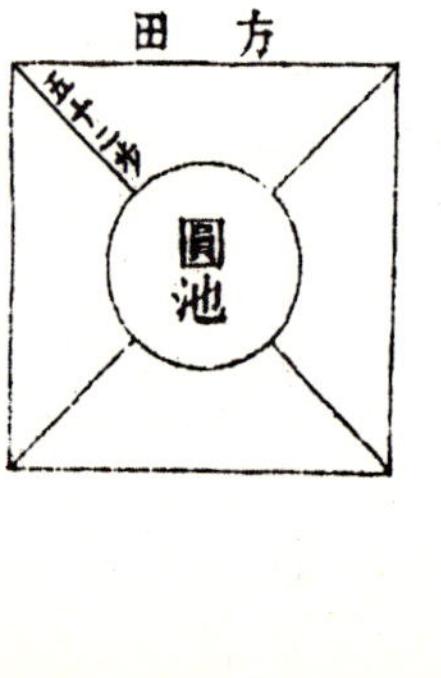

積。今爲方田積，既以展起，則此池積亦須展起。故又用一步九分六釐乘之，得一步四分七釐，亦爲一個展起底圓池積也。以一步九分六釐乘之者蓋爲分母十四。以自之，得一步九分六釐也。　以池積減田積，餘 [算籌] 爲一段如積。寄左。然後列真積一萬一千三百二十八步，亦用分母冪一步九分六釐乘之，或兩度下加四，亦同。　得二萬二千二百〇二步八分八釐。與左相消，得 [算籌] 平方開之，得六十四步爲内池徑也。倍至步加池徑，身外除四見方面也。一法：求所展池積，以徑自之了，更不須三因四除及以一步九分六釐乘之，只於徑冪上，以一步四分七釐 **四庫館臣案** 此即三因四除一步九分六釐之數。 乘之，便爲所展之池積也。

依條段求之，展積内減四段至步冪，餘爲實。四之至步爲從。四分七釐益隅。

義曰：凡言展積者是於正積上以一步九分六釐乘起之數。元法本是方面上寄一步四分分母。自乘過於每步上，得一步九分六釐，故今命之爲展起之數也。諸變斜爲方面者，皆準此。所展之池積，是於一步圓積上，展出九分六釐。若以池徑上取斜爲外圓徑，則一步上止生得四分七釐也。故以四分七釐爲虚常法。又取方冪一步九分六釐四分之三，亦得圓積步一四分七釐也。**四庫館臣案** 法内皆以徑一周三、方五斜七爲率。故各面積分數，與密率不合。蓋此書專爲明理而作，密率數繁，礙於講解，故用古率以從簡。且其法既明，即用密率，亦無不可。

第四問　今有方田一段，内有圓池水占之，外計地一萬一千三百二十八步。只云從外田角斜通池徑，得一百一十六步。問内徑外方各多少。

答曰：外田方一百二十步，内池徑六十四步。

法曰：立天元一爲圓徑。減倍通步，得下 [算籌] 爲方斜。以自之，得 [算籌] 便爲所展方田積於上。再立天元一爲池徑。以自之，又以一步四分七釐乘之，得 [算籌]步 便爲所展圓池積也。以池積減上田積，餘得下 [算籌] 爲一段如積。寄左。然後列真積，如法展之，得二萬二千二百〇二步八分八釐。與左相消，得 [算籌] 平方開之，得六十四步爲内池徑也。以池徑減倍通步，即是方田斜，身外除四爲方面也。

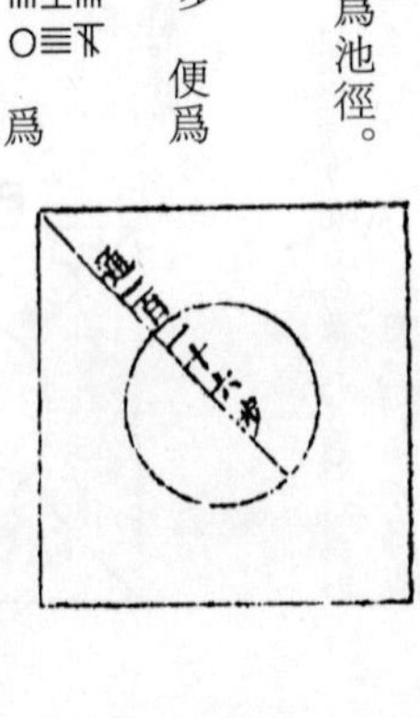

依條段求之。四段通步冪内減展積爲實，四之通步爲從，四分七釐常法。

義曰：四之通步爲從，其減積外實欠一個方。今即有展池減時所剩之積，補卻一個虚方外猶剩一個四分七釐爲常法也。

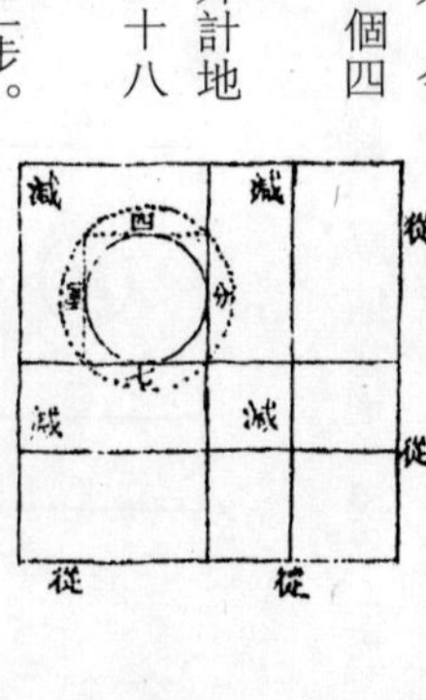

第五問　今有方田一段，内有圓池水占之，外計地一十三畝二分。只云内圓周不及外方周一百六十八步。問方圓各多少。

答曰：外方周二百四十步，内圓周七十二步。

法曰：立天元一爲内圓周。加一百六十八步，得 [算籌] 爲外方周。以自增乘，得 [算籌] 爲一十六個方田積。又三因之，得 [算籌] 爲四十八段方田積於頭。所以三因之爲四十八者，就爲四十八分母也。再立天元圓周。以自之得 [算籌：元 〇 一] 爲十二段圓池積。圓周冪爲九個圓徑冪，每三個圓徑冪爲四個圓池積。今九個圓

徑冪共爲十二個圓池積也。又就分四之，得 〇元 ||| 爲四十八個圓池積。以減頭位，得 丅≡丅⊥‖太 〡〇〇≡ㄨ 爲四十八段如積。寄左。然後列真積一十三畝二分。以畝法通之，得三千一百六十八步。又就分母四十八之，得一十五萬二千〇六十四步。與左相消，得 丅⊥|||≡ㄨ 〡〇〇≡ㄨ 平方開之，得七十二步爲內圓周也。三而一，爲池徑。

依條段求之。四十八段田積內，減三段不及步冪爲實，六之不及爲從，一虛隅。

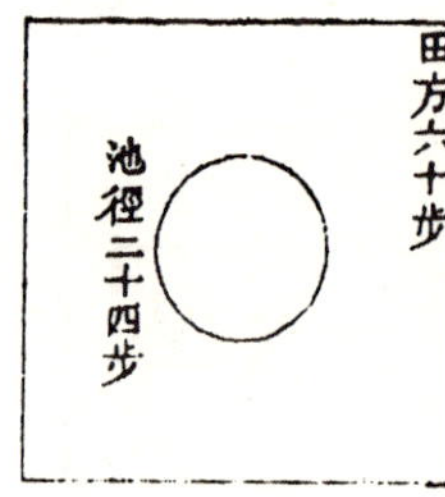

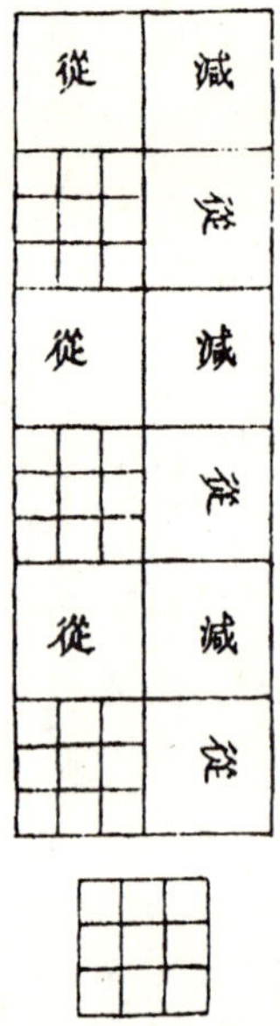

義曰：每一個方周方爲十六段方田積。今三之，爲四十八段方田積也。內除了三個圓周冪外，於見積上虛了一個圓周冪也。今求圓周，故以一步爲虛隅法。

舊術曰：以十六乘田積爲頭位。以合方周之積。以不及步自乘，減頭位。餘三之爲實，六之不及步爲從法，廉常以一步爲減從法。

第六問　今有方田一段，內有圓池水占之，外計地二千六百七十三步。只云內圓周與外方面數等。問各多少。

答曰：外方面、內圓周各五十四步。

法曰：立天元一爲方面。便是圓周。以自之，得 〇元 〡 便爲十二段池積也。再立天元方面。以自之，又十二之，得 〇元 〡= 爲十二段方田積也。二數相

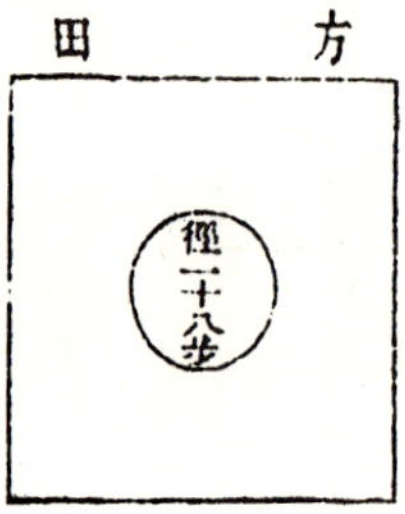

減，餘 〇元 〡 爲十二段如積。寄左。然後列真積，就分母十二之，得 |||=〇⊥丅 與左相消，得 |||=〇⊥丅 〇 ㄨ 〡 平方開之，得五十四步爲方面，亦爲圓周也。依條段求之，十二之真積爲實，無從，一十一步常法。

義曰：一個方田積，便是一個圓周積也。一個圓周積，便是十二個圓池積。今將一十二個圓池積，減於十二個方田積，通有十一段方田積也。

舊術曰：以十二乘田。如十一而一，所得開方除之，合前問也。

又法：立天元一爲等數。以自之，爲外田積。又就分母九之，得 〇元 |||| 爲九個方田積於頭。又立天元等數。以自之爲十二個圓池積也。三之，四而一，得下 〇元 〇丅≡ 爲九個圓池。以減頭位，得 〇元 丅=||| 爲九段如積。寄左。然後列真積就分九之，得二萬四千〇五十七步。與左相消，得 ‖≡〇≡丅 〇 丅=≡ 平方開得五十四步爲等數也。

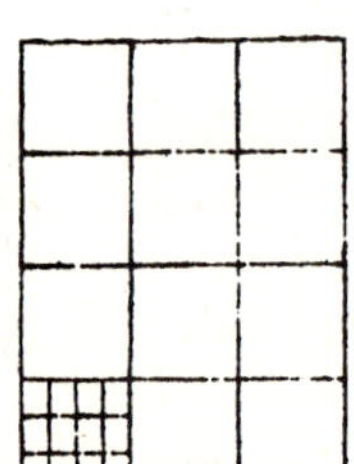

依條段求之，九之積爲實，無從，八步二分半爲常法。

義曰：每一個方冪爲十二個圓池。今將見有的九個圓池，去了七分半，餘二分半。併實有八個方，恰是八個二分半也。

又法：立天元一爲徑。以三之爲外方面。以自之得 〇元 |||| 爲外方積於上。再立天元圓徑。以自之，三之，四而一，得 〇元 〇丅≡ 爲圓池積也。以此圓積減方積，得 〇元 丅一||| 爲一段如積。寄

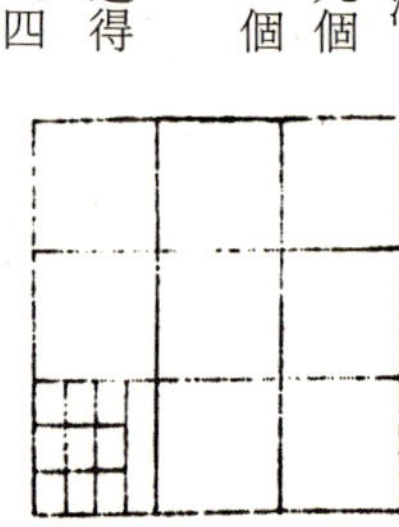

左。然後列真積，與左相消，得下式 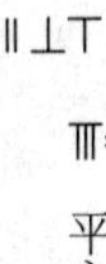 平方開得一十八步爲圓徑也。

依條段求之。積爲實，八步二分半爲常法。

義曰：中間一方。除圓池四分之三外，有四分之一，即是一步內得二分半也。

舊術曰：列積步，以八步二分半除之，所得再開方，見內圓徑。

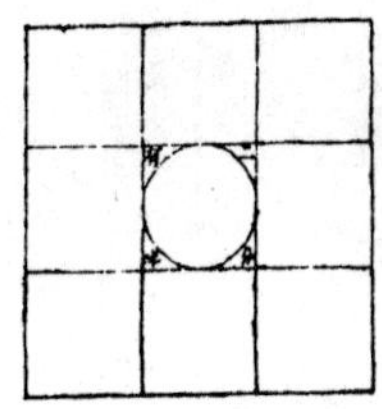

第七問　今有方田一段，內有圓池水占之，外計地一千三百五十七步。只云外方面不及內池周一十四步。問方圓各多少。

答曰：方面四十步，圓周五十四步。

法曰：立天元一爲外方。加不及一十四步，得  爲內周。以自增乘，得  爲十二個圓池積於頭。再立天元方面。以自之，又十二之，爲十二個方田積。內減頭位，得 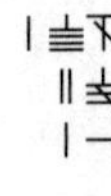 爲十二段如積。寄左。然後列見積一千三百五十七步就分母十二通之，得一萬六千二百八十四步。與左相消，得 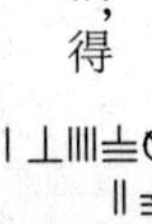 開平方，得四十步爲外方面也。

依條段求之。十二之積內，加入不及步冪爲實。二之不及步爲虛從。十一步常法。

義曰：其十二段積內，帶起十二個圓池，其十二個圓池，補成一個圓周方，其圓周多於方面十四步，故自之爲冪。加入所欠之，恰得一角。又二之，爲虛從。十一個方也。

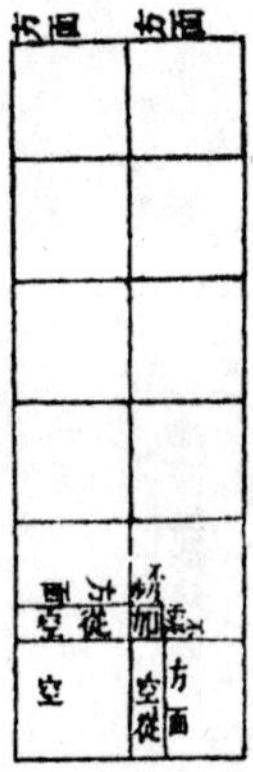

第八問　今有方田一段，內有圓池水占之，外有地一十三畝七分半。只云內外方圓周共相和，得三百步。問方圓周各多少。

答曰：外方周二百四十步，內圓周六十步。

法曰：立天元一爲圓徑。以三之，爲圓周。以減共步，得 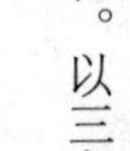 爲方周。以自增乘，得 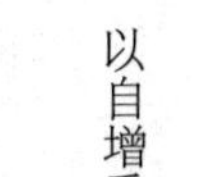 爲十六段方田積於頭。再立天元圓徑。以自之，又十二之，得 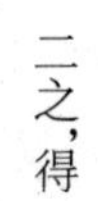 爲十六個圓池積。以減頭位，得下 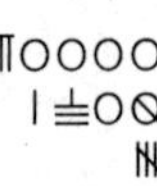 爲十六段如積。寄左。然後列真積一十三畝七分半，以畝法通之，得三千三百步。又就分母一十六通之，得五萬二千八百步。與寄左相消，得 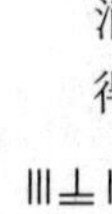 開平方，得二十步，爲圓池徑。又三之，爲圓周也。

方田

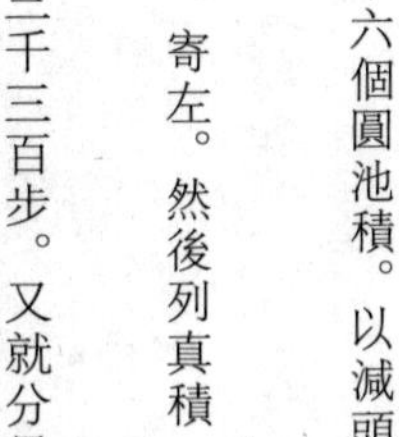

依條段求之。和步冪內減十六之見積爲實，六之和步爲從，三步常法。

義曰：十六個圓池該十二個方，內從步合除去九個方，外猶剩三個方，故以三步爲常法也。

舊術曰：列相和步自乘，爲頭位。又以十六之田積減頭位，又六而一爲實。以相和步爲從，法。廉常置五分。

第九問　今有方田一段，內有圓池水占之，外計地三千一百六十八步。只云內外周與實徑共相和，得三百三十步。問三事各多少。

答曰：外方周二百四十步，實徑一十八步，圓周七十二步。

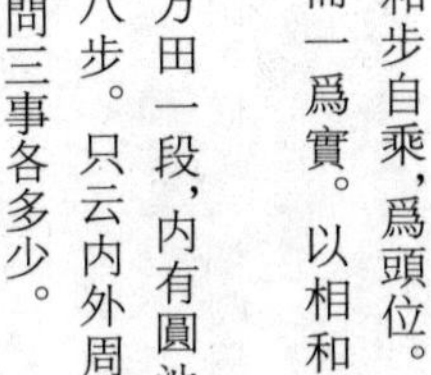

法曰：立天元一爲池徑。以五之，減倍之相和步，得 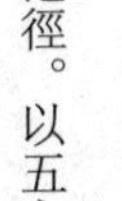 爲九個方面。

以自增乘，得 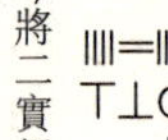 爲八十一段方田積於頭位。二之相和步，別得是八方面六圓徑二實徑。今將二實徑與一圓徑就成一方面，共前數計九方面五圓徑，卻更無實徑也。

再立天元池徑。以自之，又以六十步七分半乘之，得  爲八十一個圓池。所以用六十步七分半乘之者，欲齊其八十一分母也。每個圓池七分半。以八十一通之，遂得六十步七分半也。以此減頭位，餘得下 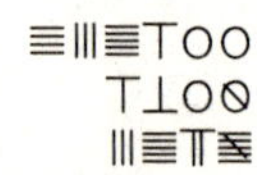 爲八十一段如積。寄左。然後列真積三千一百六十八步，以八十一通之，得二十五萬六千六百○八。與左相消。得 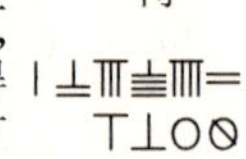 步 平方開之，得二十四步爲池徑也。五因池徑，減倍相和，餘九而一，得方田面。以池徑減方，餘折半，爲實徑。

依條段求之。倍共步自乘於頭。以八十一之田積減頭位，餘爲實，二十之共步爲從，三十五步七分半爲常法。

義曰：八十一個方田內，帶起八十一個圓池。每個圓池七分半。此八十一個，計該六十步七分半。其從步合除去二十五個外，猶剩三十五個七分半，故以之爲常法也。

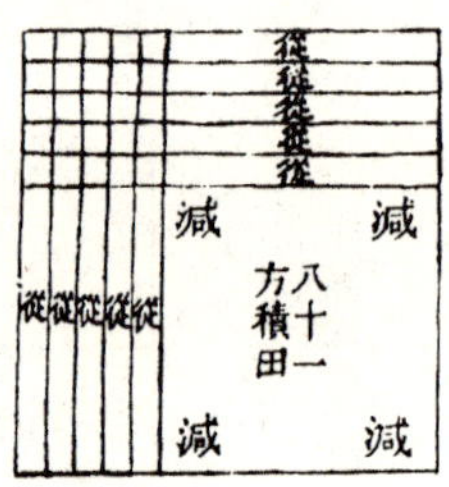

舊術曰：倍相和步。自乘爲頭位。又以八十一乘田積。減頭位，餘退一位爲實，倍相和步爲從，法廉常置三步五分七釐半。

第十問 今有方田一段，内有圓池水占之，外計地三千一百六十八步。只云内外方圓周與斜徑共相和，得三百四十二步。問三事各多少。

答曰：外方周二百四十步，内圓周七十二步，斜三十步。

法曰：立天元一爲池徑。以二十五之，減於十之相和三千四百二十步，得 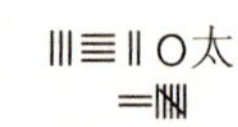 爲四十七個外方面。以自增乘，得 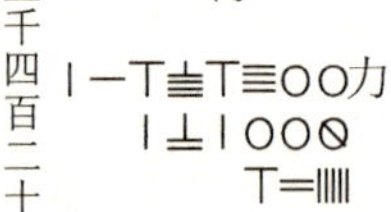 爲二千二百九段方田積於頭位。十之相和步三千四百二十爲方面，四十個内池徑，三十個斜至步一十個。以一十個斜至步合入五個池徑，共得五斜。此五斜便是七個方面，計總數，該四十七個方面二十五個圓徑外，更無斜至步也。再立天元池徑。以自之，又以一千六百五十六步七分半乘之，得  爲二千二百○九個圓池積也。所以用一千六百五十六步七分半乘之者，欲齊其二千二百○九分母也。每一個圓池積七分半。今有二千二百○九個圓池積。以七分半乘之，該一千六百五十六步七分半也。以此減頭位，得下  爲二千二百九段如積數。寄左。然後列真積三千一百六十八步，以分母二千二百○九通之，得六百九十九萬八千一百一十二步。與左相消，得  開平方，得二十四步，即池徑也。以二十五之圓徑，減十之和步，餘四十七而一，即爲外方面。身外加四，内減了圓池徑。餘折半，爲斜徑也。**四庫館臣案** 法内所用四十七方面之數，亦由立天元一法取出。但截去前段，恐初學不能無疑。茲仍依其法補之。法立天元一爲池徑。五因之，以減倍和，得  爲八方面一斜共數。以方五因之，得 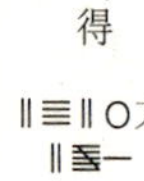 爲實。又以方五因八方面，得四十。以斜七乘一斜，得七。併之，得四十七爲法。法除實，得方面。今不除，便爲四十七個方面也。

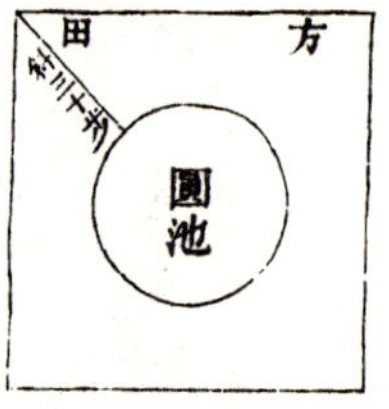

依條段求之。相和步進一位自乘於頭位。以二千二百九之真積減頭位，餘爲實，五百之和步爲益從，一千三十一步七分五釐爲益隅。

義曰：減數係是二千二百九段方面冪，内卻漏下二千二百九個圓池。此數該係一千六百五十六個七分半圓徑冪，卻於從步上疊用了六百二十五個池徑冪，外猶剩一千三十一個七分五釐，故以之爲隅法。

其從法元有五十個圓徑，今命之爲五百者，緣相和步進一位也。

舊術曰：列相和步進一位，自相乘爲頭位。以二千二百九之積減頭位，餘以三之爲實，又以一千五百之相和步爲從，法。廉常置三千九十五步二分半。開平方，見池徑。

第十一問　今有圓田一段，内有方池水占之，外計地二十五畝，餘二百四步。只云從外田楞至四邊，各三十二步。問外圓内方各多少。

答曰：外圓徑一百步，内方面三十六步。

法曰：立天元一爲内方面。加倍至步，爲外田徑。以自之，得下式：

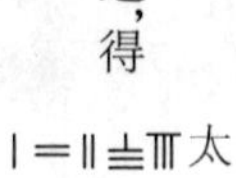

又三之，得  爲四段圓田積於頭。再立天元方面。以自之，又就分母四之，得 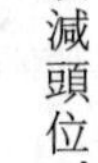 爲四池積。以減頭位，得 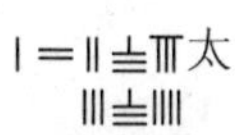 爲四段如積。寄左。然後列真積，又就分四之，得二萬四千八百一十六步。與左相消，得 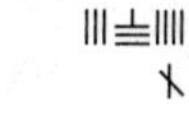 開平方，得三十六步爲方池面也。加倍至步即圓徑也。

依條段求之。四之積步於頭位，作三個外圓徑冪，内出了四個方池積也。内減十二之至步冪爲實，十二之至步爲從，一虛隅。

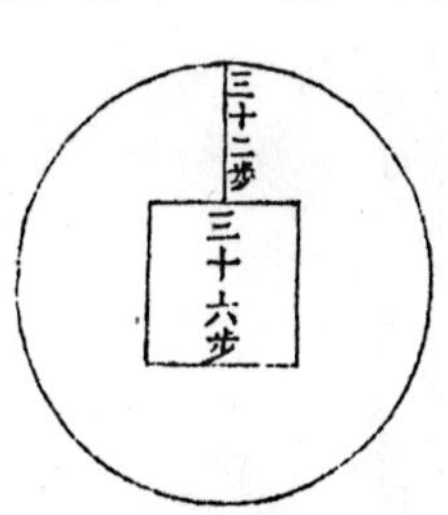

義曰：四個外圓田内，減了十二段至步冪，復以十二之至步爲從，又合去四個方池。今元積内有三個虛池，猶欠一個虛池，故以一步爲虛隅。常減從以爲法。

又有圓田一段，中有方池水占之，外有田五十步。只云方池一尖抵圓邊，其一尖至圓邊三步。問圓徑方面各若干。

答曰：徑十步，面五步。

法曰：立天元一爲方斜。加三步爲圓徑。以自之，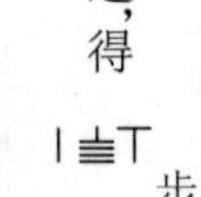 四庫館臣案 又以一步九分六釐乘之，得 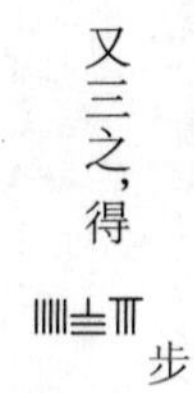 此爲一平方九分六釐，多十一元七分六釐，多十七步六分四釐，諸條皆步數在上。此條獨步數在下。李銳案 《海鏡》算式以太上一層爲元。元上一層爲元自乘冪，與此正同。此法緣鈔於別紙，故獨與諸問體例異也。又三之，得內減四之天元冪，得上層 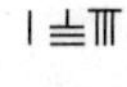 中下云云，四庫館臣案 即多三十五元餘五十二步餘也。寄左。然後置五十步，兩度加四，得 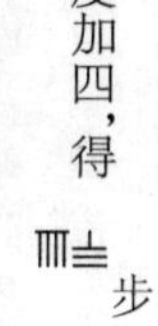 又四之，得 與左相消，得下層三百三十九步〇八釐。四庫館臣案 此下當加「與一平方八分八釐，多三十五元二分八釐等」十八字方明。李銳案 此法文雖簡，而意已足，不必如案所云，且案所據乃借根方加減法。平方及多少字亦惟借根方用之，於古立天元一之文，則甚無當也。負。李銳案 此負字當屬上文，蓋以三百九十二步，減寄左下層。不足減，反減之得三百三十九步八釐爲負實也。案語：從中隔斷，緣不知古法開方，除有負實之故。開平方得七步，即池斜也。副置池斜上位，加至步，即圓徑。下位身外減四，即方面也。合問。

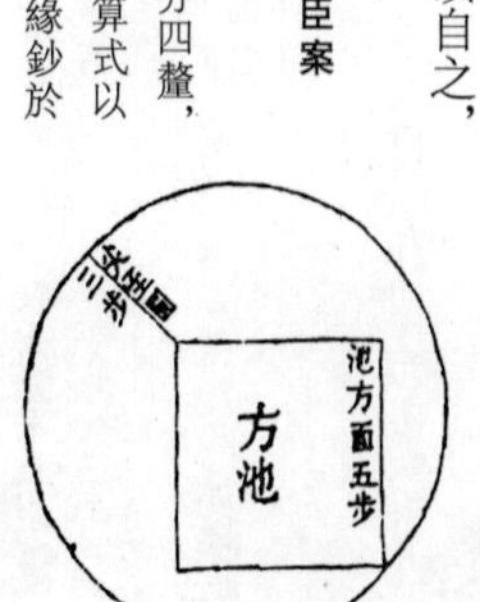

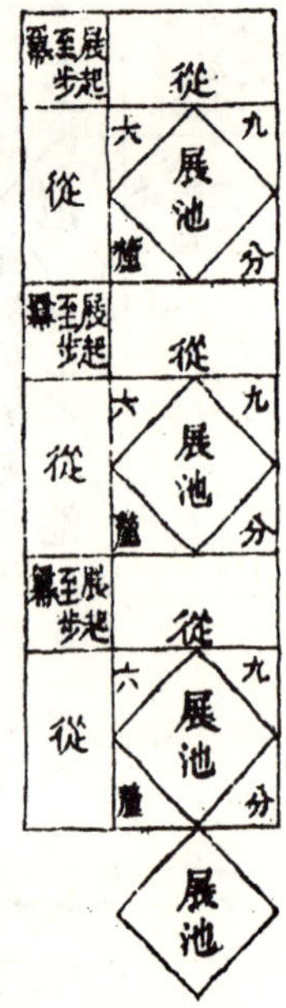

依條段求之。四段展起見積內減三段展起至步冪爲實，六之至步展起爲從，一步八分八釐爲常法也。此問若求方面，則其法甚易。今求方斜，故其圖須細分之。

義曰：三個九分六釐，共計二步八分八釐。其元初作四段如積時，合有四個所展之池。今來只見三個，故於二步八分八釐內，去卻一步，餘只有一步八分八釐爲常法也。

第十二問 今有圓田一段，內有方池水占之，外有地二十五畝零二百四步。只云從外田楞通內方方面六十八步。問各數若干。

答曰：外圓徑一百步，內方面三十六步。

法曰：立天元一爲內方面。減倍通步，得 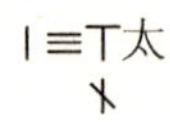 爲外圓徑。以自之，得  爲圓徑冪。以三之，得下式 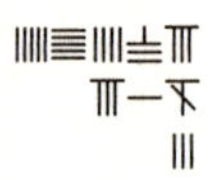 爲四段圓田積於頭。再立天元內方面，以自之，又就分母四之，得  爲四段方池積。以減頭位，得 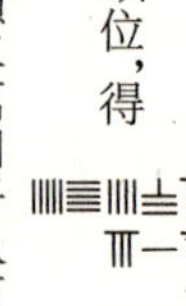 爲四段如積數。寄左。然後以四之見積二萬四千八百一十六步，與左相消，得 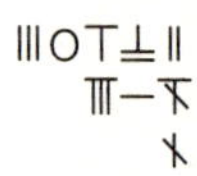 平方開之，得三十六步爲內方面也。減倍通步，即圓徑。

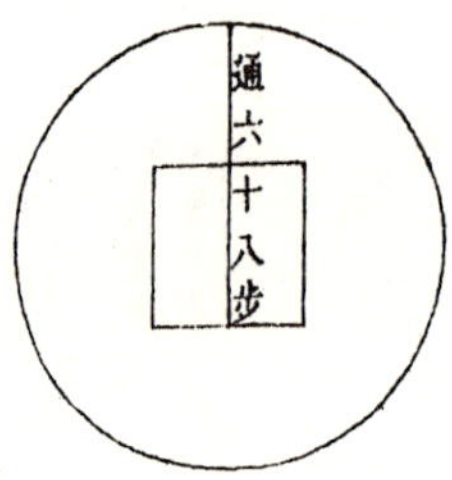

依條段求之。十二段通步冪內減四之見積爲實，十二之通步爲從，一常法。

義曰：所減數內剩下四個方池，疊補了三個外，猶剩一個，故以之爲常法。

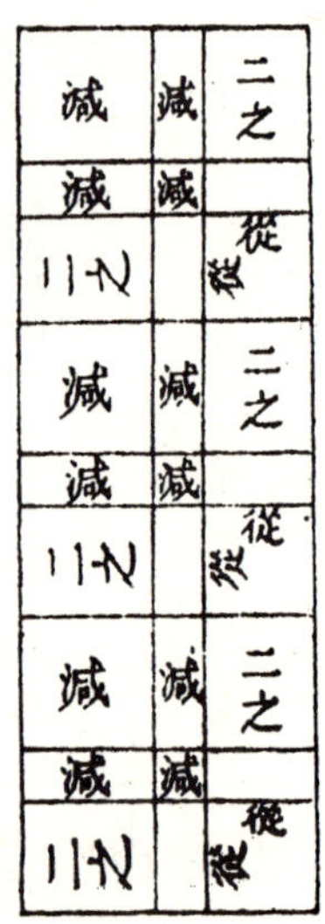

第十三問 今有圓田一段，內有方池水占之，外計地五千步。只云從外田楞至內池角，四邊各一十五步。問方圓各多少。

答曰：外圓徑一百步，內方面五十步。

法曰：立天元一爲內方面。身外加四爲內方斜。又加倍至步，得  爲外圓徑也。以自增乘，得  爲外徑冪。以三之，得 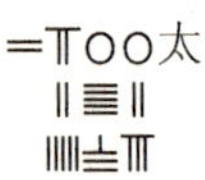 爲四段外圓積於頭。再立天元內方面。以自之，又四之，得  爲四段方池積也。以減頭位，餘  爲四段如積數。寄左。然後列四之見積二萬步，與左相消，得  開平方，得五十步爲池方面也。身外加四，又加入倍至步，即爲外田徑也。

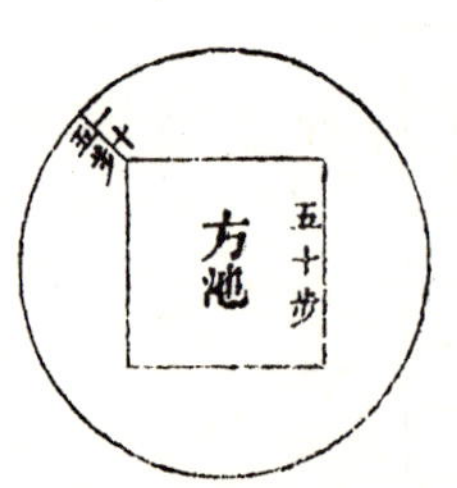

依條段求之，四之積步內減十二段至步冪爲實，十二之至步身外加四爲從，一步八分八釐爲常法。

義曰：三個九分六釐，計二步八分八釐，其四個圓田內，有四個方水池。除從步合占三個外，猶剩一個水池，卻於數內取了一步，餘一步八分八釐，故以之爲常法也。其從步加四者，蓋取斜中之方面也。若不加四，不能見方面，而但得方斜也。

舊術曰：四因積步爲頭位。又倍去角步，自乘三之，減頭位，餘折半爲實。又倍去角步，三因加四，爲從法。廉常置九分四釐。

第十四問　今有圓田一段，內有方池水占之，外計地三百四十七步。只云從田外楞通內池斜，三十五步半。問外圓內方各多少。

答曰：外圓徑三十六步，內方面二十五步。

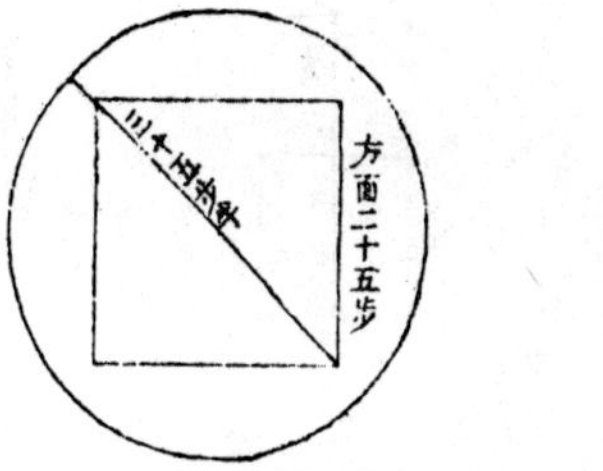

法曰：立天元一爲內方面。加四，得 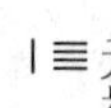 爲方斜。以減倍通步，得  爲外圓徑。以自增乘，得 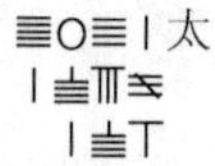 爲外田徑冪也。以三之，得 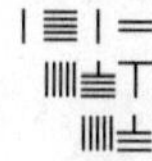 爲四段圓田積於頭。再立天元內方面。以自之，又就分四之，得  爲四段方池。以減頭位，得 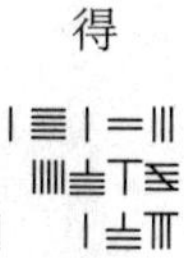 爲四段如積。寄左。然後列四之見積一千三百八十八步，與左相消，得 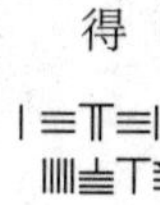 開平方，得二十五步爲內方面也。方面加四，減於倍通步，得圓徑也。

依條段求之，十二段通步冪內，減四之田積爲實，十二之通步，加四，爲益從，一步八分八釐常法。

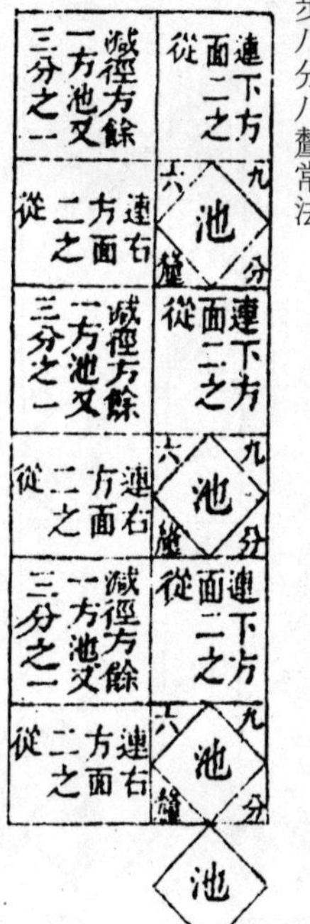

義曰：此式原係虛從，今以虛隅命之。四段圓田減積時，剩下四段方池。於從步內用訖三個外，猶剩一個，卻於二步八分八釐虛數內，補了一步，外虛一步八分八釐，故以之爲法。從負隅正，或從正隅負，其實皆同，故因此廉從以別之。李銳案　此法以後數減寄左數，故得實正從負隅正。若以寄左數減後數，則得實負從正隅負矣。緣正負元可互易。故曰其實皆同也。

舊術曰：倍通步自乘，三之爲頭位。四因田積，減頭位，餘爲實。又十二通步加四爲從，法。廉常置一步八分八釐，減從開方。新舊廉從不同，開時則同故兩存之。

第十五問　今有圓田一段，內有方池水占之，外計地三十三畝一百七十六步。只云內方周，不及外圓周一百五十二步。問外圓內方各多少。

答曰：外圓周三百六十步，內方周二百八步。

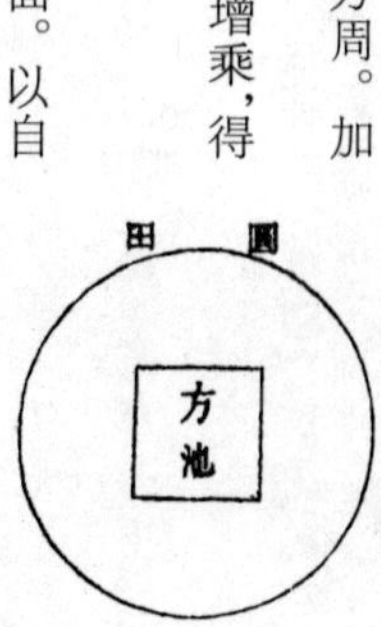

法曰：立天元一爲內方面。以四之，爲內方周。加不及一百五十二步，得 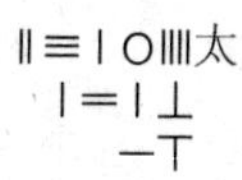 爲外圓周。以自增乘，得  爲十二段圓田積於頭。再立天元內方面。以自之，又就分十二之，得 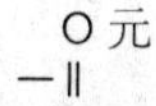 爲十二段方池積。以減頭位，餘 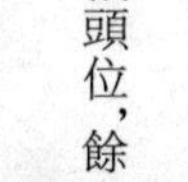 爲十二段如積。寄左。然後列見積八千○九十六步，又就分十二之，得九萬七千一百五十二步。與寄左相消，得下 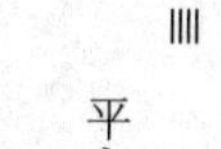 平方開得五十二步爲內池方面也。以四之爲內方周。加不及步爲圓周也。

依條段求之，十二段積步內減不及步冪爲實，八之不及步爲從，四步爲常法也。

義曰：十二段圓積，該九段圓徑冪。九段圓徑冪，便是一個圓周冪也。據十二段圓積內，元少十二個方池。今於周冪內，除折算外，剩四個池積，故以四步爲常法也。

舊術曰：十二之積步爲頭位，以不及步自乘，減頭位，餘八而一爲實。以不及步爲從，法廉常置半步，開平方。新舊二術不同者，舊術從簡耳算術本貴簡易，而猶立新術者緣舊術，難畫條段也，餘做此。

第十六問　今有圓田一段內有方池水占之，外計地三千五百六十四步。只云內方周與外圓徑等，問等數各若干。

答曰：內方周外圓徑，各七十二步。

法曰：立天元一爲等數，便以爲方周。自之，得 元〇| 爲十六個方池於頭。再立天元等數，便以爲圓徑。以自之，又十二之，得 元〇‖| 爲十六段圓田積。內減頭位，餘 元〇| 爲十六段如積。寄左。然後列真積三千五百六十四步，又就分十六之，得五萬七千〇二十四步。與左相消，得 ≣||〇⊥||≣ 〇| 平方開得七十二步，即等數也。**四庫館臣案** 法後落條段一條，依前例補之。

依條段求之。十二之真積爲實，無從，一十一步常法。

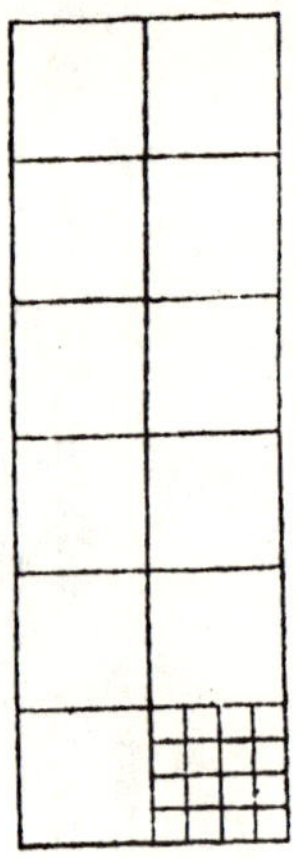

義曰：十六個圓積。乃十二段圓徑冪也。共十六個圓積內，有十六個方池，恰是一個方也。此一個方，便是等數冪也。

舊術曰：列田積，從十一段。平方開之，得內方面。四之，即等數也。又法以十六乘田積，如十一而一，所得開方，即等數。

第十七問　今有圓田一段，內有方池水占之，外有地一千六百一十一步。只云外圓徑不及內方周四十二步。問方圓各若干。

答曰：外圓徑五十四步，內方周九十六步。

法曰：立天元一爲外圓徑。加不及四十二步，得 ≣‖ |元 爲內方周。以自增乘，得下式 |⊥T≣ ⅢⅢ≣| 爲十六段池積於頭。再立天元外圓徑。以自之，又十二之，得 元〇 |= 爲十六段田積也。內減頭位，餘 |⊥T≣ Ⅲ≣| | 爲十六段如積。寄左。然後列真積一千六百一十一步，就分母十六之，得二萬五千七百七十六步。與左相消，得 =T≣Ⅲ〇 Ⅲ≣| | 平方開得五十四步爲外圓徑也。加不及步爲方周也。

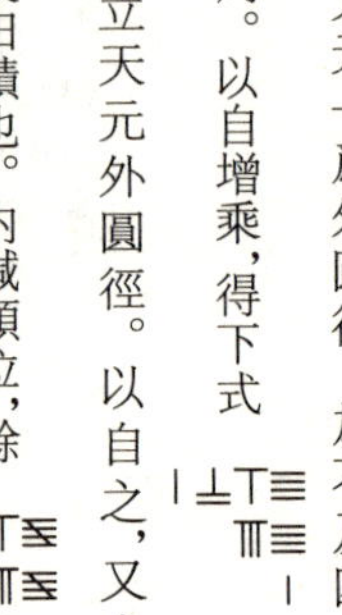

依條段求之。置十六之積，加不及步冪爲實，倍不及步爲虛從，一十一步爲常法。

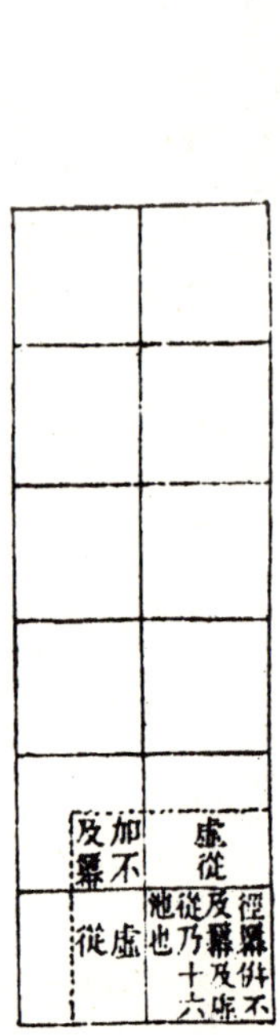

義曰：十二個圓徑冪，該十六個圓田積。十六個圓田積內有十六個方池。其十六個方池於實積內侵過所加一角。併二段虛從之數也。

第十八問　今有圓田一段，內有方池水占之，外計地三百四十七步。只云外圓周內方周，共得二百八步。問內外周各多少。

答曰：外圓周一百八步，內方周一百步。

法曰：立天元一爲內方面。以四之爲內方周。減於相和二百八步，得 太〇Ⅲ≣ | 爲外圓周。以自增乘，得下 ≣Ⅲ=T≣ |⊥T≣⊥ | 爲圓周冪，便爲十二段圓田積於頭。再立

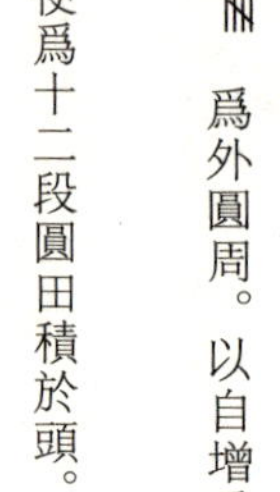

天元內方面。以自之，又就分十二之，得 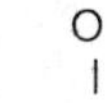 爲十二段方池積也。以減頭位，餘 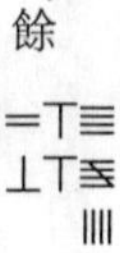 爲十二段如積。寄左。然後列見積三百四十七步，就分母十二之，得四千一百六十四步。與左相消，得 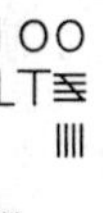 開平方得二十五步爲內方面也。四之爲內方周。減於相和步，爲圓周也。

依條段求之。以十二之積步減和步冪爲實，八之和步爲虛從，四常法。

義曰：十二段圓田，內有十二個方池。於方周冪內，補了十二池外猶欠四個，故以四爲隅法。此式元係虛從。今卻爲虛隅命之，故以四爲虛常法。

舊術曰：相和步自乘於頭位，以十二之積步減頭位，餘八而一爲實，相和步爲從，法廉常置半步減從。

第十九問　今有圓田一段，內有方池水占之，外計地三十三畝一百七十六步。只云內外周與實徑共相和得六百二步。問三事各多少。

答曰：外圓周三百六十步，內方周二百八步，實徑三十四步。

法曰：立天元一爲內方面。以減一百七十二，得下 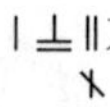 爲外田徑也。倍云數得一千二百四步。別得是六個圓徑八個方面，兩個實徑。今將一個方面兩個實徑，合成一個圓徑。併前數而計，是七個方面七個圓徑也。今置一千二百四步在地。以七約之，得一百七十二步爲徑面共也，便是一個方面一個圓徑，更無實徑也。以自增乘，得  爲圓徑冪也。以三之，得  爲四段圓田積於頭位。再立天元內池面。以自之，又就分四之，

得  爲四池積，以減頭位，得 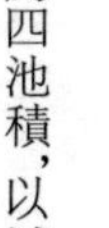 爲四段如積。寄左。然後列見積八千九百九十六步，又就分四之，得三萬二千三百八十四步。與左相消，得 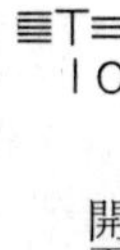 開平方，得五十二步爲內方面也。以七之方面減於倍和步，餘以七而一，即圓徑也。圓徑內減方面，餘者又半之，即實徑也。

依條段求之。徑面共一百七十二也。自之爲冪，又三之於頭位。內減四之見積餘爲實，六之徑面共步爲從，一常法。

義曰：四之真積內，有四個方池。於從法疊用了三個，外剩一個，故以一步爲常法。

舊術曰：倍相和自乘，三之，爲頭位。以一百九十六步四庫館臣案　此即四與四十九相乘之數。之田積，減頭位，餘以十四而一爲實。又六之相和步，爲從。法廉常置三步半。開平方，見內方面。

第二十問　今有圓田一段，內有方池水占之，外計地二千四百七十五步。只云內外周與斜徑相和，得二百五十九步半。問三事各多少。

答曰：外圓周一百八十步，內方周六十步，斜一十九步半。

法曰：立天元一爲內方面。以三十三之，減於十之云數二千五百九十五步  爲三十五個圓田徑。十之云數內，有外圓徑三十個，內方面四十個，角斜十個。今將七十方面，併入十個角斜，爲五個圓徑也。總別得十之云數，是方面三十三個。圓徑三十五個外，更無斜徑角也。乃以三十五之圓徑自增乘，得下式 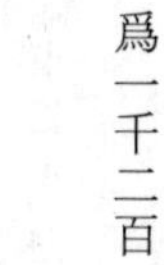 爲一千二百

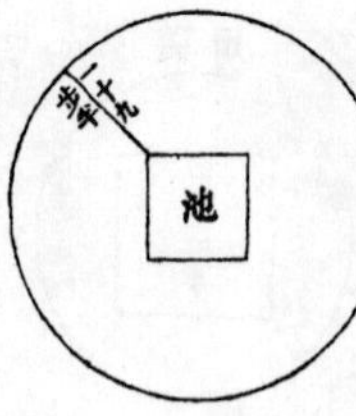

二十五段圓徑羃也。以三因之，得　合以四除之。今不除，便爲四千九百段圓田積於頭。再立天元内池面。以自之，又就分以四千九百乘之，得　爲四千九百段方池積，以減頭位，得　爲四千九百段如積數。寄左。然後列真積二千四百七十五步，就分以四千九百乘之，得一千二百一十二萬七千五百步。與左相消，得　平方開，得一十五步爲内方面也。三十三之方面，以減於十之相和二千五百九十五步，餘三十五而一，即圓徑。以方面加四減圓徑，餘半之，即斜徑也。

依條段求之。十之相和步，自之，爲羃。以三之於頭位，以四千九百段見積減頭位爲實，一千九百八十之相和步爲從，一千六百三十三爲常法。

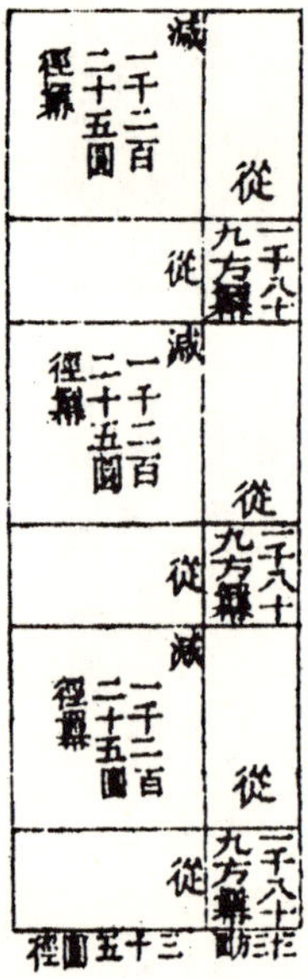

義曰：減數計三千六百七十五個圓徑羃，便是四千九百個圓田積也。内漏下四千九百個方池，卻於從内疊用了三千二百六十七個方池外，猶剩一千六百三十三個方面羃，故以之爲常法也。其從法元有一百九十八個方面合用一百九十八之相和步爲從。今用一千九百八十個相和步者，緣爲相和步先進了一位也。

第二十一問　今有方田三段，共計積四千七百七十步。只云方方相較等三方面，共併得一百八步。問三方各多少。

答曰：大方面五十七步，中方面三十六步，小方面一十五步。

法曰：立天元一爲方差。以減中方面，置併數三而一，即得中方面。得　爲小方面也。以自之，得　爲小方積於頭。再立天元方差。加入中方面，得　爲大方面。以自之，得　爲大方積於次位。又列中方面　自之，得下　爲中方積於下位。三位相併，得　爲一段如積數。寄左。然後列真積四千七百七十步，與左相消，得　開平方得二十一步，即是方差也。置方差數，加中方，即大方面。減中方，即小方面也。

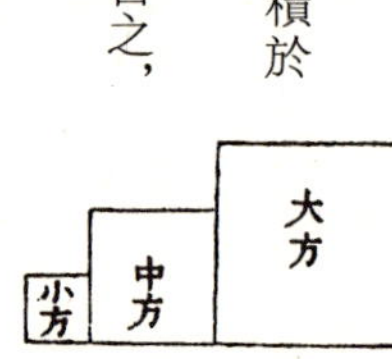

依條段求之。列併數，以三約之，所得即中方面也。以自之爲羃，又三之以減積爲實，無從，二步常法。

義曰：積步内減三個中方羃，外有兩個方，故得二步常法。舊術又折半，止得一個方也。

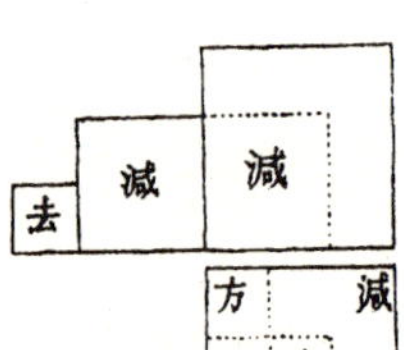

第二十二問　今有方田一段，其西北隅被斜水占之，外計地一千二百一十二步七分半。只云從田東南隅至水楞四十五步半。問田方面多少。

答曰：田方面三十五步。

法曰：立天元一爲水占斜。加入云數四十五步半，得　爲田斜。以自增乘，得　爲田斜羃於頭。

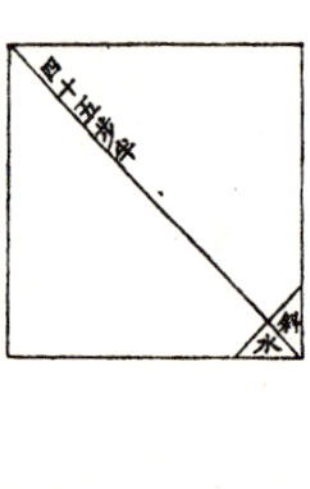

再立天元一水占斜。以自之，爲水占得小方積。就分以一步

九分六釐乘之，得 [illegible] 為所展得水占積也。以減頭位，得 [illegible] 為如積一段。寄左。然後列真積一千二百一十二步七分半，以一步九分六釐乘之，得數二千三百七十六步九分九釐。以與左相消，得 [illegible] 開平方，得三步半為水占斜。加至步為田斜，身外減四即是方面也。

依條段求之。展積內減至步冪為實，二之至步為從，九分六釐虛常法。開平方，得三步半即水占斜。

義曰：今將水占斜直命為小方池面也。

舊術曰：列田積於頭位，又列至步除四，則直至步。以自乘減頭位餘為實，二之直至為從以九分六釐為廉。減從開平方，得二步半，加直至步三十二步半，得三十五步即田方面也。

此圖，即舊術條段也。舊術減云步為直至步入法，而求得二步半為直至不及方面步。新術展積入法，而求得三步半為水占斜。

第二十三問　今有圓方田各為段，共計積一千三百七步半。只云方面大於圓徑一十步，圓依密率。問面徑各多少。

答曰：方面三十一步，圓徑二十一步。

法曰：立天元一為圓徑。加一十步，得 [illegible] 為方面。以自之，得 [illegible] 為方田積。以十四之，得 [illegible] 為十四段方田積於頭。又立天元圓徑。以自乘為冪。又以十一之，得 [illegible] 便為十四段圓田積。依密率，合以徑自乘。又十一之，如十四而一。今以十一乘，不受除，故就為十四分母也。以併入頭位，得 [illegible] 為十四段如積。寄左。然後列真積一千三百七步半，就分十四之，得一八萬千三百五步。與左相消，得 [illegible] 開平方除之，得二十一步為密率徑也。加不及步為方田也。

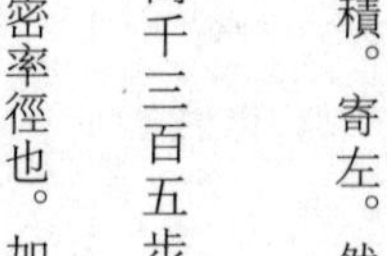

依條段求之。十四之積步於上，內減十四段不及步冪為實，二十八之不及步為從，二十五步常法。

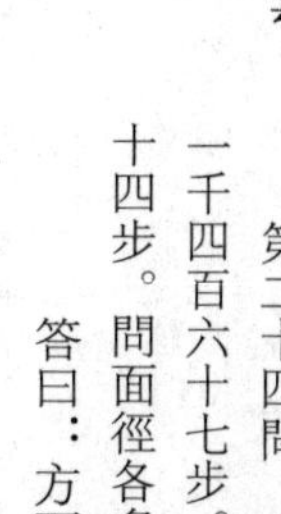

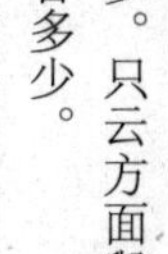

義曰：將此十四個方冪之式，只作一個方冪求之。自見隅從也。

第二十四問　今有方圓田合一段，共計積一千四百六十七步。只云方面與圓徑相穿，得五十四步。問面徑各多少。

答曰：方面一十二步，圓徑四十二步。

法曰：立天元一為圓徑。減穿步五十四步，得 [illegible] 為方田面。以自增乘，得下式 [illegible] 為方田積於頭位。再立天元圓徑。以自之，又三之，四而一，得 [illegible] 為圓田積也。併入頭位，得 [illegible] 為一段如積。寄左。乃列真積一千四百六十七步，與左相消，得 [illegible] 倒積倒從開平方，得四十二步為圓田徑也。以減穿步即方面。

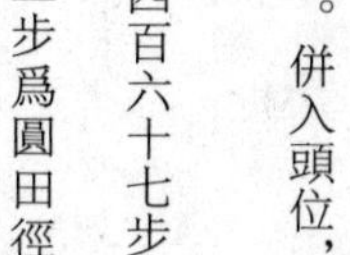

四庫館臣案　法內所言倒積倒從，即翻積法也。蓋初商積常減原積。此獨以原積減初商積，倍廉常減從步。此獨以從步減倍廉，乃平方中之一變也。古法多用之，今依數布算於後，以存其式。

法：列積一千四百四十九步為實，以一百零八步為長與一闊又七分半之和即從數。求闊。初商四十步。以一闊七分半乘之，得七十步。以減和數，餘三十八步。以初商乘之，得一千五百二十步，為初商積，大於原積。反減之，餘實七十一步。乃二因一闊七分半所乘初商之數，得一百四十步。大於和數，反減之，餘三十二步為次商廉。次商二步，以一闊七分半乘之，得三步半為次商隅。凡和數，廉隅相減，此反相加，得三十五步半。以次商乘之，得七十一步爲次商積。與餘積相減恰盡，開得闊四十二步。

依條段求之。穿步冪內減田積爲實，倍穿步爲從，一步七分半虛常法。

義曰：二之從步內，元減了七分半，又疊了一步，計虛卻一步七分半也。

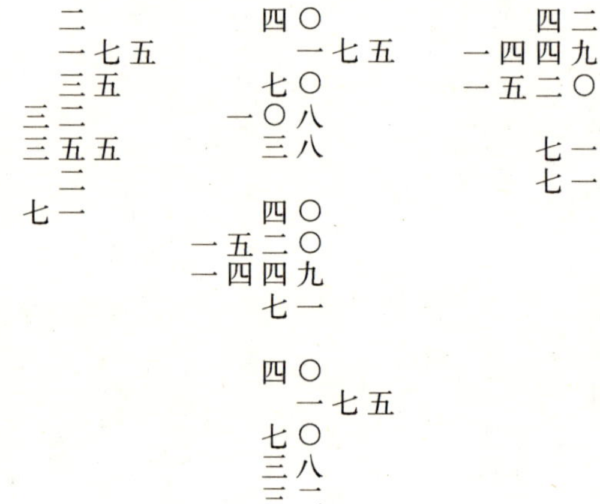

第二十五問　今有方圓田各一段，共計積一千三百七步半。只云方周大於圓周五十八步。問方圓周各多少。圓依密率。

答曰：方周一百二十四步，圓周六十六步。

法曰：立天元一爲圓周。加周差五十八步，得太爲方田周。以自增乘，得下式爲方周冪，便是十六個方田積。又就密率分母一十一之，得爲一百七十六段方田積於頭。又立天元圓周。以自之爲冪，又就分一十四之，得元爲一百七十六段圓田積。依密率，周上求積，合以周自乘。又以七乘之，如八十八而一，爲一段田積也。今於周冪上更以十四乘之，則合用一百七十六而一，故就分便爲此數。以添入頭位，得共爲一百七十六段如積。寄左。然後列真積一千三百七步半，就分以一百七十六乘之，得二十三萬一百二十步。與左相消，得開平方，得六十六步爲圓田周也。加多步見方周。

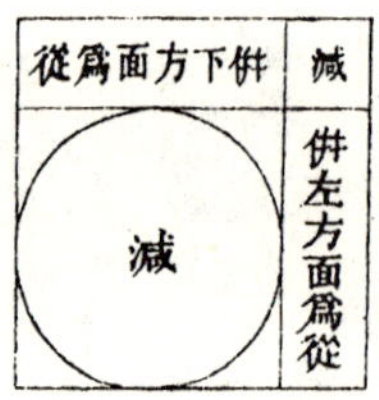

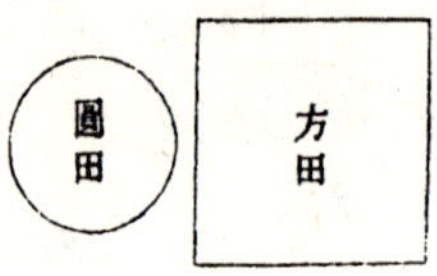

依條段求之。一百七十六之積，內減一十一段多步冪爲實，二十二之多步爲從，二十五步常法。

義曰：一百七十六之積步內，有一十一個方周方，一十四個圓周方也。今畫此式，其一十四個圓周方與一十一個方周方，大小俱同者，止爲欲見差步，權作此式。其實合作一十二段圓式求之，其實自見也。**四庫館臣案**　十一方周冪，十四圓周冪共積內，減去十一不及冪，餘不及步乘圓周長方二十二，圓周冪二十五，故以二十二不及步爲從，二十五爲隅也。

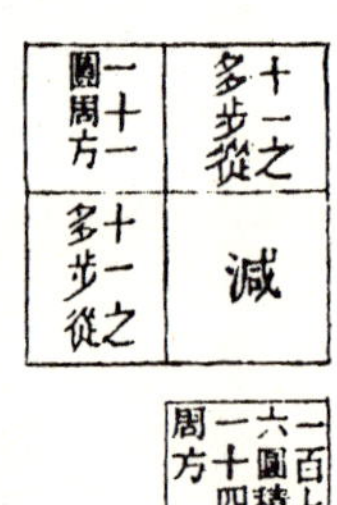

第二十六問　今有方圓田各一段，共計一千四百五十六步。只云方周大於圓周，方圓周共相和，得二百步。問二周各多少。

答曰：方周一百二十八步，圓周七十二步。

法曰：立天元一爲圓周。減於相和二百步，得太爲方周。以自乘，得爲方周冪。是十六個方積也。就分三之，得爲四十八段方田積於頭。再立天元圓周。以自之，又就分四之，得元亦爲四十八段圓田積。併入頭位，得爲四十八段如積數。寄左。然後列真積一千四百五十六步，就分四十八之，得六萬九千八百八十八步。與左相消，得下式開平方，得七十二步爲圓田周也。減共步得方周。

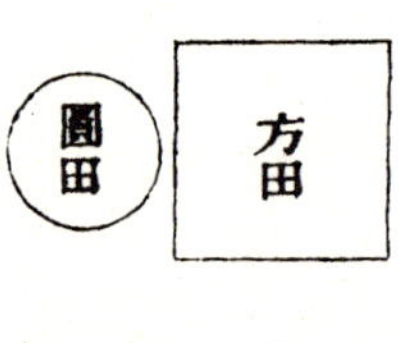

依條段求之。三段和步冪內減四十八之田積，爲實，六之和步爲從，七益隅。

義曰：減時，減過一個方，六之從步內又欠六個方，共虛了七步，故以爲益隅。

第二十七問　今有方圓田各一段，共計積二千二百八十六步。只云方面不及圓徑一十二步，圓依密率。問面徑各多少。

答曰：方面三十步，圓徑四十二步。

法曰：立天元一爲方面。加不及一十二步，得　爲圓徑。以自之，得　爲圓徑冪。以一十一之，得下式　便爲十四個圓積於頭。再立天元方面。以自之，又就分一十四之，得　爲十四個方積也。併入頭位得　爲十四段如積數。寄左。然後列真積二千二百八十六步，就分一十四之，得三萬二千四步。與左相消，得下式　平方開之，得三十步即方面也。加不及一十二步即圓徑也。

依條段求之。十四之真積內減一十一段差步冪爲實，二十二之差步爲從，差步即不及步，二十五步常法。

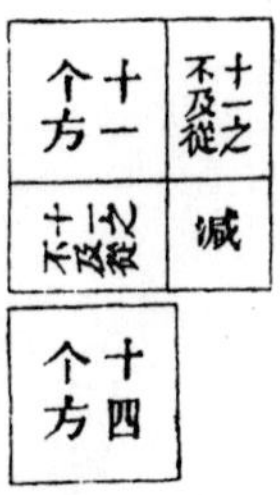

義曰：十四之積步內。有一十一個圓徑方與一十四個方面方。此式與第二十五問略同。其一十一個圓徑冪，有十一個方正當十一段之共數自見也。

第二十八問　今有方圓田各一段，共計二千二百八十六步。只云方周不及圓周一十二步。問二周各若干。圓依密率。

答曰：方周一百二十步，圓周一百三十二步。

法曰：立天元一爲方周。加不及步一十二，得　爲圓周。以自之，得　又以一十四乘之，得下　爲一百七十六段密率積於頭。再立天元方周。以自之，爲方積一十六段。又就分一十一之，得　便爲一百七十六段方田積併入頭位，得下　爲一百七十六段如積數。寄左。然後列真積二千二百八十六步，就分以一百七十六乘之，得四十萬二千三百三十六步。與左相消，得　開平方，得一百二十步爲方周。加不及步即圓周也。

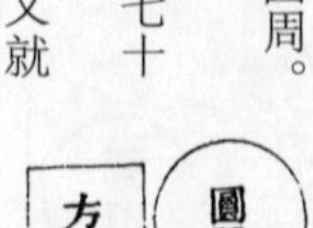

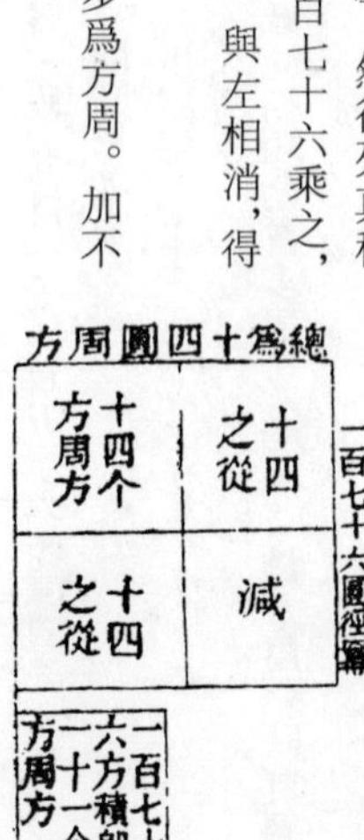

依條段求之。一百七十六之真積內，減十四段差步冪爲實，二十八之差步爲從，二十五常法。

義曰：所減數乃十四段不及步冪也。

第二十九問　今有方圓田各一段，共計積一千四百四十三步。只云圓周大於方周，方圓周併得一百九十八步。問二周各多少。

答曰：方周九十六步，圓周一百二步。

法曰：立天元一爲方周。減共步一百九十八，得　爲圓周。以自增乘，得　爲十二段圓田積。四之，得下　爲四十八段圓田積

於頭。再立天元方周。以自之爲十六段方田積，又就分三之，得

便爲四十八段方田積。併入頭位，得爲四十八段如積。寄左。然後列真積一千四百四十三步，就分母以四十八乘之，得六萬九千二百六十四。與左相消，得下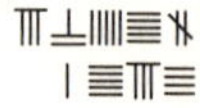開平方，得九十六步爲方周也。減於併數見圓周也。

依條段求之。四段共步冪內減四十八之積爲實，八之共步爲從，七益隅。

義曰：八之從內，合虛八個方。今見有一個方外，只虛了七步方也。

併下方面爲從	減十二個圓積
減十六個方積	併右方面爲從
併下方面爲從	減十二個圓積
減十六個方積	併右方面爲從
併下方面爲從	減十二個圓積
減十六個方積	併右方面爲從
併下方面爲從	減十二個圓積
	併右方面爲從

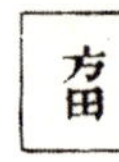

第三十問　今有圓田二段，一段依圓三徑一率；一段依密率。共積六百六十一步，只云二徑共相和，得四十步。問二徑各數。

答曰：密徑一十四步，古徑二十六步。

法曰：立天元一爲密徑。以減相和四十步，得爲古徑。以自之，得下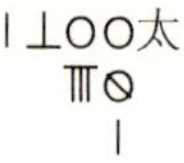爲古徑冪。以三因之，得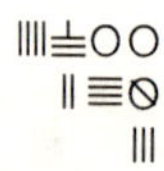合以四約之，又就分母七之，得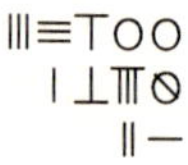爲二十八段古圓積於頭。再立天元密圓徑。以自之，又二十二之，得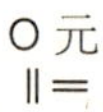爲二十八段密圓積也。併入頭位，得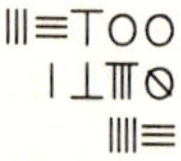爲二十八段如積。寄左。然後列真積六百六十一步，就

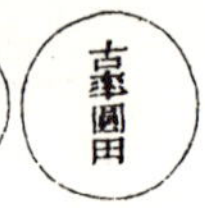

分二十八乘之，得一萬八千五百八步。與左相消，得平方開之，得一十四步爲密圓徑。以減和步即古徑也。

依條段求之。二十一段和步冪內，減二十八之田積爲實，四十二之和步爲從，四十三步虛常法。

義曰：其二十八之田積內，有古積二十一段，密積二十二段。元初減時，減過一段，又併從步內合除之數，計虛卻四十三個方也。

二十一個古率徑冪	併下方面廿一之從
併左方面廿一之從	二十二個密率徑冪

第三十一問　今有直田一段中心有圓池水占之，外計地三千九百二十四步。只云從外田角斜通內池徑七十一步，外田闊不及長九十四步。問三事各多少。

答曰：圓池徑一十二步，田長一百二十六步，闊三十二步。

法曰：立天元一爲內圓徑。以減倍通步一百四十二步，得爲直田斜。以自乘，得爲兩段直田，並一段較冪於頭。再置闊不及長九十四步，自之得八千八百三十六步。以減頭位，得下式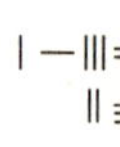爲兩段直積數。寄左。再立天元圓徑。以自之爲圓徑冪，三之二而一，得爲兩個池積數。加入二之見積七千八百四十八步，得亦爲二段直積。與寄左相消，得平方開之，得一十二步爲圓徑也。

依條段求之。倍通步爲冪，內減二之見積一個較冪爲實，四之通步爲從，半步常法。

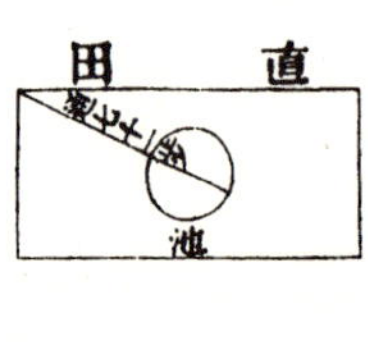

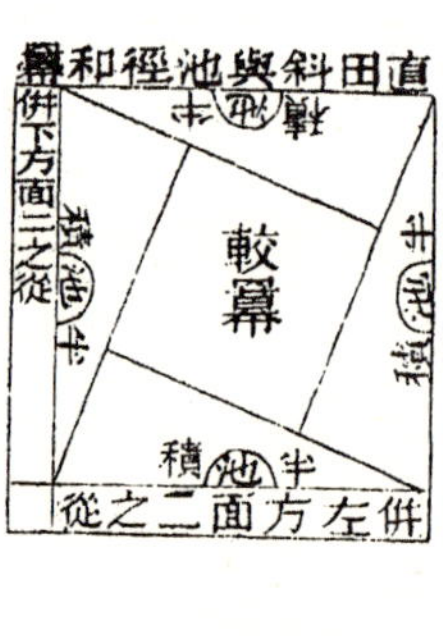

義曰：從步內少一個圓徑冪，其漏下底二個圓池，共一步半。今將一步補了從步合除之數外，猶剩半步，故以爲常法。

第三十二問　今有圓田一段，中心直池水占之，外計地五千三百二十四步。只云併內池長闊與外圓徑等，內池闊不及長三十六步。問三事各多少。

答曰：外田徑一百步，內池長六十八步，闊三十二步。

法曰：立天元一爲外圓徑。以自乘，三因四而一，得 [算籌] 爲圓積。內減了見積五千三百二十四步，餘得 [算籌] 爲水池直積也。以四之，得 [算籌] 爲四段水池直積。寄左。再立天元圓徑。命爲直積和步，以自之，得 [算籌] 爲四積一較冪，內減了池較冪一千二百九十六步，得 [算籌] 亦爲四段池積。與左相消，得 [算籌] 平方開之，得一百步爲外圓徑也。闊不及長減圓徑，餘折半見闊。卻以不及步加之即長也。

義曰：四之圓積內，有四個水池。又於見積內減了一個池較冪，相併恰是一個和冪也。今來池和與圓等，其和冪恰是一個圓徑冪也。除外有兩個方。

依條段求之。四積內減較冪爲實，從空，二步常法。

第三十三問　今有圓田一段，中心有直池水占之，外計地七千三百步。只云併內池長闊，少田徑五十五步，闊不及長三十五步。問三事各多少。

答曰：田徑一百步，內池長四十步，闊五步。

法曰：立天元一爲外圓徑。自之，得數。又三之四而一，得 [算籌] 爲外圓田積也。減見積七千三百步，得 [算籌] 爲內池積也。以四之，得 [算籌] 爲四段池積。寄左。再立天元圓徑。內減少徑步五十五，得 [算籌] 爲池和也。以自之，得 [算籌] 爲四池一較冪。內減池較冪一千二百二十五步，得 [算籌] 亦爲四池積也。與左相消，得 [算籌] 平方開之，得一百步爲圓徑也。內減少徑，即水池和步內加一差，即爲二長。若減一差，即爲二闊也。

依條段求之。四之積步內減池較冪，卻加入少徑冪爲實，二之少徑爲從，二步常法。

義曰：四池并所減底個較冪，恰是一個和自之。

舊術：下積步四之於頭位，又以少徑步自乘加頭位。內卻減闊不及長冪，餘折半爲實，用少徑爲從，一步常法。

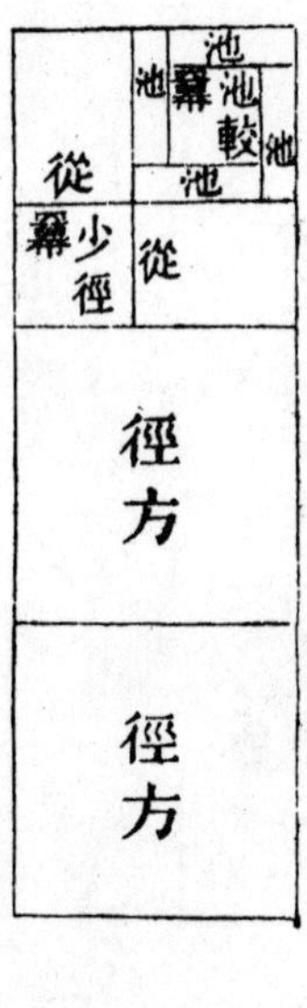

第三十四問　今有圓田一段，內有直池水占之，外計地六千步。只云從內池四角斜至田楞，各一十七步半，其池闊不及長三十五步。問三事各若干。

答曰：圓田徑一百步，池長六十步，闊二十五步。

法曰：立天元一爲外徑。內減倍至步三十五步，得 [算籌] 爲池斜。以自之，得 [算籌] 爲二積一較冪於頭。又列闊不及長三十五步。以自之，得減頭位，餘得　爲二池積也。又倍之，得　爲四池積。寄左。又立天元圓徑。以自之，又三之，便爲四段圓積。內減四之見積二萬四千步，得下　亦爲四個池積也。與左相消，得　平方開得一百步，爲外田圓徑也。圓徑自之，又三之，四而一，內減見積，餘爲內池積也。又用差步爲從。開方見池闊也。

依條段求之。四之見積，內加八段至步冪，卻減兩段闊不及長冪爲實。八之至步爲從。一步常法。

義曰：四個圓積內有四個虛直池。於積內又減了兩段闊不及長冪，合成兩個池斜冪也。八個從步內，貼入八個斜至步冪，其數與圓徑正相應也。外恰有一步方。

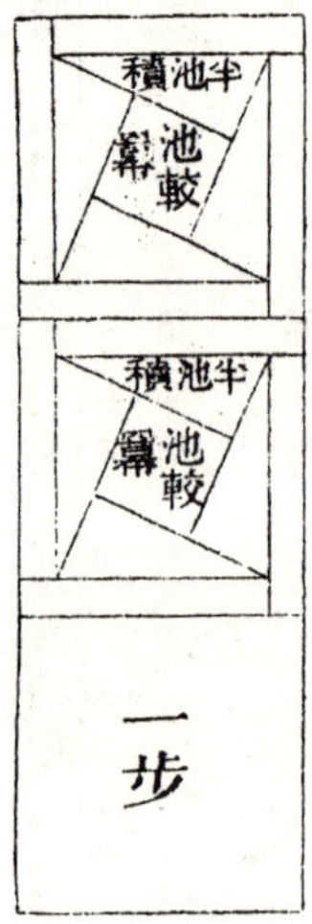

第三十五問　今有圓田一段中心有直池水占之，外計地五千七百六十步。只云從外田東南楞，至內池西北角，通斜一百一十三步，其內池闊不及長三十四步。問三事各多少。

答曰：外圓田徑一百二十步，池長九十步，闊五十六步。

法曰：立天元一爲角斜。加通步，得　爲圓徑。以自之，得　爲圓徑冪。又三之，得

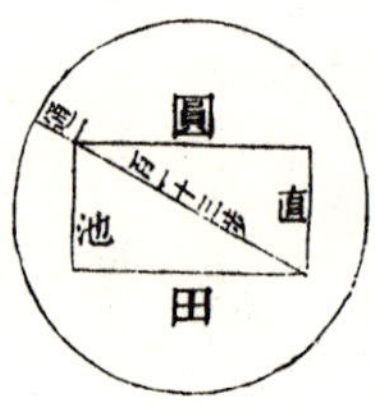

爲四段圓田積也。內減了四之見積二萬三千四十步，得　爲四段內直池。寄左。再立天元角斜。以減通步爲池斜。以自之，得　爲池斜冪於頭。又列長平案：平即闊。較三十四步，以自之，得一千一百五十六步。以減頭位，餘　爲二池積也。又倍之，得　亦爲四直池。與左相消，得　開平方，得七步爲角斜也。

依條段求之。四之積步內減兩段闊不及長冪，又減一段通步冪爲實。十之通步爲從。一步隅法。

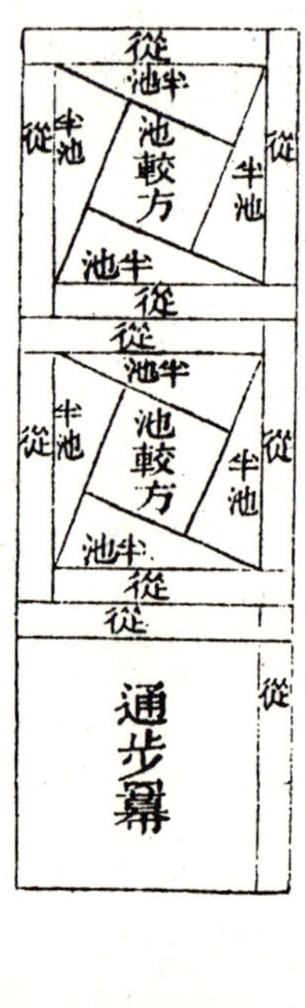

義曰：兩個較冪併四個池積，該兩個斜冪也。於四個圓積內，減此兩個斜冪外，更減了一個通步冪，恰是十之從，外有一步常法也。

第三十六問　今有圓田一段，中心有直池水占之，外計地六千步。只云從內池四角斜至四楞，各一十七步半，其內池長闊共相和得八十五步。問三事各多少。

答曰：外田徑一百步，池長六十步，闊二十五步。

法曰：立天元一爲內池斜。加入倍至步三十五，得　爲外圓徑。以自之，又三之，得　爲四段圓積也。內減四之見積二萬四千步，得下

太　爲四積

爲四個池積。寄左。乃置内池和八十五步，以自之，得

一較冪於頭。再立天元内池斜。以自之，得　元　爲二池積一較冪。以減於頭

位，得　爲二池積也。又倍之，得　亦爲

四池積。與左相消，得　平方開，得六十五步爲内

池斜。加倍至步，即圓徑也。徑自之，又三之，四而一，内減

去田積餘實。以和步爲從，一虚隅。開平方，見闊也。

依條段求之。四之積步内加兩段和步冪，卻減十二段至步冪爲實。十二之至步爲從。五步常法。

義曰：所加兩個和冪，該八積二較冪數内元有四虚池外，有四積二較冪。其實只是添了兩個池斜冪也。於四圓積内，除從步占外，元有三個方，今又加入兩個池斜冪，共得五步，故五爲常法。

第三十七問　今有圓田一段，中心有直池水占之，外計地九千一百二十步。只云從外田楞通内池斜一百一十六步半，其内池長闊共相和得一百二十七步。問三事各多少。

答曰：圓田徑一百二十步，池長一百一十二步，闊一十五步。

法曰：立天元一爲角斜。加通步一百一十六步半，

太步　爲圓徑。以自之，得　爲圓徑冪。

以三之，得　爲四段圓田也。内減四之見積三萬六千四百八十步，得

步　爲四段内池積。寄左。再立天元角斜。以減通步，得　步　爲

内池斜。以自乘，得　步　爲二積一較冪於頭。又列池和步以自乘，得

内減頭位，餘得　步　爲二池積也。倍之，得下式　亦爲

四池積。與左相消，得　步　平方開之，得三步半爲角斜也。加通步爲

圓徑。

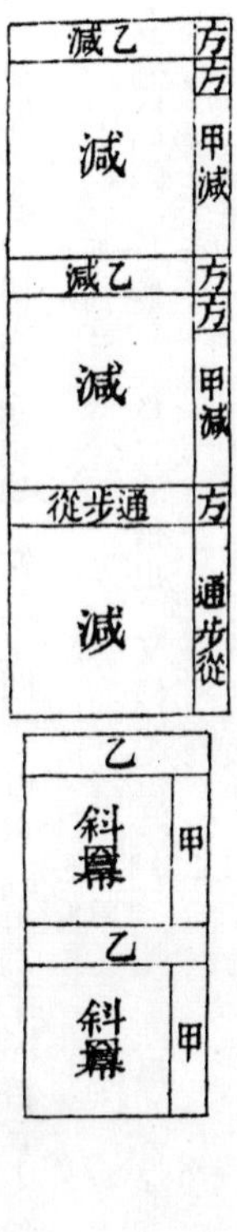

依條段求之。四之積步内加兩段和步冪，卻減五個通步冪，餘爲實。二之通步爲從。五步爲常法。

義曰：兩個和冪内虚了四池，只是兩個池斜冪。今將兩個池斜冪，減於兩個通步冪，止有二甲二乙所占之地。今又將二甲二乙及三段通步冪，併以減於四之見積外，實在兩個通步，從五個方也。

又 第三十九問 今有直田一段，内有圓池水占之，外計地三十九畝一分半。只云從田兩頭至池各一百五步，兩畔至池各九步。問三事各多少。

答曰：田長二百三十四步，闊四十二步，池徑二十四步。

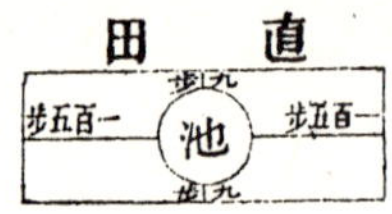

法曰：立天元一爲内池徑，加二之邊至一十八步，得 [illegible] 爲田闊。又置天元池徑。加二之頭至二百一十步，得 [illegible] 爲田長長闊。相乘，得下式 [illegible] 爲直田積於頭。再置天元徑。以自之，又三之四而一，得 [illegible] 爲内池積。以減頭位，得 [illegible] 爲一段如積數。寄左。然後列真積三十九畝一分半，以畝法通之，得九千三百九十六步。與左相消，得下 [illegible] 開平方，得二十四步爲内池徑也。加二之邊至步爲田闊。若加二之頭至步即田長。

依條段求之。倍頭至步與倍邊步相乘，以減田積爲實。併一頭一邊步，又倍之爲從。二分半常法。

義曰：此問與第一問條段頗同，但所減者爲四個小池積。**四庫館臣案** 池，當作隅。**李鋭案** 池積，當作直積。此問減去四隅，與第一問正同。所異者，第一問爲小方積，此爲小直積耳。案，非。

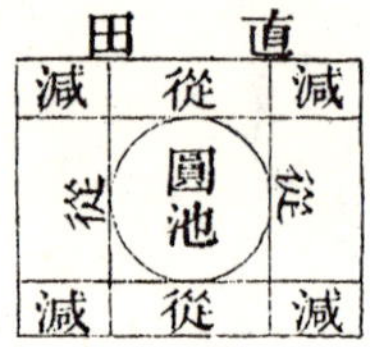

第四十問 今有直田一段，中心有圓池水占之，外計地四畝五十三步。只云外田長平和，得七十六步太半步，從田四角去池楞，各十八步。問外田水池徑各多少。

答曰：田長五十步，闊二十六步太，池徑二十步太。

法曰：立天元一爲内池徑。加倍角至步三十六，得 [illegible] 爲直田斜。以自之，得 [illegible] 爲田斜冪。便是二積一較冪也。又九之，得下 [illegible] 爲十八積九較冪也。寄左。列和步七十六步太，**四庫館臣案** 太即三分步之二。通分内子，得 [illegible] 以自之，得五萬二千九百步爲九段和冪於頭。爲九段和冪者，元帶三分母。以自之，得九也。此九段和冪，該三十六直積九個較冪也。又置天元圓徑。以自之，又三之，四而一，得 [illegible] 爲一段圓積也。加入見積一千一十三步，得 [illegible] 共爲直積一段。又十八之，得 [illegible] 爲十八段直積，以減頭位，得 [illegible] 亦爲九段田斜冪。與左相消，得 [illegible] 合以平方開之。今不可開。

四庫館臣案 不可開者，謂廉隅數多，而得數，又不能盡也。先以隅法二十二步半，乘實二萬三千單二步，得五十一萬七千五百四十五步正爲實。元從六百四十八負依舊爲從，一益隅。平方開之，得四百六十五步。**李鋭案** 此開方除，以實爲正，從爲負。益隅亦是負也。蓋惟用相消法。故所得正負如此。若兩邊加減，則三者並爲多號矣，相消與加減法不同此其明證也。以元隅二十二步半約之，得二十步三分之二，爲内池徑也。加倍至步爲田斜。以自之，爲二積一較冪。又二之於頭位。以和步冪減頭位，餘以平方開之，即田較也。加入和步折半爲長，若減於和步折半，爲闊也。

依條段求之。列相和步自乘爲冪，内減倍積及四段至步冪爲實，四之至步爲從，二步半常法。

義曰：和步冪内減了二直積，只有一段斜冪也。減二直積時，漏下兩個圓池該一步半，又正有一步，共計二步半常法也。求較者，先置池徑二十步 [illegible] 帶三分母，便爲三個徑也。加入六之至步一百八步，得 [illegible] 便爲三個田斜也。以自之，得 [illegible] 爲九段斜冪，便是十八個直積九個較冪。

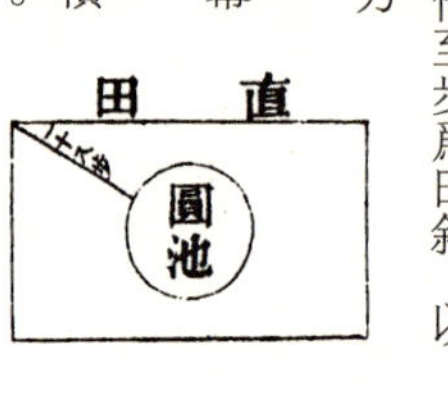

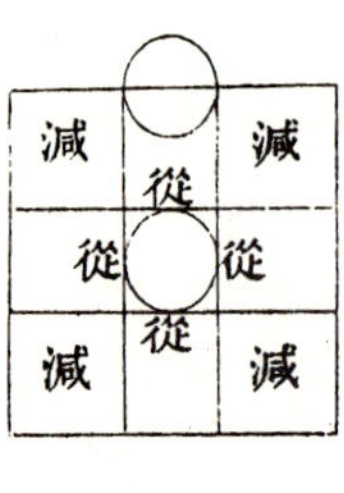

倍之，得 [illegible] 爲三十六段田積。一十八段較冪於頭。再置和步七十六步太 [illegible] 亦帶三分母，便爲三個和也。以自之，得 [illegible] 爲九段和冪。便是三十六直積九較冪也。以減頭位，餘 [illegible] 爲九段較冪也。平方開之，得七十步。以三約之，得二十三步三分步之一爲田較也。凡欲見夫一方田之長闊及斜者，準此法求之。　又法：求圓池徑者，立天元一爲三個內池徑。以自之，得 [illegible] 爲九段池徑冪，便是十二段圓積也。加十二段見積，得 [illegible] 爲十二段直積。又身外加五，得 [illegible] 爲十八段直田積於頭。又列和步七十六步太。通分內子，得二百三十。自之，得 [illegible] 爲和冪九段。便是直積三十六段，較冪九段也。內減頭位，得下式 [illegible] 爲九段斜冪數。寄左。再置天元圓徑。加六之角至步一百八步，得 [illegible] 爲三個田斜。以自之，得 [illegible] 亦爲九段斜冪也。與左相消，得 [illegible] 開平方，得六十二步爲三個圓池徑也。以三約之，得一個圓徑二十步三分之二。此名之分天元一術，前法乃連枝同體術也。

四庫館臣案　分天元一術，即天元一內帶分。求之，得數而後約之。連枝同體術，即通分。開方得數而後約之，皆兼通分之法也。**李銳案**　本文以之分二字相屬。案云分天元一術誤。

第四十一問　今有直田一段，中心有圓池水占之，外計地三千九百二十四步。只云從外田角斜通池徑七十一步，外田長闊相和得一百五十八步。問三事各多少。

答曰：圓徑十二步，田長一百二十六步，闊三十二步。

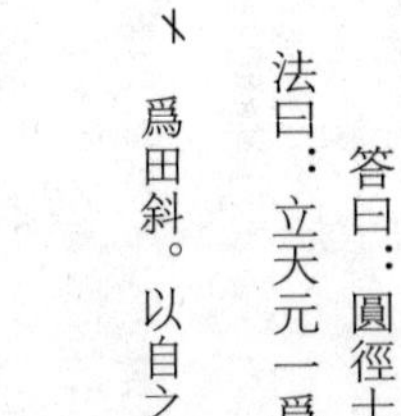

法曰：立天元一爲內圓徑。以減倍通步一百四十二步，得 [illegible] 爲田斜。以自之，得 [illegible] 爲二積一較冪於頭。又列和步一百五十八步，以自之，得 [illegible] 爲四積一較冪，內減頭位，得 [illegible] 爲二直積。寄左。又立天元池徑。以自之，又三之，二而一，得 [illegible] 爲兩個池積也。加入二之見積七千八百四十八步，得 [illegible] 亦爲二段直積。與左相消，得下式 [illegible] 平方開之，得一十二步爲內池徑也。

義曰：減一和步冪，是減四積一較冪也。四之通步冪內，減了一個斜冪，卻又減過二個直積，故二之積步加之。從內欠一個方，減二積時，漏下兩個圓池，又該欠一個半方，共欠二步半。虛常法也。

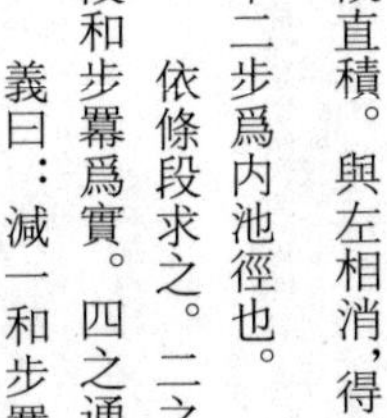

依條段求之。二之積步內，加四段通步冪，卻減一段和步冪爲實。四之通步爲從。二步半虛常法。

第四十二問　今有直田一段，中心有圓池水占之，外計地一萬八百步。只云從田角至水池楞六十五步，其外田闊不及長七十步。問三事各多少。

答曰：田長一百五十步，闊八十步，圓池徑四十步。

法曰：立天元一爲內池徑。加倍至一百三十步，得 [illegible] 爲田斜。以自之，得 [illegible] 爲田斜冪於頭。又置田較七十步，以自之，得 [illegible] 爲較冪。

以減頭位，得 爲二田積。寄左。再立天元池徑。以自之，身外加五，得 元 爲兩個池積也。加二之見積二萬一千六百步，得 亦爲二直積。與左相消，得 開平方，得四十步即池徑也。以徑自之，三之，四而一，加入見積爲實，以闊不及長爲從，開方得田闊。

依條段求之。二之田積内加較冪，卻減四段至步冪爲實，四之至步爲從，半步虚常法。

義曰：二積内加一個較冪，恰補就一個斜冪也。其二積内，有兩個圓池，是元虚了一步半方也。於積内卻實有一步除外只虚了半步也。

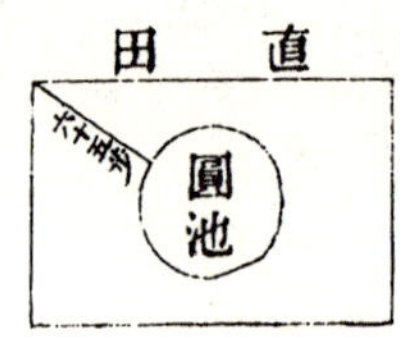

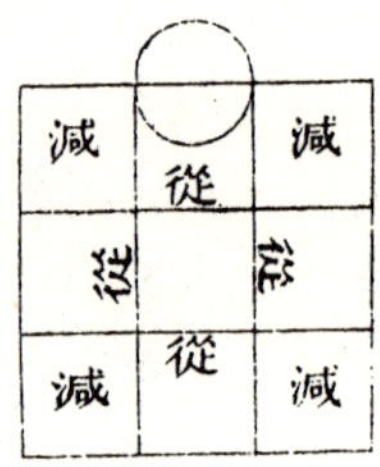

第四十三問　今有圓田三段，一依古法，一依密率，一依徽率。共計地二十畝五十二步一百七十五分步之二十三。只云密徑多於古徑九步，徽徑多於密徑九步。問三徑各多少。

答曰：古徑三十六步，密徑四十五步，徽徑五十四步。

法曰：立天元一爲古徑。加多九步，得 太 爲密徑。以自之，得下 太 爲密徑冪。又以十一乘之，得 爲十四段密圓積於頭。又立天元古徑。加二之多步一十八步，得 太 爲徽徑。以自之，得 太 爲徽徑冪也。又以一百五十七乘之，得下 爲二百段徽圓積

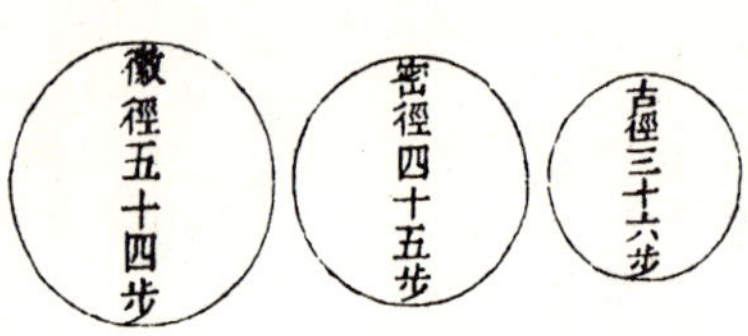

於中。**四庫館臣案**　徽率，周一百五十七，徑五十，徑乘周四歸爲圓冪。今以徑冪乘周。當以徑五十除之，再四歸之爲圓冪。不除，便爲五。十乘之。又四乘之，之二百圓冪也。又置天元古徑。以自之，又三之，得 元 爲四段古圓積於下。乃求三積齊同分母而併之。先以分母一萬七千五百**四庫館臣案**　此即十四除二十四萬五千之數。乘十四段密圓積，得 爲二十四萬五千段密圓積於頭位。次以分母一千二百二十五乘二百段徽積，得 爲二十四萬五千段徽積於中位。次以分母六萬一千二百五十乘四段古積，得 太 爲二十四萬五千段古積於下位。三位相併，得 爲二十四萬五千段如積數。寄左。然後列見積，通分内子，得八十四萬九千一百二十三。就分以一千四百乘之，得一十一億八千八百七十七萬二千二百。與左相消，得下式 平方開之，得三十六步爲古徑也。各加多步見徽密二徑也。

義曰：所以齊同於二十四萬五千段者，以元母一百七十五乘一千四百得此數。

依條段求之。以一千四百乘田積於頭位。置徽徑多古徑自之爲冪。又以

古徑冪	密徑冪		徽徑冪	
	一千一百之多步從	〼〼	一千九十九之多步從	減一千九十九差冪
一千五十个方	一千一百个方	一千二百之多步從	一千九十九个方	一千九十九之多步從

一千九十九四庫館臣案 置一千四百分以徽圓冪率一百五十七乘之，方冪率二百除之。即得。乘之，減頭位。續置密徑多古徑，自之爲冪。又以一千一百四庫館臣案 置一千四百分以密圓冪率十一乘之，方冪十四除之即得。乘之，復減頭位，餘爲實。又倍徽徑多古徑。以一千九十九乘之，爲徽從。又倍密徑多古徑。以一千一百乘之，爲密從。併二從，得五萬九千三百六十四，爲從。法廉常置三千二百四十九。

義曰：以一千四百乘積者，取其三率皆可以除之也。齊同分母，須至于二十四萬五千段者，蓋以分母一百七十五元乘積數一千四百。此二數相乘，得二十四萬五千也。

此問求真積實數。古徑三十六步，得積九百七十二步。密徑四十五步，得積一千五百九十一步一十四分步之一。徽徑五十四步，得積二千二百八十九步二百分步之一十二。併三積全步四千八百五十二步外。密零一十四分步之一，徽零二百分步之一十二。以上維乘下位，密子得二百分，徽子得一百六十八分。相併，得三百六十八分爲子實。又上二位相乘，得二千八百分爲母法。子母俱以十六約之，爲一百七十五分步之二十三。一千四百乘田積來歷，蓋只就密率上定之也。置一千四百在地，以密率十一之，如十四而一，爲一千一百積。

元 一七五
密方率 一四
徽方率 二○○
古方率 四

元母 一七五
密方率 一四

一七五
一四○
三五
二八
七

一七五
一四
七○○
七五
四五○
三五○
七
四五○
一
三五
三五
○○○

二數母 三五○
校方率 二○○

三五○
二○○
一五○
二○○
一五○
五○

三五
二○○
七○○○○
一四○○
五
七○○○○
五
二○
二○
○○○○

三數母 一四○○
古方率 四

一四○○
一二
二○○
二○○
○○○

一四○○
四
五六○○
一四○○
四
五六○○
四
六
一六
○○○

若以古率三之四而一，則得一千五十積。若以徽率一百五十七乘之，如二百而一，得一千九十九積。所以用一千四百乘積者，緣古法四。徽法二百，皆可以除之也。求三積齊同分母，元分母數一百七十五，元乘積數一千四百。此二數相乘，二十四萬五千即大分母也。三積總率，皆齊同於此。既得此齊同分母。乃各以先求到段數約之，徽率得一千二百二十五，密率得一萬七千五百，古率得六萬一千二百五十，故反以乘段數，皆齊同於二十四萬五千也。**四庫館臣案** 條段分母數簡于前法者，用舊術也。然各分母之數，猶有可省者，蓋衆數取分母數，必得最小者方爲確準。其義見秦九韶《數學九章》大衍術中。今附其法於後，以發明前法所未盡者。法：列四數。先以元母一百七十五與密方率十四相度，得度盡二數之數爲七次，以二數相乘，以度盡數除之，得三百五十爲二數總母。又以二數總母與徽方率數相度，得度盡二數之數爲五十。以二數相乘，度盡數除之，得一千四百爲三數總母。又以三數總母與古方率數相度，則古方率四，即爲度盡二數之數。二數相乘，度盡數除之，仍得一千四百，即爲四數總母。然後以密方率十四除之，得一百爲密分母。以徽方率二百除之，得七爲徽分母。以古方率四除之，得三百五十爲古分母，以元分母一百七十五除之，得八爲原積分母。以此數與各段冪積相乘除，較原數所省多矣。

又 第四十五問 今有方田一段，中心有方池水占之，外計地一畝。只云從外田東南隅，至内池西南隅一十三步。問内外田方各多少。

答曰：内池方七步，外田方一十七步。

法曰：立天元一爲内池方。以自乘，倍之，得

元 ○‖

加入見積二百四十步，得

太 ‖≡○ ‖

寄左。又列至步，自之，得一百六十九步。又倍之，得三百三

方田

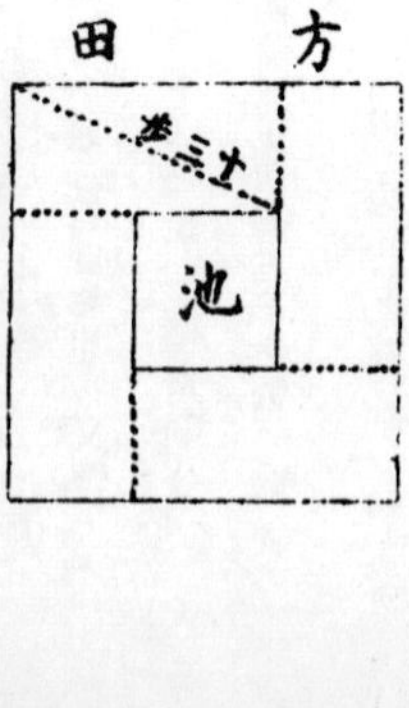

十八步。與左相消，得 太 Ⅲ≟〇ㄨ 開平方，得七步即内池方也。池方自之，加入見積，再開平方，即外田方面也。

依條段求之。只據前式便是，更不須重畫也。只是將見積打作四段小直田，以池面爲較，以外田方面爲和，以斜至步爲弦。然此問惟是其池正在方田中心，可依此法求之。若稍有偏側，則不能用也。

舊術：列去角步，自乘爲二位。頭位減半田積，開平方，見内池面，下位加半田積，開平方，見外田面也。

第四十六問　今有方圓田各一段，共計積一百二十七步。只云其方面大如圓徑，圓徑穿方斜，共得二十步。問面徑各多少。

答曰：方面一十步，圓徑六步。

法曰：立天元一爲圓徑。減穿步得 太 ‖〇ㄨ 爲方斜。以自之，得 Ⅲ〇〇 ≣〇丨 爲方斜冪於頭。再置天元圓徑。以自之，又以一步四分七釐乘之，得 元 〇 丨≣Ⅲ 步 爲展起圓田也。併入頭位，得 步 Ⅲ〇〇 ≣〇 ‖≣Ⅲ 爲展數如積一段。寄左。然後列見積一百二十七步，兩度下加四，兩度下加四，止是以一步九分六釐乘之也。以一步九分六釐乘之者，變方田爲斜田也。得二百四十八步九分二釐。與左相消，得下式 Ⅲ〇Ⅲ ‖≣Ⅲ 丨≣丨 開平方得六步，即圓徑也。以徑減穿步，即方斜也。

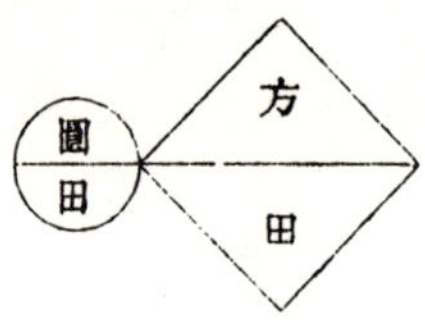

依條段求之。穿步冪内，減去展起見積爲實。二之穿步，爲從。二步四分七釐虚隅。

義曰：下式乃展起之圓積也，亦俱是減數也。此數該一步四分七釐之方，又從步内疊出一步虚隅，計得二步四分七釐常法也。

舊術曰：以一步九分六釐乘田積爲頭位。又列穿步自乘，内減去頭位，餘爲實。倍穿步爲從廉。常置二步四分七釐。減從開方。

第四十七問　今有直田一段，中心有小方池結角占之，外計地二千七十九步。只云從田二頭至池角，二十一步半。兩邊至池角七步半。問三事各多少。

答曰：長六十四步，闊三十六步，池方一十五步。

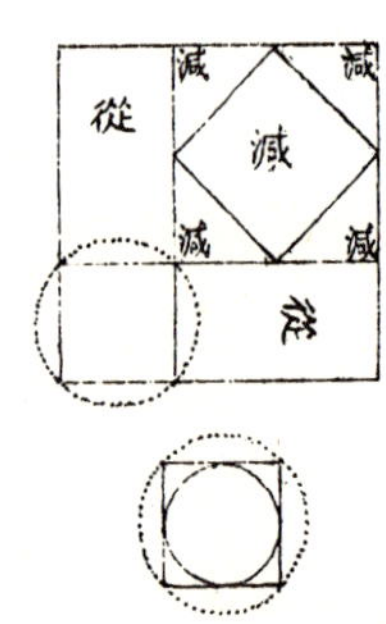

法曰：立天元一爲内方面。身外加四，又加二之頭至步四十三，得 太 Ⅲ≣ 丨≣ 爲田長也。又置池方面，身外加四，又加入二之邊至步一十五，得 太 丨≣ 丨≣ 爲田闊也。長闊相乘，得下式 ⊥Ⅲ≣ Ⅲ一‖ 丨≟T 爲直田積於頭。又置天元池方面。以自之，得 元 〇 丨 爲内方池。以減頭位，得 ⊥Ⅲ≣ Ⅲ一‖ 〇≟T 爲如積一段。寄左。然後列見積二千七十九步，與左相消，得 丨≣Ⅲ≟ Ⅲ一‖ 〇≟T 開平方得一十五步，即内池方面也。方面外加四，副二位，若加兩頭至池步即見長。若加兩邊至池步即見闊也。

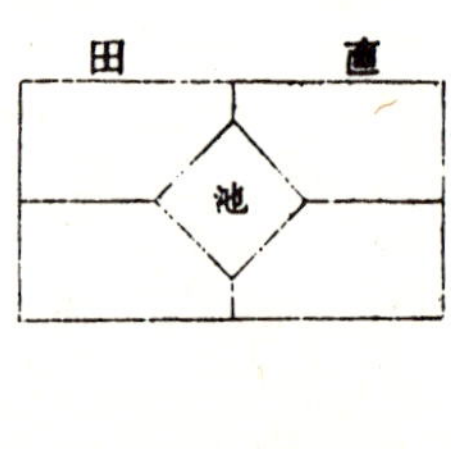

依條段求之。積步内，減四段邊至與頭至步相乘數。爲實，併邊至頭至步倍之又身外加四爲從。九分六釐常法。

義曰：水池外有九分六釐常法，從步皆加四者，蓋於斜上求方面也。

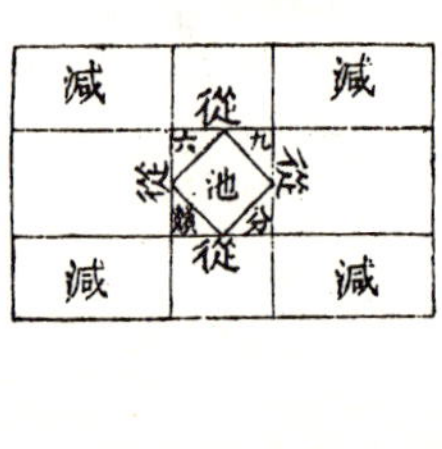

又　第四十九問　今有方田一段，内有小方池結角占之，外計地一萬八百步。只云從外田楞至内池角各一十八步。問内外方各多少。

答曰：外田方一百二十步，内池方六十步。

法曰：立天元一爲内方面。身外加四，又加倍至步三十六，得 太 Ⅲ⊥ 丨≣ 爲田方面。以自乘，得 ⊥Ⅲ 丨‖〇〇≟ 丨丨≟T 爲外方

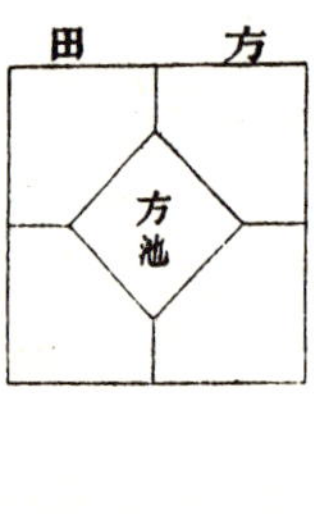

積於頭。再置天元內方面。以自之，得 〇元丨 爲內池積也。以減頭位，得下 [算式] 爲如積一段。寄左。然後列真積一萬八百步，與左相消，得 [算式] 開平方，得六十步爲內池方面也。內方面身外加四，又加倍至步即方面也。

依條段求之。見積內減四段至步冪爲實。四之至步，身外加四爲從。九分六釐常法。

義曰：從步內加四者，是於一個方面上求。

第五十問　今有方田一段，內有小方池結角占之，外計地九千三百七十五步。只云從外方角至內池面各五十七步半。問內外方各多少。

答曰：外田方一百步，內池方二十五步。

法曰：立天元一爲內方面。加倍至步一百一十五步，得 [算式] 爲外田斜。以自之，得 [算式] 爲所展方積於頭。再置天元內池面。以自之，得 〇元丨 爲內池積。又就分以一步九分六釐乘之，得下 [算式] 亦爲所展之池積也。以減頭位，得 [算式] 爲一段所展如積。寄左。然後列真積九千三百七十五步，以一步九分六釐乘之，得一萬八千三百七十五。與左相消，得 [算式] 開平方，得二十五步即內方面也。

依條段求之：展積內減四段至步冪爲實，四之至步爲從，九分六釐虛常法。

義曰：展積時，其池亦展得虛了九分六釐也。

第五十一問　今有方田一段，內有小方池結角占之，外計地四十五畝。只云從外田南邊斜通池北角一百二步。問內外方各多少。

答曰：外田方一百二十步，內池方六十步。

法曰：立天元一爲內方面。身外加四，爲池斜。以減於倍通步二百四步，得 [算式] 爲外方面。以自之，得 [算式] 爲方田積於頭。又置天元內池面。以自之，得下式 〇元丨 爲內方池也。以內方池減頭位，得 [算式] 爲如積一段。寄左。然後列真積一萬八百步，與左相消，得 [算式] 平方開之，得六十步爲池方面也。

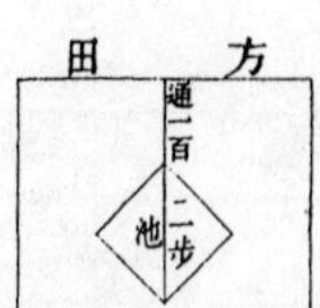

依條段求之。四段通步冪內減見積爲實，四之通步加四爲從，九分六釐虛隅法。

義曰：從步身外加四者，蓋是於池斜上求池面也。

舊術曰：倍通步自乘，以田積減之，餘折半爲實，倍通步加四爲從，廉常置四分八釐。減從開方見內方面。

第五十二問　今有方田一段，內有方池結角占之，外計地三十九畝零一十五步。只云從田東南角至內池西北面八十二步半。問內外方面各多少。

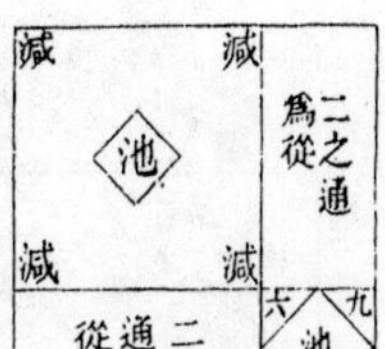

答曰：外田方面一百步，內池方面二十五步。

法曰：立天元一爲內方面。減於倍通步一百六十五步，得 [算式] 爲外田斜也。以自之，得 [算式] 爲所展外田積於頭。再置天元池方面。以自之，得 [算式] 爲所展方池積也。又就分以一步九分六釐乘之，得 〇元 [算式] 爲所展方池積也。以減頭位，得 爲展起底如積一段。寄左。然後列真積三十九畝一十五步，通納得九千三百七十五步，又就所展分母一步九分六釐乘之，得一萬八千三百七十五步。與左相消，得 平方開之，得二十五步即內池面也。以池面減於倍通步，又身外去四即外方面也。

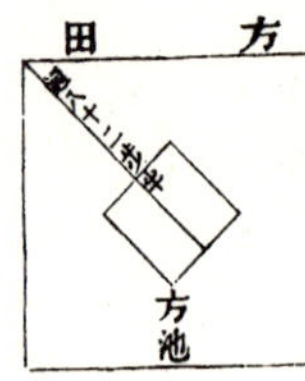

依條段求之。四段通步羃內減展積爲實，四之通步爲從，九分六釐常法。

義曰：元以展積減四段通步羃時，漏下一步九分六釐池積。今來於從步內疊用了一個方外，剩九分六釐。

第五十三問　今有方田一段，內有直池結角占之，外計地八百五十步。只云從田角通水長三十七步通水闊三十二步。問三事各數。

答曰：池長二十五步，闊一十五步，外田方三十五步。

法曰：立天元一爲內池長。減於倍通步七十四步，得 爲外田斜也。以自之，得 爲所展外田積於頭。再置倍通長七十四步，內減倍通闊六十四步，餘一十步乃池長闊差也。或直以通長通闊相減，餘者倍之，亦爲長闊差也。再置天元池長。內減長闊差，得 爲闊也。以天元長乘之，得 爲直池積也。又就分以一步九分六釐乘之，得 爲展起底直池積也。以減頭位，得下式 爲所展如積一段。寄左。然後列真積八百

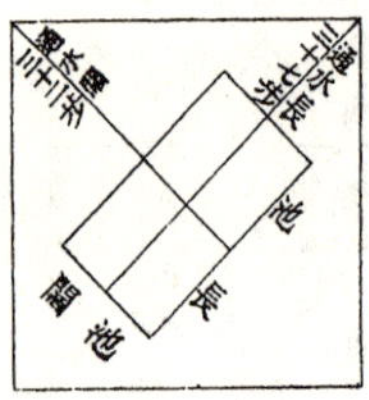

五十步，就分以一步九分六釐乘之，得一千六百六十六步。與左相消，得 開平方，得二十五步爲內池長也。以減倍通長步，又身外去四，即外田方面也。

依條段求之。四段通長羃內，減展積爲實。四之通長於頭。以一步九分六釐乘長闊差。以減頭位爲從。九分六釐常法。

義曰：據從步合用之積，於疊起處少了一方。今將減積時漏下所展水池，補了一甲之地。若更得一乙之地，則共補成一步九分六釐之方也。四庫館臣案 原圖仍用正方，今易爲直方，庶爲簡明。今不可補，故於從步內減去所展差步，便是於從法合用之積內，借了一乙之地，恰補就一步九分六釐之方也。除補了疊起的一步方外，猶剩九分六釐，故以之爲常法也。

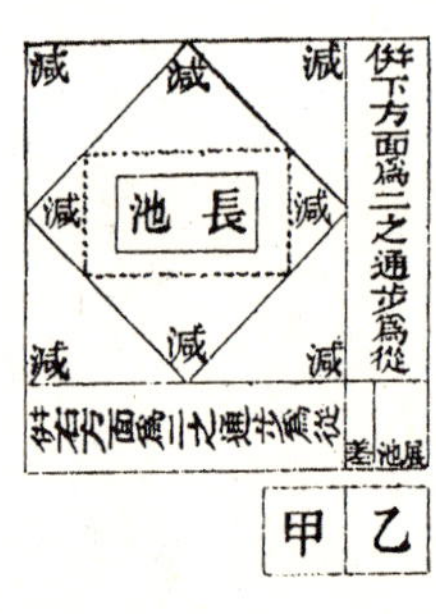

第五十四問　今有方田一段，內有直池結角占之，外計地一千一百五十步。只云從田角至水兩頭各一十四步，至水兩邊各一十九步。問三事各多少。

答曰：方四十五步，池長三十五步，闊二十五步。

法曰：立天元一爲池闊。加二之邊至步三十八，得 爲外田斜。以自之，得 爲所展外田積於頭。二之邊至步內，減二之頭至步，餘一十步爲池長闊差也。再置天元池闊。加差一十步，得 爲池長也。用天元池闊乘之，得 爲直池積也。又就分以一步九分六釐乘之，得 爲所展之池積也。以減頭位，得 爲所展如積一段。寄左。然後列真積一千一百五十步，以一步九分六釐乘之，得二千二百五十四步。與左相消，得 開平方，得二十五步爲池闊也。又加二之邊至步。又

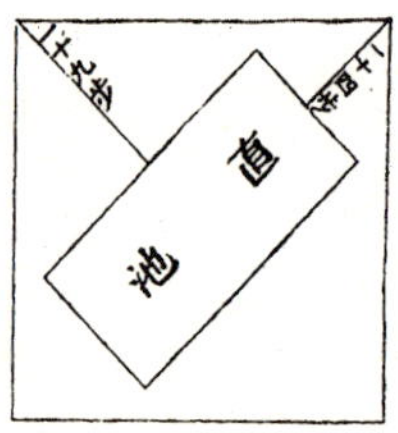

身外去四，即外方面也。

依條段求之。展積內減四段邊至步冪爲實。四之邊至步於頭。以一步九分六釐，乘長闊差，減頭位，餘爲從。九分六釐虛常法。**李銳案** 此圖有脱誤，義補四段紅積，亦未審。何指闕疑可也。

義曰：所展池積內，將四段紅**四庫館臣案** 原圖，應減者，以紅色別之。積，恰補作九分六釐虛常法，其兩個所占半差於減從時，又以一步九分六釐乘之者，蓋欲合身外加四所乘積也。**四庫館臣案** 展積義多未備，此條尤略。今另具圖説以詳之。

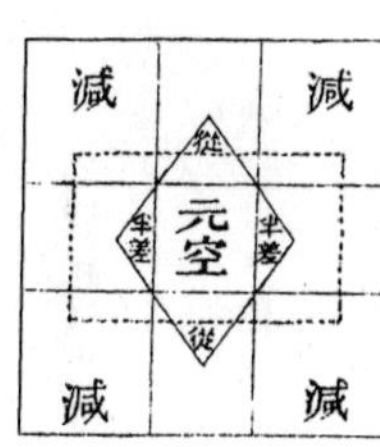

義曰：外四隅方，所減之四至冪也，中十字積爲實，則池闊爲隅。四之至步爲從也，附直池外斜方展池積也。平方上下二尖形附於左右二尖形外，成一原池闊乘展池正長之直方。展池正長爲原池長之一步九分六釐，十字積與展池積之較爲實，是前從隅內應少原池長之一步九分六釐，又爲少原池長闊較之一步九分六釐，故展較減前從以爲從，展隅反減前隅爲虛隅也。

方田展積

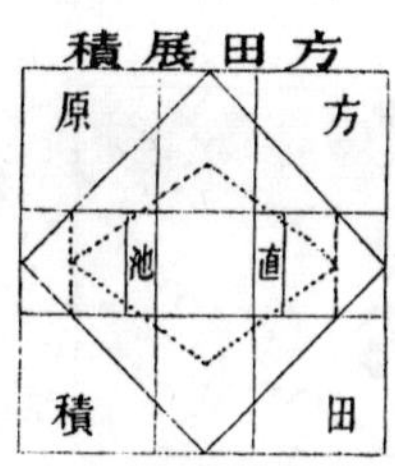

第五十五問 今有圓田一段，內有圓池水占之，外計地二十三畝一分。只云內外周與實徑共相和得四百二十四步。問內外周徑各多少。圓依密率。

答曰：外周二百八十六步，徑九十一步，內周一百一十步，徑三十五步，實徑二十八步。

法曰：立天元一爲實徑。以減相和步四百二十四，得 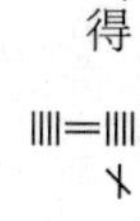 爲內外周共步。用天元實徑乘之，得 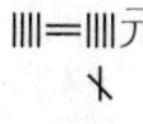 爲如積兩段。寄左。然後列二之真積一萬一千八十八步，與左相消，得 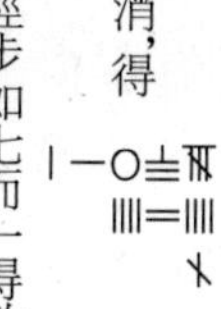 開平方，得二十八步爲實徑也。以徑步除田積於頭位，又二十二乘徑步如七而一得數。若加頭位即外周。若減頭位即內周也。

圓田

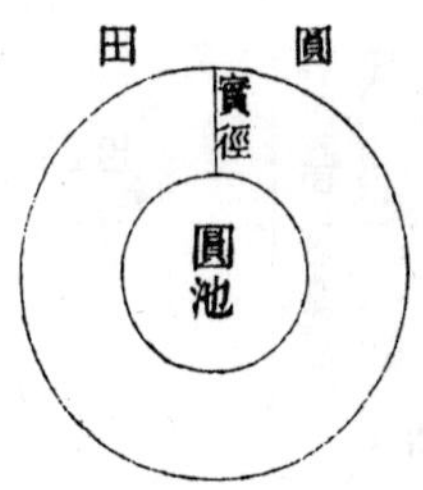

義曰：以徑步除田積，所得乃半內周半外周共步也。又據古率，三個實徑，即是半個外內周差步也。緣此問係是密率，故以二十二乘徑，以七約之也。既得半差，以加共步，即是外周。以減共步即是內周也。又據古率，三之實徑，以加減共步者，緣共步便三空徑三實徑共數也。於此共數內，加三實徑，則恰是三個大圓徑，故爲一個外周也。若共數內減去三實徑，則正有三個小圓徑，故爲一個內周也。今是密率，故先以二十二之七而一，所以附就此數。以求內外周也。

內外周實徑和

依條段求之。倍積步爲實，和步爲從，一益隅。

義曰：以和步爲從，是於內外周數外，又引出一步虛常法也。

又 第五十七問 今有圓田一段，內有直池水占之，外計地八千七百四十四步。只云兩頭至田楞各二十一步，兩畔至田楞各四十五步。問三事各數。

答曰：田徑一百二十四步，池長八十二步，闊三十四步。

法曰：立天元一爲池闊。加二之畔至步，得 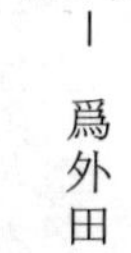 爲外田徑。以自之，得 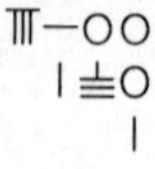 爲田徑冪。以三之，得 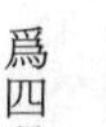 爲四段圓田積於頭。二之至步相減，餘二十四步，又倍之，得四十八步爲池長闊差也。

圓田

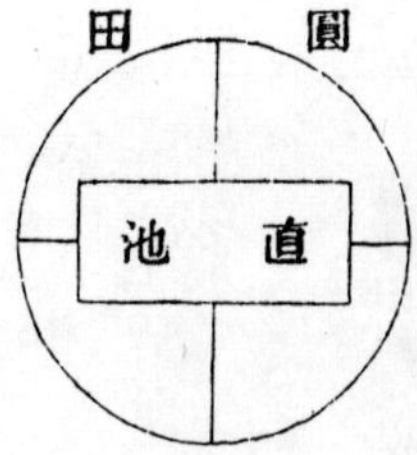

再立天元池闊。加差得  爲池長。以天元闊乘之，得  爲池積。又就分四之，得 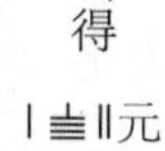 爲四段直池積。以減頭位，得 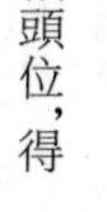 爲如積四段。寄左。然後列真積八千七百四十四步，就分四之得三萬四千九百七十六步。與左相消，得下  平方開之，得三十四步爲池闊也。以長闊差加之，見池長。以倍頭至步加池長，即田徑也。

依條段求之。四之見積，內減十二段畔至步冪爲實。十二之畔至步，內減四個長闊差，餘爲從。一步虛常法。

義曰：八處以紅誌之者清・李鋭案　今以紅字誌之。共是從内所減之數也。

舊術曰：四之積步於上。又倍一畔步，自乘，三之，減上，餘爲實。又併一頭一畔步，六之，内減了長闊之差，餘爲從，廉常置一步，減從開方見池闊也。

第五十八問　今有圓田一段，内有直池水占之，外計地一千五百八十七步。只云從田楞通池長四十二步，通池闊三十七步。問三事各數。

答曰：田徑五十四步，池長三十步，闊二十步。

法曰：立天元一爲内池長。以減倍通長八十四步，得  爲田徑。以自之，得下 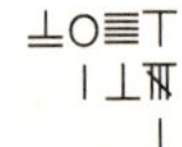 爲田徑冪。以三之，得 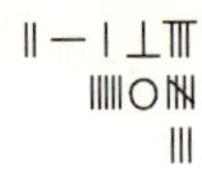 爲四段圓田於頭。再立天元一爲池長。内減長闊差，得 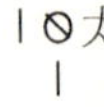 爲池闊。以天元一乘之，得 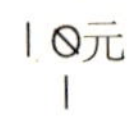 又就分四之，得  爲四段池積。求長闊差者，倍通長，内減倍通闊，即是也。以減頭位，得下式 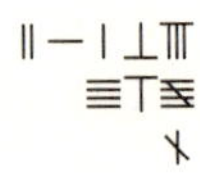 爲四段如積。寄左。然後列四之真積六千三百四十八步，與左相消，得  開平方，得三十步爲内池長也。以長減倍通長即田徑也。

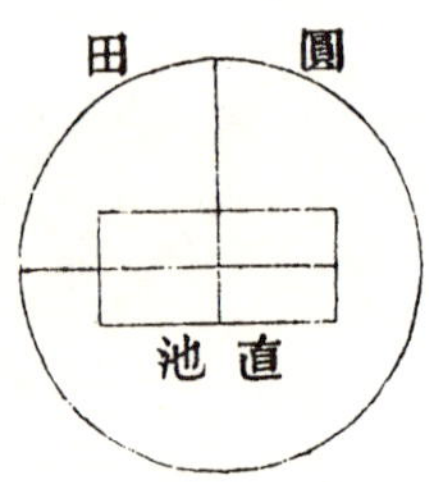

依條段求之。十二之通步冪。李鋭案　此及下通步，並謂通長步也。内減四之見積爲實，十二之通步内減四差爲從，一步常法。

義曰：十二之從步内減去了三個差，又以三個漏下水池積，補了疊起底三個虛方外，猶剩一池，更用一差減從。併上所剩之一池，恰補成一步常法也。

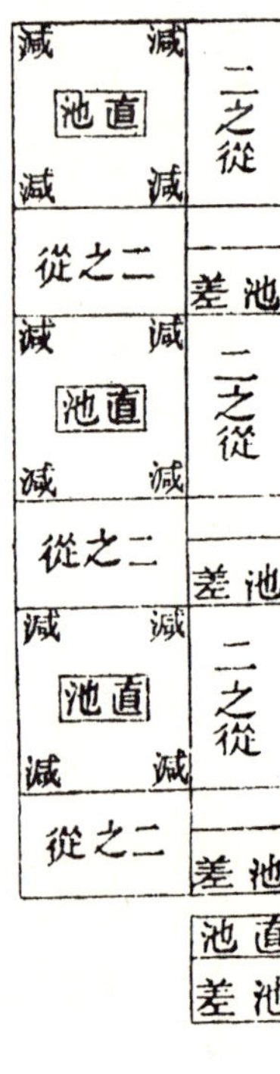

又　第六十一問　今有方田一段，靠西北隅有圓池水占之，外計地九百二十五步。只云從外田東南隅至池楞二十五步。問面徑各多少。

答曰：外田方面三十五步，内池徑二十步。

法曰：立天元一爲内池徑，身外加二，得  爲池東南楞至西北角也。又加斜至步二十五步，得下  爲外田斜。以自之，得 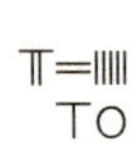 爲田斜冪於頭。再立天元圓徑。以自之爲冪，又以一步四分七釐乘之，得  爲所展圓池積。以減頭位，得 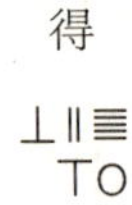 爲所展如積一段。寄左。初立天元身外加二者，以方求斜，合加四。今求一半故加二也。四庫館臣案　加二，係以方求半方半斜和之數也。然後列真積九百二十五步，就分以一步九分六釐乘之，得一千八百一十三步。與左相消，得  平方開得二十步爲池徑也。池徑外加二。又添入斜至步，欲身外除四，即外方面也。

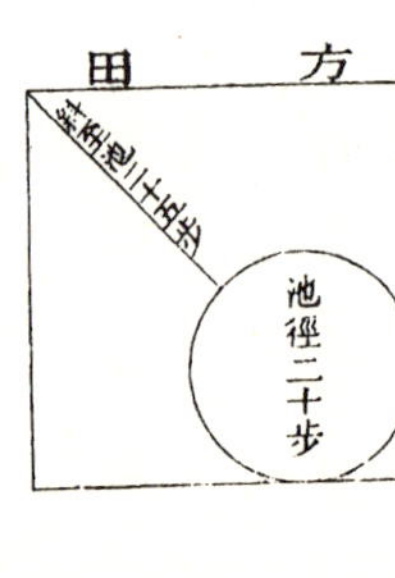

依條段求之。展積内減斜至冪爲實，倍至步身外加二爲從，三釐虛常法，減從開平方。

義曰：於一方外虛了四分七釐，從上帶了四分，外虛七釐。又於從上乘起四釐，外猶虛三釐，故三釐爲常法。李鋭案　此文有舛誤，蓋展池一方外，所虛之四分七釐，每分以圓徑爲長。十分圓徑之一爲闊。每釐爲十分圓徑之一之自乘冪。兩個從步上所帶之四分。每分以圓徑爲長。以十分至步之一爲闊。與所虛之分不相等。從上本不得有乘起之四釐，即使有之，其每釐亦並爲十分至步之一之自乘冪。與所虛之釐，亦不相等。分釐既不相等，即不得以從上所加之數。消去所虛之數也，從上所以加二者，緣田斜冪内，減去至步冪。又少卻一步四分四釐一個虛方外,有圓徑加二乘至步底二段直積。此直積與至步加二乘圓徑底二段直積等。今求圓徑,故倍至步,加二爲從。非因虛卻四分四釐。乃有所加也。三釐爲虛常法者。展池應虛一步四分七釐,所少之虛方,止有一步四分四釐,猶虛三釐,故以爲虛常法,亦非因加入四分四釐。乃只虛得三釐也。此圖內二分合畫作極細形狀。與四分七釐外圓邊正自相應。今不應者,但二分差闊耳,所以畫作差闊之狀者,正欲易辯二分之數也。四庫館臣案:原圖式有附斜至冪外磬折形,無附池徑冪外磬折形,且二形相離,皆傳本之誤也,故義中所論,亦不知其何指。今訂補此圖。二分不必加闊,未嘗不易辨也。

田斜冪

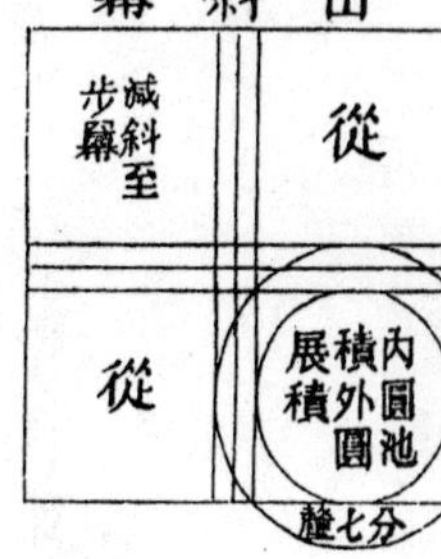

第六十二問　今有方田一段,靠西北隅有方池結角占之,外計地四畝一十五步。只云從外田東南隅斜至水方面一十九步。問內外各多少。

答曰:外方面四十步,內方面二十五步。

法曰:立天元一爲池方面。身外加四八,又加入斜至步一十九步,得 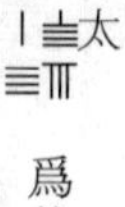 爲外田斜也。先將池斜變爲方,故加四,後又將池方變爲斜,復合加四,兩度加四於一步上,合得一步九分六釐。今求一半,故身外止加四八也。李鋭案 方一步求斜,身外加四。又以斜爲方,求斜,再身外加四,是原方求再斜,爲身外加九六。今求半方半再斜之和數,故加四八也。以自之,得 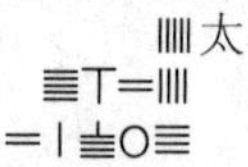 爲外田斜冪於上。再立天元一爲池方面。以自之,又以四十九乘之,如二十五而一,得  爲展起方池積。以減上,得  爲所展如積一段。寄左。然後列真

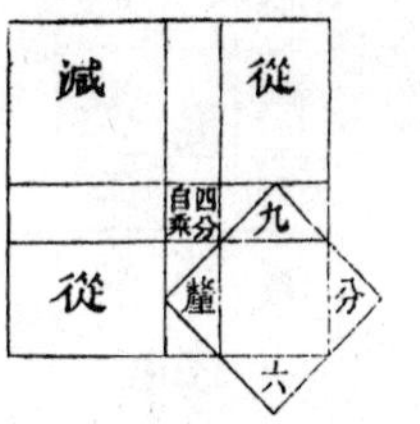

積四畝一十五步,以畝法通得九百七十五步,又隨分以一步九分六釐乘之,得一千九百一十一步。與左相消,得 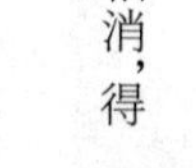 平方開得二十五步爲內池方面也。於此方面上兩次求斜,合得一步九分六釐。以除元方一步,外有九分六釐。半之,則得四分八釐。故此方面上加四八,更加入斜至步,爲大方斜也。

依條段求之。展積內減至步冪爲實,二之至步以一步四分八釐乘之爲從,二分三釐四絲爲常法。

義曰:此一問,其展起積時於一池之外虛了九分六釐,卻於一個從步內加四分八釐,二個從步,計加了九分六釐,恰就了所展虛數。李鋭案 此文舛誤,與上問正同,蓋展池所虛之九分六釐,與兩個從步所加之九分六釐。元不相等。不得云恰就了所展虛數也。從步加四分八釐之故,緣見積內有方面加四八乘至步底二段直積。此直積與至步加四八乘方面底二段直積等。今求方面。須於二之至步上,各加四八爲從。乃合見積之數。非因虛卻九分六釐。而有所加也。除外有一段四分自乘數,該一分六釐於上。又有兩段四分乘八釐數,四庫館臣案 附自乘方外。該六釐四毫於次,又有一段八釐自乘數,四庫館臣案 小方隅。該六毫四絲於下。三位併得二分三釐四絲,此數係是於展積內實有之數,故以爲常法也。

舊術:以四十九乘田積,如二十五而一於頭位。以至水步自乘,減頭位爲實。餘與條段同。四庫館臣案 原圖式四分八釐方內按分釐數細分之,因其數甚微,又以分數釐數作等數分之,終不免混淆。今以廉隅線易之。

第六十三問　今有大圓田一段,大小方田二段,其小方田內有圓池水占之,外共計積六萬一千三百步。只云小方田面至池楞三十步,大方田面多於小方田面五十步,其圓田徑又多於大方田面五十步。問三事各多少。

答曰:小方田面一百步,池徑四十步,大方田面一百五十步,圓田徑二百步。

法曰:立天元一爲內池徑。加二之至水六十步爲小方面。於小方面上,又加入大小方面差五十步,即大方面也。於大方面上,又加入大圓徑大方面差五十步,即大圓徑也。

具圖於左:

小方田

一内圓徑 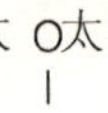

一小方面 

一大方面 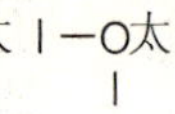

一大圓徑 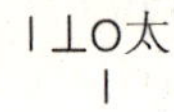

乃先置天元内圓徑。以自之，又三之，得  爲四段圓池積於上。又置小方面  以自之，得 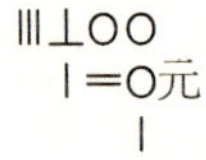 爲小方積。以四之，得下 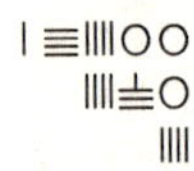 爲四段小方積於次。又置大方面。以自之，得下式 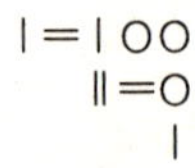 爲大方積。四之，得 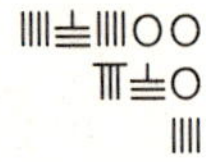 爲四段大方積於下。又置大圓徑下式 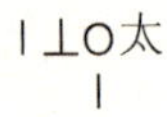 以自之，得 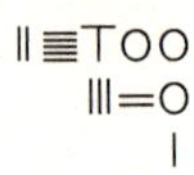 爲大圓徑冪。以三之，得下式 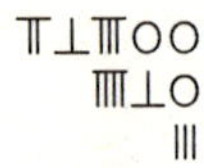 爲四段大圓積於下位之次。併下三位，得下式 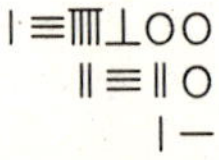 於右。以四池積  減於右，得 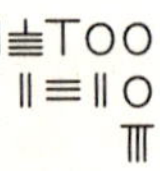 爲如積四段。寄左。然後列真積六萬一千三百步，就分四之，得二十四萬五千二百步。與左相消，得 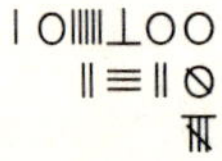 平方開之，得四十步爲内池徑也。各加差步，即各得方面與圓徑也。

大方田

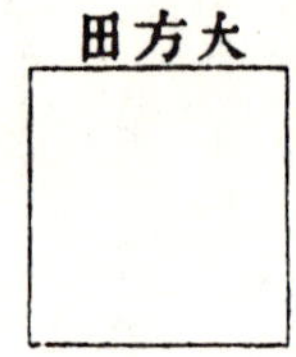

大圓田

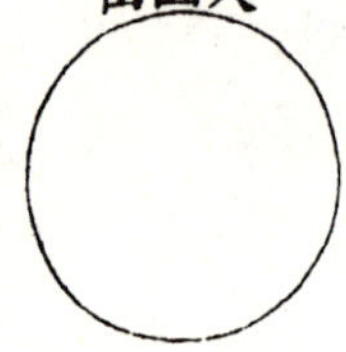

依條段求之。置四之田積於頭位，内減三段大圓徑多池徑冪。又減四段大方面多池徑冪。又減十六段至水步冪爲實。六之圓田多池徑步，又八之大方田面多池徑步，又十六之至水步，三位併之，得二千三百二十步爲從。法廉常置八步，開平方。

義曰：三段圓徑冪，乃四個圓田積，此數内有三個方也。其四段大方田積内有四個方也。其四段小方積每個圓池外餘二分半，四池計餘一步方也。三位上併帶八步方。

三段圓徑冪

從	減	從	減	從	減
方	從	方	從	方	從

四段大方田積

從	減	從	減	從	減	從	減
從	減	方	從	方	從	方	從

四段小方田積

減	從	減	減	從	減	減	從	減	減	從	減
從	〇	從	從	〇	從	從	〇	從	從	〇	從
減	從	減	減	從	減	減	從	減	減	從	減

第六十四問　今有方田一段，中心有環池水占之，外計地四十七畝二百一十七步。只云其環水内周不及外周七十二步，又從田四角至水各五十步半。問内外周及田方面各多少。

答曰：外周一百八十步，内周一百八步，田方一百一十五步。

法曰：立天元一爲池内徑。先以六除内外周差七十二步，得一十二步爲水徑。倍之，得二十四步，加入天元池内徑，得  爲池外徑。又加倍至步一百一步，得下式  爲外田斜。以自之，得  爲田斜冪於頭位。

方田

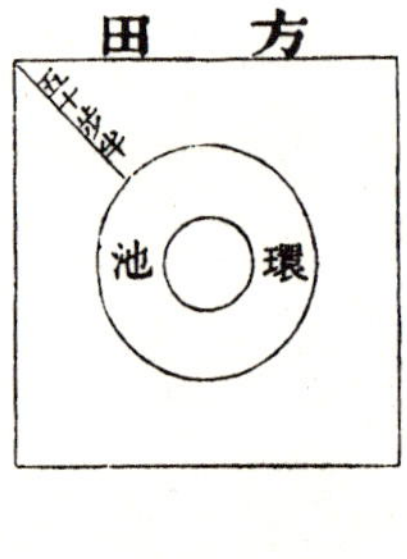

再立天元池内徑。加入二之水徑，得  爲池外徑。以自之，得 

爲外徑冪。又以一步四分七釐乘之，得下式　爲展起底外圓積於次上。再立天元一池內徑，以自之　〇元 丨　亦以一步四分七釐乘之，得　爲展起底内圓積。以減次上，得　爲所展池積也。以此池積減頭位，得下式　爲展起如積一段。寄左。然後列真積四十七畝二百一十七步，以畝法通納之，得一萬一千四百九十七步。又就分以一步九分六釐乘之，得二萬二千五百三十四步一分二釐。與左相消，得下式　開平方得三十六步，即池內徑也。三之，爲內周。又加差爲外周。置內徑加二之水徑，又加倍至步爲外方斜也。置外方斜身外去四，即外田方面也。

依條段求之。以一步九分六釐乘田積於頭位。以水徑加至步，以自之爲冪。又四之，以減頭位，又倍水徑。自乘，又以一步四分七釐乘之，卻加入頭位爲實。又水徑加至步。四之於頭位，又三之水徑，以一步九分六釐乘之，減頭位爲從。一步常法。

此問圖式有三，第一式即所畫原樣是也。以一步九分六釐乘之，變爲斜冪，其式如後。

展積

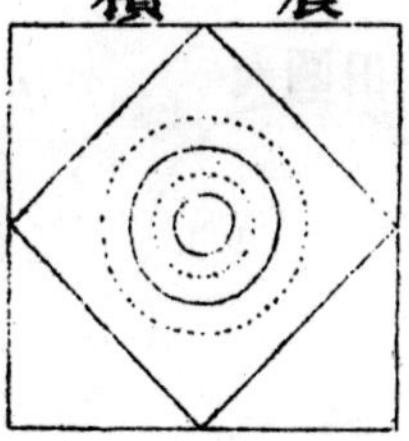

右第二式也，黑者爲元問。點者盡是展數，恐模糊難辯。再具加減圖式於下，更不見舊式也。

展積

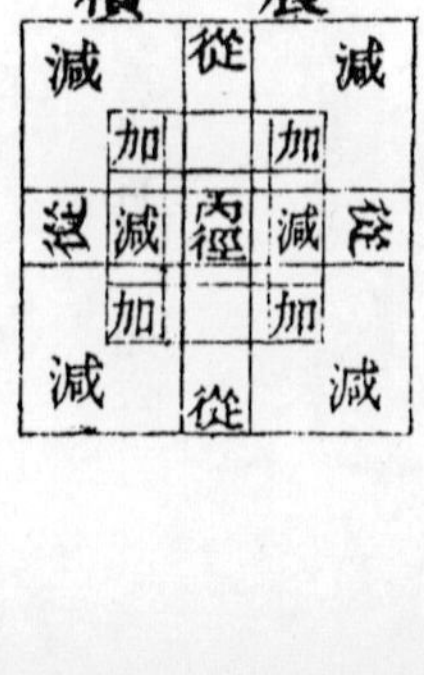

右第三式也。**李鋭案** 據下文圓環得方環四分之三，加減各有三段，則此式虛環內當作三段加，三段減。今作四段加兩段減。與下文不相應，蓋傳寫之誤。其圓環以條段命之，只是一個方環內取四分之三也，卻加入三段展起底水徑冪外，只有三段展起底水徑乘內圓徑直田積也。此係展環之虛數也。今以至步並水徑共爲從，故於內卻除去水徑之虛步也。必須以一步九分六釐乘水徑而去從者，緣二停虛環，並是展起之積，故減從時，將水徑亦展起而減之也。**清·四庫館臣案** 展水徑，展內圓徑，皆於原數身外加四。今以內圓徑爲不動，則水徑必兩度加四，故以一步九分六釐乘之也。

元·朱世傑《算學啓蒙》卷下《開方釋鎖門》 今有直田八畝五分五釐，只云長平和得九十二步。問長平各幾何。

答曰：平三十八步，長五十四步。

術曰：立天元一爲平　〇丨　以減云數，餘爲長。用平乘起爲積　寄左。列畝通步，與寄左相消，得開方式　平方開之，得平。以減和步，即長。合問。按：此以古法演之，和步自乘得八千四百六十四，乃是四段直積，一段較冪也。列積四之，得八千二百八，減之餘有較冪二百五十六爲實。以一爲廉，平方開之得較一十六步。加和，半之得長，長內減較即平也。今以天元演之，明源活法省功數倍。假立一筭於太極之下，如意求之得方、廉、隅、從正負之段，乃演其虛積相消相長而脫其真積也。予故於逐問備立細草，圖其縱橫，明其正負，使學者粲然易曉也。

清·王鑒《算學啓蒙述義》卷下 此以一虛積一真積爲同數也，以減云數，餘爲長，其式爲　用平乘起爲積，此積乃虛積。若題無真積之數，仍當另演一虛積相消。今既有真積之數，即以爲同數相消也。

清·徐鳳誥《算學啓蒙通釋》卷下 草曰：立天元一爲平　〇丨　以除畝積通步爲長　長平相加爲和　寄左。列和與寄左相消，得開方式　平方開之得平。合問。

詰按：此以見積爲寔，和爲方，一爲隅，並上寔下隅，以當中方減從開方也。置寔負　於上，方正　於中，隅負　於下，借一於寔尾二上，起一超一位至百，上定十，於是隅超一得百，方進一得　即以百減方，再減寔，約商得三，其位是十，知即三十也。乃以初商三生負隅百，得 𝍢〇〇 異減正方，餘 𝍬〇 正。又以初商生方，得 𝍠𝍯〇 正。異減負寔，餘 𝍠𝍬𝍣 負，即爲次商寔。又有定次商方隅法，再以初商生負隅，得 𝍢〇〇 異減正方，餘 𝍢〇 正，是爲一變，即爲次商方法。於是方一退，得 𝍡 隅二退，得 𝍠 乃定次商爲八。以次商生負隅入正方，異減得 𝍤𝍢 正。又以次商生方，得 𝍠𝍬𝍣 正，以減負寔恰盡。並初次商三十八，即平也。列畝通步，本正寔也。今以消左，則以右入左，正變爲負矣。如附草和數本正也。今消入太位，則正變爲負矣，與上式正負交變，而開法仍同。

演式：

商			𝍢		𝍢𝍧
寔	𝍡〇𝍬𝍣𝍠𝍦𝍯〇	𝍠𝍬𝍣	𝍠𝍬𝍣		
方	𝍬𝍡	進一 𝍨〇	𝍢〇〇	𝍯〇	𝍢〇〇 一變	𝍢〇 一退 𝍡	𝍨𝍣
隅	𝍠	超一 𝍠〇〇			二退 𝍠

元・朱世傑《算學啟蒙》卷下《開方釋鎖門》 今有直田五畝八十八步，只云長平併之，得七十四步。問較步幾何。

答曰：十八步。

術曰：立天元一爲較 〇𝍠 加入云數爲二長 𝍬𝍠𝍦 又列云數，內減一較，餘爲二平式 𝍬𝍢𝍠 二長二平增乘，起爲四段積 𝍤𝍦𝍯〇𝍠 寄左。列畝通步，內子四之，與寄左相消，得開方 𝍢𝍡𝍣〇𝍠 平方開之得和。合問。

清・王鑒《算學啓蒙述義》卷下 此以兩箇四段積相消也。凡較與長平和相加爲二長，相減爲二平，長平相乘爲一段積，二長二平相乘爲四段積也。

清・徐鳳誥《算學啟蒙通釋》卷下 附草曰：立天元一爲較 〇𝍠 自之，爲較冪 〇〇𝍠 以加四段積步爲和冪 𝍤𝍠𝍤𝍡〇𝍠 寄左。列和自之，與寄左相消，得開方式 𝍢𝍡𝍣〇𝍠 平方開之得較。合問。

誥按：此以四段積步減。和冪爲寔，一爲隅，常法開平方也。茲以正負術入之：置寔正 𝍢𝍡𝍣 於上方，空 〇 於中隅，負 𝍠 於下。借一於寔尾四上，起一超一位，至三百。定十，於是隅超一位，得百。即以減寔約與一自乘之數相近，即定初商爲一，其位是十，知即一十也。乃以初商一生負隅百，得 𝍠〇〇 負，以入方。又以初商生方，仍得 𝍠〇〇 負。異減寔餘 𝍬𝍣 仍爲正，即爲次商寔。再以初商一生負隅以入方，得 𝍠〇〇 負，同加得 𝍡〇〇 負，是爲方法一變。於是方一退，得 𝍡〇 負，隅一退得 𝍠 負。又定次商爲八，生負隅 𝍧 入方，得 𝍡𝍧 負，同加得 𝍡𝍧 負。又以次商生方，得 𝍡𝍬𝍣 負，與寔正異減恰盡。並初次商 𝍠𝍧 知爲一十八即平也。

演式：

商	𝍠			𝍠𝍧	
寔	𝍢𝍡𝍣	𝍠〇〇	𝍡𝍬𝍣	𝍡𝍬𝍣	
方	〇	𝍠〇〇	𝍠〇〇	𝍡〇〇 一變	一退 𝍡〇	𝍡𝍧	𝍡𝍧
隅	𝍠	超一 𝍠〇〇			二退 𝍠

元・朱世傑《算學啟蒙》卷下《開方釋鎖門》 今有直田四畝九分。只云長平差二十五步，問長平各幾何。

答曰：平二十四步，長四十九步。

術曰：立天元一爲平 〇𝍠 加入云數爲長，以平乘起爲積 〇𝍡𝍤𝍠 寄左。列畝通步，與寄左相消，得開方式 𝍠𝍠𝍦𝍡𝍤𝍠 平方開之得平。加差即長。合問。

清・王鑒《算學啓蒙述義》卷下 此亦以一虛積一真積爲同數也。

清・徐鳳誥《算學啟蒙通釋》卷下 附草曰：立天元一爲平 〇𝍠 以

除積畝通步爲長 ⊥〇太 以平減長爲差 ⊥〇太 寄左。列差與寄左相消，得開方式 ⊥〣 平方開之得平。合問。

詰按：此以見積爲寔，差步爲方，一爲隅。並中方下隅，以當上寔較數開方也。置寔負 ⊥ 於上，方正 ‖〣 於中，隅正 | 於下。借一步之超一等，至百而止。於是隅超一得百，方進一得 ‖〣〇 即以百加方減寔。約商得 ‖ 其位是十，知即二十也。以初商二生正隅百，得 ‖〇〇 以加方正，併得 ‖〣〇 正。又以初商生方，得 〣〇〇 正。異減寔，餘 ⊥ 即爲次商寔。又有定次商方隅法。再以初商二生方，得 ‖〇〇 同加得 ⊥〣〇 是爲一變，即爲次商方法。于是方法一退，得 ⊥〣 隅法再退，得 | 乃定次商爲 〣 以生正隅入方，得 〣 同加得 ⊥〣 又以次商生方，得 ⊥ 正，異減寔恰盡。

演式：

商 ‖
寔 |一⊥ ⊤ 〣〇〇 ‖⊤ ‖⊤⊥
方 〓 進一 ‖〣〇 ‖〇〇 〣〣〇 ‖〇〇 ⊤〣〇 一變 一退 ⊥〣 〣 ⊥〣
隅 | 超一 |〇〇 二退 |

元·朱世傑《算學啟蒙》卷下《開方釋鎖門》 今有直田六畝一十六步。只云長平較三十步，問長平和幾何。

答曰：和八十二步。

術曰：立天元一爲和 〇| 加入云數爲二長 〣〇| 別列和以減云數餘爲二平。以二長二平增乘，起爲四段積 〇〇| 寄左。列畝通步，內子四之。與寄左相消，得開方式 ⊥〣〇| 平方開之得和。合問。

清·王鑒《算學啓蒙述義》卷下 此亦以四段積爲同數也。

清·徐鳳誥《算學啟蒙通釋》卷下 草曰：立天元一爲和 〇| 自之爲和冪 〇〇| 內減四之通步 〣〇| 爲較冪。寄左。列較自之，與寄左相消，得開方式 ⊥〣〇| 平方開之得和。合問。

詰按：此以四段見積，加入較冪爲寔，一爲隅，平方常法也。茲以正負術入之：置寔負 ⊥〣 於上，中方空 〇 隅正 | 於下。借一步之於寔尾位四上，起一超一位至七百，上定十。於是隅超一得百，以百減寔，約與八自乘之數相近，即定初商爲八，其位是十，知即八十也。乃以初商生正隅，以入方得 〣〇〇 正，又以初商生方正，以入寔得 ⊥〣〇〇 異減寔餘 〣 仍爲次商負寔。又有定次商方法，仍以初商生正隅以入方，得 〣〇〇 正。同加得 |⊥〇〇 是爲一變，即爲次商方法。於是方法一退，得 |⊥〇 正，隅法二退，得一正。乃定次商爲二，生隅 | 正，以入方。同加得 |⊥‖ 又以次商生方以入寔，得 〣 異減寔恰盡。

演式：

商 〣
寔 ⊤⊥‖〣 ⊤〣〇〇 〣〣 〣〣
方 〇 〣〇〇 〣〇〇 |⊥〇〇 一變 一退 |⊥〇 ‖ |⊥‖
隅 | 超一 |〇〇 二退 |

元·朱世傑《算學啟蒙》卷下《開方釋鎖門》 今有方圓田各一段，共地九畝四分五釐。只云方田面與圓田徑適等。問方面圓徑各幾何。

答曰：方面圓徑各三十六步。

術曰：立天元一爲方面，亦爲圓徑 〇丨 自之爲方積 〇〇丨 寄左。又列圓徑自之，三因四而一，爲圓積 〇〇〇[算籌] 加入寄左，得式 〇〇[算籌] 再寄。列畝通步，與再寄相消，得開方式 [算籌] 平方開之，得方面圓徑。合問。

清·王鑒《筭學啓蒙述義》卷下 此以虛共積與真積爲同數也。圓面積得方面積四分之三，故天元自乘三因四，除爲圓面積也。因受四除，故不寄分。若不受除，當寄法爲母也。

清·徐鳳誥《算學啟蒙通釋》卷下 草曰：立天元一爲方面 〇丨 自之爲方積，以減畝積通步 [算籌] 餘爲圓積。寄左。又列方面即圓徑，自之，三因，四而一 [算籌] 與寄左相消，得開方式 [算籌] 平方開之，得方面即圓徑。合問。

詰按：此以見積爲寔，方積率圓積率相加爲隅，連枝方法也。以正負術入之，置寔負 [算籌] 於上，中方空 〇 隅正 [算籌] 於下。借一步之超一等，至百而止，方空，隅超二，得 [算籌] 即以隅減寔，約商 Ⅲ 其位是十，知即 [算籌] 也。乃以初商生正隅入方，得 [算籌] 正。再以初商生方，得 [算籌] 正。異減寔餘 [算籌] 爲次商負寔。又有定次商方隅法，仍以初商 Ⅲ 生隅，以入方得 [算籌] 正，同加得 [算籌] 是爲一變，即爲次商方法。於是方法一退，得 [算籌] 隅法再退，得 [算籌] 乃定次商爲六。生正隅入方，得 [算籌]半 同加得 [算籌]半 又以次商生方，得 [算籌] 異減寔恰盡。知即三十六也。

演式：

商	Ⅲ			
寔	[算籌]	[算籌]		
方	〇	[算籌]	[算籌] 一變	一退 [算籌]
隅	[算籌]半 超二	[算籌]		二退 [算籌]半

元·朱世傑《筭學啟蒙》卷下《開方釋鎖門》 今有方圓田各一段，共地七畝二十八步。只云方面不及圓徑一十三步。問圓徑方面各幾何。

答曰：圓徑三十八步，方面二十五步。

術曰：立天元一爲圓徑 〇丨 減不及餘爲方面，自之 [算籌] 就分四之爲四段方積 [算籌] 寄左。又列圓徑自之，三因亦爲四段圓積 〇〇Ⅲ 加入寄左，得 [算籌] 再寄。列畝通步，內子四之。與再寄相消，得開方式 [算籌] 平方飜法開之得圓徑。減不及即方面。合問。

清·王鑒《筭學啓蒙述義》卷下 此以四段共積爲同數也。圓面積得方邊與徑等之方面積四分之三，故圓徑自乘三因四除爲一段圓積。今不除，寄四爲母，故爲四段圓積。此天元中寄分法也。

清·徐鳳誥《算學啟蒙通釋》卷下 草曰：立天元一爲圓徑 〇丨 自之，三因 〇〇Ⅲ 爲四段圓積。以減四之畝積通步，餘爲四段方積 [算籌] 寄左。列圓徑以云數減之，爲方面 [算籌] 自之，又四之，亦爲四段方積 [算籌] 與寄左相消，得開方式 [算籌] 飜法開之得圓徑。合問。

詁按：此以四段通步，減四段不及冪爲寔，八之不及步爲方，七爲隅。合上寔中方以當下隅，飜法開方也。置寔負 ⊥丨≡丅 於上方，負 丨〇≣ 於中隅，正 𝍦 於下。借一步之超一位，至百而止。方進一得 一〇≡〇 隅超二得 ⊥〇〇 即以隅減方，又減寔，約商三，其位是十，知即三十也。乃以初商三生正隅，得 一丨〇〇 異減不足而反減之，得 一〇⊥〇 正再以初商生正方，以入寔得 ≡丨≐〇 異減負寔，餘 ＝≣丄丅 即爲次商負寔。又有定次商方隅法，以初商 ≡ 生正隅，得 ＝丨〇〇 同加正方，得 ≡一⊥〇 是爲一變，即爲次商方法。於是方法一退得 ≡一丅 隅法再退得 𝍦 乃定次商爲八。生正隅得 ≣丅 以入正方，同加得 ≡⊥＝ 又以次商生正方，得 ＝≣𝍦⊥ 異減負寔恰盡。

演式：

商	≡					
寔	丅丨≡⊥ ＝丨≐〇	＝Ⅲ⊥丅 ≐	＝Ⅲ⊥丅			
方	丨〇≣ 進一	一〇≡〇	＝丨〇〇	一〇⊥〇	＝丨〇〇≡丨⊥〇 一退 ≡一丅	≣丅 ≡⊥＝
隅	𝍦 超一	𝍦〇〇			一變 二退 𝍦	

元・朱世傑《筭學啟蒙》卷下《開方釋鎖門》 今有直田九畝八分。只云長取八分之五，平取三分之二，相併得六十三步。問長平各幾何。

答曰：平四十二步，長五十六步。

術曰：依圖布筭 長 ≡ 平 ≡ 母互乘子，乃得長十五箇，平十六箇。分母相乘，得二十四。以乘六十三，得一千五百一十二，即是一十五長，一十六平數也。立天元一爲平 〇丨 以十六乘之，減云數，餘爲一十五長 ＝丅 一≣丨 用平乘之爲一十五段積 〇＝丅 一≣丨 寄左。列畝通步，以一十五乘之，與寄左相消，得開方式 〇≠＝≣ ≡≣丨 一≣丨 丅 平方開之得平。以平除積得長。合問。

清・王鑒《算學啓蒙述義》卷下 互乘後乃是長取二十四分之十五，平取二十四分之十六，相併得六十三步。以全分二十四通六十三步，其數必爲十五箇全分長及十六箇全分平共數也。既得此數，而後天元始能御也。若不互乘，當立二元以求之，不如此術之捷也。其同數則以十五段虛積與十五段真積相消也。

清・徐鳳誥《算學啟蒙通釋》卷下 草曰：立天元一爲平 〇丨 以平除積畝通步爲長 丨 ＝≣≣＝ 併十五箇長、十六箇平爲相併數 〇〇 丅一 ≐≣≣ 寄左。列相併數，以分母二十四通之，得 ≣一＝ 消左得開方式 〇≐≡≣ 〇≠一丅 一≣丨 平方開之得平，以平除積得長。合問。

詁按：此以十六段見積爲寔，二十四之相并步爲方，十六爲隅，并上寔下隅，以當中方，亦減從開方也。置寔負 ≡≣≣ ⌀≐ 於上方，正 ＝ 一≣丨 於中隅，負 丅 於下。借一步之超一等，至百而止。如再超則至萬，過多不可商，所以退而至百。方進一，得 〇＝丨 ≡丨 正。隅超二，得 一丅〇〇 負。約初商四，其位是十，知即四十也。乃以初商四生負隅，以入方得 丅≣〇〇 異減得 〇≐＝Ⅲ 正。又以初商生方，以入寔，得 Ⅲ≣Ⅲ≟〇 正。異減寔，餘 Ⅲ〇⊗ 負，即爲次商負寔。又有定次商方隅法，仍以初商生負隅，以入方 ⊥Ⅲ〇⊗ 異減得 =Ⅲ=〇 是爲方法一變。於是方法一退得 ‖≡‖ 正隅法再退得 —⊤ 負。乃定次商爲二，生負隅以入方 ≡≠ 異減得 ‖〇〇 正。又以次商生方，以入寔，得 Ⅲ〇〇 正。異減恰盡。

演式：

商	‖				
寔	Ⅲ≣‖≟⊗	Ⅲ≣Ⅲ≟〇	Ⅲ〇〇	Ⅲ〇〇	
方	—Ⅲ—‖ 進一	|≡|=〇	⊥Ⅲ〇〇	≟Ⅲ=〇	≠Ⅲ〇〇 =Ⅲ=〇（一變）一退 ‖≡‖ ≡≠ ‖〇〇
隅	—⊤ 超一	—⊤〇〇	二退 —⊤		

元・朱世傑《算學啟蒙》卷下《開方釋鎖門》 今有直田一十一畝九分。只云長平和取十一分之二，長平較取十三分之七，較平差取八分之五，多於一平二步。問長平各幾何。

答曰：平四十二步，長六十八步。

術曰：依圖布算 ‖⊤Ⅲ 和 ‖—Ⅲ 較 —|—Ⅲ 差 母互乘子，乃得和二百八箇，較六百一十六箇，差七百一十五箇。分母相乘，得一千一百四十四，以多於二步乘之，得二千二百八十八。別得一百九長，內減一百二十二平餘數。立天元一爲長 〇| 一百九之，內減餘數式 Ⅲ≟〇 =‖| 爲一百二十二段平。以長乘之，爲一百二十二段積 〇Ⅲ≟‖= |〇| 寄左。列積以一百二十二乘之，與寄左相消，得開方式 ≡Ⅲ≟Ⅲ≠ =‖≟Ⅲ |〇Ⅲ 飜法開之得長。以長除積得平。合問。

清・王鑒《算學啓蒙述義》卷下 較平差，乃二平內減一長之數。夾注所言，羅氏釋之最詳。蓋和數内有長有平，較數内有長，而負平差數内有倍平而負長。彼此相抵，共得長一百九，平一千二十二。分母相乘，得總母一千一百四十四，是長取一千一百四十四分之一百九，與平取一千一百四十四分之一千二十二，多於一平二步。以全分一千一百四十四通之，是一百九長一千二十二平，多於一千一百四十四平二千二百八十八步。於一千一百四十四平內，抵去一千二十二平，仍有一百二十二平。是一百九長多於一百二十二平二千二百八十八步。即一百九長內減一百二十二平，餘二千二百八十八步也。其天元同數，則以一百二十二段虛積，與一百二十二段真積相消也。

清・徐鳳誥《算學啓蒙通釋》卷下 草曰：立天元一爲長 〇| 以除積畝通步爲平 ⊤〇 =Ⅲ≣ 以平加長爲和 ⊤〇| =Ⅲ≣ 以平減長爲較 ⊤〇| =Ⅲ≣ 以較減平爲差 〇≠ ≡⊤—‖ 并二百八和，六百十六較，七百十五差，爲多數 ‖≟|≟Ⅲ≡‖ 〇Ⅲ |〇Ⅲ 寄左。列一平多二步 =Ⅲ≡⊤ ‖太 以分母一千一百四十四乘之，得 ‖Ⅲ≡⊤‖=Ⅲ ‖≟Ⅲ太 消左，得開方式 ≡Ⅲ≟Ⅲ≠= =‖≟Ⅲ |〇Ⅲ 飜法開之得長。以長除積得平。合問。

詒按：此以一百二十二段見積爲寔，一千一百四十四多步爲方，一百九爲隅。併上寔中方以當下隅，飜法開方也。置寔負 ≡Ⅲ≟Ⅲ≠= 於上，方負 =‖≟Ⅲ 於中，隅正 |〇Ⅲ 於下。借一步之超一位，至百而止。方進一得 ‖=≟Ⅲ⊗ 隅超一得

|〇Ⅲ〇〇 即以隅減方，以減寔，約商 丅 其位是十，知即六十也。乃以初商 丅 生隅，得 丅≣Ⅲ〇〇 異減不足負而反減之，餘得 Ⅲ=Ⅲ=〇 正。再以初商生正方以入寔，得 =Ⅲ≡|=〇 異減寔餘 ≡≡≡ 即爲次商寔。定次商方隅法，即以初商六生正隅，得 丅≣Ⅲ〇〇 同加正方，得 −〇⊥Ⅲ=〇 是爲一變。於是方法一退，得 |〇丅≟Ⅱ 隅法再退，得 |〇Ⅲ 乃定次商爲 Ⅲ 生正隅以入正方，得 Ⅲ⊥Ⅱ 同加得 |−丅⊥Ⅲ 又以次商 Ⅲ 生方，得 Ⅱ|Ⅲ=Ⅱ 異減寔，恰盡。

演式：

商	⊥		≟
寔	=Ⅲ≟Ⅲ=〤 =Ⅲ≡|=〇		Ⅲ=Ⅲ−〤 Ⅲ=Ⅲ−Ⅱ
方	=Ⅱ≟Ⅲ	進一	Ⅱ=Ⅲ≟〇 丅≣Ⅲ〇〇 ≡Ⅱ≣Ⅱ〇
隅	|〇Ⅲ	超二	|〇Ⅲ〇〇
	⊥Ⅲ≡〇〇 −〇⊥Ⅲ=〇 一變	一退	|〇⊥Ⅲ Ⅲ⊥Ⅱ |−丅⊥Ⅲ
		二退	|〇Ⅲ

元・朱世傑《筭學啟蒙》卷下《開方釋鎖門》 今有直田一十九畝六分。只云長取强半，平取弱半，和取中半，較取太半，爲共。不及二長二步少半步。問長平各幾何。

答曰：平五十六步，長八十四步。

術曰：依圖布筭 Ⅱ|−Ⅱ Ⅲ≡Ⅲ≡Ⅱ 長平和較 母互乘子，得長七十二箇，平二十四箇，和四十八箇，較六十四箇。分母相乘，得九十六，以乘不及，得二百二十四步。別得八長內減八平，餘八較。今從省，八約之，得二十八步，爲一較。即一長內減一平。立天元一爲平 〇| 加入二十八步爲長 =Ⅲ| 用平乘起爲積 〇Ⅲ| 寄左。列畝以二百四十乘之，與寄左數相消，得開方式 ≡丅〇≟Ⅲ| 平方開之得平。以平除積得長也。

清・王鑒《算學啓蒙述義》卷下 互乘後所得長平，俱係正數。和數內之長平，亦係正數。惟較數內有長而負平，彼此相抵，共得長一百八十四平八，總母九十六。是長取九十六分之一百八十四，平取九十六分之八不及二長二步少半步，以全分九十六通二長，得一百九十二。列二步少半步通分內子，得七步，以九十六通之，得六百七十二步，以分母三報除得二百二十四步。是一百八十四長及八平之共數不及一百九十二長二百二十四步，於一百九十二長內抵去一百八十四長，仍餘八長。是八平不及八長二百二十四步，亦即八較之數。八約之得一較數。其天元同數，則以虛積與真積相消也。

清・徐鳳誥《算蒙啟蒙通釋》卷下 草曰：立天元一爲平 〇| 以除積畝通步爲長 ≡丅〇Ⅲ〇 以平加長爲和 ≡丅〇Ⅲ〇| 以平減長爲較 ≡丅〇Ⅲ〇〤 併七十二長、二十四平、四十八和、六十四較，得 ≟丅≣Ⅲ≡丅〇Ⅲ 再以不及步之分母三通之，得 Ⅱ≣Ⅲ⊥丅=Ⅲ〇≡Ⅱ 爲共不及。寄左。列共不及通分內子，得六箇長少七步 Ⅱ≟Ⅱ=Ⅲ〤 又以總分母九十六通之，得 Ⅱ丅〇≟Ⅲ〇Ⅲ丅⊥〤 消左得開方式 〤Ⅲ≟Ⅲ|=| 丅⊥丅Ⅱ≡

約之，得 ≡╥〇≦╥丨 平方開之得平，以平除積得長。合問。

誥按：此以見積爲寔，二十八步爲方，一爲隅。并中方下隅，以當上寔較數開方也。置寔負 ≡╥〇≦ 於上方，正 =╥ 於中，隅正 丨 於下。借一步之超一位，至百而止。方進一得 ‖≟〇 隅超一得 丨〇〇 即以隅加方，又減寔約商五，其位是十，知即五十也。乃以初商五生隅，得 ⅢⅢ〇〇 以入方，同加得 ╥≟〇 正。再以初商生方以入寔，得 ≡ⅢⅢ〇〇 異減寔餘 ╥〇≦ 即爲次商寔。定次商方隅，又以初商五生隅以入方，同加得 一‖≟〇 是爲一變。於是方一退，得 丨=╥ 隅二退，得 丨 乃定次商爲 ⊤ 生隅以入方，同加得 丨≡Ⅲ 又以次商生方，得 ╥〇≡ 異減寔恰盡。

演式：

商 ⅢⅢ ⊤
寔 ≡╥〇≦ ≡ⅢⅢ〇〇 ╥〇≦ ╥〇Ⅲ
方 =╥ 進一 ‖≟〇 Ⅲ=〇 ╥≟〇 Ⅲ〇〇 一‖≟〇 一變 一退 丨=╥ ⊤
隅 丨 超一 丨〇〇 二退 丨

元・朱世傑《算學啓蒙》卷下《開方釋鎖門》 今有圓田一段，內有方池容邊而占之，外餘地八畝六十五步七分半。只云四弧矢各濶一十三步。問圓徑池方各幾何。

答曰：圓徑九十一步，池方六十五步。

術曰：立天元一爲圓徑 〇丨 內減倍之云數 =⊥丨 餘爲池方面。自之，就分四之爲四段方積 ≡╥〇≦≡ 寄左。又列圓徑自之，三因 〇〇≡ 亦爲四段圓積。內減寄左 =╥〇≦╥⊥ 再寄。列畝通步內子，四之，與再寄相消，得開方式 丨〇⊤≡╥ 平方開之得圓徑。內減倍之云數，餘即池方。合問。

清・王鑒《算學啓蒙述義》卷下 此先求方池虛積及圓田虛積，相減爲餘地。虛積與餘地真積爲同數。因圓徑自乘，三因後當四除之得圓積。今寄法爲母，同而通之，故以四段積相消也。

清・徐鳳誥《算學啓蒙通釋》卷下 草曰：立天元一爲圓徑 〇丨 自之，三因 〇〇≡ 爲四段圓積。以減四之積畝通步，恰少四段方積 ⊥ⅢⅢ≡ 寄左。列圓徑，減倍之云數 =⊥丨 爲方面。自之，四之爲四段方積 ≡╥〇≦≡ 正負相反，即爲少數 =╥〇≦ 與寄左相消，得開方式 丨〇⊤≡╥ 平方開之，得圓徑。合問。

誥按：此以四之見積加十六倍矢冪爲寔，十六之矢爲從，一爲隅，並上寔下隅，以當中方，減從開方也。置寔正 丨〇⊤≡╥ 於上方，負 ‖〇≦ 於中隅，正 丨 於下，借一步之超一位，至百而止。方進一得 =〇≟〇 隅超一得 丨〇〇 即以隅減方，又減寔，約商 Ⅲ 其位是十，知即九十也。乃以初商 Ⅲ 生隅，以入方得 ⅢⅢ〇〇 正。異減餘 一丨≟〇 負，再以初商生方，得 丨〇⊤=〇 異減寔，餘 =╥ 即異爲次商寔，定次商方隅，仍以初商生隅，以入方得 ⅢⅢ〇〇 異減得 ‖≟〇 是爲方法一變。於是方法一退得 =╥ 隅法二退得 丨 於是次商一生隅，以入方

得 一 異減得 [算籌] 又以次商生方以入寔，異減恰盡。

演式：

商 [算籌]
寔 [算籌]
方 [算籌] 進一 [算籌] 一變 一退 [算籌]
隅 一 超一 [算籌] 二退 一

元·朱世傑《算學啟蒙》卷下《開方釋鎖門》 今有方田，內有圓池占之，外餘地二畝六步。只云四角徑各長九步九分。問池徑田方各幾何。

答曰：池徑一十八步，田方二十七步。

術曰：立天元一爲池徑 [算籌] 加入倍之云數，爲方斜。就分五之爲七段方田 [算籌] 自之爲四十九段方積 [算籌] 就分四之爲一百九十六段方積也 [算籌] 寄左。又列圓徑自之，三因爲四段圓積。就以四十九乘之 [算籌] 亦爲一百九十六段圓積。以減寄左 [算籌] 再寄。列畝通步內子，以一百九十六乘之，與再寄相消，得開方數式 [算籌] 平方開之得池徑。加入倍之角徑五之七而一，得田方。合問。

清·王鑒《算學啓蒙述義》卷下 此天元比例兼寄分法也。池徑加倍角徑爲方田斜。五之者，係以古方率五乘之也。當以古斜率七除之爲一段方田邊。不除，即以爲七段方田邊也。七段方邊自乘，則爲四十九段方積矣。以四乘之者，因圓積寄四爲母也。方積以四十九爲母，故池徑自乘三因後，以四十九乘之也。此互通之法而齊同於一百九十六也。

清·徐鳳誥《算學啟蒙通釋》卷下 草曰：立天元一爲池徑 [算籌] 自之，三因，四而一爲池積 [算籌] 以加通步爲池田，共積 [算籌] 以一步九分六厘乘之 [算籌] 爲田斜冪，寄左。列池徑加倍角徑十九步八分爲田斜 [算籌] 自之得 [算籌] 亦爲斜冪，與寄左相消，得開方式 [算籌] 平方開之得池徑。合問。

詰按：此以斜積率乘通步，內減倍角徑自乘數爲寔，四倍角徑爲方，圓積率乘斜積率減一爲隅，並上寔下隅，以當中方和數開方也。置寔負 [算籌] 於上，方正 [算籌] 於中，隅負 [算籌] 於下。借一步之超一位，至百而止。方進一得 [算籌] 隅超一得 [算籌] 即以隅減方，方減寔，約商 一 其位是十，知即一十也。乃以初商一生隅 [算籌] 以入方，異減得 [算籌] 再以初商生方以入寔，異減寔餘 [算籌] 即爲次商寔。定次商方隅，法再以初商一生隅以入方，異減得 [算籌] 是爲一變。於是方法一退得 [算籌] 隅法再退得 [算籌] 乃定次商爲 [算籌] 生隅以入方得 [算籌] 異減得 [算籌] 又以次商生方得 [算籌] 異減恰盡。此式用附草開方式。

演式：

商 一
寔 [算籌]
方 [算籌] 進一 [算籌] 一變 一退 [算籌]
隅 [算籌] 超一 [算籌]

元·朱世傑《算學啟蒙》卷下《開方釋鎖門》 今有直積一千二十四步。只云平除長、長除平，二數相併，得四步二分半。問長平各幾何。

答曰：平一十六步，長六十四步。

術曰：立天元一爲小平 〇丨 減云數餘爲小長。以小平乘之爲小積 〇〢〤 與小積一筭相消，得開方式 一〣丨 〥 平方開之，得小平二分五釐。

再立天元一爲大長 〇丨 以乘小平爲大平。以大長乘之，爲大積式 〇〇〥 與元積相消，得開方式 一〇〣〥〇‖ 平方開之得大長。以小平乘之即大平。合問。

清・王鑒《算學啓蒙述義》卷下　此先立元以求小平，然後據小平以求大長，而以大積爲同數也。與小積一筭相消，無論大長大平爲若干數，其小積皆爲一步解。見總括明乘除段。

清・徐鳳誥《算學啟蒙通釋》卷下　草曰：立天元一爲大長 〇丨 以除大積爲大平 一〇〣〥〇太 再除大平爲小平 一〇〣〥〇〇太 寄左。列小平 〇〥 與左相消，得開方式 一〇〣〥〇〥 平方開之，得大長。合問。

詰按：此以見積爲實，小平二分五厘爲隅，方空，隅實相當，亦連枝方法也。置實負 丨〇〣〥 於上，方空，隅正 〇〥 於下。借一步之超一位，至百 〇 位上止。隅超一得 〥 即以隅減實，約與六自乘之，數相近。即定初商爲丅 其位是十知即六十也。乃以初商生隅以入方得 丨〣〇 又以初商生方以入實得 〩〇〇 異減實餘 丨〢 即爲次商實。定次商方隅法，再以初商生隅以入方得 丨〣〇 同加得 〣〇〇 是爲一變。於是方一退得 〣〇 隅二退得 〇〥 乃定次商爲四，生隅以入方得 丨 同加得 〣丨 又以次商生方以入實 丨〢〥 異減恰盡。

演式：

商　丄
實　一〇〢〤　〩〇〇　‖‖　丨〢〤　丨〢‖‖
方　〇　丨〣〇　丨〣〇　‖〇〇　一退　〣〇　丨　〣丨
隅　〇〥丨　超一　〢‖丅丨　一變　二退　〇〥

元・朱世傑《算學啟蒙》卷下《開方釋鎖門》　今有直積四千九十六步。只云長除平。平除長，二數相減，餘三步七分半。問長平各幾何。

答曰：平三十二步，長一百二十八步。

術曰：立天元一爲小長 〇丨 內減云數，餘爲小平。以小長乘之，爲小積 〇〣丨〤 與小積一筭相消，得開方式 〤〣丨 平方飜法開之，得小長四步。以除直積，得一千二十四步爲大平冪。平方開之，得大平三十二步，以小長乘之，即大長也。合問。

清・王鑒《算學啓蒙述義》卷下　求小長法與第十九問同意，但彼以和數求平，此以較數求長也。以小長除直積爲大平冪者，蓋以大平乘小長得大長，以大長除直積得大平。是大平乘小長爲法，除直積得大平也。今以小長除直積，是爲法之數。寄大平爲分母，則求得之數，亦寄大平爲分母，故其數爲大平冪。

清・徐鳳誥《算學啟蒙通釋》卷下　草曰：立天元一爲大平 〇丨 自之爲大平冪 〇〇丨 以除直積爲小長 〣〇〣丅〇〇太 寄左。列小長 ‖‖ 與寄左相消，得開方式 〣〇〣丅〇〢 平方開之得大平。合問。

詰按：此以見積爲實，小長四步爲隅，亦連枝方法也。依附草開式，置實正 〣〇〣丅 於上，方空，隅負 〢 於下。借一步之超一位，至百空位止。隅超一，得 〢〇〇 即以隅減實，約與三自乘之數相近，即定初商爲三，其位是十，知即三十也。乃以初商生隅以入方[籌式]又以初商生方以入寔[籌式]異減寔，餘[籌式]定次商方隅法，再以初商生隅，以入方[籌式]同加得[籌式]是爲一變。於是方法一退，得[籌式]隅法再退，得[籌式]乃定次商爲二生隅以入方，得[籌式]同加得[籌式]又以次商生方，以入寔，異減恰盡。

演式：

[籌算演式]

元・朱世傑《算學啓蒙》卷下《開方釋鎖門》 今有大小方田二段，共積六千五百二十九步。只云小方面乘大方面，得三千一百二十步。問二方面各幾何。

答曰：大方面六十五步，小方面四十八步。

術曰：別得今數爲弦羃，云數爲直積，倍之減弦羃，餘有二百八十九步，平方開之，得較一十七步。立天元一爲大方面[籌式]以減較步，餘爲小方面[籌式]以大方面乘之，爲直積[籌式]與只云數相消，得開方式[籌式]平方飜法開之得大方面，減較即小方面。合問。

清・王鑒《算學啓蒙述義》卷下 別得今數爲弦羃，云數爲直積，是大小兩方羃。即句股羃兩方面相乘，即句乘股也。凡弦羃内減兩段句乘股數，餘爲較羃，故開平方得較。既得兩方面較，用有較有直積求長平術，得大小方面也。

清・徐鳳誥《算學啓蒙通釋》卷下 草曰：立天元一爲小方面[籌式]以除只云數，爲大方面[籌式]小方面自之，爲小方積[籌式]大方面自之，爲大方積[籌式]兩方積相加，爲如積[籌式]寄左。列積[籌式]消左，得開方式[籌式]三乘方開之得小方面。自之減積步，餘開平方得大方面。合問。

誥按：此以見積爲寔，較步爲方，一爲隅，並上寔中方以當下隅，飜法較數開方也。置寔負[籌式]於上，方負[籌式]於中，隅[籌式]正於下。借一步之超一位，至一百上止。方進一得[籌式]隅超一得[籌式]即以隅減方，翻法初商必大於方法。乃定初商爲六，其位是十，知即六十也。以初商生隅，以入方，得[籌式]方不足減，而反減之，所餘在正仍爲正，異減得[籌式]再以初商生方以入寔，得[籌式]異減寔餘[籌式]即爲次商寔。又有定次商方隅法，再以初商生隅以入方，同加得[籌式]是爲一變。於是方法一退得[籌式]隅法再退得[籌式]乃定次商爲[籌式]生隅以入方，同加得[籌式]又以次商生方，以入寔[籌式]異減恰盡。

演式：

[籌算演式]

元・朱世傑《算學啟蒙》卷下《開方釋鎖門》 今有直田，長平相乘爲實，平方開之得數。加長平和得一百二十九步，只云差三十九步。問長平各幾何。

答曰：平二十五步，長六十四步。

術曰：立天元一爲和 以減先云，餘爲開方數 自之，就分四之爲四段直積 又加差冪，得式 寄左。列和自之爲和冪 與寄左相消，得開方數式 平方開之，得和八十九步。減差，半之得平。加差，半之即長。合問。

清・王鑒《算學啓蒙述義》卷下 此以和冪爲同數也。凡四段長乘平數，加一段較冪爲長平和冪。

清・徐鳳誥《算學啟蒙通釋》卷下 草曰：立天元一爲和 以加差，爲二長 以減差步，爲二平 二長二平增乘起爲四段直積 寄左。列和減先云數，爲平方面 自之四之，亦爲四段直積 與寄左相消，得開方式 平方開之。合問。

誥按：此以先云數自乘，四之，加差冪爲寔。八之，先云數，爲方三，爲隅。并上寔下隅，以當中方，和數開方也。置寔正 於上，方負 於中，隅正 於下。借一步之超一位至百空位上止。方進一得 隅超一得 以隅減方，復以方減寔，約商「八」其位是十，知即八十也。乃以初商生隅，以入方 異減餘 又以初商生方，以入寔 異減餘 即爲次商寔。又有定次商方隅法。復以初商生隅，以入方 異減餘 是爲方法一變。於是方法一退 隅法二退 又定次商爲九。生隅以入方 異減餘 又以次商生方，以入寔 異減恰盡。

演式：

元・朱世傑《算學啟蒙》卷下《開方釋鎖門》 今有大中小方田各一段，共積一萬四千三百八十四步。只云方方較等，其三方面相和，得二百四步。問三方面各幾何。

答曰：大方面八十四步，中方面六十八步，小方面五十二步。

術曰：列云數，三約之。得中方面六十八步。立天元一爲較 加入中方面，爲大方面 自之爲大方積 又列較步，減中方面，餘爲小方面 自之，爲小方積 又列中方面，自乘爲中方積 三位併得 寄左。列積與寄左相消，得開方數式 平方開之，得較一十六步。加中方面得大方面。中方面減較即小方面也。

清・王鑒《算學啓蒙述義》卷下 此以三方面冪之虛共積，與真共積相消也。方方之較既等，故以三除三方面和，得中方面。

清・徐鳳誥《算學啟蒙通釋》卷下 草曰：立天元一爲較 以減中方面，爲小方面 自之，爲小方積 較加中方面，爲大方面。自之，爲大方積 [illegible] 兩積相加，以減積步，餘爲中方積 [illegible] 寄左。列中方面自之 [illegible] 與寄左相消，得開方式 [illegible] 平方開之得較。合問。

詒按：此以中方面自乘而三之，減共積爲寔，二爲隅，亦可以二約之，得 [illegible] 爲寔 [illegible] 爲隅，隅寔相當平方法也。以正負術入之，置寔負 [illegible] 於上，方空 ○ 於中，隅正 [illegible] 於下。借一步之超一位，至五百上止。隅超一，得 [illegible] 以隅減寔，約與一自乘之，數相近乃定初商爲一，其位是十，知即一十也。即以初商生隅，以入方 [illegible] 又以初商生方，以入寔 [illegible] 異減寔餘 [illegible] 即爲次商寔。又有定次商方隅法，再以初商生隅，以入方 [illegible] 同加得 [illegible] 是爲方法一變。於是方法一退得 [illegible] 隅法二退得 [illegible] 乃定次商爲六。生隅以入方 [illegible] 同加得 [illegible] 又以次商生方，以入寔 [illegible] 異減恰盡。

演式：

商 [illegible]
寔 [illegible]
方 ○ [illegible] 一退 [illegible]
隅 [illegible] 超一 [illegible] 一變 二退 [illegible]

元·朱世傑《筭學啟蒙》卷下《開方釋鎖門》　今有古徽密率圓田各一段，共積五千六百七十一步五十分步之十三。只云古徑不及密徑七步，密徑不及徽徑七步。問三圓徑各幾何。

答曰：古徑四十二步，密徑四十九步，徽徑五十六步。

術曰：立天元一爲古徑 [illegible] 自之，三因爲四段古積。就以七百乘之，爲二千八百段古積 [illegible] 又列古徑，加七步爲密率徑 [illegible] 自之，又二十二乘之，爲二千八百段密率 [illegible] 就以一百乘之，爲二千八百段密積也 [illegible] 又列密徑，加七步爲徽徑 [illegible] 自之，又以一百五十七乘之，爲二百段徽術 [illegible] 就以十四乘之，亦爲二千八百段徽積也 [illegible] 三位併之 [illegible] 寄位。列積五千步百七十一步，通分內子，以五十六乘之，與寄位相消，得開方數式 [illegible] 平方開之得古徑，加差七得密徑，又加七得徽徑也。

清·王鑒《筭學啓蒙述義》卷下　此以二千八百段共積爲同數也。凡圓周圓徑相乘爲四段積。古徑率一周率三，本當以周率三乘古徑得古周，然後以徑乘之爲四段積。今以古徑自乘，然後以三乘之，一也。密徑率七周率二十二，當以周率二十二乘徑，以徑率七除之得密周，以徑乘之得四段密積。今又寄七爲母，則爲二十八段積矣。徽徑率五十周率一百五十七，本當以周率一百五十七乘徑，以徑率五十除之得徽周。以徑乘之得四段徽積。今寄五十爲母，則爲二百段積矣。夫三色圓積俱以四爲分母，不待言矣。而密積又帶七爲母，徽積又帶五十爲母，兩母相乘，得三百五十。又以原帶之分母四乘之，得總母一千四百。其以二千八百爲齊同率者，倍總母之數也。

清·徐鳳誥《筭學啟蒙通釋》卷下　草曰：古徑自乘四分之三，徽徑自乘二百分之一百五十七，密徑自乘二十八分之二十二，各得積數，再加共積之，分母五十，用四箇分母連乘得一百十二萬，再退位，得一萬一千二百，其尾位之百數恰與最大之分母二百等。累次折半，亦可得一千四百爲總分母。各以分母除之，古率得三百五十，密率得五十，徽率得七。共積率得二十八各爲乘數，今試以一千四百如法演之，得數無異。

立天元一爲古徑 〇丨 自之，三因 〇〇Ⅲ 又三百五十乘之爲古積 [rod numerals] 古徑加七步，爲密徑 [rod numerals] 自之，二十二乘之 [rod numerals] 又五十乘之，爲密積 [rod numerals] 密徑加七步，爲徽徑 丨Ⅲ丨 自之，一百五十七，乘之 [rod numerals] 又七乘之爲徽積 [rod numerals] 三位併之 [rod numerals] 寄左。列積通分內子，又二十八乘之 [rod numerals] 與寄左相消，得開方式 [rod numerals] 平方開之，得古徑。

謹按：此以見積通分內子五十六之內，減一萬九百九十二不及冪爲寔，一萬三千一百九十二。不及步爲方，六千四百九十八爲隅，并中方下隅，以當上寔，較數開方也。置寔負 [rod numerals] 於上，方正 [rod numerals] 於中，隅正 [rod numerals] 於下，借一步之超一位，至九百上止。方進一得 [rod numerals] 隅超一得 [rod numerals] 以隅加方，復以方減寔，約商(Ⅲ)[四]。其位是十，知即四十也。乃以初商生隅，以入方 [rod numerals] 同加得 [rod numerals] 又以初商生方，以入寔 [rod numerals] 異減餘 [rod numerals] 即爲次商寔。又有定次商方隅法，復以初商生隅，以入方 [rod numerals] 同加得 [rod numerals] 是爲方法一變。於是方法一退得 [rod numerals] 隅法再退得 [rod numerals] 又定次商爲 Ⅱ 其位是單，知即二也。乃以次商生隅，以入方 [rod numerals] 同加得 [rod numerals] 又以次商生方，以入寔，異減寔恰盡。

演式：

商 [rod numerals]

寔 [rod numerals]

方 [rod numerals] 進一 [rod numerals]

隅 [rod numerals] 超一 [rod numerals]

一退 二退 一變 [rod numerals]

元・朱世傑《四元玉鑑》卷上《直段求源》 今有積減較冪，餘七十一步。只云三相和四十步。問長平和得幾何。

答曰：二十三步。

術曰：立天元一爲長平和。如積求之，得四千七十一爲益實，二百爲從方，一爲益隅。平方開之，得和。合問。

清・沈欽裴《四元玉鑑細草》 草曰：立天元一 太丨 爲長平和。以減三相和四十步，得 [rod numerals] 爲弦。自之得 [rod numerals] 爲弦冪，以減和冪 太〇丨 餘 [rod numerals] 半之得 [rod numerals] 爲積。寄左。乃置弦冪 [rod numerals] 倍之[算籌]以和冪減之，餘[算籌]爲較冪。加七十一步[算籌]爲等數。與左相消，得[算籌]平方問之，得二十三步即長平和也。合問。

清・羅士琳《四元玉鑑細草》 艸曰：立天元一爲長平和。自之得 太○丨 爲和冪。副以天元減三相和，得[算籌]爲弦。自之得[算籌]爲弦冪。倍之得[算籌]以和冪減之，得[算籌]爲較冪。加餘步得[算籌]爲積。寄左。乃以較冪減弦冪，得[算籌]爲倍積。半之得[算籌]爲同數。消左，得[算籌]開平方得二十三步。合問。

清・戴煦《四元玉鑑細草》 草曰：立天元一爲長平和。以減三相和，得弦[算籌]自之，得弦冪[算籌]以天元自之 太○丨 內減弦冪，得直倍積[算籌]半之，得積[算籌]又以倍弦冪[算籌]內減元天元冪，得較冪[算籌]以減積得[算籌]寄左。次列七十一步，與左相消，得開方式[算籌]平方開之，得長平和。

清・陳棠《四元消法易簡草》 法曰：立天元 太丨 爲長平和。如積求之，得式[算籌]以餘步消之，得開方式[算籌]開平方，得長平和二十三步。

卄曰：立天元 太丨 爲長平和。以減三相和，得弦[算籌]自之，得弦冪[算籌]天元自之，得 太○丨 爲和冪。以弦冪減之，得[算籌]爲倍直積。半之，得[算籌]爲積。又倍弦冪，得[算籌]以和冪減之，得[算籌]爲較冪。以減積，得[算籌]寄左。乃列七十一步消左，得開方式[算籌]平方開之，得二十三步。合問。

元・朱世傑《四元玉鑑》卷上《直段求源》 今有積加斜冪，得三百三十三步。只云併長平斜，得三十六步。問弦幾何。

答曰：一十五步。

術曰：立天元一爲弦。如積求之，得三百一十五爲正實，三十六爲益方，一爲正隅。平方開之，得弦。合問。

清・沈欽裴《四元玉鑑細草》 草曰：立天元一爲弦。以減并三十六步，得[算籌]爲長平和。自之得[算籌]以弦自乘 太○丨 減之，餘[算籌]半之，得[算籌]爲積。以斜冪 太○丨 加之，得[算籌]寄左。乃以三百三十三步與左相消，得[算籌]平方開之，得一十五步，即弦也。合問。

清・羅士琳《四元玉鑑細草》 艸曰：立天元一爲弦。自之，得 太○丨 爲斜冪。以減得步得[算籌]爲積。寄左。乃以天元減併步，得[算籌]爲和。自之乃得[算籌]爲和冪。減斜冪得[算籌]半之，得[算籌]爲同數。消左，得[算籌]開平方，得十五步。合問。

清・戴煦《四元玉鑑細草》 草曰：立天元一爲弦。自之得斜冪

太〇丨 又天元減長平和斜，得長平和 [算籌] 自之得和冪 [算籌] 內減斜冪 [算籌] 折半，得積 [算籌] 又加斜冪，得 [算籌] 寄左。次列三百三十三步，與左相消，得開方式 [算籌] 平方開之，得弦。

清・陳棠《四元消法易簡草》 法曰：立天元 太丨 爲弦。如積求之，得式 [算籌] 列得步相消，得開方式 [算籌] 開平方，得弦十五步。

艸曰：立天元 太丨 爲弦。減併步，得 [算籌] 爲長平和。自之，得 [算籌] 爲和冪。以天元自之，得斜冪 太〇丨 以減和冪，得 [算籌] 爲倍積。半之，得 [算籌] 爲積。以斜冪加之，得 [算籌] 寄左。乃列得步三百三十三，與左相消，得 [算籌] 爲開方式。開平方得十五步。合問。

元・朱世傑《四元玉鑑》卷上《混積問元》 今有圭田積減四長，餘五十步，只云較自乘，減濶冪，餘與長。問長濶各幾何。

答曰：濶一十二步，長二十五步。

術曰：立天元一爲圭長。如積求之，得二百爲益實，一十七爲益方，一爲正隅。平方開之，得長。合問。

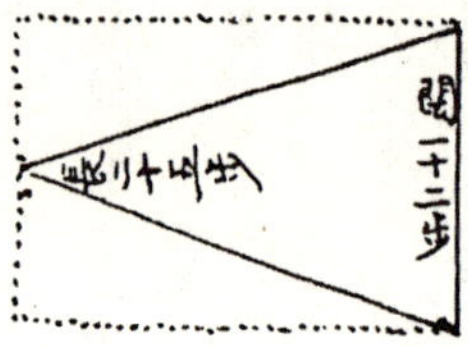

清・沈欽裴《四元玉鑑細草》 草曰：立天元一 太丨 爲圭長。四之，加五十步得 [算籌] 爲圭田積。倍之，得 [算籌] 爲直積。天元除之 [算籌] 爲濶。減長得 [算籌] 爲較。自乘得 [算籌] 以濶冪 [算籌] 減之，餘 [算籌] 與長相消，得 [算籌] 平方開之，得二十五步即長也。合問。

清・羅士琳《四元玉鑑細草》 艸曰：立天元一爲圭長。四之，得 太 [算籌] 爲四長。加餘步，得 [算籌] 爲圭田積。倍之得 [算籌] 以長除之，得 [算籌] 爲闊。自之，得 [算籌] 爲闊冪。副以闊減天元，得 [算籌] 爲較。自之，得 [算籌] 減闊冪，得 [算籌] 爲長。與天元相消，得 [算籌] 開平方，得二十五步爲長。四之得一百步，加餘步，倍之得三百步，以長除之，得十二步爲闊。合問。

清・戴煦《四元玉鑑細草》 草曰：立天元一爲圭長。四之 太 [算籌] 加五十步，得積 [算籌] 二之，得倍積 [算籌] 以天元除之，得濶 [算籌] 自之，得闊冪 [算籌] 又以濶母通天元，內減闊，得闊較 [算籌] 自之，得較冪 [算籌] 內減闊冪，得 [算籌] 寄左。次列天元以左母通之，得 [算籌] 與左相消，得 [算籌] 天元冪約之，得開方式 [算籌] 平方開之，得圭長。四之加五十步，又倍之，以圭長除之，得闊。

元・朱世傑《四元玉鑑》卷上《混積問元》 今有毬露錢田積加面徑，減圜周，餘五十六步。只云虛徑多如面徑二步。問三徑各幾何。

答曰：面徑四步，虛徑六步，通徑一十四步。

術曰：立天元一爲面徑。如積求之，得一百二十八爲益實，一十二爲益方，一十一爲正隅。以平方開之，得面徑四步。合前問。

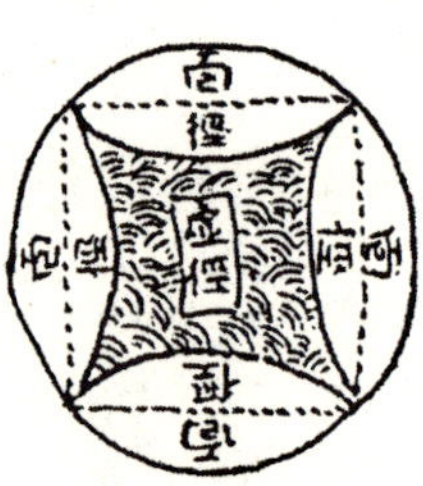

清·沈欽裴《四元玉鑑細草》 草曰：立天元一爲面徑。加二步，得 爲虛徑。又倍面徑加之，得 爲通徑。三之，得 爲圓周。周徑相乘，得 爲帶分圓冪。內寄四，爲分母。面徑虛徑相并，得 爲內方徑。自乘得 四之得 以減圓冪，餘 倍之，得 爲帶分毬露錢田積。四因面徑 太 加積，得 於上。四因圜周 減上餘 寄左。乃置五十六步，亦以四因之，得二百二十四步。與左相消，得 半之，得 平方開之，得四步即面徑也。加二步，得六步即虛徑也。倍面徑加虛徑，得一十四步即通徑也。合問。

清·羅士琳《四元玉鑑細草》 艸曰：立天元一爲面徑。加二步，得 爲虛徑。副倍天元得 太 加虛徑，得 爲通徑。三之，得 爲圓周。乘通徑得 合以四除之爲圓積。今不除，便爲四段圓積，置面徑加虛徑，得 爲圓內容方邊。自之得 又四之得 爲四段方積。以減四段圓積，得 爲十六段弧矢積。又爲兩段田積，乃倍天元得 太 爲兩段面徑。加田積得 於上。又倍圓周得 爲兩段圓周。以減上位，得 爲兩段如積。寄左。乃倍五十六步，得一百十二步爲同數。消左，得 開平方，得四步爲面徑。加多二步得六步爲虛徑，倍面徑得八步，加虛徑得一十四步，爲通徑。合問。

清·戴煦《四元玉鑑細草》 草曰：立天元一爲面徑。加二步得虛徑 復加面徑 自之，得方冪 又以虛徑加二面徑，得通徑 自乘 三之 四而一得圓積 以圓積母 通方冪，得 減之得 倍之得田積 寄左。又以 通天元得 太 加之，得 於上。又圓徑三之，得田周 以 通之，得 減上得 寄左。次列五十六步，以左母通之，得 與左相消，得開方式 平方開之得面徑，減二步得虛徑，加倍面徑得通徑。

元·朱世傑《四元玉鑑》卷上《端匹互隱》 今有錢三貫四百一十九文買羅一端。只云端長內加八尺之價共得五百七十八尺。問端長尺價各幾何。

答曰：端長五丈二尺，尺價六十五文四分文之三。

術曰：立天元一爲尺價。如積求之，得三千四百一十九爲益實，五百七十八爲從方，八爲益隅。平方開之，得尺價。不盡，以連枝同體術求之。

清·沈欽裴《四元玉鑑細草》 草曰：立天元一 太 爲尺價。八之，得 太 爲八尺之價。以減五百七十八尺，得 爲端長。以尺價乘之，得 太 爲羅一端之價。與三貫四百一十九文相消，得 平方開之得六十五文。不盡退位求之，以百爲母，得一百分文之七十五，約爲四分文之三，是六十五文四分文之三，即尺價也。置尺價通分內子，得二百六十三爲法。置三貫四百一十九文，亦四之，得一萬三千六百七十六爲實，實如法而一，得五丈二尺，即端長也。合問。

清·羅士琳《四元玉鑑細草》 艸曰：立天元一爲尺價。以八尺乘之，得 太 爲八尺之價。以減共得五百七十八，得 爲端長。用乘天元，得 太 爲一端價。與三貫四百十九文相消，得 開平方得六十五文，不盡 以隅八爲母，乘實爲實，方不動，隅定爲一，得 開平方，得六爲子。子母各半之，得四分文之三爲尺價。通分內子，得二百六十三。又倍之，得五百二十六。以減共得錢，餘五十二尺爲端長。合問。

清·戴煦《四元玉鑑細草》 草曰：立天元一爲尺價。八之 太 以減五百七十八，得端長 以尺價乘之，得 太 寄左。次列今有

錢 [算式] 與左相消，得開方式 [算式] 平方開之。不盡，用連枝同體術求之法，以隅法乘，實得二萬七千三百五十二爲益實，原方法五百七十八爲從方，一爲益隅。平方開之，得五百二十六。以隅法八除之，得六文十五文，不盡六文。按約分法求之，得尺價。通分內子，以分母乘直錢爲實，分子爲法。除之，得端長。

元・朱世傑《四元玉鑑》卷上《端匹互隱》 今有綾一疋直錢一貫五百四十八文。只云尺價內減匹長，餘以尺價乘之，減尺價，餘一貫三百一十四文。問各幾何。

答曰：疋長二丈八尺三分尺之二，尺價五十四文。

術曰：立天元一爲尺價。如積求之，得二千八百六十二爲益實，一爲益方，一爲正隅。平方開之，得尺價。合問。

清・沈欽裴《四元玉鑑細草》 草曰：立天元一 [算式] 爲尺價。加一貫三百一十四文，得 [算式] 以尺價除之，得 [算式] 以減尺價，得 [算式] 爲匹長。以尺價乘之，得 [算式] 爲綾一匹之價。與一貫五百四十八文相消，得 [算式] 平方開之，得五十四文即尺價也。以尺價爲法，匹價爲實，實如法而一，得二丈八尺三分尺之二即匹長也。合問。

清・羅士琳《四元玉鑑細草》 艸曰：立天元一爲尺價。用除直錢，得 [算式] 爲匹長。以減尺價，得 [算式] 又以尺價乘之，得 [算式] 復減尺價，得 [算式] 用消一貫三百十四文，得 [算式] 開平方得五十四文爲尺價。以除一匹直錢，得二十八尺五十四分尺之三十六，約爲三分尺之二，爲匹長。合問。

清・戴煦《四元玉鑑細草》 草曰：立天元一爲尺價。加一千三百一十四 [算式] 以尺價乘之，得 [算式] 於上。以母通天元，得 [算式] 內減上得匹長 [算式] 以天元乘之，得 [算式] 寄左。次列直錢，與左相消，得開方式 [算式] 平方開之，得尺價。以除直錢。不盡約之，得匹長。

元・朱世傑《四元玉鑑》卷上《端匹互隱》 今有錦一端一疋，端長自乘內減疋長，又疋長自乘內減端長，二餘相併，共得三千五百一十六尺。只云端長多于匹長四分之一。問端匹各長幾何。

答曰：端長四丈八尺，匹長三丈六尺。

術曰：立天元一爲端長。如積求之，得五萬六千二百五十六爲益實，二十八爲益方，二十五爲正隅。平方開之，得端長。合問。

清・沈欽裴《四元玉鑑細草》 草曰：立天元一爲端長。合三乘四除爲匹長。今不欲除，即以 [算式] 爲帶分端長，[算式] 爲帶分匹長。端長自乘，得 [算式] 四因匹長 [算式] 減之，餘 [算式] 匹長自乘，得 [算式] 四因端長 [算式] 減之，餘 [算式] 二餘相并，得 [算式] 寄左。內寄一十，六爲分母。乃置三千五百一十六尺，一十六之，得五萬六千二百五十六尺。與左相消，得 [算式] 平方開之，得四丈八尺即端長也。三乘四除得三丈六尺，即匹長也。合問。

清・羅士琳《四元玉鑑細草》 艸曰：立天元一爲端長。合以四除之爲分子，亦即多於匹長數，今不除，便爲四段分子，轉以分母四通天元，得 [算式] 爲四段端長。自之，得 [算式] 爲十六段端長自乘。副以四段分子減四段端長，得 [算式] 爲四段匹長。又以四通之，得 [算式] 爲十六段匹長。以減十六段端長。自乘，得 [算式] 爲十六段端餘。又四段匹長自之，得

太〇Ⅲ 爲十六段匹長自乘。亦以四通四段端長，得 太⊥| 爲十六段端長。以減十六段匹長，自乘得 太⊥Ⅲ 爲十六段四餘。併二餘，得 太≡Ⅲ 爲十六段如積。寄左。乃以十六通，共得尺，得五萬六千二百五十六爲同數。消左得 Ⅲ⊥‖Ⅲ 開平方，得四十八尺爲端長。四而一，得十二尺爲多於匹長數，以減端長，餘三十六尺爲匹長。合問。

清·戴煦《四元玉鑑細草》 草曰：立天元一爲端長。三之 太Ⅲ 四而一得匹長 Ⅲ丄太Ⅲ 以端長自乘 太〇| 以 Ⅲ 通之 Ⅲ丄太 〇Ⅲ 內減匹長，得 Ⅲ丄太Ⅲ 再以 Ⅲ 通之，得 丅丄太 於上。又以疋長自乘 丅丄太〇Ⅲ 以 丅 通端長 丅丄太丅 減之，得 丅丄太丅Ⅲ 加上，得 丅丄太Ⅲ 寄左。次列三千五百一十六，以左母通之，得 丅丄丅 Ⅲ⊥‖Ⅲ 與左相消，得開方式 丅丄丅 Ⅲ⊥‖Ⅲ 平方開之，得端長。三之四而一，得疋長。

元·朱世傑《四元玉鑑》卷上《端匹互隱》 今有絹一匹直錢一貫六百六十六文。只云匹長如尺價五百四十四分之四百四十一。問匹長尺價各幾何。

答曰：匹長三丈六尺四分尺之三，尺價四十五文三分文之一。

術曰：立天元一爲匹長尺價齊率。如積求之，得一百四十四爲益實，一爲正隅。平方開之，得十二爲齊率。以除分母子之數。合問。

清·沈欽裴《四元玉鑑細草》 草曰：立天元一 太| 爲匹長尺價齊率。以除分母五百四十四，得 Ⅲ≡Ⅲ太 爲尺價。除分子四百四十一，得 Ⅲ≡|太 爲匹長。相乘得 〇太 ‖Ⅲ≡Ⅲ〇Ⅲ 與一貫六百六十六文相消，得 ‖Ⅲ≡Ⅲ〇Ⅲ 丅⊥丅 以隅約之，得 |≡Ⅲ〇| 平方開之，得一十二爲齊率。以除分母，得四十五文三分文之一即尺價也。以除分子，得三丈六尺四分尺之三即匹長也。合問。

清·羅士琳《四元玉鑑細草》 艸曰：立天元一爲匹長尺價齊率。用除分母，得 Ⅲ≡Ⅲ太 爲尺價。副以天元除分子，得 Ⅲ≡|太 爲匹長。以尺價乘之，得 ‖Ⅲ≡Ⅲ〇Ⅲ〇太 用與直錢一貫六百六十六文相消，得 ‖Ⅲ≡Ⅲ〇Ⅲ 丅⊥丅 約爲 |≡Ⅲ〇| 開平方，得十二爲齊率。以除分母，得四十五文十二分文之四，約爲三分文之一爲尺價。副以齊率除分子，得三十六尺十二分尺之九，約爲四分尺之三爲匹長。合開。

清·戴煦《四元玉鑑細草》 草曰：立天元一爲疋長尺價之齊率。自之，得 太〇| 寄左。次以五百四十四乘四百四十一，得 ‖Ⅲ≡Ⅲ〇Ⅲ 以直錢除之，得 |≡Ⅲ 與左相消，得開方式 |≡Ⅲ〇| 平方開之，得十二爲齊率。以除五百四十四，不盡，約之得尺價。以除四百四十一，不盡，約之得疋長。

元·朱世傑《四元玉鑑》卷上《端匹互隱》 今有錦一匹先賣了三尺，餘賣得錢二貫九百七十五文。只云疋法不及尺價四十七文。問疋長尺價各幾何。

答曰：匹長三丈八尺，尺價八十五文。

術曰：立天元一爲匹長。如積求之，得三千一百一十六爲益實，四十四爲從方，一爲正隅。平方開之，得疋長。又立天元一爲尺價。如積求之，得二千九百七十五爲益實，五十爲益方，一爲正隅。平方開之，得尺價。合問。

清·沈欽裴《四元玉鑑細草》 草曰：立天元一 太| 爲匹長。加四十七，得 ≡Ⅲ| 爲尺價。以疋長乘之，得 太≡Ⅲ| 爲疋價。三因尺價 |≡Ⅲ 爲先賣三尺之錢。以減疋價，餘 |≡Ⅲ≡Ⅲ| 與二貫九百七十五文相消，得 ‖|Ⅲ≡Ⅲ| 平方開之，得三丈八尺，即匹長也。合問。又草曰：立天元

一爲尺價。減四十七，得 [算籌] 爲疋長。以尺價乘之，得 太[算籌] 爲疋價。三因尺價 太[算籌] 減之，餘 太[算籌] 與二貫九百七十五文相消，得 [算籌] 平方開之，得八十五文即尺價也。合問。

清・羅士琳《四元玉鑑細草》 艸曰：立天元一爲匹長。加不及四十七文，得 [算籌] 爲尺價。副以先賣三尺減天元，得 [算籌] 爲餘尺。以尺價乘之，得 [算籌] 用消直錢二貫九百七十五文，得 [算籌] 開平方，得三十八尺爲匹長。又立天元一爲尺價。減不及四十七文，得 [算籌] 爲匹長。又減先賣三尺，得 [算籌] 爲餘長。以尺價乘之得 太[算籌] 用消直錢得 [算籌] 開平方，得八十五文爲尺價。合問。

清・戴煦《四元玉鑑細草》 草曰：立天元一爲疋長。加四十七得尺價 [算籌] 又天元內減三尺，得 [算籌] 以乘尺價，得 [算籌] 寄左。次列二千九百七十五，與左相消，得開方式 [算籌] 平方開之，得疋長。又立天元一爲尺價。減四十七得疋長 [算籌] 再減三尺得 [算籌] 以尺價乘之，得 太[算籌] 寄左。次列二千九百七十四，與左相消，得開方式 [算籌] 平方開之，得尺價。

元・朱世傑《四元玉鑑》卷上《端匹互隱》 今有錢一百六十二貫五百六十文買布不知匹數。只云每疋牙錢五文，今無牙錢準布二匹。問共布匹價各幾何。

答曰：共布二百五十六疋，疋價六百三十五文。

術曰：立天元一爲共布。如積求之，得六萬五千二十四爲益實，二爲益方，一爲從隅。平方開之，得共布之數。又立天元一爲匹價。如積求之，得四十萬六千四百爲益實，五爲從方，一爲從隅。平方開之，得疋價。合問。

清・沈欽裴《四元玉鑑細草》 草曰：立天元一爲共布。以準布二疋減之，得 [算籌] 爲法。置一百六十二貫五百六十文，以準布二疋乘之，得三百二十五貫一百二十文爲實。合以法除之爲共布，牙錢今不受除，即以實爲帶分共牙錢。寄左。乃置每疋錢五文，以共布乘之，得 太[算籌] 又以法乘之，得 太[算籌] 爲等數。與左相消，得 [算籌] 五約之，得 [算籌] 平方開之，得二百五十六疋即共布也。合問。又草曰：立天元一 太[算籌] 爲尺價。加牙錢五文，得 [算籌] 爲法。置一百六十二貫五百六十文，以牙錢五文乘之，得八十一萬二千八百文爲實。合以法除之。今不受除，即以實爲帶分，共布牙錢。寄左。乃置準布二疋，以疋價乘之得 太[算籌] 又以法乘之，得 太[算籌] 與左相消，得 [算籌] 半之，得 [算籌] 平方開之，得六百三十五文，即疋價也。合問。

清・羅士琳《四元玉鑑細草》 艸曰：立天元一爲共布。用除令有錢，得 [算籌] 太 爲匹價。倍之，得 [算籌] 太 爲二匹價，即爲布二匹。以牙錢除之，得 [算籌] 太 加所準之布二匹，得 [算籌] 太 爲共布。用消天元，得 [算籌] 開平方，得二百五十六匹爲共布。又立天元一爲匹價。用除令有錢，得 [算籌] 太 爲共布。以所準之布二匹減之，得 [算籌] 太 乘牙錢得 [算籌] 太 爲共牙錢，即爲二匹價。半之，得 爲匹價。用消天元，得 開平方，得六百三十五文爲匹價。合問。

清・戴煦《四元玉鑑細草》 草曰：立天元一爲共布。減二疋，得 以五乘之，得二疋之價 又以天元乘之，得 寄左。次列今有錢，倍之得 與左相消，得 五約之，得開方式 平方開之，得共布。

元・朱世傑《四元玉鑑》卷上《端匹互隱》 今有綾羅共三丈各直錢八百九十六文。只云綾羅各一尺共直錢一百二十文。問綾羅尺價各幾何。

答曰：綾一丈四尺，尺價六十四文。羅一丈六尺，尺價五十六文。

術曰：立天元一爲綾尺數。如積求之，得二百二十四爲正實，三十爲益方，一爲正隅。平方開之，得綾尺數。又立天元一爲綾尺價。如積求之，得三千五百八十四爲益實，一百二十爲從方，一爲益隅。平方開之，得綾尺價。又立天元一爲羅尺數。如積求之，得二百二十四爲正實，三十爲益方，一爲正隅。平方開之，得羅尺數。又立天元一爲羅尺價。如積求之，得三千五百八十四爲正實，一百二十爲益方，一爲正隅。平方開之，得羅尺價。合問。

清・沈欽裴《四元玉鑑細草》 草曰：立天元一 爲綾尺數。減共三丈，餘 爲羅尺數，以爲法。合以除各直錢爲羅尺價。今不受除，即以八百九十六文爲帶分羅尺價。亦以法乘共直錢一百二十文，得 減帶分羅尺價，餘 爲帶分綾尺價。以綾尺數乘之，得 寄左。內寄法爲分母。乃置八百九十六文，亦以法乘之，得 爲等數。與左相消，得 以隅約之，得 平方開之，得一丈四尺即綾尺數也。合問。又草曰：立天元一 爲綾尺價。減共直一百二十文，餘 爲羅尺價，以爲法。合以除各直錢爲羅尺數。今不受除，即以八百九十六爲帶分羅尺數，亦以法乘共三丈，得 減帶分羅尺數，餘 爲帶分綾尺數。以綾尺價乘之，得 寄左。內寄法爲分母。乃置八百九十六文，亦以法乘之，得 與左相消，得 以隅約之，得 平方開之，得六十四文即尺價也。合問。又草曰：立天元一 爲羅尺數。減共三丈，餘 爲綾尺數，以爲法。合以除各直錢爲綾尺價。今不受除，即以八百九十六文爲帶分綾尺價，亦以法乘共直錢一百二十文，得 減帶分綾尺價，餘 爲帶分羅尺價。以羅尺數乘之，得 寄左。內寄法爲分母。乃置八百九十六文，亦以法乘之，得 與左相消，得 以隅約之，得 平方開之，得一丈三尺即羅尺數也。合問。又草曰：立天元一 爲羅尺價。減共直錢一百二十文，餘 爲綾尺價，以爲法。合以除各直錢爲綾尺數。今不受除，即以八百九十六爲帶分綾尺數，亦以法乘共三丈，得 減帶分綾尺數，餘爲帶分羅尺數。以羅尺價乘之，得 寄左。內寄法爲分母。乃置八百九十六文，亦以法乘之，得 與左相消，得 以隅約之，得 平方開之，得五十六文即羅尺價也。合問。

清·羅士琳《四元玉鑑細草》 艸曰：立天元一爲綾尺數。用除各直得 爲綾尺價，以減共直，得 爲羅尺價。副以天元減共尺，得 爲羅尺數。以羅尺價乘之，得 爲羅價。用消各直，得 約爲 開平方，得十四尺爲綾尺數。此式綾羅可以合求，綾爲小數，羅爲大數。又立天元一爲綾尺價。用除各直，得 爲綾尺數。以減共尺，得 爲羅尺數。副以天元減共直，得 爲羅尺價。以羅尺數乘之，得 爲羅價。用消各直，得 約爲 開平方，得六十四文爲綾尺價。此又綾爲大數，羅爲小數。又立天元一爲羅尺數。用除各直，得 爲羅尺價。以減共直，得 爲綾尺價。副以天元減共尺，得 爲綾尺數。以綾尺價乘之，得 爲綾價。用消各直，得 約爲 開平方，得十六尺爲羅尺數。又立天元一爲羅尺價。用除各直，得 爲羅尺數。以減共尺，得 爲綾尺數。副以天元減共直，得 爲綾尺價，以綾尺數乘之得 爲綾價。用消各直，得 約爲 開平方，得五十六文爲羅尺價。合問。

清·戴煦《四元玉鑑細草》 草曰：立天元一爲綾尺數。以減三丈，得羅尺數 以除各直錢，得羅尺價 寄左。次以天元除各直錢，得綾尺價 於上。以 通一百二十，得 內減上，得 與左合分互乘，左乘得 右乘得 相消得 以一百二十約之，得開方式 平方開之，得綾尺數。又立天元一爲綾尺價。以除各直錢，得綾尺數 於上。以 通三丈，得 內減上得羅尺數 又以天元減共直錢，得羅尺價 以乘羅尺數，得

太　寄左。次列各直錢，以左母通之，與得　太　與左相消，得　三十約之，得開方式　平方開之，得綾尺價六十四。又立天元一爲羅尺數。以減三丈，得以綾尺數　以除各直錢，得綾尺價　寄左。次以天元除各直錢，得羅尺價　於上。以　太　通一百二十，得　太　内減上得　太　相消與右合分互乘，左乘得　太　右乘得　得　以一百二十約之，得開方式　平方開之。得羅尺價數。又立天元一爲羅尺價。以減共直錢，得綾尺價　以除各直錢，得綾尺數　寄左。次以天元除各直錢，得羅尺數　太　與於上。以　太　通三丈，得　太　内減上得　太　相消得左合分互乘，左乘得　太　右乘得　三十約之，得開方式　平方開之，得羅尺價。

元・朱世傑《四元玉鑑》卷上《和分索隱》　今有句三步十分步之九，股五步五分步之一。問弦幾何。

答曰：六步二分步之一。

術曰：立天元一爲弦。如積求之，得一十萬五千六百二十五爲益實，二千五百爲從隅。平方開之，得弦。不盡，按連枝同體術求之。合問。

清・沈欽裴《四元玉鑑細草》　草曰：立天元一爲弦。自之，得　太○一　以分母二千五百乘之，得　太○　寄左。乃以合分術入之，得句三步五十分步之四十五，通分（納）［内］子得一百九十五。自之，得三萬八千二十五于上。股五步五十分步之一十，通分内子得二百六十。自之，得六萬七千六百。加上得一十萬五千六百六十五。與左相消，得　平方開之，得弦六步。不盡，按連枝同體術退位求之，得二分步之一。合問。

清・羅士琳《四元玉鑑細草》　艸曰：立天元一爲弦。以總母五十句股兩母相乘。通之，得　太　爲五十段弦。自之，得　太○　爲二千五百段弦冪。寄左。乃以句通分内子，得三十九，又以五通之，得一百九十五爲五十段句。自之，得三萬八千二十五爲二千五百段句冪。股通分内子，得二十六，又以十通之，得二百六十爲五十段股。自之，得六萬七千六百爲二千五百段股冪。併二冪得十萬五千六百二十五爲同數。消左，得　開平方，得六步。不盡　以隅二千五百爲母，棄實爲實，方不動，隅定爲一，得　開平方，得一千二百五十爲子，子母各以一千二百五十約之，得二分步之一。合問。士琳案：此式尚可用六百二十五約。

清・戴煦《四元玉鑑細草》　草曰：立天元一爲弦。自之，得　太○一寄左。次以句通分内子，得 [illegible] 自之，得句冪 [illegible] 又以股通分内子，得 [illegible] 自之，得股冪 [illegible] 用合分互乘法，以句冪母乘股冪母子，得 [illegible] 又以股冪母乘句冪母子，得 [illegible] 兩冪相併，得弦冪 [illegible] 先以分母通寄左式，得 [illegible] 然後與左相消，得開方式 [illegible] 平方開之，不盡，以連枝同體術求之。法以隅數乘實，得二萬六千四百六萬二千五百爲益實，一爲正隅。平方開之，得一萬六千二百五十，以隅數除之，得六步，不盡。按約分法求之，得弦。

清·陳棠《四元消法易簡草》 法曰：立天元 太| 爲弦。如積求之，得弦冪式 [illegible] 以母通天元冪，相消，得開方式 [illegible] 開平方，得六步。不盡 [illegible] 按連枝同體術求之，得二分步之一。

艸曰：立天元 太| 爲弦。自之，得 [illegible] 爲弦冪。乃置三步十分步之九，以母通之，得 [illegible] 以股母 [illegible] 齊之，得 [illegible] 自之，得 [illegible] 爲句冪。又置股五步五分步之一，以母通之，得 [illegible] 以句母 [illegible] 齊之，得 [illegible] 自之，得 [illegible] 爲股冪。併句股二冪，得 [illegible] 爲弦冪。寄左。乃以左母通弦冪，得同數式 [illegible] 消左，得 [illegible] 爲開方式。開平方，得六步，不盡 [illegible] 以隅爲母乘實方，不動隅定爲一，得 [illegible] 開平方，得一千二百五十爲子，子母各以一千二百五十約之，得二分步之一。合問。

元·朱世傑《四元玉鑑》卷上《和分索隱》 今有股五步五分步之一，弦六步二分步之一。問句幾何。

答曰：三步十分步之九。

術曰：立天元一爲句。如積求之，得一千五百二十一爲益實，一百爲從隅。平方開之，得句。不盡，按之分法求之。合問。

清·沈欽裴《四元玉鑑細草》 草曰：立天元一爲句。自之，得 [illegible] 以分母一百乘之，得 [illegible] 寄左。乃以合分術入之，得弦六步十分步之五，通分内子得六十五，自之，得四千二百二十五於上。股五步十分步之二，通分内子得五十二，自之，得二千七百四。減上餘一千五百二十一，與左相消，得 [illegible] 平方開之，得句三步。不盡，按之分法退位求之，得十分步之九，是句三步十分步之九也。合問。

清·羅士琳《四元玉鑑細草》 艸曰：立天元一爲句。以總母十通之，得 [illegible] 爲十段句。自之，得 [illegible] 爲一百段句冪。寄左。乃以股通分内子，得二十六。又以二通之，得五十二爲十段股。自之，得二千七百四爲一百段股冪。弦通分内子，得十三。又以五通之，得六十五爲十段弦。自之，得四千二百二十五，爲一百段弦冪。減股冪，得一千五百二十一爲同數。消左，得開平方,得三步,不盡以隅一百爲母,棄實爲實。方不動,隅定爲一,得開平方,得九十爲子,子母各以十約之,得十分步之九。合問。

清・戴煦《四元玉鑑細草》 草曰:立天元一爲句。自之,得 太〇一 寄左。次以股通分內子自之,得股冪又以弦通分內子自之,得弦冪用合分互乘法,求得弦冪於上。又求得股冪減上得句冪先以母通寄左式,得然後與左相消,得開方式平方開之,得三步。不盡,按之分天元法求之。以隅法爲分母,不盡,數之分母。立天元一爲不盡數之分子以隅法通三步,得併之得原立天元數自之,得以隅法乘之,以法除母代乘。得原開方式之後隅式寄左。次列原實以隅法通之,得原開方式之益實式與與左相消,得開方式以六萬二千一百爲益實,六百爲從方,一爲正隅,平方開之,得九十爲不盡數之分子,與隅法一百約之,得十分步之九,入三步,得句。

清・陳棠《四元消法易簡草》 法曰:立天元 太一 爲句。如積求之,得句冪式以母通天元冪,相消,得開方式開平方,得三步,不盡按之分法入之,得十分步之九。

艸曰:立天元 太一 爲句。自之,得 太〇一 爲句冪。次置股五步五分步之一,以母通之,得以弦母齊之,得自之,得爲股冪。置弦六步二分步之一,以母通之,得以股母齊之,得自之,得爲弦冪。以股冪減之,得爲句冪。寄左。乃置天元句冪,以左母通之,得太〇爲同數。消左,得開平方,得三步,不盡以隅爲母乘實方,不動隅定爲一,得開平方,得九十爲子。子母各以十約之,得十分步之九。合問。

元・朱世傑《四元玉鑑》卷上《和分索隱》 今有弦六步二分步之一,句三步十分步之九。問股幾何。

答曰:五步五分步之一。

術曰:立天元一爲股。如積求之,得二千七百四爲益實,一百爲從隅。平方開之,得股。不盡,按之分法入之。合問。

清・沈欽裴《四元玉鑑細草》 草曰:立天元一爲股。自之,得 太〇一 以分母一百乘之,得 太 寄左。乃置弦六步十分步之五,通分納子,得六十五。自之,得四千二百二十五于上。置句三步十分步之九,通分內子得三十九,自之得一千五百二十一,減上餘二千七百四。與左相消,得

〔算式〕平方開之，得股五步。不盡，按之分法入之，得十分之二，約爲五分之一，是股五步五分步之一也。合問。

清・羅士琳《四元玉鑑細草》 艸曰：立天元一爲股。以句母十通之，得〔算式〕爲十段股。自之，得〔算式〕爲一百段股冪。寄左。乃以句通分內子，得三十九爲十段句。自之，得一千五百二十一爲一百段句冪。弦通分內子得十三，又以五通之，得六十五爲十段弦。自之，得四千二百二十五爲一百段弦冪。減一百段句冪，餘二千七百四爲同數。消左，得〔算式〕開平方，得五步，不盡〔算式〕以隅一百爲母，棄實爲實，方不動，隅定爲一，得〔算式〕開平方，得二十爲子，子母各以二十約之，得五分步之一。合問。士琳案：此式尚可用四約。

清・戴煦《四元玉鑑細草》 草曰：立天元一爲股。自之，得〔算式〕寄左。次以弦通分內子〔算式〕自之，得弦冪〔算式〕又以句通分內子〔算式〕自之，得句冪〔算式〕應用合分互乘法，同其母，今不用互乘法，但以二十五通弦冪，得〔算式〕以勾冪減之，得股冪〔算式〕先以母〔算式〕通寄左式，得〔算式〕然後與左相消，得開方式〔算式〕平方開之，得五步，不盡。以之分天元術入之。以隅法爲母，立天元一爲不盡數之分子。以母通五步〔算式〕加之，得原立天元數〔算式〕自之〔算式〕又以隅法乘之，以法除母代乘，後倣此。得從隅式〔算式〕寄左。次列原實〔算式〕以隅法通之，得益實式〔算式〕與左相消，得開方式〔算式〕以二萬四百爲益實，一千爲從方，一爲正隅。平方開之，得二十。與隅法約之，得五分步之一，加五步得弦。

清・陳棠《四元消法易簡草》 法曰：立天元〔算式〕爲股。如積求之，得股冪式〔算式〕以母通天元冪，相消，得開方式〔算式〕開平方，得五步，不盡〔算式〕按之分法入之，得五分步之一。

艸曰：立天元〔算式〕爲股。自之，得〔算式〕爲股冪。次置弦六步二分步之一，以母通之，得〔算式〕以句母〔算式〕齊之，得〔算式〕自之，得〔算式〕爲弦冪。置句三步十分步之九，以母通之，得〔算式〕以弦母〔算式〕齊之，得〔算式〕自之，得〔算式〕爲句冪。減弦冪得〔算式〕爲股冪。寄左。乃置天元股冪，以左母〔算式〕通之，得〔算式〕爲同數。消左，得〔算式〕爲開方式。開平方，得五步，不盡〔算式〕以隅爲母乘實，隅定爲一，得〔算式〕開平方，得八十爲子，子母各以八十約之，得五分步之一。

合問。

元・朱世傑《四元玉鑑》卷上《和分索隱》 今有直積一十八步一十二分步之五。只云長取四分之三，闊取三分之一爲共。如長一十七分步之一十六。問長平各幾何。

答曰：長五步三分步之二，闊三步四分步之一。

術曰：立天元一爲長。如積求之，得三千七百五十七爲益實，一百一十七爲從隅。平方開之，得長。不盡，按之分法求之。合問。

清・沈欽裴《四元玉鑑細草》 草曰：立天元一爲長。以長四分之三，減如長一十七分步之一十六，餘六十八分長之一十三。三之，得六十八分長之三十九爲闊。分母分子分相乘，得 又以十二乘之，得 寄左。乃置直積一十八步十二分步之五，通分內子，得二百二十一。又以四千六百二十四乘之，得一百二萬一千九百四。與左相消，得 以二百七十二約之，得 平方開之，得五步。不盡，按之分法求之，再得九萬七千三百四十四爲益實，一千一百七十爲從方，一爲正隅。平方開之，得七十八與分母約之，爲三分步之二。合問。

清・羅士琳《四元玉鑑細草》 艸曰：立天元一爲長。以總母二百四通之，得 爲二百四段長。取其一百九十二得 爲二百四段長十七分之十六於上。取其一百五十三得 爲二百四段長四分之三。以減上位，得 爲二百四段闊三分之一。以分母三乘之，得 爲二百四段闊。乘天元，得 爲二百四段直積。寄左。乃以直積通分內子，得二百二十一。又以十七通之，得三千七百五十七爲同數。消左，得 開平方得五步，不盡 以隅一百十七爲母，乘實爲實，方不動，隅定爲一，得 開平方，得七十八爲子，子母各以三十九約之，得三分步之二爲長。通分內子得十七，又以四通之，得六十八爲法，置直積通分內子，得二百二十一爲實，實如法而一，得三步。不盡，六十八分步之十七，約爲四分步之一爲闊。合問。士琳案：此式尚可用十三約。

清・戴煦《四元玉鑑細草》 草曰：立天元一爲長。十六之 十七而一，得共數 又天元三之 四而一。得取長數 用合分法，求得共數 於上。求得取長數 減上得濶三分之一 三之，得闊 以天元乘之，得積 又以元積母 通之，得 寄左。次列積通分內子，得 以六十八通之，得 與左相消，得 四約之，得開方式 平方開之，得五步。不盡，以之分法求之，以隅法爲母，立天元一爲分子。以隅法通五步 併之，得原立天元數 自之 又以隅法乘之從，得隅式 寄左。次列原實，以隅法通之，得益實式 與左相消，

得開方式　以九萬七千三百四十四爲益實，一千一百七十爲從方，一爲正隅，平方開之，得七十八。與隅法約之，得（四）〔三〕分步之（一）〔二〕加五步，得長。十六之十七而一於上又以三之，四而一減上，得濶。

清・陳棠《四元消法易簡草》　法曰：立天元　爲長。如積求之，得直積式　與直積齊母相消，得開方式　開平方，得五步，不盡　按之分法入之，得三分步之二。

艸曰：立天元　爲長。三之，四而一得　以共母　齊之，得　爲長四分之三。副以長十六之十七而一，得　以分母　齊之，得　爲長十七分之十六。以長四分之三減之，得　爲濶三分之一。三因之，得　爲濶，乘天元長得　爲直積。寄左。乃列直積，以分母　通之，得　以左母　齊之，得　又以分母　齊左式，得　相消，得　五十二約之，得　開平方，得五步，不盡　如前法，以隅乘實，得　開平方，得六爲子。子母各以三約之，得三分步之二，併入五步得長。通分內子得十七。取其十六爲長闊共，又以十七三之得五十一，四而一得一十二又百分之七十五爲長。四分之三以減共數，得三又百分之二十五爲闊。三分之一，三之得九又百分之七十五，以母三收之得三步又百分之二十五。子母各以二十五約之，得四分之一，併入三步得闊。合問。

元・朱世傑《四元玉鑑》卷上《和分索隱》　今有直積一百一十步二分步之一。只云長平和二十一步一十二分步之五。問長平各幾何。

答曰：平八步三分步之二，長一十二步四分步之三。

術曰：立天元一爲平。如積求之，得一千三百二十六爲益實，二百五十七爲從方，一十二爲益隅。平方開之，得平。不盡，按之分法求之。合問。

清・沈欽裴《四元玉鑑細草》　草曰：立天元一爲平。十二乘之，得　爲帶分平。置長平和二十一步一十二分步之五，通分內子得二百五十七。減平，餘　爲帶分長。長平相乘得　又二之，得　寄左。乃置直積一百一十步二分步之一，通分內子得二百二十一，又以一百四十四乘之得三萬一千八百二十四。與左相消，得　二十四約之，得　平方開之，得八步。不盡，按之分法求之，再得四百五十六爲益實，六十五爲從方，一爲益隅。平方開之，得八。與分母約之，爲三分之二，是平八步三分步之二也。合問。

清・羅士琳《四元玉鑑細草》　艸曰：立天元一爲平。以和母乘之，得　爲十二段平。副以和通分內子，得二百五十七。以平減之，得　爲十二段長。乘天元得　爲十二段直積。寄左。乃以直積通分內子得二百二十一，又以六通之，得一千三百二十六爲同數。消左，得　開平方得八步，不盡　以隅十二爲母，乘實爲實，方不動，隅定爲一，得　開平方，得八爲子，子母各以四約之，得三分步之二爲平。通分內子得二十六，又以四通之得一百四於上。置和通分內子得二百五十七，以上減之，餘一百五十三，如十二而一，得十二步十二分之九，約爲四分步之三爲長。合問。

清・戴煦《四元玉鑑細草》 草曰：立天元一爲平。先以長平和通分內子，得 以母通天元 減之，得長 以天元乘之，得積 寄左。次列積，通分內子 以 通之，使與左同母。得 與左相消，得開方式 平方開之，得八步。不盡，按之分法求之，以隅法爲母，立天元一爲分子，以隅法通八步 併之得原平 以原方法 乘之，得從方式 寄左。次以原平自之，以隅法乘之，得益隅式 又置原實，以隅法通之，得益實式 併二式得 與左相消，得開方式 以四百五十六爲益實，六十五爲從方，一爲益隅。平方開之得八。與隅法約之，得三分步之二，加八步得平。以減和，得長。

清・陳棠《四元消法易簡草》 法曰：立天元 太一 爲長。如積求之，得直積式 列直積齊母，相消得開方式 翻法開之，得長十二步，不盡 按之分法入之，得四分步之三。

艸曰：立天元 太一 爲長。以分母 通之，得長 置和步以母通整數，得 以長 減之，得 爲平。乘天元長，得直積 寄左。乃列直積，以分母二通之，得 又以六齊之，得 消左，得 翻法開平方，得十二步，不盡 如前以隅十二爲母，乘實得 開平方得九爲子。子母各以三約之，得四分步之三，併入十二步得長。又以長十二步十二分步之九，減和二十一步十二分步之五，得九步。其分數不足減，借一整數通爲十二分，減之共得八步十二分步之八爲平。約爲三分步之二。合問。

元・朱世傑《四元玉鑑》卷上《和分索隱》 今有直積一百一十步二分步之一。只云長平差四步一十二分步之一。問長平各幾何。

答曰：平八步三分步之二，長一十二步四分步之三。

術曰：立天元一爲平。如積求之，得一千三百二十六爲益實，四十九爲從方，一十二爲從隅。平方開之，得平。不盡，按之分法求之。合問。

清・沈欽裴《四元玉鑑細草》 草曰：立天元一爲平。十二乘之，得 太 爲帶分平。置長平，差四步一十二分步之一，通分內子，得四十九加平，得 爲帶分長。長平相乘，得 又二之，得 寄左。乃置直積一百一十步二分步之一，通分內子，又以一百四十四乘之，得三萬一千八百二十四。與左相消，得 二十四約之，得 平方開之，得八步。不盡，按之分法求之，再得一千九百九十二爲益實，二百四十一爲從方，一爲正隅。平方開之得八。與分母約之，爲三分之二。是平八步三分步之二也。合問。

清・羅士琳《四元玉鑑細草》 艸曰：立天元一爲平。以差母乘之，得 太 爲十二段平。副以差通分內子得四十九，加平，得 爲十二段長。乘天元得 太 用消十二段直積一千三百二十六，得 開平方，得八步，不盡 以隅十二爲母，乘實爲實，方不動，隅定爲一，得 開平方得八爲子。子母各以四約之，得三分步之二爲平。通分內子得二十六，又以四通之得一百四，加差四十九得一百五十三，如十二而一，得十二步十二分之九，約爲四分步之三爲長。合問。

清・戴煦《四元玉鑑細草》 草曰：立天元一爲平。先以長平差通分內子得 [illegible] 以母 [illegible] 通天元得 [illegible] 併之得長 [illegible] 以天元乘之得積 [illegible] 次列積通分內子得 [illegible] 以 [illegible] 通之，得 [illegible] 與左相消，得開方式 [illegible] 平方開之，得八步。不盡，按之分法求之，以隅法爲母，立天元一爲分子，以隅法通八步得 [illegible] 併之得原平 [illegible] 自之，以隅法乘之，得從隅式 [illegible] 又以原方法乘原平，得從方式 [illegible] 併二式，得 [illegible] 寄左。次列原實，以隅法通之，得益實式 [illegible] 與左相消，得開方式 [illegible] 以一千九百九十二爲益實，二百四十一爲從方，一爲正隅。平方開之得八。與隅法約之，得三分步之二，加八步得長平。加長平差得長。

清・陳棠《四元消法易簡草》 法曰：立天元 [illegible] 爲長。如積求之，得直積式 [illegible] 乃列積，齊母，相消，得開方式 [illegible] 開平方得十二步爲長，不盡 [illegible] 按之分法入之，得四分步之三。

艸曰：立天元 [illegible] 爲長。以差母 [illegible] 通之，得長 [illegible] 置差步，以分母 [illegible] 通整數得 [illegible] 以減長 [illegible] 得 [illegible] 爲平。乘天元長，得 [illegible] 爲直積。寄左。乃列直積，以分母 [illegible] 通整數，得 [illegible] 以六齊之得 [illegible] 消左，得 [illegible] 開平方得十二步，不盡 [illegible] 如前以隅十二爲母，乘實得 [illegible] 開平方得九爲子。子母各以三約之，得四分之三，併入十二步得長。又置長十二步十二分步之九，以差四步十二分步之一減之，得八步十二分步之八爲平。約爲三分步之二。合問。

元・朱世傑《四元玉鑑》卷上《和分索隱》 今有直積一百一十步二分步之一。只云三平內減二長餘有六分步之三。問長平各幾何。

答曰：平八步三分步之二，長一十二步四分步之三。

術曰：立天元一爲長。如積求之，得一千九百八十九爲益實，三爲從方，一十二爲從隅。平方開之，得長。不盡，按之分法入之。合問。

清・沈欽裴《四元玉鑑細草》 草曰：立天元一爲長。二之得 [illegible] 又六之加三步，得 [illegible] 爲帶分平，乘長得 [illegible] 寄左。乃置直積一百一十步二分步之一，通分內子得二百二十一，又九之得一千九百八十九。與左相消，得 [illegible] 平方開之，得一十二步。不盡，按之分法入之，再得二千七百爲益實，二百九十一爲從方，一爲正隅，平方開之，得九與分母約之，爲四分之三。是長一十二步四分步之三也。合問。

清・羅士琳《四元玉鑑細草》 艸曰：立天元一爲長。倍之得 [illegible] 爲二長，乘分母六，得 [illegible] 加分子三，得 [illegible] 爲六段三平。乘天元得 [illegible] 爲十八段直積。寄左。乃以直積通分內子，又以九通之，得一千九百八十九爲同數。消左得 [illegible] 開平方得十二步，不盡 [illegible] 以隅十二爲母，乘實爲實，方不動，隅定爲一，得 [illegible] 開平方，得九爲子。子母各以三約之，得四分步之三爲長。通分內子得五十一，又以三通之得一百五十三爲六段二長。加分子三得一百五十六，如十八而一得八步十八分之十二，約爲三分步之二爲平。合問。士琳案：此式尚可三約。

清・戴煦《四元玉鑑細草》 草曰：立天元一爲長。倍之 [illegible] 以六通之得 [illegible] 加六分之三得三平 [illegible] 三而一得平一Ⅲ屮Ⅱ一Ⅱ 以天元乘之，得積 一Ⅲ屮太Ⅱ一Ⅱ 寄左。次列積，通分內子Ⅱ屮一Ⅱ二一 以九通之得 一Ⅲ屮一Ⅲ亖Ⅲ 與左相消，得開方式 一Ⅲ亖Ⅹ Ⅱ一Ⅱ 平方開之，得十二步。不盡，按之分法求之，以隅法爲法母，立天元一爲分子，置十二步，以隅法通之 一Ⅱ屮一Ⅲ 加天元得原長 一Ⅱ屮一Ⅲ一 自之，又以隅法乘之，得從隅式 一Ⅱ屮丅一Ⅱ〇Ⅲ≡丅Ⅱ亖Ⅲ一 又置原長以原方法乘之，得從方式 一Ⅱ屮Ⅲ≡Ⅱ二Ⅱ 併二式得 一Ⅱ屮Ⅲ丄Ⅲ一Ⅱ一丨丄Ⅱ亖丨一 寄左。次列原實，以隅法通之，得益實式 一Ⅱ屮Ⅱ≡Ⅲ丄Ⅲ 與左相消，得開方式 二Ⅹ〇〇一Ⅱ亖一一 以二千七百爲益實，二百九十一爲從方，一爲正隅，平方開之得九。與隅法約之，得四分步之三，加十二步得長。以除直積得平。

清·陳棠《四元消法易簡草》 法曰：立天元 太一 爲長。如積求之，得直積式 丄太一Ⅲ 列直積，齊母相消，得開方式 丄丅Ⅹ一Ⅲ 開平方，得長一十二步，不盡 丅Ⅹ Ⅲ丄Ⅲ 按之分法入之，得四分之三。

艸曰：立天元 太一 爲長。二之得 太Ⅱ 爲二長。以餘母 丄 通之，得 丄太 一二 併入餘步，得 丄 Ⅲ二 一二 爲三段平。三而一得平 丄太一Ⅲ 乘天元長，得 丄太一Ⅲ 爲直積式。寄左。乃列直積，以母 Ⅱ 通之得 Ⅱ Ⅱ二丨 三之得 丄 丄丅≡ 消左，得 丄丅Ⅹ一Ⅲ 開平方得十二步，不盡 丅Ⅹ Ⅲ丄Ⅲ 如前以隅爲母，乘實得 Ⅹ〇〇 Ⅲ丄一 開平方得三爲子，併入十二步得長。通分內子得五十一，三之，得一百五十三爲六段二長。加餘步分子三得一百五十六。十八約之，得八步十八分之十二爲平。約爲三分步之二。

合問。

元·朱世傑《四元玉鑑》卷上《和分索隱》 今有直積一百一十步二分步之一。只云平取八分之三，長取九分之四，共得八步一十二分步之一十一。問長平各幾何。

答曰：平八步三分步之二，長一十二步四分步之三。

術曰：立天元一爲長。如積求之，得三萬五千八百二爲益實，七千七百四爲從方，三百八十四爲益隅。平方開之，得長。不盡，按之分法求之。合問。

清·沈欽裴《四元玉鑑細草》 草曰：立天元一爲長。以長九分之四，減八步一十二分步之一十一，餘 Ⅲ丄Ⅱ 亖Ⅹ 爲平八分之三。八之，得 丄Ⅲ〇Ⅲ Ⅱ亖Ⅹ 以長乘之，得 太 丄Ⅲ〇Ⅲ Ⅱ亖Ⅹ 寄左。乃置直積一百一十步二分步之一，通分內子得二百二十一，又以一百六十二乘之，得三萬五千八百二。與左相消，得 Ⅹ〇Ⅲ Ⅱ≡Ⅲ〇Ⅹ 丄Ⅲ〇Ⅲ Ⅱ亖Ⅹ 平方開之，得一十二步。不盡，按之分法求之，再得五十一萬八千四百爲正實，一千五百一十二爲益方，一爲益隅。平方開之，得二百八十八。與分母約之，爲四分之三，是長一十二步四分步之三也。合問。

清·羅士琳《四元玉鑑細草》 艸曰：立天元一爲長。以總母一百八通之，得 太 丨〇亖 爲一百八段長。取其四十八，得 太 Ⅲ亖 爲一百八段長九分之四於上。副以共步，通分內子，得一百七爲十二段共步。又以九通之，得九百六十三爲一百八段共步。以上位減之，得 Ⅲ丄Ⅱ Ⅹ亖 爲一百八段平八分之三。又以平母八通之，得 丄Ⅲ〇Ⅲ Ⅱ亖Ⅹ 合如平，子三而一。今不除，便爲三百二十四段平。乘天元得 太 丄Ⅲ〇Ⅲ Ⅱ亖Ⅹ 爲三百二十四段直積。寄左。乃以直積通分

內子，又以一百六十二通之，得三萬五千八百二爲同數。消左，得

開平方，得十二步，不盡 以隅三百八十四爲母，棄實爲實，方不動，隅定爲一，得 開平方得二百八十八爲子。子母各以九十六約之，得四分步之三爲長。通分內子，得五十一爲法。副置直積，通分內子，又倍之，得四百四十二爲實。實如法而一，得八步五十一分之三十四。約爲三分步之二，爲平。合問。士琳案：此式尚可用六約之。

清·戴煦《四元玉鑑細草》 草曰：立天元一爲長。以共得數通分內子，得 又天元四之 太 九而一，得取長數 用合分 爲平八分之三。八之 三而一，得平 互乘法共得數乘，得 於上。取長數乘得 減上，得 以天元乘之，得積 寄左。次列積，通分內子 以一百六十二通之，得 與左相消，得開方式 平方開之，得十二步。不盡，按之分法求之，以隅法爲母，立天元一爲分子。以隅法通十二步，得 併之得原長 以方法乘之，得從方式 寄左。次以原長自之，以隅法乘之，得益隅式 又以隅法通原實，得益實式 併二式得 與左相消，得開方式 以五十一萬八千四百爲益正實，一千五百一十二爲益方，一爲益隅。平方開之，得二百八十八。與隅法約之，得四分步之三，加十二步得長，以除積得平。

清·陳棠《四元消法易簡草》 法曰：立天元 太 爲平。如積求之，得直積式 列直積，以母九六齊之，相消得開方式 開平方得八步，不盡 按之分法入之，得三分步之二。

艸曰：立天元 太 爲平。三之，八而一，得 以共母 通之，得 爲平八分之三。置共步，以母通之，得 又以平母 通之，得 以平八分之三減之，得 爲長九分之四。九之，四而一，得 爲長。乘天元平，得 爲直積式。寄左。乃列直積，以分母 通之，得 又四十八之，得 消左，得 開平方，得八步，不盡 如前以隅爲母，乘實得

〔籌式〕開平方，得五十四爲子。子母各以二十七約之，得三分步之二爲平。通分內子得二十六。以直積母二通之得五十二。置直積通分內子，得二百二十一。以平母三通之，得六百六十三。以平子五十二約之，得一十二步五十二分之三十九。子母各以十三約之，得四分之三爲長。合問。

元・朱世傑《四元玉鑑》卷上《和分索隱》 今有直積一百一十步二分步之一。只云併一長二平三和四較共得一百一十步一十二分步之八。問長平各幾何。

答曰：平八步三分步之二，長一十二步四分步之三。

術曰：立天元一爲平。如積求之，得一萬六百八爲益實，一千三百二十八爲從方，一十二爲益隅。平方開之，得平。不盡，按之分術求之。合問。

清・沈欽裴《四元玉鑑細草》 草曰：立天元一爲平。二之，得〔籌式〕爲帶分平。置直積一百一十步二分步之一，通分內子得二百二十一，以天元除之，得〔籌式〕爲帶分長。長平相加，得〔籌式〕爲帶分和。長平相減，得〔籌式〕爲帶分較。併一長、二平、三和、四較得〔籌式〕又六之，得〔籌式〕寄左。乃置一百一十步一十二分步之八，通分內子得一千三百二十八步。與左相消，得〔籌式〕平方開之，得八步。不盡，按之分術求之，再得九千二十四爲益實，一千一百三十六爲從方，一爲益隅。平方開之得八步。與分母約之，爲三分之二，是平八步三分步之二也。合問。

清・羅士琳《四元玉鑑細草》 艸曰：立天元一爲平。以十二通之，得〔籌式〕爲十二段平。副以共步通分內子，得一千三百二十八爲十二段共步，亦即十二段八長一平。以十二段平減之，得〔籌式〕爲十二段八長。𠓜天元，得〔籌式〕爲九十六段直積。寄左。乃以直積通分內子，又以四十八通之，得一萬六百八爲同數。消左得〔籌式〕開平方，得八步，不盡〔籌式〕以隅十二爲母，𠓜實爲實，方不動，隅定爲一，得〔籌式〕開平方，得八爲子。子母各以四約之，得三分步之二爲平。通分內子，又倍之得五十二爲法，又直積通分內子，又三之，得六百六十三爲實，實如法而一，得十二步五十二分之三十九，約爲四分步之三爲長。合問。士琳案：此式尚可用四約。

清・戴煦《四元玉鑑細草》 草曰：立天元一爲平。以共得數通分內子，得〔籌式〕爲八長一平。以〔籌式〕通天元〔籌式〕減之得八長〔籌式〕八而一得長〔籌式〕以天元乘之，得積〔籌式〕寄左。次列積，通分內子〔籌式〕以四十八通之，得〔籌式〕與左相消，得開方式〔籌式〕平方開之，得八步。不盡，按之法分求之，以隅法爲母，立天元一爲分子，以隅法通八步〔籌式〕併之得原平〔籌式〕以原方法乘之，得從方式〔籌式〕寄左。次以原平自之，以隅法乘之，得益隅式〔籌式〕又以隅法通原實得益實式〔籌式〕併二式得〔籌式〕

與左相消，得開方式 以九千二十四爲益實，一千一百三十六爲從方，一爲益隅。平方開之得八。與隅法約之得三分步之二，加八步得平。以除積得長。

清・陳棠《四元消法易簡草》 法曰：立天元 太一 爲長。如積求之，得直積式 列直積，齊母相消，得開方式 翻法開之，得一十二步，不盡 按之分法求之，得四分步之三。

艸曰：立天元 太一 爲長。八之，以共母 通之，得 爲八段長。副以共母 通共步，得 爲八長一平。共以八段長減之，得 爲平。乘天元長，得 爲直積。寄左。乃列直積，以母 通之，得 又六之，得 消左，得 翻法開之，得一十二步，不盡 如前以隅爲母乘實，得 開平方，得七十二爲子。子母各以二十四約之，得四分之三爲長。通分內子得五十一，又置直積通分內子得二百二十一。倍之得四百四十二，以五十一約之，得八步又五十一分之三十四，子母各以十七約之，得三分之二爲平。合問。

元・朱世傑《四元玉鑑》卷上《和分索隱》 今有直積加平四分之一共得一百一十二步三分步之二。只云一和五平內減四長三較餘一步一十二分步之六。問長平各幾何。

答曰：平八步三分步之二，長一十二步四分步之一。

術曰：立天元一爲平。如積求之，得二千二十八爲益實，二十七爲從隅。平方開之，得平。不盡，按之分法求之。合問。

清・沈欽裴《四元玉鑑細草》 草曰：立天元一爲平。四之，又三之，得 太一 爲帶分平。置一百一十二步三分步之二，通分內子得三百三十八。又四之，得一千三百五十二，減三箇天元，得 爲帶分積。天元除之，得 爲帶分長。長平相加，得 爲和，長平相減，得 爲較。今於一和、五平 內減去三長、四較 餘 寄左。乃置一步一十二分步之六，通分內子得一十八。與左相消，得 四約之，得 平方開之，得八步。不盡，按之分法求之，再得八千一百爲益，四百三十二爲從方，一爲正隅。平方開之，得一十八。與分母約之，爲三分之二。是平八步三分步之二也。合問。

清・羅士琳《四元玉鑑細草》 艸曰：立天元一爲平。三之得 太三 爲十二段平四分之一於上。副以共步通分內子得三百三十八，又以四通之，得一千三百五十二爲十二段共步。以上位減之，得 爲十二段直積。以天元除之，得 爲十二段長。六之，得 爲十二段六長。以餘步通分內子得十八，加之得 爲十二段九平，亦即一百八段平。寄左。乃以天元一百八之，得 爲同數。消左，得 約爲 開平方得八步，不盡 以隅二十七爲母，橥實爲實，方不動，隅定爲一，得 [算式] 開平方，得十八爲子。子母各以九約之，得三分步之二爲平。通分内子，又以四通之，得一百四爲十二段平。取其四分之一，得二十六於上。副以共步，通分内子，又以四通之，得一千三百五十二。以上位減之，餘一千三百二十六爲實，以一百四爲法，實如法而一，得十二步一百四分之七十八，約爲四分步之三爲長。合問。士琳案：此式尚可用三約。

清・戴煦《四元玉鑑細草》 草曰：立天元一爲平。九之得 太[算式] 以餘數通分内子得 [算式] 以分母通九平得 [算式] 内減餘數，得 [算式] 爲六長。六而一，得長 [算式] 以天元乘之，得積 [算式] 於上。又天元四而一 [算式] 以十八通之，得 [算式] 加上得 [算式] 寄左。次列共得數，通分内子 [算式] 以二十四通之，得 [算式] 與左相消，得 [算式] 四約之，得開方式 [算式] 平方開之，得八步。不盡，按之分法求之，以隅法爲母，立天元一爲分子，以隅法通八步 [算式] 併之得原平 [算式] 自之，以隅法乘之，得從隅式 [算式] 寄左。次置原實，以隅法通之，得益實式 [算式] 與左相消，得開方式 [算式] 以八千一百爲益實，四百三十二爲從方，一爲正隅。平方開之，得十八。與隅法約之得三分步之二，加八步得平。四而一，以減共得數，餘以平除之，得長。

清・陳棠《四元消法易簡草》 法曰：立天元 太一 爲平。如積求之，得餘積式 [算式] 列餘步齊母相消，得開方式 [算式] 平方開之，得平八步，不盡 [算式] 按之分法求之，得三分步之二。

艸曰：立天元 太一 爲平。四而一得 [算式] 以共母 [算式] 齊之，得 [算式] 爲平四分之一。副置共積，以母 [算式] 通之得 [算式] 又以平母 [算式] 齊之，得 [算式] 内減平四分之一，得 [算式] 爲直積。天元平除之，得 [算式] 爲長。以母太 [算式] 通天元，得 [算式] 六之得 [算式] 加長，得 [算式] 爲一和五平。長四之，得 [算式] 爲四長。副置長，以平減之，得 [算式] 爲較。三之，得 [算式] 爲三較。併入四長，得 [算式] 以減一和、五平，得 [算式] 爲餘步式。寄左。乃列餘步，以母通之得 [算式] 以天元 太一 齊之，得 [算式] 消左，得開方式。三約之得 [算式] 開平方得八步，不盡 [算式] 以隅 [算式] 爲母乘實，隅定爲一，得 [算式] 開平方，得二十四爲子。子母各以十二約之，得三分步之二爲平。通分内子，得二十六，四而一得六又十分之五爲平四分之一。置共積，通分内子得三百三十八，内減平四分之一，得三百三十一又十分之五。以平二十六約之，得十二步又二十六分之一十九。又十分一之五約爲四分之三，得長。合問。

元・朱世傑《四元玉鑑》卷上《和分索隱》 今有直積加平減較餘一百一十五步一十二分步之一。只云三長二平多於二和三較一十二分步之六。問長平各幾何。

答曰：平八步三分步之二，長一十二步四分步之三。

術曰：立天元一爲長。如積求之，得四千一百三十一爲益實，一十八爲從方，二十四爲從隅。平方開之，得長。不盡，按之分法求之。合問。

清・沈欽裴《四元玉鑑細草》 草曰：立天元一爲長。十二乘之，減六步，得 爲帶分較。減帶分長 太 餘 爲帶分平。天元乘之得 太 加平得 減較，餘 寄左。乃置一百一十五步一十二分步之一，通分內子得一千三百八十一，又三之得四千一百四十三。與左相消，得 平方開之，得一十二步。不盡，按之分法求之，再得一萬一千一十六爲益實，五百九十四爲從方，一爲正隅。平方開之，得一十八。與分母約之，爲四分之三，是長一十二步四分步之三也。合問。

清・羅士琳《四元玉鑑細草》 艸曰：立天元一爲長。以十二通之得 太 倍之，得 太 爲十二段二長。加多分子六，得 爲十二段三平。爰天元得 太 爲三十六段直積。寄左。乃以餘步通分內子得一千三百八十一，又以三通之，得四千一百四十三爲三十六段餘步於上。以十二段三平爲三十六段平，以減上位，得 仍於上。又以天元三十六之，得 太 爲三十六段長。以三十六段平減之，得下 爲三十六段較。加上得 爲同數。消左，得 開平方，得十二步，不盡 以隅二十四爲母，爰實爲實，方不動，隅定爲一，得 開平方，得十八爲子。子母各以六約之，得四分步之三爲長。通分內子，又以六通之得三百六。加分子六，得三百十二爲實，以三十六爲法，實如法而一，得八步三十六分之二十四，約爲三分步之二，爲平。合問。士琳案：此式尚可用三約。

清・戴煦《四元玉鑑細草》 草曰：立天元一爲長。以十二通之，得 內減云數 得三較 (爲)三較而一，得較 又天元以 通之，得 內減較，得平 以天元乘之，得積 內減較 加平，得 寄左。次列餘數通分內子 以 通之，得 與左相消，得開方式 平方開之，得十二步。不盡，按之分法求之，隅以隅法爲母，立天元一爲分子，以隅法通十二步 加之，得原長 自之，以隅法乘之，得從隅式 以原方法乘原長，得從方式(併二式) 併二式，得 寄左。次列原實，以 通之，得益實式 與左相消，得開方式 以一萬一千一十六爲益實，五百九十四爲從方，一爲正隅。平方開之，得一十八。與隅法約之，得四分步之三，加十二步得長。以減云數，餘以三而一，以減長，得平。

清・陳棠《四元消法易簡草》 法曰：立天元 太 爲平。如積求之，得餘步式 列餘步通分，相消得開方式 開平方，得八步，不盡 按之分法求之，得三分步之二。

艸曰：立天元 太 | 爲平。以多母十二通之，得 以多分子減之，得 爲二較。半之，得較 併入平，得長 乘天元平，得 爲直積。以平 加之，得 以較減之，得 爲餘步式。寄左。乃列餘步，以分母通整數，得一千三百八十一。與左相消，得 開平方，得八步，不盡 以隅爲母乘實，得 開平方，得十二爲子。子母各以六約之，得三分步之二爲平，通分內子得二十六，四之得一百四，以多分步六減之，得九十八，半之，得四十九爲較。併入一百四，得一百五十三，以母十二收之，得十二步又十二分步之九爲長。約爲四分步之三。合問。

元・朱世傑《四元玉鑑》卷中《方圓交錯》 今有方圓田各一段圓從古法，圓田積加方田面，於上。又方田積加圓田周，內減上，餘六十步。只云圓周方面相和四十八步。問圓周方面各幾何。

答曰：圓周三十六步，方面一十二步。

術曰：立天元一爲圓田周。如積求之，得二萬六千三百五十二爲正實，一千一百二十八爲益方，一十一爲正隅。平方開之，得圓田周。合問。

清・沈欽裴《四元玉鑑細草》 草曰：立天元一爲圓田周。自之，得 太 〇 | 合十二而一爲圓田積。今不受除，即以 太 〇 | 爲一十二段圓田積。置圓周方面相和四十八步，減圓周，餘 爲方田面。以十二乘之，得 加一十二段圓田積，得 於上。次置方田面 自之，得 以一十二乘之，得 爲一十二段方田積。加一十二箇圓田周，得 減上，餘 寄左。乃置六十步，以一十二乘之，得七百二十步。與左相消，得 平方開之，得三十六步，即圓田周也。合問。

清・羅士琳《四元玉鑑細草》 艸曰：立天元一爲圓田周。自之，得 太 〇 | 合如十二而一爲圓積。今不除，便爲十二段圓積。副以天元減相和，得 爲方田面。以十二通之，得 爲十二段方田面。用加十二段圓積，得 於上。又以方田面自之，得 爲方積。加天元得 亦以十二通之，得 減上，得 爲十二段如積。寄左。乃以十二通餘步，得七百二十爲同數。消左，得 開平方，得三十六步爲圓田周。以減相和，餘十二步爲方田面。合問。

元・朱世傑《四元玉鑑》卷中《三率究圓》 今有平圓積四十九步三百一十四分步之二百三十九。問爲徽圓周幾何。

答曰：二十五步。

術曰：立天元一爲徽圓周。如積求之，得一萬五千六百二十五爲益實，二十五爲從隅。平方開之，合問。

清・沈欽裴《四元玉鑑細草》 草曰：立天元一爲徽圓周。自之，得 太 〇 | 爲圓周冪。置平圓積四十九步三百一十四分步之二百三十九，通分內子，得一萬五千六百二十五。猶以周冪率三百一十四乘平圓積也。合以圓冪率二十五除爲周冪。今省不除，即以一萬五千六百二十五爲二十五段圓周冪。寄左。次置圓周冪 太 〇 | 亦以二十五乘之，得 與左相

消，得　平方開之，得二十五步，即徽圓周也。合問。

欽裴按：此術可以六百二十五爲益實一，爲從隅。今不約者，欲顯著其立法之由也。

清・羅士琳《四元玉鑑細草》　艸曰：立天元一爲徽圓周。自之，得　以徽圓率二十五乘之，得　合如徽方率三百十四而一，爲平圓積。今不除，便爲三百十四段平圓積。寄左。乃以平圓積通分內子，得一萬五千六百二十五爲同數。消左，得　開平方，得二十五步。合問。士琳案：此式尚可用隅約。

清・戴煦《四元玉鑑細草》　草曰：立天元一爲徽圓周。自之，得　以徽半徑率　乘之　如徽倍周率　而一，得圓積　寄左。次列原積通分內子，得　與左相消，得開方式：　平方開之，得徽圓周。

元・朱世傑《四元玉鑑》卷中《三率究圓》　今有平圓積四十九步三百一十四分步之二百三十九。問爲徽圓徑幾何。

答曰：七步一百五十七分步之一百五十一。

術曰：立天元一爲徽圓徑。如積求之，得一百五十六萬二千五百爲益實，二萬四千六百四十九爲從隅。平方開之，不盡，以連枝同體術求之。

清・沈欽裴《四元玉鑑細草》　草曰：立天元一爲徽圓徑。自之，得　爲方冪。置平圓積四十九步三百一十四分步之二百三十九。通分內子，得一萬五千六百二十五。乘方冪二百，得三百一十二萬五千。合以分母三百一十四乘圓冪率一百五十七除之，爲方冪。今除不盡，轉以三百一十四乘圓率一百五十七，得四萬九千二百九十八。乘方冪　得　寄左。乃以三百一十二萬五千與左相消，得　半之，得　平方開之，得七步。不盡，按之分法求之，再得八十七億四千二百九十七萬五千六百五十一爲益實，三十四萬五千八十六爲從方，一爲正隅。平方開之，得二萬三千七百七。與分母二萬四千六百四十九求等，得一百五十七。約之，爲一百五十七分步之一百五十一。并全得七步一百五十七分步之一百五十一，即徽圓徑也。合問。

清・羅士琳《四元玉鑑細草》　艸曰：立天元一爲徽圓徑。自之，得　以徽圓率一百五十七乘之，得　合如徽方率二百而一，爲平圓積。今不除，轉以一百五十七通之，得　爲三萬一千四百段平圓積。寄左。乃以平圓積通分內子，得一萬五千六百二十五，又以一百通之，得一百五十六萬二千五百爲同數。消左，得　開平方，得七步，不盡　以隅二萬四千六百四十九爲母，乘實爲實，方不動，隅定爲一，得　開平方，得二萬三千七百七爲子。子母各以一百五十七約之，得一百五十七分步之一百五十一。合問。

清·戴煦《四元玉鑑細草》 草曰：立天元一爲徽圓徑。自之，得太〇丨 以徽(半)周率 丨☰〒 乘之 太〇〒 丨☰〒 如四之徽徑率 ‖〇〇 而一，得圓積 ‖〇〇𠁽太〇 丨☰〒 先以 丨☰〒 通之，得 ‖一‖‖〇〇𠁽太〇 丨☰〒☰‖‖ 寄左。次列原積通分內子，得 ‖一‖‖𠁽 丨☰〒=‖‖ 以 丨〇〇 通之，得 ‖一‖‖〇〇𠁽 丨☰〒=‖‖〇〇 與左相消，得開方式 〇〇〒 丨☰〒=‖〇〇 ‖☰〒☰‖‖ 平方開之。不盡，按連枝同體術求之，法以隅法乘實數，得三百八十五億一千四百六萬二千五百爲益實，一爲正隅，平方開之，得一十九萬六千二二百五十。以隅法除之，得七步。不盡，約之得一百五十七分步之一百五十一，併入七步，得徽圓徑。

元·朱世傑《四元玉鑑》卷中《三率究圓》 今有平圓積四十五步一十一分步之九。問爲密圓周幾何。

答曰：二十四步。

術曰：立天元一爲密圓周。如積求之，得五百七十六爲益實，一爲正隅。平方開之，合問。

清·沈欽裴《四元玉鑑細草》 草曰：立天元一爲密圓周。自之，得太〇丨 爲圓周冪。寄左。乃置平圓積四十五步一十一分步之九，通分內子，得五百四。乘周冪率八十八，得四萬四千三百五十二爲實。以分母一十一乘圓冪率七，得七十七爲法。除實得五百七十六爲圓周冪。與左相消，得 〒〇丨 ‖‖⊥〒 平方開之，得二十四步，即密圓周也。合問。

清·羅士琳《四元玉鑑細草》 艸曰：立天元一爲密圓周。自之，得 太〇丨 以密圓率七乘之，得 太〇〒 合如密方率八十八而一爲平圓積。今不除，便爲八十八段平圓積。寄左。乃以平圓積通分內子，得五百四。又以八通之，得四千三十二爲同數。消左，得 ‖‖〇≡〇〒 約爲 ‖‖⊥〒〇丨 開平方，得二十四步。合問。

清·戴煦《四元玉鑑細草》 草曰：立天元一爲密圓周。自之，得 太〇丨 以密徑率 〒 乘之 太〇〒 如四之密周率 ≟‖‖ 而一，得密圓積 ≟‖‖𠁽太〇〒 寄左。次列原積，通分內子，得 一𠁽‖‖〇 以 ‖‖ 通之，使與左同母。得 ≟‖‖𠁽‖ ≡〇≡‖ 與左相消，得 ≡〇≡〒〇〒 七約之，得開方式 ‖‖⊥〒〇丨 平方開之，得密圓周。

元·朱世傑《四元玉鑑》卷中《三率究圓》 今有平圓積四十五步一十一分步之九。問爲密圓徑幾何。

答曰：七步一十一分步之七。

術曰：立天元一爲密圓徑。如積求之，得七千五十六爲益實，一百二十一爲從隅。平方開之，得七步。不盡，按之分法求之。合問。

清·沈欽裴《四元玉鑑細草》 草曰：立天元一爲密圓徑。自之，得太〇丨 爲方冪。置平圓積四十五步一十一分步之九。通分內子，得五百。四乘方冪率一十四，得七千五十六爲實。合以分母乘圓冪率爲法，除之爲方冪。今除不盡，即以實爲一百二十一段平方冪。寄左。次置方冪 太〇丨 亦以一百二十一乘之，得 太〇丨=丨 與左相消，得 ⊥〇≡〒 丨=丨 平方開之，得七步。不盡，按之分法求之，再得一十三萬六千三百六十七爲益實，一千六百九十四爲從方，一爲正隅。平方開之，得七十七。與分母一百二十一求等，得一十一。約之爲一十一分步之七。并全得七步一十一分步之七，即密圓徑也。合問。

清·羅士琳《四元玉鑑細草》 艸曰：立天元一爲密圓徑。自之，得 太〇丨 以密圓率十一乘之，得 太〇丨丨 合如密方率十四而一，爲平圓積。

今不除，轉以十一通之，得 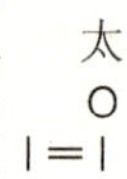 爲一百五十四段平圓積。寄左。乃以平圓積通分內子，得五百四，又以十四通之，得七千五十六爲同數。消左，得 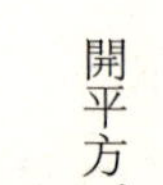 開平方，得七步，不盡 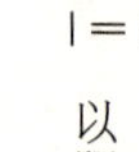 以隅一百二十一爲母，棄實爲實，方不動，隅定爲一，得 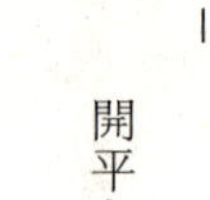 開平方，得七十七爲子。子母各以十一約之，得十一分步之七。合問。

清·戴煦《四元玉鑑細草》 草曰：立天元一爲密圓徑。自之，得 太〇| 以密半周率  乘之 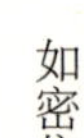 如密倍徑率  而一，得密圓積 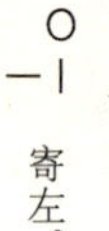 寄左。次列原積通分內子，得 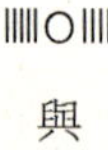 與左合分互乘，左乘得  右乘得 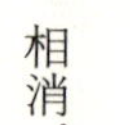 相消，得開方式 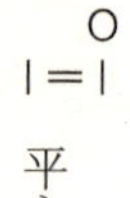 平方開之，得七步。不盡，以之分天元術求之，以隅法爲不盡數之母。立天元一爲分子。以隅法通七步 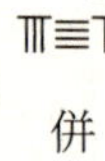 併之，得原立天元數 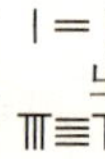 自之，得 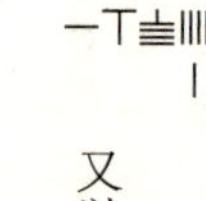 又以隅法乘之，以除其母代乘。得從隅式 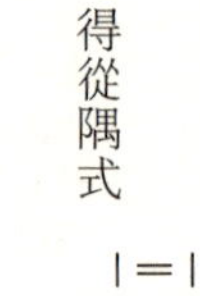 寄左。次列原實，以隅法通之，得益實式 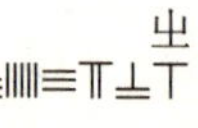 與左相消，得開方式 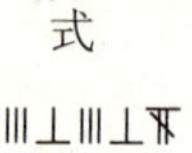 乃以一十三萬六千三百六十七爲益實，一千六百九十四爲從方，一爲正隅。平方開之，得七十七。與隅法約之，得一十一分步之七，併入七步，即密圓徑。

元·朱世傑《四元玉鑑》卷中《三率究圓》 今有平冪二百六十五尺。問爲平方面幾何。

答曰：一十六尺一十一分尺之三。

術曰：立天元一爲平方面。如積求之，得二百六十五爲益實，一爲正隅。平方開之，不盡，命分。合問。

清·沈欽裴《四元玉鑑細草》 草曰：立天元一爲平方面。自之，得 太〇| 寄左。乃置二百六十五尺，與左相消，得 平方開之，得一十六尺。不盡，九尺爲分子，以隅一加方三十二，得三十三爲分母。三約之，爲一十一分尺之三。并全得一十六尺一十一分尺之三，即平方面也。合問。

清·羅士琳《四元玉鑑細草》 艸曰：立天元一爲平方面。自之，得 太〇| 用消平冪，得  開平方，得十六尺，不盡  方隅同名相併，得三十三爲母，實九異名爲子。子母各以三約之，得十一分尺之三。合問。

清·戴煦《四元玉鑑細草》 草曰：立天元一爲平方面。自之，得平冪 太〇| 寄左。次列原冪積尺，與左相消，得開方式 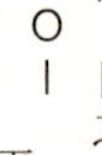 平方開之，得十六尺。不盡，餘實九尺，乃倍十六爲廉法，一爲隅法，共得三十三爲母。不盡，九尺爲子，約之得十一分尺之三，併入十六步，得平方面。

元·朱世傑《四元玉鑑》卷中《明積演段》 今有直積一百二十步。只云弦較較乘弦和較得六十步。問黃方幾何。

答曰：六步。

術曰：立天元一爲黃方。如積求之，得三十六爲益實，一爲從隅。平方開之，合問。

清·沈欽裴《四元玉鑑細草》 草曰：立天元一爲黃方。合以除倍積爲弦和和。今不受除，即以二百四十步爲帶分弦和和。以弦較較乘弦和較六十步減之，餘一百八十步爲帶分倍股。又以六十步并天元自乘，減之餘  爲帶分倍勾股較。減帶分倍股，餘  爲帶分倍勾。乘帶分倍股，得 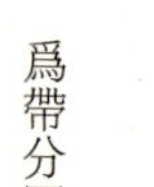 爲帶分四段直積。寄左。乃置直積一百二十步。四之，

得四百八十步。又以天元自乘乘之，得 太〇Ⅲ≐〇 與左相消，得 〇〇Ⅲ〇 丨〇Ⅲ〇〇ヽ

以三百約之，得 ≡〒〇丨 平方開之，得六步，即黄方也。合問。

清·羅士琳《四元玉鑑細草》 艸曰：立天元一爲黄方。用除六十步，得 太〇≡‖

太〇⊥ 爲弦較較。加天元，得 太〇⊥丨 爲倍句。副以天元除倍積，得 太〇≐丨

爲弦和和。以弦較較減之，得 太〇≐丨 爲倍股。於是句股相乘，得 〇Ⅲ〇〇 〇 丨≐〇太

爲四段直積。寄左。乃以四通直積，得四百八十步爲同數。消左，得 〇〇〇Ⅲ〇丨 ≋〇〇〇 約爲 ≋⊥〇丨 開平方，得六步。合問。

清·戴煦《四元玉鑑細草》 草曰：立天元一爲黄方。自之 太〇丨 以倍積 ‖≡〇 乘之，得 太〇〇‖≡〇 寄左。次以六十步減倍積，得倍股乘天元倍積爲弦和，乘黄方而弦和内減弦較較，爲倍股。是弦和乘黄方内減弦較較，乘黄方，即倍股乘黄方。 丨≐〇 折半，得股乘天元 ≐〇 於上。又天元冪加六十步，得倍句乘天元以弦較較加黄方，即倍句故。 ⊥〇〇丨 以乘上，得倍積乘天元冪 〇〇〇Ⅲ ≐〇 與左相消，得 〇〇〇≋Ⅲ 丨≡〇 以一百五十約之，得開方式 ≡〒〇丨 平方開之，得弦和較。

清·陳棠《四元消法易簡草》 法曰：立天元 太丨 爲黄方。如積求之，得 太〇丨 〇〇⊥‖ Ⅲ≡ 爲直積式。以母通直積，相消得 ≡〒〇〆 爲開方式。開平方得六步。

艸曰：立天元 太丨 爲黄方，即爲弦和較。除六十步得弦較較 太丨⊥〇 以母通天元 太丨太〇丨 加之，得 太丨⊥〇〇丨 半之，得句 太丨Ⅲ〇〇〇Ⅲ分 副以天元除倍積，得 太丨‖≡〇 爲弦和和。以弦較較減之，得 太丨丨≐〇 半之，得 太丨Ⅲ〇 爲股。句股相乘，得 太〇丨〇〇Ⅲ≡‖⊥〇〇 爲直積。寄左。乃以左母通直積，得 太〇丨太〇〇丨≡〇 與左相消，得 〇〇⊥‖〇〒≡ 七十五約之，得開方式 Ⅲ⊥〇〆 開平方得六步。合問。

元·朱世傑《四元玉鑑》卷中《明積演段》 今有直積一百六十八步。只云股弦較乘勾弦較得一十八步。問弦和和幾何。

答曰：五十六步。

術曰：立天元一爲弦和和。如積求之，得三千一百三十六爲益實，一爲從隅。平方開之，合問。

清·沈欽裴《四元玉鑑細草》 草曰：立天元一爲弦和和。自之，得 太〇丨 以乘一十八步，倍之，得 太〇〒≡〒 爲弦和和冪乘弦和較冪，亦爲倍直積自乘冪。寄左。乃置直積一百六十八步，倍之，得三百三十六步。自之，得一十一萬二千八百九十六步。與左相消，得 〒〇≡〒丨=Ⅲ≐〒丨 以三十六約之，得 〒〇丨≡丨≡ 平方開之，得五十六步，即弦和和也。合問。

清·羅士琳《四元玉鑑細草》 艸曰：立天元一爲弦和和。用除倍積，得 太〒≡Ⅲ 爲弦和較，又爲黄方。自之，得 太〇⊥Ⅲ≐‖丨—丨 爲黄方冪。寄左。乃倍十八步，得三十六爲同數。消左，得 ⊥〇Ⅲ≐‖丨—丨⊥Ⅲ 約爲 ⊥〇丨≋丨Ⅲ 開平方，得五十

六步。合問。

清・戴煦《四元玉鑑細草》 草曰：立天元一爲弦和和。自之，得

又以十八步倍之，得弦和較冪　以乘天元冪，得四段積冪

寄左。次以直積自之　又四之，得　與左相消，得　以三十六約之，得開方式　平方開之，得弦和和。

清・陳棠《四元消法易簡草》 法曰：立天元 太一 爲弦和和。如積求之，得帶天元冪爲母黄方式　倍得步，齊母相消，得開方式

開平方得五十六步。

艸曰：立天元 太一 爲弦和和。以除倍積，得　爲弦和較，即爲黄方。自之，得　爲黄方冪。寄左。乃倍十八步，得　以左母通之，得　爲同數。消左，得　三十六約之，得　開平方，得五十六步。合問。

元・朱世傑《四元玉鑑》卷中《明積演段》 今有直積一百八步。只云弦較較乘勾弦較得七十二步。問弦和較幾何。

答曰：六步。

術曰：立天元一爲弦和較。如積求之，得五千一百八十四爲益實，一百四十四爲從隅。平方開之，合問。

清・沈欽裴《四元玉鑑細草》 欽裴按：此實隅尚可以一百四十四約之。識別得弦較較乘勾弦較，内減弦和較自乘，餘爲弦和較乘勾弦較。

草曰：立天元一爲弦和較。自之，得　以減弦較較乘勾弦較，餘　爲帶分勾弦較。置直積一百八步，倍之，得二百一十六步爲帶分弦和較。減天元自乘，餘　爲帶分倍弦。副之，以帶分倍勾弦較　減之，餘　爲倍勾於上。又以帶分倍股弦較　減之，餘　爲倍股。乘上得　爲帶分四段直積。寄左。乃置直積一百八步，四之，得四百三十二步。又以天元自乘，乘之得　與左相消得　半之，得　又以隅約之，得　平方開之，得六步，即弦和較也。合問。

清・羅士琳《四元玉鑑細草》 艸曰：立天元一爲弦和較。用除倍積，得　爲弦和和。以天元加之，得　爲倍句股和。副以天元除七十二步，得　爲股。倍之，得　爲倍股。以減倍句股和，得　爲倍句。用與股相乘，得　爲倍積。用消二百十六，得　開平方，得六步。合問。士琳案：此式尚可用隅約。

清・戴煦《四元玉鑑細草》 草曰：立天元一爲弦和較。以除七十二步，得股　以股母通天元　減之得句弦較

太一⊥‖〇〤 又以天元除倍積 ‖一丅 得弦和和 太一⊥丅‖一 以帶分天元太一⊥太〇一 減之 太一⊥丅〇〤‖一 折半，得弦 太‖⊥丅〇〤‖一 以‖通句弦較，使與弦同母。得 太‖⊥Ⅲ〇〤一≡ 減弦得句太‖⊥‖〇一 以除直積，得 太‖〇一⊥太〇丅‖一 寄左。次列股與左合分互乘，左乘得 太‖〇一⊥太〇丅‖一 右乘得 太‖〇一⊥Ⅲ〇‖≡一≡ 相消得開方式 ≡〇Ⅲ一≡‖≡ 平方開之，得弦和較。

清・陳棠《四元消法易簡草》 法曰：立天元 太一 爲弦和較，如積求之，得 太〇一‖〇⊥Ⅲ 爲直積式。以母通直積，相消得開方式 Ⅲ⊥〇〤 開平方得六步。

艸曰：立天元 太一 爲弦和較。以除七十二步，得 太一丅= 爲股。以母通天元，減之，得 太一丅=〇〤 爲句弦較。副以天元除倍積，得 太一‖一丅 爲弦和和。以母通天元弦和較，減之，得 太一‖一丅〇〤 爲倍弦。半之，得弦 太一一〇Ⅲ〇分 以句弦較減之，得 太一≡丅〇分 爲句。以股乘之，得 太〇一‖〇⊥Ⅲ 爲直積。寄左。乃以左母通直積，得 太〇一 與左相消，得 Ⅲ⊥〇〤 七十二約之，得 Ⅲ⊥〇〤 開平方得六步。合問。

元・朱世傑《四元玉鑑》卷中《明積演段》 今有直積一百八步。只云勾弦和乘股弦和得六百四十八步。問黃方及弦各幾何。

答曰：黃方六步，弦一十五步。

術曰：立天元一爲黃方。如積求之，得二萬三千三百二十八爲益實，六百四十八爲從隅。平方開之，得黃方六步。

又立天元一爲弦。如積求之，得一千八十爲正實，七十二爲益方，上實下法而一得弦。合問。

清・沈欽裴《四元玉鑑細草》 欽裴案：識別得弦和和自乘，與二段勾弦和乘股弦和等。又識別得勾弦和乘股弦和内減去一段直積，餘爲弦乘弦和和。

草曰：立天元一爲黃方。合以除倍積。今不受除，即以倍積二百一十六步爲帶分弦和和。自之，得四萬六千六百五十六爲帶分弦和冪。寄左。乃置勾弦和乘股弦和六百四十八步，倍之，得一千二百九十六步。又以天元自乘，乘之得 太〇丅一‖≡丅 與左相消，得 Ⅲ⊥丅≡丅〇丅一‖≡丅 半之，得 ‖≡Ⅲ=Ⅲ〇Ⅲ丅≡Ⅲ 平方開之，得六步即黃方也。合問。又立天元一爲弦。如前草求得黃方六步，除倍積二百一十六步，得三十六步爲弦和和。倍之，得七十二步。乘天元得 太‖⊥ 爲兩段弦與弦和和相乘冪。寄左。乃置勾弦和乘股弦和六百四十八步。倍之，得一千二百九十六步。減倍積二百一十六步，餘一千八十步。與左相消，得 一〇≐〇〤 上實下法而一，得一十五步即弦也。合問。

清・羅士琳《四元玉鑑細草》 艸曰：立天元一爲黃方。用除直積，得 一〇Ⅲ太 爲半弦和和。自之，得 一一丅⊥Ⅲ〇太 又倍之，得 ‖≡Ⅲ=Ⅲ〇太 爲句弦和乘股弦和。用消六百四十八步，得 ‖≡Ⅲ=Ⅲ〇⊥Ⅲ≐ 開平方，得六步爲黃方。士琳案：此式尚可用隅約。又立天元一爲弦。以黃方除倍積，得三十六步爲弦和和。以弦

減之，得 |||⊥〤 爲句股和。自之，得 丨=𝍧⊥=丨 爲和冪。寄左。乃以天元自之，得 太〇丨 冪。用加倍積，得 ‖一⊤〇丨 爲同數。消左，得 丨〇𝍧〇=丨 上實下法而一，得十五步爲弦。合問。

清・戴煦《四元玉鑑細草》 草曰：立天元一爲黄方。自之 太〇丨 以乘六百四十八步，得半段弦和和冪乘黄方冪，亦爲兩段積冪 太〇⊤≡Ⅲ 寄左。次列倍積，自之得 ||||⊥⊤≡⊤ 折半得 ‖≡|||=𝍧 與左相消，得開方式 ‖≡|||=〇⊤≡Ⅲ 平方開之，得黄方。 又立天元一爲弦。先以六百四十八步倍之，得弦和和冪 一‖≟⊤ 内減倍積 ‖一⊤ 得弦和和乘倍弦 一〇≟〇 寄左。次以弦和和冪，開方得弦和和 ≡⊤ 以倍天元乘之，得 太⊥‖ 與左相消，得開方式 一〇≟〇⊥〤 上實下法而一，得弦。

清・陳棠《四元消法易簡草》 法曰：立天元 太丨 爲黄方。如積求之，得帶母句弦和乘股弦式 太〇丨=|||≡‖≟ 以母通得步，相消得開方式 ≡⊤〇〤 開平方得黄方六步。

艸曰：立天元 太丨 爲黄方。以除倍積，得 太丨‖一⊤ 爲弦和和。自之，折半，得 太〇丨=|||≡‖≟ 爲一段句弦和乘股弦和式。寄左。乃以左母通得步，得 太〇丨太〇⊥≡Ⅲ 消左，得 =|||≡‖≟〇⊥≡𝍧 以六百四十八約之，得 ≡⊤〇〤 開平方，得黄方六步。以六步除倍積二百一十六步，得三十六步爲弦和和。以黄方六步減之，得三十步爲倍弦。半之得十五步。合問。

棠按：右二題原術皆以兩艸得數，今以一艸馭之。

元・朱世傑《四元玉鑑》卷中《句股測望》 今有方城不知大小，各中開門。北門外九十步有□亭一所。人於城中出西門外行一百六十步。却遥望參城隅見亭。問城方幾何。

答曰：二百四十步。

術曰：立天元一爲城之半方面。如積求之，得一萬四千四百爲益實，一爲正隅。平方開之，得一百二十步。倍之。合問。

清・沈欽裴《四元玉鑑細草》 草曰：立天元一爲城之半方面。自之，得 太〇丨 爲城之半方冪。寄左。乃以北門外九十步乘出西門外行一百六十步得一萬四千四百步。與左相消，得 丨≡||||〇〇〇丨 平方開之，得一百二十步，倍之，得二百四十步即城方也。合問。

清・羅士琳《四元玉鑑細草》 艸曰：立天元一爲城之半方面，又爲小股，又爲大句。自之，得 太〇丨 爲大句乘小股。寄左。乃以二行步相乘，得一萬四千四百爲同數。消左得 丨≡||||〇[illegible]〇丨 開平方，得一百二十步，倍之得二百四十步。合問。

清・戴煦《四元玉鑑細草》 草曰：立天元一爲城之半方面。自之得 太〇丨 寄左。次列北門距亭乘人出西門得 丨≡||||〇〇 與左相消，得開方式 丨≡[illegible]〇〇〇丨 平方開之，得半方面，倍之得城方。

清・陳棠《四元消法易簡草》 法曰：立天元 太丨 爲城半方面。如積求之,得 太[籌式] 爲句乘股式。消同數,得 [籌式] 爲開方式。平方開之,得半方面一百二十步,倍之得方面。

草曰:立天元 太[籌式] 爲城半方面,又爲小股。加出北門步,得 [籌式] 爲大句。以天元小股乘之,得 太[籌式] 寄左。乃以天元加出西門步,得 [籌式] 爲大股。以出北門步爲小句,乘之得 [籌式] 消左,得 [籌式] 爲開方式。開平方,得一百二十步。倍之得二百四十步。合問。

解曰:如圖,庚癸爲方城,戊子爲半方面,與丁子、丁甲其度相等。子丙爲出北門步,甲乙爲出西門步,戊爲城隅。試依丙戊作斜線,引長至乙。則丁丙乙、子丙戊爲大小同式兩句股形。以子丙比子戊,猶以丁丙比丁乙。而丁子、子戊、丁甲俱未知,故立天元爲子戊,小股即丁子,又即丁甲。加子丙得丁丙。大句加甲乙得丁乙。大股用比例法得同數也。

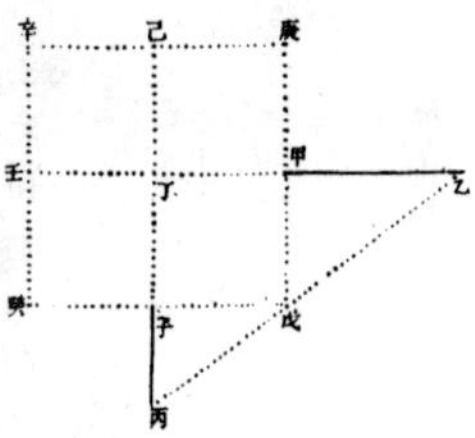

元・朱世傑《四元玉鑑》卷中《或問歌象》 或問:今有方池一所,每面丈四方停。葭生西岸長其形,出水三十寸整。東岸蒲生一種,水上一尺無零。葭蒲稍水齊平,借問三般怎定。

答曰:水深一丈二尺,蒲長一丈三尺,葭長一丈五尺。

術曰:立天元一爲水深。如積求之,得二千一百六十爲正實,一百九十二爲益方,一爲正隅。平方開之,合問。又立天元一爲蒲長。如積求之,得二千三百五十三爲正實,一百九十四爲益方,一爲正隅。平方開之,合問。又立天元一爲葭長。如積求之,得二千七百四十五爲正實,一百九十八爲益方,一爲從隅。平方開之,合問。

清・沈欽裴《四元玉鑑細草》 草曰:立天元一爲水深,即爲中股。以池面一十四尺爲中斜,乘之得 太[籌式] 爲直積,亦爲中股中斜相乘冪。自之,得 太[籌式] 寄左。乃以出水三尺加水深,得 [籌式] 爲葭長。自之得 [籌式] 爲大斜冪。又以水上一尺加水深,得 [籌式] 爲蒲長。自之,得 [籌式] 爲小斜冪。并二冪,得 [籌式] 減中斜冪一百九十六尺,餘 [籌式] 半之得 [籌式] 自之得 [籌式] 於上。又以大斜小斜二冪相乘,得 [籌式] 減上餘 [籌式] 與左相消,得 [籌式] 四約之,得 [籌式] 平方開之,得一丈二尺,即水深也。合問。

又立天元一爲蒲長。減水上一尺餘 [籌式] 爲水深。乘池面一十四尺,得 [籌式] 又自之得 [籌式] 寄左。乃置水深 [籌式] 以出水三尺加之,得 [籌式] 爲葭長。自之得 [籌式] 并蒲長、自乘 太[籌式] 得 [籌式] 以池面自乘一百九十六尺減之,餘 [籌式] 半之餘 [籌式] 自之得 [籌式] 於上。以蒲自乘乘葭自乘,得 太[籌式] 減上餘 [籌式] 與左相消,得 [籌式] 四約之,得 [籌式] 平方開之,得一丈三尺即蒲長也。合問。又立天元一爲葭長。減出水三尺,餘 [籌式] 爲水深。乘池方一十四尺,得 [籌式] 又自之得 [籌式] 寄左。乃置水深 [籌式] 加水上一尺,得 [籌式] 爲蒲長。自之得 [籌式] 并葭自乘,得 [籌式] 以池面自乘一百九十六尺減之,餘 [籌式] 半之,得 [籌式] 自之得 [籌式] 於上。以葭自乘乘蒲自乘,得 太[籌式] 減上餘 [籌式] 與左相消,得 [籌式] 四約之,得 [籌式] 平方開之,得一丈五尺，即莨長也。合問。

清·羅士琳《四元玉鑑細草》 艸曰：立天元一爲水深，又爲三斜田形之中股。自之，得 太○丨 爲中股冪。副以天元加莨出三尺，得 [算籌] 爲莨長，又爲中斜。自之，得 [算籌] 爲中斜冪。以中股冪減之，得 [算籌] 爲中句冪。又以天元加蒲出一尺，得 [算籌] 爲蒲長，又爲小斜。自之，得 [算籌] 爲小斜冪。以中股冪減之，得 [算籌] 爲小句冪。用乘中句冪，得 [算籌] 寄左。乃以丈四通作十四尺爲大斜，自之，得一百九十六尺，爲大斜冪於上。副併中小兩句冪，得 [算籌] 以減上位，得 [算籌] 半之，得 [算籌] 爲兩句相乘之冪。自之，得 [算籌] 爲同數。消左，得 [算籌] 約爲 [算籌] 開平方得十二尺。合問。又立天元一爲蒲長，又爲小斜。自之，得 太○丨 爲小斜冪。副以一尺減天元，得 [算籌] 爲水深，又爲中股。自之，得 [算籌] 爲中股冪。以減小斜冪，得 [算籌] 爲小句冪。又以水深加三尺，得 [算籌] 爲莨長。又爲中斜，自之得 [算籌] 爲中斜冪。以中股冪減之，得 [算籌] 爲中句冪。用乘小句冪，得 [算籌] 寄左。乃併中小兩句冪，得 [算籌] 以減大斜冪一百九十六尺，得 [算籌] 半之，得 [算籌] 爲兩句相乘冪。自之，得 [算籌] 爲同數。消左，得 [算籌] 約爲 [算籌] 開平方，得十三尺。合問。又立天元一爲莨長，又爲中斜。自之，得 太○丨 爲中斜冪。副以三尺減天元，得 [算籌] 爲水深，又爲中股。自之，得 [算籌] 爲中股冪。以減中斜冪，得 [算籌] 爲中句冪。又以水深加一尺，得 [算籌] 爲蒲長，又爲小斜。自之，得 [算籌] 爲小斜冪。以中股冪減之，得 [算籌] 爲小句冪。用乘中句冪，得 [算籌] 寄左。乃併中小兩句冪，得 [算籌] 以減大斜冪一百九十六尺，得 [算籌] 半之，得 [算籌] 爲兩句相乘冪。自之，得 [算籌] 爲同數。消左，得 [算籌] 約爲 [算籌] 開平方得十五尺。合問。

清·戴煦《四元玉鑑細草》 草曰：立天元一爲水深。加三尺得莨長 [算籌] 又天元加一尺，得蒲長 [算籌] 莨長自之 [算籌] 內減天元冪，得 [算籌] 爲大句冪。蒲長自之 [算籌] 內減天元冪，得 [算籌] 爲小句冪。又池方自之，得 [算籌] 以兩句冪相併 [算籌] 減之，得 [算籌] 折半，得 [算籌] 爲兩句相乘。自之，得 [算籌] 寄左。次以二句冪相乘，得 [算籌] 與左相消，得 [算籌] 四約之，得開方式 [算籌] 平方開之，得水深。又立天元一爲蒲長。減一尺得水深 [算籌] 加三尺得莨長（自之）[算籌] 莨長自之，得 [算籌] 又深水自之，得 [算籌] 以減莨長冪，得大句冪 [算籌] 又天元自之 太○丨 內減水深冪，得小句冪 [算籌] 兩句冪相併，得 [算籌] 於上。以池方自之 [算籌] 內減上得 [算籌] 折半，得 [算籌] 爲兩句相乘。自之，得 [算籌] 寄左。次以兩句冪相乘，得 [算籌] 與左相消，得 [算籌] 四約之，得開方式 [算籌] 平方開之，得蒲長。又立天元一爲莨長。減三尺得水深 [算籌] 加一尺得蒲長 [算籌] 蒲長自之 [算籌] 又水深自之 [算籌] 以減蒲長冪，得小句冪 [算籌] 又天元自之，內減 太○丨 內減水深冪，得大句冪 [算籌] 二句冪

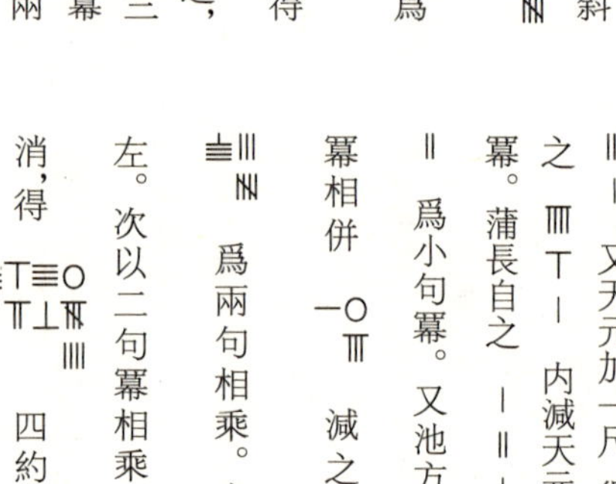

相併，得 [illegible] 於上。以池方自之，得 [illegible] 内減上得 [illegible] 折半，得二句相乘 [illegible] 自之，得 [illegible] 寄左。次以兩句冪相乘，得 [illegible] 與左相消，得 [illegible] 四約之，得開方式 [illegible] 平方開之，得葭長。

元・朱世傑《四元玉鑑》卷中《或問歌象》 或問：六貫二百一十錢，倩人去買幾株椽。每株脚錢三文足，無錢準與一株椽。

答曰：椽四十六株，株價一百三十五文。

術曰：立天元一爲椽數。如積求之，得二千七十爲益實，一爲益方，一爲從隅。平方開之，得椽數。

又立天元一爲每株椽價。如積求之，得一萬八千六百三十爲益實，三爲從方，一爲正隅。平方開之，合問。

清・沈欽裴《四元玉鑑細草》 草曰：立天元一爲椽數。減準與一株，餘 [illegible] 三之，得 [illegible] 爲應與脚錢，亦爲每株價錢。乘椽數得 [illegible] 寄左。乃置六貫二百一十，與左相消，得 [illegible] 三約之，得 [illegible] 平方開之，得四十六，即椽數也。合問。又立天元一爲每株椽價。加三文得 [illegible] 爲應與脚錢。合三而一爲椽數。今不受除，即以 [illegible] 爲帶分椽數。以天元乘之，得 [illegible] 爲帶分椽價。寄左。乃置錢六貫二百一十，亦以分母三乘之，得一萬八千六百三十。與左相消，得 [illegible] 平方開之，得一百三十五，即株價也。合問。

清・羅士琳《四元玉鑑細草》 艸曰：立天元一爲椽數。以除共價，得 [illegible] 爲椽價。寄左。以一株減天元，得 [illegible] 以三文乘之，得 [illegible] 爲同數。消左，得 [illegible] 約爲 [illegible] 開平方，得四十六株爲椽數。又立天元一爲每株椽價。加三文得 [illegible] 合以三文除之，爲椽數。今不除，便爲三倍椽數。寄左。乃以天元除共價，得 [illegible] 爲椽數。又三通之，得 [illegible] 爲同數。消左，得 [illegible] 開平方，得一百三十五文爲株價。合問。

清・戴煦《四元玉鑑細草》 草曰：立天元一爲椽數。減一株 [illegible] 以三文乘之，得株價 [illegible] 以天元乘之，得總價 [illegible] 寄左。次列六千二百一十，與左相消，得 [illegible] 三約之，得開方式 [illegible] 平方開之，得椽數。又立天元一爲株價。以三除之，得 [illegible] 通分加一株，得椽數 [illegible] 以天元乘之，得總價 [illegible] 寄左。次列六千二百一十，以左母通之，得 [illegible] 與左相消，得開方式 [illegible] 平方開之，得株價。

元・朱世傑《四元玉鑑》卷中《或問歌象》 或問：方城里周六十四，假使金磚遍鋪地，每條均鑄厚一寸，長闊相合恰一尺。寸金十五兩爲法，尚帶零銖一十八。每磚計重十七斤，一十五兩六銖答，七絲二黍在其中，共是一磚之重率。長濶金磚用幾何，惱得先生没亂殺。

答曰：濶二寸四分，長七寸六分。磚四十五億四千七百三十六萬八千四百二十一枚一十九分枚之一，重八百一十六億四千八百萬斤。

術曰：立天元一爲磚濶。如積求之，得一十八寸二分四厘爲正實，一十寸爲益方，一寸爲正隅。平方開之，得磚濶。求磚數者，以寸畝法通城積爲實，以一磚之積寸爲法，實如法而一，不[盡]約之爲分。合問。

清・沈欽裴《四元玉鑑細草》 草曰：立天元一爲磚濶。以減長濶和一尺，餘 [illegible] 爲磚長。長濶相乘，得 [illegible] 又以厚一寸乘之，仍得上式爲一磚之積。次置一十五兩，以二十四乘之，得三百六十銖。加一十八銖，得三百七十八銖。乘一磚之積，得 太〇Ⅲ ≡丅≟〇 Ⅲ⊥ 爲一磚之重。寄左。乃置十七斤，以十六乘之，得二百七十二兩，加一十五兩，得二百八十七兩。又以二十四乘之，得六千八百八十八銖，加六銖七絲二黍，得六千八百九十四銖七絲二黍。與左相消，得 約之得 平方開之，得二寸四分，即濶也。減長濶和一尺，餘七寸六分，即長也。合問。又置城周六十四里，四而一，得一十六里，自之得二百五十六里，以里田三百七十五畝乘之，得九萬六千畝於上。次置步法六尺，通爲六十寸，自之得三千六百寸，以乘二百四十寸，得八十六萬四千寸，乘上得八百二十九億四千四百萬爲實。乃以磚濶二寸四分乘長七寸六分，得一十八寸二十四分爲法。除實得四十五億四千七百三十六萬八千四百二十一枚，不盡，九十六分約爲一十九分枚之一，即磚數也。合問。

清・羅士琳《四元玉鑑細草》卷中 艸曰：立天元一爲塼闊。以減長闊和一尺，得 〇〆丨 爲長。粢厚一寸，仍得 〇〆丨 又以天元粢之，得 太〇〆丨 爲塼積。寄左。乃以金重率十五兩，化作三百六十銖加零銖十八，得三百七十八銖爲寸重。以每塼十七觔十五兩六銖七絲二黍，化作六千八百九十四銖七二爲實。如寸重而一，得十八寸二分四釐爲同數。消左，得 開平方得二寸四分爲闊。以減長闊和一尺，餘七寸六分爲長。求塼數者置城週六十四，如四而一，得十六爲方城。每邊徑自之，得二百五十六爲城積。以里長一萬八千寸自之，得三億二千四百萬寸爲寸里法，通城積得八百二十九億四千四百萬寸爲積寸，以每塼積十八寸二分四釐爲法，除之得四十五億四千七百三十六萬八千四百二十一枚一千八百二十四分枚之九十六，約爲十九分枚之一，以積寸八百二十九億四千四百萬寸粢寸重三百七十八銖，得三十一兆三千五百二十八億三千二百萬銖爲實。如每觔銖法三百八十四而一，得八百十六億四千八百萬觔。合問。

清・戴煦《四元玉鑑細草》 草曰：立天元一爲塼闊。自之，又以一寸乘之，得 太〇丨寸 於上。以兩觔法 一丅 通十七觔 ‖⊥‖兩 加入零兩一十五 ‖≟丅兩 又以銖兩法 =‖‖ 通之 ⊥Ⅲ≟Ⅲ朱 加入零銖，得 ⊥Ⅲ≟‖‖⊥‖朱 爲實。又以銖兩法通寸金重率十五兩，得 〇‖‖⊥〇朱 加入零銖十八，得 ‖‖⊥Ⅲ朱 爲法。除之，得一塼之積寸 一Ⅲ=‖‖寸 加上，得 一Ⅲ=‖‖寸丨寸 寄左。次列長濶和十寸，以天元乘之，又以一寸乘之，得 太一〇寸 與左相消，得開方式 平方開之，得塼闊，以減長闊和，得塼長。

元・朱世傑《四元玉鑑》卷中《或問歌象》 或問：一隻銀盤三尺周，内容三隻水晶毬。若人算得穿心徑，萬兩黃金也合酬。

答曰：五寸六十九分寸之二十五。

術曰：立天元一爲毬子徑。如積求之，得三百爲益實，六十爲從方，一爲正隅。平方開之，得毬子徑四寸，不盡，命分。以減盤徑。合問。

清・沈欽裴《四元玉鑑細草》 欽裴識別得毬子徑乘盤周倍之加毬子徑自乘與周徑相乘等。

草曰：立天元一爲毬子徑。乘盤周三尺，倍之得 太⊥〇 加毬子徑，自乘得 太⊥〇丨 與周徑相乘，三百尺等相消，得 ‖‖〇〇⊥〇丨 平方開之，得四寸。不盡四十四寸，以隅加方命之，爲六十九分寸之四十四，即毬子徑也。以減盤徑一十寸，餘五寸六十九分寸之二十五，即穿心徑也。合問。

欽裴按：以盈不足入之，得數更確。術曰：假令四寸不足四十四寸，今之五寸有餘二十五寸。盈不足維乘假令，并之得三百二十寸爲實。并盈不足得六十九寸爲法。實如法而一，得四寸六十九分寸之四十四即毬子徑也。

徐鈞卿云：半毬徑爲股半，穿心徑爲弦半，弦爲勾盤徑一尺減毬徑，得 |〇𠄌 爲倍弦。又[二]之 ‖〇𠄌 自之 |||〇〇𠄌||| 爲四弦冪于上。又置倍弦 |〇𠄌 爲四勾，自之，得 |〇〇||〇| 減上，爲四股冪 |||〇〇⊥〇||| 寄左。乃置天元，倍之爲四股，自之 太〇||| 與左相消，得 |||〇〇⊥〇𠄌 開平方即得。

清·羅士琳《四元玉鑑細草》 艸曰：立天元一爲毬子徑，又爲股。以減盤徑一尺，士琳案：盤周三尺，故盤徑一尺。得 |〇𠄌 爲弦，又爲倍句。自之，得 |〇〇‖〇| 爲弦冪，又爲四段句冪。四之，得 ||||〇〇〇||| 爲四段弦冪。以四段句冪減之，得 |||〇〇⊥〇||| 爲四段股冪。寄左。乃以天元自之，得 太〇 | 又四之，得 太〇|||| 爲同數。消左，得 |||〇〇⊥〇| 開平方得四寸，不盡 ||||⊥|| 方隅同名相併，得六十九爲母，實四十四爲子，命爲六十九分之四十四，以減盤徑，得五寸六十九分寸之二十五。合問。

清·戴煦《四元玉鑑細草》 草曰：立天元一爲毬子徑。以盤周三而一，得盤徑 |〇 內減天元一爲大弦 |〇𠄌 又天元爲大股，又爲小弦自乘 太〇| 以大弦除之，得小股 |〇𠄌 出太 〇| 自之，得小股冪 |〇〇|出太〇〇〇| 寄左。次以天(天)[元]半之，爲小句 ‖出太| 自乘，得小句冪 |||出太〇| 於上。又天元自之爲小弦冪 太〇| 以小句冪母通之 |||出太〇||| 內減上，得 |||出太〇||| 與左互乘，左乘得 |||〇〇〇|||出太〇〇〇||| 右乘得 |||〇〇〇|||出太〇〇〇||| 相消得 太〇〇〇〇| 以天元冪約之，得開方式 〇〇〇| 平方開之，得四寸，不盡

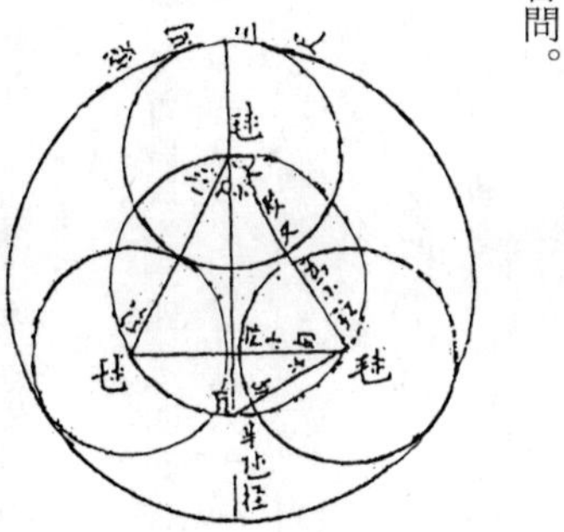

四十四，乃倍四寸爲廉法，一爲隅法，六十爲方，法併之爲母，不盡數爲子，共得毬徑四寸六十九分寸之四十四，以減盤徑一尺，得穿心徑。

元·朱世傑《四元玉鑑》卷中《箭積交參》 今有方圓箭各一束共積九十七隻，只云方箭外周不及圓箭外周四隻。問方圓周各幾何。

答曰：圓周二十四隻，方周二十隻。

術曰：立天元一爲圓箭外周。如積求之，得四千六百八十爲益實，二十四爲從方，七爲從隅。平方開之，得圓周。合問。

清·沈欽裴《四元玉鑑細草》 草曰：立天元一爲圓箭外周。加六得 ⊤| 乘外周得 太⊤| 合十二而一。今不受除，轉以一十六乘之，得 太⊤⊤ 又加一百九十二，得 |≡‖⊤⊤ 爲帶分圓箭積於上。又置天元減四，餘 ≣| 爲方箭外周加八隻 |||| 乘方箭外周，得 ⊤〇| 合十六而一。今不受除，轉以十二乘之，得 |≡〇‖ 加一百九十二，得 太〇‖ 爲帶分方箭積。并上得 |≡‖⊤‖ 寄左。乃置共積九十七隻，以一百九十二乘之，得一萬八千六百二十四。與左相消，得 |≡|||≡⊤‖ 四約之，得 ≡⊤〇‖|||⊤

平方開之，得二十四隻即圓周也。減四隻餘二十隻，即方周也。合問。

清·羅士琳《四元玉鑑細草》 艸曰：立天元一爲圓箭外周。加圓率六，得 ⊤| 乘天元得 太⊤ | 合如倍圓率十二而一。今不除，轉以四通之，得 太≡||| 加圓心四十八，得 |||≡≡||| 爲四十八段圓積。副以不及四隻減天元，得 ≣| 爲方箭外周。加方率八，得 |||| 乘方周，得 ⊥〇| 合如倍方率十六而一。今不除，轉以三通之，得 ≣≡〇||| 加方心四十八，得 太〇||| 爲四十八段方積。併二積，得 |||≡≡⊤ 爲四十八段共積。寄左。乃以四十八通共積，得四千六百五十六爲同數。消左，得 ||||⊥〇‖≡⊤

開平方，得二十四隻爲圓周。減四隻餘二十隻爲方周。合問。

元·朱世傑《四元玉鑑》卷中《箭積交參》 今有方圓箭各一束共積六十二

隻。只云二周相和得三十四隻。問方圓周各幾何。

答曰：方周一十六隻，圓周一十八隻。

術曰：立天元一爲方箭外周。如積求之得二千五百六十爲正實，二百七十二爲益方，七爲正隅。平方開之得。方周。合問。

清・沈欽裴《四元玉鑑細草》 草曰：立天元一爲方箭外周。加八隻得 乘方周得 以十二乘之，得 加一百九十二隻，得 於上。又置二周相和三十四隻，減天元，餘 爲圓箭外周。加六隻 乘之，得 以十六乘之，得 加一百九十二，得 并上得 寄左。乃置共積六十二隻，以分母一百九十二乘之，得一萬一千九百四。與左相消，得 四約之，得 平方開之，得一十六隻即方周也。減二周相加三十四隻，得一十八隻即圓周也。合問。

清・羅士琳《四元玉鑑細草》 艸曰：立天元一爲方箭外周。加方率八得 乘天元得 合如倍方率十六而一。今不除，轉以三通之，得 加方心四十八，得 爲四十八段方積。副以天元減和三十四隻，得 爲圓箭外周。加圓率六，得 乘圓周得 合如倍圓率十二而一。今不除，轉以四通之，得 加圓心四十八，得 爲四十八段圓積。併二積，得 爲四十八段共積。寄左。乃以四十八通共積，得二千九百七十六爲同數。消左，得 開平方，得十六隻爲方周。以減三十四隻，餘十八隻爲圓周。合問。

清・戴煦《四元玉鑑細草》 草曰：立天元一爲方箭外周。加四隻 以四而一，得方邊 自之，得方箭積 以天元減三十四隻，得圓箭外周 六而一，得 於上。又通分加一隻，得 乘上，得 三之，得 通分加一隻，得圓箭積 依前術求得總母 通方箭積得 以 通圓箭積得 乃以 二積相併，得 寄左。次列共積，以左母通之，得 與左相消，得開方式 平方開之，得方箭外周。以減三十四隻，得圓箭外周。

元・朱世傑《四元玉鑑》卷中《箭積交參》 今有方圓箭各一束，圓箭多如方箭一十二隻。只云方箭與圓箭外周等。問方圓周各幾何。

答云：周各二十四隻。

術曰：立天元一爲方圓箭外周。如積求之，得五百七十六爲益實，一爲正隅。平方開之，合問。

清・沈欽裴《四元玉鑑細草》 草曰：立天元一爲圓箭外周。加六隻得 乘圓周 以十六乘之，得 加一百九十二隻，得 於上。又立天元一爲方箭外周。加八得 乘方周得 以十二乘之，得 加一百九十二隻，得 減上餘 寄左。乃置多，如一十二隻，以分母一百九十二乘之，得二千三百四隻。與左相消，得〔算式〕四約之，得〔算式〕平方開之，得二十四隻，即方圓周也。合問。

清・羅士琳《四元玉鑑細草》 艸曰：立天元一爲方圓箭外周。加方率八得〔算式〕乘天元得〔算式〕合如倍方率十六而一。今不除。轉以三通之，得〔算式〕加方心四十八，得〔算式〕爲四十八段方積。副以天元加圓率六，得〔算式〕乘天元，得〔算式〕合如倍圓率十二而一。今不除，轉以四通之，得〔算式〕加圓心四十八，得〔算式〕爲四十八段圓積。以方積減之，得〔算式〕爲四十八段圓多方數。寄左。乃以四十八通圓多方數，得五百七十六爲同數。消左，得〔算式〕開平方，得二十四隻。合問。

清・戴煦《四元玉鑑細草》 草曰：立天元一爲方圓箭外周。依首術求得圓箭積〔算式〕依次術求得方箭積〔算式〕又依前術求得總母〔算式〕乃以三〔算式〕通圓箭積，得〔算式〕以〔算式〕通方箭積，得〔算式〕以減圓箭積，得〔算式〕寄左。次列十二隻以四左母八通之，得〔算式〕與左相消得，開方式〔算式〕平方開之，得方圓箭外周。

元・朱世傑《四元玉鑑》卷中《箭積交參》 今有方圓箭各一束共積九十七隻。只云方箭外周如圓箭外周六分之五。問方圓周各幾何。

答曰：方周二十隻，圓周二十四隻。

術曰：立天元一爲方箭外周。如積求之，得一十一萬四千爲益實，一千三百二十爲從方，二百一十九爲從隅。平方開之，得方周。合問。

清・沈欽裴《四元玉鑑細草》 草曰：立天元一爲方箭外周。加八隻得〔算式〕乘外周得〔算式〕以十二乘之，得〔算式〕又以二十五乘之，得〔算式〕加四千八百隻，得〔算式〕於上。又六因天元，得〔算式〕合五而一。今省不除，即以爲帶分圓箭外周，加三十隻〔算式〕乘之，得〔算式〕以十六乘之，得〔算式〕加四千八百隻，得〔算式〕并上得〔算式〕寄左。乃置共積九十七隻，以分母四千八百乘之，得四十六萬五千六百隻。與左相消，得〔算式〕四約之，得〔算式〕與術合。又可以三約之，得〔算式〕平方開之，得二十隻即方周也。六之，五而一，得二十四隻即圓周也。合問。

按：此實方隅誤多三倍。

清・羅士琳《四元玉鑑細草》 艸曰：立天元一爲方箭外周。加方率八得〔算式〕乘天元得〔算式〕合如倍方率十六而一。今不除，轉以七十五通之，得〔算式〕加方心一千二百，得〔算式〕爲一千二百段方積。副以天元六之，得〔算式〕爲五段圓箭外周。加五段圓率三十，得〔算式〕乘圓周，得〔算式〕合如二十五段倍圓率三百而一。今不除，轉以四通之，得〔算式〕加圓心一千二百，得〔算式〕爲一千二百段圓積。併二積，得〔算式〕爲一千二百段共積。寄左。乃以一千二百通共積，得十一萬六千四百爲同數。消左，得〔算式〕開平方，得二十隻爲方周。五而六。得二十四隻爲圓周。合問。士琳案：此式尚可用三約。

清・戴煦《四元玉鑑細草》 草曰：立天元一爲方箭外周。依次術求得

方箭積 又以天元六之 五而一，得圓箭外周 六而一，得 於上。又以上式通分加一隻，得 乘上得 三之，以除其母。得 通分加一隻，得圓箭積 用合分法求得總母 乃以 通方箭積，得 以 通圓箭積，得 二積相併，得 寄左。次列共積，以左母通之，得 與左相消，得開方式 平方開之，得方箭外周。六之，五而一，得圓箭外周。

元·朱世傑《四元玉鑑》卷中《箭積交參》 今有方圓箭各一束共積六十二隻。只云圓箭外周太半與方箭外周強半等。問方圓周各幾何。

答曰：圓周一十八隻，方周一十六隻。

術曰：立天元一爲圓箭外周。如積求之，得一萬九千四百四十爲益實，三百六爲從方，四十三爲從隅。平方開之，得圓周。合問。

清·沈欽裴《四元玉鑑細草》 草曰：立天元一爲圓箭外周。加六隻得 乘外周得 以十六乘之，得 又以八十一乘之 加一萬五千五百五十二隻，得 於上。以圓周三分之二爲方周四分之三，則方周一得圓周九分之八。乃以 爲帶分方周，加七十二隻 乘之，得 以十二乘之，得 加一萬五千五百五十二隻，得 并上得 寄左。乃置共積六十二隻，以分母一萬五千五百五十二乘之，得九十六萬四千二百二十四。與左相消，得 以四十八約之，得 平方開之，得一十八隻即圓周也。八之，九而一，得一十六隻即方周也。合問。

清·羅士琳《四元玉鑑細草》 艸曰：立天元一爲圓箭外周。加圓率六得 乘天元得 合如倍圓率十二而一，今不除，轉以二十七通之，得 加圓心三百二十四，得 爲三百二十四段圓積。副以圓母三乘方子三，得九爲方母。又以方母四乘圓子二，得八爲方子。通天元，得 爲九段方周。加九段方率七十二，得 乘方周，得 合如八十一段倍方率一千二百九十六而一。今四除之，得 加方心三百二十四，得 爲三百二十四段圓積。併二積，得 爲三百二十四段共積。寄左。乃以三百二十四通共積，得二萬八十八爲同數。消左，得 開平方得十八隻爲圓周。九而八，得十六隻爲方周。合問。

清·戴煦《四元玉鑑細草》 草曰：立天元一爲圓箭外周。依前術求得圓箭積 又置天元二之 三而一，得方箭外周強半 又四之 三而一，得方箭外周 通分加四隻，得 以四而一，得 自之，得方箭積 用合分法求得總母 乃以 通圓箭積，得

[籌] 以 [籌] 通方箭積，得 [籌] 二積相併，得 [籌] 寄左。次列共積，以左母通之，得 [籌] 與左相消，得開方式 [籌] 平方開之，得圓箭外周。八之，九之而一，得方箭外周。

元・朱世傑《四元玉鑑》卷中《箭積交參》 今有方圓箭各一束共積二百八十一隻。只云圓周四分之一不及方周七分之五八隻。問方圓周各幾何。

答曰：方周二十八隻，圓周四十八隻。

術曰：立天元一爲方箭外周。如積求之，得四十九萬三千一百三十六爲益實，三萬一千三百四爲益方，一千七百四十七爲正隅。平方開之，得方周。合問。

清・沈欽裴《四元玉鑑細草》 草曰：立天元一爲方箭外周。加八隻得 [籌] 乘外周得 太[籌] 以十二乘之，得 太[籌] 又以四十九乘之，得 太[籌] 加九千四百八隻，得 [籌] 於上。五因天元，得 太[籌] 合以七除之。今不受除，徑減五十六隻，餘 [籌] 爲帶分圓周四分之一。四之，得 [籌] 爲帶分圓周。加四十二隻 [籌] 乘之，得 [籌] 以十六乘之，得 [籌] 又以九千四百八隻加之，得 [籌] 并上得 [籌] 寄左。乃置共積二百八十一隻，以分母九千四百八乘之，得二百六十四萬三千六百四十八。與左相消，得 [籌] 四約之，得 [籌] 平方開之，得二十八隻即方周也。五之，七而一，得二十減八隻，餘十二隻。四之，得四十八隻即圓周也。合問。

清・羅士琳《四元玉鑑細草》 艸曰：立天元一爲方箭外周。加方率八得 [籌] 乘天元得 太[籌] 合如倍方率十六而一。今不除，轉以一百四十七通，得 [籌] 加方心二千三百五十二，得 [籌] 爲二千三百五十二段方積。副以方母七乘圓子一，仍得七爲圓母。通八隻，得五十六爲七段不及之減數。又以方子五先通天元，得 太[籌] 爲七段方周七分之五，以七段減數減之，得 [籌] 爲七段圓周四分之一。再以圓母四通之，得 [籌] 爲七段圓周。加七段圓率四十二，得 [籌] 乘圓周得 [籌] 合如四十九段，倍圓率五百八十八而一。今不除，轉以四通之，得 [籌] 加圓心二千三百五十二，得 [籌] 爲二千三百五十二段共積。併二積，得 [籌] 爲二千三百五十二段圓積。寄左。乃以二千三百五十二通共積，得六十六萬九百一十二爲同數。消左，得 [籌] 開平方，得二十八隻爲方周。七而五，得二十隻，減八隻餘十二隻。四之，得四十八隻爲圓周。合問。

清・戴煦《四元玉鑑細草》 草曰：立天元一爲方箭外周。依前術求得方箭積 [籌] 又以天元五之 太[籌] 七而一，得圓周 [籌] 又四之，以 [籌] 通八隻，得 [籌] 減之，得圓周四分之一 [籌] 又四之，

得圓箭外周　六而一，得　於上。又置上式通分加一隻，得　以乘上，得　三之，以除其母。得　通分加一隻，得圓箭積　用合分法求得總母　乃以　通方箭積，得　以　通圓箭積，得　二積相併，得　寄左。次列共積，以左母通之，得　與左相消，得開方式　平方開之，得方箭外周。五之，七而一，內減八隻，四之，得圓箭外周。

元・朱世傑《四元玉鑑》卷中《箭積交參》　今有方圓箭各一束共積二百八隻。只云圓箭外邊第二層周數與方箭外邊第一層周數同。問方圓周各幾何。

答曰：圓周三十六隻，方周三十二隻。

術曰：立天元一爲圓箭外周。如積求之，得九千九百三十六爲益實，二十四爲從方，七爲從隅。平方開之，得圓周。合問。

清・沈欽裴《四元玉鑑細草》　草曰：立天元一爲圓箭外周。加六隻得　乘外周得　以十六乘之，得　加一百九十二隻，得　於上。以六隻減圓外周，餘　爲圓箭外邊。第二層周數加二隻，得　爲方箭外邊。第一層周數加八隻，得　乘外周　得　以十二乘之，得　加一百九十二隻，得　并上得　寄左。乃置共積二百八隻，以母分一百九十二乘之，得三萬九千九百三十六。與左相消，得　四約之，得　平方開之，得三十六隻，即圓周也。減六餘三十隻，即圓箭外邊。第二層周數加二隻得三十二隻，即方周也。合問。

清・羅士琳《四元玉鑑細草》　艸曰：立天元一爲圓箭外周。加圓率六得　乘天元得　合如倍圓率十二而一。今不除，轉以四通之，得　加圓心四十八，得　爲四十八段圓積。副以圓率六減天元，得　爲圓外邊弟二層周數。加二得　爲方周。加方率八得　乘方周得　合如倍方率十六而一。今不除，轉以三通之，得　加方心四十八，得　爲四十八段方積。併二積，得　爲四十八段共積。寄左。乃以四十八通共積，得九千九百八十四爲同數。消左得　開平方，得三十六隻爲圓周，加二減六，得三十二隻爲方周。合問。

清・戴煦《四元玉鑑細草》　草曰：立天元一爲圓箭外周。依前術求得圓箭積　以天元內減十二隻得圓箭外邊第二層，即方箭外邊第一層　加八隻得方箭外周　加四隻　以四而一得　自之得方箭積　依前術求得總母　乃以　通圓箭積，得　以　通方箭積，得　二積相併，得　寄左。次列共積，以左母通之，得　與左相消，得開方式　平方開之，得圓箭外周。內減四隻，得(得)方箭外周。

元・朱世傑《四元玉鑑》卷中《撥換截田》　今有圭田一段，不云圭濶。只云長五十步，直銀五十四兩。今從尖截濶一十二步，直銀六兩。問截長濶各幾何。

答曰：截長十六步太半步，濶三十六步。

術曰：立天元一爲截長。如積求之，得二千五百爲正實，九爲益隅。平方開之，得截長。不盡，按之分術求之。合問。

清・沈欽裴《四元玉鑑細草》　草曰：立天元一爲截長。置原長五十步，以截濶一十二步乘之，得六百步。合以截長除之。今省不除，即以六百步爲帶分原濶。以原長五十步乘之，得三萬步，半之得一萬五千步。又以直六兩乘之，得九萬。寄左。乃置截濶一十二步，以截長再乘之，得　又以直五十四兩乘之，得　半之得　與左相消，得　以三十六約之，得　立方開之，得十六步。不盡，按之分術求之，得三分步之二，是十六步太半步，即截長也。置截濶以原長乘之，又以分母三乘之，得一千八百步爲實。次置截長十六步三分步之二，通分內子得五十步爲法。除實，得三十六步即原濶也。合問。

清・羅士琳《四元玉鑑細草》　艸曰：立天元一爲截長。置截闊一十二步，以長五十步乘之得六百步。以天元截長除之，得　爲圭闊。乘長得　爲兩段圭田積。以六兩通之，得　寄左。乃以截闊與天元截長相乘，得　又以五十四兩通之，得　爲同數。消左，得　七十二約之，得　開平方，得十六步，不盡　以隅九爲母，乘實爲實。方不動，隅定爲一，得　又開平方，得六爲子。子母各以三約之，得十六步太半步爲截長。通分內子，得五十步爲法。截闊乘元長得六百步，以分母三通得一千八百步爲實。實如法而一，得三十六步爲圭闊。合問。

清・戴煦《四元玉鑑細草》　草曰：立天元一爲截長，以截闊乘圭長得　天元除之，得圭濶　以圭長乘之，得倍積　以倍五十四兩　除之，得直銀一兩之田積　寄左。次以天元乘截闊，得截田倍積　以倍六兩　除之亦得直銀一兩之田積　以左母通之，得　與左相消得　十二約之，得開方式　平方開之，得十六步。不盡，按之分天元術求之，以隅法九爲不盡數，立天元一爲不盡數之子　以　通十六步得　併之得原立天元數　先以隅法　通原實　得正實式　寄左。次以原立天元數自之，得　又以隅法　乘之，以除其母。得益隅式　與左相消，得開方式　乃以一千七百六十四爲正實，二百八十八爲益方，一爲益隅，平方開之得六步，與隅法約之，得三分步之二，即太半步併入十六步，得截長。以截闊乘原長，截長除之得闊。

元・朱世傑《四元玉鑑》卷中《撥換截田》 今有梯田一段，小濶一十二步，大濶二十步，直錢三十二貫文。今從大頭截長四步，直錢九貫五百文。問截濶及元長各幾何。

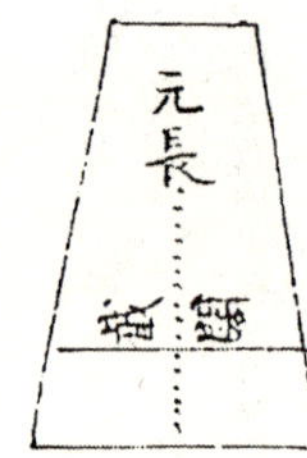

答曰：截濶一十八步，元長一十六步。

術曰：立天元一爲截濶。如積求之，得三百二十四爲正實，一爲益隅。平方開之，得截濶。合問。

清・沈欽裴《四元玉鑑細草》 草曰：立天元一爲截濶。以減大濶，餘 [illegible] 爲法。以小濶一十二步減大濶二十步，餘八步乘截長四步，得三十二步爲實。合以法除之。今不受除，即以三十二步爲帶分元長。次置大濶二十步，小濶一十二步，并之得三十二步。半之，得一十六步，乘帶分長三十二步，得五百一十二步。又以九貫五百乘之，得四百八十六萬四千。寄左。乃以截濶 太一 并大濶二十步，得 [illegible] 乘截長四步得 [illegible] 半之，得 [illegible] 以三十二貫乘之，得 [illegible] 又以分母 [illegible] 乘之，得 [illegible] 與左相消，得 [illegible] 以六萬四千約之，得 [illegible] 平方開之，得一十八步，即截長也。以大濶小濶差乘截長爲實，截濶減大濶餘爲法，除之得一十六步，即元長也。合問。

清・羅士琳《四元玉鑑細草》 艸曰：立天元一爲截闊。以減大闊得 [illegible] 爲倍小句，以截長四步爲小股。副以大小闊相減，餘八步爲大小闊較，又爲倍大句。用乘小股，得三十二步。合以倍小句除之，爲大股。今不除。便爲帶分大股，又爲帶分元長。內寄倍小句爲母。併大小闊半之，得十六步，乘帶分元長，得五百十二步。又以九貫五百通之，得四百八十六萬四千爲如積。內寄倍小句爲母。寄左。乃以截闊與大闊相併，得 [illegible] 乘截長，得 [illegible] 半之今有半種金田一段，長五十步，斜闊一十步，斜長冪加四段田積，得二千八百步與隣對撥圭田。下同原問。

艸曰：立天元一爲半種金田之中股。乘長得 太 [illegible] 爲倍田積。復倍之得 太 [illegible] 爲四段田積。以減二千八百步，得 [illegible] 爲斜長冪。副以天元自之，得 太○一 爲中股冪。以減斜長冪得 [illegible] 爲大句冪。又以斜闊自之，得一百步。以中股冪減之，得 [illegible] 爲小句冪。併兩句冪得 [illegible] 於上。乃以長自之得二千五百步爲長冪。以減上位得 [illegible] 半之得 [illegible] 爲兩句相乘之冪。自之得 [illegible] 爲兩句冪相乘之冪。寄左。乃以兩句冪相乘得 [illegible] 爲同數。消左得 [illegible] 一百約之，得 [illegible] 開平方，得中股八步，合問。士琳案：原術可用隅約。今擬題又須以一百約之，乃合原術，似尚未盡題義，姑存俟考。

清・戴煦《四元玉鑑細草》 草曰：立天元一爲截闊。加大闊 [illegible] 以截長乘之 [illegible] 折半，得截田積 [illegible] 以九貫半除之，得宜錢一貫之田積 [illegible] 寄左。次以大小闊相減，得兩闊較 [illegible] 又以天元減大濶，得截田兩闊較 [illegible] 以截長乘兩闊較 [illegible] 截田兩闊較除之，得原長 [illegible] 以大小濶相併 [illegible] 折半，得 [illegible] 乘之，得梯田積 [illegible]

以三十二除之，亦得直錢一貫之田積 [illegible] 與左合分互乘，左乘得 [illegible] 右乘得 [illegible] 相消，得 [illegible] 二約之，得開方式 [illegible] 平方開之，得截闊。以截長乘兩闊較，以截闊減大闊除之，得原長。

元·朱世傑《四元玉鑑》卷中《撥換截田》 今有梯田一段，小濶二十五步，大濶六十五步，正長一百六十步。今從小濶截撥七畝一百一十二步。問截長濶各幾何。

答曰：截長五十六步，濶三十九步。

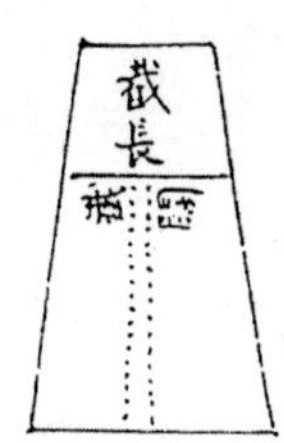

術曰：立天元一爲截長。如積求之，得一萬四千三百三十六爲益實，二百爲從方，一爲從隅。平方開之，得截長。合問。

清·沈欽裴《四元玉鑑細草》 草曰：立天元一爲截長。置截撥七畝一百一十二步，通分内子，得一千七百九十二步。合以截長除之。今省不除，即以爲帶分中平濶。倍之，得三千五百八十四步於上。次置小濶二十五步，以天元乘之，得 [illegible] 減上餘 [illegible] 爲帶分截濶。又以 [illegible] 減之，餘 [illegible] 爲帶分截濶差。乘正長一百六十步，得 [illegible] 寄左。乃以小濶二十五步減大濶六十五步，餘四十步爲元濶差。以天元再乘之，得 [illegible] 與左相消，得 [illegible] 以四十約之，得 [illegible] 平方開之，得五十六步，即截長也。以截長乘元濶差爲實，正長爲法，除之得一十四步，加小濶二十五步，得三十九步，即截濶也。合問。

清·羅士琳《四元玉鑑細草》 艸曰：立天元一爲截長，又爲小股。以正長爲大股，副以大小闊相減，餘四十步爲大小闊較，又爲倍大句。用乘小股得 [illegible] 合以大股除之，爲倍小句。今不除，但半之，得 [illegible] 爲帶分小句。内寄正長爲母。以正長通小闊，得四千步爲帶分小闊。内寄正長爲母。加帶分小句，得 [illegible] 乘天元截長，得 [illegible] 爲帶分截積。内寄正長爲母。寄左。乃以畝法通截撥，得一千七百九十二步，又以正長通之，得二十八萬六千七百二十爲同數。消左，得 [illegible] 約爲 [illegible] 開平方，得五十六步爲截長。乘大小闊較四十步，得二千二百四十爲實，以一百六十步爲法，實如法而一，得十四步，加小闊得三十九步爲截闊。合問。

清·戴煦《四元玉鑑細草》 草曰：立天元一爲截長。以大小闊相減 [illegible] 折半，得兩闊之半較 [illegible] 以天元乘之，得 [illegible] 又以正長除之，得截田兩闊之半較 [illegible] 以分母 [illegible] 通小闊，得 [illegible] 加之得截田兩闊之半和 [illegible] 以天元乘之得截積 [illegible] 寄左。次列七畝，以步畝法 [illegible] 通之 [illegible] 加入一百十二步，得截撥積步 [illegible] 以左母通之，得 [illegible] 與左相消，得 [illegible] 以二十約之，得開方式 [illegible] 平方開之，得截長。以兩較闊乘之，如原長而一，得截田兩闊較，加小闊即截闊。

元·朱世傑《四元玉鑑》卷中《撥換截田》 今有梯田一段，大濶四十二步，小濶一十八步，正長一百二十步。今從大濶截地十畝一百八十七步二分步之一。問截長濶各幾何。

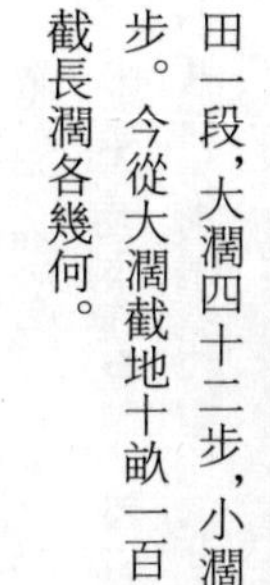

答曰：截長七十五步。截濶二十七步。

術曰：立天元一爲截長。如積求之，得二萬五千八百七十五爲益實，四百二十爲從方，一爲益隅。平方開之，得截長。合問。

清·沈欽裴《四元玉鑑細草》 草曰：立天元一爲截長。置截地通分内子，得五千一百七十五步。合以截長除之。今省不除，即以爲截地帶分大小濶并於上。次置大濶四十二步，以天元乘之，得 以減上，餘 爲帶分小濶。減帶分大濶 餘 爲帶分濶差。乘正長一百二十步，得 寄左。乃以小濶一十八步減大濶四十二步，餘二十四步。以天元再乘之，得 與左相消，得 以二十四約之，得 平方開之，得七十五步，即截長也。以截長乘濶差爲實，正長爲法，除之得一十五步，減大濶四十二步，餘二十七步，即減濶也。合問。

清·羅士琳《四元玉鑑細草》 艸曰：立天元一爲截長，又爲小股。以正長爲大股，副以大小闊相減，餘二十四步爲大小闊較，又爲倍大句。用乘小股得 合以大股除之，爲倍小句。今不除，便爲帶分倍小句。内寄正長爲母。以正長通大闊，得五千四十步。倍之，得一萬八十步爲帶分倍大闊。内寄正長爲母。以帶分倍小句減之，得 乘天元截長，得 爲帶分倍截積。内寄正長爲母。寄左。乃以畝法通截積，又通分内子，得五千一百七十五。復以正長通之，得六十二萬一千爲同數。消左，得 約爲 開平方，得七十五步爲截長。乘大小闊較二十四步，得一千八百步爲實，以正長一百二十步爲法，實如法而一，得十五步，以減大闊，餘二十七步爲截闊。合問。

清·戴煦《四元玉鑑細草》 草曰：立天元一爲截長。以大小闊相減折半，得兩闊半較 以天元乘之，得 如正長而一，得截地兩闊半較 於上。以分母 通大闊，得 内減上得截田兩闊半和 以天元乘之，得截積 寄左。次列十畝，以步畝法 通之 加一百八十七步五分，五分即二分步之一。得截田積步 以左母通之，得 與左相消，得 十二約之，得開方式 平方開之，得截長。以除截地積步，得半截地兩闊半和，倍之，内減大闊得截闊。

元·朱世傑《四元玉鑑》卷中《撥換截田》 今有圭田一段，長一百三十六步，濶六十八步。今從夫截地二畝四分。問截長濶各幾何。

答曰：截長四十八步，截濶二十四步。

術曰：立天元一爲截長。如積求之，得二千三百四爲益實，一爲正隅。平方開之，得截長。合問。

清·沈欽裴《四元玉鑑細草》 草曰：立天元一爲截長。置截地二畝四分，通爲五百七十六步。倍之，得一千一百五十二步，合以截長除之。今省不除，即以爲帶分截濶，乘正長一百三十六步，得一十五萬六千六百七十二。寄左。乃置圭田濶六十八步，以天元再乘之，得 [illegible] 與左相消，得 [illegible] 以六十八約之，得 [illegible] 平方開之，得四十八步，即截長也。置截地，倍之爲實，截長爲法。除之，得二十四步，即截濶也。合問。

清・羅士琳《四元玉鑑細草》 艸曰：立天元一爲截長。乘闊得 [illegible] 合以長除之，爲截闊。今不除，便爲帶分截闊。內寄長爲母。用乘截長，得 [illegible] 爲帶分倍截積。內寄長爲母。寄左。乃以畝法通截地，倍之，得一千一百五十二步。又以長通之，得十五萬六千六百七十二爲同數。消左，得 [illegible] 約爲 [illegible] 開平方，得四十八步爲截長。乘闊得三千二百六十四步爲實，以長一百三十六步除之，得二十四步爲截闊。合問。

清・戴煦《四元玉鑑細草》 草曰：立天元二爲截長。以乘闊得 [illegible] 如長而一，得截闊 [illegible] 以天元乘之，得倍截積 [illegible] 寄左。次以步畝法 [illegible] 通截地，得截地積步 [illegible] 倍之 [illegible] 以左母通之，得 [illegible] 與左相消，得 [illegible] 以六十八約之，得開方式 [illegible] 平方開之，得截長。以除倍截積，得截闊。

元・朱世傑《四元玉鑑》卷中《撥換截田》 今有圭田一段，長一百二十步，濶四十八步。今欲從濶截賣七畝七十五步。問截長濶幾何。

答曰：截長四十五步，截濶三十步。

術曰：立天元一爲截長。如積求之，得一千七百五十五爲益實，四十八爲從方，二分爲益隅。平方開之，得截長。合問。

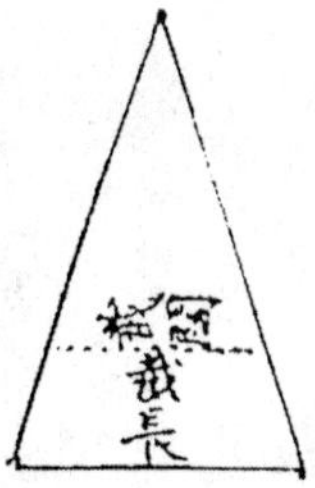

清・沈欽裴《四元玉鑑細草》 草曰：立天元一爲截長。置截賣七畝七十五步，以畝法通分內子，得一千七百五十五步。合以截長除之。今省不除，即以一千七百五十五步爲帶分中平濶。倍之，得三千五百一十步于上。以天元乘濶四十八步，得 [illegible] 以減上位，餘 [illegible] 爲帶分截濶。轉減帶分元濶 [illegible] 餘 [illegible] 爲帶分濶差。乘長一百二十步，得 [illegible] 寄左。乃置圭田濶四十八步，以天元再乘之，得 [illegible] 與左相消，得 [illegible] 以二百四十約之，得 [illegible] 平方開之，得四十五步，即截長也。置前所通步，以截長除之得三十九步，倍之得七十八步，減四十八步，餘三十步即截濶也。合問。

清・羅士琳《四元玉鑑細草》 艸曰：立天元一爲截長。以減長一百二十步，得 [illegible] 爲餘長。乘闊得 [illegible] 合以長除之，爲截闊。今不除，便爲帶分截闊。內寄長爲母。副以長通闊，得五千七百六十步爲帶分闊。內寄長爲母。加帶分截闊，得 [illegible] 用乘截長，得 [illegible] 爲帶分倍截積。內寄長爲母。寄左。乃以畝法通截賣倍之，得三千五百十步。又以長通之，得四十二萬一千二百步爲同數。消左，得 [illegible] 約爲 [illegible] 開平方，得四十五步爲截長。以減元長餘七十五步，乘闊得三千六百步爲實，以長除之，得三十步爲截闊。合問。

清·戴煦《四元玉鑑細草》 草曰：立天元一爲截長。半以闊乘之
太〢 如長而一，得截田兩闊半較 太〢步 以減闊，得截田兩闊半和 〣〧步
以天元乘之，得截積 太〧〣步 寄左。次以步畝法 〢〣〇 通七畝 〡〦〤〇 加入
七十五步，得截田積步 〡〦〣〢 與左相消，得開方式 〡〦〣〢 〣〧步 平方開之，得截
長。以除截積，得截田兩闊半和，倍之，内減圭濶得截闊。

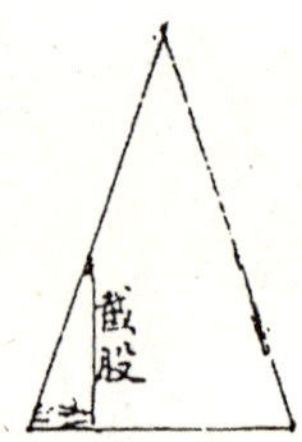

元·朱世傑《四元玉鑑》卷中《撥換截田》 今有圭
田一段，長一百七十四步，濶五十八步。今從東竪截句
股積三百三十七步半。問截勾股各幾何。
答曰：截句十五步，截股四十五步。
術曰：立天元一爲截句。如積求之，得二百二十五
爲益實，一爲正隅。平方開之，得截句。合問。

清·沈欽裴《四元玉鑑細草》 草曰：立天元一爲截勾。置截積三百三十七步半，倍之，得六百七十五步。合以截勾除之。今省不除，即以六百七十五步爲帶分截股，乘半濶五十八步，得三萬九千一百五十步。寄左。乃置圭田長一百七十四步，以天元再乘之，得 太〇〡〤〣 與左相消，得 〣〤〡〥〇〡〤〣 以一百七十四約之，得 〢〢〥〇〡 平方開之，得一十五步，即截勾也。置前所求步，以截句除之，得四十五步，即截股也。合問。

李尚之云：「濶五十八步」誤也，當云「濶一百一十六步」。欽裴按：作半濶五十八步亦通。半濶、截勾爲相與率。

清·羅士琳《四元玉鑑細草》 艸曰：立天元一爲截句。以乘長一百七十四步，得 太〡〤 合以半闊五十八步除之，爲截股。今不除，便爲帶分截股。內寄半闊爲母。 用乘截句，得 太〇〡〤 爲帶分倍句股積。內寄半闊爲母。 寄左。乃以句股積倍之，得六百七十五步，又以半闊通之，得三萬九千一百五十步爲同數。消左，得 〣〤〡〥〇〡〤〣 約爲 〢〢〥〇〡 開平方，得十五步爲截句。乘長一百七十四步，得二千六百一十步爲實，以半闊五十八步除之，得四十五步爲截股。合問。

清·戴煦《四元玉鑑細草》 草曰：立天元一爲截句。以長乘之，得 太〡〤 如半闊 〥〧 而一，得截股 太〢 以天元乘之，得倍積 太〇〢 寄左。次列截句股積，倍之，得 〦〤〣 與左相消，得 〦〢〥〇〣 三約之，得開方式 〢〢〥〇〡 平方開之，得截句。以除倍截句股積，得截股。

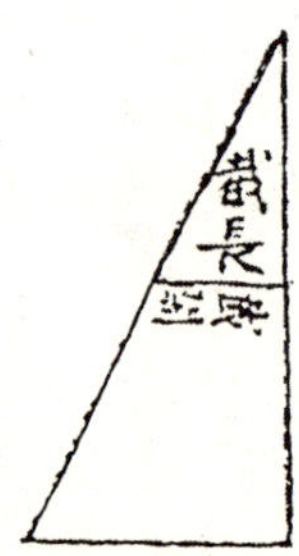

元·朱世傑《四元玉鑑》卷中《撥換截田》 今有句股田一段，股長八十六步，句濶二十五步八分。今從尖截賣地一百五十三步六分。問截長濶各幾何。
答曰：截長三十二步，截濶九步六分。
術曰：立天元一爲截長。如積求之，得一千二十四爲益實，一爲正隅。平方開之，得截長。合問。

清·沈欽裴《四元玉鑑細草》 草曰：立天元一爲截長。置截賣地一百五十三步六分，倍之，得三百七步二分。合以截長除之。今省不除，即以三百七步二分爲帶分截濶，乘股長八十六步，得二萬六千四百一十九步二分。寄左。乃置句濶二十五步八分，以天元再乘之，得 太〇〤〣 與左相消，得 〤〇〤〢 以隅約之，得 〡〇〢〤〡 平方開之，得三十二步，即截長也。置倍之地，以截長除之，得九步六分，即截濶也。合問。

清·羅士琳《四元玉鑑細草》 艸曰：立天元一爲截長。乘句二十五步八分，得 太〢〤分 合以股除之，爲截闊。今不除，便爲帶分截闊。內寄股爲母。

用乘截長，得 太〔籌式〕 爲帶分倍積。內寄股爲母。寄左。乃以股通截積地，復倍之，得二萬六千四百十九步，二分爲同數。消左，得〔籌式〕 約爲〔籌式〕 開平方，得三十二步爲截長。乘句，得八百二十五步六分爲實，以股八十六步除之得九步六分爲截句。合問。

清・戴煦《四元玉鑑細草》 草曰：立天元一爲截長。以乘句，得 太〔籌式〕 如股而一，得截闊〔籌式〕 以天元乘之，得倍截積〔籌式〕 寄左。次列截地積步，倍之，得〔籌式〕 以左母通之，得〔籌式〕 與右相消，得〔籌式〕 以二十五步八分約之，得開方式：〔籌式〕 平方開之，得截長。以除倍截積，得截闊。

元・朱世傑《四元玉鑑》卷中《撥換截田》 今有句股田一段，句濶五十七步，股長九十五步。今從句橫截地八畝三十步半。問截長濶各幾何。

答曰：截長四十五步，截濶三十步。

術曰：立天元一爲截長。如積求之，得六千五百二十五爲正實，一百九十爲益方，一爲正隅。平方開之，得截長。合問。

清・沈欽裴《四元玉鑑細草》 草曰：立天元一爲截長。置截地八畝三十七步半，通分內子，得一千九百五十七步半。合以截長除之，爲中平濶。今省不除，又倍之，得三千九百一十五步于上。以天元乘濶五十七步，得 太〔籌式〕 減上，餘〔籌式〕 爲帶分截濶。轉減帶分元濶 太〔籌式〕 餘〔籌式〕 爲帶分濶差。乘股長九十五步，得〔籌式〕 寄左。乃置句濶五十七步，以天元再乘之，得 太〔籌式〕 與左相消，得〔籌式〕 以五十七約之，得〔籌式〕 平方開之，得四十五步，即截長也。置前所求步，以截長除之，得四十三步半，爲中平濶。倍之，得八十七步，以勾濶五十七步減之，餘三十步，即截濶也。合問。

清・羅士琳《四元玉鑑細草》 艸曰：立天元一爲截長。以減股，得〔籌式〕 爲小股。乘句，得〔籌式〕 合以股除之，爲小句。今不除，便爲帶分小句，又爲帶分截闊。內寄股爲母。以股通句，得五千四百十五步爲帶分句。內寄股爲母。加帶分截闊，得〔籌式〕 用乘截長，得 太〔籌式〕 爲帶分倍截積。內寄股爲母。寄左。乃以畝法通截積，倍之，得三千九百十五步。以股通之，得三十七萬一千九百二十五步，爲同數。消左，得〔籌式〕 約爲〔籌式〕 開平方，得四十五步爲截長。以減股餘五十步，乘句，得二千八百五十步爲實，以股除之，得三十步爲截闊。合問。

清・戴煦《四元玉鑑細草》 草曰：立天元一爲截長。先以步畝法〔籌式〕 通截地八畝，得〔籌式〕 加三十七步半，得〔籌式〕步 倍之，得倍截積〔籌式〕 以天

元除之，得截闊與句之共 太 以分母 太 通句潤

太 減之，得截闊 太 寄左。次以天元減長，得

以句闊乘之 如股長而一，再得截闊 與左合分互乘，左

乘得 太 右乘得 太 相消，得 以五十

七約之，得開方式 平方開之，得截長。以除倍截積內減句闊，得

截闊。

元・朱世傑《四元玉鑑》卷中《撥換截田》 今

有句股田一段，句潤六十步，股長一百五十步。令甲乙丙三人分之，甲截積二千九十步，乙截積一千八百五步，丙截積六百五步。從南橫截一句股與乙，從東豎截一句股與丙，外剩直田一段與甲。問三人各截長潤幾何。

答曰：甲截長五十五步，截潤三十八步。乙截股九十五步，截句三十八步。

丙截股五十五步，截句二十二步。

術曰：立天元一爲乙截句。如積求之，得一千四百四十四爲益實，一爲正隅。平方開之，得乙截句即甲截潤。

又立天元一爲丙截股。如積求之，得六百五爲益實，二分爲從隅。平方開之，得丙截股即甲截長合問。

清・沈欽裴《四元玉鑑細草》 草曰：立天元一爲乙截句。置乙截積一千八百五步，倍之，得三千六百一十步。合以乙截句除之。今省不除，即以爲乙帶分截股，乘句潤六十步，得二十一萬六千六百步。寄左。乃置股長一百五十步，以天元再乘之，得 太 與左相消，得 以一百五十約之，得 平方開之，得三十八步爲乙截句，即甲截潤也。置乙倍積以截句除之，得九十五步，即乙截股也。合問。又立天元一爲丙截股。置丙截積六百五步，倍之，得一千二百一十步。合以截股除之。今省不除，即以爲丙帶分截句，乘股長一百五十步，得一十八萬一千五百步。寄左。乃置句潤六十步，以天元再乘之，得 太 與左相消，得 以三百約之，得 平方開之，得五十五步爲丙截股，即甲截長也。置丙倍積，以丙截股除之，得二十二步，即丙截句也。合問。

清・羅士琳《四元玉鑑細草》 艸曰：立天元一爲乙截句。乘股，得 太 合以句除之，爲乙截股。今不除，便爲帶分乙截股。內寄句爲母。用乘截句，得 太 爲帶分倍乙截積。內寄句爲母。寄左。乃以句通乙截積，復倍之，得二十一萬六千六百步爲同數。消左，得 約爲 開平方，得三十八步爲乙截句。亦即爲甲截闊。乘股，得五千七百步爲實，以句除之，得九十五步爲乙截股。又立天元一爲丙截股。乘句，得 太 合以股除之，爲丙截句。今不除，便爲帶分丙截句。內寄股爲母。用乘截股，得 太 爲帶分倍丙截積。內寄股爲母。寄左。乃以股通丙截積，復倍之，得十八萬一千五百步爲同數。消左，得 約爲 分

開平方，得五十五步爲丙截股。亦即爲甲截長。乘句，得三千三百步爲實，以股除之，得二十二步爲丙截句。合問。

清·戴煦《四元玉鑑細草》 草曰：立天元一爲乙截句。以乘股長，得 太[illegible] 如句闊而一，得乙截股 [illegible] 以天元乘之，得倍乙截積 [illegible] 寄左。次列乙截積，倍之，得 [illegible] 以左母通之，得 [illegible] 與左相消，得 [illegible] 以一百五十約之，得開方式 [illegible] 平方開之，得乙截勾，便爲甲截闊。又乙截勾，除倍乙截，得乙截股。又立天元一爲丙截股。以乘句闊，得 太[illegible] 以股長除之，得丙截勾。以天元乘之 太[illegible] 折半，以天元乘之 太[illegible] 折半，得丙截積 太[illegible] 寄左。次列丙截積六百五步，與左相消，得開方式 [illegible] 平方開之，得丙截股，便爲甲截長。以丙截股除倍丙截積，得丙截句。

元·朱世傑《四元玉鑑》卷中《撥換截田》 今有梯田一段，正長二百一十步，小闊五十步，大闊九十二步。令甲乙丙丁分之，甲截積六千三百五十二步二分步之一，乙截積五千三十七步二分步之一，丙截積二千一百六十二步二分步之一，丁截積一千三百五十步二分步之一。從上先截給甲，次與乙丙丁。問各截長闊幾何。

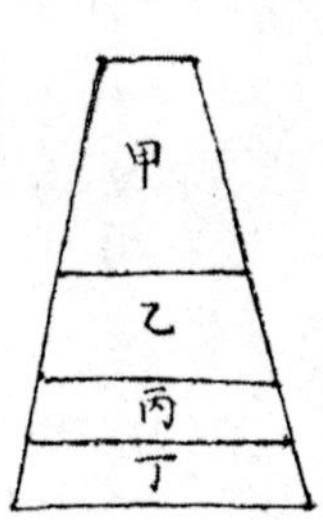

答曰：甲截一百五步，截闊七十一步。乙截六十五步，截闊八十四步。丙截二十五步，截闊八十九步。丁截一十五步，截闊九十二步。

術曰：立天元一爲甲截長。如積求之，得六萬三千五百二十五爲益實，五百爲從方，一爲從隅。平方開之，得甲截長。又立天元一爲乙截長。如積求之，得一萬七十五爲益實，一百四十二爲從方，二分爲從隅。平方開之，得乙截長。又立天元一爲丙截長。如積求之，得四千三百二十五爲益實，一百六十八爲從方，二分爲從隅。平方開之，得丙截長。又立天元一爲丁截長。如積求之，得二千七百一十五爲益實，一百七十八爲從方，二分爲從隅。平方開之，得丁截長。

清·沈欽裴《四元玉鑑細草》 草曰：立天元一爲甲截長。置甲截積六千三百五十二步二分步之一，通分內子，得一萬二千七百五步。合二因天元除之，爲中平闊。今省不除，即以爲帶分兩闊并于上。以天元乘小闊五十步，得 太[illegible] 兩度減上，餘 [illegible] 爲甲帶分闊差。乘正長二百一十步，得 [illegible] 寄左。乃以小闊五十減大闊九十二步，餘四十二步。又以天元再乘之，得 太[illegible] 與左相消，得 [illegible] 以四十二約之，得 [illegible] 平方開之，得一百五步，即甲截長也。以甲截長乘大小闊差爲實，正長爲法，除之，得二十一步爲甲闊差。加小闊五十步，得七十一步，即甲截闊也。又立天元一爲乙截長。置乙截積五千三十七步二分步之一，通分內子，得一萬七十五步。合二因天元除之，爲乙中平闊。今省不除，即以爲乙帶分兩闊，并以天元乘，甲截闊七十一步，得 太[illegible] 倍之，得 太[illegible] 減并餘 [illegible] 乘正長二百一十步，得 [illegible] 寄左。乃置大闊差四十二步，以天元再乘之，得 太[illegible] 與左相消，得 [illegible] 以二百一十約之，得 [illegible] 平方開之，得六十五步，即乙截長也。置前所通步，以乙截長除之，得一百五十五步，減甲截濶七十一步，餘八十四步，即乙截濶也。　又立天元一爲丙截長。置丙截積二千一百六十二步二分步之一，通分内子，得四千三百二十五步。合二因丙截長除之，爲丙中平濶。今省不除，即以爲丙帶分兩濶，并以天元乘乙截濶八十四步，得 太 倍之，得 太 減再餘 乘丙，乘正長二百一十步，得 寄左。乃置大小濶差四十二步，以天元再乘之，得 太 與左相消，得 以二百一十約之，得 平方開之，得二十五步，即丙截長也。以丙截長除前所通步，得一百七十三步，減乙截濶八十四步，餘八十九步，即丙截濶也。　又立天元一爲丁截長。置丁截積一千三百五十七步二分步之一，通分内子，得二千七百一十五步。合二因丁截長除之，爲丁中平濶。今省不除，即以爲丁帶分兩濶，并以天元乘丙截濶八十九步，得 太 倍之，得 太 減并，餘 乘正長二百一十步，得 寄左。乃置大小濶差四十二步，以天元再乘之，得 太 與左相消，得 以二百一十約之，得 平方開之，得一十五步。即丁截長也。

清・羅士琳《四元玉鑑細草》 艸曰：立天元一爲甲截長。置甲截積，通分内子，得一萬二千七百五。合倍天元除之，爲中平闊。今不除，便爲帶分兩闊併。內寄天元爲母。副以天元通倍小闊，得 太 以減之，得 爲帶分闊差。內寄天元爲母。乘正長，得 寄左。乃以大小闊相減，餘四十二步，乘天元。又以天元通之，得 太 爲同數。消左，得 約爲 開平方，得一百五步爲甲截長。乘四十二步，得四千四百十步。如正長而一，得二十一步爲甲闊差，加小闊，得七十一步爲甲截闊。　又立天元一爲乙截長。置乙截積通分内子，得一萬七十五。合倍天元除之，爲中平闊。今不除，便爲帶分兩闊併。內寄天元爲母。副以天元通倍甲截闊，得 太 以減之，得 爲帶分闊差。內寄天元爲母。乘正長，得 寄左。乃以大小闊相減，餘四十二步，乘天元。又以天元通之，得 太 爲同數。消左，得 約爲 二分 開平方，得六十五步爲乙截長。除乙截積，得一百五十五以甲截闊。減之，餘八十四步爲乙截闊。　又立天元一爲丙截長。置丙截積通分内子，得四千三百二十五。合倍天元除之，爲中平闊。今不除，便爲帶分兩闊併。內寄天元爲母。副以天元通倍乙截闊，得 太 以減之，得 爲帶分闊差。內寄天元爲母。乘正長，得寄左。乃以大小闊相減，餘四十二步。羃天元又以天元通之，得 [illegible] 爲同數。消左，得 [illegible] 約爲 [illegible] 開平方，得二十五步爲丙截長。除丙截積，得一百七十三步，以乙截闊減之，餘八十九步爲丙截闊。又立天元一爲丁截長。置丁截積通分内子，得二千七百十五。合倍天元除之，爲中平闊。今不除，便爲帶分兩闊併。内寄天元爲母。副以天元通倍丙截闊，得 [illegible] 以減之，得 [illegible] 羃正長，得 [illegible] 寄左。乃以大小闊相減，餘四十二步，羃天元，又以天元通之，得 [illegible] 爲同數。消左，得 [illegible] 約爲 [illegible] 開平方，得十五步爲丁截長。除丁截積，得一百八十一步，以丙截闊減之，餘九十二步，爲丁截闊。合問。

清・戴煦《四元玉鑑細草》 草曰：立天元一爲甲截長。以大小兩濶相較，得 [illegible] 乘之，得 [illegible] 如正長而一，得甲積兩闊較 [illegible] 以分母 [illegible] 通倍小闊 [illegible] 得 [illegible] 加之得 [illegible] 以天元乘之，得倍甲截積 [illegible] 寄左。次列原甲截積步，倍之，得 [illegible] 又以左母通之，得 [illegible] 與左相消，得 [illegible] 以四十二約之，得開方式 [illegible] 平方開之，得甲截長。以除甲倍積，内減小闊，得甲截闊七十一步，即乙小闊也。又立天元一爲乙截長。以兩闊較 [illegible] 乘之，得 [illegible] 如正長而一，得乙積兩闊較 [illegible] 加倍乙小闊 [illegible] 得 [illegible] 以天元乘之，得乙倍積 [illegible] 寄左。次列原乙截積步，倍之 [illegible] 與左相消，得開方式 [illegible] 平方開之，得乙截長。以除甲乙倍積，内減乙小闊，得乙截闊八十四步，即丙小闊也。又立天元一爲丙截長。以兩闊較 [illegible] 乘之，得 [illegible] 如長正而一，得丙積兩闊較 [illegible] 加倍丙小闊 [illegible] 得 [illegible] 以天元乘之，得丙倍積 [illegible] 寄左。次列原丙截積步，倍之 [illegible] 與左相消，得開方式 [illegible] 平方開之，得丙截長。以除丙倍積，内減丙小闊，得丙截闊八十九步，即丁小闊也。又立天元一爲丁截長。以兩闊較 [illegible] 乘之，得 [illegible] 如正長而一，得丁積兩闊較 [illegible] 加倍丁小闊 [illegible] 得 [illegible] 以天元乘之，得丁倍積 [illegible] 寄左。次列原丁截積步倍之，得 [illegible] 與左相消得，開方式 [illegible] 平方開之，得丁截長。以除丁倍積，内減丁小闊，得丁截闊九十二步，即梯田大闊也。

元・朱世傑《四元玉鑑》卷下《鎖套吞容》 今有圓田一段，内有圭池容邊占之。只云圭長不及圓徑三步半，却多池闊十步半。問池長闊及圓徑各幾何。

答曰：池闊二十一步，池長三十一步半，圓徑三十五步。

術曰：立天元一爲池闊。如積求之，得一百四十七爲正實，一十四爲從方，一爲益隅。平方開之，得池闊。合問。

清・沈欽裴《四元玉鑑細草》 草曰：立天元一 太丨 爲池闊。自乘，得 太〇丨 寄左。池闊加十步半，得 〔籌〕 爲圭長。又加三步半，得 〔籌〕 爲圓徑。自乘，得 〔籌〕 于上。圭長減三步半，得 〔籌〕 自乘，得 〔籌〕 減上餘 〔籌〕 與左相消，得 〔籌〕 平方開之，得二十一步。合問。

清・羅士琳《四元玉鑑細草》 艸曰：立天元一爲池闊。加多十步半，得 〔籌〕 爲圭長。副置不及圓徑三步半，以四乘之，得十四步，以乘圭長，得 〔籌〕 爲闊冪。寄左。乃以天元池闊自之，得 太〇丨 爲同數。消左，得 〔籌〕 開平方，得二十一步爲池闊。加十步半，得三十一步半爲圭長。又加三步半，得三十五步爲圓徑。合問。

清・戴煦《四元玉鑑細草》 草曰：立天元一爲池濶。加十步半得池長 〔籌〕 以三步半乘之，得半闊冪 〔籌〕 四之，得闊冪 〔籌〕 寄左。次以天元自之，得 太〇丨 與左相消，得開方式 〔籌〕 平方開之，得圭闊。加十步半得池長。再加三步半得圓徑。

元・朱世傑《四元玉鑑》卷下《鎖套吞容》 今有方田一段，靠東北角有圓池占之，餘積一萬二百二十五步。只云從田西南隅斜至池楞五十九步。問田方、池徑各幾何。

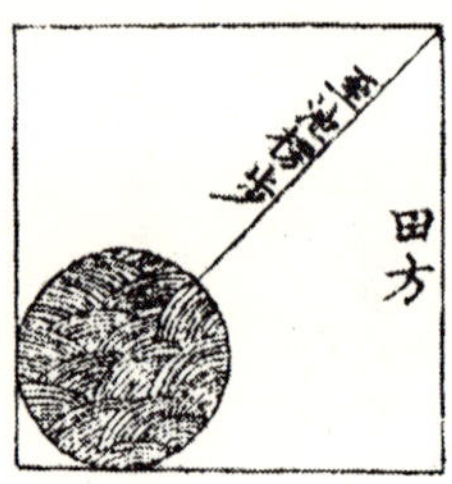

答曰：池徑一百二十步，田方一百四十五步。

術曰：立天元一爲池徑。如積求之，得五十五萬二千爲益實，四千七百二十爲從方，一爲益隅。平方開之，合問。

清・沈欽裴《四元玉鑑細草》 草曰：立天元一 太丨 爲池徑。七之，五而一，得 〔籌〕 置五十九步，以 〔籌〕 加之，得 〔籌〕 爲方田之斜徑。合五之，七而一，爲方面。今除不盡，即以 〔籌〕 爲帶分方面，自乘，得 〔籌〕 又四之，得 〔籌〕 爲一百九十六段方田積。次置池徑 太丨 自乘 太〇丨 三之 太〇〓 合四而一，爲圓池冪。今不欲除，轉以四十九乘之，得 〔籌〕 爲一百九十六段圓池積。減田積餘 〔籌〕 寄左。

乃置餘積一萬二百二十五步，以一百九十六乘之，得二百萬四千一百步，與左相消，得 〔籌〕 三約之，得 〔籌〕 平方開之，得一百二十步，即池徑也。合問。

清・羅士琳《四元玉鑑細草》 艸曰：立天元一爲池徑，即借爲池方。以斜率七乘之，得 〔籌〕 合以方率五除之，爲池斜。今不除，便爲五段池斜。以五通天元，得 〔籌〕 加之，得 〔籌〕 又半之，得 〔籌〕 爲五段田。東北角穿池徑至池楞斜。副以五通五十九步，得二百九十五步，加之，得 〔籌〕 爲五段田斜，即爲七段田方。自之，得 〔籌〕 內寄七自乘，四十九爲母。又四之，得 〔籌〕 爲一百九十六段方田積於上。又置池徑自之，得 太〇丨 以三乘之，得 太〇〓 合四除爲池積，令轉以四十九通得 〔籌〕 爲帶分池積。以減上位，得 〔籌〕 爲帶分餘積。內寄一百九，十六爲母。寄左。乃以分母通餘積，得二百萬四千一百爲同數。消左，得　三約之，得　開平方，得一百二十步爲池徑。五而七，得一百六十八步爲池斜。加池徑半之，得一百四十四步又加五十九步，得二百三步爲田斜。七而五，得一百四十五步爲田方。合問。

清·戴煦《四元玉鑑細草》 草曰：立天元一爲池徑。二而一，得半徑　又七之　五而一　爲池心至田東北角之長。以分母　通半徑，得　加之，得　又以分母　通斜至池楞　加之，得方田斜　五之　七而一，得田方面　自乘，得方田積　於上。以天元自乘　三之　四而一，得池積　以一千二百二十五通之，使與上同母得　減上得　寄左。次列餘積，以左母通之，得　與左相消，得　以七十五約之，得開方式　平方開之，得池徑。半之又七之，五而一，加半池徑再加斜至池楞，五之七而一得田方。

元·朱世傑《四元玉鑑》卷下《鎖套吞容》 今有圓田一段，周一百二十步，被水從中穿爲直河，分爲弧田二段。只云二弧弦各長三十二步。問水面闊幾何。

答曰：二十四步。

術曰：立天元一爲水面闊。如積求之，得五百七十六爲益實，一爲從隅。平方開之，得水面闊。合問。

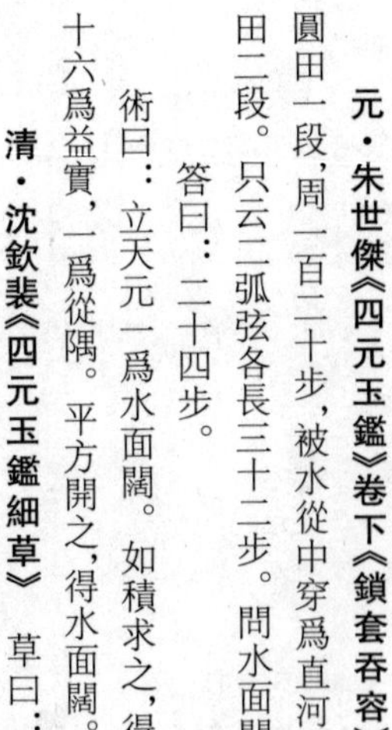

清·沈欽裴《四元玉鑑細草》 草曰：立天元一　爲水面闊。以減田徑四十步，餘　爲二弧共矢。并二弧弦，得六十四步，乘之，得　于上。共矢自乘，得　并上得　減四段田積四千八百步，餘　寄左。乃以弦長三十二步減圓徑四十步，餘八步半之，得四步。乘水面闊，得　以十六步加之，得　又以弦長乘水面闊　加之，得　爲水積步。四之，得　與左相消，得　平方開之，得二十四步。合問。

清·羅士琳《四元玉鑑細草》 艸曰：立天元一爲水面闊。自之，得　爲闊冪。副以周自之，得一萬四千四百爲周冪。如九而一，得一千六百爲徑冪。以闊冪減之，得　爲長冪。寄左。乃以長自之，得一千二十四步爲同數。消左，得　開平方，得二十四步。合問。

清·戴煦《四元玉鑑細草》 草曰：立天元一爲水面闊。自之，爲勾冪　以弧弦長自之　爲股冪。相併，得　寄左。次列田周，三而一，得圓徑　自之，爲弦冪　與左相消，得開方式　平方開之，得水面闊。

元·朱世傑《四元玉鑑》卷下《鎖套吞容》 今有方田一段，靠西北隅有結角方池占之，餘積四千步。只云從田東南隅斜至池楞六十八步八分。問田池各方幾何。

答曰：池方十五步。

術曰：立天元一爲池方。如積求之，得七萬七千六百六十四爲益實，五千九十一步二分爲從方，五步七分六釐爲從隅。平方開之，合問。

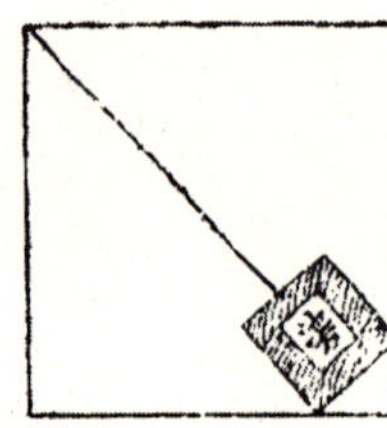

清·沈欽裴《四元玉鑑細草》 草曰：立天元一 太丨 爲池方。以四十九乘之，如二十五而一，得 [籌算式] 減 [籌算式] 餘 [籌算式] 加六十八步八分，得 [籌算式] 爲方田之斜徑。合五之，七而一。今除不盡，即以 [籌算式] 爲帶分田方。自乘，得 [籌算式] 爲四十九段方田積池方。自乘 [籌算式] 又以四十九乘之，得 [籌算式] 減田積，餘 [籌算式] 寄左。乃置餘積四千步，亦以四十九乘之，得一十九萬六千步。與左相消，得 [籌算式] 平方開之，得十五步。合問。

清·羅士琳《四元玉鑑細草》 艸曰：立天元一爲池方。以七乘之，得 [籌算式] 以五除之，得 [籌算式] 爲池斜。借爲虛方，又以七乘之，得 [籌算式] 爲五段虛斜。以五通天元，得 [籌算式] 加之，得 [籌算式] 半之，得 [籌算式] 爲五段田西北隅至池東南楞。以五通六十八步八分，得三百四十四步加之，得 [籌算式] 爲五段田斜，即爲七段田方。自之，得 [籌算式] 爲四十九段方田積於上。又以池方自之，得 [籌算式] 以四十九通，得 [籌算式] 爲四十九段池積。以減上位，得 [籌算式] 爲四十九段餘積。寄左。乃以四十九通餘積，得十九萬六千步爲同數。消左，得 [籌算式] 開平方，得十五步爲池方。五而七，得二十一步爲池斜。又七之，得一百四十七步爲五段虛斜。以五通池方，得七十五步，加之，得二百二十二步，半之，得一百一十一步於上。又五通，六十八步八分得三百四十四步，加 ⊥ 得四百五十五步，七而一，得六十五步爲田方。合問。

元·朱世傑《四元玉鑑》卷下《鎖套吞容》 今有方田一段，西北隅被水侵占之，餘積七千一百一十二步半。只云東南隅斜至水楞一百八步半。問田方及水長各幾何。

答曰：田方八十五步，水長二十一步。

術曰：立天元一爲田方面。如積求之，得一萬九千一百二十五爲正實，三百一十爲益方，一爲正隅。平方開之，所得七之，五而一，爲田斜。內減云數，餘爲池斜。倍之，即水長。合問。

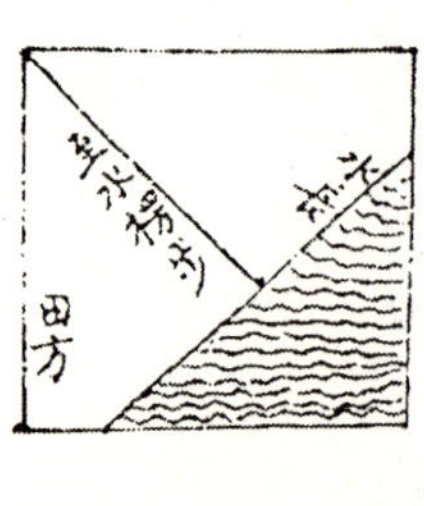

清·沈欽裴《四元玉鑑細草》 草曰：立天元一 太丨 爲田方面。七之，五而一，得 [籌算式] 爲田斜。減一百八步半，餘 [籌算式] 爲水斜。倍之，得 [籌算式] 爲水長。五之，得 [籌算式] 七而一，得 [籌算式] 自乘，得 [籌算式] 半之，得 [籌算式] 減田積 太○丨 餘 [籌算式] 寄左。乃置餘積七千一百一十二步半，與左相消，得 [籌算式] 平方開之，得八十五步。合問。

清·羅士琳《四元玉鑑細草》 艸曰：立天元一爲田方面。以七乘之，得太[籌算式] 合以五除之，爲田斜。今不除，便爲五段田斜。乃以五通斜至水楞步，得五百四十二步半爲五段斜至步。以減五段田斜，得 [籌算式] 爲五段水闊。倍之，得 [籌算式] 爲五段水長，即五段水斜。如七而一，得 [籌算式] 爲水方。自之，得 [籌算式] 半之，得 [籌算式] 爲水積。寄左。乃置田方面，自之，得 太[籌算式] 減餘積，得 [籌算式] 爲同數。消左，得 [籌算式] 開平方，得八十五步，爲田方。七之，得五百九十五步，五而一，得一百一十九步爲田斜。以云數一百八步半減之，餘十步半爲池斜。倍之，得二十一步爲水長。合問。

清·戴煦《四元玉鑑細草》 草曰：立天元一爲田方面。七之 太[籌算式] 五而一，得田斜 [籌算式] 以分母 [籌算式] 通斜至水楞，得 [籌算式] 減之，得 [籌算式] 倍之，得水長 [籌算式] 五之，得 [籌算式] 七而一，得 [籌算式] 自之 [籌算式] 折半，得水積 [籌算式] 寄左。次以天元自之 太[籌算式] 內減餘積，得 [籌算式] 與左相消，得開方式 [籌算式] 平方開之，得田方八十五步。七之 [籌算式] 五而一，得田斜一百十九步。內減斜至池水楞，餘十步半。倍之，得水長二十一步。

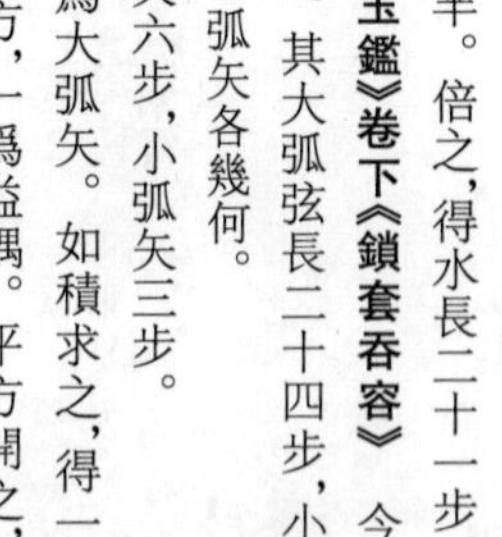

元·朱世傑《四元玉鑑》卷下《鎖套吞容》 今有圓田一段，被水侵入二弧。其大弧弦長二十四步，小弧弦長一十八步。問大小二弧矢各幾何。

荅曰：大弧矢六步，小弧矢三步。

術曰：立天元一爲大弧矢。如積求之，得一百四十四爲益實，三十爲從方，一爲益隅。平方開之，得大弧矢。

又立天元一爲小弧矢。如積求之，得八十一爲正實，三十爲益方，一爲正隅。平方開之，得小弧矢。合問。

清·沈欽裴《四元玉鑑細草》 草曰：立天元一 太[籌算式] 爲大弧矢。以除大弧半弦冪一百四十四步，加矢，得 [籌算式] 寄左。乃置大弧弦二十四步，自乘，得五百七十六步。又置小弧弦一十八步，自乘，得三百二十四步。并二弦冪，得九百步。開方，得三十步，爲圓田徑。與左相消，得 [籌算式] 平方開之，得六步。合問。　又立天元一 太[籌算式] 爲小弧矢。以除小弧半弦冪八十一步，加矢，得 [籌算式] 與圓田徑三十步相消，得 [籌算式] 平方開方，得三步。合問。

清·羅士琳《四元玉鑑細草》 艸曰：立天元一爲大弧矢。先以大弦自之，得五百七十六步爲股冪。又以小弦自之，得三百二十四步爲句冪。併句股二冪，得九百步爲弦冪，亦即圓徑冪。平方開之，得三十步爲圓田徑。以大弧矢減之，得 [籌算式] 爲矢徑差。用乘天元大弧矢，得 太[籌算式] 爲半弦冪。寄左。乃以大弦自乘之，五百七十六步如四而一，得一百四十四步爲同數。消左，得 [籌算式] 開平方，得六步爲大弧矢。　又立天元一爲小弧矢。以減圓田徑，得 [籌算式] 爲矢徑差。用乘天元小弧矢，得太[籌算式] 爲半弦冪。寄左。乃以小弦自乘之，三百二十四步如四而一，得八十一步爲同數。消左，

得 〔籌式〕 開平方，得三步爲小弧矢。合問。

清・戴煦《四元玉鑑細草》 草曰：先以大弧弦自乘，得 〔籌式〕 小弧弦自乘，得 〔籌式〕 相併，得 〔籌式〕 開平方得，圓徑三十步。立天元一爲大弧弦矢。以減徑，得矢徑差 〔籌式〕 以天元乘之，得半大弦冪 〔籌式〕 寄左。次列大弧弦，半之 〔籌式〕 自乘，得 〔籌式〕 與左相消，得開方式 〔籌式〕 平方開之，得大弧弦矢。又立天元一爲小弧矢。以小弧弦半之 〔籌式〕 自乘 〔籌式〕 天元除之，得天徑差 〔籌式〕 寄左。次以天元減圓徑，得 〔籌式〕 以左母通之，得 〔籌式〕 與左相消，得開方式 〔籌式〕 平方開之，得小弧矢。

元・朱世傑《四元玉鑑》卷下《鎖套吞容》 今有圭田一段，闊一十四步，長二十四步，於內欲容圓池一所。問池徑幾何。

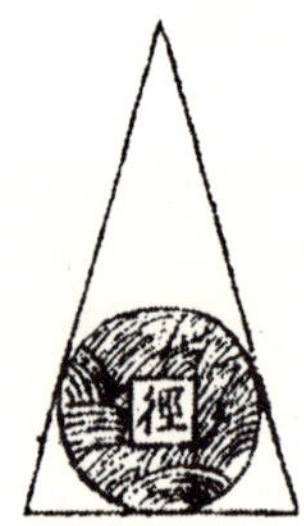

答曰：一十步二分步之一。

術曰：立天元一爲容池圓徑。如積求之，得一千一百七十六爲益實，四十九爲從方，六爲從隅。平方開之，合問。

清・沈欽裴《四元玉鑑細草》 草曰：立天元一 〔太｜〕 爲池圓徑。以除圭田四倍積六百七十二步，得 〔籌式〕 爲圭田三面和。減闊一十四步，餘 〔籌式〕 半之，得 〔籌式〕 爲圭田之斜面，即爲弦。自乘，得 〔籌式〕 爲弦冪。寄左。乃置闊一十四步，半之，得七步爲勾。自乘，得四十九步爲勾冪。以長二十四步爲股，自乘，得五百七十六步爲股冪。并勾股冪，得六百二十五步。與左相消，得 〔籌式〕 以等數九十六約之，得 〔籌式〕 平方開之，得一十步二分步之一。合問。

清・羅士琳《四元玉鑑細草》 草曰：立天元一爲容池圓徑。以減長，得 〔籌式〕 爲小長。乘闊，得 〔籌式〕 合以長，除之爲小闊。今不除，便爲帶分小闊。內寄長爲母。以闊乘之，得 〔籌式〕 爲圓徑冪。內寄長爲母。寄左。乃以天元圓徑自之，得 〔籌式〕 又以長通之，得 〔籌式〕 爲同數。消左，得 〔籌式〕 四約之，得 〔籌式〕 開平方，得一十步二分步之一。合問。

清・戴煦《四元玉鑑細草》 草曰：立天元一爲圓徑。以長乘之 〔籌式〕 如闊而一，所得爲小股 〔籌式〕 自乘，得小股冪 〔籌式〕 寄左。

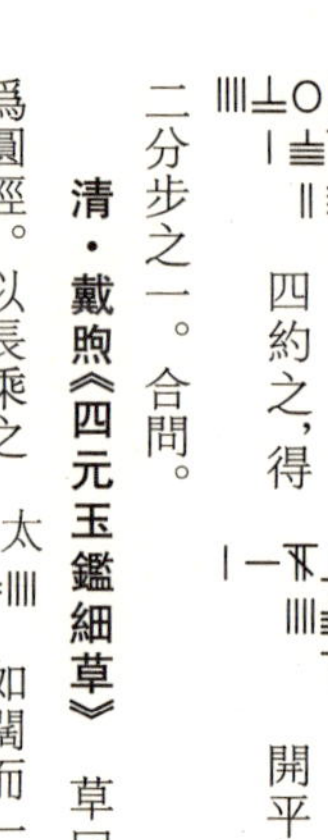

次以圭長爲小句小弦和，以天元減圭長爲（句小），小勾弦較 〔籌式〕 相乘，得 〔籌式〕 以左母通之，得 〔籌式〕 與左相消，得 〔籌式〕 以九十六約之，得開方式 〔籌式〕 平方開之，得容池圓徑。

元・朱世傑《四元玉鑑》卷下《鎖套吞容》 今有句股田一段，句闊一十八步，股長二十四步，今欲從句內容圓池一所。問容池周幾何。

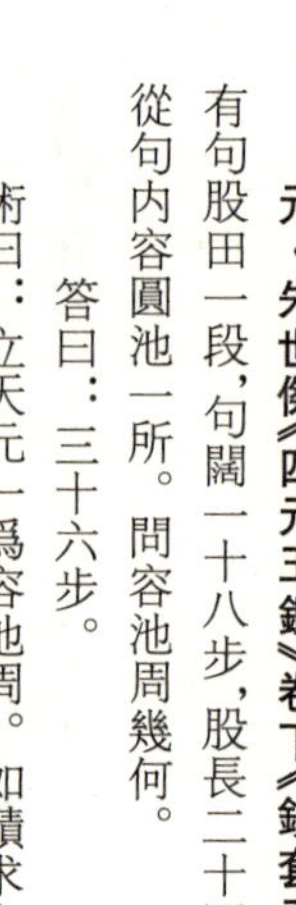

答曰：三十六步。

術曰：立天元一爲容池周。如積求之，得七千七百七十六爲正實，二百五十二爲益方，一爲正隅。平方開之，合問。

清・沈欽裴《四元玉鑑細草》 草曰：立天元一 〔太｜〕 爲容池周。合三而一，爲容池徑。今除不盡，便以爲法。以勾一十八步，股二十四步相乘，得四百三十二步。倍之，得八百六十四步，又三之，得二千五百九十二步以爲實。實如法而一，得〔籌式〕爲弦和和。減勾股和四十二步，得〔籌式〕爲弦。自乘，得〔籌式〕爲弦冪。寄左。乃以勾一十八步自乘，得三百二十四步，爲勾冪。又以股二十四步自乘，得五百七十六步爲股冪。并之得九百步。與左相消，得〔籌式〕以隅約之，得〔籌式〕平方開之，得三十六步。合問。

清·羅士琳《四元玉鑑細草》 艸曰：立天元一爲容池周，又爲三段弦和較。副併句股，得四十二步。三之，得一百二十六步爲三段句股和。以三段弦和較減之，得〔籌式〕爲三段弦。自之，得〔籌式〕爲九段弦冪。寄左。乃以句自之，得三百二十四步爲句冪。又以股自之，得五百七十六步爲股冪。併句股二冪，得九百步。復以九通之，得八千一百步爲同數。消左，得〔籌式〕開平方，得三十六步。合問。

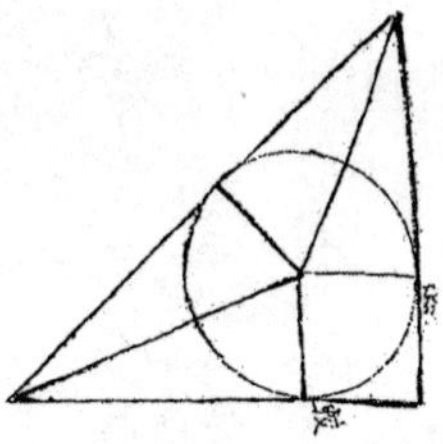

清·戴煦《四元玉鑑細草》 草曰：立天元一爲容池周。三而一，得容池徑〔籌式〕即弦和較也。以句股和相併，得句股和〔籌式〕以池徑母通之〔籌式〕內減池徑，得弦〔籌式〕自之，得〔籌式〕寄左。次以句自之，得〔籌式〕股自之，得〔籌式〕相併，得〔籌式〕以左母通之，得〔籌式〕與左相消，得開方式〔籌式〕平方開之，得容圓周。

元·朱世傑《四元玉鑑》卷下《鎖套吞容》 今有梯田一段，小闊八步，大闊三十二步，長二十二步半，欲於大闊容圓池一所。問容池徑幾何。

答曰：一十九步二分。

術曰：立天元一爲大闊容圓徑。如積求之，得一十三萬八千二百四十爲益實，四千六百八爲從方，一百三十五爲從隅。平方開之，合問。

清·沈欽裴《四元玉鑑細草》 草曰：立天元一爲大闊容圓徑。置大闊三十二步，半之，自乘得二百五十六步，又乘長二十二步半，得五千七百六十步，四之，得二萬三千四十步，以天元除之，得〔籌式〕于上。又置大闊三十二步，十二乘之，得三百八十四步。減上，餘〔籌式〕半之，得〔籌式〕自乘，得〔籌式〕寄左。乃置大闊半之，得十六步，十二乘之，得一百九十二步。自之，得三萬六千八百六十四步于上。又以半大闊乘長，得三百六十。自乘，得一十二萬九千六百步。并上得一十六萬六千四百六十四步。與左相消，得〔籌式〕以九百六十約之，得〔籌式〕平方開之，得一十九步二分。合問。

欽裴按：此術可從簡省，補立術草于後，且以申明作者之意。

新術曰：立天元一爲大闊容圓徑。如積求之，得一萬五千三百六十爲益實，五百一十二爲從方，一十五爲從隅，平方開之。合問。

草曰：立天元一爲大闊容圓徑。置大闊三十二步，半之，得一十六步爲見勾。又置大闊以小闊八步減之，餘二十四步，半之，得十二步爲勾率。以長二十二步半爲股率，以乘見勾，得三百六十步爲實。如勾率而一，得三十步爲見股。以乘見勾，得四百八十步，四之，得一千九百二十步，天元除之，得 [算籌] 以大闊減之，餘 [算籌] 半之，得 [算籌] 爲弦。自之，得 [算籌] 爲弦冪。寄左。乃置見勾一十六步，自之，得二百五十六步，爲勾冪。次置見股三十步，自之得九百步，爲股冪。并之，得一千一百五十六步。與左相消，得 [算籌] 以六十約之，得 [算籌] 平方開之，得一十九步二分。合問。

清・羅士琳《四元玉鑑細草》 艸曰：立天元一爲大闊容圓徑。加大闊，得 [算籌] 爲徑闊和。置大小闊相減，半之，得十二步爲半闊差，乘長得二百七十步。與徑闊和相乘，得 [算籌] 爲長差。以半闊差自之，得一百四十四步爲闊差冪。乘徑闊和，得 [算籌] 加長差得 [算籌] 半之，得 [算籌] 爲三事差。置闊差冪乘天元，得 [算籌] 以減三事差，得 [算籌] 復以天元乘之，得 [算籌] 寄左。乃以徑闊和半之，得 [算籌] 乘長差，得 [算籌] 於上。以天元乘三事差，得 [算籌] 以減上位，得 [算籌] 爲同數。消左，得 [算籌] 開平方，得一十九步二分。合問。

清・戴煦《四元玉鑑細草》 草曰：先以小闊減大闊，得兩闊較 [算籌] 乃以長乘大闊 [算籌] 如兩闊較而一，得 [算籌] 爲補成圭田之長。立天元一爲容圓徑。以乘補長 [算籌] 半之，得 [算籌] 如半大闊 [算籌] 而一，得小股 [算籌] 自之，得 [算籌] 寄左。次以補長母通天元 [算籌] 以減補長，得 [算籌] 爲小句弦較，補長爲小句弦和。乘之，得 [算籌] 以四通之，使與左同母。得 [算籌] 與左相消，得 [算籌] 十五約之，得開方式 [算籌] 平方開之，得容圓徑。

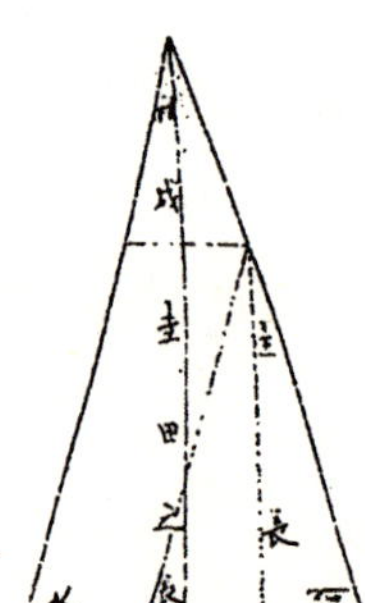

按：長乘大闊以兩闊較除之，本屬受除，不必用帶分補長，但徑除之，則求得實方廉隅之數，與原術不合，故用帶分補長。

元・朱世傑《四元玉鑑》卷下《鎖套吞容》 今有

梯田一段，大闊三十二步，小闊八步，長二十二步半。欲於小頭容圓池一所。問容池周幾何。

答曰：四十步。

術曰：立天元一爲小頭容圓徑。如積求之，得九百六十爲益實，一百二十八爲益方，一十五爲從隅。平方開之，不盡，按之分法求之。合問。

清·沈欽裴《四元玉鑑細草》草曰：立天元一爲小頭容圓徑。加七步半，以十六乘之，得 [illegible] 又以八乘之，得 [illegible] 寄左。乃以天元自乘，得 [illegible] 又以十五乘之，得 [illegible] 與左相消，得 [illegible] 平方開之，得一十三步三分步之一，即小頭容圓徑。三之，得四十步，即容池周也。合問。

清·羅士琳《四元玉鑑細草》艸曰：立天元一爲小頭容圓徑。減小闊，得 [illegible] 爲徑闊較。置大小闊相減，半之得十二步爲半闊差。椉長，得二百七十步與徑闊較相椉，得 [illegible] 爲長差。以半闊差自之，得一百四十四步爲闊差冪。椉徑闊較，得 [illegible] 加長差，得 [illegible] 半之，得 [illegible] 爲三事差。置闊差冪椉天元，得 [illegible] 以減三事差，得 [illegible] 復以天元椉之，得 [illegible] 寄左。乃以徑闊較半之，得 [illegible] 椉長差，得 [illegible] 爲同數。消於上。以天元椉三事差，得 [illegible] 以減上位，得 [illegible] 左，得 [illegible] 九約之，得 [illegible] 開平方，得一十三步，不盡 [illegible] 以隅十五爲母，椉實爲實，方不動，隅定爲一，得 [illegible] 又開平方，得五爲子。子母各以五約之，得一十三步三分步之一爲圓徑。通分內子，得四十步，爲池周。合問。

清·戴煦《四元玉鑑細草》草曰：先以長乘大闊 [illegible] 如兩闊較 [illegible] 而一，得補成圭田之長 [illegible] 立天元一爲小頭容圓徑。以乘補長 [illegible] 如大闊而一，得小股 [illegible] 自之，得小股冪 [illegible] 寄左。次以梯長減補長，得 [illegible] 爲小句弦較。加天元，得 [illegible] 爲小句弦和。相乘，得 [illegible] 以左母通之，得 [illegible] 與左相消，得 [illegible] 六十約之，得開方式 [illegible] 平方開之，得十三步。不盡，以之分天元術(法)求之。以隅法 [illegible] 爲不盡分數之母，立天元一爲不盡數之子 [illegible] 以分母 [illegible] 通十三步 [illegible] 併之，爲原立天元數 [illegible] 自之 [illegible] 以隅法乘之，以除其母代乘。得從隅式 [illegible] 寄左。次以方法 [illegible] 乘原立天元數，得益方式 [illegible] 又以隅法通原實 [illegible] 得益實式 [illegible] 二式相併，得 [illegible] 與左相消，得開方式 [illegible] 乃以一千三百三十五爲益實，二百六十二爲從方，一爲正隅。平方開之，得五步。與十五約之，得三分步之一。併入十三步，得圓徑十三步三分步之一，通分內子

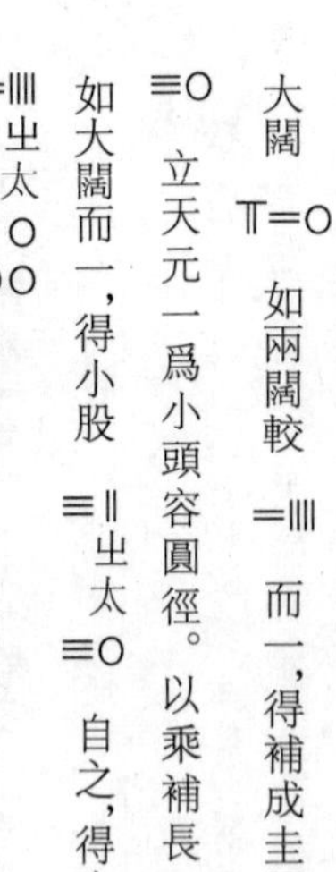

[算籌]三之，得圓周四十步。

元·朱世傑《四元玉鑑》卷下《雜範類會》 今有沉香立圓毬一隻，徑一尺。今從頂截周八寸四分。問厚幾何。

答曰：二分。

術曰：立天元一爲截頂厚。如積求之，得一寸九十六分爲正實，一十寸爲益方，一寸爲從隅。平方開之，得頂厚。合問。

清·沈欽裴《四元玉鑑細草》 草曰：立天元一爲截頂厚。倍之，又三之，以減三十寸，餘[算籌]自之，得[算籌]於上位。三因徑，得三十寸，自之，得九百寸。以上位減之，餘[算籌]寄左。乃置截周八寸四分，自乘得七十寸五十六分。與左相消，得[算籌]以隅約之，得[算籌]平方退位開之，得二分。合問。

清·羅士琳《四元玉鑑細草》 艸曰：立天元一爲截頂厚，又爲矢。以減圓毬徑，得[算籌]爲矢徑差。用乘矢，得[算籌]爲半弦冪。四之，得[算籌]爲通弦冪。又九之，得[算籌]爲截周冪。寄左。乃以截周自之，得七十寸五十六分爲同數。消左，得[算籌]約爲[算籌]開平方，得二分。合問。

清·戴煦《四元玉鑑細草》 草曰：立天元一爲截頂厚。以截周三而一，得弧弦[算籌]半之，得[算籌]自乘，得半弦冪[算籌]以天元除之，得矢徑差[算籌]寄左。次以天元減徑，得[算籌]以左母通之，得[算籌]與左相消，得開方式[算籌]平方開之，得截頂厚。

元·朱世傑《四元玉鑑》卷下《雜範類會》 今有人買酒，持錢一十二貫七百四十四文。只云每瓶納税八十五文，又共與用錢一百二十六文，無錢納官准酒九瓶。問共酒及瓶價各幾何。

答曰：共酒三十六瓶，瓶價三百五十四文。

術曰：立天元一爲瓶價。如積求之，得一千二萬三百六十爲益實，一十四爲益方，一爲正隅。平方開之，得瓶價。合問。

清·沈欽裴《四元玉鑑細草》 草曰：立天元一爲瓶價。除錢一十二貫七百四十四文，得[算籌]爲共酒。以每瓶納税八十五文乘之，得[算籌]又加用錢一百二十六文，得[算籌]寄左。乃置准酒九瓶，以瓶價承之，得[算籌]與左相消，得[算籌]九約之，得[算籌]平方開之，得三百五十四文。合問。

清·羅士琳《四元玉鑑細草》 艸曰：立天元一爲瓶價。除共價，得[算籌]爲共瓶數。以每瓶納税八十五乘之，得[算籌]爲共税。加用錢，得[算籌]爲九瓶價。寄左。乃以九乘天元，得[算籌]爲同數。消左，得[算籌]約爲[算籌]開平方，得三百五十四文爲瓶價。除共價得三十六瓶之，得五貫六百二十五文，即本錢也。以減九貫八百五十文，餘四貫二百二十五文，即利錢也。置利錢數平方開之，得六十五以一百二十五，乘之，如一十三而一，得六百二十五日，即二十箇月零二十五日也。三十乘利錢，又以一貫乘之，爲實。日數乘本錢爲法。實如法而一，得三十六文七十五分文六十三爲正隅。平方開之，得顆價。不盡按之分法求之。合問。

草曰：立天元一爲元珠數。以除直銀一千二百兩，得 [算籌式]太 爲顆價。七因之，得 [算籌式]太 又九之，得 [算籌式]太 寄左。乃置元珠數，四因之，得 太 [算籌式] 又九之，得 太 [算籌式] 于上。又置貼與客銀八兩二錢九分錢之二，通分內子，得七十四兩。并上，得 [算籌式] 與左相消，得 [算籌式] 四約之，得 [算籌式] 平方開之，得一百三十五。又立天元一爲顆價。七之，又九之，得 太 [算籌式] 寄左。乃置直銀一千二百兩，以天元除之，得 [算籌式]太 爲元珠數。四之，又九之，得 [算籌式]太 于上。又置銀八兩二錢九分錢之二，通分內子，得七十四兩。并上得 [算籌式] 與左相消，得 [算籌式] 平方開之，得八兩八錢九分錢之八。合問。

清·羅士琳《四元玉鑑細草》 艸曰：立天元一爲元珠數。㮚每顆納稅四錢，得 太 [算籌式] 爲共稅。以分母九通之，得 太 [算籌式] 於上。副置客銀，通

爲共酒。合問。

清·戴煦《四元玉鑑細草》 草曰：立天元一爲瓶價。以持除錢，得瓶數 太 [算籌式] 以瓶稅乘之，得 太 [算籌式] 於上。又天元乘九瓶，得 太 [算籌式] 又以上母 太 [算籌式] 通之，得 太 [算籌式] 內減上，得用錢 太 [算籌式] 寄左。次列用錢，以左母通之，得 太 [算籌式] 與左相消，得 [算籌式] 九約之，得開方式 [算籌式] 平方開之，得瓶價，以除持錢得共酒。

元·朱世傑《四元玉鑑》卷下《雜範類會》 今有客持珍珠不知顆數，直銀一千二百兩。只云每顆納稅銀四錢，准納七顆，貼與客銀八兩二錢九分錢之二。問元珠及顆價各幾何。

答曰：元珠一百三十五顆，顆價八兩八錢九分錢之八。

術曰：立天元一爲元珠數。如積求之，得一十八萬九千爲正實，一百八十五爲益方，九爲益隅。平方開之，即珠數。

又立天元一爲顆價。如積求之，得四十三萬二千爲益實，七百四十爲益方，六十三爲正隅，平方開之，得顆價。不盡，按之分法求之。合問。

清·沈欽裴《四元玉鑑細草》 草曰：立天元一爲本錢。以減九貫八百五十文，餘 [算籌式] 爲利錢。寄左。乃置五貫六百九十文，減去本錢餘 [算籌式] 爲利錢開方數。自乘，得 [算籌式] 與左相消，得 [算籌式] 平方開

分內子，得七百四十，加上得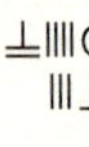爲七顆價。寄左。乃以直銀展爲一萬二千錢，以天元除之，得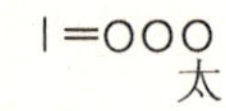九通之，得爲顆價。用乘七顆，得爲同數。消左，得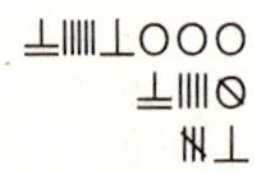約爲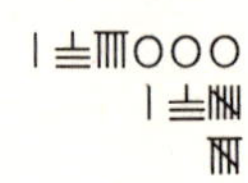開平方，得一百三十五顆爲珠數。又立天元一爲顆價。除直銀得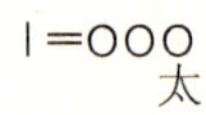爲珠數。以九通稅銀，得三十六，乘之，得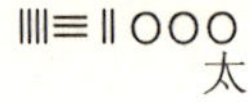爲共稅。寄左。乃以九通七顆，得六十三，乘天元，得爲七顆價。以客銀減之，得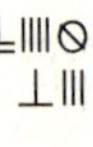爲同數。消左，得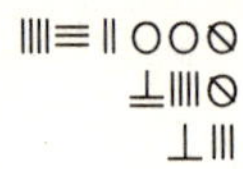開平方，得八兩八錢。不盡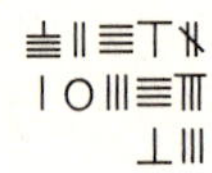以隅六十三爲母。乘實爲實，方不動，隅定爲一，得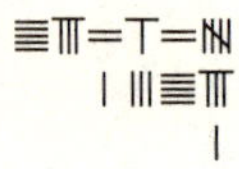又開平方，得五十六爲子，子母各以七約之，得九分錢之八爲顆價。合問。

清·戴煦《四元玉鑑細草》 草曰：立天元一爲元珠數。以除直銀，得顆價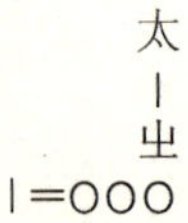以七顆乘之，得於上。又天元乘四錢，得共稅以上母通之，得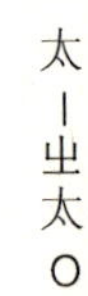以減上，得貼客銀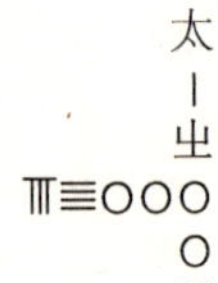寄左。次列原貼與客銀，通分內子，得與左合分互乘，左乘得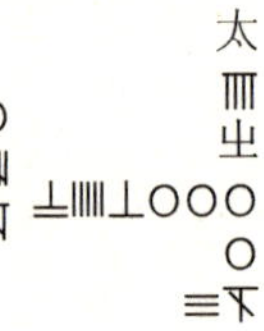右乘得相消，得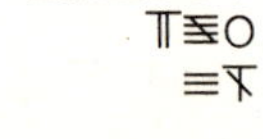四約之，得開方式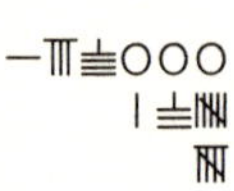平方開之，得珠數。

元·朱世傑《四元玉鑑》卷下《雜範類會》 今有人贖解，本利共收九貫八百五十文。只云利錢平方開之，加入本錢共得五貫六百九十文，又開方數如日一百二十五分日之一十三，月率三十文與日同。問本利及日數，每貫月利幾何。

答曰：本五貫六百二十五文，每貫月利三十六文七十五分文之四，二十箇月零二十五日，利四貫二百二十五文。

術曰：立天元一爲本錢。如積求之，得三千二百三十六萬六千二百五十爲正實，一萬一千三百七十九爲益方，一爲正隅。平方開之，即本錢。餘依法求之。合問。

清·羅士琳《四元玉鑑細草》 艸曰：立天元一爲本錢。以減共得錢，得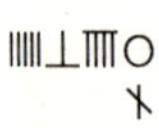爲開方數。自之，得爲利錢。用加天元本錢，得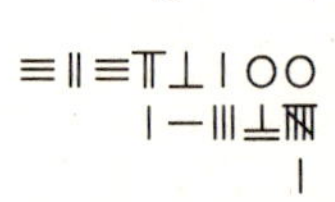與本利共數相消，得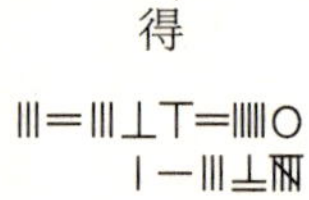開平方，得五貫六百二十五文爲本錢。以減共得錢，餘六十五文爲開方數。以一百二十五通之，得八千一百二十五，如十三而一，得六百二十五爲日，約爲二十箇月零二十五日。副以本錢減本利共

數，餘四貫二百二十五文爲利錢，以月率三十通之，得十二萬六千七百五十。如六百二十五日而一，得每月共利二百二文又十分文之八。以本錢除之，得每貫月利三十六文又五千六百二十五分文之三百，約爲七十五分文之四。合問。

清・戴煦《四元玉鑑細草》 草曰：立天元一爲本錢。以減五貫六百九十文，得利錢開方數 [算籌] 自之，得利錢 [算籌] 加天元，得本利共數 [算籌] 寄左。次列共收錢，與左相消，得開方式 [算籌] 平方開之，得本錢五貫六百二十五文。以減五貫六百九十文，得六十五爲利錢開方數。自之，得利錢四貫二百二十五文。又開方數以一百二十五乘之 [算籌] 十三而一，得日數六百二十五。以月率 [算籌] 收之，得二十箇月零二十五日。置利錢，以一千乘月率得 [算籌] 乘之，得 [算籌] 爲實。以日數乘本錢，得 [算籌] 爲法。除之，得三十六。不盡，餘實一十八萬七千五百，與除法約之，得七千五分文之四，加入三十六文，得每貫月利。

元・朱世傑《四元玉鑑》卷下《雜範類會》 今有錢八貫六百一十二文，已令五人分之。只云乙如甲五分之三，丙不及乙一貫八百八十文，併甲丙以乙除之，所得與戊同，丁少如丙七百九十文。問各分幾何。

答曰：甲四貫七百文，乙二貫八百二十文，丙九百四十文，丁一百五十文，戊二文。

術曰：立天元一爲一分之率。如積求之，得九百四十爲益實，一萬九千七百三十九爲益方，二十一爲從隅。平方開之，得九百四十文爲一分之率。合問。

清・沈欽裴《四元玉鑑細草》 草曰：立天元一爲一分之率。五之，得 太 [算籌] 爲甲分。又以乙分 太 [算籌] 乘之得 太 [算籌] 於上位。三因天元，得 太 [算籌] 爲乙分。自之，得 太 [算籌] 於副位。置乙分減一貫八百八十文，得 [算籌] 爲丙分。以乙分乘之，得 [算籌] 於中位。并甲丙分得 [算籌] 爲帶分戊分于下位。寄乙分爲母。置丙分數減七百九十文，得 [算籌] 爲丁分。以乙分乘之，得 太 [算籌] 於次位，并五位，得 [算籌] 寄左。乃置錢八貫六百一十二文，亦以乙分乘之，得 太 [算籌] 與左相消，得 [算籌] 半之，得 [算籌] 平方開(方)[之]，得九百四十文，即一分之率也。合問。

元・朱世傑《四元玉鑑》卷下《雜範類會》 今有立方面五尺。問東南上角直至西北下角長幾何。

答曰：八尺六寸一百七十三分寸之四。

術曰：立天元一爲斜長。如積求之，得七十四爲益實，一爲正隅。平方開之，不盡，命分。合問。

清・沈欽裴《四元玉鑑細草》 草曰：立天元一爲斜長。自之，得 太 [算籌] 寄左。乃置立方面五尺自乘，得二十五尺于上。又以斜面七尺自乘，得四十九尺。并上，得七十四尺。與左相消，得 [算籌] 平方開之，得八尺六寸一百七十三分寸之四。合問。

清・羅士琳《四元玉鑑細草》 艸曰：立天元一爲斜長，又爲弦。自之，得 太 [算籌] 爲弦冪。寄左。乃以方邊爲句，自之，得二十五尺爲句冪。副以斜率七乘方邊，得三十五尺，如方率五而一，得七尺爲斜，又爲股。自之，得四十九尺爲股冪。併句股二冪，得七十四尺爲同數。消左，得 ⊥≡〇丨 開平方，得八尺六寸，不盡 ≡＝丨 ⊥丨 方隅同名，相併得一百七十三爲母，實四爲子，命爲一百七十三分寸之四。合問。

清・戴煦《四元玉鑑細草》 草曰：立天元一爲斜長。自之，爲弦冪 太〇丨 寄左。次以方面自之 ＝Ⅲ 爲句冪。又方面七之五而一，得方斜 ⊤ 自之 ≡Ⅲ 爲股冪，併句冪，得 ⊥Ⅲ 與左相消，得開方式 ⊥≡〇丨 平方開之，得八尺六寸。不盡，餘實四寸。於是倍八尺六寸爲廉法，一爲隅法。併之，得一百七十三爲母，餘實爲子，合之得八尺六寸一百七十三分寸之四，即斜長。按：術以三之方面冪開方得數較密，今用方五斜七率，故實内尚差一算。

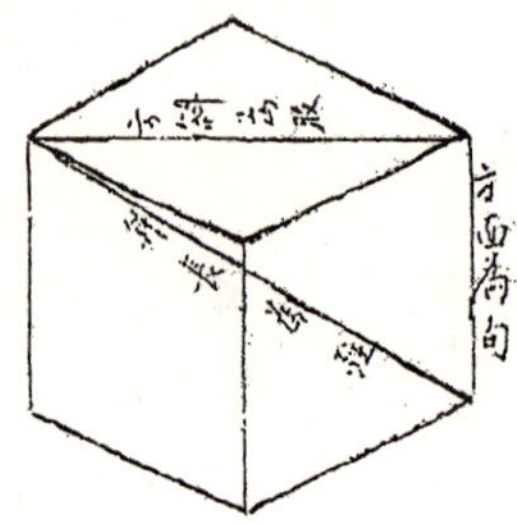

元・朱世傑《四元玉鑑》卷下《雜範類會》 今有圓材徑三尺。只云鋸深三寸。問鋸道長幾何。

答曰：一尺八寸。

術曰：立天元一爲鋸道長。如積求之，得三百二十四爲益實，一爲正隅。平方開之，合問。

清・沈欽裴《四元玉鑑細草》 草曰：立天元一爲鋸道長。自之，得 太〇丨 寄左。乃置圓材徑三尺，倍鋸深六寸減之，得二尺四寸。加圓材徑得五尺四寸，以倍鋸深六寸乘之，得三百二十四寸。與左相消，得 Ⅲ＝Ⅲ〇丨 平方開之得一尺八寸。合問。

清・羅士琳《四元玉鑑細草》 艸曰：立天元一爲鋸道長，又爲句。自之，得 太〇丨 爲句冪。寄左。乃以圓材徑展爲三十寸爲弦，以鋸深爲半段股弦較減之，餘二十七寸爲半段股弦和。用桑半段股弦較，得八十一寸，四之得三百二十四寸爲同數。消左，得 Ⅲ＝Ⅲ〇丨 開平方，得一尺八寸。合問。

清・戴煦《四元玉鑑細草》 草曰：立天元一爲鋸道長。自之，得 太〇丨 寄左。次以三寸減徑 ＝⊤ 以三寸乘之，得半鋸道冪 ≟丨 四之，得 Ⅲ＝Ⅲ 與左相消，得開方式 Ⅲ＝Ⅲ〇丨 平方開之，得鋸道長。

元・朱世傑《四元玉鑑》卷下《雜範類會》 今有圓材徑三尺。只云鋸道長一尺八寸。問深幾何。

答曰：三寸。

術曰：立天元一爲鋸深。如積求之，得八十一爲正實，三十爲益方，一爲正隅。平方開之，合問。

清・沈欽裴《四元玉鑑細草》 草曰：立天元一爲鋸深。倍之 太＝ 以減圓材徑三尺，得 ≡〇⊀ 自之，得 Ⅲ〇〇 ≡〇Ⅲ 于上。置鋸道長一尺八寸，自之，得三百二十四寸。并上得 Ⅲ＝Ⅲ ≡〇Ⅲ 寄左。乃以圓材徑三尺自乘，得九百寸。與左相消，得 Ⅲ＝Ⅲ ≡〇Ⅲ 四約之，得 ≟丨 ≡〇丨 平方開之，得三寸。合問。

清・羅士琳《四元玉鑑細草》 艸曰：立天元一爲鋸深，又爲股弦較。置圓材徑爲倍弦，以天元減之，得 Ⅲ〇⊀ 爲股弦和。用桑股弦較，得 太〇⊀Ⅲ 爲句冪。寄左。乃半鋸道長，得九寸爲句。自之，得八十一寸爲同數。消左，得 Ⅲ丨 丨〇丨 開平方，得三寸。合問。

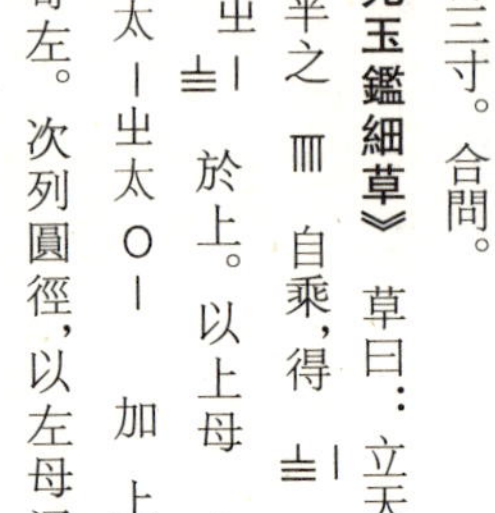

清・戴煦《四元玉鑑細草》 草曰：立天元一爲鋸深。以鋸道長半之 Ⅲ 自乘，得 ≟丨 以天元除之，得 太丨㐅 ≟丨 於上。以上母 太丨通天元，得 太丨㐅太〇丨 加上，得 太丨㐅丨〇丨 ≟丨 寄左。次列圓徑，以左母通之，得 太丨㐅太〇 ≡〇 與左相消，得開方式 ≟丨 ≡〇丨 平方開之，得鋸深。

元・朱世傑《四元玉鑑》卷下《雜範類會》 今有天上鴈三羣，地上鴈一羣，共三百一隻。只云頭羣次羣共二百五十六隻。又以次羣除頭羣所得加地上鴈與末羣同。地上鴈不及次羣四十三隻。問四羣各幾何。

答曰：頭羣一百九十二隻，次羣六十四隻，末羣二十四隻，地上二十一隻。

術曰：立天元一爲次羣鴈。如積求之，得一百二十八爲正實，六十六爲益方，一爲正隅。平方開之，得次羣鴈。合問。

清・沈欽裴《四元玉鑑細草》 草曰：立天元一爲次羣鴈。以減二百五十六，得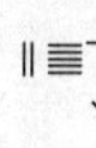爲頭羣鴈。又以次羣除頭羣，得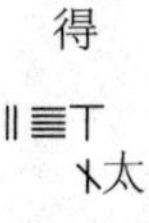加地上鴈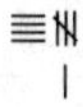得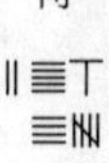爲末羣鴈。以四十三減次羣鴈，得爲地上鴈。并之，得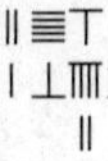與共三百一隻相消，得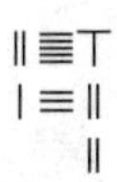半之，得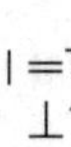平方開之，得六十四隻，即次羣鴈也。餘依法求之。合問。

清・羅士琳《四元玉鑑細草》 艸曰：立天元一爲次羣鴈。以不及四十三減之，得爲地上數。副以天元減頭次兩羣共隻，得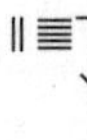爲頭羣數。以天元除之，得加地上數，得爲末羣數。併四羣，得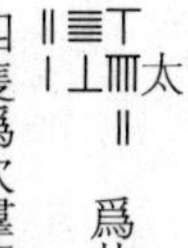爲共數。消三百一隻，得約爲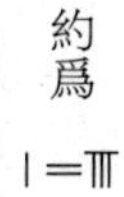開平方，得六十四隻爲次羣鴈。以減二百五十六，餘一百九十二隻爲頭羣鴈。副以四十三減次羣鴈，餘二十一隻爲地上鴈。又以六十四除一百九十二，得三，加二十一。得二十四隻爲末羣鴈。合問。

清・戴煦《四元玉鑑細草》 草曰：立天元一爲次羣鴈。以減二百五十六隻，得頭羣鴈又天元内減四十三隻，得地上鴈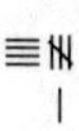又以天元除頭羣，得於上。以上母通地上鴈，得加上，得末羣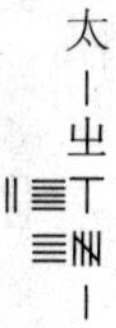併頭羣、次羣及地上鴈，得以末羣母通之，得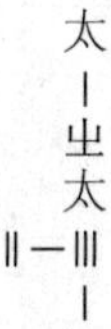加末羣，得共鴈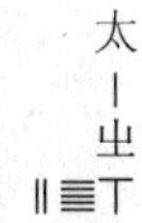寄左。次列共隻數，以左母通之，得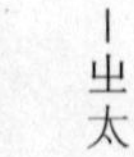與左相消，得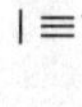二約之，得開方式平方開之，得次羣鴈六十四隻。以減二百五十六隻，得頭羣一百九十二隻。又次羣減四十三隻，得地上鴈二十一隻。以次羣除頭羣得三隻，加地上鴈得末群二十四隻。

元・朱世傑《四元玉鑑》卷下《雜範類會》 今有徽術弧田一畝一百七十三步。只云矢不及弦五十步。問弦矢各幾何。

答曰：弦六十步，矢一十步。

術曰：立天元一爲弦。如積求之，得三十三萬四千八百爲正實，三萬爲益方，四百七爲從隅。平方開之，得弦。合問。

清・沈欽裴《四元玉鑑細草》 草曰：立天元一爲弦。減五十步，得爲矢。弦矢相乘，得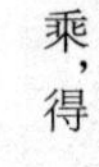矢又自乘，得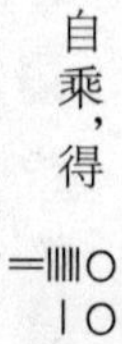并之，得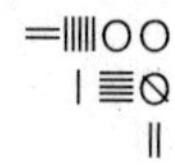以一萬乘之，得於上。天元自乘，又以三百五十乘之，得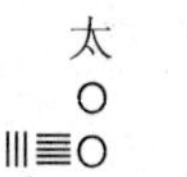并上，得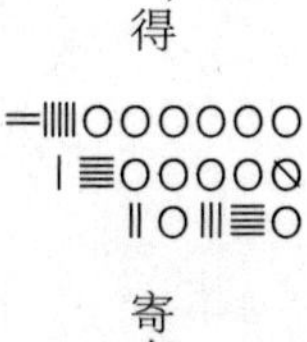寄左。乃置徽術弧田一畝一百七十三步，通爲四百一十三步，倍之，得八百二十六步，亦以一萬乘之，得八百二十六萬步。與左相消，得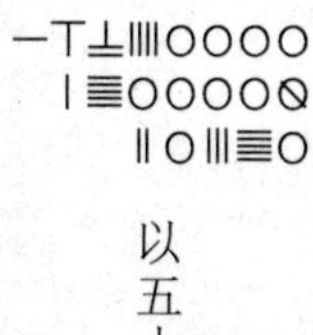以五十約之，得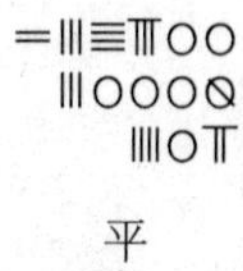平方開之，得六十步。合問。

清・羅士琳《四元玉鑑細草》 士琳案：徽率割圜，自來算書未詳其術。

據古冪率，方四圓三，徽冪率，方二百圓一百五十七。相較，徽率比古率多二百分之七。又據求古率半圓積術，以半徑加全徑，用乘半徑，二而一，得半圓積。其求截積也，則以矢代半徑，弦代全徑。故以矢加弦，用乘矢，二而一，得截積。令試寓此術求徽率半圓積。以半徑加全徑，用乘半徑，較圓積少徑冪二百分之七。須以全徑自之，如二百而七爲倍差，加之，二而一，乃得徽率半圓積。以是知求截積也，亦須以弦冪求倍差加之，因之立艸。

艸曰：立天元一爲弦。以不及五十步減之，得 𝍤〇丨 爲矢。加弦得 𝍤〇‖ 用乘矢，得 ‖𝍣〇〇丨 於上。副以天元自之，得 太〇丨 七之，得 太〇𝍦 合以二百除之，爲徽倍差。今不除，便爲二百段徽倍差於下。轉以二百通上，得 𝍤〇〇〇〇〇 加下得 𝍤〇〇〇〇〇 又合二而一。今亦不除，便爲四百段徽弧田積。寄左。乃以畝法通截積，得四百十三步。又四百通之，得十六萬五千二百爲同數。消左，得 ‖≡𝍤⊥〇〇 開平方，得六十步爲弦，以不及五十步減之，餘十步爲矢。合問。

清・戴煦《四元玉鑑細草》 草曰：立天元一爲弦。內減五十步，得矢 𝍤〇丨 以天元半之 ‖丄太丨 自乘，得半弦冪 𝍤丄太〇丨 以古徽周差 𝍦 乘之 𝍤丄太〇𝍦 如徑率五十而一，（古徽同用五十爲徑，則其周差七。）得徽弧。倍加積 ‖〇丄太〇𝍦 於上。又以弦加矢 𝍣〇‖ 以矢乘之，得 ‖𝍤〇〇𝍣〇‖ 以倍加積母 ‖〇〇 通之，得 ‖〇〇丄 加上，得 ‖〇〇丄

二而一，得徽弧積 𝍤〇〇丄 寄左。次以步畝法通一畝，加入一百七十三步，得 𝍤丨‖ 以左母通之，得 𝍤〇〇丄 與左相消，得開方式 ≡𝍤𝍧〇〇 平方開之得弦，內減五十步得矢。

清・葉棠《天元一術圖說》卷一《解天元一術》 設如大中小方田各一段，共積八百步。只云方方較等，其三方面相和四十八步。問三方面各幾何。

答曰：大方面二十步，中方面十六步，小方面十二步。

術曰：列云數三約之術中方面十六步，立天元一爲較 〇丨 加入中方面爲大方面 ⊥丨 自之，爲大方積 ‖≡⊤=丨 又列較減中方面，餘爲小方面 丨⊥𝍤 自之，爲小方積 ‖≡⊤𝍤丨 又列中方面，自乘爲中方積 ‖≡⊤ 三位并得 ⊥⊤≡〇丨 寄生列積與寄生相消，得開方數式 ‖𝍤〇‖ 平方開之得較四步，加中方面得大方面，中方面減較即小方面也。

前立式所以明立天元之法也，特術中僅列數語，簡括隱奧，難以驟曉，今於正負相減相加相乘諸法，逐細詳演，以發揮天元，名之曰補草，如左：

補草曰：立天元一爲較 〇丨 〇 者太極也，列於上，丨 者天元也，列於下，天元爲虛數，乃借數也。借虛數以徵實數，所借之數是一數也。故列 丨 太極真數也。今雖未列真數，必存真數之位。故列 〇 加入中方面十六步爲大方面，列式爲 丨⊥丨 正正

是爲一天元多一十六步。上層所列真數也，即太極也。下層所列虛數也，即天元也。天元之例得多爲正，今云一天元多一十六，十六之數本爲正，加入天元，天元多矣。故上下兩層皆旁書正字。自之爲大方積，列式爲 ‖≡⊥=丨 正正正 得三層。再衍式以明得三層之故。

右 丨⊥正 丨正 右爲法 乘得 ‖≡⊥正 丨⊥正 併得 ‖≡⊥正太 𝍤=正元 丨正方

左 丨⊥正 丨正 左爲實 之式 丨⊤正 丨正 之式

自乘之數，亦兩數相乘也，故各列兩相等之數，一爲法，一爲實。先以法上層十六乘實上層十六，得二百五十六於乘得之式上層横列之，同名相乘，所得爲正。正與正同，故曰同名，同名而相乘，故曰同名相乘。而乘得之數亦爲正，故曰所得爲正，立天元一之法，布算甚繁，故用正負以别算數也。次以法下層一互乘實上層十六，仍得一十六於乘得之式中層之左横列之，亦同名相乘，所得爲正。又以法上層一十六互乘實下層一，仍得一十六於乘得之式中層之右横列之，亦同名相乘，所得爲正。又以法下層一乘實下層一，仍得一於乘得之式下層横列之，亦同名相乘，所得爲正。乘訖各層各相并，上層無并仍之，中層兩十六相并得三十二，下層亦無并仍之，各層并訖如下并得之式中層，同名相加，凡同名相加，正者仍正之，負者仍負之。并得之式上層乃真數與真數相乘之數也，故旁書太字。太即太極也，前所云真數爲太極。中層乃虚數與真數，真數又與虚數互相乘而相并之數也，故旁書元字。元即天元也。下層乃虚數與虚數自相乘之數也，故旁書方字。方即平方也。凡太極乘太極，所得仍爲太極，天元乘太極，所得爲天元，天元乘天元，所得爲平方。平方即正隅負隅平方也。又列較以減中方面十六步，餘爲小方面，列式爲

正 ⊥
負 ⊀

是爲一十六步少一天元。天元之例，得少爲負。今云十六步少一天元，十六之數仍如故，故仍爲正減天元，而天元少矣，故天元爲負。負用斜畫以别之。自之爲小方積，列式爲

正 ‖≣⊥
負 Ⅲ⊀
正 |

亦得三層。再立式以明三層得正負不同之故。

右爲法：正 ⊥，負 ⊀
左爲實：正 ⊥，負 ⊀
乘得之式：正 ‖≣⊥，負 ⊥⊀ ⊀⊥，正 |
并得之式：正 ‖≣⊥，負 Ⅲ⊀，正 |

先以法上層十六乘實上層十六，得二百五十六，於乘得之式上層横列之，同名相乘，所得爲正。兩十六之數旁皆書正字，正與正同名，而相乘故得數仍爲正。次以法下層一互乘實上層十六，仍得一十六，於乘得之式中層之左横列之。異名相乘所得爲負。又以法上層十六互乘實下層一，仍得一十六，於乘得之式中層之右横列之，亦異名相乘，所得爲負。法實兩一數之旁，皆書負字，與上層兩正之數互相乘。正與負異，故曰異名。異名而互相乘，故此兩乘所得之數皆爲負。又以法下層一乘實下層一仍得一，於乘得之式下層横列之。同名相乘，所得爲正。負與負同名而相乘，故乘得之數亦爲正。乘訖各層又各相并，上層無并仍之，中層兩十六相并得三十二，下層亦無并仍之，各層并訖，如下并得之式中層，亦同名相加。乘得之式內中層兩乘得之數旁皆書負者，兩負數相加，故曰同名相加。凡同名相加，正者正之，負者負之，今既爲負，故于并得之式內中層相加之數旁書負字。又列中方面一十六步，自乘爲中方積，列式爲

正 ‖≣⊥

得一層。此乃真數自相乘也，無借數，以互乘，故只得一層爲正。

三方面既各自乘，互乘又各自并矣。於是以三位并數各層又各相并，列式如左。

大方積	小方積	中方積	總併得
正 ‖≣⊥	正 ‖≣⊥	正 ‖≣⊥	正 ⊥⊤≟
正 Ⅲ═	負 Ⅲ⊀		○
正 丨	正 丨		正 ‖

三位上層同名相加，得七百六十八步爲正。列左上層。上層三數皆正，故曰同名。同名相加所得爲正。凡乘法同名必相加，異名必相減。中層兩數異名相減，適盡爲○列左中層。中層兩數正負異名故相減。下層兩數同名相加，得二步爲正。列左下層。下層兩數皆正，爲同名故相加。得三位總併式。寄左。然後列共積八百步爲同數。同數者，同真數也。共積固爲真數，寄左之上層數，即太極真數也。兩數皆真，故名同數。與寄左相消，相消即相減也，得開方數式

負 Ⅲ⊀
負 ○
正 ‖

再明得開方數式之故。以共積八百步，減寄左上層太極真數之七百六十八步，不足減，乃以寄左上層數之七百六十八步，反減共積八百步，餘三十二步，變正爲負，列上層。共積八百步，本爲正，減去寄左數，餘數即爲少。前云得少爲負，故變正爲負。中下二層無可減，仍之，故成

負 Ⅲ⊀
負 ○
正 ‖

爲開方數式。以上層爲實，實爲負實。中層爲縱，縱爲負縱。下層爲隅，隅爲正隅。或問：隅有正有負，而此隅爲正，不爲負，何也。曰：列式之下層隅旁書正字，故知爲正。凡實，縱隅之正負，皆因相消後，列式之各層旁書之正負而得名。負實爲三十二，正隅數爲二負，縱無數爲○。用正隅帶縱開平方法開之，得較四步。加中方面得大方面，中方面減較即小方面也。

論曰：天元一術貴分正負。正負者，所以别同異定加減也。加則多，減則少。得多爲正，得少爲負。自乘互乘之正負，必因乎同名異名。正與正，負與負，均爲同名。同名相乘，所得爲正。正與負，負與正，均爲異名。異名相乘所

得爲負。正負定則加減無乖，正負淆而同異亦舛，同名必相加，異名必相減，減亦可變正爲負，加亦可變負爲正。正負交變，因乎加減，同加異減，又資正負，故正負爲天元之大法也。

開正隅帶縱平方法曰：先於實上單數作點，今只一點，亦只一商，查訣三十五，以前用五應商，五因無正隅積，改商四步爲初商，根列實左，另借四步列實右，并縱。縱空無可并仍之，乘正隅二，得八步。與初商四步相呼，曰四八除三十二，除實適盡。開得四步爲較。又法先以下層隅二步，除上層實三十二步，得十六步爲平方，積平方開之亦得四步，蓋三十二數内有兩個四步自乘之積故也。若有縱方數，則不可用此法，再以圖明之如左。

上圖

下圖

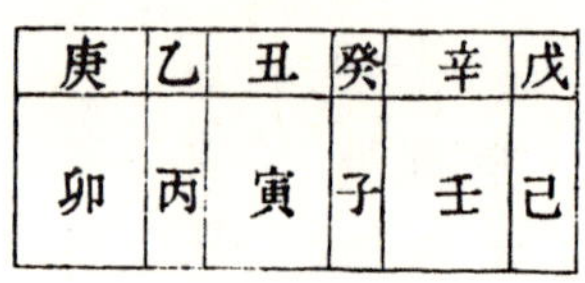

解曰：上圖，甲乙丙丁戊己庚辛壬九段，大方面積也。癸子丑寅四段，中方面積也。卯一段，小方面積也。前云：於共積八百步内減去寄左上層之太極真數七百六十八步，是減去三個中方面積也。如上圖，癸子丑寅四段本一個中方面之積也，於大方面積内截戊己辛壬四段，與癸子丑寅中方面積等，爲第二個中方面積。大方面積内餘甲乙丙丁庚五段，再截乙丙庚三段，以輔卯段縱横之兩邊，亦與癸子丑寅中方面積等，爲第三個中方面積。皆於上圖内截去三中方面，并列之如下圖。上圖内所餘，僅甲丁相并之二小正方，共積三十二步，爲開方數式。小正方既有二，故以二爲正隅，無縱方之積。故縱方爲〇 其爲算也，故亦用爲正隅，開平方法而不帶縱甲丁二段，本兩正方，故亦可用正隅二，以除積三十二步，得十六步爲平方積。平方開之，亦得較數也。今列兩圖，其理顯然。

上圖，三方面共積也。下圖，三太極乘三太極三相并之真數也。

論曰：凡立天元，較數易，和數難，較求和易，和求較難。右式和求較法也。所知者，三方面之和數四十八，不知者，各較數必求出較數，然後知各方面。故設正負相減相加諸法以相求，若先知較數不須諸法之煩，即可得各方面也。如後式。

設如大中小三方田，共積一千四百五十六步。中方田邊爲小方田邊三倍，大方田邊又爲中方田邊三倍。求三田邊。

答曰：大方田邊三十六步，積一千二百九十六步。中方田邊十二步，積一百四十四步，小方田邊四步，積十六步。

術曰：立天元一爲小方田邊 太丨 三之得 太Ⅲ 爲中方田邊，九之，得 太𝍨 爲大方田邊。以天元自之，得 太〇丨 爲小方田冪。中方邊自之，得 太〇𝍨 爲中方田冪。大方田自之，得 太〇𝍱丨 爲大方田冪。三冪相加，得 太〇𝍲丨 爲如積。寄左。列共積與寄左相消，得開方數式 丨𝍫𝍤⊥〇𝍲丨 平方開之，得各邊積。

補草曰：立天元一爲小方田邊，列式爲 太丨（正正） 自之爲小方田冪，列式爲 太〇丨（正正正） 得三層。以天元三之爲中方田邊，列式爲 太Ⅲ（正正） 自之爲中方田冪，列式爲 太〇𝍨（正正正） 亦得三層。又以天元九之，爲大方田邊，列式爲 太𝍨（正正） 自之爲大方田冪，列式爲 太〇𝍱丨（正正正） 亦得三層。各衍式以明，各得三層之故。如左。

小方田衍式

右 太丨（正正）	右爲法	乘得	太〇（正正）	併得	太〇丨（正正正）
左 太丨（正正）	左爲實	之式	〇丨（正正）	之式	

中方田衍式

右 太Ⅲ（正正）	右爲法	乘得	太〇（正正）	併得	太〇𝍨（正正正）
左 太Ⅲ（正正）	左爲實	之式	〇𝍨（正正）	之式	

大方田衍式

右 太𝍨（正正）	右爲法	乘得	太〇（正正）	併得	太〇𝍱丨（正正正）
左 太𝍨（正正）	左爲實	之式	〇𝍱丨（正正）	之式	

小方田衍式：

先以法上層太乘實上層太，仍得太於乘得之式上層列之，次以法下層一互乘實上層太，仍得太。此天元乘太極也。於乘得之式中層之左，作 〇 列之。〇 即太也。又以法上層太互乘實下層一，仍得太。此亦天元乘太極也。於乘得之式中層之右，亦作 〇 列之。又以法下層一乘實下層一，仍得一於乘得之式下層列之。以上俱同名相乘，所得爲正。乘訖各層，各相并上下兩層，皆無并俱仍之，中層兩 〇 相并仍得 〇 各層并訖。如下并得之式中層同名相加，大中兩方田，俱如法衍式訖。於是以三位并數，各層又各相并，列式如左。

正正
太〇丨　小方田冪

正正正
太〇〓　中方田冪

正正
太〇丨　大方田冪

正正正
太〇〓　總併得式

上層三太相并，仍得太，列左上層。中層三 〇 相并，仍得 〇 列左中層。下層三數相并，得九十一，列左下層。以上俱同名相加，得三位總并式爲如積。虛積也，言如者，如實積也。寄左。然後列共積爲同數，與寄左相消，得開方數式

負正正
丨〓Ⅲ〇〓丨　上層變正爲負，中下二層無可減仍之，上層爲負實，中層爲正從，下層爲正隅，中層空，不用縱方，只用正隅開平方法求之。

從單數作點，今有兩點，應商二。次因隅多無隅積，改爲一商。初商四以乘隅九十一，得三百六十四，再與初商相乘，得一千四百五十六步，以減共積。恰盡。開得四步爲小方田邊，三之得十二步爲中方田邊，又三之，得三十六步爲大方田邊，各以方邊自之，得各積。

或問：此相消後，而原積如故，何也。曰：凡真數必與太極真數相減，今太極無數可減，故仍之。而元上必太，雖無數，必書太以存其位，中下二層亦無可減，故亦仍之。再以圖明之。

三方田圖

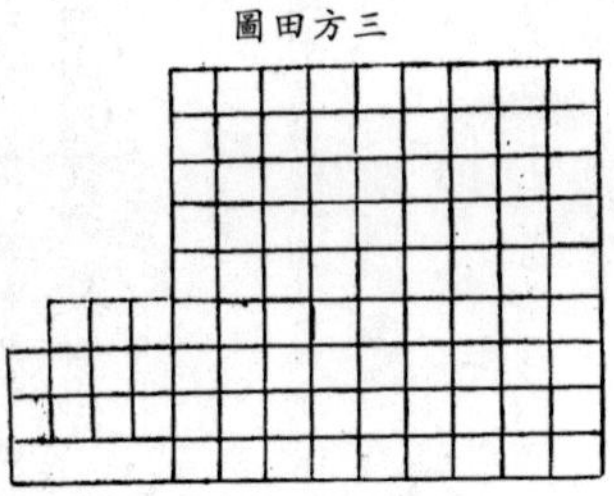

解曰：如圖，乃大中小三正方田，共得九十一個小正方形也。小正方形邊各四步，積各十六步。以十六步與九十一個小正方相乘，得共積一千四百五十六步。與原積合。故以九十一爲隅，圖内無縱方，故只用隅而不用帶縱，即可開得小方田邊。

簡法：即以隅九十一爲法，以共積一千四百五十六步爲實，實如法得十六步，又爲實。平方開之，得四步爲小方田邊，蓋共積内有九十一個十六步，故可以隅數除之也。

論曰：設問之數，錯綜隱伏，算者茫無頭緒，故布算頗難，必於隱伏中求其顯，錯綜者理其緒，非借虛數莫能馭也。以虛徵實，虛實可互爲比例，互爲比例而理斯出矣。理出而數之隱伏者無可逃，錯綜者乃不紊，乃知立天元之術，包括萬類冠絶古今也。

設如平方積一百四十四，問方邊。

答曰：十二。

術曰：立天元一爲平方邊 〇丨 自乘，得 太〇丨 寄左。又以積一百四十四爲同數，與左相消，得 丨〓Ⅲ〇丨 開方除之，得一十二即方邊。正隅一，從方空，負積一百四十四。此正方求邊也，故方空。凡以積消左數者，積恒爲負。

補草曰：立天元一爲平方邊 太〇 〇丨 正正 自之爲平方積，列式爲 正正 太〇 得三層。再衍式以明其故。

右 正太正 〇 丨 右爲法

左 正太正 〇 丨 左爲實

乘得之式 正太正 〇 〇

併得之式 正正 〇 丨

正太正元正太 〇 〇

先以法上層太 〇 乘實上層太 〇 仍得 〇 於乘得之式上層列之。次以法下層一互乘實上層 〇 仍得 〇 此天元乘太極也。於乘得之式中層之左列之。又以法上層 〇 互乘實下層一，仍得 〇 此亦天元乘太極也，凡天元乘太極所得爲天元。於乘得之式中層之右列之。以上俱同名相乘，所得爲正。又以法下層一乘實下層一，仍得一於乘得之式下層列之。乘訖各層，各相并上層，無并仍之。中層兩 〇 相并，仍得 〇 下層亦無并，仍之。各層并訖，如下并得之式中層同名相加，凡乘之後，同名必相加，異名必相減。以并得之式寄左。然後

列積一百四十四，與寄左相消，得 負〇正 丨≡Ⅲ 丨 太極無數，故真積相消後仍如故。中下二層無可減，仍之。上層爲實，中層爲從，下層爲隅，應用正隅帶縱開法，今從空，無從可帶，隅只一，故以正平方法開之，即得十二爲方邊。

論曰：正方求邊，則用元太各自乘，而元與太又左右互乘，得式爲三層。右式正方求邊也。若從方求邊，則無自乘數，因無互乘，故只用元太相乘，得式亦三層，如後式。

設如平方積八百六十四，從方較數十二。問大小方邊。

答曰：大方邊三十六，小方邊二十四。

術曰：立天元一爲小方邊 太丨 加入從方較數十二，得 丨=丨 爲大方邊。以天元乘之，得 〇=丨 寄左。又以積八百六十四爲同數，與左相消，得 Ⅲ⊥〸 丨=丨 帶從平方開之，得二十四即小方邊。

正隅一，正方十二，負積八百六十四，此積較求濶也。故方正。若先求長，則如下式。

或問：元太相乘，亦得三層，何也。曰：天元之例，其式爲 丨 若加太，則其式爲 太丨 或 〇丨 亦可。得二層。元上一層本元自乘數，則其式爲 〇丨 而元上必太，則元自乘其式爲 太〇丨 或 〇〇丨 亦可，得三層。若元太相乘，則其式爲 〇太丨 故亦得三層。

積較求長術曰：立天元一爲大方邊 太丨 減從方較數十二，得 丨〸丨 爲小方邊。以天元乘之，得 〇〸丨 寄左。又以積八百六十四爲同數，與左相消，得 Ⅲ⊥〸 丨〸丨 帶從平方開之，得三十六即大方邊。

正隅一，負方十二，負積八百六十四，此積較求長也。故方負。

設如平方積八百六十四，從方和數六十。問大小方邊。

術曰：立天元一爲小方邊 太丨 置從方和數六十，內減天元，得 ⊥〇〸 爲大方邊。以天元乘之，得 〇⊥〇〸 寄左。又以積八百六十四爲同數，與左相消，得 Ⅲ⊥〸〇〸 帶從和數，平方開之，得二十四即小方邊。用減和即大方邊。

負隅一，正方六十，負積八百六十四，此積和求濶也。故隅負。

若求長，則置從方減天元爲小方邊，與此同式。

論曰：凡正方求邊者，得負積，空方，正隅。積較求濶者，得負積，正方，正隅，積較求長者，得負積，負方，正隅。和數求濶求長者，俱得負積，正方，負隅。

清・陳維祺《重校中西算學大成》卷四二 或問：乙從乾隅南行，不知步數而止。甲出北門東行二百步見之，復斜行六百八十步，與乙相會。問答同前。

法曰：二行相減，倍東行步乘之爲實，倍斜步爲從，二步常法，得半徑。

草曰：別得斜行六百八十步，即大弦也。其二行相減，餘四百八十步。即半圓。徑與大差共數也。立天元一爲半城徑。副置之，上位加二行相減數，得 Ⅲ≟ 丨元 爲大股也。下位加甲東行步，得 ‖〇〇 丨元 爲大句也。乃以大股自之，得 ‖≡〇Ⅲ〇〇 Ⅲ⊥〇元 丨 爲大股冪，寄左。乃併大句大弦，得 ≟Ⅲ〇 丨元 於上。又以大句減大弦，得 Ⅲ≟〇 〸元 爲大差。以乘上位，得 Ⅲ=‖≡〇〇 Ⅲ〇〇元 〸 爲同數。與左相消，得 丨≟‖〇〇〇 丨≡T〇元 〸 開平方，得一百二十步即半徑也。

或問：乙從乾地東行，不知幾步而止。甲出西門南行四百八十步望見乙，復就乙斜行六百八十步，與乙相會。問答同前。

法曰：二行相減，倍南行步乘之爲實，倍斜爲從，二步常法，得半徑。

草曰：別得二行相減，餘二百步，即半圓徑與小差共數也。立天元一爲半徑。副置之，上位加二行相減數，得 ‖〇〇 丨元 爲大句也。下位加甲南行步，得 Ⅲ≟〇 丨元 即大股也。乃以大句自之，得 Ⅲ〇〇〇〇 Ⅲ〇〇元 丨 爲句冪。寄左。乃置乙斜行六百八十步爲大弦，加入大股，得[算籌]於上。又以大股減大弦，得[算籌]爲小差。以乘上位，得[算籌]爲同數。與左相消，得[算籌]。開平方，即半徑也。

或問：大弦六百八十步，大差句小差股共三百四十二步。問答同前。

法曰：二數相乘，倍之爲實，三之前數内減後數爲從，一步常法，得城徑。

草曰：別得共步，則一徑一虛弦共也，其二數相併，爲一大和一虛弦共數也。立天元爲城徑，減於共步，得[算籌]爲虛弦也。以虛弦復減於天元，得[算籌]爲虛和。以斜步乘之，得[算籌]。寄左。乃以天元加斜步，得[算籌]爲大和。以虛弦乘之，得[算籌]爲同數。與左相消，得[算籌]。開平方，即城徑也。

或問：乙從艮隅東行八十步而立，甲從乾隅南行六百步見之，問答同前。

法曰：二步相乘倍之爲實，二之乙東行爲從，一步常法，得全徑。

草曰：別得乙東行八十步，即小差也。立天元一爲城徑，減於甲南行步，得[算籌]爲大差。以乙東行步乘之，得[算籌]。又倍之，得[算籌]爲城徑冪。寄左。然後以天元冪與左相消，得[算籌]。開平方，即城徑也。

或問：乙從坤隅南行三百六十步而止，甲從乾隅東行三百二十步見之。問答同前。

法曰：二行步相乘，倍之爲實，二之乙南行爲從，一步常法，得城徑。

草曰：立天元一爲城徑，加乙南行，得[算籌]爲股。二行步相併，得六百八十步爲弦。甲東行爲句，句股相乘，得[算籌]。又倍之，得[算籌]爲二直積。寄左。然後以句股弦相併，得[算籌]爲三事和。以天元乘之，得[算籌]爲同數。與左相消，得[算籌]。開平方，即城徑也。

或問：通股六百步，大差弦四百八步。問答同前。

法曰：兩數相減，倍通股乘之爲實，二之通股爲從，一步益隅，得圓徑。

草曰：別得通股内減圓徑，即大差股也。又二數相減，即大差句也。乃立天元一爲圓徑。以減通股，得[算籌]爲大差股，置通股以大差弦乘之，得[算籌]合以大差股除之。不受除，便以此爲通弦，轉以大差股乘通股，得[算籌]以減通弦，得[算籌]爲小差句。合以大差股乘之，緣於内帶有大差股分母，更不須乘，便以爲半段黃方冪，更無分母。又二之，得 [算籌式] 爲一段黃方冪。寄左。

然後以天元冪爲同數，與左相消，得 [算籌式] 開平方，即圓徑也。

或問：通句三百二十步，小差弦一百七十步，問答同前。

法曰：二數相減，倍通句乘之爲實，二之通句爲從，一步益隅，得圓徑。

草曰：別得通句內減圓徑，即小差句也。乃立天元一爲圓徑，減通句，得 [算籌式] 爲小差句。置通句以小差弦乘之，得 [算籌式] 合以小差句除之。今不除，便以此爲通弦。轉以小差句乘通句，得 [算籌式] 以減通弦，得 [算籌式] 爲大差股。合以小差句乘之，緣於內帶有小差分母。更不須乘，便以此爲半段黃方冪，更無分母，又二之，得 [算籌式] 爲一段黃方冪。寄左。然後以天元冪與左相消，得 [算籌式] 開平方，即圓徑也。

或問：東門南不知遠近有樹，甲從乾隅南行六百步見之，復斜行五百十步至樹，問答同前。

法曰：二之差步，乘二之甲南行爲實，併二之差步，及二之甲南行爲從，二益隅，得城徑。

草曰：別得二行相減餘九十步，即虛股也。立天元一爲城徑，內減二之虛股，得 [算籌式] 爲梯頭於上。又以天元減於二之甲行步，得 [算籌式] 爲梯底。以乘上位，得下 [算籌式] 爲圓徑冪。寄左。然後以天元冪與左相消，得 [算籌式] 開平方，即城徑也。

又 或問：通句明句較二百四十八步，通股重股較五百七十步，問答同前。

法曰：二較相乘爲實，併二較而半之爲從，七分半常法，得城徑。

草曰：別得兩句較內減半徑，即句方差也。兩股較內減半徑，即股方差也。立天元一爲城徑。以半之，減於兩句較，得 [算籌式] 爲句方差。又以半徑減於兩股較，得 [算籌式] 爲股方差。二差相乘，得 [算籌式] 爲徑冪。寄左。然後以天元冪與左相消，得 [算籌式] 開平方，得二百四十步即城徑也。

又 或問：黃長弦二百七十二步，明句通黃較一百六十八步，問答同前。

法曰：句黃較自之爲實，二之黃長弦內，減句黃較，又二之爲虛從，五步常法，得明句七十二。

草曰：立天元一爲明句，以倍之，減於二之黃長弦，得下 [算籌式] 爲梯底也。倍天元乘之，得 [算籌式] 爲徑冪。寄左。再置天元加句黃較，得 [算籌式]

爲城徑。自之，得[算式]爲同數。與左相消，得[算式]。開平方，得七十二步即明句也。加入句黄較，即城徑也。

或問：黄廣弦五百一十步，亘股通黄較二百一十步，問答同前。

法曰：股黄較自之爲實，二之黄廣弦内減股黄較，又二之爲益從，五步常法，得亘股三十。

草曰：立天元一爲亘股，以二之，減於二之黄廣弦，得[算式]爲梯底也。倍天元乘之，得[算式]爲徑冪。寄左。再置天元，加股黄較，得[算式]爲城徑。自之，得[算式]。與左相消，得[算式]。開平方，得三十步即亘股也。加入股黄較，即城徑也。

或問：出西門南行四百八十步有樹，出北門東行二百步見之，問答同前。

法曰：以二行步相乘爲實，二行步相併爲從，一步常法，得半徑。

草曰：立天元一爲半徑。副置之，上以減於南行步，得[算式]爲股圓差。下以減於東行步，得[算式]爲句圓差。以句圓差乘股圓差，得[算式]爲半段黄方冪。寄左。又置天元冪，以倍之，得[算式]爲同數。與左相消，得[算式]。開平方，得一百二十步即半徑也。

或問：乙出南門東行，不知步數而立。甲出西門，南行四百八十步見之，復斜行四百八步與乙相會。問答同前。

法曰：二行步相減，以乘甲南行步爲實，斜步爲益方，一步常法，得半徑。

草曰：别得二行相減餘七十二步，即乙出南門東行數也。立天元一爲半城徑。加乙東行，得[算式]爲小句。副置南行步，上減天元，得[算式]爲小股。下加天元，得[算式]爲大股。乃置大股，以小句乘之，得[算式]。合以小股除之。今不除，便以此爲大句也。內帶小股分母。又倍天元，以小股乘之，得[算式]。以減於大句，得[算式]爲句圓差也。合以股圓差乘之，緣此句圓差内已帶小股分母，小股即股圓差也。更不須乘，便以此爲半段黄方冪。更無分母。寄左。乃以天元自之，又倍之爲同數，與左相消，得[算式]。開平方，即半徑也。

又或問：甲出西門，南行四百八十步而止。乙從艮隅，東行八十步見之。問答同前。

法曰：二行步相乘，倍之爲實，東行步爲從，一步常法，得全徑。

草曰：立天元一爲圓徑。以減於二之甲南行，得[算式]爲兩箇大差。以乙東行乘之，得[算式]爲圓徑冪。寄左。然後以天元冪與左相消，得[算式]。開平方，得二百四十步即城徑也。

或問：乙從坤隅，南行三百六十步而止。甲出北門，東行二百步見之。問答同前。

法曰：二行步相乘，倍之爲實，乙南行爲從，一步常法，得全徑。

草曰：立天元一爲城徑。以減於二之甲東行，得 [算籌] 爲兩箇小差。以乙南行乘之，得 [算籌] 爲城徑冪，寄左。然後以天元冪與左相消，得 [算籌] 開平方，即城徑也。

或問：邊股四百八十步，叀弦三十四步，問答同前。

法曰：叀弦乘邊股，半之爲實，併云數而半之爲從，半步隅法，得叀股三十。

草曰：立天元一爲叀股。加叀弦，得 [算籌] 爲平句也。又以天元減邊股而半之，得 [算籌] 爲高股也。句股相乘，得 [算籌] 爲半徑冪。寄左。然後以天元乘邊股，得 [算籌] 爲同數。與左相消，得 [算籌] 開平方，得叀股三十步。以乘邊股，開平方，倍之即圓徑也。

或問：底句二百步，明弦一百五十三步。問答同前。

法曰：底句乘明弦，半之爲實，併云數而半之爲從，五分常法，得明句七十二。

草曰：立天元一爲明句。加明弦，得 [算籌] 爲高股也。又以天元減底句而半之，得 [算籌] 爲平句也。句股相乘，得 [算籌] 爲半徑冪。寄左。然後以天元乘底句，得 [算籌] 爲同數。與左相消，得 [算籌] 開平方，得明句七十二步。以乘底句，開平方，倍之即城徑也。

答同前。

又 或問：乙出東門，南行三十步而止。甲出北門，東行二百步見之。問答同前。

法曰：二行相乘爲實，相減爲從，一益隅，得半徑。

草曰：別得二數相併，爲大句內少一虛股，其二數相減，爲小差弦也。立天元一爲半徑。副置之，上位減於二百步，得 [算籌] 爲小差句。下位加三十步，得 [算籌] 爲小差股。句股相乘，得 [算籌] 爲一段小差積。寄左。再以小差句減小差股，餘 [算籌] 爲較。又以此較減於小差弦 [算籌] 得 [算籌] 爲弦較較。以天元乘之，得 [算籌] 爲同數。與左相消，得 [算籌] 開平方，即半徑也。

或問：乙從艮隅東行，不知遠近而止。甲從坤隅東行一百九十二步見之，復斜行二百七十二步與乙相會。問答同前。

法曰：二數相減，自之又四之爲實，倍東行減斜行，又四之爲從，八益隅，得半徑。

草曰：別得東行即大差句，斜行即黃長弦也。大差句內減半徑，餘即半箇黃長積上句弦差也。全徑即其股也。立天元一爲半徑，減甲東行，倍之得 [算籌] 即黃長積上句弦差也。以減於斜行步，餘 [算籌] 即句也。自之，得 [算籌] 爲句冪。倍天元以自之，加上位，得 [算籌] 爲弦冪。寄左。然後

以斜行冪 □ 爲同數。與左相消，得 □ 開平方，即半徑也。

或問：甲從坤隅南行，不知步數而立。乙從艮隅南行一百五十步見之，復斜行五百一十步與甲相會，問答同前。

法曰：二數相減，自之又四之爲實。倍南行減斜行，又四之爲從，八步常法，得半徑。

草曰：別得南行即小差股，斜行即黃廣弦也。小差股內減半徑，餘即半箇黃廣積上股弦差也。全徑即其句也。立天元一爲半城徑。減乙南行，倍之，得 □ 即黃廣積上股弦差也。以減於斜行步，餘 □ 即股也。自之，得 □ 爲股冪。又倍天元以自之加入上位，得 □ 爲弦冪。寄左。然後以斜行冪 □ 與左相消，得 □ 開平方，即半徑也。

或問：皇極弦二百八十九步，明股叀句共一百五十一步，問答同前。

法曰：弦冪內減共步冪爲實，倍共步內減弦爲從，一常法，得城徑。

草曰：別得共數城徑併，即皇極和也。立天元一爲圓徑，加共步，得 □ 爲皇極和。自之，得 □ 於上。以斜行冪 □ 減上位，餘 □ 爲二直積。寄左。然後以天元乘斜步，得 □ 與左相消，得 □ 開平方，得二百四十步即城徑也。

又 或問：出南門東行七十二步有樹，出東門南行三十步見之。問答同前。

法曰：倍南行以乘倍東行爲實，併二行又倍之爲從，一虛隅，得城徑。

草曰：識別得此問名爲弦外容圓，又爲內率求虛積。其二行步相併爲虛弦。若以相減即虛較也，又倍東行爲弦較和，倍南行即弦較較。此二數相乘，則兩虛積也。若直以二行相乘，則半箇虛積也。又倍東行減於城徑，餘即二虛句也。倍南行減於城徑，則二虛股也。虛積上三事和，即城徑也。乃立天元一爲圓徑，便以爲三事和也。倍二行步，減之得 □ 爲黃方。以天元乘之，得 □ 爲二虛積。寄左。然後倍東行，以乘倍南行，得八千六百四十爲同數。與左相消，得 □ 益積開平方，得二百四十步即城徑也。

清・蕭履安《天元草》卷一 今有六句減三股得九尺，只云股弦較六尺。問句股弦各若干。

草曰：立天元 □ 爲句。六之得 □ 爲六句。以減今率，得 □ 爲三股。合以三除。今不除，便以爲帶分股。轉以三通天元，得 □ 爲帶分句。再以帶分股加三因云率，得 □ 爲帶分弦。乃以帶分句自之，得 □ 爲句冪。帶分股自之，得 □ 爲股冪。二冪相加得 □ 爲弦冪。寄左。副以帶分弦自之，得 □ 爲同數。消左，得 □ 爲除式。上實下法而一，得二十四尺爲句。照式得四十五尺爲股，五十一尺爲弦。

又草曰：立天元 □ 爲弦。以減云率，得 □ 爲股。三之得 □ 爲三股。以加今率，得 □ 爲六句。合以六除。今不除，便以爲帶分句。轉以六通天元，得 □ 爲帶分弦。又以六通股，得 □ 爲帶分股。乃以帶分句自之，得 □ 爲句冪。帶分股自之，得 □ 爲股冪。二冪相加，得 □ 爲弦冪。寄左。副以帶分弦自之，得 □ 爲同數。

消左，得 [籌式] 爲開方式。開平方，得五十一尺爲弦。照式得四十五尺爲股，二十四尺爲句。

又草曰：立天元 [籌式] 爲股。三之得 [籌式] 爲三股。以加今率，得 [籌式] 爲六句。合以六除。今不除，便以爲帶分句，轉以六通天元，得 [籌式] 爲帶分股。再以帶分股加六因云率，得 [籌式] 爲帶分弦。乃以帶分句自之，得 [籌式] 爲句冪。帶分股自之，得 [籌式] 爲股冪。二冪相加得 [籌式] 爲弦冪。寄左。副以帶分弦自之，得 [籌式] 爲同數。消左，得 [籌式] 爲開方式。開平方，得四十五尺爲股。照式得二十四尺爲句，五十一尺爲弦。

今有三句二股和三十九尺。只云三弦減六句得九尺。問句股弦各若干。

草曰：立天元 [籌式] 爲句。三之，得 [籌式] 爲三句。以減今率得 [籌式] 爲二股。合以二除。今不除，便以爲帶分股。轉以二通天元，得 [籌式] 爲帶分句。六之，得 [籌式] 爲六個帶分句。以加二因云率，得 [籌式] 爲三個帶分弦。合以三除。今不除，便以爲兩帶分弦。轉以三通帶分句，得 [籌式] 爲兩帶分句。又以三通帶分股，得 [籌式] 爲兩帶分股。乃以兩帶分句自之，得 [籌式] 爲句冪。兩帶分股自之，得 [籌式] 爲股冪。二冪相加，得 [籌式] 爲弦冪。寄左。副以兩帶分弦自之，得 [籌式] 爲同數。消左，得 [籌式] 爲開方式。開平方，得五尺爲句。照式得十二尺爲股，十三尺爲弦。

又草曰：立天元 [籌式] 爲股。二之，得 [籌式] 爲二股。以減今率，得 [籌式] 爲三句。合以三除。今不除，便以爲帶分句。轉以三通天元，得 [籌式] 爲帶分股。再以帶分句六之，得 [籌式] 以加三因云率，得 [籌式] 爲三個帶分弦。合以三除。今不除，便以爲兩帶分弦。轉以三通帶分句，得 [籌式] 爲兩帶分句。又以三通帶分股，得 [籌式] 爲兩帶分股。乃以兩帶分句自之，得 [籌式] 爲句冪。兩帶分股自之，得 [籌式] 爲股冪。二冪相加，得 [籌式] 爲弦冪。寄左。副以兩帶分弦自之，得 [籌式] 爲同數。消左，得 [籌式] 爲開方式。開平方，得一十二尺。爲股照式得五尺爲句，十三尺爲弦。

又草曰：立天元 [籌式] 爲弦。三之得 [籌式] 爲三弦。以減云率，得 [籌式] 爲六句。合以六除。今不除，便以爲帶分句，轉以六通天元，得 [籌式] 爲帶分弦。再以帶分句三之，得 [籌式] 以減六因今率，得 [籌式] 爲兩個帶分股。合以二除。今不除，便以爲兩帶分股，轉以二通帶分弦，得 [籌式] 爲兩帶分弦。又以二通帶分句，得 [籌式] 爲兩帶分句。乃以兩帶分句自之，得 [籌式] 爲句冪。兩帶分股自之，得 [籌式] 爲股冪。二冪相加，得 [籌式] 爲弦冪。寄左。副以兩帶分弦自之，得 [籌式] 爲同數。消左，得 [籌式] 爲開方式。開平方，得十三尺爲弦。照式得五尺，爲句十二尺爲股。

【略】

今有三句弦和減四股，少九十尺。只云九句減三弦少二百八十二尺。問句股弦各若干。

草曰：立天元 [籌式] 爲句。九之，得 [籌式] 爲九句。以加云率得 [籌式]

爲三弦。合以三除。今不除，便以爲帶分弦。轉以三通天元，得 〇‖ 爲帶分句。以加帶分弦，得 [算籌] 爲帶分句弦和。三之，得 [算籌] 爲帶分三句弦和。以加三因今率，得 [算籌] 爲四股。合以四除。今不除，便以爲兩帶分股。轉以四通帶分句，得 [算籌] 爲兩帶分句。又以四通帶分弦，得 [算籌] 爲兩帶分弦。乃以兩帶分句自之，得 [算籌] 爲句冪。兩帶分股自之，得 [算籌] 爲股冪二冪。相加得 [算籌] 爲弦冪。寄左。副以兩帶分弦自之，得 [算籌] 爲同數。消左，得 [算籌] 爲開方式。開平方，得十七尺爲句。照式得一百四十四尺爲股，一百四十五尺爲弦。

又草：曰立天元 丨 爲句。九之，得 〇Ⅲ 爲九句。以加云率，得 [算籌] 爲三弦。三約之，得 [算籌] 爲弦。以加句得 [算籌] 爲句弦和。三之，得 [算籌] 爲三句弦和。以加今率，得 [算籌] 爲四股。四約之，得 [算籌] 爲股。乃以天元自之，得 〇〇丨 爲句冪。股自之，得 [算籌] 爲股冪。二冪相加，得 [算籌] 爲弦冪。寄左。副以弦自之，得 [算籌] 爲同數。消左，得 [算籌] 爲開方式。開平方，得十七尺爲句。照式得一百四十四尺爲股，一百四十五尺爲弦。

又草曰：立天元 丨 爲股。四之得 〇Ⅲ 爲四股。以減今率得 [算籌] 爲三句弦和。合以三除。今不除，便以爲帶分句弦和。轉以三通天元，得 〇‖ 爲帶分股。再以帶分句弦和三之，得 [算籌] 爲帶分三句弦和。減去三因云率，得 [算籌] 爲十二個帶分句。合以十二除。今不除，便以爲兩帶分句。轉以十二通帶分股，得 [算籌] 爲兩帶分股。又以十二通句弦和，得 [算籌] 爲兩帶分句弦和。內減去兩帶分句，得 [算籌] 爲兩帶分弦。乃以兩帶分句自之，得 [算籌] 爲句冪。兩帶分股自之，得 [算籌] 爲股冪。二冪相加，得 [算籌] 爲弦冪。寄左。副以兩帶分弦自之，得 [算籌] 爲同數。消左，得 [算籌] 爲開方式。平方倒積開之，得一百四十四尺爲股。照式得十七尺爲句，一百四十五尺爲弦。

又草曰：立天元 丨 爲弦。三之得 〇Ⅲ 爲三弦。以減云率，得 [算籌] 爲九句。合以九除。今不除，便以爲帶分句。轉以九通天元，得 〇Ⅲ 爲帶分弦。以加帶分句，得 [算籌] 爲帶分句弦和。三之，得 [算籌] 爲帶分三句弦和。以加九因今率，得 [算籌] 爲四個帶分股。合以四除。今不除，便以爲兩帶分股。轉以四通帶分句，得 [算籌] 爲兩帶分句。又以四通帶分弦，得 [算籌] 爲兩帶分弦。乃以兩帶分句自之，得 [算籌] 爲句冪。兩帶分股自之，得爲股冪。二冪相加，得爲弦冪。寄左。副以兩帶分弦自之，得爲同數。消左，得爲開方式。平方倒積開之，得一百四十五尺爲弦。照式得十七尺爲句，一百四十四尺爲股。【略】

今有三句比二股少二百三十七尺。只云九股弦較加二句得四十三尺。問句股弦各若干。

草曰：立天元一爲句。三之，得爲三句。以加今率，得爲二股。合以二除。今不除，便以爲帶分股。轉以二通天元，得爲帶分句。二之，得爲二個帶分句。以減二因云率，得爲九個帶分股弦較。合以九除。今不除，便以爲兩帶分股弦較。轉以九通帶分句，得爲兩帶分句。又以九通帶分股，得爲兩帶分股。以加兩帶分股弦較，得爲兩帶分弦。乃以兩帶分句自之，得爲句冪。兩帶分股自之，得爲股冪。二冪相加，得爲弦冪。寄左。副以兩帶分弦自之，得爲同數。消左，得爲開方式。開平方，得十七尺爲句。照式得一百四十四尺爲股，一百四十五尺爲弦。

又草曰：立天元一爲股。二之，得爲二股。以減今率，得爲三句。合以三除。今不除，便以爲帶分句。轉以三通天元，得爲帶分股。再以帶分句二之，得爲兩個帶分句。以減三因云率，得爲九個帶分股弦較。合以九除。今不除，便以爲兩帶分股弦較。轉以九通帶分句，得爲兩帶分句。又以九通帶分股，得爲兩帶分股。以加兩帶分股弦較，得爲兩帶分弦。乃以兩帶分句自之，得爲句冪。兩帶分股自之，得爲股冪。二冪相加，得爲弦冪。寄左。副以兩帶分弦自之，得爲同數。消左，得爲開方式。平方倒積開之，得一百四十四尺爲股。照式得十七尺爲句，一百四十五尺爲弦。

又草曰：立天元一爲弦。九之得爲九弦。以減云率，得爲七股加二句股較。以九弦減去九個股弦較則當爲九股，隨已減去二句，故爲七股二句股較也。倍之，得爲十四股，加四個句股較。覩定今率之二股，蓋二十一十四，彼此之數乃可齊同也。以減七因今率，得爲十七句加四股。蓋今率爲二十一句比十四股少一千六百五十九尺，則十四股必比二十一句多一千六百五十九尺。今以十四股加四個句股較減去一千六百五十九尺，則當得二十一句。又以二十一句內取四句加句股較則變爲四股。故爲十七句加四股。再以七股加二句股較，半之，得爲三股半加一個句股較。以十七乘之，得爲五十九股半帶十七個句股較。以加十七句四股，得[illegible]爲八十股半。合以[illegible]除。今不除，便以爲帶分股，轉以[illegible]通天元，得[illegible]爲帶分弦。再以帶分股倍之，得[illegible]爲二個帶分股。以減[illegible]因今率，得[illegible]爲三個帶分句。合以三除。今不除，便以爲兩帶分句。轉以三通帶分股，得[illegible]爲兩帶分股。又以三通帶分弦，得[illegible]爲兩帶分弦。乃以兩帶分句自之，得[illegible]爲句冪。兩帶分股自之，得[illegible]爲股冪。二冪相加，得[illegible]爲弦冪。寄左。副以兩帶分弦自之，得[illegible]爲同數。消左，得[illegible]爲開方式。平方翻積開之，得一百四十五尺爲弦。照式得十七尺爲句，一百四十四尺爲股。【略】

今有三股較和加二句得八十八尺。只云六弦減七股少三尺。問句股弦各若干。

草曰：立天元[illegible]爲句。則將股較和易爲句和較，於是以天元加今率，得[illegible]爲三股弦和。合以三除。今不除，便以爲帶分股弦和。七之，得[illegible]爲七股弦和。以減三因云率，得[illegible]爲十三弦。合以十三除。今不除便以爲兩帶分弦，轉以三與十三通天元得[illegible]爲兩帶分句。又以十三通帶分股弦和，得[illegible]爲兩帶分股弦和。內減去兩帶分弦，得[illegible]爲兩帶分股。乃以兩帶分句自之，得[illegible]爲句冪。以兩帶分股自之，得[illegible]爲股冪。二冪相加，得[illegible]爲弦冪。寄左。副以兩帶分弦自之，得[illegible]爲同數。消左，得[illegible]爲開方式。開平方，得八尺爲句。照式得十七尺爲弦。得一十五尺爲股。【略】

又草曰：立天元[illegible]爲股。三之，得[illegible]爲三股。以減今率，得[illegible]爲三句弦較。加二句即二弦加一句弦較。凡句弦較加句爲弦。今以三句弦較加二句，則是有兩個句弦較變成弦矣。故爲二弦加一句弦較。再以天元七之，得[illegible]爲七股。以減云率，得[illegible]爲六弦。合以六除。今不除，便以爲帶分弦。轉以六通天元，得[illegible]爲帶分股。又以六通二弦，加一句弦較，得[illegible]爲帶分二弦加一句弦較。內減去兩個帶分弦，[illegible]得[illegible]爲帶分句弦較。以減帶分弦得[illegible]爲帶分句。乃以帶分句自之，得[illegible]爲句冪。帶分股自之，得　爲股冪。二冪相加，得　爲弦冪。寄左。副以帶分弦自之，得　爲同數。消左得　爲開方式。開平方，得十五尺爲股。照式得八尺爲句，十七尺爲弦。【略】

又草曰：立天元　爲弦。則將股較和易爲弦較和，以天元三之，得　。以減今率，得　爲三句股較。加二句，即二股加一句股較。再以天元六之，得　以加云率，得　爲七股。合以七除。今不除，便以爲帶分股。轉以七通天元，得　爲帶分弦。又以七通二股加一句股較，得　爲帶分二股加一句股較。內減去帶分二股，得　爲帶分句股較。以減帶分股，得　爲帶分句。乃以帶分句自之，得　爲句冪。帶分股自之，得　爲股冪。二冪相加，得　爲弦冪。寄左。副以帶分弦自之，得　爲同數。消左，得　爲開方式。開平方，得十七尺爲弦。照式得八尺爲句，十五尺爲股。

今有弦和和三十尺。只云句除弦得二尺六寸。問句股弦各若干。

草曰：立天元　爲弦。合以二尺六寸除。今不除，便以爲帶分句，轉以　因天元，得　爲帶分弦。再以　通今率，得　內減去帶分弦，得　爲帶分句股和。再減去帶分句，得　爲帶分股。乃以帶分句自之，得　爲句冪。帶分股自之，得　爲股冪。二冪相加，得　爲弦冪。寄左。副以帶分弦自之，得　爲同數。消左，得　爲開方式。開平方，得十三尺爲弦。照式得五尺爲句，十二尺爲股。

又草曰：立天元　爲句。以乘云率，得　爲弦。再以天元減今率，得　爲股弦和。內減去弦，得　爲股。乃以句自之，得　爲句冪。股自之，得　爲股冪。二冪相加，得　爲弦冪。寄左。副以弦自之，得　爲同數。消左，得　爲開方式。開平方，得五尺爲句。照式得十二尺爲股，十三尺爲弦。【略】

今有句較較，加二股，得二十八尺。只云二股除六弦得三尺二寸五分。問句股弦各若干。

草曰：立天元　爲股。二之，得　爲二股。以減今率，得　爲句較較。易之爲股較較，以減天元，得　爲句弦較。再以二股乘云率，得　爲六弦。合以六除。今不除，便以爲帶分弦。轉以六通天元，得　爲帶分股。又以六通句弦較，得　爲帶分句弦較。以減帶分弦，得　爲帶分句。自之，得　爲句冪。帶分股自之，得　爲股冪。二冪相加，得　爲弦冪。寄左。副以帶分弦自之，得　爲同數。消左，得　爲開方式。開平方，得十二尺爲股。照式得五尺爲句，十三尺爲弦。

又草曰：立天元 ［籌式］ 爲弦。六之，得 ［籌式］ 爲六弦。合以云率 ［籌式］ 除。今不除，便以爲兩個帶分股。半之，得 ［籌式］ 爲帶分股。轉以 ［籌式］ 通天元，得 ［籌式］ 爲帶分弦。再以 ［籌式］ 通今率，得 ［籌式］ 內減去兩個帶分股，得 ［籌式］ 爲帶分弦和較。以加帶分弦，得 ［籌式］ 爲帶分句股和。內減去帶分股，得 ［籌式］ 爲帶分句。乃以帶分句自之，得 ［籌式］ 爲句冪。帶分股自之，得 ［籌式］ 爲股冪。二冪相加，得 ［籌式］ 爲弦冪。寄左。副以帶分弦自之，得 ［籌式］ 爲同數。消左，得 ［籌式］ 爲開方式。開平方，得十三尺爲弦。照式得五尺爲句，十二尺爲股。【略】

今有三股和較十八尺，只云二句除三股得三尺六寸。問句股弦各若干。

草曰：立天元 ［籌式］ 爲股。三之，得 ［籌式］ 爲三股。合以三尺六寸除。今不除，便以爲帶分二句。合以二除。今不除，便以爲兩帶分句。轉以 ［籌式］ 及 ［籌式］ 通天元，得 ［籌式］ 爲兩帶分股。再以 ［籌式］ 通今率，得 ［籌式］ 倍之，得 ［籌式］ 爲兩帶分三股和較。以加三個兩帶分股，得 ［籌式］ 爲三個兩帶分句弦和。內減去三個兩帶分句，得 ［籌式］ 爲三個兩帶分弦。合以三除。今不除，便以爲三帶分弦。轉以三通兩帶分句，得 ［籌式］ 爲三帶分句。又以三通兩帶分股，得 ［籌式］ 爲三帶分股。乃以三帶分句自之，得 ［籌式］ 爲句冪。三帶分股自之，得 ［籌式］ 爲股冪。二冪相加，得 ［籌式］ 爲弦冪。寄左。副以三帶分弦自之，得 ［籌式］ 爲同數。消左，得 ［籌式］ 爲開方式。開平方，得一十二尺爲股。照式得五尺爲句，十三尺爲弦。

又草曰：立天元 ［籌式］ 爲句。二之，得 ［籌式］ 爲二句。以乘云率，得 ［籌式］ 爲帶分句。再以今率股和較易爲句較和。以三通之，得 ［籌式］ 爲帶分句較和。內減去三個帶分句，得 ［籌式］ 爲三個帶分股弦較。合以三除。今不除，便以爲兩帶分股弦較。轉以三通帶分句，得 ［籌式］ 爲兩帶分句。又以三通帶分股，得 ［籌式］ 爲兩帶分股，以加兩帶分股弦較，得 ［籌式］ 爲兩帶分弦。乃以兩帶分句自之，得 ［籌式］ 爲句冪。兩帶分股自之，得 ［籌式］ 爲股冪。二冪相加，得 ［籌式］ 爲弦冪。寄左。副以兩帶分弦自之，得 ［籌式］ 爲同數。消左，得 ［籌式］ 爲開方式。開平方，得五尺爲句。照式得十二尺爲股，十三尺爲弦。【略】

今有股和較減三句少九尺。只云三句除六弦得五尺二寸。問句股弦各若干。

草曰：立天元 ［籌式］ 爲句。三之，得 ［籌式］ 爲三句。以減今率，得 ［籌式］ 爲股和較。易之爲句較和。減去天元，得 ［籌式］ 爲股弦較。再以三句乘云率，得 ［籌式］ 爲六弦。合以六除。今不除，便以爲帶分弦。轉以六通天元，得爲帶分句。又以六通股弦較，得 爲帶分股弦較。以減帶分弦，得 爲帶分股。乃以帶分句自之，得 爲句冪。帶分股自之，得 爲股冪。二冪相加，得 爲弦冪。寄左。副以帶分弦自之，得 爲同數。消左，得 爲開方式，開平方，得五尺爲句。照式得十二尺爲股，十三尺爲弦。

又草曰：立天元 一 爲弦。六之，得 爲六弦。合以五尺二寸除。今不除，便以爲帶分三句。合以三除。今不除，便以爲兩帶分句。轉以 通天元，得 三之，得 爲兩帶分弦。再以 及三通今率，得 爲兩帶分。今率以減三個兩帶分句，得 爲兩帶分股和較。易之爲兩帶分弦較較。以減兩帶分弦，得 爲兩帶分句股較。以加兩帶分句，得 爲兩帶分股。及以兩帶分句自之，得 爲句冪。兩帶分股自之，得 爲股冪。二冪相加，得 爲弦冪。寄左。副以兩帶分弦自之，得 爲同數。消左，得 爲開方式。開平方，得一十三尺爲弦。照式得五尺爲句，十二尺爲股。【略】

今有弦較和減三句多五尺。只云四句除八股得四尺八寸。問句股弦各若干。

草曰：立天元 一 爲句。四之，得 爲四句。以乘云率，得 爲八股。合以八除。今不除，便以爲帶分股。轉以八通天元，得 爲帶分句。三之，得 爲帶分三句。以加八因今率，得 爲帶分弦較和。易之爲句和較。以加帶分句，得 爲股弦和。以減帶分股，得 爲帶分弦。乃以帶分句自之，得 爲句冪。帶分股自之，得 爲股冪。二冪相加，得 爲弦冪。寄左。副以帶分弦自之，得 爲同數。消左，得 爲開方式。開平方，得五尺爲句。照式得十二尺爲股，十三尺爲弦。

又草曰：立天元 一 爲股。八之，得 爲八股。合以四尺八寸除。今不除，便以爲帶分四句。合以四除。今不除，便以爲兩帶分句。轉以 通天元，得 四之得 爲兩帶分股。再以兩帶分句三之，得 以加 及四因今率，得 爲兩帶分弦較和。易之爲股較和。內減去兩帶分股，得 爲兩帶分句弦較。以加兩帶分句，得 爲兩帶分弦。乃以兩帶分句自之，得 爲句冪。兩帶分股自之，得 爲股冪。二冪相加，得 爲弦冪。寄左。副以兩帶分弦自之，得 爲同數。消左，得 爲開方式。開平方，得十二尺爲股。照式得五尺爲句，十三尺爲弦。【略】

又 卷三 今有股和和乘句較較，加股冪減九句冪，比八句少一尺。只云弦冪減二句冪加一尺，與弦較較乘股較和等。問句股弦各若干。

草曰：立天元 一 爲句。八之，得 爲八句。以減今率，得

爲股和和乘句較較加股冪減九句冪式。又以天元自之，得 〇〇丨 爲句冪。九之，得 〇〇||| 爲九句冪。以加上式得 ㄨ||||||| 爲兩段直積。加股冪再加一句冪，得 ㄨ|||〇 爲兩段直積加弦冪數。再以二句冪減去一尺，得 ㄨ〇= 爲弦冪比兩段直積所多之數。以減兩段直積，加弦冪式得 〇||||||| 爲四段直積。以四元除之，得 == 爲股。自之，得 ||||||||| 爲股冪。以加句冪，得 ||||||||| 爲弦冪。寄左。副以四段直積半之，得 〇|||||| 爲兩段直積。以減兩段直積加弦冪，得 ㄨ|||丅 爲同數。消左，得 ||||||ㄨ 爲開方式。開平方，得五尺爲句。照式得十二尺爲股，十三尺爲弦。

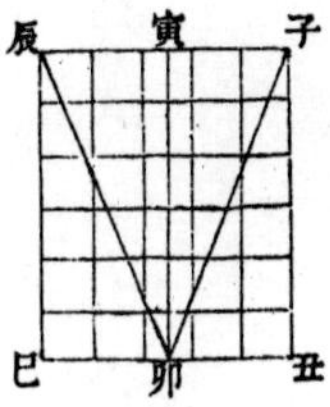

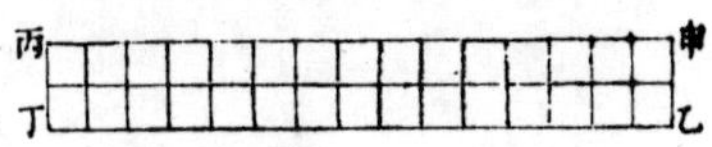

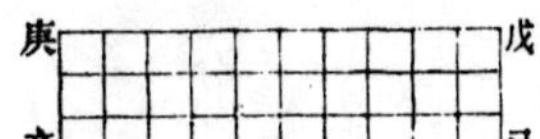

如圖，子丑爲股十二尺，丑卯爲句，子丑寅卯長方面形爲句股直積。則子丑辰巳長方形爲句股倍直積，內函小方面形一百二十顆。又甲丙爲股和和三十尺，甲乙爲句較較四尺。今以甲丙股和和乘甲乙句較較，則成甲乙丙丁長方面形，內中亦函小方面形一百二十顆，與子丑辰巳之長方面形等，故今有一段爲句股倍直積也。又戊己六尺爲弦較較，戊庚二十尺爲股較和，以股較和乘弦較較，成戊己庚辛長方面形，內中亦函小方面形一百二十顆，仍與子丑辰巳之長方面形等，故云率一段亦爲句股倍直積也。

又 今有句弦相乘積加股弦和乘股弦較積，又加句股和冪減弦冪又減一段句股直積與六句冪等。只云句較和乘股較和積，四之減句和較冪，又減三句冪加句較較，比二句少一尺。問句股弦各若干。

草曰：立天元 丨 爲句。自之，得 〇〇丨 爲句冪。六之，得 〇〇丅 爲六句冪，亦即一段句弦相乘積。又加一段句股直積，又加一個句冪數，句股和冪減弦冪，係兩段句股直積。減一段尚餘一段，又股弦和乘股弦較積亦即一個句冪，故今率爲一段句弦相乘積，又加一段句股直積，又加一個句冪也。內減去一個句冪，得 〇〇||| 爲一段句乘股弦和長方積。以句弦相乘積，加句股直積，是將兩段合爲一長段也。以天元除之，得 〇||| 爲股弦和。又以股弦和除句冪，凡股弦和乘股弦較，與句冪爲同數，是句冪。亦可作股弦和乘股弦較積也。既有股弦和，乘股弦較積，又有股弦和數，則以股弦和數除股弦和乘股弦較積，必得股弦較數。其理亦猶是有長方邊之長除長方積，則必得長方之濶也。得 〇= 爲股弦較。以加股弦和，得 〇= 爲二弦。

半之，得 〇丅 爲弦。又以股弦和減去股弦較，得 〇||| 爲二股。半之，得 〇〇= 〇||| 爲股。乃以股乘天元，得 〇〇||| 爲一段句股直積。八之，得 丨 爲四段句較和乘股較和積。又以股弦和減去天元，得 〇||| 爲句和較。自之，得 〇〇丅 爲句和較冪。以減八段句股直積，得 〇〇= 又減去三句冪，得 〇〇= 內加句較較 〇||| 得 〇|||= 爲四段句較和乘股較和積。減去句和較冪，又減去三句冪，又加句較較數。寄左。副以天元二之，得 〇= 減去云率，得 ㄨ= 爲同數。消左，得 丨ㄨ= 爲開方式。開平方，得五尺，爲句。照式得十二尺爲股，十三尺爲弦。

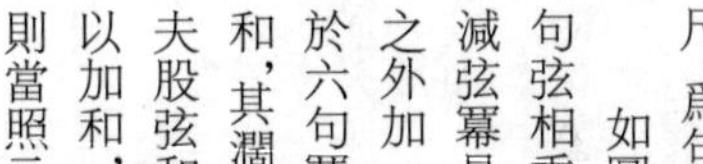

如圖，甲乙爲句，甲丙爲弦，丙戊爲股，甲乙丙丁爲長方面形爲句弦相乘積。加股弦和乘股弦較積，是加一個句冪，又加句股和冪。減弦冪是加兩段句股直積，減去一段句股直積，是甲乙丙丁長方形之外加一段丙丁戊己長方形之句股直積，尚多一戊己庚辛句冪。故於六句冪之內減去一句冪，則得甲乙戊己長方形，其長甲戊即股弦和，其濶甲乙爲句。故以句除甲乙戊己長方形積，而得股弦和也。夫股弦和乘股弦較，既與句冪等，則以股弦和除句冪即得股弦較。以加和，半之爲弦。減和，半之爲股。是今有一段句股弦之式已得，則當照云率順演，寄左而以云率爲同數。

今有句弦和冪減句股較冪，又減股弦和乘股弦較積，與十句冪等。只云句股和冪減十一句冪，加三弦和較比二股多二尺。問句股弦各若干。

草曰：立天元 丨 爲句。自之，得 〇〇丨 爲句冪。十之，得 〇〇〇丨 爲十句冪，亦即兩段句弦相乘積。兩段句股直積半之，得 〇〇||| 爲一段句乘股弦和。長方積以天元除之，得 〇||| 爲股弦和。又以股弦和除句冪得 〇= 爲股弦較。以加股弦和，得 〇= 爲二弦。半之，得 〇丅 爲弦。又以股弦和減去股弦較，得 〇||| 爲二股。半之，得 〇≡ 爲股。乃以天元加股得 〇≡ 爲句股和。自之，得 〇〇丅 丨||| 爲句股和冪，減去十一句冪得

[算籌] 爲上式。又以天元減去股弦較，此係爲求弦和較説法。蓋弦和較即句較較，而句較較式，係以元減太，得股弦較。故今以元減去股弦較爲句，較較也。得 [算籌] 爲弦和較。三之，得 [算籌] 爲三弦和較。以加上式得 [算籌] 爲句股和冪減十一句冪加三弦和較數。寄左。副以二股加云率，得 [算籌] 爲同數。消左，得 [算籌] 爲開方式。開平方，得五尺爲句。照式得十二尺爲股，十三尺爲弦。

如圖，甲乙爲句，乙丙爲弦，甲丙爲句弦和，壬子爲句股較，甲丙己戊正方形爲句弦和冪，內函甲乙庚辛句冪，又函辛丁寅戊弦冪，又函乙丙辛丁與辛寅庚已二長方，爲句弦相乘積。今以句弦和冪減去句冪，又減去壬癸子丑句股較冪，則必餘兩段句股直積，又餘兩段句弦相乘積，半之則爲一段句乘股弦和，長方積其長爲股弦和，其濶即句。故以句除之，即得股弦和也。

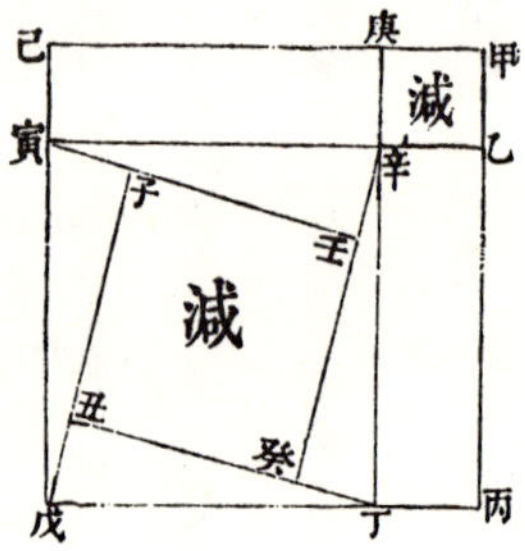

又 今有句弦相乘積加股弦和乘股弦較積，又加句股和冪減弦冪，又減一段句股直積，與五句冪等。只云股和較乘句和較積，加句股較冪，又加倍句弦和乘倍句弦較積，減股弦和冪又減二十一尺，平方開之，比股少三尺。問句股弦各若干。

草曰：立天元 [算籌] 爲句，自之，得 [算籌] 爲句冪。五之，得 [算籌] 爲五句冪。亦即一段句弦相乘積，又加一段句股直積，又加一個句冪數，內減去一個句冪，得 [算籌] 爲一段句乘股弦和長方積。以天元除之，得 [算籌] 爲股弦和。又以股弦和除句冪得 [算籌] 爲股弦較。以加股弦和，得 [算籌] 爲二弦。半之，得 [算籌] 爲弦。又以股弦和減去股弦較，得 [算籌] 爲二股。半之，得 [算籌] 爲股。以乘股弦較，得 [算籌] 爲一段股乘股弦較積。倍之，得 [算籌] 爲兩段股乘股弦較積。寄左。副以股減云率，得 [算籌] 爲平方開得數。自之，得 [算籌] 加二十一尺，得 [算籌] 以減股冪，得 [算籌] 爲同數。消左，得 [算籌] 爲開方式。開平方，得八尺爲句。照式得十五尺爲股，十七尺爲弦。

如圖，辛壬庚巳爲句弦相乘積，甲乙辛壬爲句冪，亦即股弦和乘股弦較積。庚巳癸子爲句股直積，故減去句冪以句除之，即得辛癸股弦和之數也。

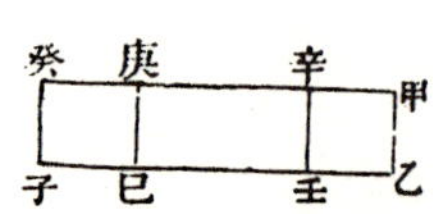

又 今有句股田一段長四十五步，濶二十四步。只云從股尖截去一段，栽花外，餘田二畝。問所截餘田長濶各若干。

草曰：立天元 [算籌] 爲所截餘長。以減原長，得 [算籌] 爲截長，亦即小股。以乘原濶二十四步，得 [算籌] 合以原長四十五步除之，爲截濶。今不除，便以爲帶分截濶，轉以原長四十五步通原濶，得 [算籌] 爲帶分原濶。以兩個帶分濶，併之，得 [算籌] 以乘天元，得 [算籌] 爲帶分倍餘積。寄左。副以畝法二百四十步通餘田，得 [算籌] 倍之，得 [算籌] 又以寄母四十五步通之，得 [算籌]

爲同數。消左，得 〇〇丨〡丅〇〤〣 爲開方式。平方開之，得三十步爲所截餘長。照式得八步爲截濶。

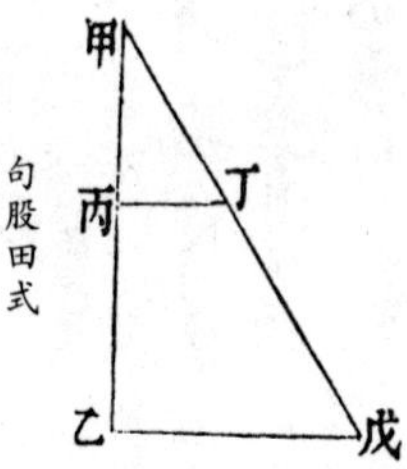

句股田式

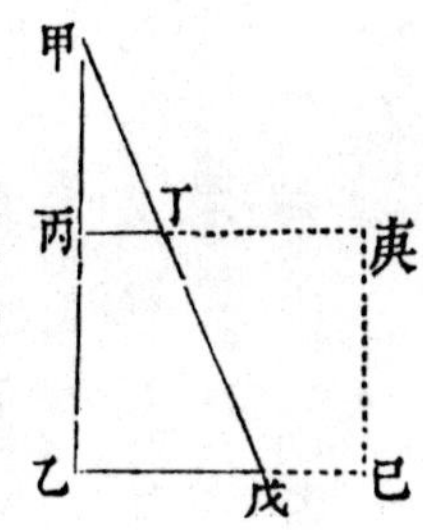

倍餘積式

如圖，甲乙爲長即大股，乙戊爲濶即大句，丙乙爲所截餘長。今立天元爲餘長，是有丙乙。故以甲乙減去丙乙，得甲丙爲小股。凡句股比例法以大股與大句之比，同於小股與小句之比，故以甲丙小股乘乙戊大句，合以甲乙大股除，乃爲丙丁截濶也。既得丙丁截濶，以加戊乙大句，則得已乙，以已乙乘丙乙，遂成庚已丙乙長方形，係兩個丁戊丙乙餘田形合成，故爲倍餘積也。

草曰：立天元 丨 爲截濶，亦即小句。以乘原長四十五步，得 〇Ⅲ≡ 合以原濶二十四步除之，爲截長。今不除，便以爲帶分截長，亦即帶分小股。轉以二十四步通原長，得 丨〇≟ 爲帶分大股。以帶分大股，減去帶分小股，得 〇≟丨〇 ≣Ⅲ 爲帶分所截餘長。又以天元加原濶，得 ‖≡〤 與帶分所截餘長相乘，得 〇〇≣Ⅲ‖≡Ⅲ 爲帶分倍餘積。寄左。副以畝法二百四十步通餘田，得 Ⅲ≟〇 倍之，得 ≟丅〇 爲倍餘積。又以寄母二十四步通之，得 ‖≡〇≡〇 爲同數。消左，得 〇〇‖≟Ⅲ ≣Ⅲ 爲開方式。平方開之，得八步爲截濶。照式得三十步，爲所截餘長。

今有圭形田，中長一百二十步，底濶一百二十八步。只云從圭尖橫截一段作池，外餘田二十七畝，五分。問截田長濶各若干。

草曰：立天元 丨 爲所截餘長。以減原長，得 丨〇〤 ‖ 爲截長。以乘原濶一百二十八步，得 〇丄Ⅲ≡丨 ≟‖〤 合以原長一百二十步除之，爲截濶。今不除，便以爲帶分截濶。轉以原長一百二十步通原濶，得 〇丅Ⅲ≡丨 爲帶分原濶。以兩個帶分濶併之，得 〇‖丄〇Ⅲ ≟‖〤 以乘天元得 〇‖丄〇Ⅲ 〇≟‖〤 爲帶分倍餘積。寄左。副以畝法二百四十步通餘田，得 〇〇丅丄 倍之，得 〇〇‖≡丨 又以寄母一百二十步通之，得 〇〇〇≡Ⅲ≡丨 爲同數。消左，得 〇〇〇≡Ⅲ≡丨 ≟‖〇丄〇Ⅲ 〤‖≟ 爲開方式。平方開之，得七十五步爲餘長。照式得四十五步爲截長，又得四十八步爲截濶。

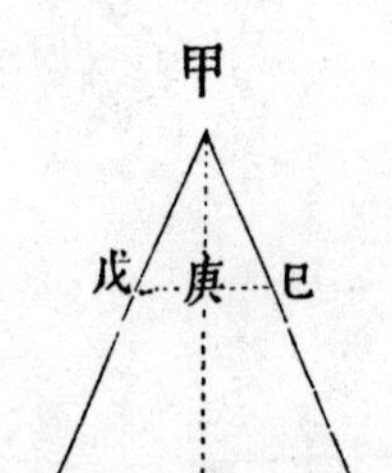

圭田式

如圖，甲乙爲中長。丁丙爲原濶，甲庚爲截長，已戊爲截濶，理與前同。

草曰：立天元 丨 爲截長。以乘原濶一百二十八步，得 〇≟‖丨 合以原長一百二十步除之，爲截濶。今不除，便以爲帶分截濶。轉以一百二十步通原濶，得 〇丄Ⅲ≡丨 爲帶分原濶。以兩個帶分濶併之，得 〇丄Ⅲ≡丨 ≟‖丨 爲兩濶和。又以天元減原長，得 丨‖〇〤 以乘兩濶和，得 〇〇‖Ⅲ≡Ⅲ≟丨 〇 〒‖丨 爲倍餘積。寄左。副以畝法二百四十步通餘田，得 〇〇丅丄 倍之，得 〇〇‖≡丨

又以寄母一百二十步通之，得 |≡Ⅲ≡〇〇〇 爲同數。消左，得 ‖≡Ⅲ=〇〇 〇 |=𝍸 爲開方式。平方開之，得四十五步爲截長。照式得七十五步爲餘長，又得四十八步爲截濶。

草曰：立天元 | 爲截濶。以原長一百二十步乘之，得 〇 |=〇 合以原濶一百二十八步除之，爲截長。今不除，便以爲帶分截長。轉以一百二十八步通原長，得 |≡‖⊥〇〇 爲帶分原長。以帶分原長減去帶分截長，得 |≡‖⊥〇〇 𝍸=〇 爲帶分所截餘長。又以天元加原濶，得 |=≟| 與帶分餘長相乘，得 |≟⊥⊤〇≟〇〇 〇 𝍸=〇 爲帶分倍餘積。寄左。副以畝法二百四十步通餘田，得 ⊥⊤〇〇 倍之，得 |≡‖〇〇 又以寄母一百二十八步通之，得 |⊥≟Ⅲ⊥〇〇〇 爲同數。消左，得 ‖⊥⊤≡‖〇〇 〇 𝍸=〇 爲開方式。平方開之，得四十八步爲截濶。照式得四十五步爲截長，七十五步爲餘長。

又 今有圭田形，中長一百八十步，底濶一百九十二步。只云從左直截一段，作池外餘田五十九畝七分五釐。問截田長濶各若干。

草曰：立天元 | 爲截濶。以乘原長一百八十步，得 〇 |≟〇 。合以半原濶九十六步除之爲截長。今不除，便以爲帶分截長。以乘天元得 〇 〇 |≟〇 半之，得 〇 〇 Ⅲ〇 爲帶分截積於上。再以畝法二百四十步通餘田，得 |≡‖≡〇 又以寄母九十六步通之，得 |≡⊤⊥⊤≡〇 爲帶分餘積。以加上式，得 |≡⊤⊥⊤≡〇 〇 Ⅲ〇 爲帶分圭田積。寄左。副以中長一百八十步乘底濶一百九十二步，得 ‖≡Ⅲ⊤〇 半之，得 |⊥‖≟〇 以寄母九十六步通之，得 |⊤≡Ⅲ≟Ⅲ〇 爲同數。消左，得 𝍸‖=≟〇 〇 Ⅲ〇 爲開方式。平方開之，得五十六步爲截濶。照式得一百零五步爲截長。

如圖，甲乙爲中長，丙丁爲底濶，戊己爲截長，己丁爲截濶。以截濶乘中長，合以半原濶除之爲截長。故曰合以半原濶除。其必用半原濶者，蓋原濶係兩句，必半之乃成句股比例也。

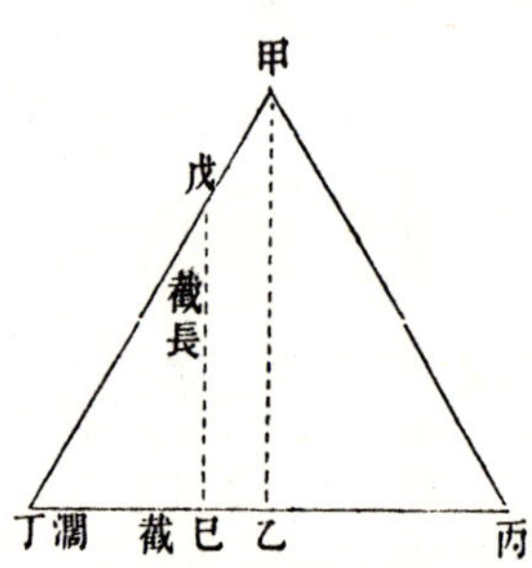

又草曰：立天元 | 爲截長。以乘半原濶九十六步，得 〇⊥ Ⅲ 合以原長一百八十步除之，爲截濶。今不除。便以爲帶分截濶，以乘天元得 〇 〇 Ⅲ⊥ 半之，得 〇 〇 Ⅲ≟ 爲帶分截積於上。再以畝，法二百四十步，通餘田得 |≡‖≡〇 又以寄母一百八十步通之，得 ‖≡≟|=〇〇 爲帶分餘積。以加上式，得 ‖≡Ⅲ−‖〇〇 〇 Ⅲ≟ 爲帶分圭田積。寄左。副以中長一百八十步，乘底濶一百九十二步，得 Ⅲ≡Ⅲ⊥〇 半之，得 |⊥‖≟〇 以寄母一

百八十步通之，得 [算籌] 爲同數。消左，得 [算籌] 爲開方式。平方開之，得一百零五步爲截長。照式得五十六步爲截濶。

今有圭形田，中長一百零八步，底濶九十步。只云從底橫截一段作池，外餘田十二畝二分五釐。問截田長濶各若干。

草曰：立天元 [算籌] 爲截濶。以乘原長一百零八步，得 [算籌] 合以原濶九十步除之，爲餘長。今不除。便以爲帶分餘長。以乘天元，得 [算籌] 半之，得 [算籌] 爲帶分餘積。寄左。副以畝法二百四十步通餘田，得 [算籌] 再以寄母九十步通之，得 [算籌] 爲同數。消左，得 [算籌] 爲開方式。平方開之，得七十步爲截濶。照式得八十四步爲餘長，二十四步爲截長。

如圖，甲乙爲中長，丙丁爲原濶，戊己爲截濶，壬乙爲截長，甲壬爲餘長。以甲壬餘長乘戊己截濶，遂成庚辛戊己長方形，故爲倍餘積也。

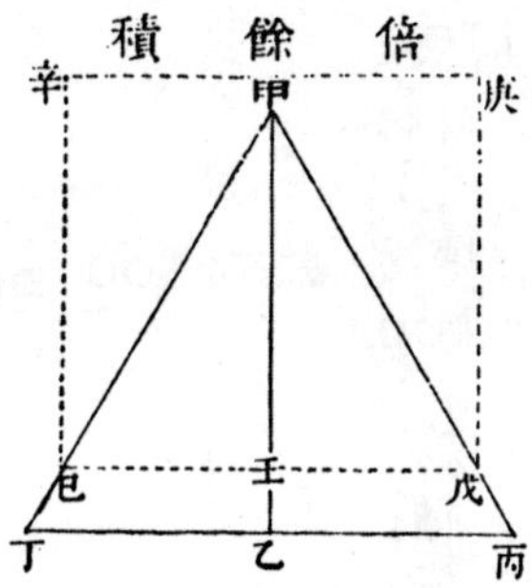

上草得積後，折半已適得圭田餘積，故同數一邊，不加倍。

又草曰：立天元 [算籌] 爲截長。以減原長一百零八步，得 [算籌] 爲餘長，亦即小股。以乘原濶九十步，得 [算籌] 合以原長一百零八步除之爲截濶。今不除，便以爲帶分截濶。以乘餘長，得 [算籌] 爲帶分倍餘積。寄左。副以畝法二百四十步通餘田，得 [算籌] 倍之，得 [算籌] 再以寄母一百零八步通之，得 [算籌] 爲同數。消左，得 [算籌] 爲開方式。平方開之，得二十四步爲截長。照式得七十步爲截濶。

又 今有圭田一段，內有古率圓池水占之，餘田四十畝 [算籌] 五釐。只云池徑不及中長一百二十三步，底濶比中長多九步。問底濶中長及池徑各若干。【略】

草曰：立天元 [算籌] 爲底濶。以減多九步，得 [算籌] 爲中長。又以中長減去一百二十三步，得 [算籌] 爲圓池徑。乃以天元半之，得 [算籌] 以乘中長，得 [算籌] 爲圭田積於上。再以池徑三因之，得 [算籌] 爲圓池周。以乘池徑，得 [算籌] 四約之，得 [算籌] 爲圓池積。凡求圓面積者，當以半徑與半周相乘爲圓面積。今以圓徑乘圓周，是邊加一倍，則積當加四倍，故以四約也。以減上式，得 [算籌] 爲餘田積。寄左。副以畝法二百四十步通餘田，得 [算籌] 爲同數。消左，得 [算籌] 爲開方式。平方開之，得一百四十四步爲底濶。照式得一百三十五步爲中長，十二步爲圓池徑。

如圖，甲乙爲圓池徑，乙辛爲半徑，甲己乙丙爲圓池周，甲己乙爲半周。今試將圓面形，從甲辛乙剖之，割爲內容無數多邊形，引伸之，使甲己乙半周曲綫變爲乙己直綫，則成無數鋸齒形。若再以甲丙乙半周照式剖之，亦成無數鋸齒形。以兩鋸齒形合之，以實補虛，則成辛乙庚己長方形，其長乙己即半周，其濶辛乙即半徑，是半徑乘半周，即爲圓面積。前法內未將池徑池周折半，逕以周徑相乘，則必成甲乙丙丁大長方形，較辛乙庚巳形多四倍，故以四約之爲圓池積也。

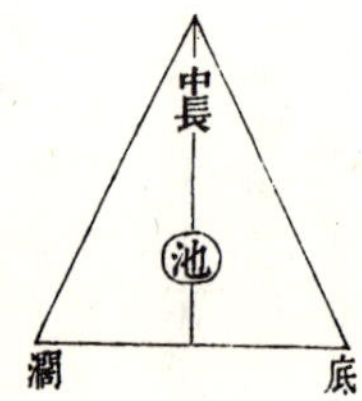

圭田式

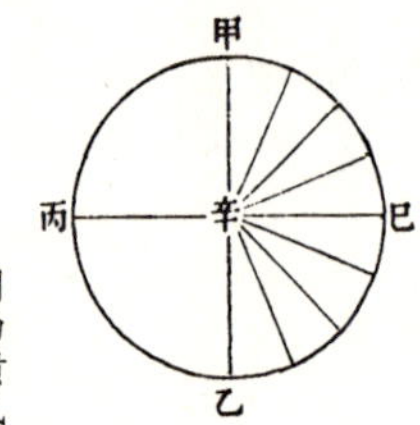

圓面積式

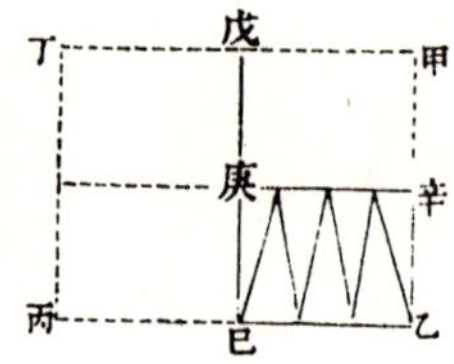

四約圓面積式

又草曰：立天元 [算籌] 爲池徑。以加一百二十三步，得 [算籌] 爲中長。再加九步，得 [算籌] 爲底濶。乃以底濶半之，得 [算籌] 以乘中長，得 [算籌] 爲圭田積。寄左。副以天元自之，得 [算籌] 三因四而一，得 [算籌] 爲圓池積。又以畝法二百四十步通餘田，得 [算籌] 爲餘田積。以兩積併之，得 [算籌] 爲同數。消左，得 [算籌] 爲開方式。平方開之，得一十二步爲池徑。照式得一百四十四步爲底濶，一百三十五步爲中長。

又草曰：立天元 [算籌] 爲中長。減去一百二十三步，得 [算籌] 爲池徑。再以天元加九步，得 [算籌] 爲底濶。乃以底濶半之，得 [算籌] 以乘中長，得 [算籌] 爲圭田積。寄左。副以池徑三之，得 [算籌] 爲池周。以乘池徑，得 [算籌] 四約之，得 [算籌] 爲圓池積。又以畝法二百四十步通餘田，得 [算籌] 爲餘田積。以兩積併之，得 [算籌] 爲同數。消左，得 [算籌] 爲開方式。平方開之，得一百三十五步爲中長。照式得十二步爲池徑，一百四十四步爲底濶。

又 今有句股田，內有古率圜池水占之，外餘田十一畝二分三釐七毫五絲。只云圜周不及句濶二步，句濶不及股長四十九步。問池徑及句股長濶各若干。

草曰：立天元 [算籌] 爲句濶。以減不及二步，得 [算籌] 爲圜周。又以天元加多四十九步，得 [算籌] 爲股長。乃以句濶乘股長，得 [算籌] 爲倍句股田積。記之。再以圜周 [算籌] 三除之爲圜徑。今不除。便以爲帶分圜徑。轉以三通圜周，得 [算籌] 爲帶分圜周。以乘帶分圜徑，得 [算籌] 四約之，得 [算籌] 爲帶分圜池積於上。又以畝法二百四十步通餘田，得 [算籌] 爲餘田積。又以寄母自之，得 [算籌] 通餘田積，得 [算籌] 爲帶分餘田積。上求圜池積徑周，皆各加三倍。按：以邊求積法，凡邊加三倍者，積必加九倍，故以寄母自之，得九以通餘田積，爲帶分餘田積也。以兩帶分積併之，得 [算籌] 爲帶分句股田積。寄左。副以前記半之，得 [算籌] 九之得 [算籌] 爲同數。消左，得 [算籌] 爲開方式。開平方，得五十六步爲句濶。照式得一百〇五步爲股長，十八步爲池徑。

又草曰：立天元 [算籌] 爲池徑。三之，得 [算籌] 爲池周。以加二步，得 [算籌] 爲句濶。再以句濶加四十九步，得 [算籌] 爲股長。乃以句濶乘股長，得 [算籌] 爲倍句股田積。記之。再以圜周乘圜徑，得 [算籌] 四約之，得

[illegible]爲圓池積於上。又以畝法二百四十步通餘田，得[illegible]爲餘田積。以兩積併之，得[illegible]爲句股田積。寄左。副以前記半之，得[illegible]爲同數。消左，得[illegible]爲開方式。開平方，得一十八步爲池徑。照式得五十六步爲句濶，一百〇八步爲股長。

又草曰：立天元[illegible]爲股長。以減四十九步，得[illegible]爲句濶。再減二步，得[illegible]爲圓周。乃以句濶乘天元得[illegible]半之，得[illegible]爲句股田積。記之。再以圓周[illegible]合用三除，今不除。便以爲帶分圓徑。轉以三通圓周，得[illegible]爲帶分圓周。以乘帶分圓徑，得[illegible]四約之，得[illegible]爲帶分圓池積於上。又以畝法二百四十步通餘田，得[illegible]九之，得[illegible]爲帶分餘田積。併上積，得[illegible]爲帶分句股田積。寄左。副以九通前記，得[illegible]爲同數。消左，得[illegible]爲開方式。開平方，得一百〇八步爲股長。照式得五十六步爲句濶，一十八步爲池徑。

如圖，甲乙爲股，丙乙爲句，辛壬爲古率圓池徑。古圓面形當用六等邊形，今姑仍舊後仿此。甲乙丙句股面積内減去辛壬古率圓面積，所餘之積即爲餘田。故各草求得句股田積必需減去古

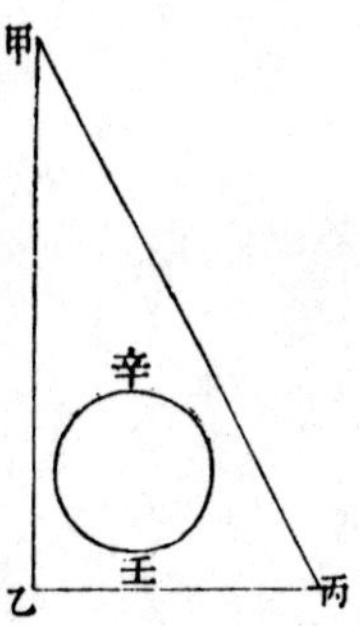

圓面積，然後可求同數。

又　今有句股田内有古率徽率二圓池水占之，外餘田四十畝五分七釐九毫。只云古徑不及徽徑四步，徽徑不及句濶九十二步，句濶不及股長九十一步。問古徑徽徑及句股長濶各若干。

草曰：立天元[illegible]爲股長。減不及步，得[illegible]爲句濶。又減不及步，得[illegible]爲徽徑。又減不及步，得[illegible]爲古徑。乃以古徑三之，得[illegible]爲古圓周。以乘古徑，得[illegible]四約之得[illegible]爲古圓池積，記之。

又以徽徑[illegible]自之，得[illegible]與徽圓積定率[illegible]相乘，得[illegible]合以二千五百除。今不除，便以爲二千五百段徽圓積。轉以二千五百通前記，得[illegible]亦爲二千五百段古圓積。再以畝法通餘田，得[illegible]以二千五百通之，前係積加二千五百倍，故此仍以二五百通也。得[illegible]爲二千五百段。餘田積併三個二千五百段積，得[illegible]爲二千五百段句股田積。寄左。副以股

長〔算籌〕乘句濶〔算籌〕得〔算籌〕半之,得〔算籌〕爲句股田積。以二千五百通之,得〔算籌〕爲同數。消左,得〔算籌〕爲開方式。開平方,得一百九十五步爲股長。照式得一百零四步爲句濶,一十二步爲徽徑,八步爲古徑。

又草曰:立天元〔算籌〕爲徽徑。以減不及步,得〔算籌〕爲古徑。又以天元加不及步,得〔算籌〕爲股長。乃以古徑三之,得〔算籌〕爲古圜周。以乘古徑,得〔算籌〕四約之,得〔算籌〕爲古圜積。記之。又以天元自之,得〔算籌〕與徽圜積定率〔算籌〕相乘,得〔算籌〕合以二千五百除。今不除,便以爲帶分徽圜積。轉以二千五百通前記,得〔算籌〕爲帶分古圜積。再以畝法通餘田,得〔算籌〕以二千五百通之,得〔算籌〕爲帶分餘田積。併三個帶分積,得〔算籌〕爲帶分句股田積。寄左。副以句濶乘股長,得〔算籌〕半之,得〔算籌〕以二千五百通之,得〔算籌〕爲同數。消左,得〔算籌〕爲開方式。開平方,得一十二步爲徽徑。照式得八步爲古徑,一百九十五步爲股長,一百零四步爲句濶。

如圖,甲乙爲股,乙丙爲句,庚辛爲徽率圜池徑,壬癸爲古率圜池徑。甲乙丙句股田既占去二池,故今求得句股田面積亦減去二圜面積,然後可求同數。

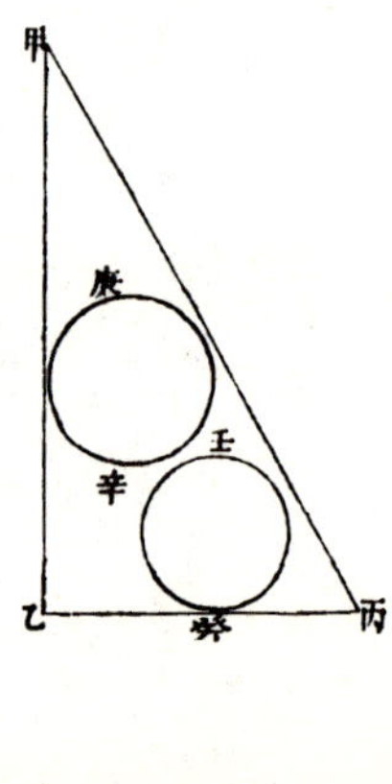

今有句股田内有古率、徽率、密率三圜池水占之,外餘田三十九畝零一釐又三千分畝之七。只云徽徑比古徑多一倍、少四步,密徑比徽徑多一倍又多四步,句濶比密徑多四倍少八步,股長比句濶多一倍少十三步。問古徑、徽徑、密徑及句股長濶各若干。

草曰:立天元〔算籌〕爲古徑。倍之,得〔算籌〕減去少四步,得〔算籌〕爲徽徑。又倍之,得〔算籌〕加多四步,得〔算籌〕爲密徑。四之,得〔算籌〕減去少八步,得〔算籌〕爲句濶。又倍之,得〔算籌〕減少十三步,得〔算籌〕爲股長。乃以天元三之,得〔算籌〕爲古圜周。以乘古徑,得〔算籌〕四約之,得〔算籌〕爲古圜積。初記。又以徽徑自之,得〔算籌〕與徽圜積定率〔算籌〕相乘,得〔算籌〕合以二千五百除。今不除,便以爲帶分徽圜積。次記。轉以二千五百通初記,得〔算籌〕爲帶分古圜積。次記。又以密徑自之,得〔算籌〕與密圜積定率〔算籌〕相乘,得〔算籌〕合以四十九除。今不除,便以二千五百通之,得〔算籌〕爲兩帶分密圜積。三記。轉以四十九通次記,

得 〔籌式〕 爲兩帶分徽圜積。三記。又得 〔籌式〕 爲兩帶分古圜積。三記。再以餘田通分內子，通分者，將餘田三十九畝〇一厘加三千倍也，內子者，將餘田加三千倍後，又加七也。此因題內餘田畝釐之下，又帶有三千分畝之七，故將三千命爲分母，七爲分子，將餘田加三千倍，得十一萬七千〇三十畝，又加七得十一萬七千〇三十七畝爲通分內子所得之數。得 〔籌式〕 又以畝法二百四十步通之，得 〔籌式〕 又以 〔籌式〕 及 〔籌式〕 通之，得 〔籌式〕 爲三帶分餘田積。轉以三千通各三記，得 〔籌式〕 爲三帶分古圜積，又得 〔籌式〕 爲三帶分徽圜積，又得 〔籌式〕 爲三帶分密圜積。併四個三帶分積，得 〔籌式〕 爲三帶分句股田積。寄左。副以句潤乘股長，得 〔籌式〕 半之，得 〔籌式〕 以 〔籌式〕 及 〔籌式〕 通之，得 〔籌式〕 又以三千通之，得 〔籌式〕 爲同數。消左，得 〔籌式〕 爲開方式。開平方，得八步爲古徑，照式得十二步爲徽徑，二十八步爲密徑，一百零四步爲句潤，一百九十五步爲股長。

又草曰：立天元 〔籌式〕 爲徽徑。倍之，得 〔籌式〕 以加多四步，得 〔籌式〕 爲密徑。又以天元加少四步，得 〔籌式〕 半之，得 〔籌式〕 爲古徑。再以密徑四之，得 〔籌式〕 以減少八步，得 〔籌式〕 爲句潤。又倍之，得 〔籌式〕 減少十三步，得 〔籌式〕 爲股長。乃以天元自之，得 〔籌式〕 與徽圜積定率 〔籌式〕 相乘得 〔籌式〕 合以二千五百除。今不除，便以爲帶分徽圜積。又以古徑三之，得 〔籌式〕 爲古圜周。以乘古圜徑，得 〔籌式〕 四約之，得 〔籌式〕 以二千五百通之，得 〔籌式〕 爲帶分古圜積。又以密徑自之，得 〔籌式〕 與密圜積定率 〔籌式〕 相乘，得 〔籌式〕 合以四十九除。今不除，便以二千五百通之，得〔籌式〕爲兩帶分密圜積。轉以四十九通帶分徽圜積，又得〔籌式〕爲兩帶分徽圜積。又通帶分古圜積，得〔籌式〕爲兩帶分古圜積。再以餘田通分内子，得〔籌式〕又以畝法二百四十步通之，得〔籌式〕又以〔籌式〕及〔籌式〕通之，得〔籌式〕爲三帶分餘田積。轉以三千通兩帶分徽圜積，得〔籌式〕爲三帶分徽圜積。又通兩帶分古圜積，得〔籌式〕爲三帶分古圜積。又通兩帶分密圜積，得〔籌式〕爲三帶分密圜積。併四個三帶分積，得〔籌式〕爲三帶分句股田積。寄左。副以句濶乘股長，得〔籌式〕半之，得〔籌式〕以二千五百通之，得〔籌式〕又以四十九通之，得〔籌式〕又以三千通之，得〔籌式〕爲同數。消左，得〔籌式〕爲開方式。開平方，得一十二步爲徽徑。照式得八步爲古徑，二十八步爲密徑，一百零四步爲句濶，一百九十五步爲股長。

如圖，丙乙爲股，甲乙爲句，丁戊爲古率圜池徑，辛壬爲徽率圜池徑，巳庚爲密率圜池徑。理與前同，不過此又增一圜池耳。

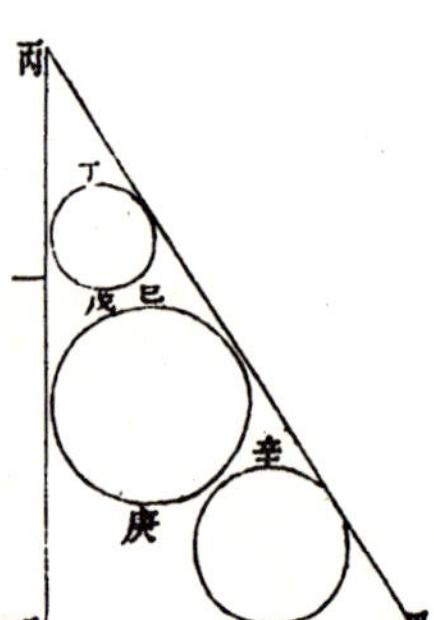

又 今有句股田，内有古率、徽率、密率、代率四圜池水占之，外餘田二十一畝一分六釐七毫。只云徽徑比古徑多一倍，密徑比徽徑多一倍又多三步，代徑比密徑多一倍。句濶比徽徑多八倍少二十四步，股長比代徑多三倍少十五步。問四徑及句股各若干。

草曰：立天元〔籌式〕爲古徑。倍之，得〔籌式〕爲徽徑。又倍之，得〔籌式〕又加多三步，得〔籌式〕爲密徑。又倍之，得〔籌式〕爲代徑。三之，得〔籌式〕減去少十五步，得〔籌式〕爲股長。又以徽徑八之，得〔籌式〕減去少二十四步，得〔籌式〕爲句濶。乃以天元三之，得〔籌式〕爲古圜周。以乘古圜徑得〔籌式〕四約之，得〔籌式〕爲古圜積。又以徽徑自之，得〔籌式〕與徽圜積定率〔籌式〕相乘，得〔籌式〕合以二千五百除。今不除，便以爲帶分徽圜積。記之。轉以二千五百通古圜積，得 [illegible] 爲帶分古圜積。又以密徑自之，得 [illegible] 與密圜積定率 [illegible] 相乘，得 [illegible] 合以四十九除。今不除，便以二千五百通之，得 [illegible] 爲兩帶分密圜積。轉以四十九通帶分徽圜積，得 [illegible] 爲兩帶分徽圜積。又通帶分古圜積得 [illegible] 爲兩帶分古圜積。再以代徑與定率 [illegible] 相乘，得 [illegible] 以乘代圜徑，得 [illegible] 四約之，得 [illegible] 爲代圜積。以 [illegible] 及 [illegible] 通之，得 [illegible] 爲兩帶分代圜積。又以畝法通餘田，得 [illegible] 以 [illegible] 及 [illegible] 通之，得 [illegible] 爲兩帶分餘田積。併五個兩帶分積，得 [illegible] 爲兩帶分句股田積，寄左。副以句潤乘股長，得 [illegible] 半之，得 [illegible] 以 [illegible] 及 [illegible] 通之，得 [illegible] 爲同數。消左，得 [illegible] 爲開方式。開平方，得八步爲古徑。照式得十六步爲徽徑，三十五步爲密徑，七十步爲代徑，一百零四步爲句潤，一百九十五步爲股長。

如圖，乙丙爲股，甲乙爲句，戊己爲古率圜池徑，庚辛爲徽率圜池徑，子丑爲密率圜池徑，壬癸爲代率圜池徑，理與前同。

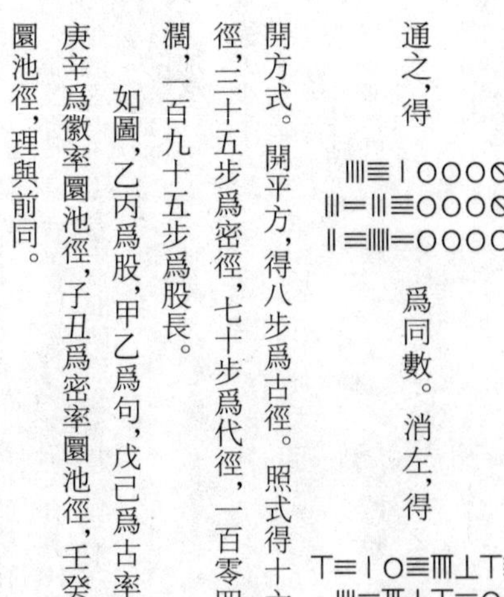

一元三次方程

算法

元·朱世傑《四元玉鑑》卷中《撥換截田》 今有四不等田一段，東長二十六步，西長二十五步，南潤一十四步，北潤一十七步，與鄰對換直田一段。只云併直田長較爲益實，五爲從方，一爲從隅，平方開之，所得不及平七步。問長平各幾何。

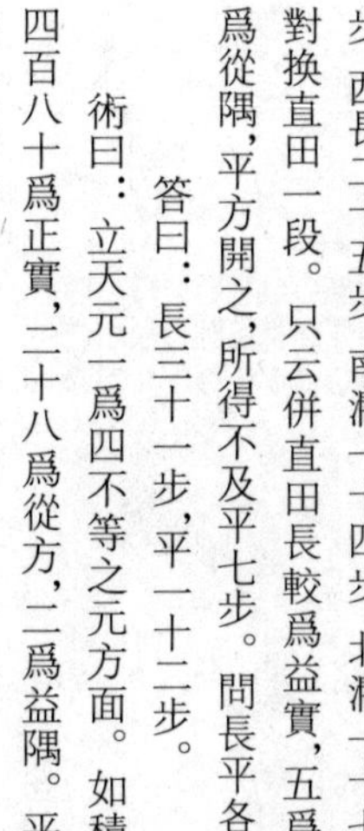

答曰：長三十一步，平一十二步。

術曰：立天元一爲四不等之元方面。如積求之，得四百八十爲正實，二十八爲從方，二爲益隅。平方開之，得二十四步。

又立天元一爲平。如積求之，得七百四十四爲益實，一十四爲從方，八爲益廉，一爲正隅。立方開之，合問。

清·沈欽裴《四元玉鑑細草》 草曰：立天元一 太 [illegible] 爲四不等之元方

面。減南濶一十四步，餘 [illegible] 自之，得 [illegible] 於上。次置東長二十六步，自之得六百七十六步。以上減之，餘 [illegible] 爲元方冪。寄左。乃以天元 太丨 自之 太〇丨 與左相消。得 [illegible] 平方開之，得二十四步，即元方面。又立天元一爲平。減不及七步，餘 [illegible] 爲開方數。加從方五得 [illegible] 乘開方數得 [illegible] 爲長較。并以天元減之，餘 [illegible] 爲倍較。加兩箇天元，得 [illegible] 爲二長。以二平乘之，得 [illegible] 爲四段田積。寄左。乃置南濶一十四步，北濶一十七步，并之得三十一步。以元方面二十四步乘之，得七百四十四步，倍之得一千四百八十八步。與左相消，得 [illegible] 半之得 [illegible] 立方開之，得一十二步即平也。以不及七步減平，餘五步爲開方數。加從方五，得十步。以開方數五步乘之，得五十步爲長較。并以平十二步減之，餘三十八步爲倍較。半之得一十九步，加平一十二步得三十一步，即長也。合問。

清·羅士琳《四元玉鑑細草》 艸曰：立天元一爲四不等之元方面，亦即爲股。自之，得 太〇丨 爲股冪。副以南闊十四步減天元，得 [illegible] 爲句。自之，得 [illegible] 爲句冪。併句股二冪，得 [illegible] 爲弦冪。寄左。乃以東長二十六步爲弦，自之，得六百七十六步爲同數。消左，得 [illegible] 開平方，得二十四步。士琳案：此式尚可用隅約。又立天元一爲平。以不及七步減之，得 [illegible] 爲開方數。以五乘之，得 [illegible] 爲從方。副以開方數自之，得 [illegible] 爲從隅。加從方得 [illegible] 爲長較和。加天元平，得 [illegible] 爲倍長。用乘天元平，得 [illegible] 爲兩段直積。寄左。乃以元方面倍之，得四十八步於上。併南北闊得三十一步，以減上位得一十七步，用與元方面相乘，得四百八步爲四段句股虛積，亦即兩段虛直積。置元方面自之，得五百七十六步爲元方冪。倍之，得一千一百五十二步爲兩段元方冪。以兩段虛直積減之，餘七百四十四步爲同數。消左，得 [illegible] 開立方，得十二步爲平。以不及七步減之，餘五步爲開方數。五之，得二十五步爲從方。副以開方數五步自之，得二十五步爲從隅。加從方得五十步，爲長較和。加平得六十二步爲倍長。半之，得三十一步爲長。合問。**清·沈善蒸案** 原艸求同數，未免取逕迂迴，擬改如下：乃併南北闊得三十一步，與元方面相乘，得七百四十四爲同數。視原艸便捷多矣。

清·戴煦《四元玉鑑細草》 草曰：立天元一爲四不等田之原方面。自之，得 太〇丨 爲股冪。又東長自之，得 [illegible] 爲弦冪，內減股冪，得 [illegible] 寄左。次以南濶減天元得 [illegible] 爲句。自之得 [illegible] 爲句冪。與左相消，得開方式 [illegible] 平方開之，得原方面二十四步，乃併南北闊，以元方面乘之，折半得四不等田積三百七十二步，即直田積也。又立天元一爲平。內減七步得開方數 [illegible] 自之，得從隅式 [illegible] 又以五乘開方數得從方式 [illegible] 併入從隅式，得長較共 [illegible] 加天元得倍長 [illegible] 以天元乘之，得倍積 [illegible] 寄左。次列原直田積，倍之得 [illegible] 與左相消，得開方式 [illegible] 立方開之，得平。內減七步，得開方數於上。以開方數加五乘上，所得加平折半，得長。

元·朱世傑《筭學啟蒙》卷下《開方釋鎖》 今有方臺一所，計積二百五十八尺。只云臺高不及下方二尺，却多如上方一尺。問上下方及高各幾何。

答曰：上方五尺，下方八尺，高六尺。

術曰：立天元一爲上方 〇丨 加入一尺爲臺高 丨丨 高却加二尺爲下方 [illegible] 自乘，得 [illegible] 又上方自乘，得 〇〇丨 又上下方相乘，得 [illegible] 三位併之，又以高乘之，爲三段方臺積 [illegible]。寄左。列積，三之，與寄左相消，得開方式 [illegible] 立方開之，得上方五尺。加一尺，得高六尺。就加二尺，得下方八尺。合問。清・王鑒案 此以三段臺積爲同數也。其求積法，見商功修築門。

清・徐鳳誥《算學啟蒙通釋》卷下 草曰：立天元一爲上方 [illegible] 加三尺爲下方 [illegible] 上方自乘 [illegible]，下方自乘 [illegible] 上下方相乘 [illegible] 三位併之 [illegible] 以除三之積步爲高。今不除，寄爲母。演此以明寄分母之除法也。便以三之積步爲高也 [illegible] 寄左。列上方加一尺爲高 [illegible] 以寄母乘之 [illegible] 與左相消，得開立方式 [illegible] 立方開之，得上方五尺。合問。

誥按：此以見積三之，内減方差，自乘，又以高差乘之爲寔。方差自乘，如高差與方差相乘之三倍數爲方。又方差與高差相加，三之爲廉。三爲隅。并方、廉、隅以當上寔，較數帶兩縱立方也。置寔負 [illegible] 於上，方正 [illegible] 廉正 [illegible] 於中，隅正 [illegible] 於下。借一步之於寔尾位，五上起一，應超二位至千上，定十。今寔之首位上是百，故不超方廉，亦不進，即於尾位上商 [illegible] 生隅，以入廉 [illegible] 同加得 [illegible] 又以初商生廉，以入方 [illegible] 同加得 [illegible] 又以初商生方，以入寔 [illegible] 異減恰盡。

演式：

商 [illegible]

寔 [illegible]

方 [illegible]

廉 [illegible]

隅 [illegible]

元・朱世傑《算學啟蒙》卷下《開方釋鎖》 今有圓臺一所，計積五千四十尺。只云上下周相和，得一百八尺，高不及上周一十六尺。問上下周及高幾何。

答曰：上周三十六尺，下周七十二尺，高二十尺。

術曰：立天元一爲臺高 [illegible] 加一十六尺爲上周 [illegible] 以減於相和數爲下周 [illegible] 自乘 [illegible] 又上周自乘 [illegible] 又上下周相乘，得 [illegible] 三位併之，又以高乘之，爲三十六段圓臺積 [illegible] 寄左。列積以三十六乘之，與寄左相消，得開方數式 [illegible] 飜法開之，得臺高。加不及即上周。又上周減相和數，得下周也。清・王鑒案 此以三十六段臺積爲同數也。其求積法，見商功修築門。

清・徐鳳誥《算學啟蒙通釋》卷下 草曰：立天元一爲上周 [illegible] 以減相和爲下周 [illegible] 自乘 [illegible] 上周自乘 [illegible] 上下周相乘 [illegible] 三位併之 [illegible] 以除三十六段圓臺積爲高。今不除，寄爲母，便以三十六段圓臺積爲高也 [illegible] 寄左。列上周減不及步，爲高 [illegible] 以寄母通之 [illegible] 與寄左相消，得開方式 [illegible] 立方開之，得上周。合問。

誥按：此以三十六段臺積爲寔。以不及自乘冪與不及減和自乘冪，又以不及減和與不及相乘積併之爲方，以倍不及減和爲廉。一爲隅。併廉與寔以當中方，下隅是一和一較帶兩縱不同立方也。置寔負 [illegible] 於上，方正 [illegible] 廉負

丅ㄨ 於中，隅正 丨 於下。借一步之於寔尾位 〇 上起一，超二位至一千上

止，於是方進一 丨〇丨Ⅲ〇 廉進二 丄ㄨ〇〇 隅超三 丨〇〇〇 初商二，其位是十，知即二十

也。乃以初商生隅，以入廉 〓〇〇〇〇 異減餘 Ⅲㄨ〇〇 又以初商生廉，以入方 丨〓ㄨ〇〇 異

減餘 Ⅲ〇丅‖〇〇 又以初商生方，以入寔 丨Ⅲ丨Ⅲ〇 異減恰盡。

演式：

商 ‖

寔 丨Ⅲ丨Ⅲ〓〇 丨Ⅲ丨Ⅲ〓〇

方 丨〇丨〓‖ 進一 丨〇丨Ⅲ〇 丨丨ㄨ〇〇 Ⅲ丨Ⅱ〇

廉 丄ㄨ 進二 丄ㄨ〇〇 ‖〇〇〇 Ⅲㄨ〇〇

隅 丨 超三 丨〇〇〇

元・朱世傑《算學啓蒙》卷下《開方釋鎖》 今有立方立圓平方各一，共積一百二十七萬七千七百二十四尺。只云立圓徑不及立方面十四尺，却多平方面二十八尺。問三事各幾何。

答曰：立方面九十八尺，立圓徑八十四尺，平方面五十六尺。

術曰：立天元一爲立圓徑 〇丨 加十四尺爲立方面 丨Ⅲ丨 再自乘，又以十六乘之，得 [算籌] 爲十六段立方積。寄左。又列立圓徑，減二十八尺爲平方面 [算籌] 自之，又十六乘之，爲十六段平方積 [算籌] 寄左。

又列立圓徑，再自乘，九之亦爲十六段立圓積 〇〇〇Ⅲ 三位併之，共爲 [算籌] 再寄列共積，十六乘十六段積之，與再寄相消，得開方式 [算籌]

立方開之，得立圓徑。加不及即立方面。減多即平方面也。**清・王鑒案** 此以十六段虛共積與十六段真共積爲同數相消也。題無深意，但取其繁而已天元所以執簡御繁也。

清・徐鳳誥《算學啓蒙通釋》卷下 草曰：立天元一爲立圓徑 〇丨 。再自乘，九之 〇〇〇Ⅲ 合十六而一，爲立圓積。今不除。便爲十六段立圓積。以減十六之共積爲立方。平方各十六段積 [算籌] 寄左。列立圓徑，加十四尺爲立方面 丨Ⅲ丨 再自乘，又以十六乘之 [算籌] 又以立圓徑減二十八尺爲平方面 [算籌] 自之，又十六乘之 [算籌] 二位併之 [算籌] 與寄左相消，得開方式 [算籌] 立方開之，得立圓徑。合問。

詰按：此以十六段見積，內減不及再自乘，又多步自乘，各十六倍爲寔。又以不及步自乘，四十八之，內減多步，三十二之爲方。以不及四十八之，加十六步爲廉。二十五爲隅。並方廉隅，以當上寔較數帶兩縱立方也。置寔負 [算籌] 於上，方正 [算籌] 廉正 [算籌] 於中，隅 [算籌] 於下。借一步之超二位，應再

超二位至百萬空位上定百。今因方廉皆有數，即退位至七千上定初商，於是方進一 〔籌〕 廉進二 〔籌〕 隅超二 〔籌〕 乃定初商爲八，其位是十，知即八十也。以初商生隅，以入廉 〔籌〕 同加得 〔籌〕 又以初商生廉以入方 〔籌〕 同加得 〔籌〕 又以初商生方以入寔 〔籌〕 異減寔，餘 〔籌〕 即爲次商寔。於是先有定次商方廉法，又以初商生隅以入廉 〔籌〕 同加得 〔籌〕 又以初商生廉以入方 〔籌〕 同加得 〔籌〕 是爲方法一變。又以初商生隅，以入廉 〔籌〕 同加得 〔籌〕 是爲廉法二變。變訖，於是方法一退 〔籌〕 廉法再退 〔籌〕 隅法三退 〔籌〕 次商 〔籌〕 生隅以入廉 〔籌〕 同加得 〔籌〕 又以次商生廉，以入方 〔籌〕 同加得 〔籌〕 又以次商生方以入寔 〔籌〕 異減恰盡。

演式：

商 〔籌〕　〔籌〕

寔 〔籌〕　〔籌〕

方 〔籌〕 進一 〔籌〕　〔籌〕

廉 〔籌〕 進二 〔籌〕　〔籌〕

隅 〔籌〕 超二 〔籌〕

〔籌〕 一變 一退 〔籌〕

〔籌〕 二變 二退 〔籌〕

三退 〔籌〕

元·朱世傑《筭學啓蒙》卷下《開方釋鎖》 今有立圓、立方、平圓、平方各一。立圓從古法，平圓從密率。共積一萬八千五百八十六尺。只云立圓徑多於平圓徑二尺，却少於立方面八尺，立方面如平方面二分之一。問四事各幾何。

答曰：立圓徑一十六尺，立方面二十四尺，平圓徑一十四尺，平方面四十八尺。

術曰：立天元一爲立圓徑 〔籌〕 減二尺，餘爲平圓徑 〔籌〕 自之，就以二十二乘之，爲二十八段積 〔籌〕 就分四之，爲一百一十二段圓密積 〔籌〕 又列立圓徑，加八尺爲立方面 〔籌〕 再自乘，又以一百一十二乘之，爲一百一十二段立方積也 〔籌〕 又列立圓徑，再自乘，九因爲十六段積 〔籌〕 又七之，爲一百一十二段立圓積 〔籌〕 又列立方面，二之，爲平方面 〔籌〕 自乘，又以一百一十二乘之，亦爲一百一十二段平方積也。〔籌〕 四位共併，爲一百一十二段積 〔籌〕 寄左。列共積一萬八千五百八十六尺，以一百一十二乘之，得二百八萬一千六百三十二，與寄左相消，得

開方式 〔算籌〕 立方開之，得立圓徑一十六尺。加八尺得立方面。減二尺爲平圓徑。倍立方面即平方面。合問。清・王鑒案 此以一百一十二段共積爲同數也。其各率求積法見前。

清・徐鳳誥《算學啓蒙通釋》卷下 草曰：密平圓徑自乘二十八分之二十二，古立圓徑自乘，再乘十六分之九，各得積數。分母相乘得四百四十八，兩次折半，得一百一十二。各以分母除之，立圓率得七，平圓率得四，各爲乘數，皆得一百一十二段積。

立天元一爲立圓徑 〔算籌〕 再自乘 〔算籌〕 九之，又七之，爲一百一十二段立圓積 〔算籌〕 又列立圓徑，減二尺 〔算籌〕 自之 〔算籌〕 二十二之，又四之，爲一百一十二段密平圓積 〔算籌〕 相加 〔算籌〕 以減一百一十二段，其積 〔算籌〕 寄左。列立圓徑，加八尺爲立方面 〔算籌〕 再自乘，爲立方積 〔算籌〕 以一百一十二乘之，爲一百一十二段立方積 〔算籌〕 又列立方面，倍之，爲平方面 〔算籌〕 自之，爲平方積 〔算籌〕 以一百一十二乘之，爲一百一十二段平方積 〔算籌〕 兩位併之 〔算籌〕 與寄左相消，得開立方式 〔算籌〕 立方開之，得立圓徑，合問。

詰按：此以一百一十二段見積，內減八十八之多於平徑二尺自乘數，又減一百一十二之少於立方八尺再自乘數，及四百四十八之自乘數爲寔。又以三百三十六之少於自乘數內加八百九十六之少於數，減一百七十六之多於數爲方。三百三十六之少於數，加五百三十六爲廉，一百七十五爲隅。并方廉隅，以當上寔較數帶兩縱立方也。置寔負 〔算籌〕 於上，方正 〔算籌〕 廉正 〔算籌〕 於中，隅正 〔算籌〕 於下。借一步之應再超二，至百萬上定初商。今因方廉隅皆有數，遂退至千上止。於是方進一 〔算籌〕 廉進二 〔算籌〕 隅超二 〔算籌〕 定初商爲一，其位是十，知即一十也。乃以初商生隅，以入廉 〔算籌〕 同加得 〔算籌〕 又以初商生廉，以入方 〔算籌〕 同加得 〔算籌〕 又以初商生方以入寔 〔算籌〕 異減寔餘 〔算籌〕 即爲次商寔。於是先有定次商方廉隅法。又以初商生隅，以入廉 〔算籌〕 同加得 〔算籌〕 又以初商生廉，以入方 〔算籌〕 同加得 〔算籌〕 是爲方法一變。又以初商生隅，以入廉 〔算籌〕 同加得 〔算籌〕 是爲廉法二變。變訖，方法一退 〔算籌〕 廉法二退 〔算籌〕 隅法三退 〔算籌〕 於是又定次商爲六。生隅以入廉 〔算籌〕 同加得 〔算籌〕 又以次商生廉，以入

方 [illegible] 同加得 [illegible] 又以次商生方以入寔 [illegible] 異減恰盡。視上商得 [illegible]

知即一十六也。

演式：

商 一

寔 [illegible]

方 [illegible] 進一 [illegible]

廉 [illegible] 進二 [illegible]

隅 [illegible] 超二 [illegible]

一變 一退 二變 二退 三退 [illegible]

元・朱世傑《算學啟蒙》卷下《開方釋鎖》 今有立方、立圓、平方、古圓田、徽圓田各一，共積三萬三千六百二十二尺二百分尺之三十七。只云立方面不及立圓徑四尺，多加徽圓徑三尺，立圓徑如平方面三分之一，古圓周與立方面適等。問五事各幾何。

答曰：立方面二十四尺，立圓徑二十八尺，平方面八十四尺，古圓周二十四尺，徽圓徑二十一尺。

術曰：立天元一爲立方面，亦古圓周 ○| 加不及四尺爲立圓徑 [illegible] 再自乘，九因爲十六段積 [illegible] 以二百二十五乘之，爲三千六百段立圓積 [illegible] 又列立圓徑，三之，爲平方面 [illegible] 自之，爲平方積。以三千六百乘之，爲三千六百段平方積也 [illegible] 又列立方面，減三尺爲徽圓徑也 [illegible] 自之，又周一百五十七乘之，爲二百段積 [illegible] 以十八乘之，爲三千六百段徽圓積 [illegible] 又列古圓周，即立方面。自之，爲十二段積以三百乘之，爲三千六百段古圓積 [illegible] 又列立方面，再自乘，爲一段積。以三千六百乘之，爲三千六百段立方積 [illegible] 五位併之，得 [illegible] 寄左。

列積通分內子，以十八乘之，與寄左相消，得開方式 [illegible] 立方開之，得立方面、古圓周等數也。加四尺，得立圓徑。三之，爲平方面。又列立方面減三尺即徽圓徑也。合問。**清・王鑒案** 此以三千六百段共積爲同數也。以上三術均以繁雜爲主，以見天元一術籠罩。諸法提綱挈領，指揮如意，無不得其所求學者。由此而精之，足以窺四元之奧矣。

清・徐鳳誥《算學啟蒙通釋》卷下 草曰：古立圓徑再自乘十六分之九，徽圓徑自乘二百分之一百五十七，古圓周自乘十二分之一，各得積數。又加其積之分母二百，用四箇分母連乘，得七百六十八萬，二次退位得七萬六千八百，又六次折半，得一千二百。各以分母除之，立圓率得七十五，平圓周率得一百，徽圓率得六。其分母率亦得六，各爲乘數，皆得一千二百段積，用以天元演之，得數亦同。

立天元一爲立方面 ○| 再自乘，以一千二百乘之爲立方積 [illegible]

立方面加四尺爲立圓徑 再自乘，九因之，七十五乘之，爲立圓積 兩位併之，以減其積之通分內子，又以六乘之，餘爲三段平積 寄左。列立方面，即古圓周。自之，又一百乘之，爲古圓積 立方面減三尺，爲徽圓徑 自之，一百五十七乘之，又六乘之，爲徽圓積 立圓徑 三之，爲平方面，自之，一千二百乘之，爲平方積 三位併之 與寄左相消，得開方式 立方開之，得立方面。合問。

詰按：此以見積通分內子，十八之，內減二千二十五段，不及圓徑四尺。再自乘數三萬二千四百段自乘冪又減二千八百二十六段，多於徽徑三尺。自乘冪爲寔，以六千七十五段不及冪六萬四千八百不及數內減五千六百五十二段多於數爲方，六千七十五不及數加三萬五千五百二十六爲廉，五千六百二十五爲隅。

并方廉隅，以當上寔較數帶兩縱立方也。置寔負 於上，方正 廉正 於中，隅正 於下。借一步之應再超至 ○ 百萬上止，今因方隅皆有數，故退至六千上止。於是方進一 廉進二 隅超二 於是定初商爲二，其位是十，知即二十也。乃以初商生隅，以入廉 同加得 又以初商生廉，以入方 同加得 又以初商生方，以入寔 異減寔 餘 即爲次商寔。於是先有定次商方廉隅法，又以初商生隅，以入廉 同加得 又以初商生廉，以入方 同加得 是爲一變。又以初商生隅，以入廉 同加得 是爲二變。於是方法一退 廉法二退 隅法三退 又以次商爲四，生隅以入廉 同加得 又以次

商生廉，以入方 ‖〇≡ 丄丅≡丅| 同加得 ≡丅≡丅|丄| 又以次商生方，以入寔 ‖≡|≡丄丅≡| 異減恰盡。視上商得二，得四，知即二十四也。

演式：

商 ‖

寔 |=〇≡丅丄‖‖≡〤丄‖‖丄|≡‖≡ ≡‖‖‖丄‖‖丄|≡〤≡‖‖丄‖‖丄|≡‖

方 =‖‖≡‖‖≡‖‖‖ 進一 ‖=‖‖‖≡‖‖≡〇 =‖‖≡丅≡‖

廉 ‖‖≡‖‖‖=丅 進二 ‖‖≡‖‖‖=丅〇〇 一|=‖‖‖〇〇〇〇

隅 ≡丅=‖‖‖ 超二 ≡丅=‖‖‖〇〇〇

=‖‖≡‖‖≡丅≡〇 ≡丅≡丅≡‖〇〇 ≡‖‖≡‖≡‖‖‖≡〇 一變 一退

一‖‖=‖‖=丅〇〇 一|=‖‖‖〇〇〇〇 =‖‖≡‖‖=丅〇〇 一|=‖‖‖〇〇〇〇

‖‖≡|丅=‖‖≡‖‖ |丄‖‖≡‖〇‖‖ 一|一丅一‖‖≡‖‖ 二變 二退

=‖‖丄‖‖=丅〇〇 =‖‖丄‖‖=丅 ‖=‖‖〇〇≡|≡‖‖=丅 三退 ≡丅=‖‖‖

元・朱世傑《四元玉鑑》卷上《直段求源》 今有積減弦和較餘一十步。只云句股和七步。問黃方幾何。

答曰：二步。

術曰：立天元一爲黃方。如積求之，得二百爲益實，一百爲從方，二爲從廉，一爲益隅。立方開之，得黃方。合問。

清・沈欽裴《四元玉鑑細草》 草曰：立天元一 太| 爲黃方，即弦和較。以一十步加之，得 |〇| 倍之，得 〇‖ 爲二段直積。自之，得 〇〇‖ 寄左。乃置句股和七步，以天元減之，得 丅〤 爲弦。加句股和得 太≡〤 爲弦和和。以天元乘之，得 太≡〤 亦爲二段直積。又以 ‖〇‖ 乘之，得 太〇丅〤 爲等數。與左相消，得 〇〇≡〤 半之，得 〇〇=〤 立方開之，得二步，即黃方也。合問。

董方立云：此術可以平方御之，原數較繁，宜改簡易，余從其言，別立一術。新術曰：立天元一爲黃方。如積求之，得二十爲益實，一十步爲從方，一爲益隅。平方開之，得黃方。合問。

草曰：立天元一爲黃方。加一十步 |〇| 倍之，得 〇‖ 爲二段直積。寄左。乃以天元減句股和，餘 丅〤 爲弦，加句股和，得 ≡〤 爲弦和和。天元乘之，得 太≡〤 爲等數。與左相消，得 〇‖〤 平方開之，得二步。合問。

清・羅士琳《四元玉鑑細草》 艸曰：立天元一爲黃方，又爲弦和較。加餘步，得 |〇| 爲直積。倍之，得 〇‖ 爲倍積。以天元除之，得 〇‖太 爲三相和。以句股和減之，得 〇≡太 爲弦。自之，得 〇〇≡‖太 爲弦冪。寄左。乃以句股和自之，得四十九步爲和冪。以倍積減之，得 ≡〤 爲同數。消左，得 〇〇≡〤 約爲 〇〇=〤 開立方，得二步。合問。

士琳案：此問如以天元減句股和，得 丅〤 爲弦。消弦得 〇‖〤 可省，開平方。又如，以天元減倍和，得 ≡〤 爲三相和。消三相和亦得 〇‖〤 又如，以弦自之，得 ≡≡| 爲弦冪。消同數亦得 〇‖〤 又如，以天元乘三相和，得 太≡〤 爲倍積。消倍積亦得 〇‖〤 原術誤以 |〇| 多通一乘，致增開立方，坿記於此。

清・戴煦《四元玉鑑細草》 草曰：立天元爲黃方。以倍減句股和，得弦和和 ≡〤 以天元乘之得倍直積。二而一，得積 =太≡〤 又以十步加天元 |〇| 乘之，得積冪 =太〇≡〤 寄左。次列十步，加天元，自之，得 |〇〇=〇| 以左母通之，得 =〇〇≡〇‖ 與左相消，得開方式 〇〇=〤 立方

開之，得黃方。

按：術中用積冪相消，立法較迂。茲依原術演之，而坿又術于後。

又術曰：立天元一爲黃方。如積求之，得二十爲益實，一十二爲從方，一爲益隅。平方開之，得黃方。合問。

草曰：立天元一爲黃方。以減倍句股和，得弦和和 [illegible] 以天元乘之，得倍直積 太[illegible] 寄左。次列天元加十步 [illegible] 倍之 [illegible] 與左相消，得開方式 [illegible] 平方開之，得黃方。

清·陳棠《四元消法易簡草》 法曰：立天元 太一 爲黃方。如積求之，得直積式 [illegible] 以半之弦冪減和冪相消，得開方式 [illegible]分 平方開之，得黃方二步。

艸曰：立天元 太一 爲黃方。又爲弦和較，併入十步，得 [illegible] 爲直積。寄左。乃以弦和較減和七步，得 [illegible] 爲弦。自之，得 [illegible] 爲弦冪。以和七步自之，得 [illegible] 爲和冪。以弦冪減之，得 太[illegible] 爲倍直積。半之，得 太[illegible]分 爲同數。與左相消，得 [illegible]分 爲開方式。（問）[開]平方得二步。合問。

元·朱世傑《四元玉鑑》卷上《直段求源》 今有積加平冪，減長冪，以平冪乘之，減和冪，餘不及積冪八千四百六十步。只云長平較三步。問長平各幾何。

答曰：平九步，長一十二步。

術曰：立天元一爲長。如積求之，得八千五百三十二爲正實，一百二十三爲益方，五十九爲從廉，九爲益隅。立方開之，得長。合問。

清·沈欽裴《四元玉鑑細草》 草曰：立天元一 太一 爲長。以較三步減之，得 [illegible] 爲平長。平相乘，得 太[illegible] 爲積。加平冪 [illegible] 得 [illegible] 減長冪 太〇一 得 [illegible] 以平冪乘之，得 [illegible] 減和冪 [illegible] 餘 [illegible] 以減積冪 太〇[illegible] 得 [illegible] 寄左。乃以八千四百六十步。與左相消，得 [illegible] 立方開之，得一十二步即長也。減較餘九步即平也。合問。

清·羅士琳《四元玉鑑細草》 艸曰：立天元一爲長。自之，得 太〇一 爲長冪。副以長平較減長，得 [illegible] 爲平。自之，得 [illegible] 爲平冪。又長平相加，得 [illegible] 爲和。自之，得 [illegible] 爲和冪。又長平相乘，得 太[illegible] 爲積。加平冪得 [illegible] 減長冪得 [illegible] 以平冪乘之，得 [illegible] 減和冪得 [illegible] 。加不及八千四百六十步，得 [illegible] 爲積冪。寄左。乃以積自之，得 太〇[illegible] 爲同數。消左，得 [illegible] 開立方，得十二步爲長。以較三步減之，餘九步爲平。合問。

清·戴煦《四元玉鑑細草》 草曰：立天元一爲長。減較，得平 [illegible] 自之，爲平冪 [illegible] 長自之，爲長冪 太〇一 長平相併，得和 [illegible] 自之，得和冪 [illegible] 長平相乘，得積 太[illegible] 加平冪 [illegible] 減長冪 [illegible] 以平冪乘之，得 [illegible] 減和冪 [illegible] 加八千四百六十步，得積冪 [illegible] 寄左。次以積自之，得 太〇[illegible] 與左相消，得開方式 [illegible] 立方開之，得長。減長平較得平。

清·陳棠《四元消法易簡草》 法曰：立天元 太一 爲平。如積求之，得積冪式 [illegible] 。以積自之，相消得開方式 [illegible] 立方開之，得平九步，加較得長。

艸曰：立天元 太一 爲平。加較三步，得 [illegible] 爲長。長平相併，得 [illegible] 爲和。長平相乘，得 太[illegible] 爲積。平自之，得 太〇一 爲平冪。長自之，得 [illegible] 爲長冪。和自之，得 [illegible] 爲和冪。以平冪加積，得 太[illegible] 以長冪減之，得 [illegible] 乘平冪，得 太〇[illegible] 以和冪減之，

得 併入八千四百六十步，得 爲積冪。寄左。乃以積自之，得 太 爲同數。消左，得 爲開方式。開立方，得平九步。加較三步，得長一十二步。合問。

元・朱世傑《四元玉鑑》卷上《直段求源》 今有積加長，以半平乘之，得一千九百五十步。只云長五分之三減平三分之二，餘七步。問長平各幾何。

答曰：平一十二步，長二十五步。

術曰：立天元一爲長。如積求之，得一十三萬爲益實，三千三百二十五爲從方，六百爲益廉，二十七爲從隅。立方開之，得長。合問。**清・李鋭按** 此術立天元一爲平。如積求之，得八千四百五十一爲益實，一十二爲從方，二十二爲從廉，九爲從隅，立方開之，得平。亦合問。

清・沈欽裴《四元玉鑑細草》 草曰：置長五分之三，平三分之二。母互乘子，五分之三得九，三分之二得一十。母相乘得一十五爲法。立天元一 太 爲長。以法乘之，得 太 於上位。置餘七步，亦以法乘之，得一百五步。以減九箇天元，得 爲平。三分之二合三乘二除。今不受除，但三乘之，得 爲帶分平。內寄三十爲分母。亦二因上位，得 太 爲帶分長。亦寄三十爲分母。長平相乘，得 太 爲積。亦以分母三十乘帶分長，得 太 加積得 太 內寄九百爲分母。合以半平乘之。今不可半，即以帶分平 乘之，得 太 寄左。內寄五萬四千爲分母。乃置一千九百五十步，以分母五萬四千乘之，得一億五百三十萬步爲等數。與左相消，得 以八百一十約之，得 立方開之，得二十五步，即長也。三乘五除得一十五步，減七步餘八步。三乘二除得一十二步，即平也。合問。

清・羅士琳《四元玉鑑細草》 艸曰：立天元一爲長。以長子三通之，得 太 合以長母五除之，爲長五分之三。今不除，便爲五段長五分之三。以五通餘步，得三十五步爲五段餘步，以減長五分之三，得 爲五段平三分之二。又以平母三通之，得 合以平子二除之爲平。今亦不除，便爲十段平，用乘天元，得 太 爲十段積。加十天元 太 得 太 以十段平爲二十段半平乘之，得 太 爲二百段如積。寄左。乃以二百通得步，得三十九萬爲同數。消左，得 約爲 開立方，得二十五步爲長。五而三得十五步爲五分之三，以七步減之餘八步，二而三得十二步爲平。合問。

清・戴煦《四元玉鑑細草》 草曰：立天元一爲長。三之 太 五而一，得 以母 通七步 減之 又三之 二而一，得平 以長乘之，得積 以母 通長 加之，得 又以平折半，得 乘之，得 寄左。次列一千九百五十步，以左母通之，得與左相消，得 三約之，得開方式 立方開之，得長。三之，五而一，内減七步，三之，二而一，得平。

清·陳棠《四元消法易簡單》 法曰：立天元 爲平。如積求之，得積冪式 以母通原積，相消得開方式 開立方，得十二步爲平。

艸曰：立天元 爲平。二之得 三約之得 以母通七步，得 加之得 五之得 三約之，得長 乘之得 寄左。乃列原積，以左母通之，得 消左，得 五約之得 爲開方式。立方開之，得十二步爲天元平。三約而二乘之，得八步，加七步得十五步，三而一，五之得二十五步，爲長。

元·朱世傑《四元玉鑑》卷上《直段求源》 今有積加三較，以長乘之，減三平，餘九千七百四十四步。只云長取太半平取弱半爲共，不及一長四步。問長平幾何。

答曰：平一十六步，長二十四步。

術曰：立天元一爲長。如積求之，得二萬九千八百八十八爲益實，一百三十二爲從方，五十一爲益廉。四爲正隅。立方開之，得長。合問。

清·沈欽裴《四元玉鑑細草》 草曰：置長取太半。平取弱平，以合分術入之。母互乘子三分之二得八，四分之一得三，母相乘得一十二爲法。立天元一爲長。八因之，得 于上位。亦以法乘四步，得四十八步。并上得 以減帶分長 餘 爲平四分之一。四之，得 爲帶分平。内寄十二爲分母。長平相乘，得 爲帶分積。内寄一百四十四爲分母。以平減長，得 爲較。以法乘之，得 爲帶分較。内寄一百四十四爲分母。三之，得 加積得 以長乘之，得 於下位。内寄一千七百二十八爲分母。次置平 亦以分母一百四十四乘之，得 又三因之，得 以減下位，餘 寄左。内寄一千七百二十八爲分母。乃置餘九千七百四十四步，亦以分母一千七百二十八乘之，得一千六百八十三萬七千六百三十二步爲等數。與左相消，得 以五百七十六約之，得 立方開之，得二十四步，即長也。二乘三除，得一十六爲長。太半并不及四步，共得二十步，減長餘四步爲平弱半，四之，得一十六步，即平也。合問。

清·羅士琳《四元玉鑑細草》 艸曰：立天元一爲長。以不及步減之，得 爲和。三之得 爲三段和。副以二通天元，得 合三除之爲長太半。今不除，便爲三段長太半。以減三段和，得 爲三段平弱半。四之得 爲三段平。又三之，得 爲三段三平。又以三段平減三天元 得 三之得 爲三段三較。又以天元乘三段平，得 爲三段積。加三段三較得 又乘天元得 復以三段三平減之，得 爲三段如積。寄左。乃以三通餘步，得二萬九千二百三十二爲同數。消左，得 開立方，得二十四步爲長。三而二，得十六步，加不及四步，得二十步。以減長餘四步爲平弱半，四之得十六步爲平。合問。

清・戴煦《四元玉鑑細草》 草曰：立天元一爲長。二之 三而一 以母 通四步 併之，得 於上。以母 通長，得 内減上，得 爲平四分之一。四之，得平 以天元乘之，得積 長内減平得較 三之得 以加積 以天元乘之，得 又以三平 減之，得 寄左。次以左母通九千七百四十四步，得 與左相消，得開方式 立方開之，得長。二之，三而一於上，以長減四步，内減上餘，四之得平。

清・陳棠《四元消法易簡草》 法曰：立天元 爲平。如積求之，得式 以原積消之，得開方式 開立方，得十六步爲平。

艸曰：立天元 爲平。四而一得 併入不及四步，得 三之得 爲長。以乘平，得 爲積。以平減長，得較 三之得 加積得 乘長得 三天元平減之，得 爲餘步。寄左。乃列餘步九千七百四十四，消左，得 爲開方式。立方開之，得十六步爲平。四而一，得四步，加不及四步，得八步，爲長三分之一。三之，得二十四步爲長。

元・朱世傑《四元玉鑑》卷上《混積問元》 今有方田冪加斜長，減方周，餘以方面乘之，減方面，餘二千七百七十五步。問方面幾何。

答曰：一十五步。

術曰：立天元一爲方面。如積求之，得一萬三千八百七十五爲益實，五爲益方，一十三爲益廉，五爲正隅。立方開之，得方面。合問。

方面一十五步

清・沈欽裴《四元玉鑑細草》 草曰：立天元 爲方面。合七乘五除爲斜長。今不受除，即以 爲帶分斜長，以 爲帶分方面。方面自之，得 五因斜長 加之，得 於上。内寄二十五爲分母。次置帶分方面 四之，又五之 爲帶分。方周次上餘 以方面 乘之，得 於下。内寄一百二十五爲分母。亦以分母乘天元，得 減下餘 寄左。乃置餘二千七百七十五步，亦以分母一百二十五乘之，得三十四萬六千八百七十五步。與左相消，得 以二十五約之， 立方開之，得一十五步。即方面也。合問。

清・羅士琳《四元玉鑑細草》 艸曰：立天元一爲方面。以斜率七乘得 合以五除之爲斜。今不除，便爲五段斜。副置天元，自之，得 爲方田冪。以五通之，得 爲五段方田冪。與五段斜相加，得 於上。又以天元四之，得 爲方周。又五通之，得 爲五段方周。以減上位，得 [籌式] 棄天元，得 [籌式] 復以五天元減之，得 [籌式] 爲餘步。寄左。乃以五通餘步，得一萬三千八百十十五爲同數。消左，得 [籌式] 開立方，得一十五步。合問。

清·戴煦《四元玉鑑細草》 草曰：立天元一爲方面。四之得方周 [籌式] 又天元自之，得積 [籌式] 七之，五而一得斜長 [籌式] 以斜母通方積 [籌式] 加之，得 [籌式] 又斜母通方周 [籌式] 減之，得 [籌式] 以天元乘之，得 [籌式] 又以母 [籌式] 通天元 [籌式] 減之，得 [籌式]。寄左。次列二千七百七十五步，以左母通之，得 [籌式] 與左相消，得開方式 [籌式] 立方開之，得方面。

元·朱世傑《四元玉鑑》卷上《混積問元》 今有梯田積加小濶，減大濶，餘以小濶乘之，得四千一百五十二步。只云大濶不及正長九步，却多小濶四步。問二濶及長各幾何。

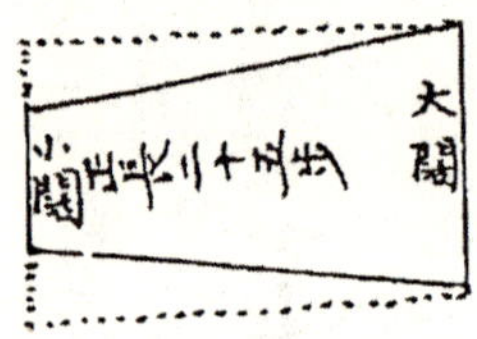

答曰：大濶一十六步，小濶一十二步，正長二十五步。

術曰：立天元一爲大濶。如積求之，得三千六十四爲益實，五十爲益方，三爲從廉，一爲正隅。立方開之，得大濶。合問。

清·沈欽裴《四元玉鑑細草》 草曰：立天元一爲大濶。副之加九步，得 [籌式] 爲正長，減四步，得 [籌式] 爲小濶。并二濶，半之得 [籌式] 乘正長，得 [籌式] 爲梯田積。加小濶，得 [籌式] 減大濶，得 [籌式] 以小濶乘之，得 [籌式] 寄左。乃以四千一百五十二步與左相消，得 [籌式] 立方開之，得一十六步即大濶也。合問。

清·羅士琳《四元玉鑑細草》 艸曰：立天元一爲大濶。加不及九步，得 [籌式] 爲長。副以多四步減天元大濶，得 [籌式] 爲小濶。乃以大小兩濶相併，得 [籌式] 爲兩濶和。乘長得 [籌式] 半之得 [籌式] 爲梯田積。加小濶，得 [籌式] 以大濶減之，得 [籌式] 用與小濶相乘，得 [籌式] 寄左。乃以四千一百五十二步爲同數，消左，得 [籌式] 開立方，得一十六步爲大濶。以多四步減之，得十二步爲小濶。副以多九步加大濶，得二十五步，爲正長。合問。

清·戴煦《四元玉鑑細草》 草曰：立天元一爲大濶。減四步，得小濶 [籌式] 又天元加九步，得正長 [籌式] 併大小濶 [籌式] 折半 [籌式] 以正長乘之，積得 [籌式] 加小濶 [籌式] 減大濶得 [籌式] 以小濶乘之，得 [籌式] 寄左。次列四千一百五十二步，與左相消，得開方式 [籌式] 立方開之，得大濶。加九步得正長。又大濶內減四步，得小濶。

元·朱世傑《四元玉鑑》卷上《混積問元》 今有窊田積加窊徑强半，減上周太半，餘一百三十二步。只云窊徑以平方開之，併入上周，共得四十步。問周徑各幾何。

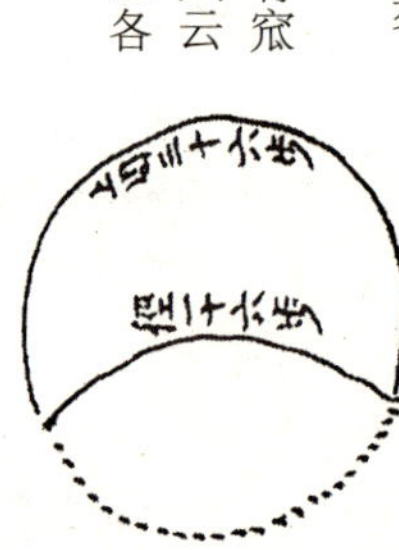

答曰：周三十六步，徑十六步。

術曰：立天元一爲上周。如積求之，得一萬二千八百一十六爲正實，四千七十二爲從方，二百三十一爲益廉，三爲正隅。立方開之，得上周。合問。

清·沈欽裴《四元玉鑑細草》 草曰：立天元一 [籌式] 爲上周。以減共步，得 [籌式] 自乘，得 [籌式] 爲窊徑。周徑相乘，得 [籌式] 爲帶分，窊田積。三因窊徑，得 [籌式]。內寄四爲分母。加積，得 [籌式] 又三之，得 [籌式] 於上。內寄十二爲分母。二因上周 [籌式] 內寄三爲分母。

又四之，得太〔籌式〕亦寄十二爲分母。以減上位，餘〔籌式〕寄左。乃置一百三十二步，亦十二乘之，得一千五百八十四步。與左相消，得〔籌式〕立方開之，得三十六步即上周也。合問。

清·羅士琳《四元玉鑑細草》 艸曰：立天元一爲上周。以減四十步，得〔籌式〕爲開方數。自之，得〔籌式〕爲寃徑。以上周乘之，得〔籌式〕合以四除之爲田積。今不除，轉以三乘之，得〔籌式〕爲十二段田積於上。乃以九通寃徑，得〔籌式〕爲十二段寃徑强半。又以八通上周，得太〔籌式〕爲十二段上周太半。副置田積加寃徑强半，得〔籌式〕以上周太半減之，得〔籌式〕爲十二段如積。寄左。乃以十二通一百三十二步，得一千五百八十四爲同數。消左得〔籌式〕開立方，得三十六步爲周。以減四十步餘四步，自之得一十六步爲寃徑。合問。

清·戴煦《四元玉鑑細草》 草曰：立天元一爲上周。以減四十步〔籌式〕自之得寃徑〔籌式〕以天元乘之〔籌式〕四而一得積〔籌式〕又以寃徑三之〔籌式〕四而一，得寃徑强半〔籌式〕加積得〔籌式〕於上。又天元二之 太〔籌式〕三而一，得上周太半〔籌式〕用合分互乘法，乘得上位〔籌式〕乘得上周太半〔籌式〕以減上位，得〔籌式〕寄左。次列一百三十二步，以左母通之，得〔籌式〕與左相消，得開方式〔籌式〕立方開之，得上周。以減四十步，自之得寃徑。

元·朱世傑《四元玉鑑》卷上《混積問元》 今有弧田積加矢立冪，減弦面冪，餘以矢除之，加矢立冪，得五千九百一十三步。只云矢除弦得四步。問弦矢各幾何。

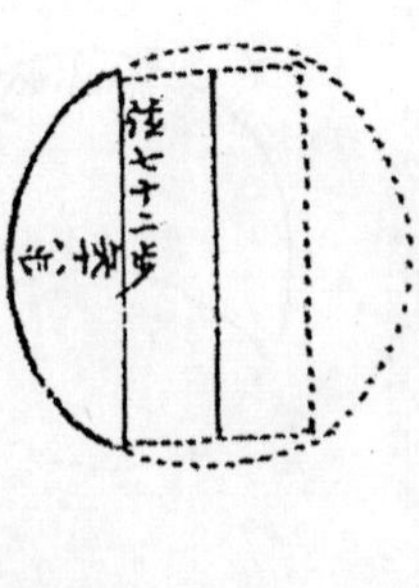

答曰：矢一十八步，弦七十二步。

術曰：立天元一爲矢。如積求之，得一萬一千八百二十六爲益實，二十七爲益方，二爲從廉，二爲正隅。立方開之，得矢。合問。

清·沈欽裴《四元玉鑑細草》 草曰：立天元一 太〔籌式〕爲矢。四之太〔籌式〕爲弦，弦矢相乘 太〔籌式〕矢自乘得 太〔籌式〕并之，得 太〔籌式〕爲帶分弧田積矢。再自乘，得 太〔籌式〕爲矢立冪。倍之得 太〔籌式〕加積，得 太〔籌式〕於上位。弦自乘 太〔籌式〕爲弦平冪。倍之，得 太〔籌式〕減上，餘 太〔籌式〕於中位。以矢除之，得 太〔籌式〕於下位。置矢立冪倍之 太〔籌式〕加下得 太〔籌式〕内寄二爲分母。寄左。乃置五千九百一十三步，倍之得一萬一千八百二十六步。與左相消，得〔籌式〕立方開之，得一十八步，即矢也。合問。

清·羅士琳《四元玉鑑細草》 艸曰：立天元一爲矢。乘四步，得 太〔籌式〕爲弦。加矢得 太〔籌式〕爲矢弦和。乘矢得 太〔籌式〕爲兩段田積。置天元再之，又倍之，得 [illegible] 爲兩段矢立冪。加田積，得 [illegible] 於上。副置弦自之，又倍之，得 [illegible] 爲兩段弦平冪。以減上位得 [illegible] 以矢除之，得 [illegible] 加矢立冪，得 [illegible] 爲兩段如積。寄左。乃倍五千九百一十三步，得一萬一千八百二十六爲同數。消左得 [illegible] 開立方，得十八步爲矢。𥹋四步，得七十二步爲弦。合問。

清·戴煦《四元玉鑑細草》 草曰：立天元一爲矢。四之 [illegible] 爲弦。弦加矢 [illegible] 以矢乘之 [illegible] 折半，得積 [illegible] 以天元自乘，再乘得矢立冪 [illegible] 以 [illegible] 通之， [illegible] 加積得 [illegible] 於上。又以弦自之 [illegible] 以 [illegible] 通之，得 [illegible] 減上得 [illegible] 以天元除之，得 [illegible] 減帶分矢立冪，得 [illegible] 寄左。次列五千九百一十三步，以左母通之，得 [illegible] 與左相消得，開方式 [illegible] 立方開之得矢。四之得弦。

元·朱世傑《四元玉鑑》卷上《端匹互隱》 今有錦一端，直錢四貫八十文。只云併尺價端長爲共，以尺價乘之，加端長，共得一十一貫三百五十三文。問各幾何。

答曰：端長四丈八尺，尺價八十五文。

術曰：立天元一爲端長。如積求之，得一千六百六十四萬六千四百爲益實，七千二百七十三爲從廉，一爲益隅。立方開之，得端長。合問。

清·沈欽裴《四元玉鑑細草》 草曰：立天元一 [illegible] 爲端長。以減一十一貫三百五十三文，餘 [illegible] 爲尺價。乘尺價端長并，又以四貫八十文減之，餘 [illegible] 爲尺價自乘。以端長自乘 [illegible] 乘之，得 [illegible] 爲尺價自乘。乘端長自乘亦爲錦一端直錢自乘。寄左。乃置四貫八十文，自乘得一千六百六十四萬六千四百爲等數。與左相消，得 [illegible] 立方開之，得四丈八尺，即端長。以端長爲法，直錢爲實，實如法而一，得八十五文，即尺價也。合問。

清·羅士琳《四元玉鑑細草》 艸曰：立天元一爲端長。用除直錢，得 [illegible] 爲尺價。加端長得 [illegible] 以尺價𥹋之，得 [illegible] 又以端長加之，得 [illegible] 用消十一貫三百五十三文，得 [illegible] 開立方，得四十八尺爲端長。以除一匹直錢，得八十五文爲尺價。合問。

清·戴煦《四元玉鑑細草》 草曰：立天元一爲端長。以減一十一貫三百五十三，得 [illegible] 寄左。次以天元除直錢，得尺價 [illegible] 以母通天元 [illegible] 加之，得 [illegible] 又以尺價乘之，得 [illegible] 先以分母通，寄左。式得 [illegible] 然後與左相消，得開方式 [籌式] 立方開之，得端長。以除直錢，得尺價。

元・朱世傑《四元玉鑑》卷上《廩粟迴求》 今有方倉一所受粟五百七十六斛。只云倉闊不及倉長三尺，深如闊三分之二，斛法二尺五寸。後皆倣此。問倉長闊深各幾何。

答曰：長一丈五尺，闊一丈二尺，深八尺。

術曰：立天元一爲倉長。如積求之，得二千一百六十爲益實，九爲從方，六爲益廉，一爲正隅。立方開之，得倉長。合問。

清・沈欽裴《四元玉鑑細草》 草曰：立天元一 [籌式] 爲倉長。減三尺得倉闊。長闊相乘，得 [籌式] 爲平冪。合置倉闊二乘三除，爲倉深。今不受除，但二乘之，得 [籌式] 爲帶分倉深。乘平冪，得 [籌式] 爲三段方倉積。寄左。乃置粟五百七十六斛，以斛法二尺五寸乘之，得一千四百四十尺。三之，得四千三百二十尺爲等數。與左相消，得 [籌式] 半之，得 [籌式] 立方開之，得一丈五尺，即倉長也。減三尺餘一丈二尺，即倉闊也。二因闊，三而一，得八尺，即倉深也。合問。

清・羅士琳《四元玉鑑細草》 艸曰：立天元一爲倉長。以不及三尺減之，得 [籌式] 爲闊。以分子二乘之，得 [籌式] 合如分母三而一，爲深。今不除，便爲三段深。用與闊相乘，得 [籌式] 又以天元乘之，得 [籌式] 爲三倍積。寄左。乃以三通受粟，得一千七百二十八斛。以斛法化作四千三百二十尺爲同數，消左得 [籌式] 約爲 [籌式] 開立方，得十五尺爲長。減三尺餘十二尺爲闊，三而二，得八尺爲深。合問。

清・戴煦《四元玉鑑細草》 草曰：立天元一爲倉長。減三尺得 [籌式] 爲倉闊。二之 [籌式] 三而一得 [籌式] 爲深。以乘闊 [籌式] 又以天元乘之，得倉積 [籌式] 寄左。次以斛法乘受粟，得 [籌式] 以左母通之，得 [籌式] 與左相消，得 [籌式] 二約之，得開方式 [籌式] 立方開之，得倉長。內減三尺，得倉闊。二之，三而一得深。

元・朱世傑《四元玉鑑》卷上《廩粟迴求》 今有圓囤貯粟三百六十四斛五分斛之四。只云上周如下周太半，高如下周少半。問周高各幾何。

答曰：上周二丈四尺，下周三丈六尺，高一丈二尺。

術曰：立天元一爲上周。如積求之，得一萬三千八百二十四爲益實，一爲正隅。立方開之，得上周。合問。

清・沈欽裴《四元玉鑑細草》 草曰：立天元一 [籌式] 爲上周。合三乘二除爲下周。今省不除，徑以 [籌式] 爲上周，[籌式] 爲下周。三除下周得 [籌式] 爲囤高。上下周相乘，得 [籌式] 于上位。上周自乘，得 [籌式] 于中位。下周自乘，得 [籌式] 于下位。并三位得 [籌式] 以高乘之得 [籌式] 又五之，得 [籌式] 爲一千四百四十段圓囤積。寄左。乃置粟三百六十四斛五分斛之四，通分納子，得一千八百二十四，以斛法二尺五寸乘之，得四千五百六十尺，又以二百八十八乘之，得一百三十一萬三千二百八十尺。與左相消得 [籌式] 以隅約之，得 [籌式] 立方開之，得二丈四尺，即上周也。三乘二除，得三丈六尺，即下周也。三除下周，得一丈二尺，即高也。合問。

清・羅士琳《四元玉鑑細草》 艸曰：立天元一爲上周。合如二而一爲高。今不除，便爲兩段高。轉倍天元，得 [籌式] 爲兩段上周。自之得 [籌式] 於上。副以天元三之，得 [籌式] 合如二而一，爲下周。今亦不除，便爲兩段下周。自之得 [籌式] 於中。又上下周相乘，得 [籌式] 於下。併上中下三位得 [籌式] 以高乘之，得 [籌式] 合如三十六而一，爲八倍積。以周高皆爲兩段，而兩段又再乘，故爲八倍。今不除，便爲二百八十八倍積。寄左。乃以貯粟通分内子，得一千八百二十四。又以二百八十八通之，五而一，得一百五萬六百二十四。**清・沈善蒸案** 一百五萬六百二十四，當作十萬五千六十二斛四斗。以斛法化作二十六萬二千六百五十六爲同數。消左，得 ⊥Ⅱ⊥丨Ⅲ〇〇丨 約爲 丨≡Ⅲ＝〇〇丨 開立方，得二十四尺爲上周。半之，得十二尺爲高，三之得三十六尺爲下周。合問。

清・戴煦《四元玉鑑細草》 草曰：立天元一爲上周。自之，得 太〇丨 又天元三之 太Ⅲ 二而一，得下周 Ⅱ太Ⅲ 自之得 Ⅲ太〇Ⅲ 又上下周相乘，得 Ⅱ太〇Ⅱ 即以 Ⅲ 爲總母，以通上周，得 Ⅲ太〇Ⅲ 以 Ⅲ 通上下周相乘，得 Ⅲ太〇丨Ⅱ 三位相併，得 Ⅲ太〇丨Ⅲ 以下周三而一，得高 Ⅱ太丨 乘之得 Ⅲ太〇〇丨Ⅲ 三十六而一，得囷積 Ⅱ≡Ⅲ太〇〇丨Ⅲ 寄左。次列貯粟，通分内子，得 Ⅲ〇 以斛法乘之，得 ≡Ⅲ⊥〇 又以 ≡⊥ 通之，得 Ⅱ≡Ⅲ ＝T＝T≡T 與左相消，得 ＝T＝T≡T〇〇丨Ⅲ 十九約之，得開方式 丨≡Ⅲ＝〇〇丨 立方開之，得上周。三之，二而一得下周。三而一，得高。

元・朱世傑《四元玉鑑》卷上《廩粟迴求》 今有方倉圜囷各一所貯粟三千三百一十二斛。只云倉廣少於倉長四尺，多於倉深二尺，又多囷徑三分之一，却與囷高等。問倉囷高深長廣各幾何。

答曰：倉廣一丈八尺，長二丈二尺，深一丈六尺。

囷徑一丈二尺，高一丈八尺，周三丈六尺。

術曰：立天元一爲倉廣。如積求之，得一萬二千四百二十爲益實，一十二爲益方，三爲從廉，二爲正隅。立方開之，得倉廣。合問。

清・沈欽裴《四元玉鑑細草》 草曰：立天元一 太丨 爲倉廣。副之，加四尺，得 Ⅲ丨 爲倉長。減二尺，得 ≠丨 爲倉深。長廣相乘，得 太Ⅲ丨 以深乘之，得 太≠Ⅱ丨 又九之 太≠Ⅲ⊥丨 爲九段方倉積于上。次置倉廣 太丨 合二乘三除，爲囷徑。今不受除，便以 太Ⅱ 爲帶分囷徑。三之，得 太T 爲囷周。周徑相乘，得 太〇Ⅱ 又以囷高 太丨 乘之，得 太〇〇Ⅱ 四而一，得 太〇〇Ⅲ 爲九段圜囷積。并上，得 太≠Ⅲ⊥丨Ⅱ 寄左。乃置粟三千三百一十二斛，以斛法二尺五寸乘之，得八千二百八十尺。又以九乘之，得七萬四千五百二十尺。與左相消，得 T≡Ⅲ＝〇⊥丨Ⅲ丨 以六約之，得 丨＝Ⅲ＝〇丨Ⅱ≡Ⅱ 立方開之，得一丈八尺即倉廣也。餘依加減各得。合問。

清・羅士琳《四元玉鑑細草》 艸曰：立天元一爲倉廣，又爲囷高。加少四尺，得 Ⅲ丨 爲長。副以多二尺減天元，得 ≠丨 爲深。用與倉廣相乘，得 太≠丨 又以長乘之，得 太≠Ⅱ丨 爲倉積。副置天元，合三除之爲分子。今不除，便爲三段分子。轉以三通天元，得 太Ⅲ 爲三段倉廣。以三段分子減之，得 太Ⅱ 爲三段囷徑，便爲囷周。自之得 太〇Ⅲ 以高乘之，得 太〇〇Ⅲ 合如十二而一爲囷積。今不除，便爲十二倍囷積於上。轉以十二通倉積，得 太⊥≡Ⅱ 加上，得 太⊥≡⊥ 爲十二倍共積。寄左。乃以十二通共積，得三萬九千七百四十四斛，又以斛法化作九萬九千三百六十爲同數。消左，得 Ⅲ≡Ⅱ⊥〇⊥≡⊥ 約爲 丨＝Ⅲ＝〇Ⅱ≡Ⅱ 開立方，得十八尺，爲倉廣，又爲囷高。加少四尺，得二十二尺爲倉長。副以多二尺減倉廣，餘十六尺爲倉深。又以倉廣二之，得三十六尺爲囷周。三而一，得十二尺爲囷徑。合問。

清・戴煦《四元玉鑑細草》 草曰：立天元一爲倉廣，便爲囷高。加四尺，得倉長 Ⅲ丨 又天元減二尺，得倉深 ≠丨 又天元二之 太Ⅱ 三而一得

囤徑 〔算籌〕 乃以倉廣乘長 〔算籌〕 又以深乘之，得倉積 〔算籌〕 又以囤徑自之 〔算籌〕 以乘囤高 〔算籌〕 三之 〔算籌〕 四而一得囤積 〔算籌〕 於上。以 〔算籌〕 通倉積，得 〔算籌〕 加上，得共積 〔算籌〕 寄左。次列貯粟，以斛法乘之，得 〔算籌〕 又以左母通之，得 〔算籌〕 與左相消，得 〔算籌〕 二約之，得開方式 〔算籌〕 立方開之，得倉廣，即囤高。加四尺得倉長。又倉廣減二尺得倉深。又倉廣二之，三而一得囤徑。三之得囤周。

元・朱世傑《四元玉鑑》卷上《商功修築》 今有積築圜城一座計積四百八十八萬五千三百四十四尺。只云下內外周差一百八尺，上內外周差四丈二尺，上下外周差六十尺，上下內周差六尺，下廣少如高六尺，却多上廣一丈一尺，高不及上內周一萬六千二百二十四尺。令侵城撅壕取土築城，定壕廣三丈。問內外周高及上下廣并壕深各得幾何。

答曰：下外周九里三十步，內周九里八步二尺，廣一丈八尺。上外周九里一十八步，內周九里九步三尺，廣七尺，高二丈四尺。壕深一丈三尺二寸一萬二百七十五分寸之七十四。

術曰：立天元一爲城高。如積求之，得四百八十八萬五千三百四十四爲益實，一十八萬六千九百四十八爲益方，一萬六千二百四十七爲從廉，一爲正隅。立方開之，得高二丈四尺。餘依加減求之。

求壕深術曰：四因城積，三除爲實。又城下外周併入六箇壕廣及城下外周折半，以濠廣乘之爲法。實如法而一，即壕深。合問。

清・沈欽裴《四元玉鑑細草》 草曰：立天元一 〔算籌〕 爲城高。減六尺，得 〔算籌〕 爲下廣。又減一丈一尺，得 〔算籌〕 爲上廣。以一萬六千二百二十四尺加高，得 〔算籌〕 爲上內周。加四丈二尺，得 〔算籌〕 爲上外周。以六尺

減上內周，得 〔算籌〕 爲下內周。加一百八尺，得 〔算籌〕 爲下外周。并上內外周而半之，得 〔算籌〕 爲上袤。并下內外周而半之，得 〔算籌〕 爲下袤。倍上袤，下袤從之，得 〔算籌〕 以上廣 〔算籌〕 乘之，得 〔算籌〕 于上位。亦倍下袤，上袤從之，得 〔算籌〕 以下廣乘之，得 〔算籌〕 并上，得 〔算籌〕 又以高乘之，得 〔算籌〕 六而一，得 〔算籌〕 與城積四百八十八萬五千三百四十四尺相消，得 〔算籌〕 立方開之，得二丈四尺即城高也。餘依加減求之。合問。

求濠深草曰：置城積四百八十八萬五千三百四十四尺。四之，得一千九百五十四萬一千三百七十六尺。三而一，得六百五十一萬三千七百九十二尺爲實。次置濠廣三丈。六之，得一十八丈。并城下外周一萬六千三百五十尺，得一萬六千五百三十尺。又并城下外周，得三萬二千八百八十尺。半之，得一萬六千四百四十尺。以濠廣三丈乘之，得四十九萬三千二百尺爲法。實如法而一，得一丈三尺二寸四十九萬三千二百分寸之三千五百五十二，以等數四十八約分母，子爲一萬二百七十五分寸之七十四，即濠深也。合問。

清・羅士琳《四元玉鑑細草》 艸曰：立天元一爲城高。以不及上內周加

之，得[籌式] 爲上內周。再加上內外周差，得[籌式] 爲上外周。又加上下外周差，得[籌式] 爲下外周。以下內外周差減之，得[籌式] 爲下內周。副以少如高，減天元，得下[籌式] 爲下廣。再以多上廣減之，得[籌式] 爲上廣。置下外周，以下內周加之，得[籌式] 半之，得[籌式] 爲下停周。置上外周，以上內周加之，得[籌式] 半之，得[籌式] 爲上停周。乃倍上停周，加下停周，得[籌式] 以上廣乘之，得[籌式] 於上。又倍下停周，加上停周，得[籌式] 以下廣乘之，得[籌式] 併上位，得[籌式] 又以高乘之，得太[籌式] 如六而一得 太[籌式] 用與城積相消，得[籌式] 開立方，得二十四尺爲城高，加不及上內周，得一萬六千二百四十八尺，爲上內周。以里法一千八百尺步法五尺收之，得九里九步三尺。再加上內外周差，得一萬六千二百九十尺，爲上外周。收得九里三十尺。以下內外周差減之，得一萬六千三百五十尺，爲下外周。收得九里十八步。又加上下外周差，得一萬六千二百四十二尺爲下內周。收得九里八步二尺。副以六尺減城高得十八尺爲下廣。再減十一尺，餘七尺爲上廣。

求濠深艸曰：四因城積，得一千九百五十四萬一千三百七十六，如三而一，得六百五十一萬三千七百九十二爲實。置城下外周一萬六千三百五十尺，併入六箇濠，廣一百八十尺，得一萬六千五百三十尺。又以城下外周一萬六千三百五十尺加之，得三萬二千八百八十尺。折半得一萬六千四百四十尺。以濠廣乘之，得四十九萬三千二百爲法。實如法而一，得十三尺二寸。不盡，四十九萬三千二百分寸之三萬五千五百二十，約爲一萬二百七十五分寸之七十四，爲濠深。合問。

清・戴煦《四元玉鑑細草》 草曰：立天元一爲城高。內減六尺，得下廣[籌式] 再減一丈一尺，得上廣[籌式] 又天元加一萬六千二百二十四尺，得上內周[籌式] 減上下內周，差六尺，得下內周[籌式] 加下內外周差一百八尺，得下外周[籌式] 又減上下外周差，得上外周[籌式] 以上內外周相併[籌式] 折半，得上停周[籌式] 下內外周相併[籌式] 折半，得下停周[籌式] 乃倍上停周[籌式] 加下停周[籌式] 以上廣乘之，得[籌式] 於上。又倍下停周[籌式] 加上停周[籌式] 以下廣乘之，得[籌式] 加上[籌式] 以高乘之 太[籌式] 如六而一，得城積 太[籌式] 寄左。次列積尺與左相消，得開方式[籌式] 立方開之，得城高。內減六尺，得下廣。再減一丈二尺，得上廣。加一萬六千二百二十四尺，得上內周。減上下內周，差六尺得下內周。加內外周差一百八尺，得下外周。減上下外周，差六十尺，得上外周。

元·朱世傑《四元玉鑑》卷上《和分索隱》 今有直積加長，以平乘之，得一千六十八步六分步之一。只云二和一長內減三平五較餘九步六分步之一。問長平各幾何。

答曰：平八步三分步之二，長一十二步四分步之三。

術曰：立天元一爲平。如積求之，得一萬二千八百一十八爲益實，五十五爲益方，三十一爲益廉，二十四爲從隅。立方開之，得平。不盡，按之分法求之。合問。

清·沈欽裴《四元玉鑑細草》 草曰：立天元一爲平。十二乘之，得 爲帶分平。置四步一十二分步之七，通分內子，得五十五。減平，得 爲帶分較。加平，得 爲帶分長。天元乘之，得 爲帶分積。加長得 又以天元乘之，得 寄左。乃置一千六十八步六分步之一，通分內子，得六千四百九。二之，得一萬二千八百一十八。與左相消，得 立方開之，得八步。不盡，按之法求之，再得一百七十萬一千五百四爲益實，九萬七千三百六十八爲從方，五百四十五爲從廉，一爲正隅。立方開之，得一十六。與分母約之，爲三分步之二。合問。

清·羅士林《四元玉鑑細草》 艸曰：立天元一爲平。以二十四通之，得 爲六段四平於上。副以餘步通分內子，得五十五爲六段餘步，又爲六段四平少二長。以減上位，得 爲六段二長，又爲十二段長。乘天元，得 爲十二段直積。加十二段長，得 又乘天元，得 爲十二段如積。寄左。乃以得步通分內子，得六千四百九，倍之得一萬二千八百十八爲同數。消左，得 開立方得八步，不盡 以隅二十四爲母，以母再乘實爲實，以母一乘方，爲方，廉不動，隅定爲一，得 開立方，得十六爲子。子母各以八約之，得三分步之二爲平。通分內子，又八之，得二百八爲六段四平，減六段餘步五十五，餘一百五十三爲實，十二爲法，實如法而一，得十二步。十二分之九，約爲四分步之三，爲長。合問。

清·戴煦《四元玉鑑細草》 草曰：立天元一爲平。以云數通分內子 又倍天元 以六通之 內減云數，得二較 二而一，得較 以 以通天元 加之得長 以平乘之，得積 加長 以天元乘之，得 寄左。次列今有數，通分內子 以二通之，得 與左相消，得開方式 立方開之，得八步。不盡，按之分術求之，以隅法爲母。立天元一爲分子，以隅法通八步 併之，得原平 自之，得原平上平方 再以原平乘之，又以隅法乘之，得從隅式 寄左。次置原平上平方，以廉法乘之，得益廉式 又置原平，以 通之 又以方法乘之，得益方式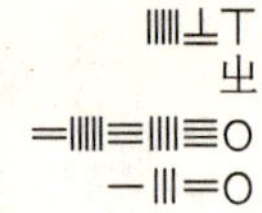又置原實，以通之，得益實式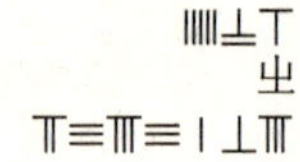併三式，得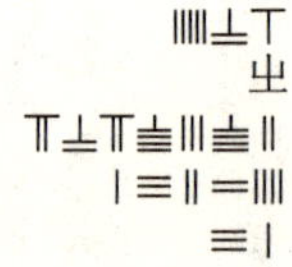與左相消，得開方式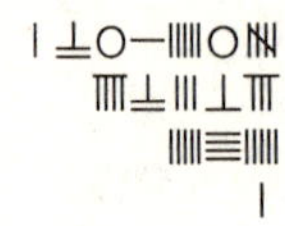以一百七十萬一千五百四爲益實，九萬七千三百六十八爲從方，五百四十五爲從廉，一爲正隅，立方開之，得十六。與隅法約之，得三分步之二，加八步得平。倍之內減云數，二而一加平，得長。

清・陳棠《四元消法易簡草》 法曰：立天元 太| 爲平。如積求之，得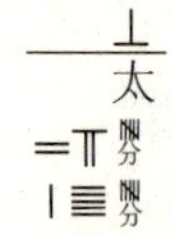爲得步式。列得步，齊母相消，得開方式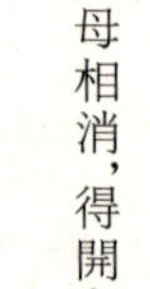立方開之，得八步。不盡按之分法求之，得三分步之二。

艸曰：立天元 太| 爲平。以餘母六通之，得倍之，得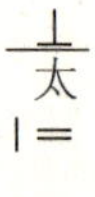爲二平。以餘母通整數，得減二平，得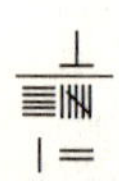半之，得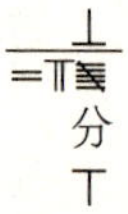爲較。併入平得長乘天元平，得直積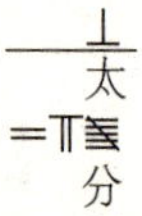加長，得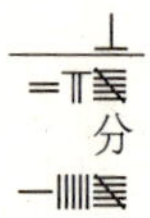以天元平乘之，得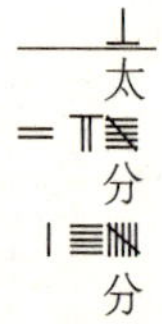爲得步式。寄左。乃列得步，以分母 丅 通整數，得消左，得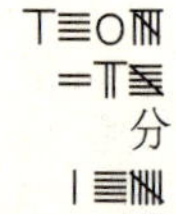倍之，得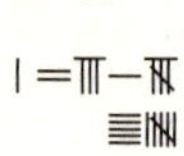開立方得平八步，不盡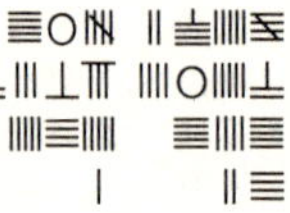以隅爲母，再乘實爲實，以母一乘方爲方廉，不動隅定爲一，得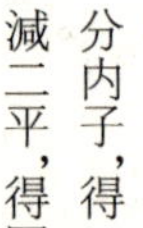立方開之，得十六爲子。子母各以八約之，得三分步之二爲平。通分內子，得二十六，四之得一百四爲帶母二平。以餘步通分內子，得五十五，以減二平，得四十九。半之，得二十四又十分一之五。併入平子五十二，得七十六又十分一之五。以分母六收之，得十二步又六十分之四十五。子母各以十五約之，得四分之三爲長。合問。

元・朱世傑《四元玉鑑》卷中《如意混和》 今有金毬、銀毬、玉毬各一隻，共積三十二寸五萬五千二百六十四分寸之一萬一千三十一，計重一秤一十斤一十一兩一十九銖一萬三千八百一十六分銖之二千二百九十五。只云金圓周多如銀圓周一寸，銀圓周却多玉圓周一寸。金圓周依古法，銀圓周依徽術，玉圓周從密率。金方一寸重一十五兩一十八銖，銀方一寸重一十二兩六銖，金銀方寸之重皆按《張丘建》術。玉方一寸重七兩。按《黄帝九章》法問三圓周及積寸重各幾何。

答曰：金圓周九寸，積一十五寸一十六分寸之三，重一十四斤一十五兩四銖八分銖之七。

銀圓周八寸，積一十寸一百五十七分寸之三十，重七斤一十二兩二十銖一百五十七分銖之二十八。

玉圓周七寸，積六寸三百五十二分寸之二百八十九，重二斤一十五兩一十七銖四十四分銖之四十一。

術曰：立天元一爲金圓周。如積求之，得五百三十六萬八千一百一十三爲益實，四萬九千四百六十四爲從方，二萬九千六百八十二爲益廉，萬五十一爲從隅。立方開之，得金圓周。又立天元一爲銀圓周。如積求之，得五百三十三萬八千二百八十爲益實，二萬二百五十三爲從方，四百七十一爲從廉，一萬五十一爲從隅。立方開之，得銀圓周。又立天元一爲玉圓周。如積求之，得五百三十萬七千五百五爲益實，五萬一千三百四十八爲從方，三萬六百二十四爲從廉，一萬五十一爲從隅。立方開之，得玉圓周。合問。

清・沈欽裴《四元玉鑑細草》 欽裴先識別得古法周立積四十八，圓立積一，徽術周立積一千二百五十六，圓立積二十五，密率周立積三百五十二，圓立積七。再以合分術入之三率，周立積皆一十六萬五千七百九十二。古圓立積三千四百五十四，徽圓立積三千三百，密圓立積三千二百九十七。乃依此立草。

按亡友李尚之鋭云：以三毬重并之，共得二十五斤一十一兩一十八銖，一萬三千八百一十六分銖之一萬三千六百一十一。此云：一秤一十斤，則以一十五斤爲一秤也。九銖以下云云，誤是也。

求金圓周草曰：立天元一爲金圓周。再自乘，得 太〇〇一 乘古立圓率三千四百五十四，得 [算籌] 爲金毬實。置金圓周，減一寸，餘 [算籌] 爲銀圓周。再自乘，得 [算籌] 乘徽立圓率三千三百，得 [算籌] 爲銀毬實。次置銀圓周，減一寸，餘 [算籌] 爲玉圓周。再自乘，得 [算籌] 乘密立圓率三千二百九十七，得玉毬實 [算籌] 合以周立積率一十六萬五千七百九十二除各實，爲立圓積。今不受除，即以各實并之，得 [算籌] 爲帶分共積。寄左。乃置共積三十二寸五萬五千二百六十四分寸之一萬一千三十一，通分內子，得一百七十七萬九千四百七十九。三之，得五百三十三萬八千四百三十七。與左相消，得 [算籌] 立方開之，得九寸即金圓周也。置金圓周九寸，再自乘，得七百二十九寸。一乘不長，即以七百二十九寸爲實。以古周立積率四十八爲法。除實，得一十五寸一十六分寸之三，即金毬積也。以金方一寸重一十五兩一十八銖乘之，得一十四斤一十五兩四銖八分銖之七，即金毬重也。合問。

求銀圓周草曰：立天元一爲銀圓周。再自乘，得 太〇〇一 乘徽立圓率三千三百，得 [算籌] 爲銀毬實。置銀圓周加一寸，得 [算籌] 爲金圓周。再自乘，得 [算籌] 又乘古立圓率三千四百五十四，得 [算籌] 爲金毬實。次置銀圓周，減一寸，得 [算籌] 再自乘，得 [算籌] 又乘密立圓率三千二百九十七，得 [算籌] 爲玉毬實。合以周立積除各實爲立圓積。今不受除，即以各實并之，得 [算籌] 爲帶分共積。寄左。乃置共積，與左相消，得 [算籌] 立方開之，得八寸，即銀圓周也。置銀圓周八寸，再自乘，得五百一十二。乘徽立圓率二十五，得一萬二千八百萬實。如徽周立積率一千二百五十六而一，得一十寸一百五十七分寸之三十，即銀毬積也。以銀方一寸重一十二兩六銖乘之，得七斤一十二兩二十銖一百五十七分銖之二十八，即銀毬重也。合問。

求玉圓周草曰：立天元一爲玉圓周。再自乘，得 太〇〇一 乘密立圓率三千二百九十七，得玉毬實 [算籌] 置玉圓周加二寸，得 [算籌] 爲金圓周。再自乘，得 [算籌] 乘古立圓率三千四百五十四，得金毬實 [算籌] 次置玉圓周，加一寸，得 [算籌] 爲銀圓周。再自乘，得 [算籌] 乘徽立圓率三千三百，得 [算籌] 爲銀毬實。并三實，得 [算籌] 爲帶分共積。寄左。乃置共積，與左相消，得 [算籌] 立方開之，得七寸。再自乘，得三百四十三。以密立圓率七乘之，得二千四百一爲實。如密周立積率三百五十二而一，得六寸三百五十二分寸之二百八十九，即玉毬積也。以玉方一寸重七兩乘之，得二斤一十五兩一十七銖四十四分銖之四十一，即玉毬重也。合開。

清・羅士琳《四元玉鑑細草》 先置古立周積四十八，徽立周積一千二百五十六，密立周積三百五十二，爲各術分母。副置古立圓積一，徽立圓積二十五，密立圓積七，爲各術分子，别以合分法入之。各分母連乘得二千一百二十二萬一千三百七十六爲總分母。以徽密二分母乘古分子，得四十四萬二千一百一十二爲古分子。以古密二分母乘徽分子，得四十二萬二千四百爲徽分子。以古徽二分母乘密分子，得四十二萬二千一十六爲密分子。各以一百二十八約之，得三術立周積率，同爲十六萬五千七百九十二。古立圓積率爲三千四百五十四，徽立圓積率爲三千三百，密立圓積率爲三千二百九十七各等既齊，然後立算。

艸曰：立天元一爲金圓周。以一寸減之，得 [算籌] 爲銀圓周。又以一寸減之，得 [算籌] 爲玉圓周。置金圓周再之，得 太〇〇一 爲立周積。以古圓率三千四百五十四乘之，得 太〇〇 [算籌] 合以立周通率十六萬五千七百九十二除之，爲金毬積。今不除，便爲帶分金毬積。内寄立周通率爲母。又置銀圓周再之，得 [算籌] 爲立周積。以徽圓率三千三百乘之，得 [算籌] 合以立周通率除之，爲銀毬積。今亦不除，便爲帶分銀毬積。内寄立周通率爲母。又置玉圓周再之，得 [算籌] 爲立周積，以密圓率三千二百九十七乘之，得 [算籌] 合以立周通率除之，爲玉毬積。今亦不除，便爲帶分玉毬積。内寄立周通率爲母。併三積，得 [算籌] 爲帶分共積。内寄立周通率爲母。寄左。乃以共積通分内子，得一百七十七萬九千四百七十九於上。又以分母除立周通率，得三。通上，得五百三十三萬八千四百三十七爲同數。消左，得 [算籌] 開立方，得九寸爲金圓周。再之得七百二十九，以古立圓率一乘之，如古立周率四十八而一，得十五寸四十八分寸之九，約爲十六分寸之三，爲金毬積。以金方寸重乘之，得十四斤十五兩四銖八分銖之七，爲金毬重。

又立天元一爲銀圓周。以一寸加之，得 [算籌] 爲金圓周。副以一寸減天元，得 [算籌] 爲玉圓周。置金圓周再之，得 [算籌] 以古圓率乘之，得 [算籌] 爲帶分金毬積。内寄立周通率爲母。又置銀圓周再之，得 太〇〇一 以徽圓率乘之，得 太〇〇 [算籌] 爲帶分銀毬積。内寄立周通率爲母。又置玉圓周再之，得 [算籌] 以密圓率乘之，得 [算籌] 爲帶分玉毬積。内寄立周通率爲母。併三積，得 [算籌] 爲帶分共積。與五百三十三萬八千四百三十七相消，得 [算籌] 開立方，得八寸爲銀圓周。再之得五百十二，以徽立圓率二十五乘之，如徽立周率一千二百五十六而一，得十寸一千二百五十六分寸之二百四十，約爲一百五十七分寸之三十，爲銀毬積。以銀方寸重乘之，得七斤十二兩二十銖一百五十七分銖之二十八，爲銀毬重。

又立天元一爲玉圓周。以一寸加之，得 [算籌] 爲銀圓周。又以一寸加之，得 [算籌] 爲金圓周。置金圓周再之，得 [算籌] 以古圓率乘之，得

 爲帶分金毬積。内寄立周通率爲母。又置銀圓周再之,得 丨≡‖丨 以徽圓率乘之,得  爲帶分銀毬積。内寄立周通率爲母。又置玉圓周再之,得 太○○丨 以密圓率乘之,得 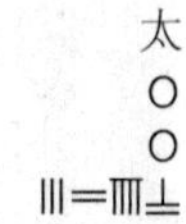 爲帶分玉毬積。内寄立周通率爲母。併三積,得 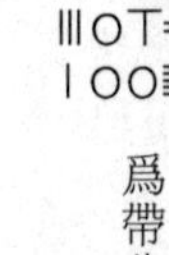 爲帶分共積。與五百三十三萬八千四百三十七相消,得 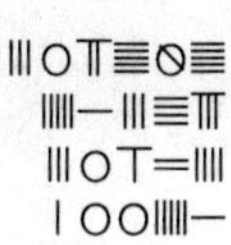 開立方,得七寸爲玉圓周。再之,得三百四十三;以密立圓率七乘之,如密立周率三百五十二而一,得六寸三百五十二分寸之二百八十九,爲玉毬積。以玉方寸重乘之,得二斤十五兩十七銖四十四分銖之四十一爲玉毬重。合問。

清·戴煦《四元玉鑑細草》 草曰:立天元一爲金圓周。自乘再乘,得四十八箇金毬積 太○丨 又天元減一寸,得銀圓周 〆丨 自乘 丨〆丨 再乘 〆≡〆丨 以古周率 丨≡○ 乘之, 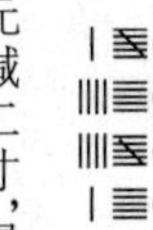 如徽周率 丨≡T 而一,得四十八箇銀毬積  又天元減二寸,得玉圓周 〆丨 自乘 ≡〆丨 再乘 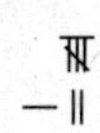 以古周率 =丨 乘之, 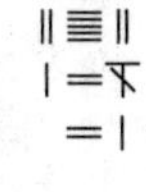 如密周率 =‖ 而一,得四十八箇玉毬積 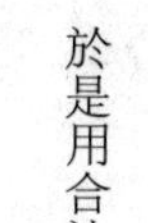 於是用合法分求其總母,得 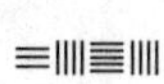 以通金毬積,得 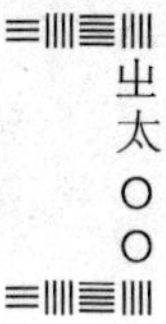 以 =‖ 通銀毬積,得 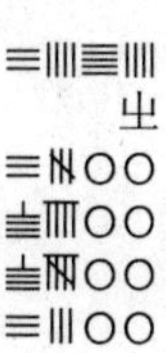 以 丨≡T 通玉毬積,得 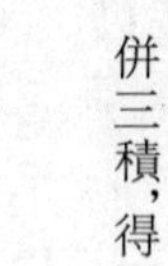 併三積,得四十八箇共積 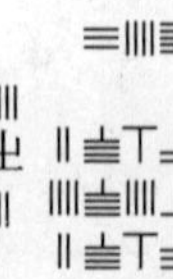 寄左。次列原共積,通分内子,得 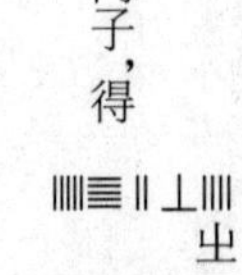 以四十八乘之,得 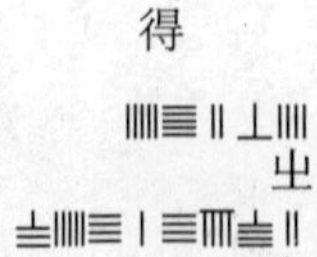 母子各以十六約之,使與左同母。得 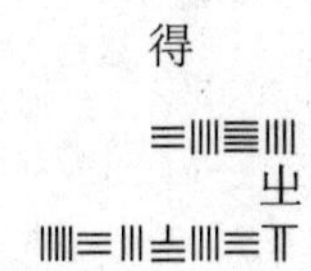 與左相消得,開方式 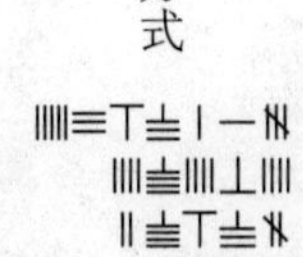 立方開之,得金圓周。

又立天元一爲銀圓周。自乘,再乘得 太○○丨 以古周率 丨≡○ 乘之 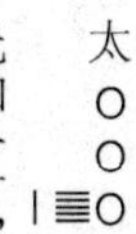 如徽周率 丨≡T 而一,得四十八箇銀毬積 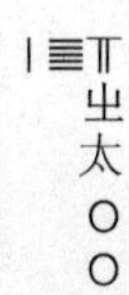 又天元加一寸,得金圓周 丨丨 自乘 丨‖丨 再乘,得八箇金毬積 丨≡‖≡丨 又天元減一寸,得玉圓周 〆丨 自乘 丨〆丨 再乘 〆≡〆丨 以古周率 =丨 乘之 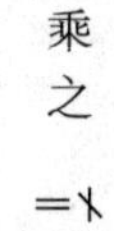 如密周率 =‖ 而一,得四十八箇玉毬積 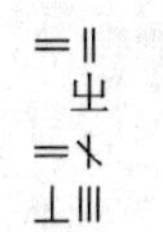 於是依前術求得總母 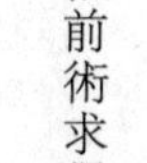 以通金毬積,得  以 =‖ 通銀毬積,得  以 丨≡T 通玉毬積,得  併三積得四十八箇共積 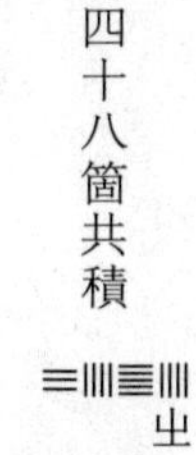 寄左。次列原共積,依前術通分内子,以四十八乘之,又十六約之,得 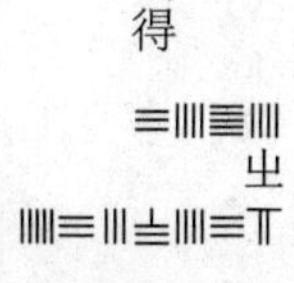 與左相消得,開

方式 立方開之，得銀圓周。

又立天元一爲玉圓周。自乘，再乘 太〇〇丨 以古周率 乘之，太〇〇 如密周率 而一，得四十八箇玉毬積 又天元加二寸，得金圓周 自乘 再乘，得四十八箇金毬積 又天元加一寸，得銀圓周 自乘 再乘 以古周率 乘之 如徽周率 而得四十八箇銀圓毬積 於是依前術（得）求総母 以通金毬積，得 以 通玉（積）毬［積］，得 以 通銀毬積，得 併三積，得四十八箇共積 寄左。次列原共積，依前術通分内子，以四十八乘之，又十六約之，得 與左相消，得開方式 立方開之，得玉圓周。求積寸者，列金積周自乘，再乘四十八而一，不盡約之，得金積寸。列銀周自乘，再乘，以古周率一百五十乘之爲實，置徽周率一百五十七以四十八乘之，得七千五百三十六爲法，除之不盡，約之，得銀積寸。列玉周自乘，再乘，以古周率二十一乘之爲實，置密周率二十二以四十八乘之，得一千五十六爲法，除之不盡，約之，得玉積寸。求各重者，以銖兩法二十四通各寸重率於上，次列各積通分内子，以各寸重率乘之得數，以各分母收之，不盡，約之，又以銖兩法二十四收之，又以兩斤法十六收之，得各重。

元・朱世傑《四元玉鑑》卷中《三率究圓》 今有立圓積九百七十二尺。問爲古立圓徑幾何。

答曰：一丈二尺。

術曰：立天元一爲古立圓徑。如積求之，得一萬五千五百五十二爲益實，九爲從隅。立方開之，得一丈二尺。合問。

清・沈欽裴《四元玉鑑細草》 草曰：立天元一爲古立圓徑。再自乘，得 太〇〇丨 爲立方積。置立圓積九百七十二尺，以十六乘之，得一萬五千五百五十二爲實。合以九除之，得一千七百二十八爲立方積。今省不除，即以實爲九段立方積。寄左。次置立方積 太〇〇丨 亦以九乘之，得 太〇〇 與左相消，得 立方開之，得一丈二尺，即古立圓徑也。合問。

清・羅士琳《四元玉鑑細草》 艸曰：立天元一爲古立圓徑。再之，得 太〇〇丨 以古立圓率九乘之，得 太〇〇 合如古立方率十六而一，爲古立圓積。今不除，便爲十六段古立圓積。寄左。乃以十六通立圓積，得一萬五千五百五十二爲同數。消左，得 開立方，得十二尺。合問。士琳案：此式尚可用隅約。

清・戴煦《四元玉鑑細草》 草曰：立天元一爲立圓徑。自乘，再乘，得 太〇〇丨 九之 太〇〇 十六而一，得圓積 寄左。次列原積，以左母通之，得 與左相消，得開方式 立方開之，得古立圓徑。

元・朱世傑《四元玉鑑》卷中《三率究圓》 今有立圓積九百七十二尺。問爲古立圓周幾何。

答曰：三丈六尺。

術曰：立天元一爲古立圓周。如積求之，得四萬六千六百五十六爲益實，一爲正隅。立方開之，得三丈六尺。合問。

清·沈欽裴《四元玉鑑細草》 草曰：立天元一爲古立圓周。再自乘，得太〇〇丨 寄左。乃置立圓積九百七十二尺，乘周，再自乘率四十八，得四萬六千六百五十六爲實。合以立圓率一爲法除之，一除不消，即以實爲周。再自乘，與左相消，得 𝍣𝍮𝍥𝍭𝍥〇〇丨 立方開之，得三丈六尺，即古立圓周也。合問。

清·羅士琳《四元玉鑑細草》 艸曰：立天元一爲古立圓周。再之，得太〇〇丨 合如古周方率四十八而一，爲古立圓積。今不除，便爲四十八段古立圓積。寄左。乃以四十八通立圓積，得四萬六千六百五十六爲同數。消左，得 𝍣𝍮𝍥𝍭𝍥〇〇丨 開立方，得三十六尺。合問。

清·戴煦《四元玉鑑細草》 草曰：立天元一爲古立圓周。自乘，再乘，得太〇〇丨 四十八而一，得圓積 𝍬𝍧 母 太〇〇丨 寄左。次列原積，以左母通之，得 𝍬𝍧 母 𝍣𝍮𝍥𝍭𝍥 與左相消，得開方式 𝍣𝍮𝍥𝍭𝍥〇〇丨 立方開之，得古立圓周。

元·朱世傑《四元玉鑑》卷中《三率究圓》 今有立圓積九百二十八尺一百五十七分尺之一百四。問爲徽立圓徑幾何。

答曰：一丈二尺。

術曰：立天元一爲徽立圓徑。如積求之，得一千七百二十八爲益實，一爲正隅。立方開之，合問。

清·沈欽裴《四元玉鑑細草》 草曰：立天元一爲徽立圓徑。再自乘，得太〇〇丨 爲立方積。寄左。乃置立圓積九百二十八尺一百五十七分尺之一百四，通分內子，得一十四萬五千八百。乘徽立方率一千二百五十六，得一億八千三百一十二萬四千八百爲實。以分母一百五十七乘徽立圓率六百七十五，得一十萬五千九百七十五爲法。除實，得一千七百二十八爲立方積。與左相消，得 𝍩𝍦𝍪𝍧〇〇丨 立方開之，得一丈二尺，即徽立圓徑也。合問。

清·羅士琳《四元玉鑑細草》 艸曰：立天元一爲徽立圓徑。再之，得太〇〇丨 以徽立圓率一千三百五十乘之，得 𝍩𝍢𝍭〇 太〇〇〇 合如徽立方率二千五百十二而一，爲徽立圓積。今不除，便爲二千五百十二段徽立圓積。寄左。乃以立圓積通分內子，得十四萬五千八百。又以十六通之，得二百三十三萬二千八百爲同數。消左，得 𝍡𝍫𝍢𝍪𝍧〇〇 𝍩𝍢𝍭〇〇 約爲 𝍩𝍦𝍪𝍧〇〇丨 開立方，得十二尺。合問。

清·戴煦《四元玉鑑細草》 草曰：立天元一爲徽立圓徑。求到古立圓積 𝍩𝍥 母 太〇〇𝍢 以古周率 𝍠𝍫〇 乘之，得 𝍩𝍥 母 太〇〇𝍢𝍬〇 如徽周率 𝍠𝍫𝍥 而一，得徽立圓積 𝍡𝍫𝍤𝍩𝍡 母 太〇〇〇 𝍩𝍢𝍭〇 寄左。次列原積，通分內子，得 𝍠𝍯 母 𝍩𝍣𝍭𝍧〇〇 以 𝍩𝍥 通之，使與左同母。得 𝍡𝍫𝍤𝍩𝍡 母 𝍡𝍫𝍢𝍪𝍧〇〇 與左相消，得 𝍡𝍫𝍢𝍪𝍧〇〇 〇〇〇 𝍩𝍢𝍭〇 以一千三百五十約之，得開方式 𝍩𝍦𝍪𝍧〇〇丨 立方開之，得徽立圓徑。

元·朱世傑《四元玉鑑》卷中《三率究圓》 今有立圓積九百二十八尺一百五十七分尺之一百四。問爲徽立圓周幾何。

答曰：三丈六尺。

術曰：立天元一爲徽立圓周。如積求之，得四萬六千六百五十六爲益實，一爲正隅。立方開之，得三十六尺。合問。

清·沈欽裴《四元玉鑑細草》 草曰：立天元一爲徽立圓周。再自乘，得 太〇〇丨。寄左。乃置立圓積九百二十八尺一百五十七分尺之一百四，通分内子，得一十四萬五千八百。乘徽周立積率一千二百五十六，得一億八千三百一十二萬四千八百爲實。以分母一百五十七乘徽立圓率二十五，得三千九百二十五爲法。除實，得四萬六千六百五十六爲周。再自乘，與左相消，得 𝍧〇〇丨／丅𝍫丅丄𝍣 立方開之，得三丈六尺，即徽立圓周也。合問。

清·羅士琳《四元玉鑑細草》 艸曰：立天元一爲徽立圓周。再之，得 太〇〇丨 以徽立圓率五十乘之，得 太〇〇𝍣〇 合如徽立周率二千五百十二而一，爲徽立圓積。今不除，便爲二千五百十二段徽立圓積。寄左。乃以立圓積通分内子，得十四萬五千八百。又以十六通之，得二百三十三萬二千八百爲同數，消左，得 〇〇〇𝍣〇／丨≡Ⅲ=𝍫〇 約爲 〇〇丨／Ⅲ丄丅𝍧丄 開立方，得三十六尺。合問。

清·戴煦《四元玉鑑細草》 草曰：立天元一爲徽立圓周。求到古立圓積 𝍫出太〇〇丨 以古周率 丨≡〇 乘之，得 𝍫出太〇〇丨≡〇 如徽周率 丨≡𝍫 而一，得徽立圓積 丅出太〇〇丨≡〇／丄𝍣≡丅 寄左。次列原積，通分内子，得 丨≡𝍫出／一Ⅲ≡𝍫〇〇 以四十八通之，使與左同母。得 丅出／丄𝍣≡丅／〇〇Ⅲ≟𝍫≟𝍣 與左相消，得 〇〇〇〇丨≡〇／𝍣≟𝍫≟𝍧≡𝍣 以一百五十約之，得開方式 〇〇丨／𝍧≡丅丄Ⅲ 立方開之，得徽立圓周。

元·朱世傑《四元玉鑑》卷中《三率究圓》 今有立圓積九百二十七尺一十一分尺之九。問爲密立圓徑幾何。

答曰：一丈二尺。

術曰：立天元一爲密立圓徑。如積求之，得三十二萬六千五百九十二爲益實，一百八十九爲從隅。立方開之，合問。

清·沈欽裴《四元玉鑑細草》 草曰：立天元一爲密立圓徑。再自乘得 太〇〇丨 爲立方積。寄左。乃置立圓積九百二十七尺一十一分尺之九，通分内子，得一萬二百六。乘密立方率三百五十二，得三百五十九萬二千五百一十二爲實。以分母一十一乘密立圓率一百八十九，得二千七十九爲法。除實，得一千七百二十八爲立方積。與左相消 𝍧=𝍫一／〇〇丨 立方開之，得一丈二尺，即密立圓徑也。合問。

清·羅士琳《四元玉鑑細草》 艸曰：立天元一爲密立圓徑。再之，得 太〇〇 以密立圓率一百八十九乘之，得 太〇〇𝍧≟丨 合如密立方率三百五十二而一，爲密立圓積。今不除，便爲三百五十二段立圓積。寄左。乃以立圓積通分内子，得一萬二百六，又以三十二通之，得三十二萬六千五百九十二爲同數。消左，得 〇〇𝍧≟丨／=𝍧≡丅=Ⅲ 開(平)[立]方，得十二尺。合問。士琳案：此式尚可用隅約。

清·戴煦《四元玉鑑細草》 草曰：立天元一爲密立圓徑。求到古立圓積 𝍧出太〇〇一丅 以古周率 丨= 乘之，得 𝍧出太〇〇丨≟一丅 如密周率 ‖= 而一，得密立圓積 〇〇𝍧≟丨出太‖≡Ⅲ 寄左。次列原積通分内子，得 丅〇‖〇丨出一丨 以 ‖≡ 通之，使與左同母。得 ‖≡Ⅲ出‖≟𝍣丄‖≡ 與左相消，得開方式 〇〇𝍧≟丨／𝍧≟𝍣丄‖≡ 立方開之，得密立圓徑。

元·朱世傑《四元玉鑑》卷中《三率究圓》 今有立圓積九百二十七尺一十一分尺之九。問爲密立圓周幾何。

答曰：三丈六尺。

術曰：立天元一爲密立圓周。如積求之，得四萬六千六百五十六爲益實，一爲正隅。立方開之，得三丈六尺。合問。

清·沈欽裴《四元玉鑑細草》 草曰：立天元一爲密立圓周。再自乘，得 太○○丨 爲周立積。寄左。乃置立圓積九百二十七尺一十一分尺之九。通分內子，得一萬二百六。乘密周，再自乘率三百五十二，得三百五十九萬二千五百一十二爲實。以分母一十一乘密立圓率七，得七十七爲法。除實，得四萬六千六百五十六爲周立積。與左相消，得 𝍣𝍮𝍥𝍭𝍥 ○○丨 立方開之，得三丈六尺，即密立圓周也。合問。

清·羅士琳《四元玉鑑細草》 艸曰：立天元一爲密立圓周再之，得 太○○丨 以密立圓率七乘之，得 太○○𝍦 合如密立周率三百五十二而一，爲密立圓積。今不除，便爲三百五十二段立圓積。寄左。乃以立圓積通分內子，得一萬二百六又以三十二通之，得三十二萬六千五百九十二爲同數。消左，得 𝍢𝍪𝍥𝍭𝍨𝍪 ○○𝍦 約爲 𝍣𝍮𝍥𝍭𝍥 ○○丨 開立方，得三十六尺。合問。

清·戴煦《四元玉鑑細草》 草曰：立天元一爲密立圓周。求到古立圓積 ≣Ⅲ出太○○丨 以古周率 〓丨 乘之，得 ≣Ⅲ出太○○〓丨 如密周率 〓‖ 而一，得密立圓積 一○≣丅出太○○〓丨 寄左。次列原積，通分內子，得 一丨出丨○‖○丅 以 ≣丅 通之，使與左同母。得 一○≣丅出 ≣丅≣丅丄丅 與左相消，得 ≣丅≣丅丄𝍷○○〓丨 以二十一約之，得開方式 Ⅲ丄丅≣𝍷○○丨 立方開之，得密立圓周。

按：右四術，徽術密率立圓，惟積與古法立圓不同，而按之周徑仍用古法。此舊術之疏。

元·朱世傑《四元玉鑑》卷中《三率究圓》 今有立冪五百七十四尺。問爲立方面幾何。

答曰：八尺七分尺之二。

術曰：立天元一爲立方面。如積求之，得五百七十四爲益實，一爲正隅。立方開之，不盡，命分。合問。

清·沈欽裴《四元玉鑑細草》 草曰：立天元一爲立方面。再自乘，得 太○○丨 寄左。乃置五百七十四尺，與左相消，得 Ⅲ丄≣ ○○丨 立方開之，得八尺。不盡，六十二爲分子，以二百一十七爲分母，約之爲七分尺之二。并全得八尺七分尺之二，即立方面也。合問。

清·羅士琳《四元玉鑑細草》 艸曰：立天元一爲立方面。再之，得 太○○丨 用消立冪，得 Ⅲ丄≣ ○○丨 開立方，得八尺，不盡 丄𝍷 方 ‖≣丨 廉隅同名相併，得二百十七爲母，實六十二，異名爲子。子母各以三十一約之，得七分尺之二。合問。

清·戴煦《四元玉鑑細草》 草曰：立天元一爲立方面。自乘，再乘，得 太○○丨 寄左。次列原立冪積尺，與左相消，得開方式 Ⅲ丄≣ ○○丨 立方開之，得八尺，不盡六十二尺。乃以八尺自之，又三之，得 丨≣‖ 爲廉法。又以八尺三之，得 〓Ⅲ 爲方法。一爲隅法，共得二百一十七爲分母，六十二爲分子。約之，得七分尺之二，併入八尺，得立方面。

元·朱世傑《四元玉鑑》卷中《明積演段》 今有直積一十二步。只云勾弦和八步。問勾股較幾何。

答曰：一步。

術曰：立天元一爲勾股較。如積求之，得二十三爲正實，二十八爲益方，四爲從廉，一爲從隅。立方開之。合問。

清・沈欽裴《四元玉鑑細草》 識别得勾弦和、股弦和相乘冪，内減去弦冪一、直積一，餘爲勾股和乘弦。又自乘爲立積，與弦冪乘和冪等。

草曰：立天元一爲勾股較。自之，得 太〇丨 副之，加倍積二十四步，得 [illegible] 爲弦冪。加四積四十八步，得 [illegible] 爲勾股和冪。二冪相乘，得 [illegible] 寄左。乃置勾弦和八步，以勾股較 太丨 加之，得 [illegible] 爲股弦和。與勾弦和相乘，得 [illegible] 減弦冪并直積，餘勾股和乘弦冪 [illegible] 自之，得 [illegible] 與左相消，得 [illegible] 十六約之，得 [illegible] 立方開之，得一步，即勾股較也。合問。

清・羅士琳《四元玉鑑細草》 艸曰：立天元一爲較。自之，得 太〇丨 爲較冪。加倍積二十四，得 [illegible] 爲弦冪。再加倍積，得 [illegible] 爲和冪。用乘弦冪，得 [illegible] 寄左。乃以天元加句弦和，得 [illegible] 爲股弦和。用與句弦和相乘，得 [illegible] 以直積減之，得 [illegible] 爲弦乘弦和和。減弦冪，得 [illegible] 爲弦乘句股和。自之，得 [illegible] 爲同數。消左，得 [illegible] 約爲 [illegible] 開立方，得一步。合問。

清・戴煦《四元玉鑑細草》 草曰：立天元一爲句股較。加句弦和，得股弦和 [illegible] 以句弦和乘之，得 [illegible] 倍之，得弦和和冪 [illegible] 又以天元自之 太〇丨 加倍直積 [illegible] 得弦冪 [illegible] 再加倍直積，得和冪 [illegible] 以乘弦冪，得 [illegible] 寄左。次以弦冪和冪相併，得 [illegible] 以減弦和和冪，得 [illegible] 折半，得 [illegible] 自之，得 [illegible] （得）[與]左相消，得 [illegible] 以十六約之，得開方式 [illegible] 立方開之，得句股較。

清・陳棠《四元消法易簡草》 法曰：立天元 太丨 爲較。如積求之，得較冪式 [illegible] 以母通較冪，相消，得開方式 [illegible] 開立方，得較一步。

艸曰：立天元 太丨 爲較。加和步得 [illegible] 爲股弦和。乘句弦和，得 [illegible] 於上。直積自之，得 [illegible] 上位。除之，得 [illegible] 爲半段黄方冪。以母通上位，得 [illegible] 加半段黄方冪，得 [illegible] 以母通直積，六之相減，得 [illegible] 半之，得 [illegible] 爲較冪式寄左。乃以較自之，得 太〇丨 左母通之，得 [illegible] 消左，得 [illegible] 八約之，得 [illegible] 開立方，得一步。合問。

元・朱世傑《四元玉鑑》卷中《明積演段》 今有直積十二步。只云勾弦和八步。問勾弦較幾何。

答曰：二步。

術曰：立天元一爲勾弦較。如積求之，得七十二爲益實，六十四爲從方，一十六爲益廉，一爲正隅。立方開之，合問。

清・沈欽裴《四元玉鑑細草》 草曰：立天元一爲勾弦較。減勾弦和八步，得 [illegible] 爲倍勾。合以除倍積二十四步爲股。今不受除，即以二十四步爲帶分股。自之，得五百七十六步。寄左。乃置勾弦和八步，以倍勾 [illegible] 乘之，得 [illegible] 於上。又置勾弦較 太丨 亦以倍勾 [illegible] 乘之，得 [illegible] 乘上，得 [illegible] 與左相消，得 [illegible] 八約之，得 [illegible] 立方開之，得二步，即勾弦較也。合問。

清・羅士琳《四元玉鑑細草》 艸曰：立天元一爲句弦較。以減句弦和，得 [illegible] 爲倍句。自之，得 [illegible] 爲四段句冪於上。副以天元乘句弦和，得 [illegible] 爲股冪。乘上，得 [illegible] 爲四段直積自乘冪。寄左。乃以直積自之,得一百四十四。又四之,得五百七十六爲同數。消左,得 [籌式] 約爲 [籌式] 開立方,得二步。合問。

清·戴煦《四元玉鑑細草》 草曰:立天元一爲句弦較。乘句弦和,得太[籌式] 爲股冪。又以天元減句弦和 [籌式] 折半,得句 [籌式] 自之,得句冪 [籌式] 以股冪乘之,得積冪 [籌式] 寄左。次列原積自乘,得 [籌式] 以左母通之,得 [籌式] 與左相消,得 [籌式] 八約之,得開方式 [籌式] 立方開之,得句弦較。

清·陳棠《四元消法易簡單》 法曰:立天元 太[籌式] 爲句弦較。如積求之,得積冪式 [籌式] 消積冪,得開方式 [籌式] 開立方,得二步。

艸曰:立天元 太[籌式] 爲句弦較。以減句弦和,得 [籌式] 半之,得 [籌式]分 爲句。自之,得 [籌式] 爲句冪。副以較乘和,得 太[籌式] 爲股冪。以句冪乘之,得積冪式 [籌式] 寄左。乃以直積自之,得 [籌式] 消左,得 [籌式] 開立方,得二步。合問。

元·朱世傑《四元玉鑑》卷中《明積演段》 今有直積一十二步。只云勾弦和八步。問股弦較幾何。

答曰:一步。

術曰:立天元一爲股弦較。如積求之,得九爲正實,二十八爲益方,二十爲從廉,一爲益隅。立方開之,合問。

清·沈欽裴《四元玉鑑細草》 草曰:立天元一爲股弦較。減勾弦和,餘 [籌式] 爲勾股和。乘勾弦和八步,得 [籌式] 加股弦較自乘,得 [籌式] 減直積一十二步,餘 [籌式] 爲弦。并弦較較乘弦冪,自乘,得 [籌式] 寄左。乃以股弦較 太[籌式] 減勾弦和八步,餘 [籌式] 爲勾股和。自之,得 [籌式] 減倍積,餘 [籌式] 爲弦冪。次以股弦較 太[籌式] 加勾弦和八步,得 [籌式] 爲弦。并弦較較自乘,得 [籌式] 又以乘弦冪,得 [籌式] 與左相消,得 [籌式] 以十六約之,得 [籌式] 立方開之,得一步,即股弦較也。合問。

清·羅士琳《四元玉鑑細草》 艸曰:立天元一爲股弦較。以減句弦和得 [籌式] 爲句股和。自之,得 [籌式] 爲和冪。減倍積得 [籌式] 爲弦冪。復減倍積,得 [籌式] 爲較冪。用棄弦冪,得 [籌式] 寄左。乃以天元棄句弦和,得 太[籌式] 加直積,得 [籌式] 爲弦。棄弦較較以減弦冪,得 [籌式] 爲弦 棄句股較。自之,得 [籌式] 爲同數。消左,得 [籌式] 約爲 [籌式] 開立方,得一步。合問。

清·戴煦《四元玉鑑細草》 草曰:立天元一爲股弦較。以減句弦和,得句股和 [籌式] 自之 [籌式] 内減倍積 [籌式] 得弦冪 [籌式] 又以句弦和自之 [籌式] 加天元冪 [籌式] 以加弦冪,得 [籌式] 折半 [籌式] 以句弦和加天元 [籌式] 除之,得弦 [籌式] 自之,得 [籌式] 寄左。次置弦冪,以左母通之,得 [籌式] 與左相消,得 [籌式] 以十六約之,得開方式 [籌式] 立方開之,得股弦較。

清·陳棠《四元消法易簡草》 法曰:立天元 太[籌式] 爲股弦較。如積求之,得和冪 [籌式] 以母通和冪,相消,得開方式 [籌式] 開立方,得一步。

草曰：立天元 太一 爲股弦較。以乘句弦和，得 除直積冪，得 爲句弦較乘股弦和。以母通股弦較乘句弦和，相加得 半之，得 以母通六直積，得 加之，得 爲和冪。寄左。乃以股弦較減句弦和，得 爲句股和。自之，得 以左母通之，得 消左，得 以八約之，得 開立方，得一步。合問。

元・朱世傑《四元玉鑑》卷中《明積演段》 今有直積一十二步。只云勾弦和八步。問弦和較幾何。

答曰：二步。

術曰：立天元一爲弦和較。如積求之，得七十二爲正實，七十二爲益方，一十六爲從廉，一爲正隅。立方開之，合問。

清・沈欽裴《四元玉鑑細草》 草曰：立天元一爲弦和較。合以除倍積二十四步爲弦和和。今不受除，即以二十四步爲帶分弦和和。亦以天元一乘勾弦和八步，得 爲帶分勾弦和。以減帶分弦和和，餘 爲帶分股。又以帶分弦和較 太〇一 減帶分弦和和，餘 爲倍弦。亦置帶分勾弦和倍之，得 以帶分倍弦減之，餘 爲帶分倍勾。乘帶分股得 爲帶分倍積。寄左。乃置直積一十二步，倍之，又以天元一自乘，乘之，得 與左相消，得 八約之，得 立方開之，得二步，即弦和較也。合問。

清・羅士琳《四元玉鑑細草》 草曰：立天元一爲弦和較。用除倍積，得 爲弦和和。減天元，得 爲倍弦。復減句弦和，得 爲句弦較。用與句弦和相乘，得 爲股冪。寄左。乃以句弦和減弦和和，得 爲股。自之，得 爲同數。消左，得 約爲 開立方，得二步。合問。

清・戴煦《四元玉鑑細草》 草曰：立天元一爲弦和較。以除倍直積 得弦和和 以分母 太一 通句弦和，得 減之，得股 以除直積，（以法母乘實爲子，以法子爲母。）得句 寄左。次以天元加句弦和，得 爲二句一股。以股母 太一 通之，得 內減股，得倍句 折半，得 與左合分互乘，左乘得 右乘得 相消得 八約之，得開方式 立方開之，得弦和較。

清・陳棠《四元消法易簡草》 法曰：立天元 太一 爲弦和較。如積求之，得 爲直積式。以母通直積，相消得開方式 開立方，得二步。

草曰：立天元 太一 爲弦和較。以加句弦和，得 爲二句一股。副以天元除倍積，得 爲弦和和。以母通句弦和，得 減之，得 爲股。以母通二句一股，得 以股減之，得 爲二句。半之，得 以乘股，得 爲直積。寄左。乃以左母通直積，得 消左，得 四約之，得 開立方，得二步。合問。

元・朱世傑《四元玉鑑》卷中《明積演段》　今有直積一十二步。只云勾弦和八步。問弦較較幾何。

答曰：四步。

術曰：立天元一爲弦較較。如積求之，得一百九十二爲益實，一百二十八爲從方，二十四爲益廉，一爲正隅。立方開之，合問。

清・沈欽裴《四元玉鑑細草》　草曰：立天元一爲弦較較。減勾弦和八步，餘 [illegible] 爲股。次置直積一十二步。倍之，得二十四步。合以弦較較除之，爲弦較和。今不受除，即以二十四步爲帶分弦較和。以帶分股 [illegible] 減之，餘 [illegible] 爲勾弦較。減帶分勾弦和 [illegible] 餘 [illegible] 爲倍勾。乘帶分股 [illegible] 得 [illegible] 爲帶分倍積。寄左。乃置倍積二十四步。以天元一自乘乘之，得 [illegible] 與左相消，得 [illegible] 立方開之，得四步，即弦較較也。合問。

清・羅士琳《四元玉鑑細草》　艸曰：立天元一爲弦較較。以減句弦和，得 [illegible] 爲股。自之，得 [illegible] 爲股冪。寄左。乃以天元除倍積，得 [illegible] 爲弦較和。以股減之，得 [illegible] 爲句弦較。用乘句弦和，得 [illegible] 同數。消左，得 [illegible] 開立方，得四步。合問。

清・戴煦《四元玉鑑細草》　草曰：立天元一爲弦較較。以減句弦和，得股 [illegible] 又以天元除倍積 [illegible] 得弦較和 [illegible] 以分母 [illegible] 通天元 [illegible] 加之，得倍弦 [illegible] 折半，得弦 [illegible] 以弦母 [illegible] 通句弦和，得 [illegible] 內減弦，得弦句 [illegible] 以股乘之，得積 [illegible] 寄左。次列原積，以左母通之，得 [illegible] 與左相消，得開方式 [illegible] 立方開之，得弦較較。

清・陳棠《四元消法易簡草》　法曰：立天元 [illegible] 爲弦較較。如積求之，得帶較冪母直積式 [illegible] 以母通直積，相消，得開方式 [illegible] 開立方，得四步。

艸曰：立天元 [illegible] 爲弦較較。以除倍直積，得 [illegible] 爲弦較和。以母通弦較較，相加，得 [illegible] 爲倍弦。半之，得 [illegible] 爲弦。以母通句弦和，得 [illegible] 內減弦，得 [illegible] 爲句。置帶母句弦和，以帶母弦較較減之，得 [illegible] 爲股。以句乘之，得 [illegible] 爲直積式。寄左。乃列直積，以左母通之，得 [illegible] 消左，得開方式 [illegible] 開立方，得四步。合問。

元・朱世傑《四元玉鑑》卷中《明積演段》　今有直積一十二步。只云勾弦和八步。問勾較較幾何。

答曰：二步。

術曰：立天元一爲勾較較。如積求之，得八爲正實，八爲從方，八爲益廉，一爲正隅。立方開之，合問。

清・沈欽裴《四元玉鑑細草》　草曰：立天元一爲勾較較。以八爲正實，八乘天元爲從方，一爲正隅。寄左。乃置天元自乘，乘八爲正廉。與左相消，得 [illegible] 。立方開之，得二步，即勾較較也。合問。

清・羅士琳《四元玉鑑細草》　此句較較，乃句與句股較之較，非句與股弦較之較。【略】

艸曰：立天元一爲句較較。以減句弦和，得 [illegible] 爲弦較和。副置倍積，合以弦較和除之，爲弦較較。今不除，便爲帶分弦較較。內寄弦較和爲母。以弦較和通句弦和，得 [illegible] 爲帶分句弦和。內寄弦較和爲母。以帶分弦較較減之，得 [illegible] 爲帶分股。內寄弦較和爲母。自之，得 [illegible] 爲帶分股冪。內寄弦較和冪爲母。寄左。乃以弦較和自之，得 [illegible] 爲帶分弦較和。內寄弦較和爲母。加帶分弦較較，得 [illegible] 爲帶分倍弦。内寄弦較和爲母。以帶分句弦和減之，得 [illegible] 爲帶分句弦較。内寄弦較和爲母。用與帶分句弦和相乘，得 [illegible] 爲同數。消左，得 [illegible]，約爲 [illegible] 開立方，得二步。合問。士琳案：據黎斗一大令云，句與句股較之較，或爲兩句内少一股，或爲一股内少兩句。故有句短較長，句長較短之别。要必先知其故，乃可立算。此説蓋因句短於較，則以句較較加句弦和爲弦較和。較短於句，則以句較較減句弦和爲弦較和。非所論於立天元一術。但視開數之正負，不問句與較之短長。如此問，本屬句長於較，設誤認爲句短較長。以句較較加句弦和，得 [illegible] 爲弦較和。用通句弦和，得 [illegible] 爲帶分句弦和。以帶分弦較較即倍積也。減之，得 [illegible] 爲帶分股。自之，得 [illegible] 爲帶分股冪。寄左。副以弦較和自之，得 [illegible] 爲帶分弦較和。加帶分弦較較，得 [illegible] 爲帶分倍弦。以帶分句弦和減之，得 [illegible] 爲帶分句弦較。用與帶分句弦和相乘，得 [illegible] 爲同數。消左，得 [illegible] 約爲 [illegible] 開立方，得負數二步，爲句較較。　試再設直積六十步，句弦和十八步。先知句短於較，以句較較加句弦和，得 [illegible] 爲弦較和。用通句弦和，得 [illegible] 爲帶分句弦和。以帶分弦較較一百二十減之，得 [illegible] 爲帶分股。自之，得 [illegible] 爲帶分股冪。寄左。副以弦較和，自之，得 [illegible] 爲帶分弦較和。加帶分弦較較，得 [illegible] 爲帶分倍弦。以帶分句弦和減之，得 [illegible] 爲帶分句弦較。用與帶分句弦和相乘，得 [illegible] 爲同數。消左，得 [illegible] 約爲 [illegible] 開立方，則又得正數二步，爲句較較，使誤認爲句長較短。以句較較減句弦和，得 [illegible] 爲弦較和。用通句弦和，得 [illegible] 爲帶分句弦和。以帶分弦較較減之，得 [illegible] 爲帶分股。自之，得 [illegible] 爲帶分股冪。寄左。副以弦較和自之，得 [illegible] 爲帶分弦較和。加帶分弦較較，得 [illegible] 爲帶分倍弦。以帶分句弦和減之，得 [illegible] 爲帶分句弦較。用與帶分句弦和相乘，得 [illegible] 爲同數。消左，得 [illegible] 約爲 [illegible] 開立方，亦得負數二步，爲句較較。是無論句與較之短長，皆可布算。唯開數有正負之異耳，坿記於此。

清・戴煦《四元玉鑑細草》 草曰：立天元一爲句較較。以減句弦和，得弦較和 [illegible] 以除倍積 [illegible] 得弦較較 [illegible] 以分母 [illegible] 通弦較和 [illegible] 内減弦較較，得 [illegible] 折半，得句股較 [illegible] 以較母 [illegible] 通天元 [illegible] 加之，得 [illegible] 再加句股較，得股 [illegible] 以乘句，得積 [illegible] 寄左。次列原積，以左母通之，得 [illegible] 與左相消，得 [illegible] 以十六約之，得開方式 [illegible] 立方開之，得句較較。

清・陳棠《四元消法易簡草》 法曰：立天元 太一 爲句較較。如積求之，得帶弦較和冪爲母直積式 [illegible] 以母通直積，相消，得

[illegible] 爲開方式。開立方，得二步。

艸曰：立天元 太一 爲句較較。以減句弦和，得 [illegible] 爲弦較和。除倍直積，得 [illegible] 爲弦較較。以母通弦較和，相加，得 [illegible] 爲倍弦。半之，得 [illegible] 爲弦。以母通句弦和，得 [illegible] 內減弦，得 [illegible] 爲句。又以弦較較減帶母句弦和，得 [illegible] 爲股。用與帶分句相乘，得 [illegible] 爲直積式。寄左。乃列直積，以左母通之，得 [illegible] 消左，得開方式 [illegible] 四約之，得 [illegible] 開立方，得二步。合問。

元·朱世傑《四元玉鑑》卷中《明積演段》 今有直積一十二步。只云勾弦和八步。問勾股和幾何。

答曰：七步。

術曰：立天元一爲勾股和。如積求之，得五百五十三爲正實，一百爲益方，四爲益廉，一爲正隅。立方開之，合問。

清·沈欽裴《四元玉鑑細草》 草曰：立天元一爲勾股和。減勾弦和八步，餘 [illegible] 爲股弦較。自之，得 [illegible] 以加勾股和、勾弦和相乘冪 [illegible] 得 [illegible] 減直積一十二步，餘 [illegible] 爲弦。并弦較較乘弦冪，自之，得 [illegible] 寄左。乃以勾股和自乘，得 太○一 減倍積二十四步，餘 [illegible] 爲弦冪。次置勾弦和八步，加股弦較 [illegible] 得 [illegible] 爲弦。并弦較較，自之，得 [illegible] 以乘弦冪，得 [illegible] 與左相消，得 [illegible] 以十六約之，得 [illegible] 立方開之，得七步，即勾股和也。

合問。

清·羅士琳《四元玉鑑細草》 艸曰：立天元一爲句股和。自之，得 太○一 爲和冪。以倍積減之，得 [illegible] 爲弦冪。復減倍積，得 [illegible] 爲較冪。用乘弦冪，得 [illegible] 寄左。乃以天元減句弦和，得 [illegible] 爲股弦較。用與句弦和相乘，得 [illegible] 加直積，得 [illegible] 爲弦乘弦較較。以減弦冪，得 [illegible] 爲弦乘句股較。自之，得 [illegible] 爲同數。消左，得 [illegible] 約爲 [illegible] 開立方，得七步。合問。

清·戴煦《四元玉鑑細草》 草曰：立天元一爲句股和。自之，太○一 內減倍積 [illegible]，得弦冪 [illegible] 以句弦和自之，得句弦和冪 [illegible] 以天元減句弦和，得股弦較 [illegible] 自之，得股弦較冪 [illegible] 加句弦和冪，得 [illegible] 再加弦冪，得 [illegible] 折半，得 [illegible] 於上。以倍句弦和 [illegible] 內減天元，得 [illegible] 除上，得弦義同第三術。[illegible] 自之，得 [illegible] 寄左。次列弦冪，以左母通之，得 [illegible] 與左相消，得 [illegible] 以十六約之，得開方式 [illegible] 立方開之，得句股和。

清·陳棠《四元消法易簡草》 法曰：立天元 太一 爲句股和。如積求之，得 [illegible] 爲和冪式。以母通和冪，相消，得開方式 [illegible] 開立方，得七步。

艸曰：立天元 太一 爲句股和。以減句弦和，得 [illegible] 爲股弦較。乘句弦和，得〔算式〕除直積冪，得〔算式〕爲句弦較。乘股弦和，八約之，得〔算式〕以母通〔算式〕得〔算式〕相加，得〔算式〕於上。以母通六直積，得〔算式〕加上位，得〔算式〕半之，得〔算式〕爲和冪。寄左。乃以和自之，得 太〇一 左母通之，得〔算式〕與左相消，得〔算式〕開立方，得七步。合問。

元・朱世傑《四元玉鑑》卷中《明積演段》 今有直積一十二步。只云勾弦和八步。問股弦和幾何。

答曰：九步。

術曰：立天元一爲股弦和。如積求之，得九爲正實，一百爲益方，二十爲從廉，一爲益隅。立方開之，得九步。合問。

清・沈欽裴《四元玉鑑細草》 草曰：立天元一爲股弦和。減勾弦和八步，餘〔算式〕爲勾股較。自之，得〔算式〕副之，加倍積得〔算式〕爲弦冪。加四積，得〔算式〕爲勾股和冪。二冪相乘，得〔算式〕寄左。乃置勾弦和八步，乘股弦和 太一 得 太Ⅲ 內減弦冪，〔算式〕與直積〔算式〕餘〔算式〕自乘，得〔算式〕與左相消，得〔算式〕以一十六約之，得〔算式〕立方開之，得九步。即股弦和也。合問。

清・羅士琳《四元玉鑑細草》 艸曰：立天元一爲股弦和。以句弦和減之，得〔算式〕爲句股較。自之，得〔算式〕爲較冪。加倍積，得〔算式〕爲弦冪。復加倍積，得〔算式〕爲和冪。用弃弦冪，得〔算式〕寄左。乃以天元股弦和，用弃句弦和，得 太Ⅲ 。減直積，得〔算式〕爲弦弃弦和和。復減弦冪，得〔算式〕爲弦弃句股和。自之，得〔算式〕爲同數。消左，得〔算式〕約爲〔算式〕開立方，得九步。合問。

清・戴煦《四元玉鑑細草》 草曰：立天元一爲股弦和。以乘句弦和，得 太Ⅲ 倍之，得弦和和冪〔算式〕又以天元內減句弦和，得句股較〔算式〕自之，〔算式〕加倍積〔算式〕得弦冪〔算式〕再加倍積，得句股和冪〔算式〕併入弦冪，〔算式〕以減弦和和冪〔算式〕折半，得〔算式〕爲句股和乘弦。自之，得〔算式〕寄左。次以句股和冪乘弦冪，得〔算式〕與左相消，得〔算式〕以十六約之，得開方式〔算式〕立方開之，得股弦和。

清・陳棠《四元消法易簡草》 法曰：立天元 太一 爲股弦和。如積求之，得〔算式〕爲較冪式。以母通較冪，相消，得開方式〔算式〕開立方，得九步。

艸曰：立天元 太一 爲股弦和。乘句弦和，得 太Ⅲ 於上。直積自之，得〔算式〕上位除之，得〔算式〕八約之，得〔算式〕爲半段黃方冪。以母通上位，得〔算式〕加半段黃方之冪，得〔算式〕以母通六直積〔算式〕減之，得兩段較冪〔算式〕半之，得〔算式〕

爲較冪式。寄左。乃以和步減天元，得 [illegible] 爲句股較。自之，得 [illegible] 爲較冪。以左母通之，得 太[illegible] 消左，得 [illegible] 開立方，得九步。合問。

元・朱世傑《四元玉鑑》卷中《明積演段》 今有直積一十二步。只云勾弦和八步。問弦較和幾何。

答曰：六步。

術曰：立天元一爲弦較和。如積求之，得七十二爲正實，七十二爲益方，一十六爲從廉，一爲益隅。立方開之，合問。

清・沈欽裴《四元玉鑑細草》 草曰：立天元一爲弦較和。合以除倍積爲弦較較。今不受除，即以倍積二十四步爲帶分弦較較。亦以天元乘勾弦和八步，得 太[illegible] 以帶分弦較較減之，餘 [illegible] 爲帶分股。以減帶分弦較和 太[illegible] 餘 [illegible] 爲帶分勾弦較。減帶分勾弦和，餘 [illegible] 爲帶分倍勾。乘帶分股，得 [illegible] 爲帶分倍積。寄左。乃置直積一十二步，倍之，得二十四步。以分母天元自乘，乘之得 太[illegible] 與左相消，得 [illegible] 八約之，得 [illegible] 立方開之，得六步，即弦較和也。合問。

清・羅士琳《四元玉鑑細草》 艸曰：立天元一爲弦較和。用除倍積，得 [illegible] 太 爲弦較較。加天元得 [illegible] 太 爲倍弦。以句弦和減之，得 [illegible] 太 爲句弦較。用乘句弦和，得 [illegible] 太 爲股冪。寄左。乃以弦較較減句弦和，得 [illegible] 太 爲股。自之，得 [illegible] 太 爲同數。消左，得 [illegible] 約爲 [illegible] 開立方，得六步。合問。

清・戴煦《四元玉鑑細草》 草曰：立天元一爲弦較和。以除倍積 [illegible] 得弦較較 太[illegible] 以分母 太[illegible] 通句弦和，得 太[illegible] 以減弦較較，得股 太[illegible] 又以弦較較母通天元 太[illegible] 內加弦較較，得 太[illegible] 折半，得弦 太[illegible] 以弦母通句弦和 太[illegible] 內減弦，得句 太[illegible] 以乘股，得積 太[illegible] 寄左。次列原積，以左母通之，得 太[illegible] 與左相消，得 [illegible] 八約之，得開方式 [illegible] 立方開之，得弦較和。

清・陳棠《四元消法易簡草》 法曰：立天元一爲弦較和。如積求之，得 太[illegible] 爲直積式。以母通直積，相消，得 [illegible] 爲開方式。立方開之，得六步。

艸曰：立天元 太[illegible] 爲弦較和。除倍直積，得 太[illegible] 爲弦較較。以母通弦較和，相加，得 太[illegible] 爲倍弦。半之，得弦 太[illegible] 以母通句弦和，得 太[illegible] 以帶母弦減之，得 太[illegible] 爲句。以帶母弦較較減帶母句弦和，得股 太[illegible] 以帶母句乘之，得 太[illegible] 爲直積式。寄左。乃以左母通直積，得 太[illegible] 與左相消，得 [illegible] 四約之，得 [illegible] 開立方，得六步。合問。

元・朱世傑《四元玉鑑》卷中《明積演段》 今有直積一十二步。只云勾弦和八步。問弦和和幾何。

答曰：一十二步。

術曰：立天元一爲弦和和。如積求之，得一百九十二爲益實，一百二十八爲益方，二十四爲從廉，一爲益隅。立方開之，合問。

清・沈欽裴《四元玉鑑細草》 草曰：立天元一爲弦和和。合以除倍積爲弦和較。今不受除，即以倍積二十四步爲弦和較。置天元自乘，得 [籌式] 以帶分弦和較二十四步減之，餘 [籌式] 合半之爲弦。今不可半，即以 [籌式] 爲帶分弦。次置勾弦和八步，倍天元 [籌式] 乘之，得 [籌式] 爲帶分勾弦和。以帶分弦減之，餘 [籌式] 爲帶分勾。以帶分勾弦和 [籌式] 減帶分弦和和 [籌式] 餘 [籌式] 爲帶分股。以帶分勾股相乘，得 [籌式] 爲帶分直積。寄左。乃置直積一十二步，亦以四箇天元自乘，乘之得 [籌式] 與左相消，得 [籌式] 半之，得 [籌式] 立方開之，得一十二步，即弦和和也。合問。

清・羅士琳《四元玉鑑細草》 艸曰：立天元一爲弦和和。用除倍積，得 [籌式] 爲弦和較。以減天元，得 [籌式] 爲倍弦。復減句弦和，得 [籌式] 爲句弦較。用與句弦和相乘，得 [籌式] 爲股冪。寄左。乃以句弦和減天元，得 [籌式] 爲股。自之，得 [籌式] 爲同數。消左，得 [籌式] 開立方，得十二步。合問。

清・戴煦《四元玉鑑細草》 草曰：立天元一爲弦和和。以句弦和減之，得股 [籌式] 又以天元除倍(倍)[直]積 [籌式] 得弦和較 [籌式] 以分母 [籌式] 通天元 [籌式] 內減弦和較，得 [籌式] 折半，得弦 [籌式] 以弦母通句弦和，得 [籌式] 內減弦，得句 [籌式] 以乘股，得積 [籌式] 寄左。次列原積，以左母通之，得 [籌式] 與左相消，得開方式 [籌式] 立方開之，得弦和和。

清・陳棠《四元消法易簡草》 法曰：立天元 [籌式] 爲弦和和。如積求之，得 [籌式] 爲直積式。以母通直積，相消，得 [籌式] 爲開方式。立方開之，得十二步。

艸曰：立天元 [籌式] 爲弦和和。以句弦和減之，得 [籌式] 爲股。副以天元除倍積，得 [籌式] 爲弦和較。以母通弦和，相減，得 [籌式] 爲倍弦。半之，得弦 [籌式] 以母通句弦和，得 [籌式] 以弦減之，得 [籌式] 爲句。以乘股，得 [籌式] 爲直積式。寄左。乃以左母通直積，得 [籌式] 消左，得 [籌式] 爲開方式。立方開之，得十二步。合問。

元・朱世傑《四元玉鑑》卷下《鎖套吞容》 今有方田一段，內有環池占之，餘積以環內圓徑乘之，減外周冪，餘二萬五千一百六十四步。只云四角至池外楞各長一十一步半，內外周差三十六步。問三事各幾何。

答曰：內圓徑二十八步，田方四十五步，池環徑六步。

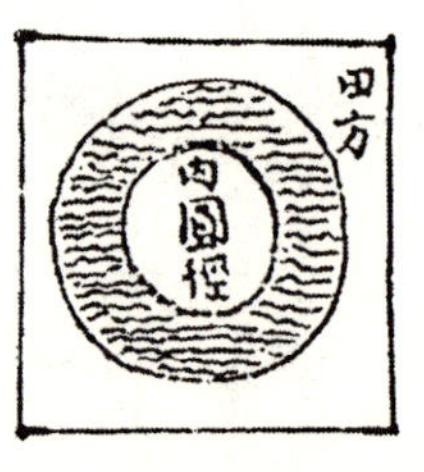

術曰：立天元一爲環之內圓徑。如積求之，得一百二十九萬六千五百四十爲益實，一萬四千七百四十九爲從方，四百二十七爲從廉，二十五爲從隅。立方開之，得內圓徑。合問。

清・沈欽裴《四元玉鑑細草》 草曰：立天元一 [籌式] 爲環之內圓徑。三之，得 [籌式] 爲內周。加周差三十六步，得 [籌式] 爲外周。三而一，得 [籌式] 爲環之外圓徑。置四角至池外楞各長一十一步，半倍之，得二十三步。加外圓徑，得 [籌式] 爲方田之斜徑。合五之，七而一。今不受除，即以 [籌式] 爲帶分方面。自之，得 [籌式] 爲四十九段方田積，內外圓徑相減，餘一十二步。半之，得六步爲池環徑。并内外周，半之，得〔算籌〕環徑乘之，得〔算籌〕以四十九乘之，得〔算籌〕減積，餘〔算籌〕以環内圓徑乘之，得太〔算籌〕于上。外周〔算籌〕自乘，得〔算籌〕以四十九乘之，得〔算籌〕減上，餘〔算籌〕寄左。乃置二萬五千一百六十四步，亦以四十九乘之，得一百三十三萬三千三十六步。與左相消，得〔算籌〕立方開之，得二十八步。合問。

清·羅士琳《四元玉鑑細草》 艸曰：立天元一爲環之内圓徑。三之，得太〔算籌〕爲内周。加周差，得〔算籌〕爲外周。如三而一，得〔算籌〕爲外圓徑。倍四角至池楞長，得二十三步。加外圓徑，得〔算籌〕爲外方斜。以方率五乘之，得〔算籌〕合以斜率七除之，爲田方。今不除，便爲七段田方。自之，得〔算籌〕爲四十九段方田積。副併内外周，得〔算籌〕半之，得〔算籌〕以周差乘之，得〔算籌〕如六而一，得〔算籌〕爲環池積。以四十九通之，得〔算籌〕以減四十九段方田積，得〔算籌〕爲四十九段餘積，以天元環内圓徑乘之，得太〔算籌〕於上。又置外周自之，得〔算籌〕爲外周冪。以分母四十九通之，得〔算籌〕以減上位，得〔算籌〕寄左。乃以分母四十九通二萬五千一百六十四步，得一百二十三萬三千三十六爲同數。消左，得〔算籌〕開立方，得二十八步爲内圓徑。三之，得八十四步，加周差三十六步，得一百二十步爲外周。三而一，得四十步爲外圓徑。減内圓徑，餘一十二步，半之，得六步爲池環徑。副置外圓徑，加二十三步，得六十三步，七而五，得四十五步，爲田方。合問。

清·戴煦《四元玉鑑細草》 草曰：立天元一爲内圓徑。三之，得内周太〔算籌〕加周差，得外周〔算籌〕三而一，得外周徑〔算籌〕乃併外内周〔算籌〕折半，得停周〔算籌〕以周差乘之〔算籌〕六而一，得環池積〔算籌〕又倍池外楞長〔算籌〕加外周徑，得方田斜〔算籌〕五之〔算籌〕七而一，得方田面〔算籌〕自之，得田積〔算籌〕以田積母通環積，得〔算籌〕以減田積，得〔算籌〕以天元乘之，得太〔算籌〕於上。以外周自乘，得〔算籌〕以上母〔算籌〕通之，得〔算籌〕減上，得〔算籌〕寄左。次列二萬五千一百六十四步，以左母通之，得〔算籌〕

與左相消，得開方式[籌算式]立方開之，得內圓徑。以周差六而一，得實徑。以內圓徑加倍實徑及倍楞長，五之，七而一，得田方。

元・朱世傑《四元玉鑑》卷下《鎖套吞容》 今有圓田一段，内有匝邊容等徑圓池三所。只云田周減六步，餘爲益實，一十四爲從方，五爲益廉，一爲正隅。立方開之，得數加八圓徑。共得四十八步。（開）[問]三池積幾何。

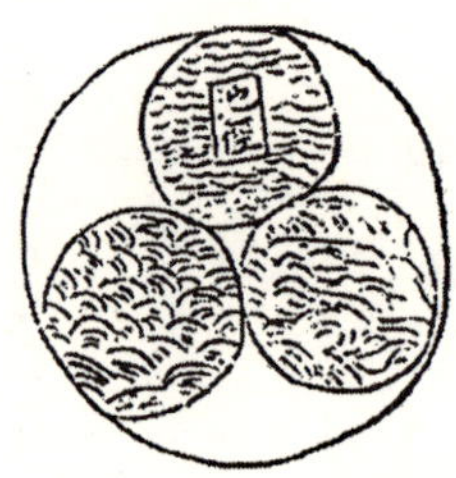

答曰：八百五十五步九十七分步之三十六。

術曰：立天元一爲開方數。如積求之，得一百三十八爲益實，一十七爲從方，五爲益廉，一爲正隅。立方開之，得六步。以減云數，餘爲圓田徑。又立天元一爲容圓池徑。如積求之，得五千二百九十二爲益實，二百五十二爲從方，一爲正隅。平方開之，得池徑。不盡，命分。

求池積術曰：列池徑。通分內子，自之，於上。分母分子相減，餘以子乘之，加上。三之，四而一，所得爲實。以分母自之爲法。實如法而一。不盡，約之命分。三之，即三池積。合問。

清・沈欽裴《四元玉鑑細草》 草曰：立天元一[籌算式]爲開方數。以減四十八步，得[籌算式]爲圓田徑。三之，得[籌算式]爲圓田周。減六步，得[籌算式]寄左。乃置田周，減六步，餘爲益實，一十四爲從方，五爲益廉，一爲正隅。與左相消，得[籌算式]立方開之，得六步，即開方數也。以減四十八步，餘四十二步，即圓田徑也。合問。

又立天元一[籌算式]爲容圓池徑。乘圓田周一百二十六步，得[籌算式]倍之，得[籌算式]加池徑，自乘，得[籌算式]寄左。乃以圓田周徑相乘，得五千二百九十二步。與左相消，得[籌算式]平方開之，得一十九步二百九十一分步之一百四十三，即容圓池徑也。合問。

求池積草曰：列池徑一十九步二百九十一分步之一百四十三，通分內子，得五千六百七十二。自之，得三千二百一十七萬一千五百八十四于上。分母分子相減，餘一百四十八，以子乘之，得二萬一千一百六十四。加上，得三千二百一十九萬二千七百四十八。三之，得九千六百五十七萬八千二百四十四。〔四〕而一，得二千四百一十四萬四千五百六十一爲實。以分母自之，得八萬四千六百八十一爲法。實如法而一，得二百八十五步。不盡一萬四百七十六，與法求等，得八百七十三。約之，命爲九十七分步之一十二。三之，得八百五十五步九十七分步之三十六，即三池積也。合問。

清・羅士琳《四元玉鑑細草》 艸曰：立天元一爲開方數。以十四乘之，得[籌算式]爲從方。副以天元自之，又五之，得[籌算式]爲益廉。又以天元再之，得[籌算式]爲正隅。併正減益，得[籌算式]又加所減之六步，得[籌算式]爲圓周。寄左。乃以開方數減四十八步，得[籌算式]爲圓徑。三之，得[籌算式]爲同數。消左，得[籌算式]開立方得六步。以減云數四十八步，餘四十二步爲圓田徑。

又立天元一爲容圓池徑，又爲股。以減田徑，得[籌算式]爲弦，又爲倍句。自之，得[籌算式]爲弦冪，又爲四段句冪。三之，得[籌算式]爲四段股冪。寄左。乃以天元自之，復四之，得[籌算式]爲同數。消左，得[籌算式]開平方，得十九步，不盡[籌算式]方隅同名相併爲母，實異名爲子，命爲二百九十一分步之一百四十三爲池徑。

求池積艸曰：列池徑通分內子，得五千六百七十二。自之，得三千二百十七萬一千五百八十四於上。子母相減，又以分子乘之，得二萬一千一百六十四。加上，四而三，得二千四百十四萬四千五百六十一爲實。分母自之，得八萬四千六百八十一爲法。實如法而一，得二百八十五步八萬四千六百八十一分步之一萬四百七十六，約爲九十七分步之十二爲池積。三之，得八百五十五步九十七分步之二十六爲三池積。合問。

清·戴煦《四元玉鑑細草》 草曰：立天元一爲開方數。依立方廉隅衍之 太[算籌] 加六步，得田周 [算籌] 寄左。次以天元減四十八步，得圓徑 [算籌] 三之，得 [算籌] 與左相消，得開方式 [算籌] 立方開之，得六步。以減四十八步，得田徑四十二步。

又立天元一爲容圓池徑。自之，得徑冪 太[算籌] 以天元減田徑 [算籌] 除之，得 [算籌] 自之，得 [算籌] 爲股冪。寄左。次以天元半之 [算籌] 自乘，爲句冪 [算籌] 天元冪爲弦冪，以句冪母通弦冪，得 [算籌] 內減句冪，得 [算籌] 與左合分互乘，左乘，得 [算籌] 右乘，得 [算籌] 相消，得 [算籌] 以 [算籌] 約之，得開方式 [算籌] 平方開之，得十九步，不盡一百四十三。

以命分法求之，法倍十九步爲廉法，加一爲隅法，二百五十二爲從法。併之，得二百九十一爲母，不盡數爲子。合之，得十九步二百九十一分步之一百四十三，即池徑。　求池積者，列池徑通分內子 [算籌] 自之，得 [算籌] 於上。分母分子相減 [算籌] 以分子乘之，得 [算籌] 加上，得 [算籌] 三之 [算籌] 四而一 [算籌] 爲實。分母自之 [算籌] 爲法。除之，得二百八十五步，不盡，餘實 [算籌] 按約分法求之，得九十七分步之十二，併入二百八十五步爲一池積。三之，得八百五十五步九十七分步之三十六爲總池積。

元·朱世傑《四元玉鑑》卷下《雜範類會》 今有立方立圓平方各一所，共積二萬九千九百八十四尺。只云立圓徑如立方面七分之六，平方面如立圓徑三分之二。問三事各幾何。

答曰：立圓徑二十四尺，立方面二十八尺，平方面一十六尺。

術曰：立天元一爲立圓徑。如積求之，得一千二百九十五萬三千八十八爲益實，一百九十二爲從廉，九百二十九爲從隅。立方開之，得立圓徑。合問。

清·沈欽裴《四元玉鑑細草》 草曰：立天元一爲立圓徑。再自乘，得 太[算籌] 九之，得 太[算籌] 合十六而一。今不除，轉以二十七乘之，得四百三十二段立圓積 太[算籌] 於上位。次置立圓徑，七之，得 太[算籌] 爲帶分立方徑。寄六爲分母。再自乘，得 太[算籌] 又倍之，得四百三十二段立方積 太[算籌] 於中位。又置立圓徑，二之，得 太[算籌] 爲帶分平方徑。自之，得 太[算籌] 以四十八乘之，得四百三十二段平方積 太[算籌] 於下位。并三位，得 太[算籌] 寄左。乃置共積二萬九千九百八十四尺，亦以四百三十二乘之，得一千二百九十五萬三千八十八尺。與左相消，得 [算籌] 立方開之，得二十四尺。合問。

清·羅士琳《四元玉鑑細草》 艸曰：立天元一爲立圓徑。再之，得 太[算籌] 又九之，得 太[算籌] 合十六除之爲立圓積。今不除，轉以二十七通之，得 太[算籌] 爲四百三十二段立圓積。副倍天元，得 太[算籌] 爲三段平方面。自之，得 太〇Ⅲ 又四十八之，得 太〇‖ 丨≐‖ 爲四百三十二段平方積。又七天元，得 太Ⅲ 爲六段立方面。再之，得 太〇〇 Ⅲ≡‖ 又倍之，得 太〇〇⊥ ⊥Ⅲ 爲四百三十二段立方積。併三積，得 太〇‖ 丨≐〇 Ⅲ 爲四百三十二段共積。寄左。乃以四百三十二通共積，得一千二百九十五萬三千八十八爲同數。消左，得 Ⅲ〇‖ 丨≐‖ Ⅲ=Ⅲ 丨=Ⅲ≡Ⅲ〇≐Ⅲ 開立方，得二十四尺爲立圓徑。六而七，得二十八尺爲立方面。副以立圓徑三而二，得十六尺爲平方面。合問。

清・戴煦《四元玉鑑細草》 草曰：立天元一爲立圓徑。七之 太Ⅲ 六而一，得立方面 ⊤ㄓ太Ⅲ 又天元二之 太Ⅲ 三而一，得平方面 ‖ㄓ太‖ 。乃以天元自乘，再乘 太〇〇丨 九之 太〇〇Ⅲ 十六而一，得立圓積 丨⊤ㄓ太〇〇Ⅲ 以立方面自乘 ≡⊤ㄓ太〇Ⅲ 再乘，得立方積 ‖丨⊤ㄓ太〇Ⅲ≡Ⅲ 又平方面自乘，得平方積 Ⅲㄓ太〇Ⅲ 用合分法求總母（總母）Ⅲ≡‖ 乃以 =Ⅲ 通立圓積，得 Ⅲ≡‖ㄓ太〇〇Ⅲ≡‖ 以 ‖ 通立方積，得 Ⅲ≡‖ㄓ太〇〇⊤≐⊤ 以 ≡Ⅲ 通平方積，得 Ⅲ≡‖ㄓ太〇丨≐‖ 併三積，得 Ⅲ≡‖ㄓ太〇丨≐‖Ⅲ=Ⅲ 寄左。次列共積，以左母通之，得 Ⅲ≡‖ㄓ 丨‖≐Ⅲ≡〇≐Ⅲ 與左相消，得開方式 Ⅲ〇‖ 丨≐‖ Ⅲ=Ⅲ 丨‖≐Ⅲ≡〇≐Ⅲ 立方開之，得立圓徑二十四尺。七之，六而一，得立方面二十八尺。又立圓徑二之，三而一，得平方面一十六尺。

清・吳嘉善《白芙堂算學廿一種・天元一草》 假如有立方積一〇五。衹云高闊較四尺，長闊和八尺。求開方式若何。

答曰：〇Ⅲ 丨 ≣=Ⅲ〆 爲求闊之開方式。立方開之，得三爲闊。

草曰：立天元一爲闊。加高闊較四，得 太 Ⅲ丨 爲高。別以天元減長闊和八，得 太 ≐〆 爲長。以高乘之，得 太 Ⅲ=Ⅲ〆 又以闊乘之，得 太 Ⅲ=Ⅲ〆 爲立方積。寄左。乃以一〇五爲同數。消左，得 〇Ⅲ 丨 ≣=Ⅲ〆 合問。

又答曰：〇≐ 丨 ≣⊤〆〇丨 爲求長之開方式。立（開）方[開]之，得五爲長。

草曰：立天元一爲長。以減長闊和八，得 太 ≐〆 爲闊。加高闊較四，得 太 丨=〆 爲高。以闊乘之，得 太 ≐⊤〆〇丨 又以長乘之，得 太 ≐⊤〆〇丨 爲立方積。寄左。乃以一〇五爲同數。消左，得 〇≐ 丨 ≣⊤〆〇丨 合問。

又答曰：〇Ⅲ 丨 ≣〆⊥〆 爲求高之開方式。立方開之，得七爲高。

草曰：立天元一爲高。以高闊較四減之，得 太 ≡丨 爲闊。以減長闊和八，得 太 丨=〆 爲長。以闊乘之，得 元 Ⅲ〆⊥〆 又以高乘之，得 太 Ⅲ〆⊥〆 爲立方積。寄左。乃以一〇五爲同數，消左，得 〇Ⅲ 丨 ≣〆⊥〆 合問。

右所演式，取其易曉者。至於習之既熟，可以不用數而用名。

假如有立方積，有高闊較，有長闊和。求各開方式。欲立爲通術，其法若何。

法以積命爲甲，高闊較命爲乙，長闊和命爲丙。如下草求之。

草曰：立天元一爲闊。加高闊較乙，得 乙丨 爲高。乃別以天元減長闊和丙，得 丙〆 爲長。以高乘之，得 乙丙 丙〆 爲平方積。又以天元乘之，得

太乙丙〆丙〆 爲立方積。寄左。以積甲消之，得 甲乙丙〆丙〆 爲開方式。乃盡以真名易之，得 積負 高闊較乘長闊和正 高闊較負長闊和正 隅一負 之式。

術曰：立方積爲實負。以高闊較乘長闊和，得數爲方正。長闊和高闊較相減爲廉。丙大於乙爲正，乙大於丙爲負。一隅負。立方開之。得闊。

右舉求闊爲例，其求長，求高，均倣此求之。

清・陳維祺《重校中西算學大成》卷四二 或問通股六百步，邊弦五百四十四步。問答同前。

法曰：二數相減，半之，以乘通股冪爲實。二數差乘通股，以半之，通股冪加之，爲從。二之通股爲益廉。一步常法。得半徑。

草曰：別得二數相減，即句圓差不及平弦數也。乃立天元一爲半徑。以減通股，得 TOOO〆元 爲邊股。置半徑，以邊弦乘之，得 ≣Ⅲ≣元。合以邊股除之。今不除，便以此爲平弦。內帶邊股分母以二數相減，餘五十六步，爲句圓差不及平弦數。以邊股通之，得 Ⅲ≡TOO Ⅲ⊥元。減于平弦，餘 Ⅲ≡TOO TOO元 爲小差。又以二天元減通股，餘爲大差。半之，得 ⅢOO〆元。以乘小差，得 ｜OO≐ ‖—Ⅲ TOO元 爲半徑冪。內帶邊股分母。寄左。然後以天元自乘，又以邊股通之，得 O元 TOO〆 爲同數。與左相消，得 ｜OO≐ ‖—Ⅲ ｜=OO｜ 開立方，得一百二十步，即半徑也。

或問：通句三百二十步，高弦二百五十五步。問答同前。

法曰：通句自乘，以半之高弦乘之爲實。倍高弦，加通句，以半之通句乘之爲益從。通句爲從廉。一步益隅。得半徑。

草曰：立天元一爲半徑，便以爲高句也。以高弦乘通句，以天元除之，得 ∏—TOO O太 爲通弦。又倍天元減通句，得 Ⅲ=O〆元 爲小差。以減通弦，餘 ｜⊥OO ≐ Ⅲ=O ‖元 爲通股也。又倍天元以減通股，餘 ∏—TOO Ⅲ=O太 爲大差。却以半小差 ｜OT 〆太 乘之，得 ｜≡O≣ ｜≡‖≐OO Ⅲ=O〆 開立方，即半徑也。

或問：乙出東門，直行一十六步。甲從乾隅，南行六百步見之。問答同前。

法曰：以乙東行乘甲南行冪爲實，二之乙東行乘甲南行爲從方，廉空，二步隅法，得半徑。

草曰：立天元一爲半徑。以二之，加於乙東行，得 ｜⊥ ‖元 爲句率。以天元減甲南行，得 TOO〆元 爲股率。乃置乙東行，以股率乘之，得 ∏⊥OO ｜⊥元 合以句率除。不除，便以此爲小股。內帶句率分母。又以股率乘之，得 Ⅲ⊥≐ ｜≡‖OO元 ｜⊥ 爲半徑冪。內帶句率分母。寄左。然後置天元冪，以句率通之，得 O元 ｜⊥ ‖ 爲同數。與左相消，得 ≣∏⊥ ｜≐‖OO O〆 開立方，即半徑也。

或問：乙出南門，直行一百三十五步。甲從乾隅，東行三百二十步見之。

問答同前。

法曰：以乙南行乘甲東行冪爲實，二之乙南行乘甲東行爲從方，廉空，二步常法，得半徑。

草曰：立天元一爲半徑。以二之加於乙南行，得　　爲股率。以天元減甲東行，得　　爲句率。乃置乙南行，以句率乘之，得　　合以股率除。不除，便以此爲小句。內帶股率分母。又以句率乘之，得　　爲半徑冪。內帶股率分母。寄左。乃以股率乘天元冪，得　　爲同數。與左相消，得　　開立方，即半徑也。

清·蕭履安《天元草》卷二　今有句和較二十尺。只云句弦相乘積六十五尺。問句股弦各若干。

草曰：立天元　爲句。以除云率，得　　爲弦。再以天元加今率，得　　爲股弦和。內減去弦，得　　爲股。乃以句自之，得　　爲句冪。股自之，得　　爲股冪。二冪相加，得　　爲弦冪。寄左。副以弦自之，得　　爲同數。消左，得　　爲開方式。開立方，得五尺爲句。照式得十二尺爲股，十三尺爲弦。

又草曰：立天元　爲弦。以除云率，得　　爲句。再以天元減今率，得　　爲句股較。以加句得　　爲股。乃以句自之，得　　爲句冪股。自之，得　　爲股冪。二冪相加，得　　爲弦冪。寄左。副以天元自之，得　　爲同數。消左，得　　爲開方式。開立方，得十三尺爲弦。照式得十二尺爲股，五尺爲句。

又　卷三　今有弦和和，以句乘之，比句多一百四十五尺。只云三句乘六股得一千〇八十尺。問句股弦各若干。

草曰：立天元　爲句。以加今率，得　　爲句乘弦和和所得數。以天元除之，得　　爲弦和和。減去天元得　　爲股弦和。再以天元三之，得　　爲三句。以除云率，得　　爲六股。合以六除。今不除，便以爲帶分股。轉以六通天元，得　　爲帶分句。又以六通股弦和，得　　爲帶分股弦和。內減去帶分股，得　　爲帶分弦。乃以帶分句自之，得　　爲句冪。帶分股自之，得　　爲股冪。二冪相加，得

〇〇〇〇丅太 爲弦冪。寄左。副以帶分弦自之，得 [illegible] 太 爲同數。消左，得 [illegible] 爲開方式。開立方，得五尺爲句。照式得十二尺爲股，十三尺爲弦。

又 今有股弦和冪減句股較冪，又減句弦和乘句弦較積，又減句較和乘弦較和積，又減弦冪又減句股和乘句股較積，與二股等。只云股乘弦和較得四十八尺。問句股弦各若干。

草曰：立天元一爲股。二之，得〇〢爲二股。又以天元自之，得〇〇丨爲股冪。二之，得〇〇〢爲二股冪。以加二股〇〢〢爲兩段股弦相乘積。半之，得〇丨丨爲一段股弦相乘積。以天元除之，得丨丨爲弦。再以天元除云率，得 [illegible] 太 爲弦和較。易之爲股較較。以天元減去股較較，得 [illegible] 太 爲句弦較。又以弦減去句弦較，得 [illegible] 太 爲句。乃以句自之，得 [illegible] 太 爲句冪。以加股冪，得 [illegible] 太 爲弦冪。寄左。副以弦自之，得 丨〢丨 爲同數。消左，得 [illegible] 爲開方式。開立方得十二尺爲股。照式得五尺爲句，十三尺爲弦。

如圖，甲乙爲股，與辛庚等。乙丙爲弦，與癸巳等。丑辰爲句股較，甲丙庚戊爲股弦和冪，內函甲乙壬癸股冪，癸丁巳戊弦冪，乙丙癸丁與壬癸庚巳股弦相乘積。今於股弦和冪內割去句股較冪，又割去句股倍直積，是巳將弦冪全行割去。又割去三股冪，是只有壬癸辛子與乙午癸未二長方形，此二長方形其長爲

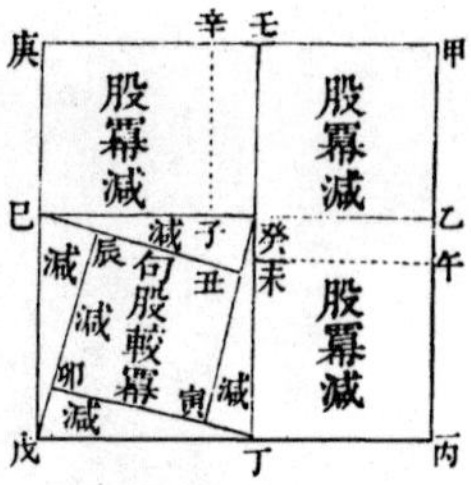

股，其闊即股弦較，故以二股冪加之，爲兩段股弦相乘積也。

又 今有兩段股乘股弦和積，加句冪減句弦和乘句弦較積，又減股和和乘句股較積，又減兩個股和較乘句和較積，又減三個句股較冪。所少之數，與四弦等。只云弦乘股較較得一百〇二尺。問句股弦各若干。

草曰：識別得今率爲兩段股乘股弦較積，於是立天元一爲弦。四之，得〇〣爲四弦，亦即兩段弦乘股弦較積。半之，得〇〢爲一段弦乘股弦較積。以天元除之，得〢太 爲股弦較。以減天元，得 [illegible] 爲股。又以天元除云率，得 [illegible] 太 爲股較較。易之爲弦和較。以天元加弦和較，得 [illegible] 太 爲句股和。內減去股，得 [illegible] 爲句。乃以句自之，得 [illegible] 太 爲句冪。股自之，得 [illegible] 爲股冪。二冪相加，得 [illegible] 太 爲弦冪。寄左。副以天元自之，得〇〇丨 爲同數。消左，得 [illegible] 爲開式。益積開立方，得十七尺爲弦。照式得十五尺爲股，八尺爲句。

如圖，戊巳丁庚爲股弦和冪，內函戊癸乙壬股冪，壬辛子庚弦冪，又函癸巳壬辛與乙壬丁子兩段股弦相乘積。今以兩段股乘股弦和，加句冪。是已成一個股弦和冪，而又減句弦和乘句弦較積。是減去一個股冪，又減股和和乘句較積，又減兩段股和較乘句和較積，又減三個句股較冪。是減三個弦冪。夫減三個弦冪，則兩段股弦相乘積必各少一段甲乙丙丁，與坎離癸巳弦乘股弦較之二長方形。其長爲弦，其濶即股、弦較。故半之，以天元除之，爲股弦較也。

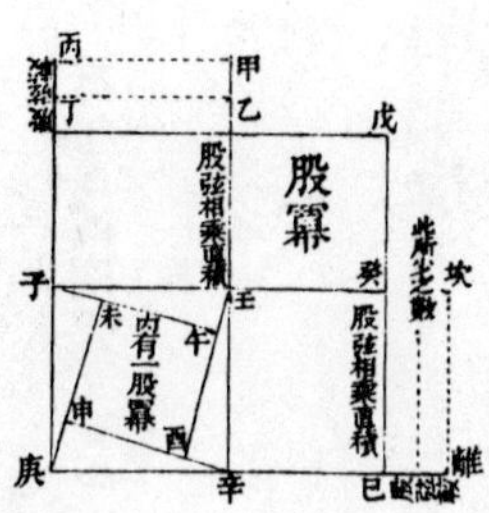

又　今有股弦和冪減句股較冪，又減句和和乘股較較積，又減三股冪與四股等。只云股乘股和較比九弦少三尺。問句股弦各若干。

草曰：識別得今率爲兩段股乘股弦較積，於是立天元 | 爲股。四之，得 〇|||| 爲四股，亦即兩段股乘股弦較積。半之，得 〇|| 爲一段股乘股弦較積。以天元除之，得 ||太| 爲股弦較。以加天元，得 ||太| 爲弦。九之，得 太|||| 爲九弦。以減云率，得 [illegible] 爲股乘股和較。又以天元除之，得 [illegible] 爲股和較。以加天元，得 [illegible] 爲句弦和內減去弦，得 [illegible] 爲句。乃以股自之，得 〇〇| 爲股冪。句自之，得 [illegible] 爲句冪。二冪相加，得 [illegible] 爲弦冪。寄左。副以弦自之，得 [illegible] 爲同數。消左，得 [illegible] 爲開方式。立方益積開之，得一十五尺爲股。照式得十七尺爲弦，八尺爲句。

如圖，甲乙丙丁爲股弦和冪，內減去卯辰午巳句股較冪，又減去句和和乘股較較積，是將巳辛壬丁弦冪全行減去，又減三股冪，是又減去甲癸子巳寅(午)[丑]形，而只餘丑寅丙壬與癸乙子辛二長方形，此二長方形其長爲股，其濶爲股弦較，故半之，以股除之，爲股弦較也。

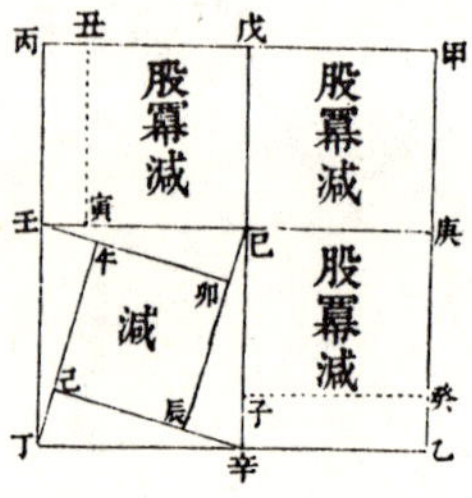

又　卷五　今有帶兩縱不同立方積一千五百三十六尺。只云長濶和二十四尺，高比濶多四尺。問高濶長各若干。

草曰：立天元 | 爲長。以減云率，得 [illegible] 爲濶。以加多四尺，得 [illegible] 爲高。乃以長濶相乘，得 [illegible] 又以高乘之，得 [illegible] 爲如積。寄左。副以今率 [illegible] 爲同數。消左，得 [illegible] 爲開方式。立方開之，得一十六尺爲長。照式得八尺爲濶，一十二尺爲高。

今有大小兩個帶兩縱不同立方積五千七百六十尺。只云大立方之高與小立方之濶等，大立方之濶與小立方之長等，大立方之長比小立方之高多十四尺，大立方之濶比大立方之高多四尺，大立方之長與大立方之濶共得三十八尺。問大小立方之高濶長各若干。

草曰：立天元 | 爲大立方之長。以減云率，得 [illegible] 爲大立方之濶，亦即小立方之長。再減多四尺，得 [illegible] 爲大立方之高，亦即小立方之濶。再以天元減多十四尺，得 [illegible] 爲小立方之高。乃以大立方長濶相乘，得 [illegible] 以大立方高乘之，得 [illegible] 爲大立方積。又以小立方長濶相乘，得 [illegible] 以小立方高乘之得 [illegible] 爲小立方積。以大小積併之，得 [illegible] 爲如積。寄左。副以今率 [illegible] 爲同數。消左，得 [illegible] 爲開方式。開立方，得二十四尺，爲大立方之長。照式得一十六尺爲大立方之濶，十二尺爲大立方之高，十六尺爲小立方之長，十二尺爲小立方之濶，八尺爲小立方之高。

又　今有方倉一座，上小下大，上方十二尺，方差六尺，高多下方十四尺。只云運出粟五百二十石零八斗。問運深及餘粟深并出粟下方各若干。

草曰：立天元 | 爲餘粟深。以減本倉高三丈二尺，得 [illegible] 爲運深。以方差六尺乘之，得 [illegible] 合以本倉高 [illegible] 除爲出粟方差。今不除，便以爲帶分方差。轉以 [illegible] 通運深，得 [illegible] 爲帶分運深。又以 [illegible] 通上方，得 [illegible] 爲帶分上方。以加帶分方差，得 [illegible] 爲帶分下方。乃

以帶分上方自之，得 [illegible] 爲上方冪。帶分下方自之，得 [illegible] 爲下方冪。帶分上下方相乘，得 [illegible] 爲上下方相乘積。併二冪一積，得 [illegible]。以乘帶分運深得 [illegible] 三約之，得 [illegible] 爲如積。寄左。副以石法二尺五寸通出粟得 [illegible] 又以寄母 [illegible] 通之，又通之，再通之，得 [illegible] 爲同數。消左，得 [illegible] 爲開方式。開立方，得二十四尺爲餘粟深。照式得一丈三尺五寸爲出粟下方，得八尺爲運深。

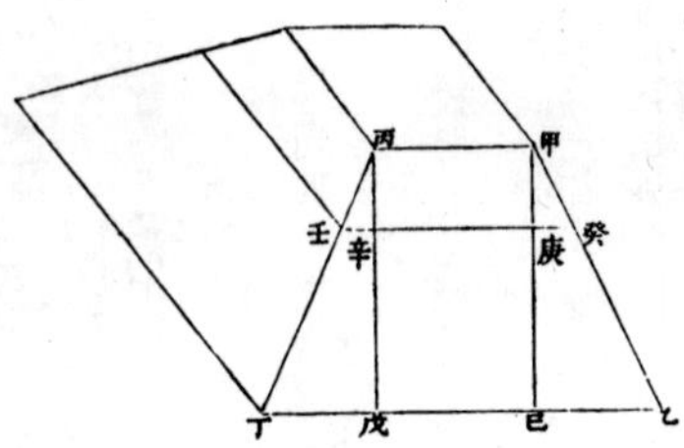

如圖，甲巳爲倉高，甲丙爲倉上方，乙丁爲倉下方，甲庚爲運深，癸壬爲餘粟上方，癸庚辛壬爲餘粟方差。理與前同。

今有上下不等長方倉一座，上長十八尺，下長多三十六尺，上濶十二尺，下濶多二十四尺，高比下長多十尺。只云運出粟四千零一十七石六斗。問運深及餘粟長濶併餘粟深各幾何。

按：凡求上下不等長方體積，先倍上長加下長，以乘上濶。記之。次倍下長加上長，以乘下濶。記之。併二記以高乘之，六約之，得積。

草曰：立天元 一 爲運深。以乘長差，得 [illegible] 合以本倉高 [illegible] 除。今不除，便以爲帶分餘粟長差。又以天元乘濶差，得 [illegible] 合以本倉高 [illegible] 除。今不除，便以爲帶分餘粟濶差。轉以 [illegible] 通天元，得 [illegible] 爲帶分運深。又以 [illegible] 通上長，得 [illegible] 爲帶分上長。以加帶分長差，得 [illegible] 爲帶分下長。又以 [illegible] 通上濶，得 [illegible] 爲帶分上濶。以加帶分濶差，得 [illegible] 爲帶分下濶。乃以帶分上長倍之，得 [illegible] 加帶分下長，得 [illegible]。以乘帶分上濶，得 [illegible] 記之。又以帶分下長倍之，得 [illegible] 加帶分上長，得 [illegible] 以乘帶分下濶，得 [illegible] 記之。併二記，得 [illegible] 以帶分運深乘之，得 [illegible] 六約之，得 [illegible] 爲如積。寄左。副以石法二尺五寸通出粟，得 [illegible] 又以 [illegible] 三次通之，得 [illegible] 爲同數。消左，得 [illegible] 爲開方式。開立方，得二十四尺爲運深。照式得三十一尺五寸爲餘長，二十一尺爲餘濶，四十尺爲餘深。

又草曰：立天元 一 爲餘粟長。以減上長，得 [illegible] 爲餘長差。以本倉高 [illegible] 乘之，得 [illegible] 合以長差 [illegible] 除。今不除，便以爲帶分運深。以乘濶差，求出帶分運深，乃可用前法求帶分餘濶，其比例當以本高爲一率，濶差爲二率，運深爲三率，故以運深乘濶差，所以求帶分餘濶也。得 [illegible] 以本倉高 [illegible] 除之，得 [illegible] 爲帶分濶差。轉以 [illegible] 通天元，得 [illegible] 爲帶分餘長，亦即帶分下長。又以 [illegible] 通上長，得 [illegible] 爲帶分上長。又以 [illegible] 通上濶，得 [illegible] 爲帶分上濶。以加帶分濶差，得 [illegible] 爲帶分下濶。乃倍帶分上長，得 [illegible] 加帶分下長，得 [illegible] 以帶分上濶乘之，得 [illegible] 記之。又倍帶分下長，得 [illegible] 加帶分上長，得 [illegible] 以乘帶分下濶，得 [illegible] 記之。併二記，得 [illegible] 以乘帶分運深，得 [illegible] 六約之，得 [illegible] 爲如積。寄左。副以石法二尺五寸通出粟，得 [illegible] 又以 [illegible] 三次通之，得 [illegible] 爲同數。消左，得 [illegible] 爲開方式。開立方，得二十一尺五寸爲餘粟長。照式得二十四尺爲運深，二十一尺爲餘濶，四十尺爲餘深。

又草曰：立天元 [illegible] 爲餘濶。以減上濶，得 [illegible] 爲餘濶差。以本倉高 [illegible] 乘之，得 [illegible] 合以濶差 [illegible] 除。今不除便以爲帶分運深。以乘長差，得 [illegible] 合以本倉高 [illegible] 除。今不除，便以爲兩帶分長差。轉以 [illegible] 通帶分運深，得 [illegible] 爲兩帶分運深。又以 [illegible] 及 [illegible] 通天元，得 [illegible] 爲兩帶分餘濶，亦即兩帶分下濶。又以 [illegible] 及 [illegible] 通上濶，得 [illegible] 爲兩帶分上濶。又以 [illegible] 及 [illegible] 通上長，得 [illegible] 爲兩帶分上長。以加兩帶分長差，得 [illegible] 爲兩帶分下長。乃倍兩帶分上長，得 [illegible] 加兩帶分下長，得 [illegible] 以乘兩帶分上濶，得 [illegible] 記之。又倍兩帶分下長，得 [illegible] 加兩帶分上長，得 [illegible] 以乘兩帶分下濶，得 [illegible] 記之。併二記，得

[算籌] 以乘兩帶分運深，得 [算籌] 六約之，得 [算籌] 爲如積。寄左。副以石法通出粟，得 [算籌] 又以 [算籌] 及 [算籌] 三次通之，得 [算籌] 爲同數。消左，得 [算籌] 爲開方式。開立方，得二十一尺爲餘濶，照式得三十一尺五寸爲餘長，二十四尺爲餘深。

又草曰：立天元 [算籌] 爲餘深。以減本倉高，得 [算籌] 爲運深。以乘長差，得 [算籌] 以本倉高 [算籌] 除之，得 [算籌] 爲餘粟長差。又以運深乘濶差，得 [算籌] 以 [算籌] 除之，得 [算籌] 爲餘濶差。以加上濶，得 [算籌] 爲下濶。又以餘粟長差加上長，得 [算籌] (爲)[加]下長得 [算籌] 以上濶乘之，得 [算籌] 記之。又倍下長，加上長得 [算籌] 以下濶乘之，得 [算籌] 記之。併二記，得 [算籌] 以運深乘之，得 [算籌] 爲如積。寄左。副以石法通出粟，得 [算籌]。又以六通之，得 [算籌] 爲同數。消左，得 [算籌] 爲開方式。開立方，得四十尺爲餘粟深。照式得二十四尺爲運深，三十一尺五寸爲餘長，二十一尺爲餘濶。

如圖，庚辛爲倉高，甲丙爲上長，甲壬爲上濶，乙丁爲下長，乙寅爲下濶，庚亥爲運深，亥辛爲餘深，辰午爲餘長，辰卯爲餘濶。題以出粟若干問運深及餘粟長濶，則當用比例法。蓋立天元爲運深，是先有小股當求小句差，當求小股。又如立天元爲餘長、或餘濶，是先有小句差，當求小股。然後出粟虛積。乃可按法演式，其求虛積必六約之者。蓋上下不等長方倉形，若依倉之上長上濶直解到底，則成四陽馬、四塹堵、一立方體形，而每陽馬形體積得立方體積三分之一，每塹堵形體積得立方體積之半，立法之際，如必層層分析，則不勝其繁，故將上長倍之，加

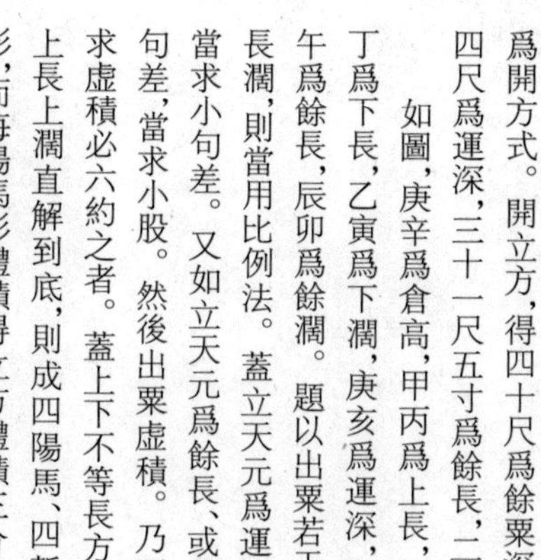

下長乘上濶，又將下長倍之，加上長乘下濶，是上下長各加三倍，併之則加六倍，以寬補狹，遂成六個長方面形，以運深乘之，則其求得體積，必爲六個本形體積。故六約之，得數爲出粟所容之體積也。

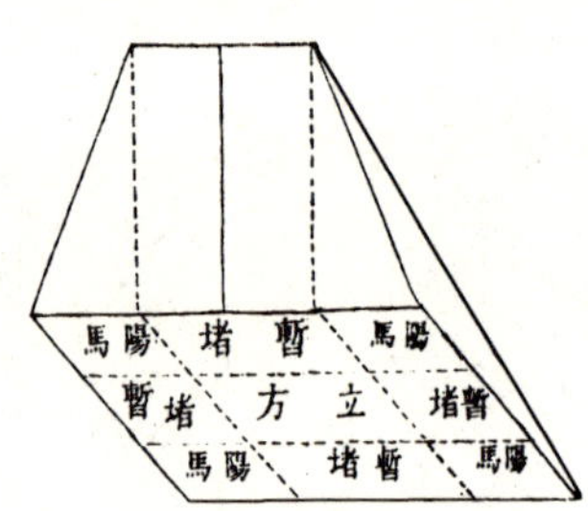

今有方倉一座，上小下大，容粟六百零四石八斗。只云方差六尺，高多上方三倍。問上下方及高各若干。

【略】按：石法二千五百寸，亦即二尺五寸，蓋綫以十寸爲尺，面以百寸爲尺，體以千寸爲尺，故二千五百寸即二尺五寸。凡題有尺者，定尺有寸者，定寸隨人之便。需當細審單位。

草曰：立天元（籌式）爲倉高。合以三除。今不除，便以爲帶分上方。以加三因方差，得（籌式）爲帶分下方。乃以帶分上方自之，得（籌式）爲上方冪。帶分下方自之，得（籌式）爲下方冪。帶分上下方相乘，得（籌式）爲上下方積。併二冪一積，得（籌式）以帶分高乘之，得（籌式）三約之，得（籌式）爲帶分容積。寄左。副以石法二尺五寸通容粟，得（籌式）以寄母（籌式）通之，又通之，再通之，得（籌式）爲同數。消左，得（籌式）爲開方式。立方開之，得十八尺爲倉高。照式得十二尺爲下方，六尺爲上方。

又草曰：立天元（籌式）爲上方。三之，得（籌式）爲倉高。以天元加方差六尺，得（籌式）爲下方。乃以天元自之，得（籌式）爲上方冪。下方自之，得（籌式）爲下方冪。上下方相乘，得（籌式）爲上下方積。併二冪一積，得（籌式）以高乘之，得（籌式）三約之，得（籌式）爲容積。寄左。副以石法二尺五寸通容粟，得（籌式）爲同數。消左，得（籌式）爲開方式。立方開之，得六尺爲上方。照式得十二尺爲下方，十八尺爲倉高。

如圖，庚辛爲倉高十八尺，丙丁爲上方六尺，巳戊爲下方十二尺。下方比上方多六尺，故爲方差也。

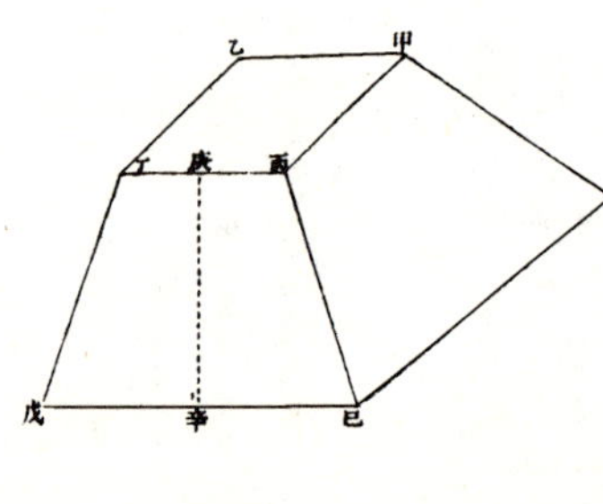

今有方倉一座，上小下大，上方三尺，下方九尺，倉高一丈二尺，盛粟令滿。只云現又運出粟五十石零四斗。問運深及餘粟之上方各若干。

草曰：立天元（籌式）爲出粟高。以方差六尺乘之，得（籌式）合以倉高一十二尺除之以句股比例明之，原倉高十二尺爲大股當爲一率，原方差六尺爲大句當爲二率，今有出粟高係小股爲三率，故以方差六尺乘之，當以倉高十二尺除之，爲今設之方差也。爲出粟方差。今不除，便以爲帶分出粟方差。轉以（籌式）通天元，得（籌式）爲帶分出粟高。又以（籌式）通上方，得（籌式）爲帶分上方。以加帶分方差，得（籌式）爲帶分下方。乃以帶分上方自之，得（籌式）爲上方冪。帶分下方自之，得（籌式）爲下方冪。上下方相乘，得（籌式）爲上下方相乘積。併二冪一積得（籌式）以乘帶分出粟高，得（籌式）再以三約之，得（籌式）爲如積。寄左。副以石法通出粟，得（籌式）又以寄母（籌式）通之，得（籌式）又通之，得（籌式）再通之，得（籌式）爲同數。消左，得（籌式）爲開方式。立方開之，得六尺爲出粟高。照式得六尺爲餘粟上方。

又草曰：立天元 | 爲餘粟上方。以減本倉上方，得 ≋| 爲餘粟方差。凡未成句股形者，不可爲比例，故以餘粟上方減去本倉上方，乃成小句股形，然後可以入算。以乘本倉高一丈二尺，得 Ⅲ丅= 合以方差六尺除之，爲運深。凡四率比例之法，一率係兩個大句，二率係一個大股者，則三率亦必用兩個小句求得四率。乃爲一個小股。今不除，便以爲帶分運深。轉以六通天元，得 〇丅 爲帶分餘粟上方，亦即帶分下方。又以六通本倉上方，得 |Ⅲ 爲帶分上方，自之，得 Ⅲ=Ⅲ 爲上方冪。以帶分下方自之，得 〇〇丅 爲下方冪。上下方相乘，得 〇Ⅲ〇 爲上下方相乘積。併二冪一積，得 Ⅲ=Ⅲ〇Ⅲ丅 以乘帶分運深，得 〇≋〇〇‖ Ⅲ≡| 三約之，得 Ⅲ≡Ⅲ≒〇〇 |≡Ⅲ 如積。寄左。副以石法二尺五寸通出粟，得 Ⅲ≡丅 又通之，得 Ⅲ≡Ⅲ丅 再通之，得 ‖⊥‖一丅 爲同數。消左，得 Ⅲ一|〇 ≋〇〇 |≡Ⅲ 爲開方式。開立方，得六尺爲餘粟上方。照式得六尺爲運深。

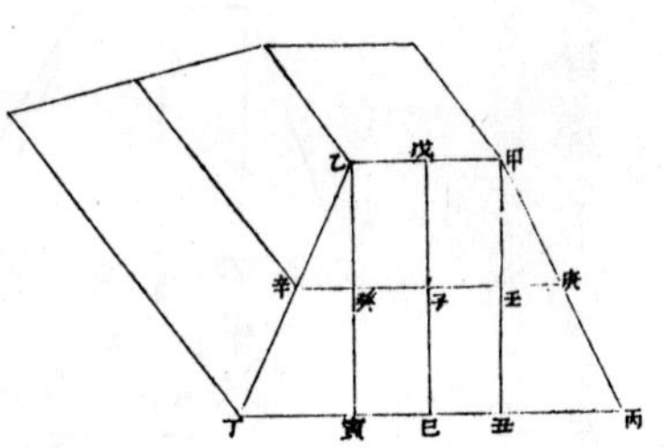

如圖，甲乙爲上方三尺，丙丁爲下方九尺，丙丑寅丁爲方差六尺，戊己爲本倉高，戊子爲運深，庚辛爲餘粟上方，庚壬癸辛爲餘粟方差。前草立天元爲運深，是先有戊子求庚辛，故當用寄母法求庚壬癸辛方差。有庚壬癸辛方差，乃能求出庚辛下方。後草立天元爲餘粟上方，是先有庚辛求戊子，故當先以庚辛減去上方，壬癸而得庚壬癸辛方差，然後用寄母法求戊子，是爲一定之理。

樹枏按：右題係出《緝古算經》，蕭先生謂王孝通所立之法術意艱晦，而張敦仁所演之草，用古寄母法，亦甚迂繁，且一題只有一術，閱者苦難變通。今依先生簡捷之法，反覆演草，蓋視古術逈乎，有山徑康莊之别。

一元四次方程

算法

元・王恂 郭守敬《授時曆》 立天元一求矢術**清・梅瑴成**《赤水遺珍》以借根方法解之。設黄道出入赤道二十四度。求矢。草曰：立天元一爲矢。**梅瑴成注** 即如借一根爲矢也。自之，二因，爲二矢冪 ‖ **梅瑴成注** 即如根乘根爲平方，二因得二平方也。以圓徑一百二十一度七十五分除之，爲弦背差。今不除。有圓徑母 蓋矢冪不滿法故不除也。有圓徑母者，用圓徑爲分母，即以二矢冪爲分子也。母減背**梅瑴成注** 應作母乘背。四十八度爲弦 ≡Ⅲ≡Ⅲ〇‖ **梅瑴成注** 是爲五千八百四十四少二平方也。背弦差爲一百二十一度七十五分，平方之二。以減弧背四十八度，則爲四十八度少一百二十一度七十五分平方之二，爲弦。今皆以母乘之，以母乘背，得五千八百四十四，以母乘分子之二，得二平方，即爲五千八百四十四少二平方，爲弦。故不曰差減背而曰母乘背也。

自之，爲弦冪式 Ⅲ≡|≡‖≡Ⅲ丅〇丅〇‖ ‖≡Ⅲ⊥丅〇‖ **梅瑴成注** 是爲三四一五二三三六少平方二，三三七六，少三乘方四也。有圓徑母，自之在内。**梅瑴成注** 原本落在内二字。又爲徑冪乘弦冪。寄左。**梅瑴成注** 背内減差自乘爲弦冪。今以徑乘背而自乘之，即如以弦自乘而復以徑冪乘之，故曰有圓徑母自之在内。又爲徑冪乘弦冪也。又以矢減徑。**梅瑴成注** 即爲一百二十一度七十五分少一根。以矢乘之，**梅瑴成注** 以一根乘之也。四因爲弦冪

式 ≡Ⅲ⊥〇‖ **梅瑴成注** 是爲四百八十七根少四平方也。以徑冪 |≡≒‖≡〇丅‖≡ 乘之，得

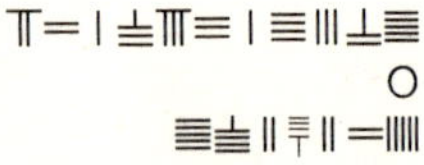

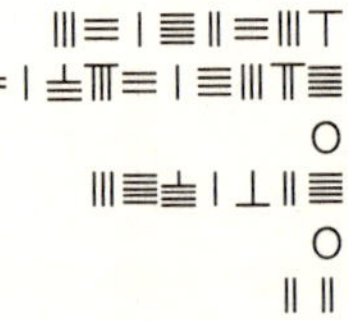

梅彀成注　是爲七百二十一萬八千八百三十一根四三七五，少平方五萬九千二百九十二二五。亦爲徑冪乘弦冪。與左相消，梅彀成注　原本落相消二字。得

梅彀成注　是爲三千四百一十五萬二千三百三十六，與七百二十一萬八千八百三十一根四三七五，少平方三萬五千九百一十六二五，少三乘方四，爲相等。三乘方開之，梅彀成注　宜云帶縱三乘方開之。得四度八十四分八十二秒，梅彀成注　即一根之數。爲矢度。

元·朱世傑《算學啓蒙》卷下《開方釋鎖門》　今有大小方田二段。只云大方冪內減小方面，餘一千二百六十八步。又云小方冪內減大方面，餘七百四十八步。問大小方面各幾何。

答曰：大方面三十六步，小方面二十八步。

術曰：立天元一爲小方面　〇丨　自乘，內減又云數爲大方面 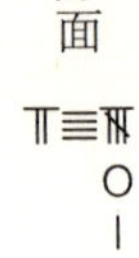 自之，爲大方冪  寄左。又列小方面　〇丨　加入先云數 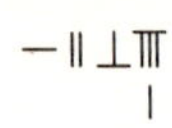 亦爲大方冪。與寄左相消，得開方式  三乘方飜法開之，得小方面。加入先云數，共得一千二百九十六爲實，一爲廉，平方開之，得大方面。合問。

清·王鑒《算學啓蒙述義》　此以大方冪爲同數也。其求法如題而止，隨意爲之，不假外索。此天元之所以爲極致也。

元·朱世傑《算學啓蒙》卷下《開方釋鎖門》　今有直積二千六十五步。只云較乘和得二千二百五十六步。問長平各幾何。

答曰：平三十五步，長五十九步。

術曰：立天元一爲平　〇丨　自之，爲平冪式　〇〇丨　加入云數爲長冪。又以平冪乘之，爲積冪也。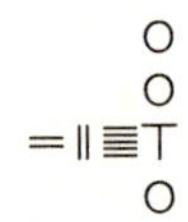 寄左。列積自之，與寄左相消，得開方式 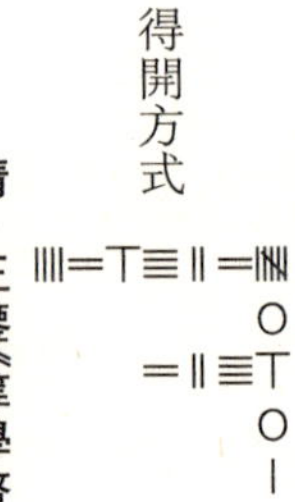 三乘方開之，得平。以平除積爲長也。

清·王鑒《算學啓蒙述義》　此以積冪爲同數也。凡較乘和數，減長冪得平冪，加平冪得長冪。長冪平冪相乘等於積冪。

清·徐鳳誥《算學啓蒙通釋》卷下　草曰：立天元一爲平  以除直積，爲長 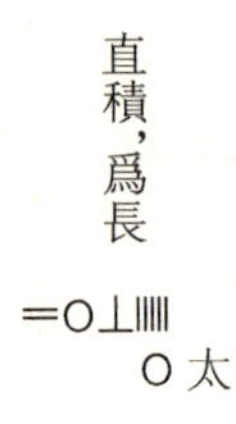 以平加長，爲和 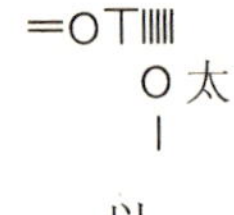 以平減長，爲較  以較乘和，爲只云數 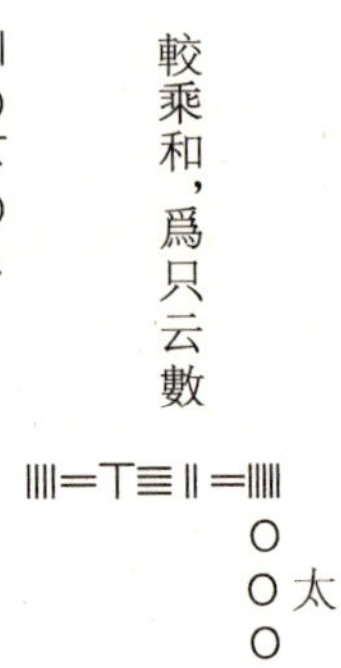 寄左。列只云數 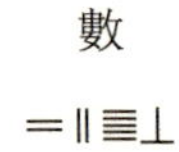 消左，得開方式 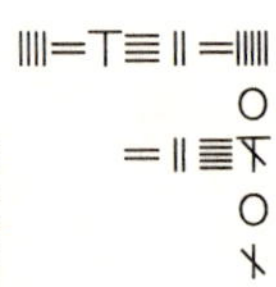 三乘方開之，得平。以平除積，得長。

詰按：此以見積自乘爲寔，較乘和爲上廉　丨　爲隅，並上廉下隅，以當上寔，較數三乘方也。置寔負  於上，方空　〇　上廉正 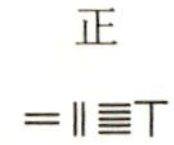 於中，下

廉空 〇 隅正 丨 於下。借一步之超三位至六萬上止。方空，上廉進二 =‖≣T〇〇 下廉空，隅超三 丨〇〇〇〇 於是約商三，其位是十，知即三十也。乃以初商生隅，入下廉 Ⅲ〇〇〇〇 又以初商生下廉，入上廉 Ⅲ〇〇〇〇 同加得 =丨≣T〇〇 又以初商生上廉，入方 ≣ⅢT≟〇〇 又以初商生方入寔 ‖≟Ⅲ〇Ⅲ〇〇 異減寔餘 丨≣‖≡Ⅲ=Ⅲ 爲次商寔。於是有定次商方、廉、隅法。再以初商入下廉 Ⅲ〇〇〇〇 同加得 T〇〇〇〇 又以初商生下廉，入上廉 一Ⅲ〇〇〇〇 同加得 ≣Ⅲ≣T〇〇 又以初商生上廉入方 丨≣Ⅲ⊥Ⅲ〇〇 同加得 ‖≣Ⅲ≡T〇〇 是爲方法一變。又以初商生隅，入下廉 Ⅲ〇〇〇〇 同加得 Ⅲ〇〇〇〇 又以初商生下廉，入上廉 =Ⅲ〇〇〇〇 同加得 ⊥T≣⊥〇〇 是爲上廉二變。又以初商生隅，入下廉 Ⅲ〇〇〇〇 同加得 一‖〇〇〇〇 是爲下廉三變。於是方法一退 ‖≣Ⅲ≡T〇〇 上廉二退 ⊥T≣T 下廉三退 丨=〇 隅法四退得 丨 乃定次商爲五。生隅，入下廉 Ⅲ 同加入 丨=Ⅲ 又以次商生下廉，入上廉 T=Ⅲ 同加得 ≟‖≟丨 又以次商生上廉入方 Ⅲ一Ⅲ〇Ⅲ 同加得 =≟Ⅲ⊥TⅢ 又以次商生方，以入寔 丨≣‖≡Ⅲ=Ⅲ 異減恰盡。

演式：

商	Ⅲ					
寔	ⅢⅢ=T≣‖≟Ⅲ	‖≟Ⅲ=Ⅲ=〇	丨≣‖≡Ⅲ=Ⅲ	丨≣‖≡Ⅲ=Ⅲ		
方	〇	≣Ⅲ⊥Ⅲ〇〇	丨≡Ⅲ⊥Ⅲ〇〇	‖≣Ⅲ≡T〇〇 一變	一退	=Ⅲ一Ⅲ⊥〇
上廉	=‖≣T	進二	=‖≣T〇〇	Ⅲ〇〇〇	≡丨≣T〇〇	一Ⅲ〇〇〇〇
下廉	〇	Ⅲ〇〇〇〇	Ⅲ〇〇〇〇	T〇〇〇〇〇	‖〇〇〇〇	Ⅲ〇〇〇〇
隅	丨	超三	丨〇〇〇〇			

Ⅲ一Ⅲ〇Ⅲ	=Ⅲ≣Ⅲ⊥Ⅲ					
≣Ⅲ≣T〇〇	‖Ⅲ〇〇〇〇	⊥T≣T〇〇 二變	二退	⊥T≣T	T=Ⅲ	≟‖≟丨
Ⅲ〇〇〇〇	一‖〇〇〇〇 三變	三退	丨=〇	Ⅲ	丨=Ⅲ	
		四退	丨			

元・朱世傑《算學啓蒙》卷下《開方釋鎖門》 今有圓田一段。周爲實，平方開之，得數。加入圓積，共得一百一十四步。問周徑各幾何。

答曰：周三十六步，徑一十二步。

術曰：立天元一爲圓徑 〇丨 自之，三因，爲四段圓積。以減四之共數，得 ⊤〇≠ Ⅲ≣⊤ 餘爲四箇外周開方數。自乘，爲十六箇外周也。 =〇⊥Ⅲ=⊤ ‖⊤≡〒〇Ⅲ 寄左。列徑。三之爲外周，以十六乘之，得 〇≣Ⅲ 與寄左相消，得開方數式 =〇⊥Ⅲ≡⊤ ‖⊤≡〒〇Ⅲ 三乘方翻法開之，得圓徑十二步。三之，即周三十六步也。

清・王鑒《算學啓蒙述義》 此以兩箇十六段外周虛積爲同數。凡求兩箇虛積，必須不同式相消，始不得盡也。

清・徐鳳誥《算學啓蒙通釋》卷下 草曰：立天元一爲開方數 〇丨 再自乘，爲十二箇圓積 〇〇〇〇丨 寄左。列開方數，以減共得 丨Ⅲ≠ 亦爲圓積，十二之 丨Ⅲ⊥Ⅲ≠ 與寄左相消，得式 丨Ⅲ⊥Ⅲ‖〇〇丨 三乘方開之，得開方數，自之爲外周，三而一爲徑。合問。

誥按：此以共得步自乘，十六之爲寔，十六箇周三爲方。二十四之，共得數爲上廉。九爲隅。並上寔下隅，以當中方。上廉和數三乘方也。置寔正 ⊤≡Ⅲ⊥〇= 於上，方負 ≣Ⅲ 上廉負 ⊤Ⅲ⊥= 於中，下廉空，隅九正於下。借一步之超三位，至〇上止。方進一 〇≟Ⅲ 上廉進二 〇〇〒≡⊤= 隅超三 Ⅲ〇〇〇〇 於是約商一，其位是十，知即十也。乃以初商生隅入下廉 Ⅲ〇〇〇〇 又以初商生下廉，入上廉 Ⅲ〇〇〇〇 異減餘 〇〇〒≡Ⅲ丨 又以初商生上廉，入方 〇〇〒≡Ⅲ丨 同加，得 〇≟〇≣Ⅲ丨 又以初商生方，以入寔 〇≟〇≣Ⅲ丨 異減寔，餘 ⊤≣Ⅲ≡‖ 爲次商寔。於是有定次商、方、廉、隅法。

又以初商生隅，入下廉 Ⅲ〇〇〇〇 同加，得 Ⅲ〇〇〇〇丨 又以初商生下廉，入上廉 Ⅲ〇〇〇〇丨 異減，餘 〇〇〒≡ 又以初商生上廉，入方 〇〇〒≡ 同加，得 〇≟⊤⊥Ⅲ丨 是爲方法一變。

又以初商生隅，入下廉 Ⅲ〇〇〇〇 同加，得 Ⅲ〇〇〇〇= 又以初商生下廉，入上廉 Ⅲ〇〇〇〇= 異減不足，而反減之，爲翻法 〇〇Ⅲ⊥⊤= 是爲上廉二變。又以初商生隅，入下廉 Ⅲ〇〇〇〇 同加，得 〇〇〇〇⊤≡ 是爲下廉三變。於是方法一退 ≟⊥⊤≟丨 上廉二退 Ⅲ⊤⊥= 下廉三退 〇⊥≡ 隅法四退 Ⅲ 乃定次商爲二。生隅，入下廉 Ⅲ丨 同加，得 Ⅲ⊥≡ 又以次商生下廉，入上廉 ⊤Ⅲ⊥ 同加，得 〇=‖≡ 又以次商生上廉，入方 ⊤Ⅲ≣〇異減，餘 丨一Ⅲ一𝍬 又以次商生方以入寔 ‖≡Ⅲ≡𝍮 異減，恰盡。

演式：

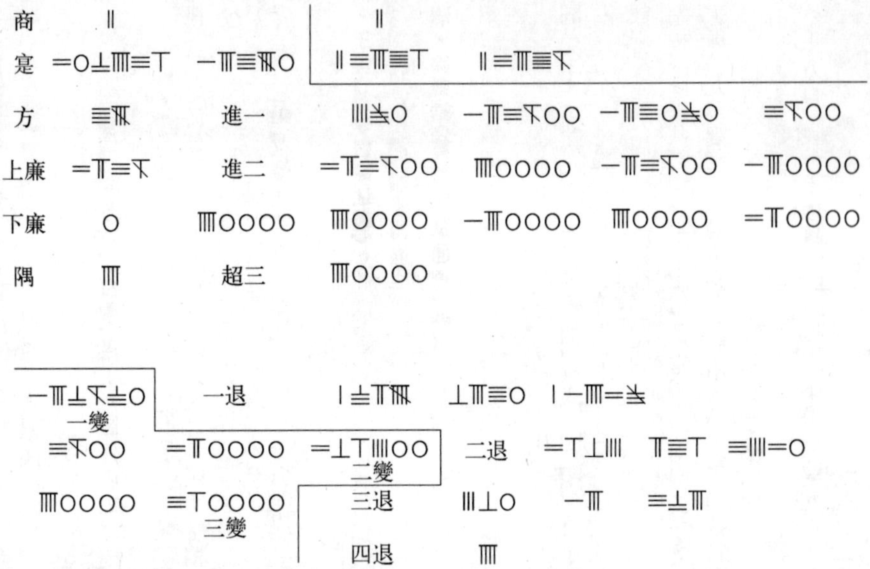

元·朱世傑《算學啟蒙》卷下《開方釋鎖門》 今有方錐，積九千四百八尺。只云高爲實，平方開之得數，少如下方二十二尺。問下方及高各幾何。

答曰：下方二十八尺，高三十六尺。

術曰：立天元一爲開方數 〇丨 自乘爲高也 〇〇丨 再列開方數，加少如爲下方也 ＝‖丨 自之，又高乘之，爲三段方錐積數也 〇〇Ⅲ≟≡Ⅲ丨 寄左。列積三之，與寄左相消，得開方式 ‖≟‖＝𝍬〇Ⅲ≡Ⅲ≡Ⅲ丨 三乘方開之，得六尺，爲開平方數。加少如，得下方二十八尺，又六尺自之，即高。合問。

清·王鑒《算學啓蒙述義》 此以天元求得上下相等方臺虛積與三段方錐積爲同數也。凡方錐積得方臺積三分之一。解見商功修築門。

清·徐鳳誥《算學啟蒙通釋》卷下 草曰：立天元一爲開方數 〇丨 自乘，爲高 太〇〇丨 以除三之積步，爲下方自乘數 ‖≟‖＝Ⅲ 寄左。列開方數加少如，爲下方 ＝‖丨 自乘 太Ⅲ≟Ⅲ≡Ⅲ丨 與寄左相消，得開方式 ‖≟‖〇Ⅲ≡Ⅲ≟Ⅲ𝍬 三乘方開之，爲開方數。合問。

謹按：此以三之積步爲寔，少如自乘爲上廉，倍少如爲下廉，一爲隅。並上廉、下廉、隅以當上寔較數三乘方也。置寔負 ‖≟‖＝𝍬 於上，方空，上廉正 Ⅲ≟Ⅲ 下廉正 ≡Ⅲ 於中，隅 丨 正於下。借一步之於寔尾四上起一應超三位至二萬上，定十。今因上下廉皆有數，即退商六。其位是單，知即六尺也。乃以初商六生隅，以入下廉 ⊤ 同加，得 ≣〇 又以初商生下廉，入上廉 Ⅲ〇〇 同加，得 ⊤≟Ⅲ 又以初商生上廉，入方 ≡⊤〇Ⅲ 又以初商生方，以入寔。異減，演式：

商寔	方	上廉	下廉	隅
[illegible]	[illegible]	[illegible]	[illegible]	[illegible]
[illegible]	[illegible]	[illegible]	[illegible]	[illegible]
[illegible]	[illegible]	[illegible]	[illegible]	[illegible]

恰盡。

元·朱世傑《四元玉鑑》卷上《直段求源》 今有弦和較乘弦和，加句弦較乘句弦和，得四十步。只云句冪與股弦和等。問弦幾何。

答曰：五步。

術曰：立天元一爲弦。如積求之，得一千五百二十五爲正實，一百四十爲從方，五十四爲益上廉，一十二爲益下廉，一爲正隅。三乘方開之，得弦。合問。

清·沈欽裴《四元玉鑑細草》 草曰：立天元一 太| 爲弦。以股弦較一減之，得 [illegible] 爲股。合以除四十步爲一股二句并。今不受除，即以四十步爲帶分一股二句并。內寄股爲分母。亦以分母乘股，得 [illegible] 爲帶分股。減并得 [illegible] 爲帶分倍句。亦置帶分股倍之，得 [illegible] 爲帶分倍股于上。以分母乘天元 [illegible] 又倍之，得 太[illegible] 爲帶分倍股于上。以分母乘天元 [illegible] 又倍之，得 太[illegible] 爲帶分倍弦於下。并上下兩位，得 [illegible] 爲帶分倍股弦和。又倍分母 [illegible] 乘之，得 [illegible] 寄左。乃以帶分倍句 [illegible] 自之，得 [illegible] 與左相消，得 [illegible] 三乘方開之，得五步，即弦也。合問。

清·羅士琳《四元玉鑑細草》 常例股弦較乘股弦和爲句冪。今句冪既與股弦和等，則股弦較必爲一步。

艸曰：立天元一爲弦。以股弦較一步減之，得 [illegible] 爲股。自之，得 [illegible] 爲股冪，又爲句弦較乘句弦和。以減四十步，得 [illegible] 爲弦和較乘弦和，又爲倍積。自之，得 [illegible] 爲四段積冪。寄左。乃併股弦，得 [illegible] 爲股弦和，又爲句冪。用乘股冪，又四之，得 [illegible] 爲同數。消左，得 [illegible] 開三乘方，得五步。合問。

清·戴煦《四元玉鑑細草》 草曰：立天元一爲弦。內減股弦較一步，勾冪與股弦和同，知股弦較必爲一筭。得股 [illegible] 加弦得股弦和 [illegible] 便爲句冪股。自之，得 [illegible] 以減四十步，得倍積 [illegible] 自之，得四段積冪 [illegible] 寄左。次以句冪乘股冪 [illegible] 四之，得 [illegible] 與左相消，得開方式 [illegible] 三乘方開之，得弦。

清·陳棠《四元消法易簡草》 法曰：立天元 太| 爲弦。如積求之，得直積冪式 [illegible] 以句冪乘股冪，相消得開方式 [illegible] 開三乘方，得弦五步。

艸曰：立天元 太| 爲弦。據常例，股弦和除句冪爲股弦較。今兩相等，則較必爲一步。置弦以較一減之，得 [illegible] 爲股。自之，得 [illegible] 爲股冪，又爲句弦較乘句弦和。以減四十步，得 [illegible] 爲弦和較乘弦和，又爲倍直積。半之，得直積 [illegible] 自之，得 [illegible] 爲積冪。寄左。乃併股弦，得 [illegible] 爲股弦和，又爲句冪。以乘股冪，得 [illegible] 爲同數。消左，得開方式 [illegible] 開三乘方，得五步。合問。

元·朱世傑《四元玉鑑》卷上《直段求源》 今有積冪減平，餘一萬一千六百五十五步。只云長四分之一，平三分之一，和二分之一，共得一十六步二分步之一。問長平各幾何。

答曰：平九步，長一十二步。

術曰：立天元一爲平。如積求之，得九十四萬四千五十五爲益實，八十一爲益方，三萬九千二百四爲從上廉，三千九百六十爲益下廉，一百爲正隅。三乘方開之，得平。合問。

清·沈欽裴《四元玉鑑細草》 草曰：置長四分之一和二分之一，并得四分之三爲共步中之長。又置平三分之一和二分之一，并之得六分之五爲共步中之平。立天元一爲平。以分子五乘之，得〔算籌〕于上。位置一十六步二分步之一，通分內子，得三十三步。又以三乘之，得九十九步。以上位減之，餘〔算籌〕合四乘三除爲長。今不受除，但四乘之，得〔算籌〕爲帶分長。內寄一十八爲分母。亦三因六天元，得〔算籌〕爲帶分平，長平相乘，得〔算籌〕爲帶分積。內寄三百二十四爲分母。自乘，得〔算籌〕爲帶分積冪。內寄一十萬四千九百七十六爲分母。亦以分母乘天元，得一十萬四千九百七十六爲平減積冪。餘〔算籌〕寄左。乃置餘一萬一千六百五十五步，亦以分母一十一萬四千九百七十六乘之，得一十二億二千三百四十九萬五千二百八十步。與左相消，得〔算籌〕以一千二百九十六約之，得〔算籌〕三乘方開之，得九步，即平也。五乘六除，得七步二分步之一，以減十六步二分步之一，餘九步。四乘三除，得一十二步，即長也。合問。

清·羅士琳《四元玉鑑細草》 艸曰：立天元一爲平。先以和二分之一剔爲一段平二分之一，與一段長二分之一，以平二分之一與三分之一相併，得平六分之五。又以長二分之一與四分之一相併，得長四分之三。乃以平子五乘天元，得〔算籌〕爲平。合以平母六除之，爲平六分之五。今不除，便爲六段平六分之五。副置共步，通分內子，得三十三。又三之，得九十九，爲六段共步。以六段平六分之五減之，得〔算籌〕爲六段長四分之三。以長分母四乘之，得〔算籌〕合以長子三除之，爲六段長。今半之，得〔算籌〕爲九段長。以天元乘之，得〔算籌〕爲九段積。自之，得〔算籌〕爲八十一段積冪。寄左。乃置餘步加平，得〔算籌〕爲積冪。又以八十一通之，得〔算籌〕爲同數。消左，得〔算籌〕開三乘方，得九步爲平。六而五，得七步二分步之一，以減共得步，餘九步。三而四，得十二步爲長。合問。

清·戴煦《四元玉鑑細草》 草曰：立天元一爲平。三而一，得〔算籌〕於上。以母〔算籌〕通十六步五分，五分，即二分步之一。得〔算籌〕步 內減上，得〔算籌〕步〔算籌〕倍之，得一和半長〔算籌〕以母〔算籌〕通平〔算籌〕減之〔算籌〕又倍之，得三長〔算籌〕三而一，得長〔算籌〕以平乘之，得積〔算籌〕自乘，得積冪〔算籌〕以母〔算籌〕通天元〔算籌〕減之，得〔算籌〕

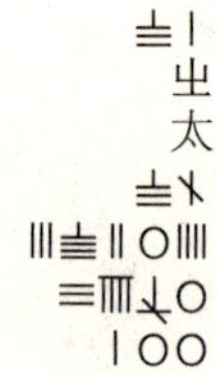

寄左。次以左母通一萬一千六百五十五步，得

與左相消，得開方式

三乘方開之，得平。三而一，以減十六步半，倍之，再減平，又二之，三而一，得長。

清·陳棠《四元消法易簡草》 法曰：立天元 太〡 爲平。如積求之，得式

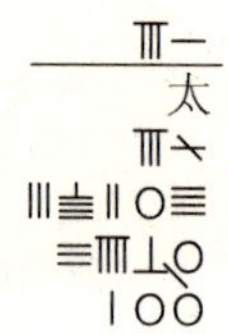

以母通餘步，相消，得開方式

三乘方開之，得平九步。

艸曰：立天元 太〡 爲平。三約之，得

爲三分平之一。以母通共步，得

以平三分之一減之，得

倍之，得

爲一和半長。以母通平，得

減和半長，得

又倍之，得

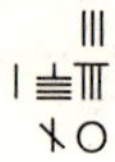

爲三長。三約之，得

爲長。以平乘之，得

自之，得

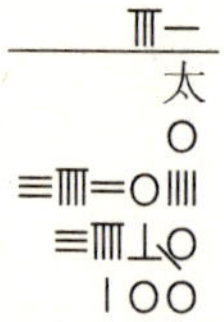

爲積冪。以母通天元，得

減之，得

寄左。乃以左母通一萬一千六百五十五步，得

與左相消，得開方式

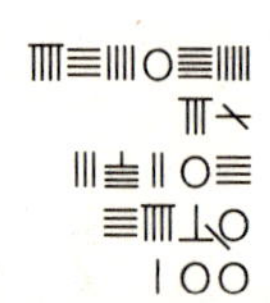

三乘方開之，得平九步。三而一，減共步，倍之，內減平，又倍之，三而一，得長十二步。合問。

元·朱世傑《四元玉鑑》卷上《直段求源》 今有積加和，以積乘之，得二千一百二十步。只云長多於平三步。問積幾何。

答曰：四十步。

術曰：立天元一爲直積。如積求之，得四百四十九萬四千四百爲正實，四千二百四十九爲益上廉，四爲益下廉，一爲正隅。三乘方開之，得積。合問。

清·沈欽裴《四元玉鑑細草》 草曰：立天元一 太〡 爲積。以除二千一百二十步，得

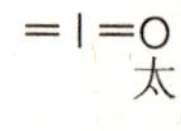

爲積。加和，以天元減之，餘

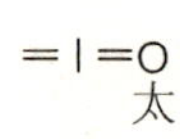

爲和。自之，得

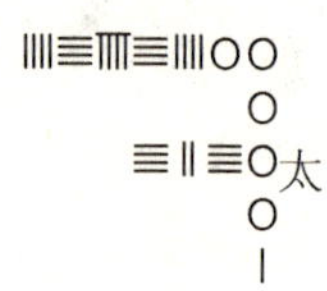

爲和冪。寄左。乃置長多於平三步，自之，得九步。四因積加之，得

爲等數。與左相消，得

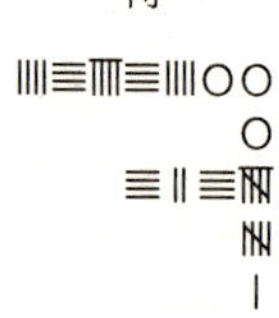

三乘方開之，得四十步，即積也。合問。

清·羅士琳《四元玉鑑細草》 艸曰：立天元一爲直積。四之，得

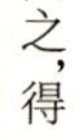

於上。副以三步自之，得九步爲較冪。加上，得

爲和冪。寄左。乃以天元除得步，得

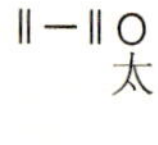

以直積減之，得

爲和。自之，得

[illegible] 開三乘方，得四十步。

爲同數。消左，得 [illegible]

[illegible]

合問。

清・戴煦《四元玉鑑細草》 草曰：立天元一爲積。以除二千一百二十步，得 [illegible] 以母 [illegible] 通天元 [illegible] 減之，得和 [illegible] 自之，得和冪 [illegible] 又以和母 [illegible] 通三步 [illegible] 自之，得較冪 [illegible] 以減和冪，得四段直積 [illegible] 寄左。次以積四之 [illegible] 又以左母通之，得 [illegible] 與左相消，得開方式 [illegible] 三乘方開之，得積。

清・陳棠《四元消法易簡草》 法曰：立天元 太丨 爲積。如積求之，得 [illegible] 爲和冪。以母通四積，加較冪。消之，得開方式 [illegible]

[illegible] 開三乘方，得積四十步。

艸曰：立天元 太丨 爲積。以除得步，得 [illegible] 以母通天元積，得 [illegible] 減之，得 [illegible] 爲和。自之，得和冪 [illegible] 寄左。乃以積四之，得 [illegible] 多三步自之，得 [illegible] 爲較冪。以積加之，得 [illegible] 左母通之，得同數式 [illegible] 消左，得 [illegible] 爲開方式。開三乘方，得四十步。合問。

元・朱世傑《四元玉鑑》卷上《直段求源》 今有積減平，以積乘之，又減五平四積，餘二十七萬九千六百三十步。只云長取五分之一，平取三分之二，其長分子數如平分子數二分之一。問長平各幾何。

答曰：平一十八步，長三十步。

術曰：立天元一爲平。如積求之，得五十萬三千三百三十四步爲益實，九爲益方，一十二爲益上廉，三爲益下廉，五爲正隅。三乘方開之，得平。合問。

清・沈欽裴《四元玉鑑細草》 草曰：立天元一 太丨 爲平。三之，得 [illegible] 爲帶分平。以 [illegible] 爲平分子。半之，得 [illegible] 爲長分子。五之，得 [illegible] 爲帶分長。內俱寄三爲分母。長平相乘 [illegible] 爲帶分積。內寄九爲分母。九因天元一，減之，得 [illegible] 以積乘之，得 [illegible] 於上位。內寄八十一爲分母。八十一乘天元，又五之，得 [illegible] 於中位。九乘帶分積，得 [illegible] 又四之，得 [illegible] 於下位。并中下二位以減上位，餘 [illegible] 寄左。內寄八十一爲分母。乃置餘二十七萬九千六百三十步，亦以母分八十一乘之，得二千二百六十五萬三十步。與左相消，得 [illegible] 以四十五約之，得 [illegible] 三乘方開之，得一十八步，即平也。二乘三除得一十二步，半之得六步，五之得三十步，即長也。合問。

清·羅士琳《四元玉鑑細草》 艸曰：立天元一爲平。以平子二通之，得 [illegible] 合以平母三除之，爲平三分之二。今不除，便爲平三分之二。半之，得 [illegible] 爲三段長五分之一。又以長母五通之，得 [illegible] 爲三段長。用與天元相乘，得 [illegible] 爲三段積。四之，得 [illegible] 爲三段四積於上。副三天元 [illegible] 爲三段平。五之，得 [illegible] 加上，得 [illegible] 爲三段五平四積。又三之，得 [illegible] 爲減數。置三段積減三段平，得 [illegible] 以三段積乘之，得 [illegible] 減減數，得 [illegible] 爲九段如積。寄左。乃以九通餘步，得二百五十一萬六千六百七十爲同數。消左，得 [illegible] 約爲 [illegible] 開三乘方，得十八步爲平。三而一，得六步爲長分子數。五之，得三十步爲長。合問。

清·戴煦《四元玉鑑細草》 草曰：立天元一爲平。二之 [illegible] 三而一，得平分子 [illegible] 又二而一，得長分子 [illegible] 五之，得長 [illegible] 以平乘之，得積 [illegible] 以積母 [illegible] 通天元 [illegible] 減之，得 [illegible] 又以積乘之，得 [illegible] 於上。以母 [illegible] 通五平 [illegible] 得 [illegible] 又以 [illegible] 通四積 [illegible] 得 [illegible] 併入五平，得 [illegible] 減上，得 [illegible] 寄左。次列二十七萬九千六百三十步，以左母通之，得 [illegible] 與左相消，得 [illegible] 五約之，得開方式 [illegible] 三乘方開之，得平。五之，三而一，得長。

清·陳棠《四元消法易簡草》 法曰：立天元 [illegible] 爲平。如積求得之式 [illegible] 以母通餘步，相消，得開方式 [illegible] 開三乘方，得平十八步。

艸曰：立天元 [illegible] 爲平。二之，三而一，得 [illegible] 爲平。分子數半之，得 [illegible] 爲長。分子數五之，得 [illegible] 爲長。以平乘之，得 [illegible] 爲積。以母通天元平，得 [illegible] 減積，得 [illegible] 以積乘之，得 [illegible] 於上。乃以平五之，得 [illegible] 以母 [illegible] 通之，得 [illegible] 以積四之，得 [illegible] 以母三通之，得 [illegible] 併五平四積，得 [illegible] 減上，得 [illegible] 寄左。乃以左母通餘步二十七萬九千六百三十，得 [illegible] 消左，得

爲開方式。開三乘方，得十八步爲平。五之，三而一，得三十步爲長。合問。

元·朱世傑《四元玉鑑》卷上《混積問元》 今有直田積加斜冪，減平冪，餘半之，復減斜冪，餘六十七步。只云斜較相和二十步。問斜長幾何。

答曰：一十三步。

術曰：立天元一爲斜長。如積求之，得二萬二千一百七十八爲正實，五千三百二十爲益方，四百九十九爲從上廉，三十爲益下廉，一爲正隅。三乘方開之，得斜。合問。

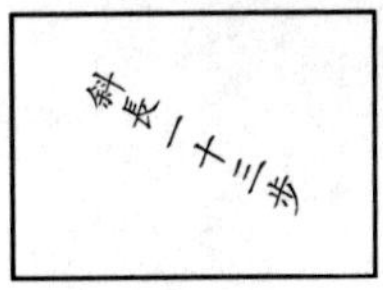

清·沈欽裴《四元玉鑑細草》 草曰：立天元一 爲斜長。以減斜較和二十步，得 爲長平較。置天元自乘 二因六十七步減之，餘 合以較除之，爲平。今不受除，即以 爲帶分平。內寄較爲分母。亦以較自乘，得 加平，得 爲帶分長。內寄較爲分母。長平相乘，得 爲帶分直積。內寄較冪爲分母。寄左。乃以斜長自乘 又以較冪 乘之，得 減上，餘 半之，得 于上。次以較冪自乘，得 爲等數。與左相消，得 三乘方開之，得一十三步，即斜長也。合問。

清·羅士琳《四元玉鑑細草》 艸曰：立天元一爲斜長。自之，得 爲斜冪。以六十七步減之，得 倍之，得 減斜冪，得 爲直積。內少一平冪於上。副以天元減斜較和，得 爲較。自之，得 爲較冪。以減斜冪，得 半之，得 爲直積。以上位減之，得 爲平冪。以減斜冪，得 爲長冪。乘平冪，得 爲直積自乘之冪。寄左。乃以直積自之，得 爲同數。消左，得 半之，得 開三乘方，得一十三步。合問。

清·戴煦《四元玉鑑細草》 草曰：立天元一爲斜長。以減二十步，得較 自之，得較冪 斜自之，得斜冪 內減較冪 折半，得積 自之，得積冪 寄左。次以積加斜冪，得 於上。又以六十七步，減斜冪 倍之，得 減上，得平冪 轉減斜冪，得長冪 以平冪乘之，得 與左相消，得 二約之，得開方式 三乘方開之，得斜。

元·朱世傑《四元玉鑑》卷上《混積問元》 今有句股田積加弦和和，得一百四十步。只云句股較一十七步，問股幾何。

答曰：二十四步。

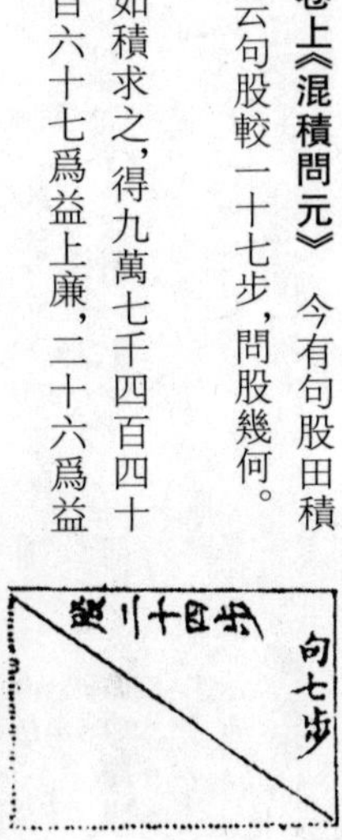

術曰：立天元一爲股。如積求之，得九萬七千四百四十爲正實，八千三百爲從方，四百六十七爲益上廉，二十六爲益

下廉，一爲正隅。三乘方開之，得股。合問。

清·沈欽裴《四元玉鑑細草》 草曰：立天元一 [算籌] 爲股。減較一十七步，得 [算籌] 爲句。句股相乘，得 [算籌] 爲直積。合半之，爲句股田積。今不可半，轉以二因一百四十步，得二百八十步。以直積減之，得 [算籌] 爲帶分弦和和。并句股 [算籌] 倍之，得 [算籌] 爲帶分句股和。以減弦和和，餘 [算籌] 爲帶分弦。以減帶分句股和，得 [算籌] 爲弦和較。以乘弦和和，得 [算籌] 爲八段直積。寄左。乃置直積 [算籌] 八因之，得 [算籌] 爲等數。與左相消，得 [算籌] 三乘方開之，得二十四步，即股也。合問。

清·羅士琳《四元玉鑑細草》 艸曰：立天元一爲股。自之，得 [算籌] 爲股冪。副以較減天元，得 [算籌] 爲句。自之，得 [算籌] 爲句冪。句股相乘得 [算籌] 爲田倍積。乃倍一百四十步，得二百八十步。以田倍積減之，得 [算籌] 爲倍弦和和。副以句股相併，得 [算籌] 爲句股和。倍之，得 [算籌] 爲倍句股和。以減倍弦和和，得 [算籌] 爲倍弦。自之，得 [算籌] 爲四段弦冪。寄左。乃以句股二冪相併，得 [算籌] 亦爲弦冪。四之，得 [算籌] 爲同數。消左，得 [算籌] 開三乘方，得二十四步。合問。

清·戴煦《四元玉鑑細草》 草曰：立天元一爲股。內減十七步，得句 [算籌] 以乘股 [算籌] 折半得積，句股積 [算籌] 以積母 [算籌] 通一百四十步 [算籌] 內減句股積，得弦和和 [算籌] 於上。以句股相併 [算籌] 以 [算籌] 通之，得 [算籌] 減上，得弦 [算籌] 自之，得弦冪 [算籌] 寄左。次以句自之，得 [算籌] 加天元冪 [算籌] 得 [算籌] 以左母通之，得 [算籌] 與左相消，得開方式 [算籌] 三乘方開之，得股。

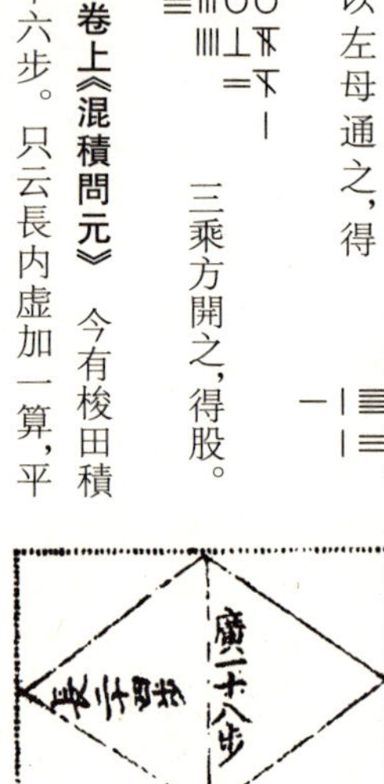

元·朱世傑《四元玉鑑》卷上《混積問元》 今有梭田積加廣冪，減於長冪，不足三十六步。只云長內虛加一算，平方開之，得數以減半廣，不足四步。問長廣各幾何。

答曰：廣一十八步，長二十四步。

術曰：立天元一爲半廣。如積求之，得一百八十九爲正實，二百五十五爲益方，九十八爲從上廉，一十七爲益下廉，一爲正隅。三乘方開之，得半廣。合問。

清·沈欽裴《四元玉鑑細草》 草曰：立天元一 [算籌] 爲半廣。減四步，得 [算籌] 自乘，得 [算籌] 減一算得 [算籌] 爲長。以半廣乘之，得 [算籌] 爲梭田積。二因天元 [算籌] 爲廣，自之，得 [算籌] 爲廣冪。加積得 [算籌] 於上。置長 [算籌] 自乘，得 [算籌] 爲長冪。以上位減之，得 [算籌] 寄左。乃以三十六步與左相消，得 [算籌] 三乘方開之，得九步爲半廣。倍之，得一十八步，即廣也。以四步減半廣，餘五步，自乘減一算，餘二十四步。即長也。合問。

清・羅士琳《四元玉鑑細草》 艸曰：立天元一爲半廣。倍之又自之，得[算籌式]爲廣冪。副以不足四步減天元，得[算籌式]自之，得[算籌式]以虚一算減之，得[算籌式]爲長。自之，得[算籌式]爲長冪。又以天元乘長，得[算籌式]爲梭田積。寄左。乃以廣冪加不足三十六步，得[算籌式]以減長冪，得[算籌式]爲同數。消左，得[算籌式]開三乘方得九步。倍之，得一十八步，爲廣。以不足四步減九步，得五步。自之，得二十五步。以虚一算減之，得二十四步爲長。合問。

清・戴煦《四元玉鑑細草》 草曰：立天元一爲半廣。倍之，得廣[算籌式]又於半廣内減四步，得[算籌式]自之，減[算籌式]減一算，得長[算籌式]以半廣乘之，得積[算籌式]又廣自乘[算籌式]加之[算籌式]於上。又以長自之，得[算籌式]内減上，得[算籌式]寄左。次列三十六步，與左相消，得開方式[算籌式]三乘方開之，得半廣。倍之，得廣。又半廣内減四步，自之減一算，得長。

元・朱世傑《四元玉鑑》卷上《混積問元》 今有句三股四八角田積，以面闊三自乘加之，却減面冪，餘二萬一千二百八十三步五分步之一。問每面問幾何。

答曰：一十二步。

術曰：立天元一爲每面之闊。如積求之，得一十萬六千四百一十六爲益實，一十九爲從上廉，五爲正隅。三乘方開之，得每面之闊也。合問。

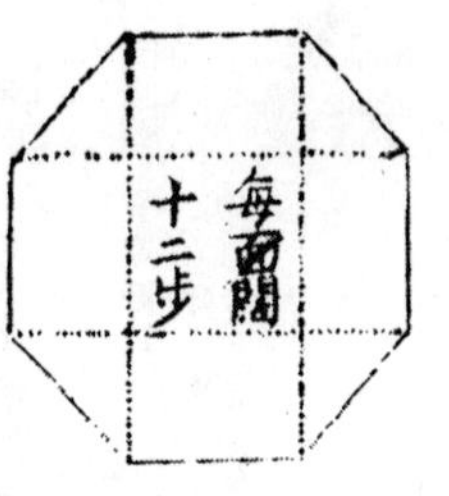

清・沈欽裴《四元玉鑑細草》 草曰：立天元[算籌式]爲每面之闊。合三乘五除爲句，四乘五除爲股。今省不除，即以[算籌式]爲帶分句，[算籌式]爲帶分股。并之，得[算籌式]天元乘之，得[算籌式]倍之，得[算籌式]於上。天元自乘，倍之[算籌式]又五之，得[算籌式]并上，得[算籌式]爲帶分八角田積。以面闊三自乘，得[算籌式]又五之[算籌式]加積，得[算籌式]於下。次以天元自乘[算籌式]爲面闊冪。又五之[算籌式]減下餘[算籌式]寄左。內寄五爲分母。乃置三萬一千二百八十三步五分步之一，通分內子，得一十萬六千四百一十六爲等數。與左相消，得[算籌式]三乘方開之，得一十二步，即每面之闊也。

清・羅士琳《四元玉鑑細草》 艸曰：立天元一爲每面之闊，又爲弦。以弦和和率十二乘之，得[算籌式]合如弦率，五而一爲弦和和。今不除，便爲帶分弦和和，亦即爲帶分田面徑。內寄弦率五爲母。副倍天元乘之，得[算籌式]爲帶分田積於上。內寄弦率五爲母。乃以天元自之，得[算籌式]又以五通之，得[算籌式]爲帶分面闊冪。內寄弦率五爲母。又天元三自乘，得[算籌式]亦以五通之，得[算籌式]加上位，得[算籌式]卻減帶分面闊冪，得[算籌式]爲帶分餘積。內寄弦率五爲母。寄左。乃以餘積通分內子，得十萬六千四百一十六爲同數。消左，得[算籌式]開三乘方得十二步。合問。**清・沈善蒸案** 原術及羅草，皆作方五斜七八角田算。題云句三股四八角田，有誤。

清・戴煦《四元玉鑑細草》 草曰：立天元一爲面闊。以勾三股四之弦和和率[算籌式]乘之[算籌式]如弦率[算籌式]而一，得[算籌式]又以倍天元[算籌式]乘之，得積[算籌式]以天元自乘，再乘(自)[算籌式]以[算籌式]通天元冪，得[算籌式]減之，得[算籌式]寄左。次列積母[算籌式]通之，得[算籌式]加積，得[算籌式]又以二萬一千二百八十三步五分步之一，通分內子，得[算籌式]與左相消，得開方

式 三乘方開之，得面闊。

元・朱世傑《四元玉鑑》卷上《混積問元》 今有種金田積加對尖直長，得三百一十五步。只云外兩斜各長二十五步，内兩斜各長二十步。問對尖直長幾何。

答曰：一十五步。

術曰：立天元一爲對尖直長。如積求之，得四十四萬七千五百二十五爲益實，二千五百二十爲從方，二千四十六爲從上廉，一爲益隅。三乘方開之，得對尖直長。合問。

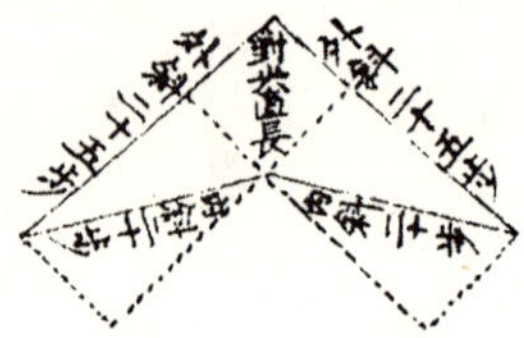

清・沈欽裴《四元玉鑑細草》 草曰：立天元一 太丨 爲對尖直長。自乘，得 太〇丨 爲小斜冪。外斜二十五步自乘，得六百二十五步，爲大斜冪。并之，得 内斜二十步自乘，得四百步。減并，餘 合半之。今不欲半，即以餘自乘，得 於上。内寄四爲分母。又以小冪乘大斜冪，得 太 四之，得 太 減上，餘 爲四段種金田積自乘式。寄左。乃置三百一十五步，減天元，餘 爲種金田。積自乘，得 四之，得 與左相消，得 三乘方開之，得一十五步，即對尖直長也。合問。

清・羅士琳《四元玉鑑細草》 艸曰：立天元一爲對尖直長，又爲小斜。自之，得 太〇丨 爲小斜冪。置内斜二十步，自之，得四百步爲内斜冪。以小斜冪減之，得 爲兩句較與外斜相乘之冪。直外斜二十五步爲兩句和，自之，得六百二十五步爲外斜冪，又爲兩句和與外斜相乘之冪。以兩句較與外斜相乘之冪減之，得 爲兩段小句乘外斜之冪。自之，得 爲四段小句冪與外斜冪相乘之冪。於上。以小斜冪爲小弦冪乘外斜冪，得 太 爲小弦冪與外斜冪相乘之冪。四之，得 太 爲四段小弦冪與外斜冪相乘之冪。以上位減之，得 爲四段中股冪與外斜冪相乘之冪。寄左。乃以對尖直長減三百一十五步，得 爲田積，又爲中股與外斜相乘之冪。自之，得 又四之，得 爲同數。消左，得 開三乘方，得一十五步。合問。

清・戴煦《四元玉鑑細草》 草曰：立天元一爲對尖直長。自之 太〇丨 加内斜冪 得 以減外斜冪 得 二而一，得 爲小勾乘天元。自之，得小句冪乘天元冪 於上。又以天元冪乘内斜冪，得 太 以 通

之，得 Ⅲ𝍤太〇〇 −⊤〇〇 內減上，得股冪乘天元冪爲積冪 Ⅲ𝍤𝍣〇〇〇〆 Ⅲ〇⊤=〇 =〇Ⅲ〇〇

寄左。次列三百一十五步，內減天元 Ⅲ−Ⅲ〆 自之，得 Ⅲ=Ⅲ〇− ⊤𝍣〇 以左母通

之，得 Ⅲ𝍤〇〇Ⅲ Ⅲ⊤Ⅲ〆 與左相消，得開方式 𝍣〇⊤〇〆 Ⅲ⊤Ⅲ=〇 =Ⅲ=〇 三乘方開之，得

對尖直長。

元・朱世傑《四元玉鑑》卷上《混積問元》 今有圓田積加圓徑，減圓周，餘自乘，加徑冪，得七千二百步。問圓徑幾何。

答曰：一十二步。

術曰：立天元一爲圓徑。如積求之，得一十一萬五千二百爲益實，八十爲從上廉，四十八爲益下廉，九爲正隅。三乘方開之，得圓徑。合問。

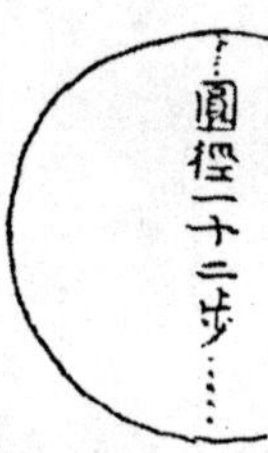

清・沈欽裴《四元玉鑑細草》 草曰：立天元一 太丨 爲圓徑。三之，得 太Ⅲ 爲圓周。周徑相乘，得 太〇Ⅲ 爲帶分圓田積。四因圓徑加之，得 太〇Ⅲ⊥Ⅲ 又四因圓周減之，餘 太𝍣Ⅲ 自乘，得 太〇𝍣Ⅲ 於上。內寄一十六爲分母。徑自乘 太〇丨 又十六乘之，得 太〇−⊤ 加上，得 太〇𝍣Ⅲ 寄左。乃置七千二百步，亦以一十六乘之，得一十一萬五千二百步。與左相消，得 〇〇𝍣Ⅲ −丨Ⅲ= 三乘方開之，得一十二步，即圓徑也。合問。

清・羅士琳《四元玉鑑細草》 艸曰：立天元一爲圓徑。三之，得 太Ⅲ 爲圓周。用乘圓徑得 太〇Ⅲ 合以四除之，爲圓田積。今不除，便爲四段圓田積。乃以四通天元圓徑，得 太Ⅲ 爲四段圓徑。又以四通圓周，得 太= 爲四段圓周。置四段圓田積與四段圓徑相加，得 太Ⅲ= 以四段圓周減之，得 太𝍣Ⅲ 自之，得 太〇Ⅲ𝍣Ⅲ 於上。副置四段圓徑，自之，得 太〇𝍣Ⅲ 爲十六段如積。寄左。乃以十六通七千二百步，得一十一萬五千二百步爲同數。消左，得 〇〇𝍣Ⅲ −丨Ⅲ= 開三乘方，得一十二步。合問。

清・戴煦《四元玉鑑細草》 草曰：立天元一爲圓徑。三之，得圓周 太Ⅲ 以天元乘之 太〇Ⅲ 四而一，得積 Ⅲ𝍤太〇Ⅲ 以 Ⅲ 通天元 太Ⅲ 加之，得 Ⅲ𝍤太Ⅲ 又以 Ⅲ 通圓周 Ⅲ𝍤太− 減之，得 Ⅲ𝍤太𝍣Ⅲ 自之，得 −⊤𝍤太〇Ⅲ𝍣Ⅲ 又以 −⊤ 通天元冪 −⊤𝍤太〇⊤ 加之，得 −⊤𝍤太〇𝍣Ⅲ 寄左。次列七千二百步，以左母通之，得 −⊤𝍤〇〇 −丨Ⅲ=〇〇 與左相消，得開方式 −丨Ⅲ〆〇〇𝍣Ⅲ 三乘方開之，得圓徑。

元・朱世傑《四元玉鑑》卷上《混積問元》 今有畹田積加下周冪少半，減畹徑冪太半，餘二千七百九十五步弱半步。只云下周爲實，二爲從方，一爲從隅，平方開之，又畹徑減二，餘以平方開之，少如先開方數二步。問周徑幾何。

答曰：周九十九步，徑五十一步。

術曰：立天元一爲先開方數。如積求之，得三萬三千八百三十一爲益實，四百二十爲從方，二百一十四爲益上廉，七十四從下廉，一爲益隅。三乘方開之，得九步爲先開方數。合問。

清・沈欽裴《四元玉鑑細草》 草曰：立天元一 太丨 爲先開方數。

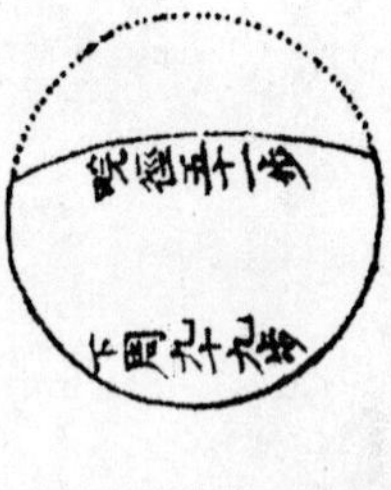

減二步，得〔籌〕爲後開方數。自乘加二，得〔籌〕爲畹田徑。以平方式〔籌〕爲下周，周徑相乘，得太〔籌〕内寄四爲分母。三之，得太〔籌〕爲帶分畹田積。内寄十二爲分母。下周自乘，得太〔籌〕四之，得太〔籌〕爲帶分下周冪少半。内寄十二爲分母。加積，得太〔籌〕於上。畹徑自乘，得〔籌〕二之，得〔籌〕又四之，得〔籌〕爲帶分畹徑冪太半。内寄十二爲分母。以減上位，餘〔籌〕寄左。乃置二千七百九十五步四分步之一，通分内子，得一萬一千一百八十一步。又三之，得萬三千五百四十三步。與左相消，得〔籌〕三乘方開之，得九步。乘從隅一，加入從方二，得一十一步。又以九乘之，得九十九步，即下周也。置所開九步減二，餘七。自乘加二，得五十一步，即畹徑也。合問。

清·羅士琳《四元玉鑑細草》 艸曰：立天元一爲先開方數。倍之，得太〔籌〕爲從方。副以天元自之，得太〔籌〕爲從隅。加從方得太〔籌〕爲下周。自之，得太〔籌〕爲下周冪。復以少二步減天元，得〔籌〕爲後開方數。自之，得〔籌〕加二步，得〔籌〕爲畹徑。自之，得〔籌〕爲徑冪。又以畹徑乘下周，得太〔籌〕合以四除之爲田積。今不除，轉以三乘之，得太〔籌〕爲十二段田積於上。乃以四通下周冪，得太〔籌〕爲十二段下周冪少半。又八通徑冪，得〔籌〕爲十二段徑冪太半。置田積，加下周冪少半，得太〔籌〕減徑冪太半，得〔籌〕爲十二段如積。寄左。乃以餘步通分内子，得三萬三千五百四十三爲同數。消左，得〔籌〕開三乘方，得九步，爲先開方數。倍之，得十八步，爲從方。副以九步自之，得八十一步爲從隅。

加從方得九十九步爲周。又置先開方數減二步，餘七步爲後開方數。自之，得四十九步，加二步，得五十一步爲畹徑。合問。

清·戴煦《四元玉鑑細草》 草曰：立天元一爲先開方數。自之太〔籌〕加二天元，得下周太〔籌〕又天元減二步，得後開方數〔籌〕自之〔籌〕加二，得畹徑〔籌〕以下周乘之太〔籌〕四而一，得積〔籌〕又下周自之太〔籌〕三而一，得下周冪少半〔籌〕與積用合分互乘法，相併積乘得〔籌〕周冪少半乘得〔籌〕相併，得〔籌〕於上。又置畹徑自之，得徑冪〔籌〕八之〔籌〕十二而一，即二之三而一。得徑冪太半〔籌〕以減上，得〔籌〕寄左。次列二千七百九十五步二分五釐，二分五釐即弱半步。以左母通之，得〔籌〕與左相消，得開方式〔籌〕三乘方開之，得先開方數九步。加從方法二以開方數乘之，得周。又先開方數減二步，自之加二步，得畹徑。

元·朱世傑《四元玉鑑》卷上《混積問元》 今有錢田積冪加一池方面，減四錢田積，餘一十二萬一千八百一十五步。只云博徑三步。問池方田周各幾何。

答曰：池方一十八步。

術曰：立天元一爲池方。如積求之，得四十八萬四千七百七十六爲益實，一千八百四爲從方，四百二十四爲從上廉，三十六爲從下廉，一爲正隅。三乘方開之，得池方。合問。

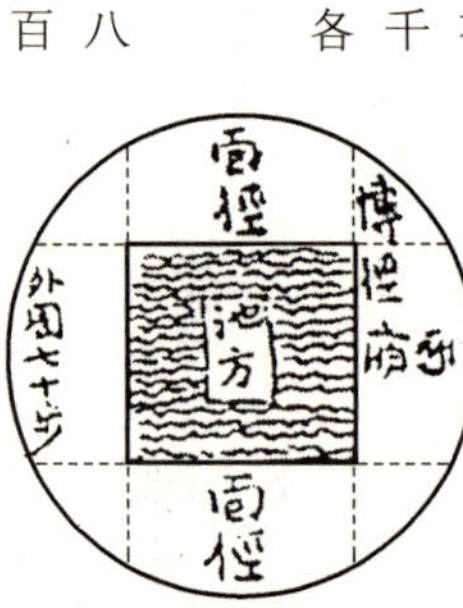

清·沈欽裴《四元玉鑑細草》 草曰：立天元一太〔籌〕爲池方，即爲句自乘，得太〔籌〕爲句冪。置博徑三步，倍之加池方，得〔籌〕爲股。自乘，得[算籌式]爲股冪。并句股冪，得[算籌式]爲弦冪，即徑冪也。以方冪求圓冪，三乘四除，得[算籌式]爲圓冪。減池方冪，得[算籌式]爲錢田積。自乘，得[算籌式]爲錢田積冪。加一池方面，得[算籌式]減四錢田積，餘[算籌式]四之，得[算籌式]寄左。乃置一十二萬一千八百一十五步，亦四之，得四十八萬七千二百六十步。與左相消，得[算籌式]三乘方開之，得一十八步，即池方也。以句股求弦術入之，得圓徑三十步。三之，得九十步，即圓周也。合問。

清·羅士琳《四元玉鑑細草》 艸曰：立天元一爲池方，又爲句。自之，得[算籌式]爲池方冪，又爲句冪。置博徑，倍之，得六步，加池方得[算籌式]爲股。自之，得[算籌式]爲股冪。併句股二冪，得[算籌式]爲弦冪，又爲圓徑冪。三之，得[算籌式]合以四除之，爲圓田積。今不除，便爲四段圓田積。置池方冪，四之，得[算籌式]爲四段池方冪。以減四段圓田積，得[算籌式]爲四段錢田積。自之，得[算籌式]爲十六段錢田積冪。以十六通天元池方，得[算籌式]加之，得[算籌式]又以十六通四段錢田積，得[算籌式]減之，得[算籌式]爲十六段如積。寄左。乃以十六通餘積，得一百九十四萬九千四十爲同數。消左，得[算籌式]四約之，得[算籌式]開三乘方，得一十八步爲池方。自之，得三百二十四步爲句冪。倍博徑得六步，加池方得二十四步，自之，得五百七十六步，爲股冪。加句冪，得九百步爲弦冪。九之，得八千一百步爲圓周冪。開平方，得九十步爲田周。合問。

清·戴煦《四元玉鑑細草》 草曰：立天元一爲池方。自之，爲句冪[算籌式]以倍博徑加天元，得[算籌式]自之，爲股冪[算籌式]加池方冪爲通徑冪[算籌式]三之[算籌式]又半之[算籌式]二而一，得圓積[算籌式]以[算籌式]通池方冪[算籌式]減之，得田積[算籌式]自之，得積冪[算籌式]以[算籌式]通天元[算籌式]加之，得[算籌式]於上。以積四之[算籌式]又以[算籌式]通之，得[算籌式]減上，得[算籌式]寄左。次列一十二萬一千八百一十五步，以左母通之，得[算籌式]與左相消，得開方式[算籌式]三乘方開之，得池方。加倍博徑，自之，加池方冪，九之，平方開之，得田周。

元·朱世傑《四元玉鑑》卷上《混積問元》 今有環田積，實徑乘外周加之，卻減內周冪，餘七百二十九步。只云併內外周減二，餘以平方開之，所得不及實徑一

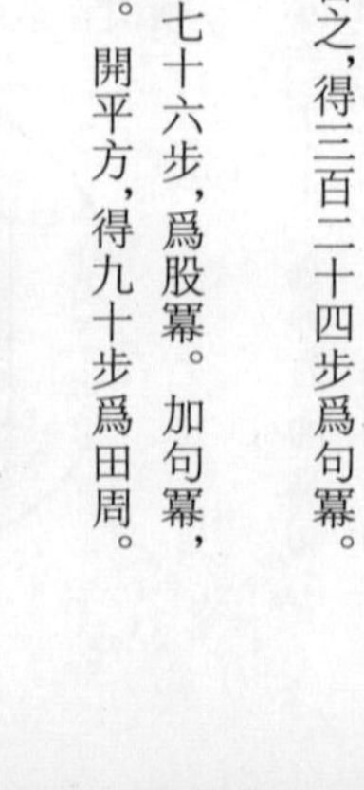

步。問周徑各幾何。

答曰：實徑十五步，内周五十四步，外周一百四十四步。

術曰：立天元一爲實徑。如積求之，得二千九百二十五爲益實，六十爲從方，六十六爲益上廉，二十爲從下廉，一爲益隅。三乘方開之，得實徑一十五步。合問。

清·沈欽裴《四元玉鑑細草》 草曰：立天元一〔算式〕爲實徑。減一步，得〔算式〕自乘得〔算式〕加二步，得〔算式〕爲内外周并。倍實徑，又三之，得〔算式〕爲内外周差。差減并得〔算式〕爲内周之倍差。加并得〔算式〕爲外周之倍。并而半之，得〔算式〕實徑乘之，得〔算式〕爲二段環田積。實徑乘倍外周，得〔算式〕加積，得〔算式〕又二之，得〔算式〕於上。倍内周自乘，得〔算式〕爲四段内周冪。減上，得〔算式〕寄左。乃置七百二十九步，亦四之，得二千九百一十六步。與左相消，得〔算式〕三乘方開之，得一十五步，即實徑也。合問。

清·羅士琳《四元玉鑑細草》 艸曰：立天元一爲實徑。減不及一步，得〔算式〕爲開方數。自之，得〔算式〕加二步，得〔算式〕爲内外周併。副倍天元，得〔算式〕爲内外徑較。三之，得〔算式〕爲内外周較。以減内外周併，得〔算式〕爲兩段内周。自之，得〔算式〕爲四段内周冪。又以併較相加，得〔算式〕爲兩段外周。倍之，得〔算式〕爲四段外周。乘天元得〔算式〕於上。副以天元乘内外周併，得〔算式〕爲兩段田積。倍之，得〔算式〕爲四段田積。加上，得〔算式〕以四段内周冪減之，得〔算式〕爲四段如積。寄左。乃以四通餘步，得二千九百十六爲同數。消左，得〔算式〕開三乘方，得十五步爲實徑，減不及一步，餘十四步。自之，得一百九十六步，加二步得一百九十八步，爲内外周併，倍實徑，得三十步爲内外徑較，三之，得九十步爲内外周較。乃以併較相減，半之，得五十四步，爲内周。以減内外周併，餘一百四十四步，爲外周。合問。

清·戴煦《四元玉鑑細草》 草曰：立天元一爲實徑。減一步〔算式〕自之〔算式〕加二，得二周和〔算式〕以天元六之，得周差〔算式〕加二周和〔算式〕折半，得外周〔算式〕以〔算式〕通周差〔算式〕減之，得内周〔算式〕以天元乘二周和〔算式〕折半，得積〔算式〕以天元乘外周〔算式〕加之，得〔算式〕以〔算式〕通之，得〔算式〕於上。以内周自乘，得〔算式〕以減上，得〔算式〕寄左。次列七百二十九步，以左母通之，得〔算式〕與左相消，得開方式〔算式〕三乘方開之，得實徑減一步。自之，再加二步，得二周和。以六之，實徑加之，折半，得外周。内減六之實徑，得内周。

元·朱世傑《四元玉鑑》卷上《端匹互隱》 今有紗一匹先截一尺作牙錢，餘賣得錢一貫一百七十六文。只云疋長尺價皆以平方開之，二數相并，共得一十二。問疋長尺價各幾何。

答曰：疋長二丈五尺，尺價四十九文。

術曰：立天元一爲疋長開方數。如積求之，得一千三百二十爲益實，二十四爲從方，一百四十三爲從上廉，二十四爲益下廉，一爲正隅。三乘方開之，得五爲疋長開方數。合問。

清·沈欽裴《四元玉鑑細草》 草曰：立天元一〔算式〕爲疋長開方數。自乘，得〔算式〕爲疋長。以天元減十二，餘〔算式〕爲尺價。開方數自乘，得〔算式〕爲尺價。乘疋長，得〔算式〕爲疋價。減尺價，餘〔算式〕與一貫一百七十六文相消，得〔算式〕三乘方開之，得五。自乘，得二丈五尺，即疋長也。五減十二，餘七自乘，得四十九文，即尺價也。合問。

清·羅士琳《四元玉鑑細草》 艸曰：立天元一爲匹長開方數。自之，得 太〇丨 爲匹長。減牙錢一尺得 〔籌式〕 爲餘長。副以天元減共得十二，得 〔籌式〕 爲尺價開方數。自之，得 〔籌式〕 爲尺價。以餘長乘之，得 〔籌式〕 用與一貫一百七十六文相消，得 〔籌式〕 開三乘方，得五。自之，得二十五尺爲匹長。副以五減十二，餘七，自之，得四十九文爲尺價。合問。

清·戴煦《四元玉鑑細草》 草曰：立天元一爲疋長開方數。自之，得疋長 太〇丨 又以天元減十二 〔籌式〕 自之，得 〔籌式〕 爲尺價。以乘疋長，得 太〇〔籌式〕 内減尺價，得 〔籌式〕 寄左。次列賣得錢與左相消，得開方式 〔籌式〕 三乘方開之，得五爲疋長。開方數自之，得疋長。以開方數減十二，自之得尺價。

元·朱世傑《四元玉鑑》卷上《廪粟迴求》 今有方倉四圜囤五受粟四千七百六十八斛。只云倉長取中半自乘，減七尺，餘與囤高等。又囤徑取中半自乘，加三尺，却與倉深同，倉方多於囤徑二尺。問倉囤高深方徑各幾何。

答曰：倉方一丈，深一丈九尺。囤徑八尺，高一丈八尺。

術曰：立天元一爲倉半方面。如積求之，得一萬二千二十五爲益實，二百一十爲從方，二十六爲益上廉，六十二爲益下廉，三十一爲從隅。三乘方開之，得半方倉面。合問。

清·沈欽裴《四元玉鑑細草》 草曰：立天元一 太丨 爲倉半方面。自乘減七尺，得 〔籌式〕 爲囤高。倉方減二尺，得 〔籌式〕 爲囤徑。囤徑取中半，自乘加三尺，得 〔籌式〕 爲倉深。(食)〔倉〕方自乘，得 太〇〔籌式〕 以深乘之，得 太〇〔籌式〕 又四之，得 太〇〔籌式〕 爲四段方倉積於上。囤徑自乘，得 〔籌式〕 以高乘之，得 〔籌式〕 三之 〔籌式〕 四而一 〔籌式〕 五之，得 〔籌式〕 爲五段圜囤積。并上，得 〔籌式〕 寄左。乃置粟四千七百六十八斛，以斛法二尺五寸乘之，得一萬一千九百二十尺。與左相消，得 〔籌式〕 三乘方開之，得五尺，爲倉半方面。倍之，得一丈，即倉方也。餘依加減即得。合問。

清·羅士琳《四元玉鑑細草》 艸曰：立天元一爲倉半方面。自之，得 太〇丨 爲半方冪。減七尺，得 〔籌式〕 爲囤高。副倍天元，得 太〔籌式〕 爲倉方。以多二尺減之，得 〔籌式〕 爲囤徑。半之，得 〔籌式〕 爲囤半徑。自之得 〔籌式〕 爲半徑冪。加三尺，得 〔籌式〕 爲倉深。置半方冪，四之得 太〇〔籌式〕 用乘倉深，得 太〇〔籌式〕 爲倉積。四之，得 太〇〔籌式〕 爲四段倉積於上。又置半徑冪，三之，得 〔籌式〕 用乘囤高，得 〔籌式〕 爲囤積。五之，得 〔籌式〕 爲五段囤積。加上，得 〔籌式〕 爲共積。寄左。乃以斛法通受粟，得一萬一千九百二十爲同數。消左，得 〔籌式〕 開三乘方，得五尺爲半方倉面。倍之，得十尺爲倉方。以多二尺減之，餘八尺爲囤徑。半之得四尺，自之得十六尺，加三尺得十九尺爲倉深。副以半方自之，得二十五尺，減七尺，餘十八尺爲高。合問。

清·戴煦《四元玉鑑細草》 草曰：立天元一爲倉半方面。倍之，得倉長 太‖ 減二尺，得囤徑 〔籌式〕 半之 〔籌式〕 自乘 〔籌式〕 加三尺，得倉深 〔籌式〕 以倉長自乘 太〇〔籌式〕 乘之，得 太〇〔籌式〕 又四之，得四倉總積 太〇〔籌式〕 又天元自之 太〇丨 減七尺，得囤高 〔籌式〕 以乘囤徑自之 〔籌式〕 三之 〔籌式〕 四而一，得 〔籌式〕 以乘囤高，得 〔籌式〕 又五之，得五囤總積 〔籌式〕 二總積相併，得 〔籌式〕 寄左。次列受粟，以斛法乘之，得 〔籌式〕 與左相消，得開方式

[算籌]三乘方開之，得倉半方面。倍之，得倉長。減二尺，得囤徑。又倉半方面自之，減七尺，得囤高。又半囤徑自之。加三尺，得倉深。

元・朱世傑《四元玉鑑》卷上《商功修築》　今有築方城一座計積四千五百四十一萬七千六百尺。只云下面外方減十步，餘開方除之，併入下廣，共得六十五步。又開方數少如上面外方三千五百四十六步，上面內外方差四步，上面外方多如下面內方六步。上下廣差三步，上廣不及高五步一尺。令侵城四角週迴撅圓池取土築城及燒磚包城，令池上廣三丈五尺。下廣三丈。計料，內外城頭合用條磚二千四百萬箇，其磚每箇長一尺，闊五寸，厚二寸半。每人日常役二十四尺，每人日燒磚及包訖城磚三十箇。今差夫五萬人一齊興功。問上下內外方廣及高，併興功畢日、池深各幾何。

答曰：下外方一十里一十步，內方一十里，廣二丈五尺。上外方一十里六步，內方一十里二步，廣一丈。

高三丈六尺。池深二丈五尺五寸二千四百六十七分寸之四百八十三。興功五十一日一千一百二十五分日之四百七十三。

術曰：立天元一爲下廣。如積求之，得四十一萬二千三百四十八爲益實，一萬一千一百四十八步六分爲從方，一萬四千八百九十八步二分爲從上廉，一百三十一步八分爲益下廉，一爲正隅。三乘方開之，得下廣。餘依加減求之。

求池深術曰：列積，四之，三而一于上。又一塼之積乘合用磚數，四之，五而一，加上爲實。又城外方身外加四，三之，加六箇池上廣爲池外周。又池內周加六箇池下闊爲池底外周。併而半之爲池底停周。又併池內外周而半之爲池上停周。倍之，加底停周，以上廣乘之，於上。又倍底停周，加上停周，以下廣乘之，併上，如六而一，所得爲法。除實即池深。

求興功畢日術曰：置城積，併入合用塼數，以二人乘之爲實，併入日常積及人日燒用磚數，以共差夫乘之得數爲法。實如法而一。合問。

清・沈欽裴《四元玉鑑細草》　草曰：立天元一爲下廣。減三步，餘[算籌]爲上廣。以下廣減共六十五步，餘[算籌]爲開方數。自乘，得[算籌]加十步，得[算籌]爲下面外方。置開方數[算籌]加三千五百四十六步，得[算籌]爲上面外方。減四步，餘[算籌]爲上面內方。又置上面外方[算籌]減六步，餘[算籌]爲下面內方。并上內外方，得[算籌]合半之，爲上袤。今省不除，即以[算籌]爲帶分上袤。又并下內外方，得[算籌]合半之，爲上袤。今不可半，即以[算籌]爲帶分下袤。倍上袤，[算籌]下袤從之，得[算籌]以上廣乘之，得[算籌]于上位。亦倍下袤，上袤從之，得[算籌]以下廣[算籌]乘之，得[算籌]并上，得[算籌]于下位。次置上廣，不及高五步一尺，通爲五步二分。加上廣，得[算籌]爲城高。以乘下位，得[算籌]三而一，得[算籌]寄左。乃置城積四千五百四十一萬七千六百尺爲實。以步法五尺再自乘，得一百二十五爲法。除實，得三十六萬三千三百四十步八分。與左相消，得[算籌]三乘方開之，得五步，展爲二丈五尺，即下廣也。餘依加減求之。合問。

求池深草曰：列積四千五百四十一萬七千六百尺。四之，得一萬八千一百六十七萬四百尺。三而一，得六千五十五萬六千八百尺于上。置磚長一尺，乘闊五寸，得五十寸。又乘厚二寸半，得一百二十五寸爲一磚之積。乘合用磚二千四百萬箇，得三百萬尺。四之，得一千二百萬尺。五而一，得二百四十萬尺。加上，得六千二百九十五萬六千八百尺爲實。又置城下外方三千六百一十步。以步法五尺通之，得一萬八千五十尺。身外加四，得二萬五千二百七十尺。三之，得七萬五千八百一十尺爲池內周。置池上廣三丈五尺，六之，得二百一十尺。加池內周，得七萬六千二十尺爲池上外周。又置池下廣三丈，六因之，得一百八十尺。加池內周，得七萬五千九百九十尺爲池底外周。并池底內外周，半之，得七萬五千九百爲池底停周。又并池上內外周而半之，得七萬五千九百一十五尺爲池上停周。倍之，加底停周，得二十二萬七千七百三十尺。以上廣三丈五尺乘之，得七百九十七萬五百五十尺于上。又倍底停周加上停周，得二十二萬七千七百一十五尺。以三廣三丈乘之，得六百八十三萬一千四百五十尺。并上，得一千四百八十萬二千尺。六而一，得二百四十六萬七千尺爲法。除寔得二丈五尺五寸二千四百六十七分寸之四百八十三，即池深也。合問。

求興功畢日草曰：置城積四千五百四十一萬七千六百尺。并入合用磚二千四百萬箇，得六千九百四十一萬七千六百。以二人乘之，得一億三千八百八十三萬五千二百爲實。并人日常積二十四尺及人日燒用磚三十箇，得五十四。以共差夫五萬人乘之，得二百七十萬爲法。實如法而一，得五十一日二十七十萬分日之一百一十三萬五千二百。以等數二千四百約分母子爲一千一百二十五分日之四百七十三，即興功畢日也。合問。

清·羅士琳《四元玉鑑細草》艸曰：立天元一爲下廣。以減共得步，得[illegible]爲開方數。自之，得[illegible]加十步，得[illegible]爲下外方。副置開方數，加少如上面外方，得[illegible]爲上外方。以上面內外方差減之，得[illegible]爲上內方。又置上外方，以多如下面內方減之，得[illegible]爲下內方。又以上下廣差減天元下廣，得[illegible]爲上廣。加不及步，得[illegible]爲高。

乃置下外方加下內方，得[illegible]合半之，爲下停方。今不半，便爲倍下停方。又置上外方，加上內方，得[illegible]爲倍上停方。倍之，得[illegible]加下停方，得[illegible]以上廣乘之，得[illegible]於上。又倍下停方，得[illegible]加上停方，得[illegible]以下廣乘之，得[illegible]加上位，得[illegible]以高乘之，得[illegible]合如六而一，爲兩段方城一面積。今以三除之，得[illegible]爲城積。寄左。乃以步法再之，得一百二十五爲法，除城積，得三十六萬三千三百四十步八分爲同數。消左，得[illegible]開三乘方，得五步爲下廣。以步法化作二丈五尺。以上下廣差減之，得二步爲上廣。化作一丈。加不及高步，得七步二分爲高。化作三丈六尺。副以下廣減共得步，得六十步爲開方數。自之，得三千六百步，加十步，得三千六百十步，爲下外方。以里法收得十里十步。又以少如上面外方加開方數，得三千六百六步，爲上外方。收得十里六步。以上面內外方差減之，餘三千六百三步爲上內方，收得十里三步。又以多如下面內方減上外方，得三千六百步爲下內方。收得十里。

求池深艸曰：列積四之，得一萬八千一百六十七萬四百尺，如三而一，得六千五十五萬六千八百尺於上。副以甎之長闊相乘，得五十寸，又以厚乘之，得一百二十五寸爲一甎之積。乘合用甎，得三百萬尺，四之，得一千二百萬尺，如五而一，得二百四十萬尺，加上，得六千二百九十五萬六千八百尺爲實。以步法五尺通城下外方，得一萬八千五十尺，身外加四，身外加四者，四因一萬八千五十尺，得七萬二千二百尺。退位爲七千二百二十尺。得二萬五千二百七十尺，三之，得七萬五千八百十尺，爲池內周。加六箇池上廣二百十尺，得七萬六千二十尺爲池外周。又池內周加六箇池下闊即池下廣。一百八十尺，得七萬五千九百九十尺爲池底外周。併池內周而半之，得七萬五千九百尺爲池底停周。又併池內外周而半之，得七萬五千九百十五尺爲池上停周。倍之，得十五萬一千八百三十尺，加底停周，得二十二萬七千七百三十尺，以上廣乘之，得七百九十七萬五百五十尺於上。又倍底停周，得十五萬一千八百尺，加上停周，得二十二萬七千七百十五尺，以下廣乘之，得六百八十三萬一千四百五十尺，併上得一千四百八十萬二千尺，如六而一，得二百四十六萬七千尺爲法。實如法而一，得二十五尺五寸，二百四十六萬七千分寸之四十八萬三千，約爲二千四百六十七分寸之四百八十三。

求與功畢日，艸曰：置城積併入合用甎數，得六千九百四十一萬七千六百，以二人槧之，得一億三千八百八十三萬五千二百人爲實。併人日常積，及日燒用甎數，得五十四，以共差夫槧之，得二百七十萬人爲法。實如法而一，得五十一日二百七十萬分日之一百十三萬五千二百，約爲一千一百二十五分日之四百七十三。合問。

清·戴煦《四元玉鑑細草》 草曰：立天元一爲下廣。減上下廣差，得上廣 [算籌] 又天元加五步二分，二分即一尺。得高 [算籌] 步 又六十五步內減天元，得開方數 [算籌] 加三千五百四十六步，得上外方 [算籌] 減上內外方差得上內方 [算籌] 又上外方減六步，得下內方 [算籌] 又開方數自之 [算籌] 加十步，得下外方 [算籌] 上內外方相併，得上半停周 [算籌] 下內外方相併，得下半停周 [算籌] 乃倍上半停周 [算籌] 加下半停周 [算籌] 以上廣乘之，得 [算籌] 於上。又倍下半停周 [算籌] 加上半停周，得 [算籌] 以下廣乘之，得 [算籌] 加上，得 [算籌] 以高乘之 [算籌] 三而一，得城積 [算籌] 寄左。次列積尺，以尺步法立冪一百二十五尺除之，得 [算籌] 與左相消，得開方式 [算籌] 三乘方開之，得下廣。減上下廣差，得上廣。又下廣加五步一尺得高。又以下廣減六十五步，得開方數。加三千五百四十六步，得上外方。內減上內外方差，得上內方。又上外方減六尺，得下內方。又開方數自之，加十步，得下外方。

元·朱世傑《四元玉鑑》卷上《商功修築》 今有仰觀臺一所計積一萬八千五百二十八尺。只云併上下袤爲實。平方開之，得數減于上廣不及一丈三尺，却與上下袤差同。又如高三分之一，上下廣差六尺。欲興功補爲圜臺，上下斜上就爲圜徑，限一日畢役，每人常積二十七尺。問上下廣袤及高、大小四段弧積、用徒各幾何。

答曰：上廣二丈一尺，下廣二丈七尺，上袤二丈八尺，下袤三丈六尺，高二丈四尺。二大弧積七千七百二十尺，徒二百八十五人二十七分人之二十五。二小弧積二千七百二尺，徒一百人二十七分人之二。

術曰：立天元一爲[臺]上廣。如積求之，得一萬八千七百七十四爲益實，七百二爲益方，三百九十一爲從上廉，三十六爲益下廉，一爲正隅。三乘方開之，得上廣。餘依加減求之。

求二大弧積術曰：上廣減于上弦，餘半之爲上兩邊各補之廣。上袤內加補廣爲上兩邊各補之長。又下廣減於下弦，餘半之爲下兩邊各補之廣，下袤內加補廣爲下兩邊各補之長。倍上長，加下長，以上廣乘之，於上。又倍下長，加上長，以下廣乘之，加上，以高乘之，如六而一，得二大弧之積。如每人常積除之得用徒。求二小弧積及用徒者如前術入之即得。合問。

清·沈欽裴《四元玉鑑細草》 草曰：立天元一爲上廣。加六尺得 [illegible] 爲下廣。以一丈三尺減上廣，得 [illegible] 爲開方數。自乘，得 [illegible] 爲上下袤。并以開方數減之，得 [illegible] 爲帶分上袤。寄二爲母。以開方數加并，得 [illegible] 爲帶分下袤。寄二爲母。倍上袤，下袤從之，得 [illegible] 以上廣乘之，得 [illegible] 於上。亦倍下袤，上袤從之，得 [illegible] 以下廣乘之，得 [illegible] 并上 [illegible] 於下。置開方數 [illegible] 三之，得 [illegible] 爲高。以乘下位，得 [illegible] 合十二除之，爲臺積。今十八而一，得 [illegible] 爲臺積三分之二。寄左。乃置臺積一萬八千五百二十八尺，二之，得三萬七千五十六尺，三而一，得一萬二千三百五十二尺。與左相消，得 [illegible] 三乘方開之，得二丈一尺，即上廣也。餘依加減求之。合問。

求二大弧積草曰：上廣二丈一尺，自乘，得四百四十一尺。上袤二丈八尺，自乘，得七百八十四尺。并之，得一千二百二十五尺。開方得三丈五尺，即上弦也。以上廣減之，餘一丈四尺。半之，得七尺，爲兩邊各補之廣。上袤內加補廣，得三丈五尺，爲上兩邊各補之長。又下廣二丈七尺，自乘，得七百二十九尺。下袤三丈六尺，自乘，得一千二百九十六尺。并之，得二千二十五尺。開方得四丈五尺，即下弦也。以下廣減之，餘一丈八尺。半之得九尺，爲下兩邊各補之廣。下袤內加補廣，得四丈五尺，爲下兩邊各補之長。倍上長加下長，得一百一十五尺。以上廣七尺乘之，得八百五尺于上。倍下長加上長，得一百二十五尺。以下廣九尺乘之，得一千一百二十五尺。加上，得一千九百三十尺。以高二丈四尺乘之，得四萬六千三百二十尺。六而一，得七千七百二十尺，即二大弧之積。以每人常積二十七尺除之，得二百八十五人二十七分人之二十五，即用徒也。合問。

求二小弧積草曰：以上袤二丈八尺減上弦三丈五尺，餘七尺。半之，得三尺五寸，爲上兩頭各補之廣。加上廣二丈一尺，得二丈四尺五寸爲上兩頭各補之長。又以下袤三丈六尺減下弦四丈五尺，餘九尺。半之，得四尺五寸爲下兩頭各補之廣。加下廣二丈七尺，得三丈一尺五寸，爲下兩頭各補之長。倍上長加下長，得八丈五寸。以上廣三尺五寸乘之，得二百八十一尺七十五寸於上。又倍下長加上長，得八丈七尺五寸。以下廣四尺五寸乘之，得三百九十三尺七十五寸。加上，得六百七十五尺五十寸。以高二丈四尺乘之，得一萬六千二百一十二尺。六而一，得二千七百二尺，即二小弧積。以每人常積二十七尺除之，得一百人二十七分人之二，即用徒也。合問。

清·羅士琳《四元玉鑑細草》 艸曰：立天元一爲臺上廣。以上下廣差加之，得 [illegible] 爲下廣。副以不及上廣減之，得 [illegible] 爲開方數，又爲上下袤差，又爲高三分之一。以三乘之，得 [illegible] 爲高。副置開方數，自之，得 [illegible] 爲上下袤併，加袤差得 [illegible] 合半之，爲下袤。今不半，便爲倍下袤。又以袤差減上下袤，併得 [illegible] 爲倍上袤。乃倍上袤得 [illegible] 加下袤得 [illegible] 以上廣乘之，得 [illegible] 於上。又復倍下袤得 [illegible] 加上袤，得 [illegible] 以下廣乘之，得 [illegible] 加上位，得 [籌] 以高乘之，得 [籌] 合如六而一，爲兩段臺積。今不除，便爲十二段臺積。寄左。乃以十二通臺積，得二十二萬二千三百三十六爲同數。消左，得 [籌] 約爲 [籌] 開三乘方，得二十一尺爲上廣。加廣差，得二十七尺爲下廣。副以不及上廣減上廣，餘八尺。三之，得二十四尺爲高。又八尺自之，得六十四爲上下袤併，加袤差八尺而半之，得三十六尺爲下袤。又以袤差減袤，併而半之，得二十八尺爲上袤。

求二大弧積艸曰：上廣自之，得四百四十一爲上句冪。上袤自之，得七百八十四爲上股冪。併二冪得一千二百二十五。平方開之，得三十五尺爲上弦。又下廣自之，得七百二十九爲下句冪。下袤自之，得一千二百九十六爲下股冪。併二冪得二千二十五。平方開之，得四十五尺爲下弦。乃以上廣減於上弦而半之，得七尺爲上補廣。用加上袤，得三十五尺爲上補長。又下廣減於下弦而半之，得九尺爲下補廣。用加下袤，得四十五尺爲下補長。乃倍上長得七十，加下長得一百十五。以上補廣乘之，得八百五於上。又倍下長得九十，加上長得一百二十五。以下補廣乘之，得一千一百二十五。併上位，得一千九百三十，以高乘之，得四萬六千三百二十，如六而一，得七千七百二十尺，爲二大弧積。如每人常積而一，得二百八十五人二十七分人之二十五。

求二小弧積[艸曰]：上袤減於上弦而半之，得三尺五寸爲上補廣。用加上廣，得二十四尺五寸，爲上補長。又下袤減於下弦而半之，得四尺五寸爲下補廣。用加下廣，得三十一尺五寸爲下補長。乃倍上長得四十九尺，加下長得八十尺五寸。以上補廣乘之，得二百八十一尺七十五寸於上。又倍下長得六十三尺，加上長得八十七尺五寸。以下廣乘之，得三百九十三尺七十五寸。加上位得六百七十五尺五十寸。以高乘之，得一萬六千二百十二。如六而一，得二千七百二尺爲二小弧積。如每人常積而一，得一百人二十七分人之二。合問。

清・戴煦《四元玉鑑細草》 草曰：立天元一爲上廣。加六尺得下廣 [籌] 又天元内減一丈三尺，得開方數 [籌] 三之，得高 [籌] 又開方數自之，得兩袤和 [籌] 内加開方數 [籌] 折半，得下袤 [籌] 以 [籌] 通開方數 [籌] 減之，得上袤 [籌] 乃倍上袤 [籌] 加下袤 [籌] 以上廣乘之，得 [籌] 於上。又倍下袤 [籌] 加上袤 [籌] 以下廣乘之，得 [籌] 加上，得 [籌] 以高乘之 [籌] 六而一，得 [籌] 寄左。次列積尺，以左母通之，得 [籌] 與左相消，得 [籌] 十八約之，得開方式 [籌] 三乘方開之，得上廣。加六尺，得下廣。又上廣減一丈三尺，得開方數。三之，得高。又開方數自之，加開方數折半，得下袤。減開方數，得上袤。

元・朱世傑《四元玉鑑》卷上《商功修築》 今有造龍尾堤一所，只云高多上廣二尺，如下廣三分之二，高併上廣，自乘，不及袤九十六尺。每人日程常積二十九尺，用徒一千八百四十人，限一日役畢。問堤上下廣及高袤各幾何。

答曰：上廣一丈，下高一丈八尺，高一丈二尺，袤五百八十尺。

術曰：立天元一爲堤高。如積求之，得四萬二千爲益實，二十五爲益方，五十二爲從上廉，五爲益下廉，一爲從隅。三乘方開之，得堤高。合問。

清・沈欽裴《四元玉鑑細草》 草曰：立天元一爲堤高。減二尺，得 [籌] 爲上廣。并高，得 [籌] 自乘，得 [籌] 加九十六尺，得 [籌] 爲袤。三因天元，二而一，得 [籌] 爲下廣。倍之，得 [籌] 上

廣從之 [算籌] 以袤乘之，得 [算籌] 又以高乘之，得 [算籌] 合六而一，爲堤積。今以八除，得 [算籌] 爲堤積四分之三。寄左。乃置用徒一千八百四十人，以每人日程常積二十九尺乘之，得五萬三千三百六十尺。三之，得一十六萬八十尺。四而一，得四萬二十尺。與左相消，得 [算籌] 三乘方開之，得一丈二尺，即堤高也。餘依加減求之。合問。

清·羅士琳《四元玉鑑細草》 艸曰：立天元一爲堤高。以二尺減之，得 [算籌] 爲上廣。用加天元，得 [算籌] 自之，得 [算籌] 又加不及九十六尺，得 [算籌] 爲袤。副以分母三乘天元，得 [算籌] 合如分子，二而一爲下廣。今不除，便爲倍下廣。加上廣，得 [算籌] 以袤乘之，得 [算籌] 又以天元乘之，得 [算籌] 合如六而一，爲堤積。今不除，便爲六段堤積。寄左。乃以用徒乘常積，得五萬三千三百六十爲堤積。又以六通之，得三十二萬一百六十爲同數。消左，得 [算籌] 約爲 [算籌] 開三乘方，得十二尺爲高。減二尺餘十尺，爲上廣。副以堤高二而三，得十八尺爲下廣。又高與上廣相加，得二十二。自之，得四百八十四，加不及九十六，得五百八十尺爲袤。合問。

清·戴煦《四元玉鑑細草》 草曰：立天元一爲堤高。內減二尺，得上廣 [算籌] 又置天元，三之 [算籌] 二而一，得下廣 [算籌] 又高併上廣 [算籌] 自之，得 [算籌] 加九十六尺，得袤 [算籌] 乃倍下廣，得 [算籌] 加上廣 [算籌] 以高乘之 [算籌] 又以袤乘之 [算籌] 六而一，得堤積 [算籌] 寄左。次列用徒，以常積乘之，得積 [算籌] 以左母通之，得 [算籌] 與左相消，得 [算籌] 八約之，得開方式 [算籌] 三乘方開之，得堤高。內(廣)減二尺，得上廣。又堤高三之，二而一，得上廣。又高併上廣，自乘加九十六尺，得袤。

元·朱世傑《四元玉鑑》卷上《商功修築》 今有造仰觀臺一所，只云上下袤差一丈四尺，併上下廣虛加二爲實，六爲從方，一爲從隅。平方開之，不及上廣八尺，上袤多於上廣二分之一，高多下袤七尺。每日用徒二百二十七人，每人日程常積二十四尺，五日役畢。問臺上下廣袤及高各幾何。

答曰：上袤二丈四尺，下袤三丈八尺，上廣一丈二尺，下廣二丈六尺，高四丈五尺。

術曰：立天元一爲臺上之廣。如積求之，得七萬七千六百四爲益實，一千八百一十三爲益方，五百四十六爲益上廉，三十一爲從下廉，六爲從隅。三乘方開之，即臺上廣。合問。

清·沈欽裴《四元玉鑑細草》 草曰：立天元一爲臺上之廣。減八尺，得 [算籌] 爲開方數。乘從隅一加入從方六，得 [算籌] 以開方數乘之，得 [算籌] 爲實。減二尺，餘 [算籌] 爲上下廣并。減上廣，餘 [算籌] 爲下廣。二因上廣，得 [算籌] 爲上袤。加一丈四尺，得 [算籌] 爲下袤。又加七尺，得 [算籌] 爲高。倍上袤，下袤從之，得 [算籌] 以上廣乘之，得 [算籌] 於上。亦倍下袤，上袤從之，(得)以下廣乘之，得 [算籌] 并上，得 [算籌] 以高乘之，得 [算籌] 合六而一爲臺積。今半之，得 [算籌] 爲三段臺積。寄左。乃置徒二百二十七人，以二十四尺乘之，得五千四百四十八尺。又以五日乘之，得二萬七千二百四十尺。又三之，得之，得 加上位，得 以高乘之 寄左。次列常如六而一，得 寄左。次列常積乘日用徒 。又以五日乘之，得積 以左母通之，得 與左相消，得 二約之，得開方式 三乘方開之，得上廣。倍之，得上袤。加袤差，得下袤。再加高多下袤，得高。又上廣減八尺，得開方數。加方法六，以開方數乘之於上。以上廣加二算，減上得下廣。

元·朱世傑《四元玉鑑》卷上《和分索隱》 今有直積自乘，減和冪，餘一萬一千七百五十一步一百四十四分步之八十三。只云較不及平四步一十二分步之七。問長平各幾何。

答曰：平八步三分步之二，長一十二步四分步之三。

術曰：立天元一爲平。如積求之，得一百六十九萬五千二百五十二爲益實，三千九百六十爲從方，一千七百二十九爲從上廉，二千六百四十爲益下廉，五百七十六爲從隅。三乘方開之，得平。不盡，按之分法求之，再得一百四萬二千八十四億五千二百八十一萬二千八百爲益實，二千三十七億三十六萬一百九十二爲從方，九千一百九十萬二千五百二十八爲從上廉，一萬五千七百九十二爲從下廉，一爲正隅。三乘方開之，得三百八十四。與分母約之。合問。

清·沈欽裴《四元玉鑑細草》 草曰：立天元一爲平。十二乘之，得太 爲帶分平。置四步一十二分步之七，通分內子，得五十五。減平，得 爲帶分較。加平，得 爲帶分長。天元乘之，得太 自之，得太 于上。長平相加，得 爲帶分和。自之，得

八萬一千七百二十尺。與左相消，得 三乘方開之，得一丈二尺，即臺上廣也。餘依加減求之。合問。

清·羅士琳《四元玉鑑細草》 艸曰：立天元一爲臺之上廣。以不及上廣減之，得 爲開方數。六之，得 爲從方。自之，得 爲從隅。方隅同名，相併得 減虛算二，得 爲上下廣併。以天元減之，得 爲下廣。副倍天元，得太 爲上袤。加上下袤差，得 爲下袤。又加高多下袤，得 爲高。乃倍上袤，得太 加下袤，得 以上廣乘之，得太 於上。又復倍下袤，得 加上袤，得 以下廣乘之，得 併上位，得 以高乘之，得 合如六而一，爲臺積。今不除，便爲六段臺積。寄左。乃以用徒乘常積，得五千四百四十八。又以五日乘之，得二萬七千二百四十。復以六通之，得十六萬三千四百四十爲同數。消左，得 約爲 開三乘方，得十二尺爲上廣。倍之，得二十四尺爲上袤。加上下袤差，得三十八尺爲下袤。副以八尺，減上廣，餘四尺，爲開方數。六之，得二十四，爲從方。自之，得十六爲從隅。方隅同名，相併，得四十。減虛算二，餘三十八尺爲上下廣併。減上廣，餘二十六尺爲下廣。合問。

清·戴煦《四元玉鑑細草》 草曰：立天元一爲臺上廣。二之，得上袤太 加袤差，得下袤 再加高多下袤，得高 又天元減八尺，得開方數 自之 加六箇開方數 以天元虛加二算 減之，得下廣 乃倍上袤太 加下袤 以上廣乘之，得太 於上。又倍下袤 加上袤 以下廣乘

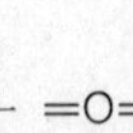 減上，餘 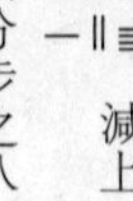 寄左。乃置一萬一千七百五十一步一百四十四分步之八十三，通分內子，得一百六十九萬二千二百二十七。與左相消，得 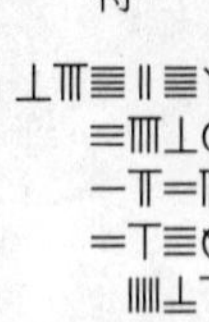 三乘方開之，得八步，不盡。按之分法求之，得三分步之二。合問。

清·羅士琳《四元玉鑑細草》 艸曰：立天元一爲平，以分母十二通之，得 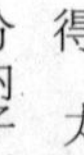 爲十二段平。倍之，得 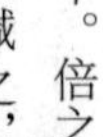 爲十二段倍平。副以較不及平通分內子，得五十五。以減之，得 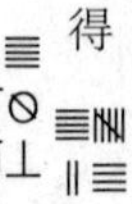 爲十二段長。用加十二段平，得  爲十二段和。自之，得  爲一百四十四段和冪於上。又以天元乘十二段長，得  爲十二段直積。自之，得  爲一百四十四段直積自乘。以上位減之，得 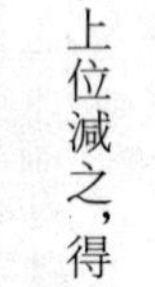 爲一百四十四段如積。寄左。乃以餘步通分內子，得一百六十九萬二千二百二十七爲同數。消左，得  開三乘方，得八步，不盡 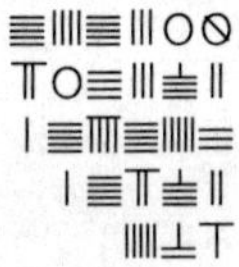 以隅五百七十六爲母。以母三乘實爲實，以母再乘方爲方，以母一乘上廉爲上廉，下廉不動，隅定爲一，得 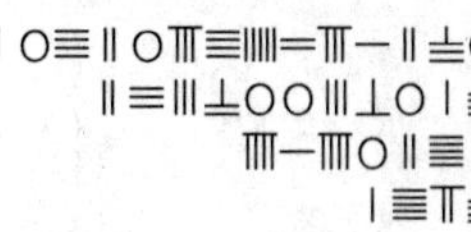 開三乘方，得三百八十四爲子。子母各以一

百九十二約之，得三分步之二爲平。通分內子，又八之，得二百八。以較不及平五十五減之，餘一百五十三爲實。十二爲法。實如法而一，得十二步十二分[步]之九，約爲四分步之三，爲長。合問。

清·戴煦《四元玉鑑細草》 草曰：立天元一爲平。以  通之 以云數通分內子，得 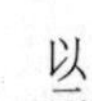 減之，得較 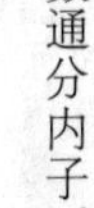 加帶分平，得長 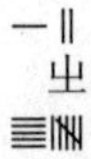 以平乘之，得積 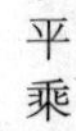 自之，得積冪  又以長加帶分平，得和 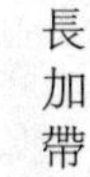 自之，得和冪  以減積冪，得  寄左。次列今有數，通分內子，得 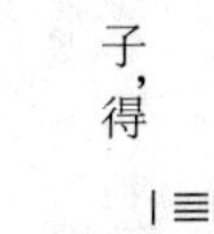 與左相消，得開方式 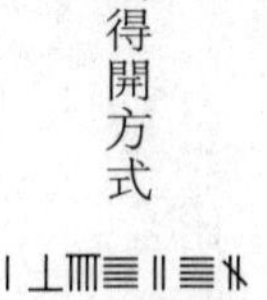 三乘方開之，得八步。不盡，以之術分入之。以隅法五百七十六爲不盡數之母。立天元一爲不盡數之分子，以隅法通八步，得 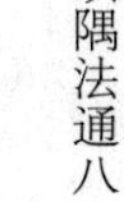 併之，得原平  自之，得原平上平方 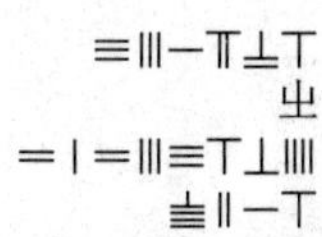 又以原平乘之，得原平上立方 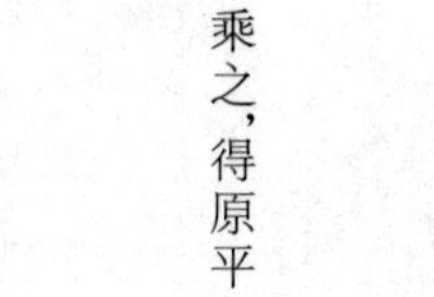

又以原平乘之，得原平上三乘方。以隅法乘之，得從隅式

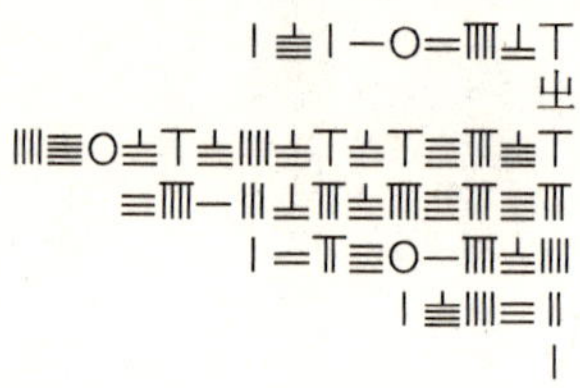

又置原平上平方，以

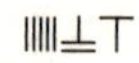

通之

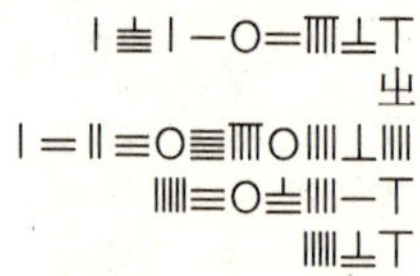

又以上廉法乘之，得從上廉式

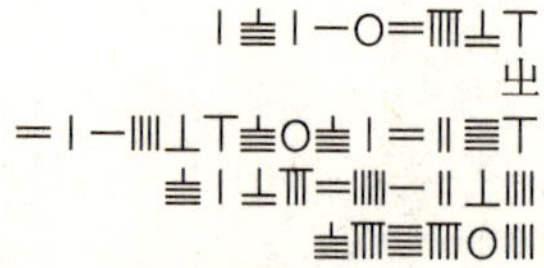

又置原平，以

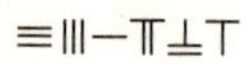

通之，得

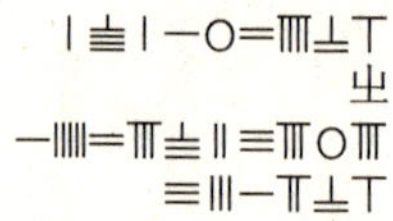

又以方法乘之，得從方式

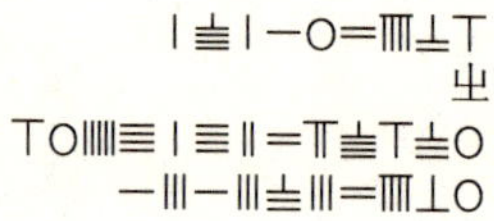

并三式，得原開方式之正數式

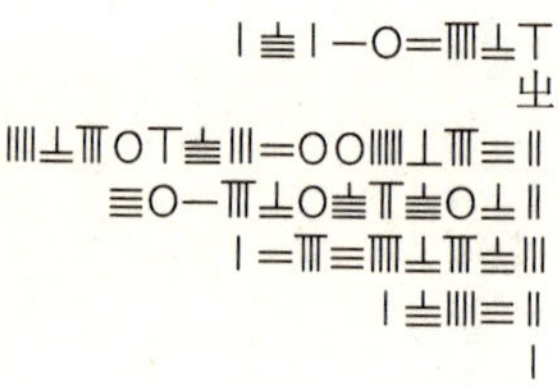

寄左。次置原平上立方，以下廉法乘之，得益下廉式

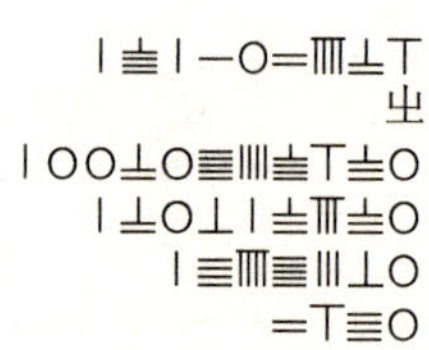

又置原實，以

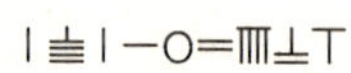

通之，得益實式

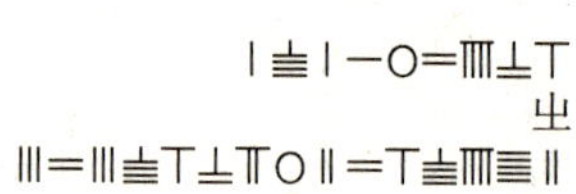

并二式，得原開方式之負數式

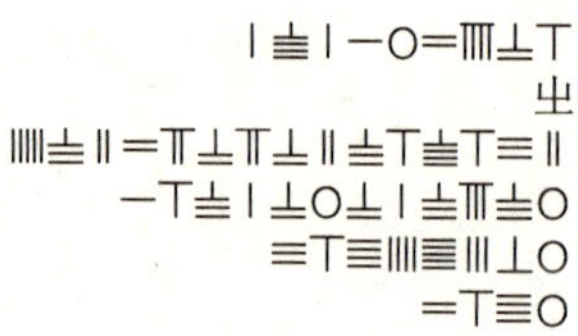

與左相消，得開方式

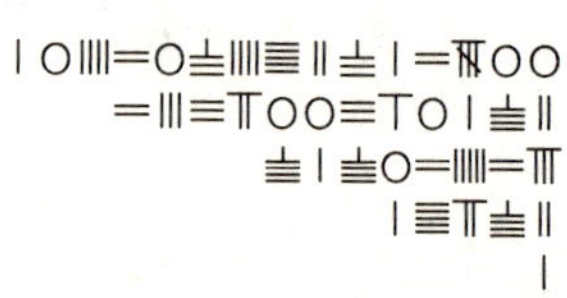

三乘方開之，得隅三百八十四，與隅法五百七十六約之，得三分步之二，併入八步，得平。內減云數，所得加平，得長。

清·陳棠《四元消法易簡草》卷二 法曰：立天元 太丨 為長。如積求之，得餘步式

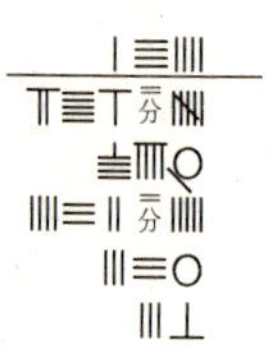

以分母通餘步，相消，得開方式

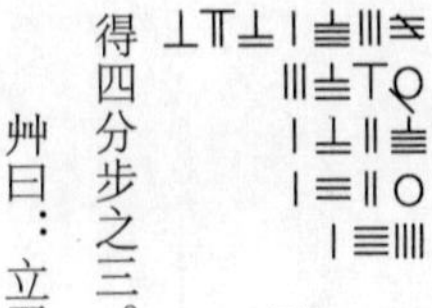

開三乘方，得長十二步，不盡

按之分法求之，得四分步之三。

艸曰：立天元 太| 爲長。以不及母 |= 通之，得

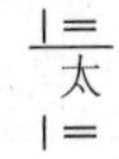

以不及母通整數，得

以長加之，得

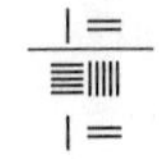

爲二平。半之，得

爲平。以天元長乘之，得

爲直積。自之，得

爲直積自乘冪。乃以長平相併，得

爲和。自之，得

爲和冪。減積冪，得

爲餘步式。寄左。乃列餘步，以分母一百四十四通整數，得

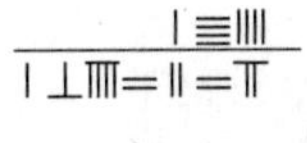

消左，得

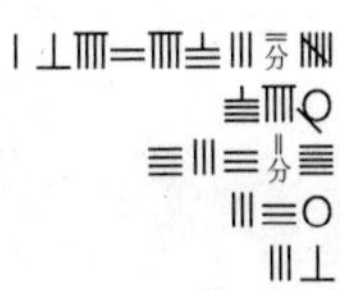

四之，得

開三乘方，得十二步，不盡

以隅爲母，三乘實爲實。以母再乘方爲方。以母一乘上廉爲上廉。下廉不動。隅定爲一。得

開三乘方，得一百八爲子。子母各以三十六約之，得四分之三爲長。通分內子，得五十一。三之，得一百五十三。以不及步通得五十五，加之，得二百八，半之，得一百四。以母十二收之，得八步十二分步之八，約爲三分步之二。合問。

元・朱世傑《四元玉鑑》卷中《方圓交錯》 今有方圓田各一段圓從古法，二積相乘得一萬五千五百五十二步。只云方田面除圓田周得三步。問方面圓周幾何。

答曰：方面一十二步，圓周三十六步。

術曰：立天元一爲方田面。如積求之，得二萬七百三十六爲益實，一爲正隅。開三乘方除之。得方田面一十二步。

又立天元一爲圓田周。如積求之，得一百六十七萬九千六百一十六爲益實，一爲正隅。三乘方開之，得圓田周。合問。

清・沈欽裴《四元玉鑑細草》 草曰：立天元一爲方田面。自之，得 太○| 爲方田積。以十二乘之，得 太○‖ 爲一十二段方田積。置方田面 太| 三之，得 太‖ 爲圓田周。自之，得 太○Ⅲ 爲一十二段圓田積。二積相乘，得

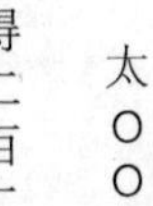

寄左。乃置一萬五千五百五十二步，以一百四十四乘之，得二百二十三萬九千四百八十八。與左相消，得

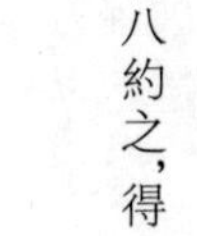

以一百八約之，得

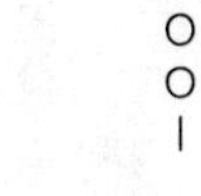

開三乘方除之，得一十二步，即方田面也。合問。

又立天元一爲圓田周。三之，得 太Ⅲ 自之，得 太○Ⅲ 爲一百八

段圓田積。次以天元一爲方田面，自之，得 太〇丨 又以一十二乘之，得 太〇〢丨 爲一百八段方田積。二積相乘，得 太〇〇〇〧丨〇 寄左。乃置一萬五千五百五十二步，以一萬一千六百六十四乘之，得一億八千一百三十九萬八千五百二十八。與左相消，得 𝍦〇〇〇〧丨〇 丨〩丨〣〧〩〢丨〩丨 以一百八約之，得 丅〇〇〇丨 丨丄〧〩丅丨丅丨 三乘方開之，得三十六步，即圓田周也。合問。

清·羅士琳《四元玉鑑細草》 艸曰：立天元一爲方田面。三之，得 太〢 爲圓周。自之，得 太〇〧 合如十二而一，爲圓積。今不除，便爲十二段圓積。副以天元自之，得 太〇丨 爲方積。用藂十二段圓積，得 太〇〇〇〧 爲十二段二積相藂之冪。寄左。乃以十二通得步，得十八萬六千六百二十四爲同數。消左，得 〣〇〇〇〧 丨〩丅丄〤丅〩丨 約爲 丅〇〇〇丨 〢〇〧〣丅 開三藂方，得十二步爲方田面。 又立天元一爲圓田周，即爲三段方田面。自之，得 太〇丨 爲九段方積。副以天元自之，得 太〇丨 合如十二而一，爲圓積。今不除，便爲十二段圓積。用藂九段方積，得 太〇〇〇〇丨 爲一百八段二積相藂之冪。寄左。乃以一百八通得步得一百六十七萬九千六百十六爲同數。消左，得 丄〇〇〇丨 丨丄〧〩丅〤丅丄丨 開三藂方，得三十六步爲圓田周。合問。

清·戴煦《四元玉鑑細草》 草曰：立天元一爲方田面。自之，得方田積 太〇丨 以天元乘三步，得圓田周 太〢 自之 太〇〧 十二而一，得圓田積 〢〤太〇〧丨 二積相乘，得 〢〤太〇〇〇〧丨 寄左。次列一萬五千五百五十二步，以左母通之，得 丨〢〤丨 〧丄丅〣丨 與左相消，得 〢〤〇〇〇〧 〧丄丅〣丨 九約之，得開方式 丅〇〇〇丨 〢〇〧〣丅 三乘方開之，得方田面。 又立天元一爲圓田周。自之 太〇丨 十二而一，得圓田積 〢〤太〇丨 以三步除天元，得方田面 〢〤太丨 自之，得方田積 〧〤太〇丨 二積相乘，得 〧〤太〇〇〇丨 寄左。次列一萬五千五百五十二步，以左母通之，得 丨〇〧〤 丅丨〩丄〧〩丨 與左相消，得開方式 丄〇〇〇丨 丨丄〧〩丅〤丅丄丨 三乘方開之，得圓田周。

元·朱世傑《四元玉鑑》卷中《方圓交錯》 今有方圓田各一段圓從徽術，共積二百四十七步一百五十七分步之二十九。只云方面自乘内加圓周共得一百八十步。問圓周方面各幾何。

答曰：圓周三十六步，方面一十二步。

術曰：立天元一爲圓田周。如積求之，得二萬一千九十六爲益實，三百一十四爲益方，二十五爲正隅。平方開之，得圓田周。

又立天元一爲方田面。如積求之，得七十三萬二千三百八十四爲正實，八千六百八十六爲益上廉，二十五爲正隅。三乘方開之，得方田面。合問。

清·沈欽裴《四元玉鑑細草》 草曰：立天元一爲圓田周。自乘，得 太〇丨 乘圓冪率二十五，得 太〇〥〢 合如周冪率三百一十四而一爲圓田積。今省不除，即以 太〇〥〢 爲三百一十四段圓田積。次置一百八十步，減圓周，餘 𝍦〇〩丨 爲方面。自乘，以三百一十四乘之，得 〨〇〢丨〣〥 〧〡丄 爲三百一十四段方面積。并二積，得　寄左。乃置共積二百四十七步一百五十七分步之二十九，通分内子，得三萬八千八百八。倍之，得七萬七千六百一十六。與左相消，得　平方開之，得三十六步即圓田周也。合問。

又立天元一爲方田面。自之，得 太　以三百一十四乘之，得 太　爲三百一十四段方田積。次置共一百八十步，減方面自乘，餘　爲圓周。自之，得　又以二十五乘之，得　爲三百一十四段圓田積。并二積，得　寄左。乃置共積與左相消，得　三乘方開之得一十二步，即方田周也。合問。

清·羅士琳《四元玉鑑細草》草曰：立天元一爲圓田周。自之，得 太　以圓冪率二十五乘之，得 太　合如周冪率三百十四而一爲圓積。今不除，便爲三百十四段圓積。副以天元減一百八十步，得　爲方積。以三百十四通之，得　爲三百十四段方積。併二積，得　爲三百十四段共積。寄左。乃以共積通分内子，得三萬八千八百。八倍之，得七萬七千六百十六爲同數。消左，得　開平方，得三十六步爲圓田周，又立天元一爲方田面。自之，得 太　爲方積。以減一百八十步，得　爲圓田周。自之，得　以二十五乘之，得　合如三百十四而一爲圓積。今不除，便爲三百十四段圓積。副以三百十四通方積，得 太　爲三百十四段方積。併二積，得　消帶分共積，得　開三乘方，得十二步爲方田面。合問。

清·戴煦《四元玉鑑細草》草曰：立天元一爲圓田周。自之 太　以徽半徑率　乘之 太　如徽倍周率　而一，得圓田積 太　以圓周減一百八十步，得方田積　以圓積母　通之，得　併入圓田積，得　寄左。次列原共積，通分内子得　以　通之，使與左同母。得　與左相消，得開方式　平方開之，得圓田周。

又立天元一爲方田面。自之，得方田積 太　以減一百八十步，得

圓田周 自之，得 以徽半徑率 乘之 如徽倍周率 而一，得圓田積 以圓積母 通方田積，得 併入圓田積，得 寄左。次列原共積，通分內子，得 以 通之，得 與左相消，得開方式 三乘方開之，得方田面。

元·朱世傑《四元玉鑑》卷中《方圓交錯》 今有方、圓田各一段圓從密率，方田積內減圓田周，圓田積內減方田面，餘二數并，得一百九十九步一十一分步之一。只云圓周冪減方面餘一千二百八十四步。問方面圓周各幾何。

答曰：圓周三十六步，方面一十二步。

術曰：立天元一爲圓田周。如積求之，得一億四千五百一十七萬七千二百爲正實，八十八爲益方，二十二萬六千六十五爲益上廉，八十八爲正隅。三乘方開之，得圓周。合問。

清·沈欽裴《四元玉鑑細草》 草曰：立天元一爲圓田周。自之，得太 乘周冪率七，得太 合以周冪率八十八除之，爲圓積。今不受除，即以太 爲八十八段圓田積。次置圓周冪太 以一千二百八十四減之，餘 爲方田面。自之，得 爲方田冪。又以八十八乘之，得 爲八十八段方田積。置帶分方田積，內減八十八箇圓田周，得 於上。又置帶分圓田積，內減八十八箇方田面，得 并上 寄左。乃置一百九十九步一十一分步之一，通分內子，得二千一百九十以八。乘之，得一萬七千五百二十。與左相消，得 三乘方開之，得一十六步，即圓周也。合問。

清·羅士琳《四元玉鑑細草》 艸曰：立天元一爲圓田周。自之得太 爲圓周冪。以圓冪率七乘之，得太 合如周冪率八十八而一，爲圓積。今不除，便爲八十八段圓積。副以一千二百八十四減圓周冪，得 爲方田面。自之，得 爲方積。以八十八通之，得

〔算籌〕爲八十八段方積。併二積，得〔算籌〕於上。又併方田面圓田周，得〔算籌〕八十八通之，得〔算籌〕以減上，得〔算籌〕爲八十八段共積。寄左。乃以餘步通分内子，得二千一百九十。又八通之，得一萬七千五百二十爲同數。消左，得〔算籌〕開三乘方，得三十六步爲圓田周。自之，得一千二百九十六爲圓周冪。以一千二百八十四減之，餘十二步爲方田面。合問。

清·戴煦《四元玉鑑細草》草曰：立天元一爲圓田周。自之 太〇丨 以密徑率 〔算籌〕 乘之 太〇〔算籌〕 如四之密周率 〔算籌〕 而一，得圓田積〔算籌〕又天元冪内減一千二百八十四步，得方田面〔算籌〕自之，得方田積〔算籌〕内減圓田周，得〔算籌〕以圓積母〔算籌〕通之，得〔算籌〕於上。又以圓積母〔算籌〕通方田面，得〔算籌〕以減圓田積，得〔算籌〕加上，得〔算籌〕寄左。次列併得數通分内子，得〔算籌〕以〔算籌〕通之，使與左同母。得〔算籌〕與左相消，得開方式〔算籌〕三乘方開之，得（原）圓田周。自之，減〔算籌〕步　得方面。

元·朱世傑《四元玉鑑》卷中《方圓交錯》今有方圓田各一段圓從徽術，方田冪内減圓田積，餘以方田冪乘之，得五千八百七十七步一百五十七分步之六十三。只云方田面如圓田周三分之一。問方田面圓田周各幾何。

答曰：方面一十二步，圓周三十六步。

術曰：立天元一爲方田面。如積求之，得二億八千九百七十四萬四千一百二十八爲益實，一萬三千九百七十三爲正隅。三乘方開之，合問。

清·沈欽裴《四元玉鑑細草》爲算之道，簡省爲善。今改新術於後。細草依新術爲之。

新術曰：立天元一爲方田面。如積求之，得二萬七千七百三十六爲益實，一爲正隅，三乘方開之，合問。

草曰：立天元一爲方田面。自之，得 太〇丨 爲方田積。以三百一十四乘之，得 太〇〣 〣〡 爲三百一十四段方田積。次置方田面 太〡 三之，得 太〣 爲圓田周。自之，得 太〇〩 以圓冪率二十五乘之，得 太〇〢〢〥 合以周冪率三百一十四除之，爲圓田積。今不受除，即以 太〇〢〢〥 爲三百一十四段圓田積。以減三百一十四段方田積，餘 太〇〨〩 以方田冪 太〇〡 乘之，得 太〇〇〇〨〩 寄左。乃置五千八百七十七步一百五十七分步之六十三，通分內子，得九十二萬二千七百五十二。倍之，得一百八十四萬五千五百四。與左相消，得 〡〨〥〣〣〩〇〇〇〩〨 以八十九約之，得 〧〇〇〇〡 〢〇〧〣〧 三乘方開之，得一十二步，即方面也。合問。

清・羅士琳《四元玉鑑細草》 艸曰：立天元一爲方田面。自之，得 太〇〡 爲方積。以分母一百五十七通之，得 太〇〧 〡〥〧 爲帶分方積。副以天元三之，得 太〣 爲圓田周。自之，得 太〇〩 以二十五乘之，得 太〇〢〢〥 合如三百一十四而一，爲圓積。今不除，便爲三百十四段圓積於上。轉以三百十四通方積，得 太〇〣〡〩 爲三百十四段方積。以上位減之，得 太〇〨〩 用乘帶分方積，得 太〇〇〇〨〩 〡〥〧 爲四萬九千二百九十八段如積。寄左。乃以得步通分內子，得九十二萬二千七百五十二。又以三百十四通之，得二億八千九百七十四萬四千一百二十八爲同數。消左，得 〢〨〩〧〤〤〡〢〨 〨〩〇〇〇〡 〡〥〧 開三乘方，得十二步爲方田面。三之，得三十六步爲圓田周。

合問。士琳案：此式尚可用隅約。

清・戴煦《四元玉鑑細草》 草曰：立天元一爲方田面。自之，得方田冪 太〇〡 以天元三之，得圓田周 太〣 自之 太〇〩 以徽半徑率 〣〡〢 乘之 太〇〢〢〥 如徽倍周率 〣〡〤 而一，得圓田積 〣〡〤太〇〢〢〥 以〣〡〤 通方田冪，得 〣〡〤太〇〣〡〤 內減圓田積，得 〣〡〤太〇〨〩 以方田冪 〣〡〢 乘之，得 〣〡〤太〇〇〇〨〩 寄左。次列五千八百七十七步一百五十七分步之六十三，通分內子，得 〧〣〡〥 以六百二十八通之，使與左同母。得 〥〧〤〨〣〩〡〤〡 與左相消，得 〢〨〩〧〤〤〡〢〨 〧〇〇〇〨〩 二約之，得開方式 〡〤〤〨〧〢〇〦〤 〧〇〇〇〡 〡〣〧〢 三乘方開之，得方田面。三之，得圓田面周。按：方田冪乘之，只須用天元冪術中用帶分方田冪，故用得數較繁。

元・朱世傑《四元玉鑑》卷中《方圓交錯》 今有方圓田各一段圓從密率，方田積內減方田面，圓田積內減圓田周，二餘數相乘，得八千八百五十六步。只云方面不及圓周二十四步。問方面圓周各幾何。

答曰：圓周三十六步，方面一十二步。

術曰：立天元一爲圓田周。如積求之，得八百五十七萬二千六百八爲益實，五十八萬八百爲益方，九萬三千六百三十二爲從上廉，四千七百四十一爲益下廉,七十七爲從隅。三乘方開之,得圓周。合問。

清・沈欽裴《四元玉鑑細草》 此誤多十一倍,另立新術於後。

術曰:立天元一爲圓田周。如積求之,得七十七萬九千三百二十八爲益實,五萬二千八百爲益方,八千五百一十二爲從上廉,四百三十一爲益下廉,七爲從隅。三乘方開之,得圓周。合問。

草曰:立天元一爲圓田周。自之,得 太[算籌式] 以圓冪率七乘之,得 太[算籌式] 合以周冪率八十八除之,爲圓田積。今不受除,即以 太[算籌式] 爲八十八段圓田積。內減八十八箇圓田周,餘 太[算籌式] 于上。次置圓田周 太[算籌式] 以不及二十四尺減之,得 [算籌式] 爲方田面。自之,得 [算籌式] 爲方田積。內減方田面 [算籌式] 餘 [算籌式] 于下。上下位相乘,得 太[算籌式] 寄左。乃置八千八百五十六步,亦以八十八乘之,得七十七萬九千三百二十八。與左相消,得 [算籌式] 三乘方開之,得三十六步,即圓周也。合問。

清・羅士琳《四元玉鑑細草》 艸曰:立天元一爲圓田周。以密徑七乘之,得 太[算籌式] 合如密周二十二而一,爲圓徑。今不除,便爲二十二段密圓徑。自之,得 太[算籌式] 以密圓率十一乘之,得 太[算籌式] 合如密方率十四而一,爲四百八十四段圓積。今止受七除,便七除之,得 太[算籌式] 爲九百六十八段圓積。轉以九百六十八通天元,得 太[算籌式] 以減帶分圓積,得 太[算籌式] 於上。副以不及步減天元,得 [算籌式] 爲方田面。自之,得 [算籌式] 爲方積。以方田面減之,得 [算籌式] 乘上,得 太[算籌式] 爲九百六十八段如積。寄左。乃以九百六十八通二餘數相乘數,得八百五十七萬二千六百八爲同數。消左,得 [算籌式] 開三乘方,得三十六步爲圓田周。以不及步減之,除十二步爲方田面。合問。士琳案:此式尚可用十一約。

清・戴煦《四元玉鑑細草》 草曰:立天元一爲圓田周。自之 太[算籌式] 以密徑率七乘之 太[算籌式] 如四之密周率 [算籌式] 而一,得圓田積 太[算籌式] 又天元內減二十四步,得方田面 [算籌式] 自之,得方田積 [算籌式] 內減方田面,得 [算籌式] 以圓積母 [算籌式] 通之,得 [算籌式] 於上。又以圓積母通天元,得 太[算籌式] 以減圓田積,得 太[算籌式] 乘上,得 太[算籌式] 寄左。次列八千八百五十六步,以左母通之,得 [算籌式] 與左相消,得 [算籌式] 八約之,得開方式 [算籌式] 三乘方開之,得圓田周。內減二十四步,得方面。按:方積內減方面,即可以圓積減圓周乘之。術中以圓積分母通之而後乘,故得數較繁。

元・朱世傑《四元玉鑑》卷中《明積演段》 今有直積一百二十步。只云黃方乘句股較得四十二步。問句及黃方各幾何。

答曰:句八步,黃方六步。

術曰:立天元一爲句。如積求之,得二萬八百爲正實,五百一十七爲益上廉,三爲從隅。三乘方開之,得句。

又立天元一爲黃方。如積求之,得五萬五百四十四爲正實,一千四百四十爲益上廉，一爲從隅。三乘方開之，合問。

清・沈欽裴《四元玉鑑細草》 草曰：立天元一爲勾。合以除直積爲股。今不受除，即以直積一百二十步爲帶分股。亦以天元自乘，得 爲帶分勾。減帶分股，餘 爲帶分勾股較。合以除四十二步，爲黄方。今不受除，即以 爲帶分黄方。次置勾股和 以乘帶分勾股較 得 爲帶分勾股和。亦以天元乘帶分黄方，得 減帶分勾股和，餘 爲帶分弦。并帶分勾股弦，得 以帶分黄方 乘之，得帶分倍積 寄左。乃置帶分勾股較 自乘，得 又以天元自乘，乘之得 爲分母。乘倍積二百四十步，得 與左相消，得 以一百八約之，得 三乘方開之，得八步，即勾也，合問。

又立天元一爲黄方。合以除倍積爲弦和和。今不受除，即以二百四十步爲帶分弦和和。以黄方自乘減之，餘 爲倍弦。自之，得 爲帶分四段弦冪。寄左。乃置黄方乘勾股較四十二步，合以黄方除之，爲勾股較。今不受除，即以四十二步爲帶分勾股較。倍之，得八十四步。自之，得七千五十六步爲帶分四段勾股較冪于上。次置直積一百二十步，八之，得九百六十步。又以天元自乘，乘之得 加上，得 與左相消，得 三乘方開之，得六步，即黄方也。合問。

清・羅士琳《四元玉鑑細草》 草曰：立天元一爲句。用除直積，得 爲股。以天元減之，得 爲句股較。合除四十二步爲黄方。今不受除，便爲帶分黄方。内寄句股較爲母。副以句股相加，得 爲句股和。以句股較通之，得 爲帶分句股和。内寄句股較爲母。倍之，得 以帶分黄方減之，得 爲帶分弦和和。内寄句股較爲母。用乘帶分黄方，得 爲帶分倍積。内寄句股較冪爲母。寄左。乃以句股較自之，得 通倍積，得 爲同數。消左，得 約爲 開三乘方,得八步爲句。

又立天元一爲黄方。用除倍積,得 [illegible] 爲弦和和。以天元加之,得 [illegible] 爲倍和。副以天元除四十二步,得 [illegible] 爲句股較。倍之,得 [illegible] 爲倍較。用加倍和,得 [illegible] 爲四段股。又以倍較減倍和,得 [illegible] 爲四段句。於是句股相乘,得 [illegible] 爲十六段直積。寄左。乃以十六通直積,得一千九百二十爲同數。消左,得 [illegible] 開三乘方,得六步爲黄方。合問。

清·戴煦《四元玉鑑細草》 草曰:立天元一爲句。以除直積,得股 [illegible] 以股母通句,得 [illegible] 以減股,得句股較 [illegible] 以除四十二步,以法母乘實爲子,以法子爲母。得黄方 [illegible] 以除倍積 [illegible] 法同前。得弦和和 [illegible] 寄左。次以句股相併 [illegible] 倍之,得倍句股和 [illegible] 與黄方合分互乘,黄方乘得 [illegible] 倍句股和乘得 [illegible] 内減黄方,再得弦和和 [illegible] 與左合分互乘,左乘,得 [illegible] 右乘,得 [illegible] 相消,得 [illegible] 以一百八約之,得開方式 [illegible] 三乘方開之,得句。又立天元一爲黄方。自之,以減倍積 [illegible] 得 [illegible] 折半,得弦乘黄方 [illegible] 自之,得弦冪乘黄方冪 [illegible] 寄左。次以四十二步自之,爲較冪乘黄方冪 [illegible] 又以黄方冪 [illegible] 乘倍積,得 [illegible] 併之,得 [illegible] 亦爲弦冪乘黄方冪。以左母通之,得 [illegible] 與左相消,得開方式 [illegible] 三乘方開之,得黄方。

清·陳棠《四元消法易簡草》 法曰:立天元 [illegible] 爲句。如積求之,得帶句股較冪,乘天元冪爲母直積式 [illegible] 以母通積,相消,得開方式 [illegible] 開三乘方,得八步。

又法:立天元 [illegible] 爲黄方。如積求之,得 [illegible]

爲直積式。以母通積，相消，得 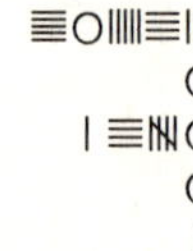 開三乘方，得六步。

艸曰：立天元  爲句。以除直積，得 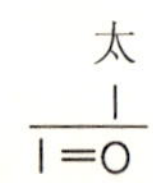 爲股。以母通句，得 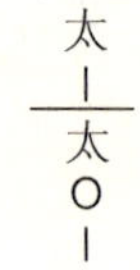 以減股，得 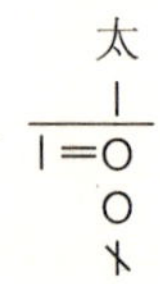 爲句股較。以母通四十二步，得 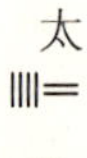 以較子約之，得  爲黃方。副以帶母句股相加，得 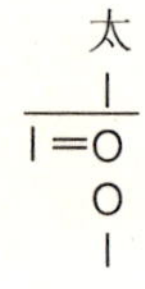 倍之，得 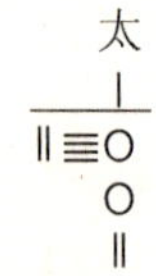 爲倍句股和。以黃母通之，得 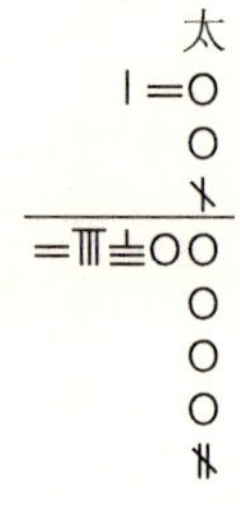 又以和母通黃方，得 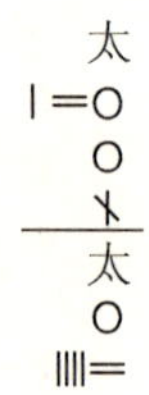 以減倍句股和，得弦和和 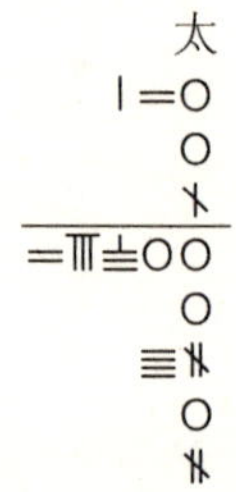 以黃方 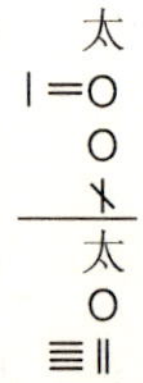 乘之，得 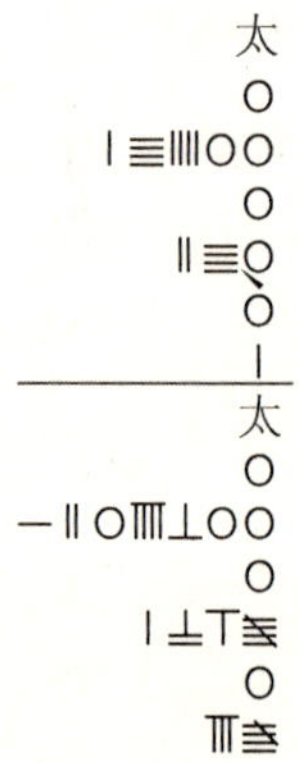 爲倍直積。半之，得直積式 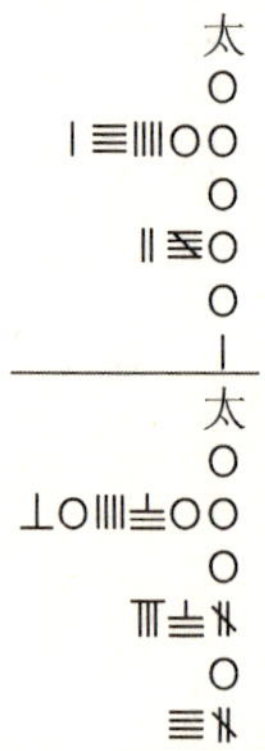 寄左。乃以左母通直積，得  消左，得 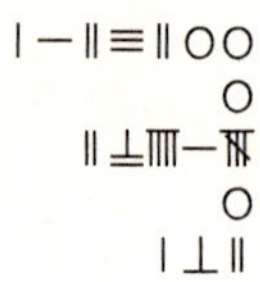 五十四約之，得  開三乘方，得句八步。合問。

又艸曰：立天元  爲黃方。用除倍積，得  爲弦和和。以母通天元，加之，得 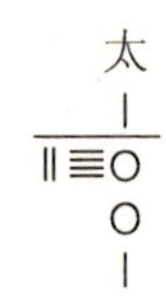 爲倍句股和。半之，得和 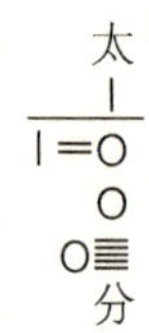 副以天元除四十二步，得  爲句股較。以較加和，得 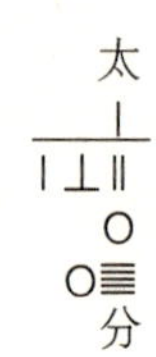 半之，得 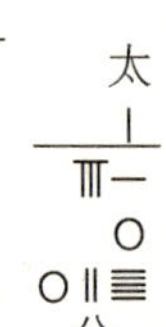 爲股。以較減和，得 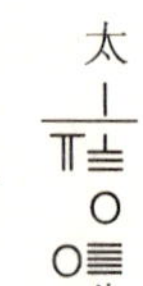 半之，得  爲句。句股相乘，得 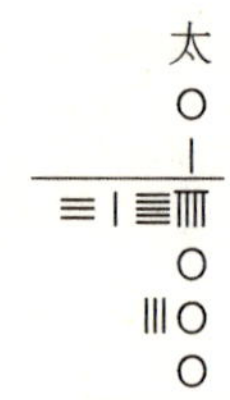 爲直積。寄左。乃以左母通直積，得 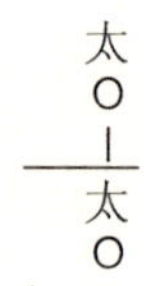 消左，得 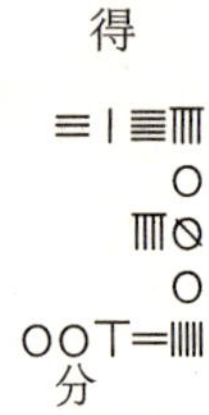 一十六乘之，得 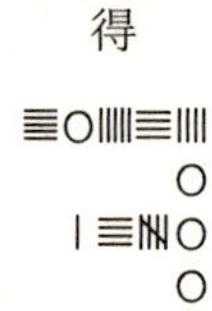 開三乘方，得黃方六步。合問。

棠按：右題原術用兩艸得數，今姑仍之，以盡天元如積之變態。其實一艸可以得數。如將前求句艸所得黃方式 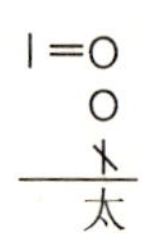 以開得真數八乘其子元數  得三百三十六爲實。又以真數八乘其母元之平方  得八負。再以八乘之，得六十四負。以減太數一百二十正，餘五十六正爲法。實如法而一，即得六步爲黃方矣。又如將後求黃方艸所得句式  以開得真數。六乘其子元之平方  得  再以六乘之，得九加入太數三十九，得四十八爲實。以真數六乘母元  得六爲法。實如法而一，亦

即得八步爲句矣。

元・朱世傑《四元玉鑑》卷中《明積演段》 今有直積一百六十八步。只云句弦較乘弦和較得一百八步。問句弦較幾何。

答曰：一十八步。

術曰：立天元一爲句弦較。如積求之，得一萬四百九十七步六分爲益實，二百九十一步六分爲益上廉，一爲正隅。三乘方開之，合問。

清・沈欽裴《四元玉鑑細草》 草曰：立天元一爲勾弦較。合以除勾弦較乘弦和較。今不受除，即以一百八步爲帶分弦和較。自乘，得一萬一千六百六十四於上。亦以天元乘帶分弦和較，得 [illegible] 於下。并上下兩位，得 [illegible] 爲股。自之，得 [illegible] 寄左。乃置直積一百六十八步，倍之，得三百三十六步。合以帶分弦和較除之。今不受除。即以爲帶分弦和和。以天元乘之，得 [illegible] 以股 [illegible] 減之，餘 [illegible] 爲勾弦和。乘勾弦較 [illegible] 得 [illegible] 與左相消，得 [illegible] 以一萬二千九百六十約之，得 [illegible] 三乘方開之，得一十八步，即勾弦較也。合問。

清・羅士琳《四元玉鑑細草》 艸曰：立天元一爲句弦較。用除一百八步，得 [illegible] 爲弦和較。加天元，得 [illegible] 爲股。副置倍積，合以弦和較除之，爲弦和和。今不除，便爲帶分弦和和。內寄弦和較爲母。轉以弦和較通股，得 [illegible] 爲帶分股。內寄弦和較爲母。以減帶分弦和和，得 [illegible] 爲帶分句弦和。內寄弦和較爲母。用乘天元，得 [illegible] 爲帶分股冪。內寄弦和較爲母。寄左。乃以股自之，得 [illegible] 又以弦和較通之，得 [illegible] 爲同數。消左，得 [illegible] 約爲 [illegible] 開三乘方，得十八步。合問。

清・戴煦《四元玉鑑細草》 草曰：立天元一爲句弦較。以除一百八步，得弦和較 [illegible] 以分母 [illegible] 通天元 [illegible] 加之，得股 [illegible] 又以弦和較除倍直積 [illegible] 得弦和和 [illegible] 與弦較和合分互乘，弦和較乘得 [illegible] 弦和和乘得 [illegible] 內減弦和較，得 [illegible] 折半，得弦 [illegible] 以弦母通天元 [illegible] 減之，得句 [illegible] 以乘股得直積

寄左。次列原積以左母通之，得

與左相消，得　以一百二十約之，得開方式

三乘方開之，得句弦較。

清・陳棠《四元消法易簡草》　法曰：立天元　爲句弦較。如積求之，得帶冪爲母直積式　以母通直積，相消，得

爲開方式。開三乘方，得十八步。

艸曰：立天元　爲句弦較。用除一百八步，得　爲弦和較。以母通天元，相加得　爲股。副以弦和較母通倍積，得　子除之，得　爲弦和和。以母通弦和較，得　以弦和較母通弦和和，得　相減，得　半之，得　爲減以母通句弦較減之，得句　乘股，得

爲直積式。寄左。乃列直積一百六十八步，以左母通之，得　消左，得　開三乘方，得十八步。

合問。

元・朱世傑《四元玉鑑》卷中《明積演段》　今有直積一百二十步。只云股弦和乘句弦較得二百八十八步。問黄方幾何。

答曰：六步。

術曰：立天元一爲半黄方。如積求之，得三千六百爲正實，四百九爲益上廉，一爲從隅。三乘方開之，得半黄方面。倍之。合問。

清・沈欽裴《四元玉鑑細草》　草曰：立天元一爲半黄方。自乘倍之，得　爲勾弦較乘股弦較。加股弦和乘勾弦較，得　爲勾弦較乘倍弦。合以帶分倍弦　除之，爲勾弦較。今不受除，即以　爲帶分勾弦較。倍之，得　亦置帶分倍弦　自之，得　以帶分倍勾弦較　減之，得帶分倍勾　於上。次置分母　以倍積二百四十步乘之，得　爲帶分倍弦和和。以帶分倍勾弦和　減之，得帶分

倍股　乘帶分倍勾　得　寄左。乃置直積一百二十步，四之，得四百八十步。乘分母　得　與左相消，得　以二千三百四約之，得　三乘方開之，得三步，即半黃方。倍之，得六步，即黃方也。合問。

清·羅士琳《四元玉鑑細草》 艸曰：立天元一爲半黃方。用除直積，得　爲弦和和。半之，得　於上。加天元，得　爲句股和。副以天元減上，得　爲弦。自之，得　爲弦冪。又半二百八十八步，得一百四十四爲半弦較和冪。又天元自之，得　爲半弦和較冪。併二半冪，得　爲弦寀句弦較。以減弦冪，得　爲句弦相寀，即爲帶分句。內寄弦爲母。復以弦通句股和，得　爲帶分句股和。內寄弦爲母。以帶分句減之，得　爲帶分股。內寄弦爲母。用寀帶分句，得　爲帶分直積。內寄弦冪爲母。寄左，乃以弦冪通直積，得　爲同數。消左，得　約爲　開三乘方，得三步。倍之，得六步爲黃方。合問。

清·戴煦《四元玉鑑細草》 草曰：立天元一爲半黃方。自之　又倍之，得句弦較乘股弦較　加二百八十八步　折半，得弦乘句弦較　於上。又以天元除直積，得弦和和　以弦和和母通倍天元　減之，得　折半，得弦　以除上式，得句弦較　以分母　通倍天元　加之，得股　又以句弦較與弦合分互乘，句弦較乘得　弦乘得　內減句弦較，得句　以乘股，得直積　寄左。次列原積，以左母通

之，得　與左相消，得

以一百四十四天元約之，得開方式　三乘方開之，得半黄方三步。倍之，得黄方。

清・陳棠《四元消法易簡草》　法曰：立天元　太|　爲黄方。如積求之，得帶天元通弦冪爲母直積式　以母通直積，相消，得開方式　開三乘方，得六步。

艸曰：立天元　太|　爲黄方，即爲弦和較。以除倍積，得弦和和　以母通弦和較，加之，得　爲倍和。半之，得　爲和。以帶母弦和較減弦和和，得倍弦　半之，得　爲弦。以天元自之，得弦和較冪　太〇|　倍得步，得　爲弦較和冪。以弦和較冪減之，得　爲四段弦乘股冪少四直積。以四直積加之，得　四約之，得　爲弦乘股。以弦母通之，子約之，得　爲股。先以句股和母　太|　齊之，得　又以股分母　齊句股和，得　内減股，得　爲句。以原股乘之，得　爲直積式。寄左。以左母通直積，得　消左，得　三十六約之，得　開三乘方，得六步。合問。

元・朱世傑《四元玉鑑》卷中《明積演段》　今有直積一百二十步。只云句弦和乘股弦較得五十步。問黄方及句股和各幾何。

答曰：黄方六步，句股和二十三步。

術曰：立天元一爲黄方。如積求之，得五萬七千六百爲正實，一千六百三十六爲益上廉，一爲正隅。三乘方開之，得黄方。

又立天元一爲句股和。如積求之，得一千八百四十爲正實，八十爲益方，開無隅平方除之。合問。

清・沈欽裴《四元玉鑑細草》　草曰：立天元一爲黄方。自之，得　太〇|　加倍勾弦和乘股弦較，得　爲股弦較乘四弦。置直積一百二十步，四之，得四百八十步。減二箇黄方冪，餘　爲四箇帶分弦。合以除帶分股弦較乘四弦。今不受除，即以　爲帶分股弦較。次置

帶分四弦，自之，得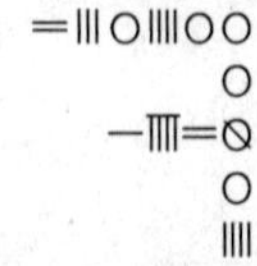以四箇帶分股弦較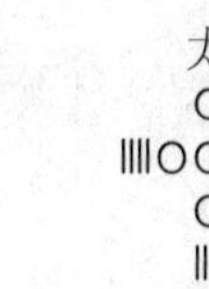減之，餘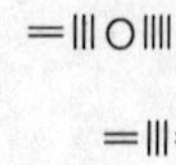爲四箇帶分股。并上，得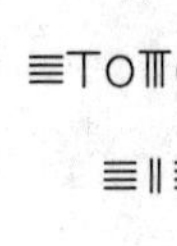爲四箇帶分股弦和。又置直積一百二十步，八之，得九百六十步。以分母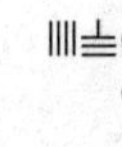乘之，得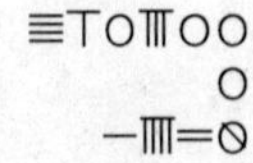爲四箇帶分弦和和。以四箇帶分股弦和減之，餘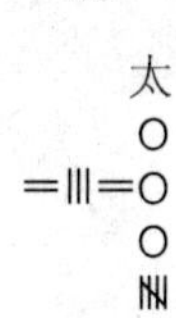爲四箇帶分勾。勾股相乘得爲一十六段帶分直積。寄左。乃置直積一百二十步十六，乘之，得一千九百二十步。又乘分母，得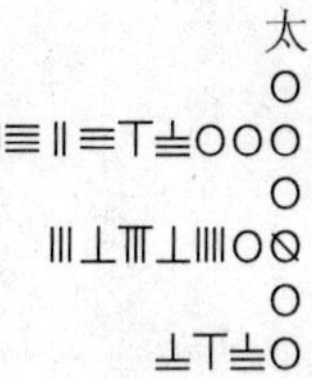與左相消，得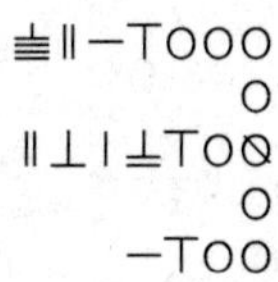以一千六百約之，得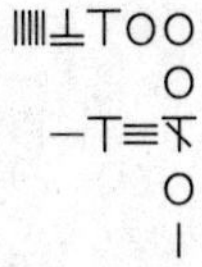三乘方開之，得六步，即黃方也。合問。

又立天元一爲勾股和。如前草求得黃方六步除倍積二百四十步，得四十步爲弦和和。倍之，乘天元得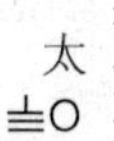爲兩段弦和和乘勾股和冪。寄左。乃置弦和和四十步，自之，得一千六百步。加倍積二百四十步，得一千八百四十步。與左相消，得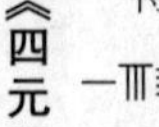上實下法而一，得二十三步，即勾股和也。合問。

清·羅士琳《四元玉鑑細草》 艸曰：立天元一爲黃方。用除倍積，得爲弦和和。加天元，得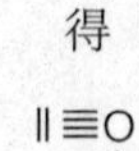爲倍和。副以天元減弦和和，得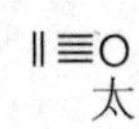爲倍弦。自之，得爲四段弦冪。又天元自之，得爲弦和較冪。倍五十步，得一百爲弦較較冪。併二冪，得爲弦棄四段股弦較。以減四段弦冪，得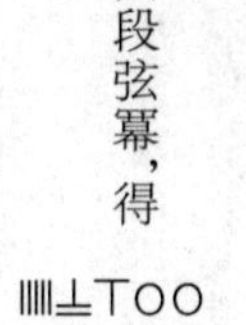爲四段股弦相棄，即爲帶分股。內寄四弦爲母。復以倍弦通倍和，得爲帶分勾股和。內寄四弦爲母。以帶分股減之，得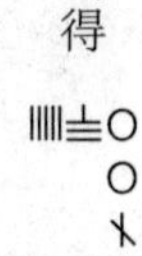爲帶分句。內寄四弦爲母。用棄帶分股，得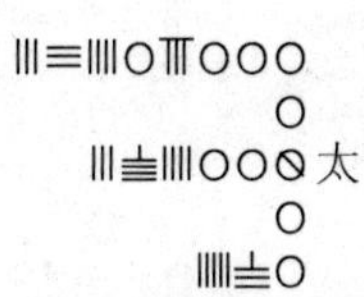爲帶分直積。內寄十六段冪爲母。寄左。乃以四段弦冪四之，得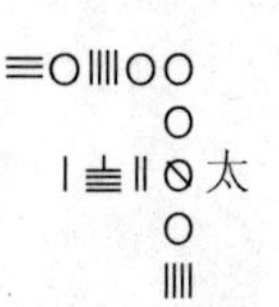通直積，得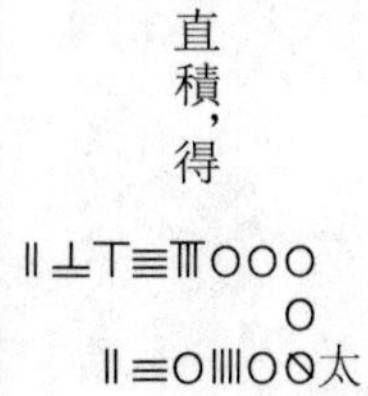爲同數。消左，得

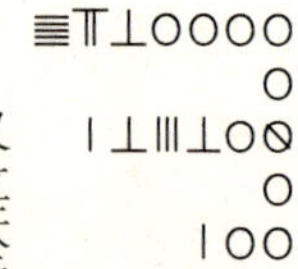

約爲 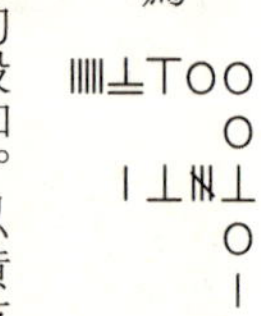 開三乘方,得六步爲黄方。

又立天元一爲句股和。以黄方除倍積,得四十爲弦和和。以天元減之,得 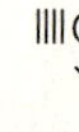 爲弦。自之,得 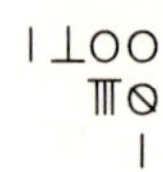 爲弦冪。寄左。乃以天元自之,得 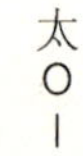 爲和冪。以倍積減之,得  爲同數。消左,得 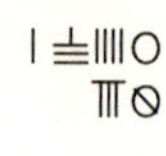 開無隅平方除之,得二十三步爲句股和。合問。

清·戴煦《四元玉鑑細草》 草曰:立天元一爲黄方。自之  折半,得句弦較乘股弦較  以 通五十步 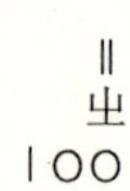 加之 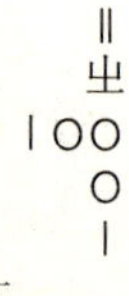 折半,得弦乘股弦較 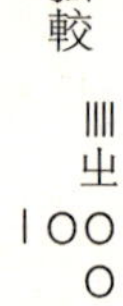 於上。以天元除倍積 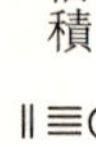 得弦和和 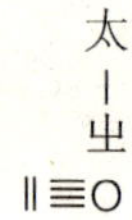 以分母  通天元 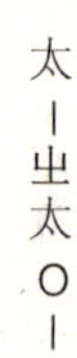 減之 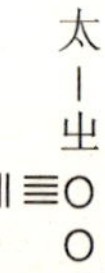 折半,得弦 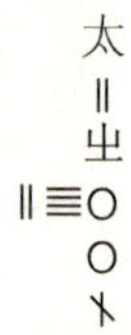 以除上式,以法母乘實子爲子,以法子乘實母爲母。得股弦較 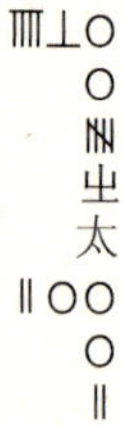 與弦合分互乘,股弦較乘得 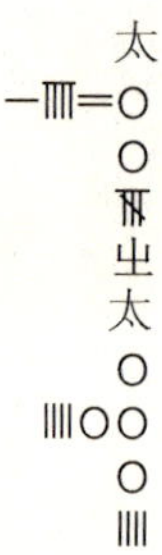 弦乘得 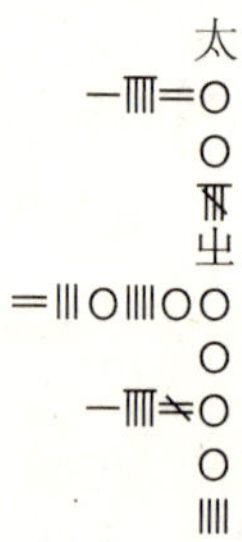 内減股弦較,得股 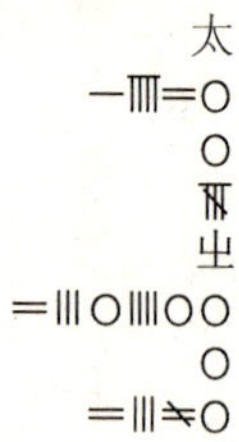 又以股弦較母通天元,得 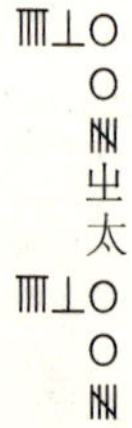 併入股弦較,得句 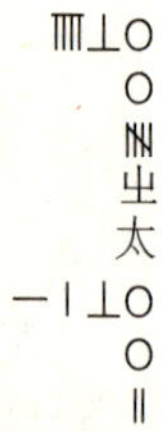 以乘股,得直積 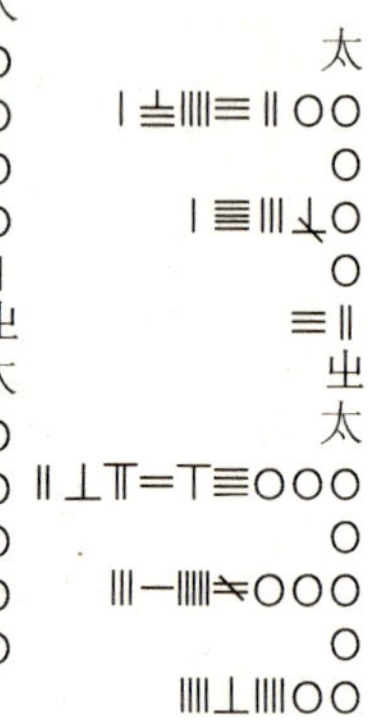 寄左。次列原積。以左母通之,得 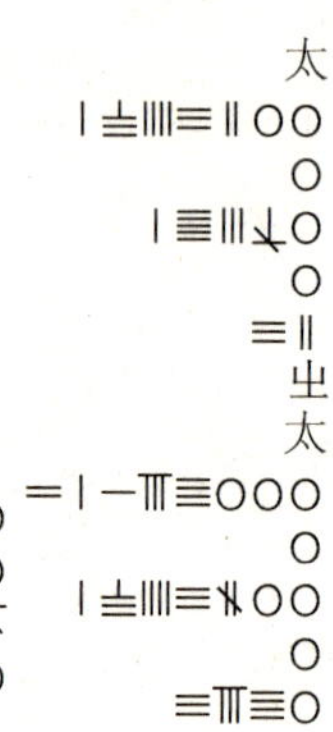 與左相消,得 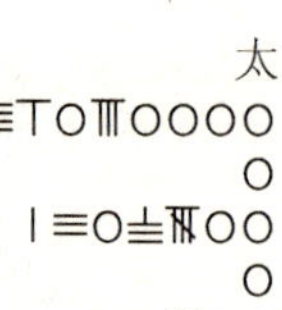 以八百天元約之,得開方式 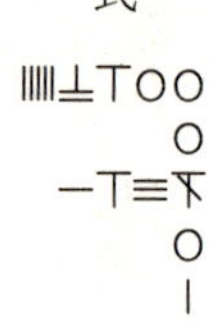 三乘方開之,得黄方。又立天元一爲句股和。先以黄方除倍積  得弦和和  自之,得  加倍積,得 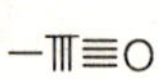 寄左。次以弦和和倍之,乘天元,得  與左相消,得開方式 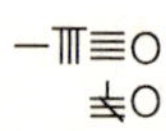 上實下法而一,得句股和。

清·陳棠《四元消法易簡草》 法曰:立天元 太| 爲黄方。如積求之,得帶天元乘和冪爲母直積式 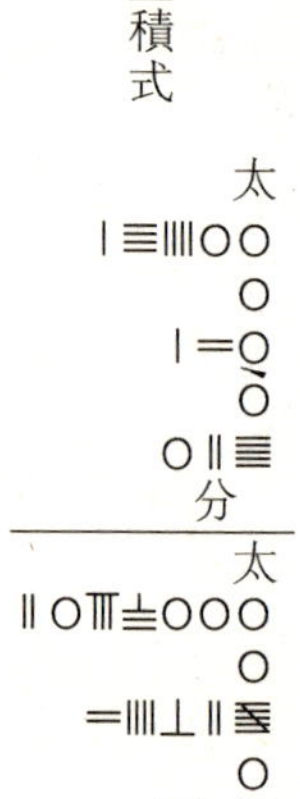 以母通直積,相消,得開方式  開三乘方,得六步。

艸曰:立天元 太| 爲黄方。用除倍積,得  爲弦和和。以母通天元,相加半之,得 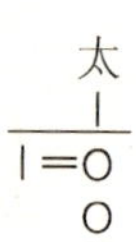 爲和。相減半之,得

爲弦。乃倍得步，得 爲弦較較冪。以弦和和自之，得

爲和和冪。以母通較較冪，減之，得四段弦乘股多四直積

又以母通四直積，減之，得 四約之，得

爲弦乘股。以弦母乘其子，弦子乘其母，約之，得

子母同以天元約之，得股 再以

天元約其母，得 以通和，得 內減股，得

天元約之，得 爲句。乘股得

爲直積。寄左。乃以左母通直積，得

消左，得 四之二十五而一，得

開三乘方，得六步爲黃方。以六步約倍積二百四十步，得四十步。加黃方六步，得四十六步。二約之，得二十三步爲句股和。合問。

元・朱世傑《四元玉鑑》卷中《句股測望》 今有直邑不知大小，各中開門。只云南門外二百四十步有塔，人出西門行一百八十步見塔，復抹邑西南隅行一里二百四十步恰至塔所。問邑長闊各幾何。

答曰：長一里一百二十步，闊一里。

術曰：立天元一爲邑半長。如積求之，得一十八億六千六百二十四萬爲正實，一千五百五十五萬二千爲從方，二十七萬爲益上廉，四百八十爲從下廉，一爲正隅。三乘方開之，得二百四十步。倍之。即長。

又立天元一爲邑半闊。如積求之，得一十八億六千六百二十四萬爲正實，二千七十三萬六千爲從方，二十七萬爲益上廉，三百六十爲從下廉，一爲正隅。三乘方開之，得一百八十步。倍之。即闊。合問。

清・沈欽裴《四元玉鑑細草》 草曰：立天元一爲邑半長，亦爲股率。以出西門行一百八十步爲勾率。以塔去南門二百四十步，加邑半長，得 爲見股。乘勾率，得 爲實。合以股率爲法除之，以爲見勾。今不受除，即以實 爲寄分。見勾自乘，得 於上。亦以天元乘見股，得 自之，得 并上，得 爲帶分弦冪。寄左。乃置斜行一里二百四十步，通爲六百步。自之，得三十六萬步。

又以天元自乘，乘之得  與左相消，得 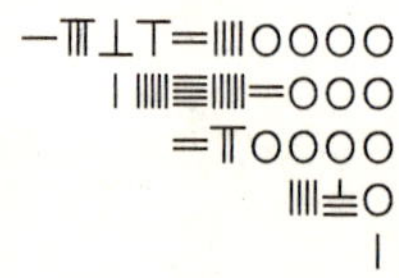 三乘方開之，得二百四十步，即邑半長。倍之，得四百八十步。以里法三百六十步除之，得一里一百二十步，即邑長也。合問。

又立天元一爲邑半闊，即爲勾率。以塔去南門二百四十步爲股率。以邑半闊加出西門行一百八十步，得 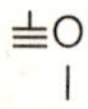 爲見勾。乘股率，得 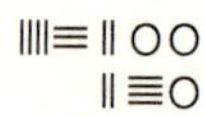 爲實。合以勾率爲法除之以爲見股。今不受除，即以實 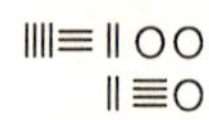 爲帶分見股。自(得)之，[得] 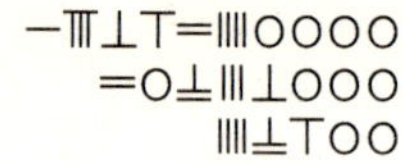 於上。亦以天元乘見勾，得 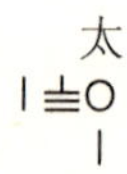 自之，得 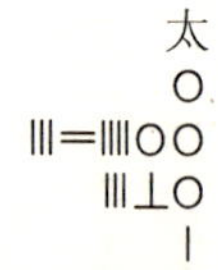 并上，得 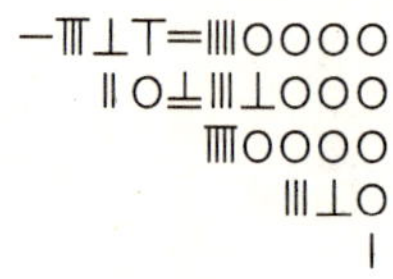 爲帶分弦冪。寄左。乃置斜行六百步，自之，得三十六萬步，又以天元自乘，乘之得  與左相消，得 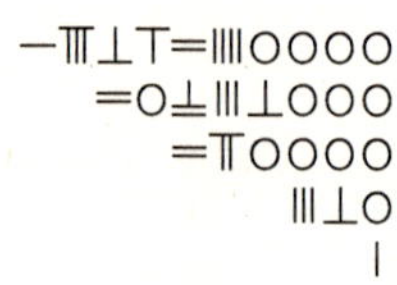 三乘方開之，得一百八十步，即邑半闊。倍之，得三百六十步，約爲一里，即闊也。合問。

清・羅士琳《四元玉鑑細草》 艸曰：立天元一爲邑半長，又爲小股。自之，得 太〇丨 爲小股冪。副以抹邑行展作六百步爲大弦。自之，得三十六萬爲大弦冪。又以天元加出南門步，得 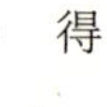 爲大股。自之，得 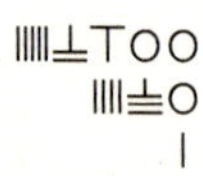 爲大股冪。以減大弦冪，得  爲大句冪。用乘小股冪，得  寄左。乃以出西門步爲小句。自之，得三萬二千四百爲小句冪。用乘大股冪，得  爲同數。消左，得 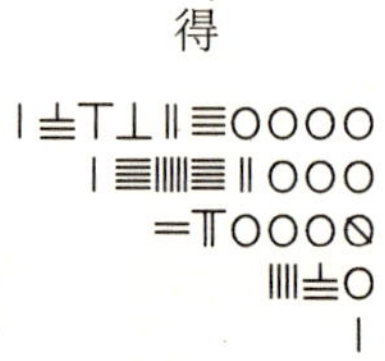 開三乘方，得二百四十步。倍之，得四百八十步。以里法收得一里一百二十步爲邑長。

又立天元一爲邑半闊，又爲小句。自之，得 太〇丨 爲小句冪。副以天元與出西門步相加，得  爲大句。自之，得 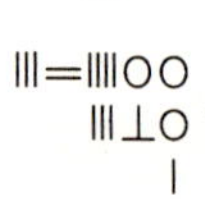 爲大句冪。以減大弦冪，得 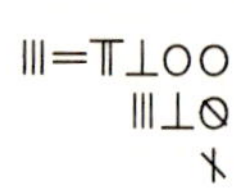 爲大股冪。乘小句冪得 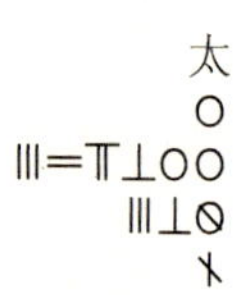 寄左。

乃以出南門步爲小股。自之，得五萬七千六百爲小股冪。褎大句冪，得

丨≐⊤⊥‖≡〇〇〇〇
‖〇⊤≡⊤〇〇〇
Ⅲ⊥⊤〇〇

爲同數。消左，得

丨≐⊤⊥‖≡〇〇〇〇
‖〇⊤≡⊤〇〇〇
=⊤〇〇〇〇
Ⅲ⊥〇丨

開三褎方，得一百八十步。倍之，得三百六十步，收作一里爲邑闊。合問。

清·戴煦《四元玉鑑細草》草

曰：立天元一爲半長。以塔距南門南乘人行見塔，得

太丨屮
Ⅲ≡‖〇〇

以天元除之，得半闊

太丨屮
Ⅲ≡‖〇〇

以分母

太丨

通人行見塔

太丨屮太
丨≐〇

併入半闊爲句

太丨屮
Ⅲ≡‖〇〇
丨≐〇

自之，得句冪

太〇丨屮
⊤⊥⊤=Ⅲ〇〇〇〇
Ⅲ≣Ⅲ=〇〇〇
Ⅲ=Ⅲ〇〇

以天元加塔距南門爲股

‖≡〇丨

自之，得股冪

太〇丨屮太〇
Ⅲ⊥⊤〇〇
Ⅲ≐〇丨

以句冪母通之，得

Ⅲ⊥⊤〇〇
Ⅲ≐〇丨

併入句冪，得

太〇丨屮
一⊤⊥⊤=Ⅲ〇〇〇〇
一Ⅲ≣Ⅲ=〇〇〇
Ⅲ〇〇〇〇
Ⅲ≐〇丨

寄左。以次步里法通抹隅行，併入餘步，得弦 ⊤〇〇

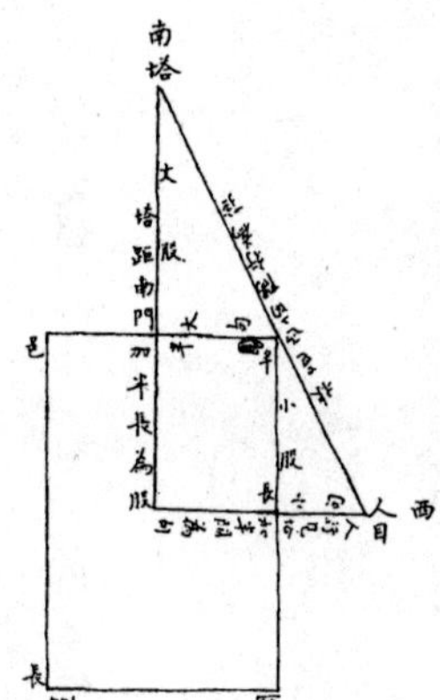

自之，爲弦冪 ≡⊤〇〇〇〇 以左母通之，得

太〇丨屮太〇
≡⊤〇〇〇〇

與左相消，得開方式

一⊤⊥⊤=Ⅲ〇〇〇〇
一Ⅲ≣Ⅲ=〇〇〇
=⊤〇〇〇〇
Ⅲ≐〇丨

三乘方開之，得半長。倍之得邑長。

又立天元一爲半闊。以塔距南門乘人行見塔 Ⅲ≡‖〇〇 以天元除之，得半長

太丨屮
Ⅲ≡‖〇〇

以 太丨 通塔距南門

太丨屮太
‖≡〇

加之，得股

太丨屮
Ⅲ≡‖〇〇
‖≡〇

自之，爲股冪

太〇丨屮
一⊤⊥⊤=Ⅲ〇〇〇〇
〇〇〇⊤Ⅲ⊤〇=
Ⅲ⊥⊤〇〇

以人行距塔加天元爲句

丨≐〇丨

自之，爲句冪

太〇丨屮太〇
Ⅲ=Ⅲ〇〇
Ⅲ⊥〇丨

以股冪母通之，得

Ⅲ=Ⅲ〇〇
Ⅲ⊥〇丨

併入股冪，得

太〇丨屮
一⊤⊥⊤=Ⅲ〇〇〇〇
〇〇〇⊤Ⅲ⊤〇=
Ⅲ〇〇〇〇
Ⅲ⊥〇丨

寄左。次依前術，求得帶分弦冪

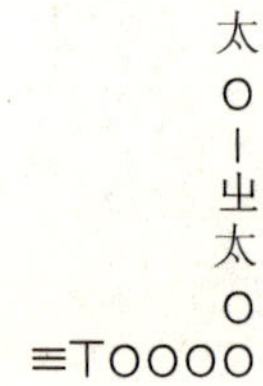與左相消,得開方式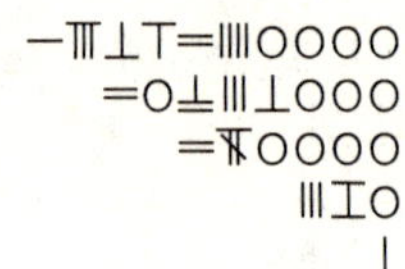三乘方開之,得半闊。倍之,得邑闊。

清·陳棠《四元消法易簡草》 法曰:立天元 太| 爲邑半長。如積求之,得爲句冪乘股冪之式。消同數,得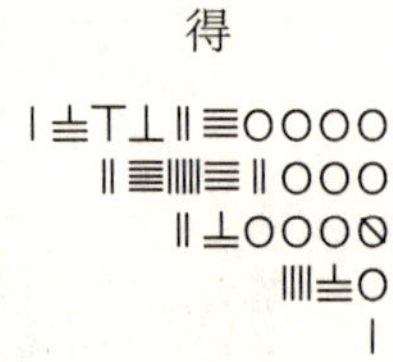爲開方式。開三乘,得邑半長二百四十步。用比例法求之,得闊。

艸曰:立天元 太| 爲邑半長,即爲小股。加出南門二百四十步,得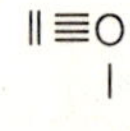爲大股。副以出西門一百八十步爲小句。以乘大股,得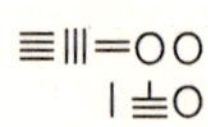自之,得爲句冪與股冪相乘之式。寄左。乃置抹邑西南行步,以里法三百六十通之,共得六百步爲大弦。自之,得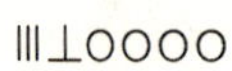爲大弦冪。以大股自之,得大股冪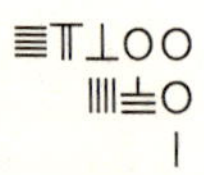以減大弦冪,得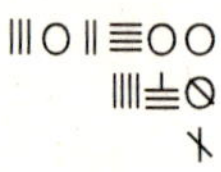爲大句冪。副以天元小股自之,得 太〇| 爲小股冪。以乘大句冪,得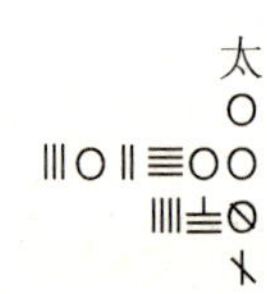爲同數。消左,得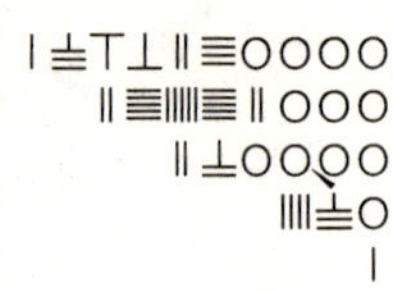開三乘方,得二百四十步。倍之,得四百八十步。以里法收之,得一里一百二十步爲邑長。乃以小股二百四十步爲一率,小句一百八十步爲二率,半長加出南門步大股四百八十步爲三率。二率三率相乘,一率除之,得三百六十步爲大句。減出西門步,得一百八十步爲邑半闊。倍之,以里法收之,得一里爲闊。合問。

元·朱世傑《四元玉鑑》卷中《句股測望》 今有圓城不知大小,各中開門。甲乙俱從城心而出,甲出南門一十五步而立,乙出東門四十步見甲。問城周幾何。

答曰:一里。

術曰:立天元一爲城之半圓徑。如積求之,得三十六萬爲正實,六萬六千爲從方,二千四百爲從上廉,一爲益隅。三乘方開之,得半圓徑六十步。倍而三之即城周也。合問。

清·沈欽裴《四元玉鑑細草》 草曰:立天元一爲城之半圓徑。副之上加南行步,得爲勾。下加東行步,得爲股。勾股相乘,得爲直積。合以天元除之,爲弦。今省不除,即以爲帶分弦。自之,得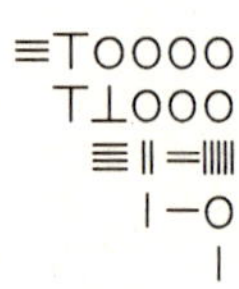寄左。乃以勾自之,得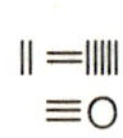又以股自之,得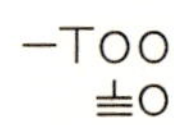并之,得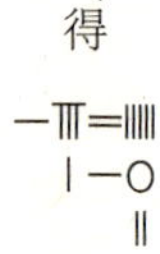又以天元自乘 太〇| 乘之得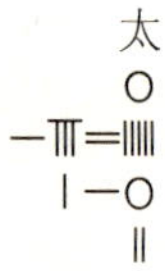與左

相消，得[算籌式] 三乘方開之，得六十步，即城之半圓徑也。倍而三之，得三百六十步，即城周也。合問。

清・羅士琳《四元玉鑑細草》 艸曰：立天元一爲城之半圓徑，又爲小股。加出南門步，得[算籌式]爲小弦，又爲大句。自之，得[算籌式]爲大句冪。副以天元加出東門步，得[算籌式]爲大股。自之，得[算籌式]爲大股冪。併二冪，得[算籌式]爲大弦冪。寄左。乃以大股乘小弦，得[算籌式]，以小股除之，得[算籌式]爲大弦。自之，得[算籌式]爲同數。消左，得[算籌式] 開三乘方，得六十步爲半圓徑。倍而三之，得三百六十步，收作一里，爲城周。合問。

清・戴煦《四元玉鑑細草》 草曰：立天元一爲城之半圓徑。加甲出門爲句[算籌式]，又天元加乙出門爲股[算籌式]，句股相乘，得[算籌式]，以天元除之，爲弦中股除直積爲弦，半徑即中股也。[算籌式]自之，得弦冪[算籌式]寄左。

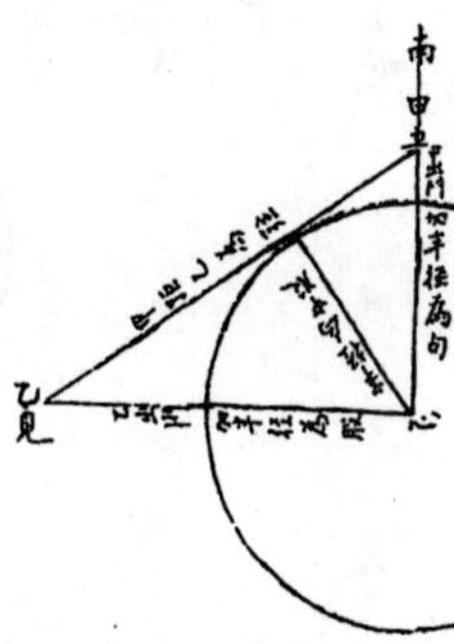

次以句自之[算籌式]，股自之[算籌式]，相併，得[算籌式]，以左母通之，得[算籌式]與左相消，得開方式[算籌式] 三乘方開之，得半圓徑。倍而三之，得圓徑周。

清・陳棠《四元消法易簡草》 法曰：立天元[算籌式]爲圓半徑。如積求之，得帶天元冪爲母弦冪式[算籌式]，消同數，得[算籌式]爲開方式。開三乘方，得半徑六十步。倍之，得城徑。三之，得周。

艸曰：立天元[算籌式]爲圓半徑，即爲小股。加出南門步[算籌式]得[算籌式]爲小弦，又爲大句。加出東門步[算籌式]，得[算籌式]爲大股。乘小弦，得[算籌式]，以小股除之，得[算籌式]爲弦。自之，得[算籌式]爲弦冪。寄左。乃以大句[算籌式]自之，得[算籌式]

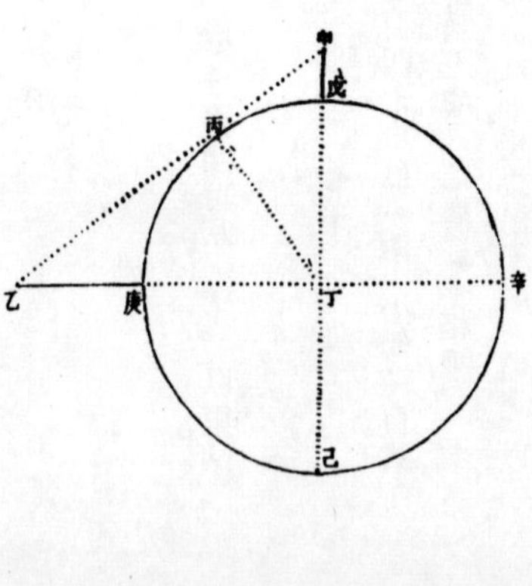

又立天元一爲闊。合以除直積二百四十步，今不受除，即以二百四十步爲帶分長。自之，得五萬七千六百，於上。以天元三乘，得 太〇〇〇丨 并上，得 𝍣⊥⊤〇〇〇〇〇〇丨 寄左。乃置斜步十三，倍之，得二十六。自之，得六百七十六。又以天元自乘之，得 太〇 ⊤⊥⊤ 與左相消，得 𝍣⊥⊤〇〇〇⊤⊥⊤〇〇丨 三乘方開之，得一十步，即闊也。合問。

又立天元一爲和。自之，得 太〇丨 於上。置田積二百四十步，倍之，得四百八十步。減上，餘 𝍣⊥〇〇丨 寄左。乃置斜步二十六，自之，得六百七十六步。與左相消，得 丨𝍣〇〇丨 平方開之，得三十四步，即和也。合問。

又立天元一爲較。自之，得 太〇丨 加倍積四百八十步，得 𝍣⊥〇〇丨 寄左。乃置斜步二十六，自之，得六百七十六步。與左相消，得 丨⊥⊤〇〇丨 平方開之，得一十四步，即較也。合問。

清・羅士琳《四元玉鑑細草》卷中 艸曰：立天元一爲長。自之得 太〇丨 爲股冪。倍角至竹步，得二十六步爲弦，自之得六百七十六步爲弦冪，以股冪減之，得 ⊥⊤⊥〇丨 爲句冪。用乘股冪，得 太〇⊥⊤⊥〇丨 爲直積自乘之冪。寄左。乃以一畝，展作二百四十步，自之得五萬七千六百步爲同數。消左，得 𝍣⊥⊤〇〇〇⊥⊤⊥〇丨 開三乘方，得二十四步爲長。

又立天元一爲闊。自之，得 太〇丨 爲句冪。以減弦冪六百七十六步，得 ⊥⊤⊥〇丨 爲股冪。用乘句冪，得 太〇⊥⊤⊥〇丨 爲直積自乘之冪。……

爲句冪。大股 𝍣〇丨 自之，得 丨⊥〇〇𝍣〇丨 爲股冪。二冪併之，得 丨𝍣〇〇丨 以左母通之，得 太〇丨 太〇𝍣〇 丨𝍣〇丨 爲同數。與左相消，得開方式 〇〇〇〇〇 ⊥⊤〇〇〇 𝍣〇 丨 三乘方開之，得六十步爲半圓徑。倍之，得一百二十步爲城徑。三之，得三百六十步爲城周也。又以里法三百六十步收之，得一里，爲城周。合問。

元・朱世傑《四元玉鑑》卷中《或問歌象》 或問：今有直田一畝足，正向中間生竿竹。四角至竹各十三，借問四事元數目。

答曰：長二十四步，闊一十步。

術曰：立天元一爲長。如積求之，得五萬七千六百爲正實，六百七十六爲益上廉，一爲正隅。三乘方開之，得長。又立天元一爲闊。如積求之，得五萬七千六百爲益實，六百七十六爲從上廉，一爲益隅。三乘方開之，得闊。又立天元一爲和。如積求之，得一千一百五十六爲益實，一爲正隅。平方開之，得和。又立天元一爲較。如積求之，得一百九十六爲正實，一爲負隅。平方開之，得較。合問。

清・沈欽裴《四元玉鑑細草》卷中 草曰：立天元一爲長。合以除直積二百四十步，今不受除，即以二百四十步爲帶分闊。自之，得五萬七千六百步於上。亦以天元自乘，得 太〇〇〇丨 又自乘，得 太〇〇〇〇丨 并上，得 𝍣⊥⊤〇〇〇〇〇〇丨 寄左。乃置斜步十三，倍之，得二十六。自之，得六百七十六。又以天元自乘乘之，得 太〇 ⊤⊥⊤ 與左相消，得 𝍣⊥⊤〇〇〇⊤⊥⊤〇〇丨 三乘方開之，得二十四步，即長也。合問。

消五萬七千六百步,得 ‖‖⊥T〇〇 〇〇⊥T〇ㄨ 開三乘方,得十步爲闊。

又立天元一爲和,自之,得 太〇丨 爲和冪。以弦冪六百七十六步減之,得 ⊥T〇丨 爲兩段直積。寄左。乃倍二百四十步,得四百八十步爲同數。消左,得 ⊥〇丨 開平方得三十四步爲和。　又立天元一爲較。自之,得 太〇丨 爲較冪。以減弦冪六百七十六步,得 ⊥T〇ㄨ 爲兩段直積。消四百八十步,得 丨≐T〇ㄨ 開平方得十四步爲較。合問。

清·戴煦《四元玉鑑細草》卷中 草曰:立天元一爲長。以步畝法 ‖≡〇 通田積 ‖≡〇 元天除之,得 太〇丨 ‖‖⊥T〇〇 又闊 太丨 ‖≡〇 自之,得闊冪 天元自之,[得] 太〇丨 以闊冪母通之,得 太〇丨太〇〇〇丨 併入闊冪,得弦冪 太〇丨〇〇〇〇〇丨 寄左。次以十三步倍之,得 =T 爲弦。自之,得 T⊥T 以左母通之,得 太〇丨太〇 T⊥T 與左相消,得開方式 ‖‖⊥T〇〇 〇〇T〇丨 T⊥T 三乘方開之,得長。

又立天元一爲闊。自之,[得] 太〇丨 爲闊冪。以倍十三步 =T 自之,得弦冪 T⊥T 內減闊冪,得長冪 T⊥T〇ㄨ 以闊冪乘之,得積冪

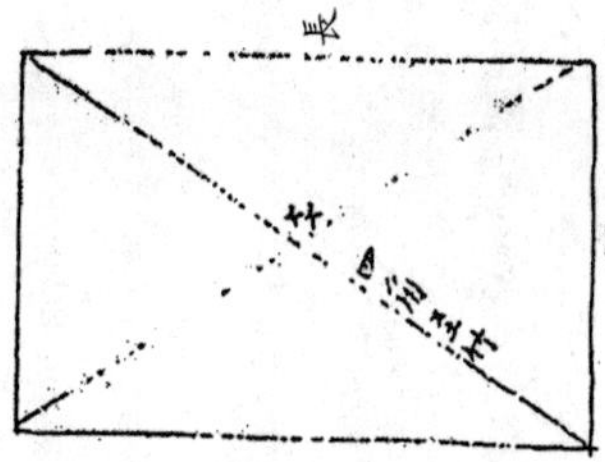

太〇 T⊥T〇ㄨ 寄左。次以直積自之,得 ‖‖⊥T〇〇 與左相消,得開方式 ‖‖⊥T〇〇 〇〇T⊥T〇ㄨ 三乘方開之,得闊。

又立天元一爲和。自之,[得] 太〇丨 內減倍積 ‖‖≐〇 得弦冪 ‖‖≐〇〇丨 寄左。次列十三步,倍之 =T 爲弦,自乘得 T⊥T 與左相消,得開方式 丨≐T〇丨 平方開之,得和。

又立天元一爲較。自之,[得] 太〇丨 爲較冪。以十三步倍之,[得] =T 自乘得 T⊥T 內減較冪,得倍積 T⊥T〇ㄨ 寄左。次列原積步 ‖≡〇 倍之,得 ‖‖≐〇 與左相消,得開方式 丨≐T〇ㄨ 平方開之,得較。

元·朱世傑《四元玉鑑》卷中《撥換截田》 今有半種金田一段,長五十步,斜闊一十步,與鄰對撥圭田一段。只云併圭田長闊較爲正實,一十五爲益方,一爲正隅。平方開之,少如較四步。問圭長闊各幾何。

答曰:長二十五步,闊一十六步。

術曰:立天元一爲半種金田之中易股。如積求之,得二千四百爲正實,一百爲從方,五十爲益隅。平方開之,得中股八步。又立天元一爲較。如積求之,得四千一百七十六爲正實,三千三百四十四爲益方,六百三十五爲從上廉,四十四爲益下廉,一爲正隅。三乘方開之,得較。合問。

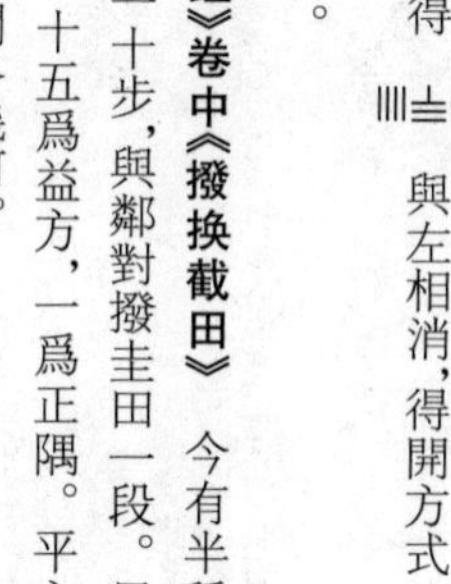

清·沈欽裴《四元玉鑑細草》 草曰:立天元一爲半種金田之中股。置長五十步自乘,得二千五百步,減斜濶自乘一百步,餘二千四百步于上。以天

元乘斜濶冪，加上得 [算式] 寄左。乃置天元自乘 太[算式] 又以長乘之，得 太[算式] 與左相消，得 [算式] 平方開之，得中股八步。

又立天元一爲較。減少如四步，得 [算式] 爲開方數。乘隅減方得 [算式] 乘開方數 [算式] 得 [算式] 爲實。又爲倍長減二天元，餘 [算式] 爲倍濶。乘長，得 [算式] 爲四段直積。寄左。乃置田積四百步四之，得一千六百步，與左相消，得 [算式] 三乘方開之，得九步爲較。減少如四步，餘五步爲開方數。乘餘減方餘十步，以開方數乘之，得五十爲正實。即圭田直濶較并也。倍較減之，餘三十二步。半之得一十六步爲平，平較相加，得二十五步爲長。合問。

清・羅士琳《四元玉鑑細草》 艸曰：立天元一爲半種金田之中股。加長得 [算式] 爲股長和。副置天元加斜闊，得 [算式] 爲股斜和。又併長與斜闊，得六十步爲斜長和。置斜闊以天元乘之，得 太[算式] 以斜長和減之，得 [算式]

又以天元乘之，得 太[算式] 爲斜長差冪。寄左。乃以天元乘長，得 太[算式] 加斜闊得 [算式] 與股斜和相乘，得 [算式] 爲股斜差冪。又以天元乘斜闊，得 太[算式] 加長得 [算式] 與股長和相乘，得 [算式] 爲股長差冪。減股斜差冪得 [算式] 爲同數。消左，得 [算式] 開平方得中股八步。士琳案：問題不能立算，此據原術開方式演艸。數雖偶合，非通法也。

又立天元一爲較。以少如較四步減之，得 [算式] 爲開方數。自之得 [算式] 爲從隅，副以開方數乘益方十五，得 [算式] 爲益方，以從隅減之得 [算式] 爲併長闊較，亦即爲兩長於上。乃倍天元較，得 太[算式] 以減上位，得 [算式] 爲兩闊。用與兩長相乘，得 [算式] 爲八段田積。寄左。乃以四通中股，得三十二步，乘長得一千六百爲同數。消左，得 [算式] 開三乘方，得九步爲較。以少四步減之，餘五步爲開方數，自之得二十五步爲從隅。副以五步乘益方十五，得七十五步。減從隅餘五十步，二而一，得二十五步爲長。減較餘十六步爲平。合問。

清・戴煦《四元玉鑑細草》 草曰：立天元一爲半種金田之中股。以除二百四十步，得 太[算式] 以分母 太[算式] 通斜濶，得 太[算式] 加之得正長 太[算式] 以斜闊乘之，得倍積 太[算式] 寄左。次列斜長，以中股乘之，得 太[算式] 亦爲倍積。以左母通之，得 太[算式] 與左相消得開方式 [算式] 平方開之，得中股八步。以乘斜長五十步，折半得，半種金田積二百步即圭田積也。

又立天元一爲圭田長濶較。內減四步，得開方數 [算式] 自之得正隅式 [算式] 又十五乘開方數得益方式 [算式] 內減正隅式，得長濶與較之共，即倍長 [算式] 半之，得長 [算式] 以分母 [算式] 通天元，得 [算式] 減之得闊 [算式] 長闊相乘，得倍積 [算式] 寄左。次原列圭田積二百步，倍之得 [算式] 又以左母通之得 [算式] 與左相消得開方式 [算式] 三乘方開之得較。內減四步，自之於上。又較內減四步十五，乘之得數內減上，得倍長。半之得長，內減較得闊。

按：半種金田，即三斜田也。三斜田但有二斜，則張弛未定，而中股亦因之贏縮，於率爲不可求。此術原設問：但云長五十步，斜闊十步，則中股尚在可修可短，何從立術。茲於設問中，增二十字依法衍之，而所得實方廉隅之數，適與原術符合，即安知非原書之脱誤也。

又按：原圖殘損，茲以意補之。

元·朱世傑《四元玉鑑》卷中《撥換截田》 今有弧田一段，弦長七十步，矢闊二十五步。今從弧背復截弧矢積二十六步。問截弧矢各幾何。

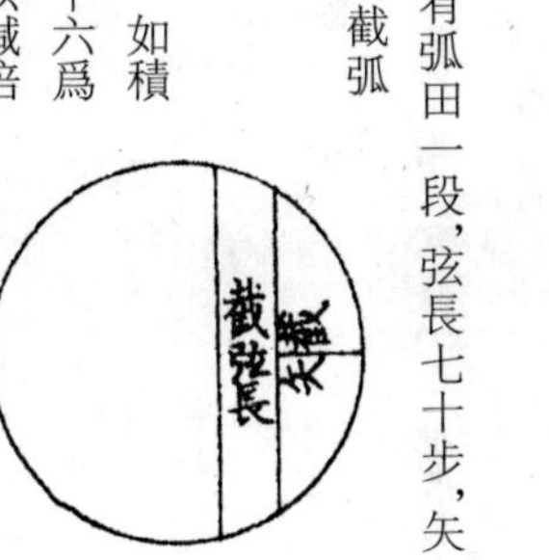

答曰：截弦二十四步，截矢二步。

術曰：先求得圓徑七十四步。立天元一爲截矢。如積求之，得二千七百四爲益實，一百四爲從上廉，二百九十六爲從下廉，五爲益隅。三乘方開之，得截矢二步。自之，以減倍積，餘以矢除之，即弦。合問。

清·沈欽裴《四元玉鑑細草》 草曰：置弦長七十步，自之，得四千九百步爲實。次置矢闊二十五步，倍之，得五十步爲法。除實，得九十八步，加五十步得一百四十八步。半之，得七十四步，即圓徑也。立天元一爲截矢。置復截積二十六步，倍之，得五十二步。以天元自乘減之，餘 [算籌式] 合以天元除之。今省不除，即以爲帶分。復截弦自之，得 [算籌式] 寄左。乃置圓徑七十四步，倍截矢減之，餘 [算籌式] 加圓徑，得 [算籌式] 以倍矢乘之，得 [算籌式] 又以天元再乘之，得 [算籌式] 與左相消，得 [算籌式] 三乘方開之，得二步，即截矢也。以截矢二步自之，得四步，以減倍積五十二步，餘四十八步，以矢二步除之，得二十四步，即截弦也。合問。

清·羅士琳《四元玉鑑細草》 艸曰：先置弦七十步，半之，得三十五步。自之，得一千二百二十五步。如矢二十五步而一，得四十九步。加矢，得七十四步爲圓徑。立天元一爲截矢。以減圓徑，得 [算籌式] 爲矢徑差。乘天元矢，得 [算籌式] 四之，得 [算籌式] 爲截弦冪。副以天元自之，得 [算籌式] 爲截矢冪。用乘截弦冪，得 [算籌式] 爲弦冪與矢冪相乘之冪。寄左。乃倍截積，得五十二步。以截矢冪減之，得 [算籌式] 爲矢弦相乘之冪。自之，得 [算籌式] 爲同數。消左，得 [算籌式] 開三乘方，得二步爲截矢。自之，得四步。以減倍積五十二步，餘四十八步。以矢除之，得二十四步爲截弦。合問。

清·戴煦《四元玉鑑細草》 草曰：先以半弦 [算籌式] 自之，得 [算籌式] 如矢而一，得 [算籌式] 加矢，得圓徑七十四步。立天元一爲截矢。以減圓徑，得矢徑差 [算籌式] 以天元乘之，得半截弦之冪 [算籌式] 四之，得截弦冪 [算籌式] 以天元冪乘之，得 [算籌式] 寄左。次以天元自之 [算籌式] 以減倍截積 [算籌式] 得截弦乘截矢 [算籌式] 自之，得截弦冪乘截矢冪 [算籌式] 與左相消，得開方式 [算籌式] 三乘方開之，得截矢二步。自之，得 [算籌式] 以減倍截積 [算籌式] 得 [算籌式] 如矢而一，得(弦)截[弦]二十四步。

元·朱世傑《四元玉鑑》卷中《撥換截田》 今有圓田一段，周二百六十七步。今從邊截一弧，計積一千三百一十二步中半步。問截弦矢各幾何。

答曰：截矢二十五步，截弦八十步。

術曰：立天元一爲截矢。如積求之，得六百八十九萬六百二十五爲正實，五千二百五十爲益上廉，三百五十六爲益下廉，五爲正隅。三乘方開之，得截矢。合問。

清·沈欽裴《四元玉鑑細草》 草曰：立天元一爲截矢。自之，得太〇一 以減倍積二千六百二十五步，餘 [算籌式] 合以矢除之。今省不除，即以 [算籌式] 爲帶分弦。自之，得 [算籌式] 於上。又置圓周二百六十七步，三而一，得八十九步爲圓徑。以倍矢減之，餘 [算籌式] 自之，得 [算籌式] 又以天元再乘之，得 [算籌式] 以并上位，得 [算籌式] 以天元再乘之，得 [算籌式] 寄左。乃置圓徑八十九步，自之，得七千九百二十一步。以天元再乘之，得 [算籌式] 與左相消，得 [算籌式] 三乘方開之，得二十五步，即截矢也。置倍積二千六百二十五步，以矢自乘六百二十五減之，餘二千步。以矢二十五步除之，得八十步，即截弦也。合問。

清·羅士琳《四元玉鑑細草》 艸曰：立天元一爲截矢。自之，得太〇一 爲矢冪。副以三除圓周，得八十九步爲圓徑。以矢減之，得 [算籌式] 爲矢徑差。乘天元矢，得 [算籌式] 四之，得 [算籌式] 爲弦冪。用乘矢冪，得 [算籌式] 爲弦冪與矢冪相乘之冪。寄左。乃倍截積，得二千六百二十五步。以矢冪減之，得 [算籌式] 爲矢弦相乘之冪。自之，得 [算籌式] 爲同數。消左，得 [算籌式] 開三乘方，得二十五步爲截矢。自之，得六百二十五步，以減倍截積，餘二千步，以矢除之，得八十步爲截弦。合問。

清·戴煦《四元玉鑑細草》 草曰：立天元一爲截矢。自之，得矢冪太〇一 以減倍積 [算籌式] 得弦乘矢 [算籌式] 自之，得弦冪乘矢冪 [算籌式] 寄左。次以圓周三而一，得徑 [算籌式] 內減天元，得矢徑差 [算籌式] 以天元乘之，得半弦之冪 [算籌式] 四之，得弦冪 [算籌式] 以矢冪乘之，得 [算籌式] 與左相消，得開方式 [算籌式] 三乘方開之，得截矢。自之，以減倍截積，如矢而一，得截弦。

元·朱世傑《四元玉鑑》卷中《撥換截田》 今有圓田一段，徑九十步。甲乙共截一弧，其甲從邊復截一弧，以次給乙。甲截積二百八十三步二分步之一，乙截積五百二十六步二分步之一，問甲乙各截弧矢幾何。

答曰：甲截矢九步，截弦五十四步。

乙截矢九步，截弦七十二步。

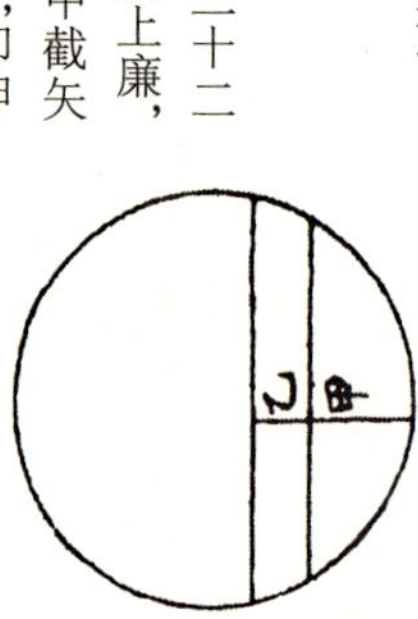

術曰：立天元一爲甲截矢。如積求之，得三十二萬一千四百八十九爲正實，一千一百三十四爲益上廉，三百六十爲益下廉，五爲正隅。三乘方開之，得甲截矢九步。列甲積，通分納子，內減矢冪，餘以矢除之，即甲截弦。

又立天元一爲共截矢。如積求之，得二百六十二萬四千四百爲益實，三千二百四十爲從上廉，三百六十爲從二廉，五爲益隅。三乘方開之，得共截矢一十八步。內減甲截矢，餘即乙截矢。又共矢自之，以減甲乙併積通分內子之數，餘以共矢而一，即乙截弦。合問。

清・沈欽裴《四元玉鑑細草》 草曰：立天元一爲甲截矢。自之，得 太〇丨 置甲截積二百八十三步二分步之一，通分納子，得五百六十七。以天元自乘減之，餘 𝍤丄𝍦 〇 丨̸ 合以天元除之。今省不除，即以 𝍤丄𝍦 〇 丨̸ 爲帶分截弦。自之，得 𝍧〇𝍬〇丨 ≡‖丨𝍦𝍬 丨‖≡ 於上。次置圓徑九十步，以二天元減之，餘 𝍫〇 ‖̸ 自之，得 𝍫〇𝍩𝍧 〇丄丨 𝍫 又以天元自乘，乘之得 太〇〇𝍩𝍧 丨〇丄 𝍫 以併上位 𝍧〇𝍬〇 𝍦丄𝍧 丄𝍦𝍫 寄左。乃置圓徑九十步，自之，得八千一百步。又以天元自乘，乘之，得 太〇〇 丨 𝍫 與左相消，得 𝍧〇𝍬𝍩𝍫 ≡‖丨𝍦 丨‖≡ 三乘方開之，得九步，即甲截矢也。以甲截矢自乘，減前所通倍積，餘以矢除之，得五十四步，即甲截弦也。

又立天元一爲共截矢。自之，得 太〇丨 以甲截積二百八十三步二分步之一，并乙截[矢]五百二十六步二分步之一，得八百一十步。倍之，得一千六百二十步。以天元自乘減之，餘 丨丅‖〇 〇 丨̸ 合以天元除之。今省不除，即以 丨丅‖〇 〇 丨̸ 爲帶分乙截弦。自之，得 ‖丄‖𝍪𝍩〇〇 ≡‖≡〇〇 〇丨 於次置圓徑九十步，

以兩天元減之，餘 𝍫〇 ‖̸ 自之，得 𝍫〇𝍩𝍧 丨〇丄 𝍫 又以天元自乘，乘之，得 太〇〇𝍩𝍧 丨〇丄 𝍫 并上位，得 ‖丄‖𝍪𝍩〇〇 ≡‖≡丄〇 𝍫丄〇 𝍫 寄左。乃置圓徑九十步自之，得八千一百步。又以天元自乘，乘之得 太〇〇 丨 𝍫 與左相消，得 ‖丄‖𝍪𝍩〇〇 ≡‖≡丄〇 𝍫丄〇𝍧 三乘方開之，得一十八步，即共截矢也。以甲截矢九步減之，餘九步，即乙截矢也。以共矢自乘，減甲乙併積，通分內子之數，餘如共矢而一，得七十二步，即乙截弦也。合問。

清・羅士琳《四元玉鑑細草》 艸曰：立天元一爲甲截矢。自之，得 太〇丨 爲矢冪。副以天元減徑九十步，得 𝍫〇 丨̸ 乘天元矢，得 太 𝍫〇 丨̸ 四之，得 太〇𝍧 𝍫丄 爲弦冪。用乘矢冪，得 太〇〇〇𝍧 𝍫丄 寄左。乃倍甲積，得五百六十七步。以矢冪減之，餘 𝍤丄𝍦 〇 丨̸ 自之，得 𝍧〇𝍬〇丨 ≡‖丨𝍦𝍬 丨‖≡ 爲同數。消左，得 𝍧〇𝍬𝍩𝍫 ≡‖丨𝍦 丨‖≡ 開三乘方，得九步爲甲截矢。自之，得八十一步。以減倍甲積，餘四百八十六步。以矢除之，得五十四步爲甲截弦。

又立天元一爲共截矢。自之，得 太〇丨 爲矢冪。副以天元減徑九十步，得 𝍫〇 丨̸ 乘天元矢，得 太 𝍫〇 丨̸ 四之，得 太〇𝍧 𝍫丄 爲弦冪用乘矢冪，得 太〇〇〇𝍧 𝍫丄 寄左。乃併甲乙二積，又倍之，得一千六百二十步。

以矢冪減之，得　自之，得　爲同數。消左，得　開三乘方，得十八步爲共截矢。減甲矢，餘九步爲乙截矢。又以共矢自之，得三百二十四步。以減倍共積，餘一千二百九十六步。以共矢除之，得七十二步爲乙截弦。合問。

清·戴煦《四元玉鑑細草》草曰：立天元一爲甲截矢。自之，得甲矢冪　以減甲倍積　得　爲甲矢乘甲弦。自之，得甲矢冪乘甲弦冪　寄左。次以天元減圓徑，得甲矢徑差　以天元乘之，得半甲弦之冪　四之，得甲弦冪　以天元冪乘之，得　與左相消，得開方式　三乘方開之，得甲截矢九步。自之　以減倍甲積　得　如矢而一，得甲截弦五十四步。

又立天元一爲甲乙共截矢。自之，得共矢冪　以天元減圓徑，得共矢徑差　以天元乘之，得半乙弦之冪　四之，得乙弦冪　以共矢冪乘之，得　寄左。次以二截積相併倍之，得　內減共矢冪，得乙弦乘共矢　自之，得乙弦冪乘共矢冪　與左相消，得開方式　三乘方開之，得共截矢一十八步。自之　以減倍共積　得　如共矢而一，得乙截弦七十二步。又共矢內減甲截矢，得乙截矢。

元·朱世傑《四元玉鑑》卷下《鎖套吞容》今有圓田一段，內有圓池占之，餘積六百一十二步。只云實徑自乘不及內周四十八步，却與內外周差等。問三事各幾何。

答曰：實徑六步，內周八十四步，外周一百二十步。

術曰：立天元一爲實徑。如積求之，得二千四百四十八爲益實，三十二爲從上廉，一爲從隅。三乘方開之，得實徑。合問。

清·沈欽裴《四元玉鑑細草》草曰：立天元一　爲實徑。自乘，得　加四十八步，得　爲內周。又加周差　得　爲外周。自乘，得　爲十二段外圓積于上。內周自乘，得　爲十二段內圓積。減上，餘　寄左。乃置餘積六百一十二步，以十二乘之，得七千三百四十四步。與左相消，得　三約之，得　三乘方開之，得六步。合問。

清·羅士琳《四元玉鑑細草》艸曰：立天元一爲實徑。自之，得　爲實徑。自乘，與內外周差等。加不及四十八步，得　爲內周。自之，得　合以十二除之，爲圓池積。今不除，便爲帶分圓池積。內寄十二爲母。副置內周加內外周差，得 〣〦〇〢 爲外周。自之，得 〢〣〇〢〇〣〦 〡 合以十二除之，爲圓田積。今亦不除，便爲帶分圓田積。內寄十二爲母。以圓池積減之，得 太〇〦〇〣 〣 爲帶分餘積。內寄十二爲母。寄左。乃以十二通餘積，得七千三百四十四爲同數。消左，得 〦〢〣〨〇〦〇〣 三約之，得 〢〣〨〦〇〢〇〡 開三乘方，得六步爲實徑。自之，得三十六步。加不及四十八步，得八十四步爲內周。又加周差三十六步，得一百二十步爲外周。合問。

清·戴煦《四元玉鑑細草》 草曰：立天元一爲實徑。自之，得 太〇丨 加四十八步，得內周 〣〧〇〡 又實徑冪便爲周差。加內周，得外周 〣〧〇〢 兩周相併 〦〇〢 二而一，得 〢〤〦〇〢 爲停周。以周差乘之 〢〤太〇〦〇〣 六而一，得環田積 〡〢〤太〇〦〇〣 寄左。次列六百一十二步，以左母通之，得 〡〢〤〦〣 與左相消，得 〦〢〣〨〇〦〇〣 三約之，得開方式 〢〣〨〇〢〇〡 三乘方開之，得實徑。自乘，加四十八步得內周。再加實徑冪得外周。

元·朱世傑《四元玉鑑》卷下《鎖套吞容》 今有圓田一段，西邊被水侵入一弧。外有殘周五十三步，弦長二十步。問圓徑弧背矢闊各幾何。

答曰：圓徑二十五步，矢闊五步，弧背二十二步。

術曰：立天元一爲水侵弧矢。如積求之，得三萬爲正實，七千三百爲益方，六百爲從上廉，七十三爲益下廉，一爲正隅。三乘方開之，得矢闊。又矢除半弦冪，加矢，即圓田徑。又倍矢冪，以圓徑除之，爲弦背差，加弦，即弧背。合問。

清·沈欽裴《四元玉鑑細草》 草曰：立天元一 太丨 爲水侵弧矢。以除半弦冪一百步，加矢，得 丨〇〇太丨 爲圓田徑。自乘，得 丨〇〇〇〇太〇〢〇丨 三之，得 〣〇〇〇〇太〦〇〇〣 爲帶分圓周。寄左。乃以矢自乘，倍之，得 太〇〢 合以圓徑除之，爲弦背差。今不受除，即以 太〇〢 爲帶分弦背差于上。亦以圓徑乘弦長二十步，得 〢〇〇〇太〢〇 於中。又以圓徑乘殘周五十三步，得 〥〣〇〇太〥〣 于下。并三位，得 〦〣〇〇太〦〢 與左相消，得 〣〇〇〇〇〦〣〇〇〧〣〇〇〦〨丨 三乘方開之，得五步，即矢闊也。合問。

清·羅士琳《四元玉鑑細草》 艸曰：立天元一爲水侵弧矢。置弦長半之，得十步爲半弦。自之，得一百步爲半弦冪。以矢除之，得 丨〇〇太 爲矢徑差。以矢加之，得 丨〇〇太丨 爲圓徑。三之，得 〣〇〇太〣 爲圓周。用乘圓徑，得 〣〇〇〇〇太〦〇〇〣 爲周徑相乘冪。寄左。乃以矢自之，得 太〇丨 倍之，得 太〇〢 爲二矢冪。合以圓徑除之，爲弦背差。今不除，便爲圓徑乘弦背差於上。副併殘周與弦長，得七十三步，亦以圓徑乘之，得 〦〣〇〇太〦〣 加上，得 〦〣〇〇太〦〢 爲同數。消左，得 〣〇〇〇〇〦〣〇〇〧〣〇〇〦〨丨 開三乘方，得五步爲矢。除半弦冪一百步，得二十步爲矢徑差。加矢得二十五步爲圓徑。三之，得七十五步爲圓周。以殘周減之，得二十二步爲弧背。合問。

清·戴煦《四元玉鑑細草》 草曰：立天元一爲弧矢。以半弦一〇自之一〇〇天元除之，得矢徑差 太 以分母 太 通天元 加之，得圓徑 三之，得圓周 以殘周弦長相併，得 以圓周母通之，得 以減圓周，得弦背差 以圓徑乘之，得兩段矢冪 寄左。次以天元自之 太〇丨 又倍之 太〇‖ 以左母通之，得 與左相消，得開方式 三乘方開之，得矢五步。以除半弦冪一〇〇得二十步。加矢，得圓徑二十五步。又矢自之 又倍之 以圓徑除之，得弦背差二步。加弦，得弧背二十二步。

元·朱世傑《四元玉鑑》卷下《鎖套吞容》 今有圓田一段。圓從古法。上有圓池。圓從密率。中有直池，池邊下有方池各占之，餘積一千八百六十八步四分九釐五毫二絲。只云七池方面不及一直池長五步四分四釐，却多三直池闊二步二分四釐，方池面圓池周和得三十步，直池斜與方池冪等。問田池周徑長闊各幾何。

答曰：圓田徑六十四步，圓池周二十二步，直池長六十一步四分四釐，闊一十七步九分二釐，圓池徑七步，方池面八步。

術曰：立天元一爲圓池周。如積求之，得七千七百八十五萬五千一百二十六步八分爲正實，一千五十五萬三千七百三十四步四分爲益方，五十三萬二千三百一步五分爲從上廉，一萬一千八百八十爲益下廉，九十九爲從隅。三乘方開之，得圓池。周餘依加減求之。合問。

清·沈欽裴《四元玉鑑細草》 草曰：立天元一 太丨 爲圓池周。自乘，得 七之，得 以三乘之，得 爲二百六十四段圓池積。以圓池周減三十步，得 爲方池面。七之，得 副之加五步四分四釐，得 爲一直池長。減二步二分四釐，得 爲三直池闊。長闊相乘，得 又以八十八乘之，得 爲二百六十四段直池積。置方池面 自之，得 又以二百六十四乘之，得 爲二百六十四段方池積。并三池積，得 于上位。次置直池斜 自乘，得 三之，得 合四而一，爲圓田積。今不欲除，轉以六十六乘之，得 爲二百六十四段圓田積。以上位減之，餘 〔籌式〕 寄左。乃置餘積一千八百六十八步四分九釐五毫二絲，亦以二百六十四乘之，得四十九萬三千二百八十二步七分三釐二毫八絲，與左相消，得 〔籌式〕 半之， 〔籌式〕 三乘方開之，得二十二步。合問。

清・羅士琳《四元玉鑑細草》 艸曰：立天元一爲圓池周。以減和三十步，得 〔籌式〕 爲池方面。自之，得 〔籌式〕 爲池方冪，又爲直池斜，又爲圓田徑。置池方面七之，得 〔籌式〕 爲七段池方面。加五步四分四釐，得 〔籌式〕 爲直池長。又置七段池方面，以二步二分四釐減之，得 〔籌式〕 合以三除之，爲直池闊。今不除，便爲三段直池闊。又置圓田徑，自之，得 〔籌式〕 以三乘之，得 〔籌式〕 合以四除之，爲田積。今不除，轉以六十六通之，得 〔籌式〕 爲二百六十四段田。泛寄。又置圓池周，自之，得 〔籌式〕 以七乘之，得 〔籌式〕 合以八十八除之，爲圓池積。今不除，轉以三通之，得 〔籌式〕 爲二百六十四段圓池積於上。又置直池長，以三段直池闊乘之，得 〔籌式〕 合以三除之，爲直池積。今不除，轉以八十八通之，得 〔籌式〕 爲二百六十四段直池積於中。又置方池冪，以二百六十四通之，得 〔籌式〕 爲二百六十四段方池積於下。併三位，得 〔籌式〕 爲二百六十四段三池共積。以減泛寄，得 〔籌式〕 爲二百六十四段餘積。寄左。乃以二百六十四通餘積，得四十九萬三千二百八十二步七分三釐二豪八絲，爲同數。消左，得 〔籌式〕 半之，得開三乘方，得二十二步，爲圓池周。餘依加減求之，密率徑七周二十二，原注圓池從密率，則是圓池徑，即爲七步。副以圓池周減和三十步，餘八步爲方池面。自之，得六十四步爲圓田徑。方池斜亦即圓田徑。又副以方池面七之，得五十六步，加不及五步四分四釐，得六十一步四分四釐爲直池長。又副以多二步二分四釐減五十六步，餘五十三步七分六釐，三而一，得一十七步九分二釐爲直池闊。合問。

清·戴煦《四元玉鑑細草》 草曰：立天元一爲圓池周。以減三十步，得方池面　七之，得　加五步四分四釐，得直池長　又七之，方池面内減二步二分四釐，得三闊　三而一，得直池闊　又以方池面自之，得直池斜，便爲圓田徑　于是以天元自之　又七之　八十八而一，得圓池積　以方池面自之，得方池積　以直池長闊相乘，得直積池　四而一，得圓田積　以圓田徑自之　又三之　用合分法求得總母之半　一一二　總母二百六十四今用其半。以通方池積，得　以　通圓池積，得　以　通直池積，得　併三池積，得　於上。又以　通圓田積，得　内減上，得餘積　寄左。次列原餘積步，以左母通之，得　與左相消，得開方式　三乘方開之，得圓池周二十二步。以減三十步，得方池面八步。七之　加　得直池長六十一步四分四釐。又七之方池面内減　得　直池闊。

三而一，得直池闊一十七步九分二釐。又方池面自乘，得圓田。

元・朱世傑《四元玉鑑》卷下《雜範類會》 今有密率弧田積一百三十六步半。只云矢冪多於弦二十一步。問弦矢各幾何。

答曰：矢七步，弦二十八步。

術曰：立天元一爲矢。如積求之，得七千二百三爲益實，五百八十八爲益方，一十四爲益上廉，二十八爲從下廉，一爲正隅。三乘方開之，得矢七步。合問。

清・沈欽裴《四元玉鑑細草》 草曰：立天元一爲矢。自之，減二十一步，得 [illegible] 爲弦。弦矢相乘，得 [illegible] 矢又自乘 [illegible] 并之，得 [illegible] 以七百乘之，得 [illegible] 於上。次置弦 [illegible] 自乘，得 [illegible] 又以二十五乘之，得 [illegible] 并上，得 [illegible] 寄左。乃置密率弧田積一百三十六步，半倍之，得二百七十三步。亦以七百乘之，得一十九萬一千一百步。與左相消，得 [illegible] 以隅約之，得 [illegible] 三乘方開之，得七步。合問。

清・羅士琳《四元玉鑑細草》 艸曰：立天元一爲矢。自之，得 [illegible] 爲矢冪。以多二十一步減之，得 [illegible] 爲弦。加天元矢，得 [illegible] 用乘矢，得 [illegible] 於上。副以弦自之，得 [illegible] 合以二十八除之，爲密倍差。今不除，便爲二十八段密倍差於下。轉以二十八通上，得 [illegible] 加下，得 [illegible] 又合二而一。今亦不除，便爲五十六段密率弧田積。寄左。乃以五十六通截積，得七千六百四十四爲同數。消左，得 [illegible] 開三乘方，得七步爲矢，自之，得四十九步。以多二十一步減之，餘二十八步爲弦。合問。

清・戴煦《四元玉鑑細草》 草曰：立天元一爲矢。自之（內減）[illegible] 內減二十一步，得弦 [illegible] 半之 [illegible] 自乘，得半弦冪 [illegible] 以徑率 [illegible] 而一，古密同用七爲徑則得其周差一，故省乘。密弧倍加積 [illegible] 於上。又矢加弦 [illegible] 以矢乘之，得 [illegible] 又以倍加積母 [illegible] 通之，得 [illegible] 加上，得 [illegible] 二而一，得密弧積 [illegible] 寄左。次列弧田積步，以左母通之，得 [illegible] 與左相消，得開方式 [illegible] 三乘方開之，得矢。自之，內減二十一步，得弦。

清・吳嘉善《白芙堂算學廿一種・天元問答》 有弧矢積有徑，求矢，用三乘方法解。

論曰：識別得弧矢積二因之，即矢乘矢弦和之積。凡有矢弦求積者，以矢加弦，得數，又以矢乘之，二而一爲積。今置積二因之，復得矢乘矢弦和積矣。以矢除之，則得矢弦和。【略】若置二因積，以矢冪減之，則得矢弦相乘冪。【略】乃以天元術入之，而以借根方附注草如下：

草曰：立天元一爲矢。即借一根爲矢也。自之，得 [illegible] 爲矢冪。即一根自乘，得一平方爲矢冪也。以減二因積，得 [illegible] 爲矢乘弦冪。以一平方減二因積，得二積真數，少一平方，爲矢乘弦冪。二積真數者，謂設問時二積之真數也。謂之真數者，以別夫根之爲虛數也。自之，得 [illegible] 爲矢冪乘弦冪之積。以弦矢相乘冪自乘，得四積自乘真數，少四積平方。多一三乘方，爲矢冪乘弦冪之積。寄左。乃以矢減徑，得 [illegible] 爲大矢。乃以一根減徑，得徑真數，少一根爲大矢。凡矢乘大矢，爲四分弦冪之一。四乘之，爲弦冪，故以矢乘大矢，得 [illegible]

又四之，得 太四徑〨 爲弦冪。以一根乘之，得徑根，少一平方，爲四分弦冪之一。四因之，得四徑根，少四平方爲弦冪。又以矢冪乘之，得 太〇〇四徑〨 亦爲矢冪乘弦冪之積，與左爲同數。以一平方乘之，得四徑立方，而少四三乘方，亦爲矢冪乘弦冪之積，而與寄左數等也。相消，得 積自乘方四〇四積四徑〣 爲開方式。兩邊各加四積平方，減一三乘方。則四積平方多四徑立方，少五三乘方。與四積自乘方等。三乘方開之，得天元數爲矢數也。三乘方開之，得一根爲矢數也。

又求矢草曰：立天元一爲矢。以矢除二因積，得 二積太 爲矢弦和。以矢減之，得 二積太〆 爲弦。又以弦自之，得 積自乘方四〇太四積〇丨 爲弦冪。寄左。乃以矢減徑，得 徑〆 爲大矢。以四矢乘之，得 太四徑〨 亦爲弦冪。與左爲同數。相消，得 積自乘方四〇 四積四徑〣 爲開方式。與前所得式同。

論曰：此題以方程論之，矢爲一色，弦爲一色。今立天元爲矢，是所求者矢也。矢爲所求之色，應以弦爲應行消去之色。方程術定法如是。法當以兩邊弦數取齊，而取逕於積。所得之弦爲根，取逕於徑，所得之弦爲冪。兩數取齊，則冪當開方，乃與根等。根當自乘，乃與冪等。夫冪之開方難，而根之自乘易。故令根自乘，得冪。寄左。以待後之得冪，逕爲同數，可以相消也。夫以弦之根自乘，則式中之積，亦不得不自乘。而積者，平方也。平方自乘，必成三乘方，則得式亦爲三乘方。而開方亦不得不用三乘方法矣。

若求弦者，當兼用地元。其題倣四元術，更之題曰：

今有徑若干，祇云以二因弧矢積若干，與矢乘矢弦和相等。求弦矢各若干。

求弦草曰：立天元一爲弦。自之，得 太〇丨 爲弦冪。立地元一爲 徑〆 爲大矢。以矢乘之，又四之，得 太四徑〨 爲弦冪。寄左。以天元冪爲同數，消左，得 太〇〆四徑〨 爲今式。又以矢除二因積，得 二積太 爲矢弦和。以矢減之，得 二積太〆 爲弦。寄左。乃以天元爲同數。消左，得 二積太〆 爲云式。既得今云兩式，當如方程法，減兩行成一行，乃以四齊云式，得 八積太〨 以消今式，得 八積〇〆四徑〣 爲左式。又以 四徑〣 齊云式，得 八積乘徑太四徑 八積四徑〨 反消左式，反消者，以加爲消也。得 八積乘徑八積 八積四徑〨 爲右式，即爲右行。其左式即爲左行，左右兩行對列之。右八積乘徑左八積四徑 八積四徑 〨〆 〣〇 內兩行相乘，得 六十四積自乘方 三十二徑乘積 四十八積 四徑 〣 外兩行相乘，得 三十二徑平方乘積 六十四徑乘積 三十二積

兩得式相消，得 六十四積自乘方負 三十二徑平方乘積正 三十二徑乘積正 一十六積負 四徑負 五負 爲開方式。三乘方開之，得弦也。

又 今有弧矢積十步，有徑十步。問求矢若干。

答曰：矢二步。

草曰：置積十步，二因之，得二十步爲二因積。即矢乘矢弦和之積。乃立天元一爲矢。自之，得 太〇丨 爲矢冪。以減二因積，得 〇〆 爲弦矢相乘冪。自之，得 〣〇〇〇〇丨 爲矢冪乘弦冪之積。寄左。副以矢減徑，得 〇〆 爲大矢。又以矢乘之，得 太〇〆 又四之，得 太〇〨 爲弦冪。又以矢冪乘之，得 太〇〇〣〇〨 亦爲矢冪乘弦冪之積。與左相消，得 〣〇〇〇〇〣〇〨 爲開方式。三乘方開之，得二步。即矢也。

又草曰：立天元一爲矢，以除二因積，得 〇太 爲矢弦和。以矢減之，得 〇太〆 爲弦。自之，得 〣〇〇〇〇丨 爲弦冪。寄左。乃以矢減徑，得 〇〆 爲大矢。以四矢乘之，得 太〣〇〨 亦爲弦冪。與左相消，得 〣〇〇〇〣〨 爲開方式。與前草式同。

清・陳維祺《重校中西算學大成》卷四二　或問：南門外有槐樹一株，東門外有柳樹一株，槐柳相距二百八十九步。有人從乾南行六百步，斜望槐柳與城參相直。問答同前。

法曰：云數相乘，得數又自增乘，爲三乘方實。二之，斜步冪乘南行步爲益從。二云數相乘，又倍之爲益廉。二之，斜步爲第二從廉。二步常法。得皇極股二百五十五。

草曰：別得槐樹至城心步，即皇極股也。立天元一爲皇極股。加斜步，得 [illegible] 爲邊弦。以天元乘之，得 [illegible] 合斜步除。不除，便以此爲邊股。寄斜步分母。又以斜步乘南行步，得 [illegible] 爲大股。內減邊股，餘 [illegible] 爲半城徑。寄斜步分母。自之，得 [illegible] 爲半徑冪。內帶斜步冪爲母。寄左。又以天元減斜步，得 [illegible] 爲叀弦。以天元乘之，得 [illegible] 合斜步除。不除，寄爲母，便以此爲叀股。以邊股乘之，得 [illegible] 爲同數。與左相消，得 [illegible] 開三乘方，得二百五十五步，即皇極正股。又自之，得數以減斜冪，餘如平方而一，得皇極正句。句股相乘，倍之爲實。如斜步而一，即城徑也。

或問：南門外有槐樹一株，東門外有柳樹一株，槐柳相距二百八十九步。甲從乾東行三百二十步，斜望槐柳與城參相直。問答同前。

法曰：云數相乘得數，又自增乘爲三乘方實。二之斜步冪，乘甲東行爲益從。二云數相乘，又倍之爲益廉。二之斜步爲第二廉。二步常法。得皇極句一百三十六。

草曰：別得柳至城心步，即皇極句也。立天元一爲皇極句。加斜步，得 [illegible] 爲底弦。以天元乘之，得 [illegible] 合斜步除。不除，便以此爲底句。寄斜步分母。又以斜步乘東行步，得 [illegible] 爲大句。內減底句，餘 [illegible] 爲半徑。自之，得 [illegible] 爲半徑冪。內帶斜步冪爲母。寄左。乃以天元減斜步，得 [illegible] 爲明弦。以天元乘之，得 [illegible] 合斜步除。不除，寄爲母。便以此爲明句。以底句乘之，得 [illegible] 爲同數。與左相消，得 [illegible] 開三乘方，得一百三十六步，即皇極句。餘如前問求之。

或問：邊股四百八十，明弦一百五十三。問答同前。

法曰：邊股內減二之明弦，以邊股乘之，又以明弦冪乘之，爲三乘方實。倍邊股以明弦冪乘之爲從。二云數相減，餘以自之爲第一廉。二云數相減，又倍之爲第二益廉。一常法。得明句七十二。

草曰：立天元一爲明句。加明弦，得  爲高股。以高股減邊股，餘 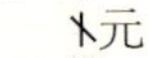 爲高弦。以倍之，得  爲黃廣弦也。內卻減邊股，得 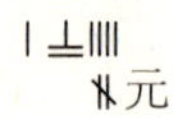 爲叀股。復以邊股乘之，得  於上。又以明弦自乘，得二萬三千四百〇九爲分母。以乘上位，得 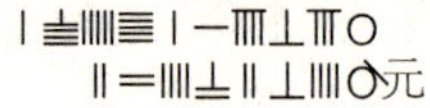 爲帶分半徑冪。寄左。然後置黃廣弦，以天元乘之，得  合明弦除。不除，寄爲母，便以此爲全徑。又半之，得 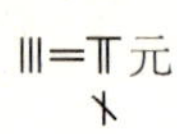 爲半徑。自之，得 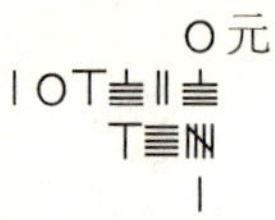 爲同數。與左相消，得  開三乘方，得七十二步。即明句也。

或問：底句二百步，叀弦三十四步，問答同前。

法曰：底句內減二之叀弦，以底句乘之。又以叀弦冪乘之，爲三乘方實。倍底句以叀弦冪乘之爲從。二云數相減，餘以自之爲第一廉。二云數相減，又倍之爲第二益廉。一步隅法。得叀股三十。

草曰：立天元一爲叀股。加叀弦，得  爲平句。以平句減底句，餘 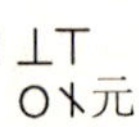 爲平弦。以倍之，得 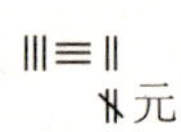 爲黃長弦也。內卻減底句，得 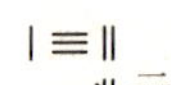 爲明句。復以底句乘之，得  於上。又以叀弦自乘，得一千一百五十六爲分母。以乘上位，得 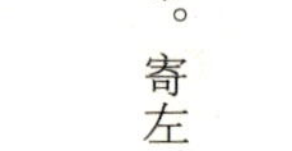 爲帶分半徑冪。寄左。然後置黃長弦，以天元乘之，得 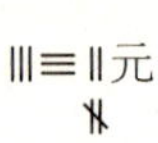 合叀弦除。不除，寄爲母，便以此爲全徑，又半之，得  爲半徑。自之，得 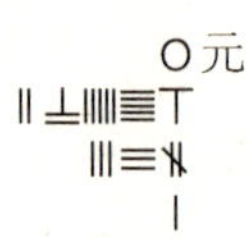 爲同數。與左相消，得 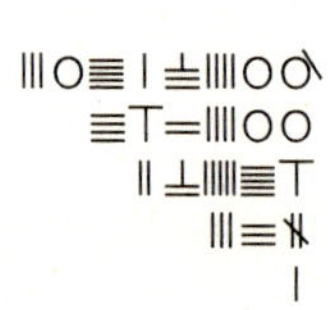 開三乘方，得三十步，即叀股也。

又 或問：丙出南門直行，甲出東門直行，兩相望見。既而丙云：我行少於城徑一百五步，甲云：我行少於城徑二百二十四步。問答同前。

法曰：二少步相乘，又自乘爲三乘方實。六之共步乘云數，相乘數爲益從，云數相乘五之於上，又以共步自乘，二之加上爲從廉。四十八之共步爲益二廉。六十三步常法。得半徑。

草曰：立天元一爲半城徑。以三之，副置二位。上位減丙少步，得 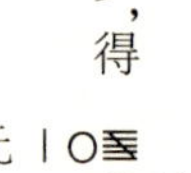 爲皇極股也。下位減甲少步，得 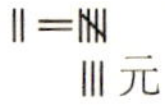 爲皇極句也。句股相乘，得 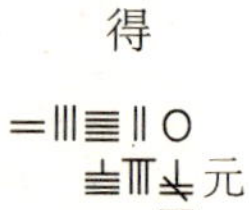

以天元除之，得[籌式]爲弦也。弦自之，得下[籌式]爲弦冪。寄左。然後以股自之，得[籌式]爲股冪。又以句自之，得[籌式]爲句冪。二冪相併，得[籌式]爲同數。與左相消，得[籌式]翻法開三乘方，得一百二十步，即半徑也。

或問：丙出南門，直行一百三十五步而立。甲出東門，直行一十六步見之。問答同前。

法曰：二行相乘，得數又自之，爲三乘方實。併二行步以乘二行相乘數，又倍之爲從。二行相乘數，四之爲第一廉。第二廉空。一益隅。得半徑。

草曰：立天元一爲半城徑。副置之，上加南行步，得[籌式]爲股。下加東行步，得[籌式]爲句。句股相乘，得[籌式]爲直積一段。以天元除之，得[籌式]爲弦。自之，得[籌式]爲弦冪。寄左。乃以句自之，得[籌式]又以股自之，得[籌式]二位相併，得[籌式]爲同數。與左相消，得[籌式]益積開三乘方，即半徑也。

清·蕭履安《天元草》卷二　今有弦冪加股冪得三百一十三尺。只云弦較和二十尺，問句股弦各若干。

草曰：立天元一爲股。以減云率，得[籌式]爲句弦較。又以天元自之，得[籌式]爲股冪。合以句弦較除。今不除，便以爲帶分句弦和，轉以句弦較通天元，得[籌式]爲帶分股。又以句弦較自之，得[籌式]爲帶分句弦較。以加帶分句弦和，得[籌式]爲二弦。半之，得[籌式]爲弦。自之，得[籌式]爲弦冪。又以帶分股自之，得[籌式]爲股冪。以加弦冪，得[籌式]爲如積。寄左。副以帶分句弦較通今率，得[籌式]爲同數。消左，得[籌式]爲開方式。開三乘方，得十二尺爲股。照式得五尺爲句，十三尺爲弦。

又草曰：立天元一爲弦。以減云率，得[籌式]爲句股較。自之，得[籌式]爲句股較冪。又以天元自之，得[籌式]爲弦冪。以減句股較冪，得[籌式]爲倍直積。半之，得[籌式]爲直積。自之，得[籌式]爲如積。寄左。副以弦冪減今率，得[籌式]爲股冪。又以弦冪減去股冪，得[籌式]爲句冪。乃以句冪乘股冪，得[籌式]爲同數。消左，得

[illegible] 爲開方式。開三乘方,得十三尺爲弦。照式得五尺爲句,十二尺爲股。

今有句弦相乘積加六股弦較,得七十一尺。只云句股和十七尺。問句股弦各若干。

草曰:立天元 [illegible] 爲句。以減云率,得 [illegible] 爲股。六之,得 [illegible] 式以加今率,得 [illegible] 爲句弦相乘積。加六弦,合以天元加六,得 [illegible] 式除。今不除,便以 [illegible] 爲帶分弦。轉以 [illegible] 式通天元,得 [illegible] 爲帶分句。又以 [illegible] 式通股,得 [illegible] 爲帶分股。乃以帶分句自之,得 [illegible] 爲句冪帶分股。自之,得 [illegible] 爲股冪。二冪相加,得 [illegible] 爲弦冪。寄左。副以弦自之,得 [illegible] 爲同數。消左,得 [illegible] 爲開方式。開三乘方,得五尺爲句。照式得十二尺爲股,十三尺爲弦。

又草:曰立天元 [illegible] 爲股。以減云率,得 [illegible] 爲句。再以天元六之,得 [illegible] 以加今率,得 [illegible] 爲句弦相乘積。加六弦,合以句加六,得 [illegible] 式除。今不除,便以 [illegible] 爲帶分弦。轉以 [illegible] 通天元,得 [illegible] 爲帶分股。又以 [illegible] 通句,得 [illegible] 爲帶分句。乃以帶分句自之,得 [illegible] 爲句冪。又以帶分股自之,得 [illegible] 爲股冪。二冪相加,得 [illegible] 爲弦冪。寄左。副以弦自之,得 [illegible] 爲同數。消左,得 [illegible] 爲開方式。開三乘方,得十二尺爲股。照式得十三尺,爲弦,五尺爲句。【略】

今有句較和,減二股少十八尺。只云三股平方開之,以句除之,得一尺二寸。問句股弦各若干。

草曰:立天元 [illegible] 爲句。以乘云率,得 [illegible] 爲平方。開得數自之,得 [illegible] 爲三股。合以三除。今不除,便以爲帶分股。二之,得 [illegible] 以減三因今率,得 [illegible] 爲帶分句較和,轉以三通天元,得 [illegible] 爲帶分句。以減帶分句較和,得 [illegible] 爲帶分股弦較。以加帶分股,得 [illegible] 爲帶分弦。乃以帶分句自之,得 [illegible] 爲句冪。帶分股自之,得 [illegible] 爲股冪。二冪相加,得 [illegible] 爲弦冪。寄左。副以帶分弦自之,得 [illegible] 爲同數。消左,得 [illegible] 爲開方式。開三乘方,得五尺爲句。照式得十二尺爲股,十三尺爲弦。

又 卷三 今有句較較,平方開之,比句少三尺。只云三句加一尺,以除二股,得一尺五寸。問句股弦各若干。

草曰:立天元 [illegible] 爲句。以減今率,得 [illegible] 爲平方開得數。自之,得 [illegible] 爲平方積,亦即句較較。以天元減去句較較式,得 [illegible] 爲股弦較。再以天元三之,得 [illegible] 爲三句加一尺,得 [illegible] 以乘云率,得 [illegible]

爲二股。倍之，得[算籌]爲四股。合以四除。今不除，便以爲帶分股。轉以四通天元，得[算籌]爲帶分句。再以四通股弦較，得[算籌]爲帶分股弦較。以加帶分股，得[算籌]爲帶分弦。乃以帶分句自之，得[算籌]爲句冪。帶分股自之，得[算籌]爲股冪。二冪相加，得[算籌]爲弦冪。寄左。副以帶分弦自之，得[算籌]爲同數。消左，得[算籌]爲開方式。開三乘方，得五尺爲句。照式得十二尺爲股，十三尺爲弦。

今有股和較加十尺，平方開之，比句少一尺。只云五句除七弦，得三尺六寸四分。(開)[問]句股弦各若干。

草曰：立天元一爲句。以減今率，得[算籌]爲平方開得數。自之，得[算籌]爲平方積。減去所加十尺，得[算籌]爲股和較。減去天元，得[算籌]爲股弦較。再以天元五之，得[算籌]爲五句。以乘云率，得[算籌]爲七弦。合以七除。今不除，便以爲帶分弦，轉以七通天元，得[算籌]爲帶分句。又以七通股弦較，得[算籌]爲帶分股弦較。以減帶分弦，得[算籌]爲帶分股。乃以帶分句自之，得[算籌]爲句冪。帶分股自之，得[算籌]爲股冪。二冪相加，得[算籌]爲弦冪。寄左。副以帶分弦自之，得[算籌]爲同數。消左，得[算籌]爲開方式。開三乘方，得五尺爲句。照式得十二尺爲股，十三尺爲弦。

今有弦較和，減四尺平方開之，加三尺比句多二尺。只云句加一尺，除三股比句多一尺。問句股弦各若干。

草曰：立天元一爲句。以加多二尺，得[算籌]再減所加三尺，得[算籌]爲平方開得數。自之，得[算籌]爲平方積。以加所減四尺之數，得[算籌]爲弦較和。加天元得[算籌]爲股弦和。再以天元加比句所多之一尺，得[算籌]爲句加一尺除三股所得之數。自之，得[算籌]爲三股。合以三除。今不除，便以爲帶分股。轉以三通天元，得[算籌]爲帶分句。又以三通股弦和，得[算籌]爲帶分股弦和。內減去帶分股，得[算籌]爲帶分弦。乃以帶分句自之，得[算籌]爲句冪。帶分股自之，得[算籌]爲股冪。二冪相加，得[算籌]爲弦冪。寄左。副以帶分弦自之，得[算籌]爲同數。消左，得[算籌]爲開方式。開三乘方，得五尺，爲句。照式得十二尺爲股，十三尺爲弦。

如圖，甲乙爲句，丙丁爲股，庚丁爲句股較，戊己爲弦較和。減去四尺，作爲辛壬癸子正方面形，平方開之加三尺，故比句多二尺。又丑寅辰午正方形爲三股數，丑辰爲句加一尺，丑寅爲除得之數，故比句亦多一尺。

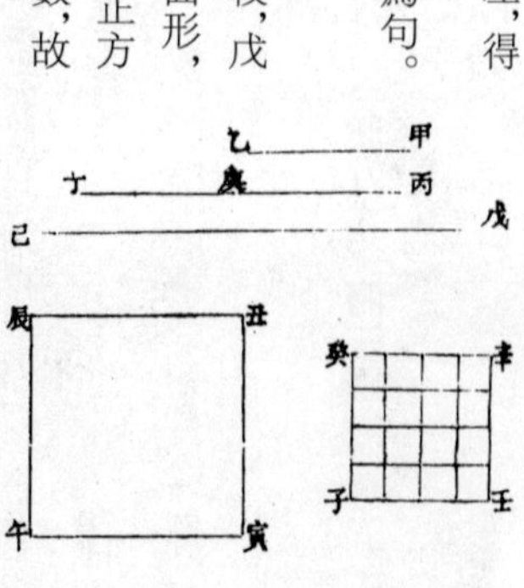

又今有弦冪減句股較冪，加股和較，乘句和較積，減八句冪與八句等。只云句股和冪減十一句冪，加三弦和較，比二股多二尺。問句股弦各若干。

草曰：立天元一爲句。八之，得[算籌]爲八句。又以天元自之，得[算籌]爲句冪。八之，得[算籌]爲八句冪。以加八句，得[算籌]爲四段句股直積。以四元除之，得[算籌]爲股。以加句，得[算籌]爲句股和。自之，得[算籌]爲句股和冪。減去十一句冪，得[算籌]爲句股和冪。減去十一句冪所餘之數，再以股倍之，得[算籌]爲二股。以加云率，得[算籌]爲句股和冪，加三弦和較，減去十一句冪所餘之數。內減去句股和冪，減十一句冪所餘之數，得[算籌]爲三弦和較。合以三除。今不除，便以爲帶分弦和較。轉以三通天元，得[算籌]爲帶分句。又以三通股，得[算籌]爲帶分股。以帶分句減去帶分弦和較，得[算籌]爲帶分股弦較。以加帶分股，得[算籌]爲帶分弦。乃以帶分句自之，得[算籌]爲句冪。帶分股自之，得[算籌]爲股冪。二冪相加，得[算籌]爲弦冪。寄左。副以帶分弦自之，得[算籌]爲同數。消左，得[算籌]爲開方式。開三乘方，得五尺爲句。照式得十二尺爲股，十三尺爲弦。

又 今有句股和冪加句股直積，減句弦和乘句弦較積，又減弦和和乘股較較積，三之，比股少二百七十七尺。只云弦較較乘句和較積，加句股較冪，比四十二股多一尺。問句股弦各若干。

草曰：立天元 丨 爲股。自之，得 [illegible] 爲股冪。以減今率，得 [illegible] 爲三段句乘句股和積於上。再以天元四十二乘之，得 [illegible] 以加云率，得 [illegible] 爲弦冪。減去股冪得 [illegible] 爲句冪。三之，得 [illegible] 爲三句冪。以減上式，得 [illegible] 爲三段句股直積。合以三元除。今不除，便以爲帶分句。轉以三元通天元，得 [illegible] 爲帶分股。乃以帶分句自之，得 [illegible] 爲句冪。帶分股自之，得 [illegible] 爲股冪。二冪相加，得 [illegible] 爲弦冪。寄左。副以三元自之，得 [illegible] 以通弦冪，得 [illegible] 爲同數。消左，得 [illegible] 爲開方式。開三乘方，得四十尺爲股。照式得四十一尺爲弦，九尺爲句。

今有句股和冪，加股和較，乘句和較積，加句股和，乘句股較積，又加弦冪，減句股較冪，減三股冪，比六十二句多二尺。只云句股和冪減弦和和，乘句較較積，比一百八十六句多七尺。問句股弦各若干。

草曰：立天元 丨 爲句。以六十二乘之，得 [illegible] 以加今率，得 [illegible] 爲六段句股直積少一股冪數於上。再以天元一百八十六乘之，得 [illegible] 以加云率，得 [illegible] 爲弦冪。又以天元自之，得 [illegible] 爲句冪。以減弦冪，得 [illegible] 爲股冪。以加上式，得 [illegible] 爲六段句股直積。合以六元除。今不除，便以爲帶分股。轉以六元通天元，得 [illegible] 爲帶分句。乃以帶分句自之，得 [illegible] 爲句冪。帶分股自之，得 [illegible] 爲股冪。二冪相加，得 [illegible] 爲弦冪。寄左。副以六元自之，得 [illegible] 以通弦冪，得 [illegible] 爲同數。消左，得 [illegible] 爲開方式。開三乘方，得九尺爲句。照式得四十尺爲股，四十一尺爲弦。

又 卷四 今有句股田內有古率圜池水占之，外餘田十一畝二分三釐七毫五絲。只云圜周不及句闊二步，股長不及斜長一十四步。問池徑及句股長闊各若干。

草曰：立天元 丨 爲池徑。三之，得 [illegible] 爲圜周。以加二步，得 [illegible] 爲句闊。乃以圜周乘天元得 [illegible] 四約之，得 [illegible] 爲圜池積。於上。又以畝法二百四十步通餘田，得 [illegible] 爲餘田積。併上積，得 [illegible] 爲句股田積。倍之，得 [illegible] 爲句股直積。合以句闊 [illegible] 除。今不除，便以爲帶分股長。以句闊自之，得 [illegible] 爲帶分句。又以寄母通不及斜長一十四步，得 [illegible] 爲帶分股弦較。以加帶分股，得 [illegible] 爲帶分弦。乃以帶分句自之，得 爲句冪。帶分股自之，得 爲股冪。二冪相加，得 爲弦冪。寄左。副以帶分弦自之，得 爲同數。消左，得 爲開方式。三乘方益積開之，得一十八步爲池徑。照式得五十六步爲句闊，一百〇五步爲股長。

草曰：立天元一爲句。以減不及二步，得 爲圓周。合以三除爲圓徑。今不除，便以爲帶分圓徑。轉以三通圓周，得 爲帶分圓周。以乘帶分圓徑，得 四約之，得 爲帶分圓池積於上。又以畝法二百四十步通餘田，得 爲餘田積。九之，得 爲帶分餘田積。併上積，得 爲帶分句股田積。倍之，得 爲句股直積。合以九通天元得 除之，爲股。今不除，便以爲兩帶分股。以加九元所通之不及步 得 爲兩帶分弦。又以九元通天元，得 爲兩帶分句。乃以兩帶分句自之，得 爲句冪。兩帶分股自之，得 爲股冪。二冪相加，得 爲弦冪。寄左。副以兩帶分弦自之，得 爲同數。消左，得 爲開方式。開立方，得五十六步，爲句闊。照式得一十八步爲池徑，一百〇八步爲股長。

一元五次方程

算法

元·朱世傑《筭學啟蒙》卷下《開方釋鎖門》 今有圓錐，積三千七十二尺。只云高爲實，立方開之，得數不及下周六十一尺。問下周及高各幾何。

答曰：下周六十四尺，高二十七尺。

術曰：立天元一爲開立方數 再自乘，爲高也 再列開立方數，加不及爲下周也 自之，又高乘之，爲三十六段積 寄左。列積三十六乘之，與寄左相消，得開方式

〇〇≢≐||||〇|一
≡╥=|∥|
|=|

四乘方開之，得三尺爲開立方之數。加不及，得下周六十四尺。又列三尺，再自乘，得高二十七尺。合問。

清・王鑒《筭學啓蒙述義》 此以三十六段積爲同數也。求積法見商功修築門。

清・徐鳳誥《算學啟蒙通釋》卷下 草曰：立天元一爲開立方數 〇| 太 再自乘，爲高 〇〇〇| 以除三十六段積，爲下周自乘數 ∥≐||||〇|一 〇〇〇 寄左。列立方數，加不及，爲下周 ⊥| 自之 ≡╥=| |=∥| 與寄左相消，得開方式 ∥≐||||〇|一 〇〇≠≠ ≡╥=≠ |=| 四乘方開之，得立方數。合問。

誥按：此以三十六段見積爲寔，不及自乘爲第二廉，倍不及爲第三廉，一爲隅。併第二廉、第三廉、下隅，以當上寔較數四乘方也。置寔負 ≢≐||||〇|一 於上，方空，第一廉空，第二廉正 ≡╥=| 第三廉正 |=∥ 於中，隅正 | 於下。借一步之應超四位至十萬，定十。今因第二廉第三廉有數，因退至單位二，上定初商三。乃以初商生隅，入第三廉 ||| 同加，得 |=|||| 又以初商生第三廉，入第二廉 |||⊥|||| 同加，得 ≡〇≐⊤ 又以初商生第二廉，入第一廉 |=∥≐Ⅲ 又以初商生第一廉，入方 |||⊥Ⅲ⊥|||| 又以初商生方以入寔 ∥≐||||〇|一 異減恰盡。

演式：

商	寔	方	第一廉	第二廉	第三廉	隅
|||				≡〇≐⊤	|=||||	
	∥≐||||〇|一	|||⊥Ⅲ⊥||||	|=∥≐Ⅲ	|||⊥||||	|||	
	≢≐||||〇|一		〇	≡╥=|	|=∥		

元・朱世傑《四元玉鑑》卷首《四象細草假令之圖》 一氣混元 今有黃方冪直積得二十四步。只云股弦和九步。問句幾何。

答曰：三步。

草曰：立天元一爲句。如積求之，得一百六十二箇黃方。乘直積式 |||≐Ⅲ≢〇Ⅲ≠⊠| ⊤=Ⅲ 四 太 〇〇Ⅲ≠⊠| ⊤=Ⅲ 以一百六十二乘元積，相消，得開方式 |||≐Ⅲ≢〇Ⅲ≠⊠| ⊤=Ⅲ 四乘方開之，得句三步。合問。

清・沈欽裴《四元玉鑑細草》 細草曰：立天元一 太| 爲句。自之，得 太〇| 合以股弦和除。今不受除，即以 太〇| 爲帶分股弦較。寄分母九。以分母九乘股弦和，得八十一步爲帶分股弦和。和較相加，得帶分弦 ≐|〇| 相減得帶分股 ≐|〇≠ 寄分母一十八。以分母一十八乘句，得帶分句 太 |Ⅲ 以帶分弦 ≐|〇| 減帶分句股和 ≐|Ⅲ≠ 得帶分黃方

太〔算籌〕以句乘帶分股，得帶分直積 太〔算籌〕又以帶分黃方乘之，得
太〔算籌〕半之，得 太〔算籌〕爲一百六十二箇黃方乘直積式。
寄左。乃以一百六十二乘元積二十四步，得三千八百八十八。與左相消，得
開方式〔算籌〕四乘方開之，得句三步。合問。

清·羅士琳《四元玉鑑細草》 艸曰：立天元一爲句。如積求之，得一百六十二箇黃方桼直積式 太〔算籌〕以一百六十二桼元積，相消，得開方式〔算籌〕四桼方開之，得句三步。合問。士琳案：《四象細艸假令之圖》，所以發煇四元而作也。特艸中僅列諸式，其何以如積求之之故，缺而未明，茲逐細詳演於後，别之曰補艸。

補艸曰：立天元一 太丨 爲句。自之，得 太〇丨 爲句冪。合以股弦和九步除之，爲股弦較。今不除，便以 太〇丨 爲九箇股弦較。副以九通天元，得 太〔算籌〕爲九箇句。以九箇股弦較減之，得 太〔算籌〕爲九箇黃方。以九通九步，得八十一步爲九箇股弦和。以九箇股弦較減之，得〔算籌〕爲十八箇股。桼天元句，得 太〔算籌〕爲十八箇直積。以九箇黃方桼之，得 太〔算籌〕爲一百六十二箇黃方桼直積。寄左。乃以一百六十二通二十四步，得三千八百八十八步爲同數。與左相消，得〔算籌〕開四桼方，得三步。合問。

清·戴煦《四元玉鑑細草》 解曰：立天元一爲句 太丨 自之，得句冪 太〇丨 以股弦和〔算籌〕除之，不受除，寄除法爲母。凡不受除者皆倣此。得股弦較〔算籌〕以股弦較之分母〔算籌〕通股弦和，通者，以此數之分母乘彼數，則彼數亦帶此數之分母爲母。使兩數同母，乃可加減也。後倣此。得〔算籌〕爲帶分股弦和。加股弦較，得〔算籌〕折半，不可半，倍其母爲母。凡不可半者倣此。得弦〔算籌〕又股弦和內減股弦較，得〔算籌〕折半，法同前。得股〔算籌〕以句乘股，得〔算籌〕爲直積。又以股弦較母〔算籌〕通句，得帶分句〔算籌〕內減股弦較，得黃方 黃方爲句股和內減弦，而弦爲股與股弦較之共，是句內減股弦較，即黃方也。〔算籌〕以乘直積，得黃方乘直積式〔算籌〕以一百六十二爲分母，故云一百六十二箇黃方乘直積。寄左。次列元積二十四步，以寄左式之分母一百六十二通之，得〔算籌〕與左相消，得開方式〔算籌〕乃以三千八百八十八爲益實，七百二十九從爲上廉，八十一爲益二廉，九爲益下廉，一爲正隅。四乘方開之，得三步，即句也。

清·李善蘭《四元解》卷一 草曰：立天元一爲句。自之，得〔算籌〕合以股弦和除之。不除，寄爲母。便以此爲股弦較也。置股弦和自之，得〔算籌〕爲帶母股弦和。以帶母股弦較減之，得〔算籌〕爲兩箇帶母股。以天元乘之，得〔算籌〕爲二之帶母直積於上。置二之天元，以股弦和乘之，得〔算籌〕爲二之帶母句。以二之帶母股加之，得〔算籌〕爲二之帶母句股和。以帶母股弦和與帶母股弦較併之，得〔算籌〕爲二之弦。以減二之句股和，得〔算籌〕爲二之帶母黃方。半之，以乘上直積，得〔算籌〕爲二段黃方乘直積。內帶股弦和冪分母。寄左。然後置黃方

乘直積二十四步，以股弦和冪分母通之，又二之，得 〇元 ≡Ⅲ≐Ⅲ 爲同數。與左相消，得 ≡Ⅲ≐Ⅲ〇〣丨Ⅲ〤 四乘方開之，得三步，即句也。合問。

又 卷二《釋術》 第一草立天元一爲句。自之，得 〇元 〇丨 合以股弦和除之。不除，寄爲母，便以此爲股弦較也。

義曰：凡句自乘，以股弦和除之，得股弦較。今句冪乃天元冪，以股弦和除之，則奇零不盡，故不除，而命其冪爲長方形。其長即股弦和，其闊即股弦較，是謂股弦較帶股弦和母也。

如圖，甲壬句三，甲乙句冪九，以戊庚股弦和九除之，則得戊己股弦較一。今句冪爲丙丁，雖與甲乙等而不能知其數，故不除，而改其形爲子丑長方。其子癸長與庚戊等，其癸丑闊與戊己等也。

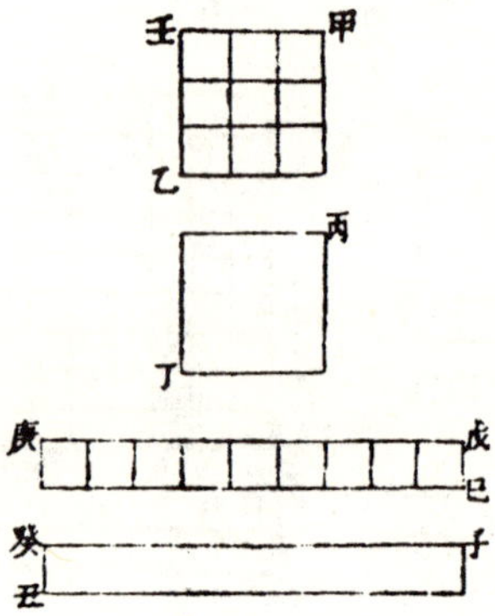

置股弦和自之，得 〇元 ≐丨 爲帶母股弦和。以帶母股弦較減之，得 〇元 ≐丨〤 爲兩箇帶母股。

義曰：凡股弦和內減股弦較，爲兩箇股。今股弦較內帶有股弦和分母，故股弦和亦必以分母乘之，然後可減也。雖然以分母乘矣，而帶母股弦和之數可知。帶母股弦較之數不可知，則仍不可減。不可減而虛減之，以待未減之實消去，然後開方。此天元術之妙也。

如圖，癸丑爲股弦較，戊庚爲股弦和，本當以癸丑減戊庚而得戊丙爲兩股，

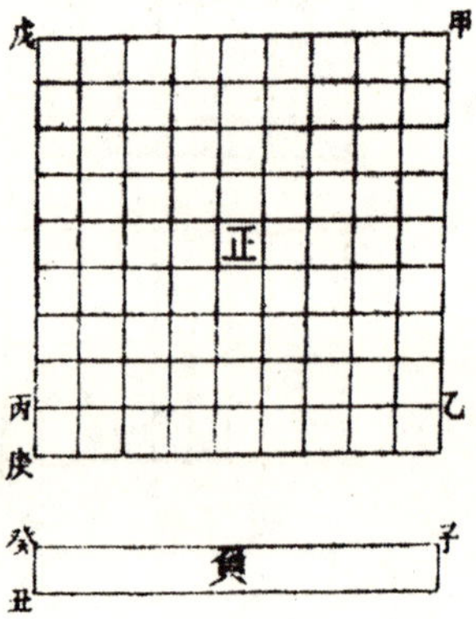

今癸丑帶癸子母，故戊庚亦以甲戊母乘之，而後可與子丑長方相減，以得甲丙長方爲兩箇帶母股也。但甲庚方真數也，子丑長方虛數也。故仍不能減，於是以不減減之，而命子丑長方爲負，則乙庚長方已與子丑長方相對，而爲已減，甲丙長方無所對，而爲未減也。名爲虛減。蓋天元術之妙，全在虛減。虛減則正負有對，其無對者，相消時必減去，不減去則亦有對。於是正負相當而可開方也。

以天元乘之，得 〇太 丨〇〤 ≐ 爲二之帶母直積於上。

義曰：凡天元乘太極，則爲天元。以天元乘天元則爲平方者，蓋元線也，太點也。線乘點則爲線，線乘線則爲面，以線乘者，每下一層，自然之理也。天元除天元而爲太極，天元除太極而爲太極上一層者，蓋以線除線則其線分而爲點，以線除點則其點復分不可復爲點，而爲點上一層，亦自然之理也。

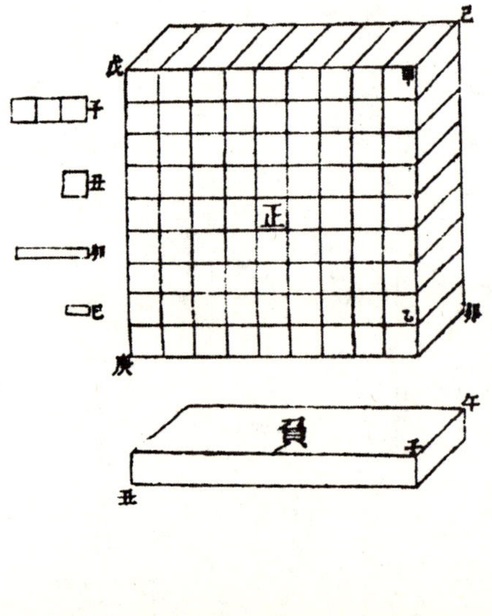

如圖，甲己天元句乘甲庚方，而太極皆成天元，亦乘子丑長方而成立方。於理則爲扁長體，於數則爲天元再乘方也。於是己乙長方面爲二段直積，甲戊長爲所帶之母，而所餘卯乙庚九元，恰與丑子午扁長體正負相等。仍命爲已減之數也。附圖，子爲天元，以天元自除之得丑，丑爲太極，其數與卯等。再以天元除之，則爲已不復成太極。故爲太極上一層也。

置二之天元，以股弦和乘之，得 〇太 ≐丨 爲二之帶母句。以二之帶母股加之，得 元 丨≐〤 ≐丨 爲二之帶母句股和。

義曰：以二之股帶母，故二之句，亦必以母通之，然後可加也。

如圖，甲乙爲二股，卯辰爲二句。而甲乙帶乙丙母，故卯辰亦必以辰已乘之，而後併之爲帶母句股和也。

以帶母股弦和，與帶母股弦較併之，得 |〇|元 ≡| 爲二之弦。

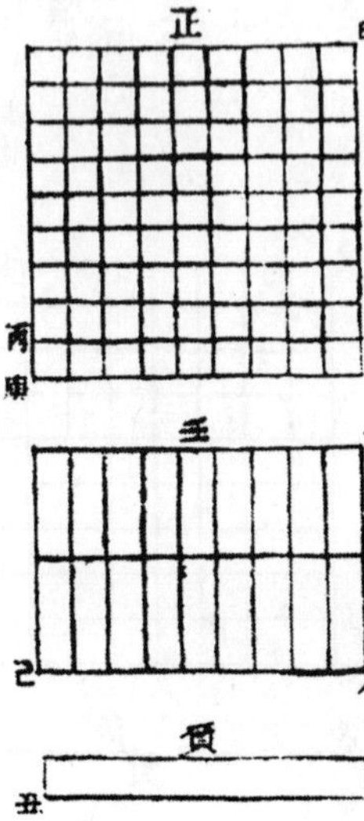

如圖，丙丁方爲帶母股弦和，戊己長方爲帶母股弦較。此與二之帶母股圖同，但彼相減，故爲股。此相加，故爲弦也。以減二之句股和，得 〇太 ≡ |✕ 爲二之帶母黄方。

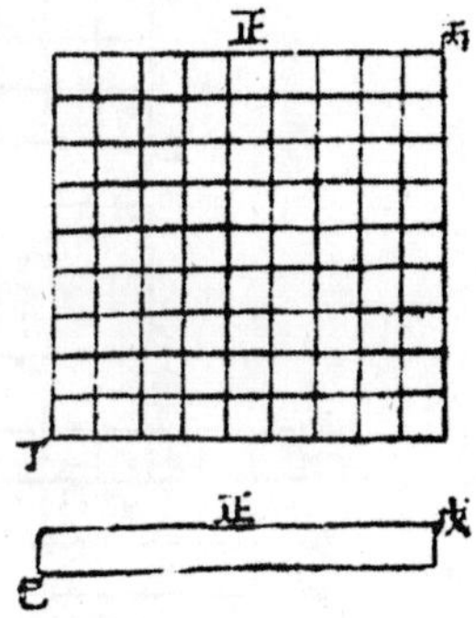

義曰：凡相減而不能減，則減數之正者改負，負者改正，是名虚減。如此處本數中有八十一太，減數中亦有八十一太，恰相減去，而減數中尚有一平方。雖本數中亦有一平方，而正負異名不可減，於是改減數之平方亦爲負。而與本數之平方相併，則本數十八元之中，已暗減去二平方矣。

如圖，卯己長方爲十八元，子丑長方爲二之天元冪，卯未爲二之黄方。卯寅爲股弦和，未寅長方爲二之帶母黄方，而未己長方中之六元，已與子丑長方正負相當，不減有如減矣。

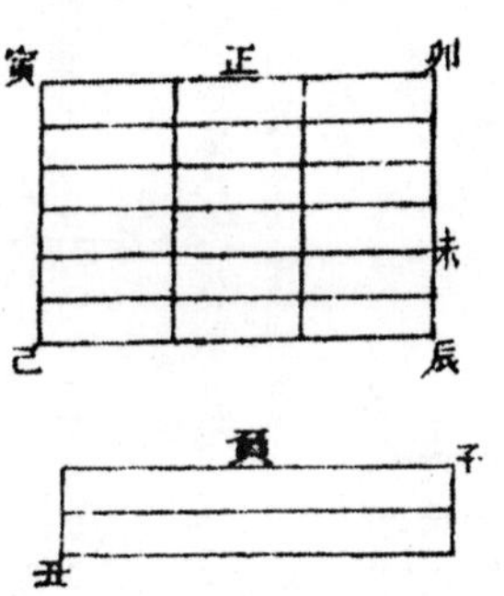

半之以乘直積，得 〇太 〇Ⅲ✕Ⅲ| ⊤=≡ 爲二段黄方乘直積。內帶股弦和，寄左。冪分母。

義曰：半之者，可半則半之意也。蓋上之直積，既二之矣。故此黄方用其一，使數不繁也。平方乘平方，而爲三乘方。平方乘立方，而爲四乘方者，蓋平方者是元之中帶有元母也。立方者是平方之中又帶元母也。凡帶母者，以本數乘，則其母亦乘，故平方乘是以元乘二次也。立方乘，是以元乘三次也。三乘方以上可類推矣。兩數本各帶股弦和爲母，相乘而帶股弦和冪爲母者，蓋兩數相乘，兩母亦相乘也。與平方相乘之理同也。三乘方即平方帶一平方母也。負乘正而爲負，負乘負而爲正。以正消負之盈也，此自然之妙理也。

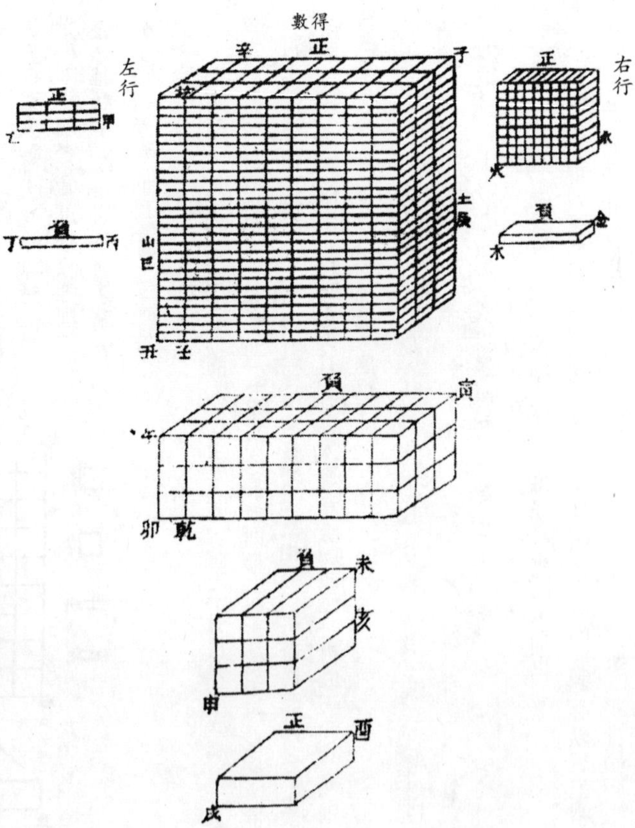

如圖，左行爲帶母黄方，右行爲帶母二直積，以右行八十一元乘左行九元，得七百二十九平方，爲子丑方，與右行八十一元之形相似，但每元化爲九平方，復以右行八十一元乘左行一平方，得八十一立方爲寅卯方。以虚減上平方，恰如左行長方之虚減元也。辰巳丑方，與寅午卯方，甲乙三元與丙丁方，皆正負相當也。復以右行一立方乘左行九元，得九箇三乘方，爲未申方。此形改爲戊庚方。以虚減子丑方上辛丑一段，亦恰如右行立方金木。之虚減元水火。也。但巳壬一段已爲立方午乾一段所虚減，故右行立方，乘左行平方所得之四乘方，酉戌。亦爲正。其數與巳壬一段適等。

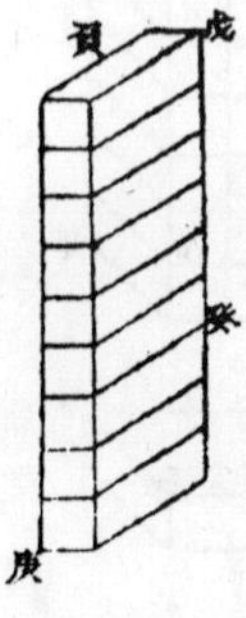

是癸庚午乾二段負，恰好虛減巳壬酉戌二段正也。故曰負乘負爲正者，以正消負之盈也。而正之未有對者，爲坎辰一段。此即黃方乘二之直積，帶股弦和冪爲母之數也。何以知之，試以子巳一段離爲三段，而辛巳一段已經虛減，則移土西東北南巳三段以補之，蓋辛山一段，爲四十八平方土。西東北南秋三段，亦共四十八平方也。而冬巳一段，則已經虛減之數也，於是細核之，則子丑，丑寅，寅卯，卯土，爲四箇股，以勾三離爲三段者即句數也乘之，爲四段直積。即黃方乘二直積之數也。每一數爲九箇平方者，即股弦和自乘之數。此所謂帶母也。

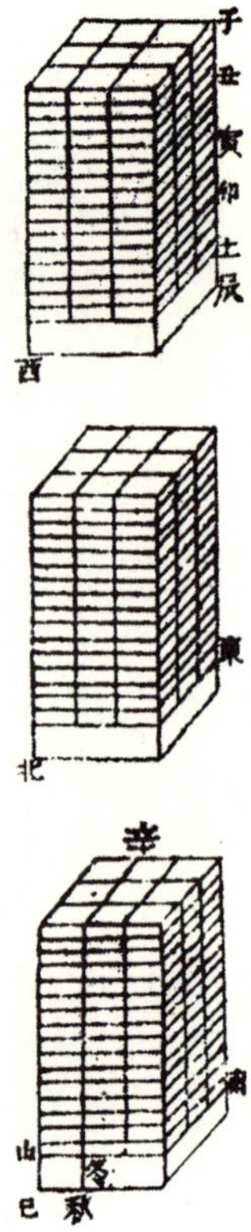

然後置黃方乘直積二十四步，以股弦和冪分母通之，又二之，得 𝍣𝍥𝍧𝍥 〇元 爲同數。

義曰：以股弦和冪分母通之者，以寄左數帶此母也。又二之者，以寄左數爲二段積也。不如此則數不同，不可相消也。

與左相消，得 𝍣𝍧𝍥𝍧〇𝍤𝍠𝍢𝍭 四乘方開之，得三步。

義曰：寄左數中，未有對者，二段帶股弦和冪母黃方乘直積也，今亦求得二段帶股弦和冪母黃方乘直積，則相消而正負皆有對，可以開方矣。但寄左之二段積，正數也。今求得之二段積，亦正數也。本當相減，今一爲太，一爲平方，不可減。則必改一數爲負以相對，改今數可也。改寄數亦可也。今改寄數，而寄數平方中已有與立方三乘方相對者，今平方改爲負，故立方三乘方改爲正。以仍相對也，而立方三乘方中，又有與四乘方相對者。今立方三乘方改爲正，故四乘方改爲負，以仍相對也。於是三正相和爲一色，二負相和爲一色，兩數相較數適等。故凡同名者則相和，異名者則相較。未相消之前，正必溢於負，既相消之後，正負必均，焦氏謂正爲和則負爲較，負爲和則正爲較。非也。

如圖，甲乙丙丁四線，甲爲正，乙丙爲負，丁爲正三線皆有對，惟丁線上丁丙一段未有對，今改丁線爲負。以與戊線對，則對丁線之乙丙二線，必改爲正。而對乙線之甲線，又必改爲負矣。大概正負相對，必分兩層。此層正則彼層必負，此層負則彼層必正。明乎此，則加減時正負分變之理，思過半矣。且天元術之所以千變萬化不可思議者，其要不過求正負之相等而已。故欲明天元者，當自正負始。

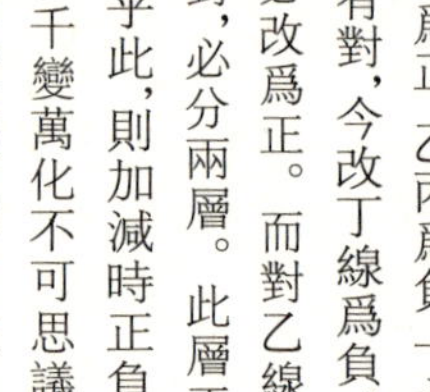

清・鄒祖蔭《四元玉鑑四象細草詳解》 一氣混元 天元句 太𝍠 自乘式：以 右太𝍠 上下 左太𝍠 分左右對列，上下對乘，又互乘，故一層乘得三層也。 上對乘，得太爲一層。上下互乘，無對得 〇 爲二層。下對乘，得 𝍠 爲三層。故得 太〇𝍠 爲句自乘式。九箇股弦較 太〇𝍠 減九箇句 太𝍢 式。二式相加，較 𝍠 正變 𝍭 負。故得 太𝍢𝍭 爲九箇黃方。九箇股弦較 太〇𝍠 減九箇股弦和 𝍥𝍠 式，和加太位，正 𝍠 變負。故得 𝍥𝍠〇𝍭 爲十八箇股式。天元句 太𝍠 乘十八箇股 𝍥𝍠〇𝍭 式。分左右對列，其上下以甲乙代之。

右太𝍠 甲乙丙 左𝍥𝍠〇𝍭 甲無對，得太一層。甲乙互乘，得 𝍥𝍠 二層。乙無對，得 〇 三層。乙丙互乘，得 𝍭 四層。故得 太𝍥𝍠〇𝍭 爲十八箇直積。黃方 太𝍢𝍭 乘直積 太𝍥𝍠〇𝍭 式

右太𝍢𝍭 甲乙丙丁 左太𝍥𝍠〇𝍭 甲對乘，得太一層。甲乙互乘，無對得 〇 二層。乙對乘，得 𝍣𝍧 正同乘正三層。乙丙互乘，得 𝍥𝍭 異乘負四層。乙丁互乘，得 𝍤 異乘負五層。丙丁互乘，得 𝍠 同乘正六層。故得 太〇𝍢𝍧𝍥𝍭𝍤𝍠 爲黃方乘直積。

同數 𝍣𝍥𝍧𝍥 消，寄左 太〇𝍢𝍧𝍥𝍭𝍤𝍠 式。以同數加寄左爲負，餘正負不

變。故得 〔籌式〕 爲開方式消左。李尚之云：消者，即相減也。故以正爲負。

清・陳棠《四元消法易簡草》 補正艸曰：立天元一爲句 〔籌式〕 自之，得句冪 〔籌式〕 合以和步除之，爲股弦較。今不除，便以 〔籌式〕 寄爲九箇股弦較。以九通天元，得九箇句 〔籌式〕 以九箇股弦較減之，得九箇黄方 〔籌式〕 以九通和步得數，以九箇股弦較減之，得十八箇股 〔籌式〕 乘天元句，得十八箇直積 〔籌式〕 又九箇黄方乘之，得一百六十二箇黄方乘直積式 太〔籌式〕 寄左。列原積，一百六十二乘之，與寄左相消，得開方式 〔籌式〕 四乘方開之，得句三步。合問。

棠案：《玉鑑》全書無細艸，首四問有艸而不詳。《啟蒙》卷末坿有天元艸二十餘問，極爲詳備。朱意蓋欲使學者藉《啟蒙》通《玉鑑》首四問，藉四問通全書也。當羅氏補細艸時，《啟蒙》流入高麗，尚無傳本，故其款式未能悉合。今原艸所未詳者，參用《啟蒙》款式，庶乎古法，可復即算式，亦得仍還舊觀。

元・朱世傑《四元玉鑑》卷上《直段求源》 今有積加平，以長中半乘之，得三千九百步。只云長以平方開之，所得不及平七步。問長平各幾何。

答曰：平一十二步，長二十五步。

術曰：立天元一爲平。如積求之，得七千八百爲益實，二千四百五十爲從方，一千三百八十六爲益上廉，二百九十五爲從二廉，二十八爲益下廉，一爲正隅。四乘方開之，得平。合問。

清・沈欽裴《四元玉鑑細草》 草曰：立天元一 太〔籌式〕 爲平。以不及七步減之，得 〔籌式〕 自乘，得 〔籌式〕 爲長。長平相乘，得 太〔籌式〕 爲積。加平，得 太〔籌式〕 合以長中半乘之。今不可半，即以長乘之，得 太〔籌式〕 寄左。內寄二爲分母。乃置三千九百步，倍之得七千八百步，與左相消，得 〔籌式〕 四乘方開之，得一十二步，即平也。減不及七步，餘五步。自乘，得二十五步，即長也。合問。

清・羅士琳《四元玉鑑細草》 艸曰：立天元一爲平。以不及七步減之，得 〔籌式〕 爲開方數。自之，得 〔籌式〕 爲長。用棄天元，得 太〔籌式〕 爲積。以平加之，得 太〔籌式〕 又以長棄之，得 太〔籌式〕 爲兩段如積。寄左。乃倍得步，得七千八百步爲同數。消左，得 〔籌式〕 開四棄方，得十二步爲平。以七步減之，餘五步。自之，得二十五步爲長。合問。

清・戴煦《四元玉鑑細草》 草曰：立天元一爲平。減七步 〔籌式〕 自之，得長 〔籌式〕 以平長乘之，得積 太〔籌式〕 加平，得 太〔籌式〕 以長乘之，得 太〔籌式〕 寄左。次列三千九百步，倍之，得 〔籌式〕 與左相消，得開方式 〔籌式〕 四乘方開之，得平內減七步，自之得長。

清・陳棠《四元消法易簡草》 法曰：立天元 太〔籌式〕 爲開方數。如積求之，得 太〔籌式〕 以得步消之，得開方式 〔籌式〕 開四乘方，得五步，加不及步得平。以五步自之，得長。

艸曰：立天元 太〔籌式〕 爲開方數。自之，得 太〔籌式〕 爲長。以七步加天元，得 〔籌式〕 爲平。乘長，得 太〔籌式〕 爲積。以平加之，得 〔籌式〕 以長中半 太〔籌式〕 乘之，得 太〔籌式〕 寄左。乃列得步三千九百，消左，得 〔籌式〕 爲開方式。開四乘方，得五步，加不及步得十二步爲平。以五步自之，得二十五步爲長。合問。

元・朱世傑《四元玉鑑》卷上《混積問元》 今有車輞田積以徑乘内周加之,以外周乘徑減之,又以徑冪乘之,減徑冪,餘三千五百二十八步。只云徑冪多如外周六步,内外周差九步。問各幾何。

答曰:實徑六步,内周二十一步,外周三十步。

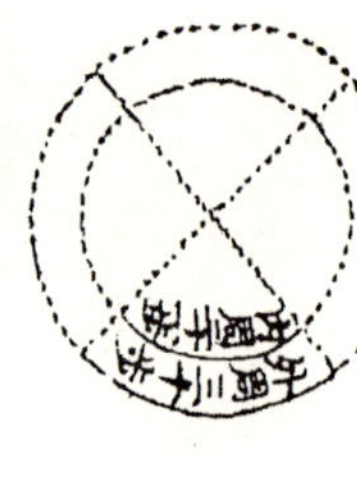

術曰:立天元一爲輞徑。如積求之,得三千五百二十八爲益實,一爲益上廉,一十九步半爲益二廉,一爲正隅。四乘方開之,得實徑。合問。

清・沈欽裴《四元玉鑑細草》 草曰:立天元一 太丨 爲輞徑。自乘,得 太〇丨 爲徑冪。減六步,得 〥〇丨 爲外周。又減九步,得 〣〇丨 爲内周。并内外周,得 〢〤〇〢 半之,得 丨〇〤〇丨 乘徑,得 太〤〇丨 爲車輞田積。以徑乘内周,得 太〣〤〇〢 於上位。以外周乘徑,得 太〥〇丨 減上,得 太〤〇丨 於中位。又以徑冪乘之,得 太〇〇〤〇丨 於下位。以徑冪減下位,餘 太〇〤〤〇丨 與三千五百二十八步相消,得 〢〢〢〥〇〤〤〇丨 四乘方開之,得六步,即實徑也。合問。

清・羅士琳《四元玉鑑細草》 艸曰:立天元一爲輞徑。自之,得 太〇丨 爲徑冪。以多如外周六步減之,得 〥〇丨 爲外周。又以周差九步減之,得 〣〇丨 爲内周。加外周得 丨〇〢 爲内外周和。乘天元徑,得 太丨〇〢 如二而一,得 太〤分〇丨 爲田積。副以天元乘内周,得 太〣〇丨 加之,得 太〤分〇〢 於上。又以天元乘外周,得 太〥〇丨 以減上位,得 太〤分〇丨 用乘徑冪,得 太〇〇〤分〇丨 以徑冪減之,得 太〇〤〤分〇丨 消三千五百二十八步,得 〢〢〢〥〇〤〤分〇丨 開四乘方,得六步爲實徑。自之,得三十六步爲徑冪。減多六步,得三十步爲外周。又減周差九步,得二十一步爲内周。合問。

清・戴煦《四元玉鑑細草》 草曰:立天元一爲輞田實徑。自之,得徑冪 太〇丨 減六步,得外周 〥〇丨 又減九步,得内周 〣〇丨 二周相和 〤〇〢 折半 〤〇丨步 以實徑乘之,得積 太〤〇丨步 以周差乘實徑,得 太〤〇丨步 又以徑冪乘之 太〇〇〤〇丨步 内減徑冪,得 太〇〤〤〇丨步 寄左。次列三千五百二十八步,與左相消,得開方式 〢〢〢〥〇〤〤〇丨步 四乘方開之,得徑。自之,内減六步得外周,再減九步得内周。

元・朱世傑《四元玉鑑》卷上《廩粟迴求》 今有粟一千九十六斛八斗。用倉囤各一貯之,不盡平地堆之。只云倉長多於倉深七尺,不及囤周二丈,倉深却多平地粟高三尺,倉闊如倉長二分之一,圓囤周高和得四十八尺,其平地粟高自乘,加入粟高與粟周等。問三事各得幾何。

答曰:倉長一丈六尺,闊八尺,深九尺。囤周三丈六尺,高一丈二尺。粟周四丈二尺,高六尺。

術曰:立天元一爲倉深。如積求之,得五萬二千八百九十三爲益實,二千三百一十三爲從方,一十八爲益上廉,八十二爲從二廉,一十三爲益下廉,一爲正隅。四乘方開之,得倉深。

又立天元一爲倉長。如積求之,得一十四萬六千一百一十二爲益實,四萬四千四百六十爲從方,八千九百九十二爲益上廉,九百三十六爲從二廉,四十八爲益下廉,一爲正隅。四乘方開之,得倉長。又立天元一爲倉闊。如積求之,得一萬八千二百六十四爲益實,一萬一千一百一十五爲從方,四千四百九十六爲益上廉,九百三十六爲從二廉,九十六爲益下廉,四爲從隅。四乘方開之,得倉闊。

又立天元一爲囷周。如積求之，得二千三百萬一百一十二爲益實，三百八十六萬三千三百四十爲從方，二十六萬三百五十二爲益上廉，八千七百七十六爲從二廉，一百四十八爲益下廉，一爲正隅。四乘方開之，得囷周。

又立天元一爲囷高。如積求之，得二百三十萬二千九百九十二爲正實，六十萬八百七十六爲益方，六萬三千三百六十爲從上廉，三千四百爲益二廉，九十二爲從下廉，一爲益隅。四乘方開之，得囷高。

又立天元一爲粟高。如積求之，得四萬四千七百一十二爲益實，三千四百二十爲從方，二百八十八爲從上廉，一十六爲從二廉，二爲從下廉，一爲正隅。四乘方開之，得粟高。合問。

清·沈欽裴《四元玉鑑細草》 求倉深草曰：立天元一 太[算籌] 爲倉深。加七尺，得 [算籌] 爲倉長。合半之，爲闊。今省不除，即以 [算籌] 爲帶分倉闊。長闊相乘得 [算籌] 以深乘之，得 太[算籌] 又以十八乘之，得 太[算籌] 爲三十六段方倉積于上。置倉長 [算籌] 加二丈，得 [算籌] 爲囷周。減周高和四十八尺，餘 [算籌] 爲囷高周。自乘，得 [算籌] 以高乘之，得 [算籌] 合以十二而一。今不受除，轉以三乘之，得 [算籌] 爲三十六段圜囷積于中。又置倉深 太[算籌] 減三尺，餘 [算籌] 爲粟高。自乘，得 [算籌] 加入粟高，得 [算籌] 爲粟周。自乘，得 [算籌] 又以粟高乘之，得 [算籌] 爲三十六段平地委粟積于下。并三位，得 [算籌] 寄左。乃置米粟一千九十六斛八斗，以斛法二尺五寸乘之，得二千七百四十二尺。又以三十六乘之，得九萬八千七百一十二尺。與左相消，得 [算籌] 四乘方開之，得九尺，即倉深也。合問。

求倉長草曰：立天元一 太[算籌] 爲倉長。當半之爲闊。今不欲除，即以 太[算籌] 爲帶分倉闊。長闊相乘，得 太[算籌] 以深 [算籌] 乘之，得 太[算籌] 又以十八乘之，得 太[算籌] 爲三十六段方倉積于上。置囷周 [算籌] 自乘，得 [算籌] 以囷高 [算籌] 乘之，得 [算籌] 又三之，得 [算籌] 爲三十六段圜囷積於中。次置粟高 [算籌] 自乘，得 [算籌] 加入粟高，得 [算籌] 爲粟周。自乘，得 [算籌] 又以粟高乘之，得 [算籌] 爲三十六段平地委積于下。并三位，得 [算籌] 與粟九萬八千七百一十二尺相消，得 [算籌] 四乘方開之，得一丈六尺，即倉長也。合問。

求倉闊草曰：立天元一 太[算籌] 爲倉闊。倍之，得 太[算籌] 爲倉長。長闊相乘，得 太[算籌] 以深 [算籌] 乘之，得 太[算籌] 又以三十六乘之，得 太[算籌] 于上。置圜囷周 [算籌] 自乘，得 [算籌] 以囷高 [算籌] 乘之，得 [算籌] 又三之，得 [算籌] 于中。次置粟高 [算籌] 自乘，得 [算籌] 加入粟高，得 [算籌] 爲粟周。自乘，得 [算籌] 粟高乘之，得 [算籌] 于下。并三位，得與九萬八千七百一十二尺相消，得　八約之，得　四乘方開之，得八尺，即倉闊也。合問。

求囤周草曰：立天元一　爲囤周。自之，得　以囤高乘之，得　三之，得　于上。囤周減二丈，得　爲倉長。合半之爲闊。今不欲除，即以　爲帶分闊。長闊相乘，得　以深　乘之，得　又以十八乘之，得　于中。置粟高　自乘，得　加入粟高，得　爲粟周。自乘，得　又以粟高乘之，得　于下。并三位，得　與九萬八千七百一十二尺相消，得　四乘方開之，得三丈六尺，即囤周也。合問。

求囤高草曰：立天元一　爲囤高。減周高和四十八尺，餘　爲囤周。自乘，得　以高乘之，得　又三之，得　于上。囤周減二丈，餘　爲倉長。合半之，爲闊。今不欲除，即以　爲帶分倉闊。長闊相乘，得　以深　乘之，得　又以十八乘之，得　于中。置倉深　減三尺，餘　爲粟高。自乘，得　加入粟高，得　爲粟周。自乘，得　又以粟高乘之，得　于下。并三位，得　與九萬八千七百一十二尺相消，得　四乘方開之，得一丈二尺，即囤高也。合問。

求粟高草曰：立天元一　爲粟高，自乘，得　加入粟高，得　爲粟周。自乘，得　又以粟高乘之，得　于上。置粟高加三尺，得　爲倉深。又加七尺得　爲倉長。合半之，爲闊。今不欲除，即以　爲帶分倉闊。長闊相乘，得　以深乘之，得　又以十八乘之，得　于中。置倉長　加二丈，得　爲囤周。減周高和四十八尺，餘　爲囤高。囤周自乘，得　以高乘之，得　又三之，得

[illegible] 于下。并三位，得 [illegible] 與九萬八千七百一十二尺相消，得 [illegible] 四乘方開之，得六尺，即粟高也。合問。

清・羅士琳《四元玉鑑細草》 艸曰：立天元一爲倉深。加多七尺，得 [illegible] 爲倉長。以二丈展作二十尺，加之，得 [illegible] 爲囤周。以減囤周高和，得 [illegible] 爲囤高。副以三尺減天元，得 [illegible] 爲平地高。自之，得 [illegible] 加平地高，得 [illegible] 爲平地周。又以倉長半之，得 [illegible] 爲倉闊。用乘倉長，得 [illegible] 又以倉深乘之，得 [illegible] 爲倉積。以三十六通之，得 [illegible] 爲三十六段倉積，於上。又囤周自之，得 [illegible] 以囤高乘之，得 [illegible] 合如十二而一爲囤積。今不除，轉以三通之，得 [illegible] 爲三十六段囤積，於中。又平地周自之，得 [illegible] 以平地高乘之，得 [illegible] 合如三十六而一，爲平地積。不除，便爲三十六段平地積，於下。併上中下三位，得 [illegible] 爲三十六段共積。寄左。乃以三十六通共積，得三萬九千四百八十四斛八斗，又以斛法化作九萬八千七百十二，爲同數。消左。得 [illegible] 開四乘方，得九尺爲倉深。

又立天元一爲倉長。減七尺，得 [illegible] 爲倉深。副置天元，加二十尺

得 [illegible] 爲囤周。以減囤周高和，得 [illegible] 爲囤高。又以三尺減倉深，得 [illegible] 爲平地高。自之，得 [illegible] 加平地高，得 [illegible] 爲平地周。以天元爲倍倉闊，用乘天元，得 [illegible] 又以倉深乘之，得 [illegible] 爲倍倉積。十八之，得 [illegible] 爲三十六段倉積於上。又囤周自之，得 [illegible] 以囤高乘之，得 [illegible] 三之，得 [illegible] 爲三十六段囤積於中。又平地周自之，得 [illegible] 以平地高乘之，得 [illegible] 爲三十六段平地積於下。併上中下三位，得 [illegible] 用與三十六段共積九萬八千七百十二相消，得 [illegible] 開四乘方，得十六尺爲倉長。

又立天元一爲倉闊。倍之，得 [illegible] 爲倉長。減七尺，得 [illegible] 爲倉深。再減三尺，得 [illegible] 爲平地高。自之，得 [illegible] 加平地高，得 [illegible] 爲平地周。副置倉長，加二十尺，得 [illegible] 爲囤周。以減囤周高和，得 [illegible] 爲囤高。於是，以倉長用與倉闊相乘，得 [illegible] 又以倉深乘之，得 [illegible] 復三十六之，得 [illegible] 爲三十六段倉積於上。又囤周自之，得 [illegible] 以囤高乘之，得 [illegible] 三之，得 [illegible]

爲三十六段囥積於中。又平地周自之，得 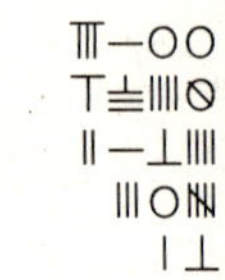 以平地高乘之，得 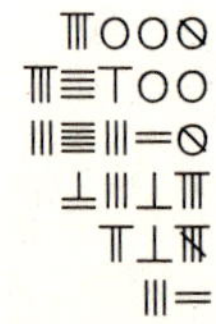 爲三十六段平地積於下，併上中下三位，得 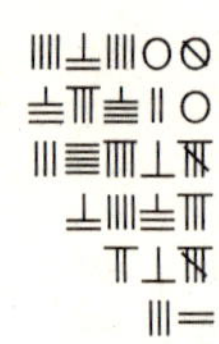 用與三十六段共積九萬八千七百十二相消，得  約爲 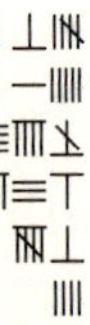 開四乘方，得八尺爲倉闊。

又立天元一爲囥周。以減囥周高和，得 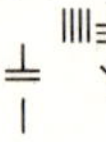 爲囥高。副以二十尺減天元，得 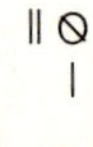 爲倉長。又以七尺減之，得  爲倉深。復以三尺減倉深，得 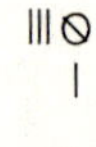 爲平地高。自之，得 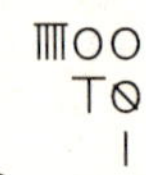 加平地高，得 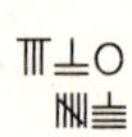 爲平地周。以倉長爲倍倉闊，用乘倉長，得  又以倉深乘之，得  爲倍倉積。十八之，得 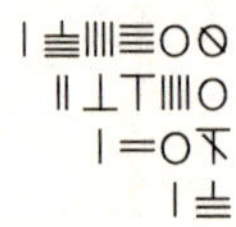 爲三十六段倉積於上。又囥周自之，得 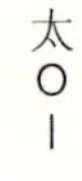 以囥高乘之，得 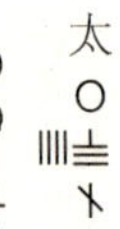 三之，得  爲三十六段囥積於中。又平地周自之，得 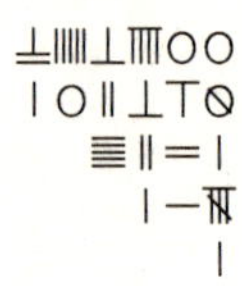 以平地高乘之，得  爲三十六段平地積於下。併上中下三位，得 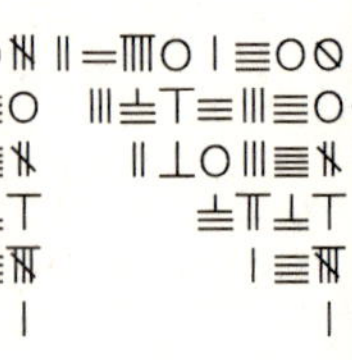 用與三十六段共積九萬八千七百十二相消，得 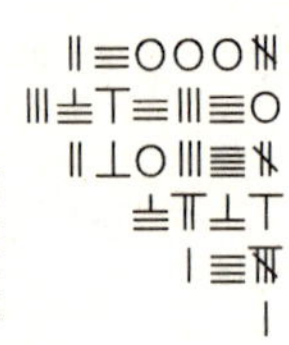 開四乘方，得三十六尺爲囥周。

又立天元一爲囥高。以減囥周高和，得  爲囥周。減二十尺得 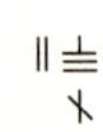 爲倉長。又減七尺，得 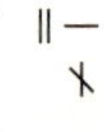 爲倉深。復減三尺，得  爲平地高。自之，得 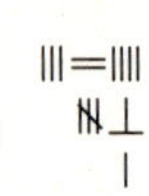 加平地高，得 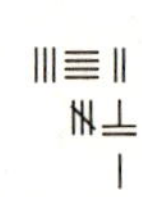 爲平地周。以倉長爲倍倉闊，用乘倉長，得 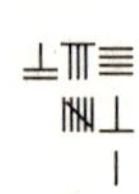 又以倉深乘之，得  爲倍倉積。十八之，得 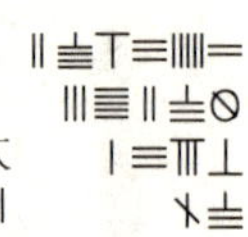 爲三十六段倉積於上。又囥周自之，得 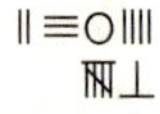 以囥高乘之，得  三之，得 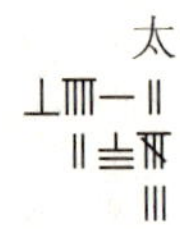 爲三十六段囥積於中。又平地周自之，得  以平地高乘之，得 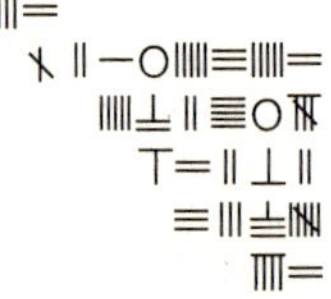 爲三十六段平地積於下。併上中下三位，得 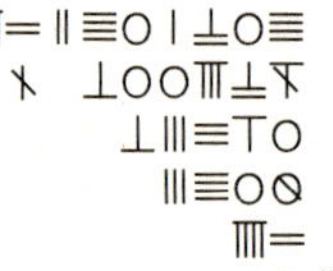 用與三十六段共積九萬八千七百十二相消，得  開四乘方，得十二尺爲囥高。

又立天元一爲粟高，即平地高。自之，得 [illegible] 加天元，得 [illegible] 爲平地周。副以三尺加天元，得 [illegible] 爲倉深。又以七尺加之，得 [illegible] 爲倉長。復以二十尺加倉長。得 [illegible] 爲囤周。以減囤周高和，得 [illegible] 爲囤高。以倉長爲倍倉闊，用乘倉長，得 [illegible] 又以倉深乘之，得 [illegible] 爲倍倉積。十八之，得 [illegible] 爲三十六段倉積於上。又囤周自之，得 [illegible] 以囤高乘之，得 [illegible] 三之，得 [illegible] 爲三十六段囤積於中。又平地周自之，得 [illegible] 以天元粟高即平地高。乘之，得 [illegible] 爲三十六段平地積於下。併上中下三位，得 [illegible] 用與三十六段共積九萬八千七百十二相消，得 [illegible] 開四乘方，得六尺爲粟高。自之，得三十六尺，用與粟高相加，得四十二尺爲粟周。合問。

清·戴煦《四元玉鑑細草》草曰：立天元爲倉深。加七尺，得倉長 [illegible] 二而一，得倉闊 [illegible] 倉長乘倉闊 [illegible] 天元乘之，得倉積 [illegible] 又倉長加二丈，得囤周 [illegible] 以減四十八尺得，囤高 [illegible] 囤周自乘 [illegible] 又以囤高乘之 [illegible] 十二而一，得囤積 [illegible] 又天元減三尺，得粟高 [illegible] 自之 [illegible] 加粟高，得粟周 [illegible] 自之 [illegible] 又以粟高乘之 [illegible] 三十六而一，得平地堆積 [illegible] 即以三十六爲總母。以 [illegible] 通倉積，得 [illegible] 以 [illegible] 通囤積，得 [illegible] 併三積，得共積 [illegible] 寄左。次列今有粟，以斛法乘之，得 [illegible] 又以左母通之，得 [illegible] 與左相消，得開方式 [illegible] 四乘方開之，得倉深。

又立天元一爲倉長。減七尺，得倉深 [illegible] 又天元二而一，得倉闊 [illegible] 長乘闊 [illegible] 又以深乘之，得倉積 [illegible] 又天元加二丈，得囤周 [illegible] 以減四十八尺，得囤高 [illegible] 囤周自乘，得 [illegible] 又以囤高乘之 [illegible] 十二而一，得囤積 [illegible] 又倉深減三尺，得粟高 [illegible] 自之 [illegible] 加粟高，得粟周 [illegible] 自之 [illegible] 又以粟高乘之 [illegible] 三十六而一，得平地堆積 [illegible] 依前術，以 [illegible] 通倉積，得 [illegible] 以 [illegible] 通囤積，得 [illegible] 併三積，得共積 [illegible] 寄左。次列今有粟，以斛法乘之，又以左母通之，得 [illegible] 與左相消，得

開方式　四乘方開之，得倉長。

又立天元一爲倉闊。倍之，得倉長　減七尺，得倉深　以乘倉長　又以天元乘之，得倉積　又倉長加二丈，得囷周　以減四十八尺，得囷高　囷周自乘　以囷高乘之　十二而一，得囷積　又倉深減三尺，得粟高　自之　加粟高，得粟周　自之　又以粟高乘之　三十六而一，得平地堆積　乃以　通倉積，得　以　通囷積，得　併三積，得共積　寄左。次列今有粟，以斛法乘之，又以左母通之，得　與左相消，得　八約之，得開方式　四乘方開之，得倉闊。

又立天元一爲囷周。以減四十八尺，得囷高　囷周自乘　以乘囷高　十二而一，得囷積　又天元內減二丈，得倉長　半之，得倉闊　又倉長減七尺，得倉深　以乘倉長　又以倉闊乘之，得倉積　又倉深減三尺，得粟高　自之　加粟高，得粟周　自之　以乘粟高　三十六而一，得平地堆積　依前術，以　通囷積，得　以　通倉積，得　併三積，得共積　寄左。次列今有粟，以斛法乘之，又以左母通之，得　與左相消，得開方式　四乘方開之，得囷周。

又立天元一爲囷高。以減四十八尺，得囷周　自之　又以天元乘之　十二而一，得囷積　又囷周減二丈，得倉長　半之，得倉闊　又倉長減七尺，得倉深　長乘闊　又以深乘之，得倉積　又倉深減三尺，得粟高　自之　加粟高，得粟周　自乘　以粟高乘之　(依)三十六而一，得平地堆積　依前術，以三通囤積，得　以　通倉積，得　併三積，得共積　寄左。

次列今有粟，以斛法乘之，又以左母通之，得　與左相消，得開方式　四乘方開之，得囤高。

又立天元一爲粟高。自之　加天元，得粟周　自之，　又以天元乘之　三十六而一，得平地堆積　又天元加三尺，得倉深　又加七尺，得倉長　半之，得倉闊　長乘闊　又以深乘之，得倉積　又倉長加二丈，得囤周　以減四十八尺，得囤高　囤周自之　以高乘之　十二而一，得囤積　依前術，以　通倉積，得　以三通囤積，得　併三積，得共積　寄左。

次列今有粟，以斛法乘之，又以左母通之，得　與左相消，得開方式　四乘方開之，得粟高。自之，加粟高，得粟周。

元·朱世傑《四元玉鑑》卷上《商功修築》　今有造圜臺所，只云併上下周高爲實，平方除之，如上周弱半，高與上下周差同，高多開方數二分之一。每日用徒一十九人，限一十二日役畢，每人日程常積三十二尺。問臺高及上下周各得幾何。

答曰：上周四丈八尺，下周七丈二尺，高二丈四尺。

術曰：立天元一爲開方數。如積求之，得一十三萬一千三百二十八爲益實，二十八爲從二廉，八爲益三廉，一爲正隅。四乘方開之，得十二爲開方數。倍之即高。餘依加減求之。合問。

清·沈欽裴《四元玉鑑細草》　草曰：立天元一爲開方數。倍之，得　爲高。四因開方數，得　爲上周。開方數自乘，得　爲上下周高和。并高與上周，得　減之，餘　爲下周。上下周相乘，得　於上位。上周自乘，得　於中位。下周自乘，得　於下位。并三位，得　以高乘之，得　合三十六而一，爲圜臺積。今以二除之，得　爲一十八段圜臺積。寄左。乃置日程常積三十二尺，以十

九乘之，得六百八尺。又以十二乘之，得七千二百九十六尺。又以十八乘之，得一十三萬一千三百二十八尺。與左相消，得 ‖〇〇ⅢⅧ| 𝍫Ⅲ|Ⅲ| 四乘方開之，得一十二爲開方數。倍之，得二丈四尺，即高也。餘依加減求之。合問。

欽裴按：問中有高與上下周差同句，可開立方求之，補術草於後。

新術曰：立天元一爲開方數。如積求之，得一千七百二十八爲益實，一爲正隅。立方開之，得一十二爲開方數。合問。

草曰：立天元一爲開方數。倍之，得 太‖ 爲高。四之，得 太Ⅲ 爲上周。并高與上周，得 太T 爲下周。上下周相乘，得 太〇Ⅲ 于上位。上周自乘，得 太〇T 于中位。下周自乘，得 太〇T 于下位。并三位，得 太〇T 以高乘之，得 太〇〇‖ 爲三十六段圜臺積。寄左。乃置積七千二百九十六尺，亦以三十六乘之，得二十六萬二千六百五十六尺。與左相消，得 T〇〇‖ 以隅約之，得 |T‖Ⅷ〇〇| 立方開之，得一十二尺。倍之，得二丈四尺，即高也。合問。

清・羅士琳《四元玉鑑細草》 艸曰：立天元一爲開方數。又爲上周弱半，四之，得 太Ⅲ 爲上周。副倍天元 太‖ 爲高，又爲上下周差。又開方數自之，得 太〇| 爲上下周高併。以高減之，得 太Ⅹ| 爲上下周併。又減上周，得 太Ⅹ| 爲下周。置上周，自之，得 太〇⊥ 於上。下周自之，得 太〇⊥ 於中。上下周相乘，得 太〇Ⅲ 於下。併上中下三位，得 太〇Ⅲ 又以高乘之，得 太〇〇 合如三十六而一，爲臺積。今半之，得 太〇〇 爲十八段臺積。寄左。乃以用徒與限日相乘，得二百二十八，又以常積乘之，得七千二百九十六。復以十八通之，得十三萬一千三百二十八爲同數。消左，得 〇〇Ⅷ| 開

四乘方，得十二爲開方數。倍之，得二十四尺爲高。副以開方數四之，得四十八尺爲上周。又以開方數自之，得一百四十四，爲上下周高併。以高減之，得一百二十，又以上周減之，餘七十二尺爲下周。合問。

清・戴煦《四元玉鑑細草》 草曰：立天元一爲開方數。倍之，得高 太‖ 又天元四之，得上周 太Ⅲ 又天元自之，減上周及高，得下周 太Ⅹ| 乃以上周自之，得 太〇T 又下周自之，得 太〇T 又上下周相乘，得 太〇 併三位，得 太〇Ⅲ 以高乘之 太〇〇T 三十六而一，得臺積 太〇〇T 寄左。次列用徒，乘限日 ‖=Ⅲ 又以常積乘之，得積 ⊥‖T 以左母通之，得 =T=T≡T 與左相消，得 =T=T≡T〇〇 二約之，得開方式 |Ⅲ|Ⅲ=Ⅷ〇〇Ⅲ| 四乘方開之，得開方數。倍之，得高。又開方數四之，得上周。又開方數自之，內減上周及高，得下周。

元・朱世傑《四元玉鑑》卷中《方圓交錯》 今有方圓田各一段圓從古法，方田積內減圓田積，餘以圓田徑乘之，得四百三十二步。只云方田周虛加一算，平方開之，不及圓田徑五步。問方面圓周各幾何。

答曰：圓周三十六步，方面一十二步。

術曰：立天元一爲圓田徑。如積求之，得六千九百一十二爲益實，五百七十六爲從方，四百八十爲益上廉，一百三十六爲從二廉，二十爲益下廉，一爲正隅。四乘方開之，得圓田徑。三之，爲圓周。合問。

清・沈欽裴《四元玉鑑細草》 草曰：立天元一爲圓田徑。減不及五步，餘 Ⅲ| 爲開方數。自之，得 Ⅲ〇| 減虛加一算，餘 Ⅲ〇| 爲方田周。自之，得 T〇Ⅲ〇| 爲一十六段方田積於上。次置圓田徑，自之，

得 太○丨 以十二乘之,得 太○‖ 爲一十六段圓田積。減上,餘 [籌式] 以圓田徑乘之,得 [籌式] 寄左。乃置四百三十二步,亦以一十六乘之,得六千九百一十二。與左相消,得 [籌式] 四乘方開之,得一十二步,即圓田徑也。三之,得三十六步,即圓田周也。置圓田徑一十二步,減不及五步,餘七步。自乘,得四十九步。減虛加一步,餘四十八步爲方周。四而一,得一十二步,即方田面也。合問。

清・羅士琳《四元玉鑑細草》 艸曰:立天元一爲圓田徑。三之,得 太‖ 爲圓田周。自之,得 太○Ⅲ 合如十二而一,爲圓積。今不除,轉以四通之,得 太○丄 爲四十八段圓積於上。副以不及五步減天元,得 [籌式] 爲開方數。自之,得 [籌式] 以虛一算減之,得 [籌式] 爲方田周。自之,得 [籌式] 爲十六段方積。三之,得 [籌式] 爲四十八段方積。以上位減之,得 [籌式] 用棄天元,得 太[籌式] 爲四十八段如積。寄左。乃以四十八通得步,得二萬七百三十六爲同數。消左,得 [籌式] 約爲 [籌式] 開四乘方,得十二步爲圓田徑。三之,得三十六步爲圓田周。以不及五步減圓田徑,餘七步,自之,得四十九減虛算,餘四十八爲方周。四而一,得十二步爲方田面。合問。

清・戴煦《四元玉鑑細草》 草曰:立天元一爲圓田徑。自之 太○丨 又三之 太○Ⅲ 四而一,得圓田積 [籌式] 以五步減天元,得 [籌式] 自之,得 [籌式] 減一算,得方田周 [籌式] 自之,得 [籌式] 十六而一,得方田積 [籌式] 於上。以 Ⅲ 通圓田積,得 [籌式] 以減上,得 [籌式] 以天元乘之,得 [籌式] 寄左。次列四百三十二步,以左母通之,得 [籌式] 與左相消,得開方式 [籌式] 四乘方開之,得圓田徑三之,得圓周。以圓徑内減五步,自乘減一算,四而一,得方面。

元・朱世傑《四元玉鑑》卷下《鎖套吞容》 今有方田一段,内有方池。池心復有方亭臺各占之,三積共五千五十六尺。只云併臺高臺方爲益實,二從方,一益廉,一從隅。立方開之,併入臺方面。共得一丈二尺。臺高不及池方面九尺。臺方面冪與外田方同。問三方面及臺高各幾何。

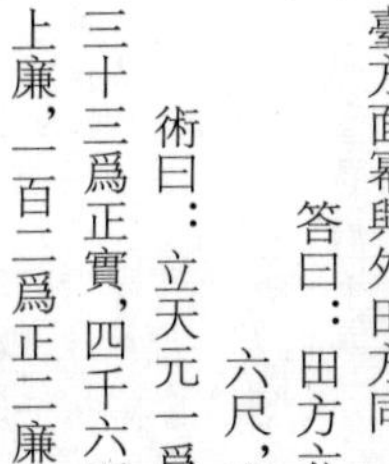

答曰:田方六十四尺,池方二十五尺,臺高一丈六尺,臺方八尺。

術曰:立天元一爲開方數。如積求之,得八千一百三十三爲正實,四千六百九十七爲益方,五百二十七爲正上廉,一百二爲正二廉,二十二爲益下廉,一爲正隅。四乘方開之,得三尺爲開方數。合問。

清・沈欽裴《四元玉鑑細草》 草曰:立天元一 太丨 爲開數。以減一丈一尺,得 [籌式] 爲臺方。減立方式 太[籌式] 餘 [籌式] 爲臺高臺方。自乘 [籌式] 與外田方同自乘,得 [籌式] 爲田積臺方。再乘臺高,得 [籌式] 并田積得 [籌式] 以臺方面冪減之,餘 [籌式] 寄左。乃置三積共五千五十六尺,與左相消,得 [籌式] 四乘方開之,得三尺。合問。

清・羅士琳《四元玉鑑細草》 艸曰：立天元一爲開方數。倍之，得太 爲二從方。副置天元，自之，得太 爲一益廉。再之，得太 爲一從隅。加從方，得太 以益廉減之，得太 爲臺高臺方併。副以天元減十一尺，得 爲臺方。以減臺高臺方併，得 爲臺高。加九尺，得 爲池方。自之，得 爲池泛積。以臺方自之，得 爲臺方冪，又爲田方。自之，得 爲田泛積。以池泛積減之，得 爲田積於上。以臺方冪減池泛積，得 爲池積於中。置臺方冪，以臺高乘之，得 爲臺積於下。併三位，得 與五千五十六尺相消，得 開四乘方，得三尺爲開方數。自之，得九尺爲益廉。再之，得二十七尺爲從隅。乃倍開方數，得六尺爲從方。加從隅得三十三尺。以益廉減之，餘二十四尺爲臺高臺方併。副以開方數減共，得一十一尺，餘八尺爲臺方。自之，得六十四尺爲田方。以臺方減併二十四尺，餘一十六尺爲臺高。加不及九尺，得二十五尺爲池方。合問。

清・戴煦《四元玉鑑細草》 草曰：立天元一爲開方數。以減一丈一尺，得臺方面 又天元依立方廉隅行之，得太 內減臺方，得臺高 加九尺，得池方 又臺方自之，得外田方 以臺方冪乘臺高，得臺積 池方自之 內減臺方冪，得池積 以田方自之 內減池方冪，得田積 副併三積，得共積 寄左。次列原共積尺，與左相消，得開方式 四乘方開之，得開方數三尺。以減一丈一尺，得臺方八尺。自之，得田方六十四尺。又開方數內減廉法一，以開方數乘之，加方法二，再以開方數乘之，得二十四尺，內減臺方，得臺高一丈六尺。加九尺，得池方二十五尺。

元・朱世傑《四元玉鑑》卷下《鎖套吞容》 今有圓田一段，內有圓池，池中復有圓亭臺各占之，三積共九千五百四尺。只云臺池二周皆以平方開之，相併，自之，與外田周等，其臺周開方數如池周開方數二分之一，不及臺高二尺。問三圓周及臺高各幾何。

答曰：田周三百二十四尺，池周一百四十四尺，臺周三丈六尺，臺高八尺。

術曰：立天元一爲臺高。如積求之，得一十一萬二千七百六十八爲益實，二千五百四十四爲益方，一千八百八十八爲從上廉，六百一十六爲益二廉，七十二爲從下廉，一爲正隅。四乘方開之，得臺高。合問。

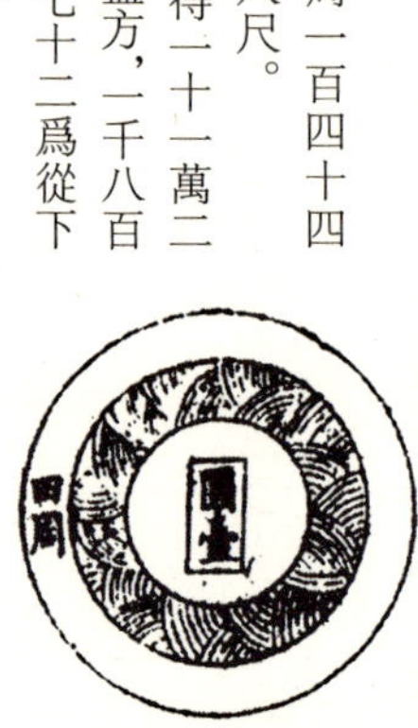

清・沈欽裴《四元玉鑑細草》 草曰：立天元一太 爲臺高。減二尺，得 爲臺周開方數。倍之，得 爲池周開方數。相併，得 自之，得 與外田周等。自之，得 爲十二段田積。臺周開方數 自乘，得 爲臺周。自乘，得 爲十二段臺周冪。以臺高乘之，得太 爲十二段臺積。并田積，得 減臺周冪，餘 寄左。乃置三積共九千五百四尺，亦以十二乘之，得一十一萬四千四十八步，與左相消，得四乘方開之，得八尺。合問。

清·羅士琳《四元玉鑑細草》 艸曰：立天元一爲臺高。以不及二尺減之，得　爲臺周開方數。自之，得　爲臺周。又置臺周開方數，倍之，得　爲池周開方數。自之，得　爲池周。副置兩開方數相併，得　自之，得　爲外田周。自之，得　合以十二除之，爲田泛積。今不除，便爲十二段大圓冪。又置池周自之，得　爲十二段中圓冪。以減大圓冪，得　爲十二段圓田積於上。又置臺周自之，得　爲十二段小圓冪。以減中圓冪，得　爲十二段圓池積於中。又置小圓冪，以天元臺高乘之，得　爲十二段圓臺積，於下。併三位，得　爲十二段共積。寄左。乃以十二通共積，得十一萬四千四十八尺爲同數。消左，得　開四乘方，得八尺爲臺高。以不及二尺減之，餘六尺。自之，得三十六尺爲臺周。四之，得一百四十四尺爲池周。副以臺周九之，得三百二十四尺爲田周。合問。

清·戴煦《四元玉鑑細草》 草曰：立天元一爲臺高。內減二尺，得臺周開方數　倍之，得池周開方數　兩數相併　自之，得田周開方數　臺周開方數自之，得臺周　池周開方數自之，得池周　臺周自之　十二而一，得臺面積　以天元乘之，得臺積　池周自之　十二而一，得池圓積　內減臺面積，得池積　田周自之　十二而一，得田圓積　內減池圓積，得田積　併三積，得共積　寄左。次列原共積尺，以左母通之，得　與左相消，得開方式　四乘方開之，得臺高八尺。內減二尺，自之，得臺周三丈六尺。四之，得池周一百四十四尺。又臺周九之，得田周三百二十四尺。

清·蕭履安《天元草》卷三 今有股和較乘句冪，比句多一百四十五尺。只云六句乘二股與一百四十四句等。問句股弦各若干。

草曰：立天元　爲句。以加今率，得　爲句冪乘股和較數。再以天元自之，得　爲句冪。以除句冪乘股和較數，得　爲股和較。減去天元，得　爲股弦較。再以一百四十四通天元，得　爲六句乘二股數。又以天元六之，得　爲六句。以除六句乘二股數，得　爲二股。半之，得　爲股。以加股弦較，得　爲弦。乃以股自之，得　爲股冪。以加句冪，得　爲弦冪。寄左。副以弦自之，得

[算籌式] 爲同數。消左，得 [算籌式] 爲開方式。開四乘方，得五尺爲句。照式得十二尺爲股，十三尺爲弦。【略】

今有股和較乘弦較和積，加句股較冪，又加倍句弦和乘倍句弦較積。減股弦和冪，又減二十一尺，平方開之，比股少三尺。只云弦乘句較較減六股，得十二尺。問句股弦各若干。

草曰：立天元一 [算籌式] 爲股。以減今率，得 [算籌式] 爲平方開得數。自之，得 [算籌式] 加二十一尺，得 [算籌式] 爲股冪比兩段股乘股加較所多之數。蓋股和較乘弦較和，加句股較冪是一個弦冪。倍句弦和乘倍句弦較，是四個股冪。邊和一倍，積加四倍。則題之今率，是四股冪一弦冪減去甲乙丙丁股弦和冪也。夫甲乙丙丁股弦和冪，以四股冪一弦冪較之則有餘，以三股冪一弦冪較之，則欠兩段股乘股弦較積。今於四股冪一弦冪內減去股弦和冪，是於股冪內減去兩段股乘股弦積也。故所得式爲股冪比兩段股乘股弦較積所多之數。再以天元自之，得 [算籌式] 爲股冪，內減去上式，上式即股冪比兩段股乘股弦較所多之式。試設戊己庚辛爲股冪，則戊己壬癸爲兩段股乘股弦較積，壬癸庚辛即所多之式。故股冪減去上式，是即如以戊巳庚辛正方形內中劃去壬癸庚辛形而餘戊己壬癸形，故爲兩段股乘股弦較積也。得 [算籌式] 爲兩段股乘股弦較積。半之，得 [算籌式] 爲一段股乘股弦較積。以天元除之，得 [算籌式] 爲股弦較。以加天元，得 [算籌式] 爲弦。又以天元六之，得 [算籌式] 爲六股。以加云率，得 [算籌式] 爲弦乘句較較。合以弦除。今不除，便以爲帶分句較較。轉以弦通天元，得 [算籌式] 爲帶分股。又以弦自之，得 [算籌式] 爲帶分弦。又以帶分股減去帶分句較較，得 [算籌式] 爲帶分句弦較。又以帶分弦減去帶分句弦較，得 [算籌式] 爲帶分句。乃以帶分句自之，得 [算籌式] 爲句冪股。自之，得 [算籌式] 爲股冪。二冪相加，得 [算籌式] 爲弦冪。寄左。副以帶分弦自之，得 [算籌式] 爲同數。消左，得 [算籌式] 爲開方式。四乘方益積開之，得一十五尺爲股。照式得十七尺爲弦，八尺爲句。

一元六次方程

算法

元・朱世傑《四元玉鑑》卷上《直段求源》 今有積冪減二長一平，餘四萬六千五百七十八步。只云平自乘與長。問長平各幾何。

答曰：平六步，長三十六步。

術曰：立天元一爲平。如積求之，得四萬六千五百七十八爲益實，一爲益方，二爲益上廉，一爲正隅。五乘方開之，得平。合問。

清・沈欽裴《四元玉鑑細草》 草曰：立天元一 [算籌式] 爲平。自乘，得 [算籌式] 爲長。長平相乘，得 [算籌式] 爲積。自之，得 [算籌式] 減二長一平，餘 [算籌式] 寄左。乃以餘四萬六千五百七十八步，與左相消，得 [算籌式] 五乘方開之，得六步即平。自乘得三十六步，即長也。合問。

清・羅士琳《四元玉鑑細草》 艸曰：立天元一爲平。自之，得 太〇丨 爲長。用乘天元，得 太〇〇丨 爲積。自之，得 太〇〇〇〇〇丨 爲積冪。副倍長得 太〇〢 加平，得 太丨〢 爲二長一平。以減積冪，得 太〆≠〇〇〇丨 用與餘步相消，得 [illegible] 開五乘方得六步爲平。自之，得三十六步爲長。合問。

清・戴煦《四元玉鑑細草》 草曰：立天元一爲平。自之，得長 太〇丨 以平乘之，得積 太〇〇丨 又自之，得積冪 太〇〇〇〇〇丨 以二長 太〇〢 加平 太丨〢 減之，得 太〆≠〇〇〇丨 寄左。次列四萬六千五百七十八步，與左相消，得開方式 [illegible] 五乘方開之，得平。自之得長。

清・陳棠《四元消法易簡草》 法曰：立天元 太丨 爲平。如積求之，得 太〆≠〇〇〇丨 以餘步消之，得開方式 [illegible] 開五乘方，得平六步。

艸曰：立天元 太丨 爲平。自之，得 太〇丨 爲長。長平相乘，得 太〇〇丨 爲積。自之，得 太〇〇〇〇〇丨 爲積冪。併二長一平，得 太丨〢 減之，得 太〆≠〇〇〇丨 寄左。乃列餘步四萬六千五百七十八，消左，得 [illegible] 爲開方式。開五乘方，得平六步。自之，得三十六步爲長。合問。

元・朱世傑《四元玉鑑》卷上《直段求源》 今有積加一長二平三和四較，自乘，減一和二較三平四長，餘一十五萬五千八百五步。只云平冪與較等。問長平各幾何。

答曰：平五步，長三十步。

術曰：立天元一爲平。如積求之，得一十五萬五千八百五爲益實，九爲益方，七十四爲從上廉，一百六十二爲從二廉，九十九爲從三廉，一十八爲從下廉，一爲正隅。五乘方開之，得平。合問。

清・沈欽裴《四元玉鑑細草》 草曰：立天元一 太丨 爲平。自之，得 太〇丨 爲較。副之加一平，得 太丨丨 爲長。加二平，得 太〢丨 爲和長平。相乘，得 太〇丨丨 爲積。加一長二平三和四較 太〦〧 得 太〦〧丨 自乘，得 [illegible] 減一和二較三平四長 太〦〧 [illegible] 寄左。以一十五萬五千八百五步，與左相消，得餘 [illegible] 五乘方開之，得五步，即平也。[自]乘，得二十五步爲較。加平，得三十步，即長也。合問。

清・羅士琳《四元玉鑑細草》 艸曰：立天元一爲平。自之得 太〇丨 爲較。以平加之，得 太丨丨 爲長。又加平，得 太〢丨 爲和。三之，得 太〦〢 加一長 太丨丨 二平 太〢 四較 太〇〣 得 太〦〧 爲加數於上。副以和加二較 太〇〢 三平 太〣 四長 太〣〣 得 太〦〧 爲減數於下。乃以長平相乘，得 太〇丨丨 爲積。加上位，得 太〦〧丨 自之，得 [illegible] 減下位得 [illegible] 用消餘步，得 [illegible] 開五乘方，得五步爲平。自之，得二十五步爲較，加平，得三十步爲長。合問。

清・戴煦《四元玉鑑細草》 草曰：立天元一爲平。自之，得較 太〇丨 加平，得長 太丨丨 再加平，得和 太〢丨 長平相乘得積 太〇丨丨 以一長二平 太〢 三和 太〦〢 四較 太〇〣 相併，得 太〦〧 加之，得 太〦〧丨 自乘，得 [illegible] 以一和二較 太〇〢 三平 太〣 四長 太〣〣 相併，得 太〦〧 減之，得

太[算籌] 寄左。次列一十五萬五千八百五步，與左相消，得開方式

[算籌] 五乘方開之，得平。自之，加平，得長。

清・陳棠《四元消法易簡草》 法曰：立天元 太丨 爲平。如積求之，得 太[算籌] 列餘步相消，得開方式 [算籌] 開五乘方，得平五步。

艸曰：立天元 太丨 爲平。自之，得 太〇丨 爲較。以平加之，得 太丨丨 爲長。長平相乘，得 太〇丨丨 爲積。併一長 太丨丨 二平 太‖ 三和 太[算籌] 四較 太[算籌] 得 太[算籌] 以加積，得 太[算籌] 自之，得 太[算籌] 於上。併一和 太[算籌] 二較 太[算籌] 三平 太‖ 四長 太[算籌] 得 太[算籌] 以減上位，得 太[算籌] 寄左。乃列餘步一十五萬五千八百五步，消左，得 [算籌] 爲開方式。開五乘方，得五步爲平。自之，加平得三十步爲長。合問。

元・朱世傑《四元玉鑑》卷上《直段求源》 今有積加三平，減一較，餘自乘，減三平，加一較，得七萬八千四百一十四步。只云平自乘與和等。問長平幾何。

答曰：平七步，長四十二步。

術曰：立天元一爲平。如積求之，得七萬八千四百一十四爲益實，五爲益方，二十六爲從上廉，二十爲益二廉，一十四爲從三廉，四爲益下廉，一爲正隅。五乘方開之，得平。合問。

清・沈欽裴《四元玉鑑細草》 草曰：立天元一 太丨 爲平自乘，得 太〇丨 爲和。減平，得 太〆丨 爲長平相乘，得 太〇〆丨 爲積。加三平 太[算籌] 減一較 太〆丨 得 太[算籌] 自乘，得 太[算籌] 減三平 太‖ 加一較 太〆丨 得 太[算籌] 寄左。以七萬八千四百一十四步，與左相消，得 [算籌] 五乘方開之，得七步，自乘，得四十九步爲和。減平，餘四十二步，即長也。合問。

清・羅士琳《四元玉鑑細草》 艸曰：立天元一爲平。三之，得 太‖ 爲三平。副以平自之，得 太〇丨 爲和。減平，得 太〆丨 爲長。又減平，得 太〆丨 爲較。置平乘長，得 太〇〆丨 爲積。加三平，得 太[算籌] 減一較，得 太[算籌] 自之，得 太[算籌] 又減三平，得 太[算籌] 加一較，得 太[算籌] 用與得步相消，得 [算籌] 開五乘方，得七步爲平。自之，得四十九步爲和。以平減之，餘四十二步爲長。合問。

清・戴煦《四元玉鑑細草》 草曰：立天元一爲平。自之，得和 太〇丨 内減平，得長 太〆丨 再減平，得較 太〆丨 長平相乘，得積 太〇〆丨 加三平 太‖ 得 太[算籌] 減一較，得 太[算籌] 自之，得 太[算籌] 減三平，得 太[算籌] 加一較，得 太[算籌] 寄左。次列七萬八千四百一十四步，與左相消，得開方式 [算籌] 五乘方開之，得平。自之，內減平，得長。

清・陳棠《四元消法易簡草》 法曰：立天元 太丨 爲平。如積求之，得 太[算籌] 以得步消之，得開方式 [算籌] 開五乘方，得平七步。

艸曰：立天元〔籌式〕爲平。自之，得和〔籌式〕以平減之，得長〔籌式〕再以平減之，得較〔籌式〕長平相乘，得〔籌式〕併三平〔籌式〕加之，得〔籌式〕內減較，得〔籌式〕自之，得〔籌式〕以三平減之，得〔籌式〕加一較，得〔籌式〕寄左。乃列得步七萬八千四百一十四，消左，得〔籌式〕爲開方式。五乘方開之，得平七步。自之，內減平，得四十二步爲長。合問。

元・朱世傑《四元玉鑑》卷上《混積問元》 今有三斜田積減中股，餘七十六步。只云中斜多於中股九步，中股不及小斜二步。問中股幾何。

答曰：八步。

術曰：立天元一爲中股。如積求之，得一億三千三百四十四萬八千七百四爲益實，七百二萬三千六百一千六爲益方，八十四萬三千二百九十六爲從上廉，二十七萬八千七百六十八爲從二廉，五千三百七十一步七分五厘爲從三廉，四百九十五爲益下廉，四十九爲益隅。五乘方開之，得中股。合問。

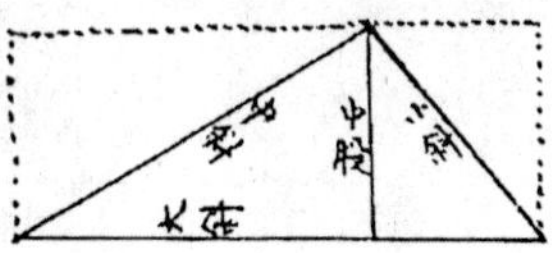

清・沈欽裴《四元玉鑑細草》 草曰：立天元一〔籌式〕爲中股。加七十六步，得〔籌式〕爲三斜田積。倍之，得〔籌式〕天元除之，得〔籌式〕自之，得〔籌式〕爲大斜冪。以二步加天元，得〔籌式〕爲小斜。自乘，得〔籌式〕爲小斜冪。并二冪，得〔籌式〕又以九步加天元，得〔籌式〕爲中斜。自乘，得〔籌式〕減并餘〔籌式〕半之，得〔籌式〕自乘，得〔籌式〕於上位。次以小斜冪乘大斜冪，得〔籌式〕以上位減之，餘〔籌式〕爲四段三斜田積冪。寄左。乃置三斜田積〔籌式〕倍之〔籌式〕自乘，得〔籌式〕爲等數。與左相消，得〔籌式〕五乘方開之，得八步。即中股也。合問。

清・羅士琳《四元玉鑑細草》 艸曰：立天元一爲中股。自之，得〔籌式〕爲中股冪。副置天元，加不及二步，得〔籌式〕爲小斜。自之，得〔籌式〕減中股冪，得〔籌式〕爲小句冪。以多九步加天元，得〔籌式〕爲中斜。自之，得〔籌式〕減中股冪，得〔籌式〕爲中句冪。以乘小句冪，得〔籌式〕寄左。乃以天元加七十六步，得〔籌式〕爲田積。倍之，得〔籌式〕以天元除之，得〔籌式〕爲大斜。自之，得〔籌式〕爲大斜冪於上。副併兩句冪，得  以減上位，得 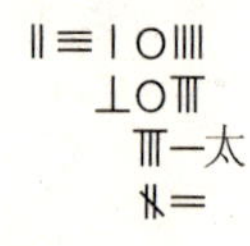 半之，得  爲兩句相乘冪。自之，得 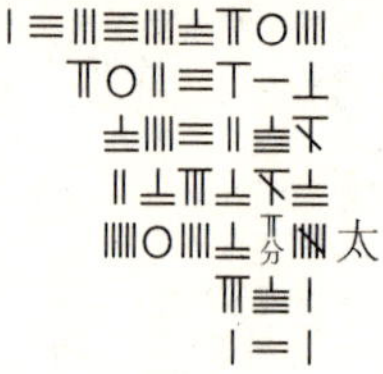 爲同數。消左，得  開五乘方得八步。合問。

清・戴煦《四元玉鑑細草》 草曰：立天元一爲中股。加七十六步 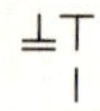 倍之，得倍積 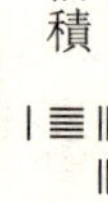 以中股除之，得大斜 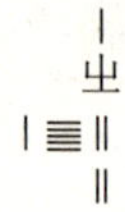 自之，得大斜冪 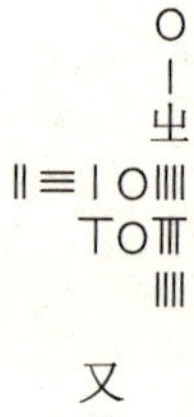 又以中股加九步，得中斜  自之，得中斜冪 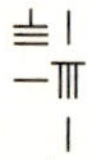 減天元冪 太〇一 得大句冪 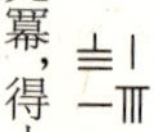 又以中股加二步，得小斜  自之，得小斜冪  內減天元冪，得小句冪  兩句冪相乘，得  寄左。次以兩句冪相併  以大斜冪母 太〇一 通之，得  以減大斜冪，得  折半，得兩句相乘  自之，得 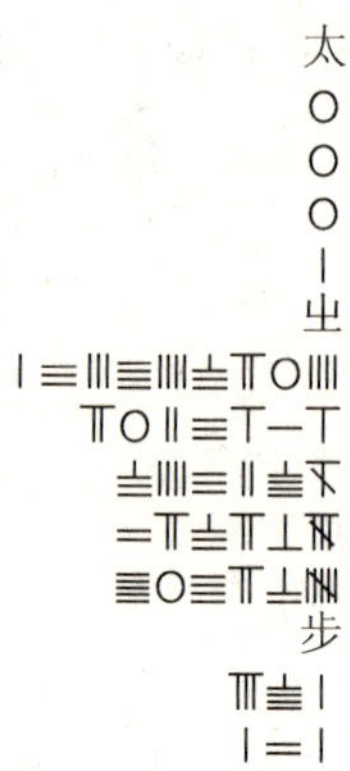 先以分母通寄左式，得 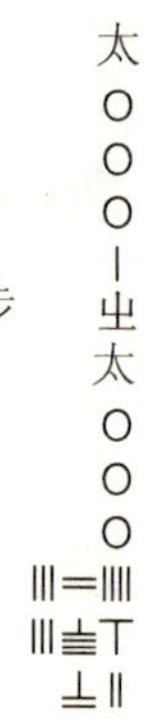 然後與左相消，得開方式  五乘方開之，得中股。

元・朱世傑《四元玉鑑》卷中《方圓交錯》 今有方圓田各一段圓從徽術，方田積內減圓田周三分之二，餘數於上，圓田積內加方田面二分之一，減上，餘一十步一百五十七分步之一百二十八。只云并方面圓周爲益實，二爲益方，三爲從廉，一爲從隅。立方開之，得數如方田面弱半。問圓周方面各幾何。

答曰：圓周三十六步，方面一十二步。

術曰：立天元一爲開方數。如積求之，得一萬一百八十八爲益實，一千八百八十四爲從方，一萬四百八十八爲從上廉，二千七十二爲從二廉。二百二十五爲從三廉，四百五十爲益下廉，七十五爲益隅。五乘方開之，得開方數三步。四之，即方田面。合問。

清・沈欽裴《四元玉鑑細草》 草曰：立天元一爲開方數。四之，得  爲方田面。自之，得 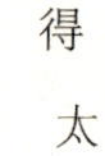 爲方田積。并方面圓周 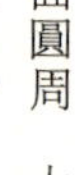 以方田面減之，餘 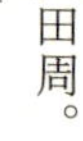 爲圓田周。置方田積  三百一十四乘之，得 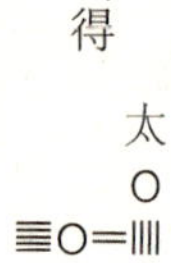 又三之，得 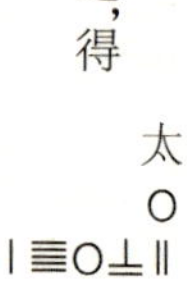 爲九百四十二段方田積。次置分母九百四十二，二之，三而一，得六百二十八。乘圓田周  得 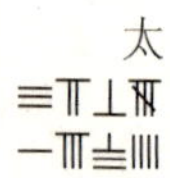 以減九百四十二段方田積，餘  於上。又置圓田周

〔籌式〕自之，得〔籌式〕乘圓冪率二十五，得〔籌式〕合如圓周率三百一十四而一，爲圓田積。今不受除，又三之，得〔籌式〕爲九百四十二段圓田積。次置分母九百四十二，二而一，得四百七十一。乘方田面〔籌式〕得〔籌式〕以加九百四十二段圓田積，得〔籌式〕減上，餘〔籌式〕寄左。乃置一十步一百五十七分步之一百二十八，通分內子得一千六百九十八。又六之，得一萬一百八十八。與左相消，得〔籌式〕五乘方開之，得三步。四之，得一十二步，即方田面也。又以開方數三步乘從隅一，仍得三步。加從廉三，得六步。又以三步乘之，得一十八步。減益方二，餘一十六步。又以三步乘之，得四十八步爲益實，即方面圓周也。減方面一十二步，餘三十六步，即圓周也。合問。

清·羅士琳《四元玉鑑細草》 草曰：立天元一爲開方數。四之，得〔籌式〕爲方田面。副以天元倍之，得〔籌式〕爲益方。自之，又三之，得〔籌式〕爲從廉。再之，得〔籌式〕爲從隅。併從減益，得〔籌式〕爲益實。減方面，得〔籌式〕爲圓田周。倍之，得〔籌式〕爲三段倍圓周。又以方面自之，得〔籌式〕爲方積。三之，得〔籌式〕爲三段方積。減三段倍圓周，得〔籌式〕爲三段餘數。又三百十四通之，得〔籌式〕爲九百四十二段餘數於上。又圓周自之，得〔籌式〕以二十五乘之，得〔籌式〕合如三百十四而一爲圓積。今不除，轉以三通之，得〔籌式〕爲九百四十二段圓積。以九百四十二通方面，得〔籌式〕二而一，得〔籌式〕用加九百四十二段圓積，得〔籌式〕減上，得〔籌式〕爲九百四十二段如積。寄左。乃以餘步通分內子，得一千六百九十八，又六通之，得一萬一百八十八爲同數。消左，得〔籌式〕開五乘方，得三步，爲開方數。四之，得十二步爲方田面。副以開方數倍之，得六爲益方。自之又三之，得二十七爲從廉。再之，得二十七爲從隅。併從減益，餘四十八爲益實。以方田面減之，餘三十六步爲圓田周。合問。

清·戴煦《四元玉鑑細草》 草曰：立天元一爲開方數。四之，得方田面〔籌式〕自之，得方田積〔籌式〕以天元依立方廉隅衍之〔籌式〕內減方田面，得圓田周〔籌式〕自之，〔籌式〕以徽半徑率〔籌式〕乘之〔籌式〕如徽倍周率〔籌式〕而一，得圓田積〔籌式〕以圓周二之〔籌式〕三而一，得圓周三分之二〔籌式〕以方積〔籌式〕通之，得〔籌式〕內減圓周三分之二，得〔籌式〕先以圓積母通之，得〔籌式〕於上。以方田面半之，得方田面二分之一〔籌式〕以母圓積母通之，得〔籌式〕以加圓田積，得〔籌式〕又以〔籌式〕通之，得減上，得　寄左。次列減餘數，通分內子，得　以 丅 通之，使與左同母。得　與左相消，得開方式　五乘方開之，得開方數三步。四之即方面。以三步乘從隅，加入從廉，又以三步乘之，內減益(步)方，又以三步乘之，內減方面，得圓周。

元·朱世傑《四元玉鑑》卷中《明積演段》 今有直積一百八十步。只云勾弦較乘勾股較得一十八步。問勾幾何。

答曰：九步。

術曰：立天元一爲勾。如積求之，得三百七十七萬九千一百三十六爲益實，六萬九千九百八十四爲從上廉，二百七爲益三廉，一爲益隅。五乘方開之，合問。

清·沈欽裴《四元玉鑑細草》 草曰：立天元一爲勾。合以除直積爲股。今不受除，即以一百八步爲帶分股。內減天元自乘，餘　爲帶分勾股較。置勾弦較乘勾股較一十八步。以天元乘之，得　合以帶分勾股較除之。今不受除，即以　爲帶分勾弦較。亦以分母乘勾，得　爲帶分勾。以分母乘股，得　爲帶分股。以帶分勾弦較　加帶分勾，得　爲帶分弦。三事和得　并勾股，得　以弦減之，餘　爲弦和較。以乘三事和，得　爲帶分二段直積。寄左。乃置直積一百八步，倍之，得二百一十六步。以乘分母　得　與左相消，得　以三十六約之，得　五乘方開之，得九步，即勾也。合問。

清·羅士琳《四元玉鑑細草》 艸曰：立天元一爲句。用除直積，得　爲股。以天元減之，得　爲句股較。又以天元乘之，得　爲句乘句股較。加十八步，得　爲弦乘句股較。自之，得　爲弦冪與較冪相乘之冪。寄左。乃以句自之，得　爲句冪。股自之，得　爲股冪。併二冪，得　爲弦冪。又較自之，得　爲較冪。用乘弦冪，得

[算籌式] 爲同數。消左，得 [算籌式] 約爲 [算籌式] 開五乘方，得九步。合問。

清・戴煦《四元玉鑑細草》 草曰：立天元一爲句。以除直積，得股 太丨〇〣 以股母通天元 太丨〡太〇丨 減之，得句股較 丨〇〣〇〤 以分母 丨〇〣〇〤 通天元 丨〇〣〇〤〡太〣 以除十八步，得句弦較 丨〇〣〇〤〡太〣 加之，得弦 丨〇〣〇〤〡太丅〇〤 自之，得弦冪 [算籌式] 寄左。次以股自之，得股冪 太〇丨〡 [算籌式] 以股母通之 太〇丨〡 [算籌式] 與左 太〇丨〡太〇〇〇丨 併入股冪，再得弦冪 [算籌式] 右乘得 合分互乘，左乘得 [算籌式] 相消，得 [算籌式]

以三十六約之，得開方式 [算籌式] 五乘方開之，得句。

清・陳棠《四元消法易簡草》卷三 法曰：立天元 太丨 爲句。如積求之，得帶 丨〇〣〇〤 冪爲母弦冪 [算籌式] 求得同數式，齊母相消，得開方式 [算籌式] 開五乘方，得九步。

艸曰：立天元 太丨 爲句。以除直積，得 太丨/丨〇〣 爲股。以母通句，得 太丨/丨〇〣〇〤 太〇丨 以減股，得 太丨/丨〇〣〇〤 爲句股較。以母通一十八步，子除之，得 丨〇〣〇〤/太丨〤 爲句弦較。以母通天元句，得 丨〇〣〇〤/太丨〤〇〤 加之，得 丨〇〣〇〤/太丨〒〇〤 爲弦。自之，得 [算籌式] 爲弦冪。寄左。乃以股自之，得 太〇丨/[算籌式] 爲股冪。又以句 太丨/太〇丨 自之，得 太〇丨/太〇〇〇丨 爲句冪。以句冪加股冪，得同數右式 太〇丨/[算籌式] 以左母 [算籌式] 齊之，得右式

勾并自之，得

—Ⅲ=Ⅲ̄≟Ⅲ〇〇
〇
T〇Ⅲ≟〇̸
〇
⊥Ⅲ

減十六段帶分弦冪 太〇〇〇—T 又減六十四段帶分直積 太〇⊥Ⅲ—‖ 餘

—Ⅲ=Ⅲ̄≟Ⅲ〇〇
〇
T⊥Ⅲ≟Ⅲ̸
〇
≡Ⅲ̄

爲四十八段帶分股冪于上。以減四十八段帶分弦冪，餘

—Ⅲ=Ⅲ̄≟Ⅲ〇〇̸
〇
T⊥Ⅲ≟‖

爲四十八段帶分勾冪。以乘上位，得

‖〇Ⅲ—Ⅲ≟Ⅲ⊥Ⅲ≡T〇〇〇〇̸
〇
|≟‖≡Ⅲ̄≡T⊥〇≡T〇〇
〇
≡‖=Ⅲ̄≡‖≡Ⅲ̄⊥Ⅲ̸
〇
Ⅲ=Ⅲ≡Ⅲ̄—T

爲二千三百四段帶分勾冪乘股冪。寄左。乃置直積一百八步自乘，得一萬一千六百六十四。以二千三百四乘之，得二千六百八十七萬三千八百五十六。又以天元再自乘，得

太
〇
〇
〇
=T≟Ⅲ̄≡Ⅲ̄≡T

與左相消，得

又以右母齊左式，得

太
〇
|—⊥T≡
〇
‖—T̸
〇
|
———
|≡T〇Ⅲ≟Ⅲ̄≟T
〇
‖≡|≟Ⅲ=Ⅲ̸
〇
‖≡Ⅲ=Ⅲ̄
〇
‖—T̸
〇
|

兩齊式相消，得

太
〇
—|⊥T≡
〇
‖—T̸
〇
|
———
太
〇
〇
〇
|≡Ⅲ̄⊥T
〇
‖≡Ⅲ̸
〇
|

|≡T〇Ⅲ≟Ⅲ̄≟T
〇
‖≡|≟Ⅲ=Ⅲ̸
〇
Ⅲ̄≡Ⅲ=
〇
Ⅲ⊥

約爲

Ⅲ⊥Ⅲ̄≟|≡T
〇
T≟Ⅲ̄≟Ⅲ̸
〇
‖〇Ⅲ̄
〇
|

開五乘方，得九步。合問。

元・朱世傑《四元玉鑑》卷中《明積演段》 今有直積一百八步。只云五和五較相乘，得三千七百八十步。問弦幾何。

答曰：一十五步。

術曰：立天元一爲弦。如積求之，得七千九百七十四億九千三百六十五萬六百二十五爲益實，七十五億二千二百八十四萬二千六百爲從上廉，二千五十二萬四千九百九十五爲益三廉，一萬二千六百三十六爲從隅。五乘方開之，得弦。合問。

清・沈欽裴《四元玉鑑細草》 欽裴按：此術實廉隅多二百四十三倍，補新術於後。

新術曰：立天元一爲弦。如積求之，得三十二億八千一百八十六萬六千八百七十五爲益實，三千九十五萬八千二百爲從上廉，八萬四千四百六十五爲益三廉，五十二爲從隅。五乘方開之，得弦。合問。

草曰：立天元一爲弦。自之，得 太〇| 爲弦冪。於五和五較相乘冪內減八箇弦冪，餘 ≡Ⅲ̄≟〇〇 〇Ⅲ̸ 合以天元除之。今不受除，即以爲帶分八股四

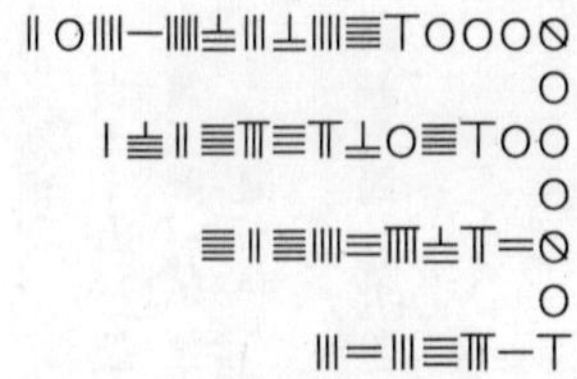

以二百五十六約之，得元式

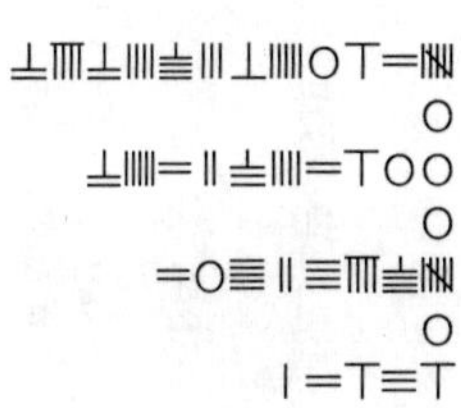

又以二百四十三約之，得新式

五乘方開之，得一十五步，即弦也。合問。

清·羅士琳《四元玉鑑細草》 艸曰：立天元一爲弦。自之，得 太○丨 爲弦冪。副置三千七百八十步。如四而一，得九百四十五。以天元除之，得

爲股弦和與弦和和之和，於上。倍天元，得 太‖ 爲倍弦。以減上位，得

爲股與句股和之和。自之，得

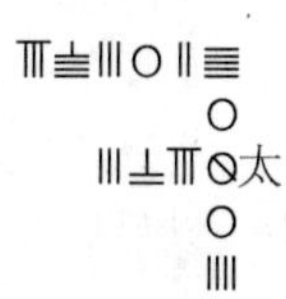

爲一弦冪三股冪四直積之共數。於是以直積四之，得四百三十二。加弦冪，得

爲減數。以減共數，得

爲三段股冪。復置弦冪三之，得 太○≡ 以三段股冪減之，得

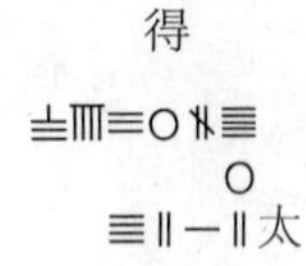

爲三段句冪。用與三段股冪相乘，得

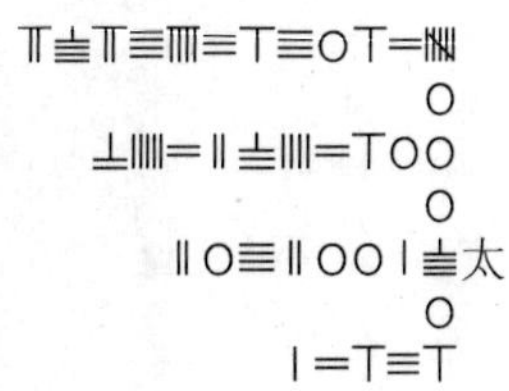

爲九段直積自乘冪。寄左。乃以直積三之，得三百二十四。又自之，得十萬四千九百七十六爲同數。消左，得

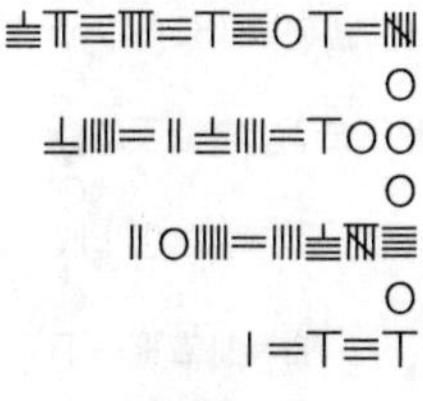

開五乘方，得十五步。合問。士琳案：此式尚可用二百四十三約。

清·戴煦《四元玉鑑細草》 草曰：立天元一爲弦。以和較相乘數，四而一，得

以天元乘除之，得二弦二股一句之共

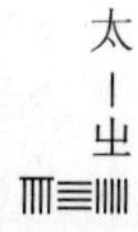

以分母 太丨 通倍天元

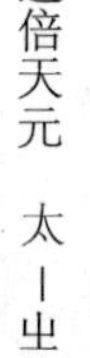

減之，得

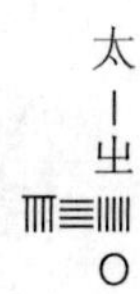

爲二股一句。自之，得

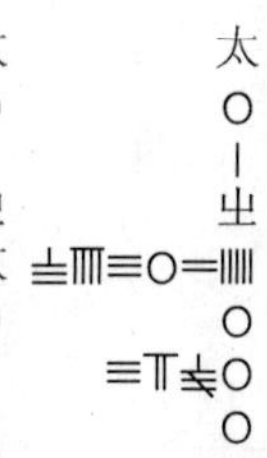

於上。以分母（得四） 太○丨 通四之直積

得

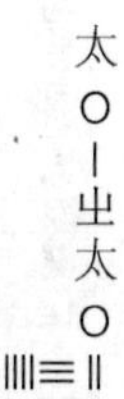

又通天元冪，得

併入四直

積，得 減上，得三段股冪

三而一，得股冪 以分母 通天元冪，得

內減股冪，得句冪 以乘股冪，得

寄左。次列直積自之，得 以左

積冪

母通之，得 與左相消，得開方式

五乘方開方之，得弦。

五和五較相乘，即八弦八股四句乘弦也。

五和爲四弦四股二句(之)之共，五較爲倍弦見《假令四草》。是其相乘之積，即八弦八股四句相乘弦也，故四而一，爲二弦二股一句乘弦。

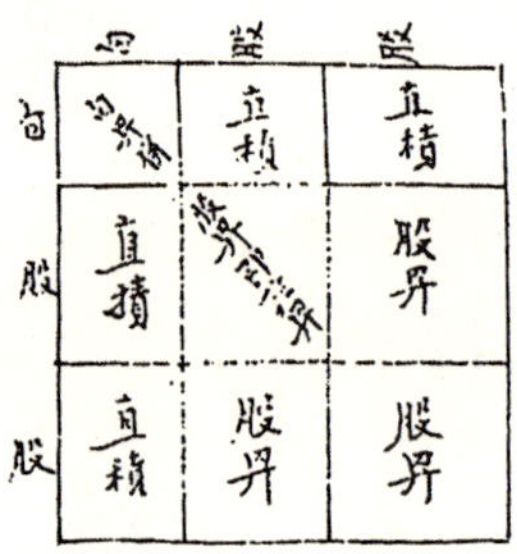

二股一句之冪，即三段股冪帶一弦冪四直積也。二股一句之冪，內本含四段股冪、一段句冪、四段直積，而分一股冪，併入句冪，即成弦冪，是減去一弦冪四直積，餘爲三段股冪也。

清·陳棠《四元消法易簡草》卷一 法曰：立天元 太| 爲弦。如積求之，得帶天元三乘冪爲母直積冪式 以母通直積冪，相消，得開方式 開五乘方，得十五步。

艸曰：立天元 太| 爲弦。倍之，得 太‖ 爲五較。用除得步，得 子母各以二約之，得 爲五和，即爲四弦四股二句共數。以母通四弦，減之，得 爲二句四股。半之，得 爲一句二股。自之，得一句冪四股冪四直積共數 乃併四

直積一弦冪，得 [illegible] 以母通之，得 [illegible] 以減共數，得 [illegible] 三約之，得 [illegible] 爲股冪。以母通弦冪，得 [illegible] 以股冪減之，得句冪 [illegible] 以股冪乘之，得帶天元三乘冪爲母直積冪式 [illegible] 寄左。乃以直積自之，左母通之，得 [illegible] 與左相消，得 [illegible] 開五乘方，得十五步。合問。

元·朱世傑《四元玉鑑》卷中《撥换截田》 今有圓田一段。甲東截一弧，計積三十一步中半步，乙西截一弧，計積九十步。只云甲截矢少如乙截矢三步。問二弧各截弦矢幾何。

答曰：甲截矢三步，截弦一十八步。乙截矢六步，截弦二十四步。

術曰：立天元一爲甲截矢。如積求之，得三萬五千七百二十一爲正實，三萬五千七百二十一爲從方，一萬七百七十三爲從上廉，九千六百六十六爲益二廉，二百七爲從三廉，三十三爲從下廉，五爲益隅。五乘方開之，得甲截矢。　又立天元一爲乙截矢。如積求之，得六十爲益實，一十六爲從方，一爲益隅。平方開之，得乙截矢。合問。

清·羅士琳《四元玉鑑細草》 士琳案：此問求甲矢與求乙矢，初無二致，原術求甲矢爲五乘方，求乙矢爲平方，未免兩歧。據問當開五乘方，前術是也。又術似誤。依術補草，則甲截矢少如乙截矢三步下，似應增「倍之，與兩弦差等」七字乃合。然增句，則有礙於前術，似嫌紆遠。其中必有一誤，姑列艸俟考。

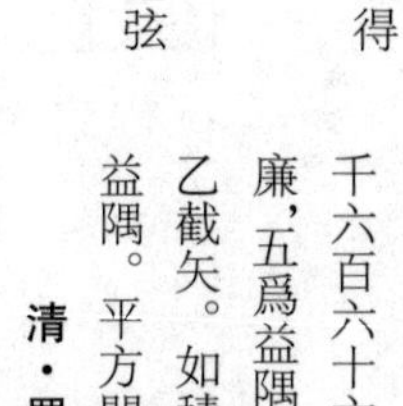

艸曰：立天元一爲甲截矢。除甲倍積六十三步，得 [illegible] 爲甲矢弦和。以甲矢減之，得 [illegible] 爲甲截弦。自之，得 [illegible] 爲甲截弦冪。以甲矢除之，得 [illegible] 爲四段甲矢徑差。用與四段甲矢相加，得 [illegible] 爲四段圓徑。副置天元，加少三步，得 [illegible] 爲乙截矢。四之，得 [illegible] 爲四段乙截矢。以減圓徑，得 [illegible] 爲四段乙矢徑差。以乙矢乘之，得 [illegible] 爲乙弦冪。又以乙矢自之，得 [illegible] 爲乙矢冪。用乘乙弦冪，得 [illegible] 寄左。乃倍乙截積，得一百八十步，以乙矢冪減之，得 [illegible] 爲乙矢乘乙弦之冪。自之，得 爲同數。消左，得 約爲 開五乘方，得三步爲甲截矢，用除甲倍積，得二十一步，減甲截矢，餘十八步爲甲截弦。

又立天元一爲乙截矢。減少三步，得 爲甲截矢。合除甲倍積爲甲矢弦和。今不除，便以六十三步爲帶分甲矢弦和。內寄甲矢爲母。以甲矢自之，得 爲帶分甲矢。內寄甲矢爲母。以減甲矢弦和，得 爲帶分甲截弦。內寄甲矢爲母。副以乙矢除乙倍積，得 爲乙矢弦和。以乙矢減之，得 爲乙截弦。以甲矢通之，得 爲帶分乙截弦。內寄甲矢爲母。以甲截弦減之，得 爲帶分兩弦差。內寄甲矢爲母。寄左。乃以甲矢通兩矢差三步，得 倍之，得 爲同數。消左，得 約爲 開平方，得六步爲乙截矢。用除乙倍積，得三十步，減乙截矢，得二十四步，爲乙截弦。合問。

士琳案：此問如題無開平方之理，蓋倍兩矢差，與兩弦差相等，其數乃偶合耳。似須題中注明，方可立算。

今試設兩矢差與兩弦差强半等，甲東截弧積四百二十二步半，乙西截弧積五百七十六步，甲矢少如乙矢三步。立天元一爲乙矢。減三步，得 爲甲矢。自之，得 爲帶分甲矢。以減甲倍積，得 爲帶分甲弦。副以乙矢除乙倍積，得 減乙矢，得 以甲矢通之，得 爲帶分乙弦。以甲弦減之，得 爲帶分兩弦差。又三之，得 爲四段帶分四分之三兩弦差。寄左。乃以甲矢通兩矢差三步，得 又四之，得 爲同數。消左，得 約爲 開平方，得乙矢十六步。

試再設兩矢差與兩弦差等。甲東截弦積二百五十步，乙西截弧積五百九十四步，甲矢少如乙矢八步。立天元一爲乙矢。減八步，得 爲甲矢。自之，得 爲帶分甲矢。以減甲倍積，得 爲帶分甲弦。副以乙矢除乙倍積，得 減乙矢，得 以甲矢通之，得 爲帶分乙弦。以甲弦減之，得 爲帶分兩弦差。寄左。乃以甲矢通兩矢差八步，得 爲同數。消左，得 約爲 開平方，得乙矢十八步。

以上兩則是爲明證，坿記於此。

清・戴煦《四元玉鑑細草》 草曰：立天元一爲甲截矢。自之，得甲矢冪 以減倍甲積 得 以倍天元除之，得甲半弦 自之，得甲半弦冪 以天元除之，得甲矢差徑[illegible]以甲矢徑差母通天元，得[illegible]加之，得圓徑[illegible]寄左。次以(元)天元加三步，得乙截矢[illegible]自之，得乙矢冪[illegible]以(倍)減倍乙積[illegible]得[illegible]以倍乙矢除之，得乙半弦[illegible]自之，得乙半弦冪[illegible]以乙矢除之，以乘其母。得乙矢徑差[illegible]以乙矢徑差母通乙矢，得[illegible]加之，再得圓徑[illegible]與左合分互乘。左乘，得[illegible]右乘，得[illegible]相消，得[illegible]十二約之，得開方式[illegible]五乘方方開之，得甲截矢三步。自之，[illegible]以減倍甲積[illegible]得[illegible]如甲矢而一，得甲截弦一十八步。以半甲弦[illegible]自之，得[illegible]如甲矢而一，得[illegible]加甲矢，得圓徑三十步。　又立天元一爲乙截矢。內減三步，得甲截矢[illegible]以減圓徑，得甲矢徑差[illegible]以甲矢乘之，得甲半弦冪[illegible]寄左。次以甲截弦半之，得[illegible]自乘，得[illegible]與左相消，得開方式[illegible]平方開之，得甲乙截矢六步。自之[illegible]以減倍乙積[illegible]得[illegible]如乙矢而一，得乙截弦。

按：求乙矢原術以六十爲益實，一十六爲從方。今用甲弦及圓徑併兩矢較求之，所得實方之數與原術不合，疑一十六係三十六之訛。而校算者因改一百八十爲六十以應之耳，又但用圓徑及乙截積，亦可求乙矢，然須開三乘方，去原術更遠矣。

清・蕭履安《天元草》卷三　今有句和較加七尺，立方開之，減二尺，比句少四尺。只云三句減七尺除六弦，比二句少二寸五分。問句股弦各若干。

草曰：立天元一爲句。以減今率，得[illegible]再加二尺，得[illegible]爲立方開得數。自之，得[illegible]爲平方積。又以立方開得數乘之，得[illegible]爲立方積。減去七尺，得[illegible]爲句和較。以加天元，得[illegible]爲股弦和。再以天元三之，得[illegible]爲三句。減去七尺，得[illegible]以乘云率式[illegible]三句減去七尺，即當用之以乘云率此一定之法也。然此題云率之數尚暗寓於二句少二寸五分之中，而未有實數可指，故只得就題演式而以式與式相乘爲六弦也。得[illegible]爲六弦。合以六除。今不除，便以爲帶分弦。轉以六通天元，得[illegible]爲帶分句。又以六通股弦和，得[illegible]爲帶分股弦和。內減去帶分弦，得[illegible]爲帶分股。乃以帶分句自之，得[illegible]爲句冪。帶分股自之，得[illegible]爲股冪。二冪相加，得

[illegible] 爲弦冪。寄左。副以帶分弦自之，得 [illegible] 爲同數。消左，得 [illegible] 爲開方式。開五乘方，得五尺爲句。照式得十二尺爲股，十三尺爲弦。【略】

今有股和和減三尺，立方開之，加二尺與句等。只云五句減一尺除四股，比句少三尺。問句股弦各若干。

草曰：立天元 [illegible] 爲句。以減所加二尺，得 [illegible] 爲立方開得數。自之，得 [illegible] 爲平方積。又以立方開得數乘之，得 [illegible] 爲立方積。以加三尺，得 [illegible] 爲股和和。減去天元，得 [illegible] 爲股弦和。再以天元五之，得 [illegible] 減去一尺，得 [illegible] 以乘云率式 [illegible] 得 [illegible] 爲四股。合以四除。今不除，便以爲帶分股。轉以四通天元，得 [illegible] 爲帶分句。又以四通股弦和，得 [illegible] 爲帶分股弦和。內減去帶分股，得 [illegible] 爲帶分弦。乃以帶分句自之，得 [illegible] 爲句冪。帶分股自之，得 [illegible] 爲股冪。二冪相加，得 [illegible] 爲弦冪。寄左。副以帶分弦自之，得 [illegible] 爲同數。消左，得 [illegible] 爲開方式。開五乘方，得五尺爲句。照式得十二尺爲股，十三尺爲弦。【略】

今有句股相乘積加句冪，比九句多四十尺。只云句較和乘三句，比六股多十八尺。問句股弦各若干。

草曰：立天元 [illegible] 爲句。九之，得 [illegible] 爲九句。以加今率得 [illegible] 爲句股相乘積加句冪數。再以天元自之，得 [illegible] 爲句冪。以減句股相乘積，加句冪數得 [illegible] 爲句股相乘積。再以天元除之，得 [illegible] 爲股。六之，得 [illegible] 爲六股。以加云率，得 [illegible] 爲句較和乘三句數。再以天元三之，得 [illegible] 爲三句。以除句較和，乘三句數得 [illegible] 爲句較和。減去天元，得 [illegible] 爲股弦較。以加股，得 [illegible] 爲弦。乃以股自之，得 [illegible] 爲股冪。以加句冪，得 [illegible] 爲弦冪。寄左。副以弦自之，得 [illegible] 爲同數。消左，得 [illegible] 爲開方式。開五乘方，得五尺爲句。照式得十二尺爲股，十三尺爲弦。【略】

今有句股和冪減弦冪加句股直積，比七句冪多五尺。只云三股較較加四句除二十四股，比二句少一尺。問句股弦各若干。

草曰：立天元 [illegible] 爲句。自之，得 [illegible] 爲句冪。七之，得 [illegible] 爲七句冪。以加今率，得 [illegible] 爲三段句股直積。句股和冪減弦冪爲兩段句股直積，又加一段句股直積，故爲三段句股直積也。合以三元除。今不除，便以爲帶分股。轉以三元通天元，得 [illegible] 爲帶分句。又以三元通二十四，得 [illegible] 以乘帶分股，得 [illegible] 爲帶分二十四股。又以三元通云率，得 [illegible] 爲帶分云率。以減帶分倍句，二句即倍句。得 [illegible] 合用之以除帶分二十四股，爲帶分三股較較加四句。今不除，便以 [illegible] 爲兩帶分三股較較加四句。轉以 [illegible] 通帶分句，得 [illegible] 爲兩帶分句。又以

[illegible] 通帶分股，得 [illegible] 爲兩帶分股。再以兩帶分句四之，得 [illegible] 以減兩帶分三股較較加四句，得 [illegible] 爲兩帶分三股較較。合以三除。今不除，便以爲三帶分股較較，轉以三通兩帶分句，得 [illegible] 爲三帶分句。又以三通兩帶分股，得 [illegible] 爲三帶分股。再以三帶分句減去三帶分股較較，得 [illegible] 爲三帶分股弦較。以加三帶分股，得 [illegible] 爲三帶分弦。乃以三帶分句自之，得 [illegible] 爲句冪。三帶分股自之，得 [illegible] 爲股冪。二冪相加，得 [illegible] 爲弦冪。寄左。副以三帶分弦自之，得 [illegible] 爲同數。消左，得 [illegible] 爲開方式。開五乘方，得五尺爲句。照式得十二尺爲股，十三尺爲弦。

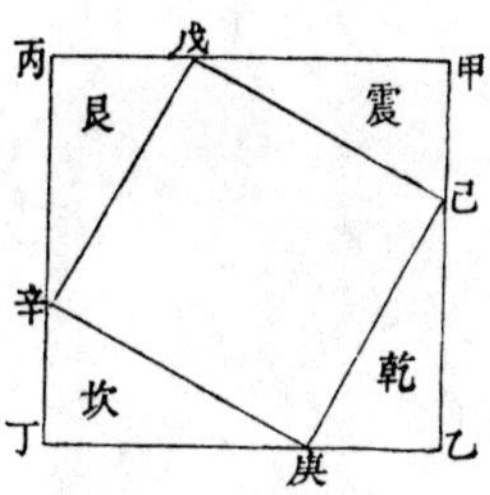

如圖，甲乙丙丁爲句股和冪，戊己庚辛爲弦冪，今有句股和冪減弦冪，是於甲乙丙丁大正方形内割去戊己庚辛小正方形而餘乾坎艮震四句股形合之，成兩段句股直積，又加一段直積，故爲三段直積也。既得三段直積，則句股之數可得，句股之數得，則弦自可求。

一元七次方程

算法

元·朱世傑《四元玉鑑》卷上《混積問元》 今有三廣田積加中廣二分之一，減大廣三分之二，又加小廣四分之三，減正長六分之五。餘以正長中半乘之，得一萬五千八百八十八步。只云併三廣正長，虚加二爲實，四爲從方，一爲從廉，一爲從隅。立方開之，併入中廣。與小廣適盡。又開方數如中廣三分之一，大小廣差二步。問長廣各幾何。

答曰：小廣十六步，中廣十二步。大廣十八步，正長四十八步。

術曰：立天元一爲開方數。如積求之，得一十九萬六百五十六爲益實，二百三十六爲從方，一千九爲從上廉，九百八爲從二廉，四百二十五爲益三廉，二百七十七爲益四廉，四十爲從下廉，二十一爲從隅。六乘方開之，得四步爲開方數。

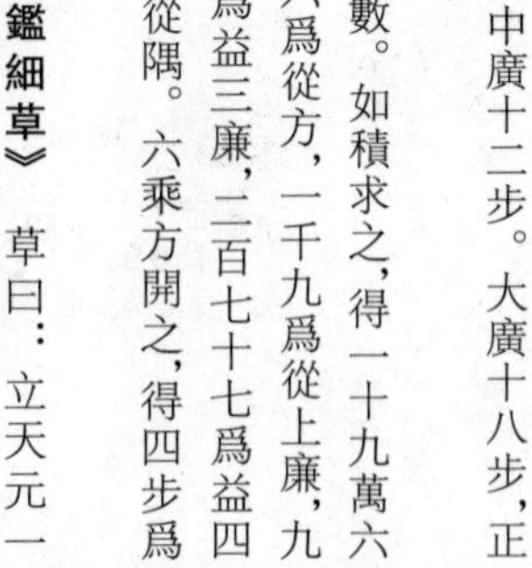

清·沈欽裴《四元玉鑑細草》 草曰：立天元一 太 [illegible] 爲開方數。三之，得 太 [illegible] 爲中廣。加入開方數，得 太 [illegible] 爲小廣。又加差二步，得 [illegible] 爲大廣。并三廣 [illegible] 以減立方式 [illegible] 得 [illegible] 爲正長。并中廣小廣半之，得 太 [illegible] 於上。并中廣大廣，半之，得 [illegible] 於下。并上下而半之，得 [illegible] 爲中平之廣。乘正長，得 [illegible] 爲三廣田積。以分母二、三、四連乘，半之，得十二。爲法乘之，得 [illegible] 爲寄分積。先置中廣 太 [illegible] 以法乘之，二而一，得 太 [illegible] 加積，得 [illegible] 於上位。次置大廣 [illegible] 以法乘之，二乘三除，得 〔算籌〕 減上，得 〔算籌〕 於中位。又置小廣太〔算籌〕 以法乘之，三乘四除，得 太〔算籌〕 加中，得 〔算籌〕 於下位。又置 〔算籌〕 以法乘之，五乘六除，得 〔算籌〕 減下餘太〔算籌〕 以正長中半 〔算籌〕 乘之，得 〔算籌〕 寄左。內寄十二爲分母。乃置一萬五千八百八十八步，亦以分母十二乘之，得一十九萬六百五十六步。與左相消 〔算籌〕 六乘方開之，得四步。即開方數也。合問。

清・羅士琳《四元玉鑑細草》 艸曰：立天元一爲開方數。以三㮚之，得太〔算籌〕 爲中廣。加開方數得 太〔算籌〕 爲小廣。又加廣差二步，得 〔算籌〕 爲大廣。併三廣，得 〔算籌〕 爲三廣併。副以天元四之，得 太〔算籌〕 爲從方。自之，得 太〔算籌〕 爲從廉。再之，得 太〔算籌〕 爲從隅。併方廉隅三位，得 太〔算籌〕 以虛二步減之，得 〔算籌〕 爲三廣正長併。又以三廣併減之，得 〔算籌〕 爲正長。置三廣併加中廣，得 〔算籌〕 㮚正長，得〔算籌〕 合以四除之，爲田積。今不除，轉以三㮚之，得 〔算籌〕爲十二段田積。乃以六通中廣，得 太〔算籌〕 爲十二段中廣二分之一。以八通大廣，得 〔算籌〕 爲十二段大廣三分之二。以九通小廣，得 太〔算籌〕 爲十二段小廣四分之三。以十通正長，得 〔算籌〕 爲十二段正長六分之五。置田積，加中廣二分之一，得 〔算籌〕 以大廣三分之二減之，得〔算籌〕 又加小廣四分之三，得 〔算籌〕 以正長六分之五減之，得 太〔算籌〕 此數合以正長中半㮚之。今正長不可半，乃先半此數，得太〔算籌〕 㮚正長，得 太〔算籌〕 爲十二段如積。寄左。乃以十二通一萬五千八百八十八步，得一十九萬六百五十六爲同數。消左，得〔算籌〕 開六㮚方，得四步爲開方數，三之，得十二步，爲中廣。加開方數四步，得十六步爲小廣。又加廣差二步，得十八步爲大廣。以開方數四之，得十六步爲從方。自之，得六十四步爲從廉。再之，得六十四步爲從隅。併方廉隅三位，得九十六步。以虛二步減之，得九十四步爲三廣正長併。以三廣四十六步減之，餘四十八步爲正長，合問。

清・戴煦《四元玉鑑細草》 草曰：立天元一爲開方數。三之，得中廣太〔算籌〕 加天元，得小廣 太〔算籌〕 再加大小廣差，得大廣 〔算籌〕 以開方數，依開立方廉隅虛加數演之，得 〔算籌〕 內減三廣共 〔算籌〕 得正長〔算籌〕 乃倍中廣 太〔算籌〕 以大小廣相併 〔算籌〕 加之，得 〔算籌〕 半之〔算籌〕 二而一，得 〔算籌〕 以長乘之，得田積 〔算籌〕 先以三通之，得 〔算籌〕 又中廣二而一，得 太〔算籌〕步 於上。以小廣三之 太〔算籌〕 四而一，得 太〔算籌〕 加上 太〔算籌〕步 以六通之，得 〔算籌〕爲內減率。又大廣二之 〔算籌〕 三而一 〔算籌〕 以二通之，得〔算籌〕 於上。以正長五之 〔算籌〕 六而一，得 〔算籌〕加上，得 〔算籌〕 爲減率。以加率加積得 〔算籌〕 減率減之，得 〔算籌〕 以半長(乘之) 〔算籌〕 乘之，得〔算籌〕 寄左。次列一萬五千八百八十八步，以左母通之，得 〔算籌〕 與左相消，得開方式 〔算籌〕 六乘方開之，得開方數四步。三之，得中廣再加開方數，得小廣。加大小廣差，得大廣。又開方數加從廉，法一以開方數乘之，加從方，法四以開方數乘之，內減虛加二，再減三廣，得長。

元・朱世傑《四元玉鑑》卷中《方圓交錯》 今有方、圓田各一段，圓從密率圓，田積內加二箇圓田周，減一段方田積，餘數於上，又方田積內加二箇方田面，減一段圓田積，餘數加上，以方田面少半乘之，又以圓田周六分之一乘之，得二千三百四步。只云方田面爲益實，四爲益方，三爲從廉，一爲正隅。立方開之，得數以十八乘之，與圓田周等。問方面圓周各幾何。

答曰：方面一十二步，圓周二十六步。

術曰：立天元一爲開方數。如積求之，得一千一百五十二爲益實，五十六爲益二廉，三十爲從三廉，一十九爲從四廉，六爲從五廉，一爲從隅。六乘方開之，得二步，爲開方數。合問。

清・沈欽裴《四元玉鑑細草》 草曰：立天元一爲開方數。以十八乘之，得 [籌式] 爲圓田周。自之，得 [籌式] 乘圓冪率七，得 [籌式] 合以周冪率八十八除之，爲圓田積。今不受除，即以爲八十八段圓田積。置圓田周 [籌式] 以二乘之，得 [籌式] 又以八十八乘之，得 [籌式] 加圓積，得 [籌式] 以八十八段方田積 [籌式] 減之，餘數 [籌式] 於上。次置方田面 [籌式] 自之，得 [籌式] 八十八之，得 [籌式] 爲八十八段方田積。又置方田面 [籌式] 二之，得 [籌式] 又八十八乘之，得 [籌式] 加方田積，得 [籌式] 以八十八段圓田積 [籌式] 減之，得 [籌式] 加上，得 [籌式] 合以方田面少半乘之。今不可三除，即以方田面 [籌式] 乘之，得 [籌式] 又以圓田周六分之一 [籌式] 乘之，得 [籌式] 寄左。乃置二千三百四步，以二百六十四乘之，得六十萬八千二百五十六。與左相消，得 [籌式] 以五百二十八約之，得 [籌式] 六乘方開之，得二步。以十八乘之，得三十六步，即圓周也。以開方數二步乘正隅一，仍得二步。加從廉三，得五步。又以二步乘之，得一十步。減益方四，餘六步。又以二步乘之，得一十二步，與益實等，即方田面也。合問。

清・羅士琳《四元玉鑑細草》卷中 艸曰：立天元一爲開方數。十八之，得 [籌式] 爲圓田周。倍之，得 [籌式] 爲二箇圓田周。副以天元四之，得 [籌式] 爲益方。自之，又三之，得 [籌式] 爲從廉。再之，得 [籌式] 爲正隅。併從減益，得 [籌式] 爲方面。倍之，得 [籌式] 爲二箇方田面。與二箇圓田周相加，得 [籌式] 爲二餘數相併。士琳案：圓積內減方積，與方積內減圓積，二數相加適盡。是二積皆可省求，即以二箇圓周加二箇方面，爲二餘數相併也。合以方面少半乘之。今方面不可三除，即以方面乘之，得 [籌式] 又以圓周六而一，得 [籌式] 乘之，得 [籌式] 爲三段如積。寄左。乃以三通得步，得六千九百十二爲同數。消左得 [籌式] 約爲 [籌式] 開六乘方，得二步爲開方數。十八之，得三十六步爲圓田周。副以開方數四之，得八爲益方。又開方數自之，復三之，得十二爲從廉。再之，得八爲正隅。併正減益，得十二步爲方田面。合問。

士琳案：法以簡便爲主，此問設依題立艸，置圓周自之，得 [籌式]

以七棄之，得 [籌式] 爲八十八段圓積。方面自之，又分母通之，得 太[籌式] 爲八十八段方積。副以分母通二箇圓周，得 太[籌式] 加圓積，得 太[籌式] 減方積，得 太[籌式] 於上。以分母通二箇方面，得 太[籌式] 加方積，得 太[籌式] 減圓積，得 太[籌式] 加上，得 太[籌式] 亦即帶分二箇圓周加帶分二箇方面之式也。試以分母除之，亦得 太[籌式] 與艸同。又如前弟六問，設準弟三問例，以天元自之，又七之，得 太[籌式] 爲八十八段圓積。較艸中九百六十八段圓積式 太[籌式] 各省十一棄。故開方式尚可用十一約之，非不簡便爲之也。以求合於原術故耳，因論此問。坿及之。

清·戴煦《四元玉鑑細草》 草曰：立天元一爲開方數。以十八乘之，得圓周 太[籌式] 自之，得 太[籌式] 以密徑率 [籌式] 乘之，得 太[籌式] 如四之密周率 [籌式] 而一，得圓田積 [籌式] 又以天元依立方廉隅衍之，得方田面 太[籌式] 自之，得方田積 太[籌式] 以圓積母通圓周，得 [籌式] 倍之，得 [籌式] 併入圓積，得 [籌式] 又以圓積母通方田積，得 [籌式] 減之，得 [籌式] 於上。又以圓積母通方田面 [籌式] 倍之，得 [籌式] 併入帶分方田積，得 [籌式] 內減圓田積，得 [籌式] 以加上位，得 [籌式] 乃以方面三而一，得 [籌式] 乘之，得 [籌式] 又以圓周六而一，得 太[籌式] 乘之，得 [籌式] 寄左。次列二千三百四步，以左母通之，得 [籌式] 與左相消，得 [籌式] 以五百二十八約之，得開方式 [籌式] 六乘方開之，得開方數二步。以十八乘之，得圓周。又以二步加入從廉，以二步乘之，內減益方，又以二步乘之，得方面。

一元八次方程

算法

元·朱世傑《四元玉鑑》卷上《直段求源》 今有弦和和乘三相和，加弦冪，共得一百六十九步。只云弦較較乘弦較和，減股弦和乘股弦較，餘一十五步。問句幾何。

答曰：三步。

術曰：立天元一爲句。如積求之，得二十五萬三千一百二十五爲正實，八十一萬八千一百爲益上廉，二十七萬八千九百二十六爲從三廉，二萬二千八百六十八爲益五廉，一百八十一爲從隅。七乘方開之，得句。合問。

清・沈欽裴《四元玉鑑細草》 草曰：立天元爲 太| 爲句。自之，得 太〇| 爲句冪，亦爲股弦和乘股弦較冪。以一十五步加之，得 爲弦較較乘弦較和冪，亦爲二段句股相乘冪。天元除之，得 爲倍股。亦倍天元，并之，得 爲倍句股和。自之，得 爲四段和冪于上。倍句自乘 倍股自乘 并而倍之，得 爲八段弦冪于下。四因之一百六十九步，得六百七十六步。并上下位減之，餘 爲帶分弦。以八箇句股和爲分母。自之，得 爲帶分弦冪。以六十四段和冪爲分母。寄左。次并倍句自乘，倍股自乘，得 爲四段弦冪。以四段和冪乘之，得 又四因之，得 爲等數。與左相消，得 七乘方開之，得三步，即句也。合問。

清・羅士琳《四元玉鑑細草》 艸曰：立天元一爲句。自之，得 太〇| 爲句冪，又爲股弦和乘股弦較。加十五步，得 爲弦較較乘弦較和，又爲倍積。以句除之，得 爲倍股。乃倍天元 太‖ 加之，得 爲倍句股和。自之，得 爲四段和冪於上。置倍積，四之，得 爲八段直積。以減上位，得 爲四段弦冪。副以四通共步，得六百七十六，以四段弦冪減之，得 爲四段弦和和乘三相和，即四段弦和和冪。以四段弦冪減之，得 又減四段和冪，得 爲八段弦乘句股和。自之，得 爲六十四段弦冪與和冪相乘之冪。寄左。乃以四段弦冪與四段和冪相乘，又四之，得 爲同數。消左，得 開七乘方得三步。合問。

清・戴煦《四元玉鑑細草》 草曰：立天元一爲句。自之得句冪 太〇| 併入十五步，得倍直積 以倍天元 太‖ 除之，得股 自之，得股冪 以股冪母

太〇Ⅲ通句冪，得太〇Ⅲ㐅太〇〇〇Ⅲ并入股冪，得弦冪太〇Ⅲ㐅Ⅱ〇〇〇Ⅲ又以股母太Ⅱ通句，得太Ⅱ㐅太〇Ⅱ并入股，得句股和太Ⅱ㐅Ⅲ〇Ⅱ自之，得句股和冪太〇Ⅲ㐅Ⅲ〇〇Ⅲ并入二弦冪，得太〇Ⅲ㐅Ⅲ〇〇Ⅲ

以分母通一百六十九步，得太〇Ⅲ㐅太〇⊥内減上，得⊥Ⅲ〇〇Ⅲ於上。

太〇Ⅲ㐅〇⊥〇Ⅲ爲兩段弦。乘句股和，自之，得四段弦冪乘句股和冪，太〇〇〇⊥㐅Ⅲ〇〇〇⊥〇Ⅲ寄左。次以句股和冪乘弦冪，四之，得太〇〇〇⊥㐅Ⅲ〇〇〇〇〇〇Ⅲ與左相消，得開方式

清·陳棠《四元消法易簡草》法曰：立天元太丨爲句。如積求之，得七乘方開之，得句。

弦冪與和冪相乘之式

太〇〇〇Ⅲ 分〇 分〇 分〇 分

弦冪乘和冪，以母齊之，相消，得開方式

分〇 分〇 分〇 分〇 分

七乘方開之，得天元句三步。

艸曰：立天元太丨爲句。自之，得太〇丨爲句冪，又爲股弦和乘股弦較。加十五步，得Ⅰ〇丨爲弦較較乘弦較和，又爲倍直積。半之，得⊤Ⅲ分〇Ⅲ分爲直積。句除之，得太丨/⊤Ⅲ分〇Ⅲ分爲股。以母通天元句，得太丨/太〇丨加股，得太丨/⊤Ⅲ分〇丨Ⅲ分爲句股和。自之，得太〇丨/Ⅲ⊤Ⅲ分〇Ⅲ分〇Ⅲ分爲和冪。以母通倍直積，得太〇丨/太〇丨Ⅲ〇丨減之，得太〇丨/Ⅲ⊤Ⅲ分〇⊤Ⅲ分〇丨Ⅲ分爲弦冪。以母通一百六十九步，得太〇丨/太〇丨Ⅲ以弦冪減之，得太〇丨/Ⅲ⊤Ⅲ分〇丨⊤丨Ⅲ分〇丨Ⅲ分爲弦和和乘三相和。并弦和二冪，減之，折半，得太〇Ⅱ/丨⊥Ⅲ丨分〇丨Ⅲ丨Ⅲ分〇Ⅲ分爲弦乘句股和。自之，得

〔籌式〕爲弦冪與和冪相乘之式。

寄左。乃以弦冪與和冪相乘，得式以左母齊之，得〔籌式〕與左相消，得開方式〔籌式〕開七乘方，得三步。合問。

元・朱世傑《四元玉鑑》卷上《直段求源》 今有句弦和乘股弦和，減句弦較乘股弦較，餘七十步。只云弦和和乘弦較和，得七十二步。問股幾何。

答曰：四步。

術曰：立天元一爲股。如積求之，得一百六十七萬九千六百一十六爲正實，二十八萬六千六百二十四爲益上廉，六千四百七十九爲從三廉，七十爲益五廉，一爲益隅。七乘方開之，得股。

清・沈欽裴《四元玉鑑細草》 草曰：立天元一〔籌式〕爲股。除七十二步，得〔籌式〕爲股弦和之倍。半之，得〔籌式〕爲股弦和。以天元減之，得〔籌式〕爲弦。倍之〔籌式〕合以除七十步，爲句股和。今不受除，即以七十步爲帶分句股和。內寄倍弦爲分母。以分母乘天元，得〔籌式〕爲帶分股。減和，得〔籌式〕爲帶分句。自乘，得〔籌式〕于上。帶分股自乘，得〔籌式〕于下。并上下二位，得〔籌式〕爲帶分弦冪。內寄四箇弦冪爲分母。寄左。乃以分母〔籌式〕乘弦〔籌式〕得〔籌式〕爲帶分弦。自之，得〔籌式〕爲等數。與左相消〔籌式〕四約之，得〔籌式〕七乘方開之，得四步。即股也。合問。

清・羅士琳《四元玉鑑細草》 艸曰：立天元一爲股。自之，得〔籌式〕爲股冪。副半七十二步，得三十六步。以股冪減之，得〔籌式〕爲股弦相乘。以天元除之，得〔籌式〕爲弦。自之，得〔籌式〕爲弦冪。以股冪減之，得〔籌式〕爲句冪。又半七十步，得三十五步爲弦乘句股和。以股弦相乘減之，得〔籌式〕爲句弦相乘。自之，得〔籌式〕爲句冪與弦冪相乘之冪。寄左。乃以句冪乘弦冪，得〔籌式〕爲同數。消左，得 丨⊥Ⅲ≐T一T 〇 丨≐T⊥〤≡ 〇 ⊥Ⅲ≟Ⅲ 〇 Ⅲ⊘ 〇〤 開七乘方，得四步。合問。

清·戴煦《四元玉鑑細草》 草曰：立天元一爲股。自之，又倍之，得倍股冪 太〇‖ 以減七十二步，得弦乘倍股 ⊥‖〇〤 以倍股 太‖ 除之，得弦 太‖𝍢⊥‖〇〤 自之，得弦冪 太〇Ⅲ𝍢Ⅲ ≡丨≐Ⅲ〇〤 ‖≐〇Ⅲ 以弦冪母通股冪，得 太〇Ⅲ𝍢太〇〇〇Ⅲ 減之，得句冪 太〇Ⅲ𝍢Ⅲ ≡丨≐Ⅲ〇 ‖≐〤 以弦冪乘之，得 太〇〇〇 一T𝍢 =T≐Ⅲ≡Ⅲ≡T 〇 ‖≐Ⅲ≡Ⅲ≐〤 〇 丨〇Ⅲ⊥Ⅲ 〇 一丨≡〤 寄左。次以股弦相乘，得 太 ‖𝍢太 ⊥‖〇〤 於上。以七十步半之 ≡Ⅲ 又以上母通之，得 太‖𝍢太⊥〇 內減上，得句乘弦 太‖𝍢太〤〇‖ 自之，得句冪乘弦冪 太〇Ⅲ𝍢太〇Ⅲ〇〤〇Ⅲ 以 太〇Ⅲ 通之，使與左同母。得 太〇〇〇 一T𝍢太〇〇〇 一T〇 ≡〤〇 一T 與左相消，得 T≡Ⅲ≡Ⅲ≐T= 〇 〤≐Ⅲ≡Ⅲ≐‖ 〇 ‖≡Ⅲ〇丨 〇 〤丨一 〇 〇 一〤 以十六約之，得開方式 Ⅲ〇T≐Ⅲ⊥丨 〇 〤=T⊥Ⅲ一 〇 Ⅲ≐Ⅲ⊥ 〇 〇 〤 〇〤 七乘方開之，得股。

清·陳棠《四元消法易簡草》 法曰：立天元 太丨 爲股。如積求之，得句冪與弦冪相乘之式 太〇〇〇丨 ― 丨⊥Ⅲ≐T一⊥ 〇 丨≐T⊥〤≡ 〇 T≡Ⅲ〇 〇 Ⅲ〤 次求得同數式，齊

母相消，得 丨⊥Ⅲ≐T一⊥ 〇 丨≐T⊥〤≡ 〇 ⊥≡Ⅲ≐ 〇 Ⅲ⊘ 〇〤 爲開方式。開七乘方，得股四步。

艸曰：立天元 太丨 爲股。自之，得 太〇丨 爲股冪。以減半之七十二步，得 Ⅲ⊥〇〤 爲股乘弦。以股除之，得 太丨 ― Ⅲ⊥〇〤 爲弦。自之，得 太〇丨 ― 丨=Ⅲ⊥ 〇 Ⅲ〤〇丨 爲弦冪。以母通股冪，得 太〇丨 ― 太〇〇〇丨 減之，得 太 ― 〇丨 ― 丨=Ⅲ⊥〇 Ⅲ〤 爲句冪。以弦冪乘之，得 太〇〇〇丨 ― 丨⊥Ⅲ≐T一⊥ 〇 丨≐T⊥〤≡ 〇 T≡Ⅲ〇 〇 Ⅲ〤 寄左。乃半七十步，得 Ⅲ≡ 以弦母通之，得 太丨 ― 太 Ⅲ≡ 爲弦乘句股和。以股弦相乘，得 太丨 ― 太 Ⅲ⊥〇〤 減之，得 太丨 ― 太〤〇丨 爲句乘弦。自之，與左齊母，得 太〇〇〇丨 ― 太〇〇〇丨〇‖〇〤 爲同數。消左，得開方式 丨⊥Ⅲ≐⊥一T 〇 丨≐T⊥‖≋ 〇 ⊥≡Ⅲ≐ 〇 Ⅲ⊘ 〇〤 開七乘方，得四步。合問。

元·朱世傑《四元玉鑑》卷上《商功修築》 今有造方臺一所，共支功食錢二百五十七貫六百二十二文七分文之六。只云以臺高爲正實，十爲益方，一爲正隅，平方開之，所得再爲實，開平方除之，少如先開方數中半，上方多如先開方數强半，上下方和得三十八尺。每人日程常積二十八尺，每三人支錢二貫四百七十七文七分文之一，用徒日自倍，令四日役畢。問臺上下方高及逐日用徒、支錢

各幾何。

答曰：上方一丈六尺，下方二丈二尺，高二丈四尺。初日，二十人五分人之四，錢一十七貫一百七十四文七分文之六。次日，四十一人五分人之三，錢三十四貫三百四十九文七分文之五。三日，八十三人五分人之一，錢六十八貫六百九十九文七分文之三。末日，一百六十六人五分人之二，錢一百三十七貫三百九十八文七分文之六。

術曰：立天元一爲後開方數。如積求之，得六千五百五十二爲益實，三千六百一十爲從上廉，七百四十一爲益三廉，七十八爲從五廉，四爲益隅。七乘方開之，得二尺爲後開方數。倍之即先開方數，四之爲臺上方。餘依加減求之。每日用徒及錢者如法求之。合問。

清・沈欽裴《四元玉鑑細草》 草曰：立天元一爲後開方數。自乘，得 太〇丨 爲先開方數。四之，得 太〇〣 爲臺上方。減上下方和三十八尺，餘 [illegible] 爲臺下方。以先開方數減益方，餘 [illegible] 以先開數乘之，得 [illegible] 爲臺高。上下方相乘，得 [illegible] 於上位。上方自乘，得 [illegible] 於中位。下方自乘，得 [illegible] 并三位，得 [illegible] 又以高乘之，得 [illegible] 爲三段方臺積。寄左。乃置共支工食錢二百五十七貫六百二十二文七分文之六，通分納子，得一百八十萬三千三百六十。以三人乘之，得五百四十一萬八十爲實。亦置支錢二貫四百七十七文七分文之一，通分納子，得一萬七千三百四十爲法。除實得三百一十二人。以日程常積二十八尺乘之，得八千七百三十六尺爲方臺積。三之，得二萬六千二百八尺。與左相消，得 [illegible] 四約之，得 [illegible] 七乘方開之，得二尺爲後開方數。倍之，得四尺，即先開方數。四之，得一丈六尺，即臺上方也。餘依加減求之。合問。【略】

欽裴按：問中有少如先開方數中半句，可開三乘方求之，補術草于後。

新術曰：立天元一爲先開方數。如積求之，得一千六百三十八爲益實，一千八百五爲從方，七百四十一爲益上廉，一百五十六爲從下廉，一十六爲益隅。三乘方開之，得二尺爲後開方數。餘同原術。

草曰：立天元一爲後開方數。倍之，得 [illegible] 爲先開方數。四之，得 [illegible] 爲上方。減上下方和三十八尺，餘 [illegible] 爲下方。以先開方數減益方十，餘 [illegible] 以先開方數乘之，得 [illegible] 爲高。上下方相乘，得 [illegible] 于上。上方自乘，得 [illegible] 于中。下方自乘，得 [illegible] 于下。并三位 [illegible] 以高乘之，得 [illegible] 爲三段方臺積。寄左。乃置臺積八千七百三十六尺。三之，得二萬六千二百八尺。與左相消，得 [illegible] 十六約之，得 [illegible] 三乘方開之，得二尺。倍之，得四尺，即先開方數也。餘同前草。

清・羅士琳《四元玉鑑細草》 艸曰：立天元一爲復開方數。自之，得 太〇丨 爲先開方數。十之，得 [illegible] 爲益方。自之，得 [illegible] 爲正隅。以減益方，得 [illegible] 爲高。副以先開方數，四之，得 太〇〣 爲上方。以減上下方和，得 [illegible] 爲下方。置上方自之，得 [illegible] 於上。下方自之，得 [illegible] 於中。上下方相乘，得 [illegible] 於下。併上中下三位，得 [illegible] 又以高乘之，得 [illegible] 合如三而一，爲臺積。今不除，便爲三段臺積。寄左。乃置共錢，通分內子，得一百八十萬三千三百六十，曩三人，得五百四十一萬八十爲實。又以支錢通分內子，得一萬七千三百四十爲法。實如法而一，得三百十二人，曩常積，得八千七百三十六尺爲臺積。以三通之，得二萬六千二百八爲同數。消左，得 [illegible] 約爲 [illegible] 開七乘方，得二尺，爲後開方數。自之，得四尺，爲先開方數。四之，得十六尺爲上方。副以先開方數十之，得四十爲益方。自之，得十六爲正隅。以減益方，餘二十四尺爲高。以上方減上下方和，得二十二尺爲下方。

清・戴煦《四元玉鑑細草》 草曰：立天元一爲後開方數。自之，得先開方數 [illegible] 四之，得上方 [illegible] 以減上下方和 [illegible] 爲下方。又先開方數十之 [illegible] 內減先開方數冪 [illegible] 得高 [illegible] 乃以上方自乘，得 [illegible] 下方自乘，得 [illegible] 上下方相乘，得 [illegible] 併三位，得 [illegible] 以高乘之，得 [illegible] 三而一，得臺積 [illegible] 寄左。次列共支錢，通分內子，得 [illegible] 以三人乘之，得 [illegible] 爲實。以三人支錢，通分內子 [illegible] 爲法。除之，得共用徒三百一十二人。常積乘之，得積 [illegible] 又以左母通之，得 [illegible] 與左相消，得開方式 [illegible] 四約之，得開方式 [illegible] 七乘方開之，得後開方數。自之，得先開方數。四之，得上方。以減上下和方，得下方。又先開方數內減方法十，自之，得高。

【略】

按：問內少如先開方數中半，一句術中不用且有句，此則諸數可加減而得，但節去則本文不貫。茲擬改設問，並原術及細草于後。

設問：只云以下至多如先開方數强半。當云：只云以臺高爲正實，十爲益上廉，一爲正隅。三乘方開之，得數自乘，如上方弱半。

原術「立天元一以下至如積求之」當云：立天元一爲開方數。如積求之。「得二尺以下至爲臺上方」當云：得二尺，爲開方數。自乘而四之，爲臺上方。

細草「草曰以下至得高」當云：草曰：立天元一爲開方數。自之，又四之，得上方 [illegible] 以減上下方和，得下方 [illegible] 又天元冪十之，得 [illegible] 於上。以天元自乘，再自乘得 [illegible] 減上得高。「七乘方開之」以下至「得高」當云：七乘方開之，得開方數。自之，又四方之，得上方。以減上下方和，得下方。又開方數自之，又十之，於上。以開方數自乘，再自乘，減上得高。

元・朱世傑《四元玉鑑》卷中《撥換截田》 今有大小圓田各一段，共地六畝六十四分畝之六十一。只云小圓徑如大圓徑八分之五。今於二圓從邊各截一弧，共積二百二十二步半，其小弧矢不及大弧矢三步。問二弧矢各幾何。

答曰：截大弧矢八步，截弦三十二步。截小弧矢五步，截弦二十步。

術曰：立天元一爲大圓徑。如積求之，得一千六百爲益實，一爲從隅。平方開之，得大圓徑四十步。五之，八而一，即小圓徑。又立天元一爲截小矢。如積求之，得四億三千二百九十一萬五千一百二十五爲正實，四千一百四十三萬八百爲益方，一千二百六十萬一千四百五十爲益上廉，二十二萬六千一百五十四爲益二廉，一十八萬七千五百一十一爲從三廉，五千七百二爲從四廉，七百五十三爲益五廉，一十四爲益下廉，一爲正隅。七乘方開之，得截小矢五步。倍之，以減小圓徑，餘自之，以減小圓徑冪，餘爲實。開平方，即小弧弦。合問。

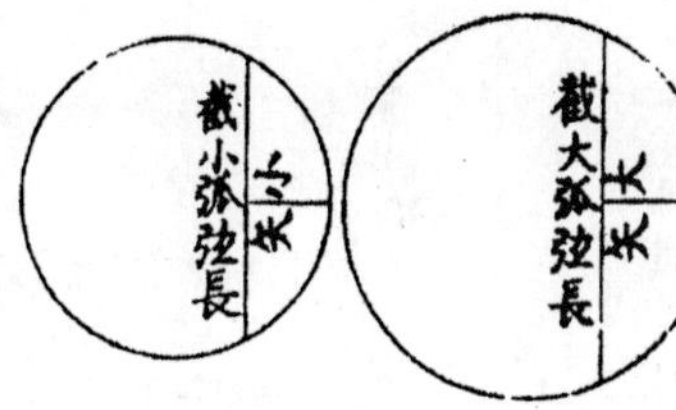

清・羅士琳《四元玉鑑細草》 艸曰：立天元一爲大圓徑。五之，得 太[算籌] 爲八段小圓徑。自之，得 太○[算籌] 爲六十四段小徑冪。八因天元自之，得 太○[算籌] 爲六十四段大徑冪。併二冪，三之，得 太○[算籌] 合四除之，爲六十四段共積。今不除，便爲帶分六十四段共積。內寄四爲母。寄左。乃置共積通分內子，又以畝法通之，得一萬六百八十步。**沈善蒸案** 當作十萬六千八百步。爲六十四段共積。復以四通之，得四萬二千七百二十步**善蒸案** 當作四十二萬七千二百步。爲同數。消左，得 [算籌] 約爲 [算籌] 開平方，得四十步，爲大圓徑。八而五，得二十五步爲小圓徑。又立天元一爲截小矢。自之，得 太○| 爲小矢冪。副以天元加不及三步，得 [算籌] 爲截大矢。以減大徑，得 [算籌] 乘大矢，得 [算籌] 四之，得 [算籌] 爲大弦冪。以大矢自之，得 [算籌] 爲大矢冪。用乘大弦冪，得 [算籌] 爲兩積相乘之冪。倍共積，以大矢冪減之，得 [算籌] 爲兩積較。自之，得 [算籌] 爲兩積較冪。以減兩積相乘之冪，得 [算籌] 於上。置小徑減天元，得 [算籌] 爲矢徑差。四之，得 [算籌] 爲四段矢徑差。用乘天元，得 太[算籌] 爲小弦冪。減小矢冪，得 太[算籌] 爲小積較。乘小矢冪，得 太[算籌] 以減上位，得 [算籌] 爲大小兩矢冪積差。半之，得 [算籌] 又自之，得 [算籌] 寄左。乃置兩積較，以小矢冪減之，得 [算籌] 爲積較較。乘小矢冪，得 太[算籌] 以大小兩矢冪積差減之，得 [算籌] 與小矢冪相乘，得 太[算籌] 又以積較較乘之，得 太[算籌] 爲同數。消左，得 [算籌] 約爲 [算籌] 開七乘方，得五步，爲截小矢。倍之，得十步。以減小圓徑，餘十五步。自之，得二百二十五步。以減小圓徑冪六百二十五步，餘四百步。開平方，得二十步，爲小弧弦。副以截小矢加多三步，得八步爲截大矢。倍之，得十六步。以減大圓徑，餘二十四步。自之，得五百七十六步。以減大圓徑冪一千六百步，餘一千二十四步。開平方，得三十二步爲大弧弦。合問。

清・戴煦《四元玉鑑細草》 草曰：立天元一爲大圓徑。自之，得大圓徑冪 太〇| [illegible] 又天元五之 太[illegible] 八而一，得小圓徑 [illegible] 自之，得小圓徑冪 [illegible] 以分母 [illegible] 通大圓徑冪，得 [illegible] 加之，得 [illegible] 又以三乘之，得段四大小圓田積 [illegible] 寄左。次列原共（地），通分内子，得 [illegible] 以步畝法 [illegible] 乘之，得 [illegible] 又以四乘之，得 [illegible] 與左相消，得 [illegible] 以二百六十七約之，得開方式 [illegible] 平方開之，得大圓徑四十步。五之八而一，得小圓徑二十五步。

又立天元一爲截小矢。自之，得小矢冪 太〇| 又天元加三步，得大矢 [illegible] 自之，得大矢冪 [illegible] 又天元減小圓徑 [illegible] 以天元乘之，得 太[illegible] 又四之，得小弦冪 太[illegible] 又大矢減大圓徑，得 [illegible] 以大矢乘之，得 [illegible] 又四之，得大弦冪 [illegible] 又小矢冪乘小弦冪，得 太〇〇[illegible] 又大矢冪乘大弦冪，得 [illegible] 又以大矢冪小矢冪相併，得 [illegible] 以減倍二弧共積 [illegible] 得大弦乘大矢，與小弦乘小矢之共 [illegible] 自之，得 [illegible] 於上。以小矢冪乘小弦冪，與大矢冪乘大弦冪相併，得 [illegible] 減上，得 [illegible] 折半，得大小矢大小弦疊乘之式 [illegible] 自之，得小大矢大小弦四冪疊乘之式 [illegible] 寄左。次列小矢冪乘小弦冪，與大矢冪乘大弦冪相乘，得 太[illegible] 與左相消，得 [illegible] 以二十約之，得開方式 [illegible] 七乘方開之，得小矢五步。倍之 [illegible] 以減小圓徑，得 [illegible] 自之 [illegible] 於上。以小圓徑自之，得 [illegible] 内減上，得 [illegible] 平方開之，得小弦二十步。又小矢加三步，得大矢八步。倍之 [illegible] 以減大圓徑，得 [illegible] 自之 [illegible] 於上。以大圓徑自之 [illegible] 内減上，得 [illegible] 平方開之，得大弦三十二步。

元・朱世傑《四元玉鑑》卷中《撥换截田》 今有圓田一段，内復有圓池占之，二圓皆依古法，餘地八畝强半畝。只云環之實徑自乘多於通徑二十步。今欲從西暨截車輞積五百三十八步。問截池弦、池矢及内外周、兩頭博徑各幾何。

答曰：截池矢六步，池弦三十六步。内周三十七步二分，外周七十步四分。博徑一十四步，實徑一十步。

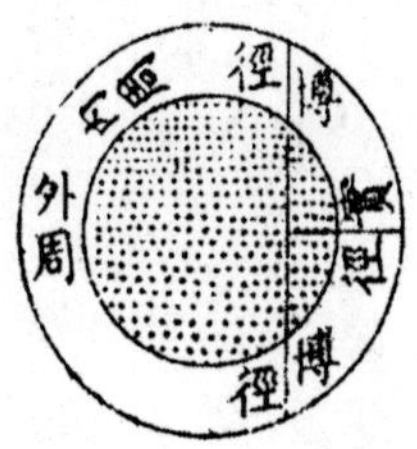

術曰：立天元一爲環之實徑。如積求之，得七百爲益實，二十爲益方，一爲益廉，一爲從隅。立方開之，得實徑。求得通徑八十步，池徑六十步。又二之輞積，如實徑而一，得一百七步六分爲車輞內外周相和之數。又立天元一爲截池矢。如積求之，得一兆四千九十九萬七千九百一十七億五千五百五十九萬一千九百三十六爲正實，二千五百五十八萬三千億三千九百八十三萬八千七百二十爲益方，一十八萬七千八百二十九億八千四百六十三萬一十六爲從上廉，二萬七千六百五十四億五千三百九十萬九千七百六十爲從二廉，一百二十四億五千一百八十六萬八千六十四爲益三廉，九億二千二百七十四萬三千三百六十爲益四廉，四百九十五萬五千六百六十四爲益五廉，八萬二千三百二十爲從下廉，二千四百一爲從隅。七乘方開之，得截池矢六步。倍之，以減池徑，餘自乘。復減池徑冪，餘爲實。平方開之，得截池弦。又池矢自乘，倍之，以池徑除之，得數爲池周弦差，加池弦，得輞內周。以減內外周相和之數，餘即外周。又池矢加實徑爲通矢，自乘，倍之，以通徑除之，所得爲輞外周弦差，以減外周，餘即通弦。內減池弦，餘半之，即博徑。合問。

清·羅士琳《四元玉鑑細草》 艸曰：立天元一爲環之實徑。自之，得 太〇｜ 以多二十步減之，得 [illegible] 爲田周。副倍天元，以減通徑，得 [illegible] 爲池徑。三之，得 [illegible] 爲通徑。三之，得 [illegible] 爲池周。併二周，得 [illegible] 以天元乘之，得 [illegible] 爲兩段環田積。寄左。乃置餘地八畝强半畝，展爲八畝七五。以畝法通之，得二千一百步，倍之，得四千二百步爲同數。消左，得 [illegible] 約爲 [illegible] 開立方，得十步爲實徑。自之，得一百步。以多二十步減之，餘八十步爲通徑。副置實徑倍之，以減通徑，餘六十步爲池徑。又二之輞積，得一千七十六步，如實徑而一，得一百七步六分爲車輞內外周相和之數。又立天元一爲截池矢，加環之實徑，得 [illegible] 爲大矢。自之，得 [illegible] 爲矢冪。倍之得 [illegible] 合以通徑除之，爲大弦背差。今不除，便爲帶分大弦背差。內寄通徑爲母。以通徑通內外周和，得八千六百八步，減大弦背差，得 [illegible] 半之，得 [illegible] 爲帶分半弦冪。內寄通徑爲母。自之，得 [illegible] 於上。內寄通徑冪爲母。以大矢減通徑，得 [illegible] 用乘大矢，得 [illegible] 又以通徑冪六千四百通之，得 [illegible] 以減上位，得 [illegible] 九之，得 [illegible] 合十六除之爲積。今不除，便爲十六段積。副置池矢，再自乘，得 太〇〇〇｜ 爲池矢三乘冪。又以池矢減池徑，得 [illegible] 乘池矢，得 [illegible] 復乘池徑冪三千六百，得 [illegible] 以減池矢三乘冪，得 [illegible] 爲弦差冪。以十六通之，得 [illegible] 以減十六段積，

得

爲十六段圓弦積差。復半池徑，得三十。自之，得九百爲半池徑冪。乘圓弦積差，得

爲十六段三事冪積差。又以通徑乘半弦冪，得

九之，得

合十六除之，爲半弦圓積。今不除，便爲十六段半弦圓積。以池徑乘池矢冪，得 太○⊥○ 爲長立方積。又十六通之，得 太○Ⅲ⊥ 以減半弦圓積，得

爲十六段立積較。自之，得

用乘弦差冪，得太

寄左。乃以長立方積乘立積較，得 太

以三事冪積差減之，得

用乘圓弦積差，得

爲同數。消左，得

約爲

開七乘方，得

六步爲截池矢。倍之，得十二步。以減池徑，餘四十八步。自之，得二千三百四步。以減池徑冪，餘一千二百九十六步。開平方，得三十六步爲池弦。又池矢自之，得三十六。倍之，得七十二。以池徑除之，得一步二分，爲池周弦差。加池弦，得三十七步二分爲輞内周。以減内外周和，餘七十步四分爲輞外周。又池矢加實徑，得十六步爲通矢。自之，得二百五十六。倍之，得五百

十二。以通徑除之，得六步四分爲輞外周弦差。以減外周，餘六十四步爲通弦，減池弦而半之，得十四步爲博徑。合問。

清・戴煦《四元玉鑑細草》 草曰：立天元一爲環之實徑，自之 於上。以通內減二十步，得通徑 自之，得通徑冪 於上。以通內減倍天元，得池徑 自之，得池徑冪 減上，得 又以三乘之，得四段環積 寄左。次列八畝七分五厘七分五厘即强半畝。以步畝法 通之，得 又四之，得 與左相消，得 十二約之，得開方式 立方開之，得實徑十步。自之， 減二十步，得(開)通徑八十步。內減倍實徑，得池徑六十步。倍輞積，得 以實徑除之，得輞內外周和一百七步六分。又立天元一爲截池矢，加實徑，通得通矢 池矢自之 以半池徑 除之，得輞內周弦差 通矢自之 以半通徑 除之，得輞外周弦差 用合分求其總母，得 乃以 通內周弦差，得 以 通外周弦差，得 相併，得 於上。以上母通兩周和，得 內減上，得兩弦和 自乘，得兩弦和之冪 又以池矢減池徑，得 以池矢乘之，得 又四之，得池弦冪 又以通矢減通徑，得 通矢乘之，得 又四之，得通弦冪 兩弦冪相併，得 以兩弦和冪分母通之，得 以減兩弦和冪，得 折半，得兩弦相乘 自乘，得兩弦冪相乘 寄左。次以池弦冪乘通弦冪，得 以左母通之，得

與左相消，得開方式

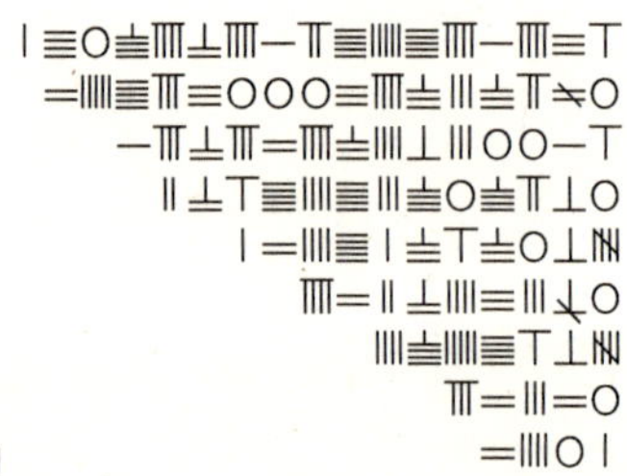

七乘方開之，得截池矢六步。倍之 一‖ 以減池徑，得 ≡Ⅲ 自乘，得 =Ⅲ○Ⅲ 於上。以池徑自乘，得 ≡T○○ 内減上，得 一‖≐T 開平方，得池弦三十六步。又池矢自乘 ≡T 倍之，得 ⊥‖ 以池徑除之，得池周弦差一步二分。加池弦，得輞内周三十七步二分。以減兩周和，得輞外周七十步四分。又池矢加實徑，得通矢 一T 自乘 ‖≡T 倍之 Ⅲ一‖ 以通徑除之，得輞外周弦差六步四分。以減輞外周，得通弦六十四步。内減池弦，得 =Ⅲ 半之，得博徑一十四步。

清·蕭履安《天元草》卷二 今有三句較和加股冪，得一百六十二尺。只云句弦相乘積六十五尺。問句股弦各若干。

草曰：立天元 | 爲句。以除云率，得  爲弦。自之，得 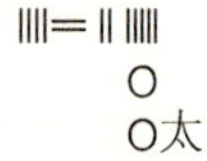 爲弦冪。又以句自之，得  爲句冪。以減弦冪，得 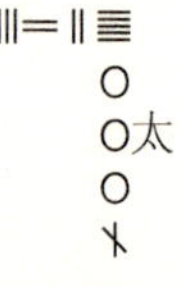 爲股冪。以減今率，得  爲三句較和。再以天元三之，得 ○‖ 以減三句較和，得  爲三股弦較。合以三除。今不除，便以爲帶分股弦較，轉以三通天元，得 ○‖ 爲帶分句。又以三通弦，得  爲帶分弦，内減去帶分股弦較，得  爲帶分股。乃以帶分句自之，得  爲句冪。帶分股自之，得 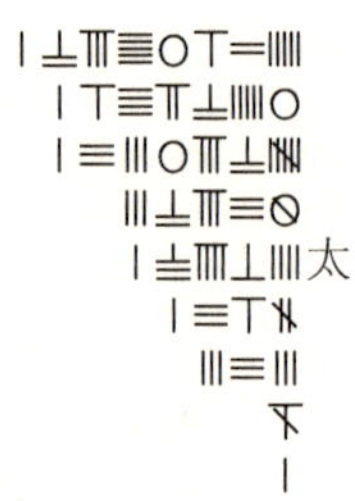 爲股冪。二冪相加，得 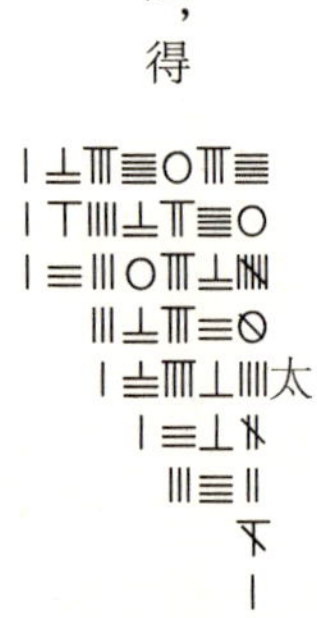 爲弦冪。寄左。副以弦自之，得 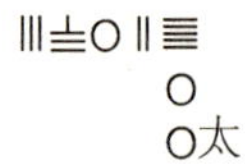 爲同數。消左，得  爲開方式。開七乘方，得五尺爲句。照式得十二尺爲股，十三尺爲弦。

又草曰：立天元 | 爲弦。以除云率，得  爲句。自之，得  爲句冪。又以弦自之，得  爲弦冪。以減句冪，得  爲股冪。以減今率，得  爲三弦較較。再以天元三之，得 ○‖ 爲三弦。減去三弦較較，得  爲三句股較。

合以三除。今不除，便以爲帶分句股較，轉以三通天元，得 [illegible] 爲帶分弦。又以三通句，得 [illegible] 爲帶分句。以加帶分句股較，得 [illegible] 爲帶分股。乃以帶分句自之，得 [illegible] 爲句冪。帶分股自之，得 [illegible] 爲股冪。二冪相加，得 [illegible] 爲弦冪。寄左。副以弦自之，得 [illegible] 爲同數。消左，得 [illegible] 爲開方式。七乘方益積開之，得十三尺爲弦。照式得五尺爲句，十二尺爲股。

一元九次方程

算法

元・朱世傑《四元玉鑑》卷上《直段求源》 今有積加一和三較，以積乘之，減一長二較，又長乘之，得一十四萬七千二百一十六步。只云平以立方開之，如長六分之一。問長平各幾何。

答曰：平八步，長一十二步。

術曰：立天元一爲開方數。如積求之，得一萬二千二百六十八爲益實，九爲益上廉，一爲從三廉，七十二爲從五廉，六爲益七廉，一十八爲正隅。八乘方開之，得二步即開方數。六之得長。合問。

清・沈欽裴《四元玉鑑細草》 草曰：立天元一爲開方數。再自乘，得 [illegible] 爲平。六因天元，得 [illegible] 爲長。長平相乘，得 [illegible] 爲積。加一和 [illegible] 三較 [illegible] 得 [illegible] 以積乘之，得 [illegible] 減一長 [illegible] 二較 [illegible] 得 [illegible] 又長乘之，得 [illegible] 寄左。以一十四萬七千二百一十六步與左相消，得 [illegible] 以十二約之，得 [illegible] 八乘方開之，得八步。即平也。六因開數，得一十二步，即長也。合問。

清・羅士琳《四元玉鑑細草》 艸曰：立天元一爲開方數。再之，得 [illegible] 爲平。副六天元 [illegible] 爲長。長平相乘，得 [illegible] 爲積。又長平相加，得 [illegible] 爲和。長平相減，得 [illegible] 爲較。三之，得 [illegible] 加和，得 [illegible] 爲一和三較。又倍較 [illegible] 加長，得 [illegible] 爲一長二較。乃置積，加一和三較，得 [illegible] 乘積，得 [illegible] 又以一長二較減之，得 [illegible] 復以長乘之，得 [illegible] 用與得步一十四萬七千二百一十六相消，得 [illegible] 約爲

〡〇〩〇〡〇〢〇〥〧　開八乘方，得二步爲開方數。六之，得十二步爲長。副以開方數，再之，得八步爲平。合問。

清·戴煦《四元玉鑑細草》　草曰：立天元一爲開方數，六之，得長 太丅 又天元自乘，再乘，得平 太〇〇〡 長平相併，得和 太丅〇〡 以三較平減長，得較 太丅〇〤 長平相乘，得積 太〇〇〇丅 以三較 太〦〇〨 加和，得 太〣〇〢 加積，得 太〣〇〨丅 以積乘之，得 太〇〇〇〇〣〇〨〣丅 又以二較 太〢〇〨 加長，得 太〦〇〨 減之，得 太〩〇〢〇〣〇〨〣丅 又以長乘之，得 太〇〩〇〢〇〣〇〨〢丅 寄左。次列一十四萬七千二百一十六步，與左相消，得 〡〩〇〢〇〣〇〨〢丅〡〣丅〢〡 以十二約之，得開方式 〩〇〣〇〡〇〢〇〥〧 八乘方開之，得開方數二步，自乘，再乘，得平。又開方數六之，得長。

清·陳棠《四元消法易簡草》卷二　法曰：立天元一爲開方數。求得 太〇〩〇〢〇〣〇〨〢丅 爲如積。列得步相消，得 〡〩〇〢〇〣〇〨〢丅〡〣丅〢〡 爲開方式。開八乘方，得二步。再之，得平。

艸曰：立天元 太〡 爲開方數。再之，得 太〇〇〡 爲平。六天元，得 太丅 爲長。長平相乘，得 太〇〇〇丅 爲積。長平相加，得 太丅〇〡 爲和。長平相減，得 太丅〇〤 爲較。三之，得三較 太〦〇〨 併入和，得 太〣〇〨 爲一和三較。以加積，得 太〣〇〨丅 以積乘之，得 太〇〇〇〇〣〇〨〣丅 併一長二較 太〨〇〢〇〣〇〨〢丅 減之，得 太〩〇〢〇〣〇〨〢丅 以長乘之，得 太〇〩〇〢〇〣〇〨〢丅 寄左。乃列得步一十四萬七千二百一十六，消左，得 〡〩〇〢〇〣〇〨〢丅〡〣丅〢〡 爲開方式。開八乘方得二步。再之，得八步爲平。以二步六之，得十二步爲長。合問。

清·蕭履安《天元草》卷二　今有句股直積，三乘方開之，以句除之，比句少三尺。只云股平方開之，以句乘之，得三十二尺。問句股各若干。

草曰：立天元一爲句。以減今率，得 〨〡 爲句除得數。以句乘之，得 〇〨〡 爲三乘方，開得數。自之，得 〇〇〦〥〡 爲平方積。又自之，得 〇〇〇〇〡〩〣〨〡 爲三乘方積，亦即句股直積。寄左。副以天元除云率，得 〣〢〇太 爲平方開得數。自之，得 〡〇〢〣〇〇太 爲平方積，亦即股長之數。以天元乘之，得 〡〇〢〣〇太 爲同數。消左，得 〡〇〢〩〇〇〇〇〡〩〣〨〡 爲開方式。開八乘方，得四尺爲句。照式得六十四尺爲股。

一元十次及以上方程

算法

元·朱世傑《四元玉鑑》卷上《直段求源》　今有積以和乘之，減積，餘以平乘之，加和，得一十七萬七千一百六十二步。只云和爲益實，四爲益方，三爲從上廉，二爲益下廉，一爲正隅。三乘方開之，如平四分之一。問長平各幾何。

答曰：平一十二步，長三十步。

術曰：立天元一爲開方數。如積求之，得一十七萬七千一百六十二爲益實，四爲益方，三爲從上廉，一百二十六爲從二廉，四百六十五爲從三廉，五百四十四爲益四廉，五百一十二爲從五廉，三百八十四爲益六廉，一百六十爲從七廉，六十四爲益下廉，一十六爲正隅。九乘方開之，得三步爲開方數。四之，即平。合問。

清・沈欽裴《四元玉鑑細草》 草曰：立天元一 太| 爲開方數。四之，得 太Ⅲ 爲平。置和式 [illegible] 以平減之，得 [illegible] 爲長。長平相乘，得 [illegible] 爲積。以和乘之，得 [illegible] 減積，餘 [illegible] 以平乘之 [illegible] 以和 [illegible] 加之，得 [illegible] 寄左。以一十七萬七千一百六十二步與左相消，得 [illegible] 九乘方開之，得三步。四之，得十二步，即平也。以開方數三乘和式，得和四十二步，以平減之，餘三十步，即長也。合問。

清・羅士琳《四元玉鑑細草》 艸曰：立天元一爲開方數四之，得 太Ⅲ 爲平，又爲四益方。副以天元自乘而三之，得 太○Ⅲ 爲三從上廉。又天元再乘而二之，得 太○○‖ 爲二益下廉。又天元三乘，得 太○○○| 爲正隅，併正減益，得 [illegible] 爲和，以減十七萬七千一百六十二，得 [illegible] 爲如積。寄左。乃以平減和，得 [illegible] 爲長。長平相乘，得 [illegible] 爲積。乘和，得 [illegible] 又以積減之，得 [illegible] 於上。復以平乘上位，得 [illegible] 爲同數。消左，得 [illegible] 開九乘方，得三步爲開方數。四之，得十二步爲平，又爲四益方。副以開方數自乘而三之，得二十七爲三從上廉。又開方數再乘而二之，得五十四爲二益下廉。又開方數三乘得八十一爲正隅。併正減益，得四十二步爲和，以平減之，餘三十步爲長。合問。

清・戴煦《四元玉鑑細草》 草曰：立天元一爲開方數。四之，得平 太Ⅲ 又依三乘方廉隅演之，得和 [illegible] 內減平，得長 [illegible] 以平乘之，得積 [illegible] 以和乘之，得 [illegible] 內減積，得 [illegible] 以平乘之，得 [illegible] 加和，得 [illegible] 寄左。次列一十七萬七千一百六十二步，與左相消，得開方式 [illegible] 九乘方開之，得開方數三步。四之，得平。以三步內減益下廉法二，以三步乘之，加從上廉法三，又以三步乘之，內減益方法四，又以三步乘之，得和。內減平，得長。

清・陳棠《四元消法易簡草》 法曰：立天元一爲開方數。求得 [illegible] 爲如積式。消得步，得開方式

[illegible] 開九乘方，得三步爲開方數。四之，得平。

艸曰：立天元 太[illegible] 爲開方數。四之，得 太[illegible] 爲平。又負之，得 太[illegible] 爲四益方。以天元自之，又三之，得 太○[illegible] 爲三從上廉。以天元再乘而二之，又負之，得 太○○[illegible] 爲二益下廉。以天元三乘得 太○○○[illegible] 爲正隅。置方廉隅四位併之，得 太[illegible] 爲和。內減平，得 太[illegible] 爲長。乘平，得 太○[illegible] 爲積。以乘和，得 太○○[illegible] 復以積減之，得 太○[illegible] 又以平乘之，得 太○○[illegible] 乃以和 太[illegible] 加之，得 太[illegible] 寄左。乃列得步一十七萬七千一百六十二，消左，得 [illegible] 爲開方式。開九乘方，得三步爲開方數，四之，得十二步爲平。又以開方數三乘隅 [illegible] 得 [illegible] 以下廉 [illegible] 減之，得 [illegible] 以三乘之，得 [illegible] 與上廉 [illegible] 相併，得 [illegible] 以三乘之，得 [illegible] 以方 [illegible] 減之，得 [illegible] 再以三乘之，得四十二步，爲和。以平減之，得三十步爲長。合問。

清・蕭履安《天元草》卷二 今有句股直積，三乘方開之，以句除之，比句少二尺。只云股立方開之，以句乘之，得九尺。問句股各若干。

草曰：立天元 [illegible] 爲句。以減今率，得 [illegible] 爲句除得數。以句乘之，得 ○[illegible] 爲三乘方開得數。自之，得 ○○[illegible] 爲平方積。又自之，得 ○○○○[illegible] 爲三乘方積，亦即句股直積。寄左。副以天元除云率，得 [illegible]○太 爲立方開得數。自之，得 [illegible]○○太 爲平方積。又以立方開得數乘之，得 [illegible]○○○太 爲立方積，亦即股長之數。再以天元乘之，得 [illegible]○○太 爲同數。消左，得 [illegible]○○○○○[illegible] 爲開方式。開九乘方，得三尺爲句。照式得二十七尺爲股。【略】

今有股加一千二百九十二尺，三乘方開之，以句除之，比句少一尺。只云弦減去一尺，平方開之，加二尺以句乘之，得十二尺。問句股弦各若干。

草曰：立天元 [illegible] 爲句。以減今率，得 [illegible] 爲句除得數。以天元乘之，得 ○[illegible] 爲三乘方開得數。自之，得 ○○[illegible] 爲平方積。又自之，得 ○○○○[illegible] 爲三乘方積。減去所加之數，得 [illegible]○○○[illegible] 爲股。再以天元除云率，得 [illegible]○太 減去所加二尺，得 [illegible]太 爲平方開得數。自之，得 [illegible]太 又加減去一尺，得 [illegible]太 爲弦。乃以句自之，得 ○○[illegible] 爲句冪。股自之，得 [illegible] 爲股冪。二冪相加，得 [illegible] 爲弦冪。寄左。副以弦自之，得 [illegible] 爲同數。消左，得 [illegible] 爲開方式。開十九乘方，得三尺爲句。照式得四尺爲股，五尺爲弦。

四元術部

四元術概論分部

題解

元・莫若《四元玉鑑前序》 其法以元氣居中，立天元一於下，地元一於左，人元一於右，物元一於上。陰陽升降，進退左右，互通變化，錯綜無窮。其於盈朒隱互，正負方程，演段開方之術，精妙玄絶。

元・祖頤《四元玉鑑後序》 平陽李德載因撰《兩儀群英集臻》，兼有地元，霍山邢先生頌不高弟劉大鑒潤夫撰《乾坤括囊》，末僅有人元二問。吾友燕山朱漢卿先生演數有年，探三才之賾，索《九章》之隱，按天地人物立成四元。以元氣居中，立天句地股人弦物黄方考圖明之，上升下降，左右進退，互通變化。乘除往來，用假象真，以虚問實，錯綜正負，分成四式，必以寄之剔之，餘籌易位，横衝直撞，精而不雜，自然而然，消而和會，以成開方之式也。

清・阮元《四元玉鑑細草序》 若四元者，是又寓方程於天元一術焉者也，其理較天元一則無殊，其法視天元一尤精進，蓋天元一之所假借，惟一求數耳，非據今有數，蔑由盡其妙，四元則元各一數，其所假借者，不厪爲所求之數，惟其不厪爲所求之數，故無論有無見數，悉可探賾窮微。凡天元一所能御者，四元固能御之，即天元一所不能御者，四元亦能御之，其神明變化，初非自來算家所可跂及。祖序謂用假象真，以虚問實，又謂不用而用以之通，非數而數以之成，亶其然乎。顧隱奥艱深，通之者鮮，以梅文穆公之淹雅，能悟西人所譯借根方，即古天元一術，尚不能於朱書無疑詞，甚矣解人之難也。

清・羅士琳《續疇人傳》卷四七 朱世傑 地元則於天元所假借之一算外，復别假一算。此一算既不可使之與太極天元相混，故旁立於太極之左。其兩式相消後，尚有綴附者，交羼於其側，不成一行，不可爲開方之段，必更尋一同數之式以相消，使三式化爲兩式，兩式終歸一行。譬之三、四相乘，倍之亦得二十四。

句股二冪相併，亦爲弦冪是已。此兩式因一由題中今有數所成，故曰今式；一由云數所成，故曰云式。用以作記耳。至於三元、四元，不過多一元則多一假借之算，亦多一元則多一同數之式，凡二元二式，三元三式，四元四式，悉如方程之二色、三色、四色，互通齊同，相當直除，其或上下左右。不能升降進退者，則又剔而自乘，務使或升或進，齊同相當。所謂剔而自乘者，譬之三、四相乘爲一十二，若三自乘爲九，四自乘爲一十六，以九與一十六相乘，初不異夫一十二自乘之爲一百四十四。此中之變化莫測，自然而然，可謂别具神奇，曲盡妙理，是誠算學中最上乘也。惜唐荆川、梅文穆諸公，未經深究，錯會厥旨，漫以術士祕其機緘訾之，致二書并佚。

清・吴嘉善《白芙堂算學廿一種・天元問答》 問：又有所謂四元者，何也？答曰：以借一算尚多棘手之時，故又借一算也。借一算者，天元術也。再借一算，則爲二元，再借一算，則爲三元，再借一算，則爲四元矣。

問：如此其多乎。曰：奚以爲多也，將借而十焉，百焉千焉，無不可者。特以位列四方，分布已遍無地可容耳。凡多立一元，須多有一識别，另取其同數相消。若不得同數相消者，多立無益。故以四元爲已足也。

綜論

清・易之瀚《四元玉鑑補草・序》 《四元》之奥邃難通於此概見。【略】曩見茗香先生《演元九式》，知其爲是書發明四元而作，併稔其演有全草。因緣獲交，始得而玩繹之，遂盡抉四元之秘。顧余魯鈍，慮人人未必盡曉。惜朱氏編集《算學啓蒙》佚而不傳。祖序謂與是書相爲表裏，或其體例備載其中，未可知耳。不揣譾陋，爰補凡例，爲之疏釋，俾同志者用代司南。惟是四元之學，根於天元。天元者，融會少廣、方程而加精。四元者，是又寓方程於天元，亦即天元之齊同、通分也。有通分而乘除不窮，有方程而通分益便。是欲釋四元必不能離卻天元。天元條例莫詳於李氏案中。兹取其原文少加點竄，録載於四元凡例之前，俾由淺入深，用作四元之嚆矢。又，天元借一，其兆實肇於劉徽《九章》「少廣」篇所謂借一步之是已。蓋開方之用隅即天元之借一。故無論天元、四元莫不以開方爲用。其始也，因所求之數不可知，假立元而得其冪積諸數。其竟也，因冪積諸數不易知，又假開方而得其所求之數。二者相須，不可偏廢。元和李氏曾譔《開方説》三卷，特衹詳超步商除之法，其於實、從、廉、隅何以致數之由，尚缺而未備。苟昧乎此，卒無以悟立元之旨。兹復推廣李説，撮要删繁，併補其所不足，另補凡例弁於天元凡例之首，俾因流溯源，用啓天元、四元之門徑。凡三則，彙而名之曰《釋例》，例下各取草中諸式釋之，故云。

又易之瀚《四元玉鑒增例・序》 若四元則又爲天元之乘法，故其法悉同於天元。而齊同以相消，所以盡句股之用。開方賅天元、四元之除法，故多一乘即多一乘方。其正負之錯糅，層數之重疊，即借爲實從廉隅之多寡，以别商除之異同。之三者迭爲表裏，其間變化無方，靡可紀極，例或少缺，術意愈晦。

又易之瀚《四元釋例》 四元之法略見於莫若序，中云：以元氣居中，立天元一於下，地元一於左，人元一於右，物元一於上。外此則假令四艸有今式、云式、三元式、物元式。及剔而消之得前式，後式並左式、右式與？夫内二行、外二行相消，得開方式。諸名色而已，逮按其布算，諸例則未詳焉。滹納心齋祖頤季賢父謂不用之用以之通，非數之數以之成，蓋以天元能馭他術所不能馭，而四元又能馭天元所不能馭。審是則四元之學益精於天元，抑四元之例愈繁於天元，爰一一詳列如左。

凡天元所假借者，一數。四元所假借者，四數，亦猶四箇天元是也。四天元數各不同，則名不容紊，故以地、人、物諸名别之。名既殊，則位亦宜判。故又以天下、地左、人右、物上各自爲位，而分置於四方，悉以中央太極爲主。

四元自乘演段之圖後式 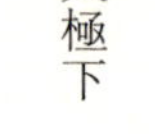 今以 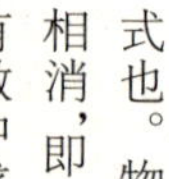 釋之。其在太極下者爲天元，左者爲地元，右者爲人元，上者爲物元是也。

凡天元每自乘、再乘則向下增一層。物元每自乘、再乘則向上增一層。地元每自乘、再乘則向左增一行。人元每自乘、再乘則向右增一行。故天元衹論逐層布算之法，而四元則兼論逐行布算之法。若天地相乘，則在左下。天人相乘，則在右下。地物相乘，則在左上。人物相乘，則在右上。又若天物相乘，則在左下之夾縫間。地人相乘，則在右上之夾縫間。斯蓋無可位置而權宜暫寄也。

四元自乘，演段圖後。有自乘爲冪之式。今於每位各注字以釋之。

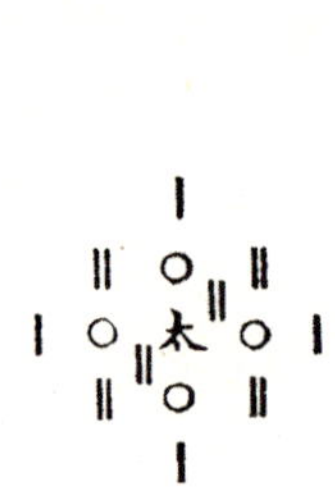
原圖式

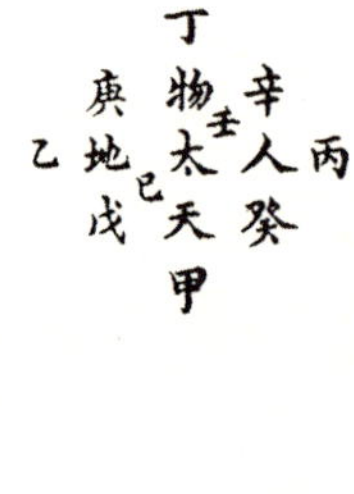
釋圖式

天元自乘，得甲。再乘，則在甲下一層。地元自乘，得乙。再乘，則在乙左一行。人元自乘，得丙。再乘，則左丙右一行。物元自乘，得丁。再乘，則在丁上一層。天地相乘，得戊。以天再乘，則在戊下，以地再乘，則在戊左。若以戊自乘，則在戊之左下，亦猶夫戊在太之左下。地物相乘，得庚。以地再乘，則在庚左，以物再乘，則在庚上。若以庚自乘，則在庚之左上，亦猶夫庚在太之左上。人物相乘，得辛。以人再乘，則在辛右，以物再乘，則在辛上。若以辛自乘，則在辛之右上，亦猶夫辛在太之右上。天人相乘，得癸。以天再乘，則在癸下。以人再乘，則在癸右。若以癸自乘，則在癸之右下，亦猶夫癸在太之右下。天物相乘，得已。以天再乘，則在已下。以物再乘，則在已左。若以已自乘，則在已之左下。然俱寄於夾縫間。地人相乘，得壬。以地再乘，則在壬上。以人再乘，則在壬右。若以壬自乘，則在壬之右上，亦俱寄於夾縫間。以上釋四元定位也。

凡今式者，據今有之數，求得兩如積相消之式也。云式者，據只云之數求得兩如積相消之式也。三元式者，據天句地股人弦，而求得兩如積相消之式也。物元式者，據所問之虚數而求得兩如積相消之式也。天元有兩如積相消，即得開方式。若地元則兩如積相消尚，不可以開方，於是視其式從今有數中求出，遂名之曰今式。復又求一如積，或消寄左數，或消又數。以其式又從只云數中求出，遂名之曰云式。有此兩式，然後可以求開方式。若人元，則今云兩式仍不可以求開方式。故又另求如積相消，而增一三元之式。至於物元，則增一三元式，終不可以求開方之式。故又須再求如積相消，而增物元式也。

「假令」弟四問：四象會元。今有股乘五較，與弦冪加句乘弦等，故今式爲  只云句除五和，與股冪減句弦較同，故云式爲 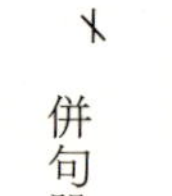 併句股二冪，減

弦冪，故三元式爲〔算式〕問黃方帶句股弦各幾何，故物元式爲〔算式〕是也。

凡兩元、三元、四元，猶方程之二色三色四色也。故今式、云式、三元式、物元式，必各齊其等，以相消所謂今式、云式者，又猶天元之寄左數與又數也。今試以方程明之。假如今有硯七方，筆四枝，共錢七十六文。只云硯三方筆九枝共錢六十九文。今立天元爲硯，地元爲筆。以天元七與地元四相併，得〔算式〕消共錢七十六文，得今式〔算式〕又以天元三與地元九相併，得〔算式〕消共錢六十九文，得云式〔算式〕兩式不齊等，於是以云式左行九，偏乘今式，得〔算式〕爲寄左數。又以今式左行四偏乘云式得〔算式〕爲又數。則左行同爲三十六，正是兩式之等齊同矣。乃以又數與寄左數相消，得〔算式〕上實下法得八文爲硯價。以天元所立者爲硯也，三元四元即方程之三色四色者放此。

凡相消之法，太極爲升降進退之樞紐，不可少有移易。若先消去天元，或物元。則太極逐層可以上下，譬猶以天元或物元乘之，而使逐層俱上除之，而使逐層俱下。若先消去地元，或人元。則太極逐行可以左右，譬猶以地元或人元乘之，而使逐行俱左除之，而使逐行俱右。故或消天元，或消地元，言天元、地元，則人元、物元在其中。如何齊同，或一消，或再消累消，必須消盡一元。務使四元四式消作三元三式。每消一元，則每少一式。消至左右兩式，然後內二行相乘，外二行相乘，內外兩乘數相消，而得實從廉隅一行直注之開方式。

太極猶北辰之不動處，故不可少有移易。蓋太極之上下左右，爲天地人物四元所環繞。一移易則四元之位皆失措矣。故消去天物兩元，然後太極乃可上下，而左右尚有牽制。消去地人兩元，然後太極乃可左右，而上下尚有牽制也。四元四式消作三元三式者，以今云相消而得一式，以今物相消而又得一式，以物與三元相消而復得一式。四式可以互消。初不拘於一格，或先天後地，或先物次人，要皆以簡便爲主。

如「假令」第四問：四象會元艸中，以云式右行，齊今式消云式，得〔算式〕又剔分今式各自乘，消三元式，得〔算式〕其物元式本〔算式〕是四元四式。先消去人元而成三元三式也。至內外二行相乘，以兩乘數相消，得開方式。如假令弟二問兩儀化元艸中，左式〔算式〕右式〔算式〕內二行乘，得〔算式〕外二行乘，得〔算式〕內外相消，得平方式〔算式〕是也。餘悉放此。

凡今云四式之外，又有所謂副式、通式、次式及上中下式者，譬猶借甲乙丙丁等字樣，任意作記，初無一定之則。

如「四象朝元」第五問，算式較多，則以甲乙丙丁諸式爲名。其弟六問之算式愈多，則又以一二三四等數爲名是也。

凡消夾縫數，若此式有夾縫數，彼式無夾縫數，視其夾縫數如爲天物相乘，則或用天元或用物元乘彼式而消此式，抑或用天元，或用物元除此式，而消彼式。其或乘或除，而有兩夾縫者，則一消再消之，地人相乘者放此。

「四象朝元」第六問：今式〔算式〕物元式〔算式〕以倍弦乘物元式，得〔算式〕消今式，得〔算式〕

此因今式之夾縫，六正在左上，乃地人相乘所得，故以人元弦乘物元式，使物元式亦有地人相乘之夾縫數。又因一爲六正，一爲三正，其數不同，故倍弦以相消，則消得之式無夾縫數矣。餘可類推。

凡剔消之法，有直截、有橫截、有斜截。直截有二，一截地元，一截人元。橫截有二，一截天元，一截物元。斜截有二，一截天地，一截天人。如直截地元，則分地元爲左半分，天人物爲右半。直截人元放此。如橫截天元，則分天元爲下半，地人物爲上半。橫截物元放此。如斜截天地，則分天地爲左下，分人物爲右上，要皆分一式爲二式。

「假令」弟四問：四象會元，剔今式 [算籌式] 爲二，其右半 太丨 其左半 〆太丨 此直截人元是也。

「四象朝元」弟一問：剔物元式 [算籌式] 爲二，其上半 〆太 其下半 太〢 此橫截物元是也。

「四象朝元」弟六問：剔云式 [算籌式] 爲二，其下右 太丨 其上左 〆〇〇〇太 此斜截天人是也。

凡剔消之法，或直截，或橫截斜截，以一式剔分爲二，各自乘相消。蓋今云等四式正負之積數皆相當。相當即謂之無數。以正與負兩積數相減適盡，故無數。剔而各自乘，相消其正負之積數，仍相當也。剔消者以此式兩行，彼式三行，或此式兩層，彼式三層。不能齊等，相消。故剔而各自乘相消，使兩層者亦升之爲三層，或兩行者亦增而爲三行。則彼此兩式或層或行，可以齊同相消也。

「假令」弟四問：四象會元，剔今式 [算籌式] 爲二，直截天元，其右半 太丨 自之，得 [算籌式] 左半 [算籌式] 自之，得 [算籌式] 相消，得 [算籌式] 是增右半二行爲三行，而可以與三元式相消也。若以數明之 天句三 地股四 人弦五 今式 [算籌式] 天自乘九 地自乘十六 人自乘二十五 天地相乘十二

丨五正
太丨三正　併兩正得八，與八負同數，是爲正負之積數相當也。
〆八負

剔消式 [算籌式]
〇丨二十五正
太〇〆九負
〇〣四十八正
〨六十四負
併兩負，得七十三，併兩正亦得七十三，是剔而各自乘相消，亦正負之積數相當也。

凡四元之加法、減法、除法悉同天元。惟互乘、自乘法，較天元則加繁。蓋天元秖以逐層徧乘訖，同名相加、異名相減，爲乘得之數。四元則以天元所乘得之數，爲弟一行乘得數。如是又逐行徧乘，得若干行後，一行所得，較前一行所得遞進一行，皆自右而左。又復同名相加、異名相減，爲乘得之數。太在左則遞退一行，又皆自左而右。

設甲式 [算籌式] 設乙式 [算籌式] 兩式相乘。先以甲式右行 [算籌式] 乘乙式，得 [算籌式] 弟一行 弟二行 弟三行 次以甲式中行 [算籌式] 乘乙式，得 [算籌式] 進作弟二行 進作弟三行 進作弟四行 再次以甲式左行 [算籌式] 乘乙式，得 [算籌式] 進作弟三行 進作弟四行 進作弟五行 以所乘之三次相併，爲乘得之數 [算籌式]

右互乘法也。凡乘每行之數，其法一如天元，茲不複贅。

又設甲式自乘，先以甲式右行 [算籌式] 乘甲式，得 [算籌式] 弟一行 弟二行 弟三行 次以甲式中行 [算籌式] 乘甲式，得 [算籌式] 進作弟二行 進作弟三行 進作弟四行 再次以甲式左行 [算籌式] 乘甲式，得 [算籌式] 進作弟三行 進作弟四行 進作弟五行 以所乘之三次相併，爲乘得之數 [算籌式]

右自乘法也。

又設四元自乘演段之圖，後式 [算籌式] 其所謂自乘爲冪者，法先以中行 [算籌式] 乘之，得 [算籌式] 右爲弟二行 中爲弟一行 左爲弟二行 次以左行乘之，得 [算籌式]

中弟一行空　進作弟二行　進作弟三行　再次以右行椉之，得 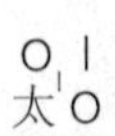 退作弟三行　退作弟二行　中弟一行空　以所椉之三次相併，爲椉得之數 

右四元自椉法也。凡三元相椉，則有一夾縫。四元相椉，則有兩夾縫，要皆以太極爲進退之主宰，餘放此。

凡易位，猶《海鏡》中之天元在上，太極在下，相消後顛倒爲開方式也。蓋四元之在四方，如錢文之四出。必須消去三元，秖餘一元，乃成實從廉隅之一行，而爲開方之式。若所餘者爲天元，天元本在太下，故不須易位，即可開方。若所餘者爲物元，則物元在上，必須上下互易，乃可開方。若所餘者或爲地元，或爲人元，則地元在左，人元在右，其實從廉隅之一行，又或横而向左，或横而向右，必須易横爲直，然後乃成開方之式。故消至一元後，易位，也可即消去一元或兩元而遂易位也。亦無不可。《玉鑑》中物元在太上，有似於《海鏡》之天元。如欲物易天位，則必須式中無天元乃可，然亦不拘於此也。假令弟四問四象會元艸中，物元式 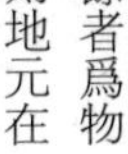 未經消去天元，即易位爲 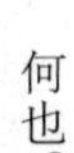 何也？此問原立天元句物元問數，今未消天元而先易位，即以爲所立者，物元句天元問數也，亦可。

凡彼此兩式齊同相消，若所齊同之一行或一層，正負互異，未便相消，則將彼此兩式相加。也可或將一式之正負全變也，亦無不可。

正負之可以全變者，以求得令、云等四式後，則正負之積數即相當也。「假令」弟四問四象會元艸中，此式 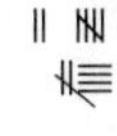 彼式 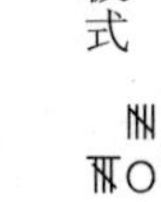 彼此兩式之上層同爲四，而此式爲四正，彼式爲四負。今變彼式  相消，得 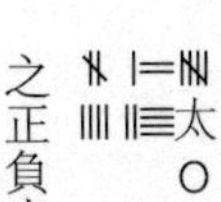 又次式  相加，得 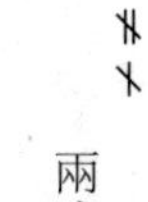 兩式相加，亦即如變一式之正負也。餘悉放此。

凡天元相消後，即可不論天元、太極等位，四元則須消至左右二式後，乃可不用太字作記。至於空圈以別太極，則又須消去天元，然後最下之空圈乃可不計。或消去物元，然後最上之空圈乃可不計。消地元則不計最左，消人元則不計最右。併同。

此例略同於天元，特四元拱極，不若天元之上下四旁游行自在，故求得令云等四式後，仍須用太極字樣作記。其實消去兩元，即可不用太字，然所消之兩元必須同爲櫛比。乃可如天與地或天與人，或人與物或地與物是也。若所消者爲對待之兩元，如天與物或地與人是也。則太字仍不可去，又若所消之兩元，雖同爲櫛比，而其所存者，一則太字在最右行，如天與地是也。一則太字在最左行，如天與人是也。則此式與彼式互異，太字終不可去，頭緒雜沓易於混淆，故不若消至左右兩式後，始去太字之爲簡捷也。

四元釋例，大共十三則，而四元之大旨具矣。

清・李善蘭《四元解・序》 汪君謝城以手抄元朱四傑《四元玉鑑》三卷見示。天元之外，又有地元、人元、物元，書中每題僅列實方廉隅諸數，無細草，讀之茫然。深思七晝夜，盡通其法，乃解明之。先釋列位及加減乘除相消諸法，復以天物相乘、人地相乘諸數，無可位置，爲改定算格。取首四問，各布一細草，且明開方之法。恐初學仍不能通，復取細草逐節繪圖詳釋之。術雖深，讀此可豁然矣。

又李善蘭《代微積拾級・序》 中法之四元，即西法之代數也。諸元、諸乘方、諸互乘積，四元別以位次，代數別以記號，法雖殊，理無異也。

又李善蘭《四元解・算例》 凡算式，皆自左而右。步而左爲十，百，千，萬，步而右爲分，釐，毫，絲。其右方作〇者，則末位爲十。作〇〇者，則末位爲百。凡末位升幾位，則作幾〇。其不作〇者，則末位爲步。若左方作〇者，則首位爲分。作〇〇者，則首位爲釐。凡首位降幾位，則作幾〇。若步下帶分釐者，則分位下注一分字。

凡算有正負，以有＼者爲負，無者爲正。

凡算格，以真數爲太極，居於中格。虛數爲四元，居上下左右格。太下一格爲天元，再下一格爲天元自乘數，再下一格爲天元再乘數。凡多一格，則多一乘。太左一格爲地元，再左一格爲地元自乘數。凡多一格，則多一乘，亦如之。太右一格爲人元，再右一格爲人元自乘數。太上一格爲物元，再上一格爲物元自乘數。凡多一格，則多一乘，亦如之。天元左一格，爲地元乘天元數。其右一格，爲人元乘天元數。再右一格，爲人元再乘天元數。再左一格，爲地元再乘天元數。凡多一格，則多一乘，亦如之。天元下一格之左，爲地元乘天元冪數。其右爲人元乘天元冪數。凡多一格，則多一乘，亦如之。天元再下諸格亦如之。物元左一格，爲地元乘物元數。其右一格，爲人元乘物元數。凡多一格，則多一乘，亦如之。物元上諸格，亦如之。若天元與物元相乘，地元與人元相乘，則作○以誌之。按：未經剔而消之，前無零位，故作○不混。若偶遇有零位，則作△以別之。其天元乘物元，則作於算式之下。物元乘天元，則作於算式之上。地人相乘，則作於算式之左右。乘幾次則作幾○。作○，所以濟算格之窮，然最易譌亂，今爲改定算格。詳易萬倍，具見後算格圖說。

凡加法，以太加太，以某元加某元，各齊其位。同名相加，異名相減。相加者，正者正之，負者負之。相減者，本數太，則本數正者正之，負者負之。加數太，則加數正者正之，負者負之。無對者，則正者正之，負者負之。

凡減法，亦齊其位，同名相減，異名相加。相減者，本數太，則正者正之，負者負之。減數太，則正者負之，負者正之。相加者，本數正者正之，負者負之。無對者，本數正者正之，負者負之。減數正者負之，負者正之。

凡相消，得今云諸式後，加減不必齊其位，可以太加減元，亦可以元加減太，且可以諸乘數與太元相加減，但其格式次序，則不可亂。如以此行第一格加減彼行第二格，則此行第二格當加減彼行第三格也。

凡得今云諸式後，可以同名相加減，亦可以異名相加減。其異名相加，一如減法，相減一如加法。

凡乘法，亦齊其位，列爲左右兩式，以左式太起，自上而下偏乘右式，右邊第一行復偏乘第二行，以次至右式左邊末一行止，爲乘第一次。又以左式太下一格，偏乘右式，爲乘第二次。以次至太下末一格。乘畢復以太左一行，自上而下，以次偏乘右式。如此至太左末一行，乘畢。復以太右諸行，如法偏乘右式，用物元者，則又以太上諸格及太上左右諸格乘，凡左式有若干格，則乘若干次。同名相乘，所得爲正。異名相乘，所得爲負。乘畢，同名相加，異名相減，各依其位併之，如天元乘太，則爲天元。天元乘天元，則爲天元自乘數。天元乘地元，則爲天地元相乘數。各以所乘定其位也。

凡除法，有四元者，皆不受除，寄爲母。若僅有天元，或僅有三元者，則可以天元除，以除天元一層，得太一層。以除太一層，得太上一層。凡除幾次，則上幾層，若僅有二元者，則并可以地元除，以除地元一行，得太一行，以除太一行，得太右一行。凡除幾次，則右幾行。若除法中帶有他數者，則亦不受除，寄爲母。用四元則不可除，用三元則僅可以天元除者，拘於算格也。今改定算格，則皆可除矣。詳後圖說。

凡相消法，即同減法。

凡互隱通分相消法，列爲左右兩式，以左式左行，依乘法偏乘右式。亦以右式左行，偏乘左式。乘畢依減法相減，以其減餘復爲左式。又以左式右行，偏乘右式。亦以右式右行，偏乘左式。乘畢相減。以其減餘，復爲右式。以減餘兩式，仍如前相乘相減，如此累次消之，消至左右各剩二行，乃以左式右行，右式左行，爲內二行，相乘爲內二行。得數以左式左行，右式右行爲外二行，相乘爲外二行得數。兩得數相消得爲開方數也。若左右兩式行數不等者，則以其左行相乘減，復得左式後，不必更以右行相乘減，便以原兩式中行數少者復爲右式也。若與後得之左式行數，仍不等，則第二次相消，仍不必更求右式，便以此復爲右式也。凡消至左右各兩行時，當各於最上一層記太字，然後內外相乘也。

凡剔而相消，法無一定。其常法則用三元者，以三式列爲中左右。以中式上一層，偏乘左式，亦以左式上一層，偏乘中式。乘訖相減，得數復爲左式。次以中式下一層，偏乘左式。亦以左式下一層，偏乘中式。乘訖相減，得數爲中左式。復以中左式，與減得之左式，如前相乘相減，復以減得之數，一爲中左式，一爲左式。仍如前相乘相減，如此遞減至止剩一層而止。乃移人元及諸乘數，皆書於天元諸位。其中式與右式相消，亦如之。用四元者，以四式列爲左，中左，中右，右。先以左式與中左式，如三元相消法，以下一層相乘相減，復以中左中右兩式，以下一層相乘相減，復以中右，右兩式，以下一層相乘相減，以減得之三式，復列爲中左，右，以左與中，以中與右，以右與左，復如前以下一層相乘相減。如此遞減，至消盡天元乃止。復各以其右一行，如前相乘相減，亦遞減至消盡人元乃止。乃移物元及諸乘數，皆書於天元諸格，此正法也，然依此相消，則前得後得兩式，行數必多，互隱通分相消時，布算必繁，而所得開方式，層數又必極多，開方時布算，又必更繁矣，故常用變法或此兩式，欲相乘相減，先以彼式與此兩式相加減，或相乘相減，得一式後，不復更求一式。而以所得之式，與他一式相乘相減，錯綜變化，惟意所命，總要求得前後兩式行數不多爲貴。其法詳見後細草中。

凡有四元者，剔而相消時，地元物元諸乘數中，又有天人元乘之者，皆當以法剔分之，令先消去。此亦古算格則然，若今改定算格，則不須爾也。

改定算格圖說。

一元圖

天二者，二天元相乘也。天三者，三天元相連乘也。餘仿此。

二元圖

右二圖與古同。此後二圖與古異。

天地者，天地二元相乘也。天二地者，天元自乘，又以地元乘之也。天地二者，地元自乘，又以天元乘之也。天二地二者，天地元二平方相乘也。餘仿此。

三元之圖

天地人者，天地人三元相連乘也。餘仿此。

四元之圖

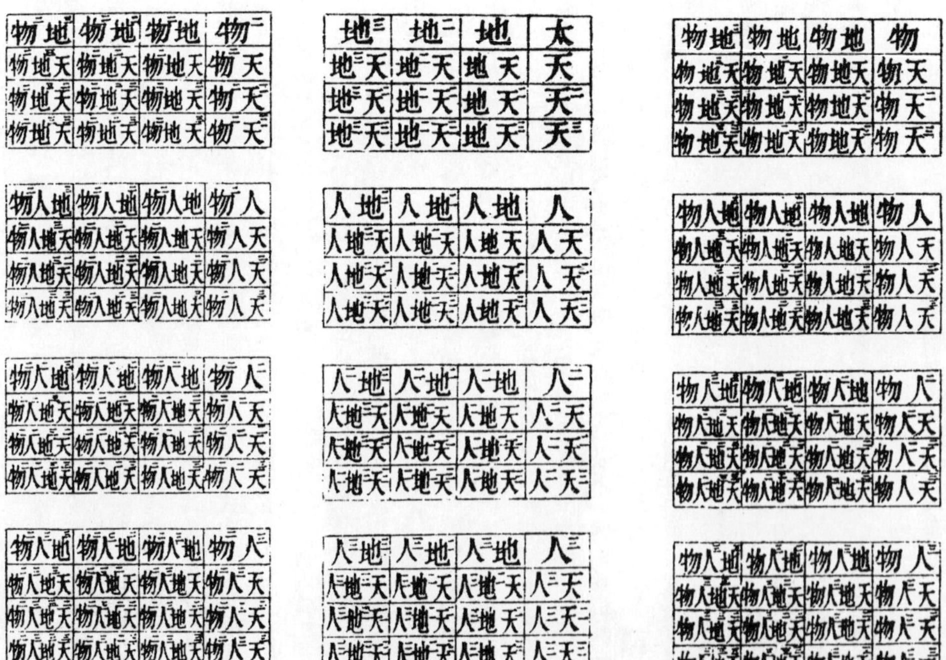

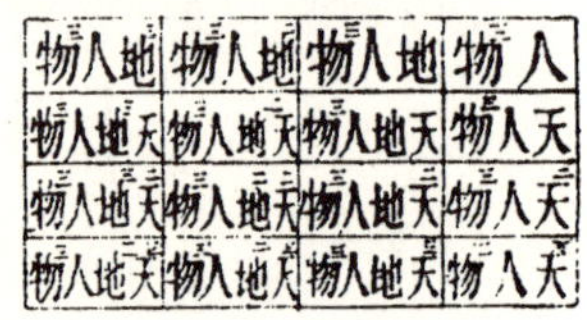

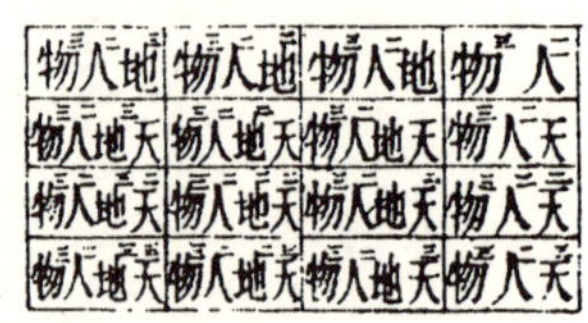

一元之圖，線理也。二元之圖，平方理也。三元之圖，立方理也。四元之圖，三乘方理也。故太居上，止一格。天元從下乘之，則二格。再乘之，則三格。引而長之之道也。非線何。天元諸數，止一行。以地元乘之，則二行。再乘之，則三行。線乘線爲面之道也。非平方何。天理元相乘止一方，以人元乘之，則二方。再乘之，則三方，線乘面爲體之道也。非立方何。三元相乘止一體，以物元乘之，則二體。再乘之，則三體。線乘體爲長體之道也。非三乘方何。由是推之，太者單數也，點也。元者太之行也，線也。元自乘者，行之比也，面也。元再乘者面之疊也，體也。是一元中本具線面體。用諸元而線面體之外，又有線面體焉。且此元與彼元乘而爲長方形，長方形亦面也。此元與彼元之冪乘而爲或高或扁立方，或高或扁立方，亦體也。是諸元各具線面體。諸元相乘，而線面體之中又生線面體焉。其理之妙如此，則古人上下左右之格，不得不改爲立方三乘方之格矣。且改其格，非徒明理也，亦且便於法。故格改而天人地物相乘諸數皆有位，不必寄位而作圈，格改而諸元爲法皆可除，不必寄分而爲母。以天元除者，皆得上一層。以地元除者，皆得右一行，以人元除者，皆得上一方以物元除者，皆得右一方。至於相乘相消之繁簡，加減之難易，其相去又有不待言者矣。曰審如是，則三元當疊而爲立體。四元當疊而爲三乘體，今何以皆分爲諸面也。曰。立體三乘體者，其理也。不得不分爲諸面者，其勢也。有盈尺之書於此。子能不逐張展之而能通其義乎。故書必逐張展之，而後可讀。三元四元之體，必逐層分之而後可算。

清・顧觀光《算賸續編・四元解序》 四元之術，至明而失其傳。近得徐鈞卿、羅茗香諸公相繼闡發，始有蹊徑可尋。然按法求之，恒苦其難，而不適於用。約其大端，蓋有三焉：天物相乘，與地人相乘，竝用寄位，則冪與冪乘，推而上之，幾有無可位置之處。一也。剔消之法，以一式截分爲二；左右斜正，初無一定之規，非熟於法者，安能無誤。二也。次式，副式，通式及上中下諸式之名，任意作記，易滋學者之疑。三也。繙閱之暇，每欲改易算式，而其道無由。乙巳冬，海甯李君秋紉，以所著《四元解》示余。余受而讀之，見其以綫面體釋四元，以綫面體之自乘，再乘定算式，而相消所得，直命爲初消，次消，三消。則向所難之三事，均已無之。作而歎曰。心之神明，固若是之。日出而不窮乎，非四元無以盡天元之變，非天元無以盡少廣之變；而非少廣之綫面體，則亦無以定四元之位。而直截發明其所以然，竊爲一言以蔽之，曰析堆垛成廣隅而已。古法置太極於中心，而環之以八，又環之以十六。其遞增也，皆以八堆垛之式也。新法置太極於一隅，而附之以三，又附之以五，其遞增也，皆以二。廉隅之象也，置太極於中心，則上下左右動有牽制。置太極於一隅，則升降進退，無往不宜。由是四元相乘皆有位，無寄位也。四元爲法皆可除，無剔消也。且其定位之圖，既化諸乘方爲平方。相乘相消之圖，又化諸乘方爲立方。反覆辨論，均能假象，以達難顯之情。何李君之心曲，而善入如此。李君又有《弧矢啟祕》《對數探原》諸書，皆本天元之術而引而伸之，實發前人所未發。

清・吳嘉善《白芙堂算學廿一種・四元名式釋例》 明位次第一 表中各元字，側加小點者，謂之指數。二點者，指平方也。三點者，指立方也。本代數式用於式中良便，故採用之。

以太極爲中心，天元在下，物元在上，地元在左，人元在右。

位次表

天元之乘累而下，物元之乘累而上，地元之乘累而左，人元之乘累而右。兩元之乘，居於橫直相當之所唯天物相乘，地人相乘，無位可居，寄在別位。舊法。以地人相乘，寄於太極右上角。以天物相乘，寄於太極左下角。既曰寄位，似不必拘，唯所便寄之，自行作識可也。

明四法第二

加法、減法倣天元術入之。

乘法以一式爲實，以一式爲法，視法式有若干數，如其數列實爲若干式，仍其正負。列式畢，乃依次取法式中一數，先書於各實式之側。先書在側者，以便乘時取以相乘也。書畢，視法數正者，所乘之實式，正負仍之。法數負者，所乘之實式，正負翻之。定正負畢，乃以各乘法遍書於所乘之實式各數上。乘畢，每式考其乘得之式，太位所在，重定太位。定位畢，乃以各式相併爲一式。各如其位，同加異減。爲乘得式也。

明消法次第第三

有寄位者，先求消去寄位。有多行者，求其消至二行爲左右兩式。常以少行消多行，消至行數少於少行。又以得式消少行，如求等數之意。

明易位第四

常以求天元爲主，取其勢便，而得開方式爲直下式也。直下一行與横列一行均爲開方式。但易眩學者之目，故用直下式爲便。若求他元，則令其元居天之位而以天元居其元之位爲易位也。此如方程中術，常以末位上一位爲主，求得之數，即係其色。欲求他色，亦更其色於末位上一位。

明齊法第五

取兩式中所欲齊者，或齊兩數，或齊兩行均可。又所欲齊者，即所欲消去者也。以爲法互乘即得。有約率可求者，用約率互乘，而又有應消數者，則以一式剔分爲二，而自之以取齊也。

明左右兩行對列法第六

以求得之左右二式，平列爲左行右行，以左之右、右之左，爲内兩行。以左之左、右之右，爲外兩行。内兩行相乘，得式，外兩行相乘，得式，二得式相消爲開方式也。此亦用齊法也，以内兩行相乘，實以右之左乘左通式，外兩行相乘，實以左之左乘右通式，然乘得兩式，必有一行相同，相消必盡。知其必盡，故不必消，且不必乘也。若以右之右乘左通式，左之右乘右通式，論之亦然。

又《四元加減乘除釋》

加法同名相加減，由異名減餘列位。正負不更，若逢無對，依位合并。

假如有 〣〡元 欲以 太〡 加之，問得何式。

答式 〣〢元

法曰：以兩太位相加，得 〣太 以兩元位相加，得 太〢 併之，得 〣〢元 爲答式。

假如有 〥〇元〡 欲以 ⊥〥元〡 加之，問得何式。

答式 太〥〢

法曰：以兩太位相加，異名故也。凡加法中異名者仿此。得 〡〢太。以兩元位相加，得 太〥 以兩平方位相加，得 太〇〢 併之，得 〡〢太〥〢 爲答式。

假如有 太〣〥〡 欲以 〡〣太〡 加之，問得何式。

答式 〡⊥太

法曰：以兩太位相加，得 〡⊥太 以兩天元位相減，得 太 以兩地元位相減適盡。併之，得 〡⊥太 爲答式。

假如有 ⊤太〣〡 欲以 〥太〥 加之，問得何式。

答式 〣太〥〡

法曰：以兩太位相減，得 〣太 以兩天元位相減，得 太〥 以兩地元位相加，得 〣太 其天元平方位無對，仍之。併之，得 〣〣太〥〡 爲答式。

減法同名相減，本大名仍若逢減大，則必變更。有時而加，因遇異名正負相和，改就原稱，減空歸位，名號翻騰。

假如有 〣太〥 欲以 〢太 減之，問得何式。

答式 ⊤太

法曰：以太減太，本大仍之。得 ⊤太 以元減元，本大仍之。得 太 併之，得 ⊤太 爲答式。

假如有 太〥〡 欲以 太〇〢 減之，問得何式。

答式 〣太〥

法曰：以太減太，減大反之，得 太〣 以元減元，元位減式，無對仍之。得下太〤 以平方減平方，減大反之，得 太〇〆 併之，得 太〤〆〣 爲荅式。

假如有 太〇〢〆 欲以 太〡〦〣 減之，問得何式。

荅式 太〣〤〆

法曰：以太加太，異名故也。凡減法中，異名者倣此。〇本正則正。得 太〥 以天元減天元，元位本式無對反之。得 太〤。以地元加地元，本負則負。得 太〆 以天元平方減天元平方，本大仍之。得 太〇〡 乃併之，得 太〤〥〆〡 爲荅式。

乘法同名相乘，所得爲正。異名相乘，所得爲負。

假如有 太〡 自之，問得何式。

荅式 太〇〡

法曰：用鋪地錦法乘之 太〡〇〡 併之，得 太〇〡 爲荅式。

假如有 太〇〢 欲以 太〆 乘之。問得何式。

荅式 太〇〇〤

法曰：用鋪地錦法乘之 太〇〢〆〇〇〤 併之，得 太〇〇〤 爲荅式。

右二題，舉天元之乘以見例。若地、人、物三元，均倣此。唯地元累乘而左，人元累乘而右，物元累乘而上。其天物相乘，寄於太位右上角。地人相乘，寄於太位左下角。

假如有 太〢 欲以 〢太 乘之，問得何式。

荅式 太〇〇〦

法曰：以乘得數，列於天地二元，橫直相當之格內，得 太〇〇〦 爲荅式。

假如有 太〢〆 欲以 太〢 乘之，問得何式。

荅式 太〇〥〇〇

法曰：置 太〢〆 爲實，以 太〢〇 爲法乘之，得 太〇〥〇〇 爲荅式。

假如有 太〢〡〆 欲以 太〢〆 乘之，問得何式。

荅式 太〣〢〦〆〡

法曰：置 太〢〡〆 爲實，以 太〢〆 爲法，乃將法式中 太〢 徧乘實式，得 太〣〢〦〆 又將法式中 〆太 徧乘實式，得 太〇〇〥〆〆〡 二得式併之，同加異減。得 太〣〢〦〆〡 爲荅式。

假如有 太〤〣〆〡 自之，問得何式。

荅式 太〣〢〇〥〡〤〥〆〡

法曰：置一式爲實，又以一式爲法。乃將法式中 太〆 徧乘實式，得 太〣〥〢㊀ 又將法式中 太〣 徧乘實式，得 太〇〥〤〡㊁ 又將法式中 太〆 徧乘實式，得 太〇〢〤〡㊂ 又將法式中 太〡 徧乘實式，得 太〇〇〆〣〆㊃ 併四得式，同加異減。得 太〣〢〇〥〡〤〥〆〡 爲荅式。

假如有 太〤〡〆〢 欲以 太〤〢〆 乘之，問得何式。

荅式 太〢〦〢〥〆〤〡〆〢

法曰：置 [illegible] 爲實，以 [illegible] 爲法，乃將法式中 [illegible] 偏乘實式，得 [illegible] 又將法式中 [illegible] 偏乘實式，得 [illegible] 又將法式中 [illegible] 偏乘實式，得下 [illegible] 又將法式中 [illegible] 偏乘實式，得 [illegible] 又將法式中 [illegible] 偏乘實式，得 [illegible] 併五得式，同加異減得 [illegible] 爲荅式。

除法同名相除，所得爲正。異名相除，所得爲負。

按四元除法，不受除者甚多，緣無可除之理也。茲略就可除者，設數題以見例，其不受除者，以其法寄爲母。用通他式取齊也。

假如有 [illegible] 欲以 [illegible] 除之，問得何式。

荅式 [illegible]

法曰：以天元除者，其位累升即得。

假如有 [illegible] 欲以 [illegible] 除之，問得何式。

荅式 [illegible]

法曰：以地元除者，其位累移而右，即得。按實式中無人元者，則可若有人元夾之者，爲不受除。

假如有 [illegible] 欲以 [illegible] 除之，問得何式。

荅式 [illegible]

法曰：以負天元除者其位累升，反其正負。即得。

消法釋分三類釋之，一曰同數相消，二曰齊同相消，三曰剔消。

按相消者，即相減也。不云減而云消者，緣減有定而消無定也。何也？如某式中應減去某數，則以此減彼，必不能以彼減此，故減法有定也。如有兩相當式相消者，可以此式減彼式，亦可以彼式減此式，故消法無定也。

同數相消此法先齊太位，挨次用減法消之即得。

假如有 [illegible] 以同數式 [illegible] 消之，問得何式。

荅式 [illegible]

假如有弦冪式 [illegible] 以同數式 [illegible] 消之，問得何式。

荅式 [illegible]

按：式中太位以上，非物元，乃天元除得之數也。

或問曰：右兩荅式中，太位第一式應在二行二格，今在二行一格，第二式應在一行二格，今在一行一格，何也？曰：凡兩同數相消後，式中正負必相當，任以何數乘除之，而相當之數不變，今以太位升一格者，猶之以天元乘全式也。又問曰：相當之數既不變，不乘可乎？曰：凡求得開方式，其最上層必爲太位。右兩荅式中，天元之上無物元牽制，故亦以最上層爲太位。用便與他式取齊，相消而得開方式也。又問曰：兩同數相消後，太位既可升降，亦可左右乎？曰：有地元而無人元，及有人元而無地元者則可。若有地人二元夾之者，則不可。若遇有天物二元夾太位者，亦不可升降也。

齊同相消此法不齊太位，只齊欲消去之行，或齊欲消去之位，亦挨次消之，其兩式中欲消去之數，同名則用減法，異名則用加法。

假如有 [illegible] 及 [illegible] 兩式，欲消去左行，問得何式。

荅式 [illegible]

法曰：以上式左行 [illegible] 偏乘下式，得 [illegible] 以下式左行 [illegible] 偏乘上式，得 [illegible] 乃以兩得式齊其左行，挨次用減法消之，即得。

假如有 [illegible] 及 [illegible] 兩式，欲消去上層物元，問得何式。

答式 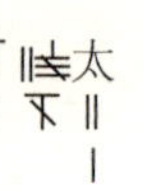

法曰：以六偏乘下式，得 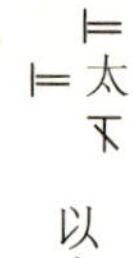 以上層與上式上層相齊，挨次用加法消之，即得。

剔消此法截一式爲二式，各自之，齊其太位，相減得式，再與他式相消也。

假如有  及 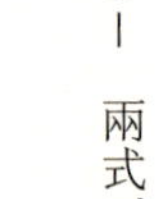 兩式，欲消去地元。問得何式。

答式 

法曰：以上式剔分爲二。直截地元。其右半  自之，得 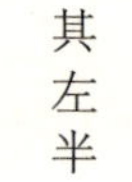 其左半  自之，得 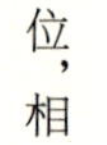 二得式齊其太位，相減得 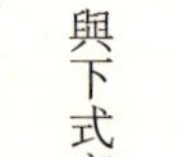 與下式齊其左行，挨次用減法消之，即得。

或問曰：題中兩式，左行同數異名，何不逕用加法消之，以省剔分之繁？曰：兩數雖同，然一冪一元，位不齊耳。又因右行有人元牽制，太位不能移動也。

又問曰：取齊之法，不用剔分，可乎？曰：亦可。但不及剔分之簡捷耳。

今試以地元偏乘上式，得 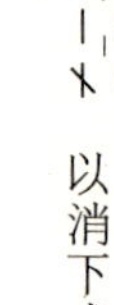 以消下式，得  ㊀ 又試以上式自之，得 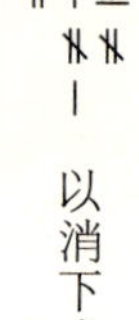 以消下式，得  ㊁ 其兩消得式，均有地元不能消盡，必另設法以消之，故不若剔分之簡捷也。

又問曰：四象假令細草中，有易位之法，其理何也？曰：無深理。因所求數非天元，故易爲直下之行，便于求開方式也。若以所求數立爲天元，則無須易位也。

以上所論各條四元之理，已具厓略。閱者細心求之，未有不盡通其術者也。

清・鄧建章《中西算學入門匯通》卷下《四元》 在太下者爲天元，左者爲地元，右者爲人元，上者爲物元。

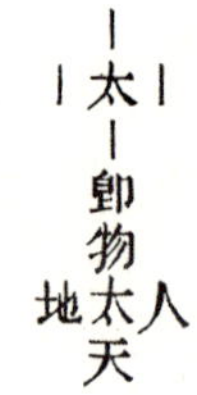

四元圖

天元自乘累而下，物元自乘累而上，地元自乘累而左，人元自乘累而右，兩元相乘，居於橫直相當之所。惟天物相乘，地人相乘，無位可居，寄在夾縫中。圖中小點，謂之指數，二點者，指平方也。設有三點，即指立方。

四元自乘爲冪之圖

四元之加減，除三法，悉同天元，惟相乘自乘法，較天元則加繁。

四元自乘法

如  自乘，先以中行  乘之，得  次以左行乘之，得 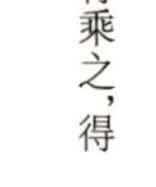 次以右行乘之，得 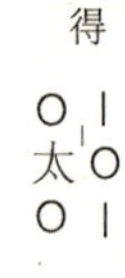 三次相併，爲乘得數 

凡三元相乘則有一夾縫，四元相乘則有兩夾縫。要皆以太極爲進退之主宰。餘仿此。

相乘法凡乘每行之數，其法一如天元。

設甲式 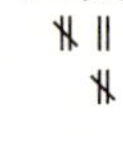 設乙式  先以甲式右行  乘乙式，得  次以甲式中行  乘乙式，得  再次以甲式左行  乘乙式，得 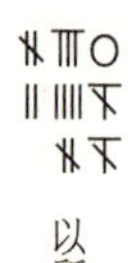 以所乘之三次相併爲乘得之數 

此太在右，則遞進一行皆自右而左。如太在左，則遞退一行，又皆自左而右。

自乘法

設甲式 太‖≠ / ‖ 自乘。

先以甲式右行 太‖≠ 乘甲式，得左式；次以甲式中行 一≠ 乘甲式，得左式；再次以甲式左行 ‖ 乘甲式，得左式；以所乘之三次相併，爲乘得之數如左式

太〇〓〓〓 〇‖〓〓 〇〓〓 〓 | 〇‖〓〓 一〓〓 ‖〓 | 〇〓〓 ‖〓 〓 | 太〇〓〓〓 〇〓〓〓 一〓〓 〓〓 〓

消法

同數相消：此法先齊太位，挨次用減法，消之，即得。

齊同相消：此法不齊太位，只齊欲消去之行，或齊欲消去之位，亦挨次消之。其兩式中欲消去之數同減異加。

剔消：此法截一式爲二式，各自之，齊其太位，相減得式，再與他式相消。

消夾縫　此式有夾縫數，彼式無夾縫數，視其夾縫數。如爲天物相乘，或用天元，或用物元，乘彼式而消此式，或除此式而消彼式。其或乘或除，而有兩夾縫者，則一消再消之，地人相乘者仿此。

設甲式 〇〓‖ ‖〓〓‖太〇 〇‖　設乙式 ≠〇〇太‖ ‖　以倍人元 太‖ 乘乙式，得 ≠〇〇T 太〇　消甲式，得 〓〇〇〓 ‖〓〓‖太〇 〇‖

此因甲式之夾縫六正，在左上，乃地人相乘所得，故以人元乘乙式，使乙式亦有地人相乘之夾縫數。又因一爲六正，一爲三正，其數不同。故倍人元以齊同相消，則消得之式無夾縫矣。餘可類推。

易位

常以求天元爲主，取其勢便而得開方式爲直下式也。若求他元，則令其元居天之位，而以天元居其元之位，爲易法也。

左右兩行對列相乘：以左右二式爲左右行，以左之右、右之左爲內兩行，以左之左、右之右爲外兩行。內兩行相乘得式，外兩行相乘得式，二得式相消爲開方式。

清・方克猷《方子壯數學・四元術贅》 四元贅説

代數之學易而難，四元之學難而易。何則？代數以指數爲用，能令式中條段一目了然。各項任意排列，一無窒礙。此其易也。然或遇多項乘方極繁重艱深之題，連篇累幅，書法累墜，顛倒錯雜，消法之次序茫無端緒，故曰難。四元以算格爲用，真數皆渾涵於太位，而且元之諸方數同爲一。其中條段猝不易明，又拘於空位，動多牽制。此其難也。然若能神而明之，心知其意，則任何乘方，任何多項法均一貫。但使依法演示，不煩審顧數一定而理隨之，數愈繁，術愈簡。故曰易。四元術之長，非難不顯。試取《玉鑑》下卷二元類末十乘方，三元末十一乘方，四元末十三乘方等題，改演代數，難易自知。自來釋四元者，如易氏《四元釋例》、吴氏《天元四元合釋》諸家備矣。然或言之不詳，或抉理不顯。四元解尚矣，而以幾何顯四元，至多項乘方，則條段之理，有時而窮，其有遺義。輒爲補之。餘前人所已詳者，故不述。

一，相消法。前人所謂相當式也。李氏鋭獨辨其與兩邊加減之相等式不同。其説不爲無見。惜其徒斷斷於加減間也。天元之求兩如積，自不得謂非等數。然及其相消得式，則所求者非等數，實減數也。等數之理，自是後人從借根方法以彼悟此究之古人立天元之時，未嘗有借根代數也。天元所求得之如積，皆同數不同式之積也。惟不同式，故相減不盡而成等數。惟同數故式中正負，卻盡而成減數。夫等數者，因兩邊相等而得名也。若無分兩邊，何所謂等。推天元相消立法之意，只是求其正負相當，消兩數而合爲一數。然後除焉開焉，必商得一數，代入此式，能令式中諸項一時同變爲〇者，始爲元數。而真數以出數曰減數。蓋同一等數之式，借根代數用其分而天元用其合也。故凡以天元式改爲代數式者，必將諸項合於一邊而令其一邊等於〇，正負始合。而代數式亦必加減至一邊爲〇而後成開方式，正此理也。

一，四元消法。凡四元四式，非真同數也，亦非能同等也。不過同爲兩邊相等之式耳。其能用以相消者，則全賴通分。蓋等數式任以一式乘之，仍相等也。任以一式除之，仍相等也。任以一式加之或減之，仍相等也。任以一式盡翻其正負，仍相等也。如有式 〇‖〇 ≠太‖ 〇‖〇 以二乘之，得 〇〓〇 〓太〓 〇〓〇 以二除之，得

〇〤〇
丨太丨
〇丨〇

又別以一式如 丨〇太〇〤
〇
丨 加之，得

〇〇〦〇〇
丨‖太‖〤
〇〇‖〇〇
〇〇丨〇〇

或減之，得

〇〇〦〇〇
〤‖太丨‖
〇〇‖〇〇
〇〇〤〇〇

又任變其號，得

〇‖〇
〦太〦
〇〦〇

此各式數屢變，而正負之相等均不變也。

一，剔消法。釋例云，剔而各自乘，其正負之積數，仍相當也。然何以能相當之理，尚無以顯之。蓋剔消之法不一，有直剔，有橫剔，且有斜剔，任意截之，均無不可。夫一式剔爲二式，各自乘相消，與本式自之爲兩者，既不同理，又非上條所謂別以他式乘之除之加之減之者，比而相等之故。總不慮其或變者，何也？以代數明之，同數相消，是消兩邊爲一邊合式也。剔分相消，是改一邊爲兩邊分式也。【略】

一，凡二元三元四元，猶方程之二色三色四色也。其今、云等式，則方程之一行、二行也。釋例以方程解天元，最爲直捷。但以今式、云式爲天元之寄數又數則非，蓋寄數、又數同數也。若四元諸式，不過同爲相當之式，非真能同數也。故天元消有減無加，四元消加減互用，雖同曰相消，而術意自別。吴氏駁之是也，而亦有説焉。四元四式，雖非同數，然其式中正負，莫不相當以成減數，而令四式一時同等於〇，則一也。既各式之一邊同等於〇，是謂無數。無數之數，迺真同數也，則謂之寄數與又數也。亦宜不然，豈有參差不齊，不同等之數，而真能用之相消者乎。惟其四元之式，皆成減數，皆等於〇。是之謂真相等數，故分之合之，加之減之，乘之除之，剔之齊之，任何變之，而式之等於〇者不變也。故能錯綜變化，以得所求。所謂無數，而數之以出者，此也是正四元立術之原也。

一，前人謂四元者，合天元方程而加精者也。而其相消之法尤是全出於方程。蓋方程非立元無以求得各式，立元非方程無以消爲一行，合而用之，各極其妙。譯代數者，直名等數爲方程式有以也。前以方程釋四元者，易氏發之，吴氏闡之備矣。惜其以方程釋四元，而不知以方程明消法也。四元之難，惟相消耳，其術從方程來還以方程釋之，明白易曉，而法亦一貫，亦習四元者之先導也，今詳演其説如左。

假如二元式今式 太一
〤
‖〇 云式 太〣‖
〤〇 此爲二色消法也。以方程術入之。求天元。

左　二地　一天　一太一負

右　一地負　三天　太五負

左右互乘，得

左　二地　一天　太一一負

右　二地負　六天　一太〇負消得　〇　七天　太二一負，改爲天元式，得 太〒
〤
‖ 爲除式也。

假如二元式今式 太〤
〇〇〤
丨‖丨 云式 太〣
丨〇〣
〇〇 改爲方程式。求天元。

左　二地　一三地　一天負　太二一負

右　〇〇　一三地　四天負　太四負

左右地二項相同，不須乘，乃直相消，得　二地　〇〇　三天　太一七負　爲次左行。偕右重列之，而以約率左二右地互乘之，得

左　二地二　三地天　一七地負〇　〇

右　二地二　〇〇　〇〇〇　八天負太八負

消得　〇〇　三地天　八天　一七地負太八負爲次右行，偕次左重列之，而以約率左二右三天互乘之，得

左　六地天　五一天負　九天二　〇〇〇　〇〇

右　六地天　一六天　〇　〇　三四地負太一六

消得　〇〇　六七天　九天負二　三四地負太一六爲三右行。又偕次左重列之，而以約率左一右一七　互乘之，得

左　三四地　五一天　〇　〇　太二八九負
右　三四地負六七天　九二天負　太一六
消得　〇〇〇一一八天負九天　太二七三改爲天元式，得 太Ⅲ𝍫Ⅲ ⊥|| 爲開方式
也。此亦二色方程，因式中帶兩積，爲二次之式，故消法加繁，餘可類推。
假如四元式今式 太𝍫| |〇 云式 太〇 ||| 三元式 太〇 |〇 物元式 太
此四色方程相消也，以方程術入之。求物元。

甲　一地　一天　〇〇　〇〇　太七負
乙　〇〇　一天　一人負　〇〇　太二
丙　一地　二天　二人負　〇〇　〇
戊　〇〇　一天負　一人　一物　負〇

甲丙兩行，地項相同，乙戊兩行，人項相同，不須互乘，便以甲與丙直相消，得〇〇　一天　二人負　〇〇太七爲呷行。次以乙與戊直相消，得〇〇　〇〇
一物　太二負爲吃行　。迺以呷與吃偕戊重列之，得

呷　一天　二人負　〇〇　太七
吃　〇〇　〇〇　一物　太二負
戊　一天負　一人　一物負　〇

呷戊兩行，亦天項相同，不須互乘，便以呷與戊直相消，得〇〇一人負一物負　太七爲哦行。次以哦轉消吃，亦物項相同，不須互乘，便直相消，得〇〇一人負〇〇太五爲哂行。又以哦哂重列之，得

哦　一人負　一物負　太七
哂　一人負　〇〇　太五

兩行首層亦人項相同，不須互乘，便直相消，則諸項消盡惟餘物元，而得〇〇一物太二負。改爲四元式，則得 太 ||，物易天位，得 太| 爲除式也。

清·陳棠《四元消法易簡草》 棠按：右共十二問，用開方消者凡六，皆不過一二次，遂得式。開方實爲消法中最簡便之一徑，惟是用元數開方，爲自來四元書中所未及，恐人未易推而通之，今特演數艸，以見例。

如有式 太〇| 則以天元約之，得 太| 爲開得數。地元準此。如有和數式 太〇| 〇|| | 則以地元約地之平方，得 太| 爲初商。自之，得 太〇| 以減實，餘 太〇| 〇|| 爲餘式。倍初商，得 太|| 以約餘式，天地相乘之元 太〇 〇|| 得 太| 爲次商。併倍初商，得 太| || 以次商乘之，得 太〇| 〇|| 以減餘式，恰盡。乃併初次兩商，得 太| | 即爲開得數。

如有較數式 太〇| 〇𝍫 | 可倣前法開之，惟所開得之式，或爲 太 | 或爲 太| 以 太| 與 太 自乘，皆能得地之正平方也。遂就題細審天地元之大小，以定所得之式。總之開方者，乘方之還原也，學者若能將乘出之式，與開得之式相比，自可了然矣。

又陳棠《四元消法易簡草·補正艸後敘》 棠《易簡艸》本爲朱術過於繁難而作，乃取羅李戴三家算艸，反覆攷覈，覺朱術本自簡易，皆因演艸者不得其解，轉致失之繁難也。蓋朱氏消法止有二例。凡三元四元之式俱用剔，兩元之式俱用互隱通分。故三才運元艸云以三案：羅戴本皆譌作云，此据李本。式剔而消之，四象會元艸云四式和會，消而剔之。此足以見朱氏三元四元之式俱用剔消矣。又兩儀化元艸云互隱通分消之，內二行得……外二行得……。三才運元消至前後兩式，僅存兩元。後則云互隱通分消之，左得……右得……內二行得……外二行得……案：四象會元不復云互隱通分消者，以其法已兩見前艸，可不贅也。此二艸互文見誼明互隱通分，與左右對列非二法也。案：若判爲二法，則但可云通分消之，而互隱二字爲贅設矣。蒙別有解見新例答問。乃李氏解剔消非古法，案：《説文》剔，解也。明是將一式剔而爲二。李氏剔法與羅氏齊同無異。羅與戴雖知剔一式爲二，究因一字之譌，與古不合。案：羅剔一式爲二，又消爲一。然後用與他式相消，其去朱術遠矣。戴剔頗爲近之，究亦不能盡合也。三家又皆將互隱通分與左右對列判爲二法。案：四元之左右式與天元之寄左數相似，原取入𥮶時用別紙依式書之，以醒眉目。若謂竟以之列入艸中，則朱氏何不先我爲之。故同一剔也。又斜剔、直剔、横剔及寄位消案：朱氏剔法，通寄位消爲一例。之別，同一互隱通分也，有加減齊同左右對列之殊。

又陳棠《算數名數釋例》卷二《四元消法新例答問》 𥮶學之用，不過加

減乘除通分開方六法而已。自演元家謂天元無可約之理，於是言消法遂無有及約與開方者，迨代數出有約元式及元式開方二法，遂轉駕中法而上之矣。然代數無剔法，其移項之法頗有與剔爲近者，實未能盡其用。其通分亦無簡法。代數之通分與羅氏齊同爲近，不及朱術省乘之便。又代數未知之元不可約，其天地諸元不能約爲半箇。即寄二爲母，當化去時，究必移乘他項，非真能約。是亦各有所長，未可執彼以議此也。棠沈思數載，兼綜中西諸法而變通之。雖法之用，亦不過六，而其用法之巧，實有足以補中西之所不及者。爰撮爲十二例，並設問答，以明其理。

或問四元術太艱深，其消法尤難，誠未免有如華氏《筆談》所云舉筆便誤者，未審亦有法能使之勿誤否？曰：學䋣以明理爲要，理既明，則法之所有，可以理通之。即法所未有，亦可以理創之。而投之所向，無不如志矣。今就愚管所及之理，條析述之如左。

第一當知天元創法之原，不外正負相當之妙。

天元一起於少廣，借一䋣步之，夫人而知之矣。而其妙用，要在將所借之䋣負之，以與真數相當。有正負相當之數，而後元術之加減乘除，通分開方諸法，皆從此出，與用真數求得者無異。或疑元數所得，既與真數無異。華氏謂負與負相乘所得爲正之理，猝不易明。何也？曰：此由未設真數以課之耳。若課之，則其相當之理自了然矣。

試設股數四，立天元一爲句。三之數以減之，得 〡〤 爲句股較。自之，得較冪 〡〥〩 試更依式以真數代其元數，則得式正十六，負二十四，正九。以九正加十六正，共得二十五正，以負數二十四減之，餘一正。與句股較一自乘爲冪，仍得一之數，固無異也。此但就乘法一端言之，實則四元所用之法，以此課之皆可塙無疑誼。

第二當知正負相當之式皆空式。

凡正負當之式，如今、云、三元、物元之類，皆係兩同數消得之式，其等於空無疑。所以不遽空者，以兩同數之行列位次不齊，數雖同而式不同耳。以真數課之，則其係空式自見矣。

如「四象會元」之今式 〡 太〡 〤 其真數式 五正 太 三正 八負 云式 〣〡 太〢〇 〇〣〤 其真數式 正二十五 太 六正 九負 正十六 負四十八 三元式 〇〤 〡〇 太〇〡 其真數式 負二十五 〇 太〇九正 正〇 十六 物元式 〇 〤太〢 〢 其真數式 負十四 太 八正 六正 以上四式，以真數負減其正皆得空，凡天元四元消得之式準此。

第三當知凡正負相當之式，任以兩式相加減，或乘約之相加減，數雖變而其正負之相當者如故。

準前條之理，相當式既等於空，則兩式相加減，即與以空式加減空式者無異。相當之數何變之有，若乘之，則正變大，負亦變大。約之則負變小，正亦變小。故數雖變，而相當者如故，以真數課之。

如「兩儀化元」以云減今得 〣 太〇〢 其真數式爲 太 負三十二 〇 三十二正 以減得之式二約之，得 〥 太〇〡 其真數式爲 太 負十六 〇 十六正 上二式一則兩式相減，一則一式以他數約之，其真數之正負俱相當不變。凡以兩式相加，或兩式俱以他數乘約之，相加減者準此。

第四當知環抱之元，可以升降左右之故。

四元如天與地，地與物，物與人，人與天，兩相毘連者，均屬環抱之元。準第一條之理，元數既可視若真數用之。故有兩式均屬環抱之元，如天與地，則以一式移左一行相加，猶之以地元乘全式也。或以一式移右一行相減，猶之以地元約全式也。此環抱之元，可以左右之故。又或以一式移下一層相加，猶之以天元乘全式也。或以一式移上一層相減，猶之以天元約全式也。此環抱之元，可以升降之故。此但就天地二元言之。若地之與物，物之與人，人之與天，四環抱之元皆準此。

第五當知對待之元太位，不可移動之故。

四元中如天與物，地與人，皆屬對待之元。對待之元，既不受除，其相乘之數亦寄在夾縫間。若竟移動其太位以相加減，則與乘除之理皆不合。是兩元數雜居也，雜居則正負淆，而其式不復相當，縱消歸一行，仍不可開方，其理可借兩不同數之天元式以明之。

設有元數二之式 ‖〆 元數三之式 |||〆 試取兩數相乘，則得式 ⊤𝍫| 可以開二與三兩箇元數。若取兩試相加，則得 ||||〆 兩元數皆不可開。其可開兩數者，與環抱之元，可以升降，左右同理，以其同爲兩元乘得之式。其不可開者，與對待之元太位不可移動。同理以其同爲兩元雜居。

第六當知凡正負相當之式，任以一式剔分爲二，各自乘，各自約，各開方，消爲一式，而數之相當者如故。

凡相當式，亦謂之等式，以其式之正負二數適相等也。即剔分爲二，而一正一負，其數亦無不相等。試取一等式剔之，用真數課之。

如取黄方式 〆太| 橫剔天元上得 〆太| 則其真數式爲 二負太 五負 四正 下得 太| 則其真數式爲 太三正 上式併負減正，餘三負，與下式三正之數相等。或直剔人元，則左得 〆太| ，其真數式爲 二負太 三正 四正 右得 〆太 其真數式 五負 太 左數併正減負，餘五正與右負五之數亦相等又或剔爲分數式 𝍫分太| 與 𝍫分太| ，則其真數式爲 一負太 五負 三正 與 一負太 四正 。上式併負減正，餘三負。下式以負減正，餘三正。數仍相等，可知相當式任是如何剔之，其數無不相等之理。夫兩數既等，各自乘則數同變大，各自約與開方則數同變小。其必相等，不待言矣。惟乘約後，正負已變，故合爲一式，必用消法以還其原。

第七當知正負相當之式，有可剔而互相乘約之理。

準前條之理，相當式剔分爲二，一正一負，數既相等，則再剔一式爲二，各以其同項式乘之，即與一式同以一數乘之者無異。各以其同項式約之，即與一式同以一數約之者無異。蓋所剔之二式，數既同，所用以乘約之二剔式數又同，則其乘得與約得之式數不得不同矣。故與一數乘一式，一數約一式所得者無異。或疑剔式既與一式乘約所得數同，何不竟勿用剔？曰：此所謂同，只是明其數之不至參差耳，非謂與未剔時所得之數真同也。所以必用剔者，以不剔則其式不可約，必乘出之數更繁耳。

或相當之二式不皆可約，則擇其可約者剔之，再剔一式，用其同項式約之，而以異項式乘之，即與未嘗乘約者無異。蓋所剔之同項異項，案：兩式元數同者爲同項，其不同者則爲異項。二式數既相同，以之乘約他式，一如置一大數，別取一小數乘之，仍以小數約之，而原數不變也。惟正負已變，與未乘約之剔式相併，必用減法以還其原。案：若將用以乘約之剔式，負者正之，則正負亦不變。併時可用加法也。

第八當知元數式有可借他元代之之理。

準第一條之理，元數既可視若真數用之，則借他元以代相當式中之元數式。式雖變而其數不變，故遇難消之式，可借他元變其式以便消。

第九當知相當式相消，有時得空式之故。

此與天元必用兩不同數式相消，四元必用四式相消，實同一理。蓋天元兩同數，其式若同，則相消必空，不能得開方式。四元不用四式相消，則消出之式必有一式同者，以之相消亦必空，不能得開方式。故消時不預爲審慎，用變换之法消之，則消出之式必有同而不可用者。此雖無甚關於琢理，然未免徒費周折，故不得不先講明之。

第十當知四元真數，有互相隱伏之理。

天元之所以能得開方式者，以兩同數相消後，首層之元數即變爲真數。句股測望第五問，元之真數二十八，其無隅平方式爲 ‖𝍫〆 其首層係元之真數，其顯然者也。其他正負雜錯之多乘方式，皆準此。故可再求一真數，如式加減乘除之，審其相當與否，以得所問之數。四元之消法，亦不外此理。故消左則其元之真數即隱伏於右，消右則其元之真數即隱伏於左。消上則其元之真數即隱伏於下，消下則其元之真數即隱伏於上。迨消歸一元三元之真數，畢露於 太 位，而開方式得矣。故四元任消去三箇元數，所餘之元，皆可開方，試以真數明之。

即如句三，股四，弦五，黄方二。立天句，地股，人弦，物黄方，求得黄方式 〆太| 將天地人三元真數如式乘之，併入 太，則得 〆‖ 易位開方，得黄方真數二。將地人物三元真數如式乘之，併入 太，則得 𝍫| 開方得天元真數三。將天地物三元真數如式乘之，併入 太，則得 ||||〆 易位開方，得人元

真數式。將天人物三元真數如式乘之，併入 太，則得 易位開方，得地元真數四。此足見四元夾 太 位，必待三元真數補足一元之數，始能得開方式。兩元三元之式，皆準此類推。

又四元相消，皆寓有通分之理。不如天元之一索得開方式，其真數之隱伏未易窺，故人不及覺耳。試更借天元式明之。

設立天元一得求句式 求股式 求弦式 求黃方式 以句式通股式得 可開句三股四兩數足見句之真數，已隱伏於其中矣。再以弦式通之，則得 可開句三，股四，弦五三箇元數，足見弦之真數，又隱伏於其中矣。又以黃方式通之，則得 可開句三，股四，弦五，黃方二。四箇元數，足見黃方之真數，又隱伏於其中矣。四元相消，其真數之互相隱伏，亦同此理。惟是四元則共環一太極，故必待三元之真數補足，一元之式始能得一箇元之開方式。其隱伏者，僅三元之真數。玆所設之式，則一元各挾一 太 數，其通分時，兼隱伏三元之元數。故開方能得四箇元數，此其微有不同也。朱術互隱通分相消，所用以通分之一行式，棄之不用。正以其真數已隱於所通之式中，可不用也。羅氏以齊同代之，雖與理可通，非朱旨矣。

以上十條之理既明，乃可與言消法矣。夫理本可以創法，法要不能外理，故以後言法，亦不遺夫理。

第一例　加減代齊同

問：四元不難，於求如積而難，於相消亦有簡易法否。曰：有其齊同內外互乘之法，可以加減代之法。視兩式中欲消去之元，其位與數本齊者，直用加減消之。若位與數皆不齊者，則用約倍乘除法齊其位，與數而加減之。

如「四象」假令「兩儀化元」之今式 云式 朱氏原艸本用內外互乘相消，得開方式。若以云式減今式，得 半之，得 爲甲式。降一位，減云式，得乙式 四甲式 以乙式降一位減之，即得 爲開方式。

若遇兩式之有多行多位者，則用屢次加減得開方式。

如「四象」假令「三才運元」之前式 後式 羅艸本兼用齊同內外互乘消。若以前式齊左減後，得 以後式降一位減之，得 再以前式降一位加之，得 爲甲式。三前式 ，加甲式，得 爲乙式。再以甲式降一位減之，得 爲丙式。乃以後式齊右減前式，得 三之，得 。以甲式移左一行減之，得 三之，得 以乙式減之，得 爲丁式。五甲式 加丁式，半之，得 爲戊式。以戊式齊下減丙式，得 爲己式。以戊式加之，得 爲庚式。九己式 以庚式齊下減之，得 爲辛式。七庚式 減辛式，得 爲開方式。

第二例　通分兼對列

問：羅氏之齊同，果與朱術之互隱通分合否。曰：齊同是用兩行互乘齊兩式，取其有兩行同者，然後消去，判左右對列爲二法。朱術之互隱通分，與代數之化去分母同理，是用兩式中之各一行，互通餘行，以其數已隱伏於所通之行中，乃將所用以通之兩行置之不理，合內外互乘爲一術案：「兩儀化元」，朱艸互隱通分，消之之下，即接云「內二行，得式外二行」，得不云「左右對列」也。其法較羅爲簡也。

如「四象會元」前式 後式 羅艸本用齊同對列二法得開

方式。若依朱術消之，則以後式右行通前式左三行，得〔籌式〕以前式右行通後式左行，得〔籌式〕齊右相消，得〔籌式〕爲中式。以中式右行通後式左行，得〔籌式〕以後式右行通中式左二行，得〔籌式〕齊右相消，得〔籌式〕爲右式。其後式即爲左式，乃以右式左行通左式右行爲內二行，得〔籌式〕以左式左行通右式右行爲外二行，得〔籌式〕內外相消，即得〔籌式〕爲開方式。

第三例　約元數

問：向之演四元者，其約法止及元數單位而止，不再約元數，未審元數單位亦有可約之理否。曰：約之而寄零，不盡者不可約，其可約盡者無妨約之，使歸簡易。

如卷首四元補題第一艸之甲式〔籌式〕乙式〔籌式〕二約乙式，得〔籌式〕減甲式，得〔籌式〕爲丙式。減約乙式，得丁式〔籌式〕減丙式，得〔籌式〕倍之，得〔籌式〕四丁式齊下減之，即得〔籌式〕爲開方式。

第四例　約元式

問：元數既可約，元式亦有可約之理否。曰：元術與代數同理，而元數爲代數所不能約。只能作一約號。元術尚可約之，若約元式乃代數法中所有，豈有元術轉不能約之理。但因演元之士，未經推求，故從無約及元式者耳。試舉數題以見例。

如「左右逢元」第十一問：今式〔籌式〕云式〔籌式〕以〔籌式〕約云式，得〔籌式〕八之，得〔籌式〕加今式，即得〔籌式〕爲開方式矣。

用約元式法消，若遇簡便之式，亦可一索而得開方式。

如「逢元」第五問之今式〔籌式〕以〔籌式〕約之，即得〔籌式〕爲橫列開無隅平方式。地易天位，開之得地元數。

用約元式法消，若遇其式不能約盡而可約歸一行者，亦可以其餘式開方。

如「兩儀合轍」之今式〔籌式〕云式〔籌式〕以今約云，其餘式爲〔籌式〕即爲開方式。

第五例　明剔法

問：朱氏之互隱通分消，已極便矣，又有所謂剔消者，何也？曰：通分止便於兩環抱之元，以其可用乘除升降左右也。若對待(之)[二]元及三元四元之式，既不受除，乘之亦當寄位。非通分法所能消，故不得不用剔也。

問：羅氏之剔法，與朱同否。曰：羅氏剔法，是將一式剔分爲二，各自之，又消爲一式，然後用消他式。朱氏則併剔各式，各用其同數式乘約之，併爲一式，即能消去一元之數。故羅法有橫剔、直剔、斜剔之殊，且與寄位消判爲二法。朱則一以貫之，其法較羅爲簡也。試舉一題以見例。

如「三才運元」之今式〔籌式〕云式〔籌式〕三元式〔籌式〕云式剔去〔籌式〕得〔籌式〕爲同地元數式。三元式變正負剔去〔籌式〕得〔籌式〕爲同地元冪式。乃以今式剔去〔籌式〕得〔籌式〕於上位。以剔去之〔籌式〕地元除之，得〔籌式〕同地元數乘之，得〔籌式〕於次位。以剔去之

〔式〕地元冪除之，得太〔式〕同地元冪乘之，得〔式〕於下位。併三位，得〔式〕人易天位，得〔式〕即爲兩環抱元之前式矣。次以同地元數自之，得〔式〕爲同地元冪數。乃以三元式剔去地元冪，得〔式〕於上。以剔去之〔式〕地元冪除之，得〔式〕同地元冪乘之，併上，人易天位，即得〔式〕爲環抱元之後式矣。既得兩環抱元之式，可用通分消法得開方式。此舉三元見例四元者，可用此法，多消去一元，以成環抱之式。

第六例　用剔代

問：四元乘法最難齊同，即可以加減代之，剔消必用乘除，尚覺費事，未知亦有簡易法否？曰：若用剔代消之，則可免多數相乘之繁矣。

如卷首四元補題之今式〔式〕云式〔式〕三元式〔式〕三元式變正負剔去〔式〕得〔式〕與〔式〕同。乃以今式剔去〔式〕得〔式〕以其同數代入之，得〔式〕易位得〔式〕爲前式。以云式剔去〔式〕得式〔式〕以〔式〕變正負代入之，得〔式〕易位，得〔式〕爲後式。以後式剔去〔式〕得〔式〕與〔式〕同。自之，又倍之，得〔式〕與〔式〕同。乃以前式剔去〔式〕得〔式〕以其同數代入之，即得開方式〔式〕

問：三元式剔去者係負天元冪，反與正天元冪同。何也？曰：凡正負相當之式，彼正則此負。今三元式所剔去者爲負，天元冪則餘式自與正天元冪同矣。

第七例　約法用剔

問：用約元式法消，固較諸例得式爲簡。設遇所設之式非他式所能約，可奈何？曰：是可將二式各剔爲二，各以同項式約之。

問：同項式約，設有一式不能恰盡，可奈何。曰：是可用配法約之。

如「左右逢元」第一問：甲式〔式〕乙式〔式〕先以甲式剔去〔式〕於上，餘〔式〕爲甲下式。乙式剔〔式〕於上，餘〔式〕爲乙下式。以甲下約乙下，得前約式〔式〕以甲上約乙上，得〔式〕不盡〔式〕乃用配法約之，將乙上太數倍之，得〔式〕以甲上約之，得〔式〕倍之，得〔式〕消前約，得〔式〕爲開方式。

問：設遇所剔之四式有二同項式，配之亦不能約，可奈何？曰：是可將可約之剔式，以其同項式約之，而以異項式乘之，得數與未約之剔式相消爲得式也。

問：設遇所得之式，剔之仍不能以同項式約，可奈何？曰：可借同數式約之。

如「兩儀合轍」十二問：等式〔式〕剔去〔式〕於上，得〔式〕地元約之，得〔式〕再以元數式句〔式〕約之，得〔式〕乃以地元股除倍句股積，得〔式〕乘〔式〕得〔式〕又以地元乘之，得〔式〕爲〔式〕同數。併上，得〔式〕爲無隅平方式。

第八例　開方用剔

問：據前諸例消法中，加減乘除通分五法俱全，惟無元式開方之法。未審元式亦可開方否？曰：此法代數中已有之，惟元術未及用之耳。若遇相當式恰成兩整方者，剔分爲二，各如式開之，消爲一式。則其所得之式必更簡也。

如「兩儀合轍」之今式 [算式] 云式 [算式] 二式之負者俱正之，云式剔太元數爲二，各開平方，太得 [算式] 元得 [算式] 相消，得 [算式] 爲甲式。今式剔太元數爲二，各開平方，太得 [算式] 元得 [算式] 相消，得 [算式] 爲乙式。減甲式，即得 [算式] 爲無隅平方式。

問：將今、云二式之負者正之，何也。曰：凡祘式無一同名自乘能變爲負者。今二式各帶一平方負數，乃是因相消而得。開方時其正負原可不拘，故將負者正之，以便開方。惟得式相消，必使一數負之，以還其原耳。

用開方消設遇所得之式不盡，可開者，亦可用加減之法，配成正方式開之。

如「左右逢元」第七問：今式 [算式] 云式 [算式] 以云減今，得 [算式] 剔分爲二，左得 [算式] 右得 [算式] 各開方，左得 [算式] 右得 [算式] 相消，得 [算式] 加云式，即得 [算式] 爲開方式。

用開方消若遇加減配成之式，更可開方者，亦可用兩次開方法消之。

如「逢元」第二問：今式 [算式] 後式 [算式] 後式剔太元數爲二，各開平方，太得 [算式] 元得 [算式] 相消，得 [算式] 減今式，得 [算式] 剔太元數爲二，各開平方，太得 [算式] 元得 [算式] 相消，得 [算式] 減甲式，即得 [算式] 爲無隅平方式。

第九例　借同數式剔

或問：觀第七例借同數式約，其用法可謂巧變極矣，未審法尚有簡於是者乎？曰：將相當式剔分爲二，若能求得一同數式，與所剔之式同在一行者，則可一消得開方式，無需平約。

如「兩儀合轍」第十一問：有句股積三十步，句股和十七步，立地句天股冪，求得等式 [算式] 剔去 [算式] 得 [算式] 爲同正天元乘句冪式於上。乃以和步十七自之，得 [算式] 爲和冪。四句股積爲倍直積 [算式] 減之，得 [算式] 爲弦冪。再減天元股冪爲句冪 [算式] 乘天元，得 [算式] 消上，即得 [算式] 爲開方式。

第十例　借真數

問：三元必用三式相消，四元必用四式相消，消多式爲一行，甚爲繁難，亦別有簡易之法否？曰：代數術中有用真數代消之法，若變通其法以入之，則可免多式相消之煩矣。法先擇今、云等式中便於消者，任消得一箇元之真數。乃視式中有僅存兩元者，以真數代其元數，如式加減乘除之，得兩箇元之真數。又視式中有三箇元數者，以兩箇真數代其兩箇元數，如式加減乘除之，得三箇元之真數。乃取物元式，以三箇真數代其元數，如式加減乘除之，即得物元開數矣。

如「三才變通」第三問：今式 [算式] 云式 [算式] 又三元之式 [算式] 以云減今，得 [算式] 上實下法，得天元真數三。以乘云式，天元併入太，得 [算式] 右實左法，得地元真數四。將天地兩元真數，各如式乘三元式，併入太，得 [算式] 左實右法，即得九十四步爲人元問數。

用真數代消，若偶遇一式，僅上一層或一行者，則無需消，可竟將其式用除法開方法，得其元之真數代消他數，得其所問之元數。

如「左右逢元」二十問：今式 [算式] 云式 [算式] 竟將云式右實左法除之，得 [算式] 爲地元真數。以 [算式] 乘今式地元 [算式] 得 [算式] 併入太，得 [算式] 開六乘方，即得天元真數四矣。此舉三元兩元各一題以見例。四元式可以此類推。

第十一例　借元數

問：用真數代消設遇所得之式，各元之真數，皆不易求，可奈何？曰：是可借元數消之，法須擇式中之元數，用他元代之，以變化其式，則不易消之式皆可消矣。

如「四象朝元」第五問之今式  云式 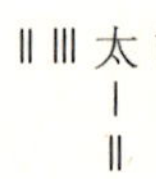 三元式 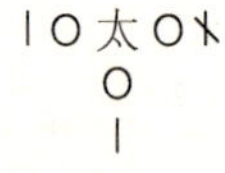 物元式  借物元以代其黃方，則式中之黃方冪可以  代之，而今式化爲 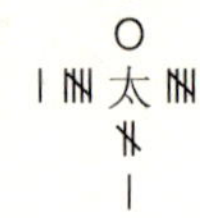 又式中之弦和較可以  代之，而云式化爲  又可取弦和較消黃方，得 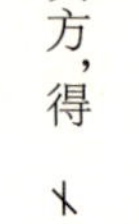 爲黃方式。又可取弦和較冪消黃冪，得  爲黃方冪式。倍三元式減原云式，得 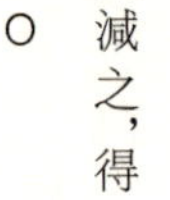 爲甲式。以黃方式減之，得 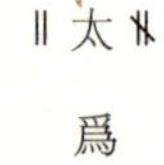 爲乙式。甲式自之，得  以三元式減之，得  爲丙式。又以三元式減黃方冪式  得 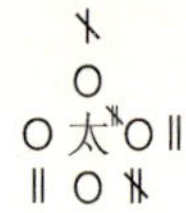 爲副式。副式三之，減丙式，四約之，得  爲丁式。乙式剔地元，各自之相消，半之，得  減丁式，得  爲戊式。二約乙式，三之乘人元，得 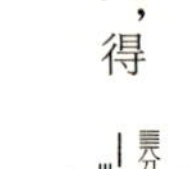 加戊式，得 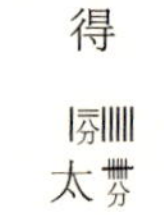 四之，易位，得 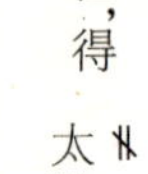 爲前式。副以云式加今式，得  三三元式減之，得 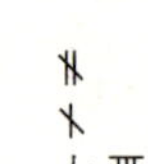 物易天位，得 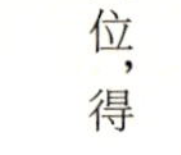 爲後式。四前式減之，得己式 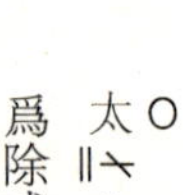 前式剔而自之，相消，得 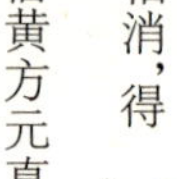 爲庚式。倍己式減之，即得  爲除式。上實下法，得所借黃方元真數二步，既得黃方真數，以前例法消之，可得物元開數矣。

第十二例　設等式

問：《玉鑑》「四元自乘演段圖」後，朱自謂「僕立句三股四弦五黃方二爲問，併之得 」云云。今通攷全書，朱並未設此題，何故？曰：凡四元題必取四等式相消。若舉句股弦黃四事爲問，立天句地股人弦物黃方求之，則物元式必併於今云兩式之中，不能得四等式，求得如積不能消，故不設此題耳。

問：立天句地股人弦，既可預設一三元式以便消，未審立天句地股人弦物黃方，亦可設一四元式以便消否？曰：若設一黃方式，則任舉四元爲問，皆可消矣，如前例艸中之黃方式是也。然黃方式不獨能馭朱術所難馭之題，並能馭朱術所不能馭之題。故卷首及四象朝元第七問之四元補題，皆是用此式。

問：句股問三事者，可用三元式相消，問四事者，可並用黃方式相消，若題非句股，則三元與黃方式皆無所用之，不幾於束手無策乎？曰：四元之法，出於方程，故元術之有三元四元，猶方程之有三色四色。三元者，題中必具有三箇等式，四元者題中必具有四箇等式。題界方爲不誤。然亦有一種題，初閱之似止可得今云兩式，細繹之實有可就題別得等式以相消者。

如「左右逢元」第十六題「今有直積加平與二和一較等。只云長冪減較冪亦與二和一較等」，朱於長平和較各立一元。羅氏亦用四艸，然細攷此題，若立天平地長人和物較，求得今式  云式  實可就題別設等式消

之，惟題云直積加平與二和一較等，又云長冪減較冪亦與二和一較等，是直積加平與長冪減較冪，皆等於二和一較，則可因題之下半截得一等式。天地相加，得太一 一爲和，二之，得 太二 二爲二和。天地相減，得 太〆 一爲較。併二和一較，得 太三 〆於上。乃倍人元加物元 一太 二消上，得 〆太一 三爲等式。用消今式，得 〆一 上實下法，得天元真數三。既得天元真數，用代消法，即可得地人物各元數矣。

問：兩元題必用今云兩式否？曰：今云兩式，只是取兩等式相消，以便得開方式。若別求得一等式，竟可開方者，則今云兩式亦可不用。

如「左右逢元」第十八問「今有直積三乘方開之，得數以平除之，不及平三步。只云長以平方開之，多於平二分之一。問長平」，立天平地長，求得 [算籌式] 爲直積，[算籌式] 爲長。置長以天元平乘之，得 [算籌式] 爲直積。同數消直積，得 [算籌式] 爲等式。即爲開方式。四乘方開之，得四步爲天元平。倍之，又自之，即得六十四步爲地元長。

右共十二例，申明朱術者二，通分，剔法。變通西法而入之者四，約元式，開方用剔，借元數，借真數。餘六例雖亦不外推廣中西舊法，然苦心所詣，頗有足以補中西之所不及者。

三元術分部

二元一次方程組

算法

元・朱世傑《四元玉鑑》卷中《或問歌象》 或問：今有人來贖解，本多利少難評。共收四貫別無零，説破源流即省。本利各開方畢，併之與日相停。若還相減甚分明，四十文差餘剩。

答曰：本錢三貫六百文，月利四十一文三分文之二。

兩個月二十日，利錢四百文。

術曰：立天元一爲本錢，地元一爲利錢。天地配合求之，得一百四十四萬爲益實，四千爲從方，一爲益隅。平方開之，得本錢。餘依加減求之。合問。

清・沈欽裴《四元玉鑑細草》 草曰：立天元一 太一 爲本錢，地元一 太一 爲利錢。併之得 太一 一 與四貫相消，得今式 [算籌式] 次以四十自乘，得一千六百。以減四貫，餘二千四百，半之得一千二百。自之，得一百四十四萬。以天元地元相乘，消之，得云式 [算籌式] 與今式相消，得 [算籌式] 平方開之，得三千六百，即本錢也。以減四貫，餘四百即利錢也。本利各開方，并之，得八十，即日數也。以三十日乘利錢四百，又以一千文乘之，得一千二百萬，爲實。以八十日乘本錢三千六百，得二十八萬八千爲法。實如法而一，得四十一文三分文之二，即月利也。合問。

清・羅士琳《四元玉鑑細草》 士琳案：自「直段求源」以迄「雜範類會」，凡二十門，悉立天元爲術。獨此問及下問：突立天地兩元，又弟十二問突立天地人三元，體例較未畫一。且此問如以天元本錢減共收四貫爲利錢，用乘天元爲寄左數，與一百四十四萬相消即得所求其開方式，亦同似較立兩元爲尤捷。

艸曰：立天元一爲本錢，地元一爲利錢。以天元乘地元，得 [算籌式] 爲本利相乘數。副以兩開方數相減之差四十文自之，得一千六百文，爲較冪。以減共收四貫，餘二千四百文。半之，得一千二百文，爲兩開方數相乘之數。自之，得一百四十四萬。與本利相乘數相消，得 [算籌式] 爲云式。又以天地相加，得　爲本利共數。與共收四貫相消，得　爲今式。以云式消之，得　開平方，得三貫六百文，爲本錢。以減四貫，餘四百文爲利錢。副以本錢開平方，得六十文。又以利錢開平方，得二十文。兩數相併，得八十，爲日數。以月率三十乘利錢，得一萬二千。又以每一貫乘之，得一千二百萬，爲實。以日數通本錢，得二十八萬八千爲法。實如法而一，得四十一文二十八萬八千分文之十九萬二千。約爲三分文之二。合問。

清・戴煦《四元玉鑑細草》 草曰：立天元一爲本錢，地元一爲利錢。相併得　寄左。次列四貫與左相消，得前式　便爲右行。又以天元減內地元，得　以四十除之，爲兩開方數之共　以分母　通四十文　加之　折半，得本錢開方數　自乘得　與　寄左。次以天元左母通之，得　與左相消，得後式　於是以地元乘左行，得　以後式消之，得右行　以左行之右乘右行之左爲內二行相乘，得　以左行之在乘右行之右爲外二行相乘，得　內外相消，得　四約之，得開方式　平方開之，得本錢。以減四貫得利錢，本利相減，以四十文而一，即日數。以月率乘利錢，又以一千乘之爲實，以日數乘本錢爲法，除之不盡，約之即月利本利錢之之較，即兩開方數之和乘兩開方數之較也。

大方冪爲本錢，小方冪爲利錢，相較之磬折形，引長之，即開方數和乘開方數較也。

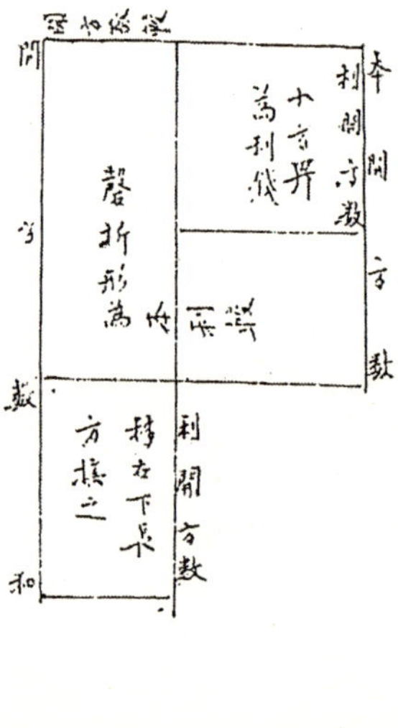

元・朱世傑《四元玉鑑》卷下

《左右逢元》 今有勾弦相乘比直積多三步。只云股弦相乘比弦冪少五步。問勾股幾何。

答曰：勾三步，股四步。

術曰：立天元一爲股，地元一爲股弦較。天地配合求之，得一十二爲正實，三爲益方，開無隅平方。合問。

清・羅士琳《四元玉鑑細草》 艸曰：立天元一爲股，地元一爲股弦較。置三步爲句乘股弦較，合以股弦較除之爲句。今不除，便爲帶分句。內寄地元爲母。置五步爲弦乘股弦較，合以股弦較除之爲弦。今亦不除，便爲帶分弦。內寄地元爲母。用乘帶分句，得十五步，爲帶分句乘弦。內寄股弦較冪爲母。副以地元自之，得〔算式〕通多三步，得〔算式〕以減帶分句乘弦，得〔算式〕爲帶分直積。於上。內寄股弦較冪爲母。乃以天地相乘，得〔算式〕爲帶分股。內寄地元爲母。用乘帶分句，得〔算式〕消上，得〔算式〕三約之，得〔算式〕爲今式。又以帶分句自之，得九步，爲帶分句冪。內寄股弦較冪爲母。又帶分股自之，得〔算式〕爲帶分股冪。內寄股弦較冪爲母。併二冪，得〔算式〕爲帶分弦冪。於上。內寄股弦較冪爲母。乃以帶分弦自之，得二十五步。消上，得〔算式〕爲云式。用消今式，得〔算式〕爲右式。十六今式〔算式〕五云式〔算式〕相消，得〔算式〕爲左式。左右對列，內二行相乘，得〔算式〕外二行相乘，得〔算式〕內外相消，得〔算式〕開三乘方，得股四步。合原問。不合原術。

士琳案：此問反覆布算，皆當爲三乘方。乃原術爲無隅平方，似不應相懸若是之甚。推原其故，蓋句弦相乘比直積多三步，是句乘股弦較爲三步矣。股弦相乘比弦冪少五步，是弦乘股弦較爲五步矣。使各以股弦較除之，則三步即爲句五步，即爲弦矣。設以此句弦相乘得十五步內，皆寄有股弦較爲母，特股弦較爲一，最易相混。原術似未經通分，誤以多三步減之，餘十二爲直積。又誤以未通分之股乘句三，得三天元爲同數相消也。故其式爲無隅平方。而其數亦隅合。今另演艸存參。

清・戴煦《四元玉鑑細草》 草曰：立天元一爲股〔算式〕地元一爲股弦較〔算式〕倍天元〔算式〕加地元，得股弦和〔算式〕以地元乘三步〔算式〕乘之，得〔算式〕爲股弦較乘句立冪。寄左。次以三步減五步〔算式〕倍之，得弦和較冪〔算式〕平方開之，得弦和較〔算式〕加地元，得〔算式〕自乘〔算式〕以三步乘之，得〔算式〕與左相消，得〔算式〕四約之，得前式〔算式〕步 又以三步自之，得〔算式〕五步自之，得〔算式〕相減得〔算式〕爲股弦較冪乘股冪。平方開之，得〔算式〕寄左。次以天地兩元相乘，得〔算式〕與左相消，得後式〔算式〕於是即以前式爲左行，以後式爲右行，以左行之右乘右行之左，爲內二行，得式〔算式〕以左行之左乘右行之右，爲外二行，得式〔算式〕內外相消，得開方式〔算式〕上實下法而一，得股。

按：是術非法之正，但不如是無以合於原術實方之數。茲始依術衍之，而坿又術于後。

又術曰：立天元一爲股，地元一爲股弦較。天地配合求之，得二百五十六爲正實，一百六十爲益上廉，九爲從隅。三乘方開之。合問。

草曰：立天元一爲股(地)〔算式〕地元一爲股弦較〔算式〕以地元除三步，今不除，寄法爲母。得句〔算式〕自之得句冪〔算式〕寄左。次以天元倍之〔算式〕加地元，得股弦和〔算式〕以股弦較乘之，得〔算式〕以左母通之，得〔算式〕與左相消，得今式〔算式〕又以天元加地元，得弦〔算式〕以地元乘之，得〔算式〕寄左。次以五步與左相消，得云式〔算式〕

於是以今式、云式通分相消，以太乘云式，得以減今式，得四行式以四行式之右一行乘云式得於上。以云式之右一行乘四行式得消上，得三行式地元約之，得三行式以三行式之左一行地元冪約之太以乘云式，得於上。以云式之左一行太地元冪約之（以乘）丨以乘三行式，得消上，得左行以云式之右一行乘三行式，得於上。以三行式之右一行太乘云式，得消上得地元約之，得右行以左行之右乘右行之左爲內二行，得式以左行之左乘右行之右爲外二行，得式內外相消，得五約之，得開方式三乘方開之，得股。

清·陳棠《四元消法易簡草》 法曰：立天元一爲股，地元一爲股弦較。天地配合求之，得今式後式兩次開方消之，得爲除式。上實下法得股。以乙式右實左法，得較。加股得弦，句股術入之，得句三步。

艸曰：立天元太丨爲股，地元丨太爲股弦較。用除三步，得句以較除五步，得爲弦。以句乘之，得以母通三步減之，得爲直積。次以股乘句，得爲直積。地元通之，得消同數，得三約之，得今式副以句自之，得爲句冪弦自之，得爲弦冪。相減得爲股冪。乃以天元股自之，得以母通之，得消同數，得爲後式。剔太、元數爲二，各開平方，太得元得相消，得爲甲式。減今式，得剔太、元數爲二，各開平方，太得丨元得丨太相消得爲乙式。按：示號無以一數自乘，能變爲負之理，今所剔之二式，其負號皆因相減而得，故剔後正負可不拘，惟消後必負之，以還其原耳。減甲式，得上實下法，得四步，爲股。置乙式，右實左法，得一步，爲股弦較。加股，得五步，爲弦。股弦各自之，相減，得九步，爲句冪。開方，得句三步。合問。

清·棠案：右題羅亦反覆布示得三乘方。而疑朱術開無隅平方之數爲隅合者，然此式望而知其可用開方法得除式，羅殆未之察耳。

元·朱世傑《四元玉鑑》卷下《左右逢元》 今有直積，以長乘之，用平除之，所得減積，如長而一，得七步。只云較冪加長與平冪同。問長平各幾何。

答曰：平八步，長一十五步。

術曰：立天元一爲長，地元一爲平。天地配合求之，得一十五爲益實，一爲從方，上實下法而一。得長。合問。

清·沈欽裴《四元玉鑑細草》 草曰：立天元一 爲長，地元一 爲平。天地配合求之，得今式 云式 互隱通分。消之內二行得 外二行得 內外相消，得 上實下法而一，得長一十五步。合問。

清·羅士琳《四元玉鑑細草》 艸曰：立天元一爲長，地元一爲平。天地相乘，得 爲直積。以長乘之，得 用平除之，得 又地減積，得 如長而一，得 消七步，得 爲今式。又地元自之，得 爲平冪。副以地元減天元，得 爲較自之得 爲較冪加長，得 消平冪，得 爲云式。倍今式 消之，得 上實下法而一，得十五步。合問。

清·戴煦《四元玉鑑細草》 草曰：立天元一爲長 ，地元一爲平 長平相乘，得積 以平較減長，得較 乃置直積，以長乘之，得 用平除之，得 內減積，得 如長而一，得 寄左。次列七步，與左相消，得今式 又以較自之，得較冪 加長，得 寄左。次以平自之，得平冪 與左相消，得 天元約之，得云式 於是即以今式爲左行，以云式爲右行，以左行之右乘右行之左爲內二行，得式 以左行之左乘右行之右爲外二行，得式 內外相消，得開方式 上實下法而一，得長。

清·陳棠《四元消法易簡草》 法曰：立天元一爲長，地元一爲平。天地配合求之，得 爲今式 爲云式。以今約云，得餘式 即爲除式。上實下法，得長。以今天元約云天元，得餘式 右實左法，得平。

艸曰：立天元 爲長，地元 爲平。天地相乘，得 爲直積。乘長，得 平除之，得 減積得 如長而一，得 消七步，得 爲今式。地元自之，得平冪 地減天，得較 自之，得較冪 加長，得 消平冪，得 爲云式。以今式地元約云式地元，得餘式 上實下法，得長十五步。以今天約云天，得餘式 。右實左法，得平八步。合問。

清·吳嘉善《白芙堂算學廿一種·四元草》 假令今有硯七方，筆四枝，共錢七十六文。祇云硯三方，筆九枝，共錢六十九文。問筆硯之價各若干。

答曰：硯一方八文，筆一枝五文。

草曰：立天元一爲硯價，又立地元一爲筆價。七乘天元，得 爲硯七之價。四乘地元，得 爲筆四之價。相加得 爲總價。以與七十六文相消，得 爲今式。取逕於「今有」云云而得式，故命爲「今式」，以便復舉耳，無深意也。即爲左式。以得式祇二行，故即爲左式。又以三乘天元，得 爲硯三之價。九乘地元，得 爲筆九之價。相加得 爲總價。以與六十九文相消，得 爲云式。取逕於「祇云」云云而得式，故命之爲「云式」也。即爲右式，亦以得式祇二行，故爲右式。凡四元法，以得相當式祇二行者，爲左右式，以之對列而求開方式。今二式俱祇二行，故即爲左右式也。左右對列如下式

右

左

以內兩行 與 相乘，得 以外兩行 與 相乘，得 二得式相消，得 爲除式。上實下法得八文。爲天元即所求硯價也。

若欲先求筆價者，以今、云左、右二式皆令天地易位，凡算式以直下爲便，故令天地易位也。亦得右式爲 [籌式] 得左式爲 [籌式] 左右兩式對列之如下：

右 [籌式] 內兩行相乘，得 [籌式] 外兩行相乘，得 [籌式] 相消，得 [籌式] 爲

左 [籌式]

除式。上實下法得五，爲易在天位之地元數，即筆價也。

右草易蓉湖氏《四元釋例》也。以方程題演四元術，可謂獨具特識。唯以今式云式，謂爲天元之寄左數與又數，則非也。天元寄左數與又數，乃同數。今式云式非同數也。易氏既知以方程論四元，何不曰今式云式者，猶方程之一行二行，更爲直捷無弊乎。不唯此式之今式云式，本即方程之一行二行。了然易見。即他式之今式云式，未有不可以一行二行論者。試以他題之今式云式，改爲方程直下之行。其步算亦不患無術也。特法較繁瑣，不如四元爲便耳。

清・鄧建章《中西算學入門匯通》卷下《四元》 設如有長方形，但知其長平相乘爲六，長平之較爲一，求長平各幾何。

立天元 [籌式] 爲長，地元 [籌式] 爲平，則長平之較爲 [籌式] 與一相消，得 [籌式](乂) 爲甲式。長與平相乘，得 [籌式] 與六相消，得 [籌式](丅) 爲乙式。將甲乙兩式相加，以消去地元，得 [籌式] 開平方，得三爲長。將乙式減甲式，而消去其天元，得 [籌式](丅) 易位爲 [籌式] 開平方，得二爲平。

二元二次方程組

算法

元・朱世傑《四元玉鑑》卷下《兩儀合轍》 今有句股積三十步。只云句股和一十七步。問句弦和幾何。

答曰：一十八步。

術曰：立天元一爲句弦和，地元一爲句。天地配合求之，得三千六百爲益實，三千七百六爲益方，七十一爲益上廉，三十四爲從下廉，一爲益隅。三乘方開之，合問。

清・沈欽裴《四元玉鑑細草》 草曰：立天元一 [籌式] 爲勾弦和，地元 [籌式] 爲勾。天地配合求之，得今式 [籌式] 云式 [籌式] 互隱通分消之，內二行得 [籌式] 外二行得 [籌式] 內外相消，得開方式 [籌式] 三乘方開之，得一十八步。合問。

清・羅士琳《四元玉鑑細草》 艸曰：立天元一爲句弦和，地元一爲句。置句股和十七步，以地元減之，得 [籌式] 爲股。用與地元相乘，得 [籌式] 爲直積。乃倍句股積，得六十步。消之，得 [籌式] 爲今式。副以地元減天元，得 [籌式] 爲弦。自之，得 [籌式] 爲弦冪。又句自之，得 [籌式] 爲句冪。股自之，得 [籌式] 爲股冪。併句股二冪，得 [籌式] 消弦冪，得 [籌式] 爲云式。用消今式，得 [籌式] 爲左式。以左行齊今式，得 [籌式] 消左式，得

爲右式。左右對列，内二行相乘，得　外(一)[二]行相乘，得　内外相消，得　開三乘方，得十八步。合問。

清·戴煦《四元玉鑑細草》 草曰：立天元一爲勾弦和 太一 地元一爲句 太一 以地元減句股和，得股　又以地元乘之，得直積　寄左。次以句股積倍之，得　與左相消，得前式　又天元内減地元，得弦　自之得弦冪　於上。以地元自之，得句冪　減上，得股冪　寄左。次以股自之，得　與左相消，得後式　於是以前式後式相消法，以前式減後式，得左行　以左行之左一行　地元約之，得　以乘前式，得　於上。以前式之左一行　地元約之，得　以乘左行，得　消上，得右行　以左行之右乘右行之左，爲内二行，得式　以左行之左乘右行之右，爲外二行，得式　内外相消，得開方式　三乘方開之，得句弦和。

清·陳棠《四元消法易簡草》 法曰：立天元一爲句弦和，地元一爲句，天地配合求之，得今式　云式　開方消之，得　爲開方式。平方開之，得句弦和十八步。

艸曰：立天元 太一 爲句弦和，地元 太一 爲句。以地元減句股和，得　爲股。乘地元句，得　爲直積。消倍句股積，得　爲今式。副以地元減天元，得　爲弦。自之，得　爲弦冪。句股和自之，得　以弦冪減之，得　爲倍直積式。四句股積消之，得　爲云式。剔 太、元數爲二，各開平方，太 得　案：示數無自乘能變爲負者，此負數因相消而得，故仍之。元得　相消得　爲甲式。以今加云，得　爲乙式。倍甲式　降位減之，得　十七甲式　加之，得　開平方，得句弦和十八步。合問。

元·朱世傑《四元玉鑑》卷下《兩儀合轍》 今有句股積三十步。只云句股和一十七步。問股弦和幾何。

答曰：二十五步。

術曰：立天元一爲股弦和，地元一爲股。天地配合求之，得三千六百爲正實，三千七百六爲從方，七十一爲從上廉，三十四爲益下廉，一爲正隅。三乘方開之，合問。

清・沈欽裴《四元玉鑑細草》 草曰：立天元一 太| 爲股弦和，地元一  爲股。天地配合求之，得今式 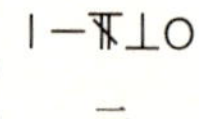 云式 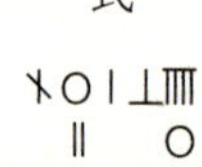 互隱通分消之，內二行得  外二行得 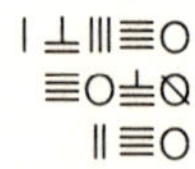 內外相消，得開方式 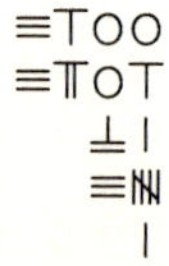 三乘方開之，得二十五步。合問。

清・羅士琳《四元玉鑑細草》 艸曰：立天元一爲股弦和，地元一爲股。置句股和十七步，以地元減之，得  爲句。棄股，得 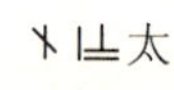 爲直積。如前弟一艸消得 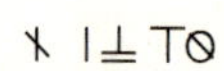 爲今式。副以地元減天元，得  爲弦。自之，得  爲弦冪。又句自之，得 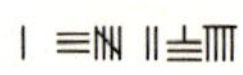 爲句冪。股自之，得 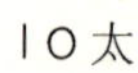 爲股冪。併句股二冪，得 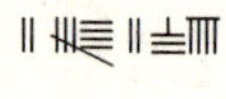 消弦冪，得 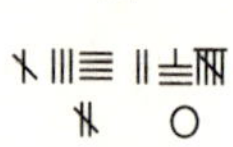 爲云式。又如前消得 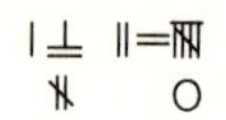 爲左式。消得 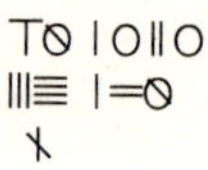 爲右式。左右對列，內二行相棄，得 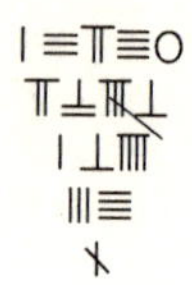 外二行相棄，得 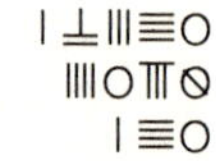 內外相消，得  開三棄方，得二十五步。合問。

清・戴煦《四元玉鑑細草》 草曰：立天元一爲股弦和 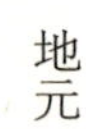 地元一爲股。以天地配合求之，元減句股和得句 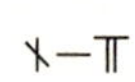 以地元乘之，得直積  寄左。次以句股積倍之，得  與左相消，得前式 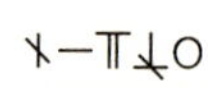 又以天元內減地元，得弦  自之，得弦冪  於上。以地元自之，得股冪  減上得句冪  寄左。次以句自之，得 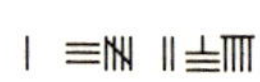 與左相消，得後式 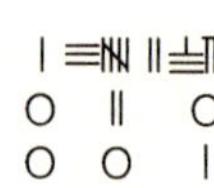 於是以前式與後式通分消之法，前式減後式，得左行 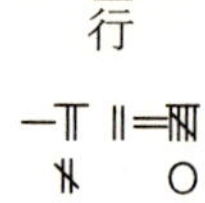 以前式之左一行 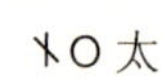 地元約之  以乘左行得 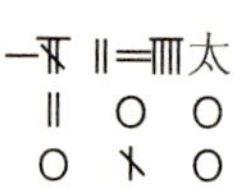 於上。以左行之左一行  地元約之  以乘前式得 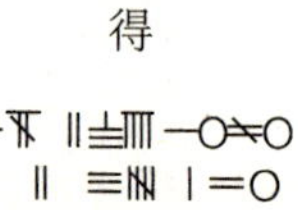 消上得右行 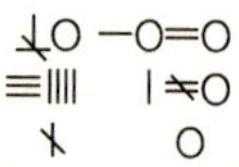 以左行之右乘右行之左爲內二行，得式  以左行之

左乘右行之右爲外二行，得式　内外相消，得開方式　三乘方開之，得股弦和。

清·陳棠《四元消法易簡草》　法曰：立天元一爲股弦和，地元一爲股。天地配合求之，得今式　云式　開方消之，得　爲開方式。平方開之，得股弦和二十五步。

艸曰：立天元　爲股弦和，地元　爲股。以地元減和步，得　爲句。以乘股，得　爲直積。倍句股積消之，得　爲今式。副以地元減天元，得　爲弦。自之，得　爲弦冪。和步自之，得　以弦冪減之，得　爲倍直積。四句股積消之，得　爲云式。剔太、元數爲二，各開平方，太得　元得　相消，得　爲甲式。以今加云，得　爲乙式。倍甲式，降位減之，得　又十七甲式　加之，得開方式　平方開之，得二十五步。爲天元股弦和。合問。

元·朱世傑《四元玉鑑》卷下《兩儀合轍》　今有句股積三十步。只云句股和一十七步。問弦和和幾何。

答曰：三十步。

術曰：立天元一爲弦和和，地元一爲句。天地配合求之，得一百二十爲正實，二十四爲益方，一爲正隅。平方開之，合問。

清·沈欽裴《四元玉鑑細草》　草曰：立天元一　爲弦和和，地元一　爲勾。天地配合求之，得今式　云式　相消，得開方式　平方開之，得三十步。合問。

清·羅士琳《四元玉鑑細草》　艸曰：立天元一爲弦和，地元一爲句。置句股和十七步，以地元減之，得　爲股。用與地元相乘，得　爲直積。乃倍句股積，得六十步。消之，得　爲今式。副以句股和減天元，得　爲弦。自之得　爲弦冪。又句自之，得　爲句冪。股自之得　爲股冪。併句股二冪，得　消弦冪，得　爲云式。倍今式　消云式，得　開平方，得三十步。合問。

清·戴煦《四元玉鑑細草》　草曰：立天元一爲弦和　地元一爲句　以地元減句股和，得股　以地元乘之，得直積　寄左。次以句股積倍之，得　與左相消，得前式　又以天元內減句股和，得弦　自之，得弦冪　於上。以地元自之，得句冪　減上，得股冪　寄左。次以股自之，得　與左相消，得後式　於是以前式後式通分相消法，倍前式得　以減後式，得一行式。便爲開方式　平方開之，得弦和和。

清・陳棠《四元消法易簡草》 法曰：立天元一爲弦和和，地元一爲句。天地配合求之，得今式　云式　以加消之，得開方式　開平方，合問。

艸曰：立天元　太　爲弦和和，地元　太　爲句。以和步減天元，得弦　自之，得　爲弦冪。倍地元減和步，得較　自之，得　爲較冪。減弦冪，得　爲倍直積。四句股積消之，得　爲今式。以地元除倍積得　爲股。以地元減和步消之，得　爲云式。四之得　加今式，得　開平方，得三十步。合問。

元・朱世傑《四元玉鑑》卷下《兩儀合轍》 今有勾股積三十步。只云勾股和一十七步。問弦較和幾何。

答曰：二十步。

術曰：立天元一爲弦較和，地元一爲較。天地配合求之，得一萬四千四百爲益實，四百二十六爲從上廉，一爲益隅。三乘方開之，合問。

清・沈欽裴《四元玉鑑細草》 草曰：立天元一　太　爲弦較和，地元　太　爲較。天地配合求之，得今式　云式　互隱通分消之，內二行得　外二行得　內外相消，得開方式　三乘方開之，得二十步。合問。

清・羅士琳《四元玉鑑細草》 艸曰：立天元一爲弦較和，地元一爲較，倍地元　太　以減天元，得　太　爲弦較較。乘天元，得　太　爲倍積。乃四句股積，得一百二十步，消之，得　爲今式，即爲右式。又和自之，得二百八十九步。減倍積，得　爲弦冪。副以地元減天元，得　太　爲弦。自之，得　太　消之，得　爲云式。倍之，得　消右式，得　太　爲左式。左右對列，內二行相乘，得　太　外二行相乘，得　內外相消，得　開三乘方，得二十步。合問。

清・戴煦《四元玉鑑細草》 草曰：立天元一爲弦較和　太　地元一爲較　太　以句股和自之，得　於上。以句股積八之，得　減上，得較冪　寄左。次以地元自乘，得　太　與左相消，得前式　又以地元減天元，得弦　太　自乘，得弦冪　太　寄左。次以句股積四之，得　以地元四自乘加之，得　與左相消，得後式　於是以前式後式通分消相,即以後式爲左行,又以前式之左一行 地元約之 以乘左行,得 於上。以左行之左一行 地元約之 以乘前式,得 消上,得右行 以左行之右乘右行之左爲內二行,得式 以左行之左乘右行之右,爲外二行,得式 內外相消,得開方式 三乘方開之,得弦較和。

清·陳棠《四元消法易簡草》 法曰:立天元一爲弦較和,地元一爲較。天地配合求之,得今式 云式 兩次開方消之,得 爲除式。上實下法,得弦較和二十步。

艸曰:立天元 爲弦較和,地元 爲較。以較加句股和十七步,得 爲倍股。以較減句股和十七步,得 爲倍句。以乘倍股,得 爲四直積。八句股積消之,得 爲今式。副以地元減天元,得 爲弦。自之,得 爲弦冪。和步自之,得 以弦冪減之,得 爲倍直積。四句股積消之,得 爲云式。剔 太、元數爲二,各開平方, 太得 元得 相消得 爲甲式。剔今式爲二,各開平方, 太 得 元得 相消得 爲乙式。案:凡正負相當式僅兩數者,開方時正負可不論,惟消後必使一數負之,以還其原耳。減甲式,得 上實下法,得二十步。合問。

元·朱世傑《四元玉鑑》卷下《兩儀合轍》 今有句股積三十步。只云句股和一十七步。問句股較幾何。

答曰:七步。

術曰:立天元一爲句股較,地元一爲句。天地配合求之,得四十九爲益實,一爲正隅。平方開之,得七步。合問。

清·沈欽裴《四元玉鑑細草》 草曰:立天元一 爲勾股較,地元一 爲勾。天地配合求之,得今式 云式 互隱通分消之,內二行得 外二行得 內外相消得開方式 平方開之,得七步。合問。

清·羅士琳《四元玉鑑細草》 艸曰:立天元一爲句股較,地元一爲句。以天地相加,得 爲股,用棄地元得 爲直積。乃倍句股積,得六十步,消之,得 爲今式。又倍地元 以減句股和,得 爲較。消天元,得 爲云式,即爲右式。倍今式 消云式,得 爲左式。左右對列,內二行相乘,得 外二行相乘,得 內外相消,得 開平方,得七步。合問。

清·戴煦《四元玉鑑細草》 草曰:立天元一 地元一 爲句 相併得股 加地元得句股和 寄左。次列十七步與左相消,得前式 又以股乘句,得直積 寄左。次以句股積倍之,得 與左相消,得後式 於是以前式後式通分相消,即以前術曰：立天元一爲句弦較，地元一爲句。天地配合求之，得三千六百爲益實，三千七百六爲從方，七十一爲益上廉，三十四爲益下廉，一爲益隅。三乘方開之，合問。

清・沈欽裴《四元玉鑑細草》 草曰：立天元一 爲勾弦較，地元一 爲勾。天地配合求之，得今式 云式 互隱通分消之，內二行得 外二行得 內外相消，得開方式 三乘方開之，得八步。合問。

清・羅士琳《四元玉鑑細草》 艸曰：立天元一爲句弦較，地元一爲句，置句股和十七步以地元減之，得 爲股。用與地元相乘，得 爲直積。如前弟一艸，消得 爲今式。副以天地相加，得 爲弦。自之，得 爲弦冪。又句自之，得 爲句冪。股自之，得 爲股冪。併句股二冪得 消弦冪，得 爲云式。又如前消得 爲左式。乃以左行齊今式，得 用與左式相消，得 爲右式。左右對列，內二行相乘，得 外二行相乘。得 式爲左行，以後式之左一行 地元約之，得 以乘左行，得 於上。以左行之左一行 地元約之，得 以乘後式，得 消上，得右行 以左行（相乘得）之右乘右行之左爲內二行，得式 以左行之左乘右行之右爲外二行，得式 內外相消，得開方式 平方開之，得勾股較。

清・陳棠《四元消法易簡草》 法曰：立天元一爲句股較，地元一爲句。天地配合求之，得今式 云式 加減兼約元數消之，得開方式 開平方，得句股較七步。

艸曰：立天元 爲句股較，地元 爲句。加較，得 爲股。以句乘之，得 爲直積。倍句股積消之，得 爲今式。副倍地元，加天元得 爲句股和。消句股和十七步，得 爲云式。半之得 齊右減今式，得 四之，得 以云式降一位減之，得 十七云式，得 齊上減之，得 開平方，得七步。合問。

元・朱世傑《四元玉鑑》卷下《兩儀合轍》 今有句股積三十步。只云句股和一十七步。問句弦較幾何。

答曰：八步。

內外相消，得 開三乘方，得八步。合問。

士琳案：和較本對待之數，故此問求句弦和，其開方之式相同，蓋可以互開正負兩數也。其正負兩數，乃弟二弟三之兩中數，故益方變爲從方，而從下廉亦變爲益下廉也。

清・戴煦《四元玉鑑細草》 草曰：立天元一爲句弦較 太| 地元一爲句 太| 以地元減句股和，得股 又以地元乘之，得直積 寄左。次以句股積倍之，得 與左相消，得前式 又(元)[以]天元加地元，得弦 自之，得弦冪 寄左。次以股自之，得股冪 勾自之得句冪 相併得 與左相消，得後式 於是以前式後式通分相消，以前左式減後式，得左行 以左行之左一行 地元約之 以乘前式，得 於上。以前式之左一行 地元約之 以乘左行，得 消上，得右行 以左行之右乘右行之左爲內二行，得式 以左行之左乘右行之右爲外二行，得式 內外相消，得開方式 三乘方開之，得句弦較。

清・陳棠《四元消法易簡草》 法曰：立天元一爲句弦較，地元一爲句。天地配合求之，得今式 云式 加減兼開方消之，得 爲開方式。開平方，得八步。

艸曰：立天元 太| 爲句弦較，地元 太| 爲句。以天元加地元，得 太| 爲弦。自之，得 爲弦冪。減和冪，得 爲倍直積。四句股積消之，得 爲今式。副以地元除倍積，得股 加句，得 消和步，得 爲云式。以今式加之，得 爲甲式。今式變正負，得 剔太、元數爲二，各開平方，太得 元得 相消得 倍之，得 爲乙式。降一位加甲式，得 爲丙式。以 分 乘乙式，得丁式 加丙式得 開平方，得八步。合問。

元・朱世傑《四元玉鑑》卷下《兩儀合轍》 今有句股積三十步。只云句股和一十七步。問股弦較幾何。

答曰：一步。

術曰：立天元一爲股弦較，地元一爲股。天地配合求之，得三千六百爲正實，三千七百六爲益方，七十一爲從上廉，三十四爲從下廉，一爲正隅。三乘方開之，合問。

清・沈欽裴《四元玉鑑細草》 草曰：立天元一 爲股弦較，地元一 爲股。天地配合求之，得今式 云式 互隱通分消之，內二行得 外二行得 內外相消，得開方式 三乘方開之，得一步。合問。

清・羅士琳《四元玉鑑細草》 艸曰：立天元一爲股弦較，地元一爲股。置句股和十七步，以地元減之，得 爲句。椉股，得 爲直積。如前弟六艸，消得 爲今式。副以天地相加，得 爲弦。自之，得 爲弦冪。又句自之，得 爲句冪。股自之，得 爲股冪。併句股二冪，得 消弦冪，得 爲云式。又如前消得 爲左式，消得 爲右式。左右對列，內二行相椉，得 外二行相椉，得 內外相消，得 開三椉方，得一步。

合問。

清・戴煦《四元玉鑑細草》 草曰：立天元一爲股弦較 地元一爲股 以地元減句股和，得句 又以地元乘之，得直積 寄左。次以句股積倍之，得 與左相消，得前式 又天元加地元，得弦 自之，得弦冪 寄左。次以句自之，得 爲句冪。股自之，得 爲股冪。相併得 與左相消，得後式 於是以前式後式通分相消，以前式減後式，得左行 以前式之左一行 地元約之 ，以乘左行得 於上。以左行之左一行 地元約之 以乘前式，得 消上，得右行 以左行之右乘右行之左爲內二行，得式 以左行之左乘右行之右爲外二行，得式 內外相消，得開方式 三乘方開之，得股一步。

弦較。

清・陳棠《四元消法易簡草》 法曰：立天元一爲股弦較，地元一爲股。天地配合求之，得今式 [算式] 云式 [算式] 加減兼開方消之，得開方式 [算式] 開平方，得一步。

艸曰：立天元 [算式] 爲股弦較，地元 [算式] 爲股。以天元加地元，得 [算式] 爲弦。自之，得 [算式] 爲弦冪。減和冪，得 [算式] 爲倍直積。四句股積消之，得 [算式] 爲今式。副以地元除倍積，得句 [算式] 加地元得 [算式] 消和步，得 [算式] 爲云式。以減今式，得 [算式] 爲甲式。如前艸，剔今式開方相消，得 [算式] 爲乙式。倍之，得 [算式] 降一位，加甲式得 [算式] 爲丙式。十七乙式得 [算式] 加丙式，得 [算式] 開平方，得小數一步。合問。

元・朱世傑《四元玉鑑》卷下《兩儀合轍》 今有句股積三十步。只云句股和一十七步。問弦和較幾何。

答曰：四步。

術曰：立天元一爲弦和較，地元一爲句。天地配合求之，得一百二十爲正實，三十四爲益方，一爲從隅。平方開之，合問。

清・沈欽裴《四元玉鑑細草》 草曰：立天元一 [算式] 爲弦和較，地元 [算式] 爲勾。天地配合求之，得今式 [算式] 云式 [算式] 相消得開方式 [算式] 平方開之，得四步。合問。

清・羅士琳《四元玉鑑細草》 艸曰：立天元一爲弦和較，地元一爲句。置句股和十七步，以地元減之，得 [算式] 爲股。乘句，得 [算式] 爲直積。如前弟三艸，消得 [算式] 爲今式。副以天元減句股和，得 [算式] 爲弦。自之，得 [算式] 爲弦冪。又句自之，得 [算式] 爲句冪。股自之，得 [算式] 爲股冪。併句股二冪，得 [算式] 消弦冪，得 [算式] 爲云式。又如前消得 [算式] 開平方，得四步。合問。

清・戴煦《四元玉鑑細草》 草曰：立天元一爲弦和較 [算式] 地元一爲句 [算式] 以地元減句股和，得股 [算式] 以地元乘之，得直積 [算式] 寄左。次以句股積倍之，得 [算式] 與左相消，得前式 [算式] 又以句股和內減天元，得弦 [算式] 自之，得弦冪 [算式] 寄左。次以句自之，得句冪 [算式] 股自之，得股冪 [算式] 相併，得 [算式] 與左相消，得後式 [算式] 於是以前式後式通分相消，乃倍前式，得 [算式] 以減後式，得一行式便爲開方式 [算式] 平方開之，得弦和和較。

清・陳棠《四元消法易簡草》 法曰：立天元一爲弦和較，地元一爲句。

天地配合求之，得今式　云式　以減消之，得開方式　。平方開之，得四步。

艸曰：立天元　爲弦和較，地元　爲句。以地元減和步，得　爲股。以句乘之，得　爲直積。消倍句股積，得　爲今式。副　以天元減和步，得　爲弦。自之，得　爲弦冪。加倍直積，得　爲和冪。以和步十七自之，得　相消得　爲云式。倍今式減之，得　開平方，得四步。合問。

元・朱世傑《四元玉鑑》卷下《兩儀合轍》　今有句股積三十步。只云句股和一十七步。問弦較較幾何。

答曰：六步。

術曰：立天元一爲弦較較，地元一爲較。天地配合求之，得一萬四千四百爲正實，四百三十六爲益上廉，一爲從隅。三乘方開之，合問。

清・沈欽裴《四元玉鑑細草》　草曰：立天元一　爲弦較較，地元一　爲較。天地配合求之，得今式　云式　互隱通分消之，內二行得　外二行得　內外相消，得開方式　三乘方開之，得六步。合問。

清・羅士琳《四元玉鑑細草》　艸曰：立天元一爲弦較較，地元一爲較。倍地元　，與天元相加，得　爲弦較和。棄天元，得　爲倍積。如前弟四艸，消得　爲今式，即爲右式。又和自之，得二百八十九步。減倍積，得　爲弦冪。副以天地相加，得　爲弦。自之，得　消之，得　爲云式。又如前消得　爲左式。左右對列，內二行相棄，得　外二行相棄，得　內外相消，得　開三棄方，得六步。合問。

清・戴煦《四元玉鑑細草》　草曰：立天元一爲弦較較　地元一爲較　以句股和自之，得　於上。以句股積八之，得　減上得較冪　寄左。次以地元自乘，得　與左相消，得前式　又以地元加天元，得弦　自之，得弦冪　寄左。次以句股積四之，得　以地元自乘，加之，得　與左相消，得後式　於是以前式後式通分相消，即以後式爲左行，又以前式之左一行　地元約之　以乘左行，得　於上。以左行之左一行　地元約之　以乘前式，得　消上，得右行　以左行之右乘右行之左，爲內二行，

得式 [illegible] 以左行之左乘右行之右，爲外二行，得式 [illegible] 内外相消，得開方式 [illegible] 三乘方開之，得弦較較。

清・陳棠《四元消法易簡草》 法曰：立天元一爲弦較較，地元一爲較。天地配合求之，得今式 [illegible] 云式 [illegible] 兩次開方消之，得 [illegible] 爲除式。上實下法，得弦較較六步。

艸曰：立天元 [illegible] 爲弦較較，地元 [illegible] 爲較。加天元，得 [illegible] 爲弦。自之，得 [illegible] 爲弦冪。減和冪，得 [illegible] 爲倍直積。四句股積消之，得 [illegible] 爲今式。副以地元加和步十七，得 [illegible] 爲倍股。以地元減和步，得 [illegible] 爲倍句，相乘得 [illegible] 爲四直積。八句股積消之，得 [illegible] 爲云式。剔 太、元數爲二，各開平方， 太得 [illegible] 元得 [illegible] 相消得 [illegible] 爲甲式。又置今式 [illegible] 剔分太、元數爲二，各開平方， 太得 [illegible] 元得 [illegible] 相消得 [illegible] 爲乙式。減甲式得 [illegible] 上實下法，得六步。

元・朱世傑《四元玉鑑》卷下《兩儀合轍》 今有句股積三十步。只云句股和一十七步。問句冪幾何。

答曰：二十五步。

術曰：立天元一爲句冪，地元一爲句。天地配合求之，得三十六百爲正實，一百六十九爲益方，一爲正隅。平方開之，合問。

清・沈欽裴《四元玉鑑細草》 草曰：立天元一 [illegible] 爲勾冪，地元一 [illegible] 爲勾。天地配合求之，得今式 [illegible] 云式 [illegible] 互隱通分消之，内二行得 [illegible] 外二行得 [illegible] 内外二行相消，得開方式 [illegible] 平方開之，得二十五步。合問。

清・羅士琳《四元玉鑑細草》 艸曰：立天元一爲句冪，地元一爲句。置句股和十七步，以地元減之，得 [illegible] 爲股。用與地元相乘，得 [illegible] 爲直積。乃倍句股積，得六十步消之，得 [illegible] 爲今式。副以地元自之，得 [illegible] 爲句冪。用與天元相消，得 [illegible] 爲云式。以今式消之，得 [illegible] 爲右式。復以左行齊云式，得 [illegible] 用消右式，得 [illegible] 爲左式。左右對列，内二行相乘，得 [illegible] 外二行相乘，得 [illegible] 内外相消，得 [illegible] 開平方，得二十五步。合問。

清・戴煦《四元玉鑑細草》 草曰：立天元一爲句冪 [illegible] 地元一爲句 [illegible] 以地元減句股和，得股 [illegible] 以地元乘之，得直積 [illegible] 寄左。次以句股積倍之，得 [illegible] 與左相消，得前式 [illegible] 又以地元自之，得 [illegible] 寄左。

次以天元與左相消，得後式　於是以前式後式相消，以前式加後式，得左行　以前式之左一行　地元約之，得　以乘左行得　於上。以左行之左一行　地元約之，得　以乘前式，得　消上，得右行　以左行之右乘右行之左，爲內二行，得式　以左行之左乘右行之右，爲外二行，得式　。內外相消，得開方式　平方開之，得句冪。

清·陳棠《四元消法易簡草》　法曰：立天元一爲句冪，地元一爲句。天地配合求之，得云式　。剔而借同數消之，得開方式　。開平方，得句冪。

艸曰：立天元　爲句冪，地元　爲句。以地元除天元，得句　以地元除直積，得股　相加，得　爲和。消十七步，得　爲云式。剔去　得　爲同十七段正句式。按：剔去之地元句數十七負，故此式爲同十七段正句也。自之，得　爲二百八十九段名冪。乃以天元句冪二百八十九之，得　爲同數。相消得　開平方，得二十五步。合問。

元·朱世傑《四元玉鑑》卷下《兩儀合轍》　今有句股積三十步。只云句股和一十七步。問股冪幾何。

答曰：一百四十四步。

術曰：立天元一爲股冪，地元一爲句。天地配合求之，得三千六百爲益實，一百六十九爲從方，一爲益隅。平方開之，合問。

清·沈欽裴《四元玉鑑細草》　草曰：立天元一　爲股冪，地元一　爲勾。天地配合求之，得今式　云式　互隱通分消之，內二行得　外二行得　內外二行相消，得開方式　平方開之，得一百四十四步。合問。

清·羅士琳《四元玉鑑細草》　艸曰：立天元一爲股冪，地元一爲句。置句股和十七步，以地元減之，得　爲股。用與地元相乘，得　爲直積。乃倍句股積，得六十步。消之，得　爲今式。副以股自之，得　爲股冪。用與天元相消，得　爲云式。以今式消之，得　爲右式。復以左行齊云式，得　用消右式，得　爲左式。左右對

列，內二行相乘得　外二行相乘，得　內外相消，得
開平方，得一百四十四步。合問。

清·戴煦《四元玉鑑細草》 草曰：立天元一爲股冪　地元一爲股　以地元減句股和，得句　以地元乘之，得直積　寄左。次以句股積倍之，得　與左相消，得前式　又以地元自之，得　寄左。次列天元與左相消，得後式　於是以前式後式通分相消，以前式加後式，得左行　以左行之左一行乘前式　地元約之　以乘前式，得　於上。以前式之左一行　地元約之　以乘左行，得　消上，得右行　以左行之右乘右行之左，爲內二行，得式　以左行之左乘右行之右，爲外二行，得式　內外相消，得開方式　平方開之，得股冪。

清·陳棠《四元消法易簡草》 法曰：立天元一爲股冪，地元一爲句。天地配合求之，得等式　剔而借同數式消之，得開方式　開平方，得股冪。

艸曰：立天元　爲股冪，地元　爲句。以地元除倍句股積，得　爲股。自之，得　爲股冪。消天元，得　爲等式。剔去　得　爲同正天元乘句冪式。於上。乃置和冪，減倍直積，再減股冪，得　爲句冪。乘天元，得　爲同數。消上，得　開平方，得一百四十四步。合問。

元·朱世傑《四元玉鑑》卷下《兩儀合轍》 今有句股積三十步。只云句股和一十七步。問弦冪幾何。

答曰：一百六十九步。

術曰：立天元一爲弦冪，地元一爲股。天地配合求之，得二千八百七十三爲正實，一十七爲益方，開無隅平方。合問。

清·沈欽裴《四元玉鑑細草》 草曰：立天元一　爲弦冪，地元一　爲股。天地配合求之，得今式　云式　互隱通分消之，得　轉以一十七乘之，得　開無隅平方，得一百六十九步。合問。

按：此變式也。

清·羅士琳《四元玉鑑細草》 艸曰：立天元一爲弦冪，地元一爲股，以地元減句股和，得　爲句。用乘地元，得　爲直積。乃倍句股積，

得六十步。消之，得　爲今式。副以句自之，得　爲句冪。又股自之，得　爲股冪。併句股二冪，得　消天元，得　爲云式。以右行齊今式，得　六十云式　消之，得　爲右式。又倍今式　消云式，得　爲左式。用消右式得　開無隅平方，合問。

士琳案：此問以四句股積減和冪，即爲弦冪。初可無須立元，術義如斯，故不得不紆遠求之耳。

清·戴煦《四元玉鑑細草》 草曰：立天元一爲弦冪　地元一爲股　以句股積倍之，得　以地元除之，今不受除，寄除法爲母。得句　以句母通地元　加之，得句股和　以十七步乘之，得和冪　寄左。次以十七步自之，得　以左母通之，得　與左相消，得前式　又以地元減句股和，得句　自之，得句冪　地元自之，得股冪　相併，得弦冪　寄左。次以天元與左相消，得後式　於是以前式後式通分相消，以前式之左一行　地元冪約之，得　以乘後式，得　於上。以後式之左一行　地元冪約之，得　以乘前式，得　消上，得一行式，便爲開方式　上實下法而一，得弦冪。按：前式不以句股和相消，而用和冪相消，主術較便，但不如是，則無以合於原術實方之數矣。

清·陳棠《四元消法易簡草》 法曰：立天元一爲弦冪，地元一爲股。天地配合求之，得等式　剔而乘約之，相消得　爲除式。上實下法，得弦冪。

艸曰：立天元　爲弦冪，地元　爲股。以股減和，得爲句。自之，得 [illegible] 爲句冪。用減弦冪，得 [illegible] 爲股冪。乃以股自之，得 [illegible] 相消得 [illegible] 爲等式，剔去 [illegible] 於上，得 [illegible] 地元約之，得 [illegible] 再以句 [illegible] 約之，得 [illegible] 乃以地元除直積，得句 [illegible] 乘 [illegible] 得 [illegible] 又以地元乘之，得 [illegible] 爲 [illegible] 同數。按：以某數約之，仍以某數乘之，原數不動，故其數同。與上相併，得 [illegible] 上實下法，得百六十九步。合問。

元・朱世傑《四元玉鑑》卷下《左右逢元》 今有直積加句冪，減股冪，以平乘之，減直積，與平等。只云和減三較，以長除之，與較同。問長平各幾何。

答曰：平三步，長四步。

術曰：立天元一爲平，地元一爲長。天地配合求之，得三爲正實，一十一爲從方，八爲從上廉，七爲益下廉，一爲正隅。三乘方開之，得平。合問。

清・沈欽裴《四元玉鑑細草》 草曰：立天元一 [illegible] 爲平，地元一 [illegible] 爲長。天地配合求之，得今式 [illegible] 云式 [illegible] 互隱通分消之，內二行得 [illegible] 外二行得 [illegible] 內外相消，得開方式 [illegible] 三乘方開之，得平三步。合問。

清・羅士琳《四元玉鑑細草》 艸曰：立天元一爲平，地元一爲長。天元自之，得 [illegible] 爲句冪。地元自之，得 [illegible] 爲股冪。天地相乘，得 [illegible] 爲直積。用加句冪，得 [illegible] 以股冪減之，得 [illegible] 又以平乘之，得 [illegible] 復以直積減之，得 [illegible] 與平相消，得 [illegible] 爲今式。又以天元減地元，得 [illegible] 爲較。三之，得 [illegible] 爲三較。副置天地相加，得 [illegible] 爲和。以三較減之，得 [illegible] 又以長除之，得 [illegible] 與較相消，得 [illegible] 爲云式。以今式消之，得 [illegible] 爲右式。又以今式消之，得 [illegible] 爲左式。左右對列，內二行相乘，得 [illegible] 外二行相乘，得 [illegible] 內外相消，得 [illegible] 開三乘方，得三步。合問。

清・戴煦《四元玉鑑細草》 草曰：立天元一爲平 [illegible] 地元一爲長 [illegible] 長平相乘，得 [illegible] 爲直積。長平相併，得和 [illegible] 以平減長，得較 [illegible] 及平自之，得平冪 [illegible] 長自之得長冪 [illegible] 乃以積加平冪 [illegible] 減長冪，得 [illegible] 以平乘之 [illegible] 減直積，得 [illegible] 寄左。次列天元，與左相消，得 [illegible] 天元約之，得今式 [illegible] 又以較三之，得 [illegible] 以減和，得 [illegible] 寄左。次以長乘較，得 [illegible] 與左相消，得云式 [illegible] 於是以今式云式通分相消，以云式減今式，得左行 [illegible] 以 [illegible] 乘左行，得 [illegible] 以云式消之，得右行 [illegible] 以左行之右乘右行之左，爲內二行，得式 [illegible] 以左行之左乘右行之右，爲外二行，得式 [illegible] 內外相消，得開方式 [illegible] 三乘方開之。得平。

清・陳棠《四元消法易簡草》 法曰：立天元一爲平，地元一爲長。天地配合求之，得 [illegible] 爲今式，[illegible] 爲云式。加減兼通分消之，得 [illegible] 開三乘方得平。借真數消之，得長。

艸曰：立天元 [illegible] 爲平，地元 [illegible] 爲長。天地相乘，得 [illegible]

爲直積。天元自之，得[illegible]爲句冪。地元自之，得[illegible]爲股冪。以句冪加直積，得[illegible]股冪減之，得[illegible]以平乘之[illegible]減直積，得[illegible]消平，得[illegible]爲今式。天地相減，三之，得[illegible]爲三較。天地相加，得[illegible]爲和。以三較減之，得[illegible]以長除之，得[illegible]消較，得[illegible]爲云式。減今式，得[illegible]爲甲式。以今式減之，得[illegible]爲乙式。以甲式右行通乙式左行，與乙式右行相併，得[illegible]開三乘方，得平三步。以三如法消甲式，得[illegible]右實左法，得長四步。合問。

元・朱世傑《四元玉鑑》卷下《左右逢元》 今有直田長自乘，減和，餘九步。只云平自乘，減較，餘八步。問長平各幾何。

答曰：平三步，長四步。

術曰：立天元一爲平，地元一爲長。天地配合求之，得六十三爲正實，一十八爲益方，一十六爲益上廉，二爲從下廉，一爲正隅。三乘方開之，得平。合問。

清・沈欽裴《四元玉鑑細草》 草曰：立天元一[illegible]爲平，地元一[illegible]爲長。天地配合求之，得今式[illegible]云式[illegible]互隱通分消之，內二行得[illegible]外二行得[illegible]內外相消，得開方式[illegible]三乘方開之，得平三步。合問。

清・羅士琳《四元玉鑑細草》 艸曰：立天元一爲平，地元一爲長。天地相加，得[illegible]爲和。以天元減地元，得[illegible]爲較。乃以長自乘，得[illegible]以和減之，得[illegible]與九步相消，得[illegible]爲今式。又平自乘，得[illegible]以較減之，得[illegible]與八步相消，得[illegible]爲云式，即爲右式。消今式，得[illegible]爲左式。左右對列，內二行相乘，得[illegible]外二行相乘，得[illegible]內外相消，得[illegible]開三乘方，得三步。合問。

清・戴煦《四元玉鑑細草》 草曰：立天元一爲平[illegible]地元一爲長[illegible]長、平相併，得和[illegible]以平減長，得較[illegible]乃以長自乘[illegible]內減和，得[illegible]寄左。次列九步與左相減，消得今式[illegible]又以長平自乘[illegible]內減較得[illegible]寄左。次列八步，與左相消，得云式[illegible]於是以今式云式相消，即以云式爲左行。以[illegible]通左行，得[illegible]以(消)今式消之，得右行[illegible]以左行之右乘右行之左，爲內二行，得式[illegible]以左行之左乘右行之右，爲外二行，得式[illegible]內外相消，得開方式[illegible]三乘方開之，得平。

清・陳棠《四元消法易簡草》 法曰：立天元一爲平，地元一爲長，天地配合求之，得[illegible]爲今式[illegible]爲云式。開方消之，得[illegible]爲開方式。平方開之得平。借真數消之，得長。

艸曰：立天元[illegible]爲平，地元[illegible]爲長。天地相加，得[illegible]爲和。相減，得[illegible]爲較。長自乘，得[illegible]以和減之，得[illegible]以消九步，得[illegible]爲今式。平自乘，得[illegible]內減較，得[illegible]消八步，得[illegible]爲云式。減今式，得[illegible]剔分爲二，左得[illegible]右得[illegible]各開平方，左得[illegible]右得[illegible]相消得甲式[illegible]加云式得[illegible]開平方得平三步。以三乘甲式天元[illegible]得[illegible]加入太[illegible]，而甲式化爲[illegible]右實左法，得地元長四步。合問。

元・朱世傑《四元玉鑑》卷下《左右逢元》 今有直積加一長二平共得二十二步。只云長冪加平，減較冪，餘一十八步。問長平各幾何。

答曰：平三步，長四步。

術曰：立天元一爲平，地元一爲長。天地配合求之，得一十八爲正實，二十七爲益方，四爲從廉，一爲從隅。立方開之，得平。合問。

清・沈欽裴《四元玉鑑細草》 草曰：立天元一大 □ 爲平，地元一 □ 爲長。天地配合求之，得今式 □ 云式 □ 互隱通分消之，內二行得 □ 外二行得 □ 內外相消，得開方式 □ 立方開之，得平三步二。合問。

清・羅士琳《四元玉鑑細草》 艸曰：立天元一爲平，地元一爲長。天地相乘，得 □ 爲直積。倍天元，得 □ 加地元得 □ 用與直積相加，得 □ 消二十二步，得 □ 爲今式，即爲右式。又地元自之，得 □ 爲長冪。加平得 □ 於上。副以天元減地元，得 □ 爲較。自之，得 □ 爲較冪。以減上位，得 □ 消十八步，得 □ 爲云式，即爲左式。左右對列，內二行相乘，得 □ 外二行相乘，得 □ 內外相消，得 □ 開立方，得三步。合問。

清・戴煦《四元玉鑑細草》 草曰：立天元一爲平 □ 地元一爲長 □ 長平相乘，得直積 □ 以平減長，得較 □ 自之，得較冪 □ 乃以直積加一長 □ 再加二平，得 □ 寄左。次列二十二步，與左相消，得今式 □ 又以較冪加十八步，得 □ 寄左。次以長自之 □ 加平得 □ 與左相消，得云式 □ 於是即以今式爲左行，以云式爲右行。以左行之右乘右行之左，爲內二行，得式 □ 以左行之左乘右行之右，爲外二行，得式 □ 內外相消，得開方式 □ 立方開之，得平。

清・陳棠《四元消法易簡草》 法曰：立天元一爲平，地元一爲長。天地配合求之，得 □ 爲今式 □ 爲云式。減消兩次，得 □ 開立方得平。

艸曰：立天元 □ 爲平，地元 □ 爲長。天地相乘，得 □ 爲直積。加長，得 □。又倍天元，加之，得 □。消二十二步，得 □ 爲今式。次以平減長，得 □ 爲較。自之，得 □ 爲較冪。乃以長自之，得 □ 加平，得 □ 以較減之，得 □ 消十八步得 □ 爲云式。倍今式 □ 以云式減之，得 □ 再以云式升一位，減之，得 □ 開立方，得三步爲平。以三乘天元 □ 及天地相當之元 □ 各依行次併入上位，而今式化爲 □ 右實左法，得四步爲長。

元・朱世傑《四元玉鑑》卷下《左右逢元》 今有直積加二平，減三較，餘一十五步。只云長取强半，平取少半，與和七分之四等。問長平各幾何。

答曰：平三步，長四步。

術曰：立天元一爲平，地元一爲長。天地配合求之，得四十五爲益實，三爲從方，四爲從隅。平方開之，得平。合問。

清・沈欽裴《四元玉鑑細草》 草曰：立天元一 □ 爲平，地元一 □ 爲長。天地配合求之，得今式 □ 云式 □ 互隱通分消之，內二行得 □ 外二行得 □ 內外相消，五約，得開方式 □ 平方開之，得平三步。合問。

清・羅士琳《四元玉鑑細草》 艸曰：立天元一爲平，地元一爲長。天地相乘，得 □ 爲直積。天地相加，得 □ 爲和。天地相減，得 □ 爲較。三之得 □ 爲三較。以減直積，得 □ 加二平，得 □ 消十五步，得 □ 爲今式。乃以三母連乘，得八十四，爲總母。通天元，得[算式]取其少半，得[算式]於上。副以總母通地元，得[算式]取其强半，得[算式]於中。又以總母通和，得[算式]取其七分之四，得[算式]於下。併上、中二位，得[算式]消下位，得[算式]五約之，得[算式]爲云式。消今式得[算式]三之，得[算式]又以云式消之，得[算式]。開平方得三步。合問。

清・戴煦《四元玉鑑細草》 草曰：立天元一爲平[算式]地元一爲長[算式]長平相乘，得積[算式]以平減長，得較[算式]長平相併，得和[算式]乃以積加二平[算式]以三較[算式]減之，得[算式]寄左。次列十五步與左相消，得今式[算式]又以和四之[算式]七而一，今不除，寄七爲母。得[算式]寄左。次以長三之[算式]四而一，今不除，寄四爲母。得[算式]又以平三而一，今不除，寄三爲母。得[算式]與長合分互乘，取長數乘，得[算式]取平數乘得[算式]相併得[算式]與左合分互乘。左乘得[算式]右乘得[算式]相消得[算式]五約之，得云式[算式]於是即以今式爲左行，以云式爲右行，以左行之右乘右行之左，爲内二行，得式[算式]以左行之左乘右行之右，爲外二行，得式[算式]内外相消，得開方式[算式]平方開之，得平。

清・陳棠《四元消法易簡草》 法曰：立天元一爲平，地元一爲長，天地配合求之，得[算式]爲今式，[算式]爲云式。加減一次，得[算式]開平方得平。

艸曰：立天元[算式]爲平，地元[算式]爲長。長平相乘，得[算式]爲積。相減，得[算式]爲較。倍平加積，得[算式]三較減之，得[算式]消十五步，得[算式]爲今式。乃以長三乘，而四約之，得[算式]爲强半。又三約平，得[算式]爲少半。又長平相加，得[算式]四之，七而一，得[算式]爲和七分之四。乃以三母連乘，得[算式]爲共母。乘各子，各母約之，長得[算式]平得[算式]和得[算式]併長平，得[算式]以和消之，得[算式]五約之，得[算式]爲云式。以減今式，得[算式]三之，得[算式]加云式，得[算式]開平方，得平三步。以三乘云式，天元[算式]加入[算式]而云式化爲[算式]右實左法，得長四步。合問。

元・朱世傑《四元玉鑑》卷下《左右逢元》 今有直田，平冪減一和六較，餘與長等。只云較冪加一平，減四較。亦與長等。問長平各幾何。

答曰：平八步，長一十三步。

術曰：立天元一爲平，地元一爲長。天地配合求之，得一百二十爲益實，三十一爲從方，六爲從廉，一爲益隅。立方開之，得平。合問。

清・沈欽裴《四元玉鑑細草》 草曰：立天元一[算式]爲平，地元一[算式]爲長。天地配合求之，得今式[算式]云式[算式]互隱通分消之，内二行得[算式]外二行得[算式]内外相消，得開方式[算式]立方開之，得平八步。合問。

清・羅士琳《四元玉鑑細草》 艸曰：立天元一爲平，地元一爲長。天地相加，得[算式]爲和。天地相減，得[算式]爲較。六之，得[算式]加和，得[算式]爲一和六較。乃以天元自之，得[算式]爲平冪。減一和六較，得[算式]消地元，得[算式]爲今式，即爲右式。副以較四之，

得 [illegible] 爲四較。又較自之，得 [illegible] 爲較冪。加平，得 [illegible] 減四較，得 [illegible] 亦消地元，得 [illegible] 爲云式。八之，得 [illegible] 消右式，得 [illegible] 爲左式。左右對列，內二行相乘，得 [illegible] 外二行相乘，得 [illegible] 內外相消，得 [illegible] 開立方，得八步。合問。

士琳案：此問如以今式消云式，得 [illegible] 爲左式。則內得 [illegible] 外得 [illegible] 相消得 [illegible] 可省開平方矣。

清·戴煦《四元玉鑑細草》 草曰：立天元一爲平 [illegible] 地元一爲長 [illegible]。長平相併，得和 [illegible] 以平減長，得較 [illegible] 乃以平自之，得 [illegible] 於上。以六較 [illegible] 加和，得 [illegible] 減上，得 [illegible] 寄左。次列地元，與左相消，得今式 [illegible] 又以較自之，得 [illegible] 加一平 [illegible] 以四較 [illegible] 減之，得 [illegible] 寄左。次列地元，與左相消，得云式 [illegible] 於是以今式、云式通分相消，即以今式爲左行，以云式之左一行 [illegible] 地元約之 [illegible] 以乘左行，得 [illegible] 於上。以左行之左一行 [illegible] 地元約之 [illegible] 以乘云式，得 [illegible] 消上，得右行 [illegible] 以左行之右乘右行之左，爲內二行，得式 [illegible] 以左行之左乘右行之右，爲外二行，得式 [illegible] 內外相消 [illegible] 天元約之，得開方式 [illegible] 立方開之，得平。

清·陳棠《四元消法易簡草》 法曰：立天元一爲平，地元一爲長。天地配合求之，得 [illegible] 爲今式，[illegible] 爲云式。設等式消之，得 [illegible] 開平方，得平。又約法消之，得 [illegible] 開平方，得平。

草曰：立天元 [illegible] 爲平，地元 [illegible] 爲長。天地相加，得和 [illegible] 相減，得較 [illegible] 六之，加和，得 [illegible] 爲一和六較。天元自之，得 [illegible] 減一和六較，得 [illegible] 於上。消地元，得 [illegible] 爲今式。較四之，得 [illegible] 爲四較較。自之，得 [illegible] 爲較冪。加平，得 [illegible] 減四較，得 [illegible] 於上。地元消上，得云式 [illegible] 又以兩上式相消，得 [illegible] 爲等式。八之，得 [illegible] 加今式，得 [illegible] 開平方得平八步。以八乘等式天元 [illegible] 得 [illegible] 加入 [illegible] 而等式化爲 [illegible] 右實左法，得十三步爲長。合問。

又草曰：以 [illegible] 約云式，得 [illegible] 八之，得 [illegible] 加今式，得開方式 [illegible] 開平方，得八步。

案：此草若以約式減等式，則得 [illegible] 更可省爲除式矣。

元·朱世傑《四元玉鑑》卷下《左右逢元》 今有直積加和冪，減較冪，以平除之，與積等。只云長冪加二較，減二差冪，亦與積等。問長各平幾何。

答曰：平五步，長一十二步。

術曰：立天元一爲長，地元一爲平。天地配合求之，得六十爲益實，一十七爲從方，一爲益隅。平方開之，得長。合問。

清·沈欽裴《四元玉鑑細草》 草曰：立天元一 [illegible] 爲長，地元一 [illegible] 爲平。天地配合求之，得今式 [illegible] 云式 [illegible] 互隱通分消之，內

二行得 [illegible] 外二行得 [illegible] 內外兩位相消，得開方式 [illegible] 平方開之，得長一十二步。合問。

清・羅士琳《四元玉鑑細草》 艸曰：立天元一爲長，地元一爲平。天地相加，得 [illegible] 爲和。自之，得 [illegible] 爲和冪。以地元減天元，得 [illegible] 爲較。自之，得 [illegible] 爲較冪。倍之，得 [illegible] 爲二差冪。天地相乘，得 [illegible] 爲直積。加和冪，得 [illegible] 減較冪，得 [illegible] 以平除之，得 [illegible] 消直積，得 [illegible] 爲今式，即爲右式。副倍較得 [illegible] 爲二較。又天元自之，得 [illegible] 爲長冪。加二較，得 [illegible] 減二差冪，得 [illegible] 亦消直積，得 [illegible] 爲云式。倍右式 [illegible] 消之，得 [illegible] 爲左式。左右對列，內二行相乘，得 [illegible] 外二行相乘，得 [illegible] 內外相消，得 [illegible] 開平方，得十二步。合問。

清・戴煦《四元玉鑑細草》 草曰：立天元一爲長 [illegible] 地元一爲平 [illegible] 長平相乘，得積 [illegible] 長平相併，得和 [illegible] 自之，得和冪 [illegible] 以平減長，得較 [illegible] 自之，得差冪 [illegible] 乃以積加和冪 [illegible] 內減差冪，差冪即較冪。得 [illegible] 以平除之，得 [illegible] 寄左。次列直積與左相消，得 [illegible] 天元約之，得今式 [illegible] 又以長自之，得長冪 [illegible] 以二較 [illegible] 加之 [illegible] 以二差冪 [illegible] 減之，得 [illegible] 寄左。次列積與左相消，得云式 [illegible] 於是以今式、云式通分相消，即以今式爲左行，以左行之左一行 [illegible] 地元約之 [illegible] 以乘云式，得 [illegible] 於上。以云式之左一行 [illegible] 地元約之 [illegible] 以乘左行，得 [illegible] 消上，得右行 [illegible] 以左行之右乘右行之左，爲內二行，得式 [illegible] 以左行之左乘右行之右爲外二行，得式 [illegible] 內外相消，得開方式 [illegible] 平方開之，得長。

清・陳棠《四元消法易簡草》 法曰：立天元一爲長，地元一爲平，天地配合求之，得今式 [illegible] 云式 [illegible] 設等式用約元式消之，得 [illegible] 爲除式。上實下法，得長十二步。

艸曰：立天元 [illegible] 爲長，地元 [illegible] 爲平。天地相乘，得 [illegible] 爲直積。相加，得 [illegible] 爲和。自之，得 [illegible] 爲和冪。天地相減，得 [illegible] 爲較。自之，得 [illegible] 爲較冪。以和冪加直積，得式 [illegible] 以較冪減之，得 [illegible] 以平除之，得 [illegible] 於上。消直積，得 [illegible] 爲今式。乃以長自之，得 [illegible] 爲長冪。倍較加之，得 [illegible] 倍較冪爲二差冪，減之得 [illegible] 於上。消直積，得 [illegible] 爲云式。兩上式相消，得 [illegible] 爲等式。以 [illegible] 約云式，得 [illegible] 爲約式。消等式，得 [illegible] 以今式約之，得餘式 [illegible] 上實下法，得十二步爲長。置今式 [illegible] 右實左法，得平五步。合問。

元・朱世傑《四元玉鑑》卷下《左右逢元》 今有直積平方開之，減平，餘有三步。只云長以平方開之，不及較三步。問長平各幾何。

答曰：平九步，長一十六步。

術曰：立天元一爲平，地元一爲長。天地配合求之，得八十一爲正實，四十五爲從方，三爲從廉。一爲益隅。立方開之，得平。合問。

清・沈欽裴《四元玉鑑細草》 草曰：立天元一 [illegible] 爲平，地元一 [illegible] 爲長。天地配合求之，得今式 [illegible] 云式 [illegible] 互隱通分消之，內二行得 [illegible] 外二行得 [illegible] 內外相消，得開方式

[算籌式] 立方開之，得平九步。合問。

清·羅士琳《四元玉鑑細草》 艸曰：立天元一爲平，地元一爲長。天地相乘，得 [算籌式] 爲直積。以平加餘三步，得 [算籌式] 爲開方數。自之，得 [算籌式] 消直積，得 [算籌式] 爲今式，即爲右式。天地相減，得 [算籌式] 爲較。減不及三步，得 [算籌式] 爲後開方數。自之，得 [算籌式] 消地元得 [算籌式] 爲云式。用消右式，得 [算籌式] 爲左式。左右對列，内二行相乘，得 [算籌式] 外二行相乘，得 [算籌式] 内外相消，得 [算籌式] 開立方。得九步。合問。

士琳案：此據術推演，故左右對列互乘也。如以左右式相消，得 [算籌式] 則上實下法，即可合問。又如以右式消云式右行，得 [算籌式] 爲左式。復以左式消右式，左行亦得 [算籌式] 皆可省開無隅平方。

清·戴煦《四元玉鑑細草》 草曰：立天元一爲平 [算籌式] 地元一爲長 [算籌式] 以平減長，得較 [算籌式] 長平相乘，得積 [算籌式] 乃以平加三步 [算籌式] 自之 [算籌式] 寄左。次列直積與左相消，得今式 [算籌式] 又以較減三步 [算籌式] 自之，得 [算籌式] 寄左。次列地元與左相消，得云式 [算籌式] 於是以今式云式通分相消，即以今式爲左行，以左行之左一行 [算籌式] 地元約之 [算籌式] 以乘云式，得 [算籌式] 於上。以云式之左一行 [算籌式] 地元約之 [算籌式] 以乘左行，得 [算籌式] 消上，得右行 [算籌式] 以左行之右乘右行之左，爲内二行，得式 [算籌式] 以左行之左乘右行之右，爲外二行，得式 [算籌式] 内外相消，得開方式 [算籌式] 立方開之，得平。

清·陳棠《四元消法易簡草》 法曰：立天元一爲平，地元一爲長。天地配合求之，得 [算籌式] 爲今式 [算籌式] 爲云式。約餘式，消之得 [算籌式] 上實下法，得平。

艸曰：立天元 [算籌式] 爲平，地元 [算籌式] 爲長。天地相乘，得 [算籌式] 爲直積。以平加餘三步，得 [算籌式] 爲開方數。自之，得 [算籌式] 消直積，得 [算籌式] 爲今式。天地相減，得 [算籌式] 爲較。減不及三步，得 [算籌式] 爲後開方數。自之，得 [算籌式] 消地元，得 [算籌式] 爲云式。以今式天元平方爲首項，約云式，得餘式 [算籌式] 加今式，得 [算籌式] 上實下法，得平九步。以九乘餘式，天元加入 太 而餘式化爲 [算籌式] 右實左法，得長十六步。合問。

棠案：此問如以今減云，即可得 [算籌式] 初無俟乎約也。所以必用約者，亦以見約與減之無二理耳。然其中亦有妙用也。即如「兩儀合轍」第八問，倍今，減云，得 [算籌式] 爲開方式。試問此倍之法，從何而來，豈非以細審云式地項，恰足今式地項二倍而得乎。究之得此二倍之數也，必有法，故以今式地之平方約云式地之平方，得 [算籌式] 以乘今式得式用減云式，得 [算籌式] 爲開方式。此祘理之塙不可易者也。

元·朱世傑《四元玉鑑》卷下《左右逢元》 今有直積加平與二和一較等。只云長冪減較冪亦與二和一較等。問四事各幾何。

答曰：平三步，長四步。

術曰：立天元一爲平，地元一爲長。天地配合求之，得三爲正實，二爲從方，一爲益隅。平方開之，得平。又立天元一爲長，地元一爲平。求得一十二爲益實，三爲從方，開無隅平方而一，得長。又立天元一爲和，地元一爲平。求得七爲正實，六爲從方，一爲益隅。平方開之，得和。又立天元一爲較，地元一爲長。求得三爲正實，三爲益方，上實下法而一，即較。合問。

清·沈欽裴《四元玉鑑細草》 草曰：立天元一 [算籌式] 爲平，地元一 [算籌式] 爲長。天地配合求之，得今式 [算籌式] 云式 [算籌式] 互隱通分消之，内二行得 [算籌式] 外二行得 [算籌式] 内外相消，得開方式 [算籌式] 平方開之，得平三步。又立天元一 [算籌式] 爲長，地元一 [算籌式] 爲平。求得

今式 [illegible] 云式 [illegible] 内二行得 [illegible] 外二行得 [illegible] 内外相消，得 [illegible] 三因之，得 [illegible] 開無隅(得)平方而一，得長四步。 又立天元一 太一 爲和，地元一 [illegible] 爲平。求得今式 [illegible] 求得云式 [illegible] 内二行得 [illegible] 外二行得 [illegible] 内外相消，得開方式 [illegible] 平方開之，得和七步。 又立天元一 太一 爲較，地元一 [illegible] 爲長。求得今式 [illegible] 云式 [illegible] 内二行得 [illegible] 外二行得 [illegible] 内外相消，得式 [illegible] 上實下法而一，得較一步。合問。

按：求長術以三乘，求較術不以三除，皆變式也。

清・羅士琳《四元玉鑑細草》 艸曰：立天元一爲平，地元一爲長。天地相加，得 [illegible] 爲和。倍之，得 [illegible] 爲二和。天地相減，得 [illegible] 爲較。加二和，得 [illegible] 爲二和一較。乃以天地相乘，得 [illegible] 爲直積。加平，得 [illegible] 消二和一較，得 [illegible] 爲今式。又長自之，得 [illegible] 爲長冪。較自之，得 [illegible] 爲較冪。以減長冪，得 [illegible] 亦消二和一較，得 [illegible] 爲云式，即爲右式。以今式消之，得 [illegible] 爲左式。左右對列，内二行相乘，得 [illegible] 外二行相乘，得 [illegible] 内外相消，得 [illegible] 開平方，得三步。 又立天元一爲長，地元一爲平。天地相加，得 太一 爲和。倍之得 [illegible] 爲二和。以地元減天元，得 [illegible] 爲較。加二和，得 [illegible] 爲二和一較。乃以天地相乘，得 [illegible] 爲直積。加平，得 [illegible] 消二和一較，得 [illegible] 爲今式，即爲右式。又長自之，得 [illegible] 爲長冪。較自之，得 [illegible] 爲較冪。以減長冪，得 [illegible] 亦消二和一較，得 [illegible] 爲云式。以右式消之，得 [illegible] 爲左式。左右對列，内二行相乘，得 [illegible] 外二行相乘，得 [illegible] 内外相消，得 [illegible] 開無隅平方而一，得四步。 又立天元一爲和，地元一爲平。以地元減天元，得 [illegible] 爲長。倍天元 [illegible] 爲二和。以地元減長，得 [illegible] 爲較。加二和，得 [illegible] 爲二和一較。乃以長平相乘，得 [illegible] 爲直積。加平，得 [illegible] 消二和一較，得 [illegible] 爲今式。又長自之，得 [illegible] 爲長冪。較自之，得 [illegible] 爲較冪。以減長冪，得 [illegible] 亦消二和一較，得 [illegible] 爲云式。以今式消之，得 [illegible] 爲右式。倍今式 [illegible] 消右式，得 [illegible] 爲左式。左右對列，内二行相乘，得 [illegible] 外二行相乘，得 [illegible] 内外相消，得 [illegible] 開平方，得七步。

又立天元一爲較，地元一爲長。天地相減，得 [illegible] 爲平。加地元，得 [illegible] 爲和。倍之，得 [illegible] 爲二和。加較，得 [illegible] 爲二和一較。乃以長平相乘，得 [illegible] 爲直積。加平，得 [illegible] 消二和一較，得 [illegible] 爲今式，即爲右式。又長自之，得 [illegible] 爲長冪。較自之，得 [illegible] 爲較冪。以減長冪，得 [illegible] 亦消二和一較，得 [illegible] 爲云式。以右式消之，得 [illegible] 爲左式。左右對列，内二行相乘，得 [illegible] 外二行相乘，得 [illegible] 内外相消，得 [illegible] 上實下法而一，得一步。合問。

士琳案：此問求平弟一艸之今式 [illegible] 上實下法，即可合問。又如以今式與左式相消，得 [illegible] 復消左式，亦得 [illegible] 是可省開無隅平方。其弟二術求長可省。如以弟一艸今云式地易天位，即同於弟二艸今云式。

清・戴煦《四元玉鑑細草》 草曰：立天元一爲平 太一 地元一爲長 [illegible] 長平相乘，得 [illegible] 爲直積。長平相併，得和 [illegible] 以平減長，得較 [illegible] 乃以積加平，得 [illegible] 寄左。次以二和 [illegible] 加較，得 [illegible] 與左相消，得今式 [illegible] 又以長自之，得長冪 [illegible] 較之自得較冪

[算式] 以減長冪，得 [算式] 寄左。次以二和一較 [算式] 與左相消，得云式 [算式] 於是即以云式爲左行，以今式減云式 [算式] 天元約之，得右行 [算式] 以左行之右乘右行之左，爲内二行，得式 [算式] 以左行之左乘右行之右，爲外二行，得式 [算式] 内外相消，得開方式 [算式] 平方開之，得平。按：以地元約今式，即可爲法實，不必更求云式。兹姑依原術行之。又立天元一爲長 [算式] 地元一爲平 [算式] 以前術之今式，地易天位 [算式] 天元約之，得今式 [算式] 又以前術之云式，地易天位，得云式 [算式] [算式] 於是以今式云式通分相消，即以今式爲左行，以 [算式] 通左行以消云式，得右行 [算式]。以左行之右乘右行之左，爲内二行，得式 [算式] 以左行之左乘右行之右爲外二行，得式 [算式] 内外相消，得 [算式] 開方式 [算式] 上實下法而一，得長。又立天元一爲和，地元一爲平 [算式] 以平減和，得長 [算式] 以乘平，得積 [算式] 以平減長，得較 [算式] 自之，得較冪 [算式] 又長自之，得長冪 [算式] 乃以直積加平，得 [算式] 寄左。次以二和 [算式] 併一較，得 [算式] 與左相消，得今式 [算式] 又以長冪内減較冪，得 [算式] 寄左。以二和一較 [算式] 與左相消，得云式 [算式] 於是以今式云式通分相消，以今式三之，得 [算式] 以消云式，得左行 [算式] 以左行之左一行 [算式] 地元約之 [算式] 以乘今式，得 [算式] 於上。以今式之左一行 [算式] 地元約之 [算式] 以乘左行，得 [算式] 以上消之，得右行，[算式] 以左行之右乘右行之左，爲内二行，得式 [算式] 以左行之左乘右行之右，爲外二行，得式 [算式] 内外相消，得 [算式] 三天元約之，得開方式 [算式] 平方開之，得和。又立天元一爲較 [算式] 地元一爲長 [算式] 以較減長，得平 [算式] 以乘長，得積 [算式] 長平相併，得和 [算式] 乃以積加平，得 [算式] 寄左。次以二和 [算式] 加較 [算式] 與左相消，得 [算式] 地元約之，得今式 [算式] 又以長自之，得長冪 [算式] 較自之，得較冪 [算式] 以減長冪，得 [算式] 寄左。次以二和一較 [算式] 與左相消，得云式 [算式] 於是以今式云式通分相消，即以今式爲左行。以 [算式] 通左行，得 [算式] 以云式消之，得右行 [算式] 以左行之右乘右行之左，爲内二行，得式 [算式] 以左行之左乘右行之右，爲外二行，得式 [算式] 内外相消，得開方式 [算式] 上實下法而一，得較。

清・吳嘉善《白芙堂算學廿一種・天元問答》 今有徑十步。祇云以二因弧矢積十步，與矢乘矢弦和相等。問求弦矢各若干。

答曰：矢二步，弦八步。

求弦草曰：立天元一爲弦。自之，得 [算式] 爲弦冪。立地元一爲矢。以減徑，得 [算式] 爲大矢。又以矢乘之，又四之，得 [算式] 爲弦冪。寄左。以天元冪爲同數，與左相消，得 [算式] 爲今式。又以矢除二因積，得 [算式] 爲矢弦和。以矢減之，得 [算式] 爲弦。寄左。以天元爲同數，消左，得 [算式] 爲云式。既得今云兩式，乃以四齊云式，得 [算式] 以消今式，得 [算式] 爲左式。又 齊云式，得 反消左式，得 爲右式。左右對列之 右 左 內兩行相乘，得 外兩行相乘，得 二式相消，得 爲開方式。三乘方開得八步。即弦也。

若欲求矢，當以今云兩式，天地易位，今式得 云式得 相消，得 爲左式。云式即爲右式。左右對列之 右 左 內兩行相乘，得 外兩行 二得式相消，得 爲開方式。與天元草所得同式。補此以見數可互通者，立一元可求，立二元亦可求。不能互通者，如求弦，草必須立二元，則非一元所能馭也。

又《四元草》 今有高冪乘長甲，長冪乘高乙，求兩開方式若何。

答曰：甲〇〇乙 爲求高式，乙〇〇甲 爲求長式。

草曰：立天元 太丨 爲高，地元 丨太 爲長。高自之，得 太〇丨 長乘之，得 以同數甲消之，得 爲今式。又以長自之，得 高乘之，得 以同數乙消之，得 爲云式。以今式消之，得 爲右式。其今式即爲左式，左右對列之 右 左 以內兩行相乘，得 以外兩行相乘，得 相消，得 爲求天元高式也。

若欲先求地元長者，取今云兩式，天地易位，得 爲今式， 爲云式。相消得 爲右式。其云式即爲左式，左右對列之 右 左 以內兩行相乘，得 以外兩行相乘，得 相消得 爲求天元長式也。

又 今有高冪乘長得三十六，長冪乘高得四十八。求高長各幾何

答曰：高三長四

草曰：立天元一爲高，其式 立地元一爲長，其式 高自之，得 以長乘之，得 以三十六消之，得 爲今式。又以長自之，得 以高乘之，得 以四十八消之，得 爲云式。以今式消之，得 爲右式。以今式爲左式。左右對列之 右 左 以內兩行相乘，得 以外兩行相乘，得 兩得數相消，得 以四十八約之，得 立方開之得三，即高。 若欲先求

長者，草曰：取今式云式，令天地易位，得今式 得云式 以今式消云式，得 爲右式。以云式爲左式，左右對列之 右 左 以內兩行相乘，得 以外兩行相乘，得 相消得 以三十六約之，得 立方開之得四。即長也。

又 今有二句股形，股同大弦十七，小弦十，兩句和二十一。求股及句較各若干。

答：曰股八。句較九。

草曰：立天元一爲句較，立地元一爲股。以天元減句和，得 爲二小句。自之，得 爲四段小句冪。以地元自之，又四之，得 爲四段股冪。加四段小句冪，得 爲四段小弦冪。寄左。乃以小弦自之，又四之，得 爲同數。與左相消，得 爲前式。又以天元加句和，得 爲二大句。自之，得 爲四段大句冪。以四段大股冪加之，得 爲四段大弦冪。寄左。乃以大弦自之，得 又四之，得 爲同數。與左相消，得 爲後式。以消前式，得 上實下法得九。即句較也。 求股草曰：天地易位，得前式 得後式 相消得 以四約之，得 爲左式。本可以八十四約之，今用四約者依原草也。以二十一乘前式，得 以左式反消之，得 爲右式。左右對列之 右 左 內兩行相乘，得 外兩行相乘，得 相消，得 以一千七百十四約之，得 平方開之得八。即股。

二元三次方程組

算法

元・朱世傑《四元玉鑑》卷首《四象細草假令之圖・兩儀化元》 今有股冪減弦較較，與股乘句等。只云句冪加弦較和與句乘弦同。問股幾何。

答曰：四步。

草曰：立天元一爲股，地元一爲句弦和。天地配合求之，得今式太〇〇〡 〇‖‖ 〸〆 求到云式 太〇〇〡 〇〸‖ 〆 互隱通分消之，內二行得式 太Ⅲ‖ 外二行得 太〇‖〡 兩位相消，得開方式 Ⅲ〸〡 平方開之，得股四步。合問。

清・沈欽裴《四元玉鑑細草》 細草：曰立天元一 太〡 爲股，地元一 太〡 爲句弦和。股冪 太〇〡 減弦較較 太〆 餘 太〡〡 〆 倍之，得 太‖‖ 〸 寄左。句弦和除股冪，得句弦較 太〇〇 減句弦和，得倍句 太〇〆 〇〇 以股乘之，得 太〇〇〇〆 與左相消，地元乘之，得今式 太〇〇〡 〸〇‖‖ 〸〆 倍句自乘，得 太〇〇〇〇〸〇〇 於上。股加句弦較，得弦較和 太〡〇 四之，加上，得 太〇〇‖〸〇〇 〡〇‖〇〇 寄左。倍句 太〇〆 乘倍弦 太〇〇 得 太〇〇〇〇〇〆 〡〇 與左相消，得 太〇〇〇〇〇 Ⅲ〸‖ 半之，天元一除地元，再乘，得云式 太〇〇〡 〇‖ 〸〆 以消今式，得 太〇〇 ‖ 半之，地元除之，得右式 太〇〡 〸〆 天元乘之，以消今式，地元除之，得左式 太Ⅲ‖ 〸〆 內二行相乘，得 太Ⅲ‖ 外二行相乘，得 太〇‖〡 兩位相消，得開方式 Ⅲ〸〡 平方開之，得股四步。合問。

清・羅士琳《四元玉鑑細草》 補草曰：立天元一 太〡 爲股，地元一 太〡 爲句弦和。天元自之，得 太〇〡 爲股冪。地元減天元，得 太〆 〡 爲弦較較。以減股冪，得 太〡〡 〆 爲句棄股。以股除之，得 〇太〡 〆 爲句。以減地元，得 〇太〆 〡〡 爲弦。自之，得 〇〇太‖〡 〇〸〸〸 〡‖〡 爲弦冪。副以句自之，得 〇〇太‖‖ 〇〸〸 〡 爲句冪。乃併句股二冪，得 〇〇太‖〡 〇〸〸 〡 與弦冪相消，得 太〇〇〡 〸〇‖‖ 〸〆 爲今式。次以地元除股冪，得 太〇〇〡 〇〇〡 爲句弦較。

加地元，得 太〇〇〡 爲倍弦。以句弦較減地元，得 太〇〇〆 〡 爲倍句。與倍弦相棄，得 太〇〇〇〇〇〆 〡〇 爲四段句棄弦於上。副以倍句自之，得 太〇〇〇〇〇〇 〸〇〇 〡〇 爲四段句冪。又以天元加地元，得 太〡 〡 爲弦和和。減倍句 太〇〡 〡 爲弦較和。四之，得 太〇〇Ⅲ 爲四段弦較和。加四段句冪，得 太〇〇〇〇 Ⅲ〇〇〇 〸〡〇〡 與上相消，得 太〇〇〇〇 Ⅲ〇〇〇 〸‖ 可半則半之，得 太〇〇〡 〇‖ 〸〆 爲云式。消今式，得 太〇 ‖ 半之，得 太〇〡 〸 爲右式。消今式得 太〸〸 ‖〡 爲左式。左右對列，內二行相棄，得 太Ⅲ‖ 外二行相棄，得 太〇‖〡 內外相消，得 Ⅲ〸〡 開平方得四步。合問。

清・戴煦《四元玉鑑細草》 解曰：立天元一爲股 太〡 地元一爲句弦和 太〡 股自之，得股冪 太〇〡 以句弦和除之，寄除法爲母。得句弦較 太𠁦太〇〡 〡 以句弦較分母 太〡 通句弦和，得帶分句弦和 太𠁦太〡〇 〡 以句弦較減之，得 太𠁦太〇〇〆 〡〇〇 折半，倍其母。得句 太𠁦太〇〇〆 ‖〡〇〇 以 ‖ 通句弦較，句弦較與句不同母，今欲相併，應用合分互乘法。今以二通句弦較，適與句同母，故不用互乘法。凡求通數者，以小分母除大分母，得數爲通小分母，使同于大分母之數。得 太𠁦太〇‖ 併入句，得弦 太𠁦太〇〡 〡〇〇〇 〇〇 以句分母 ‖ 太 通股，得 太𠁦太〇 ‖ 〇‖ 爲帶分股。以句減之，得句股較 太𠁦太〇〡 ‖〇‖〇 〆〇〇 以減弦，得弦較較 太𠁦太〇 ‖〇〸〇 〇 又以 ‖ 太 通股冪爲帶分股冪 太𠁦太 ‖〇〇 〇 以弦較較減之，得 太𠁦太〇〇 ‖〇‖〇 〸〇〇 寄左。次以股乘句，得 太𠁦太 〇〇〡〇〇 〡〇〇〇〆 與左相消，得今式 [算式] 又以句自乘，得句冪 [算式] 以句股較加弦，得弦較和 [算式] 以 [算式] 通之，使與句冪同母，得 [算式] 加入句冪，得 [算式] 寄左。次以句乘弦，得 [算式] 與左相消，得 [算式] 以 [算式] 約之，消後即可爲云式。今以二天元約之，省算也。得云式 [算式] 於是以今式云式相消法，以云式減今式，得 [算式] 以 [算式] 約之，得二行式 [算式] 以 [算式] 乘之，得 [算式] 以消今式，得 [算式] 以 [算式] 約之，得 [算式] 便爲左行。即以二行式爲右行，以上均互隱通分消元之法。於是左右並列：

右行 [算式] 外行 [算式] 內行

左行 [算式] 內行 [算式] 外行

內二行相乘，得式 [算式] 外二行相乘，得式 [算式] 外內相消，得 [算式] 以 [算式] 約之，得開方式 [算式] 乃以八爲益實，二爲益方，一爲正隅，平方開之。得四步。即股也。

清·李善蘭《四元解》卷一 草曰：立天元一爲股，自之，得 [算式] 立地元一爲句弦和，以除之，得 [算式] 爲句弦較。以減句弦和，得 [算式] 爲二之句。以天元股乘之，得 [算式] 爲二之直積。寄左。然後置地元，以天元減之，得 [算式] 爲弦較較。以減天元冪，得 [算式] 又二之，得 [算式] 爲同數。與左相消，得 [算式] 爲今式。次置二之句，自之，得 [算式] 爲四之句冪。置天元，以地元加之，得 [算式] 爲弦和和。以二之句減之，得 [算式] 爲弦較和。四之，得 [算式] 以加四之句冪，得 [算式] 爲四段句冪加弦較和。寄左。然後置句弦較，以地元加之，得 [算式] 爲二之弦。以倍句乘之，得 [算式] 爲同數。與左相消，得 [算式] 半之，得 [算式] 爲云式。乃以互隱通分法消之。置今、云兩式 [算式] 其右行同爲 [算式] 不須乘，便以右式直減左式，得 [算式] 半之，得 [算式] 以爲右行。復與今式相消，得 [算式] 以爲左行。乃置左右行 [算式] 以內二行相乘，得 [算式] 以外二行相乘，得 [算式] 內外相消，得 [算式] 開平方，得四步。即股也。合問。

又 卷二 第二草：立天元一爲股，自之，得 [算式] 立地元一爲句弦和，以除之，得 [算式] 爲句弦較。

義曰：凡四元無論天地人物，但用一元爲法，而不別帶他數者，則皆可以除。帶他數則不可除。二元併爲法，亦不可除也。

如圖，[算式] 爲太極，[算式] 爲股，[算式] 爲句弦和。自上而下，不論第幾行，皆若一與四之比。自右而左，不論第幾層，皆若一與八之比。蓋太則恒爲一，視元數爲幾，即爲一與幾之比。比例生於元，故可以元乘，亦可以元除。而併兩元爲法，則可以乘而不可以除。何也？乘則增其數，數增則可分，雖併乘而實各乘也。如以四與八併之，得十二。以乘二，得二十四，分則一爲八，一爲十六，即如四與八各乘二也。若以十二除二，則其數奇零不盡，不能分，亦不能成比例。故不可除也。

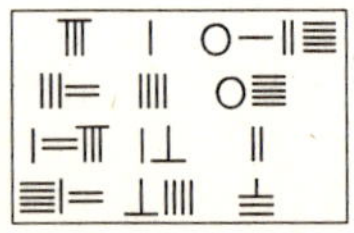

以減句弦和，得 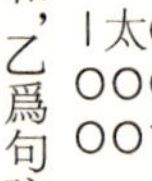 爲二之句。

如圖，甲爲句弦和，乙爲句弦較，以乙虚減甲，丁甲一段爲有對，丁丙一段爲未有對也。

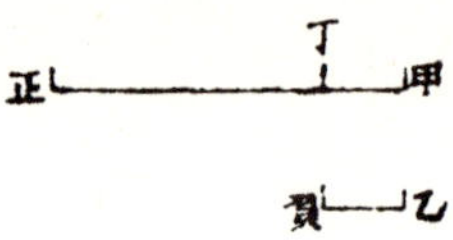

以天元股乘之，得 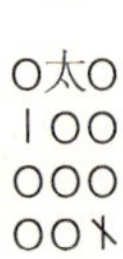 爲二之直積。寄左。

義曰：凡寄左者，所以待消也。先求一無對之數寄之，再求一無對之數與此數適等，則可相消。或同在一格，則實消之。實消者，真減也。或不同在一格，則虚消之。虚消者，虚減也。謂之消者，減則以少減多，必有減餘。消則兩數適等，消盡無餘也。

如圖，甲丙爲股乘句弦和，乙戊爲股乘句弦較。甲己一段爲虚減之數，丁丙一段爲未減之數，即二直積也。

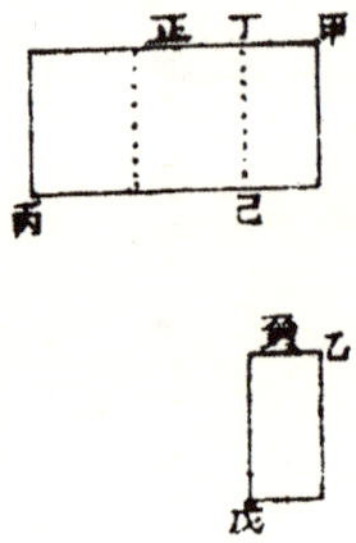

然後置地元，以天元減之，得  爲弦較較。

如圖，甲丙爲句弦和，甲乙爲股，甲丁爲句，丁丙爲弦，丁乙爲句股較，乙丙爲弦較較也。此圖解句股，非解四元，故不記正負。

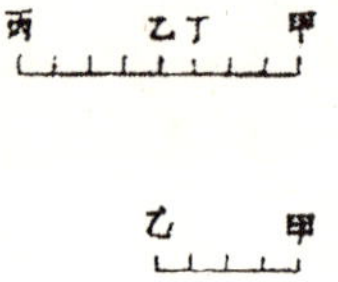

以減天元冪，得 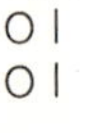 又二之，得  爲同數。

義曰：弦較較線也，天元冪面也，線何以能減面，蓋以一乘之也。不言者，一乘不長，故不必言也。故線可以減面，面可以減體，減體者，以一暗乘一次也。線可以減體，面可以減三乘體者，以一暗乘兩次也。

如圖，己庚爲二之句弦和，壬癸爲二之股。甲亥爲二之股冪。二之句弦和內，己辛一段已爲壬癸所虚減，所餘辛子一段，爲二之弦較較。今以此虚減二之股冪內甲丙戊乙二段，故辛子改爲負，但辛子尚連。己辛、辛子負。己辛不得不從而負。己辛負，壬癸不得不返爲正矣。句弦和本只己子線，以己丑一乘之，而爲丑子面，股本只壬卯線，以壬辰一乘之，而爲卯辰面也。

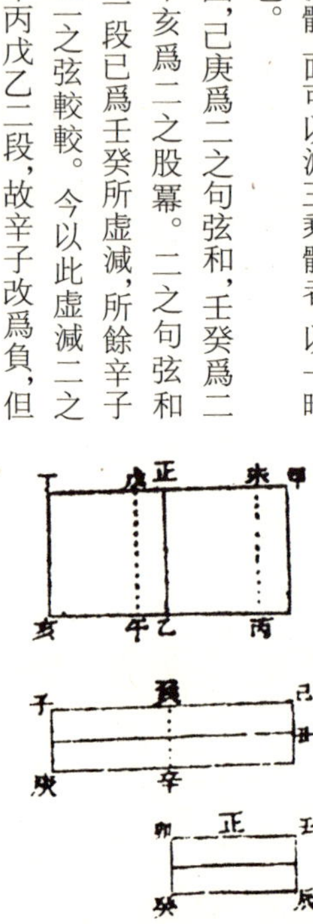

與左相消，得 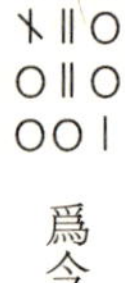 爲今式。

義曰：今式者，今有兩數相消得之式也。

如圖，申亥己庚壬癸三面，又數也。正負皆不變，甲丙乙戊二面，寄數也，正負皆變。蓋以丁丙兩直積虚消未乙午亥兩直積也。若以未乙午亥虚消丁丙，則寄數皆不變，又數皆變矣。

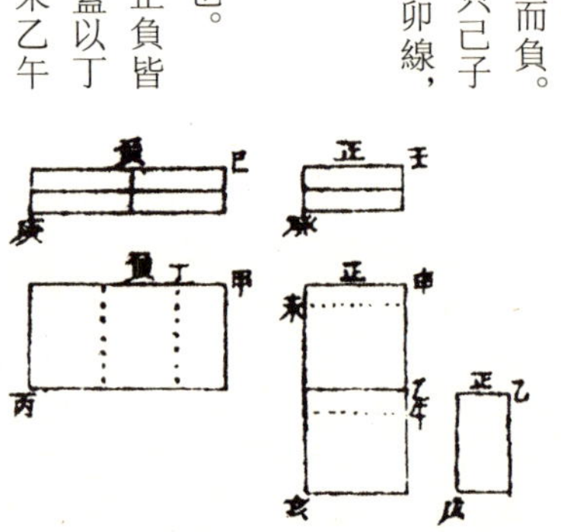

次置二之句，以自之，得  爲四之句冪。

義曰：地元自乘而爲地元冪，地元乘地元所除之天元冪，而復爲天元冪，皆易明之理也。地元所除之天元冪自乘，而下兩層右一行者，何也？蓋本爲天元冪，天元冪自乘，當下兩層。是即前所謂天元中帶天元母，如以天元乘兩次也。其右移一行者，則以原數爲地元除過一次故也。凡本數爲他數乘一次者，謂之帶乘母，本數爲他數除一次者，謂之帶除母。帶除母者用以乘，則本數乘一次，其母亦乘一次。帶乘母者用以乘則本數乘一次，其母除一次。今地元所除之天元冪，是本數爲天元內帶一天元乘母，又帶一地元除母也。故下兩層者，本數乘一次，乘母乘一次也。右移一行者，除母除一次也。

如圖，甲乙爲句弦和冪，庚辛戊己爲句弦較句弦和相乘冪，壬癸爲句弦較冪。甲丙甲丁皆爲二之句。其乘之理，如甲丑爲一線，甲卯爲一線，二線相乘也。而乘得之數，除甲未四之句冪無對外，其餘恰好正負相等。未巳與子丑，丁乙與戊己，其相對無論矣。而理之至妙者，則子辛申己本皆與未乙爲對，乃正止有一，而負則有二，恰好有壬癸之正，以消負之盈。此陰陽消息之神也。

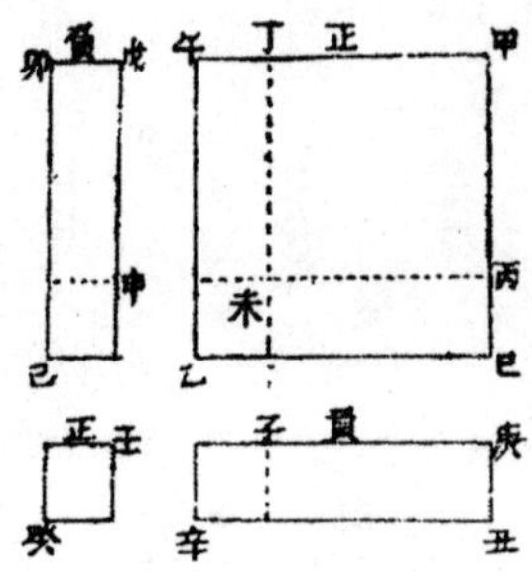

又圖，甲乙爲本數，以三乘之，而爲甲丙。以本數乘甲丁，當爲乙丁，今乃爲丙丁，則是本數甲乙乘一次，其母三亦乘一次也。此帶乘母之理也。又如本數甲丙，以三除之而爲甲乙，以本數乘甲丁，當爲丙丁。今乃爲乙丁，則是本數甲丙乘一次，其母三除一次也。此帶除母之理也。

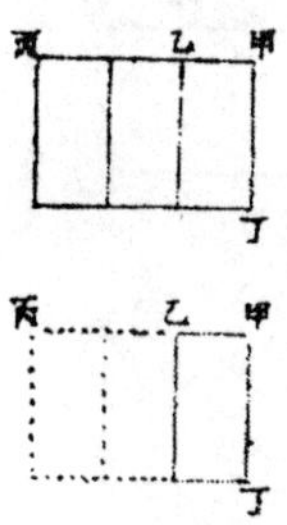

置天元，以地元加之，得 太｜ ｜○ 爲弦和和。以二之句減，之得 太○ ｜○ ○｜ 爲弦較和。

如圖，甲爲天元股，乙爲地元句弦和。二線相加爲弦和和，丙爲地元句弦和，丁爲地元除天元冪所得之句弦較。二線相虛減，餘戊辛爲二之句。本當以戊辛減去己庚，但戊辛連丙戊，故併乙己減去之，則是多減一句弦較也。恰好改丁線爲正，以補之而爲弦較和也。又圖。甲戊爲弦和和，甲丙爲句，丙丁爲股。丁戊爲弦，甲乙爲二之句，乙丁爲句股較。乙戊爲弦較和也。此圖解句股。

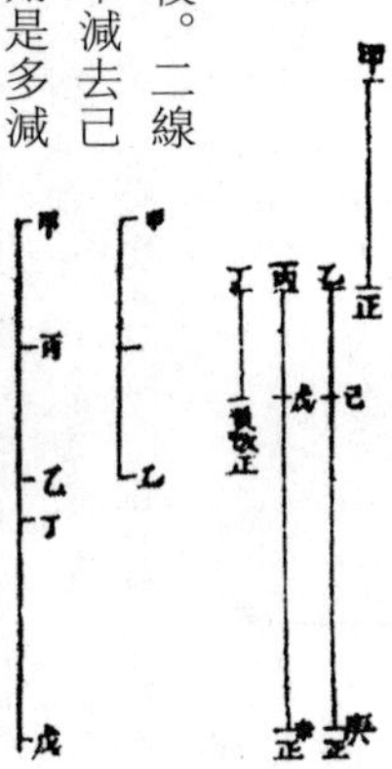

四之，得 太○○ ○Ⅲ 以加四之句冪，得 ○○ 太○○ ○Ⅲ○ ○○○○ ○○○○ 爲四段句冪加弦較和。寄左。

義曰：線不可加面，今相加者，蓋亦以一乘之也。如圖。甲乙爲股，丙丁爲句弦較，本皆線也，以「一」丁戊、乙己皆爲一。乘之，皆爲面矣。

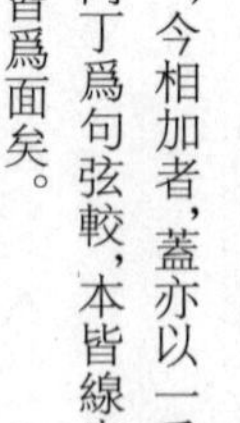

然後置句弦較，以地元加之，得 太○ ○○○ ○○｜ 爲二之弦。以二之句乘之，得 ○○ 太○○○○ ○○○○○ ○○○○○ ○○○○ 爲同數。

義曰：此乘當得一地元冪，二天元冪，一句弦較自乘冪。而算式中無天元冪者，乘畢相加時，異名則反減也。減則得數，仍不誤乎？曰：所求者，無對之數也。所減者，有對之數也。有對之數，或去正不去負，或去負不去正。則得數必誤矣。今以負減正，則是正負皆去若干也。得數之無對者自若也。又何誤焉。

如圖，甲丙丙乙皆句弦和，己午申丑皆句弦較。而甲丙己午相虛減，餘卯丙爲二之句。丙乙申丑相加，爲二之弦。此二數相乘，則得甲乙子丑二面正，己壬庚辛二面負。而甲乙中之丁卯，與己壬對。子丑中之子寅，與庚辛對。所餘之卯乙寅申，爲四箇句弦相乘冪也。今子丑與己壬，因同在一格，而異名不可相併，故減去，則句弦相乘冪中，似少一寅申矣。不知己壬去，則卯丁無對。子丑去，則庚辛無對。於是以庚辛對丁戊，而所餘之甲戊，恰好補寅申。則四箇句弦相乘冪，仍無闕也。

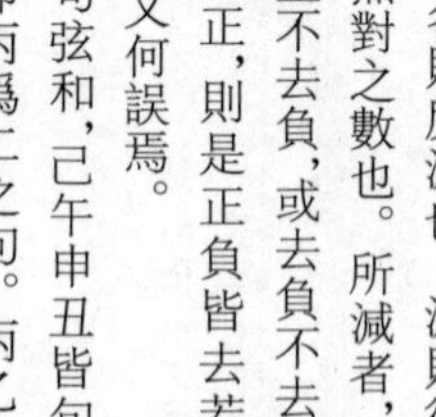

與左相消，得 ○○Ⅲ○○Ⅱ Ⅲ〤○○ 半之，得 ○○Ⅱ○○｜ Ⅱ〤○○ 爲云式。

義曰：半之者，以求數之簡也。云式者，只云以下兩數消得之式也。

如圖，甲乙爲地元冪，丙丁爲句弦較冪，此又數也。戊己爲地元冪，庚辛壬癸皆天元冪，子丑爲句弦較冪，寅卯爲四天元四句弦較。此寄左數也。又數中無對者，爲午未申磬折形。寄左數中無對者，爲戌亥寅卯二形。兩邊恰相等。水火與戌亥等，午水申火與寅卯等。故可相消也。但欲消午未申磬折形，勢不得不併午申方消之，則丙丁無對矣。欲消戌亥方，勢不得不併戌土亥磬折形，消之而庚辛木癸無對矣。而寅卯則又不能消，於是不得不併消者，竟併消之，而不能消者，亦竟不消。而改春秋木癸與寅卯對，改丙丁爲正與庚秋對，木金仍與子丑對，而正負仍皆等矣。蓋不當消而消，必有當消而不消者以補之。其理之妙如此，而布算者又不必費思索，但依算例加減，而數無不合。此四元術之神妙也。

乃以互隱通分法消之。

義曰：互隱者，真數皆不可知，互相隱伏也。凡通分法，必互乘以齊其分。此亦必互乘以齊其分，然後相消，故謂之通分消也。用此法消多行爲一行，然後開方也。

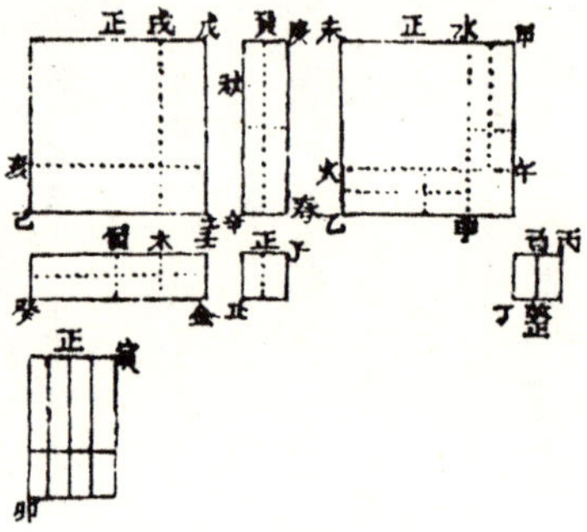

置今、云兩式 ○○|○○○|○〢○○‖○ 其右行同爲 | 不須乘，便以右式直減左式，得 ≡○○ ○○‖ ○

義曰：凡得今云兩式後，不復記太、元者，未相消之前，正之中尚有無對者。故加減時太、元必齊其位，不則數必誤矣。既相消之後，正負皆相對，故加減時太可升而與元齊。且可升而與諸乘方齊，諸乘方亦可降而與太齊。或與元齊太元不復有定位。故不必記也。通分相消圖，繪於一處。則理更易明。故此處不作圖，後剔而相消圖亦然。

半之得 ○○| 〢○○ 以爲右行。與今式相消，得 ○≡〢 ‖|○ 以爲左行。

義曰：本當以今、云兩式之左一行，相偏乘而消得左行，但今、云兩式之左一行各兩層，而右行與今式之右一行各一層，且皆爲一。故舍彼用此，以省算，蓋亦法之變也。云式之右一行，亦爲 | 或以右行消云式，亦省算。

乃置左右行 太○○| 〢≡○ ‖|○ 以内二行相乘，得 太Ⅲ‖ 以外二行相乘，得 太○‖| 内外相消，得 Ⅲ‖〢 開平方，得四步。

每式中正負相對者，悉以虛線界之，可一目了然其條段之位。一依算式，以圖明式，亦可以式明圖也。

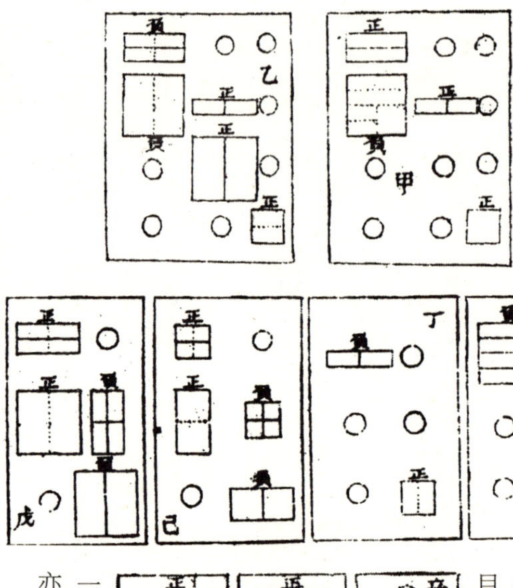

義曰：内外相消，復記太、元者，蓋左右互乘時，本當以左式之左一行，偏乘右式。亦以右式之左一行偏乘左式，然後相消。或以左式之右一行偏乘右式，亦以右式之右一行偏乘左式，然後相消，則可不必記太、元。蓋有減盡之兩行，以定其等也。今不偏乘，而各互乘其一行，則無減盡之兩行。不記太、元相減時，何以辨其等耶？然則何不偏乘也？曰：以省算也。通分消皆偏乘，何以不省算，而獨省於末後之内外相消也。通分消本皆可省算，所以偏乘者，偏乘則正負全。欲初學易明其理也。

右互隱通分相消總圖。甲爲云式，乙爲今式，降位以從云式也。丙爲兩式減得之右行，丁爲右行之半，且降位以從今式也。戊爲消得之左行，己爲左行之降位以從右行也。庚爲内二行乘得之數，辛爲外二行乘得之數，壬爲内外相消得之開方式也。其内外二行相乘得之式，第一層爲太，第二層爲元，第三層爲平方者，亦皆降位而得也。

清・陳棠《四元消法易簡草》 補正艸曰：立天元一爲股 太| 地元一爲句弦和 | 太 天元自之，爲股冪 太○| 以天元減地元，爲弦較較

以減股冪,得　寄左。乃以地元除股冪,為句弦較

以減句弦和,為二句　乘天元股,為二段同數　乃以寄

左數倍之,相消得今式　副以二句自之,為四段句冪式

以天元加地元,為弦和和　以二句減之,為弦較和

四之,加四句冪,得式　寄左。以句弦較加地元,為

二弦　二句乘之　為同數。與左相消,半之,得云式

乃以互隱通分法消之,以云式右行　太〇〇丨　通今式左二行,

得　以今式右行　太〇〇丨　通云式左二行,得

相消半之,得右式　以右式右行　太〇丨　通今式

左二行,得　以今式右行　太〇〇丨　通右式左行,得

齊右相消案:凡以右行通者齊右,以左行通者齊左。得　為

左式。以左式右行,通右式左行,為內二行,得　以右式右行,通左式

左行為外二行,得　內外相消,得開方式　平方開之,得

股四步。合問。

棠案:据羅本朱艸,遇算式行列多者,其艸皆用雙行,攷《啟蒙》天元艸,遇算式數繁者同,今仍之。又羅此題艸以併句股二冪,消弦冪為今式。得式雖同,與取徑於今有諸數為今式之誼,究屬不合。今亦為補正之。

元·朱世傑《四元玉鑑》卷下《左右逢元》　今有弦和較乘句得六步。只云弦較較除股冪得四步。問句股幾何。

答曰:句三步,股四步。

術曰:立天元一為股,地元一為較。天地配合求之,得三千七十二為正實,七百八十四為益上廉,一百六十八為從下廉,五為益隅。三乘方開之,合問。

清·羅士琳《四元玉鑑細草》　艸曰:立天元一為股,地元一為句股較。以天元自之,得　太〇〇丨　為股冪。合以四步除之為弦較較,今不除,便為四段弦較較。乃以天元四之,得　為四段股。與四段弦較較相加,得　為四段句弦和。以地元減天元,得　為句。四之,得　為四段句。以減四段句弦和,得　為四段弦。副以句加天元,得　為句股和。四之,得　為四段句股和。以四段弦減之,得　為四段弦和較。用與句相乘,得　為四段餘步。於上。

乃以四通六步,得二十四步,消上,得　為今式。又以四段句減四段弦,得　為四段句弦較。用乘四段句弦和,得　為十六段股冪。於上。乃以十六通股冪,得　消上,得　為云式,即為右式。以今式消之,得　又以右式左行齊之,得　八右式　消之,得　三十二約之,得　為左式。左右對列,內二行相乘,得　外二行相乘,得　內外相消,得　開四乘方,得股四步。

又艸曰：立天元一爲股，地元一爲句弦較。以天元自之，得 [illegible] 爲股冪。合以四步除之爲弦較較，今不除，便爲四段弦較較。乃以天元四之，得 [illegible] 爲四段股。與四段弦較較相加，得 [illegible] 爲四段句弦和。以地元四之，得 [illegible] 爲四段句弦較。以減四段句弦和，得 [illegible] 爲四段倍句。副以地元減天元，得 [illegible] 爲弦和較。用棄四段倍句，得 [illegible] 爲八段餘步。於上。乃以八通六步，得四十八步。消上，得 [illegible] 爲今式。又以地元棄四段句弦和，得 [illegible] 爲四段股冪於上。乃以四通股冪，得 [illegible] 消上，得 [illegible] 爲云式，即爲右式。以左行齊今式，得 [illegible] 四右式 [illegible] 消之，得 [illegible] 爲左式。左右對列，內二行相棄，得 [illegible] 外二行相棄，得 [illegible] 內外相消，得 [illegible] 式同前。

又艸曰：立天元一爲股，地元一爲股弦較。以天元自之，得 [illegible] 爲股冪。合以四步除之爲弦較較，今不除，便爲四段弦較較。乃以天元四之，得 [illegible] 爲四段股。與四段弦較較相加，得 [illegible] 爲四段句弦和。副以天地相加，得 [illegible] 爲弦。四之，得 [illegible] 爲四段弦。以減四段句弦和，得 [illegible] 爲四段句。加四段股，得 [illegible] 爲四段句股和。以四段弦減之，得 [illegible] 爲四段弦和較。用棄四段句得 [illegible] 爲十六段餘步。於上。乃以十六通六步，得九十六步，消上，得 [illegible] 爲今式。又以弦八之，得 [illegible] 爲八段弦。以四段句弦和減之，得 [illegible] 爲四段句弦較。用與四段句弦和相棄，得 [illegible] 爲十六段股冪。於上。乃以十六通股冪，得 [illegible] 消上，得 [illegible] 爲云式，即爲右式。用消今式得 [illegible] 四約之，得 [illegible] 爲次式。又二十四右式 [illegible] 消次式，得 [illegible] 爲左式。左右對列，內二行相棄，得 [illegible]。外二行相棄，得 [illegible] 內外相消，得 [illegible] 約爲 [illegible] 式同前。

又艸曰：立天元一爲股，地元一爲弦和較。以天元自之，得 [illegible] 爲股冪。合以四步除之爲弦較較，今不除，便爲四段弦較較。乃以天元四之，得 [illegible] 爲四段股。與四段弦較較相加，得 [illegible] 爲四段句弦和。副以地元減天元，得 [illegible] 爲句弦較。四之得 [illegible] 爲四段句弦較。以減四段句弦和，得 [illegible] 爲四段倍句。用與地元相棄，得 [illegible] 爲八段餘步於上。乃以八通六步，得四十八步。消上，得 [illegible] 爲今式。又以句弦較與四段句弦和相棄，得 [illegible] 爲四段股冪於上。乃以四通股冪得 [illegible] 消上，得 [illegible] 爲云式，即爲右式。四十八之，得 [illegible] 消今式得 [illegible] 爲左式。左右對列，內二行相棄，得

[illegible] 外二行相乘，得 太[illegible] 內外相消，得 [illegible]，式同前。

又艸曰：立天元一爲股，地元一爲弦較較。以天元自之，得 太[illegible] 爲股冪。合以句弦和除之，爲句弦較，今不除，便爲帶分句弦較。內寄句弦和爲母。乃以天地相加，得 太[illegible] 爲句弦和。通天元得 太[illegible] 爲帶分段。內寄句弦和爲母。以帶分句弦較減之，得 太[illegible] 爲帶分弦和較。內寄句弦，和爲母。副以句弦和自之，得 太[illegible] 爲句弦和冪，又爲帶分句弦和。內寄句弦和爲母。減帶分句弦較，得 太[illegible] 爲帶分倍句。內寄句弦和冪爲母。乘帶分弦和較，得 太[illegible] 爲帶分兩段餘步於上。內寄句弦和冪爲母。乃倍句弦和冪 太[illegible] 通六步，得 太[illegible] 消上，得 太[illegible] 爲今式。以四步乘地元，得 太[illegible] 消股冪得 太[illegible] 爲云式，即爲右式。乃四今式 太[illegible] 消之，得 太[illegible] 爲次式。又四十八右式 太[illegible] 用消次式，得 [illegible] 爲左式。左右對列，內二行相乘，得 [illegible] 外二行相乘，得 太[illegible] 內外相消，得 [illegible] 式同前。

又艸曰：立天元一爲股，地元一爲句股和。以天元自之，得 太[illegible] 爲股冪，合以四步除之爲弦較較，今不除，便爲四段弦較較。乃以天元四之，

得 太[illegible] 爲四段股。與四段弦較較相加，得 太[illegible] 爲四段句弦和。副以天元減地元，得 太[illegible] 爲句。八之，得 太[illegible] 爲八段句。以減四段句弦和，得 太[illegible] 爲四段句弦較。以減四段股，得 太[illegible] 爲四段弦和較。用與句相乘，得 太[illegible] 爲四段餘步。於上。乃以四通六步，得二十四步。消上，得 [illegible] 爲今式。又以四段句弦和乘四段句弦較，得 太[illegible] 爲十六段股冪。於上。乃以十六通股冪，得 太[illegible]。消上，得 太[illegible] 爲云式，即爲右式。消今式得 [illegible] 爲次式。以右式左行齊之，得 [illegible] 八右式 太[illegible] 消之，得 [illegible] 三十二約之，得 [illegible] 爲左式。左右對列，乃以內二行相乘，得 [illegible] 外二行相乘，得 太[illegible] 內外相消，得 [illegible] 式同前。

又艸曰：立天元一爲股，地元一爲句弦和。以天元減地元，得 太[illegible] 爲弦較較。用與四步相乘，得 太[illegible] 爲股冪。合以地元除之，爲句弦較，今不除，便爲帶分句弦較。內寄地元爲母。乃以地元通天元，得 太[illegible] 爲帶分

股。內寄地元爲母。以帶分句弦較減之，得 爲帶分弦和較。內寄地元爲母。又以地元自之，得 爲句弦和冪，又爲帶分句弦和。內寄地元爲母。以帶分句弦較減之，得 爲帶分倍句。內寄地元爲母。用與帶分弦和較相乘，得 爲帶分兩段餘步於上。內寄地元冪爲母。乃倍句弦和冪 通六步，得 消上，得 爲今式。又以天元自之，得 用消股冪，得 爲云式，即爲右式。消今式得 爲前式。四之，得 又與右式相消，得 爲後式。以左行齊右式，得 四後式 消之，得 爲左式。左右對列，內二行相乘，得 外二行相乘，得 內外相消，得 式同前。

又艸曰：立天元一爲股，地元一爲股弦和。以天元自之，得 爲股冪。合以四步除之爲弦較較，今不除，便爲四段弦較較。乃以天元四之，得 爲四段股。與四段弦較較相加得 爲四段句弦和。副以天元減地元，得 爲弦。八之，得 爲八段弦。以四段句弦和減之，得 爲四段句弦較。以減四段句弦和，得 爲四段倍句，亦即爲八段句。又以四段句弦較減四段股，得 爲四段弦和較。用與八段句相乘，得 爲三十二段餘步。於上。乃以三十二通六步，得一百九十二步。消上，得 爲今式。又以四段句弦和，用與四段句弦較相乘，得 爲十六段股冪。於上。乃以十六通股冪，得 消上，得 爲云式，即爲右式。乃倍右式 用與今式相消，得 八約之，得 爲次式。又以右式左行齊之，得 八右式 相消，得 復十六約之，得 爲左式。左右對列，內二行相乘，得　外二行相乘，得　內外相消，得　約爲　式同前。

又艸曰：立天元一爲股，地元一爲弦和和。以天元自之，得　爲股冪。合以句弦和除之爲句弦較，今不除，便爲帶分句弦較。內寄句弦和爲母。乃以天元減地元，得　爲句弦和。用通天元得　爲帶分股。內寄句弦和爲母。以帶分句弦較減之，得　爲帶分弦和較。內寄句弦和爲母。副以句弦和自之，得　爲句弦和冪，又爲帶分句弦和。內寄句弦和爲母。以減帶分句弦較，得　爲帶分倍句。內寄句弦和爲母。用乘帶分弦和較，得　爲帶分兩段餘步。於上。內寄句弦和冪爲母。乃倍句弦和冪　通六步得　消上得　爲今式。又置股冪爲四段弦較較，乃八天元　爲八段股。用與四段弦較較相加，得　爲四段弦和和。於上。以四通地元，得　消上，得　爲云式，即爲右式。四今式　消之，得　爲次式。以左行齊右式得　四次式　消之，得　爲左式。左右對列，內二行相乘，得　外二行相乘，得　內外相消，得　式同前。

又艸曰：立天元一爲股，地元一爲弦較和。以天元自之，得　爲股冪。合以四步除之爲弦較較，今不除，便爲四段弦較較。乃以天元四之，得　爲四段股。與四段弦較較相加，得　爲四段句弦和。以天元減地元，得　爲句弦較。以減天元，得　爲弦和較。四之，得　加四段弦較較，得　爲八段句。用乘弦和較，得　爲八段餘步。於上。乃以八通六步，得四十八步。消上得　爲今式。以句弦較乘四段句弦和，得　爲四段股冪。於上。乃以四通股冪，得　消上，得　爲云式，即爲右式。以左行齊今式，得　四云式　消之，得　爲左式。左右對列，內一行相乘得　外二行相乘，得　內外相消，得　式同前。

又艸曰：立天元一爲股，地元一爲句。天地相加，得　爲句股和。以地元減天元，得　爲句股較。天元自之，得　爲股冪。合以四步除之，爲弦較較。今不除，便爲四段弦較較。乃四句股較　加之，得　爲四段弦。又以句股和四之，得　爲四段句股和。

以四段弦減之，得 [算式] 爲四段弦和較。用乘地元，得 [算式] 爲四段餘步。於上。乃以四通六步，得二十四步。消上，得 [算式] 爲今式。副以四段弦自之，得 [算式] 爲十六段弦冪。於上。乃以地元自之，得 [算式] 爲句冪。用加股冪，得 [算式] 爲弦冪。十六之，得 [算式] 消上得 [算式] 爲云式，即爲右式。以左行齊今式，得 [算式] 八右式 [算式] 消之，得 [算式] 復三十二約之，得 [算式] 爲左式。左右對列，內二行相乘，得 [算式] 外二行相乘，得 [算式] 內外相消，得 [算式] 式同前。

又艸曰：立天元一爲股，地元一爲弦。以天元減地元得 [算式] 爲股弦較。副以天元自之，得 [算式] 爲股冪。合以四步除之爲弦較較，今不除，便爲四段弦較較。乃四天元得 [算式] 爲四段股。用與四段弦較較相加，得 [算式] 爲四段句弦和。又四地元得 [算式] 爲四段弦。以減四段句弦和，得 [算式] 爲四段句。又四股弦較，得 [算式] 爲四段股弦較。以減四段句，得 [算式] 爲四段弦和較。用與四段句相乘，得 [算式] 爲十六段餘步。於上。乃以十六通六步，得九十六步。消上，得 [算式] 爲今式。又以四段句自之，得 [算式] 爲十六段句冪。於上。乃以地元自之，得 [算式] 爲弦冪。以股冪減之，得 [算式] 爲句冪。十六之得 [算式] 消上，得 [算式] 爲云式，即爲右式。消今式，得 [算式] 四約之，得 [算式] 爲次式。以右式左行齊之，得 [算式] 於上。八右式 [算式] 與上相消，得 [算式] 又八約之，得 [算式] 爲左式。左右對列，內二行相乘，得 [算式] 外二行相乘，得 [算式] 內外相消，得 [算式] 約爲 [算式] 式同前。

士琳案：以上十二艸，反覆推校，其式悉同。絕不能省至三乘方。似此外別無術義可尋，即試立天元一爲句，如積求之，得 [算式] 亦爲四乘方。據黎見山大令云：此問弦較較與股同爲四，或原術因之致誤。今試再以弟五艸立地元一爲弦較較之今式，地易天位，得 [illegible] 爲上式。又云式亦地易天位，得 [illegible] 爲下式。三之得 [illegible] 用消上式得 [illegible] 爲右式。以左行齊下式得 [illegible] 消右式，得 [illegible] 爲左式。其內二行相棄，得 [illegible] 外二行相棄，得 [illegible] 內外相消，得 [illegible] 亦爲空二廉之四棄方。

又據徐筠卿農部云：原書誤文，不必曲爲之解，究未審何以誤而偶合也。

清・戴煦《四元玉鑑細草》 草曰：立天元一爲股 [illegible] 地元一爲較 [illegible] 以天元自之，得股冪 [illegible] 以四步除之，寄法即母。得弦較較 [illegible] 以弦較較母通地元，得 [illegible] 加之，得弦 [illegible] 又倍天元 [illegible] 內減地元，得句股和 [illegible] 以弦母通之，得 [illegible] 內減弦，得弦和較 [illegible] 以天元減(內)地元，得句 [illegible] 以乘弦和較，得 [illegible] 寄左。次置六步，以左母通之，得 [illegible]。與左相消，得前式 [illegible] 又以弦自之，得弦冪 [illegible] 寄左。次以句自之，得句冪 [illegible] 加股冪，得 [illegible] 以左母通之，得 [illegible] 與左相消，得 [illegible] 天元約之，得後式 [illegible]

於是以前式後式相通分相通消，即以後式爲左行，以左行之左一行 [illegible] 八地元約之 [illegible] 以乘前式，得 [illegible] 於上。以前式之左一行 [illegible] 地元約之 [illegible] 以乘左行，得 [illegible] 消上得右行 [illegible] 以左行之右乘右行之左爲內外二行，得式 [illegible] 以左行之左乘右行之右爲外二行，得式 [illegible] 內外相消，得開方式 [illegible] 四乘方開之，得股。

按：是術設問似非開三乘方可得。試以一元求之。立天元一爲股，自之得股冪 [illegible] 以四步除之，今不除，寄法爲母。得弦較較 [illegible] 以弦較較母通天元，得 [illegible] 加之得句弦和 [illegible] 以除股冪以法母乘實爲子，以法子爲母。得句弦較 [illegible] 與句弦和合分互乘句弦較，乘得 [illegible] 弦句和乘得 [illegible] 內減句弦較，得 [illegible] 折半，不可半，倍其母爲母。得句 [illegible] 又以句弦較母通天元，得 [illegible] 內減句弦較，得弦和較 [illegible] 以乘句得 [illegible] 寄左。次置六步，以左母通之，得 [illegible] 與左相消，得開方 [illegible] 式 [illegible] 天元冪約之，得開方式 [illegible] 此式爲前術開方式四分之一。若以四乘之，得　與前術同。

試更以三元求之。立天元一爲股　地元一爲句　以人元一一爲弦　天元地元相併，得句股和　內減人元，得弦和較　以地元乘之，得　內人地兩元相乘，寄真數位。寄左。次列六步，與左相消，得今式　又以地元減天元，得句股較　以減人元得弦較較　以四步乘之，得　。寄左。次以天元自之，得股冪　與左相消，得云式　又以天元自之　地元自之　相併，得　寄左。次以人元自之，得　與左相消，得三元之式　於是以三式剔而消之，以云式割去　得　易正負，得　於上。以割去之　人元除之，得　以除上式。今不除，寄法爲母。得　此式與人元同數，名曰同人元式。乃以今式割去　得　先以　通之，得　於上。以割去之　人元除之　同人元式乘之，得　加上得前式　又以同人元式自乘，得同人元冪式　乃以三元之式割去　得　以　通之，得　於上。以割去之　人元冪除之，得　同人元冪式乘之，得　加上得後式　天元約之得後式　於是以前式後式通分相消，即以後式爲左行，以前式之左一行　八地元約之，得　以乘左行，得　於上。以左行之左一行　八地元約之，得　以乘前式，得　以上式消之，得右行　以左行之右乘右行之左爲內二行，得式　以左行之左乘右行之右爲外二行，得式　內外相消，得開方式　此式與前術同。

又法：前術剔消人元通分消地元，此術剔消地元通分消人元。依前術求得今式　又求得云式　求得三元之式　於是以三式剔而消之。以云式割去　得　易正負，得　以於上。以割去之　地元除之，得　以除上式，今不除，寄法爲母。得　此式與地元同數，名曰同地元式。乃以三元之式減今式，得　割去

[illegible] 得 [illegible] 以四通之，得 [illegible] 於上。以割去之 [illegible]

地元除之，得 [illegible] 同地元式乘之，得 [illegible] 加上得

[illegible] 人易地位，得前式 [illegible] 又以同地元式自乘，得同地元冪

式 [illegible] 乃以三元之式割去 [illegible] 得 [illegible] 以 [illegible] 通

之，得 [illegible] 於上。以割去之 [illegible] 地元冪除之，得 [illegible] 同地元

冪式乘之，得 [illegible] 加上，得 [illegible] 天元約之

[illegible] 人易地位，得後式 [illegible] 於是以前式後式通分相消，即以

後式爲左行，以左行之左一行 [illegible] 八地元約之，得 [illegible] 以乘前式，得

[illegible] 於上。以前式之行左一行 [illegible] 八地元約之，得 [illegible] 以乘左

行，得 [illegible] 消上得右行 [illegible] 以左行之右乘右行之左爲

內二行，得式 [illegible] 以左行之左乘右行之右爲外二行，得式

[illegible] 內外相消，得開方式 [illegible] 此式亦與前術同。

據此則是術設問不特非開三乘方可得，且不能得兩開方式，茲以補術較原術，惟原實相符，疑原書脱誤，而校算者從而改竄也。

清·陳棠《四元消法易簡草》 法曰：立天元一爲句，地元一爲句股較。天地配合求之，得前式 [illegible] 後式 [illegible] 剔而乘約之，相消得開方之式 [illegible] 開四乘方得句，借真數代消之，得股。

又法：以兩式剔而約消之，得開方式 [illegible] 開立方，得句。

草曰：立天元 [illegible] 爲句，地元 [illegible] 爲句股較。天地相加，得股 [illegible] 自之，得 [illegible] 爲股冪。以四步除之，得 [illegible] 爲較較。副以句除六步，得 [illegible] 爲弦和較。以較較母通之，得 [illegible] 加較較，得 [illegible] 爲倍句。倍天元句 [illegible] 又以母通之，得 [illegible] 相消，得 [illegible] 爲前式。案：此式不純取徑，於「今有」云云，故不謂之今式。次以股倍之，又以較母通之，得 [illegible] 加較較，得 [illegible] 爲和和。以弦和較乘之，得 [illegible] 爲倍直積。乃以句乘股，又倍之，再以母通之，得 [illegible] 相消，半之，得 [illegible] 爲後式以 [illegible] 約之，得 [illegible] 爲甲式。三前式 [illegible] 以後式減之，得 [illegible] 爲

乙式。四約而三乘之，得 〔式〕 剔去 〔式〕 於上。餘乙下式 〔式〕 以甲式剔去 〔式〕 於上，得 〔式〕 爲甲下式。以約乙下式，得 〔式〕 以甲上乘之，得 〔式〕 按：剔相當式一乘之，一約之，原數不動。消上，半之，得 〔式〕 開四乘方，得句三步。以三乘甲式平方 〔式〕 得 〔式〕 以元 〔式〕 減之，得 〔式〕 三乘之，得 〔式〕 以加 〔式〕 而甲式變形爲 〔式〕 右實左法，得一步爲較。加句三步，得四步爲股。合問。

又艸曰：如前艸，求得前式，三之，得 〔式〕 剔去 〔式〕 於上。餘前下式 〔式〕 又如前艸，求得甲式 〔式〕 剔去 〔式〕 於上，餘 〔式〕 爲甲下式，以約前下式，得 〔式〕 以甲上約前上，得 〔式〕 不盡 〔式〕 知前上負數太一倍，乃將今上正數 〔式〕 倍之，得 〔式〕 併 〔式〕 得 〔式〕 以甲上約之，得 〔式〕 倍之，得 〔式〕 消 〔式〕 三之，得式 〔式〕 以甲式降一位，減之，得 〔式〕 四約之，得 〔式〕 開立方得句。

棠按：右題朱原術開三乘方，羅氏用句股和較十三事，戴氏用一元、二元、三元，反覆求之。皆得四乘方。遂謂絶不能省至三乘方。疑原書之文有誤。今立天元爲句，題本兼問句股。據羅本原文，答數亦只有句三步三字，自當立天元爲句。用乘約法，消之得式與羅同。用約法消遂省開立方，不惟較羅、戴二艸爲簡，即較朱術亦簡。蓋以乘法得式必繁，約法得式必簡也。惟是剔而必配成整數式約之，爲中西沶法所未見，恐人未免疑爲偶合。試再演一艸以證之。

如前弟一艸，得甲式 〔式〕 乙式 〔式〕 以甲式剔去 〔式〕 於上，餘 〔式〕 爲甲下式。乙式剔去 〔式〕 於上，餘 〔式〕 爲乙下式。以甲下約乙下，得 〔式〕 以甲上約乙上，得 〔式〕 不盡 〔式〕 知負大於正一倍。乃倍正數 〔式〕 得 〔式〕 併之，得 〔式〕 約之得 〔式〕 恰盡。倍之得 〔式〕 消前約式，得 〔式〕 與又法式同。

案：凡習沶者，以明理爲要。此艸與又艸前後兩約，得數相較，恰大一倍。不盡數與恰盡數相較，亦恰大一倍，而不盡者係負數。故知負大於正一倍。今將正數加一倍，即不啻將負數減一倍，故約後必倍之，以還原約得數。

元・朱世傑《四元玉鑑》卷下《左右逢元》 今有直積加平，減二較，以長乘之，減積，以平除之，加二較，共得一十五步三分步之一。只云平冪減和與二較等。問長平各幾何。

答曰：平三步，長四步。

術曰：立天元一爲長，地元一爲平。天地配合求之，得一千八百四十爲益實，一千六百爲從方，二百一十爲從上廉，五十四爲益下廉，九爲益隅。三乘方開之，得長。合問。

清・沈欽裴《四元玉鑑細草》 草曰：立天元一 〔式〕 爲長，地元一 〔式〕 爲平。天地配合求之，得今式 〔式〕 云式 〔式〕 互隱通分消之，內二行得 〔式〕 外二行得 〔式〕 內外兩位相消，得開方式 〔式〕 三乘方開之，得長四步。合問。

清・羅士琳《四元玉鑑細草》 艸曰：立天元一爲長，地元一爲平。天地相乘，得 〔式〕 爲直積。以地元減天元，得 〔式〕 爲較。倍之，得 〔式〕 爲二較。乃置直積，加地元平，得 〔式〕 以二較減之，得 〔式〕 用與天元長相乘，得 〔式〕 又以直積減之，得 〔式〕 合以地元除之，今不除，轉以分母三通之，得［算式］爲帶分二較。又置共步，通分内子得四十六步，以帶分二較減之，得［算式］復以地元通之，得［算式］消上，得［算式］爲今式。又以天地相加，得［算式］爲和。地元自之，得［算式］爲平冪。減和，得［算式］用消二較，得［算式］爲云式。倍之，得［算式］消今式，得［算式］爲右式。又六云式［算式］消今式，得［算式］爲左式。左右對列，内二行相棄，得［算式］外二行相棄，得［算式］内外相消，得［算式］開三棄方，得四步。合問。

清·戴煦《四元玉鑑細草》 草曰：立天元一爲長［算式］地元一爲平［算式］長平相乘，得［算式］爲直積。長平相併，得和［算式］以平減長，得較［算式］乃以積加平［算式］減二較［算式］得［算式］以長乘之，得［算式］内減積，得［算式］以平除之，今不除，寄法爲母。［算式］以分母［算式］通二較［算式］得［算式］加之，得［算式］寄左。次列共得步，通分内子，得［算式］與左合分互乘，左乘得［算式］右乘得［算式］相消得今式［算式］又以平自之，得平冪［算式］内減和得［算式］寄左。次以二較［算式］與左相消，得云式［算式］於是以今式云式通分相消，以［算式］通云式，得［算式］以減今式，得左行［算式］又以［算式］通云式，得［算式］以今式減之，得［算式］地元約之，得右行［算式］以左行之右乘右行之左，爲内二行，得式［算式］以左行之左乘右行之右，爲外二行，得式［算式］内外相消，得開方式［算式］三乘方開之，得長。

清·陳棠《四元消法易簡草》 法曰：立天元一爲平，地元一爲長，天地配合求之，得［算式］爲今式［算式］爲云式。剔代消之，得［算式］爲開方式。開三乘方，得平。借真數消之，得長。

艸曰：立天元［算式］爲平，地元［算式］爲長。天地相乘，得［算式］爲直積。加平，得［算式］以天元減地元，二之，得［算式］爲二較。用減直積，加平，得［算式］乘地元長，得［算式］内減直積，得［算式］以平除之，得［算式］加二較，得［算式］以三通之，得［算式］於上。乃置共步，以三通整數，得［算式］消上，得［算式］爲今式。副以天元平自之，得［算式］爲平冪。天地相加，得［算式］爲和。以減平冪，得［算式］消二較，得［算式］爲云式。倍之，加今式，得［算式］再以云式減之，得

[算式] 爲甲式。云式剔去 [算式] 得 [算式] 三約之，得 [算式]

爲同地元式，於上。以 [算式] 乘上，得 [算式] 與 [算式] 同。以 [算式] 乘上，得

乘上，得 [算式] 與 [算式] 同。以 [算式] 乘上，得 [算式] 與

[算式] 與 [算式] 同。併三數，得 [算式] 與 [算式] 同。乃以甲式剔去左行 [算式] 以母三通右行，以其同數代入之，得 [算式] 開三乘方，得平三步。以三乘云式平方 [算式] 得 [算式] 加元數 [算式] 得 [算式] 以三乘之，得 [算式] 加入 太 而云式變形爲 [算式] 右實左法，得四步爲長。合問。

元・朱世傑《四元玉鑑》卷下《左右逢元》 今有直積加一平，減三長，餘有三步。只云平冪與較等。問積幾何。

答曰：三十六步。

術曰：立天元一爲直積，地元一爲平。天地配合求之，得三十六爲益實，三十七爲從方，三十七爲益廉。一爲正隅。立方開之，得積。合問。

清・沈欽裴《四元玉鑑細草》 草曰：立天元一 [算式] 爲直積，地元一 [算式] 爲平。天地配合求之，得今式 [算式] 云式 [算式] 互隱通分消之，內二行得 [算式] 外二行得 [算式] 內外相消，得開方式 [算式] 立方開之，得積三十六步。合問。

清・羅士琳《四元玉鑑細草》 艸曰：立天元一爲直積，地元一爲平。以地元除天元，得 [算式] 爲長。三之，得 [算式] 爲三長。置天元加地元，得 [算式] 減三長得 [算式] 與三步相消，得 [算式] 爲今式。又地元自之，得 [算式] 爲平冪，又爲較。以減長，得 [算式] 爲平。消地元，得 [算式] 爲云式。用消今式，得 [算式] 三之，得 [算式] 又以今式消之，得 [算式] 爲右式。以左行齊今式，得 [算式] 消右式，得 [算式] 三約之，得 [算式] 爲左式。左右對列，內二行相乘，得 [算式] 外二行相乘，得 [算式] 內外相消，得 [算式] 開立方，得三十六步。合問。

清・戴煦《四元玉鑑細草》 草曰：立天元一爲直積 [算式] 地元一爲平 [算式] 平除直積，今不除，寄法爲母。得長 [算式] 以長母通平，得 [算式] 以減長得較 [算式] 乃以積加平，得 [算式] 以長母通之，得 [算式] 內減三長 [算式] 得 [算式] 寄左。次列三步，以左母通之 [算式] 與左相消，得今式 [算式] 又以平自之，得平冪 [算式] 以較母通之，得 [算式] 寄左。次列較與左相消，得云式 [算式] 于是以今式、云式通分相消，以 [算式] 通今式，得 [算式] 以云式消之，得三行式 [算式] 以 [算式] 通三行式，得 [算式] 以消今式，得 [算式] 地元約之，得左行 [算式] 以前今式之左一行 [算式] 地元約之，得 [算式] 以乘左行，得 [算式] 於上。以左行之左一行 [算式] 地元約之，得 [算式] 以乘今式得 [算式]

消上，得 [illegible] 三約之，得右行 [illegible] 以左行之右乘右行之左，爲內二行，得式 [illegible] 以左行之左乘右行之右，爲外二行，得式 [illegible] 內外相消，得開方式 [illegible] 立方開之，得積。

清・陳棠《四元消法易簡草》 法曰：立天元一爲直積，地元一爲平。天地配合求之，得今式 [illegible] 云式 [illegible] 約而剔代消之，得 [illegible] 爲除式。上實下法，得直積三十六步。

艸曰：立天元 太｜ 爲積，地元 ｜太 爲平。以地元除天元，得長 [illegible] 三之，得 [illegible] 爲三長。乃以天元加地元，得 [illegible] 以三長減之，得 [illegible] 用消三步，得 [illegible] 爲今式。次以平減長，得 [illegible] 爲較。平自之，得 [illegible] 爲平冪。消較，得 [illegible] 爲云式。置今式，以 [illegible] 約之，得 [illegible] 變正負剔去 [illegible] 得 [illegible] 爲 [illegible] 同數。自之，得 [illegible] 與 [illegible] 同。再之，得 [illegible] 與 [illegible] 同。乃將云式剔去 [illegible] 各以其同數代之，得 [illegible] 上實下法，得三十六步。合問。案：此問原術開立方。

元・朱世傑《四元玉鑑》卷下《左右逢元》 今有直積加小和小較，減大和大較，餘五十二步。只云大長加小和小較，平方開之，不及大平二步。問長平各幾何。

答曰：平六步，長一十二步。

術曰：立天元一爲平，地元一爲長。天地配合求之，得九十六爲正實，六十八爲從方，一十四爲益上廉，六爲從下廉，一爲益隅。三乘方開之，得平。合問。

清・沈欽裴《四元玉鑑細草》 草曰：立天元一 太｜ 爲平，地元一 [illegible] 爲長。天地配合求之，得今式 [illegible] 云式 [illegible] 互隱通分消之，內二行得 [illegible] 外二行得 [illegible] 內外相消，得開方式 [illegible] 三乘方開之，得平六步。合問。

清・羅士琳《四元玉鑑細草》 艸曰：立天元一爲平，地元一爲長。倍地元，得 [illegible] 爲大和大較。以天元除之，得 [illegible] 爲小和小較。又天地相乘，得 [illegible] 爲直積。加小和小較，得 [illegible] 以大和大較減之，得 [illegible] 爲如積。消五十二步，得 [illegible] 爲今式，即爲右式。復以地元大長與小和小較相加，得 [illegible] 爲平方冪。於上。副以二步減天元，得 [illegible]。自之，得 [illegible] 與上相消，得 [illegible] 爲云式，即爲左式。左右對列，內二行相乘，得 [illegible] 外二行相乘，得 [illegible] 內外相消，得 [illegible] 開三乘方，得六步。合問。

清・戴煦《四元玉鑑細草》 草曰：立天元一爲大平 太｜ 地元一爲大長 [illegible] 長平相乘，得直積 [illegible] 長平相併，得大和 [illegible] 以平減長，得大較 [illegible] 以平除大和，今不除，寄法爲母。得小和 [illegible] 平除大較，今不除，寄法爲母。得小較 [illegible] 乃以小和小較相併，得 [illegible] 以分母 太｜ 通直積 [illegible] 加之，得 [illegible] 於上。以大和大較相併，得 [illegible] 以上母通之，減得 [illegible] 減上，得 [illegible] 寄左。次列五十二步，以左母通之，得 [illegible] 與左相消，得今式 [illegible] 又以 太｜ 通大長 [illegible] 加小和小較，共得 [illegible] 寄左。次列大平內減二步，得 [illegible] 自乘 [illegible] 以左母通之，得 [illegible] 與左相消，得云式 [illegible] 於是即以今式爲左行，以云式爲右行，以左行之右乘右行之左爲內二得行，得式 [illegible] 以左行之左乘右行之右爲外二行，得式

太[算式] 内外相消，得 太[算式] 天元約之，得開方式

[算式] 三乘方開之，得平。

清·陳棠《四元消法易簡草》 法曰：立天元一爲平，地元一爲長。天地配合求之，得 [算式] 爲今式，[算式] 爲云式。加減兼通分消之，得 [算式] 爲開方式。開三乘方，得平。借真數消之，得長。

艸曰：立天元 太| 爲平，地元 |太 爲長。倍地元得 ‖太 爲大和大較。以天元除之，得 [算式] 爲小和小較。乃以天地相乘，得 [算式] 爲直積。以小和小較加之，得 [算式] 以大和大較減之，得 [算式] 爲餘步。同數消餘步，得 [算式] 爲今式。又以地元加小和小較，得 [算式] 爲平少二步，如積。次以二步減平，得 [算式] 自之，得 [算式] 相消，得 [算式] 爲云式。乃以今式減云式，得 [算式] 爲甲式。加云式，得 [算式] 五約之，變正負得 [算式] 爲乙式。以甲式左行通乙式右行，與甲式右行相併，得 [算式] 開三乘方，得平六步。以六乘乙式，立方隅 [算式] 得 [算式] 減平方 [算式] 得 [算式] 以六乘之，得 [算式] 加入天元，再以六乘之，得 [算式] 減 [算式] 而乙式變形爲 [算式] 右實左法，得地元長十二步。合問。

元·朱世傑《四元玉鑑》卷下《左右逢元》 今有直積減小平，加大較小和，多積五步。只云二大和減小長大平，少積五步。問長平各幾何。

答曰：平三步，長六步。

術曰：立天元一爲平，地元一爲長。天地配合求之，得一十五爲益實，二爲從方，一爲從隅。平方開之，得平。合問。

清·沈欽裴《四元玉鑑細草》 草曰：立天元一 太| 爲平，地元一 |太 爲長。天地配合求之，得今式 [算式] 云式 [算式] 互隱通分消之，内二行得 [算式] 外二行得 [算式] 内外相消，得開方式 [算式] 平方開之，得平三步。合問。

清·羅士琳《四元玉鑑細草》 艸曰：立天元一爲平，地元一爲長。天地相乘，得 [算式] 爲直積。副以天地相加，得 [算式] 爲大和。天地相減，得 [算式] 爲大較。以天元除地元，得 [算式] 爲小長。以地元除天元，得 [算式] 爲小平。加小長，得 [算式] 爲小和。置直積，減小平，得 [算式] 加大較，得 [算式] 又加小和，得 [算式] 減多五步，得 [算式] 消直積，得 [算式] 爲今式，即爲右式。副倍大和 [算式] 減小長，得 [算式] 又減大平，得 [算式] 加少五步，得 [算式] 亦消直積，得 [算式] 爲云式，即爲左式。左右對列，其内二行相乘，得 [算式] 外二行相乘，得 [算式] 内外相消，得 [算式] 開平方得三步。合問。

士琳案：此問如以今式消云式，得 [算式] 上實下法，可省，開無隅平方矣。

清·戴煦《四元玉鑑細草》 草曰：立天元一爲大平 太| 地元一爲大長 |太 長平相乘，得直積。長平相併，得大和 [算式] 以平減長，得大較 [算式] 以平除平，今不除，寄平爲母下皆仿此。得小平 [算式] 平除長，得小長 [算式] 平除大和，得小和 [算式] 乃以 太| 通積，得帶分直積 [算式] 内減小平，得 [算式] 以 太| 通太較，得 [算式] 加之 [算式] 再加小和 [算式] 寄左。次以積加五步 [算式] 以左母通之，得 [算式] 與左相消，得今式 [算式] 又倍大和 [算式] 以 太| 通之，得 [算式] 内減小長，得 [算式] 又以 太| 通大平，得 [算式] 減之，得 [算式] 以減帶分直積，得

太[illegible]寄左。次列五步，以左母通之，積得[illegible]與左相消，得云式[illegible]於是即以今式爲左行，以云式爲右行，以左行之右乘右行之左，爲內二行，得式[illegible]以左行之左乘右行之右，爲外二行，得式[illegible]內外相消，得[illegible]天元約之，得開方式[illegible]平方開之，得平。

清・陳棠《四元消法易簡草》 法曰：立天元一爲平，地元一爲長。天地配合求之，得[illegible]爲今式[illegible]爲云式。設等式消之，得[illegible]爲除式。上實下法，得平三步。

艸曰：立天元[illegible]爲平，地元[illegible]爲長。天地相乘，得[illegible]爲直積。相加得[illegible]爲大和，相減得[illegible]爲大較。以長除平，得[illegible]爲小平。平除長，得[illegible]爲小長。併小長小平，得小和[illegible]乃置直積，減小平，得[illegible]加大較，得[illegible]又加小和，得[illegible]減多五步，得[illegible]於上。用消直積，得今式[illegible]次倍太和[illegible]減小長得[illegible]又減大平，得[illegible]加少五步，得[illegible]於上。消直積，得[illegible]爲云式。兩上式相消，得[illegible]爲等式。半之，得[illegible]以云式減之，得[illegible]上實下法，得平三步。以三乘今式下二層，併入上層，而今式化爲[illegible]右實左法，得長六步。合問。

元・朱世傑《四元玉鑑》卷下《左右逢元》 今有直積及和各以平方開之，所得相併減平，餘八步。只云長以平方開之，少如和開方數一步。問長平各幾何。

答曰：平九步，長一十六步。

術曰：立天元一爲平，地元一爲和開方數。天地配合求之，得二百二十五爲正實，一百九十六爲益方，二十六爲益上廉，四爲益下廉，一爲正隅。三乘方開之，得平。合問。

清・沈欽裴《四元玉鑑細草》 草曰：立天元一[illegible]爲平，地元一[illegible]爲和開方數。天地配合求之，得今式[illegible]云式[illegible]互隱通分消之，內二行得[illegible]外二行得[illegible]內外相消，得開方式[illegible]立方開之，得平九步。置此式，以除式[illegible]乘之，得[illegible]三乘方開之。合問。此變式也。

清・羅士琳《四元玉鑑細草》 艸曰：立天元一爲平，地元一爲和開方數。減少一步，得[illegible]爲長開方數。自之，得[illegible]爲長。於上。副置天元，加餘八步，得[illegible]爲兩開方數。併以地元減之，得[illegible]爲直積開方數。自之，得[illegible]爲直積。乃以長平相乘，得[illegible]消之得[illegible]爲今式。又地元自之，得[illegible]爲和。以平減之，得[illegible]爲長。與上相消，得[illegible]爲云式。以今式左行齊之，得[illegible]爲左式。倍今式[illegible]消之，得[illegible]爲右式。左右對列，內二行相乘，得[illegible]外二行相乘，得[illegible]內外相消，得[illegible]開三乘方，得九步。合問。

士琳案：此問如以云式爲左式，則內得[illegible]外得[illegible]相消得[illegible]可省開立方矣。

清・戴煦《四元玉鑑細草》 草曰：立天元一爲平[illegible]地元一爲和

開方數　地元自之，得和　內減平，得長　以平乘之，得積　乃以平加八步　內減地元，得　自之，得　寄左。次列直積，與左相消，得今式　又以地元減一步　自之，得　寄左。次列表，與左相消，得云式　於是以今式云式通分相消，以云式之左一行　地元約之，得　以乘今式，得　於上。以今式之左一行　地元約之，得　以乘云式，得　消上，得右行　即以今式左一行，乘云式之式。地元約之，得　爲左行。以左行之右乘右行之左，爲內二行，得式　以左行之左乘右行之右，爲外二行，得式　內外相消，得開方式　三乘方開之，得平。

按：是術若以云式爲左行，則開立方可得。今細推原術，實方廉隅之數，乃因布算時誤以互乘云式之式爲云式，而遂以爲左行耳。兹承其訛衍之，而坿又術于後。

又術曰：立天元一爲平，地元一爲和開方數。天地配合求之，得二百二十五爲正實，二十九爲從方，三爲從廉，一爲益隅。立方開之，得平。合問。

草曰：立天元一爲平　，地元一爲和開方數　依前求得今式　求得云式　於是即以今式爲左行，又依前得右行　以左行之右乘右行之左，爲內二行，得式　以左行之左乘右行之右，爲外二行，得　內外相消，得開方式　立方開之，得平。

清・陳棠《四元消法易簡草》　法曰：立天元一爲平，地元一爲和開方數。天地配合求之，得　爲今式。設等式開方，消之得　開立方，得平。

艸曰：立天元　爲平，地元　爲和開數。減少一步得長，開方數　自之，得　爲長。以平乘之，得　爲直積。乃以天元加餘步，得　地元減之，得　自之，得　爲同數。相消得　爲今式。次以地元自之，得　爲和。以長減之，得　爲平。自之，得　爲平冪。天元自之，得　爲同數。相消，得　爲等式。四今式，得　以等式減之，得　再以等式降位加之，得　爲甲式。等式剔爲二，其上　開平方，得　其下　開平方，得　相消得　爲乙式。三十之，得　以甲式加之，得　又倍乙式　降位加之，得開立方，得平九步。以九乘乙式，天元加入 太 得 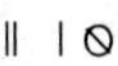 右實左法，得五步爲和。開方數自之，得二十五步爲和。以平九步減之，得十六步爲長。合問。

棠按：右原術開三乘方，今省開立方。不用今式。

二元高次方程組

算法

元・朱世傑《四元玉鑑》卷中《或問歌象》 或問：元有直田一畝地，橫行六步竪行四，斜行十五至隅頭，借問長平數目事。

答曰：長一十六步，濶一十五步。

術曰：立天元一爲長，地元一爲平。天地配合求之，得五萬七千六百爲正實，二千八百八十爲益方，一百七十三爲益上廉，八爲益下廉，一爲正隅。三乘方開之，得長。又立天元一爲濶，地元一爲長。天地配合求之，得五萬七千六百爲正實，一千九百二十爲益方，一百七十三爲益上廉，一十二爲益下廉，一爲正隅。三乘方開之，得濶。合問。

清・沈欽裴《四元玉鑑細草》 草曰：立天元一  爲長，地元一  爲平。相乘，得  與二百四十步相消，得今式  便爲左式。以橫行六步減平，得上句  竪行四步減長，得上股  上句上股各自乘，併之 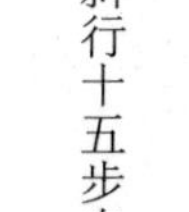 與斜行十五步自乘相消，得云式 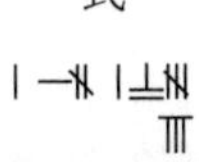 與今式相消，得右式 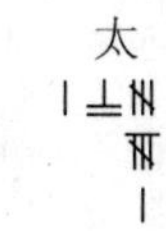 內二行相乘 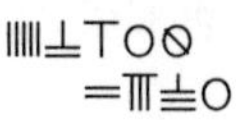 外二行相乘  內外兩行相消，得開方式 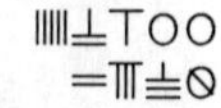 三乘方開之，得長十六步。合問。

又立天元一 爲濶，地元一 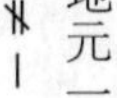 爲長。天地配合求之，得今式 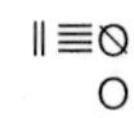 便爲左式。求得云式 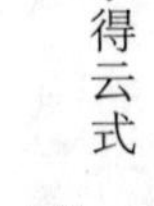 以左式消云式，得右式 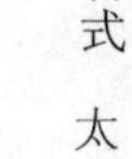 內二行相乘 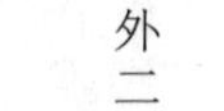 外二行相乘 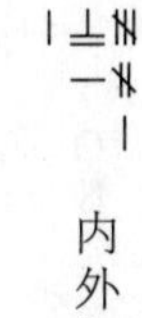 內外相消，得開方式 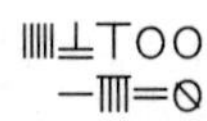 三乘方開之，得一十五步，即濶也。合問。

清・羅士琳《四元玉鑑細草》 艸曰：立天元一爲長，地元一爲平。以竪四步減天元，得 爲餘長。又以橫六步減地元，得 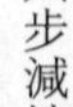 爲餘平。併二餘，得  爲和。自之得  爲和冪。以斜十五步爲弦，自之，得二百二十五步爲弦冪。以減和冪，得 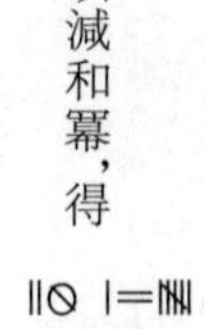 爲倍積。乃以二餘相乘，得 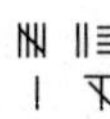 倍之，得  用消倍積，得 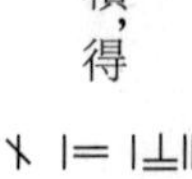 爲今式。副以天地相乘，得  以一畝展作二百四十步，消之，得 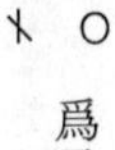 爲云式，即爲右式。以今式消之，得 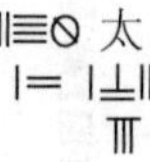 爲左式。左右對列，外二行相乘，得 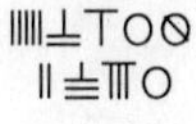 內二行相乘，得 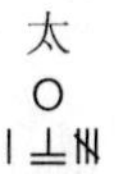 內外相消，得  開三乘方，得十六步，

爲長。

又立天元一爲闊，地元一爲長。以橫六步減天元，得 爲餘平。又以豎四步減地元，得 爲餘長。併二餘，得 爲和。自之，得 爲和冪。以弦冪二百二十五步減之，得 爲倍積。乃以二餘相乘，得 倍之，得 用消倍積，得 爲今式。副以天地相乘，得 以一畝展作二百四十步，消之，得 爲云式，即爲右式。消今式，得 爲左式。左右對列，內二行相乘，得 外二行相乘，得 內外相消，得 開三乘方，得十五步，爲闊，合問。

士琳案：如以求長之今、云式，地易天位，亦即求闊之今、云式，似又術可省。又如立天元爲長，以豎四步減之，得 爲餘長。副以天元除二百四十步，得 爲闊。以橫六步減之，得 爲餘平。以餘長加之，得 爲和。自之，得 爲和冪。以弦冪二百二十五步減之，得 爲倍積。寄左。乃以二餘相乘，得 倍之，得 爲同數。消左，亦得 似地元亦可省。

清・戴煦《四元玉鑑細草》 草曰：立天元爲長，地元一爲平。兩元相乘，得 。寄左。次以步畝法通田積，得 與左相消，得前式 便爲左行。又天元內減四步 自之，爲股冪 以地元內減六步 自之，爲句冪 併之，得 寄左。次以斜行十五步自之，爲弦冪 與左相消，得後式 於是以地元乘左行，得 以天元乘後式，得 消之，得右行 以左行之右乘右行之左，得內二行相乘式 以左行之左乘右行之右，得外二行相乘式 內外相消，得開方式 三乘方開之，得長。又立天元一爲闊，地元一爲長。依前術，天地易位，求得前式 便爲左行。求得後式 於是以天元乘後式，得 以地元乘左

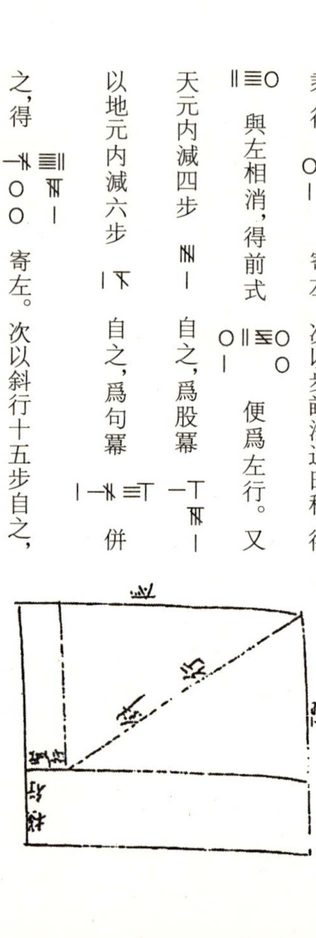

行，消之，得右行 [算籌式] 以左行之右乘右行之左，得内二行相乘式 [算籌式] 以左行之左乘右行之右，得外二行相乘式 太[算籌式] 内外相消，得開方式 [算籌式] 三乘方開之，得闊。

元·朱世傑《四元玉鑑》卷下《左右逢元》 今有平乘直積與一長五和等。只云長冪加較冪與一長三和等。問長平各幾何。

答曰：平三步，長五步。

術曰：立天元一爲平，地元一爲長。天地配合求之，得一百八爲益實，三十六爲從方，三十六爲從上廉，一十二爲益二廉，三爲益下廉，一爲正隅。四乘方開之，得平。又立天元一爲長，地元一爲平。求得五萬爲正實，七十六爲益方，五十五爲從上廉，二爲從二廉，八爲從下廉，二爲益隅。四乘方開之，得長。合問。

清·沈欽裴《四元玉鑑細草》 草曰：立天元一 太[算籌式] 爲平，地元一 [算籌式] 爲長。天地配合求之，得今式 [算籌式] 云式 [算籌式] 互隱通分消之，内二行得 [算籌式] 外二行得 [算籌式] 内外相消，得開方式 [算籌式] 四乘方開之，得平三步。

又立天元一 太[算籌式] 爲長，地元一 [算籌式] 爲平。求得今式 [算籌式] 云式 [算籌式] 内二行相乘，得 [算籌式] 外二行相乘得 [算籌式] 内外相消，得開方式 [算籌式] 四乘方開之，得長五步。合問。

清·羅士琳《四元玉鑑細草》 士琳案：此問原術求平，乃誤以内二行相乘之式遽爲開方式。數雖偶合，非通法也，其後術求長不誤。

艸曰：立天元一爲平，地元一爲長。天地相加，得 [算籌式] 爲和。五之，得 [算籌式] 加長，得 [算籌式] 爲一長五和。乃以天地相乘，得 [算籌式] 爲直積。又以平乘之，得 [算籌式] 消一長五和，得 [算籌式] 爲今式，即爲右式。倍和 [算籌式]，以減一長五和，得 [算籌式] 爲一長三和。副以地元自之，得 [算籌式] 爲長冪。又天地相減，得 [算籌式] 爲較。自之，得 [算籌式] 爲較冪。加長冪，得 [算籌式] 消一長三和，得 [算籌式] 爲云式。以右式左行齊之，得 [算籌式] 倍右式 [算籌式] 消之，得 [算籌式] 爲左式。左右對列，内二行相乘，得 [算籌式] 士琳案：原術誤以此式爲開方式。 外二行相乘，得 [算籌式] 内外相消，得 [算籌式] 開四乘方，得三步。

又立天元一爲長，地元一爲平。天地相加，得 [算籌式] 爲和。五之，得 [算籌式] 加長，得 [算籌式] 爲一長五和。乃以天地相乘，得 [算籌式] 爲直積。又以平乘之，得 [算籌式] 消一長五和，得 [算籌式] 爲今式。倍和 [算籌式] 以減一長五和，得 [算籌式] 爲一長三和。副以天元自之，得 [算籌式] 爲長冪。又以地元減天元，得 [算籌式] 爲較。自之，得 [算籌式] 加長冪，得 [算籌式] 消一長三和，得 [算籌式] 爲云式。用與今式相消，得 [算籌式] 爲右式。以左行齊今式，得 [算籌式] 用消右式，得 [算籌式] 爲左式。左右對列，内二行相乘，得 [算籌式] 外二行相乘，得 [算籌式] 内外相消，得 [算籌式] 約爲

〣〧⊥〣≡〢〨〻 開四乘方，得五步。合問。

士琳案：此問後艸合原術，而前艸不合。試以後艸今云式，地易天位，即同於前艸今云式。此前艸不誤之明證也。如以云式右行齊今式，得 太〣〥〣〤⊥⊤〢〻 五云式消之，得 〡〇〻⊥〥〻〡 爲左式。則內得 〤〣⊥〢〢〻 外得 太〣〇 相消亦得 〡〡〢〣⊤⊥〥〻〡 爲開方式。與前艸同。此又前艸不誤之明證也。據前艸內二行相乘之式，適與原術開方式無異。以是知原術未經相消之誤。而數爲偶合耳。**清・沈善蒸案** 此艸不獨內二行得式，開方偶合於平。而外二行得式，及左式左行。左式右行，皆可開方，偶合於平耳。

清・戴煦《四元玉鑑細草》 草曰：立天元一爲平 太〡 地元一爲長 太〡 長平相併，得和 太〡〡〇 以平減長，得較 太〻〡〇 長平相乘，得積 太〇〡〇 乃以平乘直積，得 太〇〡〇〇 寄左。次以五和 太〣〣〇 加長，得 太〣⊤〇 與左相消，得今式 太〣〇〡〧〇 又以長自之，得長冪 太〇〡 較自之，得較冪 太〡〇〻〇〡〇 乃以三和 太〣〣〇 加一長，得 太〣〇〣 寄左。次以三和 太〡〇〇〻〇〡〇〇 相併得 太〡〇〻〇〡〇〇 與左相消，得云式 太〻〻〡〣〇〇〇 於是以今式云式通分相消，即以今式爲左行以左行之左一行 太〇〡〇〧 地元約之 〧〇〡 以乘云式 太〨〧〻〡〣〣〢〻〇〇〇 於上。以云式之左一行 太〇〡〢 地元約之 太〢 以乘左行，得 太〇〇〇〻〇〻〇〢 消上，得右行 太〡〨〧〻〡〣〣〢〻〇 以左行之右乘右行之左，爲內二行，得式 太〡〨〡〣⊤〡⊤〻〻〡 以左行之左乘右行之右，爲外二行，得式 太〇〇〻〻〇〇〡〢〡〇 內外相消，得 太〡〣⊤〡⊤〻〻〡 天元約之，

原術誤以天元約此式爲開方式。

得開方式 〡〣⊤〡⊤〻〻〡 四乘方開之，得平。

又立天元一爲長 太〡 地元一爲平 太〡 以前術之今式，地易天位，得今式 太〣〧〇〡 以前術之云式，地易天位，得云式 太〻〻〢〡〇〇 於是以今式云式通分相消，以 太〡 通云式，得 太〇〻〇〻〇〇〡〇〇 以消今式，得左行 太〧〣〻〢〇〻 以今式之右一行 太〧 二天元約之，得 〻 以乘云式，得 太〡〢〧 〣⊤〇〻〇〇 於上。以云式之右一行 太〻〢 二天元約之，得 〻〡 以乘今式得 太〡〢〧〡〇〻〻〇〇〻〡 消上，得 太〇〇〻〡〇〻〢〻 地元約之，得右行 〻〡〇〻〢〻 以左行之右乘右行之左，爲內二行，得式 太〡〨〻〇〨〢 以左行之左乘右行之右爲外二行，得式 〣〨〡〣〢 內外相消，得開方式 〣〧〣〢〨〻 四乘方開之，得長。

清・陳棠《四元消法易簡草》 法曰：立天元一爲平，地元一爲長。天地配合求之，得 太〣〇〤〇〻 爲今式 太〻〻〡〢 爲云式。設等式通分，消之得 〻〣〡〧〥〢〡〢〻 開四乘方得平。

艸曰：立天元 太〡 爲平，立地元 太〡 爲長。天地相乘，得 太〇〡〇 以平乘之，得 太〇〇〡〇 於上。乃以天地相加，五之，得 太〣〣 以長加之，得 太〣⊤〇 消上，得 太〣⊤〇〻〇 爲今式。次以地元自之，得 太〡〇 爲長冪，天地相減，得較 太〻〡 自之，得 太〡〇〻〇〡 爲較冪。加長冪，得 太〡〇〻〇〢 於上。乃以和三之，得 太〢〢 加地元，得 太〢〣 消上得 太〻〻〡〢 爲云式。

次置今上，減倍和，得 [籌式] 消云上，得 [籌式] 爲等式。五之得 [籌式] 減今式，得 [籌式] 又倍今式 [籌式] 再減之，得 [籌式] 爲甲式。乃以今式左行，通甲式右行。十今式，右行消之，得 [籌式] 開四乘方，得平三步。以三乘今式下二層，依位併入首層，得 [籌式] 右實左法，得五步爲長。

棠案：右原術用兩艸，得兩元數。今用一艸得數者，蓋古時西法未入中國，未知用真數代消故也。

元·朱世傑《四元玉鑑》卷下《左右逢元》 今有直積三乘方開之，得數以平除之，不及平三步。只云長以平方開之，多於平二分之一。問長平各幾何。

答曰：平四步，長六十四步。

術曰：立天元一爲平，地元一爲長。天地配合求之，得四爲正實，八十一爲益方，一百八爲從上廉，五十四爲益二廉，一十二爲從下廉，一爲益隅。四乘方開之，得平。合問。

清·沈欽裴《四元玉鑑細草》 草曰：立天元一 [籌式] 爲平，地元一 [籌式] 爲長。天地配合求之，得今式 [籌式] 云式 [籌式] 互隱通分消之，內二行得式 [籌式] 外二行得式 [籌式] 內外相消，得開方式 [籌式] 四乘方開之，得平四步。合問。

清·羅士琳《四元玉鑑細草》 艸曰：立天元一爲平，地元一爲長。以不及平三步減天元得 [籌式] 用與天元相乘，得 [籌式] 爲開方數。自之，得 [籌式] 再自之，得 [籌式] 爲直積。乃以天地相乘，得 [籌式] 消之，得 [籌式] 爲今式。副以分母二通天元，得 [籌式] 爲多於平二分之一。自之，得 [籌式] 爲長。用消地元，得 [籌式] 爲云式。消今式，得 [籌式] 開四乘方，得四步。合問。

清·戴煦《四元玉鑑細草》 草曰：立天元一爲平 [籌式] 地元一爲長 [籌式] 以長平相乘，得直積 [籌式] 寄左。次以平內減三步 [籌式] 以平乘之，得直積開方數 [籌式] 自乘 [籌式] 再自乘，得 [籌式] 與左相消，得 [籌式] 天元約之，得 [籌式] 爲今式。又倍平 [籌式] 自之，得 [籌式] 寄左。次列地元，與左相消，得云式 [籌式] 於是即以今式爲左行，以云式爲右行，以左行之右乘右行之左，爲內二行，得式 [籌式] 以左行之左乘右行之右，爲外二行，得式 [籌式] 內外相消，得 [籌式] 天元冪約之，得開方式 [籌式] 四乘方開之，得平。

清·陳棠《四元消法易簡草》 法曰：立天元一爲平，地元一爲長。天地配合求之，得等式即爲開方式 [籌式] 開四乘方，得平。

艸曰：立天元 [籌式] 爲平，地元 [籌式] 爲長。以不及三步減天元，得 [籌式] 乘天元，得 [籌式] 爲開方數。自之，得 [籌式] 再自之，得 [籌式] 爲直積。應以天地相乘，消之爲今式。今不用，即以此爲直積式於上。副以分母二通天元，得 [籌式] 爲多於平二分之一。自之，得 [籌式] 爲長。應以消地元爲云式，今亦不用，轉以天元乘之，得直積同數 [籌式] 消上，得 [籌式] 開四乘方，得平四步。倍之又自之，得六十四步，爲長。合問。

棠案：右別設等式開方，併今云兩式可不用。

元・朱世傑《四元玉鑑》卷下《左右逢元》 今有直積三乘方開之，以平而一，所得少平三步。只云長以平方開之，不及長八分之七。問長平各幾何。

答曰：平四步，長六十四步。

術曰：立天元一爲平，地元一爲長。天地配合求之，得六十四爲益實，八十一爲從二廉，一百八爲益三廉，五十四爲從四廉，一十二爲益下廉，一爲正隅。六乘方開之，得平。合問。

清・沈欽裴《四元玉鑑細草》 草曰：立天元一 〔籌式〕 爲平，地元一 〔籌式〕 爲長。天地配合求之，得今式 〔籌式〕 云式 〔籌式〕 互隱通分消之，內二行得 〔籌式〕 外二行得 〔籌式〕 內外相消，得開方式 〔籌式〕 六乘方開之，得平四步。合問。

清・羅士琳《四元玉鑑細草》 艸曰：立天元一爲平，地元一爲長。以少於平三步減天元，得 〔籌式〕 用與天元相乘，得 〔籌式〕 爲開方數。自之，得 〔籌式〕 再自之，得 〔籌式〕 爲直積。乃以天地相乘，得 〔籌式〕 消之，得 〔籌式〕 爲今式。副以分子七減分母八，餘一，以除分母八。仍得八爲長開方數。自之，得六十四爲長。用消地元，得 〔籌式〕 爲云式。消今式，得 〔籌式〕 開六乘方，得四步。合問。

清・戴煦《四元玉鑑細草》 草曰：立天元一爲平 〔籌式〕 地元一爲長 〔籌式〕。以長平相乘，得直積 〔籌式〕 寄左。次以平內減三步 〔籌式〕 以平乘之，得直積開方數 〔籌式〕 自乘 〔籌式〕 再自乘，得 〔籌式〕 與左相消，得 〔籌式〕 天元約之，得 〔籌式〕 爲今式。又以地元八而一，今不除，寄法爲母。得 〔籌式〕 自之 〔籌式〕 寄左。次列地元，以左母通之，得 〔籌式〕 與左相消，得 〔籌式〕 地元約之，得云式 〔籌式〕 於是即以今式爲左行，以云式爲右行。以左行之右乘右行之左，爲內二行，得式 〔籌式〕 以左行之左乘右行之右，爲外二行，得式 〔籌式〕 內外相消，得開方式 〔籌式〕 六乘方開之，得平。

清・陳棠《四元消法易簡草》 法曰：立天元一爲平，地元一爲長。天地配合求之，得云式 〔籌式〕 等式 〔籌式〕 開六乘方，得平。

艸曰：立天元 〔籌式〕 爲平，地元 〔籌式〕 爲長。天地相乘，得 〔籌式〕 爲直積。置長，以八約之，得 〔籌式〕 爲長開方數。自之，〔籌式〕 爲長。以平乘之，得 〔籌式〕 爲直積同數。以母通直積，得 〔籌式〕 相消，得 〔籌式〕 爲云式。次以少於平三步減天元，得 〔籌式〕 乘天元，得 〔籌式〕 爲開方數。自之，得 〔籌式〕 爲平方。再自之，得 〔籌式〕 爲三乘方。即爲直積於上。乃以分子七減分母八，餘一。以除分母八，仍得 〔籌式〕 爲長。開方數自之，得 〔籌式〕 爲長。以平乘之，得 〔籌式〕 爲直積同數。與上相消，得 〔籌式〕 爲等式。開六乘方，得平四步。以云式右實左法除之，得長六十四步。合問。

棠案：右別設等式開方，併今云兩式，不用，但借云式得長耳。

元・朱世傑《四元玉鑑》卷下《左右逢元》 今有直積減小平，加小較，以大平乘之，如大長而一，得數減小平，餘有九步。只云平冪加大較，如大長而一，加大長，得八步。問長平各幾何。

答曰：平三步，長六步。

術曰：立天元一爲平，地元一爲長。天地配合求之，得五萬六百八十八爲益實，一千七百二十八爲從方，一萬七千一百五十二爲從上廉，一千七百七十六爲益二廉，一千二百八爲益三廉，四百九十一爲從四廉，一百七十爲益五廉，五十三爲益六廉，二十七爲從七廉，二爲從八廉，一爲益隅。九乘方開之，得平。合問。

清・羅士琳《四元玉鑑細草》 艸曰：立天元一爲平，地元一爲長。天地相乘，得 [illegible] 爲直積。副以天地相減，得 [illegible] 爲大較。以天元除地元，得 [illegible] 爲小長。以地元除天元，得 [illegible] 爲小平。以減小長，得 [illegible] 爲小較。乃置直積，減小平，得 [illegible] 加小較，得 [illegible] 以大平乘之，得 [illegible] 如大長而一，得 [illegible] 減小平，得 [illegible] 消九步，得 [illegible] 爲今式。副以天元自之，得 [illegible] 爲平冪。加大較，得 [illegible] 如大長而一，得 [illegible] 加大長，得 [illegible] 消八步，得 [illegible] 爲云式。乃以今式左行齊云式，得 [illegible] 與今式相消，得 [illegible] 爲左式。即以左行齊今式，得 [illegible] 於上。又以今式左行齊左式，得 [illegible] 於下。上下兩位相消，得 [illegible] 爲右式。左右對列，內二行相乘，得 [illegible] 外二行相乘，得 [illegible] 內外相消，得 [illegible] 開七乘方，得三步合原荅，不合原術。如以 [illegible] 通開方式，即合原術。

清・戴煦《四元玉鑑細草》 草曰：立天元一爲大平 [illegible] 地元一爲大長 [illegible] 長平相乘，得 [illegible] 爲直積。以平減長，得大較 [illegible] 以平除平今不除，寄平爲母。 [illegible] 爲小平。平除大較今不除，寄平爲母。 [illegible] 爲小較。乃以 [illegible] 通直積 [illegible] 內減小平 [illegible] 加小較，得 [illegible] 以平乘之 [illegible] 如長而一今不除，以法乘其母。得 [illegible] 又以 [illegible] 通小平 [illegible] 減之，得 [illegible] 寄左。次列九步，以左母通之，得 [illegible] 與左相消，得 [illegible] 天元約之，得 [illegible] 爲今式。又以平自之 [illegible] 加大較 [illegible] 如長而一，今不除，寄長爲母。得 [illegible] 以 [illegible] 通大長，得 [illegible] 加之，得 [illegible] 寄左。次列八步，以左母通之，得 [illegible] 與左相消，得 [illegible] 爲云式。於是以今式云式相通分相消，即以今式爲左行。以左行之左一行 [illegible] 地元約之 [illegible] 以乘云式，得 [illegible] 以云式之左一行 [illegible] 地元約之 [illegible] 以乘左行，得 [illegible] 於上。 [illegible] 消上，得右行 [illegible] 以左行之右乘右行之左，爲內二行，得式 [illegible] 以左行之左乘右行之右，爲外二行，得式 [illegible]

內外相消，得　天元約之，得開方式　四乘方開之，得平。

按：據是術設問，斷不必開(九)[四]乘方，且問中九步與設數不合。必「今有」以下云云脱去一行或兩行，今無可補矣。姑就問中「九」字改作「八」字而補術焉。

清·陳棠《四元消法易簡草》 法曰：立天元一爲平，地元一爲長。天地配合求之，得　爲今式　爲云式。加減通分消之，得　開五乘方，得平三步。

艸曰：立天元　爲平，地元　爲長。天地相乘，得　爲直積。相減，得　爲大較。以天元除地元，得　爲小長。以地元除天元，得　爲小平。以減小長，得　爲小較。以小平減直積，得　加小較，得　以大平乘之，得　如大長而一，得　減小平，得　用消九步，得　爲今式。副以天元自之，得　爲平冪。加大較，得　如大長而一，得　以大長加之，得　用消八步，得　爲云式。倍之，得　以今式減之，得　再以今式升一位加之，得　爲甲式。八云式得　以今式減之，得　又以云式降二位減之，得　爲乙式。乃以甲式右行，通乙式左行，得　復以乙式右行通甲式左行，得　兩通式相消，得　開五乘方，得三步，爲平。以三乘云式天項，加入太易位，得開方式　開平方，得六步，爲長。合問。

元·朱世傑《四元玉鑑》卷下《左右逢元》 今見句弦相乘加句股較，平方開之，與股適等。只云股弦相乘減弦和和，立方開之，與句弦較同。問句弦各幾何。

答曰：句三步，股四步。

術曰：立天元一爲句，地元一爲股弦較。天地配合求之，得六爲益實，一十四爲從方，一百一十爲從上廉，六百二十爲益二廉，一千五百二十爲從三廉，二千四百四十六爲益四廉，二千七百四十七爲從五廉，一千九百三十二爲益六廉，六百七十一爲從七廉，二十二爲從八廉，六十爲益九廉。八爲從隅。十乘方開之，得句三步。合問。

清·羅士琳《四元玉鑑細草》 士琳案：此問艸與術雖同爲十乘方。然惟實隅數合，而正負又小異。其方廉諸數則迥異，姑存俟考

艸曰：立天元一爲句，地元一爲股弦較。以天元自之，得　爲句冪。地元除之，得　爲股弦和。加天元，得　爲弦和和。副以股弦較減股弦和，得　爲倍股。又股弦較與股弦和相加，得　爲倍弦。以天元乘之，得　爲兩段句弦相乘。倍天元　爲倍句。以減倍股，得　爲倍句股較。以兩段句弦相乘加之，得　又倍之，得　爲四段股冪。乃以倍股自之，得　與四段股冪相消，得　爲今式。倍股乘倍弦，得　復倍，得　八弦和和　減之，

得 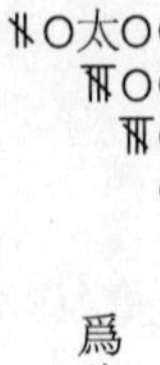 爲八段句弦較再乘冪。以倍句減倍弦 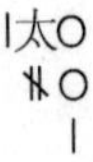 爲倍句弦較。自之，得 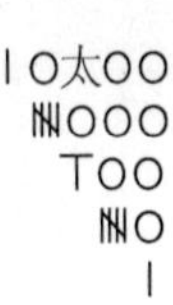 再之，得 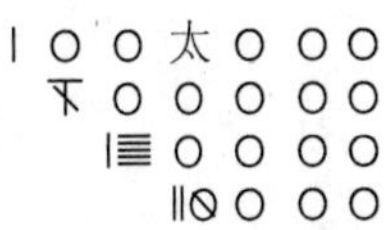 消八段句弦較再乘冪，得  爲云式。消今式，得 

又消今式，四約之，得 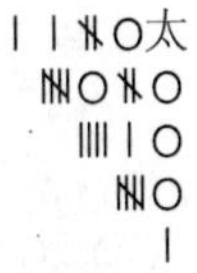 再消今式，得  爲甲式。於是以左行齊今式，得  復與甲式相消，得  爲乙式。又以左行齊甲式，得 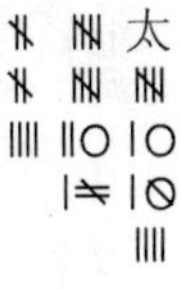 以甲式左行齊乙式，得  相消，得  爲丙式。又以左行齊甲式，得  以甲式左行齊丙式，得 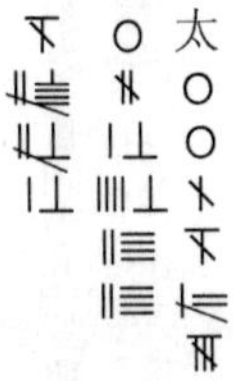 相消，復四約之，得 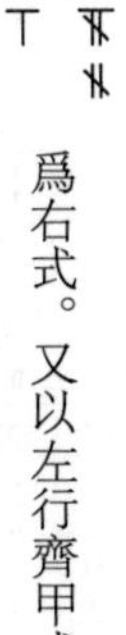 爲右式。又以左行齊甲式，得  於上。以甲式左行齊右式，得  與上相消，得 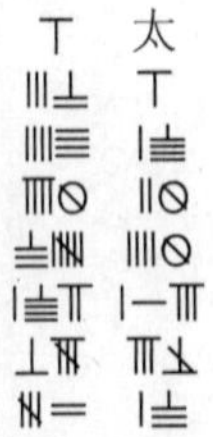 爲左式。左右對列，內二行相乘，得  外二行相乘，得 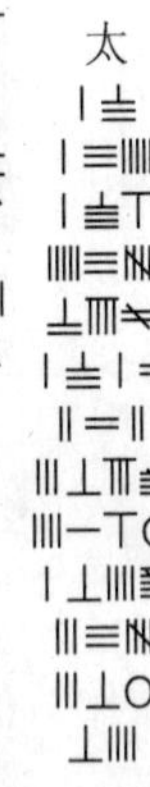 內外相消，得 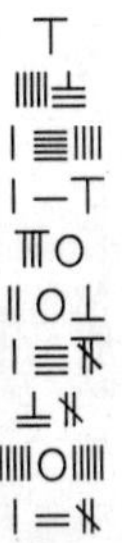 開十乘方，得三步。合問。

清·戴煦《四元玉鑑細草》 草曰：立天元一爲句 太| 地元一爲股弦較 | 太。句自之，太○| 以股弦較除之，今不除，寄法爲母。得股弦和  以 太| 通地元 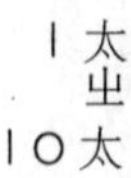 加之  折半，不可半，倍其母。得弦  又以 ‖太 通地元 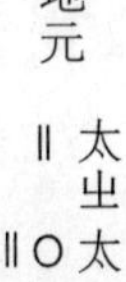 減之，得股  以 ‖太 通句，得帶分句 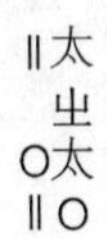 以減股，得句股較 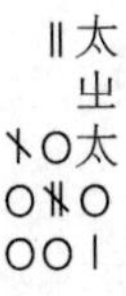 句股弦相併，得弦和和 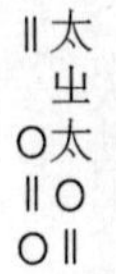 以句減弦，得句弦較 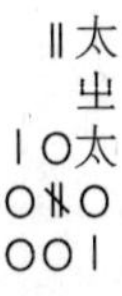 乃以天元乘弦  加句股較 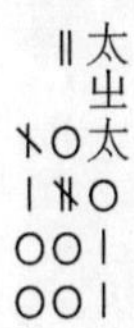 以 ‖太 通之，得  寄左。次以股自之，得  與左相消，得今式  又以股弦相乘

 以 ‖太 通弦和和  減之，得  以 ‖太 通之，得  寄左。次以句弦較自乘，得  自乘，得 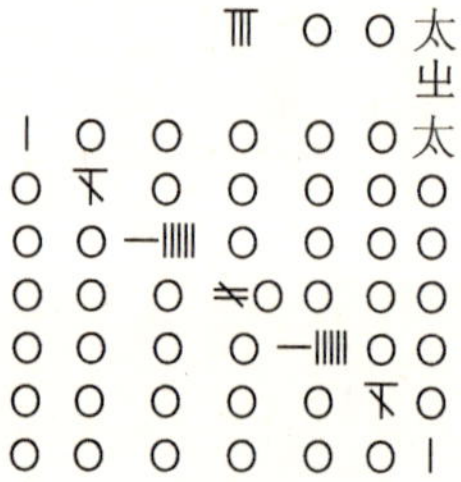 與左相消，得 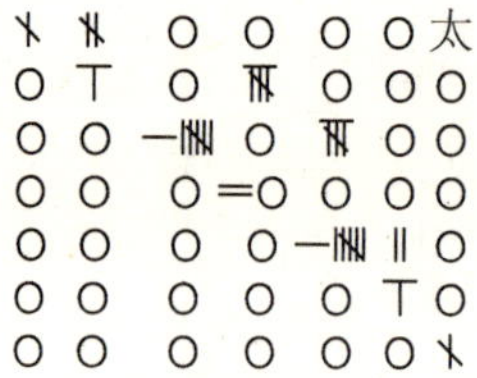 爲云式。於是以今式、云式通分相消，以 |〇太 通今式  以消云式，得 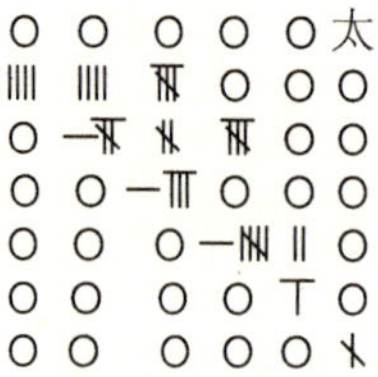 天元約之，得 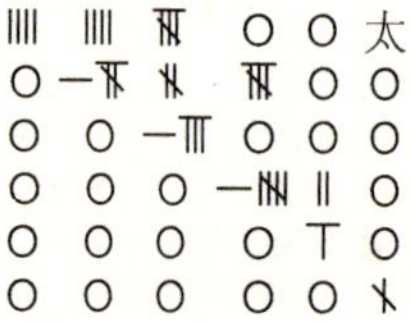 爲六行式。又以 太| 通今式，得 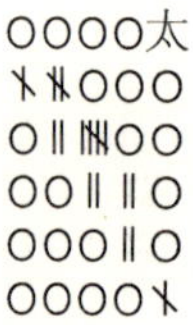 以消六行式，得 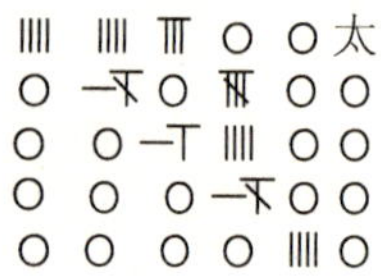 以 ≡太 約之，得五行式  以今式加之，得三行式  地元約之，得三行式  以今式之左一行 〤〇〇〇太 地元冪約之 〤〇太 以乘三行式，得  於上。以三行式之左一行  地元冪約之 〤≠ 乘今式，得  消上，得  天元約之，得四行式  以三行式之左一行  地元冪約之，得 〤≠ 以乘四行式，得  於上。以四行式之左一行  地元冪約之，得  以乘三行式，得 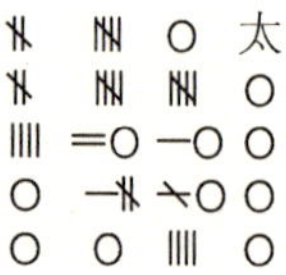 消上，得 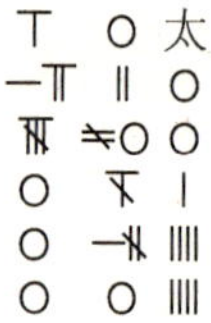 爲又三行式。以又三行式之左一行  地元冪約之，得 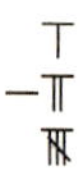 以乘三行式，得  於上。以三行式之左一行  地元冪約之，得 〤≠ 以乘又三行式，

得 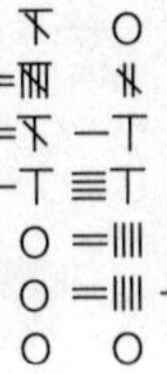 消上,得 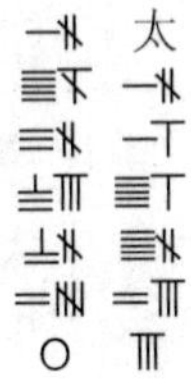 四約之,得左行 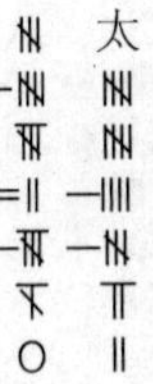 以三行式之左一行 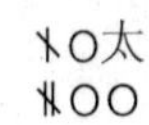 地元約之 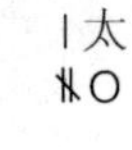 以乘左行,得 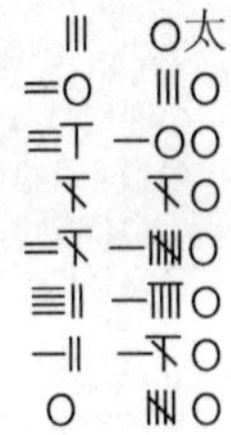 於上。以左行之左一行 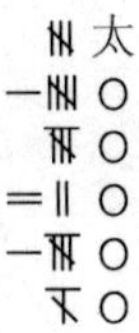 地元約之 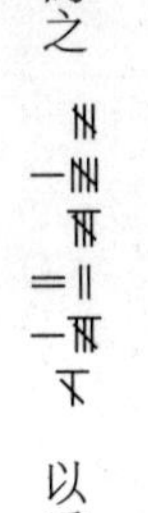 以乘三行式,得  消上,得右行  以左行之右乘右行之左,爲内二行,得式 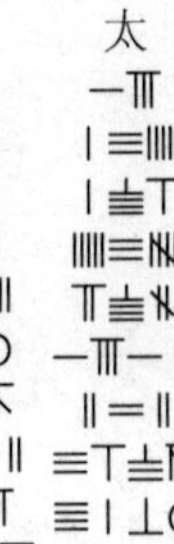 以左行之左乘右行之右,爲外二行,得式 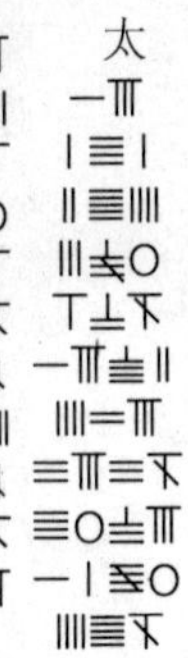 内外相消,得 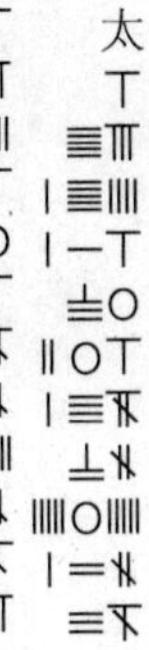 天元約之,得開方式  十乘方開之,得句三步。

清・陳棠《四元消法易簡草》 法曰:立天元一爲句,地元一爲股弦較。天地配合求之,得今式 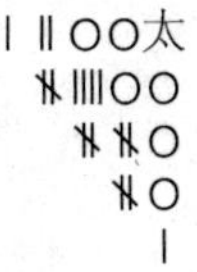 云式 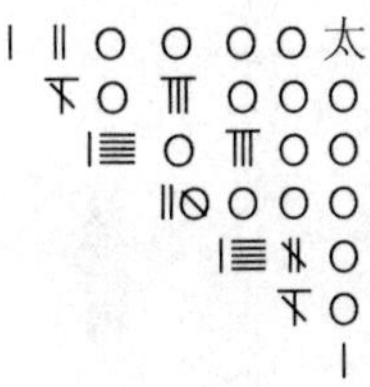 加減兼通分消之,得 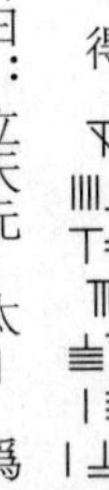 開九乘方,得句。

艸曰:立天元 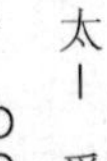 爲句,地元 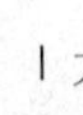 爲股弦較。天元自之,得句冪 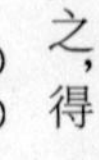 地元除之,得 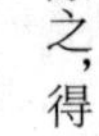 爲股弦和。以股弦較加之,得 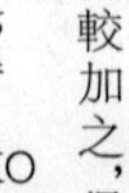 爲倍弦。又以較減和,得 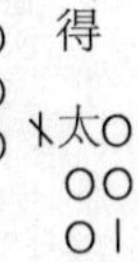 爲倍股。倍句減之,得 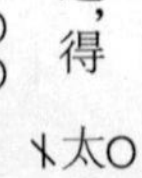 爲倍句股較。句乘弦,得 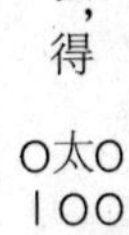。加倍句股較,得 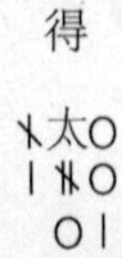 倍之,得  爲四段股冪於上。乃以倍股自之,得 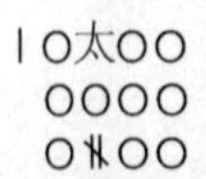 消上,得  爲今式。副以句加股弦和,八之,得  爲八段弦和和。以倍股乘倍弦,又倍之,得  爲八段股乘弦。以八段弦和和減之,得 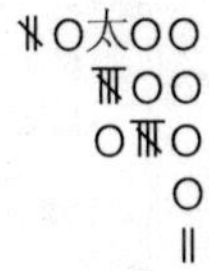 爲八段句弦較。再乘冪於上,乃以倍句減倍弦,得 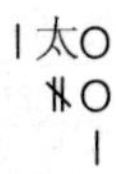 自之,再之,得 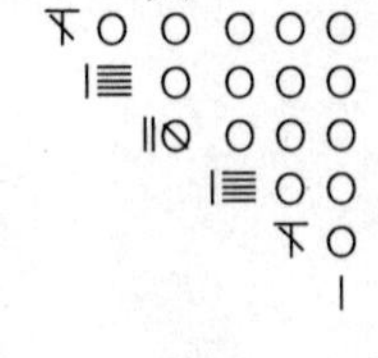 消上,得  爲云式。減今式,得  以今式齊左加

之，得

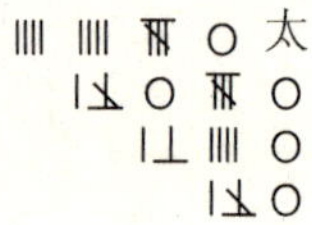

四約之，得

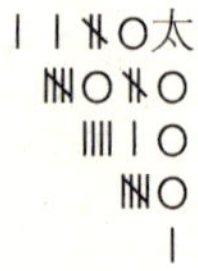

減今式，得

爲甲式。齊左減今式，得

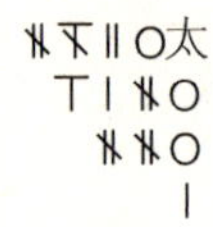

倍今式

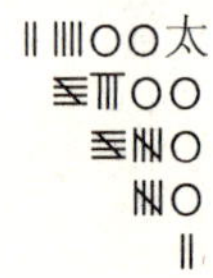

加之，得

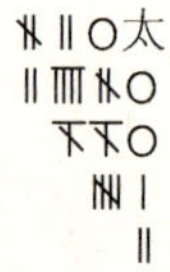

又以甲式減之，得

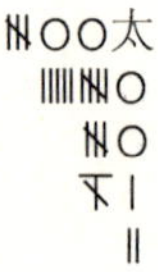

爲乙式。三甲式得

以乙式加之，得

又倍乙式，得

降一位，齊左加之，得

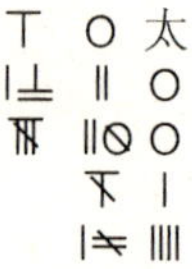

倍甲式

減之，得

五甲式齊下減之，得

爲丙式。以左行通甲式右二行，得

又以甲式左行，通丙式右二行，得

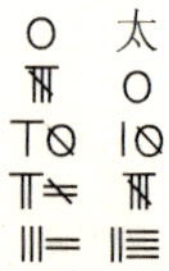

兩通式相消，四約之，得

爲丁式。又以丙式右行通甲式左二行，得

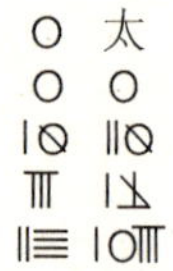

以甲式右行通丙式左二行，得

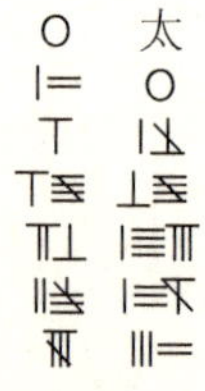

兩通式相消，四約之，得

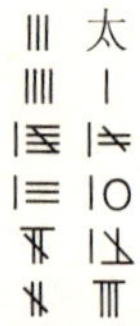

爲戊式。以左行通丁式右行，得

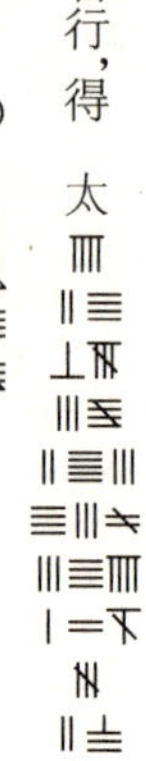

以丁式左行通戊式右行，得

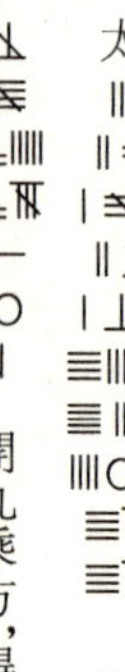

兩通式相消，得開方式下

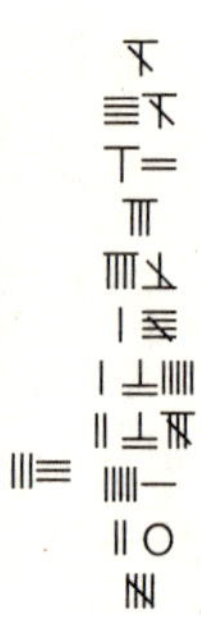

開九乘方，得三步，爲句。以三乘甲式下層，各依位併入上層，得

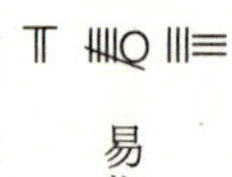

易位得

開平方，得股弦較一步。以句三步自之，得九步。以股弦較一步除之，得九步，爲股弦和。加較一步，得十步。半之，得弦五步。合問。

三元術分部

三元一次方程組

算法

清・鄧建章《中西算學入門匯通》卷下《四元》 設如有大中小三數，其大小兩數之和，以中數減之，則餘二。其中數小數之和，以大數減之，則適盡。其大數中數之和，以小數之二倍減之，則餘三。求三數各幾何。

立天元 ○丨 爲大數，地元 丨○ 爲中數，人元 ○丨 爲小數。則以中數減大小兩數之和，其式爲  與二相消，得 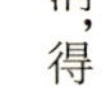 爲㊙式。以大數減中數小數之和，其式爲  與 ○ 相消，得 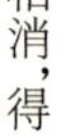 爲㊁式。以小數之二倍，減大數中數之和，其式爲  與三相消，得 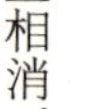 爲丙式。㊙

乙兩式相加，得 [算籌] 爲右式。以乙式減丙式，得 [算籌] 爲左式。左右式並列，如 [算籌] 內二行相乘，得 [算籌] 外二行相乘，得 [算籌] 相減得 [算籌] 上實下法，得三爲大數。以乙式減甲式，得 [算籌] 爲㊀式。二倍乙式爲 [算籌] 以加丙式，得 [算籌] 爲㊁式。二除㊀式，得 [算籌] 以加㊁式，得 [算籌] 易位爲 [算籌] 上實下法，得二爲中數。以甲式加丙式，得 [算籌] 爲㊀式。以乙式減丙式，得 [算籌] 爲㊁式。㊀㊁兩式相減，得 [算籌] 易位爲 [算籌] 上實下法，得一爲小數。

三元二次方程組

算法

元·朱世傑《四元玉鑑》卷中《或問歌彖》 或問：積減弦長與半平，餘與三句五股停，句弦股弦差相并，要作原長少半平。

答曰：句八步，股一十五步，弦一十七步。

術曰：立天元一爲句，地元一爲股，人元一爲弦。三才相配求之，得四百八十爲益實，六十爲從方，開無隅平方而一，得句。開地元股，得四百八十爲益實，三十二爲從方。上實下法除之，得股。開人元弦，得五百一十爲益實，三十爲從方，開無隅平方除之。得弦。合問。

清·沈欽裴《四元玉鑑細草》 草曰：立天元一 [算籌] 爲勾，地元一 [算籌] 爲股，人元一 [算籌] 爲弦。勾股相乘爲直積 [算籌] 減弦 [算籌] 倍之 [算籌] 又減勾 [算籌] 寄左。以三勾五股之倍 [算籌] 消之，得今式 [算籌] 勾弦差股弦差併而倍之，得 [算籌] 加勾 [算籌] 與倍股 [算籌] 相消，得云式 [算籌] 勾方股方并爲弦方，相消得三元之式 [算籌] 剔云式，左右各自之，左得 [算籌] 右得 [算籌] 相消得 [算籌] 以三元之式消之，得前式 [算籌] 便爲左式。倍今式，消云式，得後式 [算籌] 便爲右式。內二行相乘，得 [算籌] 外二行相乘，得 [算籌] 內外相消，得 [算籌] 開無隅平方而一，得勾八步。開地元股者，前草地易天位，左式 [算籌] 右式 [算籌] 內二行相乘，得 [算籌] 外二行相乘，得 [算籌] 內外相消，得 [算籌] 上實下法除之，得股一十五步。開人元弦，置前草前式 [算籌] 消倍云式 [算籌] 得 [算籌] 人易天位，得左式 [算籌] 次置前草後式 [算籌] 以云式消之，得 [算籌] 人易天位，得後式 [算籌] 以左式消之，得 [算籌] 爲右式。內二行相乘，得 [算籌] 外二行相乘，得 [算籌] 內外兩行相消，得 [算籌] 半之，得 [算籌] 開無隅平方除之，得弦一十七步。合問。

清·羅士琳《四元玉鑑細草》 艸曰：立天元一爲句，地元一爲股，人元一爲弦。以天元自之，得 爲句冪，以地元自之，得 爲股冪，以人元自之，得 爲弦冪。副以天地相乘，得 爲直積。又以天人相減，得 爲句弦差。地人相減得 爲股弦差。又三天元 五地元 相併，得 爲三句五股。乃以人元減直積，得 倍之，得 又以天元減之，得 於上。復倍三句五股，得 與上相消，得 爲今式。併句弦股弦二差，得 倍之，得 於上。乃倍地元 減天元，得 與上相消，得 爲云式。又併句股二冪消弦冪，得 爲三元式。倍今式 消云式，得 爲右式。云式剔分爲二，直截人元，其右半 自之，得 左半 自之，得 相消得 十六三元式 消之，得 爲左式。左右對列，內二行相乘，得 外二行相乘，得 相消得 開無隅平方而一，得八步爲句。開地元股，以左右兩式，各地易天位，得右式 左式 左右對列，內二行相乘，得 外二行相乘，得 相消得 上實下法除之，得十五步爲股。開人元弦，以今式左行齊云式，得 四今式 消之，得 半之，人易天位，得 爲次式。云式剔分爲二，直截地元其右半 自之，得 左半 自之，得 相消得 十六三元式 消之，得 人易天位，得 爲右式。三右式 消次式，得 爲左式。左右對列，內二行相乘，得 外二行相乘，得 內外相消，得 約爲 開無隅平方除之，得十七步爲弦。合問。

清·戴煦《四元玉鑑細草》 草曰：立天元一爲句，地元一爲股，人元一爲弦。句股相乘得積 以句減弦，得句弦差 以股減弦，得股弦差 乃以宜積內減弦 倍之 內減平，得 寄左。次以三句 五股 相併 倍之，得 與左相消，得上式 又以句弦差股弦差相併 倍之，得 寄左。次以股倍之 內減句，得 與左相消，得次式 又以句冪股冪共與弦冪相消，得三元之式〔算式〕於是剔而消之，以次式割去〔算式〕得〔算式〕正負互易〔算式〕四而一，得同人元式〔算式〕乃以上式割去〔算式〕得〔算式〕以四通之，得〔算式〕於上。以割去之〔算式〕人元除之，得〔算式〕同人元式乘之，得〔算式〕加上得〔算式〕二約之得前式〔算式〕便爲左行。又以同人元式自乘，得同人元冪式〔算式〕乃以三元之式割去〔算式〕得〔算式〕以十六通之，得〔算式〕於上。以割去之〔算式〕人元冪除之，得〔算式〕同人元冪式乘之，得〔算式〕加上，得〔算式〕以天元約之，得後式〔算式〕便爲右行。於是以左行之右乘右行之左，爲內二行，相乘得〔算式〕以左行之左乘右行之右，爲外二行，相乘得〔算式〕內外相消，得〔算式〕天元約之，得開方式〔算式〕上實下法而一，得句。又依前術之左行右行，天地易位，右得〔算式〕爲左行，左得〔算式〕爲右行。於是內二行相乘，得〔算式〕外二行相乘，得〔算式〕內外相消，得〔算式〕以〔算式〕約之，得開方式〔算式〕上實下法而一，得股。

按：術中左行右行，本可不必與前互易，茲欲合於原開方式之正負，故易之。又依前術求得上式〔算式〕次式〔算式〕三元之式〔算式〕於是剔而消之，以次式割去〔算式〕得〔算式〕四而一，得同地元式〔算式〕乃以上式割去〔算式〕得〔算式〕以四通之，得〔算式〕於上。以割去之〔算式〕地元除之〔算式〕同地元式乘之，得〔算式〕加上得〔算式〕二約之〔算式〕人易天位，得前式〔算式〕又以同地元式自之，得同地元冪式〔算式〕於上。以三元之式割去地元冪，得〔算式〕以十六通之〔算式〕加上，得〔算式〕天元約之〔算式〕人易天位，得後式〔算式〕便爲左行。於是以左行之右一行〔算式〕天元約之，得〔算式〕以乘前式，得〔算式〕於上。以前式之右一行〔算式〕天元約之，得〔算式〕以乘左行，得〔算式〕以上式消之，得〔算式〕以〔算式〕約之，得右行〔算式〕內二行相乘，得〔算式〕外二行相乘，得〔算式〕外內相消，得開方式〔算式〕上實下法而一，得弦。

元·朱世傑《四元玉鑑》卷下《三才變通》 今有直積減弦較和，加股弦較冪，與弦較較冪等。只云句冪減三相和，與弦較和同。問弦幾何。

答曰：一十七步。

術曰：立天元一爲句，地元一爲股，人元一爲弦。三才相配求之，得三十四爲正實，一十九爲益方，一爲正隅。平方開之，得弦。合問。

清·沈欽裴《四元玉鑑細草》 草曰：立天元一 爲句，地元一 爲股，人元一 爲弦。置直積 減弦較和 加股弦較冪 得 與弦較較冪 相消，得今式 置句冪 減三相和 得 與弦較和 相消，得云式 併句冪、股冪，與弦冪相消，得三元之式 剔今式左半 地元除之 乘云式右半 得 寄左。剔云式左半 地元除之 乘今式右半 得 與左相消，得 人易天位，得前式 剔三元之式 地元除之 乘云式右半 得 寄左。剔云式左半 地元除之 乘三元之式右半 得 與左相消，得 剔消式左半，地元除之 乘云式右半 得 寄左。剔云式左半 地元除之 乘消式右半 得 與左相消，得 人易天位，得後式

三因後式，消前式，得左式 地元乘左式，消前式，得右式 內二行相乘，得 外二行相乘，得 內外相消，得 四約之，得開方式 平方開之，得弦一十七步。合問。

清·羅士琳《四元玉鑑細草》 艸曰：立天元一爲句，地元一爲股，人元一爲弦。天地相減得 爲句股較。加人元，得 爲弦較和。地人相減，得 爲股弦較。加天元，得 爲弦較較。天地相加，得 爲句股和。加人元，得 爲三相和。又天地相乘，得 爲直積。天元自之，得 爲句冪。地元自之，得 爲股冪。人元自之，得 爲弦冪。股弦較自之，得 爲股弦較冪。弦較較自之，得 爲弦較較冪。乃以弦較和減直積，得 加股弦較冪，得 消弦較較冪，得 爲今式。副以三相和減句冪，得 消弦較和，得 爲云式。又併句股二冪消弦冪，得 爲三元式。以今式左行齊云式，得 倍今式 消之，得 人易天位，得 爲前式。云式剔分爲二，直截地元。其左半 自之，得 右半 自之，得 相消，得 復四三元式 消之，得 人易天

位，三之得 [illegible] 爲後式。消前式，得 [illegible] 爲右式。又消前式，得 [illegible] 爲左式。左右對列，内二行相乘，得 [illegible] 外二行相乘，得 [illegible] 内外相消，得 [illegible] 約爲 [illegible] 開平方，得十七步。合問。

清·戴煦《四元玉鑑細草》 草曰：立天元一爲句 [illegible] 地元一爲股 [illegible] 人元一爲弦 [illegible] 句股相乘，得直積 [illegible] 以句較減股，得較 [illegible] 加弦，得弦較和 [illegible] 又以較減弦，得弦較較 [illegible] 股減弦，得股弦較 [illegible] 又以句股弦相併，得三相和 [illegible] 弦較較自之，得弦較較冪 [illegible] 内人地兩元相乘式，寄真數位。股弦較自之，得股弦較冪 [illegible] 内人地兩元相乘之式，寄于真數位。乃以直積減弦較和，得 [illegible] 加股弦較冪，得 [illegible] 寄左。次列弦較較冪，與左相消，得今式 [illegible] 又以句自乘 [illegible] 内減三相和 [illegible] 寄左。次列弦較和與左相消，得云式 [illegible] 句自之 [illegible] 股自之 [illegible] 相併 [illegible] 寄左。次以弦自之 [illegible] 與左相消，得三元之式 [illegible] 於是以三式剔而消之，以云式割去 [illegible] 得 [illegible] 以 [illegible] 除之，今不除，寄法爲母。[illegible] 此式與地元同數，爲同地元式。以消今式。法以今式割去 [illegible] 得 [illegible]

以 [illegible] 通之，得 [illegible] 於上。以割去之 [illegible] 地元除之 [illegible] 同地元式乘之，得 [illegible] 加上，得 [illegible] 天元約之 [illegible] 人易天位，得前式 [illegible] 又以同地元式自之，得同地元冪式 [illegible] 以消三元之式。法以三元之式割去 [illegible] 得 [illegible] 以 [illegible] 通之，得 [illegible] 於上。以割去之 [illegible] 地元冪除之 [illegible] 同地元冪式乘之，得 [illegible] 加上，得 [illegible] 天元冪約之，得 [illegible] 人易天位，得後式 [illegible] 於是以前式後式通分相消，以 [illegible] 通後式，得 [illegible] 以消前式，得左行 [illegible] 以左行之左一行 [illegible] 地元約之 [illegible] 以乘後式，得 [illegible] 於上。以後式之左一行 [illegible] 地元約之 [illegible] 以乘左行 [illegible] 消上，得 [illegible] 二約之，得右行 [illegible] 以左行之右乘右行之左，爲内二行，得式 [illegible] 以左行之左乘右行之右，爲外二行，得式 [illegible] 内外相消，得 [illegible] 二約之，得開方式 [illegible] 平方開之，得弦。

清·陳棠《四元消法易簡草》 法曰：立天元一爲句，地元一爲股，人元一爲弦。三才相配求之，得今式 [illegible] 云式 [illegible] 三元式 [illegible] 加減兼剔代消之，得開方式 [illegible] 開平方，得弦。

艸曰：立天元　為句，地元　為股，人元　為弦。天地相減，得　為句股較。加人元，得　為弦較和。地人相減，得　為股弦較。加天元，得　為弦較較。天地相加，得句股和　加人元，得　為三相和。天元自之，得　為句冪。地元自之，得　為股冪。人元自之，得　為弦冪。天地相乘，得直積　內減弦較和，得　以股弦較自之，得　相加得　乃以弦較較自之，得　相消，得今式　副以和和減句冪，得　消弦較和，得云式　又併句股二冪，消弦冪，得　為三元式。半云式　加今式，得　三半云式　減之，得前式　半云式剔去　得　自之，得　與　同三元式剔去　以其同數代入之，得　為後式。六之，得　加前式，得　剔去　變正負，得　自之，得　與九段　冪同，乃以後式剔去　九之，得　與其同數相併，得　易位得　開平方，得弦十七步。合問。

元・朱世傑《四元玉鑑》卷下《三才變通》　今有直積加黃方冪，開方除之，與倍之句弦較等。只云弦較較冪減句股和，開方除之，與股少弦較同。問三相和幾何。

答曰：一十二步。

術曰：立天元一為句，地元一為股，人元一為三相和。三才相配求之，得八百六十四為益實，四千一百四為益方，四萬二千二百二十八為從上廉，五萬三千九百九十八為益下廉，四千二百九為從隅。三乘方開之，合問。

清・沈欽裴《四元玉鑑細草》　草曰：立天元一　為勾，地元一　為股，人元一　為三相和。置黃方　自乘，得　加直積　得　寄左。次置勾弦較　倍之，得　自乘，得　與左相消，得今式　置弦較較　自乘，得　減勾股和　餘　寄左。次置股少弦較　自乘，得　與左相消，得云式　又以弦　自乘，併勾冪股冪消之，得三元之式　剔三元之式與今式相消，人易天位，得前式　剔三元之式，與云式相消，人易天位，得後式　剔前後式，相消，得

左式 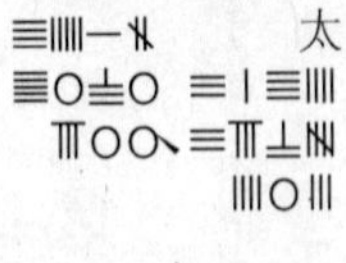 右式  內二行乘，得  外二行乘，得  內外相消，得  以九十八約之，得前開方式  三乘方開之，得一十二步。合問。

又草曰：如前求得今式 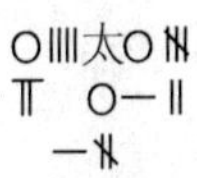 云式 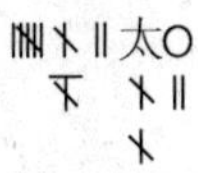 三元之式 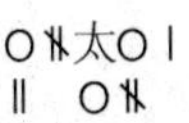 倍云式，消今式，得上位 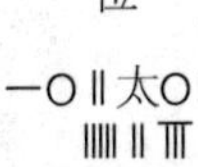 倍三元之之式，消今式，得下位 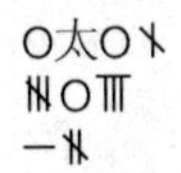 剔上位，下位相消，人易天位，得後式 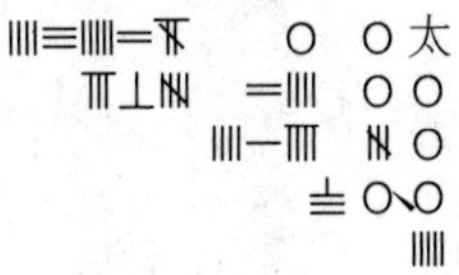 以前式 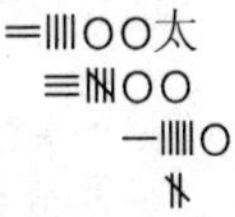 剔而消之，左式得 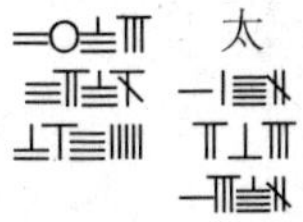 右式得 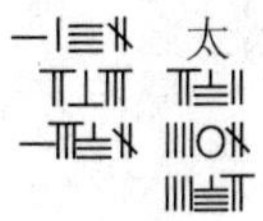 內二行得 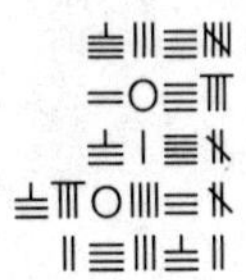 外二行得 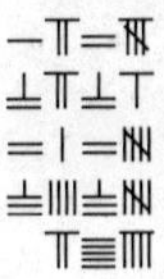 內外相消，得 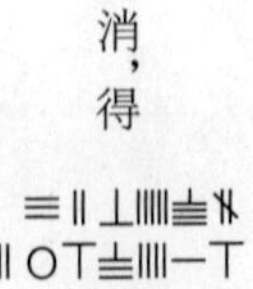 以一百八十九約之，得後開方式 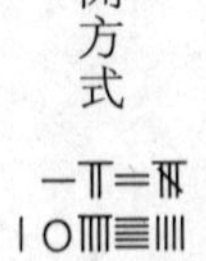 三乘方開之，得一十二步。合問。乃置前開方式 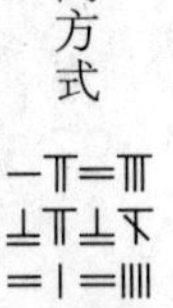 與後開方式 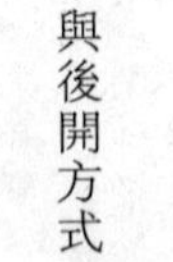 相消，得立方式  以二十二約之，得  以除式 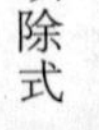 乘之，得 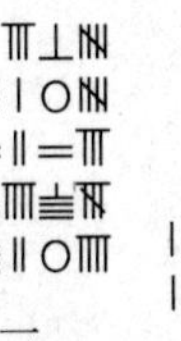 三乘方開之，得一十二步。與術合。此變式也。

清・羅士琳《四元玉鑑細草》 艸曰：立天元一爲句，地元一爲股，人元一爲三相和。天地相加，得 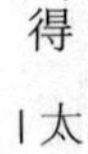 爲句股和。以減人元，得 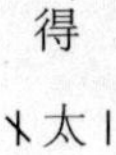 爲弦。以天元減弦，得 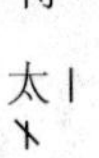 爲句弦較。以地元減弦，得 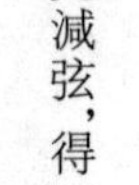 爲股弦較。加天元得  爲弦較較。副倍句股和 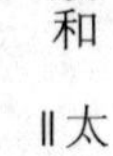 減人元，得 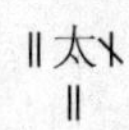 爲黃方。以股弦較減地元，得  爲股少股弦較。乃以天地相乘，得  爲直積。又天元自之，得 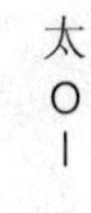 爲句冪。地元自之，得 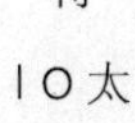 爲股冪。弦自之，得  爲弦冪。黃方自之，得 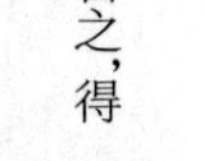 爲黃方冪。弦較較自

之，得爲弦較較冪。置直積，與黃方冪相加，得於上。倍句弦較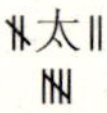自之，得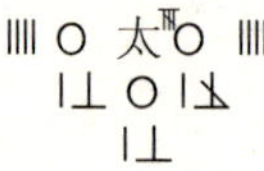消上，得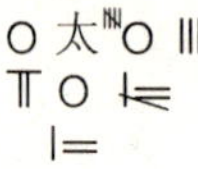爲今式。又以句股和減弦較較冪，得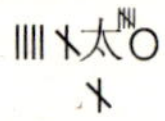於上。以股少股弦較自之，得消上，得爲云式。又併句股二冪，消弦冪，得爲三元式。倍三元式消今式，得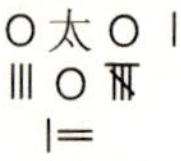爲甲式。倍之，得爲乙式。棄人元，得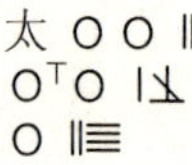於上。三三元式消上，得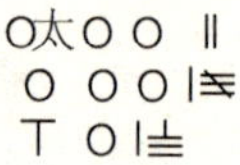又消乙式，得人易天位，得爲前式。副以三元式消云式，得三之，得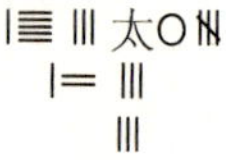消甲式，得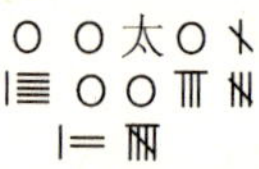爲丙式。四甲式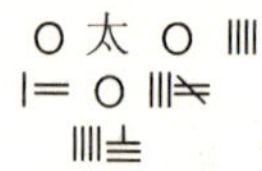消丙式，得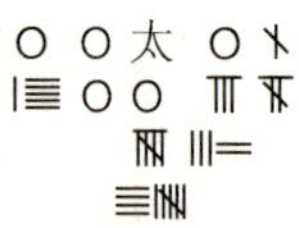三之，得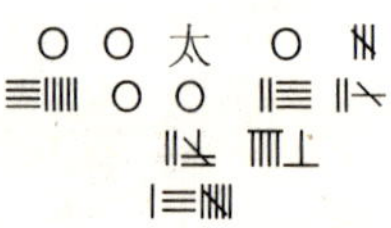爲丁式。甲式剔分爲二。直截地元。其左半自之，得右半自之，得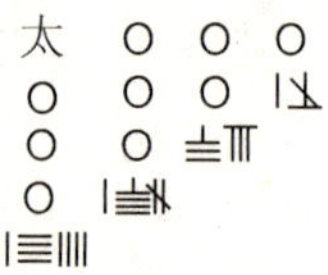相消，得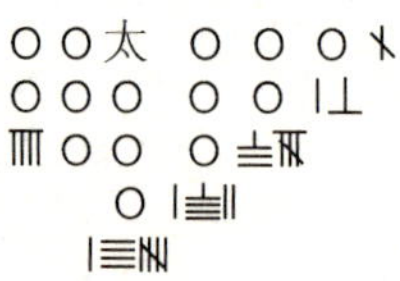五之，得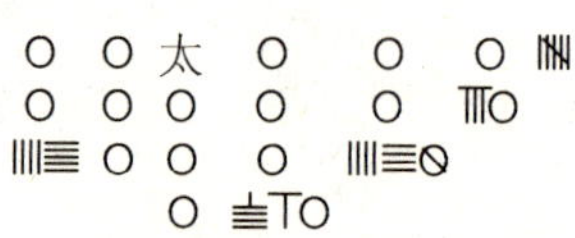消丁式，得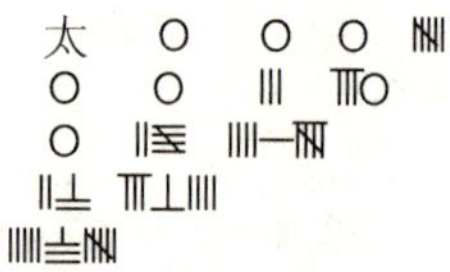人易天位，得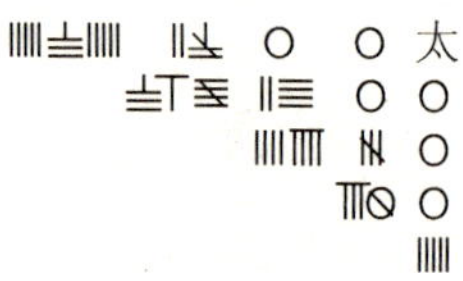爲後式。倍之，得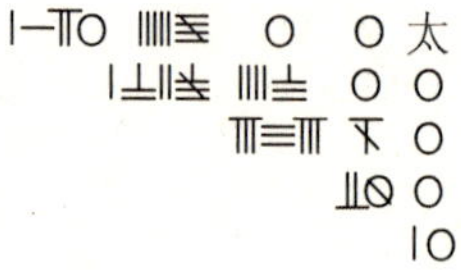於上。五前式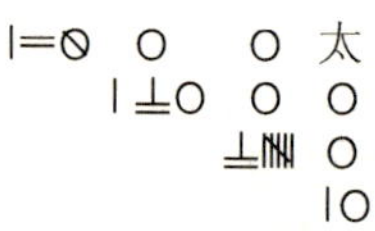消上，得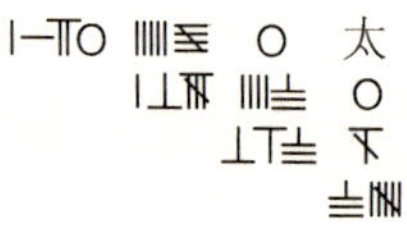爲一式。

以右行齊前式，得

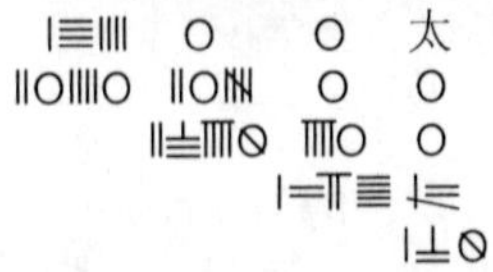

倍一式

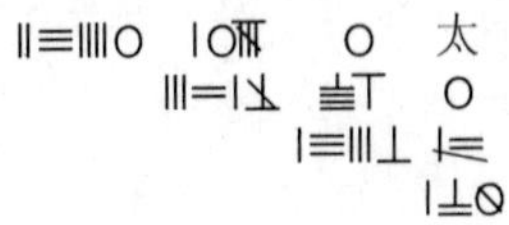

消之，得

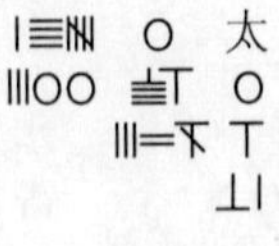

爲二式。消一式，得

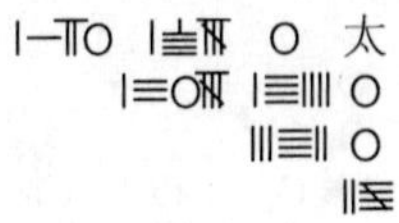

爲三式。十二前式

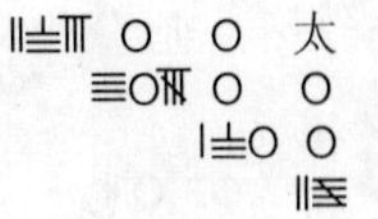

消之，得

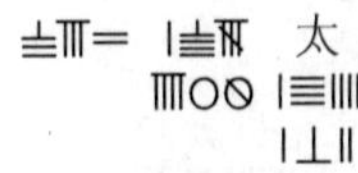

十八約之，得

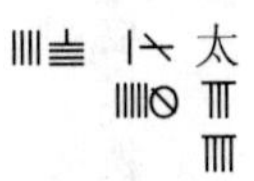

爲四式。以右行齊二式，得

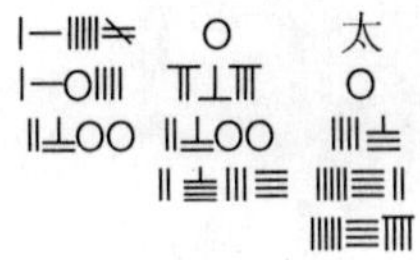

以二式右行齊四式，得

相消，得

爲右式。又四三式

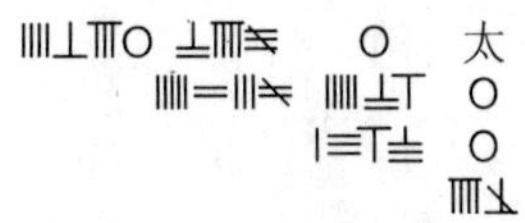

於上。一百九十五前式

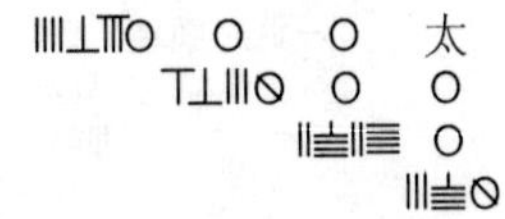

消上，得

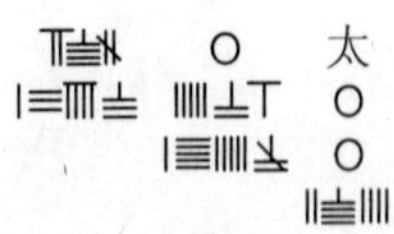

三約之，得

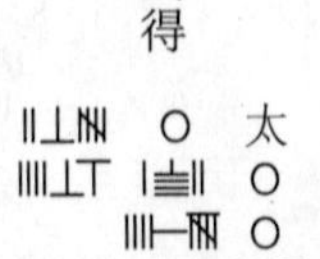

爲五式。復以二式右行齊之，得

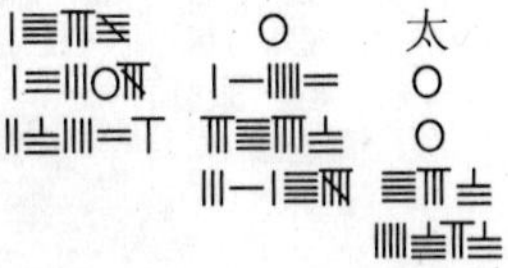

於上。九十八二式

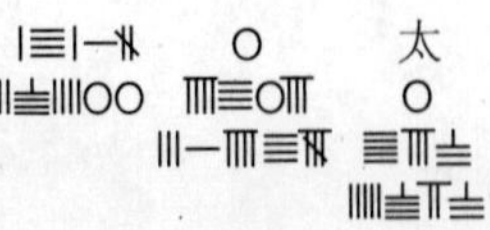

與上相消，得

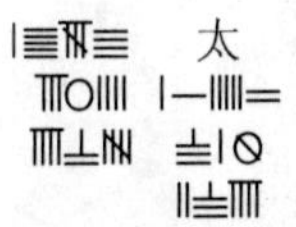

爲左式。左右對列，内二行相乘，得

外二行相乘，得

内外相消，得

約爲

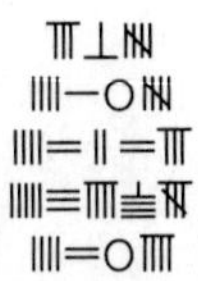

開三乘方得十二步。合問。

清·戴煦《四元玉鑑細草》補術曰：立天元一爲句，地元一爲股，人元一爲三相和。三才相配求之，得三十二萬六千五百九十二爲正實，二百六十萬八千四百一十六爲益方，三百六十四萬四千六百七十六爲從上廉，二百一萬九百六十爲益下廉，一十四萬三千四百五十一爲從隅。三乘方開之。合問。

草曰：立天元一爲句 太｜ 地元一爲股 ｜太 人元一爲三相和

太 句股相乘，得直積 句股相併，得和 以句減股，得較 以和減三相和，得弦 弦減句股和，得黃方 以較減弦，得弦較較 以句減弦，得句弦較 以股減弦，得股弦較 黃方自之，得黃方冪 乃以直積加黃方冪 寄左。次以句弦較倍之 自乘，得 與左相消，得今式 又以弦較較自之 內減句股和，得 寄左。次以股弦較減股，得 自乘 與左相消，得云式 又以弦自之，得弦冪 寄左。次以句自之 股自之 相併，得 與左相消，得三元之式 以上諸式俱以人地兩元相乘之式，寄真數位。於是以三式剔而消之，以三元之式倍之 以減今式，得 割去 得 易正負 於上。以割去之 地元除之，得 以除上式今不除，寄法爲母。得 此式與地元同數，爲同地元式。以消今式，法以今式割去 得 以 通之，得 於上。以割去之 地元除之，得 同地元式乘之，得 加上，得 二約之 人易天位，得前式 又以同地元式自乘，得同地元冪式 以消云式，法以云式割去 得 以 通之，得

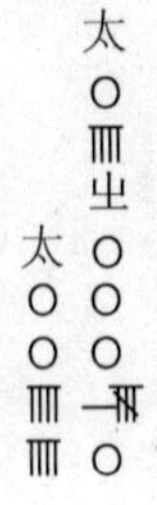
於上位。以割去之 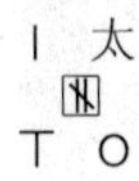 地元除之，得 

同地元式乘之，得

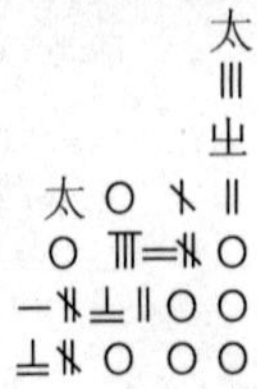
以 通之，得

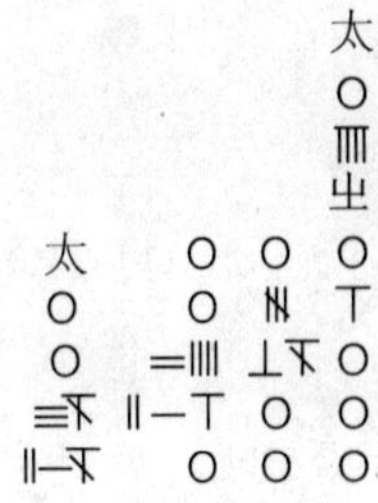
於次位。又以割去之  地元冪除之，得 

同地元冪式乘之，得

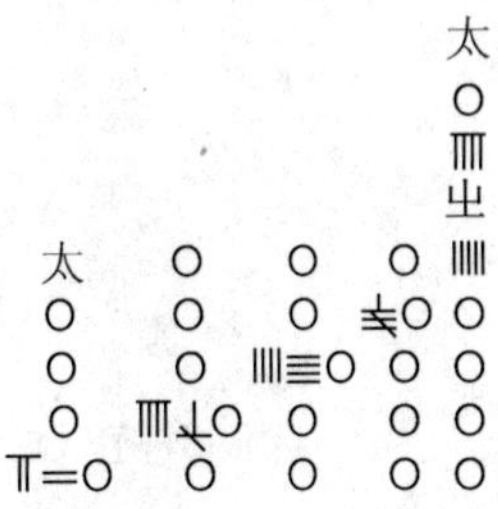
於下位。併三位，得

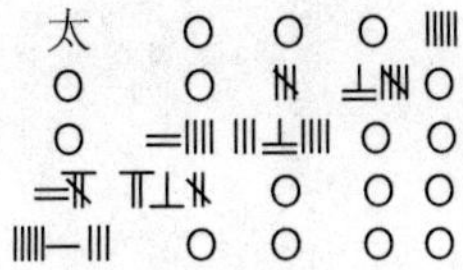
人易天位，得後式

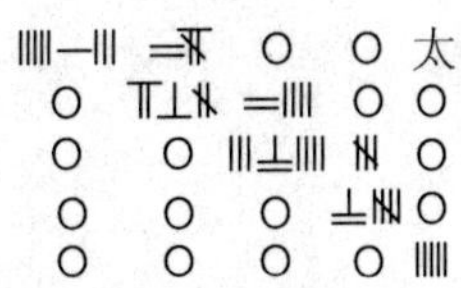
於是以前式後式通分相消，

以前式之右一行  天元立冪約之，得  以乘後式，得

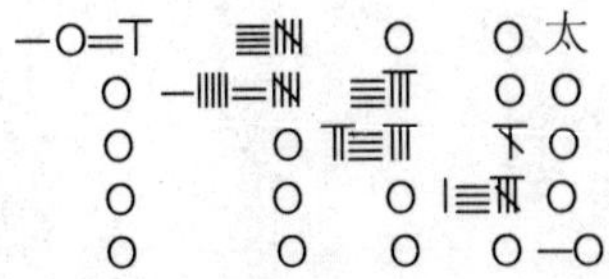
於上。以後式之右一行 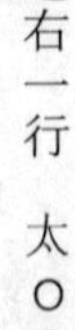 地元立冪約之，得

 以乘前式，得

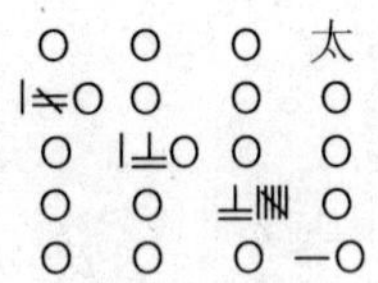
消上，得

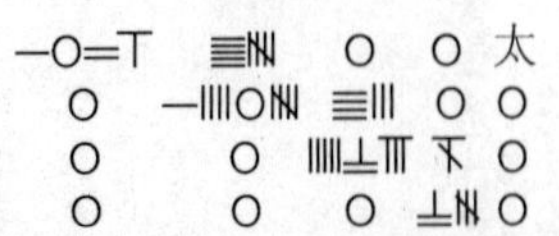
地元約之，得四行式

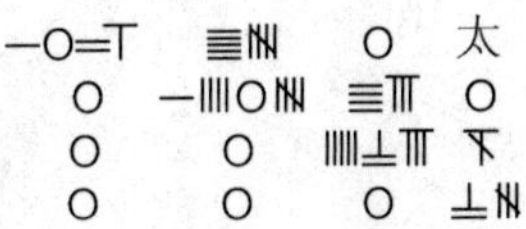
以四行式之左一行 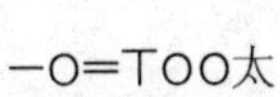 六地元立冪約之，得  以乘前式，得

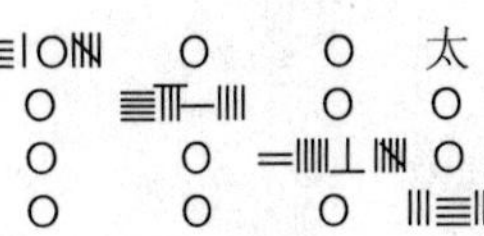
於上。以前式之左一行 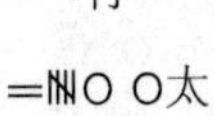 六地元立冪約之，得

以乘四行式，得

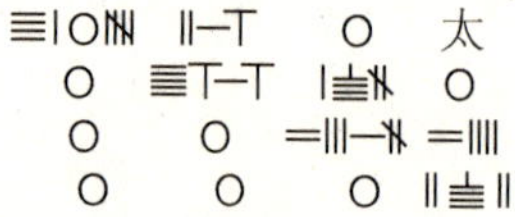

消上，得三行式

以前式之左一行

六地元冪約之，得

以乘三行式，得

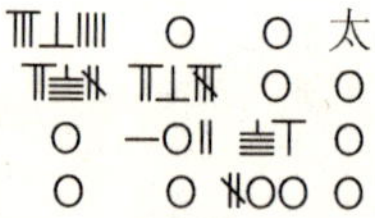

於上。以三行式之左一行

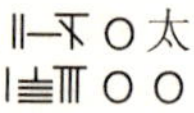

六地元冪約之，得

以乘前式，得

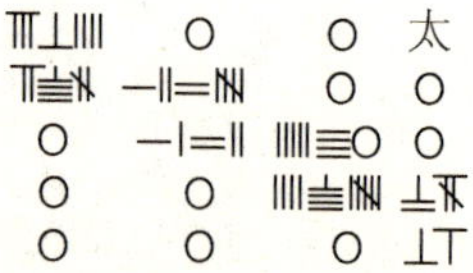

消上，得

天元約之，得又三行式

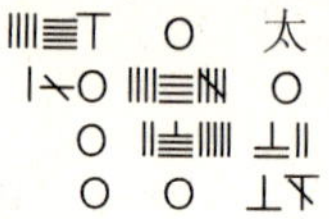

以三行式之右一行

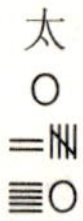

二天元冪約之，得

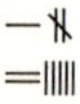

以乘又三行式

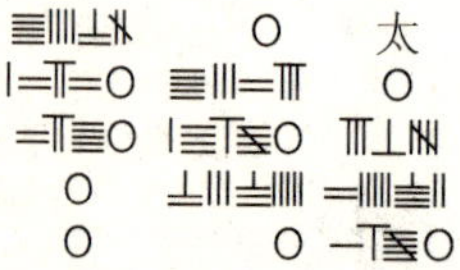

於上。又以又三行式之右一行

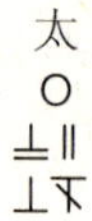

二天元冪約之

以乘三行式，得

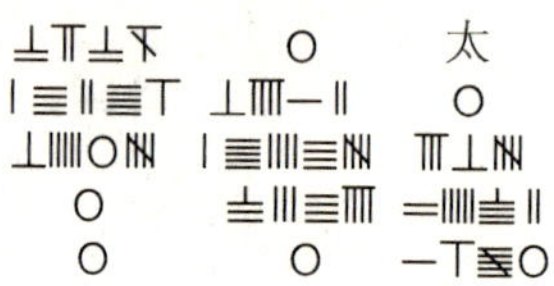

消上，得

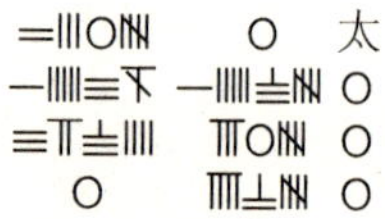

以二地元約之，得左行

以三行式之左一行

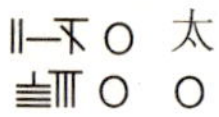

二地元冪約之

以乘又三行式，得

於上。以又三行式之左一行

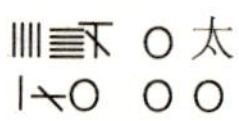

二地元冪約之，

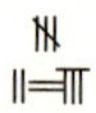

以乘三行式，得

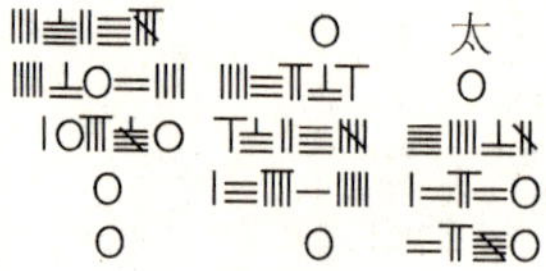

消上，得

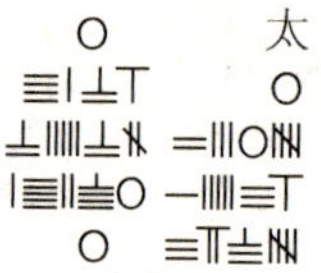

以二天元約之，右得右行

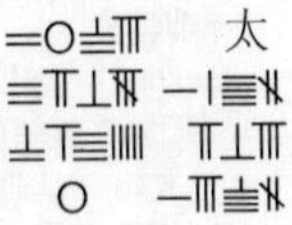 以左行之右乘右行之左，爲內二行，得式  以左

行之左乘右行之右，爲外二行，得式  內外相消

 天元約之，得開方式  三乘方開之，得三

相和。

補又術曰：求得一十萬八千八百六十四爲正實，八十一萬六千三百八十爲益方，一百九十萬二千八百五十二爲從上廉，一百四十五萬七千六十四爲益廉，下一十萬八千六百七十五爲從隅。三乘方開之。得三相和。合問。

草曰：依前術求得前式 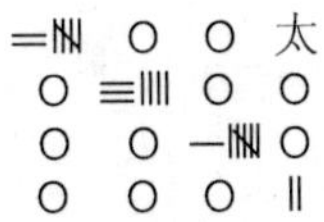 又依前術求得三行式 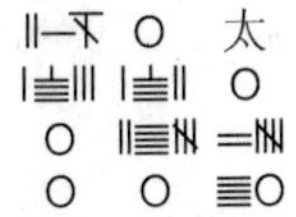

以三行式之右一行  二天元冪約之，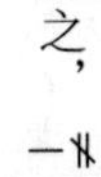 以乘前式，得

 於上。以前式之右一行  二天元冪約之，

以乘三行式，得  消上，得 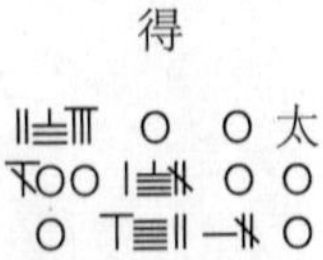 二地元約之，得又三

行式 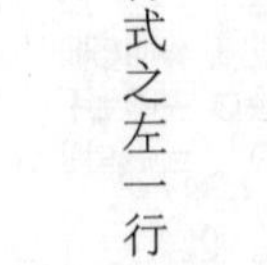 以又三行式之左一行 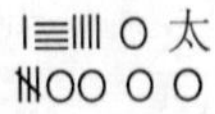 六地元冪約之，得 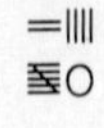

以乘三行式 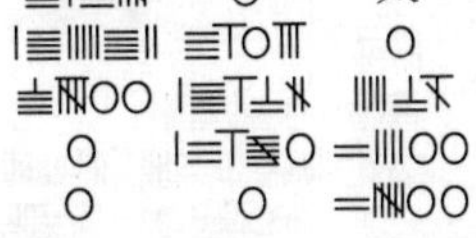 於上。以三行式之左一行  六地元冪約

之，得 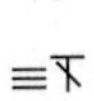 以乘又三行式，得 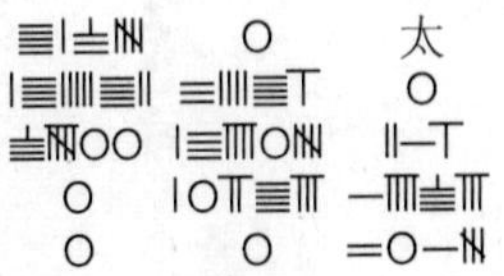 消上，得 

天元約之，得左行  以三行式之右一行  天元冪約

之以乘又三行式，得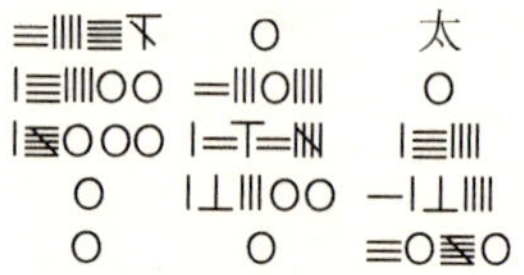於上。以又三行式之右一行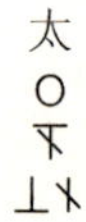天元冪約之，得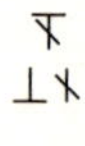以乘三行式得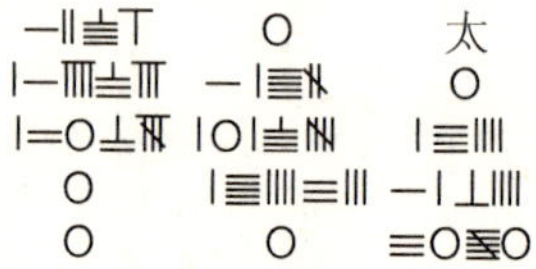消上，得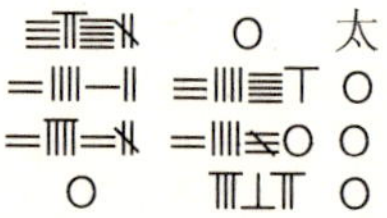地元約之得右行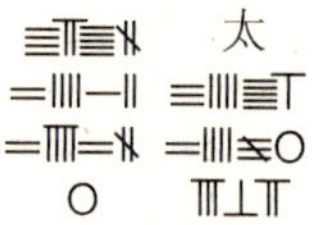以左行之右乘右行之左，爲內二行，得式以左行之左乘右行之右，爲外二行，得式內外相消，得以二天元約之，得開方式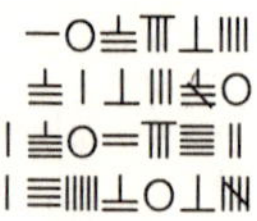三乘方開之，得三相和。按：是術若別消天元，留地元，通分相消，則不必開三乘方，亦與原術不合。

清·陳棠《四元消法易簡草》法曰：立天元一爲句，地元一爲股，人元一爲三相和。三才相配求之，得今式云式三元式借元數消之，得開立方，得三相和。

草曰：立天元爲句，地元爲股，人元爲三相和。天地相加，得和以減人元，得弦以句減之，得爲句弦較。以股減弦，得股弦較加句，得較較倍和減人元，得黃方以股弦較減股，得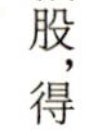爲股少股弦較。乃以天地相乘，得直積天元自之，得爲句冪。地元自之，得股冪併二冪，得弦自之，得弦冪黃方自之，得爲黃冪。弦較較自之，得冪倍句弦較自之，得冪以股少股弦較自之，得冪以直積加黃方冪，得以倍句弦較冪消

之，得今式　又以和減較較冪，得　以股少股弦較冪消之，得云式　又以幷句股冪消弦冪，得三元式　借物元以代其弦，則其式中之　可以　代之，而今式變形爲　云式變形爲　三元式變形爲　又可將物元消弦式，得　爲等式。剔人元，各自之，相消，得　爲初剔式。減云式，得　爲甲式。剔等式左下半　約甲式左下半，得　剔等式右上半，約甲式右上半，得　相消，得　爲乙式。四等式　加之，得　爲丙式。再將等式斜剔，物人各自之，相消，得　爲再剔式。減三元式，得　爲丁式。剔乙丙式各爲二，其　與　相乘，得　其　與　相乘，得　相消，得三剔式　八丁式減之，得　人易天位，得　爲前式。以初剔式加今式，得　倍三元式加之，得　物元乘倍丙式　加之，得　二約丁式，五之，得　相加，得　剔去　四之，得　爲同十六段地元冪式。於上。乃以乙式剔去　變正負，得　爲同。四地元式，自之，得　亦爲同十六段地元冪式。幷上，得　人易天位，得　爲後式。十一前式　減後式，得　爲左式。以右行通前式左二行，得　以前右行通左式左行，得　齊右相消，得　爲右式。以右式右行，通左式左行，得　以左式右行，通右式左行，得　兩通式相消，得　開立方得十二步，合問。

棠按：右題原術雖開三乘方，然羅氏依術演艸，費紙五六頁，相消幾二十次，所得隅數尚二萬八千四百六十三，即約歸原術仍爲四千二百零九。蓋已不勝其繁矣，今仿代數借他元之法，消之，省開立方，得數稍易，即華氏《筆談》所謂勉强挪移，以濟其窮也。

元・朱世傑《四元玉鑑》卷下《三才變通》 今有平乘積，如長而一，所得減一平三較，餘與平等。只云長乘和，減平，與二積一較同。問和冪弦冪較冪帶一積一長一平六事連環得幾何。

答曰：九十四步。

術曰：立天元一爲句，地元一爲股，人元一爲開數。三才相配求之，得一百八十八爲正實，九十六爲益方，一爲正隅。平方開之，合問。

清・沈欽裴《四元玉鑑細草》 草曰：立天元一 太〡 爲句，地元一 〡太 爲股，人元一 太〡 爲開數。平乘積 太〇〇〡 如長而一 太〇〡 減一平三較，餘 太〢〡 以平消之，得今式 太〡〡 長乘和 太〇〡 減平 太〡 與二積一較 太〢〡 相消 太〇〡 以長除之，得云式 〡〡 併和冪、弦冪較，帶一積一長一平 太〡〣 與開數相消，得三元之式 太〡〣 剔今式、云式相消，人易天位，得前式 〣 三因云式，地元乘之 太〇〣 以消三元之式，得 太〡〢 寄左。與云式剔消，人易天位，得後式 〡〣 七乘前式，與後式相消，得左式 〣 二十三乘前式，以地元乘左式，消之，得右式 〡〣 內二行乘式 〡〣 外二行乘式 〇〇 內外相消，得開方式 〡〣 平方開之，得九十四。乘之得開方式 〡〣 平方開之，得二百四十八步，合問。

此變式也。

清・羅士琳《四元玉鑑細草》 草曰：立天元一爲句，地元一爲股，人元一爲開數。天地相乘，得 太〇〡 爲直積。又以平乘之，得 太〇〇〡 如長而一，得 太〇〡 於上。天地相減，得 太〡 爲較。三之，得 太〣 爲三較。加平，得 太〣 爲一平三較。消上，得 太〢〡 又與天元相消，得 太〡〡 爲今式。天地相加，得 太〡 爲和。以長乘之，得 太〇〡 於上。乃倍直積 太〇〢 加較，得 太〡〢 又與平相加，得 太〇〢 爲平與二積一較。消上，得 太〡 爲云式。副以天元自之，得 太〇〡 爲句冪。地元自之，得 太〇〡 爲股冪。併句股二冪，得 太〇〡 爲弦冪。又較自之，得 太〇〡 爲較冪。和自之，得 太〇〡 爲和冪。以和較弦三冪相併，得 太〇〣 加直積，得 太〇〣 又加和，得 太〡〣 爲弦冪和冪較冪帶一積一長一平。用與人元相消，得 太〡〣 爲三元式。消今式，得 太〡〣 以左行齊云式，得 〡〣 消之，得 〡〣 人易天位，得 〡〣 爲前式。又三云式 〣 消今式，得 〡 人易天位，得 〡 爲後式。消前式，得 〡 又八後式 〣 消之，得 〣 爲右式。又二十三後式 〣 消右式，得 〡 爲左式。左右對列，內二行相乘，得 〡〣 外二行相乘，得 〡〣 內外相消，得 〡〣 開平方，得九十四步。合問。

清・戴煦《四元玉鑑細草》 草曰：立天元一爲句 太〡 地元一爲股 太〡 人元一爲和冪弦冪較冪帶一積一長一平 太〡 句股相乘，得積 太〇〡 句股相併，得和 太〡〇 以句減股，得較 太〡〇 和自之，得和冪 太〇〡〇〇〡

較自之，得較冪 太〇丨〇〤〇〇丨〇〇丨 句自之 太〇丨 股自之 太〇丨 相併，得 丨〇〇〇丨〇〇太 爲弦冪。乃以平乘積 太〇〇丨〇〇 如長而一 太〇丨 減一半 太〤丨 又以三較減之，得 太〧〇丨〇 寄左。次列天元與左相消，得今式 太丨〇〧〇 又以長乘和 太丨〇丨〇 內減平 太〤丨〇丨〇 寄左。次以二積一較相併，得 太〤丨〧 與左相消，得 太〤〇丨〤〇 地元約之，得云式 太〤丨〇 又以和冪加較冪 太〇〇〇〇〇〇〧 再加弦冪 太〇〇〇〇〇〇〧 再加一積一長一平，得 太丨〇丨〇〧 寄左。次列人元，與左相消，得三元之式 〤太丨〇〇〧 於是以三式剔而消之，以云式割去 太丨 得 太〤 易正負，得 太丨丨 此式與地元同數，爲同地元式。自乘，得同地元冪式 太〢丨丨 以消今式，法以今式割去 太〧 得 太丨丨 於上。以割去之 太〧 地元除之，得 〧 同地元式乘之，得 太〧 加上，得 太〧丨丨 天易地位，得前式 〧〧丨 又消三元之式，法以三元之式割去 太〇丨〇〧 得 太〤丨〇〇〧 於上位。以割去之 太〇丨 地元除之，得 丨丨 同地元式乘之，得 丨〢丨 於次位。以割去之 太〇〧 地元冪除之，得 〧 同地元冪式乘之，得 〢〧〢 於下位。併三位，得 太〤〇〇〧〧 人易天位，得後式 太〤〧〧〇〇 於是以前式後式通分相消，以 〧 通前式，得 〧丨〧〢〤 以減後式，得左行 〧〢〧〤〇〢〧 以左行之左一行 太〢〢 地元約之，以乘得 〢〧 以乘前式，得 〧〧〧〢〢 於上。以前式之左一行 太〇丨 以地元約之，得 太丨 以乘左行，得 太〇〧〤〢〧〇 消上得右行 〧〇丨〤〧 以左行之右乘右行之左，爲內二行，得式 〧〧〤〧丨 以左行之左乘右行之右，爲外二行，得式 〧〧〢〧丨 內外相消，得開方式 〧〧〧〧丨 平方開得之，和冪弦冪較冪帶一積一長一平。

清・陳棠《四元消法易簡草》 法曰：立天元一爲句，地元一爲股，人元一爲開數。三才相配求之，得今式 太〤〤〧 云式 太〤丨 三元式 太〤丨〧丨 借真數消之，得 〤〧〧 左實右法，得開數。

草曰：立天元 太丨 爲句，地元 太丨 爲股，人元 太丨 爲開數。天地相乘，得積 太〇丨〇 以平乘之，得 太〇〇丨〇 如長而一，得 太〇丨 於上。天地相減，得較 太〤 三之，得 太〧〧 加平，得 太〧〧 減上，得 太丨〢丨 爲平同數。消平，得今式 太〤〤〧 副以天地相加，得 太丨丨 爲和。以長乘之，得 太〇丨丨〇 以平減之，得 太〤丨丨〇 於上。乃以積二之，得 太〇〢〇 加較，得 太〤丨〢 消上，得 〤〤丨 爲云式。次以天元自之，得句冪 太〇丨 地元自之，得股冪 太〇丨 併之得弦冪 太〇丨〇丨 較自之，得較冪 太〇丨〤〇丨 和自之，得和冪 太〇丨〢〇丨 併弦和較三冪，得 太〇〧〇〧 加直積與和，得 太丨〧丨〢 爲六事連環。消人元，得 太〤丨〧丨 爲三元式。以云減今，

得 ||| ⺦ 上實下法得天元真數三。以乘云式，天元 ⺦ 併入太，得 |≡

右實左法，得地元真數四。將天元地元真數，各如式乘三元式，併入太位，得

⺦ ||| ≡ 左實右法，得九十四步。合問。

清·吴嘉善《白芙堂算學廿一種·四元草》 假如平三角形，有三邊，求自上角出綫平分句和。即辰乙。此綫應長若干，其求式若何。

如圖：乙丙丁三角形，乙丙爲大弦，乙丁爲小弦，丙丁爲句和。即三角之底。乙午爲中垂綫，辰爲底之平分處。乙辰爲平分綫之長。

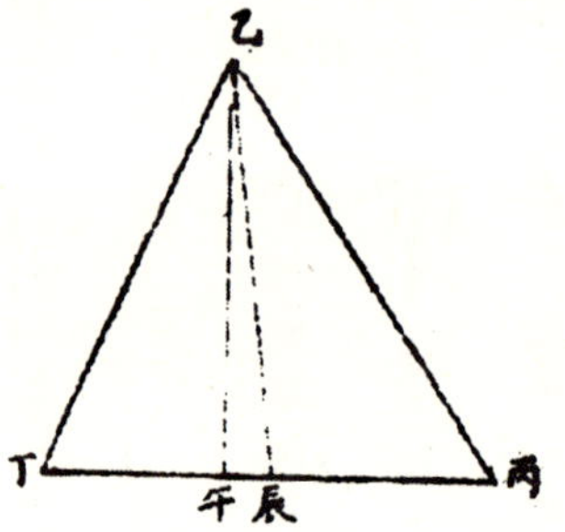

術曰：以上二邊冪相減，自之於上。又以小邊冪與底邊冪相加，以大邊冪減之，餘自之。副置小邊冪，以底邊冪乘之，四倍之，二數相減，以加上爲正實，方空，底邊冪爲負隅，開平方得平分綫。

法以大弦命爲丑，小弦命爲未。句和半之，命爲已。所求綫乙辰，命爲甲。識别得此綫爲弦。中垂綫爲股，則半句較辰午爲之句。如三元術入之。

草曰：立天元一爲甲，立地元一爲中垂，立人元一爲半句較。天元自之，得 太〇| 爲甲冪，寄左。乃以地元自之，得 |〇太 爲中垂冪。

又以人元自之，得 太〇| 爲半句較冪。兩相加，得 |〇太〇| 與甲冪爲同數。相消，得 |〇太〇| 〇 ⺦ 爲三元式。乃以人元減半句和，得 已 ⺦ 爲小句。自之，得 已 已 | 爲小句冪。加中垂冪，得 |〇已已| 爲小弦冪。寄左。乃以小弦未自之，得 未 爲同數。與左相消，得 |〇已未已| 爲前式。又以人元加半句和已，得 已| 爲大句。自之，得 已已| 爲大句冪。加中垂冪，得 |〇已已| 爲大弦冪，寄左。乃以大弦丑自之，得 丑 爲同數。與左相消，得 |〇已丑已| 爲後式。與前式加，相消此以加爲消得 ||〇已丑未〇|| 與三元式取齊。當以二乘三元式，得 ||〇太〇|| 〇 ⺦ 與上式相消，得 已丑未 〇 || 爲開方式。易以原名，得下式。

小弦冪負 大弦冪負 二半句和一正
〇
二

平方開之，得甲爲平分綫也。

此式本《代微積拾級》，改用三元式求之，以二次相消，即徑得開方式，乃式之變者，非三元式概如斯也。

三元三次方程組

算法

元·朱世傑《四元玉鑑》卷下《三才變通》 今有直積減句股和，以句乘之，加句股較，減直積，以股除之，加句股和，以股乘之，加股，以句除之，減二股一句股較，與句等。只云句乘股冪，以股除之，加直積減句冪以句除之，與弦同。問弦和和乘黄方得幾何。

答曰：二十四步。

術曰：立天元一爲句，地元一爲股，人元一爲開數。三才相配求之，得六百爲益實，一千三百二十一爲從方，五十四爲益隅。平方開之，合問。

清·沈欽裴《四元玉鑑細草》 草曰：如前，求到今式 〔算式〕 又求到 〔算式〕 自之，得 〔算式〕 寄左。置句股和 〔算式〕 自之，得 〔算式〕 減人元，得 〔算式〕 爲弦冪。與左相消，得云式 〔算式〕 併句冪、股冪，與弦冪相消，得三元之式 〔算式〕 三因今式，消云式，得上位 〔算式〕 剔三元之式，與上位相消，人易天位，得前式 〔算式〕 又剔三元之式，與云式相消，人易天位，得後式 〔算式〕 以後式消前式，得左式 〔算式〕 右式 〔算式〕 内二行相乘，得 〔算式〕 外二行相乘，得 〔算式〕 内外相消，得 〔算式〕 四約之，得開方式 〔算式〕 平方開之，得二十四步。即弦和和乘黄方也。合問。

清·羅士琳《四元玉鑑細草》 草曰：立天元一爲句，地元一爲股，人元一爲開數。乃如前弟五問，以句股和減直積，復棄除加減與天元相消，得 〔算式〕 爲今式。又如前兩弦冪相消，得 〔算式〕 爲云式。又如前今式、云式，互消得 〔算式〕 爲前式。又如前以弦加句股和，得 〔算式〕 爲弦和和。以弦減句股和，得 〔算式〕 爲黄方。於是以弦和和與黄方相棄，得 〔算式〕 消人元，得 〔算式〕 爲三元式。以三元式消云式，得 〔算式〕 三之，得 〔算式〕 於上。倍云式 〔算式〕 消上，得 〔算式〕 爲後式。又倍前式 〔算式〕 三後式 〔算式〕 相消，得 〔算式〕 人易天位，得 〔算式〕 爲右式。又復五後式 〔算式〕 以前式消之，得 〔算式〕 人易天位，得 〔算式〕 爲左式。左右對列，内二行相棄，得 〔算式〕 外二行相棄，得 〔算式〕 内外相消，得 〔算式〕 約爲 〔算式〕 開平方，得二十四步。合問。

清·戴煦《四元玉鑑細草》 草曰：立天元一爲句 〔算式〕 地元一爲股 〔算式〕 人元一爲弦和和乘黄方 〔算式〕 依前術求得今式 〔算式〕 求得云式 〔算式〕 又依前術，求得弦 〔算式〕 以句股和 〔算式〕 加之，得弦和和 〔算式〕 又以弦減句股和，得黄方 〔算式〕 以乘弦和和，得 〔算式〕 寄左。次列人元，與左相消，得三元之式 〔算式〕 於是以三式剔而消之，又依前術，求得前式

又依前術，求得同地元式　自乘，得同地元冪式
以消三元之式，法以三元之式割去　得　以
通之，得　於上位。以割去之　地元除之，得　同地
元式乘之，得　又以　通之，得　於次位。
以割去之　地元冪除之，得　同地元冪式乘之，得　於下位。
併三位，得　三約之，得　人易天位，得後式　於是
以前式、後式通分相消，以前式之左一行　四地元冪約之，得　以乘
後式，得　於上。以後式之左一行　四地元冪約之，得　以乘
前式，得　消上，得左行　以左行之左一行　二地元約之，得
以乘後式，得　於上。以後式之左一行　二地元約之，得
以乘左行　以上消之，上得　九約之，得右行　以左行之

右乘右行之左，爲内二行，得式　以左行之左乘右行之右，爲外二
行，得式　内外相消，得　二約之，得開方式　平方
開之，得二十四步爲弦和和乘黄方。

清·陳棠《四元消法易簡草》 法曰：立天元一爲句，地元一爲股，人元一爲開數。三才相配求之，得今式　等式　三元式　借真數消之，得　左實右法，得開數。

草曰：立天元　爲句，地元　爲股，人元　爲開數。如前艸求得今式　等式　弦　以句股和　加之，得　爲和和。以弦減句股和，得　爲黄方。乘和和得　消人元，得　爲三元式。如前今等兩式相消，得天元真數三，地元真數四。以兩真數如式乘三元式，併入太，得　左實右法，得二十四步。合問。

元·朱世傑《四元玉鑑》卷下《三才變通》 今有直積減句股和，以句乘之，加句股較，減直積，以股除之，加句股和，以股乘之，加股，以句除之，減二股一句股較，與句等。只云句乘股冪，以股除之，加直積，減句冪，以句除之，與弦同。問五和乘五較得幾何。

答曰：四百二十步。

術曰：立天元一爲句，地元一爲股，人元一爲開數。三才相配求之，得三十六萬七千五百爲正實，四萬六千二百三十五爲益方，一百八爲正隅。平方開之，合問。

清·沈欽裴《四元玉鑑細草》 審別得人元内容弦自乘冪八、股弦相乘冪八、勾弦相乘冪四。依此立草。

草曰：如前草求到今式 又求到 自之，得
爲弦冪。併勾股冪，消之，又以地元除之，得云式 置弦冪
八之，得 於上。股乘弦 八之，得 於中。勾乘弦
四之，得 於下。併三位，得 與人元相消，（得
三元相消）得三元之式 四十八乘今式，得 以消三元之
式，得上位 云式正負各自乘 又以十六乘之，得
寄左。三因三元之式 與左相消，得下位 剔
云式，與上位相消，人易天位，得前式 剔云式，與下位相消，人易天
位，得後式 以後式消前式，得左式 右式 內二行相
乘，得 外二行相乘，得 內外相消，得 以二十一
約之，得開方式 平方開之，得四百二十步。即五和乘五較也。
合問。

清·羅士琳《四元玉鑑細草》 艸曰：立天元一爲句，地元一爲股，人元
一爲開數。乃如前弟五問，以句股和減直積，復棄除加減，與天元相消，得
爲今式。又如前兩弦冪相消，得 爲云式。又如前今式、云
式互消，得 爲前式。又如前併句股和、句弦和、股弦和、弦較和、弦
和和，得 爲五和。併句股較、句弦較、股弦較、弦較較、弦和較，得
爲五較。於是以五和棄五較，得 消人元，得 爲
三元式。乃十六云式 消之，得 三之，得 於上。
復三十二云式 消上，得 爲後式。五之，得 消
前式，得 人易天位，得 爲右式。又三十五前式
三後式 相消，得 人易天位，得 爲左式。左右對
列，內二行相棄，得 外二行相棄，得 內外相消，得

開平方，得四百二十步。合問。

清・戴煦《四元玉鑑細草》 草曰：立天元一爲句 地元一爲股 人元一爲五和乘五較 依前術求得今式 求得云式 又依前術求得弦 以四弦二句四股相併，得五和 又以弦倍之，得五較 以乘五和，得 寄左。次列人元，與左相消，得三元之式 於是以三式剔而消之，依前術求得前式 又依前術求得同地元式 自乘，得同地元冪式 以消三元之式。法以三元之式割去 得 以 通之，得 於上位。以割去之 地元除之，得 同地元式乘之，得 又以 通之，得 於次位。又以割去之 地元冪除之，得 同地元冪式乘之，得 於下位。併三位，得 三約之 人易天位，得後式 於是以前式、後式通分相消，以前式之左一行 四地元冪約之，得 以乘後式，得 於上。以後式之左一行 四地元冪約之，得 以乘前式，得 消上，得左行 以左行之左一行 七地元約之，得 以乘後式，得 於上。以後式之左一行 七地元約之，得 以乘左行，得 消上，得 十五約之，得右行 以左行之右乘右行之左，爲内二行，得式 以左行之左乘右行之右，爲外二行，得式 内外相消，得開方式 平方開之，得四百二十步爲五和乘五較。

清・陳棠《四元消法易簡草》 法曰：立天元一爲句，地元一爲股，人元

一爲開數。三才相配求之，得今式 [籌式] 等式 [籌式] 三元式 [籌式]
借真數消之，得 [籌式] 左實右法，得開數。

艸曰：立天元 [籌式] 爲句，地元 [籌式] 爲股，人元 [籌式] 爲開數。如前艸求得今式 [籌式] 等式 [籌式] 五和 [籌式] 五較 [籌式] 以五和乘之，得 [籌式] 消人元，得 [籌式] 爲三元式。又如前今、等兩式相消，得天元真數三，地元真數四。將天、地兩元真數，各如式乘三元式，併入太，得 [籌式] 左實右法，得四百二十步。合問。

元·朱世傑《四元玉鑑》卷下《三才變通》 今有直積減句股和，以句乘之，加句股較，減直積，以股除之，加句股和，以股乘之，加股，以句除之，減二股一句股較，與句等。只云句乘股冪，以股除之，加直積，減句冪，以句除之，與弦同。問五較連環除弦乘三相和得幾何。

答曰：六步。

術曰：立天元一爲句，地元一爲股，人元一爲開數。三才相配求之，得三十爲正實，四十一爲益方，六爲正隅。平方開之，合問。

清·沈欽裴《四元玉鑑細草》 草曰：如前草，求得今式 [籌式] 云式 [籌式] 以弦 [籌式] 與三相和 [籌式] 相乘，得 [籌式] 寄左。以五較連環 [籌式] 與人元 [籌式] 相乘，得 [籌式] 與左相消，得三元之式 [籌式] 六因今式 [籌式] 以三元之式消之，得上位 [籌式] 三因今式 [籌式] 地元乘云式 [籌式] 消之，得下位 [籌式] 剔上位，與云式相消，人易天位，得前式 [籌式] 剔下位，與云式相消，人易天位，得後式 [籌式] 以後式消前式，左得 [籌式] 右得 [籌式] 內二行得 [籌式] 外二行得 [籌式] 內外相消，得開方式 [籌式] 平方開之，得六步。即五較連環除弦乘三相和也。合問。

清·羅士琳《四元玉鑑細草》 艸曰：立天元一爲句，地元一爲股，人元一爲開數。乃如前弟五問，以句股和減直積。復棄除加減與天元相消，得 [籌式] 爲今式。又如前兩弦冪相消，得 [籌式] 爲云式。又如前今式云式互消，得 [籌式] 爲前式。又如前求得 [籌式] 爲弦，以弦加句股和，得 [籌式] 爲三相和。又如前併句股較、句弦較、股弦較、弦較較、弦和較，得 [籌式] 爲五較。合以弦乘三相和，如五較而一，爲開數。今五較既同於倍弦，可省乘除，即倍人元 [籌式] 與三相和相消，得 [籌式] 爲三元式。用消云式，得 [籌式] 人易天位，復半之，得 [籌式] 爲右式。置前式，人易天位，得 [籌式] 於上。六右式 [籌式] 消上，得 [籌式] 爲左式。又十五右式 [籌式] 消左式，得 [籌式] 開平方。得六步。合問。

清·戴煦《四元玉鑑細草》 草曰：立天元一爲句 [籌式] 地元一爲股 [籌式] 人元一爲五較除弦乘之三相和 [籌式] 依前術求得今式 [籌式] 求得云式 [籌式] 又依前術求得弦 [籌式] 以句股和加之，得三相和 [籌式] 半之，不可半，寄二爲母。得五較除弦乘之三相和以五較，即倍弦也。 [籌式] 寄左。次列人元，以左母通之，得 與左相消，得三元之式 於是以三式剔而消之，依前術求得前式 又依前術求得同地元式 以消三元之式，法以三元之式割去 得 以 通之，得 於上。以割去之 地元除之，得 同地元式乘之，得 加上，得 六約之 人易天位，得後式 於是以前式後式通分相消，即以後式爲左行，以 通左行，得 以消前式，得右行 以左行之右乘右行之左，爲内二行，得式 以左行之左乘右行之右，爲外二行，得式 内外相消，得開方式 平方開之，得六步爲五較除弦乘之三相和。

清·陳棠《四元消法易簡草》 法曰：立天元一爲句，地元一爲股，人元一爲開數。三才相配求之，得今式 等式 三元式 借真數消之，得 左實右法，得開數。

艸曰：立天元 爲句，地元 爲股，人元 爲開數。如前艸求得今式 等式 三相和 弦 以弦乘三相和，得 倍弦 爲五較除之，得 消人元，得 爲三元式。如前，今、等兩式相消，得天元真數三，地元真數四。以四乘三元式，地元併入太，得 左實右法，得開數六步。合問。

三元高次方程組

算法

元·朱世傑《四元玉鑑》卷首《四象細草假令之圖·三才運元》 今有股弦較除弦和和與直積等。只云句弦較除弦較和與句同。問弦幾何。

答曰五步。

草曰：立天元一爲句，地元一爲股，人元一爲弦。三才相配求之，得今式 求得云式 求得三元之式 以云式剔而消之，二式皆人易天位，前得 後得 互隱通分相消，左得 右得 内二行得 外二行得 内外相消，四約之，得開方式 三乘方開之，得弦五步。合問。

清·沈欽裴《四元玉鑑細草》 細草曰：立天元一 爲句，地元一 爲股，人元一 爲弦。地元減人元，得 爲股弦較。天元地元相乘，得 爲直積。以股弦較乘之，得 與弦和和 相消，得今式 以句乘句弦較 得 與弦較和 相消，得云式 併句冪 股冪 得 與弦

冪 [illegible] 相消，得三元之式 [illegible] 以句乘三元之式，消今式，得 [illegible] 剔消式左半 [illegible] 地元除之，得 [illegible] 乘云式右半 [illegible] 得 [illegible] 寄左。剔云式左半 [illegible] 地元除之，得 [illegible] 以乘消式右半 [illegible] 得 [illegible] 與左相消，得 [illegible] 人易天位，得前式 [illegible] 剔三元之式左半 [illegible] 地元除之 [illegible] 乘云式右半 [illegible] 得 [illegible] 寄左。剔云式左半 [illegible] 地元除之 [illegible] 乘三元之式右半 [illegible] 得 [illegible] 與左相消，得 [illegible] 剔消式左半 [illegible] 地元除之 [illegible] 乘云式右半 [illegible] 得 [illegible] 寄左。剔云式左半，地元除之 [illegible] 乘消式右半 [illegible] 得 [illegible] 與左相消，得 [illegible] 人易天位，得後式 [illegible] 剔前式左行，乘後式右三行，得 [illegible] 寄左。剔後式左行，乘前式右二行，得 [illegible] 與左相消，得 [illegible] 剔消式左行，乘前式右二行，得 [illegible] 寄左。剔前式左行，乘消式右二行，得 [illegible] 與相消，得左式 [illegible] 剔左式左行，乘前式右二行，得 [illegible] 寄左。剔前式左行，乘左式右行，得 [illegible] 與左相消，得右式 [illegible] 內二行得 [illegible] 外二行得 [illegible] 內外相消，得 [illegible] 四約之，得開方式 [illegible] 三乘方開之，得弦五步。合問。

清·羅士琳《四元玉鑑細草》 艸曰：立天元一爲句，地元一爲股，人元一爲弦。三才相配，求得今式 [illegible] 求得云式 [illegible] 求得三元之式 [illegible] 以云式剔而消之，前 [illegible] 後 [illegible] 互隱通分 [illegible] 右二式皆人易天位，得 [illegible] 得 [illegible] 相消，左得 [illegible] 得 [illegible] 內二行得 [illegible] 外二行得 [illegible] 內外相消，四約之，得開方式 [illegible] 三乘方開之，得弦五步。合問。

補艸曰：立天元一 [illegible] 爲句，地元一 [illegible] 爲股，人元一 [illegible] 爲弦。以天元減地元，得 [illegible] 爲句股較。與人元相加，得 [illegible] 爲弦較和。以天元減人元，得 [illegible] 爲句弦較。以地元減人元，得 [illegible] 爲股弦較。併天、地、人三元，得 [illegible] 爲弦和和。天地相乘，得 [illegible] 爲直積。以股弦較乘之，得 [illegible] 與弦和和相消，得 [illegible] 爲今式。次以天元與句弦較相乘，得 [illegible] 消弦較和，得 [illegible] 爲云式。乃以天元自之，得 [illegible] 爲句冪。地元自之，得 [illegible] 爲股冪。併二冪，得 [illegible] 爲弦冪。副以人元自之，得 [illegible] 亦爲弦冪。相消，得 [illegible] 爲三元式。消今式，得 [illegible] 於上。人元乘云式，得 [illegible] 消上，得又消云式，得　人易天位，得　爲前式。云式剔分爲二，直截地元。其右半　自之，得　於上。其左半　自之，得　消上，得　消三元式得　人易天位，得　爲後式。以前式左行齊之，得　消前式得　又以前式消之，得　復以前式左行齊之，得　三因前式，得　消之，得　爲左式。以左行齊前式，得　又以前式左行齊左式，得　相消，得　爲右式左右對列。内二行相乘，得　外二行相乘，得　内外相消，以四約之，得　開三乘方，得五步。合問。

清・戴煦《四元玉鑑細草》　草曰：立天元一爲句，地元一爲股，人元一爲弦。三才相配求之，得今式　按式内三元疊乘之式，寄天元位，故加圈以別之。求得云式　求得三元之式　以云式剔而消之，二式皆人易天位，前得　後得　互隱通分相消，左得　右得　内二行得　外二行得　内外相消，四約之，得開方式　三乘方開之，得弦五步。

解曰：立天元一爲句　地元一爲股　人元一爲弦　以股減弦，得股弦較　又以股乘句，得直積　先以股弦較通之，緣與左相消之式，其分母係股弦較，故先以通寄左式。得　内三元疊乘之式，寄天元位。寄左。次以句股弦相併，得弦和和　以股弦較除之，寄除法爲母。得　與左相消，得今式　内三元疊乘之式，寄天元位。

又以句減弦，得句弦較　先置句，以句弦較通之，義同求今式。得帶分句　寄左。次以句減股，得勾股較　以加弦得弦較和　以句弦較除之，寄除法爲母。得　與左相消，得云式　又以句自乘　股自乘　兩冪相併，得　寄左。次以弦自乘　與左相消，得三元之式　凡句冪股冪消弦冪，曰三元之式。於是三式相消法，以云式割去　得　此式與地元同數，此式少一地元而適足。今割去少一地元，則必與地元之元數同矣。名曰同地元式。然後以　乘三元之式，得　以加今式，得　割去　得　於上。以割去之　地元除之，得

[illegible] 同地元式乘之，得 [illegible] 一乘一除原數不動。加上，得 [illegible] 以 太[illegible] 約之，[illegible] 人易天位，天亦易地位。得前式 [illegible] 再以同地元式自之，得 [illegible] 此式與地元冪同數，名曰同地元冪式。乃以三元之式割去 [illegible] 得 [illegible] 於上。以同地元冪式加上，得 [illegible] 以 太[illegible] 約之 [illegible] 人易天位，天亦易地位。得後式 [illegible] 以上由三元消至兩元，俱係以云式剔而消之之法，必須分割諸式，方能消去。與互隱通分相消異。於是以前式後式相消法，以前式之左一行 [illegible] 地元冪約之，得 [illegible] 以乘後式，得 [illegible] 於上。以後式之左一行 [illegible] 地元冪約之，得 [illegible] 以乘前式，得 [illegible] 以減上，得三行式 [illegible] 再以前式之左一行 [illegible] 地元冪約之，得 [illegible] 以乘三行式，得 [illegible] 於上。以三行式之左一行，[illegible] 地元冪約之，得 [illegible] 以乘前式，得 [illegible] 以減上，得左行 [illegible] 再以左行之左一行 [illegible] 地元約之，得 [illegible] 以乘前式，得 [illegible] 於上。又以前式之左一行 [illegible] 地元除約之，得 [illegible] 以乘左行，得 [illegible] 以減上，得右行 [illegible] 以上俱互隱通分相消之法。於是左右並列，右行 [illegible] 外行 [illegible] 內行 左行 [illegible] 外行 [illegible] 內行 內二行相乘，得 [illegible] 外二行相乘得 [illegible] 內外相消，得 [illegible] 四約之，得開方式 [illegible] 乃以五爲益實，六爲從方，四爲從上廉，六爲益下廉，一爲正隅。三乘方開之，得五步。即弦也。

清·李善蘭《四元解》卷一《細草》 草曰：立天元一爲句，立地元一爲股。兩數相乘，得 [illegible] 爲一段直積。立人元一爲弦，以地元減之，得 [illegible] 爲股弦較。以乘直積，得 [illegible] 爲帶母直積。寄左。然後以三元併之，得 [illegible] 合以股弦較除之，因寄左數中已帶有股弦較母，故便以此爲同數。與左相消，得 [illegible] 爲今式。次置地元，以人元加之，得 [illegible] 爲股弦和。以天元減之，得 [illegible] 爲弦較和。寄左。然後置人元，以天元減之，得 [illegible] 爲句弦較。寄數中合以此除，因不除，故今以此乘天元句，得 [illegible] 乃爲同數也。與左相消，得 [illegible] 爲云式。次以天元自之，又以地元自之，相加得 [illegible] 爲弦冪。寄左。然後以人元自之，爲同數，與左相消，得 [illegible] 爲三元之式。乃以三式剔而消之，先以天人二元易其位，改今式爲 [illegible] 爲云式爲 [illegible] 三元之式爲 [illegible] 按：若立天元一爲弦，立人元一爲句，則不須易位矣。今依《玉鑑》原草諸數，故須易位也。乃並列之。先以云式與三元之式相減，得下式 [算式] 爲初消式。以初消式下方偏乘云式，得式 [算式] 以初消式齊下直減之，得 [算式] 爲次消式。復以初消式齊右直減之，得 [算式] 爲三消式。以三消式升一位，自相加得 [算式] 以直減次消式，得 [算式] 爲前得式。次以今式齊上直減云式，得 [算式] 爲四消式。以三消式下方偏乘四消式，得 [算式] 即以三消式直減之，得 [算式] 爲後得式。

乃以前後兩式齊右直減，得 [算式] 與前式列爲左右 [算式] 以右式右行偏乘左式，得 [算式] 以左式右行偏乘右式，得 [算式] 左右相減，得 [算式] 爲左行。其左右式之左一行同爲一，不須乘，便直相減，得 [算式] 爲右行。乃以左右行並列之，[算式] 內二行相乘，得 [算式] 外二行相乘，得 [算式] 內外相消，得 [算式] 平方開之得五步。即弦也。合問。

《玉鑑》得五層算式，開三乘方。而此止得三層，開平方者，蓋由剔而相消時，加減不同故也。

又 卷二《釋術》 第三草：立天元一爲句，立地元一爲股，兩數相乘，得 [算式] 爲一段直積。立人元一爲弦，以地元一減之，得 [算式] 爲股弦較，以乘直積，得 [算式] 爲帶母直積，寄左。

義曰：此用股弦較乘之者，因又數合以此除，不可除，故乘此以代之也。

如圖，以股丁甲乘句丁戊，得甲戊爲直積。以股甲乙虛減弦甲丙，餘已丙爲股弦較。以乘直積，得已庚一段爲帶母直積，而甲辛一段爲甲壬方虛減數也。蓋本數與某乘，減數亦與某乘，隨本數爲消長也。本數甲丙也，減數甲乙也。

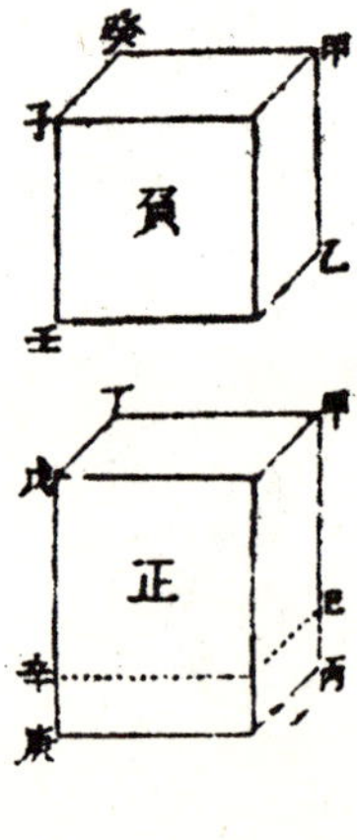

然後以三元併之，得 [算式] 合以股弦較除之，因寄數中已帶有股弦較母，故便以此爲同數。與左相消，得 [算式] 爲今式。

義曰：寄數既已乘，故又數不必除。猶之寄數不可除，又數必當乘也。如第一草，以股弦和冪分母通之是也。

如圖，甲爲地元股，乙爲天元句，丙爲人元弦，皆線也，以一再乘之故爲體，以便與寄數丙辛相消也。丙辛內有三地元，若截丙之戊亥以補乙，則又數亦爲三地元也。

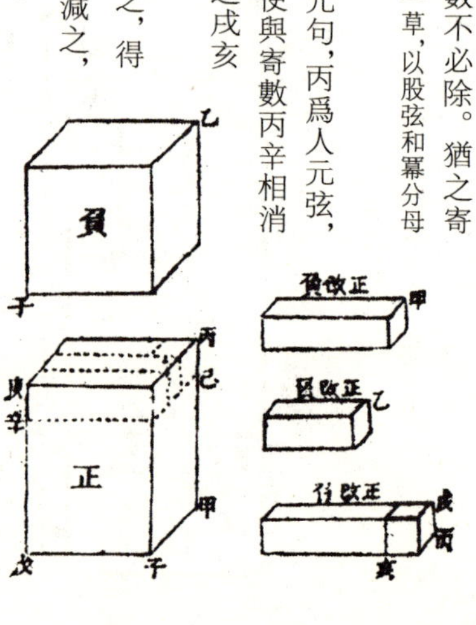

次置地元，以人元加之，得 [算式] 爲股弦和。以天元減之，得 [算式] 爲弦較和，寄左。

如圖，甲爲地元股，乙爲人元弦，丙爲天元句，甲至丁一段爲丙虛減數所剩，丁已爲句股較，加乙爲弦較和也。此亦因又數爲面，故以一暗乘之也。

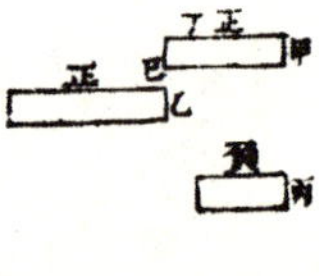

然後置人元，以天元減之，得 [算式] 爲句弦較。寄數中合以此除，因不除，故今以此乘天元句，得 [算式] 乃爲同數也。

義曰：此即上所謂寄數不可除，又數必當乘也。

與左相消，得 [算式] 爲云式。

如圖，甲丙爲弦，以己庚句虛減之，餘丙戊爲句弦較。以乘丙乙句，得乙戊。與左爲同數，蓋此數爲二之句，而寄左數若於庚中分之，則亦成二之句也。故相消而正負皆有對。又數中丁甲一段爲庚辛虛減數。

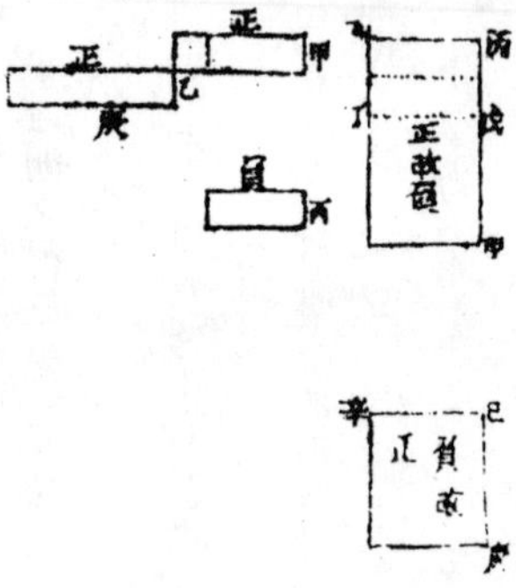

次以天元自之，又以地元自之，相加，得 太〇〇丨 〇〇〇丨 爲弦冪。寄左。然後以人元自之爲同數，與左相消，得 太 〇〇〇丨 〇〇丨〇 丨〇丨〇〇 爲三元之式。

義曰：用二元算，必求得兩式者，非兩式則不能用互隱通分消也。用三元必求得三式者，非三式則剔而相消後，僅能得一式，亦不能互隱通分消之也。用四元必求得四式者，蓋四元用兩次剔消有四式，則第一次消得三式，第二次消得二式，否亦不能用互隱通分消也。

如圖，甲乙爲弦冪，中函四句股積，一句股較冪。今移子爲丑，移己爲午，移寅爲卯，則弦冪變爲一句冪。乙丙。一股冪甲丁矣。此圖解句股。

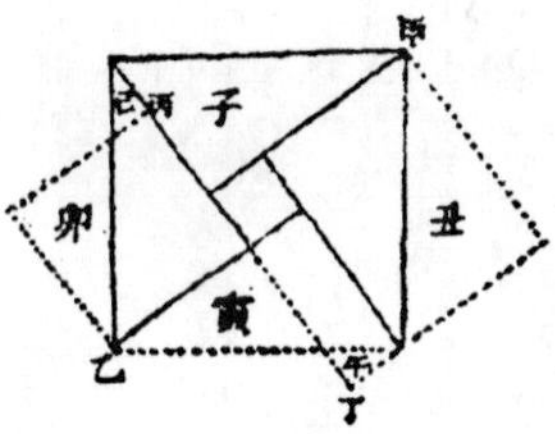

乃以上三式剔而消之，先以天人二元易其位，易之式爲 太 丨〇〇丨〇 〇〇〇〇丨〇 丨〇〇〇丨〇〇

今式爲 太 〇丨〇 丨〇丨 〇丨〇 云式爲 太 丨〇丨 〇丨〇丨 丨〇〇 三元

義曰：剔而相消者，消多方爲一方也。消多方爲一方，則止剩天地元諸數，而無人元諸數。猶之通分消，消多行爲一行，則止剩天元諸數，而無地元諸數也。今欲求弦，弦人元也，若不易其位，則人元且消去矣，惡從而求所謂弦哉。

右天人二元易位圖。甲爲今式，乙爲今式易位，丙爲云式，丁爲云式易位，戊爲三元之式，已爲三元之式易位。條段悉依算式之位，每方中有虛格幾，亦作幾。〇以識之更分明也。

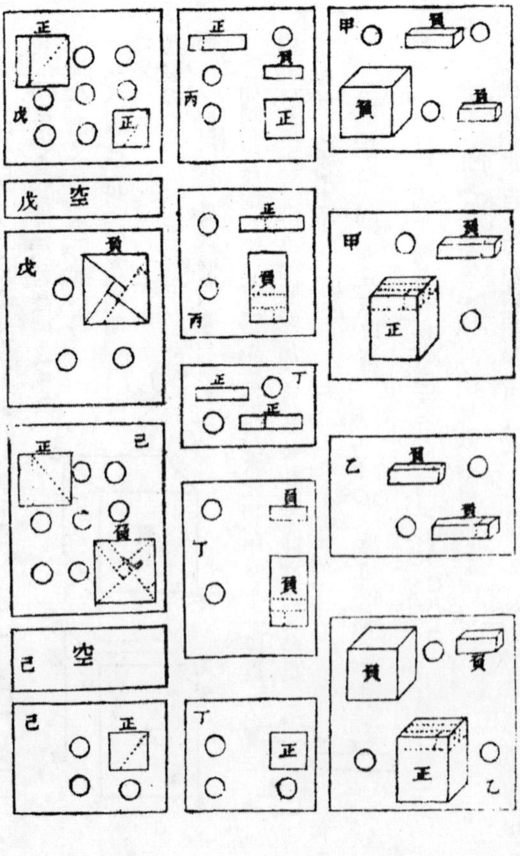

乃並列之，先以云式與三元之式相減，得 太 丨〇〇丨 〇〇丨〇 丨〇丨〇〇 爲初消式。

義曰：相消法，古既無傳，初消式諸名，亦無所本也。所以創立此名者，欲以識別諸式也。

以初消式下方，偏乘云式，得 〇丨〇丨 丨〇丨〇〇 〇丨〇丨〇丨 以初消式齊下直減之，得 〇丨〇丨 丨〇丨〇 丨〇〇 爲次消式。

義曰：不以云式下方偏乘初消式者，云式下方爲 丨 故不須乘也。

以初消式齊右直減之，得 〇丨〇丨 丨〇丨〇〇 爲三消式。

義曰：此非能消去一方也，僅能消去一行耳。所以如此者，總欲求行數之少耳。

以三消式升一位，自相加，得 〇丨〇丨 丨〇丨丨 以直減次消式，得 丨〇丨〇 丨〇 爲前得式。

義曰：本當以上一方互相偏乘，互相偏乘者，欲齊上方諸數也。今以三消式升一位自相加，而上方諸數亦齊。蓋數有適合，便可省乘也。

初消式圖

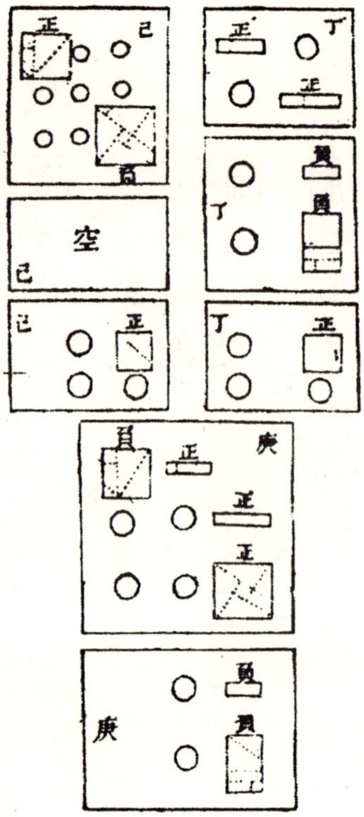

丁爲云式，己爲三元之式，庚爲初消式也。

次消式圖

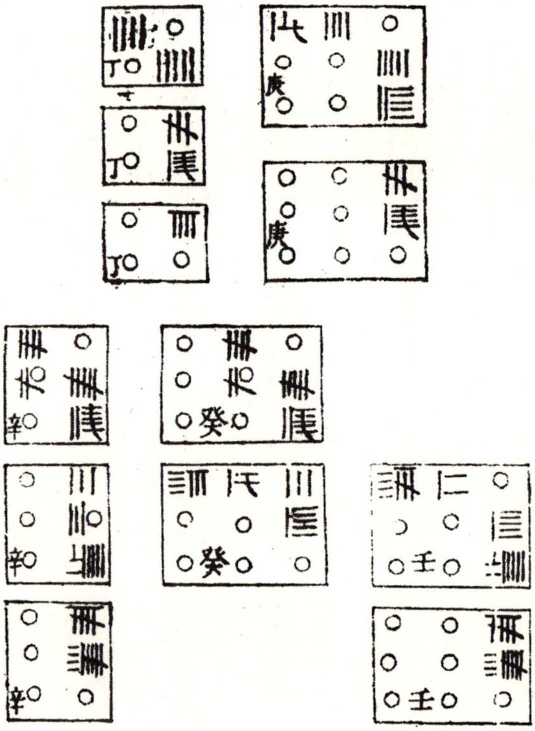

丁爲云式，庚爲初消式，辛爲初消式，下方偏乘云式所得之式。凡相乘得數，相併後，必降位。其上方右上一格，恆爲太也。壬爲初消式升位之式，欲齊下減，故升位也。癸爲次消式。圖中諸數，皆諸元方之積也。前圖圖其形，此圖圖其積，欲學者參互以得其理也。

三消式圖

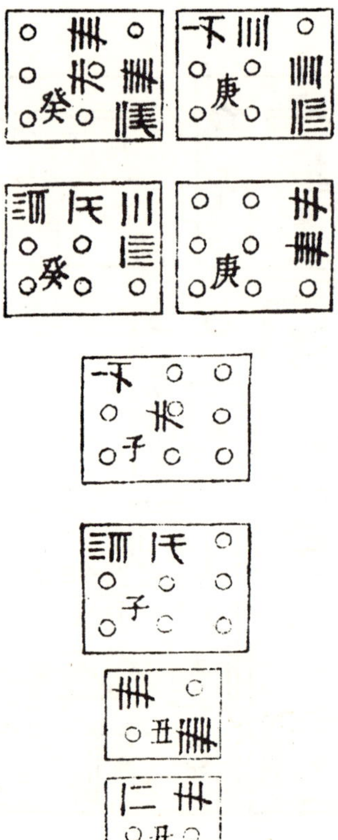

庚爲初消式，癸爲次消式，子爲三消式，丑爲三消式，降位之式。此異名相減也。

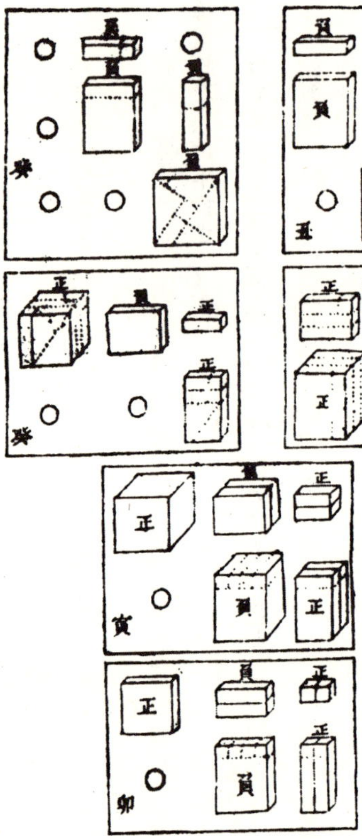

右前得式圖。癸爲次消式，丑爲三消式升一位自相加式，寅爲前得式，卯

爲前得式降位之式。

次以今式齊上直減云式得 [算籌式] 爲四消式。

義曰：凡言齊下者，必有一式依人元位暗升也。依人元位暗升者，謂太極升爲人元。人元升爲人元冪也。或升二位，則太極升爲人元冪，人元升爲人元再乘數也。言齊上者，則不升也。言齊左者，必有一式依地元位暗升也。言齊右者，則不升也。若直言升一位者，則依天元也。若通分消言齊下者，亦依天元位暗升也。

以三消式下方偏乘四消式，得 [算籌式] 即以三消式直減之，得 [算籌式] 爲後得式。

義曰：四消式下方爲|，故省乘也。

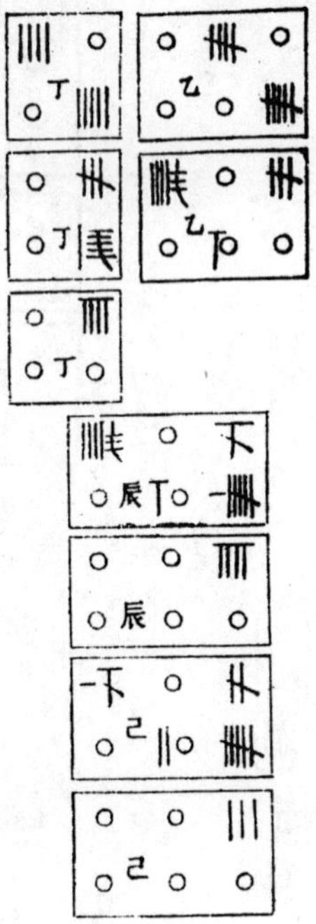

四消式圖

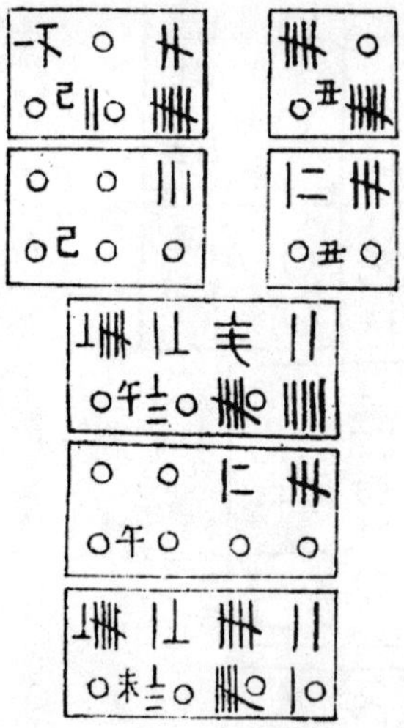

乙爲今式，丁爲云式，辰爲四消式，已爲四消降位之式。

右後得式圖。丑爲三消式，已爲四消式，午爲偏乘後降位之式，未爲後得式也。

乃以前後兩式齊右直減，得 [算籌式] 與前式列爲左右，[算籌式]

義曰：前後式行數未齊，故消去一行，乃並列也。然或先並列消去一行，後重列之，亦可不拘也。

以右式右行偏乘左式，得 [算籌式] 以左式右行偏乘右式，得 [算籌式] 左右相減，得 [算籌式] 爲左行。其兩式之左一行同爲 | 不須乘，便直相減，得 [算籌式] 爲右行。乃以左右行並列之，得 [算籌式] 內二行相乘，得 太 [算籌式] 外二行相乘，得 太 [算籌式] 內外相消，得 [算籌式] 開平方，得五步。

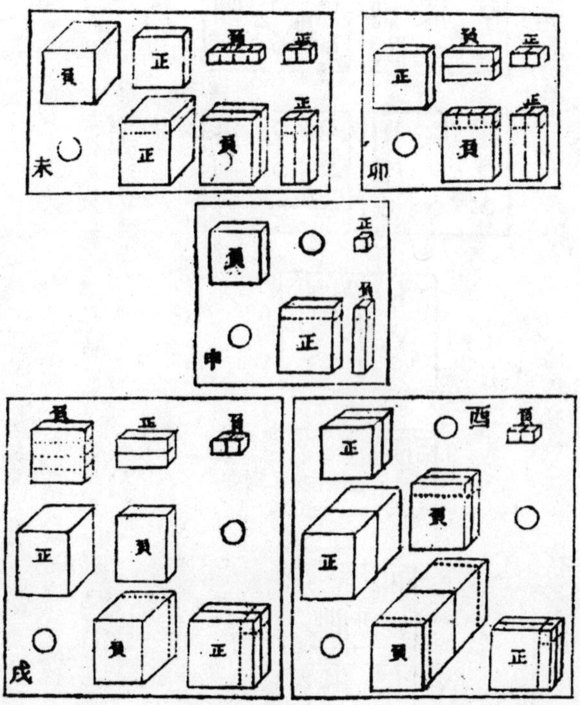

〡〇太〇〤 〇〡 乃以三式剔而消之，法以云式剔去 〤太 得同地元數式 太〤〡〡〤

三元式變正負，剔去 〤〇太 得同地元冪數式 太〇〡〇〤 乃以今式剔去 〇〤太〤〇〇

得 太〤〤 於上位。以剔去之 〤太〇〇 地元除之，得 〤太〇〇〡 同地元式乘

之，得 太〡〇〤〤〤〡〡〇〤 於次位。以剔去之 〇〇太〤〇〇 地元冪除之，得 太〤 同

地元冪乘之，得 太〇〇〇〇〤〇〇〡 於下位。併三位，得式 ‖太〤〡〡〤〡〡 人易天位爲

前式，得 ‖太〤〤〡〡〡〡〤 次以同地元式自之，爲同地元冪式 太〇〡〤〤〇〡〡〤〤〡 以三

元式剔去地元冪，得 太〇〤〇〡 於上。以剔去之 〡〇太 地元冪除之，同地元

冪式乘之，併上得 太〤〤‖〡〡〤〤〡 人易天位爲後式，得 太〤〤‖〡〤〤〡 乃以二式互

隱通分消之，法以前式左行 〡〤 通後式，用消前式得中式 太〤〤〇‖〤〤〡〤〤〡

以中式左行通前式右二行，得 〤〤〤〇〡〡〤 以前式左行通中式右二行，得

〡〡〡太〤〤〇〡〤〤〤 相消得左式 〡〡〡〤〤〤〡 以左式左行通前式右二行，得

〡〡〡〡〇〡〡〡〤〤 以前式左行通左式右行，得 〤〤〡〡〡〡〡〤 齊左相消，得

〡〡〡〡〡〡〡‖ 爲右式。以右式左行，通左式右行爲内二行，得

〡〡〡〡〤〡〡〡〤〤〇〡〡〤 以左式左行，通右式右行爲外二行，得

〡〡〡〡〤〡〡〡〇〡〡〡〡〤 内外相消，四約之，得開方式 〡〡〡〡〡 三乘方開

之，得弦五步。合問。

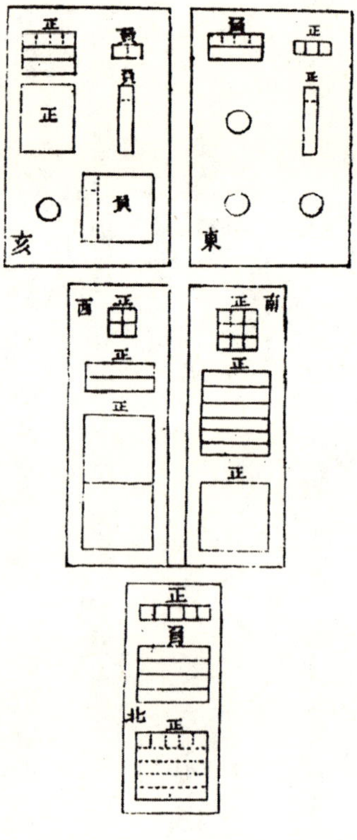

右互隱通分消總圖也。卯爲前得式，未爲後得式，申爲齊右相減所得式。左式即申。戌爲左式右行偏乘右式所得之式。亥爲酉戌二式減得之式，即左行也。變爲面者，式中無體積故也。東爲左右二式直減所得之式，即右行也。變爲面者，亦無體積也。西爲内二行相乘之式，南爲外二行相乘之式，北爲開方式也。

無論相乘相減相消，得數後必降位也。酉爲右式即卯。右行偏乘左式所得之式。

清・陳棠《四元消法易簡草》 補正艸曰：立天元一爲句 太〡 地元一爲股 〡太 人元一爲弦 太〡 以地減人爲股弦較 〤太〡 併三元爲弦和和 〡太〡 當以股弦較除之爲直積。今不除，便以爲帶股弦較母直積。寄左。乃以天乘地爲直積 〇太〡〇 以股弦較通之，得同數 〇〇太〤〇〇 與寄左相消，得今式 〤太〤〇〤〇〤 副以天減人爲句弦較 太〡〤 天減地爲句股較 〡太〤 加人元爲弦較和 〡太〡〤 應以句弦較除之爲句，今不除，便以爲帶句弦較母之句。寄左。以句弦較通天元，得同數 太〇〇〡〤 與寄左相消，得云式 〤太〤〡〡〤 再以天元自之，爲句冪 太〇〡 地元自之，爲股冪 〡〇太 併句股二冪爲弦冪 〡〇太〇〡 寄左。乃以人元自之，爲同數。與寄左相消，得三元式

棠案：右艸原文以三式剔而消之，羅與戴本皆譌三作云。惟李本作三，據後「四象會元」原艸，有四式和會消而剔之之文。四元既剔四式，則三元自係剔三式無疑。羅與戴本殆因三云形近而譌也。今從李本訂正。又李本三字上有此字，攷本書首四艸及《啟蒙》天元術，凡算式上雙行文，皆無空槅之弊。案：羅本「四象會元」前式上雙行，末空一槅。係上文式字上脫去一二字，非原書體也。若有此字，則本文雙行末必空一槅，其係後人羼入可知，今刪之。

元・朱世傑《四元玉鑑》卷下《三才變通》 今有長乘積，減二平，如平而一，所得加二較，如長而一，減平，與一較等。只云長乘較減於直積，餘以長而一，與二較同。問積冪和冪長冪平冪較冪帶一和二平三長四較九事連環得幾何。

答曰：二百四十八步。

術曰：立天元一爲句，地元一爲股，人元一爲開數。三才相配求之，得七萬九千六百八爲正實，五百六十九爲益方，一爲正隅。平方開之，合問。

清・沈欽裴《四元玉鑑細草》 草曰：立天元一 [illegible] 爲勾，地元一 [illegible] 爲股，人元一爲開數。長乘積 [illegible] 減二平 [illegible] 如平而一 [illegible] 加二較 [illegible] 如長而一，減平 [illegible] 以一較 [illegible] 消之，以長乘之，得今式 [illegible] 長乘較 [illegible] 減於直積，餘 [illegible] 如長而一 [illegible] 以二較 [illegible] 消之，得云式 [illegible] 併積冪、和冪、長冪、平冪、較冪帶一和二平三長四較 [illegible] 以開數 [illegible] 消之，得三元之式 [illegible] 剔今式與云式相消，人易天位，得前式 [illegible] 剔今式與三元之式相消，人易天位，得後式 [illegible] 以前式消後式，徑得 [illegible] 別以除式 [illegible] 消 [illegible] 以勾乘之，得今式 [illegible] 勾乘股冪 [illegible] 以股除之 [illegible] 加直積 [illegible] 減勾冪 [illegible] 以勾除之 [illegible] 七之得 [illegible] 寄左。以二勾四股一積減人元，得帶分弦 [illegible] 與左相消，得云式 [illegible] 置帶分弦 [illegible] 自乘，得 [illegible] 寄左。併勾冪、股冪 [illegible] 以分母四十九乘之，得 [illegible] 與左相消，得三元之式 [illegible] 八因云式，地元乘之，得 [illegible] 以消三元之式，得 [illegible] 寄左。二因云式，地乘天，乘得 [illegible] 與左相消，得 [illegible] 寄左。剔云式左半右半各自乘，相消，得 [illegible] 與左相消，七約之，得 [illegible] 寄左。副之二十一乘今式 [illegible] 與左相消，得上位 [illegible] 二因云式，天元乘之 [illegible] 與副相消，七約之，得 地元除之，得下位 剔上位與下位相消，人易天位，得前式 剔云式與下位相消，人易天位，得後式 以後式消前式得左式 右式 内二行相乘，得 外二行相乘，得 内外相消，得開方式 平方開之，得六十九步。即五和五較帶一積一弦也。合問。

清·羅士琳《四元玉鑑細草》 士琳案：此問反覆布算，皆祇須一除即得，而原術乃以平方開之，固知多增一乘。究未解實方隅諸數，何以若是之大，想命題時偶涉紆遠，致有此誤。今姑以捷法備艸存參。

艸曰：立天元一爲句，地元一爲股，人元一爲開數。天元自之，得 爲平冪。地元自之，得 爲長冪。又天地相加，得 爲和。自之得 爲和冪。天地相減，得 爲較。自之得 爲較冪。天地相乘，得 爲直積。自之，得 爲積冪。乃以長乘直積，得 以二平減之，得 如平而一，得 加二較，得 又如長而一，得 減平得 復與較相消，得 半之得 爲今式。又長乘較，得 減於直積得 如長而一，得 與二較相消，得 爲云式。併和較長平積五冪，得 加一和 二平 三長 四較 得 爲九事連環。與人元相消，得 爲三元式。乃四今式 消云式，得 爲通式。消今式，得 爲次式。副以通式消三元式，得 爲甲式。三通式 消甲式，得 爲乙式。又二十通式 消乙式，得 爲丙式，又四通式 消丙式，得 爲丁式。十九次式 消丁式。得 爲戊式。又五十六次式 消戊式，得 人易天位，得 上實下法，實如法而一，得二百四十八步。合問。

清·戴煦《四元玉鑑細草》 草曰：立天元一爲句 地元一爲股 人元一爲積冪、和冪、長冪、平冪、較冪帶一和二平三長四較 句股相乘，得積 句股相併，得和 以句減股，得較 積自之，得 爲積冪。和自之，得和冪 較自之，得較冪 句自之，得平冪 股自之，得長冪 乃以長乘積 減二平 如平而一 加二較 如長而一，今不除，寄法爲母。得 以 通平，得 減之，得 寄左。次列句股較，以左母通之，得 與左相消，得

〔算式〕二約之,得今式〔算式〕又以長乘較〔算式〕減於直積〔算式〕以長而一〔算式〕寄左。次以較倍之,得〔算式〕與左相消,得云式〔算式〕又以積冪加和冪〔算式〕再加長冪〔算式〕再加平冪〔算式〕再加較冪〔算式〕再加和〔算式〕再加二平〔算式〕再加三長〔算式〕再加四較〔算式〕寄左。次列人元與左相消,得三元之式〔算式〕於是以三式剔而消之,以今式割去〔算式〕得〔算式〕以式與天元同數,爲同天元式。自乘,得同天元冪式〔算式〕以消云式,法以云式割去〔算式〕得〔算式〕於上。以割去之〔算式〕天元除之〔算式〕同天元式乘之,得〔算式〕加上得〔算式〕爲前式。又消三元之式,以三元之式割去〔算式〕得〔算式〕於上位。以割去之〔算式〕天元除之〔算式〕同天元式乘之,得〔算式〕于次位。以割去之〔算式〕天元冪除之〔算式〕同天元冪式乘之,得〔算式〕於下位。併三位得〔算式〕人易天位,得後式〔算式〕於是以前式後式通分相消,以後式之左四行〔算式〕地元約之〔算式〕以乘前式,得〔算式〕以消後式,得四行式〔算式〕以四行式之左三行〔算式〕地元約之〔算式〕以乘前式,得〔算式〕以消四行式,得三行式〔算式〕以三行式之左二行〔算式〕地元約之〔算式〕以乘前式,得〔算式〕以消三行式,得左行〔算式〕以左行之左一行〔算式〕十六地元約之,得〔算式〕以乘三行式,得〔算式〕於上。以三行式之左一行〔算式〕十六地元約之,得〔算式〕以乘左行得〔算式〕消上得右式〔算式〕以左行之右乘右行之左爲內二行,得式〔算式〕以左行之左乘右行之右爲內外二行,得式〔算式〕內外相消,得開方式〔算式〕平方開之,得二百四十八步爲積冪、和冪、長冪、平冪、較冪帶一和二平三長四較。

按:是術消法甚多,然益方數終不及原術之大,疑五百六十九即三百六十八之訛,而校算者,因改實數以應之也。

清・陳棠《四元消法易簡草》 法曰:立天元一爲句,地元一爲股,人元一爲開數。三才相配求之,得今式〔算式〕云式〔算式〕三元式〔算式〕借真數消之,得〔算式〕左實右法,得開數。

艸曰：立天元 [illegible] 爲句，地元 [illegible] 爲股，人元 [illegible] 爲開數。天地相乘，得積 [illegible] 以長乘之，得 [illegible] 減二平，得 [illegible] 如平而一，得 [illegible] 加二較，得 [illegible] 如長而一，得 [illegible] 減平，得 [illegible] 爲較。等數消較，半之，得 [illegible] 爲今式。次以長乘較，得 [illegible] 以減直積，得 [illegible] 如長而一，得 [illegible] 爲二較同數。乃倍較，消之，得 [illegible] 爲云式。乃以積自之，得 [illegible] 爲積冪。和自之，得冪 [illegible] 長自之，得冪 [illegible] 平自之，得冪 [illegible] 較自之，得冪 [illegible] 併五冪，得 [illegible] 加一和二平三長四較，得 [illegible] 爲九事連環。消人元，得 [illegible] 爲三元式。三今式加云式，得 [illegible] 上實下法，得天元真數三。以乘今式，天元 [illegible] 併入太，得 [illegible] 右實左法，得地元真數四。將天地兩元真數，各如式乘三元式併入太，得 [illegible] 左實右法，得二百四十八步。合問。

元・朱世傑《四元玉鑑》卷下《三才變通》 今有直積減句股和，以句乘之，加句股較，減直積，以股除之，加句股和，以股乘之，加股，以句除之，減二股一句股較，與句等。只云句乘股冪，以股除之，加直積，減句冪，以句除之，與弦同。問五和五較帶一積一弦共一十二事連環得幾何。

答曰：六十九步。

術曰：立天元一爲句，地元一爲股，人元一爲開數。三才相配求之，得一萬五千一百八十爲正實，二千八十三爲益方，二十七爲正隅。平方開之，合問。

清・沈欽裴《四元玉鑑細草》 按：併五和五較，得二勾四股六弦。今人元內容七弦二勾四股一積，依此立草。

草曰：立天元一 [illegible] 爲勾，地元一 [illegible] 爲股，人元一 [illegible] 爲開數。直積 [illegible] 減勾股和 [illegible] 以勾乘之 [illegible] 加勾股較 [illegible] 減直積 [illegible] 以股除之 [illegible] 加勾股和 [illegible] 以股乘之 [illegible] 加股 [illegible] 以勾除之 [illegible] 減二股一勾股較 [illegible] 與勾相步。合問。

清・羅士琳《四元玉鑑細草》 艸曰：立天元一爲句，地元一爲股，人元一爲開數。天地相加，得 [illegible] 爲句股和。天地相減，得 [illegible] 爲句股較。天地相乘，得 [illegible] 爲直積。天元自之，得 [illegible] 爲句冪。地元自之，得 [illegible] 爲股冪。乃以句股和減直積，得 [illegible] 乘句，得 [illegible] 加句股較，得 [illegible] 減直積，得 [illegible] 以股除之，得 [illegible] 加句股和，得 [illegible] 乘股，得 [illegible] 加股，得 [illegible] 以句除之，得 [illegible] 於上。倍地元 [illegible] 加句股較，得 [illegible] 以減上位，得 [illegible] 消天元得 [illegible] 爲今式。又句乘股冪，得 [illegible] 以股除之，得 [illegible] 加直積得 [illegible] 減句冪，得 [illegible] 以句除之，得 [illegible] 題云與弦同，即以此爲弦。加天元，得 [illegible] 爲句弦和。副以地元加弦，得 [illegible] 爲股弦和。以句股較加弦，得 [illegible] 爲弦較和。以弦加句股和，得 [illegible] 爲弦和和。又以天元減弦，得 [illegible] 爲句弦較。以地元減弦，得 [illegible] 爲股弦較。以句股較減弦，得 [illegible] 爲弦較較。以弦減句股和，得 [illegible] 爲弦和較，又爲黃方。併句股和、句弦和、股弦和、弦較和、弦和和，得 [illegible] 爲五和。又併句股較、句弦較、股弦較、弦較較、弦和較，得 [illegible] 爲五較。副以弦自之，得 [illegible] 爲弦冪。併句股二冪，得 [illegible] 消之，得 [illegible] 爲云式。乃三今式 [illegible] 消云式，得 [illegible] 四之，得 [illegible] 於上。三云式 [illegible] 消上，得 [illegible] 又以三云式消之，得 [illegible] 爲前式。士琳：此問以迄第十問，凡六題。本同，其不同者，問數耳。以上諸式，爲下五題同用。乃併五和五較得 [illegible] 加一積一弦，得 [illegible] 爲十二事連環。消人元，得 [illegible] 爲三元式。以左行齊云式，得 [illegible] 三三元式 [illegible] 消之，得 [illegible] 爲後式。三之，得 [illegible] 消前式，得 [illegible] 人易天位，得 [illegible] 爲右式。五後式 [illegible] 消前式，得 [illegible] 人易天位，得 [illegible] 爲左式。左右對列，內二行相乘，得 [illegible] 外二行相乘，得 [illegible] 內外相消，得 [illegible] 約爲 [illegible] 開平方，得六十九步。合問。

清·戴煦《四元玉鑑細草》 草曰：立天元一爲句 [illegible] 地元一爲股 [illegible] 人元一爲五和五較帶一積一弦 [illegible] 句股相乘得積 [illegible] 句股相併得和 [illegible] 以句減股得較 [illegible] 乃以積內減句股和 [illegible] 以句乘之 [illegible] 加較 [illegible] 減積 [illegible] 以股除之今不除，寄法爲母。[illegible] 以 [illegible] 通句股和，得 [illegible] 加之，得 [illegible] 以股乘之，以除其母。得 [illegible] 加股 [illegible] 以句除之，今不除，寄法爲母。得 [illegible] 於上。以二股加較，得 [illegible] 以 [illegible] 通之，得 [illegible] 減上，得 [illegible] 寄左。次列句以左母通之，得 [illegible] 與左相消，得今式 [illegible] 又股自之，得股冪 [illegible] 以句乘之，得 [illegible] 以股除之 [illegible] 加直積 [illegible] 減句冪 [illegible] 以句除之，得 [illegible] 爲弦。自乘，得 [illegible] 寄左。次以句自之 [illegible] 股自之 [illegible] 相併，得 [illegible] 與左相消，得 [illegible] 地元約之，得云式 [illegible] 又以四弦 [illegible] 加二句 [illegible] 再加四股，得五和 [illegible] 以弦倍之，得五較 [illegible] 加五和，得 [illegible] 再加弦 [illegible] 再加積，得 [illegible] 寄左。次列人元與左相消，得三元之式 [illegible] 於是以三式剔而消之，以云式割去 [illegible] 得 [illegible] 以 [illegible] 除之，今不除，寄法爲母。得 [illegible] 此式與地元同數，爲同地元式自乘，得同地元冪式 [illegible] 以消今式。法以今式割去 [illegible] 得 [illegible] 以 [illegible] 通之，得 [illegible] 於上。以割去之 [illegible] 地元除之 [illegible] 同地元式乘之，得 [illegible] 以 [illegible] 通之，得 [illegible] 於次位。以割去之 [illegible] 地元冪除之 [illegible] 同地元冪式乘之，得 [illegible] 於下位。併三位，得 [illegible] 天元約之，得 [illegible] 天易地位，得前式 [illegible] 又消三元之式，法以三元之式割去 [illegible] 得 [illegible] 以 [illegible] 通之，得

於上。以割去之 地元除之，得 同地元式乘之，得 加上，得 人易天位，得後式 於是以前式後式通分相消，以前式之左一行 四地元冪約之，得 以乘後式，得 於上。以後式之左一行 四地元冪約之，得 以乘前式，得 消上得左行 以左行之左一行 四地元約之，得 以乘後式得 於上。以後式之左一行 四地元約之，得 以乘左行，得 消上，得 三約之，得右行 以左行之右乘右行之左，爲內二行，得式 以左行之左乘右行之右，爲外二行，得式 內外相消，得開方式 平方開之，得六十九步爲五和五較帶一積一弦。

清・陳棠《四元消法易簡草》 法曰：立天元一爲句，地元一爲股，人元一爲開數。三才相配求之，得今式 等式 三元式 借真數消之，得 左實右法，得開數。

艸曰：立天元 爲句，地元 爲股，人元 爲開數。天地相乘，得 爲直積。減句股和得 乘句得 加句股較，得 減直積，得 以股除之，得 加句股和，得 乘股，得 加股，得 以句除之，得 減二股一句股較，得 爲句等數。消句，得今式 副以句乘股冪，得 以股除之，得式 加直積，得 減句冪得 以句除之，得 爲弦同數。自之，得 爲弦冪。併句股二冪，消之，得等式 乃以弦四之，得 加二句，得 再加四股，得 爲五和。倍弦得 爲五較。加五和，得 又加弦，得 再加積，得 爲十二事連環。消人元，得 爲三元式。三今式得 以等式減之，得 三之，得 爲甲式。以等式左行約甲式左行，得 等式右行乘之，得 消甲式右行，得 開平方，得天元真數三。以三乘等式，天元加入太，得 右實左法，得地元真數四。將天地兩元真數，各如式乘三元式，併入太得 左實右法，得六十九步。合問。

元・朱世傑《四元玉鑑》卷下《三才變通》 今有直積減句股和，以句乘之，加句股較，減直積，以股除之，加句股和，以股乘之，加股。以句除之，減二股一句股較，與句等。只云句乘股冪，以股除之，加直積，減句冪，以句除之，與弦同。

問弦較較乘直積得幾何。

答曰：四十八步。

術曰：立天元一句，地元一爲股，人元一爲開數。三才相配求之，得六千爲正實，四萬六千七百八十一爲益方，九百七十二爲從隅。平方開之，合問。

清·沈欽裴《四元玉鑑細草》 草曰：如前第五問細草，求到今式 又求到 以股乘之，得 寄左。乃置人元 以勾除之 減積 加股冪 爲帶分弦。股爲分母。與左相消，得 以勾乘之，得云式 次置帶分弦 自乘，得 寄左。併勾股冪 以股冪乘之 與左相消 以勾再乘之，得三元之式 置云式 以人元乘之 與三元之式相消，得 以天元除之，又以地元除之，得 寄左。二因云式，天元乘之，得 與左相消，得 地元除之，得上位 置今式 天元乘之，得 與云式 相消，得中位 剔上位，與中位相消，得人易天位，得前式 置云式，四之，又以天元乘之，得 左地元乘上位 與左相消，得下位 剔上位，下位相消，人易天位，得後式 以後式消前式，得 二消得 三消得 四消得 五消得左式 六消得右式 內二行相乘得 外二行相乘得 內外相消，得 以四十一約之，得開方式 平方開之，得四十八步。即弦較較乘直積也。合問。

清·羅士琳《四元玉鑑細草》 艸曰：立天元一爲句，地元一爲股，人元一爲開數。乃如前弟五問，以句股和減直積，復棄除加減與天元相消，得 爲今式。又如前兩弦冪相消，得 爲云式。又如前今式云式互消，得 爲前式。又如前以句股較減弦，得 爲弦較較。於是以天地相乘，得 復以弦較較乘之，得 消人元，得 爲三元式。三之，得 消云式，得 又三之，得 於上。四云式 消上，得 三之，得 爲後式。四前式 消後式，得 爲副式。三之得 四十一前式 消之，得 人易天位，得 爲右式。九前式 五副式 相消，得 人易天位，得 爲左式。左右對列，内二行相棄，得 外二行相棄，得 内外相消，得 約爲 開平方，得四十八步。合問。

清・戴煦《四元玉鑑細草》 草曰：立天元一爲句 太一 地元一爲股 太一 人元一爲弦較較乘直積 太一 依前術求得今式 求得云式 又依前術求得弦 内減句股較 得弦較較 以乘直積，得 寄左。次列人元，與左相消，得三元之式 於是以三式剔而消之，又依前術，求得同地元式 自乘，得同地元冪式 以消三元之式，法以三元之式，割去 得 以 通之，得 於上。以割去之 地元冪除之，得 太一 同地元冪式乘之，得 加上，得 人易天位，得後式 於是以前式後式通分相消，以前式之左一行 四地元冪約之，得 以乘後式，得 於上。以後式之左一行 四地元冪約之，以乘得 以乘前式得 消上，得三行式 以前式之左一行 四地元冪約之，得 以乘三行式得 於上。以三行式之左一行 四地元冪約之，得 以乘前式得 消上，得左行 以左行之左一行 地元約之，得 以乘前式，得[算式]於上。以前式之左一行[算式]地元約之，得[算式]以乘左行，得[算式]消上得右行[算式]以左行之右乘右行之左爲內二行，得式[算式]以左行之左乘右行之右爲外二行，得式[算式]內外相消，得[算式]以八十一約之，得開方式[算式]平方開之，得四十八步爲弦較較乘直積。

清·陳棠《四元消法易簡草》 法曰：立天元一爲句，地元一爲股，人元一爲開數。三才相配求之，得今式[算式]等式[算式]三元式[算式]借真數消之，得[算式]左實右法，得開數。

艸曰：立天元[算式]爲句，地元[算式]爲股，人元[算式]爲開數。如前艸，求得今式[算式]等式[算式]弦[算式]以句股較減弦，得[算式]爲弦較較，乘直積得[算式]消人元，得[算式]爲三元式。如前艸，今等兩式相消，得天元真數三，地元真數四。以三乘[算式]列入地元，平方得[算式]以四乘之，列入地元，得[算式]再以四乘之，列入太。而三元式變形爲[算式]左實右法，得四十八步。合問。

元·朱世傑《四元玉鑑》卷下《三才變通》 今有直積減句股和，以句乘之，加句股較，減直積，以股除之，加句股和，以股乘之，加股，以句除之，減二股一句股較，與句等。只云句乘股冪，以股除之，加直積，減句冪，以句除之，與弦同。問五和五較句股及弦十三事連環除股乘直積冪得幾何。

答曰：九步。

術曰：立天元一爲句，地元一爲股，人元一爲開數。三才相配求之，得五千六百二十五爲正實，一百六十八萬二百四十一爲益方，一十八萬六千六百二十四爲正隅。平方開之，合問。

清·沈欽裴《四元玉鑑細草》 草曰：如前草求到今式[算式]云式[算式]置直積[算式]自乘[算式]又以股乘之，得[算式]寄左。置五和五較勾股及弦十三事連環[算式]以人元乘之，得[算式]與左相消，得三元之式[算式]以云式消三元之式，得上位[算式]以云式消今式，得下位[算式]剔上位與云式相消，人易天位，得前式[算式]剔下位與云式相消，人易天位得後式　以後式消前式，左得　右得　内二行得　外二行得　内外相消，以一萬五千五百五十二約之，得開方式　平方開之，得九步。即五和五較勾股及弦十三事連環也。合問。

清・羅士琳《四元玉鑑細草》　艸曰：立天元一爲句，地元一爲股，人元一爲開數。乃如前弟五問，以句股和減直積，復乘除加減與天元相消，得　爲今式。又如前兩弦冪相消，得　爲云式。又如前今式云式互消，得　爲前式。又如前求得　爲弦。併得　爲五和，又併得　爲五較。於是以五和五較，及弦與天地兩元相併，得　爲法。用乘人元，得　寄左。乃以天地相乘，得　爲直積。自之，得　爲直積冪。乘地元，得　消左，得　爲三元式。三之，得　於上。十九云式　乘人元，得　消上，得　又以云式消之，得　又三之，得　復四云式　消之，得　又三之，得　十六云式　消之，得　六十四約之，得　爲後式。十二後式　消前式，得　爲甲式。用與前式相併，得　爲乙式。又三前式　五後式　相消，得　復消乙式，得　三之得　消前式得　人易天位，得　爲右式。四十一前式　十二甲式　相消，得　爲丁式。又一千五百

一前式　十二丁式　太　相消，得　人易天位，得

爲左式。左右對列，內二行相乘，得　外二行相乘，得

內外相消，得　開平方，得九步。合問。

清·戴煦《四元玉鑑細草》草曰：立天元一爲句　太　地元一爲股

人元一爲五和五較句股弦十三事連環除股乘直積冪　太　依前術求得

今式　求得云式　太　又依前術求得弦　太　以直積　太

自之，得　太　以股乘之，得　太　於上。以七弦　太　五股

太　三句　太　相併，得五和五較句股弦十三事　太　以除上，今不除，寄

法爲母。得　太　寄左。次列人元，以左母通之，得□□

太　內人地兩元相乘之式，寄真數位。與左相消，得三元之式　太

於是以三式剔而消之，依前術求得前術式　又依前術求得同地元式

太　自乘　太　再乘，得同地元立冪式　太　以

消三元之式。以三元之式割去　太　得　太　以　通之，得

太　於上位。以割去之　太　地元除之，得　太　同地元式乘之得

太　又以　通之，得　太　於次位。以割去　太　地

元立冪除之，得　太　同地元立冪式乘之，得　太

於下位。併三位得　太　以六十四天元約之，得　太

人易天位，得後式　太　於是以前式後式通分相消，以前之左一行　太

地元冪約之，得　以乘後式，得　太　於上。以後式之左一行　太　地

元冪約之，得　太　以乘前式，得　太　消上得四行式　太　以前式之左

一行 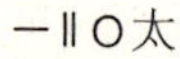 地元冪約之，得  以乘四行式，得 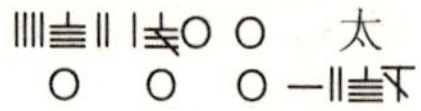 於上。以四行左之左一行 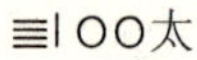 地元冪約之，得 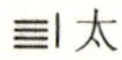 以乘前式，得 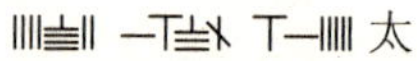 消上，得三行式 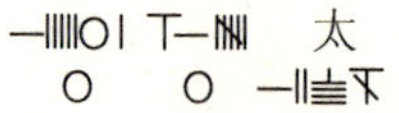 以前式之左一行 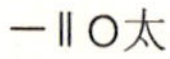 地元冪約之，得  以乘三行式，得 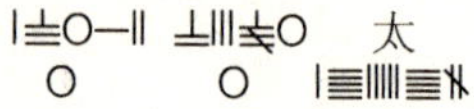 於上。以三行式之左一行  地元冪約之， 以乘前式，得  消上，得左行 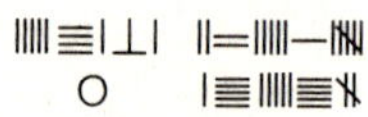 以左行之左一行 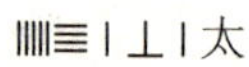 地元約之，得 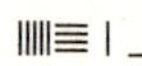 以乘前式，得  於上。以前式之左一行  地元約之，得 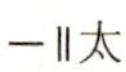 以乘左行，得 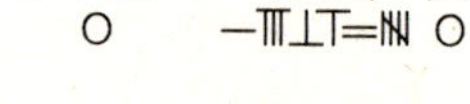 消上，得右行 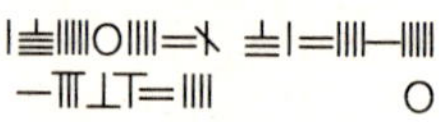 以左行之右乘右行之左，爲內二行，得式 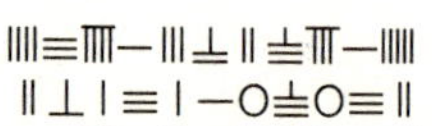 以左行之左乘右行之右，爲外二行，得式 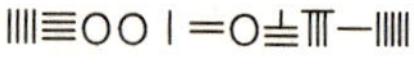 內外相消，得 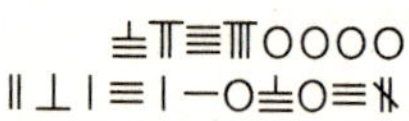 以一萬五千五百五十二約之，得開方式 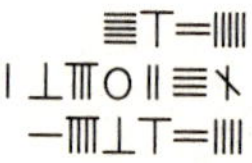 平方開之，得九步爲五和五較帶句股弦十三事除股乘直積冪之數。

清·陳棠《四元消法易簡草》 法曰：立天元一爲句，地元一爲股，人元一爲開數。三才相配求之，得今式 等式 三元式 借真數消之，得 左實右法，得開數。

艸曰：立天元 爲句，地元 爲股，人元 爲開數。如前艸求得今式 等式 弦 五和 和 五較 併五和五較及弦與和，得 於上。乃以直積自之，得冪 以股乘之，得 爲實，以上式爲法，除之得 以母通人元，相消，得 爲三元式。如前消法，得天元數三，地元數四，以四依位乘天地相乘之元，列入天元平方，而三元式化爲 又以三乘其下二層，列入太位一層，得 乃以四乘寄位數 得 併入人元，得 左實右法，得九步。合問。

元·朱世傑《四元玉鑑》卷下《三才變通》 今有句弦較乘股弦和，加句股和，開方得數多股一步。只云股弦較乘弦較和，減弦，開方得數少黄方冪三步。問弦和較幾何。

答曰：二步。

術曰：立天元一爲句，地元一爲股，人元一爲弦和較。三才相配求之，得三千五百六十爲正實，七百六十爲從方，七千六百九十八爲益上廉，一千一百三十四爲益二廉，六千五百二十二爲從三廉，七百二十爲從四廉，二千八百二十九爲益五廉，二百三十三爲益六廉，六百七十爲從七廉，三十六爲從八廉，八十二爲益九廉，二爲益十廉。四爲正隅。十一乘方開之，合問。

清·沈欽裴《四元玉鑑細草》 草曰：立天元一 爲勾，地元一 爲股，人元一 爲弦和較。以勾弦較 乘股弦和 得 加勾股和 得 寄左。置多股一步 自乘，得 與左相消，得今式 以股弦較 乘弦和 得 減弦 餘 寄左。置黄方冪少三步 自乘，得 與左相消，得云式 置弦 自乘，得 併勾股冪消之，得三元之式 以三元之式消今式，得上位 以三元之式消云式，得中位地元乘中位，倍之與上位相消，得下位 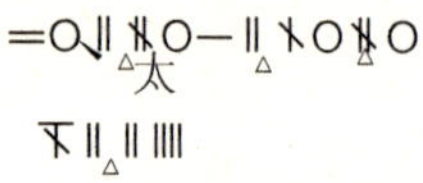 剔中位與三式

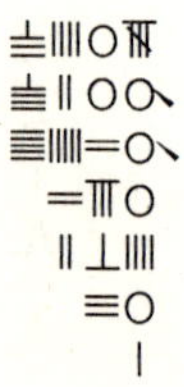 外二行得式 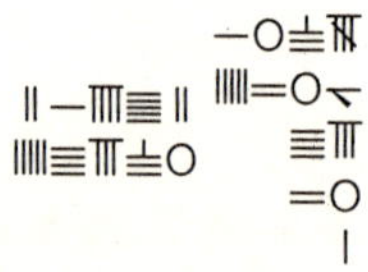 內外二行相消，得開方式

 五乘方開之，得六步。合問。欽裴按：此術人元可省立。

清·羅士琳《四元玉鑑細草》 艸曰：立天元一爲句，地元一爲股，人元一爲弦和較，亦即黃方。天地相加，得  爲句股和，天地相減，得  爲句股較。副以人元減句股和，得  爲弦。以人元減天元，得  爲股弦較。以人元減地元，得  爲句弦較。以地元加股弦較，得  爲弦較和。以地元加弦，得  爲股弦和。天元自之，得  爲句冪。地元自之，得  爲股冪。人元自之，得  爲黃方冪。又弦自之，得  爲弦冪。於是以股弦和乘句弦較，得  加句股和，得  於上。以地元與多一步相加，得  自之得  消上，得  爲今式。又以股弦較乘弦較和，得  減弦得 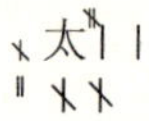 於上。

以少三步減黃方冪，得  自之，得  消上，得 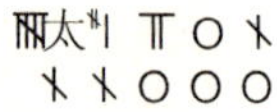 爲云式。又併句股二冪，消弦冪，得  爲三元式。消云式，得 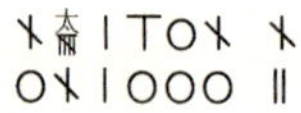 爲甲式。三人元  乘之，得 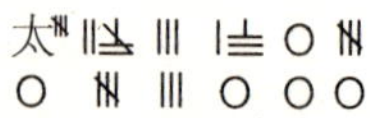 消今式，得 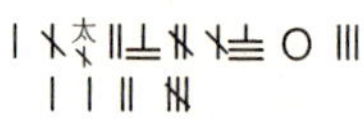 爲乙式。又三三元式  倍今式  相消，得  倍乙式 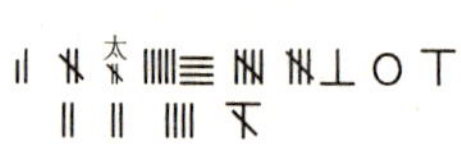 消之，得  爲丙式。六甲式 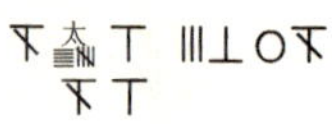 消丙式，得 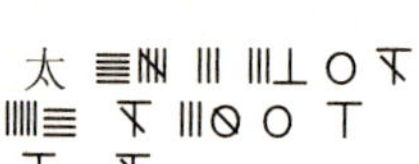 三約之，人易天位，得 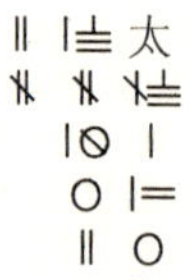 爲前式。甲式剔分爲二，直截人元。其左半  自之，

得 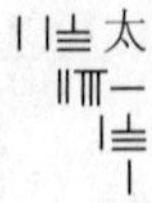 右半 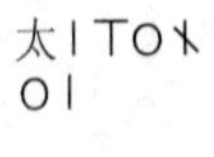 自之，得 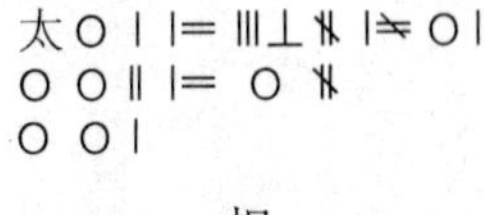 相消，得 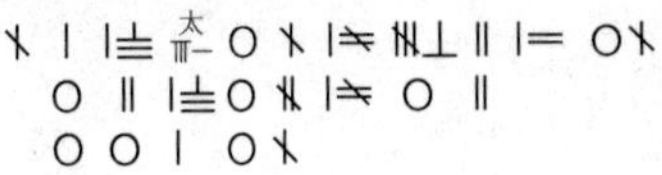 爲丁式。以乙式消之，得 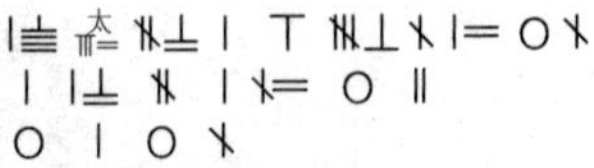 爲戊式。又以甲式消之，得 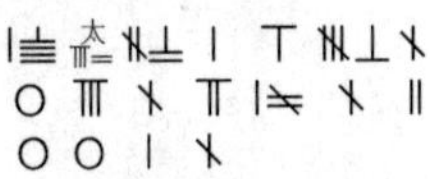 爲巳式。又十九甲式 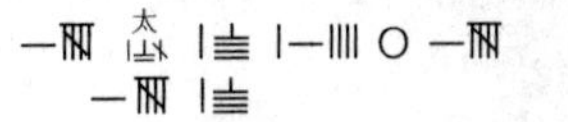 與巳式相消，得 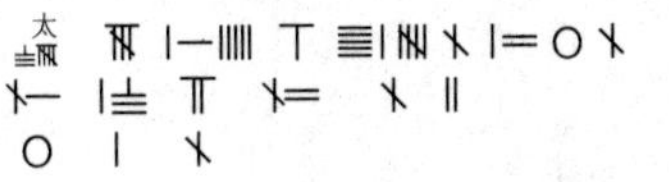 倍之，得 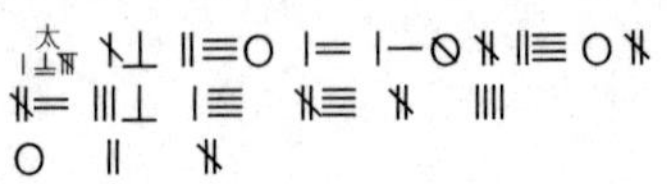 人易天位，得 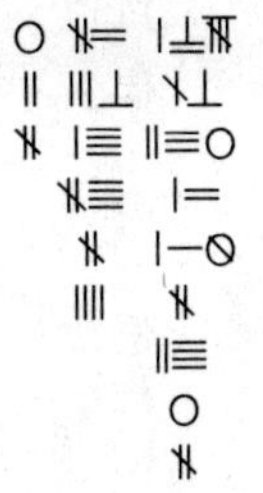 爲後式。用與前式相消，得

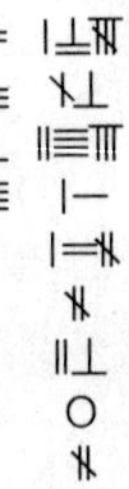 爲右式。乃以前式左行齊之，得  於上。復以右式左行齊前式，得  與上相消，得 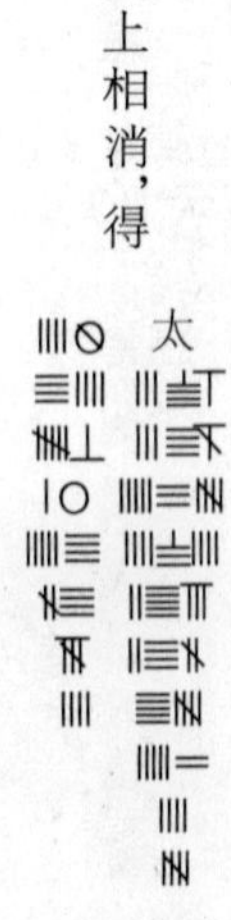 可半則半之，於是半得 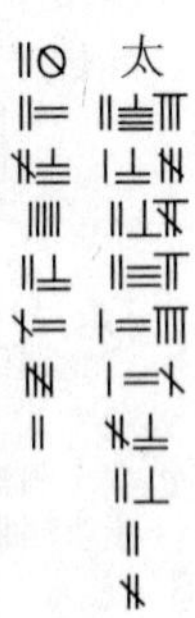 爲左式。左右對列，內二行相乘，得  外二行相乘，得 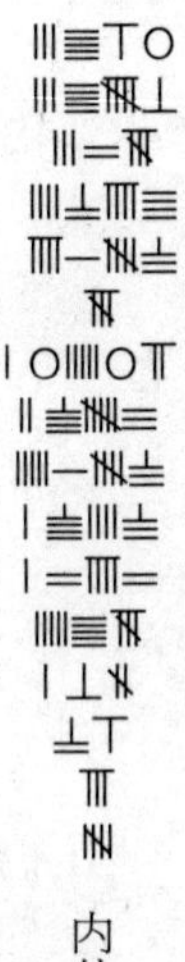 內外相消，得 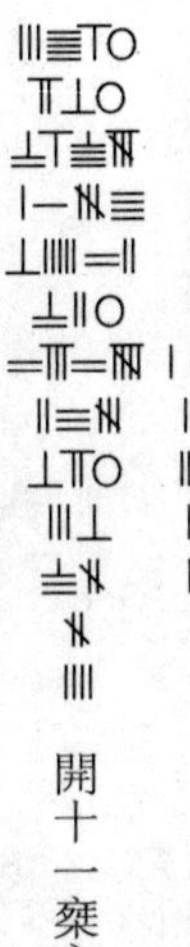 開十一乘方，得二步。合問。

清·戴煦《四元玉鑑細草》草曰：立天元一爲句 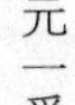 地元一爲股  人元一爲弦和較 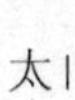 句股相併，得和  內減人元弦，得  以句減弦，得句弦較 以股減弦，得股弦較  股弦相併，得股弦和  以句減股，得較  加弦得弦較和 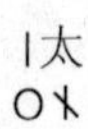 乃以句弦較乘股弦和，得 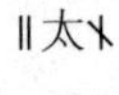 加句股和，得 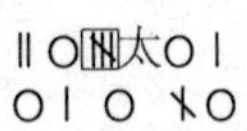 寄左。次以股加一步，得 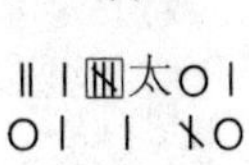 自之，得

太 消上與消左相消，得今式 又以股弦較乘弦較和，得 內減弦得 寄左。次以人元自之，得黃方冪 內減三步，得 自乘得 與左相消，得云式 又以弦自之，得 寄左。次列以句自之 股自之 相併得 與左相消，得三元之式 以上諸式，俱以人地兩元相乘之式，寄真數位。於是以三式剔而消之，以三元之式減云式，得 割去 得 此式與地元同數爲同地元式。自乘，得同地元冪式 以消今式法，以今式割去 得 於上位。以割去之 地元除之，得 同地元式乘之，得 於次位。以割去之 地元冪除之 同地元冪式乘之，得 於下位。併三位，得 人易天位，得 爲前式。又消云式，法以云式割去 得 於上。以割去之 地元除之 同地元式乘之，得 加上 人易天位，得後式 於是以前式後式通分相消，以前式之左一行 以 約之，得 太 以乘後式，得 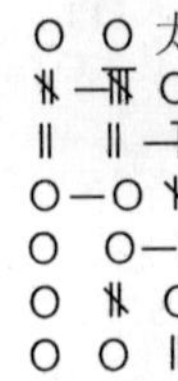 於上。以後式之左一行  以  約之，得 ‖ 以乘前式，得 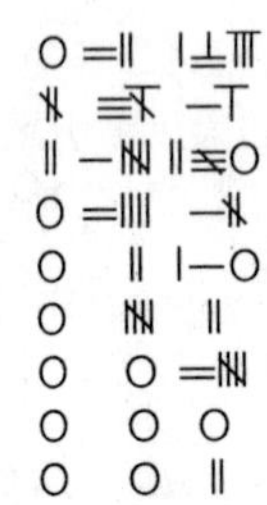 消上，得左行 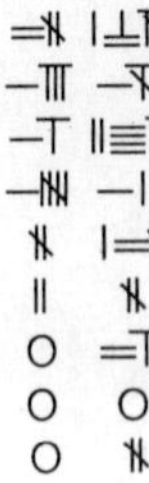 以左行之左一行 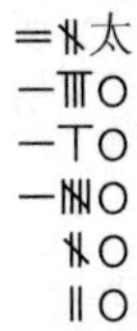，二地元約之，得 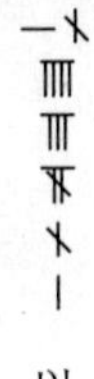 以乘後式，得  於上。以後式之左一行  二地元約之，得 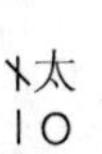 以乘行。左得  消上，得右行  以左行之右乘右行之左，爲內二行，得式  以左行之左乘右行之右，爲外二行，得式 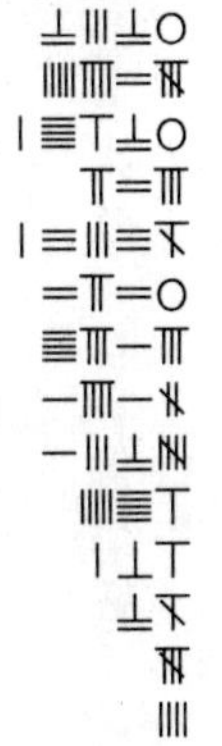 內外相消，得開方式 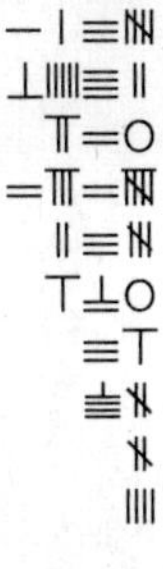 十一乘方開之，得弦和較二步。

清・陳棠《四元消法易簡草》 法曰：立天元一爲句，地元一爲股，人元一爲弦和較。三才相配求之，得今式 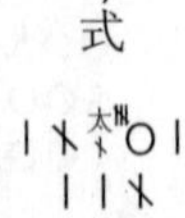 云式  三元式  剔而加減通分消之，得 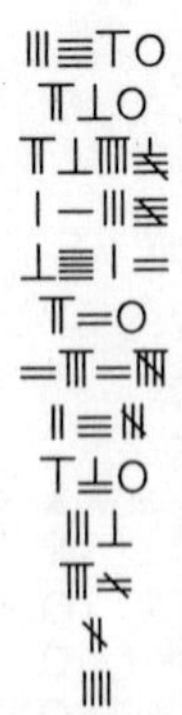 開十一乘方，得弦和較。

艸曰：立天元 太丨 爲句，地元 丨太 爲股，人元 太丨 爲弦和較，即爲黃方。天地相加，得 丨太丨 爲句股和。天地相減，得 丨太ㄨ 爲句股較。副以人元減句股和，得 丨太ㄨ丨 爲弦。以地元減弦，得 太ㄨ丨 爲股弦較。以天元減弦，得 丨太ㄨ 爲句弦較。以句股較加弦，得 ‖太ㄨ 爲弦較和。以地元加弦，得 ‖太ㄨ丨 爲股弦和。天元自之，得 太〇丨 爲句冪，地元自之，得 丨〇太 爲股冪，人元自之，得 太〇丨 爲黃方冪。又弦自之，得  爲弦冪，乃以句弦較乘股弦和，得 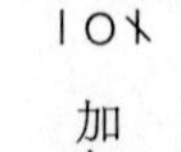 加句股和，得 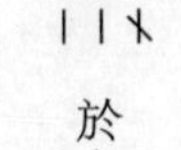 於上。以地元加多一步，得 丨太 自之，得 丨‖太 消上，得  爲今式。又以股弦較乘弦較和，得 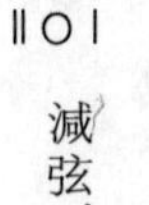 減弦，得 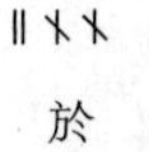 於上。以少三步減黃方冪，得  自之，得 太〇丅〇丨 消上，得  爲云式。又併句股冪消弦冪，得  爲三元式。消云式，得 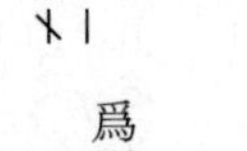 爲甲式。以 太Ⅲ 乘之，得

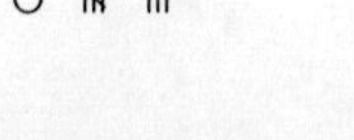

消今式,得 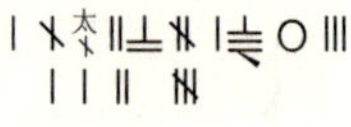 爲乙式。又三三元式,倍今式相消,得 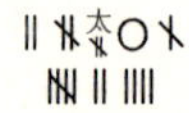 倍乙式消之,得 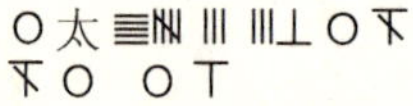 又六甲式消之,得 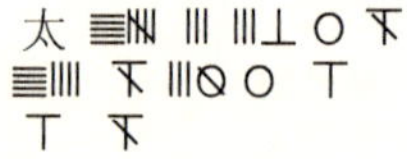 三約之,人易天位,得 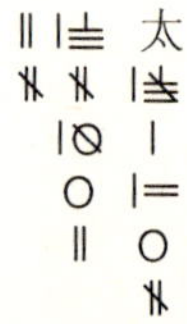 爲前式。甲式剔分爲二,其左半  自之,得  右半  自之,得 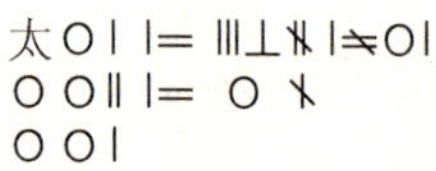 相消得 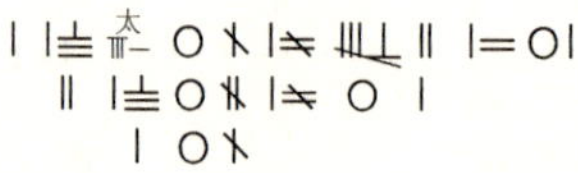 爲丙式。以乙式消之,得 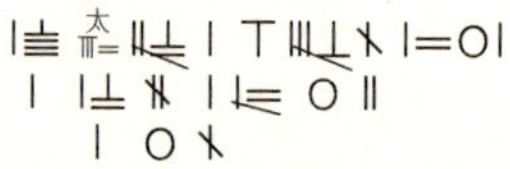 以甲式消之,得 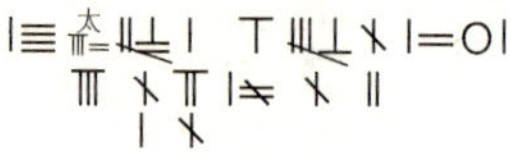 又十九甲式消之,得 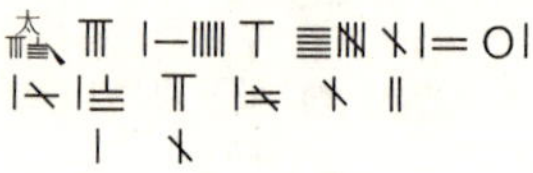 易位,得 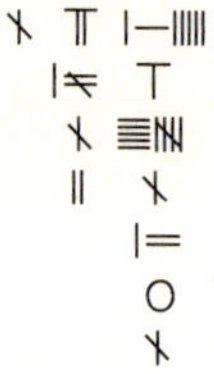 爲後式。倍之,消前式,得

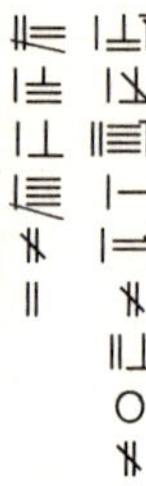 爲右式。以前式左行,通右式右行,得

 復以右式左行,通前式右二行,得

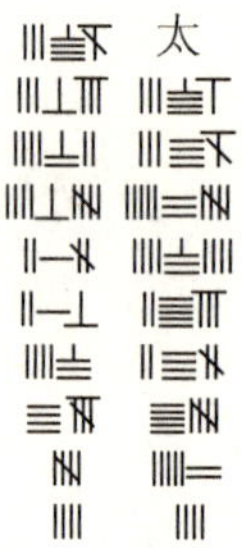 兩通式齊左相消半之,得

 爲左式。以左行通右式右一行,得

 以右式左行通左式右一行,得

 兩通式相消,得

 開十一乘方,得二步。合問。

四元術分部

四元二次方程組

算法

元・朱世傑《四元玉鑑》卷首《四象細草假令之圖・四象會元》 今有股乘五較,與弦冪加句乘弦等。只云,句除五和與股冪減句弦較同。問黃方帶句股

弦共幾何。

答曰：一十四步。

草曰：立天元一爲句，地元一爲股，人元一爲弦，物元一爲開數。四象和會求之，求得今式 求得云式 求得三元之式 求得物元之式 四式和會，消而剔之，皆物易天位，得前式 後式 便爲左行。以左行消前式。 便爲右行。內二行得式 其外二行得式 內外二行相消，三約，得開方式 平方開之得一十四步。合前問。

清·沈欽裴《四元玉鑑細草》 細草曰：立天元一 爲股，人元一 爲弦，物元一 爲開數。股 乘五較 得 寄左。弦冪 加句乘弦 得 與左相消，得 人元除之，得今式 股冪 減句弦較 餘 以句乘之，得 以五和 消之，得云式 併句冪、股冪，與弦冪相消，得三元之式 併黃方句股弦，得 與開數 太相消，得物元之式 倍今式，與物元之式相消，得上位 剔云式，與三元之式相消，得 又以物元之式消之，得中位 剔三元之式，與物元之式相消，得下位 剔上位，中位相消，得 四約之，物易天位，得前式 剔上位，下位相消，得 十六約之，物易天位，得後式 便爲左式。以左式消前式，得右式 內二行得式 外二行得式 內外二行相消，得 三約之，得開方式 平方之，得一十四步。合問。

清·羅士琳《四元玉鑑細草》 補艸曰：立天元一 爲句，地元一 爲股，人元一 爲弦，物元一 爲開數。天元自之，得 爲句冪。地元自之，得 爲股冪。人元自之，得 爲弦冪。以天元減地元，得 爲句股較。以天元加地元，得 爲句股和。以天元減人元，得 爲句弦較。以天元加人元，得 爲句弦和。以地元減人元，得 爲股弦較。以地元加人元，得 爲股弦和。以人元減句股和，得 爲弦和較。以人元加句股和，得 爲弦和和。以句股較減人元，得 爲弦較較。以句股較加人元，得 爲弦較和。併五較得 以股乘之，得 寄左。天人相乘，得爲句棄弦。加弦冪，得　消左，得　以人元除之，得　爲今式。併五和，得　以句除之，得　寄左。以句弦較減股冪，得　消左，得　爲云式。併句股二冪，得　消弦冪，得　爲三元式。弦和較　即黄方。加句股弦得　消物元，得　爲物元式。物易天位，得　乃剔分爲二。橫截物元。其上半　自之，得　於上。其下半　自之，得　消上，得　爲次式。副以云式右行齊今式，得　消云式，得　物易天位，得　倍之，得　消次式，得　又倍物元式，得　消之，得　又以物元式消之，得　又六因物元式，得　消之得　爲前式。今式剔分爲二，直截人元。其右半　自之，得　於上。其左半　自之，得　消上，得　消三元式，得　物易天位，得　倍物元式，得　消之，得　爲後式，便爲左式。消前式，得　以後式右行齊之，得　消後式，得　爲再式。以右行齊後式，得　又以後式右行齊再式，得　相消，得　爲右式。左右對列，內二行相棄，得　外二行相棄，得　內外相消，以三約之，得　開平方，得一十四步。合問。

清・戴煦《四元玉鑑細草》　解曰：立天元一爲句　地元一爲股　人元一爲弦　物元一爲黄方帶句股弦　以句併弦，得　以弦乘之，得　寄左。次以弦倍之，得五較句弦較、股弦較、弦和較合爲一弦，句股較、弦較較合爲一弦，是五較即倍弦也。　以股乘之，得　人地兩元相乘之式，寄真數位。與左相消，得今式　又以四弦二句四股相併，得五和五和本四弦三股三句一較之共，取一句加較又成股，是四弦二句四股矣。　以句除之，寄除法爲母。得　寄左。次以句減弦，得句弦較　以股自乘，得股冪　內減句弦較，得　以左母通之，得　與左相消，得云式　又依前術，以句冪股冪共消弦冪，得三元之式 [illegible] 又以句股相併，得句股和 [illegible] 倍之，爲句股弦帶黃方黃方加弦即句股和。[illegible] 寄左。次列物元與左相消，得物元之式 [illegible] 於是四式相消，法以人元約今式，得 [illegible] 正負互易，得 [illegible] 割去 [illegible] 得 [illegible] 此式與人元同數，名曰同人元式。以消云式，法以云式割去 [illegible] 得 [illegible] 於上。以割去之 [illegible] 人元除之，得 [illegible] 同人元式乘之，得 [illegible] 加上，得上式 [illegible] 又以消三元之式，法以同人元式自乘，得同人元冪式 [illegible] 以三元之式割去 [illegible] 得 [illegible] 於上。以割去之 [illegible] 人元冪除之，得 [illegible] 同人元冪式乘之，得 [illegible] 加上，得 [illegible] 以 [illegible] 約之，得下式 [illegible] 於是以物元之式消上下二式，法以物元之式正負互易，得 [illegible] 割去 [illegible] 得 [illegible] 以 [illegible] 除之，寄除法母爲母。得 [illegible] 此式與天元同數，名曰同天元式。自乘，得 [illegible] 名曰同天元冪式。先消上式，法以上式割去 [illegible] 得 [illegible] 先以 [illegible] 通之，緣次位應加此式之分母四，故先以通此式。得 [illegible] 於上位。以割去之 [illegible] 天元冪除之，得 [illegible] 以同天元冪式乘之，得 [illegible] 於次位。又以割去之 [illegible] 天元除之，得 [illegible] 同天元式乘之，得 [illegible] 又以 [illegible] 通之，緣次位之分母四，應與此式相加，故先以二通此式使與次位同母。得 [illegible] 于下位。三位相併，得 [illegible] 二約之，得 [illegible] 物易天位，得前式 [illegible] 次消下式，法以下式割去 [illegible] 得 [illegible] 於上。以割去之 [illegible] 天元除之，得 [illegible] 同天元式乘之，得 [illegible] 以分母收之，得 [illegible] 加上，得 [illegible] 物易天位，得後式 [illegible] 於是即以後式爲左行。以後式止有二行故。以左行消前式，求右行，法以前式之左三行 [illegible] 地元約之，得 [illegible] 偏乘左行，得 [illegible] 於上。以左行之左一行 [illegible] 地元約之，得 [illegible] 偏乘前式，得 [illegible] 以減上，得 [illegible] 以 [illegible] 約之，得三行式 [illegible] 再以三行式之左二行 [illegible] 地元約之，得 [illegible] 偏乘左行，得 [illegible] 於上。以左行之左一行 [illegible] 地元約之，得 [illegible] 偏乘三行式，得 [illegible] 以減上，

得右行 [illegible] 於是左右並列：

右行 [illegible] 外行

[illegible] 內行

左行 [illegible] 內行

[illegible] 外行

內二行相乘，得 [illegible] 外二行相乘，得 [illegible] 內外相消，得式 [illegible] 三約之，得開方式 [illegible] 乃以六百八十六爲益實，七爲益方，四爲從隅。平方開之，得一十四步。即黄方帶句股弦也。

清·李善蘭《四元解》卷一《細草》 草曰：立天元一爲句，立地元一爲股，句減股得 [illegible] 爲句股較。立人元一爲弦，副置之。上減天元，得 [illegible] 爲句弦較。下減地元，得 [illegible] 爲股弦較。以天地二元併之，內減一人元，得 [illegible] 爲弦和較。以天人二元併之，內減一地元，得 [illegible] 爲弦較較。以此五較併之，得 [illegible] 以地元乘之，得 [illegible] 爲一段股乘五較積。寄左。然後以天人二元併之，得 [illegible] 仍以人元乘之，得 [illegible] 爲同數。與左相消，得 [illegible] 爲今式。次以天地二元併之，得 [illegible] 爲句股和。以天人二元併之，得 [illegible] 爲句弦和。以地人二元併之，得 [illegible] 爲股弦和。三元併之，得 [illegible] 爲弦和和。以地人二元併之，內減一天元，得 [illegible] 爲弦較和。以此五和併之，得 [illegible] 以天元除之，得 [illegible] 爲句除五和數。寄左。然後以地元自之，得 [illegible] 爲股冪，於上。天元減人元，得 [illegible] 爲句弦較。以減上，得 [illegible] 爲同數。與左相消，得 [illegible] 爲云式。次以天地元各自之，相加，得 [illegible] 爲弦冪。寄左。然後以人元自之爲同數，與左相消，得 [illegible] 爲三元式。次以天地二元相加，得 [illegible] 爲句股和。以人元減之，得 [illegible] 爲黄方於上。以三元併之，得 [illegible] 爲三事和。以加上，得 [illegible] 爲黄方帶三事和。寄左。然後立物元一爲同數，與左相消，得 [illegible] 爲物元之式。乃以四式剔而消之。先以今式與三元之式齊下位，相減，得 [illegible] 爲初消式。以初消式下方偏乘今式，得 [illegible] 以初消式減之，得 [illegible] 爲次消式。以云式下方偏乘今式，得 [illegible] 與云式相減，得 [illegible] 爲三消式。以三消式二之，得 [illegible] 以次消式齊下減之，得 [illegible] 爲四消式。以物元之式倍之，得式 [illegible] 以次消式減之，得 [illegible] 移物元居天元位，得式 [illegible] 便爲左行 [illegible] 也。以四消式上層偏乘物元式，得式 [illegible] 以物元式上層，偏乘四消式，得 [illegible] 兩得數相消，得下式 [illegible] 移物元諸數，各居天元諸位，得 [illegible]

爲後式。以左行消後式，先以左行倍之，得 [illegible] 以減後式右行，得 [illegible] 以此減餘式之左一行，偏乘左行，得 [illegible] 復以左行之左一行偏乘減餘式，得 [illegible] 以此兩式齊左相減，得 [illegible] 爲右行也。與左行相列，得 [illegible] 內二行相乘，得 [illegible] 外二行相乘，得 [illegible] 內外相消，得 [illegible] 開平方得一十四步，即黄方帶三事和也。合問。

又 卷二《釋術》第四章：立天元一爲句，立地元一爲股，句減股得 [illegible] 爲句股較。

如圖，甲爲地元股，乙爲天元句，甲至丙爲句所虚減，丙至丁爲句股較也。

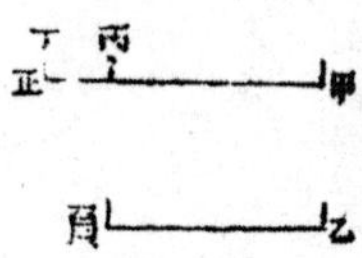

立人元一爲弦，副置之。上減天元，得 [illegible] 爲句弦較。下減地元，得 [illegible] 爲股弦較。

如圖，丙丁爲二之人元弦，上以天元乙虚減之，餘己庚爲句弦較。下以地元甲虚減之，餘戊辛爲股弦較也。

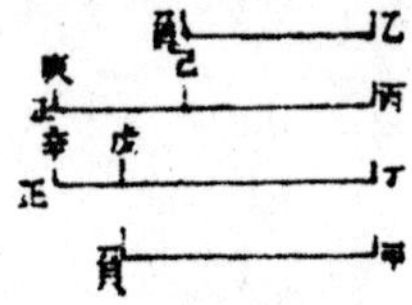

以天地二元併之，內減一人元，得 [illegible] 爲弦和較。

如圖，天元乙、地元甲併之，得乙戊爲句股和，以人元丙虚減之，餘丁戊爲弦和較也。

以天人元併之，內減一地元，得 [illegible] 爲弦較較。

如圖，天元乙人元丙相加爲戊乙。以地元甲虚減之，餘丁戊爲弦較較。蓋丙丁爲己庚，句股較虚減數也。

以此五較併之得 [illegible]

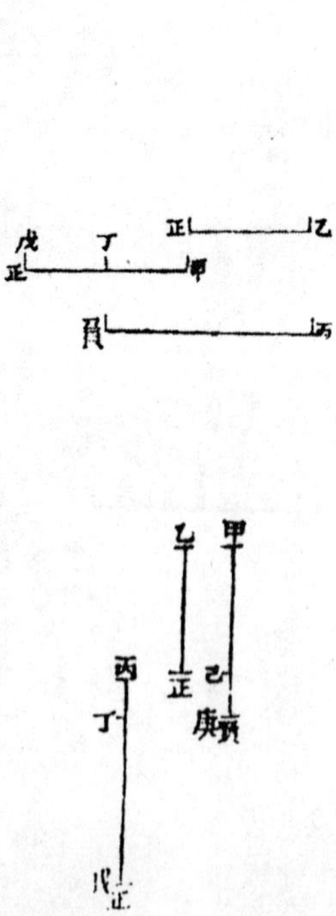

如圖，二甲線爲股弦較，以句股較二乙線加之，二股以異名減去，餘甲弦乙句二線，而二較皆歸弦上矣。復以弦和較三丙線加之，二句二弦以異名減去，餘丙股一線，而三較皆歸股上矣。復以弦較較三丁線加之，二股以異名減去，餘丁句丁弦二線，而四較皆歸句弦上矣。復以句弦較二戊線加之，二句以異名減去，餘丁弦戊弦二線，而五較皆歸二弦上矣。

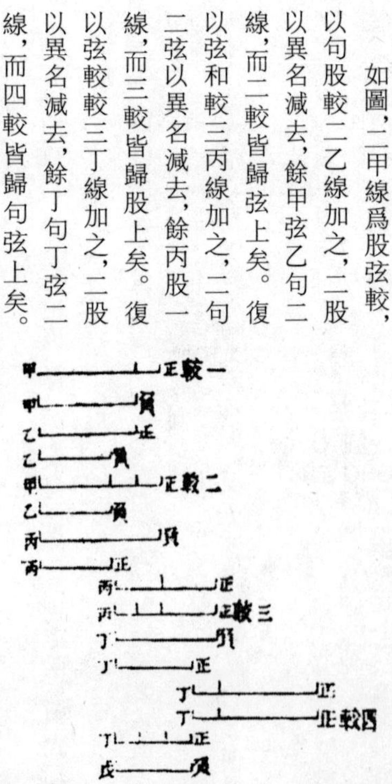

以地元乘之，得 [illegible] 爲一段股乘五較積。寄左。

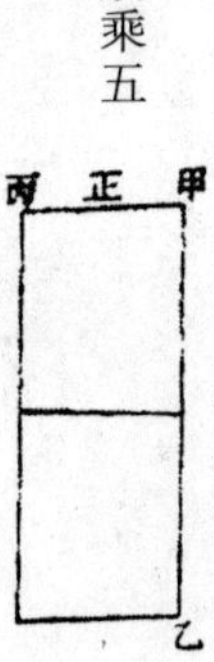

如圖，甲乙二人元爲五較，甲丙地元爲股，丙乙爲股乘五較積也。

然後以天人二元併之，得 [illegible] 仍以人元乘之，得式 [illegible] 爲同數。與左相消，得 [illegible] 爲今式。

如圖，戊庚爲天元，庚己戊辛皆人元。己辛爲弦乘句弦和積，與左相消，則辛庚與甲子對，庚壬與丙子對，壬己與癸乙對，恰消盡也。乃依人元降位，辛己變爲子丑二線，丙乙變爲寅卯二線，未相消以前，位有一定，非乘不升，非除不降。既相消以後,位無一定,加減時或升,得數後有冪無元者必降也。

次以天地二元併之,得 太 爲句股和。以天人二元併之,得 太 爲句弦和。以地人二元併之,得 太 爲股弦和。以三元併之,得 太 爲弦和和。以地人二元併之,内減一天元,得 太 爲弦較和。以此五和併之,得 太

如圖,甲爲句股和,乙爲股弦和,丙爲句弦和,丁爲弦和和,戊爲弦較和,共四天元,四地元,四人元。二天元以異名減去,故算式中止二天元也。圖以一乘之者,以又數爲面故也。

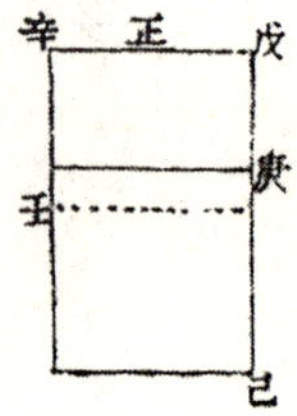

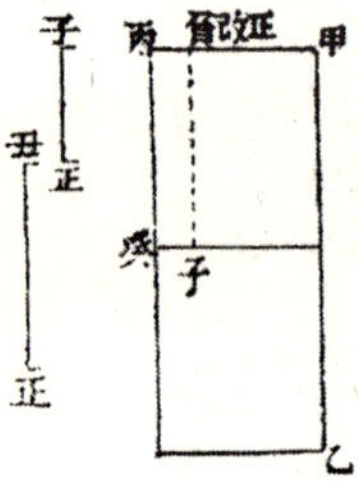

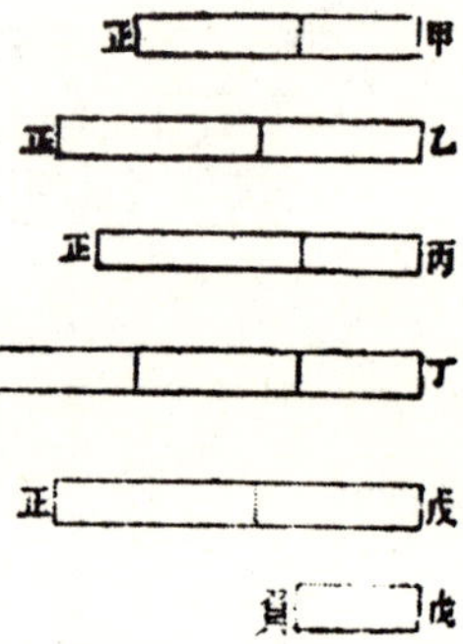

以天元除之,得 太 爲句除五和數。寄左。

如圖,甲乙爲天元除二句數,丙丁爲天元除四股數,戊己爲天元除四弦數,皆爲前圖三分之一也。

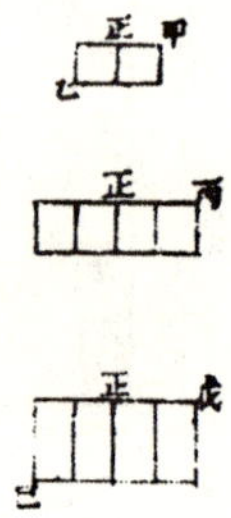

然後以地元自之,得 太 爲股冪於上。以天元減人元,得 太 爲句弦較,以減上,得 太 爲同數,與左相消,得 爲云式。

如圖,己爲天元,庚爲人元,戊丁爲地元冪,甲乙丙爲寄左數。本以己虚減庚,則庚爲正而己爲負。繼以庚之減餘轉減戊丁,則戊丁爲正而庚變爲負,己變爲正。繼以戊丁之減餘消甲丙,則戊丁復爲負,庚復爲正,己復爲負也。此得數後,當依天元升一位。

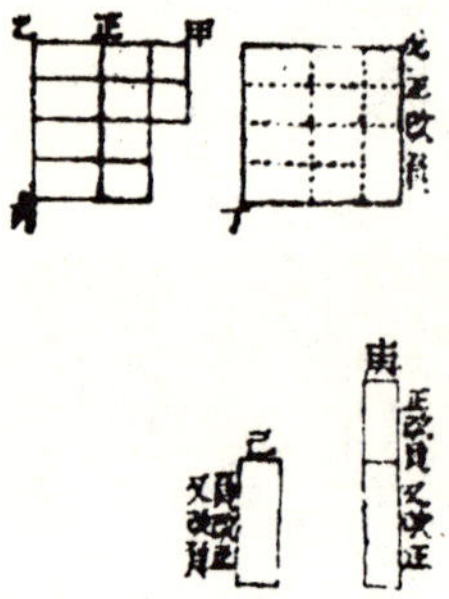

次以天地元各自之,相加得 太 爲弦冪。寄左。然後以人元自之爲同數,與左相消,得 太 爲三元式。圖見第三章。次以天地二元相加,得 太 爲句股和。以人元減之,得 太 爲黄方於上。

如圖,甲乙丙容圓句股形,甲至己與甲至丁同,丙至丁與丙至戊同,句股和内去一弦,是去一甲己一丙戊也。餘己乙乙戊爲兩半徑,併之即黄方也。此圖解句股。

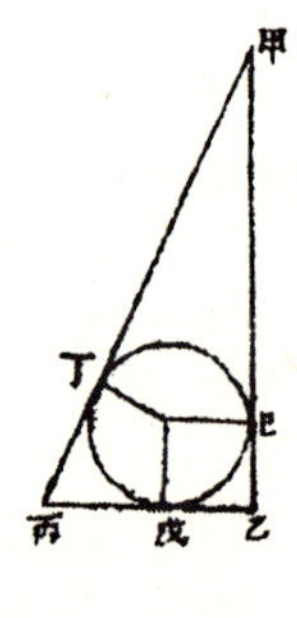

以三元併之,得 太 爲三事和。以加上,得 太 爲黄方帶三事和。寄左。然後立物元一爲同數,與左相消,得式 太 爲物元之式。

如圖,甲乙丙三線爲黄方,丁戊己三線爲三事和,六線相加,丙己二線以異名減去,餘甲丁二句線,乙戊二股線,與物元庚爲等數也。

乃以四式剔而消之,先以今式與三元之式齊下位相減,得 爲初消式。以初消式下方偏乘今式,得下 以初消式減之,得 爲次消式。以云式下方偏乘今式,得 與云式相減,得 爲三消式。

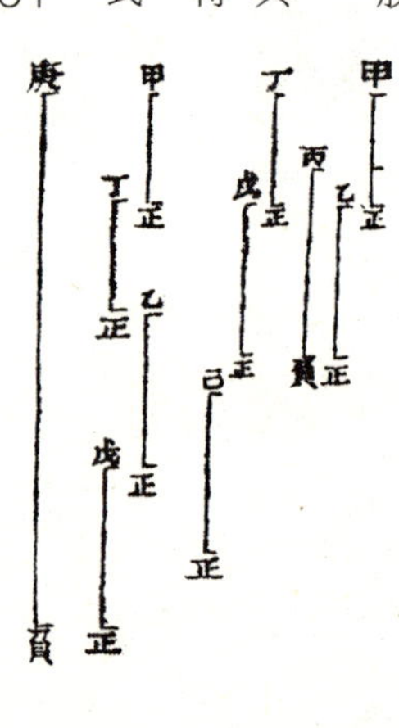

義曰:此第一次剔消,消去人元諸數也。

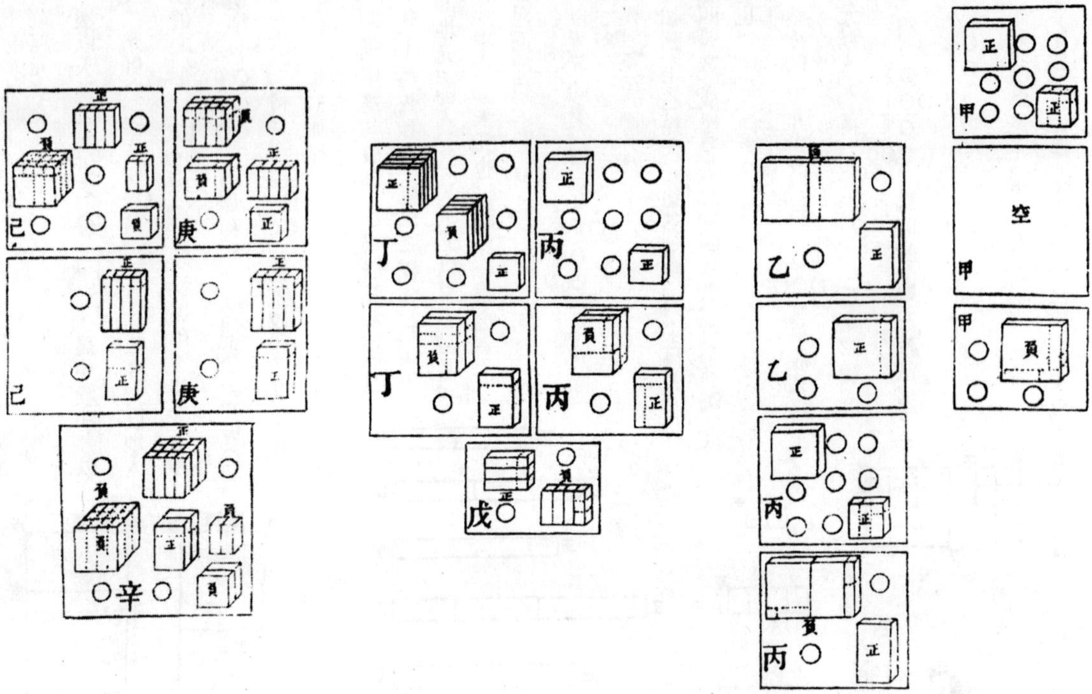

右第一次剔消圖。甲爲三元式，乙爲今式，丙爲初消式，丁爲初消式下方乘今式所得之式，戊爲次消式，己爲云式，庚爲云式下方乘今式所得之式，辛爲三消式。

以三消式二之，得 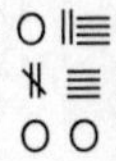 以次消式齊下減之，得 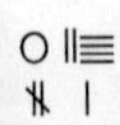 爲四消式。

義曰：此齊下乃依天元升位也，因物元式中，止有天元，無天元冪，故此亦消去天元冪，然後與彼相消也。

以物元之式倍之，得 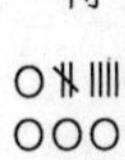 以次消式減之，得 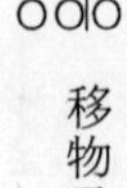 移物元居天元位，得 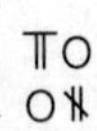 便爲左行。

義曰：第三草易位而後剔消，此剔消而後易位，以見理之無不通也。

以四消式上層偏乘物元式，得 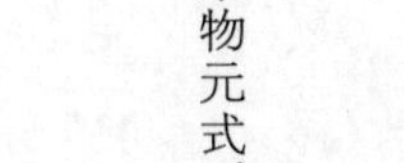 以物元式上層偏乘四消式，得 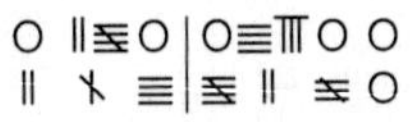 兩得式相消，得 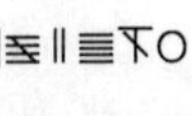 移物元諸數，各居天元諸位，得 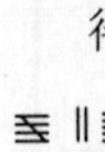 爲後得式。

義曰：此第二次剔消，消去天元諸數也。若先易位，則所消之天元乃物元也。

四消式圖

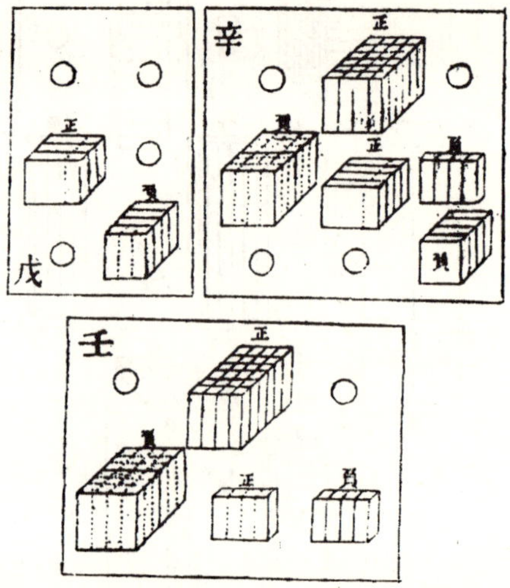

辛爲倍二消式，戊爲次消式，壬爲四消式也。

前得式圖

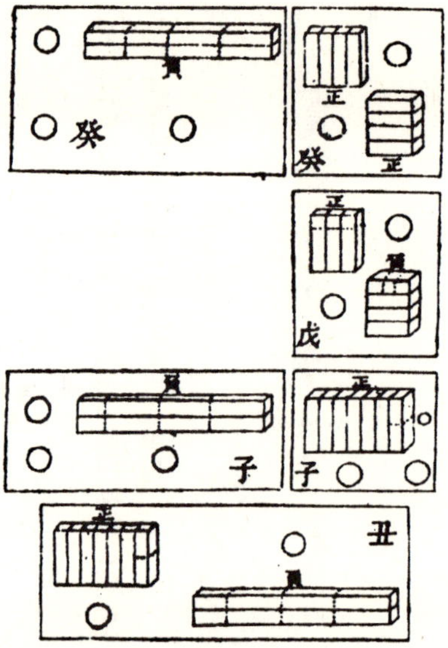

癸爲倍物元之式，戊爲次消式，子爲前得式，丑爲前得式易位之式，因此式只二行，故便爲左行也。

後得式圖

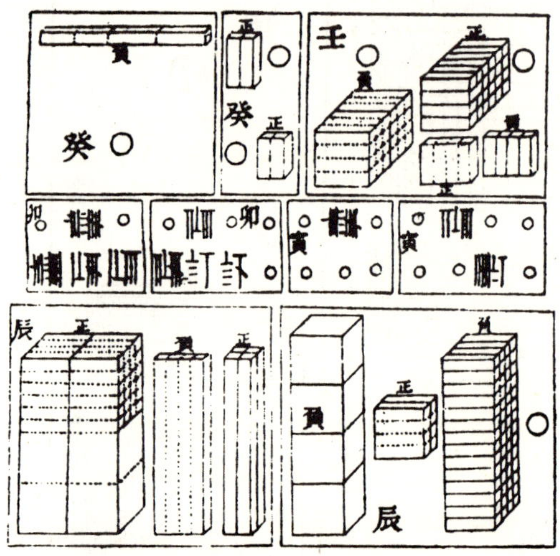

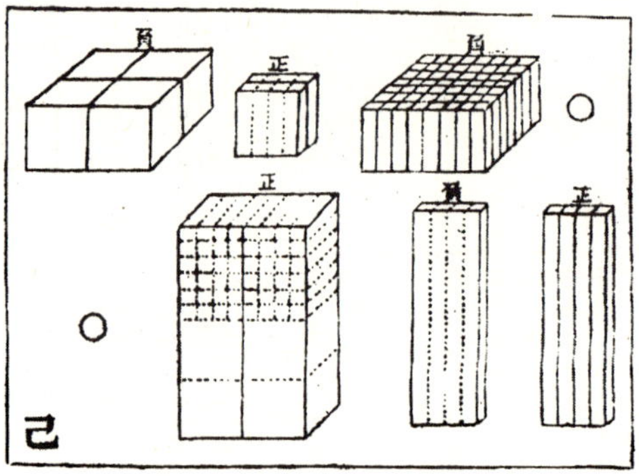

壬爲四消式，癸爲物元式，寅爲壬式上層乘癸式所得之式，卯爲癸式上層乘壬式所得之式。此二式因數太繁，故圖其總積也。如 [illegible] 爲四十八箇地元自乘方之總積，餘倣此。辰爲後得式，己爲後得式易位之式，以左行消後式，先以左行倍之，得 [illegible] 以減後式右行，得 [illegible]

義曰：左行已無可消，故不曰兩式相消，而曰以左行消後式也。左行倍之，其右一行，恰與後式之右一行等，則便可省乘也。

以此減餘式之左一行，偏乘左行，得 [illegible] 復以左行之左一行，偏乘減餘式，得 [illegible] 以乘得兩式齊左相減，得 [illegible] 爲右行也。與左行相列，得 [illegible] 內二行相乘，得 [illegible] 外二行相乘，得 [illegible] 內外相消，得

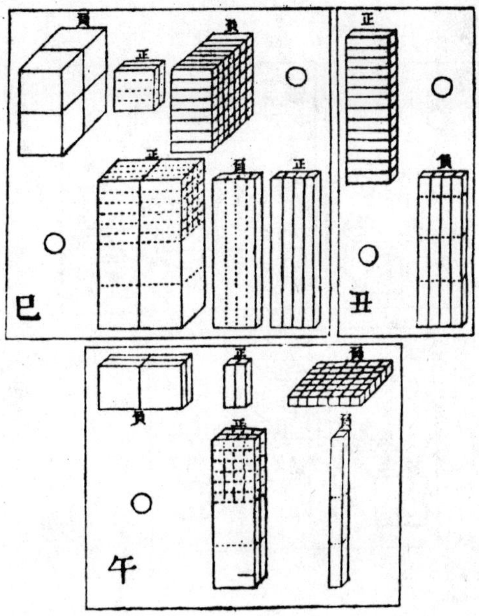

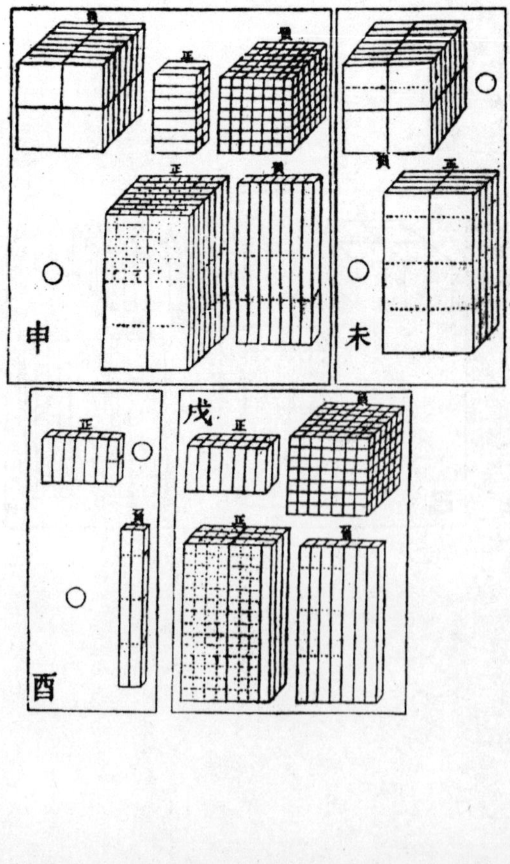

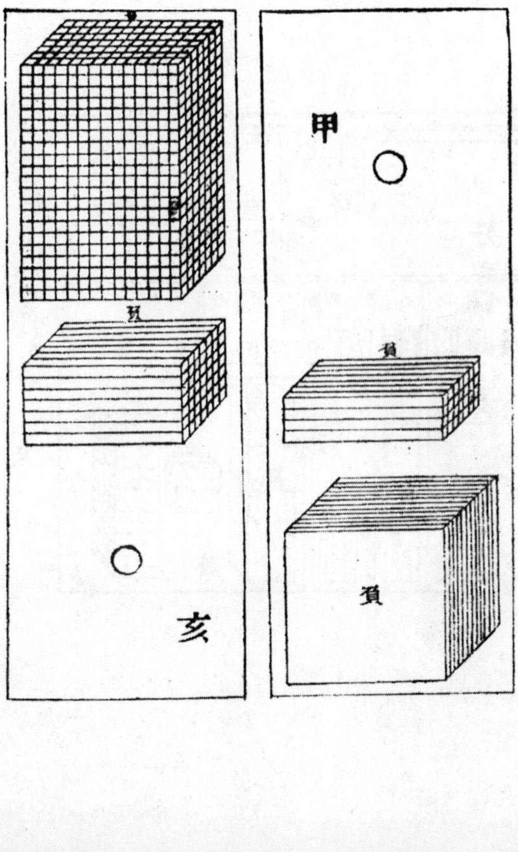

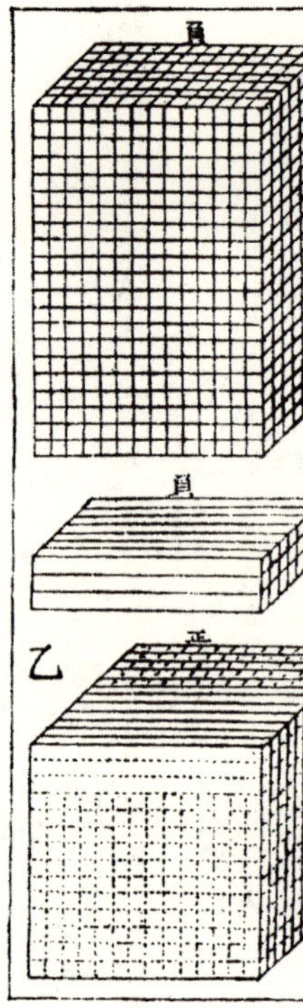

開平方，得一十四步。

右互隱通分相消圖。丑爲倍左行，巳爲後得式，午爲減餘式，未爲減餘式之左一行乘左行所得之式，申爲左行之左一行乘減餘式所得之式，戌爲右行，酉爲左行，甲爲内二行乘得之式，亥爲外二行乘得之式，乙爲開方式也。

清・陳棠《四元消法易簡草》 補正艸曰：立天元一爲句　地元一爲股　人元一爲弦　物元一爲開數　以天減地爲句股較　天減人爲句弦較　地減人爲股弦較　以句股較減人爲弦較較　併天元，以人減之，爲弦和較　併五較　乘地元，得　寄左。乃以人元自之，爲弦冪　天人相乘爲句乘弦　加弦冪，爲同數　與寄左相消，得　以人元除之，得今式　副以天地相加爲句股和　天人相加爲句弦和　地人相加爲股弦和　以加天元爲弦和和　以句股較加人元爲弦較和　併五和得　以天元句除之，得式　寄左。乃以地元自之，得股冪式　以句弦較減之，得同數式　與寄左相消，得云式

又併句股冪，消弦冪，得三元式　乃以人元減句股和爲黄方。與天元人相併，消物元，得物元式　乃以四式剔而消之法，以今式變正負，剔去　得同人元數式　以云式剔去　得　於上。以剔去之　人元除之，得　同人元式乘之，爲　併上，得　爲上式。以同人元式自之，得同人元冪式　以三元式剔去人元冪，得　於上。以剔去之人元冪，人元冪除之，同人元冪式乘之，得　併上，得　爲下式。物元式變正負，剔去　得　爲同。倍天元式，自之，得同四天元冪式　以上式剔去天項，倍之得　於上位。以剔去之　倍天元冪約之，得　同四天元冪式乘之，得　於次位。又以剔去之　天元約之，同倍天元式乘之，得下位　併三位，得　物易天位，爲前得式　以下式剔去天項，得　於上。以剔去之　天元式除之，同倍天元式乘之，又半之，併上位，得　物易天位，爲後得式　便爲左式。乃以左式通前式相消。以左式右行　通前式左三行，得　以前式右行　通左式左行，爲　齊右相

消，得中式 [illegible] 以中式右行，通左式左行，得 [illegible] 以左式右行 [illegible]

通中式左二行，得 [illegible] 兩通式齊右相消，得右式 [illegible] 以右式左行，通左式右行爲內二行，得 [illegible] 以左式左行，通右式右行爲外二行，得 [illegible] 內外相消，三約之，得開方式 [illegible] 平方開之，得一十四步。合問。

元·朱世傑《四元玉鑑》卷下《四象朝元》 今有弦較和如股冪八分之三。只云弦較較冪如句弦和冪四分之一。問二弦四句二股三事連環得幾何。

荅曰：三十步。

術曰：立天元一爲句，地元一爲股，人元一爲弦，物元一爲開數。四象和會求之，得六萬爲益實，一千一百爲從方，三百爲從廉，九爲益隅。立方開之，合問。

清·沈欽裴《四元玉鑑細草》 草曰：立天元一 [illegible] 爲勾，地元一 [illegible] 爲股，人元一 [illegible] 爲弦，物元一 [illegible] 爲開數。四象和會求之，得今式 [illegible] 云式 [illegible] 三元之式 [illegible] 物元之式 [illegible] 四式和會，消而剔之式皆物易天位，得前式 [illegible] 後式 [illegible] 剔前式，後式相消，得左式。元之式相消，人易天位，得前式 [illegible] 剔中位，與下位相消，人易天位，得後式 [illegible] 剔前式後式相消，得左式 [illegible] 求得右式 [illegible] 內二行得 [illegible] 外二行得 [illegible] 內外相消，得 [illegible] 十一乘方開之，得二步。即弦和較也。合問。

清·羅士琳《四元玉鑑細草》 艸曰：立天元一爲句，地元一爲股，人元一爲弦，物元一爲開數。天元自之，得 [illegible] 爲句冪。地元自之，得 [illegible] 爲股冪。人元自之，得 [illegible] 爲弦冪。三股冪得 [illegible] 於上。天地相減，得 [illegible] 爲句股較。加人元，得 [illegible] 爲弦較和，八之得 [illegible] 消上得 [illegible] 爲今式。置人元，減句股較，得 [illegible] 爲弦較較。自之，得 [illegible] 爲弦較較冪。四之，得 [illegible] 於上。天人相加，得 [illegible] 爲句弦和。自之，得 [illegible] 爲句弦和冪。消上，得 [illegible] 爲云式。併二弦四句二股，得 [illegible] 爲三事連環。消物元，得 [illegible] 爲物元式。併句股二冪，消弦冪得 [illegible] 爲三元式。三之得 [illegible] 消云式，得 [illegible]

爲甲式。倍物元式以地元乘之，得與甲式相消，得倍之得爲乙式。三物元式以人元乘之，得消乙式得爲丙式。物元式剔分爲二，横截天元。其上半自之，得下半太自之，得相消，得十六三元式消之，得爲丁式。倍物元式消今式，得爲戊式。倍丙式消丁式，得六之得爲巳式。十戊式乘地元，得消巳式得又以戊式消之，得物易天位，得爲前式。今式剔分爲二，斜截天人。其上左自之，得下右自之，得相消得六十四三元式消之，得爲庚式。又十六今式消庚式，得爲辛式。副以四物元式消今式，得爲次式。倍之得消辛式，得三之得爲壬式。十六次式消壬式，得物易天位，得爲後式。十後式三前式相消，得　爲上式。以左行齊後式，得　九上式　相消，得　二十四約之，得　爲中式。消上式，得　亦二十四約之，得　爲下式。又以上式左行齊下式，得　十五上式　相消，得　三十六約之，得　爲右式。十下式　消右式，得　爲左式。左右對列，內二行相乘，得　外二行相乘，得　內外相消，得　開立方，得三十步。合問。

清·戴煦《四元玉鑑細草》　草曰：立天元一爲句　地元一爲股　人元一爲弦　物元一爲二弦四句二股之共　乃以句減股，得較　加人元得弦較和　八之　三而一，得今不除寄法爲母。　寄左。次以地元自之　以左母通之，得　與左相消，得今式　又以較減地元，得弦較較　自之，得弦較較冪　內人地兩元相乘之式寄真數位。四之，得　寄左。次以句弦相併，得　爲句弦和。自之，得句弦冪和　與左相消，得云式　又以句自之　股自之　相併，得　寄左。次以弦自之，得　與左相消，得三元之式　又以二弦　四句　二股　相併，得　寄左。次列物元，與左相消，得物元之式　於是以四式剔而消之，以物元之式割去太　得　易正負，得　以　除之，今不除，寄法爲母。得　此式與天元同數，爲同天元式。以消今式，法以今式割去太　得　以　通之，

得 於上。以割去之 天元除之 同天元式乘之，得

加上，得 四約之 物易天位，得上式 又

以同天元式自乘，得同天元冪式 內人地兩元相乘之式寄真數位。

以消云式，法以云式割去 得 以 通之，得

於上位。以割去之 天元除之 同天元式乘之，得

以四通之 於次位。又以割去之 太○Ⅱ 天元冪除之 Ⅲ

同天元冪式乘之，得 於下位。併三位，得 物易天

位，得次式 又消三元之式法，以三元之式割去 太○｜ 得

以 通之，得 於上。以割去之 太○｜ 天元冪除之，得

｜ 同天元冪式乘之，得 加上，得 物易天位，得下

式 於是又以上次下三式剔而消之法，以上式割去 得

易正負，得 以 除之，今不除，寄法爲母。得 此式與

人元同數，爲同人元式。自乘，得同人元冪式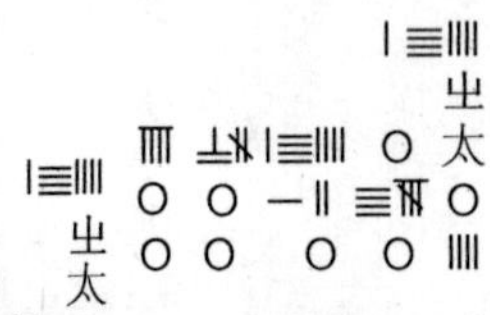以消次式法，以次式割去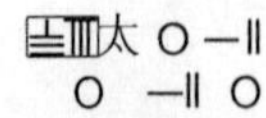得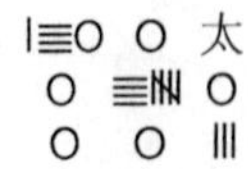以通之，得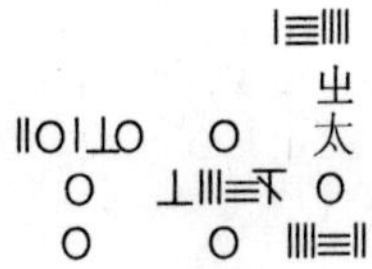於上位。以割去之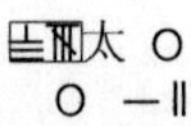人元除之，得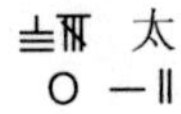同人元式乘之，得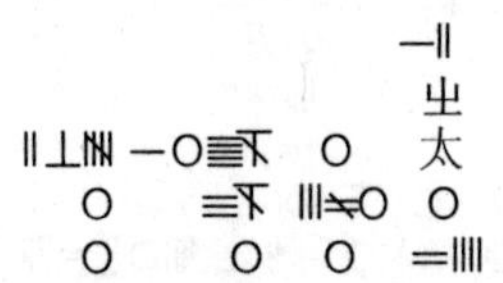以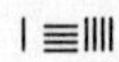通之，得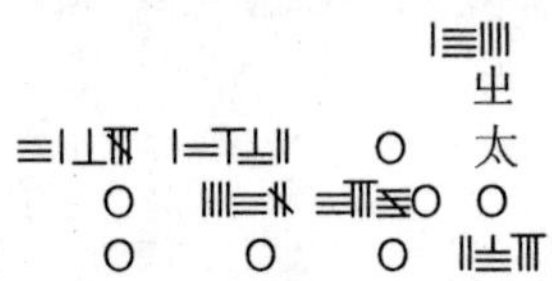於次位。又以割去之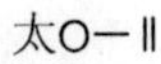人元冪除之同人元冪式乘之，得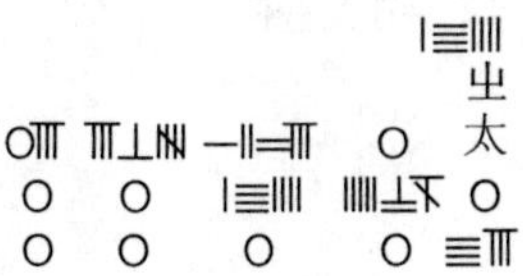於下位。併三位得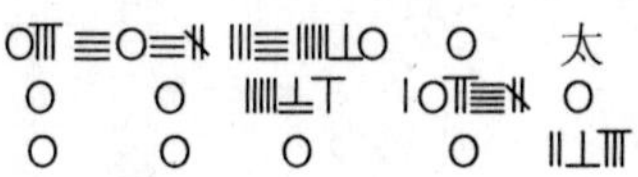十二

約之，得前式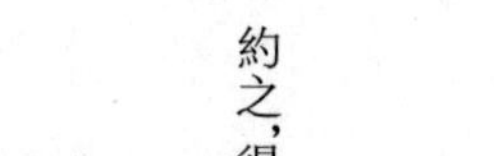又消下式，法以下式割去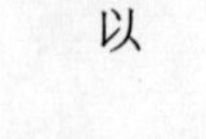得以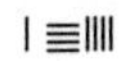通之，得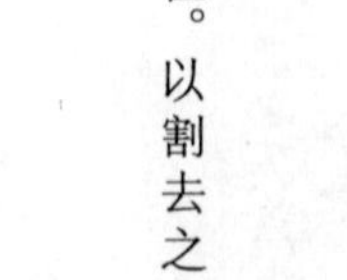於上位。以割去之人元除之，得同人元式乘之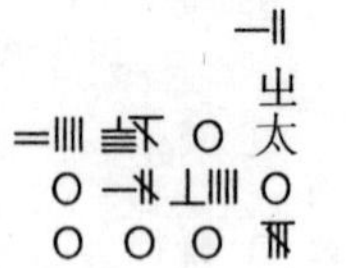以通之，得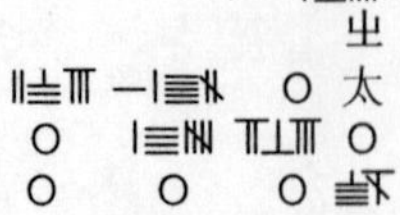於次位。以割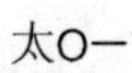地人元冪除之，同地得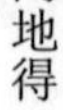同人元冪式乘之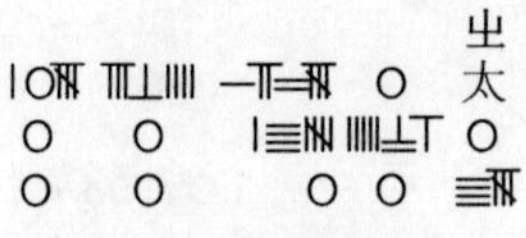於下位。併三位，得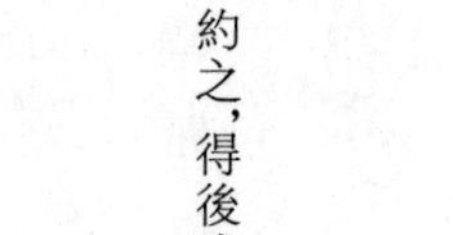以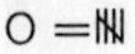約之，得後式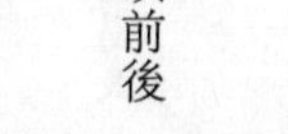於是以前後

二式通分相消，以通後式得

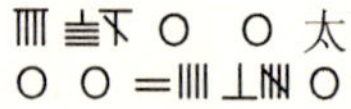

以消前式得四行式

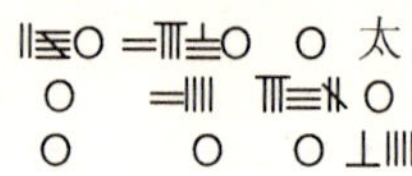

以四行式之左一行

三地元立冪約之，得以乘後式，得

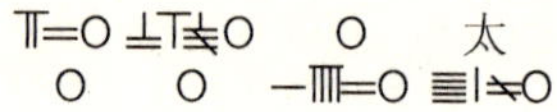

於上。以後式之左一行

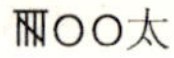

三地元立冪約之，得以乘四行式，得

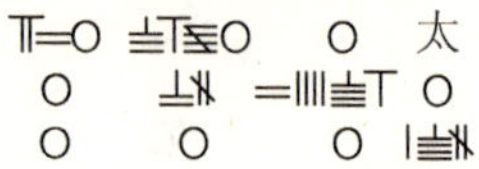

消上，得

八約之，得三行式

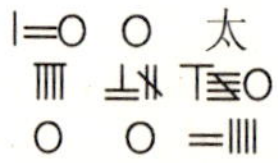

以三行式之左一行

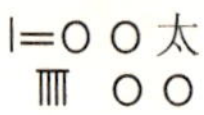

三地元冪約之，得以乘後式，得

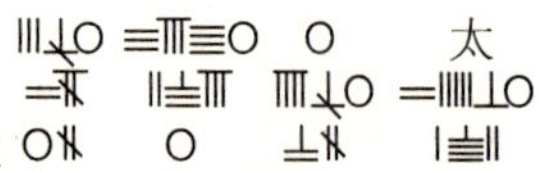

於上。以後式之左一行

三地元冪約之以乘後三行式，得

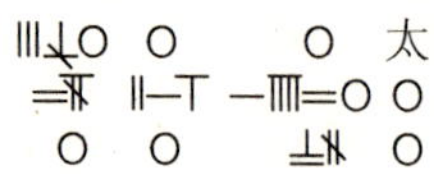

消上，得

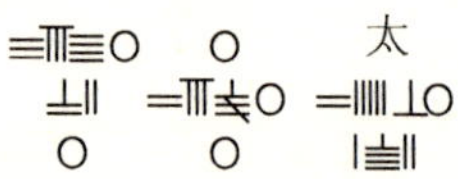

八約之，得又三行式

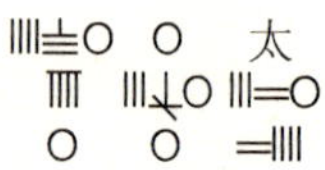

以三行式之左一行

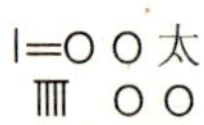

三地元冪約之，得以乘又三行式，得

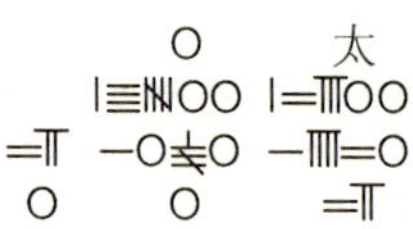

於上。以又三行式之左一行

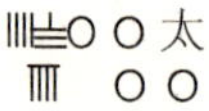

三地元冪約之，得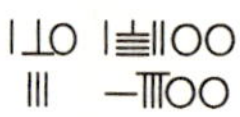以乘三行式，得

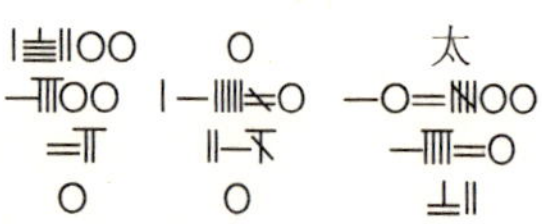

消上，得

以二百八十八天元約之，得左行　又以三行式減又三行式，得　八約之，得三行較式　以左行之左一行　地元約之　以乘三行較式　於上。以三行較式之左一行　地元約之，得　以乘左行，得　以上消之，得　十二約之，得右行　以左行之右乘右行之左爲内二行，得式　以左行之左乘右行之右爲外二行，得式　内外相消，得　十約之，得開方式　立方開之，得三十步爲二弦四句二股。

清·陳棠《四元消法易簡草》 法曰：立天元一爲句，地元一爲股，人元

一爲弦，物元一爲開數。四象和會求之，得今式　云式　物元式　加減兼借真數消之，得除式　上法下實，得開數。三元法式見前。

艸曰：立天元　爲句，地元　爲股，人元　爲弦，物元一　爲開數。天地相減，得　爲較，加弦得　爲弦較和，以較減弦，得　爲弦較較。天人相加，得　爲句弦和。乃以弦較和八之，得　三股冪消之，得　爲今式。次以較較自之，得　又四之，得　於上。句弦和自之，得　消上，得　爲云式。又如前，求得三元式　又併四句二股二弦，消物元，得　爲物元式。今式剔人元，各自之，相消，得　六十四三元式減之，得　地易天位，得　爲前式。地元乘今

式，得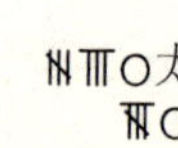用加云式，得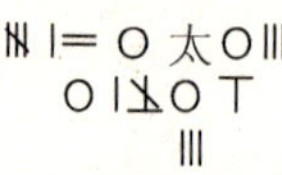三三元式加之，得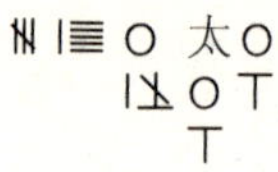四之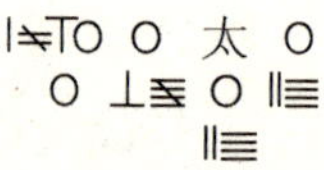三今式降一位，減之得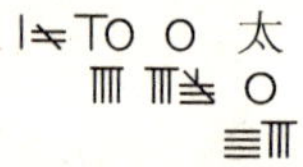地易天位，得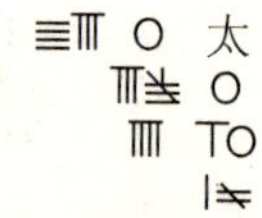爲後式。四約之，得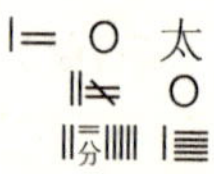三之，得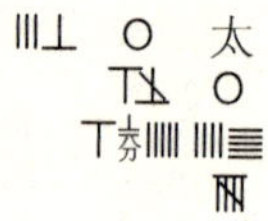加前式，得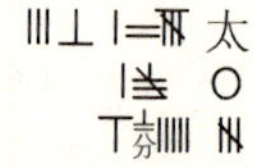爲一式。降一位減約後式，得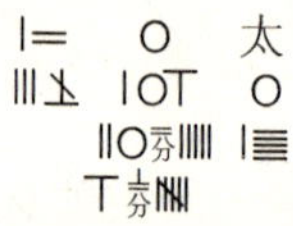爲二式。五一式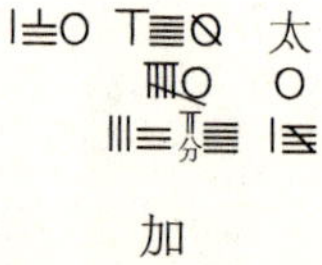加二式，得爲三式。加前式，得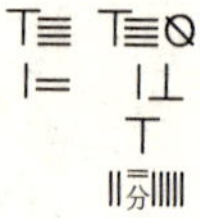三之，得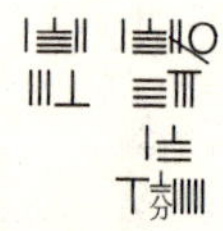爲四式。以三式加之，得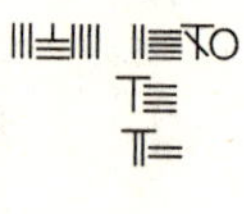八約之，得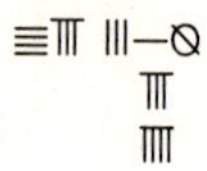爲五式。降位減前式，得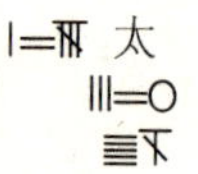八約之，得三之得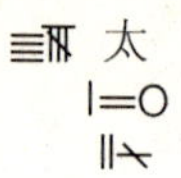加五式得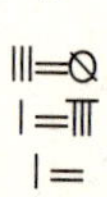開平方，得四步爲地元股。以四乘五式，天元平方 得加入天元得以四乘之，得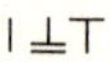以加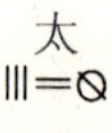而五式化爲右實左法，得三步爲天元句。以三乘今式天元 得 加入太而其式變爲又以四乘地之平方 得 以加地元 得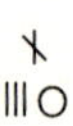以四乘之，得 加入而其式化爲 左實右法，得五步爲人元弦。既得三元之數，各以其數乘物元式之元，加入太而其式化爲 。上法下實，得三十步。合問。

元·朱世傑《四元玉鑑》卷下《四象朝元》 今有弦和較冪加句弦較冪，比股冪少一段句弦和。只云弦和和冪減句股和乘弦和和，加句弦較，比二弦冪多一段三相和。問句股弦三事連環得幾何。

答曰：一十二步。

術曰：立天元一爲句，地元一爲股，人元一爲弦，物元一爲開數。四象和會求之，得四十八爲益實，四百二十四爲從方，八百五十一爲益上廉，六十八爲從二廉，九百六十爲從三廉，六百五十六爲益四廉，四十八爲從隅。五乘方開之。合問。

清·沈欽裴《四元玉鑑細草》 草曰：立天元一 爲句，地元一 爲股，人元一 爲弦，物元一 爲開數。四象和會求之，得今式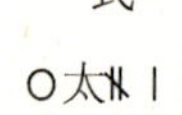云式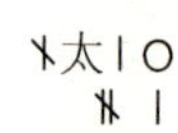三元之式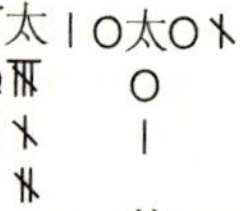物元之式四式和會消而剔之，式皆物易天位，得前式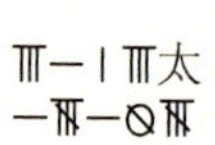後式剔前式後式相消，得左式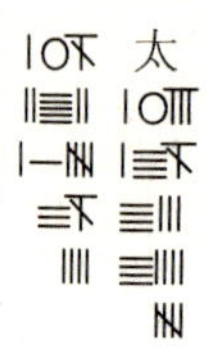右式內二行相乘，得式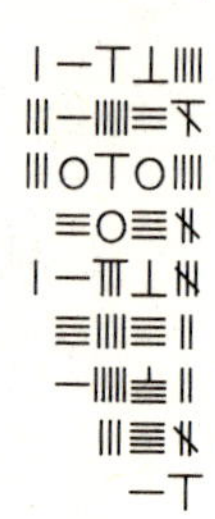外二行相乘，得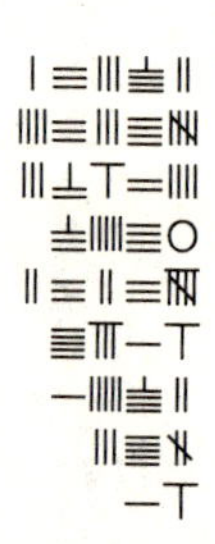

内外相消,三十六約之,得開方式 [illegible] 四乘方開之,得一十二步。置此式以除式 [illegible] 乘之,得 [illegible] 五乘方開之。合問。此變式也。

清·羅士琳《四元玉鑑細草》 士琳案:此問原術開方式,與原荅不協。今據所演之艸,亦同爲五乘方。其實方廉隅諸層之正負並同,自非錯算可知,然惟四十八益實獨合。此外方廉隅諸數,則皆迥異,似又非傳寫失真,豈當時布算偶誤邪。

艸曰:立天元一爲句,地元一爲股,人元一爲弦,物元一爲開數,又爲弦和和,亦即爲三相和。以人元減物元,得 [illegible] 爲句股和。又以人元減之,得 [illegible] 爲弦和較。自之,得 [illegible] 爲弦和較冪。以天元減人元,得 [illegible] 爲句弦較。自之,得 [illegible] 爲句弦較冪。併二冪,得 [illegible] 於上。天元自之,得 [illegible] 爲句冪。地元自之,得 [illegible] 爲股冪。人元自之,得 [illegible] 爲弦冪。物元自之,得 [illegible] 爲弦和和冪。天人相加,得 [illegible] 爲句弦和。以減股冪,得 [illegible] 消上,得 [illegible] 爲今式。以句股和弃物元,得 [illegible] 以減弦和和冪,得 [illegible] 加句弦較,得 [illegible] 於上。倍弦冪 [illegible] 加三相和,得 [illegible] 消上,得 [illegible] 爲云式。併天地人三事,得 [illegible] 消物元,得 [illegible] 爲物元式。併句股二冪消弦冪,得 [illegible] 爲三元式。乃以云式消物元式,得 [illegible] 爲副式。倍物元式 [illegible] 消云式,得 [illegible] 爲次式。物元式剔分爲二,横截天元。其上半 [illegible] 自之,得 [illegible] 下半 [illegible] 自之,得 [illegible] 相消得 [illegible] 爲甲式。消三元式,得 [illegible] 爲乙式。倍物元式 [illegible] 弃人元,得 [illegible] 消乙式,得 [illegible] 爲丙式。三元式消今式,得 [illegible] 爲丁式。丙丁相消得 [illegible] 爲戊式,消副式得 [illegible] 爲己式。四副式消之,得 [illegible] 爲庚式。又倍次式 [illegible] 消之,得 [illegible] 物易天位,得 [illegible] 爲前式。副式剔分爲二,横截天元。其上半 [illegible] 自之,得 [illegible] 下半 [illegible] 自之,得 [illegible] 相消,得 [illegible] 倍之,得 [illegible] 消丙式,得 [illegible] 爲辛式。倍次式 [illegible] 消之,得 [illegible] 爲壬式。又倍副式 [illegible] 消壬式,得 [illegible]

物易天位，得 爲後式。用消前式，得 爲一式。八一式 十前式 相消，得 半之得 爲二式。乃以一式右行齊之，得 於上。又以二式右行齊一式，得 消上，得 半之，得 爲三式。復以二式右行齊之，得 於上。又以三式右行齊二式，得 消上，得 退位，得 爲右式。以右行齊二式，得 於上。又以二式右行齊右式，得 消上，得 半之，得 爲左式。左右對列，內二行相乘，得 外二行相乘，得 內外相消，得 開五乘方。得十二步。合問。

清・戴煦《四元玉鑑細草》 草曰：立天元一爲句 地元一爲股 人元一爲弦 物元一爲句股弦三事 句股相併，得和 內減弦，得弦和較 以句減弦，得句弦較 句弦相併，得句弦和 句股弦相併，得弦和和 乃以弦和較自乘，得弦和較冪 於上。以句弦較自乘，得句弦較冪 加上，得 寄左。次以股自之，得股冪 內減句弦和，得 與左相消，得今式 又以弦和和自乘，得弦和和冪 於上。以句股弦和乘弦和和，得 減上得 加句弦較得 寄左。次弦自乘 倍之，得 加弦和和，得 與左相消，得云式 又以句

自乘 太〇丨 股自乘 丨〇太 相併 太〇〇丨 寄左。次以弦自乘，得 太〇丨 與左相消，得三元之式 又以句股弦相併，得 丨太〇 寄左。次列物元與左相消，得物元之式 於是以四式剔而消之，以物元之式割去 太丨 得 易正負，得 此式與天元同數，爲同天元式自乘，得同天元冪式 以消今式法，以今式割去 得 於上位。以割去之 天元除之，得 同天元式乘之，得 於次位。以割去之 太〇〢 天地元冪除之，得 〢 同天元冪式乘之，得 於下位。併三位得 物易天位，得上式 以消云式，法以云式割去 太〇丨 得 於上。以割去之 太〤丨 天元除之，得 丨太 同天元式乘之，得 加上，得 物易天位，次式 以消三元之式。法以三元之式割去 太〇丨 得 於上。以割去之

太〇丨 天元冪除之，得 丨 同天元冪式乘之，得 加上，得 物易天位，得下式 以上諸式均以人地兩元相乘之式寄真數位。於是以上次下三式剔而消之，以次式割去 丨太 得 易正負，得 此式與地元同數，爲同地元式。以消上式，法以上式割去 得 於上。以割去之 地元除之，得 同地元式乘之，得 加上得 人易地位，得 爲前式。又消下式，以同地元式自乘，得同地元冪式 以下式割去 得 於上位。以割去之 地元約之，得 同地元式乘之，得 於次位。以割去之 〢〇太 地元冪除之，得 〢 同地元冪式乘之，於下位。併三位，得 天易地位，得後式

於是以前式後式通分，相消，以 太一 通前式，得 以減後式，得四行式 以四行式之左一行 二地元立冪約之，得 以乘前式得 於上。以前式之左一行 二地元立冪約之，得 以乘四行式，得 消上，得三行式 以三行式之右一行 五天元約之，得 以乘四行式，得 於上。以四行式之右一行 五天元約之，得 以乘三行式，得 消上，得 地元約之，得又三行式 以又三行式之左一行 二地元冪約之，得 以乘三行式，得

於上。以三行式之左一行 二地元冪約之，得 以乘又三行式，得 消上，得左行 以左行之左一行 二地元約之，得 以乘三行式，得 於上。以三行式之左一行 二地元約之，得 以乘左行得 消上得 五約之得右行 以左行之右乘右行之左，爲內二行，得式 以左行之左乘右行之右，爲外二行，得式 內外相消得 二天元約之，得開方式 五乘方開之，得一十二步爲句股弦三事之共。

清·陳棠《四元消法易簡草》 法曰：立天元一爲句，地元一爲股，人元一爲弦，物元一爲三事。四象和會求之，得今式[算式]云式[算式]物元式[算式]加減剔代通分，兼借真數消之，得[算式]上法下實，得三事。

艸曰：立天元[算式]爲句，地元[算式]爲股，人元[算式]爲弦，物元[算式]爲三事。天地相加，以弦減之，得[算式]自之，得[算式]爲弦和較冪。以句減弦，自之，得[算式]爲句弦較冪。併二冪，得[算式]於上。乃以句弦和減股冪，得[算式]與上相消，得[算式]爲今式。次併天地人爲和和，以句股和乘之，得[算式]又以和和自之，得冪[算式]相減，得[算式]加句弦較，得[算式]於上。以二弦冪併三相和[算式]消上，得[算式]爲云式。又併天地人消物元，得[算式]爲物元式。又如前求得三元式[算式]倍云式，降位加今式，得[算式]爲甲式又以倍云式齊太加今式，得[算式]爲乙式。以人元乘之，得[算式]減甲式，得[算式]易位得[算式]爲前式。乙式剔左約右，得[算式]爲同地元式。自之，得同地元冪式[算式]以三元式剔去地元冪，以母通之，得[算式]與其子數相併，得[算式]人易天位，得[算式]爲後式。四前式加之，得[算式]又八前式減之，得[算式]六前式降位，減之得[算式]爲子式。以左行通前式右二行，得[算式]以前式左行通子式右二行，得[算式]兩通式相消，得[算式]爲丑式。以左行通前式右二行，得[算式]以前式左行通丑式右行，得[算式]兩通式齊右相消，得[算式]以丑式減之，得[算式]再以丑式減之，得[算式]爲寅式。以右行通丑式左行，得[算式]再以寅式左行通丑式右行，得[算式]兩通式相消，得開方式[算式]五乘方開之，得五步爲人元弦。以五乘前式下二層，依次併入上一層，得[算式]易位得[算式]開平方得三步爲天元句。以天人二元真數，各依位乘三元式之元數併入太，得[算式]易位得[算式]開平方，得四步爲地元股。以地元真數，各依位乘物元式併入太，得 上法下實，得十二步爲三事連環。合問。

元・朱世傑《四元玉鑑》卷下《四象朝元》 今有五和併三事與四直積加二句等。只云三事減五較與四相和常例：五和五較四和者，句股弦黃方。減股冪同。問句股弦和較五事連環得幾何。

答曰：二十步。

術曰：立天元一爲句，地元一爲股，人元一爲弦，物元一爲開數。四象和會求之，得七千六百八十爲正實，七萬五千五百八十四爲益方，一十一萬八千一百六十爲從上廉，五千七百八十爲從二廉，二千三百七十五爲益三廉，七十爲益四廉，八爲正隅。五乘方開之。合問。

清・沈欽裴《四元玉鑑細草》 草曰：立天元一 爲句，地元一 爲股，人元一 爲弦，物元一 爲開數。四象和會求之，得今式 云式 三元之式 物元之式 四式和會消而剔之，式皆物易天位，得前式 後式 左式 右式 內二行得 外二行得 內外相消，四十約之，得開方式 立方開之，得二十步。置此式，別以立方式 乘之，得 五乘方開之。合問。

清・羅士琳《四元玉鑑細草》 士琳案：此問祇須四乘方即得，原術誤以 通之，致增至五乘方。

艸曰：立天元一爲句，地元一爲股，人元一爲弦，物元一爲開數。天地相減得 爲句股較，天人相減得 爲句弦較，地人相減得 爲股弦較，以人元減句股和得 爲弦和較，又爲黃方，以句股較減人元得 爲弦較較。相併得 爲五較。天地相加得 爲句股和，天人相加得 爲句弦和，地人相加得 爲股弦和，以人元加句股和得 爲弦和和，又爲三事，以句股較加人元，得 爲弦較和。相併，得 爲五和。天地相乘，得 爲直積，四之得 爲四直積。倍天元加之，得 於上。乃置五和加三事，得 消上位，得 爲今式。置黃方加三事得 爲四相和。以減股冪，得 於上。副以五較減三事，得 消上得 爲云式。又置句股和，及句股較與三事相加，得 爲五事連環。用消物元，得 爲物元式。乃以天元自之，得 爲句冪。地元自之，得 爲股冪。人元自之，得 爲弦冪。併句股二冪，消弦冪得 爲三元式。五云式 消今式，得 爲通式。以云式消物元式，得 爲甲式。用消通式，得 爲乙式。四甲式 消乙式，得 物易天位，得 爲前式，甲式剔分爲二，橫截天元。其上半 自之，得 下半 自之，得 相消，得爲丙式。又云式剔分爲二，直截人元。其左半自之，得右半自之，得消丙式，得爲丁式。三甲式得相消得爲次式。消三元式，得倍之，消丁式，得爲戊式。又九甲式消之，得物易天位，得爲後式。四之得消前式，得爲上式。三前式消後式，得爲下式。以上式左行齊之，得於上。又以下式左行齊上式，得消上得爲右式。以上式右行齊下式，得於上。以下式右行齊上式，得消上得爲左式。左右對列，內二行相乘，得外二行相乘，得內外相消，得開四乘方，得二十步。合原荅，不合原術。

士琳案：以通開方式，得開五乘方，亦得二十步。合原術。

清·戴煦《四元玉鑑細草》 草曰：立天元一爲句，地元一爲股，人元一爲弦，物元一爲句股弦帶句股和句股較。句股相乘得直積，句股相併得和，以句減股得較，以四弦二句四股相併得五和，弦倍之得五較，和倍之得四相和，句股弦相併得三事，乃以五和加三事和寄左。次以四直積加二句，得與左相消，得今式。又以三事和內減五較寄左。次以四股自之內減四相和，得與左相消，得云式。又以句自之，股自之，相併，得寄左。次以弦自之，得 [illegible] 與左相消，得三元之式 [illegible] 又以句股弦和較五事相併，得 [illegible] 寄左。次列物元，與左相消，得物元之式 [illegible] 於是以四式剔而消之，以物元之式割去 [illegible] 得 [illegible] 易正負，得 [illegible] 此式與天元同數，爲同天元式。自乘，得同天元冪式 [illegible] 以消今式，法以今式割去 [illegible] 得 [illegible] 於上。以割去之 [illegible] 天元除之，得 [illegible] 同天元式乘之，得 [illegible] 加上，得 [illegible] 物易天位，得上式 [illegible] 以消云式，法以云式割去 [illegible] 得 [illegible] 於上。以割去之 [illegible] 天元除之，得 [illegible] 同天元式乘之，得 [illegible] 加上，得 [illegible] 物易天位，得次式 [illegible] 以消三元之式，法以三元之式割去 [illegible] 得 [illegible] 於上。以割去之 [illegible] 天元冪除之 [illegible] 同天元冪式乘之，得 [illegible] 加上，得 [illegible] 物易天位，得下式 [illegible] 以上俱以人地兩元相乘之式寄真數位。於是以上次下三式剔而消之，以次式割去 [illegible] 得 [illegible] 以 [illegible] 除之，今不除，寄法爲母。得 [illegible] 此式與人元同數，爲同人元式。以消上式，法以上式割去 [illegible] 得 [illegible] 以 [illegible] 通之，得 [illegible] 於上。以割去之 [illegible] 人元除之，得 [illegible] 同人元式乘之，得 [illegible] 加上，得 [illegible] 四約之，得前式 [illegible] 以消下式，法以下式割去 [illegible] 得 [illegible] 以四通之，得 [illegible] 於上。以割去之 [illegible] 人元除之，得 [illegible] 同人元式乘之，得 [illegible] 加上，得 [illegible] 二約之得後式 [illegible] 於是以前式後式通分相消，以三通前式得 [illegible] 以後式減之，得三行式 [illegible] 以後式之右一行 [illegible] 天元約之，得 [illegible] 以乘前式，得 [illegible] 於上。以前式之右一行 [illegible] 天元約之，得 [illegible] 以乘後式得 [illegible] 消上，得 [illegible] 地元約之，得又三行式 [illegible]

以又三行式之左一行　地元冪約之，得　以乘三行式，得　於上。以三行式之左一行　地元冪約之，得　以乘又三行式，得　消上得左行　以又三行式減三行式，得三行較式　以左行之右一行　天元約之，以乘得　以乘三行較式，得　於上。以三行較式之右一行　天元約之，得　以乘左行得　消上，得　地元約之，得右行　以左行之右乘右行之左爲內二行，得式　以左行之左乘右行之右爲外二行，得式　内外相消，得開方式　五乘方開之，得二十步爲三相和帶勾股和句股較。

清·陳棠《四元消法易簡草》法曰：立天元一爲句，地元一爲股，人元一爲弦，物元一爲五事。四象和會求之，得今式　云式　物元式　加減剔代通分消之，得　開四乘方，得五事。

草曰：立天元　爲句，地元　爲股，人元　爲弦，物元一　爲五事。併四弦二句四股，得　爲五和。併天地人，得　爲三事。加五和，得　於上。乃以天地相乘，四之得四直積　以二句加之，得　消上，得　爲今式。次倍弦，得　爲五較。減三事，得　於上。乃以弦減句股和，得　爲黄方。加三事，得　爲四相和。用減股冪，得　消上，得　爲云式。次以三事併和　及較　消物元，得　爲物元式。又如前法，得三元式　以物元式加云式，得　爲一式。五物元式減今式，得　以一式加之，得　再以一式移左一行，加之得　物易天位，得　爲前式。物元式三之減云式，得　剔去

太 四約之，得 與 太 同自之，得 〔與 〕負之，

得 與 太 同一式剔去太 四約之，得同天元數式

自之，得 與 太 同併二同數，得

與 同以三元式剔去 得 以母通之，得 與其

子數相併，得 八約之，物易天位，得 爲後式。三前式減

之，得 爲甲式。四後式以前式降位，加之得 爲乙式。

以左行通甲式右二行，得 以甲式左行通乙式右二行，得

兩通式相消，得 爲丙式。以乙式右行通甲式左二

行，得 以甲式右行通乙式左二行，得 兩通式相消，得

爲丁式。以丁式右行通丙式左行，得 以丁式左行

通丙式右行，得 兩通式相消，得 開四乘

方，得二十步，爲物元五事。合問。

若欲更求三元數，則以二十乘前式下層，併入太上一層，得 易位得

開立方，得四步，爲地元股。以物地兩元真數，各依位乘一式，併

入太，得 上實下法，得三步，爲天元句。以物地天三元真數，各依位

乘物元式併入太，得 左實右法，得五步爲人元弦。

棠案：借真數代消，雖代數中所常用之法，然代數多用於二元之二次式。案：二次式即平方式。至於三元及三次式，則用之絕少。《代數難題》所載求天地人同數，各題多非三次式，間有在三次以上者，亦屬整而易化之式。今於右四題，將天地人物用真數代消之法，各演一艸。可知四元四等式中，可任擇數式之便於消者，消得一箇元之真數，其餘三箇元數皆可借代而得。人庶幾不至視四元如畏途耳。

又案：右題若以丙左通甲右二，又以甲左通丙右，則通式可省一行，而其方增至五乘。羅以朱術開五乘方爲誤，以 通之，似未免過於拘泥。

清・鄧建章《中西算學匯通》卷下《四元》 設如有句三股四，求句弦和。

立天元 爲句，地元 爲股，人元 爲弦，物元 爲句弦和。以句 與三相消，得 爲㊀式。以股 與四相消，得 爲㊁式。以句平方 與股平方 相加，得 與弦平方 相消，得 爲㊂式。以句弦和 與物元

相消，得 [illegible] 爲㊀式。剔分㊉式爲 [illegible] 與 [illegible] 各自乘，得 [illegible] 與 [illegible] 相消，得 [illegible] 爲㊀式。剔分㊀式爲 [illegible] 與 [illegible] 各自乘，得 [illegible] 與 [illegible] 相消，得 [illegible] 爲㊁式。㊀㊁兩式相加，得 [illegible] 以加㊂式，得 [illegible] 爲㊂式。以㊉式減㊀式，得 [illegible] 易其位爲 [illegible] 爲㊃式。剔分㊃式爲 [illegible] 與 [illegible] 各自乘，得 [illegible] 與 [illegible] 相消，得 [illegible] 以加㊂式，得 [illegible] 開平方得八，爲句弦和。

清·陳棠《四元消法易簡草》卷首　四元補題一問　今有句股弦黄，共積五十四步。只云黄方乘弦，倍之加弦，與併句股冪同。問黄方幾何。

答曰：二步。

法曰：立天元一爲句，地元一爲股，人元一爲弦，物元一爲黄方。四象和會求之，得今式 [illegible] 云式 [illegible] 加減兼約元數法消之，得 [illegible] 開平方，得黄方二步。

又法曰：别設黄方式消之，得開方式同。

又法曰：剔代消之，得式亦同。

艸曰：立天元 [illegible] 爲句，地元 [illegible] 爲股，人元 [illegible] 爲弦，物元一 [illegible] 爲黄方。各自之，相併得 [illegible] 消五十四步，得 [illegible] 爲今式。以物元乘人元，得 [illegible] 爲黄乘弦。倍之得 [illegible] 加弦得 [illegible] 併天地二冪，相消，得 [illegible] 爲云式。又如前求得三元式 [illegible] 云式加今式，得 [illegible] 物易天位，得 [illegible] 爲甲式。以三元式減今式，得 [illegible] 易位，得 [illegible] 爲乙式。二約之，得 [illegible] 減甲式，得丙式 [illegible] 減約乙式，得 [illegible] 爲丁式。減丙式得 [illegible] 倍之得 [illegible] 四丁式齊下減之，得 [illegible] 爲開方式。平方開之得二步。合問。

又艸曰：如前求得今式、云式、三元式。乃别求黄方式。据羅艸通例，弦和較即黄方，則可併天地兩元，得 [illegible] 爲句股和。以人元減之，得 [illegible] 爲弦和較。消物元，得 [illegible] 爲黄方式。黄方式剔分爲二，其右半 [illegible] 自之，得 [illegible] 其左半 [illegible] 自之，得 [illegible] 相消，得 [illegible] 爲剔式。以減今式，得 [illegible] 爲一式。以剔式減云式，得 [illegible] 爲二式。以三元式加剔式，得 [illegible] 爲三式。加二式得式 [illegible] 易位，得 [illegible] 爲前式。三式減一式，得 [illegible] 倍剔式加之，得 [illegible] 易位，得 [illegible] 爲後式。前式剔分爲二，直截人元。各自之，相消得 [illegible] 倍之得 [illegible] 加後式，得開方式 [illegible]

又　卷四　補題二　今有直積加平，與二和一較等。只云長冪減較冪，亦與二和一較等。問四事各幾何。

答曰：平三步，長四步，和七步，較一步。

法曰：立天元一爲平，地元一爲長，人元一爲和，物元一爲較。四象和會求截，得 [算式] 爲一式。一題中已寓有四等式何未通，以前幾至寢食俱廢，竟不能悟得一式。以是知創法之維艱也。是書所創新法，大抵半經苦思而得，坍誌之。蓋不欲忘其原起云耳。

四元三次方程組

算法

元·朱世傑《四元玉鑑》卷下《四象朝元》 今有五平三長立方開之，少股一步。只云三和四較平方開之，多句二步。問弦較較帶黃方二事連環得幾何。

答曰：六步。

術曰：立天元一爲句，地元一爲股，人元一爲弦，物元一爲開數。四象和會求之，得三萬九千三百六十爲正實，七萬四千八十爲從方，五千五百二十爲從上廉，二百八十爲益二廉，二百六十四爲益三廉，三十爲益四廉，一爲益隅。五乘方開之。合問。

清·沈欽裴《四元玉鑑細草》 草曰：立天元一 [算式] 爲勾，地元一 [算式] 爲股，人元一 [算式] 爲弦，物元一 [算式] 爲開數。四象和會求之，求得今式 [算式] 求得云式 [算式] 求得物元之式 [算式] 求得人元之式 [算式] 四式和會，消而剔之，式皆物易天位，得前式 [算式] 後式 [算式] 便爲左式。以左式消前式得右式 [算式] 內二行得式 [算式] 右式 [算式] 之，得今式 [算式] 云式 [算式] 設等式消之，得除式 [算式] 上法下實得平。借真元二數消之，得長。依常法得和與較。

艸曰：立天元 [算式] 爲平，地元 [算式] 爲長，人元 [算式] 爲和，物元 [算式] 爲較。天地相乘，得 [算式] 爲直積。以平加之，得 [算式] 於上。併二和一較，得 [算式] 消上，得 [算式] 爲今式。地元自之，得 [算式] 爲長冪。物元自之，得 [算式] 爲較冪。以較冪減長冪，得 [算式] 於上。併二和一較，消上，得 [算式] 爲云式。但此題不言弦，不能得三元式，即以較爲物元。不別問開數，亦不能得物元式，遂就題別設等式消之。惟題云直積減平，與二和一較等。又云長冪減較冪，亦與二和一較等。是直積加平與長冪減較冪，皆等於二和一較，則可因題之下半截得一等式。天地相加，得 [算式] 爲和。二之，得 [算式] 爲二和。天地相減，得 [算式] 爲較。併二和一較，得 [算式] 於上。乃倍人元，得 [算式] 加物元，得 [算式] 消上，得 [算式] 爲等式。用消今式，得 [算式] 上實下法，得三步，爲天元平。若欲求地元長，則以今式減云式，得 [算式] 以消得天元式 [算式] 兩次齊下加之，得 [算式] 於上。又別立元 [算式] 爲長，以天元真數三減之，得 [算式] 爲較。乃將上式剔去物元較冪，以較 [算式] 自之，得 [算式] 與上餘式 [算式] 相消，得 [算式] 右實左法，得四步爲地元長。既得長平兩數，相加得七爲和，相減得一即較。或以地元真數四乘上式，地元加入太，易位得 [算式] 開平方，得一步，爲物元較。乃以天地物三真數，各依位乘等式，併入太，得 [算式] 左實右法，得七步爲人元和。

棠案：右題即左右逢元第十六問，移坍於此者，也因原術立兩元，用四艸得數。故特立四元以一艸演之，及求得今云兩式，【略】尚可取天地相加，消人元，得 [算式] 爲一式。又可以天減地，消物元，得一式 [算式] 又可就題上半

內二行得式 [illegible] 外二行得式 [illegible] 內外相消，得開方式

[illegible] 立方開之，得三十步。合問。

清・羅士琳《四元玉鑑細草》草曰：立天元一爲句，地元一爲股，人元一爲弦，物元一爲開數。併五天元三地元，得 [illegible] 爲五平三長於上。置地元股減少一步，得 [illegible] 爲立方邊。自之，得 [illegible] 又以方邊乘之，得 [illegible] 消上五平三長，得 [illegible] 爲今式。天地相加，得 [illegible] 爲句股和。三之，得 [illegible] 爲三和。天地相減，得 [illegible] 爲句股較。四之，得 [illegible] 爲四較。併之，得 [illegible] 於上。置天元句，加多二步，得 [illegible] 自之，得 [illegible] 與上三和四較相消，得 [illegible] 爲云式。以人元減句股和，得 [illegible] 爲黄方。以句股較減人元，得 [illegible] 爲弦較較。併之，得 [illegible] 消物元，得 [illegible] 爲物元式。三式皆不用人元，即可省用三元式。乃倍今式 [illegible] 五物元式 [illegible] 相消，得 [illegible] 物易天位得 [illegible] 爲前式。四云式 [illegible] 於上。物元式剔分爲二：橫截天元。其上半 [illegible] 自之，得 [illegible] 下半 [illegible] 自之，得 [illegible] 相消，得 [illegible] 消上，得 [illegible] 爲次式。又十物元式 [illegible] 消次式，得 [illegible] 物易天位，得 [illegible] 爲後式。十四前式 [illegible] 消後式，得 [illegible] 中有空行便爲右式。副以後式，剔分爲二：直截地元。其左半 [illegible] 自之，得 [illegible] 右半 [illegible] 自之，得 [illegible] 相消得 [illegible] 亦中有空行，便爲左式。左右對列，內二行相乘，得 [illegible] 外二行相乘，得 [illegible] 內外相消，得

[illegible] 開五乘方，得六步。合問。

清・戴煦《四元玉鑑細草》草曰：立天元一爲句 [illegible] 地元一爲股 [illegible] 人元一爲弦 [illegible] 物元一爲弦較較帶黄方 [illegible] 以五天元 [illegible] 加三地元 [illegible] 得 [illegible] 寄左。次以地元內減一步，得 [illegible] 自乘 [illegible] 再乘 [illegible] 與左相消，得今式 [illegible] 又以天元地元相併，得和 [illegible] 以天元減地元，得較 [illegible] 以三和 [illegible] 加四較 [illegible] 得 [illegible] 寄左。次以天元加二步，得 [illegible] 自乘，得 [illegible] 與左相消，得云式 [illegible] 又以和內減人元，得黄方 [illegible] 以人元內減較，得弦較較 [illegible]

併入黄方，得 寄左。次列物元與左相消，得物元之式 於是以三式剔而消之，以物元之式易正負，得 割去 得 以二除之，今不除，寄法爲母。得 此式與天元同數爲同天元式以消今式，法以今式割去 得 以 通之，得 於上。以割去之 天元除之 同天元式乘之，得 加上，得 物易天位，得前式 又以同天元式自乘，得同天元冪式。以 以消云式，法以云式割去 得 以 通之，得 於上位。以割去之 天元除之 同天元式乘之 又以 通之，得 於次位。又以割去之 天元冪除之 同天元冪式乘之，得 於下位。併三位得 物易天位，得後式 於是以前式後式，通分相消，即以後式爲左行，以左行之左一行 二地元約之 前以乘前式，得 於上。以前式之左一行 二地元約之 以乘左行，得 消上得三行式 以左行之左一行 地元約之 以乘三行式，得 於上。以三行式之左一行 地元約之 以乘左行，得 消上得右行 以左行之右乘右行之左，爲内二行，得式 以左行之左乘右行之右，爲外二行，得式 内外相消得開方式 五乘方開之，得弦較較帶黄方六步。按：是術雖立四元，而三式俱無人元，故止用三式相消，不復求三元之式。

清・陳棠《四元消法易簡草》 法曰：立天元一爲句，地元一爲股，人元一爲弦，物元一爲開數。四象和會求之，得今式 云式 物元式 剔代兼借真數消之，得 爲除式。上法下實而一，得物元開數。

艸曰：立天元 爲句，地元 爲股，人元 爲弦，物元一 爲開數。併五句三股，得 爲五平三長於上。乃以股減少一步，得 自之，得 再以 乘之，得 與上相消，得今式 次以天地相加，三之得 爲三和。天地相減，四之得

爲四較。併之得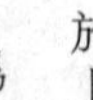於上。乃以句加多二步，得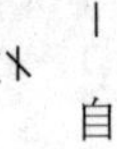自之，得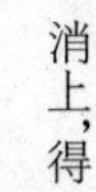消上，得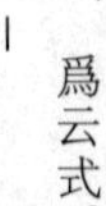爲云式。次以人元減句股和，得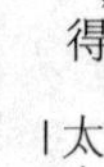爲黄方。以句股較減人元，得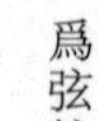爲弦較較。併之得太‖用消物元，得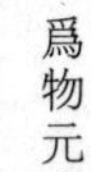爲物元式。云式剔去變正負，七約之，得與|太同自之，得|〇太同數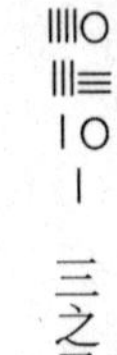三之又負之，得與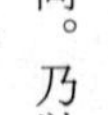同。乃以|太同數乘|〇太同數得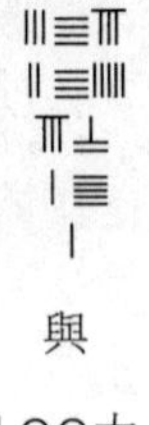與|〇〇太同以同數七之，得與|〇〇太同數相併，得同數副以今式剔去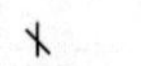得以母通之，得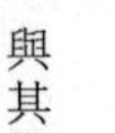與其子相併，得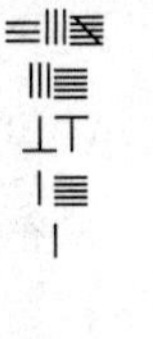開五乘方，得三步，爲天元平。以三乘物元式，天元加入太，得下實上法得六步。合問。

四元高次方程組

算法

元·朱世傑《四元玉鑑》卷下《四象朝元》 今有句股弦各自乘，減五和，與倍之黄方冪適等。只云五和加二句二股冪，減八弦，與半之五較冪多弦和較相同。問立方開十三事得幾何。

答曰：四步。

術曰：立天元一爲句，地元一爲股，人元一爲弦，物元一爲開數。四象和會求之，得三千七十二爲正實，一百一十二爲益方，四十一爲益隅。立方開之，得四步。合問。

清·沈欽裴《四元玉鑑細草》 草曰：立天元一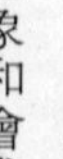爲勾，地元一爲股，人元一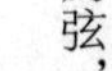爲弦，物元一爲開數。四象和會求之，得今式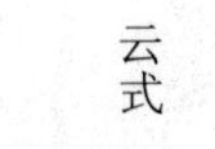云式三元之式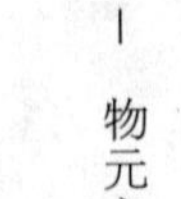物元之式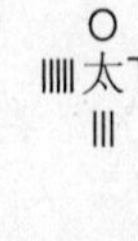

四式和會消而剔之，式皆物易天位，得前式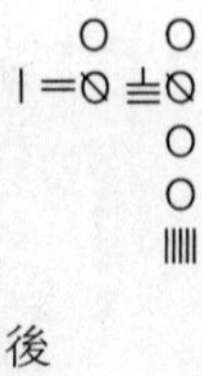後式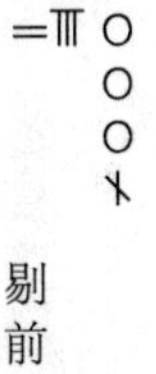剔前式，後式相消，左得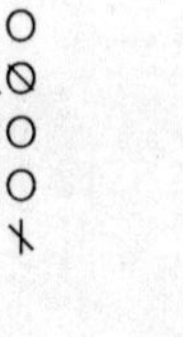右得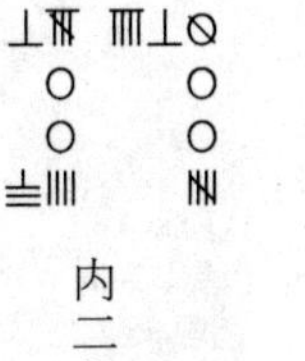內二行相乘，得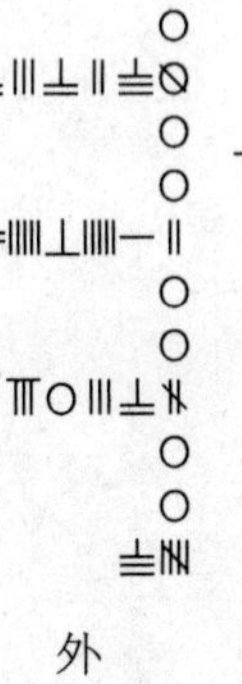外二行相乘，得式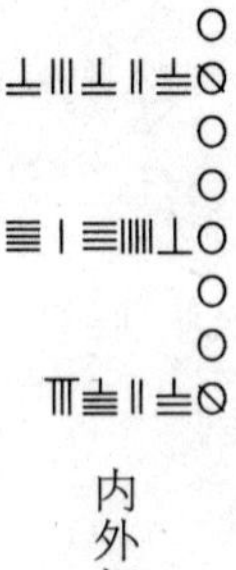內外相消，八十四約之，得開方式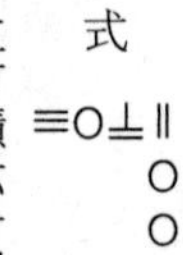五乘方開之，得四步。按此五乘方式，是以四十八乘立方積六十四爲正實，併四十八、六十四爲益二廉。今以天元再除益二廉爲益方，是以七乘平方積一十六爲益方。七減四十八餘四十一爲益隅，再乘天元加入益方，又以天元乘之，是亦以四十八乘立方積六十四也。故變五乘方

式爲立方式 開得四步。合問。

清·羅士琳《四元玉鑑細草》 艸曰：立天元一爲句，地元一爲股，人元一爲弦，物元一爲開數。天地相減，得 爲句股較。天人相減，得 爲句弦較。地人相減，得 爲股弦較。以人元減句股和，得 爲弦和較，又爲黄方。以句股較減人元，得 爲弦較較。相併，得 爲五較。天地相加，得 爲句股和。天人相加，得 爲句弦和。地人相加，得 爲股弦和。以人元加句股和，得 爲弦和和。以句股較加人元，得 爲弦較和。相併，得 爲五和。又天元自之，得 爲句冪。地元自之，得 爲股冪。人元自之，得 爲弦冪。乃以五較自之，得 爲五較冪。以弦和較自之，得 爲黄方冪。合五和五較及天地人三元，得 爲十三事。置物元一乘，再乘之，得 與十三事相消，得 爲物元式。併句股二冪，消弦冪，得 爲三元式。乃併句股弦三冪，得 爲句股弦。各自乘，以五和減之，得 於上。倍黄方冪 消上，得 爲今式。又併句股二冪，倍之，得 爲二句二股冪。加五和，得 以八弦減之，得 於上。半之五較冪 加黄方，得 消上，得 爲云式。於是倍三元式 消云式，得 爲通式。又三物元式 七通式 相消，得 爲甲式。通式剔分爲二，直截人元。其左半 自之，得 右半 自之，得 相消，得 九三元式 消之，得 半之，得 爲次式。四次式 消甲式，得 物易天位，得 三約之，得 爲右式。又三今式 於上。四通式 以人元乘之，得 消上，得 又三三元式 消之，得 半之，得 爲乙式。乃以次式消通式，得 爲副式。消乙式，得 爲丙式。復倍副式 消丙式，得 爲丁式。四通式消次式，得 三之，得 於上。四丁式 消上，得 爲戊式。十二次式 消戊式，得 七約之，得 爲巳式。三次式 四巳式 相消，得 十六之，得 爲左式。九右式 消之，得 開立方，得四步。合問。

清·戴煦《四元玉鑑細草》 草曰：立天元一爲句 地元一爲股 人元一爲弦 物元一爲五和五較帶句股弦開方數 句股相併 內減弦，得弦和較 自之，得黄方冪 以四弦二句四股相併，得五和 以弦倍之，得五較 乃以句自之 股自之 弦自之 相併 內減五和，得 寄左。次以黄方冪倍之，得 與左相消，得今式 又以五和加二句冪，得 再加二股冪，得 內減八弦，得 寄左。次以五較自乘，得 折半，得 加弦和較，得 與左相消，得云式 又以句冪股冪相併 寄左。次列弦冪，與左相消，得三元之式 又以五和加五較，得 再加句股弦，得 寄左。次以物元自乘，再乘，得 與左相消，得物元之式 於是以四式剔而消之，以物元之式割去 得 易正負，得 以 除之，今不除，寄法爲母。得 此式與天元同數，爲同天元式。自乘，得同天元冪式 以消今式，法以三元之式加今式，得 割去 得 以 通之，得 於上。以割去之 天元除之，得 同天元式乘之，得 加上，得

物易天位,得上式

以消云式,法以三元之式倍之

以減云式,得

割去 太丨 得

以 Ⅲ 通之,得

於上。以割去之 太丨 天元除之,得 丨 同天元式。乘之,得

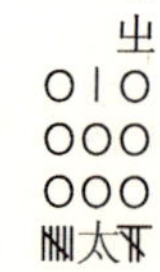

加上,得

物易天位,得次式

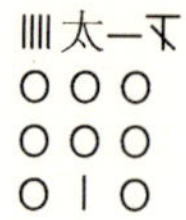

又消三元之式,以三元之式割去 太〇丨 得

以 Ⅲ 通之,得

於上。以割去之 太〇丨 天元冪除之,得 丨 同天元冪式乘之,得

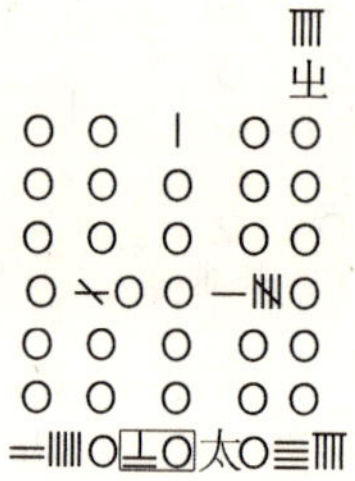

加上,得

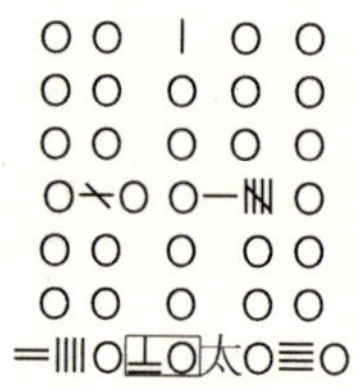

物易天位,得下式

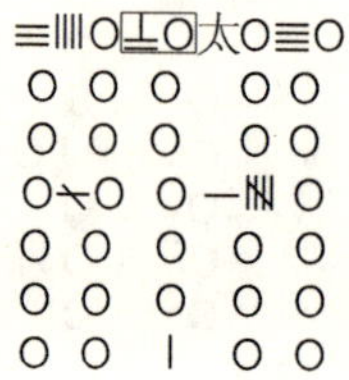

於是以上次下三式剔而消之,以次式割去 太一ㄒ 得

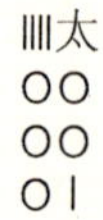

以 一丅 除之,今不除,寄法爲母。得

此式與人元同數,爲同人元式。以自之,得同人元冪式

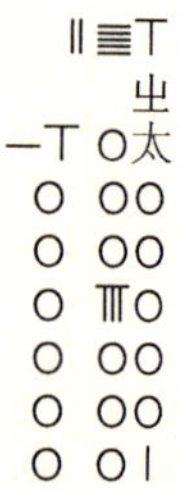

以消上式,法上式割去

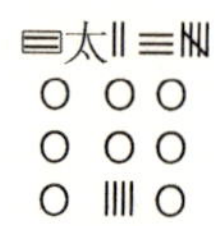

得

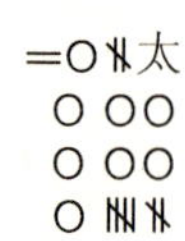

以 ‖≣丅 通之

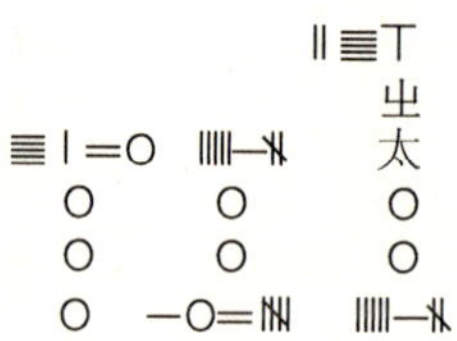

於上位。以割去之

人元除之,得

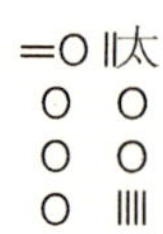

同人元式乘之,得

又以 一丅 通之,得

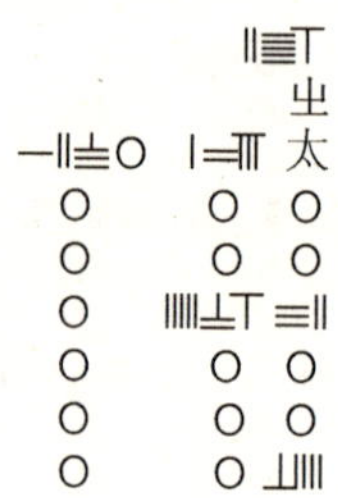

於次位。又以割去之 太〇 ≡≹ 人元冪除之,得 ≡≹ 同人元冪式乘之,得

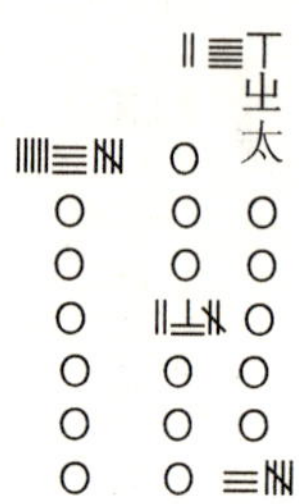

於下位。并三位,得

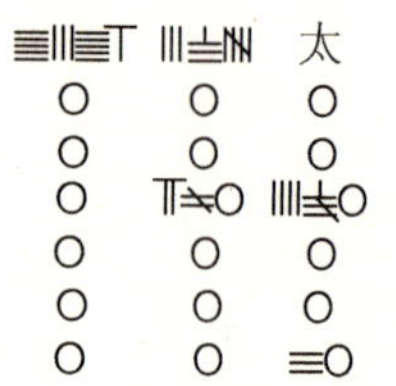

六約之,得前式

又消下式,法以下

式割去 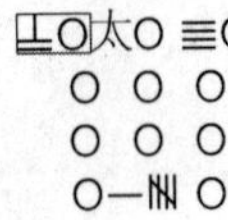 得 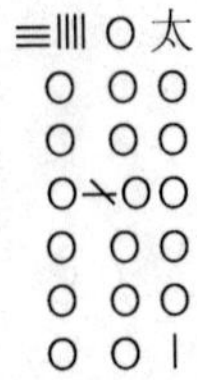 以 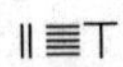 通之，得  於上位。以割去之 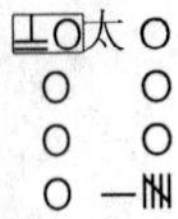 人元除之，得 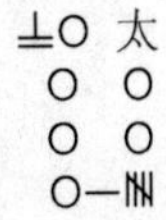 同人元式乘之，得 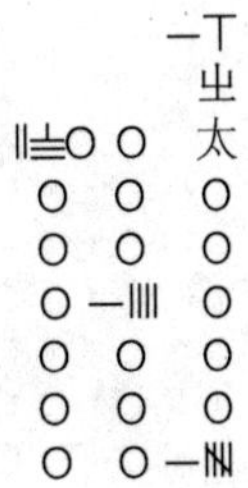 以  通之，得 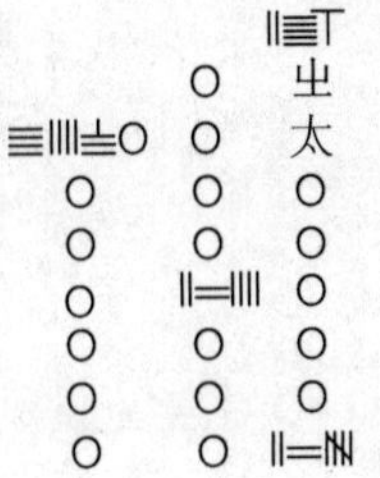 於次位。以割去之 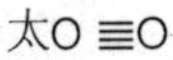 人元冪除之，得 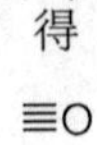 同人元冪式乘之，得 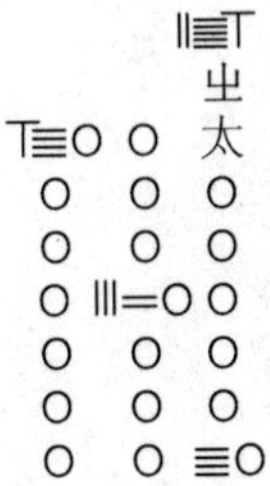 於下位。併三位，得 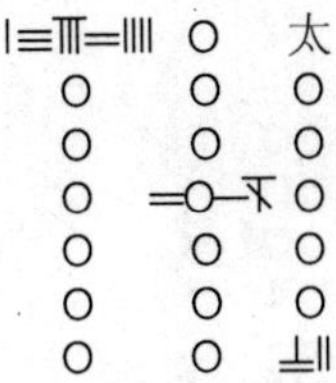 七十二約之，得後式 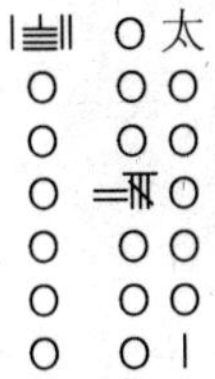 於是以前式後式通分相消，以前式之左一行  十六地元冪約之，得  以乘後式得  於上。以後式之左一行 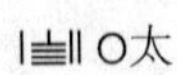 十六地元冪約之，得 以乘前式得 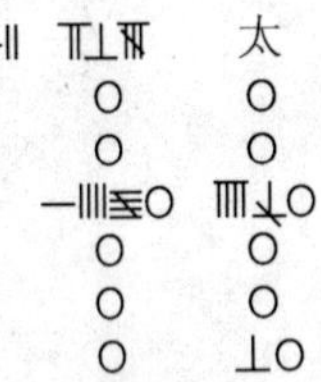 消上，得左行 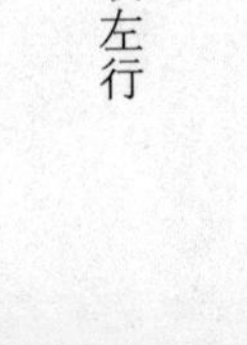 以左行之左一行 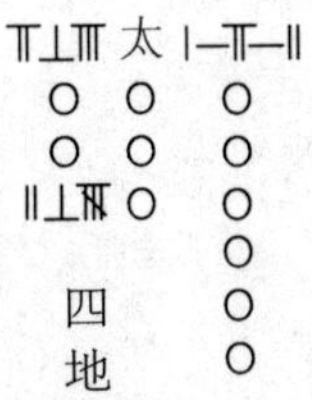 四地元約之，得 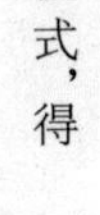 以乘後式，得 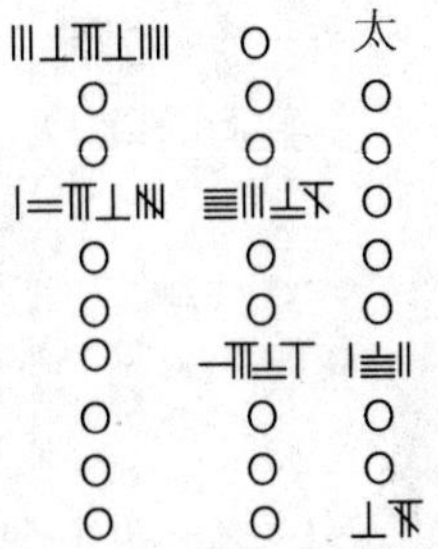 於上。以後式之左一行 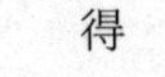 四地元約之，得 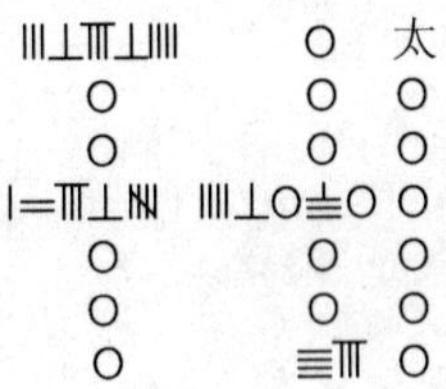 以乘左行，得 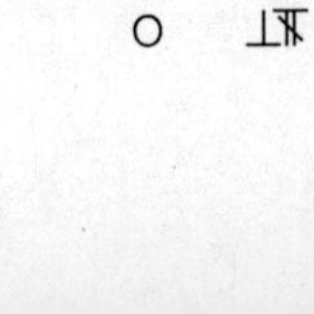 消上，得 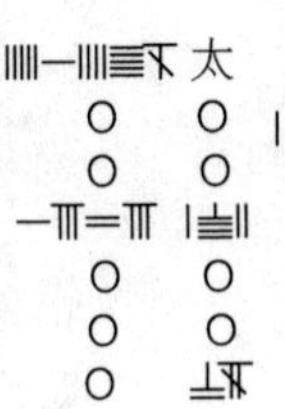 天元立冪約之，得右行 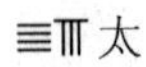 以左行之右乘右行之左，爲內二

行，得式 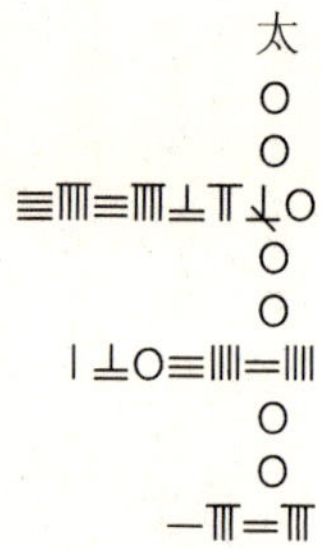 以左行之左乘右行之右，爲外二行，得

式 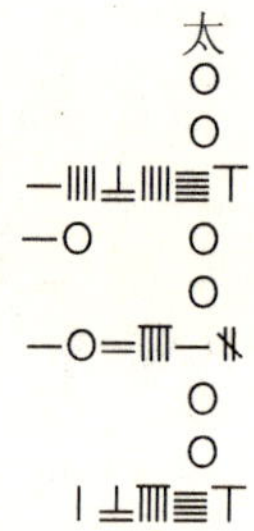 內外相消，得 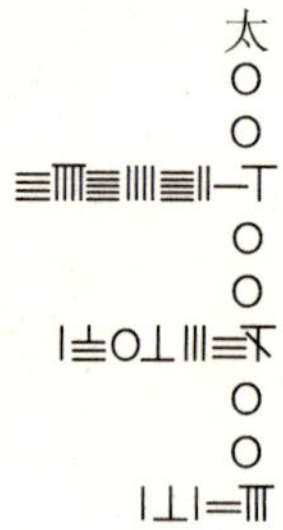

以一萬六千一百二十八箇天元立冪約之，得開方式 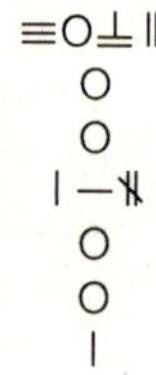 五乘方開之，得四步，爲句股弦加五和五較開立方之數。

清・陳棠《四元消法易簡草》 法曰：立天元一爲句，地元一爲股，人元一爲弦，物元一爲開數。四象和會求之，得今式  云式  又物元之式  借真元二數消之，得開方式 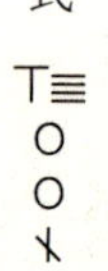 開立方，得物元數。

艸曰：立天元 太丨 爲句，地元 丨太 爲股，人元 太丨 爲弦，物元一丨太 爲開數。句股弦各自乘，併之，得 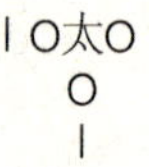 以五和減之，得  於上。乃以弦減句股和，得  爲黃方。自之，得 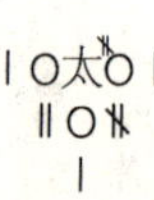 倍之，消上，得  爲今式。次以五和加二句二股冪，得  以八弦減之，得  半五較冪  減之，得 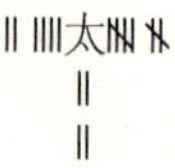 於上。以弦和較  消上，得  爲云式。又併五較五和及句股弦，得 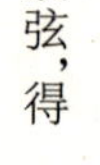 爲十三事。以物元自乘，再乘，得 丨〇〇太 相消得物元式 

又如前法求得三元式 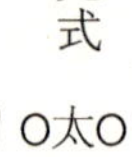 借物元以代其黃方，則式中之黃方冪可以丨〇太 代之，而今式化形爲 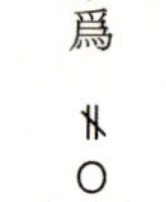 又式中之弦和較可以  代之，而云式化形爲  又可取弦和較消黃方，得  爲黃方式。又可取弦和較冪消黃冪，得  爲黃方冪式。倍三元式減原云式，得  爲甲式。以黃方式減之，得  爲乙式。甲式自之，得  以三元式減之，得  爲丙式。以三元式減黃冪式，得 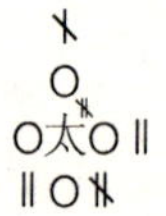 三之減丙式，四約之，得  爲丁式。乙式剔地元，各自之，相消半之，得  減丁式，得  爲戊式。二約乙式，三之乘人元，得  加戊式，得  四之，易位，得 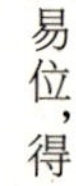 爲前式。副以云式加今式，得  三三元式減之，得 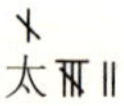 物易天位，得

太〆〆 爲後式。四前式減之，得 太〇‖ 爲己式。前式剔而自之，相消，得庚式 太〇‖ 倍己式減之，得 ‖ 上實下法，得二步，爲所借黄方元之真數。以二乘前式，天元加入太，得 |〇 左實右法，得人元弦五步。置乙式，以五乘其人元，二乘其物元，併入太，得 ‖ 右實左法，得地元股四步。以地人二真數，各依位乘三元式，併入太，得 〇| 開平方，得天元句三步。以三元真數，各依位乘物元式，併入太，得 〆〇〇T 易位，得開方式 T〇〇〆 開立方，得四步。合問。

棠案：四元用借真數消之，固較常法爲便，然遇不易變化之式，尚苦真數難得。兼用借元數法以濟其窮，則更便矣。蓋四元四數，上下左右各占一方，即欲再借他元，已覺無可位置，惟兼用二法，則既不礙其位置，又可助其變化，實四元中第一簡便法也。舉右題以見隅。

元・朱世傑《四元玉鑑》卷下《四象朝元》 今有一數不知多少，但言五較各自乘，併之爲正實，以三爲益方，一爲從上廉，一爲從下廉，二爲益隅，三乘方開之，與其數適等。只云句股和冪減二直積，加三相和，與其數冪自乘併弦冪減股相同。又云半之三相和，加黄方，與其數再自乘亦等。問元數幾何。

答曰：二步。

術曰：立天元一爲句，地元一爲股，人元一爲弦，物元一爲開數。四象和會求之，得一千一百五十二爲正實，七百六十八爲益方，六百四十爲益上廉，一千七百九十二爲從二廉，三百八十四爲益三廉，九千八爲益四廉，一萬九千一百一十二爲從五廉，八千七百九十九爲益六廉，八千七百九十五爲益七廉，一萬二千六百三十七爲從八廉，二千三十爲從九廉，一萬九千一百六十八爲益十廉，一萬二千二百九十二爲從十一廉，一萬一千一百一十二爲益十二廉，二千六爲正隅。十三乘方開之，得二步。即元數也。合問。

清・沈欽裴《四元玉鑑細草》 草曰：立天元一 太| 爲勾，地元一 |太 爲股，人元一 太 爲弦，物元一 |太 爲開數。四象和會之，求得今式

云式

三元之式

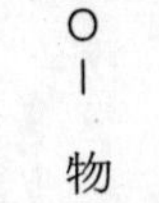

物元之式

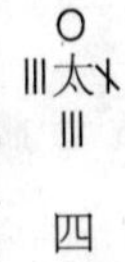

四式和會，消而剔之，式皆物易天位，求得前式

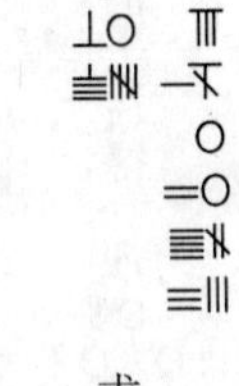

求得後式

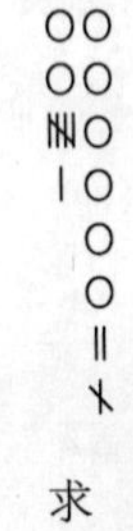

求得左式

求得右式

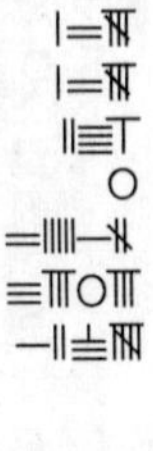

内二行相乘，得式

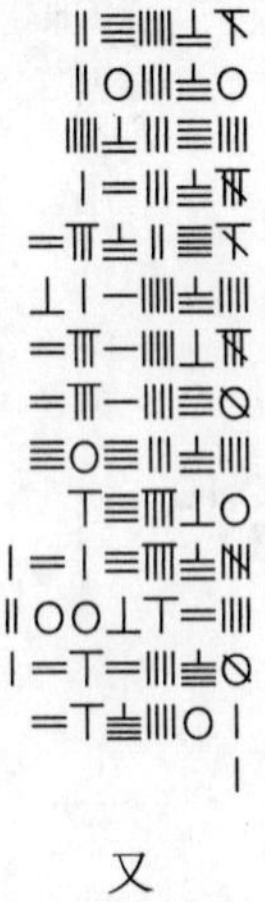

又外二行相乘，得式

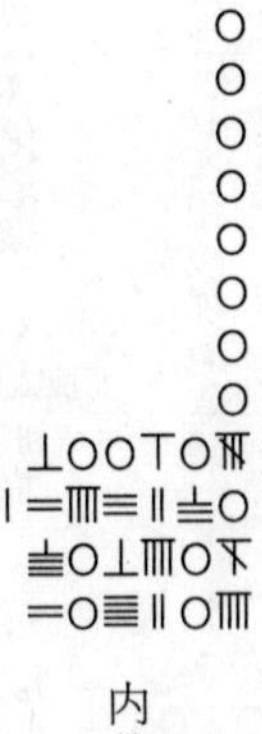

内外相消，三十二約之，得開方式

十三乘方開之，得二步。合問。

清・羅士琳《四元玉鑑細草》 艸曰：立天元一爲句，地元一爲股，人元一爲弦，物元一爲開數。天元自之，得 太〇| 爲句冪。地元自之，得 |〇太 爲股冪。人元自之，得 太〇| 爲弦冪。副以天地相乘，得 太〇| 爲直積。天地相加，得 太| 爲句股和。自之，得 太〇| 〇‖ 爲句股和冪。以人元加句股和，得 |太| 爲三相和。又以天地相減，得 |太〆 爲句股較。自

之，得 爲句股較冪。天人相減，得 爲句弦較。自之，得 爲句弦較冪。地人相減，得 爲股弦較。自之，得 爲股弦較冪。以句股較減弦，得 爲弦較較。自之，得 爲弦較較冪。以弦減句股和，得 爲弦和較。自之，得 爲弦和較冪。乃併句股二冪，消弦冪，得 爲三元式。併五較冪，得 爲正實。三乘物元，得 爲益方。物元自之，得 爲從上廉。再之，得 爲從下廉。再自之，又倍之，得 爲益隅。實與上下廉凡三正相併，得 於上。方隅二負相併，得 消上，得 又四三元式 消之，得 爲今式。倍直積 以減句股和冪，得 加三相和，得 於上。物元再自之，得 加弦冪，得 以股減之，得 消上，得 復消三元式，得 爲云式。次合半三相和加黃方，今三相和不可半，乃倍黃方 與三相和相加，得 於上。物元再乘倍之，得 消上，得 爲物元式。消云式，得 爲甲式。倍弦乘物元式，得 消今式，得 爲乙式。倍之，得 消甲式，得 爲丙式。倍物元式 三云式 相消，得 爲丁式。又八丁式 三丙式 相消，得 物易天位，得 爲上式。又三云式 與物元式相消，得 物易天位，得 爲中式。以云式剔分爲二，斜截天人。其上半 自之，得 下半 自之，得 相消，得 爲戊式。與三云式相消，又三之，得

爲巳式。復倍丁式 消巳式，得

物易天位，得 爲下式。

又中式剔分爲二，直截地元。其左半 自之，得 右半

自之，得 相消，得 爲庚

式。乃三下式 於上。五庚式

消上，得 十二中式

消之，得

可半則半之，得

爲前式。副以上式與下式相消，得

爲辛式。倍中式 與辛式相消，得

又三中式 消之，得

半之，得 爲後式。乃二

十三前式 八後式 相

消，得 爲右式。一百三十七前式

四右式 相消，得

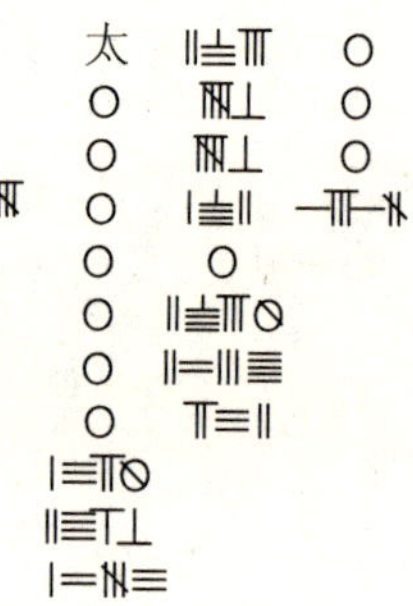

爲末式。於是以末式四因之，得

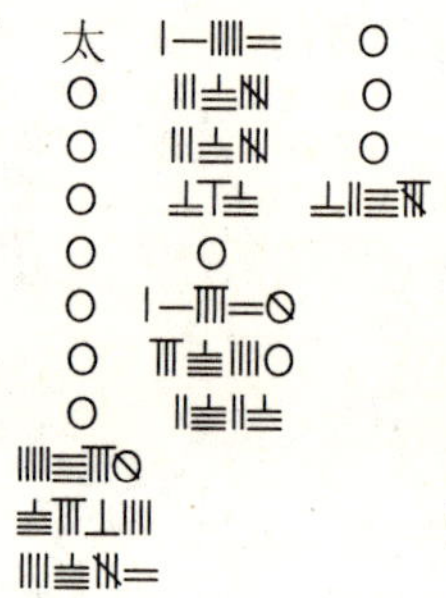

於上。又以前式四百五十三乘之，得

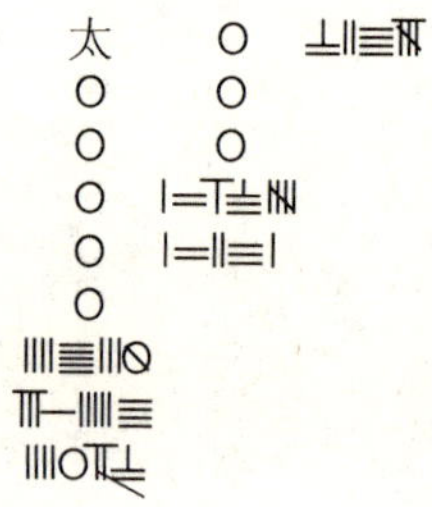

與上相消，得

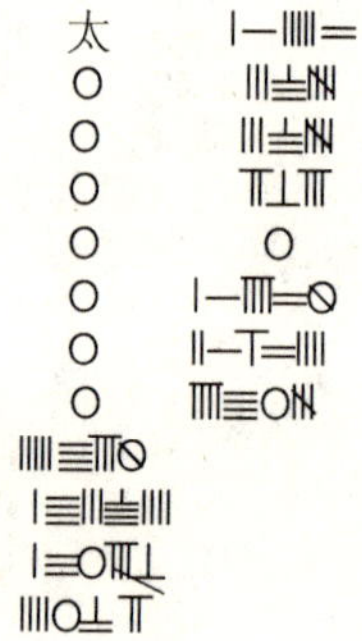

爲

左式。左右對列，內二行相乘，得

外二行相乘，得

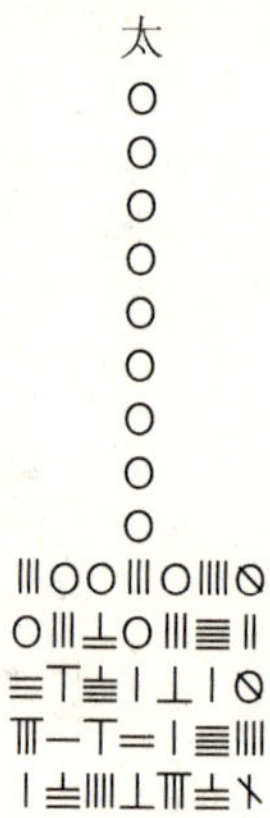

內外相消，得

約爲

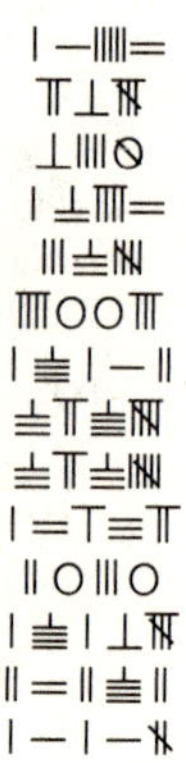

開十三乘方，得二步。合問。

清・戴煦《四元玉鑑細草》 草曰：立天元一爲句  地元一爲股  人元一爲弦 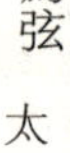 物元一爲原數  句股相乘得積  句股相併得和  以句減股得句股較  以句減弦得句弦較  以股減弦，得股弦較  以句股較減弦，得弦較較  以弦減和，得弦和較  句股弦相併，得三相和  乃以句股較自乘，得句股較冪  句弦較自乘，得句弦較冪 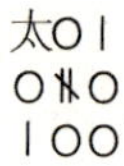 股弦較自乘，得股弦較冪  弦較較自乘，得弦較較冪 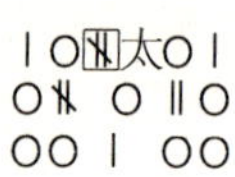 弦和較自乘，得弦和較冪 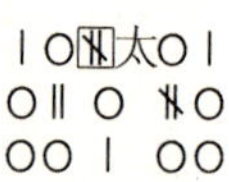 五較冪相併，得 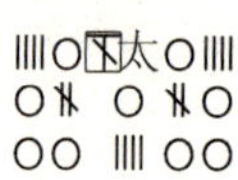 寄左。次列物元，依三乘方廉隅衍之，易正負，得  與左相消，得今式 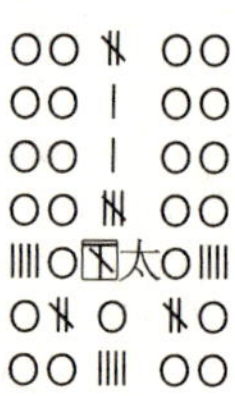 又以句股和自乘，得句股和冪  內減二直積，得  加三相和，得  寄左。次以物元自乘  再自乘  加弦冪，得 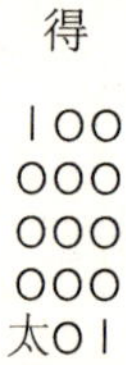 減股，得  與左相消，得云式  又以三和相

加，倍弦和較　得　寄左。次以物元自乘，　再乘

　與左相消，倍之，得　與左相消，得又云式

　又以句自之　股自之　相併，得　寄

左。次以弦自之　與左相消，得三元之式　於是以四式剔而消

之，以三元之式減云式　割去　得

易正負，得　此式與天元同數，爲同天元式。自乘，爲同天元冪

式　以消今式法，以三元之式四之　以減

今式，得　割去　得　於上。以割去

之　天元除之，得　同天元式乘之，得　加上，得

　物易天位，得上式　又消又云式，法又云式割去

　得　於上。以割去之　天元除之，得　同天元

式乘之，得　加上，得　物易天位，得次式

　又消三元之式法，以三元之式割去　得　於上。

以割去之　天元冪除之　同天元冪式乘之，得

　加上，得　物易天位，得下

式　於是以上次下三式剔而消之，以次式割去

得　以　除之，今不除，寄法爲母。得

此式與人元同數，爲同人元式。自乘，得同人元冪式

　以消上式法，以上式割去　得

　以　通之，得　於上位。以割去之

　人元除之　同人元式乘之，得

　又以　通之，得

　於次位。又割去之　人元冪除之，得

同人元式冪乘之，得　於下位。併三位，得前

式　又消下式，法以下式割去　得

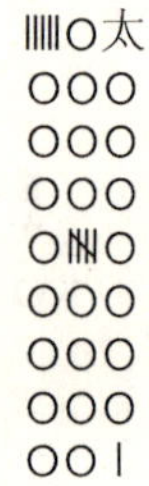 以 Ⅲ 通之，得 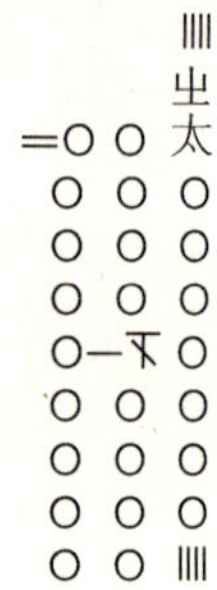

於上。以割去之  人元除之，得 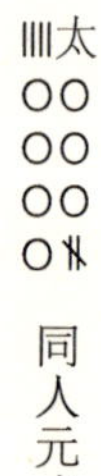 同人元式乘之，得 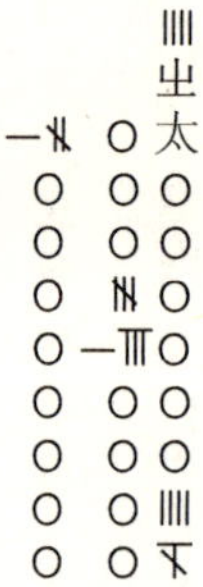 加上，得 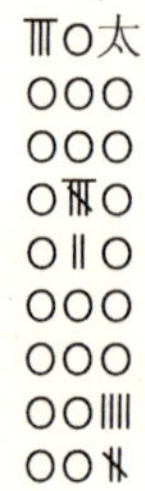 二約之，得後式 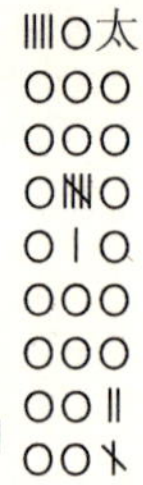 以後式之左一行  二地元冪約之，得 Ⅱ 以乘前式，得  於上。以前式之左一行  二地元冪約之，得 ⊥Ⅲ 以乘後式，得 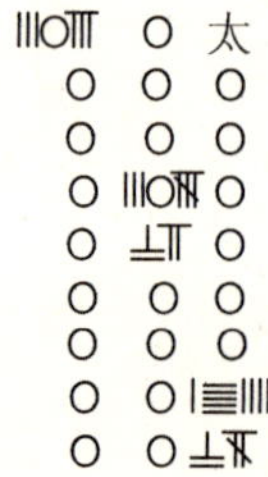 消上，得 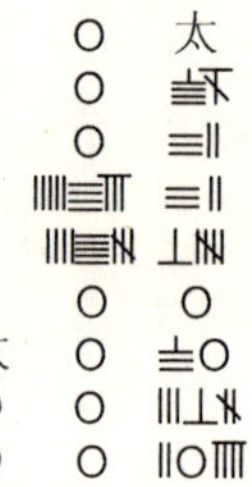 天元約之，得左行 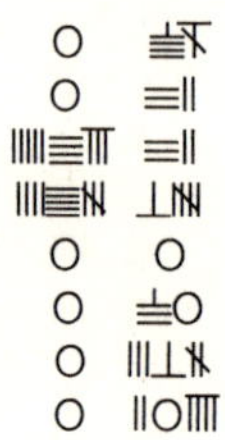 以左行之左一行  地元約之，得  以乘後式 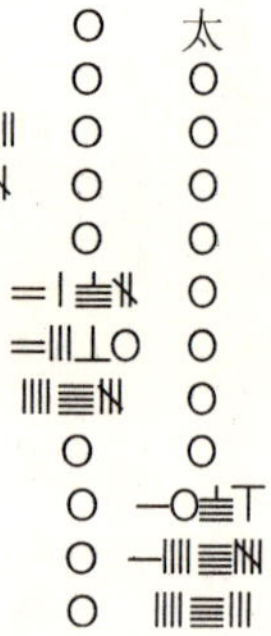 於上。以後式之左一行  地元約之，得 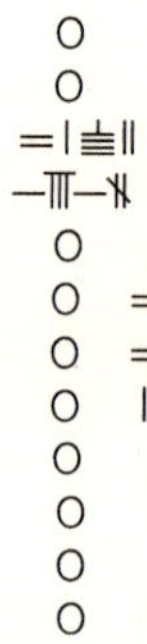

 以乘左行，得 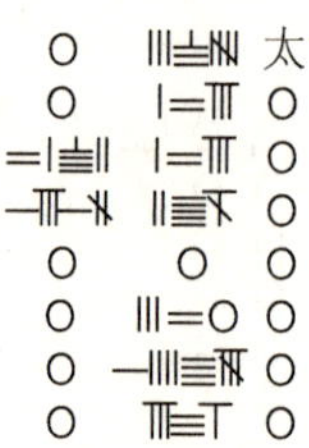 消上，得右行 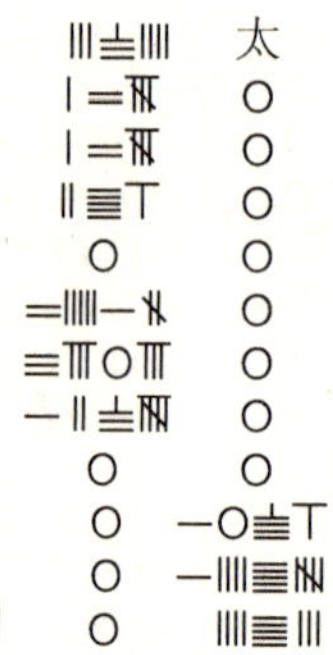 以左行之右乘右行之左，爲內二行，得式 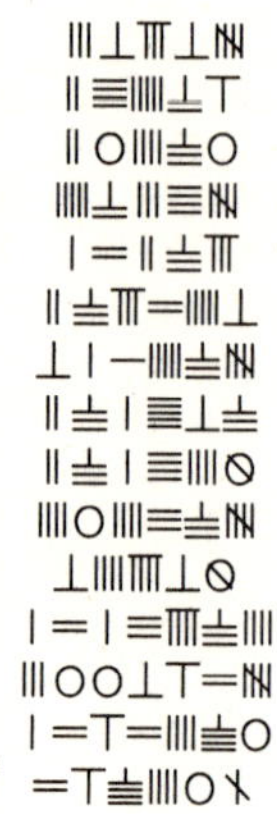 以左行之左乘右行之右，爲外二行，得式  內外相消，得  以三十二約之，得開方式  十三乘方開之，得原數二步。

清・陳棠《四元消法易簡草》 法曰：立天元一爲句，地元一爲股，人元一爲弦，物元一爲開數。四象和會求之，得今式  得  爲三元式，得  爲云式，得  爲又

式。加減剔代通分消之，得 [illegible] 爲開方式。開十三乘方，得二步。

艸曰：立天元 [illegible] 爲句，地元 [illegible] 爲股，人元 [illegible] 爲弦，物元 [illegible] 爲開數。以句減股得 [illegible] 爲句股較，句減弦得 [illegible] 爲句弦較，股減弦得 [illegible] 爲股弦較。以弦減和得 [illegible] 爲弦和較，以較減弦得 [illegible] 爲弦較較。五較各自之，相併，得正實 [illegible] 乃以 [illegible] 乘物元爲益方，[illegible] 乘物元爲從上廉 [illegible] 再乘物元爲從下廉，以 [illegible] 乘從上廉爲益隅。併諸乘乘數，得 [illegible] 又併正實得 [illegible] 爲今式。副倍直積，減和冪，加三相和，得 [illegible] 於上。乃以物元自之，再之，加弦冪減股，消上，得 [illegible] 爲云式。次半三相和，加黄方，消物元，再乘方，得 [illegible] 倍之，得 [illegible] 爲又式。四三元式 [illegible] 減今式，得 [illegible] 爲甲式。三元式減云式，得 [illegible] 爲乙式。加又式，得 [illegible] 爲丙式。倍人元，乘又式，得 [illegible] 加甲式，得 [illegible] 爲丁式。倍之，加丙式，得 [illegible] 爲戊式。倍又式，以三乙式減之，得 [illegible] 爲己式。八之，減三戊式，得 [illegible] 物易天位，得 [illegible] 爲前式。三乙式，減又式，物易天位，得 [illegible] 爲中式。乙式剔天人與地物爲二，各自之，相消，得 [illegible] 以三元式加之，又三之，得 [illegible] 爲庚式。倍己式，齊右，加庚式，物易天位，得 [illegible] 爲後式。中式剔去 [illegible] 三約之，得同地元式 [illegible] 自之，又十五之，子母俱以三約之，得 [illegible] 與 [illegible] 同。又以 [illegible] 乘同地元式，得 [illegible] 與 [illegible] 同。併兩同數，得 [illegible] 乃以後式剔去 [illegible] 以母通餘數，與其子數相併，半之，得 [illegible] 爲子式。副以後式減前式，

得 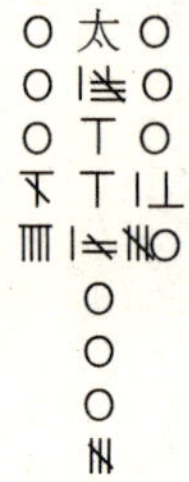 倍中式 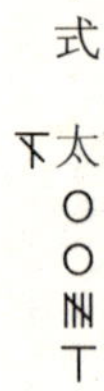 降三位減之，得 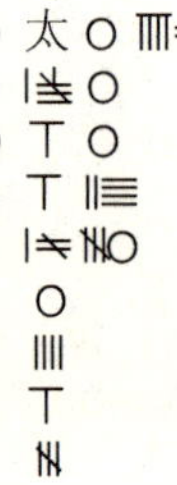 又三中式 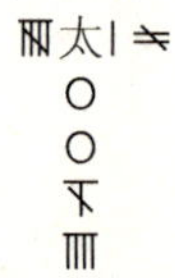 降四位減之，又半之，得 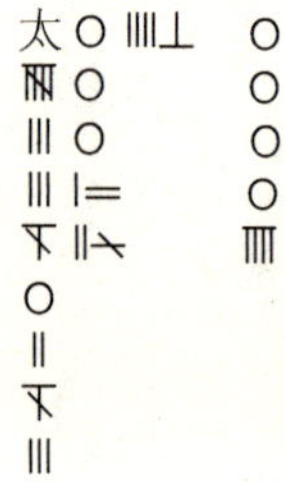 爲丑式。乃二十三子式，八丑式減之，得 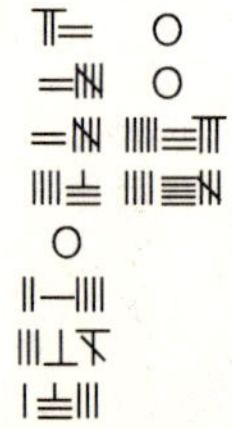 爲寅式。四之，一百三十七子式，齊右，減之，得  四之，得 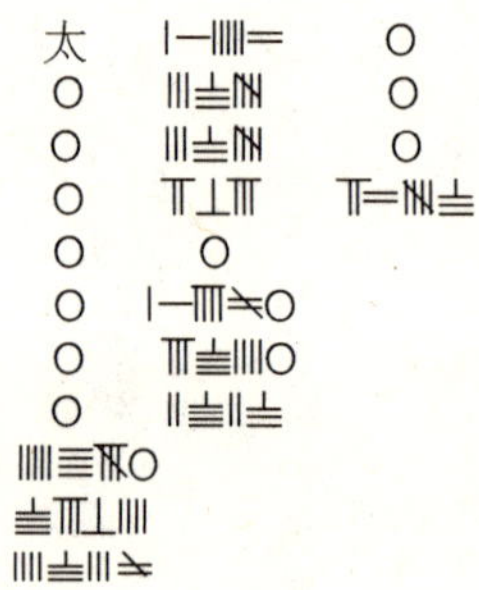 於上。四百五十三子式，加上，得 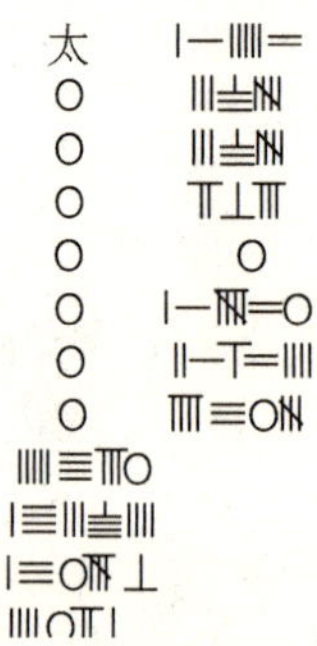 爲卯式。以右行通寅式左行，得  復以寅右通卯左，得 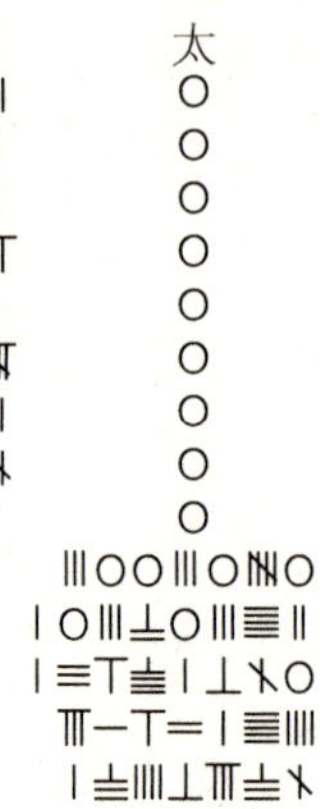 相消，約得  開十三乘方，得二步。合問。

棠案：右題即朱氏立天句地股人弦，暗以物黃方爲問者也。惟當時未設黃方式，未能得四等式相消，故未便明舉物黃方爲問。然即不明舉物黃方爲問，仍不能得四等式。故不能不於只云以後，又增又云一等數，不獨得數極爲繁雜，即題文亦涉重疊，與全書題文皆止今云兩等數之例不符。今既設有黃方式，試爲易題如左。

清·陳棠《四元消法易簡草》 補遺一　今有句股和冪減二直積，加三相和，與黃方冪自乘併弦冪減股相同。只云半之三相和加弦和較，與黃方再自乘等。問黃方幾何。

答曰：二步。

法曰：立天元一爲句，地元一爲股，人元一爲弦，物元一爲黃方。四象和會求（今）得今式 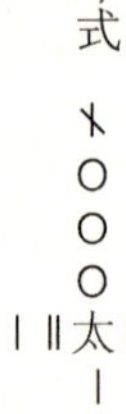 三元式 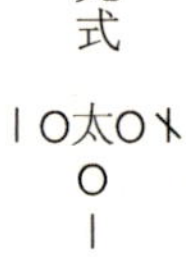 云式 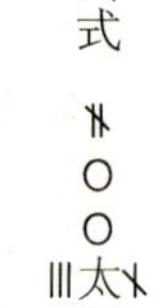 黃方式 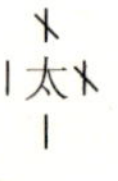 加減兼剔代消之，得開方式  開五乘方，得二步。

艸曰：立天元  爲句，地元  爲股，人元 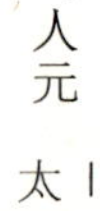 爲弦，物元  爲黃方。以句加股，自之，得和冪  以句乘股，倍之，相減得 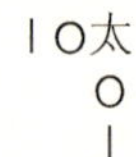 併句股弦，加之，得 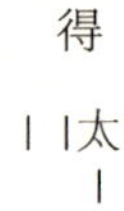 於上。以黃方自之，得冪 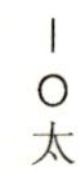 再自之，得 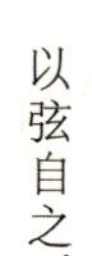 以弦自之，相併，得 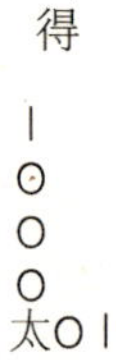 以股減之，得  用與上式相消，得 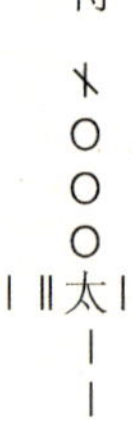 爲今式。次半三相和，得

也，然使題非句股，則不惟黄方式不能用，即三元式亦無所用。不幾於束手無策乎？是又有設等式之一法焉。

[算式]以弦減句股和[算式]加之，得[算式]於上。乃以黄方自乘，再乘，消上，倍之，得[算式]爲云式。又如前求得三元式[算式]又以物元消弦和較，得[算式]爲黄方式。三之，減云式，物易天位，得[算式]爲前式。黄方式剔地元，各自之，相消，得[算式]加三元式，得[算式]於上。倍黄方式，減云式，得[算式]剔去[算式]得[算式]爲同天元式。自之，又倍之，得[算式]與[算式]同。物元乘同天元式，倍而負之，得[算式]與[算式]同。人元乘同天元式，倍而負之，得[算式]與[算式]同。併三同數，得[算式]以上式剔去[算式]以其同數代之，易位，得[算式]爲後式。六前式，齊右減之，得[算式]再以前式加之，得[算式]又以六前式減之，得[算式]乃五前式加之，得[算式]五乘方開之，得二步爲黄方。合問。

棠案：右題即因第六問題文，但截去今有一段等數，而易「只云」爲「今有」。「又云」爲「只云」之數也。又云之黄方，易爲弦和較，然弦和較即黄方，仍與未嘗易者無異。不獨題例與全書合，得數亦簡易數倍。可知黄方爲立四元所必不可少之式